D1684022

Eckhard Henscheid · Romantrilogie

# ECKHARD HENSCHEID

*Die Vollidioten*

---

*Geht in Ordnung –
sowieso —
genau —–*

---

*Die Mätresse des
Bischofs*

HAFFMANS

Beratend
begleitete die Arbeit
an den drei Romanen der Trilogie
Bernd Eilert.

Umschlagillustration: Robert Gernhardt

1. Auflage, Frühling 1995

*Sonderausgabe*
Alle Rechte dieser Sonderausgabe vorbehalten
Copyright © 1995 by
Haffmans Verlag AG Zürich
Lizenzausgabe mit freundlicher Genehmigung von Zweitausendeins
Copyright der Originalausgaben © 1978, 1976, 1978 by
Zweitausendeins, Postfach, D-60381 Frankfurt/M.
Gesamtherstellung: Ebner Ulm
ISBN 3 251 00281 3

# INHALTSVERZEICHNIS

### Die Vollidioten

| | |
|---|---|
| Von seiten des Autors | 11 |
| Erster Tag | 15 |
| Zweiter Tag | 31 |
| Dritter Tag | 47 |
| Vierter Tag | 87 |
| Fünfter Tag | 131 |
| Sechster Tag | 161 |
| Siebenter Tag | 189 |

### Geht in Ordnung –
### sowieso – –
### genau – – –

| | |
|---|---|
| 1. Teil | 201 |
| 2. Teil | 351 |
| 3. Teil | 415 |
| Epitaph I | 537 |
| Epitaph II | 538 |
| Epilog | 541 |

### Die Mätresse des Bischofs

| | |
|---|---|
| I | 547 |
| II | 629 |
| III | 739 |
| IV | 831 |
| V | 1021 |

# Die Vollidioten

*Ein historischer Roman
aus dem Jahr 1972*

»Obwohl er bereits blind vor Liebe war,
gefiel er sich immer noch
in der Rolle eines scharfsichtigen Beobachters«
(Svevo, Senilità)

»In der Tat, ich muß mich selbst darüber wundern,
was für eine Klatschbase ich doch geworden bin«
(Dostojewski, Der Spieler)

# VERZEICHNIS DER HAUPTKRÄFTE

| | |
|---|---|
| Herr Jackopp | Schweizer |
| Frau Doris Jackopp | dessen angeblich geschiedene Frau |
| Herr Johannsen | Geliebter von Frl. Majewski und Frl. Czernatzke |
| Frl. Czernatzke | außerdem von Herrn Jackopp geliebt |
| Frl. Majewski | außerdem vom Erzähler geliebt |
| Herr Kloßen | Mann aus Itzehoe |
| Herr Domingo | Mann aus Baden und Beobachter |
| Herr Rösselmann | Angestellter |
| Frl. Bitz | dessen Begleiterin und Angestellte |
| Herr Jungwirth | Büromaler |
| Herr Stefan Knott | Frauenfreund |
| Herr Peter Knott | Ibiza-Reisender |
| Frau Johanna Knott | dessen Gattin und Tänzerin |
| Herr Hoffmann | Kulturverantwortlicher |
| Herr Edel | Werber |
| Herr Rudolph | höherer Angestellter |
| Frl. Witlatschil | von Herrn Jackopp geliebt |
| »Max Horkheimer« | Spieler |
| Der Erzähler | Berater und Sekretär von Herrn Jackopp |

# VON SEITEN DES AUTORS

Indem ich mit der Niederschrift all der Vorgänge beginne, die in diesem Roman beschrieben werden, befinde ich mich in einer gewissen Verlegenheit. Es handelt sich nämlich um Folgendes: In unserer Stadt, genauer gesagt in einem Teil dieser Stadt und innerhalb einer ganz bestimmten Gruppe von Menschen und Personen, haben sich seit nunmehr genau sieben Tagen sehr seltsame Ereignisse und überaus merkwürdige Vorkommnisse abgespielt, die im Auftrage einiger daran Beteiligter aufgeschrieben und nachgezeichnet werden sollen, weil diese Damen und Herren der Meinung sind, daß die Vorkommnisse es verdient hätten. Auch ich teile übrigens diese Meinung, obwohl ich gleichzeitig der Meinung bin, daß man zwar solche Ereignisse sehr achtsam verfolgen und möglichst begreifen soll, daß man aber nicht immer alles gleich aufschreiben und der breiten Öffentlichkeit zu lesen geben soll, so wichtig sind diese Dinge oft gar nicht. Nachdem ich aber so freundlich und dringlich gebeten wurde, alles aufzuschreiben (mein besonderer Dank gilt dem Drängen von Frl. Bitz, die auch vorkommt), habe ich schließlich gehorcht und es getan.

Ich muß dazu noch sagen, daß ich vermutlich deshalb auserwählt und aufgefordert wurde, weil ich sowohl in der Erfindung von gar nicht wirklichen Geschichten als auch in der Beschreibung von tatsächlich geschehenen Sachen eine gewisse Erfahrung habe. Ich habe sogar schon einige Male und mit wechselndem Erfolg in unseren regionalen und gelegentlich auch schon in überregionalen Journalen etwas veröffentlicht, obwohl ich eigentlich nicht das besitze, was man Stil oder nach einem neueren, heute rasch hochgekommenen Begriff *Chuzpe* nennt – eine überaus törichte Modeerscheinung, die hoffentlich bald wieder verschwinden wird. Ich für mein Teil bin da durchaus für das Alte und Zeitlose, das unmittelbar in das Zentrum des Weltgeistes greift und so dem liebwerten, wiewohl geteilten Vaterland letztlich auch was nutzt.

Doch nun zu dem Problem, dessentwegen ich dieses Vorwort verfasse. Das heißt, es sind eigentlich mehrere Probleme. Dies ist besonders verhängnisvoll, denn spätestens jetzt wird der Leser sagen: Was soll denn das? Was hat er nur? Warum diese blöden Krämpfe und Windungen? Verhängnisvoll sind diese Fragen vor allem deshalb, weil ich natürlich damit rechnen muß, daß der Leser irgendwann einmal das Buch enttäuscht weglegt und lieber ins Kino, zum Kartenspielen und Kickern geht oder zu sonst einem der zahllosen Amüsements unserer heutigen Zeit. Diese Gefahr kann ich nicht ausschließen, ich muß mich ihr tapfer stellen, selbst wenn ich dabei mehr als einen Leser verliere. Also noch einmal, es gibt da eine ganze Anzahl von schwierigen Problemen, die sich mir bei der Niederschrift des folgenden Buches in den Weg stellen. Ja darfst du denn dieses Buch überhaupt schreiben, so frage ich mich immer wieder und stecke mir aufgeregt eine Zigarette an, ja ist das denn überhaupt möglich? Dafür gibt es mehrere Gründe. Ich muß hier nämlich vorausschicken, daß es sich bei den seltsamen Ereignissen der letzten sieben Tage im Kern um eine Liebesaffaire gehandelt hat, eine Sache, die man zwar bei der anschließenden Überstürzung der gesamten Vorkommnisse leicht vergessen könnte, und oft war es ja wirklich scheinbar keine Liebesaffaire mehr, sondern nur noch der reinste Saustall und ein mächtiges Affentheater. Aber ursprünglich war es ganz sicher einmal eine Liebesgeschichte, zumindest von einer Seite her, aber auch da bin ich mir nicht mehr so sicher. Was bilden sich doch die Menschen heute alles so ein und setzen es sich hartnäckig in den Kopf!

Jedenfalls war ich bei den Teilen der Gesamtaffaire, welche die Liebe betrafen, nicht nur ein kleiner, sondern sogar ein großer Beteiligter, ohne daß ich selbst richtig geliebt hätte. Einmal kam es allerdings bei mir zum Geschlechterverkehr, völlig überraschend, obwohl ich diese Frau schon lange liebe, und das spielt sogar ein bißchen in die Hauptgeschichte hinein. Ich liebe diese Frau durchaus, wenn ich auch allerdings genau genommen eine ganz andere liebe. Aber diese ist inzwischen, wahrscheinlich in der Türkei da drunten, verstorben...

Kurz, ich war bei der hauptsächlichen Liebesaffaire eine Art Bote, Berater, ein *Postillon d'amour*, um es einmal so zu sagen.

Zum Teil gegen meinen Willen, zum Teil hat es mir aber auch große Freude gemacht. Es ist ja immer so schön, den Leuten dabei zuzusehen. Insgesamt darf ich sagen, daß ich mich bemüht habe, ein ehrlicher Makler zu sein nach beiden Seiten der Betroffenen, und das war nicht immer ganz leicht. Denn das Dümmste bei der ganzen dummen Affaire war ja, daß ich erstens etwas viel Besseres zu tun gehabt hätte (ich bemühe mich im Augenblick vor allem darum, viel Geld zu kriegen), zweitens konnte ich oft nur mit schlechtem Gewissen den übrigens nicht zustandegekommenen Erfolg der betreffenden Liebe befördern, denn ich habe dank meiner akademischen Ausbildung sofort und von Anfang an gemerkt, daß es gar keine Liebe war, sondern was ganz anderes. Allerdings hat mir das der liebende Herr trotz zahlreicher zarter Andeutungen nicht geglaubt, sondern hat stur seinen Stiefel an Leidenschaft heruntergezogen – und das war natürlich auch wieder gut so, denn sonst wäre ja die ganze Geschichte nie so schön und packend zustandegekommen.

Jetzt kommt ein zweites Problem dazu. (Es gibt noch viele, allerdings kleinere, von denen möchte ich erst gar nicht anfangen, sonst wird es ganz langweilig.) Die weibliche Hauptperson der Geschichte glaubt nämlich mit einem gewissen Recht, daß ich gegen sie intrigiere, ich habe es ihr nämlich einmal in einer schwachen Stunde selber gesagt. Inzwischen habe ich dieser Dame natürlich nachdrücklich versichert, daß diese neue blöde Geschichte nichts, aber auch gar nichts mit meiner schon monatelang laufenden Intrige zu tun hat, denn ich achte bei meinen Intrigen durchaus eine gewisse Intimsphäre und weiß da meist wohl zu unterscheiden. Nun ist es aber so, daß mir diese Dame erstens nicht glaubt bzw. nur so halb glaubt, und zweitens ist es natürlich auch so, daß ich bei ihr erneut in Mißkredit komme, wenn sie erfährt, daß ich die ganze Geschichte jetzt auch noch niedergeschrieben und dabei vielleicht sogar noch Ruhm und viel Geld erworben habe, während es doch bei ihr in erster Linie wohl mehr um den erlittenen Seelenschmerz geht.

Ich verstehe diese ganze Haltung und gebe auch zu, daß das alles zusammen mit dem vorhin schon Gesagten echt problematisch ist. Es kommt sogar noch dazu, daß mir die Gunst der weiblichen Hauptperson sehr wichtig ist, weil diese Dame wiederum sehr stark befreundet ist mit jener anderen Dame, die wiederum ich liebe, und beide stecken Tag und Nacht die Köpfe zusammen und tuscheln und trinken Malteser und haben einen mächtigen Einfluß aufeinander. So daß mir die Niederschrift auch von daher nur schaden kann, denn auf diese Weise komme ich wahrscheinlich nie mehr ans Ziel meiner Wünsche.

Indessen, die Redlichkeit meiner schriftstellerischen Intentionen im Verein mit dem zunehmenden Drängen der Freunde haben endlich gesiegt und alle Bedenken hinweggeräumt. Im übrigen freue ich mich sogar, daß durch diese ganzen schwierigen Verhältnisse ein Vorwort zustande gekommen ist, das den Leser schon gleichsam etwas einführt und ihm sogar schon die ersten Einblicke in die Charaktere der Handlung gibt, in ihre Welt, ihre Gedanken, ihre Wünsche und Sehnsüchte.

Nun, damit ist auch mein Vorwort schon abgeschlossen. Ich gebe zu, daß es nicht unbedingt nötig war, aber doch vielleicht ganz nützlich, auch zu meinem persönlichen Schutz. Und ich bin durchaus dafür, daß auch Autoren, die sehr tief und bohrend in die Seelen der Handelnden eindringen, daß diese Autoren auch geschützt werden müssen, wie immer das aussehen mag.

So. Und nun zur Sache!

# ERSTER TAG

Das heißt, ich muß vorerst noch etwas vorausschicken. Ich kann natürlich alle die zum Teil erstaunlichen und bewundernswerten, zum Teil aber auch ganz gemeinen Vorkommnisse der letzten sieben Tage nur so weit und so genau berichten, wie ich ihnen beigewohnt habe, und außerdem das, was ich alles sonst gehört und aufgeschnappt habe. Ich darf aber sagen, daß ich in dieser Beziehung sehr rührig war und mich eifrig umgehört habe. Auf diese Weise gelang es noch, wichtige Informationen zusammenzukriegen, die für den Verlauf der Ereignisse mitentscheidend waren und die vielleicht vieles erklären helfen.

Außerdem darf ich vielleicht noch sagen, daß ich zuerst gegen meinen Willen, später mit einer gewissen fast wissenschaftlichen Neugierde fast immer in den Gang der Hauptereignisse einbezogen war, fast als ob das Schicksal mich dazu ausersehen hätte. Manchmal erkaltete mein Interesse zum Teil schon wieder und machte einem gewissen Zorn Platz, daß ausgerechnet ich, ein Vollakademiker, der doch etwas ganz anderes wollte und zu tun gehabt hätte, ständig mit solch fremdem, abgelegenem und zuletzt schon ganz dummem Unfug und Kramzeug belastet wurde.

Aber nun endlich zum Gang der Ereignisse. Hier stellt sich jedoch erneut ein Problem ein: Wo sie beginnen lassen? Ich habe über dieses Problem selbstverständlich sehr lange nachgedacht, denn eigentlich liegen die ganzen Vorkommnisse natürlich schon in der Vergangenheit begründet. Es gibt, wie ich einmal gehört habe, sogar wissenschaftliche Sparten, die alles in die Kindheit verlagern oder gar bis zu unseren Ureltern Adam und Eva. Doch genug davon! Im engeren Sinn begann die Handlung natürlich an einem und ganz bestimmten Tage. Das heißt am Abend bzw. mitten in der Nacht eines Samstagabends. An diesem Abend verliebte bzw. verknallte sich Herr Peter Jackopp in ein Fräulein Evamaria Czernatzke. Ich war auch dabei, aber weil ich mit einer oder mehreren anderen Damen scherzte und sogar Händchen hielt, habe ich das eigentlich überhaupt nicht richtig mitgekriegt. Ich erfuhr erst am Abend des nächsten Tages davon, vielleicht hat der Herr Jackopp aber auch erst am Tag darauf gemerkt, daß es die Liebe war. Dies ist einer der Punkte, über die ich nie ganz sicher bin, obwohl Herr Jackopp mehrfach und unnachgiebig behauptete, es sei »alles schlagartig« gekommen, und »so eine verfluchte Scheiße« habe er schon seit 1957 nicht mehr erlebt. Aber, wie gesagt, ich bin da überhaupt nicht sicher, denn, wie ich schon von früheren Erfahrungen her wußte, widerspricht sich Herr Jackopp häufig und bildet sich dann, was ganz schlimm und verheerend ist, völlig aufrichtige Sachen ein, die gar nicht wahr sind.

Aber, und darüber habe ich lang und eindringlich nachgedacht, eigentlich begann die Folge der sich dann furchtbar ausweitenden Ereignisse schon am Nachmittag dieses Tages, indem dieser wiederum meinen persönlichen Zustand prägte und ich deshalb nicht mehr rettend oder doch verhütend einzuschreiten vermochte bzw. wenn ich in Topform gewesen wäre, wäre vielleicht noch alles zu verhindern gewesen. Was mich betrifft, ich saß da mit einem Herrn Eilert im Kaffeehaus, wir hatten allerlei strategisch-technische Dinge zu besprechen sowie zugunsten der Firma Maggi kleine Gedichte über Kartoffel-*Chips* zu erledigen. Als das geschehen war, tranken wir etwas Weinbrand, und wie ich dann mit dem Auto nach Hause fuhr, war ich nicht mehr ganz nüchtern, wenn auch noch längst nicht betrunken.

Ich liebe es aber gegenwärtig, am Nachmittag einen völlig klaren Kopf aufzuweisen (am Abend ist es unterschiedlich). Um also den Weinbrand zu vertreiben, ging ich jetzt zu einem Bekannten, einem Herrn Bernhard Rösselmann, einem stattlichen und dennoch regsamen Herrn in den besten Jahren mit Hornbrille und ernsthaften Gesichtszügen, der einen ungeheuer dicken und ganz ausgezeichneten Friesentee zu brauen versteht und der sich auch diesmal nicht lange bitten ließ und sogar noch Plätzchen hinstellte. Es war auch noch ein Fräulein Bitz da, eine langjährige sehr gute Bekannte von Herrn Rösselmann, die bei ihm zu Hause sozusagen die Geschäftsführung besorgt und gelegentlich sogar für den Tee verantwortlich sein darf. Diese trank ebenfalls mit. Wir kamen rasch ins Plaudern und Scherzen, denn Herr Rösselmann ist um köstliche Einfälle und allerlei Redensarten nie verlegen, und Frl. Bitz sitzt immer brav still dabei und ist stolz auf diesen Herrn, und jedenfalls zuletzt hatte ich vier Tassen von diesem wirklich mörderischen Tee ausgetrunken. Da lief ich heim, denn ich wollte noch rasch eine Art Glosse für ein Journal schreiben, eigenartigerweise gegen Kartoffel-Chips, für welche ich soeben noch kleine empfehlende Gedichte gemacht hatte.

Jedenfalls stellte sich während des Abfassens ein heftiges Flattern und Herzflimmern ein. Das kam vom Friesentee. Weil ich wußte, daß dies nach vier Tassen absolut unvermeidlich war (nur Herr Rösselmann selbst packt ohne jede Gefahr sogar sieben Tassen), geriet ich in eine echte Wut und trank als Antwort und Gegenmacht zu diesem Tee fast eine Viertel Flasche Whisky in mich hinein, deren verwirrende Wirkung glücklicherweise erst genau in dem Augenblick begann, als meine Glosse schon fast fertig war. Sie war mir sogar sehr gut gelungen, wäre aber, wenn ich den Whisky schon früher zu trinken begonnen hätte oder aber die Glosse später begonnen hätte oder aber die Glosse wäre länger geworden, sicherlich vollständig blöd geworden.

Aber, wie gesagt, ich hatte Glück. Als die bekannte Betäubung im Hirn eintrat, war die Glosse gerade fertig, und zum Nochmaldurchlesen und Kommafehlerberichtigen braucht man ja keinen großen Geist. Ich legte mich ein bißchen auf meine hübsche schwarzrotgestreifte Couch (die Farben meiner Lieblings-Fußballmannschaft) und war im Begriff einzuschlafen, da schellte es an der Tür. Ach ja, Herr Jackopp wollte ja an diesem Abend kommen und irgendwelche Tonbandaufnahmen von meinen Schallplatten machen.

Nun, da erschien Herr Jackopp auch schon unter der Türe. Ich muß sagen, Herr Jackopp ist 25 Jahre alt, in der Schweiz beheimatet, und hier in unserer Stadt irgendwie tätig. Er ist sehr zierlich, mittelgroß, trägt einen dunklen Schnauzbart im hübschen Gesichtchen und macht fast immer einen sehr wachsbleichen, düsteren, gequälten, fast kranken und irgendwie existentiell bedrohten Eindruck. Gleichzeitig aber ist er immer äußerst modisch eingekleidet (*Pep* nennt man das wohl heute) und vor allem überaus schweigsam. Ich weiß es nicht genau, es gibt aber einige Gründe zu der Annahme, daß Herrn Jackopps Ehe kürzlich an dieser Schweigsamkeit zerbrochen ist. (Es ist allerdings nicht ganz sicher, ob die Ehe wirklich zerbrochen ist, doch davon später.) Übrigens war diese große Schweigsamkeit auch Frau Doris Jackopp eigentümlich, einer winzig kleinen, äußerst zierlichen, ja zerbrechlichen Person ebenfalls aus der Schweiz. In Gesellschaft schwiegen meist sowohl Herr als auch Frau Jackopp, höchstens daß er manchmal betrunken war und sie dann ziemlich heftig anpfurrte. Ich fand das oft schon gar nicht mehr schön.

Aber seit kurzem war die Rede von Scheidung und von einer gewissen Abfindungssumme, man munkelte von 7000 Mark, aber auch diese Zahl aus dem Munde des Herrn Jackopp ist natürlich zweifelhaft. Herr Jackopp erzählte nämlich erst vor ein paar Tagen drei verschiedene Versionen über den gegenwärtigen Aufenthalt seiner Gattin. Herrn Rösselmann teilte er mit, er lebe »technisch« noch mit seiner Frau zusammen, mir erzählte er, er habe »keine Ahnung, wo die Büchse« sei, ob in Deutschland oder schon wieder in der Schweiz. Und drei Stunden später wiederum sagte er mir, irgendwo in der Stadt treibe sie sich rum, »aber das macht nichts«. Übrigens könnten solche ersten Einblicke in das Wesen und Verhalten des Herrn Jackopp vielleicht den Eindruck erwecken, dieser Mann rede sehr viel und sehr dummes Zeug durcheinander. Das zweite kann man sicher nicht abstreiten, wenn es auch wieder nicht völlig stimmt, ab und zu gelingt Herrn Jackopp schon einmal ein überzeugender Satz. Aber viel reden tat Herr Jackopp eigentlich nur an einem einzigen Tag, seitdem ich ihn kenne: an dem Tag, der jenem folgte, welcher seine Liebe zu Frl. Evamaria Czernatzke mit sich brachte. Sonst redete Herr Jackopp direkt auffallend und manchmal schon unheimlich wenig. Und da brummte er dann nur ganz tief. Wiederum übrigens genau wie seine Frau Doris Jackopp, diese so überaus kleine und zierliche Person! Ich habe es neulich auf dem Klavier einmal nachgemessen, Herr Jackopp brummt durchschnittlich das tiefe *ges*, seine Frau trifft immerhin einen Ton höher das *as*. Ein normaler Mensch redet zwischen *c* und *g* herum, also eine halbe Oktave höher . . .

Ich meine, vielleicht erklärt auch das einiges.

So redete Herr Jackopp auch während der Überspielung der Schallplatte auf Tonband fast nichts, sondern brummte nur zweimal »verflucht« und einmal »Scheiße«. Unterdessen legte ich mich auf mein Sofa und dämmerte ein bißchen vor mich hin. Die Überspielung wurde dann technisch sehr schlecht, aber der Fehler war nicht aufzufinden. So ließen wir denn ab davon. Gleichzeitig fiel mir ein, daß ich Herrn Jackopp 10 Mark schuldete, und ich gab sie ihm. Und anschließend, nachdem ich nicht recht wußte, was ich mit Herrn Jackopp anstellen könnte, machten wir uns auf den Weg in die Gaststätte »Mentz«, um irgendwie in den Abend zu starten.

Dieses Lokal bezieht einen gewissen Ruf vor allem dadurch, daß es sowohl »Krenz« als auch »Mentz« – das ist der Name des Wirtes – als auch »Zillestube« und neuerdings sogar noch »Opas letzte Pinte« heißt, das letztere ein völlig unpassender Schmuckname, wie man hört von dem Sohn des Wirtes erfunden und an die Wand gemalt – offenbar erhoffte sich dieser Sohn durch solche Flottheiten stimmungsmäßigen Aufschwung. Wir verkehrten dort alle recht häufig, manche sogar jeden Tag. Es gab zum Beispiel mal einen Herrn Jürgen Meister, der war praktisch immer drin.

Im »Krenz« war es noch ziemlich ruhig, die vielen Studenten unserer Stadt, die immer hierherkommen, hatten offenbar ihre Hausaufgaben noch nicht gemacht oder vielleicht auch nicht genügend Geld, schon um 8 Uhr anzufangen. Ich begann mit Herrn Jackopp sofort ein Kartenspiel, das »Watten« heißt und aus dem Tirolerischen kommt – der Dichter Thomas Bernhard hat neulich einen sehr netten Roman darüber geschrieben. Man kann zu zweit oder zu viert watten, manche Leute tun es auch zu dritt, dann wird es aber schon recht einfältig. Übrigens darf ich für mich in Anspruch nehmen, daß ich dieses Spiel in unsere Stadt eingeführt habe, wo es mittlerweile schon recht weite Kreise gezogen hat. Das Wattspiel erwähne ich deshalb, weil gerade an diesem so folgenreichen Abend Herr Jackopp verhältnismäßig gut wattete, ja zum Teil fast meisterliche Taktiken an den Tag legte (Watten ist eine Art Bluff-Spiel, ein bißchen verwandt mit dem Pokern, ein Spiel, bei dem es im wesentlichen auf Bauernschläue ankommt). Ich watte sehr gut. Aber, wie gesagt, Herrn Jackopp gelangen diesmal ein paar fast erleuchtete Spielzüge, und so gewann ich nur einen Schnaps, während es früher sogar einmal acht waren. Herrn Jackopps kluges Watten verwunderte mich im nachhinein um so mehr, als dieser Mann gerade im Anschluß an das Spiel und während der nächsten Tage so eigenartige, ja krumme und unvernünftige Verhaltensweisen an den Tag legte. Vielleicht war es das letzte Aufbäumen des Intellekts. Aber wahrscheinlich kann man daraus einfach nur ersehen, daß die Qualität des Kartenspielens nichts mit Geist zu tun hat.

Doch zurück zu den Ereignissen. Gerade in dem Augenblick, als das dritte Spielchen zuende war, schlich Herr Rösselmann mit Frl. Bitz zur Tür herein und setzte sich mit einem lustig lauernden »Na?« zu uns. »Guten Abend, Herr Rösselmann«, sagte artig Herr Jackopp und dann lange Zeit nichts mehr. Weil ich weiß, daß Herr Rösselmann ein sehr neugieriger Herr ist, den praktisch alles interessiert und der auch immer mal gern hört, was sich so alles abspielt, erzähle ich ihm sogleich die Geschichte vom Abend des Vortags, gewissermaßen um mich für seinen Tee vom Nachmittag zu bedanken. Ich bin in dieser Beziehung sehr förmlich.

Gestern abend war nämlich auch etwas sehr Eigenartiges passiert. Ein Herr Joachim Kloßen, übrigens mein Wohnungsnachbar, hatte wieder einmal für einen stürmischen Umtrieb gesorgt. Herr Kloßen ist jetzt seit ungefähr einem Monat in unserer Stadt und hat in dieser Zeit schon so viele Possen und Faxen gemacht wie oft ein anderer nicht in fünf Jahren. So daß man meint, Herr Kloßen sei schon von jeher bei uns. Einmal z. B., als ich bei einem bekannten Fräulein übernachtete, hatte Herr Kloßen aus irgendeinem Grund keinen Zugang zu seinem Wohnungsschlüssel, deshalb gab ich ihm meinen, so daß er in meiner Wohnung schlafen konnte. In der Nacht muß Kloßen aber sehr viel und groben Unfug gemacht haben, denn am anderen Tag war mein kleines geschecktes Kätzchen, das ich kurz zuvor von Frl. Mizzi Witlatschil geschenkt bekommen hatte und an dem ich sehr hing, nicht mehr da. Außerdem lagen mehrere Wandbilder kreuz und quer am Boden und der Plattenspieler war kaputt. Ganz offenbar hatte dieser Kloßen betrunken in meiner Wohnung getanzt. Mir gegenüber gab er dann an, daß er sich vielleicht in der Nacht auf den Hausflur verirrt habe und dabei sei wohl das – sicherlich erschrockene – Kätzchen auf und davon. Wir haben dann alle mal nachgezählt, daß Herr Kloßen allein in dieser einen Nacht mindestens neun Fehler gemacht hatte!

Aber Frl. Bitz und Herr Rösselmann – Herr Jackopp saß immer schweigend dabei und sah reglos vor sich hin – erzählte ich nicht diese Geschichte, die kannten sie schon ganz gut, sondern die neue vom Vortag. Herr Kloßen hatte da nämlich seine alte Zechmannschaft aus Itzehoe und Umgebung durch einige Lokale unserer Stadt geschleift und sie zum Tagesabschluß ins »Krenz« mitgebracht, gleichsam um sie uns vorzustellen. An diesem Abend waren aber nur Herr Stefan Knott und ich im Lokal. Wir hatten am frühen Abend zu watten begonnen, es war sehr schön, doch gegen zehn Uhr hatte ich plötzlich den Eindruck, daß Herr Stefan Knott, übrigens ein Bruder von Peter Knott, irgendwie geistesabwesend sei und daß ihm irgend etwas fehle. Ich wußte auch sofort, was das sei und an was nämlich Herr Knott dauernd denken müsse. Ich schlug ihm deshalb vor, das Spiel abzubrechen und ein anderes zu beginnen, nämlich jeder sollte auf einem Wunschzettel jene 20 Damen notieren, die er am liebsten besitzen möchte. Herr Stefan Knott war sofort Feuer und Flamme und all seine Müdigkeit schlagartig entflogen. Wir machten uns an die Arbeit, und ich beobachtete genau, wie Herr Knott mit angestrengt gefurchter Stirn die Namen hinschrieb. Ich hatte meine 20 bereits beisammen, bemerkte aber, daß Herrn Stefan Knott nach Nummer 19 nichts mehr einfiel. Da riet ich ihm endlich, doch zur Not seinen Bruder Peter hinzuschreiben. Erfreut auflachend tat es Herr Knott, und dann verglichen wir die Ergebnisse. Es gab viele Übereinstimmungen, aber auch echte Überraschungen auf beiden Seiten, wir unterhielten uns noch lange darüber und beschlossen endlich, die Listen aufzubewahren und nach Möglichkeit viel abzuhaken. (Diese Listen sind später leider verschwunden und kursieren irgendwo – ich wollte, ich hätte die meine wieder.)

Immerhin, wir waren beide nun plötzlich sehr aufgeräumt und beschlossen deshalb, noch ein bißchen Schach zu spielen. Da eben schleppte Herr Kloßen seine Itzehoer Crew zur Tür herein, und diese Personen besetzten auch sogleich schauerlich lärmend unseren Tisch. Es waren dies aber schon ganz ausgemacht ordinäre Flegel, rohe, geistlose Figuren, die einfach nicht zu uns paßten –

so auffällig, daß es sogar der betrunkene Herr Kloßen merkte und sich etwas schämte. Das war mir an Herrn Kloßen bis dahin völlig unbekannt, ein solches enormes Feingefühl. Unter diesen Menschen befand sich auch ein gewisser »Hajo, der Ballspieler«, d.h. er betonte immer wieder, daß dies sein Name sei, und er war offenbar der Meinung, daß das schon spaßhaft genug sei und wir ihn deshalb schon freudig aufnehmen würden, und er warf auch sogar gleich einige der Schachfiguren um und rief mehrmals »Matt! Schachmatt!« Herr Kloßen sagte: »Laß das, Hajo!« Hajo, der Ballspieler, sah zwar wegen seines dicken, dunklen Bartes und seiner langen Haare ziemlich bedrohlich, ja fast genial aus, er erwies sich aber auch in den nächsten Tagen und Wochen als die allergrößte Enttäuschung und als der weitaus wertloseste unter den Herren von Herrn Kloßen. Leider ist er mittlerweile ständiger Gast bei »Mentz«. Nach einigem weiteren Lärmen trieb dann Herr Kloßen seine Leute wieder aus dem »Mentz« in eine gegenüberliegende Nachtbar. Er sagte noch, wir sollten nachkommen. Wir waren aber nicht ganz blöd und kamen nicht nach.

Passiert war an diesem Abend eigentlich nicht viel oder auch gar nichts.

Doch nun, nachdem ich Frl. Bitz und Herrn Rösselmann, die beide ebenfalls großen Anteil an den mächtigen Umtrieben des Herrn Kloßen nahmen, diese dumme und inhaltslose Geschichte erzählt hatte, nahm sofort die Katastrophe ihren Lauf. Das heißt zuerst merkte ich noch gar nichts, und auch Herr Jackopp saß noch immer ruhig da und scheinbar so ausgeglichen wie beim Watten vorher. Aber in einem einzigen Augenblick war alles entschieden. Es zogen nämlich zur Tür herein Herr Ulf Johannsen, Frl. Birgit Majewski und Frl. Evamaria Czernatzke, und vor allem die letztere war ein großer Fehler und richtete all das undeutliche Zeug an, das die nächsten Tage so machtvoll überfluten sollte. Ich meine, in unserem Volk und Vaterland passiert ja an sich dauernd der größte Unsinn und das albernste Zeug, aber *hic et nunc* kam es nun schon ganz dick.

Im übrigen aber muß ich mich jetzt sehr zusammennehmen, um die ganze Dramatik der nun folgenden Vorgänge sauber hinzukriegen. Denn, wie ich schon gesagt habe, ich, der Berichterstatter, bekam ja erst am nächsten Tag alles richtig und zuverlässig in den Griff – der heutige Abend kam mir sogar eher munter und fast lyrisch vor.

Die drei Neuankömmlinge wurden herzlich begrüßt, vor allem Herr Johannsen und Frl. Majewski, welche nämlich zusammen weg und drei Wochen in Vernazza in Italien gewesen waren. Es ergab sich, wie ich nachträglich zusammenkonstruierte, folgende Tischordnung rundum: Herr Rösselmann, Frl. Bitz, Herr Jackopp, Frl. Czernatzke. Herr Johannsen, ich und Frl. Majewski. Und diese Tischordnung erwies sich als nicht gut.

Obgleich ich dadurch Gelegenheit fand, sofort und auf Grund der Wiedersehensfreude Frl. Majewski herzlich zu begriffeln und zu betätscheln. Dazu ist leider wieder etwas zu sagen und vorauszuschicken. Frl. Majewski war nämlich ungefähr 15 Jahre lang mit Herrn Ulf Johannsen verlobt bzw. jedenfalls bekannt, aber die Verlobung ist vor einem halben Jahr an »zu großer Gewöhnung« zerbrochen – so heißt es jedenfalls. Aber seit ungefähr sechs Wochen ist anscheinend die Gewöhnung wieder überwunden, und die beiden lieben sich jetzt wieder. Zwischendurch soll allerdings der Herr Ulf Frl. Czernatzke gepackt haben, so daß er sie jetzt im Augenblick beide liebt. Auch wohnen seit genau dieser Zeit Frl. Majewski und Frl. Czernatzke zusammen in einer lila gestrichenen Wohnung, übrigens ganz in der Nähe von mir, ich habe auch die beiden schon einige Male besucht, habe mit ihnen Grappa getrunken und sogar beim Umzug geholfen. Früher war Frl. Czernatzke meine Nachbarin, sie wohnte da, wo Herr Kloßen jetzt wohnt, dieser allerdings nach wie vor ohne jedes Möbelstück außer einem von Frl. Majewski geliehenen Fernsehkasten, einer Matratze und einem Pappkarton.

Zweitens muß ich sagen, daß Frl. Majewski und Frl. Czernatzke die allerbesten Freundinnen sind, sie sagen es jedenfalls überall laut, vielleicht allzu laut, ich für mein Teil habe da jedenfalls einige Bedenken. Bedenken nicht allein wegen der Aufteilung des Liebhabers (ich bin da nicht kleinherzig und durchaus allen Neuerungen aufgeschlossen!), vielmehr weil das nun schon zum zweiten Male passiert. Vor einem knappen halben Jahr hatte nämlich Frl. Majewski zwischendurch einen anderen Freund, einen Jürgen Steltzer, ein neckisches Männlein ohne Geist und Verstand, das plötzlich mit großer Geste an Frl. Czernatzke übergeben wurde, sie sechs Wochen lang angeblich toll liebte, dann eine andere heiratete, sich von dieser scheiden ließ und schließlich als Presseattaché nach Burma ging. So geht es bei uns oft und oft.

Außer daß es vielleicht noch ganz andere erotische Verstrickungen um die Personen Johannsen, Majewski und Czernatzke gibt, darf ich hier erklärend anfügen, daß auch ich seit etwa einem halben Jahr, als sie nämlich der Herr Ulf herausgab, Frl. Majewski liebe (außer der verstorbenen Frau natürlich!), allerdings bisher ohne rechten Sinn und Zweck. Das heißt ein Küßchen hier, ein Schenkeldruck dort, gut, aber sonst hat Herr Johannsen mit seinen 15 Jahren Liebeserfahrung natürlich wieder den Vorrang. Ich meine auch, so etwas muß man als Tribut an unsere Zivilisation schon respektieren. Ich bin in solchen Fällen durchaus für Zurückhaltung, einmal habe ich dabei von Frl. Majewski immerhin schon eine »Aussprache« im Automobil erreicht, mit *Petting*, wie man sagt. Andererseits ist das in meinem Alter doch ziemlich ungesund, das sollten wir doch besser unseren Greisen überlassen.

Wir waren also jetzt sieben Personen rund um den Tisch. Übrigens war es inzwischen schon, wie fast immer, ziemlich laut in diesem Lokal. Die beiden Wirte hinter der Theke, der alte und der junge Mentz, beide von der Natur mit einem kreisrunden Kopf ausgestattet, schimpften laut und sehr eindringlich auf einen Thekengast ein, der mir noch neu war, der aber seit jenem Abend fast immer kommt und Dr. Mangold heißt. Nach dem, was ich so höre, soll das, trotz Herrn Kloßens Mitarbeitern, der bisher flegelhafteste Mann in unserem Lokal sein, der sich andauernd aufführt und andere Gäste mit Genuß beleidigt und anfährt.

Während ich, wie gesagt, mit Frl. Majewski kleinere Zärtlichkeiten austauschte, an ihren haselnußbraunen, langabfallenden Haaren zupfte und sie nach ihren gegenwärtigen erotischen Verhältnissen ausforschte, achtete ich natürlich gar nicht auf Frl. Czernatzke und schon gar nicht auf Herrn Jackopp. Frl. Majewski war von der bestandenen Italienreise her recht aufgeräumt, hatte glühende Wangen und trank auch zügig mehrere Biere in sich hinein, was ihr immer etwas so Feuchtschimmerndes in den

Augen verleiht, das ich so rasend, wenn auch zurückhaltend liebe. Ich erzählte ihr deshalb auch die jüngsten Geschichten über Herrn Kloßen und die anderen Herren aus Itzehoe, worüber Frl. Majewski sehr lachen mußte, und was dies für eminent niedrige Charaktere seien. Ich erzähle übrigens oft die gleichen Geschichten mehreren Leuten hintereinander, ich weiß auch nicht, warum. In diesem Fall war es natürlich auch so, daß mich so unheimlich flache Menschen, die das auch noch voll ausspielen und sich keine Schranken auferlegen, daß mich die sehr faszinieren, ja oft begeistern.

Dagegen ist Frl. Czernatzke eine kleine und sehr adrette Frauensperson, die stets zugleich kampflustig und hingebungsvoll dreinschaut und ihr reizendes Stupsnäschen keck und erwartungsvoll in die Luft hält, ganz so, als ob der Bräutigam schon im Anzug wäre. Nun, in dem Fall traf das leider auch zu, wenn Herr Jackopp auch noch immer keinen Ton redete. Aber auch Herr Johannsen, ein sportlicher junger Mann, mit viel blondem Haar über das ganze Gesicht verteilt, flüsterte nur einmal kurz und fast geheimnisvoll mit Frl. Czernatzke. Ich zum Beispiel rede gern, auch Herr Rösselmann redet viel und zügig, wobei ich mehr feuilletonistisch plaudere, Herr Rösselmann dagegen mehr zierlich und pointiert daherquatscht, insgesamt kommt es aber meist auf das gleiche heraus. Frl. Bitz redet wenig und immer sehr Nachdenkliches. Bzw. wenn sie glücklich ist, toskanisch.

Da plötzlich vernahm man auf einmal die Stimme von Herrn Jackopp: »**Herr Rösselmann, heute in einer Woche steigt hier ein riesiges Scheidungsfest. Ich lade Sie ein. Sie kommen?**« Ich erinnere mich dieses Satzes genau. Herrn Jackopps wie immer tiefe, brummende, leidende Stimme, der aber, wie mir schien, bei diesem Satz eine Spur hektischer Freude beigemischt war. Gerade aber, als wir uns zu wundern begannen und nachfragen wollten, wie er, Jackopp, das denn so meine, stieß plötzlich vorne an der Theke der uns allen bekannte Herr Gerd Winkler, der dort seit einigen Minuten mit einem anderen kleinen und dicken Herrn stand, einen hohen und schrillen Schrei aus, worauf beide sehr laut lachten. Herr Winkler ist ein Hersteller von lustigen Sachen, z. B. Filmen, und offenbar war das wieder einmal so etwas spontan Lustiges, so eine Art »*action*«, wie man heute sagt. Weil aber auf den Kunst-Schrei offenbar nicht alle Leute lustig antworteten, wiederholte Herr Winkler kurzentschlossen seinen Schrei. Daraufhin lief der alte Herr Mentz zu dem Schreienden und redete beschwörend auf ihn ein, so etwas könne er »bei der Apo, aber nicht in meinem Lokal« machen, worauf auch Herr Winkler wieder etwas zurückfeuerte, da mischten sich auch Herr Dr. Mangold und noch andere Herren in die Streitsache, und es gab einen regelrechten Tumult, in dessen Verlauf Herr Winkler sich zu uns wandte und uns freundlich zuwinkte. »Hallo!«, winkte Frl. Majewski zurück, während Herr Ulf leise »Arschloch!« sagte.

Allmählich beruhigte sich alles wieder, und ich drückte erneut die Händchen von Frl. Majewski, welche immer verklärter vor sich hinlächelte, da spielte wahrscheinlich noch der südliche Himmel mit. Ich spürte aber schon schmerzlich, daß Herr Johannsen bei ihr wieder vollständig die Vorherrschaft gewonnen hatte, und als sich mein Engagement deshalb ein wenig abkühlte, tauchte genau im rechten Augenblick Frau Johanna Knott unter der Türe auf, die Gattin des Herrn Peter Knott, der zu diesem Zeitpunkt mit einer größeren Gruppe Reisehungriger auf Ibiza weilte. Frau Knott, eine Berufs-Tänzerin mit hoher gertengleicher Gestalt und langen flachsblonden Flechten, trug an diesem Abend einen Rollkragenpullover mit einem sehr aparten Ringelmuster, das mich offenbar erotisch stark elektrisierte, denn schon kurz nach ihrer Ankunft ließ ich von Frl. Majewski ab und machte Frau Knott eifrig den Hof. Schließlich ließ ich mich sogar dazu hinreißen und trug ihr an, mit ihr jetzt bitte nach Hause gehen zu dürfen.

Dazu muß ich sagen, daß das vielleicht nicht ganz so ungezogen war, wie es sich anhört. Ich stand nämlich schon einmal vor langer Zeit und auch ohne den Pullover auf einem äußerst herzlichen Fuß mit ihr, d. h. wir haben uns recht wacker geherzt und abgeküßt und sogar viel getanzt, bis mir der Atem ausging. Frau Knott war da als Berufstänzerin natürlich im Vorteil. Ja, ich habe sogar im Urlaub einmal eine ganze Woche lang bei Frau Knott geschlafen, es ist aber dabei nichts von Bedeutung passiert. Damit möchte ich nun wiederum auch nicht sagen, daß der Geschlechterverkehr etwa besondere Bedeutung hätte, nein, das glaube ich nun wirklich nicht. Vielleicht hat Frau Knott mich auch nur deshalb bei sich schlafen lassen, weil sie weiß oder ahnt, daß mir der Geschlechterverkehr über weite Strecken ziemlich gleichgültig ist, so daß also auch der Gatte nichts dagegen haben konnte. Sicher, er muß schon irgendwie sein, aber ich bin da nicht mehr so unbedingt und hemmungslos erpicht darauf und gebrauche keine Gewalt. Außerdem kann man dabei nicht rauchen.

Trotzdem kam ich also an diesem Abend unverzüglich mit Frau Knotts Eintreffen auf unsere seinerzeitigen Zärtlichkeiten zurück und wollte deshalb den Geschlechterverkehr nachvollziehen. Frau Knott indessen, die nebenbei auch eine leidenschaftliche Psychologin ist, durchschaute natürlich rasch die tieferen bzw. seichteren Beweggründe meines Ansturms und wies mich darauf hin, daß ich mir das ja auch nüchtern einfallen lassen könne, und sie sehe absolut nicht ein, daß sie sich schnurstracks einem Angetrunkenen hingeben solle, nur weil es diesem gerade so in den Sinn flog. Ich gab Frau Knott gegenüber sofort zu, daß sie damit zwar prinzipiell recht habe, daß sie es aber ebenso prinzipiell schon mir und den Eingebungen meiner meist hochkomplizierten Psyche überlassen müsse, welchen Zeitpunkt ich mir dazu aussuchte. Ich übrigen finde ich es interessant, daß Frau Knott sagte, ich könne mir das ja auch nüchtern einfallen lassen. Heißt das, daß dann ...

Damit war für mich der erotische Teil des Abends auch schon abgeschlossen, nachdem Frl. Bitz zu weit von mir entfernt saß und außerdem Herrn Rösselmann treu ergeben ist, wie man hört. Inzwischen hatte aber, was ich erst nachträglich erfuhr, das eigentliche, ja das alles überragende erotische Hauptgeschehnis des Abends, sogar der ganzen Woche, längst begonnen und seinen Kreis gezogen.

Der Start muß, wie ich erfuhr, kurz nach Herrn Jackopps festlicher Ankündigung eines »riesigen Scheidungsfestes« und dem daran anschließenden Tumult an der Theke erfolgt sein. Gleich darauf hatte nämlich, nach der Aussage des guten Beobachters Rösselmann, Herr Jackopp Frl. Czernatzke an die Theke des Herrn Mentz eingeladen, Schnaps zu trinken. Und dort muß dann passiert sein, was Herr Jackopp im nachhinein »diese verfluchte Scheiße« nennt, daß er sich nämlich, nach eigener Darstellung, dort »schlagartig in die Czernatzke verknallt« und von ihr nach einigen Handgreiflichkeiten und parallelen Kniebewegungen, welche »sie mitgemacht hat«, den sofortigen Vollzug des Geschlechterverkehrs begehrt habe, ganz wie vorher ich so töricht. Wiederum nach Herrn Jackopps späteren Aussagen habe Frl. Czernatzke zwar noch einen Schnaps getrunken, aber geantwortet, sie »treibe es doch jetzt mit dem Ulf«. Worauf Herr Jackopp sinngemäß gesagt haben muß, das mache überhaupt nichts.

An dieser Stelle muß erläutert werden, daß Herrn Jackopps schlagartiges Verknallen keinerlei *Coup de foudre* im wirklichen Wortsinn war, indem dieser Frl. Czernatzke schon recht lange kennt, bis zu diesem Abend aber war nach den Aussagen von Frl. Czernatzke »dieser Blödmann« noch nie auf die Idee gekommen, ihr das zu sagen und also den Geschlechterverkehr zu vollziehen.

Ergänzt sei in diesem Gesamtzusammenhang auch die möglicherweise wichtige Beobachtung des Herrn Rösselmann und des Frl. Bitz, die beide übereinstimmend berichten, daß in den entscheidenden Minuten an der Theke nicht nur Herr Jackopp, sondern auch Frl. Czernatzke nach dem dritten Schnaps durchaus aufnahmebereit gewesen sei, insofern als Frl. Czernatzke es nicht an kleineren Aufmerksamkeiten wie heftige Blicke, Greifeln und Quetschen der Knie habe fehlen lassen, was Herrn Jackopps Darstellung ja indirekt bestätigt. Frl. Czernatzke bestreitet das und gibt an, das Quetschen sei allein von Herrn Jackopp ausgegangen, aber »natürlich« habe sie »nicht gerade was dagegen gehabt«.

Doch was immer hinter diesem geheimnisvollen Widerspruch stecken mag – für mich, um es noch einmal zu betonen, war dieser so vieles auslösende Abend zu dieser Zeit schon längst beendet, ich war nämlich, was mir nur noch selten zustößt, auf dem Tische eingeschlafen, wahrscheinlich auf Grund der anstrengenden Folge von Weinbrand, Tee, Whisky und sexueller Verstrickung. Im nachhinein schäme ich mich sogar, daß ich durch meine durchaus zweitrangigen Liebesenergien den Glanz der Hauptereignisse nicht nur verschlafen und nicht mitbekommen, sondern gleichsam in seiner Naturschönheit, seiner elementaren Kraft beschädigt habe. Denn was waren schon meine läppischen Artigkeiten gegen das, was da vorne an der Theke vor sich gegangen sein muß!

Ahnungslos verließ ich, nachdem ich den alten Herrn Mentz angeblich noch als »Haupt-Faschisten« beleidigt hatte, gegen Mitternacht zusammen mit Herrn Rösselmann und Frl. Bitz das Lokal, und jedes ging dann seiner Wege. Für die beiden Liebespersonen war das Geschehen für diesen Tag aber noch längst nicht abgeschlossen. Wie ich erst zwei Tage später erfuhr, muß es vor der gemeinsamen Wohnung der Gruppe Majewski-Czernatzke-Johannsen noch zu einem erstaunlichen Auftritt und Vorgang gekommen sein. Angeblich soll es da, während diese drei Personen um zwei Uhr früh am Fenster gestanden und (aus vermutlich abwegigen sexuellen Motiven) gemeinsam in die Nacht hinaus und auf den Sternenhimmel geschaut haben, plötzlich an der Türklingel geschellt haben. Man habe dann nach unten geblickt, aber keinen Menschen gesehen. Doch plötzlich sei eine Gestalt aus dem Gebüschschatten getreten, welche man klar und zweifelsfrei als diejenige von Herrn Jackopp ermittelt habe. Dieser, später von mir so ganz nebenbei auf die Richtigkeit dieser Aussage befragt, gab mir keine Antwort. Er schaute mich aber lang und verständnislos an, ganz als ob er aus einer anderen Welt käme. Bzw. ich.

Nun, zum Abschluß dieses Kapitels, möchte ich den Leser noch bitten, mir zu verzeihen, daß mir aus Blödigkeit der erste und alles auslösende Tag weitgehend entglitten ist und ich deshalb vieles erst im nachhinein zusammenklauben mußte. Ich darf aber jetzt schon versprechen, daß ich ab der Mitte des folgenden Tages, als ich schlagartig alle Zusammenhänge erkannte, meine Augen und Ohren gut auf hielt und deshalb praktisch alles weiß, ja als treuer Gefährte von Herrn Jackopp die Kontrolle nicht mehr aus der Hand gab und über dessen Liebe streckenweise besser Bescheid wußte als dieser selber. Und ich also das absolute Vertrauen des Lesers verdiene.

# ZWEITER TAG

Am frühen Morgen kamen zunächst einmal drei Telefonanrufe, die ich alle, weil ich müde war, nicht abnahm, und das war vielleicht gut so, denn sie hätten sicherlich die folgenden Unruhen nur noch erhöht.

Der erste Anruf, den ich entgegennahm, kam von Herrn Jackopp. Dieser teilte mir mit, daß wir vereinbart hätten, heute auf den Fußballplatz zu gehen. Davon wußte ich zwar nichts, aber gut. Er, Jackopp, komme gegen 14 Uhr bei mir vorbei. Wenig später rief Herr Rösselmann an, er und Frl. Bitz ließen zum Frühstück bitten. Ich sagte, dies ginge nicht, weil ich Herrn Jackopp erwarte und wir auf den Fußballplatz gehen würden. Herr Rösselmann sagte, er und Frl. Bitz würden auch gern hinkommen. Ich sagte Herrn Rösselmann, dann müsse er sich mit dem Frühstück aber ziemlich beeilen, denn in zwei Stunden beginne schon das Spiel. Gut, sagte Herr Rösselmann, das klappe schon. Wir würden uns dann alle am Eingang treffen. Ich glaubte aber schon zu diesem Zeitpunkt nicht an das Gelingen, weil Herr Rösselmann unter allen Umständen maßlos frühstückt, man glaubt das oft gar nicht.

Gleich darauf rief Frl. Czernatzke an, auch sie, Herr Ulf und Frl. Majewski wollten auf den Fußballplatz (anscheinend war da am Vortag tatsächlich so etwas vereinbart worden, was nur ich nicht mitbekommen hatte). Wir träfen uns dann alle um 14.30 Uhr bei mir.

Fußball hin und her – Frl. Majewski würde also kommen, wenn auch mit Herrn Ulf. *Que c'est beau!* Ich darf an dieser Stelle erklärend einfügen, daß ich Frl. Majewski deshalb so liebe, weil sie mich an eine Musik gemahnt, oder besser die Musik gemahnt mich an sie, nämlich das Duett Eboli-Carlos aus dem 3. Bild der Oper »*Don Carlos*« von Verdi, an jene wunderbar melancholisch aufschwingende B-dur-Kantilene, die voll Wehmut und Entsagung ist und schon gar nichts mit Frl. Majewski zu tun hat, die leider sehr oft ein recht tolles und lautes Wesen zeigt. Und am dümmsten ist, daß mich Carlos' kurzer Einwurf »*Rodrigo!*«, der den Gesang der Eboli kurz unterbricht, am meisten an Frl. Majewski erinnert und fesselt. Was hat denn Frl. Majewski mit Rodrigo, also mit dem Marquis von Posa, zu tun? Antwort: Nichts. Aber die Wege der Liebe sind dem menschlichen Geist entzogen . . .

Doch nicht diese B-dur-Sache spielte ich jetzt schnell noch, um einen halbwegs klaren Kopf zu bekommen, auf meinem Klavier, sondern die B-dur Hammerklaviersonate von Beethoven op. 106. Weil aber der Alkohol des gestrigen Abends auch die Finger zeichnete, wurde die Interpretation überhaupt nicht gut, vor allem die komplizierten vollgriffigen Akkorde bei der Reprise gingen vollkommen daneben. Einzig mein Landsmann Max Reger konnte nach vielen Bieren nicht nur hervorragende Sachen komponieren, sondern sogar blendend Klavier spielen. Nun, das sind Ausnahmen. Da kam auch schon Herr Jackopp.

Er sah fast noch ernster und schmerzlicher drein als sonst und wollte mir sofort 10 Mark geben, die ich ihm am Tag zuvor geliehen hätte. Ich erklärte Herrn Jackopp, dies seien doch die 10 Mark gewesen, die ich ihm z u r ü c k gegeben habe, das sei doch sinnlos, wenn er sie mir jetzt wiedergebe. Darauf sagte Herr Jackopp nichts mehr, schob aber die 10 Mark wieder ein. Ich erzähle solche alltäglichen Dinge nur, weil sie vielleicht doch das Hauptgeschehen etwas erleuchten könnten. Oft verraten ja die kleinen Dinge sehr viel über das Wesen, den Charakter und alles.

Jetzt gingen wir beide schnell in ein italienisches Lokal, dessen Ober mich betrog. Er berechnete mir nämlich eine Suppe, eine Coca-Cola und einen Espresso-Kaffee, welchen letzteren ich zwar auch bestellt, aber nicht bekommen hatte. Wiederum muß der Charakteristik wegen erwähnt werden, daß Herr Jackopp es war, der diesen abgeschmackten und seichten Betrug durchschaute und den Ober entsprechend anbrummte. Im übrigen bin ich keineswegs gegen Ausländer in unserem Wirtschaftsgeschehen, aber solche Betrügereien finde ich schon ganz dumm.

Gleich darauf erschienen Herr Ulf und die beiden Fräuleins, wobei Frl. Majewski uns sonnig mit »Na, ihr Süßen!« begrüßte, mir persönlich einen scherzhaften Schlag in den Bauch versetzte, und dann fuhren wir auf den Fußballplatz. Herr Rösselmann und Frl. Bitz waren übrigens nicht gekommen, daraus ersieht man schon, welch ein guter Psychologe ich bin. Das Spiel war nicht besonders interessant und endete 1 : 1 nach einer 1 : 0 Halbzeitführung für unsere Mannschaft, und das sind ja immer die unangenehmsten Spielverläufe. Weit schöner ist, wenn die anderen bis kurz vor Schluß 1 : 0 im Vorteil sind, und uns gelingt dann noch der Ausgleich in allerletzter Minute. Interessanter als das Spiel war ein etwa achtjähriger Knabe, der neben uns stand und ständig und wie betrunken »Ihr blöden Schweine!«, »Ihr Arschlöcher!« auf das Spielfeld hinunterschrie und -kreischte, auch in Situationen, die solche ungezogenen Ausrufe keineswegs rechtfertigten. Außerdem war da eine Gedenkminute für den kurz vorher verstorbenen Schiedsrichter Regeli, nach deren Ausklang ein Besucher laut sagte, das sei eigentlich schade, daß der Schiedsrichter Regeli gestorben sei, denn der habe immer gut für die unseren gepfiffen. Ich meine, ich weiß auch ungeheuer viel über den Fußball, aber ein solches Wissen wie das dieses unbekannten und von niemand dafür bezahlten Zuschauers finde ich schon fast so imponierend wie die Kernzertrümmerung oder was. In unserer Gruppe ging es trotz des langweiligen Spiels sehr munter und aufgeräumt zu, sogar Herr Ulf lächelte in die untergehende Sonne, und die beiden Fräuleins kicherten fast ständig, offenbar weil sie da so viele winzige Männlein tanzen sahen. Herr Jackopp sprach während des ganzen Spiels kein Wort.

In die Stadt zurückgekehrt, ließen die Fräuleins durchblicken, daß sie den restlichen Tag mit Herrn Ulf verbringen wollten. Es war irgendwie von einem Abendmahl die Rede und einem Film, bezog sich aber offensichtlich auf die gesamte Sexualität. Mich schmerzte das wegen Frl. Majewski schon auch ein wenig, aber kaum hatten sich die drei von uns beiden Herren getrennt, brummte Herr Jackopp geradezu schneidend hinter den Zähnen hervor: »Diese verfluchte Scheiße!« und auch: »Diese verdammte Czernatzke!«

Wie man sich gut vorstellen kann, war ich recht verblüfft über diese groben Worte und das bittere Gefühl, das, so ahnte ich sofort, dahinterstehen mußte. Nachdem wir gerade an einer Stehkneipe vorüberkamen, bogen wir auch gleich hinein, nahmen

Platz, und ich fragte Herrn Jackopp in einer Mischung aus Anstand, Neugierde und noch immer Ahnungslosigkeit, wie er das meine und was denn betreffs Frl. Czernatzke los sei. »Ja«, sagte Herr Jackopp dumpf, »das ist doch klar, bis **a c h t  U h r  h a b e  i c h  d a s  d u r c h z i e h e n  w o l l e n**. Mit der Czernatzke.«

Ich war einen Augenblick lang etwas benommen, dann ließ mich meine stets wache Geistesgegenwart schlagartig die Zusammenhänge erkennen. Dennoch fragte ich Herrn Jackopp nochmals aus Vorsicht und Neugierde, was er denn da habe durchziehen wollen. »Ja«, brummte Herr Jackopp langsam und wiederum schneidend-schmerzlich, »ich **w o l l t e  d i e  C z e r n a t z k e  f l a c h l e g e n**. **I c h  h a b e  g e d a c h t, b i s  8  U h r  w ä r e  a l l e s  d u r c h g e z o g e n**.«

Ich muß sagen, ich persönlich bin gegen solche starken Formulierungen, schon weil ich das schöne Geschlecht viel zu sehr schätze und verehre. Herrn Jackopps Worte taten mir also gewissermaßen im Namen aller Frauen sofort weh, aus Feingefühl wies ich ihn aber zu diesem Zeitpunkt noch nicht auf meine sprachlichen Bedenken hin, sondern ermittelte zuerst einmal so nach und nach die Hintergründe seines mir sehr unvermittelten Satzes. Dabei stellte sich heraus, das Herr Jackopp am Vortag und an der Krenz'schen Theke Frl. Czernatzke »**s c h o n  a l l e s  g e s a g t**« habe, es sei »**a l l e s  k l a r**« gewesen, er, Jackopp, sei gewissermaßen schon darauf eingestellt gewesen, »**u n d  j e t z t  d i e s e  v e r d a m m t e  S c h e i ß e**«, und noch mehrmals sagte Herr Jackopp, er habe fest damit gerechnet, daß »bis acht Uhr alles durchgezogen« sei. Anläßlich meiner weiteren Nachfragen erfuhr ich jetzt auch, daß Frl. Czernatzke ihm allerdings gesagt habe, sie liebe schon den Herrn Ulf. Aber »im Prinzip« – was Herr Jackopp darunter verstand, war nicht zu ermitteln – sei doch »alles klar« gewesen.

Inzwischen hatte ich ein Bier und Herrn Jackopp einen doppelten Schnaps und einen Obstkuchen bestellt, welchen er sehr schnell aufaß und dabei so beharrlich weiterredete, und zwar immer dasselbe, so daß ich immer interessierter hinhörte, was dieser sonst so schweigsame Mensch da alles zusammenbrummte. Dabei fiel mir auf, daß Herr Jackopp immer wieder die Worte »umlegen«, »flachlegen«, »durchziehen«, aber auch »verknallt«

benutzte, und das sei ihm schon »seit 1957« nicht mehr passiert, und jetzt sei »diese verdammte Scheiße« plötzlich da.

Dazu ist zweierlei zu sagen. Erstens muß sich Herr Jackopp in der Jahreszahl geirrt haben, denn 1957 war er, wenn ich richtig rechne, erst 9 Jahre alt. Zweitens möchte ich nochmals betonen, daß ich aus intellektuellen und gefühlsmäßigen Gründen sehr gegen solche hitzigen Formulierungen bin. Natürlich ist es auch blöd, »Liebe« oder »lieben« zu sagen oder andererseits »beiwohnen« oder so was, von den bekannten abscheulichen Wörtern ganz zu schweigen. Ich muß allerdings sagen, daß mir als einzige Ausnahme »vögeln« ganz gut gefällt, es hat so etwas von Walther von der Vogelweide und seinem bezaubernden Gedicht, außerdem, finde ich, trifft es die Sache und imaginiert so etwas grenzenlos Lyrisches, und was ist denn die Liebe schließlich anderes als ein einziger großer Lyrismus . . . ?

Auch »knöpfeln« finde ich neuerdings ganz hübsch. Aber vielleicht ist es am besten, man nennt diese doch sehr sehr subtilen Dinge überhaupt nicht mit Namen, sondern überläßt sich blind und träumerisch dem Zauber des ewig reizvollen Geschehens . . .

Plötzlich fragte Herr Jackopp, was er denn nun tun solle. »Was meinst du?« brummte er. Ich warf Herrn Jackopp vor, er hätte doch heute auf dem Fußballplatz Frl. Czernatzke eine Andeutung machen können, daß erstens die Sache an der Theke kein blödes Gerede, sondern wahr gewesen sei, und daß er sie zweitens noch heute abend »umlegen« wolle, wie er es nenne. Ich ließ hier erstmals Herrn Jackopp gegenüber eine leise Kritik an seinem Sprachgebaren durchschimmern, die aber dieser nicht aufgriff, sondern störrisch darauf beharrte, »im Prinzip ist klargewesen, daß ich sie flachlegen wollte, verdammt!«

Aus dem Gefühl heraus, daß hier unsere Unterredung stockte, schlug ich Herrn Jackopp vor, zu Herrn Rösselmann zu gehen, denn ich war gespannt, was dieser Herr zu dieser Neuerung so alles zu sagen hätte. Leider war Herr Rösselmann, dieser sonst so eifrige Wohner, nicht zu Hause, deshalb beschloß ich, Jackopp zu Frau Johanna Knott zu schleusen und diese um Rat zu fragen. Dabei verfolgte ich natürlich auch mehrere Interessen meinerseits. Erstens wollte ich Frau Knott um Rücksprache bitten, wegen des erotischen Vorkommnisses von gestern abend, zweitens hatte ich Durst nach ihrem guten Jasmin-Tee, und drittens erhoffte ich mir im stillen neue Merkwürdigkeiten. Hinzu kam auch noch, daß Frau Knott als Amateur-Psychologin – sie ist Spezialistin für eine Psychologie, die von einem gewissen Groddeck vertreten wird – Herrn Jackopp vielleicht wirklich würde beraten können.

Auf dem Weg zu Frau Knott – Herr Jackopp trottete immer einen Meter hinter mir nach – fiel mir plötzlich ein, wie parallel doch mein und Herrn Jackopps Schicksalsstrang verliefen. Jeder von uns hatte gestern abend einer Dame den Antrag des Beischlafs gemacht, und ein jeder war gescheitert. Und es gab sogar noch eine zweite und erstaunlichere Parallele! Jeder von uns liebte eine Person, die gleichwohl von Herrn Ulf beherrscht wurde. Nur, bei mir verteilte sich die ganze Sache auf zwei Frauen. Das war der große Unterschied, und wahrscheinlich bin ich deshalb so lustig.

Frau Knott warf uns den Hausschlüssel auf die Straße, damit wir eindringen konnten. Wir nahmen Platz und bekamen gleich darauf den wunderbaren Knott'schen Jasmin-Tee gereicht. Dann erklärten wir Frau Knott die neue Problemlage. Dabei stellte sich heraus, daß diese durch Eigenbeobachtung über die Ereignisse vom Vortag schon überraschend gut Bescheid wußte. Frau Knott zeigte einerseits tiefes Verständnis, daß so etwas schon mal passieren könne (sie machte ein ernstes Gesicht und spitzte die Lippen zu einem neckischen, aber Bedenklichkeit signalisierenden Rüsselchen), andererseits merkte ich aber auch, daß sie gleich mir der Liebe des Herrn Jackopp von vornherein mißtrauisch gegenüberstand und diesen genau wie ich mehrmals fragte, warum er denn heute auf dem Fußballplatz sein gestriges Anliegen und Wollen nicht wiederholt, wiederaufgefrischt und möglicherweise sogar ergänzt habe. Ich selbst faßte nach, daß doch etwa während der Halbzeit oder während der zahlreichen flauen Spielphasen Zeit für einen süßen Blick oder gar einen Schenkeldruck bestanden habe. Darauf vermochte Herr Jackopp, der immerzu auf den Wohnzimmertisch starrte, keine nennenswerte Antwort zu geben. Er sagte nur wiederholt, so etwas Blödes sei ihm noch nie passiert, verflucht, und indem er plötzlich malerisch die Hände über dem Gesicht zusammenschlug, brummte er mehrmals hintereinander, da sei »ein verfluchter Bruch in der Logik!«, aber er komme nicht darauf, wo. »Verflucht!«

Während ich mir im geheimen so dachte, da ist höchstens ein Bruch in deiner Logik (Herr Jackopp hat kein Abitur), und nicht in der Logik der Geschichte, fragte Frau Knott interessiert, ob das denn schon lange gehe. »Was?« fragte Herr Jackopp verstört zurück. Die Zuneigung zum Frl. Czernatzke, sagte Frau Knott. Daraufhin gab Herr Jackopp abermals keine Antwort, sondern wiederholte das mit der Logik, »verdammt«. Ab hier begann ich mitzuzählen, wie oft er »verdammt« sagte. Bis ich das Spielchen etwa zwei Stunden später wieder vergaß, kam ich auf 7 »verdammt« und 17 »verflucht«. Das machte zusammen 24, genau das Alter von Frl. Czernatzke!

Frau Knott riet jetzt gleichsam nüchtern, die Sache reifen zu lassen und schön Geduld zu haben, soviel sie ihrerseits wisse, habe sich Frl. Czernatzke in der Öffentlichkeit mehrmals positiv über Herrn Jackopp geäußert, auch was Schönheit und Erotik anginge. »Verflucht!« fiel ihr hier Herr Jackopp leidenschaftlich ins Wort, natürlich, vor acht Wochen hätte er sie ja »jederzeit umlegen« können, aber damals habe er noch nicht gewollt »wegen der Mizzi« (das ist eine Arbeitskollegin von Frl. Czernatzke. »Sie stand auf mir«, sagte Herr Jackopp mit schmerzverzerrter Stimme, aber damals habe er nicht gewollt, und jetzt, wo er wolle, »will sie nicht«. Das sei eben »die verfluchte Logik« bzw. »der Bruch in der Logik und der ganzen Scheiße«.

Herr Jackopp glaubte wohl in diesem Augenblick, das sei ein besonders tiefsinniger und verwegener Gedanke, der vielleicht sogar die Philosophie und die menschliche Erkenntnis weiterbringen könne. Das finde ich überhaupt nicht. So ein Krampf passiert doch täglich. Außerdem muß es natürlich heißen: »der Bruch der Logik in der ganzen Scheiße«. Denn »der Bruch in der Scheiße« – das wäre doch wohl ein allzu kühnes Bild! Im übrigen: Ich habe auch einmal eine Dame gekannt, die ich hätte umlegen können, aber dann später – aber nein, das würde jetzt zu weit führen, außerdem ist die Geschichte vollkommen uninteressant. Aber immerhin: wieder diese Parallele zwischen Herrn Jackopp und mir... Außerdem habe ich Grund zur Annahme, daß es keineswegs ausgemacht ist, daß Herr Jackopp Frl. Czernatzke vor acht Wochen hätte umlegen können. Da möchte ich fast wetten! Aber hierüber mich genauer auszulassen, verbieten mir die Platznot und die straffe Handlungsgestaltung.

Auf einmal fragte Herr Jackopp und beendete sein Starren auf den Tisch, wo denn eigentlich der Herr Knott sei. Aber hör mal, sagte Frau Knott, der sei doch schon seit fast drei Wochen auf Ibiza, das wisse doch jeder. Er habe es aber nicht gewußt, antwortete Herr Jackopp in kaum gezügeltem Zorn, »mir sagt man ja nichts, das ist ja die verfluchte Scheiße.« Er, Jackopp, sei aber inzwischen doch schon vier-fünfmal hier gewesen, konterte Frau Knott, da hätte er es doch erfahren können. Oder fragen!

»Wieso fragen?« fragte darauf, seinen Tee austrinkend, Herr Jackopp und starrte Frau Knott fassungslos an. Dies schien mir ein guter Anlaß, Herrn Jackopp wieder auf seine Liebe zu bringen. Ich fragte ihn nämlich, ob er vielleicht den Parzival kenne. Warum? fragte Herr Jackopp fast angewidert. Ich erklärte darauf Herrn Jackopp, daß sich nämlich der Grundfehler des Parzival genau mit seinem eigenen decke: nur ja nichts fragen! Wie Jackopp erleide Parzival schwerste Prüfungen und Schicksale allein deswegen, weil er es versäume, im rechten Augenblick Fragen zu stellen. Siehe im Fall Peter Knott, siehe auch im Fall Czernatzke heute nachmittag auf dem Fußballplatz...

Herr Jackopp sah mir nachdenklich ins Gesicht und sagte dann drohend: »Ich kenne keinen Parzival. Auf dieses mittelalterliche Gewichse scheiß ich!« Obwohl das natürlich ein sehr plastisches Bild ist, verbat ich Herrn Jackopp solche Redensarten und erklärte ihm, daß der Parzival erstens ein hochbedeutsames historisches Dokument sei und daß – hier ließ ich mich wohl in der Erregung hinreißen – daß das Fragestellen ein Akt der Humanität sei: Fragenstellen sei dem Menschen sozusagen arteigentümlich. Frau Knott nickte ernst mit dem Kopf. Da starrte Herr Jackopp wieder auf den Tisch und brummte ganz kurz und wegwerfend: »Ach was!«

Ihm gehe vielmehr dieser Bruch in der Logik nicht aus dem Kopf. Daß er nämlich Frl. Czernatzke noch vor vierzehn Tagen hätte umlegen können, jederzeit, aber damals habe er nicht gewollt. Und Herr Jackopp schlug sich mit der Hand anklagend vor den Kopf. Ich meinerseits bemerkte dazu, daß er, Jackopp, gerade vorhin noch gesagt habe, vor acht Wochen – und nicht vor vierzehn Tagen! – hätte er sie umlegen können, und machte Herrn Jackopp auf diesen erneuten Bruch in der Logik aufmerksam. Herr Jackopp schnellte erneut seinen Kopf zu mir hoch, sah mir streng ins Gesicht und sagte zweimal rasch hintereinander: »Was? Was sagst du?«

Da gab ich es auf und sagte Herrn Jackopp, am besten sei es, wir gingen jetzt ins Kino, »um vorläufig alles zu vergessen«. »Diese verfluchte Scheiße«, antwortete erwartungsgemäß Herr Jackopp, und dann verabschiedeten wir uns von Frau Knott, die Herrn Jackopp auf der Stiege noch nachrief, sie wolle demnächst im Weiberrat einmal diskret auf Frl. Czernatzke eindringen und deren Seele erforschen. »Ja, ist gut«, brummte etwas heller als sonst Herr Jackopp, und dann sagte er noch merkwürdigerweise: »Bis später.«

Der Weiberrat, von dem Frau Knott sprach, ist übrigens eine sehr dunkle und geheimnisvolle Sache, die seit kurzem auch in unserer Stadt grassiert und bei der fast alle unsere Damen, Frl. Czernatzke, Frl. Majewski, Frau Knott, Frl. Kopler usw. Mitglied sind. Kurz gesagt, diese betreffenden »Weiber« wollen alles und jedes verbessern und schrecken dabei, soviel ich weiß, auch vor Gewalttaten nicht zurück, predigen den perfekten Sozialismus, und manche wollen sogar uns Männer ausrotten. Nun, ich meine, ich bin auch jederzeit für das Gute und den Fortschritt, aber irgendwo muß natürlich eine Grenze sein, denn heraus kommen am Ende nur Unsicherheit und Umsturz, und die Dummen sind die kleinen Sparer. Ich habe das diesen Weiberrätinnen auch schon einmal öffentlich im »Krenz« gesagt, aber sie haben mich nur ausgelacht, und eine ganz freche Frauensperson hat mir sogar das Wort »*Male-Chauvinism*« ins Gesicht geschleudert.

Ich habe mich aber zusammen mit meinem Freund Wilhelm Domingo gerächt. Als der Weiberrat wieder einmal bei Frl. Czernatzke, die dortmals noch Wand an Wand mit mir wohnte, tagte, haben wir auf meinem Grammophon so laut Operettenmusik laufen lassen, daß der Weiberrat nebenan unbedingt in seiner Untergrundarbeit durcheinandergeraten mußte. Wir wählten dazu das unsterbliche Lied »Der Polin Reiz bleibt unerreicht«, und so ist es ja auch. Aber statt daß sie auf ihre Reize schauen, machen sie Sozialismus und Unfug! Ich meine, natürlich ist der Sozialismus nicht von Haus aus Unfug, das weiß ich schon selber, und insofern nehme ich diesen Satz zurück. Aber andererseits sieht man ja, was bei unseren Damen dabei rauskommt. Keineswegs ein geglückteres Leben, keineswegs eine geordnetere Erotik, sondern sie legen nur so wehrlose Männer wie Herrn Jackopp herein, und der brummt dann heftig! Anschließend haben Herr Domingo und ich an der Tür des Weiberrats gelauscht (Herren sind dort nicht zugelassen, und das sagt ja alles), und Herr Domingo hat dabei gehört, wie sich zwei Frauen bzw. »Weiber« darüber stritten, wie oft man den Partner wechseln dürfe. Herr Domingo hat beim Lauschen ganz leise und sehr erregt gekichert, und anschließend sind wir zum Tischfußball und haben gegen zwei Türken gewonnen, die uns im übrigen sehr artig behandelten ...

»Hör mal«, begann, als wir dem Kino entgegenmarschierten, Herr Jackopp erneut, »wenn ich ein Weib flachlegen will, dann leg ich es auch flach. Alles andere ist Scheißdreck.« Ich wäre jetzt am liebsten davongelaufen, andererseits mußte Herr Jackopp heute abend unbedingt gestützt werden, und außerdem hing ich auf einmal wie mit unsichtbaren Fäden an seinen an sich unschönen Ausdrücken. So antwortete ich denn, das sei schon irgendwie wahr, andererseits müsse man aber doch auch die oft überraschende und, wenn es gut geht, sogar sehr reizvolle Eigengesetzlichkeit des anderen Geschlechts berücksichtigen und respektieren. »Aber das ist ja diese Unlogik!« schrie fast Herr Jackopp. »Was ist die Unlogik?« fragte ich sanft. »Ach!« ächzte Herr Jackopp, »meine Alte, die steht auf mich, aber ich steh nicht auf sie. Sondern ich steh auf der Czernatzke, und sie steht hundertprozentig auf mich. Aber sie läßt sich nicht umlegen. Meine Frau könnte ich jederzeit umlegen. Warum läßt sich die Czernatzke nicht flachlegen?«

Diese Frage konnte ich natürlich nicht beantworten. Aber irgendwie war ich jetzt doch sehr stark beeindruckt. Diese gewaltigen erotischen Energien! Dieses enorme Sexualgetöse in diesem schmächtigen, kleinen Körper aus der Schweiz! Ob es solche da unten mehrere gibt? Irgendwie war das doch alles sehr ehrfurchtgebietend, ja sogar erfrischend.

Kaum betraten wir das Kino, drückte mir Herr Jackopp 20 Mark in die Hand: »Für die Unkosten, die du heute mit mir gehabt hast und alles, und vielleicht habe ich nach dem Kino kein Geld mehr und dann bezahlst du meine Zeche.« Ein eigenartig symbolisch-irisierender Satz, wie mir erst jetzt bei der Niederschrift auffällt. Ich sagte eben Herrn Jackopp, ich hätte heute keinen Pfennig Unkosten mit ihm gehabt (im Gegenteil, ich habe ihm sogar ein paarmal heimlich eine Zigarette weggenommen), und seiner seelischen Dinge nähme ich mich gern und natürlich ohne Honorar an. Da nahm Herr Jackopp den 20-Mark-Schein wieder und gab ihn der Kino-Kassiererin mit den Worten: »Zweimal erster Platz, der Rest ist für Sie.« Den Nachsatz hatte die Frau offenbar nicht verstanden und sie gab deshalb 8 Mark wieder heraus. Darauf sagte Herr Jackopp erneut: »Lassen Sie nur, es ist gut.« Die Frau, der so etwas wahrscheinlich in ihrer ganzen Laufbahn noch nicht passiert war, schaute ungläubig drein. »Nehmen Sie nur«, wiederholte Herr Jackopp, »was soll ich mit dem Geld?« Vielleicht hätte die Kassiererin im nächsten Augenblick das Geld an sich gerissen, deshalb sprang ich schnell in die Bresche und lächelte freundlich, mein Freund scherze gern, und nahm das Wechselgeld an mich. Sicherlich würden wir es nach dem Kino gut brauchen können, denn gerade in unserer Stadt kann man an den Wochenenden gar nicht genug in der Hosentasche haben. Ich habe einmal in einer ganz gewöhnlichen und anspruchslosen Schenke zwischen 1 Uhr und 3 Uhr nachts 83,70 Mark ausgegeben, ich weiß auch nicht, wofür. Nach diesem Sinnesrausch schaute ich natürlich blöd. Wir haben dann auf 80 Mark abgerundet. Weil ich auch die nicht bei mir hatte, hat sie mir mein Freund Rösselmann ausgelegt. Demnächst kriegt er sie vielleicht zurück.

Im Kino wurde dann der pornografische Streifen »Die Mutzenbacherin« gezeigt. Ich kannte den Stoff schon, weil ich mir von einem Herrn Lothar Strobach, einem gewaltigen Freund der Sexualität, schon vor vier Jahren das damals noch sehr seltene und kostbare Buch ausgeliehen habe. Es kommt auch ein »Herr Eckart« drinnen vor, das hat mir wegen der Übereinstimmung mit meinem Namen besonders gut gefallen, allerdings bin ich nicht ganz so gierig wie dieser, sondern eher kultiviert. Inzwischen ist ja diese Mutzenbacherin in aller Munde. Ich persönlich finde die dort vorherrschende sexuelle Lage hinsichtlich der sozialen Verhältnisse Wiens um die Jahrhundertwende stark überzeichnet bzw. es ging dem Dichter nur ums Geld und nicht um die konstruktive Kritik. So ist es oft. Aber vielleicht würde Herrn Jackopp gerade die Demonstration des rein und plump Sexuellen innerhalb seiner Gesamtsexualität ein wenig entspannen und ihn von seiner eigenen Leidenschaft etwas ablenken. Bzw. Herr Jackopp sollte sehen, wie blöd das alles ist usw.

Diese Hoffnung war aber trügerisch, denn immer gerade bei den ordinärsten Stellen des Films beugte sich Herr Jackopp zu mir herüber und sagte so Sachen wie: »Das ist der Bruch der Logik, der verdammte.« Indessen gab ich mich ganz dem volkstümlichen Genuß hin. Es waren fast nur noch ältere Frauen und Männer, meistens Ehepaare da, die quietschten häufig vor Freude. Einmal vergriff sich der Pfarrer an der Mutzenbacherin und bekam dabei einen knallroten Kopf und das ganze Kino barst vor Spaß, da beugte sich Herr Jackopp erneut zu mir und fragte mich nahezu tonlos, ob ich wisse, wie oft es das Frl. Czernatzke mit dem Ulf treibe. Ich antwortete, meines Wissens und mit Vorbehalt treibe sie es nicht allzu oft, aber wenn, dann »völlig wild und wahnsinnig« (Diese Information kam über Herrn Domingo an mich). »Das ist gut so«, sagte darauf gleichsam zufriedengestellt Herr Jackopp und schwieg wieder. Kurz vor dem Ende des Films sagte Herr Jackopp noch ziemlich laut und gut hörbar für die Umsitzenden: »Vielleicht kann ich sie morgen flachlegen.« Ich antwortete, ja, vielleicht.

Da war der Film auch schon wieder aus. Ich erinnerte Herrn Jackopp daran, daß wir zusammen noch acht Mark hätten und also ein wenig ausgehen könnten. »Ja«, sagte Herr Jackopp, »ist gut.« Auf dem Weg zu dem Lokal »Alt-Heidelberg« fiel mir ein, daß ich vergessen hatte, Frau Knott zu fragen, wie sie das gestern gemeint habe, daß ich mir den Wunsch des Geschlechterverkehrs ja auch nüchtern einfallen lassen könne. Herr Knott kam ja erst morgen aus Ibiza zurück, da wäre ja vielleicht heute noch ein Plätzchen freigewesen, und ich war auch vollkommen nüchtern. Nun, die Hoffnung war ohnedies wacklig, und außerdem brauchte mich der Herr Jackopp heute viel notwendiger. Frau

Knott würde wahrscheinlich alleine vor dem Spiegel herumtanzen, und das war für sie sicher genau so schön wie ich.

Das Lokal »Alt-Heidelberg« kannten Herr Jackopp und ich schon lang und gut. Der Kellner dort heißt Herr Hock und sieht auch genau so aus. Er trägt stets eine goldbestickte Krawatte sowie eine jägergrüne Weste mit Silberknöpfchen, und er trat sofort mit humorvoll gerunzelter Stirn an unseren Tisch und sagte: »Je später der Abend, desto schöner die Gäste.« Diesen Spruch kannten wir zwar schon, ich lachte aber trotzdem, während Herr Jackopp Herrn Hock ernst und verächtlich ansah. Ich wollte nun von Herrn Hock wissen, warum er sein Lokal so faschingsmäßig dekoriert habe, obwohl doch weit und breit kein Fasching sei, man komme sich halb vor wie auf einem Narrenfest. »Mein Herr«, sagte Herr Hock humorvoll, »dieses Lokal hat kein Niveau, aber Milieu.« Wieder mußte ich lachen, wogegen Herr Jackopp anscheinend überhaupt nicht zuhörte. Ich bestellte zwei Gläser Bier, und während Herr Hock schon davonschritt, rief Herr Jackopp überraschend laut: »Halt, Herr Hock!«, und als dieser zurückkam: »Haben Sie noch was zu essen? Kann ich bei Ihnen noch was essen?« Herr Hock zog erneut die Stirne in Falten, als ob er nachdächte, und bot dann Leberkäse mit Kartoffeln an. »Ja«, rief Herr Jackopp fast begeistert, »den bringen Sie mir.« »Der Gast ist bei mir König«, sagte sinnlos Herr Hock im Abgehen. Herr Jackopp zischte nun wieder überraschend geistesgegenwärtig: »Arschloch, verdammtes!«

»Die Czernatzke ist doch blöd«, mit diesen Worten eröffnete Herr Jackopp die Beratung, da kamen auch schon die Biere. Ich erwiderte Herrn Jackopp, das könne ich nicht so genau beurteilen, aber Frl. Czernatzke sei mindestens sehr musikalisch, das wisse ich. Ich hätte ihr einmal eine Platte mit vielen Schubert-Liedern vorgespielt, da hätte sie auf Anhieb das schönste erkannt, nämlich »Ich denke Dein« nach dem Text von Goethe, obgleich dessen Reize eher im Verborgenen lägen. »Ja«, sagte Herr Jackopp und dachte nach. Jetzt mußte ich natürlich die Überleitung zur Liebe kriegen, aber schon fuhr Herr Jackopp dazwischen und sagte, zuerst sei »alles klar« gewesen »und dann rennt sie weg«. Da brachte Herr Hock mit großem Schwung die Schmalzkartoffeln und den Leberkäse.

Herr Jackopp sah schweigend auf diesen Riesenteller, kostete dann zwei oder drei von den Kartoffelschnipseln, wischte sich angewidert mit der Serviette den Mund ab, sagte »Scheiße« und rief Herrn Hock erneut an den Tisch: »Das können Sie wieder zurücknehmen, ich kann nicht mehr.« Herr Hock zeigte sich beleidigt: Was auf den Tisch komme, das solle auch weggeputzt werden. »Ich kann nicht mehr«, sagte wie leidend Herr Jackopp. Aber er habe ja noch gar nichts gegessen, beschwerte sich Hock. Herr Jackopp machte angewiderte Hand- und Kopfbewegungen und sagte gar nichts mehr. Nun fragte mich Herr Hock, ob ich es übernehmen wolle. Ich hätte schon gewollt, aber dann wäre ja die ganze lustige Situation geschwächt gewesen. Es war schon gut so, daß Herr Hock sozusagen beschämt vor allen anderen Gästen den ganzen vollen Teller wieder zurückschleppen mußte. Im gleichen Augenblick verließ ein vollkommen kahlköpfiger Mensch das Lokal und sagte: »Auf Wiedersehen, Herr Hock.« Jetzt bewies Herr Hock eine gewisse Größe, welche zeigte, daß er psychologische Niederlagen gut überwinden kann. Er rief nämlich souverän zurück: »Gut Nacht, Herr Scherer, kommen Sie gut heim, schlafen Sie gut, ich brauch Sie morgen wieder!«

Herr Jackopp sagte nun, die »Scheiße mit der Czernatzke« zeige doch nur, wie falsch »diese Büchsen« erzogen seien. Ich wollte nun natürlich genauer wissen, wie er das meine. Herr Jackopp dachte lange nach, dann sagte er, vor fünf Jahren sei er in der Schweiz in eine Frau »verknallt« gewesen, ohne daß er diese hätte umlegen können. Damit war auch der Irrtum mit 1957 korrigiert, es war also doch 1967. In »dieser faschistischen Schweiz«, so fuhr Jackopp fort, fehle heute auch noch das mindeste Bewußtsein für Umweltschutz, moderne Städteplanung und fortschrittliche öffentliche Plastiken. Na, Gott sei Dank, erstmals vergaß Herr Jackopp seine Liebe! Durch raffinierte Zwischenfragen brachte ich nun Herrn Jackopp dazu, seine Ansichten über die allgemeinen Lebensprobleme wie Mitbestimmung und Popmusik vorzutragen. Herr Jackopp sprach dabei ungewohnt flüssig und äußerte, soweit ich es beurteilen kann, fast vernünftige Ansichten. Das meiste hatte ich zwar auch schon in irgendwelchen sich fortschrittlich aufführenden Zeitungen und Zeitschriften gelesen, aber man lernt ja doch immer dazu. Besonders lobend äußerte sich Herr Jackopp über einen gewissen *Pop*-Sänger Eric Clapton, dieser sei »unheimlich gut«.

Leider ließ ich hier eine kleine Pause eintreten, und das war wohl verhängnisvoll. Denn plötzlich brummte Herr Jackopp: »Was meinst du, soll ich ihr morgen Blumen schicken? Ja?« Eigenartigerweise war mir diese Idee in der letzten halben Stunde auch schon einmal durch den Kopf geflogen, und ich hatte sie schon fast Herrn Jackopp anempfehlen wollen. Ich finde das Blumenschicken deshalb besonders reizvoll, weil es zugleich etwas sehr Schönes und Zeitloses und doch auch wieder etwas außerordentlich Blödes ist. Prinzipiell könne ich es durchaus empfehlen, sagte ich betont zögernd zu Herrn Jackopp. Es könne aber auch sein, daß Blumen gerade im Fall des Frl. Czernatzke das strategisch Verkehrteste seien, was es überhaupt gäbe. »Wie meinst du das?« fragte Herr Jackopp. Nun, antwortete ich, es sei schon denkbar, daß sich Frl. Czernatzke ungeachtet ihrer allgemeinen frauenkämpferischen Einstellung beglückt über die Blumen zeige, und so der Weg zu einem Vollzug der Liebe abgesichert sei. Es sei aber auch nicht ganz auszuschließen, daß Frl. Czernatzke völlig unerwünscht und erbost reagiere, die Sprache der Blumen nicht verstehe und darum erst recht Widerstand leiste.

»Soll ich ihr morgen Blumen schicken, was meinst du?« fragte erneut und hartnäckig Herr Jackopp. Ich sagte, meiner Meinung nach stünden die Chancen des Erfolgs etwa *fifty-fifty*. Und als Herr Jackopp ziemlich ratlos dreinsah, ergänzte ich, um ihm Mut zu machen: Vielleicht auch 60 : 40. Aber ich wolle, so sagte ich mehrmals (Herr Jackopp ist mein Zeuge!), für diesen Ratschlag bitte keine Verantwortung übernehmen.

»Ich schicke der Czernatzke morgen rote Rosen«, sagte Herr Jackopp entschlossen und wie aus der abgründigen Verzweiflung den Regenbogen der Hoffnung vor Augen, »20 rote Rosen.« Ich riet nun Herrn Jackopp, er müsse eine ungerade Zahl nehmen, das sei so Landessitte. »Gut«, sagte Herr Jackopp, »ich schicke 25.« Dann solle er doch gleich noch zwei dazu tun, empfahl ich, dann seien es 27, also drei hoch drei, und alle guten Dinge sind drei, es sei also gleichsam das Gute hoch drei in die Rosen mit eingebaut. »Jawohl«, brummte entschlossen Herr Jackopp, »ich schicke 27. Zwei Bier, Herr Hock!«

Bevor aber noch die Biere angekommen waren, ließ Herr Jackopp seinen Kopf auf den Tisch sinken und schlief schlagartig ein. Dann trank ich beide Biere und blätterte, Herrn Jackopps heute wohlverdienten Schlaf behütend, ein wenig in einer Illustrierten. Als Herr Jackopp nach einer halben Stunde wieder aufwachte, verlangte er dringend nach einem Taxi. Ich verwies ihn darauf, daß er doch gleich um die Ecke wohne. »Ja«, sagte Herr Jackopp versonnen, starrte eine Weile vor sich hin und rief dann erneut durch das Lokal: »Herr Hock, schicken Sie mir bitte ein Taxi!« Nun, da war nichts zu machen. Dann fuhr eben Herr Jackopp die 150 Meter mit dem Taxi. Bis das Taxi kam, seufzte Herr Jackopp einmal »Mir ist schlecht«, zweimal »diese verdammte Scheiße« und zuletzt mit einem tiefen, knirschenden Brummen: »Man müßte dieses Zürich einfach in die Luft sprengen.« Als er mich verließ, sagte Herr Jackopp noch zu mir: »Du kommst morgen?« Ich sagte, ohne zu wissen, wohin, sofort zu. Dann schaffte das Taxi Herrn Jackopp um die Ecke.

Ich würde morgen kommen. Irgendwohin würde ich kommen. Und dahin würde auch Herr Jackopp kommen. Ich zahlte nun ebenfalls. Herr Hock fragte, ob das Bier geschmeckt habe. Ich antwortete: »Immer noch so gut wie immer.« Diesen Satz, mit dem man Kellner verächtlich machen kann, hatte ich neulich von Herrn Domingo gelernt. Sowie ich das Lokal verließ, hatte aber auch Herr Hock noch einen Scherz bereit. Auf mein »Gute Nacht, Herr Hock!« entgegnete er unter Hochziehen der Augenbrauen und Furchen der Stirne: »Gute Nacht, alles klar, alles bezahlt, niemand weiß Bescheid.«

Herr Hock sagte dies so bohrend listig, daß ich das Gefühl nicht mehr gleich los wurde, er habe Herrn Jackopp und mich vollkommen im Griff...

# DRITTER TAG

Am nächsten Tag war dann Montag und Beginn der Arbeitswoche. Gegen halb 10 Uhr kam ein erster Anruf meines Freundes Wilhelm Domingo. Dieser Domingo ist nicht zu verwechseln mit dem hervorragenden italienischen Tenor Placido Domingo. Diesen habe ich kürzlich einmal in »*La Bohème*« von Puccini in München erlebt und wäre dabei fast gestorben vor Freude. »*Nei cieli bigi . . . Talor dal mio forziere ruban tutti i gioelli due ladri gli ochi belli . . . O suave fanciulla o dolce viso dimite circonfusa alba lunar*« – es war kaum auszuhalten! Oft liege ich herum und höre mir das Zeug an und strample mit den Beinen vor Vergnügen. Schon die bloßen Namen Mimi und Musetta erregen mich furchtbar. So ein sensibler Schwachkopf bin ich. Mimi heißt ja an sich Lucia, und sie sagt es auch in einer lasziv-schelmischen verminderten Septime sowie einer glasig-klaren, gleichsam ihr tadelloses Näherinnen-Dasein widerspiegelnden Quint e-a . . . Ich war damals mit einem Frl. Anni in der Oper, und in der Pause haben wir sehr schön Sekt getrunken. Zum Geschlechterverkehr ist es aber dann leider noch nicht gekommen, weil sich Frl. Anni nach der Vorstellung rasch mit Schnaps besoff. Ein Freund hatte mich noch gewarnt, ich solle aufpassen. Frl. Anni ist eine Mischung aus der lyrisch-versponnenen Mimi und der extrovertiert-narzißtischen Musetta. Sie war total betrunken und nicht mehr ansprechbar.

Aber vielmehr ist Herr Wilhelm Domingo ein stämmiger, ruhiger und sachlicher Mann aus Baden, der überhaupt nicht singt, sondern sich darauf spezialisiert hat, von seiner Wohnung aus das treibende Straßenleben zu beobachten. Jedesmal, wenn ein gelber oder grüner Lieferwagen eilig um die Ecke kurvt, so daß die Reifen quietschen, muß Herr Domingo lachen. Offenbar kann er ganz gut davon leben.

Herr Domingo teilte mir an diesem Morgen zuerst mit, daß er gerade in der Zeitung gelesen habe, in China hätten größere

Truppenbewegungen stattgefunden. Als Ursache dafür vermute eine japanische Nachrichtenagentur »Verwirrung im Lande«. Als Gegengeschäft für diese Geschichte erzählte ich daraufhin Herrn Domingo in allen Einzelheiten, was sich hier über das Wochenende für lustige Sachen abgewickelt hätten in bezug auf die Liebe. Herr Domingo, der früher einmal einen »Verein zur Abschaffung der Sexualität wegen unerträglicher Trivialität der dabei anfallenden Vorgänge« hatte gründen wollen, lauschte gespannt meinem Bericht und unterbrach ihn mehrfach mit dem Einwurf »O Gott, o Gott!« Zum Abschluß unseres Gesprächs fragte ich Herrn Domingo, wie er denn die Aussichten von Herrn Jackopp einschätze. Da sagte Herr Domingo: »Daß diese Schweizer immer so einen Lärm schlagen müssen, wenn ihnen der Hammer hochgeht.« Da mußte ich lachen und fragte Herrn Domingo, ob er jetzt an sein Tagewerk gehe und die Straße beobachte. »Vermutlich«, sagte Herr Domingo, »also bis heute abend im Mentz.«

Gleich darauf schellte erneut das Telefon, und es meldete sich ein Herr Gabriel von der Glasreinigungsinnung. Es warte da nämlich auf mich eine große Aufgabe, es gehe um etwas »äußerst Brisantes« und »vielleicht wird dabei die ganze Regierung auffliegen«. Ich fragte Herrn Gabriel, was ich dabei tun könne, und nach einigen Verständigungsschwierigkeiten stellte sich heraus, daß ich in diesem Zusammenhang die gleichfalls »hochbrisante Öffentlichkeitsarbeit« übernehmen solle: »Sie können dabei reich und berühmt werden. Kommen Sie bitte um elf Uhr zu mir in die Geschäftsstelle, das ist die Kammermeierstraße 44, es werden auch noch andere Herren von der Innung teilnehmen. Für einen kleinen Umtrunk ist gesorgt.«

Reich und berühmt werden – das war es! Und dazu noch in aller Frühe einen kleinen Umtrunk! Ich hätte allerdings kaum gedacht, daß ich gerade über das Glasreinigungshandwerk reich und berühmt würde (ich bin von Haus aus Geisteswissenschaftler). Nun, immerhin. Gerade als ich zu der wichtigen Zusammenkunft aufbrechen wollte, schellte es an der Wohnungstüre. Es war ein etwa 40jähriger leicht verkommener Herr, den ich nicht kannte und der sich mit »Rohleder« vorstellte. Herr Rohleder sagte, er komme im Auftrage Herrn Kloßens, welcher ihm vom gemeinsamen Lottospielen her 30 Mark schulde. Kloßen habe ihm heute morgen telefonisch aus Essen mitgeteilt, daß er von mir das Geld holen solle, indem ich nämlich Kloßen 35 Mark schulde.

Das war eine grobe Lüge, denn in Wirklichkeit war es genau umgekehrt. Herr Kloßen schuldete mir 36,50 Mark, und das teilte ich auch Herrn Rohleder mit. »Dieser Kloßen«, sagte Herr Rohleder, »nichts als Ärger hat man mit ihm.« Als ich dann Herrn Rohleder mehr aus Mitleid 20 Mark gab (denn er brauchte sie angeblich dringend für eine Autoreparatur), vertraute er mir an, daß er von Kloßen eigentlich 280 Mark (einschließlich der 30) zu erwarten habe, und zwar sobald dessen Scheck über 4500 Mark aus Stuttgart eingetroffen sei. Mit diesem Geld wolle Kloßen nicht nur noch dicker ins Lottogeschäft einsteigen, sondern auch alle seine Schulden begleichen. Herr Rohleder wußte auch, daß die 4500 Mark das Darlehen eines Stuttgarter Freundes seien, der ihm das Geld, wie Kloßen ihm gesagt habe, aufgrund allgemeiner Dankbarkeit und großen Vertrauens übermache, und zwar langfristig. Das habe ich von Kloßen ähnlich auch schon irgendwo mal gehört. Ich bin mir aber heute noch nicht sicher, ob dies eine blanke Lüge oder irgend so eine Form von Autosuggestion war. Zweifellos gab es aber diese 4500 Mark weder als wirkliches Geld noch als bargeldlose Realität. Möglicherweise kann man aber von solchen fixen Ideen, wenn man nur stark genug daran glaubt, eine Zeitlang ganz gut so dahinleben.

Von diesen meinen Gedanken sagte ich Rohleder aus Schonung allerdings nichts.

Nun begab ich mich rasch zu den Glasreinigern. Es war dies ein recht unansehnliches Büro in einem Hinterhaus, und es waren schon Herr Gabriel, drei weitere fette Herren und ein vollkommen hinfälliger Greis, der offenbar die geistige Lenkung übernommen hatte, anwesend. Man beschenkte mich freundlicherweise mit Cognac und einer Zigarre, dann kamen die Herren mit großer Behutsamkeit und sehr umständlich auf ihre Geschichte und ihr Anliegen zu sprechen. Daß so viele Menschen selbst die geringfügigen Gedanken, die sie haben, nicht ausdrücken können! Nun ja, es stellte sich also heraus, daß ein anderer und der Innung nicht angeschlossener Glasreiniger, der zugleich bei der

SPD einen gewissen stattlichen Posten hat, die Konkurrenz durch unglaubliche Niedrigangebote brutal aus dem Felde boxe, daß alles dadurch gnadenlos abwärtsgehe, usw., den ganzen Handwerkskram. Auf mich warte nun die große und schwierige Aufgabe, diese Ungerechtigkeit im Glasreinigungswesen in einen gezielten Schriftsatz zu fassen und breiten Teilen der Öffentlichkeit zugänglich zu machen, wobei ich besonderes Gewicht auf die Tatsache legen solle, daß der SPD-Vertreter nicht im Sinne der Mittelstandspolitik der Sozialdemokratie gemäß der Regierungserklärung Willy Brandts handle, welche die Glasreiniger eigenartigerweise hektografiert auf dem Tisch liegen hatten.

Ich sagte den Glasreinigern meine Mitarbeit an diesem sozialen Werk sofort zu, allerdings nur unter der Voraussetzung, daß sie mir unverzüglich mein Honorar, nämlich 500 Mark plus 50 Mark Spesen, geben wollten, denn ich merkte natürlich gleich, daß der angebliche Skandal bei der Glasreinigung in Wirklichkeit ein grober Unfug war bzw. die Herren selber nicht genau wußten, was sie eigentlich wollten, und da mußte ich mich natürlich absichern, um meine wertvolle Arbeitskraft nicht unnütz zu verschleudern. Ich sagte deshalb den Glasreinigern den sehr dummen Satz, diese »hochbrisante Sache« sei natürlich auch für mich »ein hohes berufliches Risiko«. Eigenartig genug fielen die Herren auf den Krampf herein und Herr Gabriel gab mir sofort einen Scheck über 550 Mark, es wurde dann auch ein kleiner Vertrag gemacht, in dem stand, was ich alles so zu deichseln hätte.

Es war gut, daß ich mein Geld schon hatte, denn vor allem der Greis meldete immer wieder zwischendurch Bedenken gegen das gesamte Vorgehen an und mahnte mich mehrmals eindringlich, ja alles recht vorsichtig und mit Fingerspitzengefühl zu betreiben, man wolle kein Aufsehen in der Öffentlichkeit usw. Da sieht man genau, was das für ein Haufen Narren war! Zuerst wollen sie mutig an die Öffentlichkeit, dann wollen sie kein Aufsehen machen! Na ja, wer konnte auch schon ausgerechnet bei den Glasreinigern klare Gedanken erwarten ...

Zuletzt wollte ich noch gern wissen, wie man in dieser Sache ausgerechnet auf mich gestoßen sei. Da ergriff der Greis das Wort und sagte, er habe vor mehreren Jahren in einer Zeitschrift

»einen ganz ausgezeichneten Aufsatz« über Umweltschutz von mir gelesen, »sehr fundiert, darf ich Ihnen sagen, sehr fundiert und gründlich«, darauf habe man nun kürzlich im Telefonbuch nachgeschlagen, meinen Namen gefunden, und damit sei die Entscheidung im Vorstand auch schon perfekt gewesen.

Das mit dem Umweltschutz stimmte schon irgendwie. Der Aufsatz lautete damals »Ökologie und Sozialstaat« und prangerte die Grundwidersprüche der Gesellschaft an, wie man es eben so gelernt hat. Und nun die genaue Parallele »Glasreinigung und SPD« . . .

Ich versicherte, weil ich gerade wieder einen Cognac bekam, daß ich, was die Belange der Glasreiniger angeht, mein Bestes tun würde, man müsse mir nur genügend Zeit zur gründlichen Einsicht in die Unterlagen geben, denn »das hier« sei ganz offenbar ein »hochbrisantes Thema«, das sogar »in die hohe Politik hineinspielt«. Dieser Satz, der eigentlich nur eine genaue Wiederholung dessen war, was sie vorher ununterbrochen selbst geflüstert hatten, gefiel den Glasreinigern ganz ausgezeichnet. Sie gaben mir nochmals eine Zigarre und versicherten verschiedentlich, man erkenne schon, man habe Glück gehabt, denn bei mir sei man offenbar auf den richtigen Mann gestoßen, der wisse, was er wolle. Das ist nun freilich das Falscheste, was man über mich überhaupt sagen kann.

Ich verabschiedete mich dann von den Innungsherren, und weil mir von ihrem Cognac schon wieder ein wenig unklar im Kopf war, eilte ich ins Café Härtlein, in dem ich oft verkehre, weil dort nicht nur der Kaffee sehr würzig ist, sondern vor allem weil dort zahlreiche alte Menschen herumsitzen, mit denen man ganz nett und nützlich plaudern kann. Manche der Alten reden freilich ein gewaltig krauses Zeug zusammen, vor allem die Männer, aber springlebendig sind sie fast alle.

Diesmal saßen wieder zwei alte Männer und vier alte Frauen sowie Herr Rösselmann drinnen, der las hektisch die Tageszeitung und löffelte dazu einen großen fetten Bienenstich. Herr Rösselmann liebte außer seinem dicken Friesentee und Kartoffelsuppen vor allem die süßen Dinge des Lebens wie Plätzchen, Erdbeerkuchen, Pralinen, Likör, Kandiszucker, und diesmal eben Bienenstich.

Ich fragte Herrn Rösselmann umgehend, ob er heute an Frl. Czernatzke, die mit ihm zusammen in einer Art Büro arbeitet, etwas Besonderes bemerkt habe oder ob sonst etwas vorgefallen sei. »Nein, warum?« fragte Herr Rösselmann mit rasch erwachender Neugier. »Ich meine in Sachen Jackopp«, hakte ich vielversprechend nach. »Ach so, Jackopp«, sagte Herr Rösselmann und ließ ruckartig die Zeitung sinken, »erzähl mal!« Freudiges erwartend bestellte Herr Rösselmann sofort noch einen Käsekuchen, ein kluger Schachzug, denn von einem zweiten Bienenstich wäre selbst einem so eßgewandten Mann wie Herrn Rösselmann schlecht geworden.

Gerne erzählte ich Herrn Rösselmann, der ja das Aufflackern der Liebe Herrn Jackopps bei »Mentz« selber miterlebt hatte, den eindringlichen Verlauf des gestrigen Tages, das Fußballspiel, das dumpfe Liebesgeständnis usw. und schließlich Herrn Jackopps Vorhaben, Frl. Czernatzke 27 rote Rosen zu schicken. Äußerst lebhaft schmunzelte Herr Rösselmann über seine Hornbrille hinweg und rundete seinen Mund mehrfach zu einem begeisterten Lachen. Das mit den Blumen gefiel ihm, gleich mir, am allerbesten. Leider sei aber bisher im Büro noch nichts dergleichen eingetroffen. Herr Rösselmann meinte dann noch, ich solle doch vielleicht Herrn Jackopp nochmals daran erinnern, damit er seine Rosen nicht etwa gar vergessen möchte. Ich antwortete Rösselmann, das täte ich lieber nicht, denn ich hätte bei der ganzen Angelegenheit ohnedies schon sehr gemischte Gefühle und ich hätte auch Herrn Jackopp nur so halb und halb zu dem Krampf geraten.

Vielleicht, sagte ich ein wenig gegen meine Überzeugung, würde durch die Rosen dem sensiblen Frl. Czernatzke sogar seelischer Schaden zugefügt, und dies wolle ich keinesfalls. Erstens, konterte Herr Rösselmann, sei das Frl. Czernatzke keineswegs sensibel, sondern ein Büffel an Gesundheit und seelischer Stabilität. Und zweitens solle ich doch zugeben, daß auch ich an dieser »herrlichen blöden Geschichte« die allergrößte Freude hätte. Ich erwiderte, das sei schon irgendwie wahr, aber in bestimmten Fällen müsse man die eigene Freude in die Schranken verweisen zugunsten des moralischen und kategorischen Imperativs von Kant, daß man nämlich manchmal dem anderen das nicht antun soll, was man selber nicht angetan kriegen möchte (ich glaube, ich war da noch immer von den Glasreinigern her leicht beschwipst), aber Herr Rösselmann schüttelte nur den Kopf und sagte, ich solle doch nicht so tun. Freudig erregt bestellte sich Herr Rösselmann noch einen Kaffee, während mir der erste schon nicht bekommen war und ich also, um ein erneutes leichtes Herzflimmern einzudämmen, einen Magenbitter nachgoß, das hilft immer ein bißchen.

Weil Herr Rösselmann nun wieder in sein Büro zurückmußte, vereinbarten wir, daß ich am Spätnachmittag vorbeikommen würde, um die weitere Entwicklung der Liebe zu beobachten und zu analysieren, betreffs Rosen und alles, bzw. zumindest um Frl. Czernatzke etwas auszuhorchen, vielleicht war da ja tatsächlich einiges an Liebessubstanz herauszuholen.

Darauf ging ich nach Hause, um gegebenenfalls ein wenig die Unterlagen der Glasreiniger zu durchforschen. Es klappte aber nicht, denn an der Haustüre gewahrte ich meinen Nachbarn, Herrn Kloßen, der sich in eigenartiger Weise an seinem Briefkasten zu schaffen machte, nämlich von hinten. Herr Kloßen hatte dabei wie immer seinen dunklen Anzug mit Einstecktüchlein, ein weißes Nyltest-Hemd und sogar eine Fliege an, ein an sich hervorragender Aufzug für einen Arbeitslosen, der ihn aber seltsamerweise zu einem ganz besonderen Flair von Verlottertheit verdammte und absolut vertrauenszerstörend wirkte. Ich begrüßte Herrn Kloßen und fragte ihn, was er da treibe. Nach einigen unscharfen Antworten stellte sich heraus, daß Herr Kloßen mit einem länglichen Magneten, den er in der Schlosserei gegenüber ausgeborgt hatte, von hinten in seinen Briefkastenschlitz stocherte, um auf diese Art seinen eigenen Briefkastenschlüssel herauszufischen, der aus einem sehr dunklen und ewig langen und komplizierten Grunde in Kloßens Briefkasten lag. Er brauche aber diesen Briefkastenschlüssel, denn im Briefkasten liege eine Zahlungsanweisung über »100 bzw. 70 Mark«, die Herr Kloßen zusammen mit Herrn Rohleder in der Vorwoche im Lotto gewonnen hätte.

Jetzt erzählte ich Herrn Kloßen, daß mich Herr Rohleder heute früh schon aufgesucht und 30 Mark verlangt hätte. Meines Wissens, sagte ich streng, hätte aber nicht ich bei ihm, Kloßen, 30 Mark Schulden, sondern umgekehrt er, Kloßen, bei mir. Bzw.

36,50 Mark. Und daß ich dem Rohleder nun zusätzlich 20 Mark überreicht hätte.

Herr Kloßen machte eine Reihe fahriger und wohl abwehrender Armbewegungen und hatte dann die Situation wieder im Griff. Der Rohleder, erklärte Herr Kloßen mit seiner eigentümlich breiigen, qualligen, ja gewissermaßen ranzigen Stimme, der Rohleder habe wieder einmal am Telefon alles falsch verstanden. Er, Kloßen, habe ihm nämlich deutlich gesagt, Rohleder solle sich von mir nochmals »30 bzw. 35 Mark« borgen, dann mache er, Kloßen, »alles mit dir klar«. Wir seien also jetzt 36,50 Mark plus 20 Mark ist 56,50 Mark – und deswegen müsse er ja gerade in den Briefkasten hinein, um mir das Geld sofort zurückzugeben.

Nun bohrte Herr Kloßen wieder energisch mit seinem Magneten in dem Schlitz herum – und tatsächlich, plötzlich hing der Briefkastenschlüssel dran. Schnell öffnete nun damit Herr Kloßen den Briefkasten von vorne, aber es war keine Zahlungsanweisung drinnen, sondern nur eine Werbepackung Gemüsesuppe, sowie ein Brief des Hausherrn Kaufhold, den Kloßen sofort erbrach, worauf er »Scheiße« und »diese blöde Sau« sagte. Ich fragte Herrn Kloßen, was denn nun wieder sei. »Diese blöde Sau, der Kaufhold, der will da die beiden letzten Monatsmieten kassieren, sonst kündigt er mir.« Aber dieser Herr werde sich noch wundern, »wenn ich mit Sack und Pack vor's Gericht ziehe«. Er, Kloßen, habe Kaufhold einst ausdrücklich erklärt, daß er demnächst 4700 Mark Kredit aus Stuttgart bekomme und damit ein halbes Jahr Wohnungsmiete im voraus bezahle, was als Zins dem Kaufhold wieder zugute komme, so daß der Zinsausfall der zwei ersten Monatsmieten wieder mehr als ausgeglichen sei. Es sei dies nur eine »Überbrückungszeit«, habe er, Kloßen, damals Kaufhold erklärt, und die Hausverwalterin sei als Zeuge dabeigestanden.

Nun sei, fuhr Kloßen mit einer Miene und einer Stimme, als habe er etwas furchtbar Schlechtschmeckendes im Mund, fort, die Situation vorerst die, daß zwar der Großkredit »100prozentig gesichert« sei, »da brauchst du überhaupt nichts bei denken« (warum sagt er das?), aber nach dem Ausbleiben des Lottogewinns habe er, Kloßen, im Augenblick leider nur mehr 2,35 Mark in der Tasche. Das mache aber überhaupt nichts aus, denn er gehe dann morgen aufs Finanzamt und lasse sich seinen Lohnsteuerjahresausgleich vorzeitig zurückerstatten, das gehe »ohne weiteres perfekt«. Nur bis morgen sei allerdings die Situation noch etwas schwer zu überbrücken, sagte Herr Kloßen und schien nachzudenken. Ich wollte ihm gerade vorschlagen, doch zu Herrn Rohleder zu gehen, der habe 20 Mark von mir, das sollten sie sich teilen, dann hätte jeder zehn Mark und könne sich davon ein einigermaßen bequemes Leben machen – aber Herr Kloßen hatte schon einen besseren Vorschlag ausgegoren. »Paß auf«, sagte er, »ich schulde dir jetzt 56,60 Mark, jetzt gibst du mir noch 20 Mark, dann sind wir 76,50 Mark. Davon gebe ich dir morgen vom Lotto 70 Mark, dann sind wir 6,50 Mark, die kriegst du dann übermorgen vom Finanzamt, das geht alles klar.«

Ich überreichte Herrn Kloßen die erwünschten 20 Mark, da schlug er mir vor, mit ihm »in die Kneipe um die Ecke« zu gehen, »ich gebe dir ein Bier aus.« Weil mir das im Grunde natürlich besser gefiel als die Belange der Glasreiniger, erklärte ich mich einverstanden. Ich wollte nur noch schnell hoch in die Wohnung und meine Glasreiniger-Akten ablegen. Gerade als ich die Wohnung betrat, schellte das Telefon. Mit gewohnt tiefer, brummender und leidender Stimme meldete sich Herr Jackopp: »Hör mal, kann ich dich heute abend sprechen? Ich habe eine Frage an dich.« Aber natürlich konnte Herr Jackopp mich treffen und seine Frage stellen! Aus Feingefühl fragte ich ihn nicht zurück, ob er seine Frage hier nicht auch gleich telefonisch stellen könne, sondern vereinbarte mit ihm für 10 Uhr das Gasthaus »Krenz«. Eine hochinteressante Sache! Herr Jackopp hatte sich offenbar meine gestrigen Worte zu Herzen genommen, daß man Fragen stellen muß, komme was da wolle. Aber andererseits: eine einzige Frage hatte der Herr Jackopp nur drauf, was mochte das für eine mächtige Frage sein! Sicherlich betraf sie seine Liebe. In der Eile des Telefonats vergaß ich ihn zu fragen, ob er seine roten Rosen schon abgeschickt habe. Vielleicht hatte er nur die gestern ausgeknobelte Traumzahl 27 vergessen? Aber nein, so eine einfache Frage hätte Herr Jackopp sicher auch am Telefon vorbringen können. Es mußte eine andere, gewissermaßen eine Bomben-Frage sein. Nun, ich würde ja bald sehen ...

Vorerst ging ich aber mit Herrn Kloßen in die Kneipe um die Ecke. Ich war sehr guter Laune, weil sich für diesen Tag bereits ein bezauberndes Gerippe abzeichnete. Zuerst Gebäudereinigung, dann ein netter Nachmittag mit Herrn Kloßen, dann Besuch bei Herrn Rösselmann und Frl. Czernatzke mit evtl. neuen Informationen, und zum Tagesabschluß die Frage des Herrn Jackopp. In diesem Augenblick des Glücks verspürte ich plötzlich eine gewisse Sehnsucht nach Frl. Majewski bzw. nach der toten Frau. Ich kam aber nicht dazu, mein Gefühl weiter auszutragen, denn Herr Kloßen nahm mich vollständig in Anspruch. Dieser Herr, der nun nach meiner Rechnung 22,35 Mark in der Sacktasche hatte, trank äußerst zügig das erste Bier in sich hinein, daraufhin gleich ein zweites, und er forderte mich auf, ebenfalls rasch zu trinken, »ich zahle alles«. Man muß dem Herrn Kloßen ohne weiteres zugestehen, daß er ein gutes Herz hat, unbeschadet seiner sonst oft unwürdigen Verhaltensweisen, und kaum verspürte er 5 Mark in der Tasche, möchte er alle Welt freihalten und mit allen Leuten brüderlich seinen Rausch teilen, solange es irgendwie noch geht. Diese Biere trank Kloßen zweifellos in der Hoffnung bzw. Vision seines Großkredits, zumal sich nun in der Unterhaltung herausstellte, daß Herr Kloßen auch bei seinem Heimaturlaub in Itzehoe Pech gehabt hatte. Er hatte da nämlich keck genug bei seiner geschiedenen Frau »gepennt«, die er als »zwar äußerlich nicht übermäßig, aber im Bette unbesiegt« charakterisierte »und, Eckhard, in der Nacht sind alle Katzen grau, das weißt du so gut wie ich«, schmetterte Herr Kloßen begeistert und nahm einen unmäßigen Schluck Bier, und deshalb habe er auch demnächst diese »Alte« wieder heiraten wollen, aber nun war folgendes passiert: am Tag darauf war Kloßen zusammen mit seiner kleinen Tochter zu seinen Eltern gefahren, und als er auf dem Klosett gesessen hatte und also nicht aufpassen konnte, hatte das Enkelkind den Großeltern brühwarm erzählt, daß Kloßen heute nacht bei der Mami geschlafen habe. Dies habe die Großeltern aus Itzehoe so erbost, daß sie ihren Sohn nicht nur hinausschmissen, sondern auch sofort enterbt hatten.

So hatte Herr Kloßen unmittelbar hintereinander Enterbung, das Nichteintreffen eines Lottogewinns, das Andrängen Rohleders und schließlich die Drohung eines Hausbesitzers erleben müssen. Aber erstens hatte er ja noch mich und zweitens sollte in drei Tagen der Großkredit eintreffen, »da läuft der Laden wieder«, fuhr Herr Kloßen feurig fort, und dann: »Wenn das Geld kommt, dann zahle ich radiputz alle Schulden weg **und bin wieder ein freier Mann.**« Es gehe jetzt alles wie geschmiert: zuerst der Lottogewinn, dann das Geld vom Finanzamt, dann der Großkredit aus Stuttgart. Außerdem habe er jetzt mit Rohleder »ein todsicheres Lottosystem« erarbeitet, man brauche nur wöchentlich 128 Mark zu investieren, dann sei man in spätestens 18 Jahren Halbmillionär.

Und darüber hinaus lud mich Herr Kloßen plötzlich ein, mit ihm zusammen ein sozialkritisches Fernsehspiel zu schreiben, das bringe 18 000 Mark, wie er neulich von einem »Funkfritzen« gehört habe. Wir beide sollten uns mit dem Geld des Großkredits für eine Woche in den Schwarzwald zurückziehen, dort habe man freien Atem zum Arbeiten. »Wir können dann immer spazierengehen und uns so auch menschlich noch näher kommen«, schwallte Herr Kloßen entzückt und bestellte das vierte Bier für uns beide. »Ich arbeite die soziale Problemstellung aus«, präzisierte er, »und du bringst sie in die künstlerische Form und so was. Weißt du, zu einer flotten Feder muß man geboren sein. Ich mache das Empirische, ich liefere dir die sozialen *Backgrounds*.«

Das Ganze, sagte Herr Kloßen mehrfach, müsse vor allem »flott« werden und »**jede Menge Drive**« haben.

Als Herr Kloßen nach zwei Stunden bezahlte, stellte sich heraus, daß die gemeinsam getrunkenen zwölf Biere genau 18 Mark kosteten. Zwei Mark hatte Herr Kloßen außerdem für Zigaretten drangegeben, so daß er sich nun der Situation gegenübersah, wiederum nur 2,35 Mark zu besitzen. Dies schockte Herrn Kloßen allerdings nur für einen Augenblick, dann schlug er mir, »hör zu«, vor, ihm noch einmal 13 Mark zu leihen, »damit komme ich leicht bis heute abend hin«, da treffe er denn Hajo, den Ballspieler, der schulde ihm noch 8,50 Mark, diese könne ich dann heute abend zurückkriegen, so daß wir also augenblicklich auf 76,50 Mark plus 13 Mark ist gleich 89,50 Mark seien, heute abend aber nur mehr auf 81 Mark. Eine Mark könne er mir übrigens sofort wieder von den eben empfangenen 13 Mark zurückgeben – Herr

Kloßen schob sie mir auch gleich zu – er schulde mir jetzt also 88,50 Mark und heute abend dann nur noch 80 Mark, »dann ist im Prinzip ja alles klar.«

Im Prinzip, so wurde auch mir in diesem Augenblick klar, profitierte ich natürlich von der Kloß'schen Geldleihpolitik. Denn gibt man ihm 20 Mark, dann kriegt man sofort 10 Mark in Form von Bier wieder zurück und hat dennoch seine 20 Mark Forderungen, die freilich ein wenig unsicher sind. Aber das ist eben das berühmte Unternehmerrisiko, das nicht zuletzt auch Genuß bereitet, weil man ja weiß, daß der Schuldner sich notgedrungen immer wieder anschleicht. Das Risiko ist also erstens gar nicht so groß, zweitens aber halte ich Kloßen für einen wahrhaft guten Menschen, weil er dem Unternehmer sogar noch das Bier zahlt. Und wo sonst gibt es das schon?

Als wir das Lokal verließen, sagte Herr Kloßen mit sonderbar schwankender, ja schaukelnder Stimme, er gehe jetzt mal eben in die Innenstadt, er kenne da einen vorzüglichen Weinprobe-Ausschank mit *Pool*-Billiard, da koste der Schoppen »1a-Wein« nur eine Mark. Ob ich nicht mitkommen wolle?

Natürlich wollte ich, aber ich mußte auf die ökonomische Gestaltung des Tages achten, deshalb schützte ich Arbeit vor und verabschiedete mich von Herrn Kloßen, der sehr energisch, wenn auch leicht schaukelnd in Richtung Stadtzentrum weitersegelte. Nun kaufte ich mir eine Tageszeitung und setzte mich, weil mir ein wenig schwindelig war, auf eine Alleebank. Da! Tatsächlich, auf der ersten Seite stand es, das mit der Verwirrung in China! Was mir der Herr Domingo heute morgen berichtet hatte. Ob das denn gut geht, wenn ein so riesengroßes Land verwirrt ist? Aber auch in unserem Lande, habe ich neulich in einer Zeitschrift gelesen, nimmt die Verwirrung immer mehr zu. Manche meinen, es sei die Regierung, wieder andere schieben es auf die Opposition. Ich kann nur sagen, ich persönlich stehe der Verwirrung mit gemischten Gefühlen gegenüber. Einerseits ist es natürlich immer wieder ganz schön, wenn Ordnung und Klarheit herrschen, so wie es auch der Innenminister dauernd will. Andererseits teile ich nicht die Auffassung jener Philosophen, die den Menschen für ein besonders geist- und vernunftbegabtes Wesen halten, das immer genau weiß, was es will und wo es überhaupt lang geht.

Das klappt nicht. Vielmehr halte ich es in dieser Beziehung lieber mit meinem großen Lehrer Goethe, der Gott Vater ja selber jenen wunderbaren Vers sagen läßt, daß trotz der zu erwartenden Irrungen Fausts ein guter Mensch in seinem dunklen Drang der Wahrheit wohl bewußt sei. Siehe zum Beispiel Herrn Kloßen, der trotz seiner unübersichtlichen Lebensgestaltung immer genau weiß, was der einzelne von ihm noch an Geld zu kriegen hat und wo er vielleicht noch eins herkriegt. Gute Freunde muß man halt haben, das ist es. Ich finde überhaupt, daß gerade wir modernen Menschen von diesem Goethe noch allerhand lernen können. Man denke etwa an den Vers: »Und keine Macht und keine Kraft zerstückelt geprägte Form, die lebend sich entwickelt.« Wer von uns könnte etwas so Schönes guten Gewissens heute noch sagen?

Unter solchen Gedanken auf der Alleebank war es langsam Abend geworden, und mir fiel ein, daß ich ja noch bei Herrn Rösselmann in seinem Büro vorbeischauen wollte, um so auch Neuigkeiten betreffs Rosen und Liebe zu erhaschen und deshalb für die bevorstehende Frage Herrn Jackopps gut gerüstet zu sein. Kaum aufgebrochen, lief mir Herr Kaplan Wetzel über den Weg, mit dem ich einst wegen unterschiedlicher revolutionärer bzw. reformerischer Vorgänge innerhalb der katholischen Kirche zu tun gehabt hatte, bei welchen Kaplan Wetzel als deutscher Vorsitzender der sogenannten europäischen Priestergruppen (der sogenannten Gegensynode, die der Papst Paul nicht ausstehen mag) führend beteiligt gewesen war. Herr Kaplan Wetzel ist hauptberuflich Telefonseelsorger in unserer großen Stadt, die einen solch guten Mann zweifellos sehr nötig hat, andererseits aber glaube ich, daß der Kaplan Wetzel den ganzen katholischen Kram gern hinschmeißen und lieber einen Golftrainer oder einen Chefconférencier oder einen Quizmaster abgeben würde als dauernd dem Papst sein Depp sein.

Herr Kaplan Wetzel begrüßte mich sehr freundlich, wahrscheinlich übersah er mit echter christlicher Nachsicht mein nachmittägliches Räuschchen, das ja von dem Drängen sowohl der Glasreiniger als auch des Herrn Kloßen herrührte und an dem ich insofern moralisch fast schuldlos war. Herr Wetzel fragte mich zuerst, was ich so treibe. Ich antwortete schlagfertig:

»Dies und das, je nach Lustprinzip«, worüber Wetzel herzlich lachte – diese modernen katholischen Pfarrer verstehen schon ihr Geschäft. Herr Wetzel erkundigte sich nun, ob ich schon verheiratet sei (ich wollte das vor Jahren einmal und habe dem Geistlichen davon erzählt, ich weiß auch nicht, warum). Nein, sagte ich, die Frau sei in der Türkei verstorben. Wiederum überfiel mich dabei eine gewisse sehnsüchtige Bangigkeit, und Herr Wetzel drückte sein Bedauern aus. Dann fiel mir nichts Klügeres ein als zu fragen, wie es eigentlich mit dem Zölibat stehe. Herr Wetzel sagte, diese Frage sei inzwischen von den Priestern zugunsten anderer etwas zurückgestellt, aber man kämpfe frisch weiter. Weil ich mich meiner dummen Frage schämte, machte ich dem Geistlichen das Kompliment, ich hätte neulich sein Buch über die verdammte Lage der Christen in Spanien, Portugal und dem Baskenland mit großem Gewinn gelesen. Meine Gedanken wurden immer verschwommener, hoffentlich würde mich Herr Wetzel nicht nach Einzelheiten des Buchs ausfragen. Ich habe es in Wirklichkeit nie gelesen, sondern nur einmal kurz in der Hand gehalten. Denn ich sehe zwar die Nützlichkeit und Richtigkeit solcher kirchenpolitischer Studien vollkommen ein, fühle mich aber beim besten Willen nicht mehr in der Lage, auch dieses Zeug noch zu lesen. Manchmal schaffe ich kaum noch den Sportteil der Tageszeitungen und den »Kicker«. Dazu kommen neuerdings meine Aufgaben gegenüber Kloßen und Jackopp . . .

Herr Wetzel war aber gnädig, fragte nicht weiter, und beim Abschied vereinbarte ich mit ihm – warum erteilte er eigentlich heute keine Telefonfürsorge und redete statt dessen auf mich ein? –, daß wir demnächst vielleicht einmal ein paar Glas Bier zusammen trinken könnten. Insgesamt war ich Kaplan Wetzel dankbar, daß er mir über den Weg gelaufen war. Diese Geistlichen, sie wissen doch immer genau, wo es gerade brennt! So gestärkt, fast wieder völlig nüchtern und doch irgendwie noch lustig, traf ich in Herrn Rösselmanns Büro ein, aus dem gerade Herr Karsten Voigt herauseilte. Was hatte denn der da schon wieder zu suchen und zu laufen? Wie er nur lief! Als ob ihm der Boden unter den Füßen zu heiß würde. Keine Ruhe, diese Revolutionäre, geschweige denn Zeit, mit Herrn Kloßen am Nachmittag sechs Biere zu trinken! Nein, so geht es natürlich auch nicht, die kontemplativen Teile des Daseins dürfen einfach nicht zu kurz kommen!

In den Fluren des Büros umfing mich sogleich eine eigentümlich unheilschwangere, skandalumwitterte Stimmung. Arglos begrüßte ich trotzdem Herrn Rösselmann, der sich gerade einen Bohnenkaffee braute, mich nahezu diabolisch angrinste und sagte, ich möchte mich nur gleich bei Frl. Czernatzke »melden«. Warum? sagte ich mit einem recht mulmigen Gefühl in der Magengrube. Ich werde schon sehen, sagte Herr Rösselmann unheilvoll. Nun, das Wort »melden« befremdete mich, einen freien Menschen, natürlich sehr, aber vielleicht war das auch nur Rösselmanns Humor, und es kam etwas ganz anderes und Wunderbares auf mich zu, vielleicht die Botschaft einer Einladung zum Abendessen bei Frl. Majewski mit anschließendem Champagnertrinken...

Meine Bangigkeit zügelnd, schritt ich deshalb in Frl. Czernatzkes Bürozimmer und setzte mich, weil dieses vielgeliebte Wesen gerade telefonierte, abwartend in den Bürosessel. Sofort fiel mein Blick auf einen wunderbaren und dicken Strauß knallroter Rosen auf dem Schreibtisch. Also doch, dachte ich mir mit spontaner Freude über Herrn Jackopps Engagement, diese Liebe war also doch wider Erwarten keine Eintagsfliege gewesen, sondern hatte sich über Nacht gehalten, da stand der Beweis knallrot auf dem Tisch. Und doch, ein unsägliches Gefühl der Bangigkeit durchzog mein Inneres...

Zu Recht, wie sich gleich erwies. Kaum hatte Frl. Czernatzke ihr Telefonat beendet, drehte sie den Schreibtischstuhl in die Richtung, in der ich saß, und sah mich erst einmal unerträglich lang, bohrend und gewissermaßen verächtlich an. Hilflos, aber möglichst unbefangen, fragte ich Frl. Czernatzke, ob denn irgend etwas nicht in Ordnung sei. Daraufhin sah mich Frl. Czernatzke noch um eine Spur unheilvoller und verächtlicher an. Es war kaum auszuhalten. Wie die Glut dieser rehbraunen Augen mich am Boden zerstörte! Herrlich! Verwirrt und trotz Kaplan Wetzels Eingriff noch nicht hundertprozentig klar im Kopf, stotterte ich, ob ich denn etwas Böses getan hätte, oder wie? »Frag nicht so blöd!« sagte nun mit Eiseskälte Frl. Czernatzke, aber es war doch wie eine Erlösung. Und während ich jetzt erneut etwas herumstammelte, ich wüßte nicht, was sie meine und wolle, wurde auch mir plötzlich, zwei Tage nach Herrn Jackopp, die ganze eindringliche Schönheit dieses Frl. Czernatzke offenbar. Dieser lodernde und mich der tiefsten Verachtung aussetzende Strahlenblick, der offenbar nur unseren Mädchen aus dem Hunsrück eigen ist – diese Flut verschleierter und gerade darum so reizender Erotik – diese kleine, aber entschlossene Brust, wie sie unter dem blaurot karierten Kittelchen wogte! Und der Rest fest in die *Bluejeans* verpackt . . .

In diesem Augenblick hätte ich Frl. Czernatzke sicher auch gern »flachgelegt«, doch noch während ich mich mit dieser ganz neuen und überraschenden Empfindung befaßte, schrie dieses Fräulein, auf den glutroten Packen Rosen deutend, plötzlich auf: »Und was soll d e r Rotz da?« Aha, sagte ich nun vorsichtig, das sei es also, nun, ich könne mir allerdings denken, wer der Absender sei. »Na also!« schrie Frl. Czernatzke jetzt gleichzeitig eisig und lodernd – »und wer hat den Jackopp überredet, den Blödsinn zu schicken? Doch nur du, du Esel, du alter, nur du bist zu solch einem Schwachsinn fähig, du Rhinozeros!« Ich machte ein paar abwehrende Bewegungen, kam aber nicht zu Wort, denn erneut tönte es niederschmetternd auf mich ein: »Zum letzten Mal: Misch dich nicht in meine Sachen, du Idiot, du hast wohl mit dir selber genug zu tun! – – – «

Nun, das stimmte zwar, das war eine überaus richtige Beobachtung und Bemerkung – trotzdem war es jetzt Zeit, zum Angriff überzugehen. »Ja sind wir denn hier in einem Narrenhaus!« schie ich erregt auf, wo gebe es denn so etwas, daß man so herrliche und noch dazu aus dem Herzensgrund eines Mannes kommende Rosen einen »Blödsinn« und gar einen »Rotz« nennen dürfe! Und außerdem verbäte ich mir diese unhaltbare Beschuldigung, ich sei es gewesen, der Herrn Jackopp zur Überweisung der Rosen bestimmt habe – vielmehr hätte ich mit diesem Herrn nur eindringlich über das Problem des Blumenschickens gesprochen und ihn sogar ein bißchen davor gewarnt – zu Recht, wie man nun sehe! »So?« lauerte Frl. Czernatzke und streifte mich mit einem abschätzigen Blick – sie habe aber ganz andere Informationen! Dann seien eben diese Informationen falsch, rief ich und gewann an Sicherheit. »So?« wiederholte Frl. Czernatzke –

und was sei mit meiner kürzlich erfolgten Ankündigung, ich würde bald »gegen mich, die Birgit und den Ulf eine Intrige spinnen?«

Da mußte ich heftig lachen, denn auf diesen alten Krampf wäre ich wirklich nicht gekommen – »Lach nicht so dreckig!« schrie nun in zorniger Glut Frl. Czernatzke, und ich bilde mir sogar ein, daß sie ganz kurz zu einem Schlag ausholte, sich im letzten Augenblick aber bremste und mit heftiger, bewegter Stimme fortfuhr: »Du bist ein ganz gemeiner Kerl! Du weißt ganz genau, daß mir der Jackopp da mit seinem ganzen Elend nicht vollkommen gleich ist, und du weißt genau, daß da trotzdem im Augenblick gar nichts drin ist wegen dem Ulf. Und anstatt daß du den Jackopp bremst und zur Vernunft bringst, treibst du ihn weiter in den Schlamassel, damit du deinen Spaß hast. Es reicht schon, daß dieser Mann nachts um 2 Uhr vor unserer Wohnung auftaucht und läutet und dann davonrennt. Ich mag ja den Jackopp sogar ganz gern – aber im Augenblick stört er einfach meine Kreise, und die sind sowieso schon kompliziert genug. Kapiert!«

Ah, das war interessant – »im Augenblick« hatte sie gesagt! Und Jackopp hatte Frl. Czernatzke bereits nächtens heimgesucht! Superb! Ich bat rasch um Entschuldigung für mein vorheriges Lachen und versuchte Frl. Czernatzke ganz ruhig zu erklären, daß mir keinesfalls daran liege, sie seelisch zu stören und zu verletzen – aber wie könne sie denn auch nur auf die Idee kommen, daß meine seinerzeit angekündigte Intrige mit der vermeintlich jetzigen auch nur das Geringste zu tun habe! Ich sei doch schließlich nicht ganz auf den Kopf gefallen und würde meine Intrige zuerst sämtlichen Opfern ankündigen, jedenfalls möchte ich keineswegs – – – da ertönte plötzlich aus dem angrenzenden Zimmer – wo kam denn der schon wieder her? – unverkennbar die laute und quallige Stimme von Herrn Kloßen: »Du, Jungwirth, paß mal auf, kannst du mir bis morgen nochmals 10 Mark leihen?«, und kurz darauf hörte man die Worte »Rohleder« und »Fernsehspiel, das läuft schon...«

Es war eine kleine Stille entstanden, und ich wollte gerade mit meiner erklärenden Rede an Frl. Czernatzke fortfahren, da schellte das Telefon, und gleich darauf sagte Frl. Czernatzke: »Ja, Herr Halbritter?«, dann war es wieder ein paar Sekunden still, da hörte man nebenan wieder Kloßens Stimme: »Du kriegst das Geld, sobald morgen die Bank aufmacht.« Das war eine neue Variante, die Herr Kloßen mir vorenthalten hatte. »Ja, die Listen sind fertig«, sagte Frl. Czernatzke ins Telefon und kicherte plötzlich eigenartig munter, »ja, das Geld muß in den nächsten Tagen kommen.« »Wie?« »Ja, sicher.« »Das läuft.« »Wie immer.« »Aha!« »Ja, klar.« »Tschühss, Herr Halbritter.«

Übrigens stand die Kombination aus verschärfter Herzensnot, Zorn und geschäftlicher Betriebsamkeit Frl. Czernatzke recht gut zu Gesicht. Herr Jackopp hatte schon ein sicheres Stilgefühl bei Frauen. Sowie diese Dame ihr Telefonat beendet hatte, drehte sie den Stuhl wieder gegen mich, und erneut traf mich ihr verschleiert-bohrender Blick. Da begann ich mit niedergeschlagenen Augen Frl. Czernatzke nahezulegen, wie eindringlich ich gestern nacht versucht hätte, begütigend und harmonisierend auf Herrn Jackopp einzuwirken – in Sachen Rosen und allem, und das stimmte ja auch zu einem gewissen Teil. Und daß mir nichts ferner liege, als Herrn Jackopp auf sie zu hetzen, daß ich diesen vielmehr zur Geduld ermahnt hätte und daß ich also wirklich vollkommen schuldlos sei usw...

Frl. Czernatzke ließ mich verdächtig lange schwätzen, sie musterte mich dabei allerdings nach wie vor mit einem furchtbar entwertenden Blick, der mich, ich mochte schwätzen, was ich wollte, gleichsam ununterbrochen der Lüge zieh und überführte. »So?« sagte Frl. Czernatzke endlich, nachdem mir gar nichts mehr einfiel, sie habe aber »aus erster Hand« gehört, »daß du den Jackopp zu diesem Blödsinn da angestiftet hast« – und sie deutete mit dem Kopf abwertend auf den Rosenpacken – »daß du ihn dazu angetrieben hast«. Woher sie das wisse, wollte ich nun doch endlich und mit einem gewissen Zorn wissen. Frl. Czernatzke sträubte sich noch ein wenig, rückte aber dann mit der Erklärung heraus, Frl. Bitz habe es jedem, der es hören wollte, im Büro erzählt...

Ich schrie mächtig zurück, Frl. Bitz könne einen Dreck wissen, ich hätte seit zwei Tagen mit ihr kein Wort mehr gesprochen. Im selben Augenblick stieg mir allerdings schon der Verdacht hoch, daß diese Rosen-Information über Herrn Rösselmann als Zwischenträger zu Frl. Bitz und dann Frl. Czernatzke gelangt sein mußte – und zwar so, daß sie von Station zu Station immer falscher wurde und ich zuletzt als der reine Einpeitscher herauskam!

Ich sprang auf, um Frl. Bitz sofort zur Rede zu stellen. Sie war aber nicht aufzufinden, deshalb lief ich zornig zurück zu Herrn Rösselmann und beschuldigte ihn streng, Geheimnisse und diskrete Informationen an das ganz und gar unzuverlässige Frl. Bitz weiterzubefördern, die dann völlig unkenntlich geworden zu Frl. Czernatzke weitertrudelten. Herr Rösselmann verwahrte sich maulend gegen diese Anschuldigung, er habe Frl. Bitz heute nachmittag nur zur Kenntnis gegeben, was ich ihm erzählt hätte: »daß möglicherweise rote Rosen im Anzug sind – kein Wort mehr oder weniger!«

Diese Frauen! Wollen den Sozialismus einführen und können nicht einmal eine Information richtig weiterleiten! In diesem Moment kam ein Herr Rudolph zur Tür herein, lächelte mich tückisch an und sagte bohrend: »Aha! Da ist er ja.« Herr Rudolph ist hier eine Art Bürovorsteher, wichtiger aber ist zweifellos, daß auch er, wie alle wissen, schon seit Jahren heimlich Frl. Czernatzke liebt, ohne es aber offen und frei zu melden wie Herr Jackopp. Immerhin aber mußte ihn das mit den Rosen natürlich auch auf seine verschwiegene Art interessieren, und vor allem um Herrn Rudolphs »Aha! Da ist er ja« zu kontern, sagte ich nun möglichst elegant und anspielungsreich, daß ich es viel besser fände, wenn die Herzen sich durch Blumen eröffneten als nur jahrelang durch süße darbende Blicke. Weil das natürlich nicht besonders geistreich war, vermochte Herr Rudolph ganz souverän zu lächeln und sich wieder zurückzuziehen, sicherlich um irgendeiner eingebildeten und wichtigen, in Wirklichkeit aber vollkommen nichtigen Bürovorstehertätigkeit nachzugehen.

Plötzlich fiel mir ein, daß ich ja noch immer nicht genau wußte, was sich denn da heute nachmittag eigentlich alles zugetragen hatte. Herr Rösselmann zündete sich eine Zigarette an und wollte gerade mit seinem Bericht beginnen, da steckte Herr Nikolaus Jungwirth seinen Kopf ins Zimmer, sagte fast haargenau wie vorhin Herr Rudolph »Aha! Da ist ja der Übeltäter« und nahm erwartungsvoll Platz, als wollte er über mich ein wenig zu Gericht sitzen. Herr Jungwirth, ein strammer kleiner Herr im

Westchen-Anzug, mit bereits ehrerbietend grau durchwirktem Vollbart, aufmerksam schweifenden Äuglein und einer Uhrkette, die stets lustig um den Bauch wackelt, lächelte gleichfalls arglistig und ließ sich von mir, was ich sehr gern tat, zunächst noch einmal die Entstehung von Herrn Jackopps Liebe skizzieren, wobei Herr Jungwirth immer wieder gleichsam besorgt »Aha« dazwischenrief.

In der Folge erfuhr ich, von Herrn Jungwirth und Herrn Rösselmann abwechselnd vorgetragen, den vollen Hergang des Nachmittags. Gegen 15 Uhr sei da plötzlich ein völlig ungehobelter, dreckiger alter Mann, nach den Worten von Herrn Jungwirth »eine ungewöhnlich taube Nuß«, ins Büro getreten und habe laut und schnurgelnd nach einem »Fräulein Tschernätschi« verlangt, dabei habe er mit einem riesigen Rosenpacken in der Hand gewackelt und gegrunzt, das solle er hier abgeben. Frl. Czernatzke, die nach Herrn Rösselmanns Mienenbeobachtung zu diesem Zeitpunkt bereits wußte oder doch ahnte, wem die Blumen zugeeignet und wem sie zu verdanken seien, habe trotzdem darauf bestanden, hier müsse es sich um eine Verwechslung handeln, sie heiße zwar Czernatzke, wisse aber von nichts. Auch er habe keine Ahnung, habe der Blumenbote mehrfach gegrunzt, dann habe er den Rosenpacken einfach auf den Flurboden gelegt und sei endlich grußlos wieder die Stiege hinuntergepoltert.

Es sei in den Rosen kein Zettelchen oder sonstiger Beweis eingeklemmt gewesen, so daß sich Frl. Czernatzke bis zum Ende gewehrt habe, sie als Geschenk des Herrn Jackopp zu begreifen, bis sie sich endlich – vermutlich nach der sehr unscharfen Information von Frl. Blitz – damit abgefunden habe. Herr Jungwirth erzählte, er habe dann den Strauß in einen Topf gestellt und diesen dann auf den Arbeitstisch von Frl. Czernatzke niedergelassen, wogegen diese eigenartigerweise gar nicht protestierte. Allerdings habe sie im Anschluß jeden, der ihr über den Weg lief, heftig angebrüllt und ständig von »Idioten« und »Mondkälbern« gesprochen. Und mich, den vermeintlichen Rosen-Antreiber, habe sie sogar als »Drecksack« beschimpft, der sich unter dem Vorwand der Freundschaft in die Intimsphäre anderer Leute einniste, bloß weil er nichts zu tun habe!

Darüber befiel mich jetzt erneut ein großer Zorn, und ich war versucht, erneut zu Frl. Czernatzke zu stürzen und sie zur Rede zu stellen, ja vielleicht sogar wegen Verleumdung anzuzeigen – so heftig war meine Erregung. »Ihre Kreise« wolle sich diese junge Dame nicht stören lassen! Ha! Daß ich nicht lache! Gerade sie als sozialistische Weiberrätin mußte doch wissen, wie sehr wir alle aufeinander angewiesen sind, ja daß wir wie die Kletten aneinanderhängen! Und außerdem hatte ich es ja zum Teil wirklich gut gemeint, und ich habe auch durchaus etwas Gescheites zu tun! Man denke nur, daß ich von den Glasreinigern heute bereits sage und schreibe 550 Mark ergattert habe, dafür muß ein Industriearbeiter zum Teil mehr als zwei Wochen schuften! Und was tue ich? Ich reiße davon auch noch Herrn Kloßen aus dem gröbsten Dreck, spende einem Geistlichen durch meine Unterhaltung Trost, stelle mich Herrn Jackopp als Fragenbeantworter zur Verfügung ...

Voll Zorn schimpfte ich also jetzt, indessen Herr Rösselmann und Herr Jungwirth ununterbrochen und bedenklich die Köpfe wiegten, auf jene sehr eigenartigen jungen Damen, die so ungezogen und unerhört auf ein Herzensgeschenk, ein Liebessignal reagieren, wie es rote Rosen nun einmal seit unbedenklichen Zeiten sind und auch bleiben sollen. Ja, wo waren wir denn eigentlich? Sicher, hinter den edlen Rosen steckte nicht viel mehr als der äußerst niedrige, buchstäblich niedrige Wunsch des Herrn Jackopp, »sie flachzulegen«, und dies möglichst schnell, damit es durchgezogen sei. Aber ist das denn wirklich so böse? Braucht es dazu denn immer erst acht Wochen oder drei Jahre des Abtastens und Schönschauens? Gerade ich habe da im Falle dieses Frl. Czernatzke einmal äußerst üble Erfahrungen gesammelt mit meiner allzu langsamen Art! Ich umwarb sie nämlich einst mit dem raffinierten Trick, ihr in humorvollem Tonfall zu sagen, in sechs Wochen würde ich mich ihrer bemächtigt haben. Davon fühlte sich diese Dame anfangs ungemein geschmeichelt, aber je näher der Termin heranrückte und je entschlossener ich mich rüstete, desto feiger trat dieses Frl. Czernatzke den Rückzug an, und jedenfalls ging der Trick absolut daneben. Ich habe es zwar nicht besonders bereut, aber jedenfalls war das der klare Beweis, daß es so gerade nicht geht. In diesem Augenblick, als mir das alles so durch den Kopf jagte, mußte ich Herrn Jackopp mit seinem Ruckzuck-Programm vollkommen recht geben.

Herr Jungwirth, der mit übereinandergeschlagenen Beinen dasaß und dabei aus Erregung fortwährend den Hosenstoff an seinen Schenkeln glattstrich, äußerte nun auch die Ansicht, daß Frl. Czernatzkes rüdes Auftreten gegen mich, Herrn Jackopp und auch all die anderen Bürobediensteten zu verachten sei. Herr Rösselmann dagegen, dem zwischendurch vor Staunen oder allgemeiner Müdigkeit kurzzeitig der Mund offengeblieben war, meinte, wohl um mich aufzuheitern, ich würde später einmal als Hausfreund der Familie Jackopp-Czernatzke hochgeachtet sein, davon sei er überzeugt. Der Gedanke gefiel mir sofort, denn Hausfreunde kriegen nicht nur, soviel ich weiß, immer Plätzchen und Likör vorgesetzt, sondern sie bringen es oft sogar zum Träger des Ganzen . . .

Außerdem schlug Herr Rösselmann vor, ich solle mit ihm jetzt erst einmal nach Hause gehen und Tee trinken und dabei alles vergessen, auch sei eine ausgezeichnete emsländische Wurst im Kühlschrank. Rösselmann hatte gerade noch schnell ein Telefongespräch mit einem Herrn Rudi Koop zu erledigen, bei dem es um die Vorbereitung eines Kameradschaftstreffens in Vechta ging, dann brachen wir auf, schauten uns aber alle drei nochmals den prächtigen Rosenpacken an, den Herr Jackopp hatte auffahren lassen. Frl. Czernatzke hatte ihren Arbeitsplatz bereits verlassen, das ganze Büro war leer, – da! Wunderbar leuchtend, glutvoll stand der Packen im hereinfallenden Abendrot auf dem Schreibtisch. Bravo! Endlich wollte es einmal einer wissen! Wie denn! Und einen solchen Mann sollte ich nach Frl. Czernatzkes Vorstellungen abblocken? Wenn endlich wieder einmal einer in die Vollen langte! . . . Wir zählten nach, es waren genau 19 Stück Rosen, eine schöne Primzahl, unteilbar wie die Liebe des Herrn Jackopp. Hatte er die Traumzahl 27 vergessen? Herr Jungwirth war der Meinung, Herrn Jackopp sei vielmehr beim Kauf das Geld bis zum letzten Hosenknopf ausgegangen. Es war eben die restlos, sich total verausgabende Liebe, und so soll es ja sein . . .

Wir betrachteten die Rosen lang und von allen Seiten, machten uns auf die schönsten Einzelheiten und Kompositionselemente aufmerksam und mußten dann alle sehr lachen.

Ach ja, leitete Herr Jungwirth das Lachen über, Herr Kloßen habe ihn vor einer halben Stunde aufgesucht, Geld zu borgen, und in diesem Zusammenhang habe Kloßen auch geltend gemacht, er würde mit mir »ab sofort noch geschlossener zusamenarbeiten«. Einen Partner wie dich, sagte Herr Jungwirth, habe Kloßen weiter ausgeführt, habe er schon immer gesucht, zusammen seien wir »das ideale Team«. Darüber und überhaupt mußte ich natürlich erneut lachen und so, wieder vollkommen vergnügt, wollte ich auch gleich noch schnell Frl. Majewski anrufen und ein bißchen mit ihr scherzen usw. – doch hier spürte ich schon sehr bedrückend, wie der Schatten zwischen mir und Frl. Czernatzke irgendwie auf Frl. Majewski übergegriffen hatte bzw. diese beiden standen in der Sonne und ich im Schatten oder wie – jedenfalls war es wie eine geheime Tragik. Ich, der ich Frl. Majewski so rein und ausdauernd liebte, wurde wegen meines Eintretens für Herrn Jackopp bestraft. Ja, indem ich die Liebesversuche von Herrn Jackopp unterstützte, würde bestenfalls und erneut zu meinem Schaden Frl. Majewski von Herrn Johannsen nur um so sicherer besessen werden, weil ja Frl. Czernatzke nicht mehr im Geschehen war, ach Gott, jedenfalls gab es jetzt kein Entrinnen mehr.

Deshalb war ich froh, jetzt mit Herrn Rösselmann von Mann zu Mann Tee trinken zu können und gleichsam ein Exil aufzubauen, einen Abwehrwall gegen die Stürme der Liebe, die gegenwärtig über unser Vaterland brandeten. Die Emslandwurst war ausgezeichnet, und der Tee vertrieb die letzten Spuren von Kloßens Freigebigkeit. Nach der dritten Tasse stellte sich allerdings, wie gewohnt, das bekannte Herzflimmern ein, das ich, genau genommen, auch gar nicht mehr missen möchte, und das Herr Rösselmann auf meine zarte Andeutung hin sofort durch das Eingießen mehrerer Gläser würzigen Bommerlunderschnapses wieder abtötete. Herr Rösselmann liebte es, seine zahlreichen Stubengäste zuerst mit seinem sämigen Tee zu bezaubern, mit Genuß beobachtete er dann ihren Griff in die Herzgegend, und sofort schenkte er mit einer munter auffordernden Kopfbewegung und den Worten »Hm? hm?« Schnaps nach. Zurück bleiben meist völlig verwirrte Körper, die überhaupt nicht mehr wissen, wie ihnen eigentlich geschieht und ob es jetzt nach der Alkoholgift- oder der Teegift-Seite entlang geht.

Herr Rösselmann drehte nun den Fernseh-Kasten auf, da war

ein dicker Mann zu sehen, der vier Menschen nach gewissen Dingen ausfragte, und dafür bekamen sie dann Punkte. Der dicke Mann fragte gerade, was 1492 war, und als es niemand wußte, half er nach, es habe da eine berühmte Entdeckung stattgefunden. Doch es half nichts. Dann stellte der Dicke folgende Frage: Drei Eier kosten eine Mark, also kostet ein Ei 33 Pfennige. Wieviel kosten $1^{1}/_{2}$ Eier? Drei der Teilnehmer hatten die Frage überhaupt nicht verstanden. Der vierte, ein Schullehrer, rechnete angestrengt und kam dann schließlich auf 49 Pfennige. O wie lachte da Herr Rösselmann!

Ich persönlich muß sagen, ich nehme solche Dinge keineswegs so kaltblütig hin. Ich bin sogar überzeugt, daß auch Herr Jackopp die Aufgabe nicht zu lösen vermocht hätte, sondern sie mit einem störrischen »Ach was!« vom Tisch gefegt hätte. Nun, das spielt natürlich in den Bereich der Bildungsreform hinein und gibt mir oft sehr zu denken. Ich meine, ich habe natürlich seit dem Abitur auch wieder viel verlernt und vergessen und von den neuesten Wissenssparten wie Automobile, Thermodynamik oder gar Kernspaltung weiß ich nichts. Aber es geschieht mir auch immer wieder, daß andere und oft sehr angesehene Menschen, die sogar führend im öffentlichen Leben stehen oder auf hochbezahlten Posten sitzen, noch viel viel weniger wissen. Neulich traf ich einmal einen Bauunternehmer, der berichtete mir, sein Sohn habe heute als Rechenaufgabe etwas derartig Schweres durchgenommen, daß es schon fast an Zauberei grenzte, wenn man es herausbringe. Im Anschluß stellte sich aber heraus, daß es sich dabei nur um eine ganz lächerliche sog. Überholungsaufgabe handelte, wo ein Zug um 9 Uhr wegfährt, der andere um halb 11 usw. Obgleich untrainiert, löste ich den Krampf vor den Augen des Bauunternehmers in zwei Minuten, und dieser Herr war davon so begeistert, daß er gleich einen Schnaps ausgab. Man sieht daraus, daß durch die Kraft des einfachen Hirns auch ein Mann wie ich ab und zu zu was kommen kann. Gewiß, es war nur ein Schnaps, und darauf kann man doch keine sichere Existenz gründen, aber es war doch auch etwas und wie eine Reverenz vor dem Intellekt ...

Im Fernseh-Kasten fragte nun der dicke Mann eine junge Dame, die offenbar das erste Rennen gewonnen hatte, in einer

Art Intim-Gespräch, wann sie am liebsten gelebt hätte, heute oder zu irgendeiner anderen Zeit? Die Dame sagte sofort »heute« und gab dann als Grund an, heute sei eben »alles prima«.

Zurück zur Frage des Geistigen. Ich meine, trotz meines Lehrstücks vor dem Bauunternehmer – andererseits wäre ich nicht mehr fähig, z. B. eine Bilanz zu erstellen, Lohnsteuertabellen zu lesen oder gar einen Bankeinbruch durchzuführen. Ich glaube, der Staat ist uns Intellektuellen zu großem Dank verpflichtet und könnte durchaus eine Art Anerkennungs-Rente dafür bezahlen, daß wir trotz unseres oft so unglaublich großen Hirns so einfache Dinge wie einen Bankeinbruch nicht mehr planerisch gestalten können, weil so etwas einfach von den mächtigen Säulen unserer Gehirnarchitektur wegrutscht. Moralisch bestünden keine Hindernisse...

Da schellte es. Herr Rösselmann schlurfte auf den Flur und kam nach wenigen Augenblicken wieder, tückisches Feuer hinter den Brillengläsern. Das würde ich nie erraten, rief Herr Rösselmann, wer gerade dagewesen sei. Wie im Traume sagte ich: »Herr Jackopp.« »Ja«, schrie Rösselmann, »und weißt du, was er gewollt hat?« Nein, das wußte ich nun wirklich nicht. Herr Jackopp, berichtete Herr Rösselmann, habe noch auf der Treppe stehend von unten herauf gefragt: »Guten Abend, Herr Rösselmann, wissen Sie, wo die Mizzi ist?« Er, Rösselmann, habe es natürlich nicht gewußt, wie denn auch?, habe aber Herrn Jackopp mehrfach heraufgebeten, mit uns Tee zu trinken. Herr Jackopp habe aber irgendwie sehr müde und fast gekränkt abgelehnt, er habe noch auf der Stiege kehrtgemacht und sei mit den Worten »Ist gut, Herr Rösselmann, ich danke Ihnen« wieder verschwunden.

Das war nun natürlich alles wieder neu und überraschend! Was wollte Herr Jackopp plötzlich von Frl. Mizzi Witlatschil, nachdem er doch heute Frl. Czernatzke die herrlichen Blumen geschickt hatte? Erst bei dieser Gelegenheit erfuhr ich jetzt von Herrn Rösselmann, daß sich wohl schon im Zuge von Herrn Jackopps ehelichem Elend zwischen ihm und Frl. Mizzi so etwas wie eine kleine Affaire angebahnt hatte – Herr Rösselmann hatte da offenbar auch seine kleinen und süßen Geheimnisse. Es soll allerdings dabei, immer nach Rösselmann, keine so mächtige

Leidenschaft aufgelodert sein wie seit nun vorgestern im Falle von Frl. Czernatzke – Frl. Mizzi ist ja auch viel kleiner, ungefähr 1 Meter 50 hoch und also ziemlich genau so klein wie Frau Doris Jackopp, und übrigens auch nur Österreicherin ...

Angeregt unterhielt ich mich jetzt mit Herrn Rösselmann über die neue Lage. Für Rösselmann schien der Fall klar: Herr Jackopp, von der Macht der Liebe kommandiert und durch die Straßen unserer Stadt getrieben, suchte Schutz und Deckung bei Frl. Mizzi – um gegenüber seiner eigenen Leidenschaft gewissermaßen länger standhalten zu können. So sah es Herr Rösselmann und fletschte entzückt die Zähne. Mir leuchtete dies auch ein, andererseits, warum suchte sich Herr Jackopp ausgerechnet wieder so eine winzige Person? Die konnte ihn doch kaum optimal abschirmen und arbeitete auch noch im gleichen Bürokomplex wie Frl. Czernatzke, und da war ja dann Herr Jackopp erneut ständig den erotischen Fängen dieser verdammten Czernatzke ausgeliefert ...

Fragen über Fragen. Warum sollte ausgerechnet Herr Rösselmann wissen, wo Frl. Mizzi sich gerade aufhielt? Warum hatte Herr Jackopp auf seiner mühvollen Suche nicht wenigstens zwischendurch einen Schnaps oder einen Tee zur Stärkung getrunken? Und überhaupt? Es war jetzt kurz nach 9 Uhr, und um 10 Uhr wollte ich mich feierlich mit Herrn Jackopp treffen, seine Frage zu beantworten. Und er jagte kurz vor der Frist noch schnell hinter Frl. Mizzi her. – Was war denn das? Warum hatte Jackopp seine Frage nicht gleich hier gestellt? Fürchtete er Rösselmann? Oder war die Frage, eine Stunde vor der Zeit, noch immer nicht brillant genug formuliert? – – – Immerhin fragte Herr Jackopp schon recht schön: »Herr Rösselmann, wissen Sie, wo die Mizzi ist?« Sehr schön! War es etwa schon die Großfrage? Oder eine Vorfrage, eine Trainingsfrage? – – –

Im Fernseh-Kasten warfen sich nun die Teilnehmer Kuchen zu und erhielten so Gelegenheit, ihre Rechenfehler zu kompensieren. Herr Jackopp und Frl. Mizzi – wer hätte das gedacht! Ein kleiner Schweizer und eine noch kleinere Österreicherin. Was hätte da herauskommen mögen! Oder sollte wirklich Herrn Jackopps Leidenschaft gegenüber Frl. Czernatzke schon wieder beendet sein? Schreckliche Gedanke! Da schellte Herrn Rösselmanns Telefon. Herr Jackopp? Es war aber jemand anderes, denn »Ah! Barbara!« flötete Herr Rösselmann sofort und zuckersüß ins Gerät und befahl mir schroff: »Stell mal den Fernseher leiser!«

Barbara! Wer mochte denn das nun wieder sein? Eine neue und unbekannte Geliebte Rösselmanns? Ich stellte, wie mir geheißen, den Fernseh-Kasten ganz leise und versuchte dann, in einem Journal blätternd, Klarheit über die Lage zu gewinnen. »Aber ja«, säuselte Herr Rösselmann z. B. und ruckelte mit der rechten Hand in der Erwartung hoher Genüsse an seiner Hornbrille, »aber ja«, »natürlich«, »du bist jederzeit willkommen«, und einmal hauchte Rösselmann ganz zart und schon hingebend: »Aber das weißt du doch, Barbara!«

Sollte man Frl. Bitz informieren? Andererseits: Barbara! Wer vermöchte schon diesem Namen zu widerstehen? Ich habe auch einmal eine Barbara gekannt und sehr geliebt. Es handelte sich dabei um ein taufrisches Mädel aus Niederbayern, das aber aussah wie eine echte altertümliche Griechin. Sie war Servierern in einem Nachtlokal, dort waren wir uns auch näher gekommen, teuer war mir das gekommen, jede Nacht die Zeche für Barbara und mich. Aber ich bereue es nicht. In der Liebe soll man nie bereuen. Denn es kommt alles, wie es kommen muß. Diese Barbara ist dann später mit einem Amerikaner fortgelaufen. Das war gut so. Obwohl es sicherlich eine große Liebe war, wenn mir auch einmal ein Freund gesagt hat, diese Barbara sei für mich nichts anderes als das Ebenbild jener anderen Frau, die ich noch viel mehr geliebt habe, die aber leider zwischendurch in der Türkei verstoben ist, ich weiß auch nicht, warum.

Oh, diese Liebe! Da fiel mir Herr Jackopp wieder ein. Es war auch schon zehn Uhr und Zeit, zu unserer Zusammenkunft zu gehen, welche die entscheidende Frage bringen mußte. Sicherlich wollte auch Herr Rösselmann seine geheimsten Galanterien nicht vor meinen Ohren austragen. Ich stand also auf, nahm heimlich noch einen Schluck aus Rösselmanns Bommerlunderflasche und deutete dem Telefonierenden, daß ich aufbrechen müsse. »Augenblick«, sagte Herr Rösselmann, verdeckte mit der Hand die Telefonmuschel und knurrte mich scharf an, was ich wolle. Ich sagte, ich ginge jetzt in den »Krenz«. Herr Rösselmann verstand das überraschend nicht sofort, zweifellos war er von der Stimme seiner Barbara vollkommen verzaubert. Wenn ich das Frl. Bitz sagen würde! Als Rösselmann verstanden hatte, knurrte er weiter, er werde vermutlich später nachkommen. Dann gurrte er erneut ins Telefon: »Hallo, Barbara, ich bin wieder da!«

Diese Barbara hatte ganz offensichtlich schon eine sehr große Macht über Herrn Rösselmann, so sehr, daß er schon seine Freunde anknurrte. Was wollte eigentlich diese Barbara, diese wildfremde Person! Ich hatte insgeheim Herrn Rösselmann die winzige Frau Doris Jackopp zugedacht. Noch schöner wäre es natürlich, wenn auch er noch dazu gebracht werden könnte, hinter Frl. Czernatzke herzukeuchen. Dann würde diese von mindestens vier Herren geliebt, bekäme sicher einen Schreikrampf und liefe anschließend in einen Django-Film. Eigenartig! Früher waren die Frauen stolz, wenn ihnen möglichst viele Herren zu Füßen lagen, auch wenn diese Frauen dann letztlich nur einen bevorzugen wollten. Das andere, das waren dann eben die Schranzen, das schmückende Beiwerk. Aber auch diese hohe Liebeskultur zerfällt eben wie die Rosen und alles . . .

Gerade hatte ich den Eingang des Gasthauses »Krenz« erreicht, da kam ein dicker kleiner Herr heraus, den sie »Tarzan« nennen und der in Wirklichkeit Schatz heißt, eine vollkommen verkommene Person ist und gleichwohl seinen Kopf hochhält. Er hatte sich in früheren Zeiten einmal einen gewissen Namen gemacht, indem er mit einer Mauser-Pistole aus Protest gegen die Bierpreiserhöhung in die Zimmerdecke von »Krenz« geschossen hatte. Außerdem gilt »Tarzan« Schatz als der beste Porno-Kenner unserer großen Stadt. Einmal war er an mich herangetreten und hatte mir ein Geschäft angeboten: er habe etwa 1000 Porno-Werke daheim liegen, alle bereits mehrfach gelesen; er wolle sie mir überlassen, wenn ich ihm dafür 100 neue und ihm unbekannte aus meinem Besitz übereignete. Ein verwunderliches Angebot, denn ich bin weder Kenner noch Freund noch Besitzer von Pornographien und habe mich auch Schatz gegenüber nie in dieser Richtung geäußert. Offenbar nimmt dieser aber an, daß alle Menschen gleich, nämlich Pornofreunde sind. Nun, natürlich hat er damit – gehen wir nur einmal ganz tief mit uns zurate – nicht ganz unrecht.

Herr Schatz, der ein keckes Hütchen auf dem wunderbar eierförmigen und unbehaarten Kopf, eine prächtige Zigarre im Mund und offenbar schon am frühen Abend einen lustigen kleinen Schwips hatte, teilte mir mit, es säßen »schon alle drinnen«. Nun, das war zwar stark übertrieben, denn »alle« zählt unser geselliger Kreis wohl über hundert Damen und Herren, aber es fand sich doch eine treffliche Auswahl – und vor allem eine hochinteressante Gruppierung. An dem einen Tisch saßen nämlich Herr Peter und Frau Johanna Knott, Herr Domingo, daneben Frau Heidi Knott und ihr Freund Ahmed Taheri (ein Mann, der während der Gottseidank nachlassenden Studentenunruhen 1968 eine gewisse führende Rolle gespielt, heutzutage sich aber ganz auf Kartenkunststücke und Frau Heidi zurückgezogen hat – und wieviel erfüllter ist jetzt sein Leben!); dazu noch das Ehepaar Ulla und Leberecht Hünlich, und zuletzt Frl. Majewski sowie neben ihr ein älterer, aber äußerst schnittiger Herr, den ich noch nicht kannte.

Am gegenüberliegenden Tische dagegen waren an der Längsseite Herr Kloßen und Hajo, der Ballspieler, postiert, an der Breitseite aber Herr Jackopp und – das war nun eine echte Sensation – eine schöne junge Dame in rotem Pullover, gegen welchen Herr Jackopp sehr eindrucksvoll seinen Kopf und Rumpf stützte. Auch diese Dame hatte ich noch nie gesehen.

Weil Frl. Majewski mir sofort und einladend »Hallo!« entgegenrief, war ich irgendwie gezwungen, am ersten Tisch Platz zu nehmen, obwohl ich den anderen intuitiv interessanter und informativer fand. So suchte ich mir also eine Position, von der aus ich beide Schauplätze gut überwachen konnte.

Herr Peter Knott, ein rüstiger, festlicher, mit einem verwegenen Bart ausgestatteter und vom Urlaub braun gebrannter Mann, gab gerade Reiseerlebnisse aus Ibiza zum besten und war dabei nachdrücklich um einen besonders überlegenen mediterranen Eindruck bemüht. Seine Frau Johanna Knott lächelte glücklich über die kessen Formulierungen und die gesunde Gesichtsfarbe ihres Gatten, und Herr Leberecht Hünlich sog nachdenklich an seiner Pfeife. Herr Domingo hatte sich wohl auch schon einmal auf Ibiza aufgehalten, denn er ergänzte Herrn Knotts wuchtig vorgetragenen Insel-Theorien, in welchen immer wieder die Worte »*Trip*«, »*abschlaffen*« und »aus*flippen*« auftauchten, gelegentlich mit besonnenen Bemerkungen wie: »Jaja, da muß man einfach dort gewesen sein, um das zu begreifen«, und stöhnte dann gleichsam unter der Last seiner tiefen Einblicke. Herr Taheri, der einstige Rebell, hatte, wie ich erkannte, seine Hand auf den Schenkel von Frau Heidi Knott gelegt, die entweder darüber oder über Herrn Knotts Ausführungen fasziniert vor sich hinlächelte. Gleichfalls verzaubert lächelte Frau Ulla Hünlich, ja praktisch lächelte ununterbrochen der ganze Tisch.

Unangenehm berührte mich, daß zwei Personen an diesem Tisch, Frl. Majewski und der schnittige Herr, sich um die allgemeinen Ibiza-Theorien nicht oder kaum kümmerten, sondern unabhängig davon fröhlich und lachend und unverkennbar erotisch gefärbt aufeinander einscherzten. Diese Majewski! Was war denn das schon wieder! Was wollte sie mit dem Alten da und seinem verräterisch sieghaften Blick! Gehörte diese Frau denn nicht Herrn Johannsen? Hatte dieser vielleicht heute Frl. Czernatzke die Ehre gegeben? Nun, dann wäre ja immerhin ich als Nächstplazierter am Zuge, und nicht dieser Alte da mit seinen sicherlich 45 Jahren! Der sollte doch zu seiner Altersgruppe gehen und nicht zur blühenden Jugend!

Während ich mir Herrn Knotts Redensarten anhörte und dabei Frl. Majewski und den Alten scharf unter Kontrolle behielt, streifte mein Blick gleichzeitig den weniger dicht, aber dafür um so spektakulärer besetzten Nachbartisch. Ein fesselndes Bild! Die beiden sich gegenübersitzenden Haudegen Kloßen und Hajo hatten die Köpfe fast hautnah aneinander gerückt und erzählten sich, soviel ich mitbekam und wie das in regelmäßigen Abständen donnernd einsetzende Lachen verriet, schmutzige Witze. Dazwischen saßen wortlos und hingegossen die Dame in Rot und, immer den Kopf gleichsam verzehrend gegen ihre Brust gestützt, Herr Peter Jackopp. Ein wundersamer Anblick, aber auch ein zutiefst unverständlicher! Hatte Herr Jackopp nicht vor einer Stunde noch leidenschaftlich Frl. Mizzi Witlatschil gesucht? Wo hatte er nun plötzlich diese Rote in Windeseile hergezaubert? Hatte er nicht am Nachmittag andererseits Frl. Czernatzke 19 rote Rosen überreichen lassen? Ja, fürchtete dieser Mann denn nicht auch, daß das am Nachbartisch sitzende Frl. Majewski die

Sache mit der roten Dame wiederum Frl. Czernatzke übermitteln würde, so daß Herrn Jackopps Aussichten, sie »flachzulegen«, endgültig auf den Nullpunkt sinken würden? Und schließlich hatte mir doch Herr Jackopp eine Frage stellen wollen, und ich war auch direkt begierig auf sie. Doch wie sollte ich diesen Mann nach seiner Frage fragen, wenn er doch seinen Kopf ununterbrochen so verbissen gegen die Brust der Roten drückte? Übrigens erkannte ich auf seinem Bierdeckel auch schon eine – gemessen an Herrn Jackopps allenfalls einstündigem Aufenthalt – beträchtliche Menge Kreuzchen, welche in diesem Lokal Schnaps bedeuten, während ein Bier mit einem Strich vermerkt wird.

Wieder Fragen über Fragen! Ich fragte nun Herrn Domingo leise, wer denn der schnittige alte Herr bei Frl. Majewski sei. Das sei Herr Hilmar Hoffmann, der neue Kulturverantwortliche unserer Stadt, antwortete Herr Domingo. Frl. Majewski kicherte gerade wieder hell auf ihn ein, schrecklich! Dieser Hoffmann sei auch der frühere Leiter der Filmfestspiele Oberhausen, wußte Herr Domingo, während Herr Knott gerade über einen weiteren »Trip« berichtete, den er wohl im Mittelmeer unternommen hatte. Wenn das so ein wichtiger Herr sei, fragte ich Herrn Domingo flüsternd, warum komme er dann ausgerechnet in diese blöde Kneipe? »Hier«, antwortete Herr Domingo ernst und zupfte in seinem goldgelben Schnauzbart, »hier trifft sich die Elite der Nation.«

»Nein, nein!« schrie nun geradezu Frl. Majewski, so daß sich aller Augen nach ihr wandten. Hatte diese verdammte »Elite der Nation« ihr etwas besonders Kurzweiliges aus dem Kulturleben erzählt oder hatte er sie einfach gekniffen? Ich muß wohl sehr böse dreingesehen haben, denn Frl. Majewski befahl mir sogleich mit hingebendem Schmelz in den Augen und in der Stimme: »Ach, Süßer, setz dich doch mal zu mir, komm doch mal!« Ah! Gram wegen meines Engagements in Sachen Frl. Czernatzke war mir Frl. Majewski also doch nicht. Das war wichtig. Trotzdem, mich zu ihr setzen, das durfte ich nun zweifellos nicht. Ich machte also eine schmerzlich abwehrende Handbewegung, die gleichzeitig und auf eine raffinierte Weise Liebe und Verzicht ausdrücken sollte, und wandte mich fast lässig Frau Knott zu, um sie gleichsam besorgt zu fragen, was sie von den neuen Entwicklungen der Liebe Herrn Jackopps, der noch immer seine Stellung an der Brust der Roten hielt, denke. Bedenklich wiegte Frau Knott den strohblonden Kopf: Nein, sie verstehe es auch nicht. Und während wir beide hinüberlugten, fuhr Herr Jackopps Kopf plötzlich von der Brust der Roten hoch und richtete sich starr gegen ihr Antlitz. Gleichzeitig bewegten sich ganz kurz die Lippen, – es kann sich dabei nur um ein Wort, meiner Meinung nach um das Wort »Was?«, gehandelt haben. Die Dame in Rot sagte daraufhin ein paar wahrscheinlich beruhigende kleine Sätze, denn gleich darauf fiel Herrn Jackopps Kopf wieder auf die Brust herunter.

Herr Knott hatte jetzt anscheinend seine Mittelmeer-Erfahrungen restlos geoffenbart, denn plötzlich fragte er den schnittigen Herrn Hoffmann, wie er sich denn in unserer Stadt fühle. Nun hatte Herr Hoffmann durch diese an ihn gerichtete Frage zweifellos Macht über den ganzen Tisch gewonnen, und er erklärte, angelächelt von allen und leider besonders heftig von Frl. Majewski, daß hier alles zu revolutionieren sei, das Theater, das Galeriewesen und vor allem das Kino. Nun reichte es mir aber! Zuerst Frl. Majewski betören und dann die Revolution ausrufen! Tief angewidert stand ich auf und setzte mich an den anderen Tisch zu Herrn Kloßen und Herrn Hajo, welcher gerade unter Kloßens schepperndem Gelächter einen sexuellen Witz über einen Papagei zu Ende führte.

»Hör mal«, schwallte Herr Kloßen mir nun ins Gesicht und hielt gleichzeitig sein leeres Bierglas dem vorbeischweifenden Ober hin, »hör mal, das mit dem Geld machen wir jetzt ganz anders.« Hajo, der Ballspieler, habe die angekündigten 8,50 Mark nicht bei sich, aber das bedeute gar nichts, weil Hajo morgen alte Bettwäsche und eine Leiter verkaufe, und wir seien jetzt also nach wie vor auf 88,50 Mark, und damit sei dann ja vorerst »alles wieder klar«.

Hajo, der Ballspieler, bestätigte Kloßens Aussage und begann dann mit einem neuen Witz. Vom anderen Tisch klang Herrn Hoffmanns mächtige Stimme und in gewissen Abständen Frl. Majewskis Lachen herüber, das mir heute gerade in seiner Herzigkeit sehr unangenehm, ja verräterisch erschien. Der Kellner brachte Herrn Kloßen ein großes Bier und malte den siebten Strich auf den Bierdeckel. Herr Kloßen hob mit einer halbkreisförmigen und geradezu schwungvollen Armbewegung das Glas an seinen Mund, schloß beide Augen und nahm einen erstaunlichen Schluck Bier in sich auf. Dahinter ruhte Herr Jackopp nach wie vor an der roten Brust.

Wer war diese Dame in Rot? Zweifellos eine ansehnliche Frau. Warum hatte sie Herr Jackopp nicht früher mitgebracht und vorgezeigt und vielleicht sogar einem von uns abgegeben? Hatte Herr Jackopp, von der Suche nach Mizzi Witlatschil ermüdet, diese Frau in kürzester Zeit nach hierher beordert, um aller Welt seine erotische Unabhängigkeit und Überlegenheit gegenüber Frl. Czernatzke zu beweisen? Nun, das wäre natürlich schlimm und einfältig genug! Meiner Ansicht nach wäre es strategisch richtig gewesen, die Czernatzke-Leidenschaft stur und hemmungslos weiter durchzuziehen, andere Frauen zwar mitzubringen, aber demonstrativ angewidert von ihnen ab und sie uns zu überlassen, so nach dem Motto: Da habt ihr den Rotz, ich steh nur auf der Czernatzke ...

Weil Herr Kloßen über Hajos Witz dröhnte, lachte ich anstandshalber auch ein wenig mit. Vom anderen Tisch war aus dem Mund Herrn Hoffmanns mehrfach das Wort »kommunales Filmtheater« zu hören und einmal auch »Provinzialismus«, ein Wort, das gleich darauf von Herrn Knott in »provinzielle Strukturen« erweitert wurde, außerdem sagte Herr Knott flott etwas über den »jetzigen Kulturschamott«. Herr Hoffmann wiederum forderte nun einen »intensiven Ausstellungsrhythmus innerhalb der Kunstszene« und beklagte die »Überfälligkeit einer großangelegten Kunstdidaktik an den Schulen«. Darauf nickte Herr Knott ernst mit dem Kopf, und Frl. Majewski sagte etwas Emsiges, von dem ich leider nur das Wort »Bildungsbürgertum« verstand.

Doch da begann an meinem Tisch wieder etwas höchst Eindrucksvolles. Herr Jackopp hob erneut den Kopf von der Brust der Roten, führte nun seine Wange an die ihre und umfing sie mit beiden Armen und sah gerade so aus wie die berühmtberüchtigte Plastik von Rodin! – dann schraubte sich das Paar sogar ein wenig höher, ja gleichsam von den Sitzen weg, etwa 15 Zentimeter hoch – ein fast erhabener Augenblick – und fiel dann, während Herr Kloßen gerade ungerührt seinen Witz über ein Vertreter-Ehepaar beendete, ermattet wieder herunter und auseinander. Nun erhob sich Herr Jackopp langsam und schritt vom Tisch weg auf die Toilette. Das war der Augenblick der Fragestellung! Als Herr Jackopp, dem Herr Hajo in der Zwischenzeit flugs eine Zigarette gestohlen hatte, zurückkehrte, zupfte ich ihn am Ärmel und zog ihn sanft auf den Stuhl neben mir: Was mit der Frage sei? »Welche Frage?« fragte Herr Jackopp betäubt und düster zurück. Nun, sagte ich, natürlich die Frage bzw. die Antwort, um die er, Jackopp, mich heute nachmittag gebeten habe. Jackopp sah mich lange und nachdenklich, ja sogar schmerzlich an, oder genauer, er sah haarscharf an mir vorbei, dann sagte er langsam: »Nein, ich habe keine Frage.«

Ein wenig verlegen fragte ich nach, ob ich ihm sonstwie helfen könne. Wieder ein langes, bohrendes, leidendes Nachdenken. »Nein«, sagte Herr Jackopp, »es ist gut.« Dann sei es ja gut, sagte ich. Ja, sagte Herr Jackopp, stand auf, setzte sich wieder und diesmal manierlich neben die Rote, starrte auf die Tischplatte und rief plötzlich: »Herr Mentz, einen Korn, Herr Mentz!«

In diesem Augenblick brach am anderen Tisch alles auf, ich vernahm, man wolle noch in irgend so eine Diskothek gehen, wo sogar Negermusik zu hören sei. Auch Frl. Majewski war natürlich mit von der Partie, und zurück blieb von diesem Haufen nur der würdige Herr Domingo. Auf seinen Wink hin begaben wir beide uns jetzt ein wenig an die Theke, während die Gruppe Kloßen-Hajo und Jackopp-Dame-in-Rot weiter an ihrem Tisch verharrte.

Herr Domingo äußerte eine gewisse Enttäuschung, daß leider Herr Pettler nicht anwesend sei, den man jetzt ein wenig anstänkern könnte (Herr Pettler ist Mittelschullehrer, steter Gast bei »Krenz« und fungiert dort als eine Art Hausfaschist, und wir sind alle froh um ihn, weil niemand anderer seine Dummheit so voll austrägt und er nichts, aber auch gar nichts zurückhält). Die Theke war schon fast leer, nur ein alter Mann nippte abwechselnd an seinem Bier und warf, vor sich hinbrummelnd, Groschen in den Geldautomaten. Frl. Czernatzke lag jetzt sicher in Herrn Ulfs Armen. Auch Herr Jackopp war ja irgendwie gut aufgehoben. Aber Frl. Majewski? Und erst recht ich? Nun, ich hatte ja Herrn Domingo. Dieser erzählte mir nun, daß Herr Hilmar Hoffmann auf Empfehlung von Herrn Gerd Winkler in den »Krenz« gekommen sei, um dort aufgeweckte junge Intellektuelle zur Solidarisierung mit seinen progressiven kulturellen Vorhaben zu gewinnen. Da kam gerade so ein aufgeweckter junger Intellektueller zur Tür herein, nämlich Herr Rösselmann, der sich anscheinend endlich gegenüber jener Barbara ausgesungen hatte. Er gesellte sich sofort zu uns an die Theke, warf nach rückwärts Ausschau haltend einen interessierten Blick auf Herrn Jackopp und die rote Dame und fragte mich, wer denn das sei. Ich sagte, ich wisse es auch nicht, und erzählte Herrn Rösselmann und Herrn Domingo leise den ganzen Verlauf des Abends, vor allem aber, daß Herr Jackopp seine Frage vergessen habe. Während Herrn Rösselmanns Äuglein lebhaft hinter der Hornbrille funkelten und er wiederholt den Kopf zurück nach dem eindrucksvollen Paar drehte, seufzte Herr Domingo nur gleichsam hoffnungslos: »O Gott, o Gott!« Nun ja, zu diesem Seufzer bestand gleich darauf noch ein Anlaß. Herr Kloßen und Herr Hajo hatten das Witzeerzählen abgeschlossen, Herr Hajo war bald darauf verschwunden und Herr Kloßen hatte sich deshalb gleichsam solidarisch neben uns an die Theke gesellt, um dem Tagesabschluß noch eine irgendwie sinnvolle Form zu geben. Die Form wurde aber dann doch nicht so schön, denn Kloßen überreichte dem Wirt, dem alten Mentz, seinen vollgestrichelten Bierdeckel und erklärte schwer quallend, er solle diesen bis morgen aufheben, »da kommt das Geld vom Finanzamt und dann machen wir alles klar«, und der Herr Mentz solle gleich noch einen neuen Strich darauf machen für ein weiteres Bier. Daraufhin brüllte der erhitzte Herr Mentz spontan auf Herrn Kloßen ein, das sei eine Sauerei, es sei schon ein Deckel über 9,80 Mark da, zwei Deckel aber habe es in seiner ganzen Wirtslaufbahn noch nicht gegeben. Außerdem bestehe bei ihm, Kloßen, nicht die moralische und finanzielle Kreditwürdigkeit anderer zum Teil langjähriger Gäste, und das Ganze sei »jedenfalls eine Sauerei«. Weil aber Herr Mentz gleichsam automatisch Biere nachschenkt, stellte er wohl aus Versehen nun doch ein neues Glas vor Herrn Kloßen, das dieser sofort und zügig antrank und dazu beschwichtigend auf Herrn Mentz einquallte, daß jetzt bald alles in seine Ordnung komme.

Herr Domingo fragte nun zart, aber mit bösartiger Wißbegierde Herrn Kloßen, warum er eigentlich nie Geld habe. Herr Kloßen setzte eben an, etwas über seine tragische Enterbung zu erzählen, doch da ertönte plötzlich laut Herrn Jackopps Stimme von hinten: »Herr Mentz, ein Taxi, ein Taxi, Herr Mentz!« Gleichzeitig stand Jackopp auf und trat, gefolgt von der anscheinend völlig ergebenen roten Dame, an die Theke, stellte sich hinter unsere Gruppe und starrte in den Fußboden. Hinter Herrn Jackopp bezog die Rote Stellung und starrte ihrerseits schräg zur Seite. Herr Rösselmann beäugte vergnügt und mit einer gewissen Frechheit diese ganze merkwürdige Gruppe. Auf einmal griff sich Herr Jackopp mit stummer Gebärde an die Stirn und ließ auch gleich seine Hand dort ruhen. Kummer? Betrunkenheit? Unlogik der auf Herrn Jackopp einstürzenden Vorgänge? Ich persönlich glaube, daß Herr Jackopp einfach und grob betrunken war und in einem letzten Aufbäumen des Gehirnapparats dafür die ganze Mitwelt, ja sogar vielleicht die angespannte Lage im Nahen Osten verantwortlich machte. Das ist natürlich ein Unsinn, denn Herr Jackopp wäre sicher auch so (ohne die Weltlage) betrunken.

Doch da rief schon Herr Mentz nach einem Pochen an seiner Eingangstür »Taxi ist da!« Herr Jackopp zahlte nun seine Zeche sowie den Taxianruf, wobei mehrere Münzen zu Boden fielen, nach denen sich Herr Domingo kameradschaftlich bückte, was Herr Jackopp mit einem »Ach was!« kommentierte. Herr Domingo warf die gefundenen Münzen in Herrn Jackopps Manteltasche und sagte dabei dreimal »so«. Ich bin fast sicher, daß Herr Domingo alle Münzen hineinwarf, obwohl dieser Herr sonst in Warenhäusern systematisch, ja »unter einem gewissen psychischen Druck« Zigaretten und Käse stiehlt.

Eben als Herr Jackopp und seine rote Frau zur Tür hinausglitten, ereignete sich noch etwas Unerwartetes, denn im gleichen Augenblick purzelte Frl. Majewski wieder zur Tür herein. Ihr leuchtendes Auge und der erste Satz »O ihr Lieben, daß ich euch noch treffe!« vermochten Frl. Majewskis Angetrunkenheit nicht ganz zu verbergen, im Gegenteil, diese wurde immer offenkundiger, als sie zuerst aufgrund irgendeiner Gleichgewichtsstörung gegen den jetzt erregt gähnenden Herrn Rösselmann polterte – von dort taumelte Frl. Majewski gegen die Breitseite von Herrn Domingo, und schließlich blieb sie zwischen diesem und mir an der Theke hängen. Ich nützte sofort und entschlossen die Situation, Frl. Majewski noch ein wenig zu umgarnen und zu umfassen, was ihr offenbar sogar gefiel, und sie erzählte aufgeregt, daß »die ganze beknackte Blase« noch in dem Negerlokal sei, indessen habe es sie hierher zurückgedrängt, weil sie sich hier »letzten Endes« daheim fühle. Bei diesen Worten umfaßte ich Frl. Majewski noch fester und herzlicher, konnte aber dann immerhin die gleichsam schmollende Frage nicht unterdrücken, was sie den ganzen Abend mit dem Kulturverantwortlichen Hoffmann vorgehabt habe – sie habe ihn ja geradezu umworben. »Was?« rief Frl. Majewski laut, aber gerade noch anmutig, und prustete sogar vor Lachen los. Nun ja, fuhr ich recht eingeschüchtert fort, meiner Meinung nach habe sie, Frl. Majewski, diesen alten Herrn gar zu liebreich angeschaut – es gehe mich ja zwar nichts an, aber unsere alten Herren dürfe man nicht unnötig und aus reiner Freude ...

»Weißt du, du spinnst total!« lachte mich Frl. Majewski erneut aus und erklärte nun, meine Beobachtungen seien völlig falsch, vielmehr habe sie in den Hoffmann gewisse Hoffnungen im Zuge der sozialistischen Frauenbewegung auf lokaler Ebene gesetzt – und nach einer längeren Periode, die ich nicht ganz verstand, kicherte Frl. Majewski plötzlich vergnügt: »Weißt du, der Menschen Ziele sind so ungemein ungereimt!« und hielt dem alten Herrn Mentz auffordernd ihr Biergläschen hin. Was bedeutet dieser letzte Satz? Doch noch bevor ich es zu erraten vermocht hätte, hatte Frl. Majewski schon wieder was Neues und noch Geheimnisvolleres gesagt: »Weißt du, wir sollten endlich diese Animositäten ausräumen, das wird sonst ein ganz ungesunder Brei und überlappt sich gegenseitig bei dieser elend komplizierten Psychostruktur, ja?« – und dann wandte sie sich auf einmal Herrn Domingo zu, trällerte: »Sag mal, was machst du eigentlich die ganze Zeit?« und boxte ihm freundschaftlich in die Kniekehle, worauf Herr Domingo, vielleicht sogar sexuell berührt, leicht aufjapste.

Animositäten ausräumen, die elend komplizierte Psychostruktur entlasten – was meinte Frl. Majewski nur? Als sie vorgestern aus Vernazza zurückkam, redete sie doch so, daß auch ich es verstand! Und während ich allerlei überlegte, muß Herr Kloßen drei Schritte weiter links erneut einen Fehler gemacht, nämlich ein erneutes Bier und einen erneuten Strich auf seinen Deckel begehrt haben – und das brachte nun den alten Herrn Mentz in eine schon ganz tolle Wut. Er schrie schrankenlos auf den tapferen Kloßen ein und verlangte, daß wir nun alle – ein typischer Bruch in der Logik von Gastwirten – heimgehen sollten. Die Polizei laure ohnedies draußen vor der Tür – »von Borchert«, warf ruhig Herr Domingo ein, eine feine Anspielung, die nun der alte Herr Mentz schon überhaupt nicht einsah und wohl als persönliche Beleidigung auffaßte, so daß er in eine noch ärgere Wut geriet und auf einmal unsere »ganze Bande von Streunern und Apo« beschimpfte, so daß es schon ganz gehaltlos war. Ja, der alte Herr Mentz zeterte sogar hektisch, uns allen fehle es an »Herzenstakt und Mutterbildung«. Und in blindem Feuer schüttete er nach diesem Satz einen grünen Schnaps in sich hinein.

Das war zuviel. Als die Klügeren zogen wir es besonnen vor zu schweigen, zu zahlen und voller Verachtung das Lokal zu verlassen. Auch Herr Kloßen spürte nun wohl irgendwie, daß wir gegenüber dem alten Mentz aufgrund von dessen unfeinem Auftritt eine gewisse psychologische und moralische Überlegenheit gewonnen hatten, und er murrte deshalb feindselig, wir sollten jetzt alle in die Jahn-Stube gehen, da sei es ohnehin viel schöner. Daraufhin sprach Herr Mentz Herrn Kloßen überraschend ein Lokalverbot auf Lebenszeit aus, was Herr Kloßen mit wegwerfenden Handbewegungen und gurgelnden Lauten quittierte.

Unter unablässigen und hitzigen Beschimpfungen und Drohungen des alten Herrn Mentz trotteten wir nun aus der Gaststube und berieten draußen kurz, ob ein vorübergehender Boykott dieses Lokals angemessen sei. Frl. Majewski sprach sich fast unnatürlich leidenschaftlich dafür aus, indessen Herr Domingo schwer seufzend meinte, einen solchen Boykott würden wir charakterlich nicht durchstehen, dazu sei die Bindung schon zu stark, eine Meinung, der wir uns endlich alle und lachend anschlossen. Da trennten wir uns, und während Herr Rösselmann

Frl. Majewski heimgeleitete und Herr Domingo ein Taxi heranwinkte, schlug mir Herr Kloßen vor, mit ihm noch ein wenig in das Spätlokal »Schildkröte« zu wandern. Ich überlegte kurz, – nein, ich hatte Kloßen heute auch schon genug Geld gegeben und sagte also energisch, ich sei müde und müsse heim, so daß auch der bargeldlose Herr Kloßen seine Hoffnungen begraben mußte. Auf dem Weg zu unserer Wohnung erklärte er mir, er habe inzwischen schon einen passenden Stoff für unser Fernsehspiel gefunden, nämlich die Gastarbeiter-Problematik, »das ist echte Klasse«. Außerdem wolle er, Kloßen, mir morgen »zwischen 8 und halb 11 Uhr« 10 Mark unter den Türschlitz schieben.

Warum ausgerechnet 10? Nun, immerhin gab mir diese unverhoffte Ankündigung schon sozusagen einen Inhalt für den nächsten Tag. Waren die 10 Mark da, konnte ich mir dazu was denken, waren sie nicht da, konnte ich mir auch was denken...

Zu Hause angekommen, fragte Herr Kloßen, offenbar in Erwartung meines Danks für seine Gastarbeiter-Idee, ob ich noch Bier oder sonstwas im Eisschrank hätte, wir könnten dazu noch ein bißchen gute Musik hören. Ich fiel aber auf diesen bauernschlauen, meine musikalische Passion rüd ausnutzenden Trick nicht herein, sondern sagte höflich, aber entschieden, ich hätte keins, wünschte Herrn Kloßen eine gute Nacht und trank lieber in aller Besinnlichkeit und für mich allein, so allerlei überdenkend, noch einen Becher perlenden Champagners.

# VIERTER TAG

Dieser Tag mußte zweifellos gewisse Entscheidungen oder Vorentscheidungen bringen, denn die Eröffnungen mit allen ihren Kniffen und Winkelzügen waren sozusagen abgeschlossen, die Teilnehmer hatten ihre Stärken und Schwächen vorgeführt, und vor allem Herrn Jackopps verbissenes und dreiseitiges Anrennen versprach ein unterhaltsames Mittelfeldspiel, wenn ich so sagen darf.

Es kam aber zuerst einmal etwas ganz anderes, nämlich gegen 5 Uhr früh ein Telefonanruf, das war aber nur eine betrunkene Polterabendgesellschaft aus Köln, die einen Herrn Dr. Kurz zu sprechen wünschte. Bald stellte sich aber heraus, daß der Anrufer, ein donnernd lustiger Mann, statt 55 59 48 leider 55 69 48 gewählt hatte. Nun habe ich zwar für alles sehr viel Verständnis, aber wie jemand, der bereits zweimal die 5 richtig gewählt hat, sich ausgerechnet beim drittenmal vergreift und die 6 erwischt, ist schon sehr schwer einzusehen.

Der nächste und ernster zu nehmende Anruf traf gegen 10 Uhr ein. Es handelte sich wiederum um Herrn Gabriel von der Glasreinigerinnung, der mich dringend bat, hinter alle meine Anschuldigungen gegen den SPD-Menschen »sozusagen ein Fragezeichen zu setzen, damit wir dann gerichtlich nicht belangt werden können«. Das war ganz einwandfrei wieder der Druck des Greises, der mich ja gestern schon mehrfach beschworen hatte. Dieser Greis war offenbar rettungslos von dem Gedanken beseelt, daß man durch ein feines Fragezeichen hinter den unhaltbarsten Anschuldigungen immer alles ungeschehen machen und straffrei ausgehen könne. Das deutete ich auch Herrn Gabriel vorsichtig an, doch der verstand nicht und wiederholte immer nur das mit den Fragezeichen und sagte, das Ganze müsse »seriös ausschauen«. Da wechselte ich das Thema und sagte Herrn Gabriel, es sei übrigens wunderbar, daß er anrufe, denn ich hätte (das war natürlich eine grobe Lüge) gestern schon das umfangreiche Aktenmaterial mit Interesse studiert und eben mit der Abfassung der Presseartikel beginnen wollen, »damit wir die Sache zügig über die Bühne bringen«. Ich sei nun auch sicher, daß wir »im Recht« seien und wir also – hier fiel mir nichts Besseres ein – »einwandfrei gewinnen«. Herr Gabriel bekam aber anscheinend nicht mit, daß es bei der Sache ja gar nicht um Gewinn ging (das heißt letztlich natürlich schon), sondern um die gezielte Aufklärung der Bevölkerung sowie um eine gesunde sozialdemokratische Mittelstandspolitik.

Vor allem aber ärgert mich, daß manche sog. Geschäftsleute immer und unter allen Umständen vor elf Uhr anrufen und ihre dummen Geschichten abwickeln wollen. Und dann stellt sich eben heraus, daß sie doch noch schlafen und auf die haltlosesten Redensarten hereinfallen. Ich bin da ein überzeugter Vertreter des englischen Systems: später Geschäftsbeginn, aber dann mit glasklarem Kopf!

Weil ich aber schon einmal wach war, zog ich mich widerwillig an, lief in der Wohnung hin und her und gewahrte dabei ein Kuvert unter dem Türschlitz. Ah! Hatte Herr Kloßen wirklich einen der heißgeliebten blauen Scheine aufgetrieben und mir untergeschoben? Das durfte nicht wahr sein! Es war auch nicht wahr, sondern ich erkannte schon an der Anschrift die schönen und eigenartigerweise sogar sehr schwungvollen Schriftzüge von Herrn Jackopp. Im Kuvert lag ein Zettelchen. »Ich bin im Café Härtlein. Ich muß dich etwas fragen.«

Na, dieser Tag ließ sich ja doch noch recht gut an. Wie einfühlsam Herr Jackopp war! Stört nicht durch Schellen oder Telefonieren meinen Schlaf, nein, er schiebt ganz sacht! Froh und munter legte ich die Oberon-Ouvertüre auf den Plattenteller – wie ich aus langjähriger Erfahrung wußte, eignet sich dieses herrliche Stück Musik besonders gut zum Fröhlichmachen. Diese morgendliche Frische, welche in die Musik gleichsam eingewebt ist, dieser verträumte Hornruf, diese verschlafen sich die Augen reibenden Streicherkapriolen, die mit wenigen Strichen den ganzen flüsternden Elfenzauber der Romantik heraufbeschwören, um dann im edel-feurig dahinrauschenden Allegro allen Glanz des hohen kühnen Rittertums zu entfalten! Das waren eben damals noch Zeiten! Und dann der innige, mild-süße Klarinetteneinsatz mit dem Hüon-Thema: »Jetzt gießt sich aus ein sanfter Glanz«, dessen chromatische Sequenz e-dis-d mir sogar zwei, drei Tränen der Freude heraustrieb, – nun, natürlich wollte sich auch Herr Jackopp gern ausgießen, und doch welch Unterschied zwischen den erotischen Impulsen dieses Hüon und denen des Herrn Jackopp! Nun freilich, Hüon ist ja auch Tenor, während Herr Jackopp nur tief brummt, na ja, das nur nebenbei . . .

Doch noch bevor Rezias Jubelruf »Mein Hüon, mein Gatte« sieghaft aufloderte, erlosch der ganze große Zauber, denn erneut schellte das Telefon, und es war, besonders quallig dröhnend, der Schreckensmann Kloßen, der leidenschaftlich in mich drang, doch schnell mit meinem Auto zum Hauptbahnhof zu kommen, um ihn und zwei große Koffer abzuholen, in denen gewisse sehr bedeutsame Schriftstücke und andere Werte lägen, und wenn die erst heimgeschafft wären, dann sei das sozusagen eine neue und langfristige Existenzgrundlage. In diesem Augenblick wußte ich natürlich sofort, daß Kloßen also weder Geld für ein Taxi noch auch nur für die Straßenbahn besaß, und ich mußte ihm also zusagen. Ich nahm mir aber fest vor, ihm heute zu bedeuten, daß auch ich nun am Ende meiner Möglichkeiten sei (den Haufen Geld von den Glasreinigern hatte ich ihm äußerst klug verschwiegen), und ich wollte ihn deshalb auch gleich ins Café Härtlein mitnehmen – erstens um Kloßen bei einem möglichen Großangriff Herrn Jackopps auf mich notfalls zwischenschieben zu können, zweitens um zu erleben, wie Kloßen dann Jackopp um vermutlich 20 Mark anging.

Am Bahnhofsvorplatz erwartete mich Herr Kloßen schon, und er rief sofort lebhaft ins Auto hinein, er brauche 2 Mark, sonst kriege er seine Koffer nicht, es handelte sich um irgend so eine Art Strafgebühr für zu langes Stehenlassen der Koffer. Ich mußte also gegen alle listigen Berechnungen Kloßen doch wieder Geld geben, ja, weil ich keine 2 Mark hatte, sogar ein Fünfmarkstück. Gleich darauf kam Kloßen tatsächlich mit zwei Koffern zurück, unterm Arm hatte er außerdem einen Packen Zeitungen. Den habe er, sagte Herr Kloßen, von dem Rest des Geldes gekauft, da seien heute »jede Menge Stellenanzeigen und *Jobs* drin«, und »da können wir uns heute nachmittag in aller Ruhe was raussuchen.« Jetzt wurde ich aber doch sehr ungehalten und ich bedeutete Herrn Kloßen scharf, ich bräuchte keinen »Job«, sondern fühlte mich in meinem jetzigen »Job« durchaus wohl (das stimmt sogar, nur ist es eigentlich kein »Job«, das muß ich zugeben, sondern eher, wie soll ich sagen? ein gewisses Treiben, ein philosophischer Lebensweg, bei dem sogar, siehe die Glasreiniger, siehe die Kartoffelchips-Lyrik, oft ein wenig Geld herausspringt). Herr Kloßen spürte sehr wohl meinen scharfen Ton und entgegnete ein wenig verschreckt, das sei ihm »alles klar«, er stehe ja auch nach wie vor voll hinter dem Fernsehspiel, außerdem übernehme er, »wenn das Geld dann gekommen ist«, meinen nächsten Benzintank und »weil wir die nächsten Wochen dann sowieso öfter mit deinem Auto zusammen unterwegs sind« auch noch meinen nächsten Kundendienst. Und ob ich vielleicht eine Zigarette hätte.

Ich führe jetzt ins Café Härtlein, sagte ich, ob er, Kloßen, mit wolle. Na was denn sonst! Im Café Härtlein saß, als einziger Gast, kreidebleich und eine ADAC-Motorsportzeitschrift lesend, Herr Jackopp vor einer Kanne Kaffee. Ich begrüßte ihn und fragte, um eine lockere Gesprächsatmosphäre zu schaffen, ob er denn an Motorsachen interessiert sei. »Nein«, sagte nach kurzem Nachdenken Herr Jackopp, »du hast den Zettel gefunden?« Jaja, sagte ich leichthin, um nicht die langerwartete Frage jetzt schon hören zu müssen; es schien mir vielmehr angezeigt, zuerst kräftig zu frühstücken, um allen möglichen Schwierigkeiten und Kniffligkeiten der Frage auch körperlich gut gewachsen zu sein. Ich kramte also eilig irgendein unverdächtiges Gesprächsthema hervor und bestellte mir eine Tasse Tee, zwei Salamibrötchen und zwei Eier im Glas. Interessant, daß Herr Kloßen sofort das nämliche bestellte, ganz offenbar in der Hoffnung, durch diese sympathetische Synchronisation der Frühstückswünsche mich später gewissermaßen dazu zu verpflichten, für ihn mit zu bezahlen. Nun, ich würde heute hart bleiben.

Während wir also speisten und tranken, zog Herr Jackopp schweigend an seiner französischen Zigarette und starrte auf das Marmortischchen. Ohne Scheuklappen übernahm jetzt Herr Kloßen die Gesprächsführung und berichtete von einem Studenten namens Fritz Peter, den er heute morgen zufällig in der Straßenbahn getroffen habe und der auch aus Itzehoe komme und der jetzt Politologie und Jura studiere und der gern mal in den »Krenz« kommen würde und der auch ein Auto habe und ein Stipendium beziehe und dem er auch schon viel von mir erzählt habe, und daß wir, Kloßen und ich, jetzt so prima zusammenwohnten, und daß Fritz Peter das »alles dufte« fände – – –

»Hör mal«, unterbrach Herr Jackopp plötzlich Herrn Kloßens Schnurren und wandte sich mit tiefernster, finsterer Miene an mich, »**Hör mal, ich werde ihr einen Brief schreiben. Ich werde ihr einen Brief schreiben, in dem alles steht. Und dann werde ich ihr nie mehr schreiben. Was meinst du?**«

Ich verstand sofort, *C'était le moment*, das war sie, die langerwartete Frage! Ich muß an dieser Stelle sagen, ich habe sie mir irgendwo noch verwegener und dümmer vorgestellt. Immerhin, da war sie nun, und ich mußte sie ja irgendwie parieren. Um Zeit für eine gute Antwort zu gewinnen, fragte ich Herrn Jackopp behutsam, ob dies die gleiche Frage sei, die er mir schon gestern abend habe stellen wollen. »Hast du«, schnarrte an dieser Stelle völlig unangemessen Herr Kloßen dazwischen, »hast du die Tante da von gestern abend hingekriegt?« »Was?« fragte total entgeistert und sogar angewidert Herr Jackopp zurück. Bevor Kloßen seine Unglücks-Frage erneut vorbringen konnte, wiederholte ich meinerseits meine Frage, ob dies auch die Frage sei, die er mir gestern abend schon habe vorlegen wollen. »Was?« fragte nun erneut, überraschend laut und fast ergrimmt Herr Jackopp zurück. Ich erklärte nun ganz langsam Herrn Jackopp, daß er mich doch gestern abend extra in den »Krenz« bestellt habe, um mir dort eine Frage zu stellen, diese habe er dann allerdings doch nicht gestellt, ob denn das die gleiche Frage gewesen sei? »**Ich wußte bisher noch gar nicht**«, antwortete Herr Jackopp, »**wie schön die Czernatzke ist, verdammt!**« Und er seufzte, ja ächzte ganz tief.

Behutsam lenkte ich Herrn Jackopp nun auf die Tatsache, daß er doch gestern abend eine andere und rote Dame bei sich geführt und offenbar auch sehr lieb gehabt habe. Erwartungsgemäß und unfehlbar sagte Herr Jackopp sofort »Was?«, und als ich meinen Satz wiederholt hatte, sagte er: »Ach was!«

Schön! Diese Rote hatte also doch als Gegenwehr nichts ausrichten können. Das war wichtig . . .

Ich überlegte in den folgenden Sekunden gerade eine passende Überleitung zu dem Briefobjekt, da wiederholte schon Herr Jackopp: »Ich werde ihr einen Brief schreiben und dann werde ich nie mehr schreiben.«

Herr Kloßen, offenbar witternd, daß hier eine Sache ausgetragen wurde, welche seine Möglichkeiten überstieg, schwieg nun höflich und ganz auf den Gedanken an die Finanzierung des Tages konzentriert. Mir dagegen jagten in Sekunden zahlreiche Gedanken durchs Hirn. Sollte ich mich, um meine führende Position auszubauen, Herrn Jackopp als *Ghostwriter* anbieten? Oh, ich kann an Damen sehr niedliche Briefchen schreiben, und ich würde mich hinsichtlich Frl. Czernatzke viel lieber ins Zeug legen als für die Glasreiniger! Oder sollte ich dann lieber Herrn Jackopp besonders dumme Sachen in die Feder diktieren? Andererseits konnte man ja diesen Einfall noch ausweiten. Ich könnte z. B. Frl. Majewski auch einen Brief schreiben, der (die Damen würden sie sich sicher gegenseitig zu lesen geben) Herrn Jackopps Brief inhaltlich und stilistisch deutlich in die Schranken verwies. Oder ich könnte Herrn Jackopps Brief namens Frl. Czernatzke beantworten und ihm ein Rendezvous in einem Restaurant zusagen, in welches ich gleichzeitig Herrn Kloßen beorderte. Oder man könnte auch Herrn Ulf einen Brief schreiben, in dem . . .

Nein, das war doch alles vielleicht schon zu blöd, und so siegte schließlich in mir wieder einmal die Moral, der unumstößliche kategorische Imperativ. »Herr Jackopp«, sagte ich, »das ist natürlich eine diffizile Frage«, und ich brachte im Folgenden etwa diesen Gedanken an den Mann: Grundsätzlich sei ich in erotischen Bezügen für das Gespräch von Mann zu Mann bzw. Frau. Andererseits sei es tatsächlich so, daß in gewissen schwierigen Situationen das klare niedergeschriebene Wort oft mehr bewirke, weil es gleichsam festgemeißelt sei, ein jederzeit überprüf- und nachlesbares Dokument, und wenn er, Jackopp, also einen wirklich wohlüberlegten, fein durchformulierten Brief . . .

»Ich werde ihr einen Brief schreiben, einen Brief, in dem alles steht, den einzigen Brief, den ich in meinem ganzen Leben noch schreiben werde, darauf kann sie sich verlassen!« sagte jetzt sogar stürmisch brummend und mit fast unerträglich schmerzlicher Leidenschaft Herr Jackopp.

Dies, so fiel ich hier, bedenklich den Kopf schüttelnd, ein, vermöchte ich nicht ganz gutzuheißen. Denn das sei doch ein Bruch in der Logik, zitierte ich Herrn Jackopp, ohne daß dieser es gemerkt hätte, irgendwie unlogisch also, denn wenn die ersehnte Liebesbeziehung glück- und dauerhaft werden sollte, dann müsse man doch in Kulturländern davon ausgehen, daß die Kommunikation, in diesem Fall die erotische, erst langsam und allmählich emporwachse (beinahe hätte ich gesagt: so etwa wie du und die Rote gestern abend im »Krenz«), und sich immer mehr steigere, im körperlichen wie im geistigen Bereich . . .

»Jawohl«, antwortete Herr Jackopp, »diese Czernatzke kriegt von mir einen Brief, darin steht alles. Alles!«

Man wird hier zugeben müssen, daß meine Position als Berater wieder äußerst prekär zu werden begann. Denn erstens sah ich mich wieder einmal in die Lage gedrängt, eine Initiative Herrn Jackopps zu beobachten, was mir ja gestern erst bei den 19 Rosen schon fast eine Ohrfeige eingebracht hatte. Andererseits und zweitens fand ich die Idee mit dem Brief ganz nützlich, vielleicht tat sich Herr Jackopp beim Schreiben leichter als bei der mündlichen Darstellung seiner Leidenschaft. Drittens faszinierte auch mich durchaus der Plan, einen Brief zu schreiben, in dem von Adam und Eva an »alles steht«. Viertens war nun der Beweis geliefert, daß Herrn Jackopps Gefühle doch recht dauerhaft waren (sie hielten nun schon $2^{1}/_{2}$ Tage!), das heißt andererseits, daß wenn Herr Jackopp schon mal einen Unfug macht, daß er ihn dann auch mit voller Schlagkraft »durchzieht«. Und fünftens und letztens war nun vollkommen klar, daß Herr Jackopp meinen Ratschlag überhaupt nicht suchte, ja mir überhaupt nicht zuhörte, obwohl er mich jetzt noch einmal fragte: »Was meinst du?«

Ich sagte gleichsam unentschieden: »Wie du meinst, Jackopp.« Nun war das sicher nicht besonders stark und tapfer, vielleicht hätte ich diesen Mann jetzt einfach zusammenschlagen oder in die Schweiz verschicken sollen, vielleicht ihm auch einen psychologischen Vortrag halten – und doch, durfte ich denn das auch, ja war denn das erlaubt? Am Ende zerstörte ich doch ein künftiges mächtiges Glück in seiner nur allzu verschämten Frühphase! Und wer gab mir das Recht, mit einem Mann ins Gericht zu gehen, dem nichts anderes vorzuwerfen war, als dem verwirrenden Zauber der jungen Liebe verfallen zu sein, dem unerklärlichen, dem unsäglichen? Noch war nichts verloren...

Und noch während ich das alles überlegte, hörte ich plötzlich die Stimme Herrn Kloßens: »Hör mal, Jackopp, kannst du mir bis morgen 20 Mark leihen?« Na endlich! »Was?« fragte Herr Jackopp verloren und ein wenig hochschreckend zurück. »Kannst du mir 20 Mark leihen bis morgen, ich geb sie dir dann morgen wieder zurück«, erweiterte und variierte Herr Kloßen sein Ersuchen. »Ja«, sagte Herr Jackopp, als er, wie eine Weile nach innen lauschend, die Frage begriffen hatte. Er langte begleitet von Kloßens Augenpaar in seine Hosentasche, zog einen verquollenen Packen unterschiedlicher Geldscheine hervor, klaubte langsam einen grünen 20-Mark-Schein raus und warf ihn, zusammengeknittert und geradezu verächtlich, Kloßen vor die Teetasse. Den Restpacken schob Herr Jackopp achtlos wieder in den Hosensack, Kloßen ließ wie aus Eleganz den Schein ein paar Sekunden lang liegen, dann ergriff er ihn mit verhaltener Gier und sagte: »Wenn es gut geht, kann ich ihn dir schon heute abend wieder zurückgeben, wenn das Geld vom Hauptpostamt kommt, das müßte eigentlich heute noch kommen, dann gebe ich dir dein Geld sofort zurück, damit wir klar kommen, sonst kriegst du es garantiert morgen.«

Ein in seiner Länge erstaunlicher, fast erregender Satz! Man spürte geradezu eine Art Vakuum im Raum, ich weiß auch nicht warum. Auch schon der Beginn des Ganzen. Es ist fast immer der gleiche Satz: »Hör mal, kannst du mir 20 Mark leihen?« Immer und immer diese acht entscheidenden Wörter, und immer in der gleichen Reihenfolge! Denkt man sich die ersten beiden, die ja nur der Höflichkeit bzw. Entschärfung der angespannten Situation dienen, weg, so bleiben sechs Wörter übrig: können, du, mir, 20, Mark, geben. Ein Hilfszeitwort, ein Zeitwort, zwei persönliche Fürwörter, ein Zahlwort und ein Hauptwort als Träger eines der schwerwiegendsten Dinge der Welt! Interessanterweise fehlt das Adjektiv. Nun, daran sieht man, wie zweitrangig das Adjektiv in unserer modernen Zeit ist. Ich persönlich habe gut gezielte Adjektive dagegen sehr gern, obwohl sie natürlich immer ein bißchen Glückssache sind, so unsicher wie unsere gesamte geworfene Existenz ... Oft hört man die Frage auch um den Zusatz »bis morgen« oder »bis heute abend« angereichert – wodurch sich zweifellos eine gewisse Ehrbarkeit, eine vertrauenerweckende Grundlage einstellen und die große Peinlichkeit etwas aufgeweicht werden soll. Es nützt aber gar nichts, sondern die Not ragt hoch in die Luft usw.

Doch wie auch immer, in diesem Augenblick streckte Herr Domingo seinen Kopf ins Café Härtlein, lächelte sogleich freundlich und schob die Beine bedächtig in Richtung auf unser Tischchen vorwärts. Nun sagte er, die zweite Silbe betonend und gleichsam vorsichtig fragend, »Hallo?« und rückte sich unter wollüstigem Seufzen, das wie »Ahää« klang, einen Stuhl zurecht. Herr Domingo trug einen beigen Mantel sowie eine grüngelb karierte Schirmmütze, die sogleich den schweren, unangreifbaren Intellektuellen verriet, ja irgendwie sah er aus wie ein echter Professor, und er sagte als nächstes: »Na, ihr seid ja schon alle versammelt«, und das war natürlich eine recht eigentümliche Bemerkung. Was wollte er damit sagen. »Alle?« Und mit fast schamlosem Lächeln musterte er erneut genußvoll unsere Dreiergruppe, wobei sein Auge mit einem geradezu tückischen Wohlgefallen auf dem nun wieder bleich und reglos sitzenden und starrenden Herrn Jackopp ruhen blieb.

Ich kurbelte nun ein kleines allgemeines Gespräch über den gestrigen Abend an, wodurch Herr Kloßen sofort an Sicherheit gewann und einige persönliche Reminiszenzen an das Geplärre des alten Mentz herausschnurgelte, während Herr Domingo jetzt wieder hochinteressant vor sich hin seufzte. Ach ja, übernahm er dann die Gesprächsführung, ob wir schon wüßten, daß heute nachmittag im Büro eine Feier stattfinde? Er habe es gerade telefonisch von Herrn Knott erfahren, ob wir denn auch hingingen? Ich sagte sofort zu, während Herr Kloßen vorübergehend Charakter zeigte und, offenbar Herrn Jungwirths gestrige Weigerung, Geld zu gewähren, erinnernd: »Nein, mit diesen Leuten bin ich fertig!« schnarrte und eine fast angeekelte Miene aufsetzte. Doch Herr Domingo und ich überzeugten ihn dann rasch, daß es sicherlich viel Bier und Schnaps gebe, außerdem brauchten wir uns ja um die blöden Büromenschen nicht zu kümmern und könnten »die Sache dann sofort nach unseren Wünschen aufrollen«, so sagte ich, denn ich wollte Kloßen auf keinen Fall missen. Dies letzte Argument, so dünn es war, brachte Kloßen mühelos zum Einschwenken. »Und du, gehst du auch hin, Jackopp?« fragte Herr Domingo harmlos und lauernd. Überraschend sagte Herr Jackopp nicht »Was?«, sondern sofort »Ja. Ich komme. Ich komme hin.« Es klang drohend, ja unheilverheißend. Doch jetzt müsse er nach Hause: »Ich schreibe jetzt den Brief, jawohl!« »Du kommst zum Fest?« fragte er mich dann direkt bohrend. Ich bejahte dies noch einmal und mahnte Herrn Jackopp, den Brief sehr sorgfältig und in allen Einzelheiten zu überlegen, ich übernähme nicht wieder wie bei den Rosen die Mitverantwortung. »Ja«, sagte Herr Jackopp mit für seine Verhältnisse recht heller Stimme, »ist gut.«

Als wir gezahlt hatten, schlug Herr Kloßen Herrn Domingo und mir vor, wir sollten doch zusammen in eine gewisse Dschungel-Bar gehen, da könne man am Nachmittag verbilligt *Sliwowitz* trinken, dann seien wir schon zu Beginn des Fests gewissermaßen im Vorteil, »und dann werde ich diesen Herrschaften und vor allem diesem Jungwirth einmal ordentlich die Meinung sagen«. Doch gelang es Herrn Domingo und mir, diesem Plan zu entgehen, indem wir Kloßen vorgaukelten, wir hätten einen Termin bei Herrn Peter Knott, wir wollten nämlich zusammen ein *Musical* schreiben und komponieren. Sofort bot Kloßen sich an, dabei mitzuhelfen, er habe sogar schon von einer Itzehoer CVJM-Laienkabarettvorstellung her noch »einen Haufen scharfer *Songs* auf Lager«. Herr Domingo beschied aber Kloßen gnadenlos, unsere Geschichte sei schon so weit fortgeschritten, daß ein vierter Mann nicht mehr in die Materie dringen könne. Ich tröstete Herrn Kloßen, er und ich, sobald dies Musical beendet sei, könnten mit vollen Segeln an unser Fernsehspiel über die Gastarbeiter gehen. »Ihr schreibt ein Fernsehspiel?« fragte Herr Domingo verwundert. Jaja, schwallte Kloßen festlich, er habe da eine »dufte *Story*«, das laufe »ohne weiteres«, übrigens könne Herr Domingo natürlich auch noch »einsteigen« usw. . . .

Vor der Tür des Cafés verabschiedeten wir uns. Während Herr

Domingo und ich in Richtung Peter Knott ausschritten, sahen wir uns noch einmal die Herrn Jackopp und Kloßen von hinten an. Ein wunderbares Bild der Zeit: Kloßen im verknitterten schwarzen Anzug redete heftig gestikulierend und irgendwie schwankend auf Jackopp ein, der in einem fast bis zur Erde reichenden Mantel, steif, den Kopf zu Boden gesenkt und sichtlich schweigend neben Kloßen herschritt, wie ein Mensch, der von den Prügeln des Schicksals förmlich zu Boden gezogen wird, ja...

Kloßen hatte, wie mir jetzt auffiel, völlig seine beiden Koffer in meinem Auto vergessen, eine so blendende Existenzgrundlage war deren Inhalt offenbar auch wieder nicht.

Übrigens finde ich jetzt, daß meine Reflexionen über den Satz: »Kannst du mir 20 Mark leihen?« vielleicht doch nicht so geistreich sind, wie ursprünglich erhofft. Nun, ich bin aber nicht bereit, sie im nachhinein nochmals aufzupäppeln, denn das würde dem Wahrheitsgehalt dieser Niederschrift schwer schaden. Nachdem es nun einmal geschrieben wurde, soll es auch stehenbleiben. Außerdem kann man ja nicht immer ganz geistesgegenwärtig sein. Das klappt oft nicht. Ich verspreche aber, im Folgenden wieder um so mehr auf der Hut zu sein und mich besonders anzustrengen. Ich will ja meine Leser schließlich bei der Stange halten, und diejenigen, welche mir bis hierher willig gefolgt sind, sind ja vielleicht die besten überhaupt. Nämlich Menschen, die Qualität zu würdigen wissen, auch wenn etwas völlig danebengeht.

»Was ist denn das für ein Brief, den der Herr Jackopp da schreiben will?« fragte Herr Domingo, neue Sensationen ahnend. Da erzählte ich Herrn Domingo alles. Dieser sagte diesmal nicht »O Gott, o Gott!«, sondern »O weh, o weh.« Das war offenbar seine höchste Form von wollüstiger Verwunderung. Und kurz darauf sagte Herr Domingo auch noch mit einem Seufzer, als ob er unter all dem sehr litte: »Das ist die moderne Nervosität.« Gut gesagt, sicherlich, doch mir drängte sich während des Gehens wieder meine vorige Vision auf. Man könnte doch, so eröffnete ich meinem Begleiter, anläßlich von Herrn Jackopps Brief überhaupt die schöne alte Form des erotischen Briefes wieder ein wenig reaktivieren. Oder ganz anders gesagt: Man könnte in den nächsten Tagen einen ganzen Haufen Liebesbriefe über unsere Gruppe hinwegschwirren lassen. Also zum Beispiel so: Herr Jackopp schreibt einen Brief an Frl. Czernatzke. Ich schreibe in deren Namen einen glühenden Brief an Herrn Jackopp mit der Bitte um ein Stelldichein da und dort. Jetzt schreibt Herr Domingo namens Peter Jackopp einen gleichfalls glühenden Brief an z. B. Frl. Karla Kopler, in dem sie zum gleichen Rendezvous gebeten wird. So wären also wenigstens Herr Jackopp und Frl. Kopler, die sich ja bisher eigentlich nur zufällig noch nicht angenähert hatten, glücklich vereint. Aber nein, das war noch nicht gut, auch Herr Domingo schüttelte das Haupt . . . Also anders: Herr Jackopp schreibt Frl. Czernatzke einen Brief. Frl. Czernatzke bittet brieflich Herrn Ulf um Schutz. Herr Ulf schreibt einen drohenden Brief an Herrn Jackopp. Herr Jackopp bittet mich brieflich um Hilfe . . .

Da riß mich Herr Domingo aus meinen eifrigen Kombinationen und deutete auf die gegenüberliegende Straßenseite. Eine sehr alte Frau mit kreidebleichem Gesicht stand da an eine Hauswand gelehnt, dicht an die Mauer. Es sah beinahe so aus, als ob sie sich ausruhte, aber ganz merkwürdig! Herr Domingo und ich blieben neugierig stehen. Die Frau verbrachte etwa zwei Minuten in ihrer angelehnten Haltung, dann streckte sie die Arme von sich, als wolle sie fliegen, sie brachte aber die Arme nicht mehr ganz hoch und sackte auch schon im nächsten Moment zusammen und fiel genau in die Ecke, wo Straße und Mauerwerk sich schneiden. Während Herr Domingo und ich in sicherer Entfernung stehenblieben, eilten sogleich zwei jüngere Frauen um Hilfe herbei und packten die alte, wahrscheinlich jetzt schon tote Frau noch schnell unter den Armen, gleichsam um ihren guten Willen zu bezeugen. Während nun auch noch andere Leute hinzutraten, kamen zwei Polizisten des Weges, sahen, daß irgend etwas los war, und eilten hinzu, insgesamt machte das alles einen sehr entschlossenen Eindruck. Wir sahen, wie sich die Polizisten über die alte Frau beugten, emsige Körperbewegungen vollführten und offenbar aufmunternde Reden an die Umstehenden verteilten. Wenig später richteten die beiden Polizisten wieder ihre Körper in die Höhe und vollzogen die unmißverständliche Handbewegung, hier sei leider nichts mehr zu machen.

Nun, auch wir gingen natürlich rasch weiter, und Herr Domingo kaufte sich in einem Kiosk eine Tafel Schokolade, die er sofort erbrach und zügig aufaß. Herr Domingo ist ein großer Schokoladenesser und hat, wie er mir beim Weitergehen erzählte, im Zuge dieser Leidenschaft schon einmal eine schöne Erfahrung gemacht. Er habe, sagte Herr Domingo, vor Jahren einmal sogenannte Kernbeißer-Schokolade mit Nüssen drin bevorzugt, und da sei ihm eines Tages aufgefallen, daß die Nüsse immer spärlicher geworden seien. Als diese Entwicklung anhielt, habe er der Firma Kernbeißer einen langen Brief geschrieben, er sei ein alter Freund des Hauses, zu seinem Befremden müsse er aber nun feststellen, daß statt bisher durchschnittlich 16–19 Nüsse nur noch 12–15 Nüsse in einer Tafel Schokolade seien. Halte diese Tendenz künftig an, so sehe er sich gezwungen, die Marke zu wechseln. Einige Wochen später sei dann ein Päckchen der Firma Kernbeißer gekommen mit ungefähr 20 Tafeln Schokolade sowie einem Brief, in dem sich die Geschäftsführung für das ihr peinliche Versehen entschuldigte und als Ursache einen Defekt am Band angab. Er, Domingo, habe dann alle 20 Tafeln kurz hintereinander weggefressen und seitdem könne er die Kernbeißer-Schokolade nicht mehr ausstehen – so daß das Entgegenkommen der Kernbeißer-Fabrik letztlich den entgegengesetzten Effekt hervorgebracht habe.

Gleich nach dieser Geschichte waren wir auch schon bei Herrn Knott angekommen. Dieser empfing uns im Morgenmantel, obwohl es schon halb drei Uhr war, und verzog sein Gesicht so garstig, als ob er gestern nacht in der Neger-Diskothek noch sehr viel, allzuviel erlebt hätte. Trotzdem machte Herr Knott über unseren Besuch einen erfreuten Eindruck, fragte, ob wir »einen Schlag Wein« wünschten, und schenkte auch gleich ein. Frau Johanna Knott war übrigens nicht zu Hause, die sei bei »irgend so einem Vorbereitungskomitee für eine Demonstration, Paragraph 218 oder so einen *shit*«, sagte wegwerfend Herr Knott.

Wir setzten uns nun rund um den Tisch und bildeten so ein schönes Dreieck. Nun kam es nur noch darauf an, den Nachmittag bis zum Beginn des Büro-Fests recht heiter zu gestalten und souverän zu überbrücken. Hierzu übernahm ich sofort die Initiative und berichtete Herrn Knott, der über seine Gattin schon Entscheidendes wußte, daß Herr Jackopp jetzt zu Hause sitze und einen Brief an Frl. Czernatzke schreibe. Und ich eröffnete den Herren nochmals meinen Plan, doch von uns aus ins Liebesbriefwesen einzugreifen, um so jederzeit die Kontrolle zu haben, letztlich alles erotische Geschehen nach unseren Wünschen zu lenken.

Herr Knott äußerte, unterstützt von dem schnurrbartzupfenden Herrn Domingo, grundsätzliche Bedenken, er gebrauchte sogar die recht starken Worte »infantil«, »Voyeurismus« und »Ersatzbefriedigung«. Ich hielt dagegen, daß diese Aktion vielmehr aufklärerische und kritische Züge trage, indem sie allen Beteiligten die Augen öffne für die Relativität ihrer erotischen Aktionen. Herr Knott durchschaute mich sofort, zwinkerte mit den Augen und sagte mild: »Du Sophist, du hinterfotziger, hör doch auf!« So gerügt, änderte ich meine Strategie und schlug vor, wir könnten ja das Spielchen auch nur einfach so zum Spaß machen, die besten Briefkombinationen zu erfinden, um so unsere mathematische Phantasie zu schulen. Herr Knott zischte zwar erneut verächtlich »Tzz tzz«, erklärte sich aber mit diesem Vorschlag einverstanden. Herr Domingo zog nach mit den Worten »O Gott, o Gott!«

Ich darf aber sagen, daß beide Herren sich im Folgenden durchaus eifrig an unserem Spielchen beteiligten. Bzw. es waren mehrere Spielchen. Im ersten ging es darum, auf den bevorstehenden Brief des Herrn Jackopp an Frl. Czernatzke optimal zu reagieren. Dabei kam Folgendes heraus:

1. Der wirkliche Herr Jackopp schreibt an Frl. Czernatzke einen Brief. Inhalt: »alles«.

2. Frl. Czernatzke schreibt Herrn Jackopp, sie wolle sich ihm anheimgeben, sofern er endgültig von Frl. Witlatschil lassen werde.

3. Herr Ulf Johannsen schreibt an Herrn Jackopp, er solle von Frl. Czernatzke die Finger lassen, sonst setze es was.

4. Frl. Witlatschil schreibt an Herrn Jackopp, sie werde ganz die seine, sofern er von Frl. Czernatzke ablasse.

5. Herr Jackopp schreibt, von zwei Seiten (Johannsen/Witlatschil) bedrängt, an Frl. Czernatzke, er verzichte auf sie, er habe sein spätes Glück nun doch bei der Ehefrau Doris Jackopp gefunden.

6. Frl. Czernatzke gibt Herrn Ulf brieflich den Laufpaß und droht Frau Jackopp briefliche Rache.

7. Frl. Majewski bittet Herrn Ulf brieflich um eine Aussprache.
8. Frl. Majewski teilt Herrn Jackopp mit, daß er das Lebensglück von Frl. Czernatzke zerstört habe. Er solle sofort in die Schweiz zurück.

Das sähe dann für die einzelnen Beteiligten so aus: Herr Jackopp schreibt einen Brief, kriegt zwei drohende und einen erfreulichen Brief, schreibt einen hocherfreuten Brief an Frl. Czernatzke, bei der aber gleichzeitig ein anderer Brief aus unserer Hand eingeht, er verzichte auf sie. Frl. Czernatzke dreht durch.

Vielleicht schreibt Herr Jackopp nach dem fiktiven Brief Herrn Johannsens an diesen zurück, er solle sich um seine eigenen Sachen kümmern. Gleichzeitig wird Johannsen durch einen Schwindelbrief Frl. Czernatzkes mitgeteilt, es sei nun aus. Dann eilt er zu dem zusammengeschwindelten Rendezvous mit Frl. Majewski, diese kommt aber nicht, weil sie ja nichts weiß, und Herr Johannsen verliert so gleichzeitig zwei Damen. Bevor alles aufgeklärt wird, ist Herr Johannsen bereits wahnsinnig. Die Rettung durch die beiden Damen Majewski und Czernatzke kommt zu spät. Die Chancen für Herrn Jackopp (und mich!) stehen erneut gut, sobald der Schmerz der beiden Fräuleins verflogen ist.

Inzwischen hat aber Herr Jackopp von Frl. Majewski den Auftrag erhalten, in die Schweiz zurückzureisen. Jetzt hat er nur noch Frl. Witlatschil im Griff, die ihm ja nach Maßgabe von Punkt 4 unter gewissen Umständen angehören möchte. Frl. Witlatschil weiß aber von nichts, und Herr Jackopp eilt völlig entnervt zu der roten Frau, oder er reist in die Schweiz zurück. Jedenfalls ist er aus dem Rennen.

»Und damit«, schloß Herr Knott freudig auflachend, »sind so gut wie alle relevanten Weiber frei für uns.« Auch Herr Domingo, obwohl er die Stringenz der mathematischen Logik nicht immer begriffen hatte, freute sich sichtlich.

Nun zogen wir noch ein einfacheres Spielchen durch. Es sollten dabei alle Pärchen, die noch nie etwas miteinander zu tun gehabt haben, obwohl eigentlich nichts dagegen spräche, aneinandergekettet werden, und zwar wiederum durch Briefe. Das sah dann so aus:

Herr Jackopp bittet Frl. Czernatzke um ein Stelldichein
Frl. Czernatzke bittet Herrn Kloßen

Herr Kloßen bittet Frl. Majewski
Frl. Majewski bittet Herrn Stefan Knott
Herr Stefan Knott bittet Frl. Witlatschil
Frl. Witlatschil bittet Herrn Rösselmann
Herr Rösselmann bittet Frau Johanna Knott
Frau Knott bittet Herrn Johannsen
Herr Johannsen bittet Frl. Bitz
Frl. Bitz bittet den jungen Herrn Mentz
Der junge Herr Mentz bittet Frau Heidi Knott
Frau Heidi Knott bittet Herrn Jackopp.

Die Absender müßten dabei ihren Namen aus Gründen der Geheimhaltung verschweigen und den Brieftext so abfassen, daß die Empfänger sowohl die fiktiv-wirklichen als auch völlig falsche Absender erraten könnten. Dabei käme wahrscheinlich Folgendes heraus:

Frl. Czernatzke erkennt (richtig) Herrn Jackopp (kommt nicht). Herr Kloßen wittert niemanden (kommt). Frl. Majewski wittert mich (kommt nicht). Herr Stefan Knott wittert alles mögliche (kommt). Frl. Witlatschil wittert Herrn Jackopp (kommt nicht). Herr Rösselmann wittert irgendeine Barbara (kommt, aber ganz vorsichtig). Frau Johanna Knott wittert irgend etwas Psychologisches (kommt). Herr Johannsen wittert etwas Undurchschaubares (kommt nicht). Frl. Bitz wittert Herrn Jungwirth (kommt nicht). Der junge Herr Mentz wittert grundlos Frl. Majewski (kommt). Frau Heidi Knott wittert wegen allgemeiner Aufgeregtheit nichts (kommt nicht). Herr Jackopp wittert entweder grundlos Frl. Czernatzke (kommt), oder er kommt ohnedies aus blindem Zufall vorbei.

Es säßen also zu einer von uns bestimmten Zeit in einem Lokal Herr Kloßen, Herr Stefan Knott, Herr Rösselmann, der junge Herr Mentz, Herr Jackopp und Frau Johanna Knott. Was mochten diese sechs einander sagen, was miteinander treiben? Herr Peter Knott, Herr Domingo und ich wollten jedenfalls aus dem sicheren Hinterhalt die Vorgänge beobachten ...

Ach, das war doch kein so besonders schönes Spiel. Darum erfanden wir, weil bis zum Bürofest noch eine halbe Stunde Zeit blieb, ein anderes. Jeder von uns drei Herren sollte sich abwechselnd ans Fenster stellen und den beiden anderen über das Treiben unten auf der Straße berichten. Zuerst war Herr Knott dran, der, während Herr Domingo und ich kreuz und quer auf dem Sofa herumlagen, recht farbig die Sinfonie von Verkehr und Gegenverkehr zum Ausdruck zu bringen verstand. Nach zehn Minuten mußte ich an die Arbeit und widmete mich dabei insbesondere der mehrfach und schwungvoll vorbeirauschenden Straßenbahn. Herr Domingo schließlich, dem die Straße ja gewissermaßen Spezialgebiet ist, lieferte eine großartige Schilderung eines alten Mannes, der schräg die Straße zu überqueren versuchte, dabei nach links und rechts in einer Art Selbstverteidigung mit seinem Spazierstecken drohte und schließlich doch etwa in der Mitte der Fahrbahn wieder kehrt machen mußte, in äußerst gebückter Haltung zum Ausgangs-Gehsteig zurückkroch, es dann an einer anderen Stelle nochmals versuchte, erneut scheiterte und schließlich aufgab und auf dem Ursprungs-Bürgersteig weiter trabte.

Und dann war es auch schon Zeit, diese unsere muntere nachmittägliche Herrenwelt zu beenden und zum Bürofest aufzubrechen. Herr Knott schrieb noch schnell einen Zettel: »Hallo, Johanna, bin auf dem Bürofest. Dein – na wer denn schon – Peter.« Eine spritzige moderne Ehe . . .

Während wir dann so vor uns hinschritten, brachte ich die Rede erneut auf Herrn Jackopp, der jetzt wohl daheimsitze und gerade mit dumpfem Schnauben seinen von uns allen mit Spannung erwarteten Brief zuende bringe. Als ich das sagte, grinste mich Herr Knott wieder wie vorhin schon so ungeniert an, daß ich direkt verlegen wurde. Dagegen trug Herr Domingo vor, ihn würde vor allem der Satzbau des Jackopp'schen Briefes interessieren. Ob Herr Jackopp nämlich mehr mit dem Hemingway'schen Pathos der kurzen, frostigen, knalligen Sätze operierte oder mehr mit den hochkomplizierten syntaktischen Figuren Adorno'scher Prägung. Er persönlich, sagte Herr Domingo und zupfte an seinem Bart, tippe mehr auf Hemingway, der gelte in der Schweiz vermutlich noch immer als modern und schick. »Und weiberumlegträchtig«, ergänzte Herr Knott und kniff mehrfach in humoristischer Absicht die Augenlider auf und zu.

Da war ich auf einmal sehr lustig und hatte die allergrößte

Freude an meinem Leben und deshalb warf ich im Vorbeimarschieren Zehnpfennigstücke in mehrere Briefkästen – eine nette Überraschung für die Anwohner und damit sie was zum Nachdenken hatten.

Ich muß allerdings nochmals sagen, ich fand es, so oder so, schlecht, daß Herr Jackopp alles aber auch alles in einen einzigen Brief packen wollte. Dann würde er, unterstellt, Frl. Czernatzke würde tatsächlich von der Macht des Briefes hingerissen und ließe sich flachlegen, dann würde Herr Jackopp ihr sehr bald langweilig werden, wenn so gar nichts mehr aus ihm herauszuquetschen wäre außer ein paar zufriedenen Brummern, wenn er es gerade durchzog. Ganz offenbar tat Herr Jackopp doch wieder einmal das Allerverkehrteste. Als ich seinerzeit meine Liebe zu Frl. Majewski ankurbelte, schrieb ich nur ganz kurze zierliche Briefchen, wie der rosafarbene Hauch eines Frühlingswetters, erst ganz allmählich wurde die Leidenschaft dringlicher und feuriger, schwellte gewaltig an, ein mit mächtigem Atem langgezogenes *Crescendo* ... Nun, natürlich genützt hat es bisher auch nichts, aber immerhin, im Prinzip hatte ich recht.

Wir hatten nun das Bürogebäude erreicht, da strebte auch gerade Herr Gernhardt der Eingangspforte zu und begrüßte uns drei mit dem charmanten kleinen Wörtchen »Na?« Herr Domingo antwortete schmeichelnd »Hallo!«, Herr Knott sagte »Tag auch!«, und so blieb mir nur noch das zeitlose und ehrwürdige »Grüß Gott!« Herr Gernhardt ist ein reifer Mann, der in unserer Stadt gewissen unterschiedlichen Tätigkeiten nachgeht, und er besitzt auch eine niedliche kleine Frau, hält diese aber geschickt aus dem allgemeinen Rennen. Das ist zwar unsportlich, aber sicherlich klug von ihm. Herr Gernhardt gilt überhaupt als der vielleicht klügste von uns. Nun, das muß er natürlich mit einem Manko an Vitalität und Freiheitsspielraum büßen. Betont vorsichtig sagte er also auch diesmal nur »Na?«

*Evoe!* Im Bürogebäude im siebten Stockwerk hatte der festliche Taumel bereits ein wenig eingesetzt. Nämlich in einem fast geschlossenen Kreis saßen oder standen artig an verschiedene Schränke und Tische gelehnt schon mehrere Damen und Herren, so etwa der Bürovorsteher Rudolph, Herr Rösselmann, Herr Jungwirth, Frl. Czernatzke, das winzige Frl. Witlatschil, außerdem auch zwei ältere Herren namens Poth und Traxler, Freunde des Hauses, die ich schon kannte. Daneben fiel mir eine pechschwarze Frau auf, die, wie sich später herauskristallisierte, Frau Krause hieß und wohl irgendwie Herrn Poth angehörte – außerdem war eine Frau Pistorius da mit ihrem Kleinkind, das sie »Terror« nannten und das vorerst von allen am vergnügtesten war und wie wahnsinnig hin und her hoppelte. Dazu spielte aus einem Gerät bereits eine moderne *Rocker*-Musik.

Sofort fiel mir auch auf, daß Frl. Czernatzke in einem äußerst frechen roten Kleidchen und in ihrem Drehsessel nicht nur gegenüber den anderen Teilnehmern etwas erhöht saß, sie machte mir auch von Beginn an den Eindruck, als ob sie die geheime Beherrscherin des Kreises wäre, sie verteilte bereits jetzt nach allen Seiten hin scheinbar funkelnde Redensarten wie etwa »Na Wilhelm!« zu Herrn Domingo und »Hah! Kogelrogel!« zu Herrn Gernhardt – von Liebeswehen auf den ersten Blick immer noch keine Spur – nur einem feineren Beobachter wie mir fiel erneut eine gewisse verträumte Note in ihren Gesichtszügen auf, und ich bin trotz aller Enttäuschungen fast sicher, daß dies erst so ist, seit sich diese Person von Herrn Jackopp geliebt weiß. Dieser war noch nicht da, übrigens auch Herr Kloßen nicht.

Mich hatte Frl. Czernatzke eigentümlicherweise überhaupt nicht namentlich begrüßt. Die anhaltende Strafe für die blöden Blumen?

Jedenfalls waren auf einem Tischchen Bier, Wein, Whisky, Fleischwurst, Essiggurken, Brot, Käse und Oliven aufgebahrt, und während Herr Domingo und ich uns dort erst einmal gründlich sättigten, kam es zu einem ersten Höhepunkt, indem nämlich Herr Knott eine kleine Plauderei mit Herrn Traxler mit einem dröhnenden Lachen abschloß, und niemand wußte, warum. Aber so muß es wohl sein.

Herr Rudolph schaute dagegen von Anfang an argwöhnisch und besorgt über die Runde seiner Bediensteten und sonstigen Freunde, als ob er fürchtete, morgen würde die tägliche Büroarbeit nicht zufriedenstellend erledigt oder daß vielleicht irgend etwas Gläsernes im Raum kaputtginge. Kurz darauf gewahrte ich allerdings vom Eßtischchen aus, wie nun Herr Jungwirth aus nächster Nähe etwas zu Herrn Rudolph sagte, was sehr drollig gewesen sein muß, denn Herr Rudolph steckte dabei mehrfach den Kopf zwischen seine Arme, gleich als wollte er sich vor dem betreffenden Witz verbergen, so unerträglich gut sei dieser. Ich finde das für einen Bürovorsteher eigentlich eine unangemessene, unglaubwürdige Haltung.

Gesättigt nahm ich jetzt neben dem kleinen, allerliebsten und in einer Art Häkelkleidchen äußerst ansprechend herausgeputzten Frl. Mizzi Witlatschil Platz, um mich mit ihr ein wenig über mein durch Kloßens Ungeschick entsprungenes Kätzchen zu unterhalten, das ich ja einst von ihr geschenkt bekommen hatte. Aber eigentlich war mir natürlich mehr um die eigentümlich erotische, ja vollweibliche Wirkung zu tun, die gerade das winzige Frl. Witlatschil auf ihre Umgebung versprüht – daß dies Ewigweibliche auch aus einem so winzigen Leib hochlodert und gut ankommt, ist eigentlich ein echtes Wunder! Ich konnte Herrn Jackopp schon verstehen, daß er Frl. Mizzi gelegentlich zwischen 9 und 10 Uhr abends suchen geht. Ob sie es wußte? Sehr angenehm, diese ländlich-innige und doch spröde und herbe Ausstrahlung aus diesem kleinen Donaumädel, das mich schon lange begeisterte, *il balen del suo sorriso*, ich war aber nie dazu gekommen, dies alles näher zu erforschen und womöglich dann Frl. Witlatschil meine Aufwartung zu machen, außerdem ist sie ja wirklich so winzig klein, daß eine innige Beziehung zu ihr für Beobachter leicht ungebührlich wirken könnte. Immerhin plauderte ich jetzt recht hübsch auf sie ein, und ihr gefiel es auch ganz gut, und sie rauchte ständig und sah mich mit ihren schönen Linzer Augen, *due ladri occhi belli*, o Gott, mehrmals verheißungsvoll oder doch prüfend von unten an und zog mir sogar einmal die Bierflasche aus der Hand und nahm einen kräftigen Schluck.

Ein Blick in die übrige Runde ergab, daß Herr Domingo unruhig im Raum auf und ab schlenderte, um dann bei der Plaudergruppe Knott-Poth-Traxler zu verweilen. Gleichfalls nachdrücklich mit einer Dame dagegen, nämlich mit Frau Pistorius, schwätzte zu diesem Zeitpunkt an der gegenüberliegenden Peripherie unseres Kreises Herr Rösselmann – und dies, obwohl inzwischen Frl. Bitz in den Festsaal gekommen war und am Tischchen nachdenklich Oliven verschlang. Herr Rösselmann lehnte dabei an einem Schrank, hielt in der rechten Hand säuberlich ein Weingläschen und führte sein linkes Ohr so nahe an den Mund von Frau Pistorius, daß der gesamte Körper in der Mitte abgeknickt schien. Ich muß sogar sagen, daß ich sehr froh war, Frau Pistorius nicht zu lieben – so beunruhigend heftig und alle Widerstände brechend schwätzte jetzt Herr Rösselmann wieder. Überhaupt! Herr Rösselmann, obgleich schon ein reiferer Angestellter, pflegt unseren Damen ständig und bei jeder Gelegenheit dermaßen druckreif ausziselierte Artigkeiten hinzublättern, daß ich oft ganz nervös davon werde und völlig meine Felle davonschwimmen sehe. Ich meine, ich kann auch ganz gut schwätzen und die Damenwelt täuschen, aber bei Rösselmann geht das für meine Begriffe etwas zu weit!

Jetzt trat ein Herr Kromschröder auf den Plan und riß auch vorübergehend gleich die Fest-Leitung an sich, indem er zusammen mit Herrn Jungwirth eine Art gravitätische Gavotte tanzte, wobei beide Herren einander ununterbrochen und glutvoll in die rollenden Augen blickten. Frl. Czernatzke lachte am heftigsten darüber – ein weiterer Beweis für die innere Nervosität dieser Frau. Na, würde erst Herr Jackopp eintreffen! Übrigens ist Herr Kromschröder einer der ärgsten, ja sogar nebenberuflichen Possenreißer in unserer Stadt, und er trägt deshalb auch ständig – obwohl vollberechtigtes Büromitglied! – eine Art Zimmermannstracht –, und der Bürovorsteher Rudolph läßt es durchgehen, ein weiterer Beweis für die unordentlichen Zustände in diesem Büro . . .

Und schon wieder brandete ein gewisses Strohfeuer auf. Zur Tür herein schwärmte nämlich Frl. Majewski in blutroten Cordhosen und einer nicht ganz durchschaubaren, aber irgendwie schwarzen Oberbekleidung, und sie rief wie immer entzückt »Hallo, ihr Süßen!« und fiel einleitend einem Herrn nach dem anderen um den Hals, wobei sie jeweils einem anderen etwas Rasches und Leidenschaftliches zurief. Erschreckt beschaute sich das Kind »Terror« den entstandenen Tumult, das gleichzeitige Anschwellen der Rockerklänge mußte ihm zusätzliche Furcht einjagen.

Als sich alles wieder etwas beruhigt hatte, trat Herr Jungwirth an mich heran und fragte lauernd, wo eigentlich Herr Jackopp sei. Ich antwortete, Herr Jackopp habe sein Erscheinen zugesagt. Ja nun, fuhr Herr Jungwirth fort und leckte lüstern die Lippen, er frage nur, weil doch gerade heute eine so »schöne Gelegenheit« zu einer »echt dramatischen, ja tragischen Zuspitzung« von Jackopps Leidenschaft bestehe. Wie er, Jungwirth, das meine, fragte ich zurück. Nun, holte Herr Jungwirth wie nachsinnend aus, er denke etwa daran, daß sich Herr Jackopp auf dem Höhepunkt des Fests und vor den Augen von Frl. Czernatzke aus dem 7. Stockwerk stürze – »und sich dort unten gleichsam flachlegt«, wie Herr Jungwirth bedenklich und nur mit einem leichten Anflug von Lächeln ergänzte. Ich entgegnete, das wäre allerdings sehr schön und eindrucksvoll, allerdings habe Herr Jackopp, soweit ich informiert sei, heute nachmittag Frl. Czernatzke einen Brief geschrieben, dessen Effekt er doch vermutlich noch abwarten wolle. Herr Jungwirth sann kurz nach, dann sagte er, vielleicht würde Herr Jackopp den Brief zum Fest mitbringen, ihn Frl. Czernatzke in die Hand drücken und dann sofort und wortlos hinunterhüpfen. »Oder noch viel schöner«, rief Herr Jungwirth in plötzlich sanft loderndem Feuer, Herr Jackopp könnte den Brief schreiben, ihn zur Post geben, zum Fest marschieren und springen – »um so den Brief gleichsam ins Bekennerhafte zu steigern«.

Nun, das mußte ich zugeben, das war wahr, daran hatte nicht einmal ich gedacht...

Bei dieser Gelegenheit muß ich sagen, es kristallisierte sich in der Sache Jackopp immer deutlicher eine Gruppe von Laurern und Freudig-Erregten heraus, der mindestens Herr Rösselmann und Herr Jungwirth angehörten, am Rande vielleicht auch noch ich selber, obwohl meine freudige Erregung durch eine mir jederzeit unverbrüchliche Humanität sicher unter Kontrolle gehalten wurde. Woher aber kam denn diese freudige Erregung? Na ja, meines Wissens einfach aus der Tatsache, daß sich wieder einmal zwei Menschen unter knisternder Spannung aufeinander zubewegten, aber noch nicht ganz fanden. Und so soll es ja sein, ich meine, daß sie sich finden. Die Paarbildung ist ja gewissermaßen ein geschriebenes Naturgesetz, wenn ich es recht verstehe, so wie der Erdanziehungsfaktor 9,81 ist...

Es war aber inzwischen schon wieder etwas Neues im Gange, nämlich ein gewisses Getriebe zwischen Frl. Majewski und

Frl. Witlatschil, übrigens zwei fast sehr guten Freundinnen, und man hörte plötzlich Worte wie »Hau ab, du blöde, alte Wachtel!« und »Halt deinen Rand, du blödes, dummes Stück!«, und schon war Herr Domingo hinzugeeilt, um zu fragen, was denn los sei. »Ach nichts«, lachten da beide, und Frl. Majewski legte sofort freundschaftlich ihren Arm um Frl. Witlatschils Schultern, so daß sich der gefoppte Herr Domingo wieder zurückziehen mußte. Wissend lächelte Herr Traxler.

Inmitten der entstandenen Unruhen war Herr Kloßen unter der Tür des Festsaals aufgetaucht, hatte einen mißtrauischen Blick auf die Gäste geworfen und war, nachdem er mir matt und gleichsam hilfesuchend zugewinkt hatte, im Hintergrund des Hauptfelds stehengeblieben. Ich beobachtete ihn eine Weile, wie er, von einem Fuß auf den anderen pendelnd und sein Körpergewicht verlagernd, leicht hin- und herschwankte, als sei ihm überaus unbehaglich zumute. War es ein Nachmittagsräuschchen oder ein tiefer, unausrottbarer Argwohn gegen die Festgäste? Es sah irgendwie so aus, als ob Herr Kloßen die Festrunde als Gesandter einer feindlichen Macht beobachte, angstvoll und drohend in einem, gleichzeitig aber, als ob er das Fest bewache und verantwortlich beschließe. Jetzt fiel mir wieder ein, Kloßen war ja heute nachmittag mit Herrn Jackopp aufgebrochen, er könnte darum auch über dessen Befinden Bescheid wissen. Ich näherte mich ihm also locker, brachte auch ein Bier mit, denn dieser so durstige Mann hatte überhaupt noch keins und traute sich anscheinend keins zu greifen, und dann fragte ich ihn, wo Herr Jackopp sei. Kloßen grunzte, der sei bloß schnell nach Hause, sich umzuziehen, vorher aber sei er – Kloßen hatte sich offenbar jetzt wieder gefangen und sprach sehr laut und engagiert – zusammen mit ihm durch die Stadt gezogen, in einer *Flipperstube* gewesen, anschließend kurz im Bahnhofskino – – –

Hm. Der Brief war also nicht geschrieben worden. Kloßen hatte es durch ein paar simple Zerstreuungstechniken verhindert. Sollte man an Herrn Jackopps Liebe erneut zweifeln? Oder hatte Jackopp sich doch dafür entschieden, brieflos zum Fenster hinauszuhüpfen? Und während mir Kloßen jetzt dröhnend berichtete, er und Jackopp hätten beschlossen, künftig wöchentlich zweimal zum Billardspielen zu gehen, nahm ich genau wahr, wie

Herr Jungwirth, obgleich er eigentlich mit Herrn Poth plauderte, scharf Frl. Bitz beäugte ...

Da betrat Herr Jackopp den Festsaal. Er trug einen besonders finsteren Blick, ja er war schon direkt unheimlich, dazu aber einen sehr vornehmen, geradezu aristokratischen und graugestreiften Konferenzanzug, ein fliederblaues Hemdchen und sogar eine Art Mozartschleifchen am Kragen. Endlich hatte ich also die beiden Hauptliebenden wieder nach drei Tagen vereint unter einem Dach! Und ebenso reizvoll war es zu beobachten, daß auch Herrn Rösselmanns Blick sofort zwischen Frl. Czernatzke und Herrn Jackopp hin- und herschweifte! Es kam aber zuerst alles wieder mal ganz anders, denn genau mit dem Eintritt von Herrn Jackopp fing das Kind »Terror« maßlos an zu schreien und zu jauchzen und lief zu Herrn Jackopp und versuchte, an dessen Bein hochzukrabbeln. Vermutlich war »Terror« einfach von dem schmucken Anblick des Herrn Jackopp begeistert und überwältigt, denn alle anderen Herren im Raum trugen lediglich grobschlächtige Alltags- bzw. Bürokleidung ...

Herr Jackopp nahm aber den Eingriff des Kindes anscheinend überhaupt nicht wahr, sondern richtete, ohne, wie ich genau beobachtete, einen Blick auf Frl. Czernatzke, die sofort und demonstrativ auf Frl. Majewski einkicherte, zu verschwenden, mit ungewöhnlich fester, ja stählerner Stimme eine Frage sozusagen an das gesamte Festpublikum: »Wo ist die Mizzi? Wo ist die Mizzi?«

Streng und schnell fragte er es mehrmals hintereinander, worauf »Terror« erneut hingerissene Schreie ausstieß und deshalb von seiner völlig ahnungslosen Mutter Pistorius kurz mit dem Zeigefinger bedroht wurde. Nun setzte sich, das Kleinkind ein wenig abschüttelnd, Herr Jackopp auf einen gerade freien Stuhl, starrte etwa zehn Sekunden auf den Fußboden und rief plötzlich erneut: »Wo ist die Mizzi?« Da antwortete der nicht zufällig vorbeischweifende Laurer Jungwirth mit ernstem Gesichtsausdruck, gerade vorhin sei sie noch dagewesen, vielleicht sei sie gerade in einem anderen Raum telefonieren. »Mit Negern«, dachte ich unwillkürlich. Herr Jackopp starrte erneut ein paar Sekunden, dann öffnete er eine Flasche Korn, die er, wie ich erst jetzt sah, in der Jackentasche mitgebracht hatte – und trank in wirklich ungeheuren Zügen mindestens fünf Schluck in sich hinein, so daß die Flasche schon fast zu einem Viertel leer war. Dann starrte er erneut. Herr Jungwirth hatte schon recht. Die äußeren Voraussetzungen für einen Selbstmord waren gut, wurden sogar immer besser: Tadellose Kleidung und zudem ein eindrucksvoller Rausch! Schon wieder griff Herr Jackopp entschlossen und wie in Todesbereitschaft zu seiner Flasche und schaffte auch diesmal immerhin drei erstaunliche Schlücke. Das Kind »Terror« stand jetzt neben ihm und jauchzte, von Jackopp unbeachtet, über diesen kostbaren Mann. Noch immer hatten übrigens Frl. Czernatzke und Herr Jackopp nicht einen einzigen flüchtigen Blick gewechselt – es ging also offenbar auf eine nervenzerreißende Entscheidung zu! Der Brief, er war nach Kloßens Aussage ungeschrieben geblieben. Sollte es tatsächlich gleich zur Tat kommen . . . ?

»Wo ist die Mizzi?« fragte, den Kopf hochschleudernd, nun wiederum und mit Schärfe Herr Jackopp. Herr Domingo, der eben vorbeischlich, antwortete höflich, er habe keine Ahnung, sie werde sicher noch im Hause sein, und dann fragte Herr Domingo Herrn Jackopp zart, weshalb er denn so überaus vorzüglich angezogen sei, »Sie beschämen ja geradezu die anderen Herren hier«. Herr Jackopp lauschte ein paar Sekunden in sich hinein, dann hatte er die Frage verstanden. »Ich geh mich jetzt umziehen«, sagte er fest und entschlossen, nahm zwei mörderische Schlücke aus seiner nun schon halbleeren Flasche und bat mich, ihm ein Taxi zu bestellen, was wieder einmal sehr erstaunlich war, denn Herr Jackopp wohnte nur ein paar hundert Meter entfernt. Nach einem letzten Reise-Schluck, ohne ein weiteres Wort und gleichsam blicklos verließ dann Herr Jackopp den Festsaal. Zu meiner Genugtuung beobachtete ich dabei, wie Frl. Czernatzke Herrn Jackopp, als dieser zur Tür schritt, heimlich, flüchtig und mit einem Gesichtsausdruck nachblickte, den ich ohne Umschweife als »umflort« bezeichnen würde . . .

Übrigens hatte dieser kurze und prägnante Auftritt des Herrn Jackopp außer mir, dem Kleinkind »Terror«, Frl. Czernatzke und den Laurern Jungwirth und Rösselmann niemandem größeres Interesse abgerungen, sondern diese recht ichverliebten Menschen hatten sich eigentlich die ganze Zeit über weiter mit ihrem privaten und sicherlich recht bedeutungslosen Kram beschäftigt, hatten geschwätzt, teilweise leise geschrien und da und dort vielleicht sogar einander leicht liebkost, so zum Beispiel, wenn ich es recht gesehen habe, Frl. Majewski und Herr Knott. Eben führte linkerhand Herr Gernhardt einen kleinen Scherz vor. Herr Rudolph sollte die Zeigefinger einen Zentimeter voneinander entfernt parallel halten, waagerecht auf sie wurde nun ein Streichholz gelegt, und nun mußte Herr Rudolph »Klingling« sagen. Darauf hob Herr Gernhardt das Streichholz ab und sprach: »Ja, hier bei Gernhardt, und wer spricht dort?« Ich fand den Scherz köstlich, sogar Herr Kloßen, der nun etwas näher ins Zentrum des Geschehens gedrungen war, lachte dröhnend und gleichsam wiedererstarkt. Herr Rudolph aber, glaube ich, obwohl er gleichfalls heftig lächelte, schämte sich, daß er als Bürovorsteher so ausgetrickst worden war.

Jetzt gesellte sich noch ein anderer Herr zu den Festgästen, Herr Nikel, der alleroberste Bürovorsteher, ein zierlicher Mann in kunterbuntem Gewand, der nach einem allgemeinen Gruß mit dem silbrighellen Wort »Hallo!« wendig zu verschiedenen Personen im Raum hüpfte, auf diese emsig einredete, dabei sehr verantwortungsvoll aussah und dann doch immer wieder einmal sittsam lächelte und einmal flink sogar »Hahahaha!« machte. Doch bald eilte dieser äußerst geschwinde Herr wieder weg und wünschte uns allen mit grüßend erhobenen Ärmchen und dem Wörtchen »Hallo!« ein weiteres Gelingen des Fests.

»Wo nur Herr Jackopp bleibt?« wandte sich Herr Jungwirth erneut und besorgt lauernd an mich und strich sich über sein silbergraues Westchen. Ich muß gestehen, auch ich wünschte dringlich Herrn Jackopps Wiederkunft. Spürte ich doch, daß wir alle heute abend an einem entscheidenden Punkt, ja einer Wendemarke der neueren Geschichte angelangt seien, das heißt, wenn heute nichts passierte, sei es Freudiges, sei es Schreckliches, dann würde gewissermaßen überhaupt nie mehr etwas passieren. Ich kann das natürlich nicht beweisen, aber . . .

»Terror«, das Kleinkind, schrie auf – Herr Jackopp war zurück. Eine neue Überraschung! Er trug jetzt ein weißes *T-Shirt*-Hemdchen, in dem vorne auf der Brust die Worte *St. Louis-Stars* und darunter riesengroß die Zahl 42 standen. Wie zu erwarten, fragte Herr Jackopp noch unter der Türe scharf: »Wo ist die

Mizzi? Ist die Mizzi da?« Herr Jungwirth wiederum war es, der hier einsprang und sagte, sie sei noch immer nicht zurück, aber er könne gern einmal suchen gehen – und er schaute dabei Herrn Jackopp frech und unverwandt ins Auge. »Ja«, sagte Herr Jackopp, »ist gut«, worauf sich Herr Jungwirth tatsächlich auf die Socken machte (was erhoffte er sich davon?), während Herr Jackopp wieder Platz nahm, und zwar diesmal neben mir. *Tant mieux!* Vielleicht würden mir so besondere Genüsse zuteil . . .

Nun, einleitend starrte Herr Jackopp wieder, dann nahm er einen schon kleineren Zug aus seiner Kornflasche und reichte sie mir weiter. Frl. Czernatzke kicherte jetzt allzu lustig und hektisch auf den mild lächelnden Herrn Traxler ein. Ja war denn hier alles für die Katz? Sollte man Herrn Jackopp einfach hochheben und auf den Schoß von Frl. Czernatzke setzen, damit er seine Chance wahrnähme? Doch es kam wieder einmal ganz anders, denn plötzlich hörte ich Jackopp mit dumpf rollender Stimme neben mir sprechen: »**Wußtest du eigentlich, was die Rut Brandt für eine schöne Frau ist?** Das ist die einzige Frau in Deutschland, die mich erregt. Unheimlich erregt.«

Wie denn! Darauf war ich natürlich nicht gefaßt, und ich muß wohl einen Moment lang sehr benommen dreingesehen haben. Eine völlig gewandelte Situation! »Die Rut Brandt«, hob Herr Jackopp erneut mit Grabesstimme an, »ist die schönste Frau, die ich kenne. Unheimlich hübsch.« Und nach einer kleinen Pause: »**Das ist mir jetzt klargeworden.**«

Wann? Heute nachmittag beim Flippern mit Kloßen? Im Bahnhofskino? Bei der letzten Toilette? Ich war recht verlegen, und so fiel mir nichts Klügeres ein, als Herrn Jackopp zu fragen, ob er eigentlich wüßte, daß »Rut« im Norwegischen »Rüt« gesprochen wird – das habe mir einmal eine Norwegerin erzählt. Herr Jackopp antwortete: »Eine unheimlich hübsche Frau, ich habe sie im Fernsehen gesehen.« Ich deutete nun Herrn Jackopp behutsam an, daß dies schon wahr sei, daß aber vielleicht letzten Endes – in meiner Ratlosigkeit fiel mir nichts Geistreicheres ein – die Brigitte Bardot doch noch ein wenig hübscher sei. »Unheimlich«, sagte Jackopp und nahm noch einen Schluck. Da kam gerade Herr Domingo des Wegs, beugte sich lächelnd zu uns, las mit Interesse die Aufschrift auf Jackopps Hemdchen und fragte mit gefälligem, wenngleich tückischem Ton in der Stimme: »Na, ihr beiden, was gibt es denn?« Dankbar für diese Unterbrechung einer für mich äußerst heiklen Situation, sagte ich: »Herr Jackopp und ich unterhalten uns gerade darüber, wer hübscher ist, Rut Brandt oder die Brigitte Bardot.« »Die B a r d o t«, fuhr gleichsam erwachend und zornig Herr Jackopp hoch: » D r e c k ! «

Gelöst lachten Herr Domingo und ich, indessen Herr Jackopp gleichbleibend tödlich dreinblickte. Wollte er Rut Brandt wirklich umlegen? Doch im nächsten Augenblick war schon wieder etwas Neues im Gange. Frl. Majewski begann nämlich plötzlich zu einer modernen Negermusik mit Frl. Czernatzke überschwenglich und wie von Sinnen zu tanzen, dabei lachten beide sehr wild und ungesund, und ich glaube, einmal versuchte Frl. Majewski sogar Frl. Czernatzke ins Ohr zu beißen! Um die Tanzenden standen Herr Jungwirth, Herr Gernhardt und Herr Knott und klatschten mit großem Eifer in die Hände, denn dies war sicherlich der bisherige Höhepunkt des Fests. Gleichzeitig erschien auch das Kind »Terror«, das unter dem Stuhl durchgekrabbelt war, zwischen meinen Beinen, lachte mich geistlos an, schrie »Ah-ah-ah-ah!« und versuchte meine Nase zu ergreifen. Ich wich aber geschickt aus und deutete dem Kind, indem ich die Augen nach rechts verrollte, in Richtung auf Herrn Jackopp, der ja neben mir saß und in all dem finsteren Gewürge um ihn herum wieder einmal wie abwesend starrte. »Terror« verstand dieses Signal Gottseidank sehr gut, verließ mich sofort und wakkelte, während gerade Frl. Majewski beim Tanz ins Stolpern kam und deshalb laut quietschte, nach nebenan zu Herrn Jackopp und griff ihm sofort in die fast tragisch nach unten hängenden Kopfhaare. Herr Jackopp erwachte dabei aus seinen schweren Gedanken, sah einen Moment lang das ihm ergebene Kind aus nächster Nähe vollkommen verständnislos an, dann nahm er erneut einen Schluck aus seiner Flasche und sagte tonlos und gleichsam für sich selber: »Ich glaube, ich muß jetzt gleich unheimlich kotzen.«

Im gleichen Augenblick streifte Herrn Jackopp – zum zweiten Mal an diesem Tag – ein bitterer und doch, wie ich zu beobachten glaubte, irgendwie wohlwollender Blick des Frl. Czernatzke, das vom sinnlosen Tanz auf seinen Sessel zurückgesunken war. Herr

Jackopp merkte es aber nicht, weil nämlich, als er sich gerade vom Schnapsgenuß schüttelte, »Terror« freudiger und hemmungsloser als zuvor zu plärren anfing und Herrn Jackopp – offenbar in der irrigen Meinung, das Leben sei doch eine wunderbare Sache – noch heftiger ins Haar griff. Herr Jackopp hielt sich bei diesem Angriff aber sehr gut, er beugte sich, die Faust des Kindes im Schopf, zu mir herüber und sagte ernst und wiederum tonlos: »Ich geh jetzt in' Krenz! Du kommst mit?«

Jetzt lockerte sich der Zugriff des Kindes, das aber weiter vor Jackopp stehenblieb und diesen St. Louis-Star bewundernd, ja andächtig beschaute. Ich schlug Herrn Jackopp zart vor, wir sollten vielleicht noch ein bißchen hier bleiben, später würde ich gerne mitkommen. War denn wirklich alles vergebens? »Wo ist die Mizzi?« fuhr Herr Jackopp plötzlich wieder hoch – und seltsam genug, wurde Frl. Mizzi gerade von Herrn Jungwirth in den Festsaal geleitet. Sie hatte offenbar Herrn Jackopps Frage noch mitgekriegt, denn sie blieb seitwärts von ihm stehen und schaute ihn durchdringend und respektlos an. »Da ist die Mizzi!« rief nun geradezu lockend der Laurer Jungwirth und besah ebenfalls erfreut Herrn Jackopps St. Louis-Star-Hemdchen. Herr Jackopp sammelte sich ein paar Sekunden, dann sah er Frl. Mizzi entgeistert ins Gesicht und sagte: »Was ist? Ich geh in' Krenz. Du gehst mit?«

»Warum?« fragte Frl. Mizzi schroff und unbarmherzig. Herr Jackopp dachte erneut nach, dann sagte er: »Ich geh in' Krenz. Du kommst jetzt mit?«

Frl. Mizzi sah nun Herrn Jackopp mit fast inständiger Wortlosigkeit an und sagte gar nichts mehr. Es entstand zufällig, weil gerade die Negermusik schwieg, eine kleine Pause, während der man Herrn Rösselmann in unnatürlich charmantem Ton auf Herrn Traxler einreden hörte: »Und natürlich wird es meinem Haus ein Vergnügen sein, auch Ihre Frau Gemahlin zum Tee bitten zu dürfen.« (Was denn! Kann denn ein Haus, gar ein vergnügtes Haus bitten?) Mit einem Seufzer erhob sich nun Herr Jackopp und sagte müde: »Ich kotze jetzt. Du kommst nach?«, sah an Frl. Mizzi vorbei und verließ augenblicklich den Festsaal, begleitet von einem langen und aufmerksamen Blick Herrn Jungwirths. Würde heute Frl. Mizzi ihm gehören? Ich dachte, dieser Mann erschliche gerade Frl. Bitz! – Eigenartigerweise vergaß Herr Jackopp diesmal, ein Taxi zu bestellen. (Was wollte eigentlich Rösselmann von der Gemahlin des Herrn Traxler?) Dabei hätte sich diesmal ein Taxi für Herrn Jackopp durchaus gelohnt, die Gaststätte »Krenz« ist immerhin etwa 800 Meter vom Büro entfernt...

»Hau ab!« kommentierte leise und mit völlig ruhiger Stimme Frl. Mizzi Herrn Jackopps Abgang. Und mit diesem Wort löste sich gleichsam alle angestaute Spannung der letzten Minuten. Nun, es hat nicht sein sollen, das mit dem Sprung aus dem Fenster. Anscheinend klappt die Tragik bei uns einfach nicht mehr, damit muß man sich eben abfinden – – –

Die nächste halbe Stunde passierte denn auch überhaupt nichts, außer daß einmal Frl. Majewski höchst ungeschickt und unvorsichtig in den Saal rief, dies sei eine »herzlich kaputte traute Gemeinschaft«. Eigenartig! Schon den zweiten Abend hintereinander verlebte sie heute ohne Herrn Ulf. Sollte ich angreifen? Nach all den ernüchternden Erfahrungen von gestern abend? Nein, meine Stunde war sicher noch nicht gekommen, ich würde mich spröde geben, um so größere Wonnen würden dem folgen, vielleicht...

Inzwischen war es sieben oder acht Uhr geworden, und einzelne Personen brachen bereits auf zum Abendbrot, so etwa Frau Pistorius, die auch Gottseidank ihr Kind »Terror« mit heim packte, Herr Traxler wohl aufgrund seines fortgeschrittenen Alters – und völlig überraschend war auch Herr Kloßen verschwunden, dies war offenbar sein Revier doch nicht. Überrascht beobachtete ich beim Abschied von Frau Pistorius, daß diese Frau überaus liebevoll von Herrn Domingo abgeküßt und abgeschleckt wurde. Das war neu! Nun, man kann natürlich seine Augen nicht überall haben. Aber vielleicht sollte Herr Pistorius die seinen mal weiter aufmachen. Dieser Domingo! Ha! Jetzt erinnerte ich mich, ich hatte kürzlich mal mit ihm zusammen und Frau Pistorius gefrühstückt. Herr Pistorius befand sich bereits an seinem Arbeitsplatz. Nach dem Frühstück haben Frau Pistorius und Herr Domingo ein wenig auf dem Balkon Tango getanzt und waren so meinem Blick entzogen. Aha!

(Übrigens, Herr Pistorius!, ist auch Herr Stefan Knott, wie

ich aus seiner 20-Frauen-Strichliste weiß, hinter Ihrer Frau her . . .)

Jetzt trat Herr Jungwirth an mich heran und äußerte sein Bedauern, daß es nun ja leider mit dem Selbstmord nicht funktioniert habe. Ich ermunterte Herrn Jungwirth, noch sei ja nicht aller Tage Abend. Auch Herr Rösselmann hatte wohl inzwischen Herrn Jackopps Abgang registriert, und wir drei beratschlagten nun eine Weile ohne rechtes Ergebnis, was in dieser Sache noch getan werden könne. Und während sich dann Rösselmann und Jungwirth über ein gewisses und mir unbekanntes Frl. Schminke unterhielten, das, soviel ich mitbekam, seit kurzem den Bürovorsteher Rudolph zu umgarnen versucht, fiel ich plötzlich ins Studieren, welchen Namen man Herrn Kloßens und meiner zukünftigen Fernseh-Fabrik wohl geben könnte, wenn einmal alles am Schnürchen lief und monatlich 18000 Mark ins Haus flögen: Kloßen und Co? Kloßen und Grausam? Grausam und Unsinn? Unsinn, Grausam und Unfug: UGU . . .?

Ich mußte wohl ein wenig eingenickt sein, denn auf einmal war alles im Festsaal verändert. Herr Gernhardt, Frl. Bitz, Frl. Majewski, Frl. Mizzi, Herr Poth, Herr Rudolph und Herr Rösselmann bildeten nun eine Art malerische Diskussionsgruppe, d. h. einer sagte abwechselnd etwas Leises, und die anderen kicherten dann in fast regelmäßigen Abständen kurz auf. Etwas näher bei mir lungerten Herr Domingo und jene Frau, die Herrn Poth gehörte, und führten ein wohl schwerblütiges Gespräch, jedenfalls hörte ich Herrn Domingo auf einmal sagen: »Man lebt davon, was einen die anderen Leute erkennen lassen«, worauf die Frau zustimmend und ernst nickte. Das ist wahr, was Herr Domingo da lehrte! Das sah ich sofort ein . . .

Herr Knott wiederum hatte jetzt in ebenfalls sehr malerischer Haltung seinen rechten Fuß auf dem Stuhl von Frl. Czernatzke hochgestemmt, offenbar sollte das die Innigkeit seiner sicherlich belanglosen Ansprache steigern. Oder warb dieser Mann etwa für Herrn Jackopp? Ja hatte Frl. Czernatzke überhaupt mitgekriegt, daß Herr Jackopp verschwunden war? So etwas Unaufmerksames! Und da – was quasselte dieser Jungwirth, dieser alte Esel, jetzt so leidenschaftlich auf Frl. Bitz ein? Herr Rösselmann würde sich höllisch vorsehen müssen! Bei solchen Festen passiert es eben meistens. Mir wurde neulich sogar erzählt, ich hätte anläßlich eines romantischen Galaabends zwischen 3.30 und 4.30 Uhr früh neben einer mandeläugigen Dame aus Heidelberg gekniet und ihr ununterbrochen von oben nach unten den linken Arm angeknabbert. Nun, diese meine damalige Haltung nehme ich sofort zurück. Sehr unfein finde ich aber, daß die betreffende Dame dabei arrogant und sogar frech den Beobachtern der Szene zugelächelt haben soll, ganz als wolle sie achselzuckend zum Ausdruck bringen, was für einen Blödmann sie da hängen habe – – –

Doch noch bevor ich über diese Erinnerung zornig werden wollte, trat jetzt Herr Domingo mit Herrn Poths Dame an mich heran und stellte vor, dies sei die Frau Krause und das da – dabei deutete er auf mich – sei »der große Henscheid«, der »seinerzeit die berühmte Kühlfilter-Anzeigen-Kampagne so virtuos durchgezogen« habe, und ich sei nämlich »ein absolutes As auf dem Gebiet der Produktwerbung und des gruppendynamischen *Marketings*«. Nun ja, wehrte ich, Frau Krause anlächelnd, ab, Herr Domingo übertreibe, das mit den Kühlfiltern sei erstens für mich Routinesache gewesen und zweitens praktisch von selber gelaufen, ich sei damals eigentlich nur »in eine offene Marktlücke gestoßen« – etwas Profilierteres fiel mir leider nicht ein. »Aber Sie haben doch dabei sicher mächtig verdient?« wollte Frau Krause, eine recht leichtgläubige Person, wissen. Natürlich, sagte ich, wie müde, ich hätte mächtig eingesackt, aber diese Produkt-*Timing*-Tätigkeit (wo hatte ich nur dieses Wort her?) böte mir heute keinen Lebensinhalt mehr, mein einziger Wunsch sei, einfacher Sachbearbeiter in einem Büro wie diesem da zu werden, mit einer kleinen Kartei und einem netten sauberen Schreibtisch, »weg von dem mörderischen Rummel der Projektgruppen-Forschung und der *Sales-Promotion*«.

Verdammt, was redete ich da alles zusammen! Warum täuschte ich diese Frau so arglistig? War ich denn geisteskrank? Doch schon sagte Frau Krause, das mit der Sachbearbeiter-Tätigkeit ließe sich doch ohne weiteres bewerkstelligen. »Eben nicht!« krähte ich zu meiner eigenen Überraschung, ich hätte schon alles versucht, und immer wieder sei ich abgewiesen worden. Sachbearbeiter wolle ich werden, schrie ich, »Sachbearbeiter oder Museumswärter oder Stadtgärtner oder am allerliebsten Logenschließer in einem ruhigen kleinen Privattheater mit Uniform!« Nun nun, schritt da Herr Domingo begütigend ein, das mit dem Sachbearbeiter ließe sich sicher deichseln, wenn sich z. B. Frau Krause für mich einsetzte. Aber ja, rief diese fast entzückt, sie wolle morgen gleich mal mit ihrem Vorgesetzten sprechen, vielleicht sei gerade eine Planstelle frei. Am Nachmittag wolle sie mit ihm verhandeln, da sei er meist sanft und umgänglich, und dann würde sie mich gleich anrufen und mir Bescheid sagen. Und sie notierte sogar meine Telefonnummer. Ich solle »ja nicht die Hoffnung aufgeben!«

Ich meine, dies letzte war ein so eigentümlich schillerndes Wort, daß es erlaubt ist, diese ganze scheinbar dumme Geschichte mit Frau Krause vorzutragen – obgleich sie mit der Liebe des Herrn Jackopp überhaupt nichts zu tun hat. Frl. Czernatzke sah zu diesem Zeitpunkt übrigens schon irgendwie leidend oder doch in sich gekehrt aus – sollte Herr Knott ihr ins Gewissen geredet haben . . . ?

Wieder brachen einzelne Personen auf, so der ängstliche Bürovorsteher Rudolph, der umsichtige Herr Gernhardt, um auf sein Frauchen aufzupassen, Herr Poth und Frau Krause, die mir noch einmal aufmunternd zuwinkte – und leider auch Frl. Witlatschil und Frl. Majewski, die beide noch schnell in ein Jazz-Lokal wollten (»Und Neger treffen«, dachte ich überraschend). Es kam aber fünf Minuten später für diese beiden noch ein Ersatz, nämlich ein Frl. Karla Kopler, das ich schon gut kannte, ja sogar in Kolmar einmal auf Anordnung von Herrn Rösselmann geliebt habe – ein äußerlich liebliches und feingebildetes Wesen, das sich aber nicht immer im Zaum zu halten versteht und – ich muß es leider sagen – schon zur Zeit ihrer Ankunft nicht mehr ganz nüchtern schien, nämlich genau wie vorher Frl. Majewski einen Herrn nach dem anderen umhalste und eine leidenschaftliche Unruhe veranstaltete – als ob es hier irgend etwas zum Freuen gäbe! Der aufmerksame Leser wird, nebenbei, schon bemerkt haben, daß bei diesem Fest wie in unserer Gesellschaft überhaupt die Frauen mit wenigen Ausnahmen (Bitz!) den weitaus größten Lärm schlagen, statt uns Herren erotisch noch mehr zu faszinieren . . .

Zuerst teilte Frl. Kopler mit, sie habe furchtbaren Durst, und sie trank sofort ein ganzes Weinglas Whisky leer, das ihr von Herrn Jungwirth (änderte der schon wieder sein Ziel?) eifrig hingereicht worden war. Alsdann zog Frl. Kopler aus ihrer Tasche ein mir schon bekanntes furchtbares Gerät, einen sogenannten Lachsack, ein Ding, aus dem, von einer elektrischen Batterie gespeist, eine männliche Stimme ununterbrochen und in wahrhaft grauenerregender Weise lachte und alle höhere Gesellschaftskultur gnadenlos niedermähte. Frl. Kopler, obwohl nur sie selbst Vergnügen an diesem Teufelswerk empfand und alle anderen Festgäste bitterlich dreinschauten, ließ den Lachsack eine Viertelstunde lang lachen und war auch dann nicht von ihrem Mitbringsel abzulenken, als sie von Herrn Jungwirth um ein Tänzchen gebeten wurde. Allerdings trank sie noch ein Glas Whisky, und schließlich ließ sie sich in einen Bürosessel plumpsen, streckte die Füße von sich und sagte mehrmals hintereinander »Bin ich kaputt, bin ich kaputt!« Dann erst wurde sie friedlicher, fingerte aus einem Glas vier Essiggurken, verzehrte sie, steckte sich endlich ein Zigarillo an, schloß die Augen und gab erst mal wieder Ruhe.

Wir hatten übrigens einmal einen noch größeren Lachfreund als Frl. Kopler in unserer Gruppe, dies war Herr Jürgen Meister, ein aufgegebener Jurist, der trotzdem praktisch immer lachte und keinen Grund brauchte bzw. er hatte bei Herrn Knott 800 Mark Schulden und lachte vielleicht, weil er sie nicht zurückgab. Herr Meister legte beim Lachen auch eine bewundernswürdige Lautstärke an den Tag, und er konnte es fast genau so gut wie der elektrische Lachsack! Herr Domingo wollte ihn einmal hereinlegen und sein Lachen entlarven, indem er nämlich zum Ausklang einer grandiosen Lachkanonade von Herrn Meister selber heftig und grundlos zu lachen anfing und so ganz unüberhörbar Herrn Meister nachechote, so daß dieser es sogar selbst merkte, sich aber sofort Rat wußte und am Ende von Herrn Domingos Lacheinsatz seinerseits wieder brausend zu lachen begann – und so ging es dann weiter, wobei immer abwechselnd Herr Meister und einer von uns Umsitzenden lachte, es war genau die musikalische Form eines Rondos: a-b-a-c-a-d usw. Nach einer Viertelstunde lief Herrn Meister der Schweiß über das prächtig glänzende

Gesicht, er gab aber noch nicht auf und lachte weiter, insgesamt 25 Minuten, wobei er es zuletzt sogar noch zu einer schon unglaublichen Fortissimo-Steigerung brachte, bevor er, nun wirklich erschöpft, abbrach. Insgesamt aber hatte sich Herr Meister glänzend und meisterhaft aus der Affaire gezogen.

Übrigens lachte er fünf Minuten später schon wieder heftig und grundlos. –

Doch zurück zum Festsaal. Das heißt, von einem richtigen rauschenden Fest konnte jetzt kaum mehr die Rede sein. Es handelte sich praktisch nur noch darum, daß einzelne Personen nachdenklich vor sich hin schauten, zur Rockmusik träumten oder auch ein wenig dämmerten und vielleicht zwei, drei Teilnehmer ab und zu noch miteinander raunten oder murmelten. Ich erkannte in dem matt erleuchteten und durch Rauchqualm fast undurchdringlich gewordenen Festsaal die Umrisse von Frl. Bitz, Herrn Rösselmann, Herrn Domingo, Herrn Knott, Herrn Jungwirth, das schlafende Frl. Kopler – und eigenartigerweise war auch noch immer Frl. Czernatzke anwesend und saß nun still und fast abwesend in ihrem Drehstuhl hingelagert. Insgesamt aber hatte das Fest jeden Glanz, jede innere Form verloren, eine baldige Auflösung war zu befürchten – und nichts war passiert ...

Da passierte aber doch noch etwas. Nachdem nämlich von Beginn an andauernd sog. Pop- und Rock-Musik vorgetragen worden war, legte Frl. Czernatzke auf einmal etwas ganz anderes und Neues auf, nämlich den »Hirt auf dem Felsen« von Franz Schubert, jenes wunderbare Idyll für Sopran, Klavier und Klarinette, das so eindringlich und herzquickend den vollen Zauber frühromantischer Sehnsucht ausspielt. Das half aber nichts, sondern es wurden unter den Festgästen sofort unzufriedenes Murren und Scharren und abwehrende Satzbrocken laut, und jemand, ich glaube Herr Knott, fragte dumpf, was »der klassische Rotz da« solle. Doch ungewohnt glutvoll plärrte umgehend Frl. Czernatzke auf diese Schubert-Feinde zurück, sie sollten »ihre dumme Fresse halten oder abhauen«. Sofort herrschte wieder knisternde Spannung im Festsaal, und sie webte auch gleichsam unterirdisch fort, als Herr Knott eingeschüchtert »ja, ist schon gut« nachgemault hatte. Allerdings war es jetzt fast mäuschenstill im Festsaal geworden, nur Herr Rösselmann klappte noch mehrmals und stur sein Feuerzeug auf und zu – und es war gut zu hören, was da Herrliches gesungen wurde:

> »Wenn auf dem höchsten Fels ich steh',
> Ins tiefe Tal hernniederseh',
> Und singe, und singe ...«

Herr Knott sah zu dieser schönen Eröffnung trotzig und verächtlich drein, Herr Rösselmann saugte verständnislos an seiner Zigarette, Herr Domingo ächzte wie unter einer schweren Zumutung, und Frl. Bitz las respektlos in einem Journal. Einzig Herr Jungwirth hatte eine aufmerksame, ja verständnisvolle Miene aufgesetzt – spürte auch er, wie ich, die Fäden, die sich von hier aus zu Herrn Jackopp erstreckten? Vorgetragen wurde das Lied übrigens von Kammersängerin Rita Streich, einer putzigen kleinen Dame, mit der zusammen ich in Regensburg einmal Cocktails getrunken und dazu Don-Kosaken-Lieder gebrüllt habe. Es war schon halb sechs Uhr früh, und der Hotelportier mußte Frau Kammersängerin Streich sogar verwarnen ...

> »Je weiter meine Stimme dringt,
> Je heller sie mir widerklingt,
> Von unten, von unten.
> Mein Liebchen wohnt so weit von mir,
> Drum sehn ich mich so heiß nach ihr
> Hinüber, hinüber ...«

Wieviel Uhr es eigentlich sei, trompetete arglos Frl. Karla Kopler, die wohl gerade in ihrem Sessel erwacht war. »Fresse halten!« kreischte nun schon ganz ungezogen Frl. Czernatzke, die die ganze Zeit über in ihrem Drehstuhl hingegossen gesessen und mit den zur Zimmerdecke gerichteten Augen gekreist hatte. »Ja ja ja«, brummte verstört Frl. Kopler, »hat jemand eine Zigarette für mich?« »Mensch, Koplerin«, japste zornig Frl. Czernatzke, »sei doch mal ruhig!« »Ja ja ja, ist schon gut«, brummte erneut das verschreckte Frl. Kopler. Und schon leitete es über zum Adagio-Teil:

> »In tiefem Gram verzehr' ich mich,
> Mir ist die Freude hin,

> Auf Erden mir die Hoffnung wich,
> Ich hier so einsam bin ...«

Was wollte sie eigentlich, diese Czernatzke? Vier Herren hetzten nachweislich hinter ihr her, und eins dieser Liebchen saß gar nicht weit entfernt im »Krenz«! Da könnte sie jederzeit »hinüber hinüber« rennen, verdammt – – –

> »So sehnend klang im Wald das Lied,
> So sehnend klang es durch die Nacht ...«

Da schellte das Telefon. »Du kannst mich mal gewaltig um diese Zeit!« schrillte Frl. Czernatzke und hob nicht ab. Das Telefon klingelte aber beharrlich weiter, und so führte Frl. Czernatzke schließlich mit den Worten »verdammter Idiot« das Gerät an ihr Ohr. »Wer ist da?« rief sie gleich darauf unwirsch. Und dann: »Ach so, du bist es. Was?« »Nein, die Mizzi ist nicht mehr da, die ist mit der Birgit weg.« »Was? Warum sie nicht in den Krenz gekommen ist?« »Das weiß ich doch nicht, frag sie doch selber!« »Was? Wo ist ein Bruch in der Logik?« »Hör mal, ich weiß es nicht und ich möchte jetzt meinen Schubert anhören.« »Ja, tschüss!«

»Der Kerl ist einfach besoffen«, sagte Frl. Czernatzke zornig, »so, und jetzt will ich mir nochmals meinen Schubert anhören!« »Hör mal«, sagte feindselig Herr Knott, »dann laß aber zuvor die anderen die Mücke machen. Ich geh noch einen Schlag ins Alt-Heidelberg. Geht wer mit?« »Warum nicht in den Krenz?« fragte Frl. Kopler. »Da sitzt der Jackopp drinnen«, sagte Herr Knott, »und terrorisiert uns nur.« »Mit seinem Bruch in der Logik«, ergänzte heiter Herr Domingo, »o Gott, o Gott!« Diese Feiglinge! Allen Problemen ausweichen! Nur weg von den Leiden der Nächsten! Augen zugemacht, das war ihre Moral ...

Ich würde ins Alt-Heidelberg nachkommen, rief ich den Aufbrechenden zu, in einer halben Stunde. Vorerst wollte ich mir gleichfalls noch einmal den »Hirt auf dem Felsen« anhören und anschließend Frl. Czernatzke vielleicht etwas aushorchen ...

Kaum waren die Schubert-Feinde zur Tür hinaus, legte Frl. Czernatzke mit einem demonstrativen Seufzer der Erleichterung ihr Lied wieder auf, stützte den Kopf zwischen die Arme und

Knie und schloß die Augen. Auch ich lehnte mich beschaulich in meinen Bürosessel zurück. Wer hätte gedacht, daß ausgerechnet dieser bunte Nachmittag noch so hochromantisch enden würde! Wie nicht mehr von dieser Welt! Dieses Adagio, war es nicht wie ein Atemholen der Menschheit?

»Die Herzen es zum Himmel zieht,
Mit wunderbarer Macht!«

Gleichzeitig nahm ich allerdings wahr, daß ich nicht mehr besonders scharf denken konnte. Hm. Nun ja, was hieß das eigentlich, daß es die Herzen zum Himmel zieht? Die einen zog es zum »Krenz«, die anderen ins »Alt-Heidelberg«. Und meines? Zu Frl. Majewski? Zur türkischen Frau? Nun, die war tot. Das heißt, ich weiß es nicht genau, vielleicht – – –

Da war der »Hirt auf dem Felsen« schon wieder aus, aber wortlos legte ihn Frl. Czernatzke ein drittes Mal auf. Steckte wieder den Kopf zwischen die Knie und schloß die Augen. Wußte sie eigentlich, daß auch ich noch zugegen war und ihre Sehnsucht voll beobachtete? Wem galt diese verdammte Sehnsucht denn nun eigentlich? Ich dachte, die Sache mit Herrn Johannsen ginge klar! Nun, wie gesagt, jene türkische Frau. Eines Tages war sie in ein Auto gestiegen und in die Türkei verreist. Aber vielleicht kommt sie doch zurück, »herüber, herüber«, wie Frau Streich gerade wieder säuselte. Wie konnte man nur in der Türkei sterben? Irene hieß sie, jawohl! Das heißt, zuerst hieß sie Katherina, und erst mit 22 Jahren kam der große Schwenk, und da hieß sie plötzlich Irene, und das sagt ja fast alles, irgendwas muß da auf dem Standesamt schiefgelaufen sein, vielleicht der Vater besoffen oder der Beamte, jedenfalls ging es dann ab in das Reich des Halbmonds. Im übrigen, damit man mich ein wenig besser versteht, möchte ich hier schnell ein Gedicht über die möglicherweise tote Frau einfügen, ein Gedicht sogar in freien Rhythmen, das auch in einem ganz anderen Stile gehalten ist als diese Aufzeichnung da. Ich beherrsche nämlich zahlreiche Stile und Tonfälle und halte es in diesem Punkt vollkommen mit meinem Vorbild Wolfgang Amadeus Mozart, der ja in einem Brief aus dem Jahr 1778 an seinen Vater geschrieben hat: »Ich kann so ziemlich alle Arten und Stile von Kompositionen annehmen und nachahmen.« Und ich halte diese Fähigkeit durchaus nicht für eine Charakterschwäche, sondern für gut. Doch nun zu dem Gedicht über die möglicherweise tote Frau:

### Gardasee

Liebliches Städtchen am Lago di Garda –
O guarda, guarda!
Verwaschen blinkt der See.
Schlaf ein, schlaf ein,
Ragazza mia pazza,
Wie ruhendes Wasser, wie wehender Wind,
Wir alle Opfer des Sexus sind.
Schäferin, ach wie haben sie dich
So süß begraben ...
Funiculli funiculla!
O wärst du schon da!
Vage Funken am Horizont:
Sind's Villen der herrschenden Klasse?
Die Nacht, die entmutigend blaue, la notte!
Das allzu intime Gewässer
Siehst du das Weltmeer dort hinten?
Selig doch scheinen wir in uns als Körper.
Ich, du, Verquickung,
Nie Ruh ...
Zypressen, vom Wahnwitz des Eros durchtränkte,
Wir alle Gehenkte
Des großen Vater Pan –
Geliebte, es will Abend werden.
Waldung sie schwankt heran,
Bäumewärts himmelan –
O Baby, ich hack dich ins Knie!
Deine großen blauen Augen,
Sie sind wie ein Spiegel des Sees –
Ah, la terra mi manca!
E tu? Perché così piangi?
Geliebte, sieh hin, der See,
Der tief tief blaue See ...

Ich meine, dieses Gedicht ist sicher nicht besonders geistreich, und eine Zeile ist sogar von Goethe gestohlen. Auch gefällt mir nicht unbedingt der rüd-realistische Ton, in dem ich da einmal über die Liebe spreche, das kommt ja direkt an Herrn Jackopp ran! Aber das Werk unterscheidet sich doch meiner Meinung nach wohltuend durch seine unüberhörbare lyrische Kraft und Naturverbundenheit (Zeile 3, 6 und 18) von gewissen heute üblichen pornografischen Machwerken – schon durch die raffiniert eingesetzte italienische Sprache. Und habe ich zuviel versprochen, als ich einen völlig anderen Stil angekündigt habe? – – –

Plötzlich hörte ich vom Stuhl Frl. Czernatzkes her ein leises Schnauben, ja Schnarchen. Tatsächlich! Sie schlief! Der »Hirt auf dem Felsen« hatte es also im dritten Zupacken geschafft. Oder um mit Hölderlin zu sprechen: »Was ist denn der Tod und alles Wehe der Menschen? Geschieht doch alles aus Lust und endet doch alles mit Frieden.« Das ist vollkommen richtig. Da saß sie – schlummernd in ihrem Bürostuhl und ihrem ursprünglich so frechen roten Kleidchen. *Charmant, charmant!* Was sie wohl träumte? Während Herr Jackopp im »Krenz« wahrscheinlich noch immer kämpfte und kämpfte? . . . Wenn er jetzt an meiner Stelle wäre! Er könnte Frl. Czernatzke lange und eingehend anschauen und dann mich ins Café Härtlein bestellen und mir mitteilen: »Ich wußte gar nicht, wie hübsch die Czernatzke ist, verdammt . . .«

Sollte ich Frl. Czernatzke wecken? Sie, die da so süß und friedlich schlummerte und so gleichmäßig schnaubte? Nein, da hatte ich einen besseren, ja einen überragenden Einfall! Ich legte noch einmal den »Hirt auf dem Felsen« auf, damit sich dieser sogar noch in den Schlaf und in das Unterbewußtsein von Frl. Czernatzke einmogelte und auf diese Weise vielleicht Herrn Jackopp doch noch eine letzte Startchance eröffnete. Irgendwie mußte es doch zu deichseln sein . . .

Sodann löschte ich alles Licht und stahl mich aus Festsaal und Büro. Auch ich war jetzt rechtschaffen müde und wollte nach Hause, vielleicht beim Einschlafen ein letztes Mal die angenehmen Gedanken an die tote türkische Frau zu mobilisieren. Doch auf der Straße merkte ich plötzlich, daß sich meine Schritte sozusagen automatisch zu den Freunden ins »Alt-Heidelberg«

bewegten. Nun, in sein Schicksal mußte man sich ergeben. Nur immer zu, du tapferer Gesell! Doch an der Pforte des »Alt-Heidelberg« ereilte mich ein Tiefschlag – geschlossen! Was tun? Die Freunde in der ganzen Stadt suchen?

Da faßte ich mir ein Herz und trabte, zuerst etwas niedergeschlagen, dann sogar fröhlich, wirklich nach Hause, ja ich pfiff sogar vor Zufriedenheit. Die Genugtuung über meine edle Haltung stimmte mich so ausgelassen, daß ich vor meiner Haustüre beinahe noch einmal kehrt gemacht hätte und in den »Krenz« weitergelaufen wäre, Herrn Jackopp brüderlich beizustehen . . .

Nein, hier tat Härte not! Ich zwang mich in meine Wohnung mit dem Versprechen, mir einen Kaffee zu bereiten und dann ganz ruhig meine Lage zu überdenken. Ah! Das war ja wirklich wunderbar zu Hause! Ein dampfender Kaffee, eine Zigarette zum Reflektieren, und jetzt noch die passende Musik aufgelegt! Aber was? Es mußte etwas sein, das selbst noch den »Hirt auf dem Felsen« in die Schranken verwies und so Frl. Czernatzkes Grenzen aufzeigte! Nun, ich kann nur jedem empfehlen, in diesem Fall Gustav Mahlers »Abschied« aus dem »Lied von der Erde« zu berücksichtigen. Welch eine unsägliche Wehmut, die da sofort aus der ersten chromatischen Klarinettenfigur hochsteigt, schmerzlich wieder zum Ausgang zurücksinkt und in eine rauende Naturstille mündet, aus der dann gleichsam schon tonlos-unirdisch eine Altstimme herauswächst:

> »Die Sonne scheidet über dem Gebirge,
> In alle Täler steigt der Abend nieder . . .«

Wunderbar! Welch fesselloses Glück und fessellose Schwermut! Ausdruck wird zum Schluchzen. Wie durch Säure hat Leid darin sich zusammengezogen, als würde es gar nicht mehr ausgedrückt (Adorno). Ganz wie bei Herrn Jackopp. Das Gesicht sauer und leidvoll zusammengekniffen und nur noch ab und zu ein knapper Ausdruck . . .

> »Wie eine Silberbarke schwebt der Mond . . .«

O Gott, o Gott! Da war sie wieder, die Türkin, dieser vermaledeite *horror eroticus!* Als ob Gustav Mahler sie vorausgeahnt hätte, diese blöde Irene. *Good night, Irene, Irene, good night, I see you in my dream.* Eigentlich eine recht hübsche kleine Melodie. O diese Türkei-Flüchtigen! *O core 'ngrato, tutt'è passato!* – nein, das war einfach zu aufreibend. Bleibe im Land und nähre dich redlich. Was war das eigentlich heute für ein erzdummes Fest gewesen? Warum war Frl. Majewski so laut gewesen, warum war sie zu den Negern gelaufen? Was hatte eigentlich Frau Knott heute den ganzen Abend über getan, verdammt! Mir sagt man ja nichts! Wann empfing Herr Rösselmann jene ominöse Barbara? Würde dann Herr Jungwirth sofort Frl. Blitz überwältigen? Und immer dieses Auf und Nieder der Terzenketten, diese Ballade des Unterliegens (Adorno), dieser Rösselmann mit seinem Bienenstich . . .

»O mein Freund, mir war auf dieser Welt
Das Glück nicht hold . . .«

*O core 'ngrrraaaaato!* – Plötzlich mußte ich in einer gewissen Nervenüberbewegung heftig losweinen, und das war so schön und lustig, daß ich vor Freude eine Zigarette anstecken mußte, welche sofort alles wieder neutralisierte, so daß es gewissermaßen umsonst war, hahaha! – – –

Herr Rösselmann und sein Bienenstich, an diese beiden reichte natürlich Gustav Mahler nicht heran. In Venedig zu sterben! Was wußte eigentlich Herr Hock? Also, wie war das nun: Zuerst Doris Jackopp, dann Frl. Mizzi, dann Frl. Czernatzke, dann wieder Frl. Mizzi, dann die Dame in Rot, dann wieder Frl. Czernatzke, dann wieder Mizzi, dann Rut Brandt – warum eigentlich nicht gleich die Queen? »*daz diu chünigin von Engellant lege an minen armen*«. Da würde der Prinzgemahl Philipp schauen, wenn plötzlich Herr Jackopp herandonnerte . . . O weh, schon wieder ging es los, das Unerträgliche . . .

»Ich geh, ich wandre ins Gebirge . . .«

Genau, das sollte Herr Jackopp tun und uns hier in Frieden lassen – Einsiedler werden und nie mehr wieder hier auftauchen und unseren Damen nachröhren und sie mit Blumen belästigen. Nun, die türkische Frau hat nie etwas gegen Rosen einzuwenden gehabt, sie hat auch nie so unbeherrscht gebrüllt wie gewisse Damen in unserer Stadt, hat nie Schuldlose beleidigt und trotzdem auch ganz gern den »Hirt auf dem Felsen« angehört – ihr war wahrscheinlich alles gleich, und deshalb wanderte sie auch in die Türkei . . .

»Ich suche Ruhe für
Mein armes Herz . . .«

Auch Frl. Czernatzke wollte in Ruhe gelassen werden, wollte sich »ihre Kreise« nicht stören lassen von Herrn Jackopp. Wie stand eigentlich Jackopp zu Gustav Mahler? »Ach was?« »Dreck?« . . .

»Die liebe Erde,
Allüberall . . .«

Genau. Allüberall das gleiche. Kannst du mir 20 Mark leihen? Das geht dann ohne weiteres klar. Ich möchte sie flachlegen, aber sie läßt sich nicht, verdammt. Ich werde ihr einen Brief schreiben, einen Brief, in dem alles steht . . .

»Ewig, ewig . . .«

Dr. Mangold und Pettler stehen am Tresen, doch Kloßen ist's gewesen, Herr Rösselmann, Herr Rösselmann, brennt das Frl. Mizzi an, Mizzi und Mimi, die Queen gibt sich Jackopp hin, Gustav Mahler heißt der Zahler, Irene aus Mykene, ich weiß am Gardasee ein kleines Strandcafé, Gruß und Kuß vom Bosporus, Jackopp, Knallkopp, Jackopp Peter bumst Rohleder, Weib, Weib, Zeitvertreib, schenkt man sich Rosen in Tirol, Südtirol und das Trentino bleiben deutsch – – –

Anschließend muß ich, zweifellos seelisch übermüdet, eingeschlafen sein.

# FÜNFTER TAG

Erwachend und von meinem Bettchen die Zimmerdecke anstarrend, fiel mir zuerst Herr Jackopp wieder ein. *C'est épatant!* Ich meine, ich finde Rut Brandt auch eine recht achtbare Frau, eine charmante kleine Persönlichkeit und immer treu an der Seite ihres Mannes, unseres Kanzlers, dem das Vertrauen gilt – aber ich persönlich bevorzuge doch mehr die Schauspielerin Cordula Trantow, die mich auch ein wenig an die türkische Frau erinnert. Es gab aber in meinem Leben noch keine Möglichkeit, sie zu treffen. Sehr gut finde ich auch Cornelia Froboess, die ich einmal in ihrer Künstlergarderobe besuchen durfte. Das war ungemein aufregend, und wir haben auch sehr nett geplaudert. Aber der Ehemann war zwischen uns . . .

Apropos Willy Brandt: Ich stand jetzt seufzend auf und nahm mir fest vor, heute endlich die Belange der Glasreiniger wahrzunehmen und entschlossen zu Ende zu führen. Um beim Studium der Unterlagen vollkommen klaren Geistes zu sein, lief ich deshalb sofort ins Café Härtlein und trank hastig ein Kännchen Kaffee. Dann warf ich erste neugierige Blicke in die Glasreiniger-Akten. O welch eine furchtbare Unordnung! Kaum daß ich mich zurecht fand! Hier ein sogenanntes Beweisstück, gleich daneben aber auch schon dessen restlose Widerlegung, hier eine schwer verständliche Ehrenerklärung, zwei Seiten weiter die Gegen-Erklärung. Und diese unzähligen Rechtschreibfehler und falsch gebauten Sätze! Und so wollten diese Herren die Regierung zu Fall bringen! Nun, andererseits sind natürlich schon mächtige Regierungen aufgrund noch viel mäßigerer Unterlagen gestürzt worden, ich denke da vor allem an die sogenannten Enwicklungsländer . . .

Irgendwie spürte ich in diesen Augenblicken, die Glasreiniger-Sache sei schon ganz und gar hoffnungslos. Und dazu mein Kopfweh! Deshalb jubelte ich innerlich auf, als gleich darauf Frl. Bitz und Herr Rösselmann ins Café traten. Das war doch gleich eine andere Welt! Nämlich eine wunderbare Information, die Herr Rösselmann sofort und stolz auspackte. Nämlich am Morgen hatte der zuerst im Bürokomplex eingetroffene Herr Jungwirth Frl. Czernatzke schlafend auf dem Fußboden des gestrigen Festsaals vorgefunden, umrahmt von leeren Flaschen und Schallplattenhüllen, und der Grammophon-Arm sei auch noch hin- und hergependelt. Mit den mehrfach wiederholten Worten »Scheißfest« und »so ein blöder Haufen« sei Frl. Czernatzke dann nach Hause gelaufen, ein Bad zu nehmen.

»Aber paß auf!« fletschte Herr Rösselmann hingerissen die Zähne, »noch etwas ist passiert!«, und barsch befahl er Frl. Bitz: »Erzähl mal!« Ja also, begann Frl. Bitz, überraschend habe heute gegen 11 Uhr Herr Jackopp bei ihr im Büro angerufen, um sie »als Frau« um Rat zu fragen, was er denn tun solle. »Wissen Sie, Frl. Bitz«, habe Herr Jackopp geklagt, »ich habe so etwas noch nie durchgemacht. Ich stehe auf der Czernatzke. Was soll ich tun?« Was denn mit der Mizzi sei, habe Frl. Bitz zuerst gefragt. »Die Mizzi«, habe Jackopp müde abgewunken, »ist nichts für mich.« Nun habe sie, Frl. Bitz, Herrn Jackopp gesagt, sie habe andererseits gehört, er, Jackopp, sei kürzlich mit einer sehr schönen Dame im roten Pullover im »Krenz« gewesen und habe sich, wie berichtet werde, mit ihr auch recht gut verstanden. Warum er, Jackopp, sich denn nicht voll auf diese Dame konzentriere? »Ach was!« habe nun Herr Jackopp recht unwirsch, ja fast beleidigt geantwortet, »von diesen Büchsen kann ich jeden Tag 20 umlegen, wie ich will«, aber, so habe Jackopp weiter ausgeführt, das Umlegen allein sei es nicht, bei der Czernatzke sei es »was anderes«.

Natürlich waltete, wie jeder Leser inzwischen selbst merkt, wieder einmal ein Bruch der Logik. Denn einst hatte ja Herr Jackopp Frl. Czernatzke auch nur kurz umlegen und es bis 20 Uhr durchziehen wollen. Oder sollte hier tatsächlich ein Wandel der Persönlichkeit erfolgt sein? Ich trug diesen Verdacht auch gleich vor, aber während Herr Rösselmann nur abschätzig die Lippen zu einem Lächeln nach unten kräuselte und mit seinem Feuerzeug tändelte, erläuterte Frl. Bitz, Herr Jackopp habe die Damen sein Leben lang nur als Gebrauchsobjekt benützt und jetzt werde er durch die Folter der Leidenschaft bitter dafür bestraft.

Sicher, das war eine tiefsinnige These von Frl. Bitz, andererseits weiß ich aber aus guter Quelle, von Herrn Rösselmann, daß Frl. Bitz Herrn Jackopp kurzzeitig, nämlich bevor Herr Rösselmann selbst die Herrschaft antrat, als durchaus begehrenswert oder, wie sie damals gesagt haben soll, als »recht schmuckes Männlein« empfunden hat. So daß sich die Frage erhebt, ob nicht auch gerade Frl. Bitz, schon auch um Herrn Rösselmann seine Grenzen aufzuzeigen, sich von Herrn Jackopp trotz ihrer tiefen Einsichten in den Geist dieses Mannes vielleicht recht gern hätte durchziehen lassen . . .

Doch wie auch immer, Herr Rösselmann und Frl. Bitz mußten nun wieder in ihr Büro zurück, Herrn Rudolph zu willfahren – und so war ich leider wieder auf meine Glasreiniger zurückgeworfen. Könnte ich diese blöde Funktion nicht vielleicht an Herrn Kloßen delegieren, der ja doch ohnedies im Sozialbereich tätig werden wollte? Für 100 Mark bzw. Liquidierung seiner Schulden an mich? Denn das Geld hatte ich ja nun einmal, und irgendwas mußte geschehen! Auch würde Herr Kloßen den Glasreinigern, wenn ich ihn dort einführte, aufgrund seines dunklen Anzuges und seiner kessen Fliege, sicherlich gut gefallen. Und doch: Würde Kloßen nicht die schon vorhandenen Ungereimtheiten der Glasreiniger ins Unübersehbare, Unwiderrufliche vermehren – so daß der ganze Dreck dann letztlich wieder auf mich zurückfiele? Wo war eigentlich Kloßen? Der hatte ja doch auch noch seine beiden hochbedeutenden Koffer in meinem Auto! Diese verdammten Glasreiniger mit ihrem ständigen Druck! Nun, irgend etwas würde sicher auch heute wieder eintreffen, das mich geschickt aus der Affaire zog und mir einen erträglichen Tag ermöglichte.

Ich wanderte heim, erstens um einen entsprechenden Ablenkungs-Anruf abzuwarten, zweitens nach Kloßen Ausschau zu halten. Doch der war nicht zu Hause. Was tun? Normalerweise hilft mir in solchen Leerräumen der Tagesgestaltung mein geliebtes Klavier, auf welchem man ja immer ein wenig herumplänkeln konnte, auf daß die Zeit verging. Aber was? Beethoven war zu anstrengend, und Mozart würde vor dem drohenden Hintergrund der Innungsherren sicher völlig danebengehen. Also etwas Leichtes, Lockeres, das die Angst wegtreibt! Der Musette-Walzer – das war es!

> *»Quando men vo,*
> *quando men vo soletta per la via*
> *La gente sosta mira . . .«*

Aber nein, das war ja abscheulich, wie ich krähte! So nicht, mein Herr! »»*Con molta grazia ed eleganza*« hatte da Puccini hingeschrieben. Diese wunderhübsche Musik, in der sich eine gewisse proletarisch-mondäne Verderbtheit, kokette Anmut und Selbstverliebtheit aufs Sublimste verbinden! Genau wie bei Frl. Anni und der toten Frau übrigens. Herrn Jackopp konnte man leider nicht anrufen, der tauchte immer von selber auf und war dann plötzlich da. Ich nahm also ein Duschbad, um abzuwarten, was geschehen würde. Plötzlich übermannte mich eine heiße Sehnsucht nach Herrn Jackopp und Herrn Kloßen, ja, ich spürte erstmals, ganz stark, wie sinnlos mein Leben ohne sie wäre. Ein Leben ohne die beiden – unausdenkbar! Ein gräßlicher Verdacht stieg jetzt sogar in mir hoch: daß vielleicht Herr Kloßen im wirtschaftlichen Amoklauf unsere Stadt verlassen habe, anderswo ein neues Leben zu beginnen und eine unverbrauchte Gläubigerschaft aufzubauen. Dieser herrliche Dulder Kloßen, dieser mächtige Waller im Staube, dieser unverwüstliche Poltergeist und Krachmacher, dieser sensationelle Saufaus, dieser famose Berserker, dieser nimmermüde Jäger nach dem blauen oder grünen Schein! – nein, seinen Abgang sich nur vorzustellen war schon fast unerträglich. Vor Schreck trank ich einen Schluck Bommerlunder und schwor mir fest, Herrn Kloßen, sollte er noch unter uns weilen, immer und immer wieder 5 bis 20 Mark zu leihen, und wäre dies auch mein Untergang!

Und Herr Jackopp? Ach, der saß sicherlich zu Hause und schrieb seinen alles niederwalzenden Brief. Wenn er diesen Brief dann auch vielleicht heute noch zur Post gab, träfe er schon morgen bei Frl. Czernatzke ein, und am Abend könnte man diese dann vorsichtig danach ausfragen oder Symptome im Gesicht beobachten. Es war also doch noch Hoffnung. Eigentlich könnte ich jetzt auch einen Brief schreiben: »Liebes Frl. Majewski, ich liebe dich, hüte dich vor Stefan Knott, in dessen Weiber-Strichliste du auf Platz 3 stehst. Einer, der es gut mit dir meint . . .«

Ach nein, das war doch alles zu blöd! Vielleicht sollte ich mal einen langen Kopfstand machen, wie mir einst ein Herr Ender aus Wien empfohlen, ein Fachmann für Handlesen und Joga, der übrigens zu seiner Zeit auch hinter Frl. Majewski herlief, wie übrigens auch Herr Jürgen Meister, jener mächtige Lacher, der trotzdem Frl. Majewski jeden Tag auflauerte und . . .

Ich machte also einen Kopfstand. Der Geist preßte sich in den Fußboden und arbeitete doch erstaunlich tüchtig weiter. Herr Ender hatte sogar behauptet, 20 Minuten Kopfstand ersetzen eine komplette Nachtruhe. Außerdem beherrschte er vollkommen Frl. Kopler. Wenn ich richtig informiert bin, kaufte diese nach Herrn Enders schmerzlichem Abgang aus unserer Stadt jenen teuflischen Lachsack. Kurz darauf tat sie sich einen Studenten namens Christopher an, den sie angeblich liebt und sogar mit »Chris« anspricht und der meiner Meinung nach ein recht loses Mundwerk führt. Herrlich, wie mir das Blut in den Kopf schoß! Ich habe nämlich einmal einen Lichtbildervortrag veranstaltet, bei dem jeder Teilnehmer seine zehn Lieblingsfotos vorzeigen sollte, damit man einander langsam menschlich näherkäme. Doch nicht nur, daß dieser »Chris« sehr wertlose Bilder vorführte, anschließend nannte er meine Veranstaltung auch noch »bürgerlichen Eskapismus«. Nun, ich meine, diese Mißdeutung spricht für sich. Ich, der ich nur der Humanität dienen wollte, wurde dafür auch noch von dem frühreifen Mundwerk eines ganz gewöhnlichen Studenten beleidigt! Aber die Erniedrigten und Beleidigten werden schon noch eines Tages erhöht werden. Dann wird Herr Kloßen über allen thronen. Andererseits habe ich wenig später diesen »Chris« auf einem Sportplatz beobachtet, wie er ganz schnell hintereinander mehr als ein Dutzend Handstandüberschläge machte. Ich fragte mich, ob denn das kein bürgerlicher Eskapismus ist – und sogar im vollen Wortsinn! Und wie er dahinjagte! Hierher gehört auch, daß er und Frl. Kopler einander in öffentlichen Lokalen ständig abwechselnd auf dem Schoß herumsitzen. Auch Frl. Czernatzke ärgert das sehr, wie sie mir neulich in der Oper gestand. Ich muß allerdings dazu sagen, ich finde es ebenfalls nicht gebührlich, wie Frl. Czernatzke während der Vorstellung ständig, als wäre sie im Kino, die Knie hochgezogen hatte und die Füße gegen die Vorderbank drückte . . .

Ich beendete nun den Kopfstand. Ziemlich schwindelig legte

ich mich aufs Sofa. Und Kloßen hatte sich noch immer nicht gemeldet. Da fiel mir etwas ein. Ich könnte eigentlich mal Herrn Schütte anrufen, einen Schriftleiter unserer Stadt, der als fortschrittlicher Kopf gilt und mir vielleicht etwas über die Funktion des Liebesbriefes heute erzählen könnte. Und der vielleicht auch ein wenig ausgequetscht werden könnte, was eigentlich in der Welt so vor sich ging – als Schriftleiter mußte er ja die Übersicht haben. Doch leider teilte mir eine Dame am Telefon mit, Herr Schütte weile auf Urlaub in Irland. Verdammt! Wenn man sie mal seelisch braucht, diese Jackopps undund Kloßens und Schüttes, dann verdrücken sie sich! Und wenn man sie zum Teufel wünscht, dann weichen sie einem nicht mehr von der Seite und stellen Fragen und Geldforderungen! Ich bin ja schließlich auch nur ein Mensch, der seinen oft hochkomplizierten Gefühlsregungen unterworfen ist! Ganz komische Gedanken konnten einem da hochkommen! Sollte ich etwa von Jackopp ablassen? Mich gar als Prellbock seinen Bestrebungen entgegenstemmen? Nein, einer solchen Gefahr galt es zu trotzen! Ich steckte mir eine Zigarette an und lauschte den Stimmen in meinem Inneren. Ein furchtbar konfuses Zeug, ekelhaft! Wenn nicht gleich etwas geschähe, würde ich wie Papageno ganz langsam bis 3 zählen und dann unbarmherzig die Papiere der Glasreiniger in Angriff nehmen, und dann sollte die Sozialdemokratie eben sehen, wo sie bliebe! Ich meine, ich berate jeden gern und kostenlos, auch Damen, wenn sie Sorgen und Nöte haben, jederzeit, aber hie und da brauche ich eben auch umgekehrt die Hilfe der Freunde und Gönner, den wärmenden Zuspruch in der Kälte der Zeit. Warum läßt man mich hier so sitzen? Das heißt ja geradezu, den Tag unnütz verstreichen zu lassen, ein wertvolles Potential zum Fenster hinauszuwerfen – – –

Wie zum Beweis, daß doch alles gut werde, schellte jetzt das Telefon. Die Rettung! Oder waren es nur die blöden Glasreiniger, die mein Ultimatum gewittert hatten und mir Mut zusprechen und mich ans Werk drängen wollten? Aufgeregt hob ich den Hörer ab, gefaßt auf Herrn Gabriels quengelnde Mahnungen – doch es meldete sich die mir wohlbekannte liebliche Stimme von Frau Barbara Müller, die mich fragte, ob ich heute abend mit ihr und ihrem Gatten Kersten zum Kartenspielen in den »Krenz« kommen würde – auch Herr Eilert sei schon verständigt. Nichts lieber als das, Frau Müller! 20 Uhr? Alles klar! Tschüss! ...

Meine Lebensgeister waren wie neu erwacht. Ach was Grillen und Sorgen! Der Anruf als solcher und die Planung eines sinnvoll gestalteten Abends, das war doch was! Wie schön, daß man sich meiner erinnerte! So soll es sein. Der Zusammenhalt der Nation! Vor Freude setzte ich mich sofort ans Klavier und spielte drei lustige Mazurken von Chopin, die der ganzen unsterblichen Lebenskraft des polnischen Volkes und seines tänzerischen Gemüts Ausdruck verliehen. O ja, wie liebte ich diese Polen, dieses elementare Volk mit seiner Musikalität, seiner Frauen Reiz und seinem unbändigen Freiheitswillen! *Viva España!*

Und schon wieder klingelte das Telefon, wunderbar! Diesmal war es Frau Krause, die sich für meine Verwendung als Karteisachbearbeiter in ihrem Büro einsetzen wollte. Sie habe, teilte sie mit, ihren Vorgesetzten, Herrn Bazyk, »über Ihren Fall« noch nicht sprechen können, weil dieser heute verreist sei, sie sei aber sicher, daß meine baldige Einstellung »in Ordnung« gehe. Vermutlich, meinte Frau Krause, brauche ich auch nicht mehr als Lehrling anzufangen, weil meine gründlichen Kenntnisse der Werbebranche angerechnet würden, »denn letzten Endes«, lächelte Frau Krause durchs Gerät, »geht es bei uns ja auch um Verkauf und darum, den Leuten etwas aufzuschwätzen«. In meinem plötzlichen Übermut hätte ich mich beinahe verraten, als ich Frau Krause herzhaft mitteilte, diesbezüglich sei ich sehr tüchtig, ich hätte erst gestern einer Person etwas fürchterlich Blödes aufgeschwätzt. Frau Krause merkte aber nichts, sondern kicherte nur verständnisinnig und schloß das Gespräch mit der Versicherung, sie wolle auch gleich anrufen, wenn die Sache perfekt sei.

Welch ein wunderbarer Nachmittag! *Che bella cosa!* Nur nicht nachlassen und gleich weitermachen! Aber was? Da fiel mir Herr Domingo ein. Warum war ich nur nicht früher auf ihn gekommen! Aber so ist es immer. Fällt das Glück wo hin, dann bleibt es auch dort. Flugs fuhr ich also zu Herrn Domingo, der in einem anderen Stadtteil ein fast herrschaftliches Haus bewohnt. Herr Domingo hat überhaupt etwas Herrschaftliches, Hoheitliches an sich, fast etwas Unantastbares. Neulich wollte er einmal an eine Dame ran, und er sagte deshalb, so laut, daß die betreffende Person es hören mußte, zu dem dabeisitzenden Herrn Peter Knott wörtlich: »Es gibt einen Grad von Naivität, den ich nicht mehr mitmachen kann.« Postwendend hat die angepeilte Dame ihn bewundernd angeschaut. Ich fand das interessant, daß Herr Domingo sozusagen demonstrativ an seinen Zielobjekten vorbeiredet, während hingegen Herr Rösselmann meist direkt auf sie einteufelt. Zwei Methoden, das gleiche Ziel . . .

Herr Domingo empfing mich wie immer mit einem zärtlich-lauernden »Hallo?« und teilte mir mit, daß er gerade einer »unbeschreiblichen Aufgabe« nachgehe, nämlich den Brief einer Tante zu beantworten, die er einst beerben wolle. Alle schrieben sie heute Briefe! Ja, diese Tante sei einmal sogar schon praktisch gestorben gewesen, er Domingo, habe sich in der Gewißheit der zu erwartenden Gelder einen neuen Anzug gekauft, um mit diesem der Tante an ihrem Totenbett noch einen letzten und seriösen Eindruck zu machen, doch habe sich die Tante in unvorhersehbarer Weise wieder hochgerappelt und sei heute kerngesund. Und nun habe sie ihm einen »absolut ungeheuerlichen« Brief geschrieben, nämlich ihm, Domingo, erstens geraten, er möge doch zu seinen Eltern zurückkehren, da würde ihm jeden Tag auch ordentlich das Bett gemacht. Zweitens schrieb die Tante in diesem Zusammenhang, sie kenne die Gefahren des Stadtlebens und sie stelle sich oft vor, wie Herr Domingo mit abgetretenen Schuhabsätzen durch die Straßen der Stadt laufe – und dies komme nämlich von dem vielen Pflaster. Weiter teilte die Tante mit, sie sei auch schon einmal in unserer großen Stadt gewesen, um im Rahmen einer gemütlichen Runde Apfelwein zu trinken. Dann fragte die Tante nach dem Befinden von Herrn Domingos Tochter Julia und anschließend nach dessen eigener Entzündung im After, mit der nicht zu spaßen sei. Denn besonderer Aufmerksamkeit, schrieb die Tante, bedürften am menschlichen Körper zwei Stellen, nämlich Mund und After, »also der Eingang und der Ausgang der Nahrung«. Um nun diesen After gut zu betreuen, hatte die Tante zwei Tüchlein an Herrn Domingo mitgeschickt und ihren Brief mit den Worten beendet: »Lieber Wilhelm, ich weiß, Du bist vernünftig, denn man darf mit diesen Dingen nicht spaßen. Ich glaube, es war Goethe, der gesagt hat, daß wir nur kurz Gast auf dieser Erde sind. Paß also gut auf Dich auf!«

Und nun gelte es, schloß Herr Domingo tödlich aufseufzend, der Tante den Dank für diesen Brief und die Tüchlein abzustatten. Ich bot Herrn Domingo an, ich würde ihm diese Aufgabe gerne abnehmen und den Brief selber schreiben, wenn er seinerseits meinen Eltern einen Brief schriebe, die sich über so etwas immer sehr freuen. Herr Domingo war einverstanden, so daß wir uns nur noch darauf zu einigen brauchten, daß unsere Briefe lieblich im Ton und in der Aussage ungefährlich sein müßten. Ich schrieb also:
»Liebe Tante Lisbeth!
Deinen lieben Brief mit den Tüchlein als Zutaten habe ich dankbar erhalten. Es ist ja immer wieder tröstlich, wenn man in der Stadt weilt und spürt, daß sich draußen im Lande noch ein liebes Herz um einen kümmert und Gedanken macht. Andererseits stellst Du Dir die Stadt vielleicht doch etwas zu böse vor, es leben auch hier nur Menschen, gute und böse, oder – um mit Wittgenstein zu sprechen –: »Der Mensch ist immer gleich gut und böse, es kommt nur auf seine wahre Menschlichkeit an.« Ich habe dieses Wort immer in Ehren gehalten. Was den After betrifft, so habe ich damit jetzt kaum noch Schwierigkeiten. Nur des Morgens zwischen 6 und $^1/_2$ 8 Uhr beißt er oft noch, aber schon ganz verschwindend. Und auch das wird vorübergehen, nicht zuletzt wegen der Tüchlein, die Du mir so liebwert übersandt hast. Eines davon habe ich einer armen alten Frau geschenkt, die damit ihrem Enkelkind eine Geburtstagsfreude machen will. Ich bin sicher, Du hast für diesen Schritt, den ich mir lange überlegt habe, Verständnis. Ist doch – besonders in der Jetztzeit – jeder jedem der Nächste. Ein Bekannter von mir, Herr Jackopp, macht augenblicklich ein tiefes menschliches Schicksal mit. Eine jener gewissenlosen Frauen, deren es in der Stadt nur allzu viele gibt, hat dermaßen Macht über ihn gewonnen, daß der arme Mann fast geisteskrank geworden ist, und niemand weiß mehr, wie ihm zu helfen sei. Weißt Du als Frau und Mutter geeigneten Rat? Julia geht es übrigens gut. Und wie geht es Deinem Gesamtbefinden? Julia frägt oft nach Dir. Mit der nochmaligen Mitteilung, wie sehr mich Dein Brief gefreut hat und wie heftig ich jederzeit weitere wünsche, verabschiede ich mich für heute als Dein Wilhelm.«

Herr Domingo war mit meinem Brief insgesamt sehr zufrieden, nur der Satz »Julia frägt oft nach Dir« mußte gestrichen werden, weil nämlich Julia Domingo die Tante Lisbeth nur einmal als Wickelkind gesehen habe und deshalb keine Erinnerung an sie haben kann. Gleich darauf hatte auch Herr Domingo seinen Brief an meine Eltern fertig:
»Liebe Eltern!
Entschuldigt, daß ich so lange nicht mehr geschrieben habe. Indessen, tagsüber hindert mich die viele Arbeit und des Nachts sinke ich todmüde zu Bett, sofern ich nicht mit einem reizenden Mädchen, das ich neulich einmal kennengelernt habe, ein wenig in unseren gepflegten Alleeanlagen spazieren gehe. Sie heißt Karla Kopler, und ich möchte sie später einmal gern als Braut heimführen. Sie hat langes goldblondes Haar, ist Angestellte und hochanständig. Sie hat auch schon ein bißchen was gespart und beiseite gelegt. Manchmal kocht sie mir auch etwas, wir lesen dann zusammen gute Bücher, und hin und wieder gehen wir sogar in die Oper.
Und bei Euch? Alles wohlauf? In diesem Jahr haben wir ja herrliches Wetter. Bei Euch auch? Gestern habe ich im Fernsehen »Dreimal neun« gesehen. Ich finde Wim Thoelke ganz unnachahmlich. Ihr ja sicher auch. Heute nachmittag hat es ganz kurz mal geregnet. Bei Euch auch? Nun, der Wetterbericht sagt, daß es in den nächsten Wochen eine Schönwetter-Periode geben wird, für diese Jahreszeit ganz ungewöhnlich. Heute gehe ich früh zu Bett, weil morgen wieder viel Arbeit auf mich wartet. Ich habe jetzt auch einen neuen Nachbarn, Herrn Kloßen aus Itzehoe, mit dem ich sehr gut harmoniere, ein stiller vornehmer Mann, der in einem Kreditinstitut angestellt ist und in seiner Freizeit sozialreformerische Fernsehspiele erdichtet. Sobald es mir möglich ist, werde ich Euch wieder schreiben.«
An sich war ich mit diesem Brief ebenfalls sehr einverstanden, nur befürchtete ich, daß die Nachricht über Frl. Kopler meinen Eltern vielleicht falsche Hoffnungen einjagen würde, daß ich nämlich zu heiraten gedächte, und das ist ja immer unangenehm, wenn die Eltern ausgerechnet darauf ihre törichten Erwartungen setzen. Im übrigen werfe man mir bitte nicht mangelnde Ehrfurcht gegenüber den Herrn Eltern vor, denen ich zweifellos viel

verdanke. Ich hätte nämlich den Brief keineswegs besser hingekriegt als Herr Domingo. Eltern wollen das nun mal so, und deshalb muß man ihnen willfahren. Und daß die Angaben über den Charakter von Frl. Kopler hinten und vorne nicht stimmen, macht ebenfalls nichts, vielmehr kennen unsere Eltern kein größeres Glück als die Schilderung von positiven Menschen. Natürlich kann Frl. Kopler weder kochen noch geht sie in die Oper, noch liest sie mal ein gutes Buch. Und dann: Ich bin gewiß nicht kleinlich, aber eines muß ich hier einmal in aller Deutlichkeit sagen: Für meinen Geschmack ist Frl. Kopler einfach zu wandelbar. Viele, allzu viele Herren genossen schon – nachweislich! – ihre Liebe. Herr Taheri, Herr Jungwirth, Herr Domingo, Herr Meister, ich, Herr Ender, Herr Wondratscheck, Herr Baumann, Herr Chris, Herr Johannsen – ja, auch er! Und dies in recht kurzer Zeit! Ich wiederhole, ich bin durchaus großzügig, aber ich meine, die Hälfte hätte vielleicht auch genügt...

Herr Domingo goß jetzt noch zwei Gläslein Eierlikör ein und ächzte professoral »Ähäääh, o Gott o Gott!« Im Raume herrschte eine zufriedene Stimmung, ja gewissermaßen eine zufriedene Bombenstimmung. Bald würde es wieder Abend werden. Alles, wie Gott will, wie meine Großmutter immer sagte. Zuletzt frankierten wir unsere Briefe, und wir vereinbarten eine Zusammenkunft am späteren Abend im »Krenz«. Gemächlich trollte ich nach Hause.

Bis zum Beginn der Begegnung mit Herrn Eilert und dem jungen Ehepaar Müller war noch ein Stündchen Zeit. Sie sollte der psychischen Versenkung dienen. Ich fuhr also wieder nach Hause und legte mich ein wenig auf mein Sofa. Nebenan bei Kloßen noch immer kein Lichtschimmer. Keine Meldung von Jackopp unter dem Türschlitz. Schon fast einen Tag lang waren die beiden verschollen. Gespenstisch gespenstisch. Nun, zu dieser gespenstischen Stimmung paßte am besten der Dichter Thomas Bernhard, ein Österreicher mit gutem Blick für allerlei Katastrophen und schwerste Zusammenbrüche, wie sie uns auch heute noch in dieser »dürftigen Zeit« (Hölderlin) jede Menge Spaß und Befriedigung bereiten. Der Vorzug von Thomas Bernhard ist nebenbei auch, daß man von ihm lesen kann, was man will, man braucht nur irgendwo aufzuschlagen und anzufangen, es ist alles gleich Klasse und ein vollkommener Ruin.

Herrlich! Von Ärzten, die »in vollkommener Unwissenheit praktizieren« war da sofort die Rede, von »Schwächezuständen der Ärzteschaft«, von »viel verhexten Operationen, Plastiken, Zwischenfällen und so fort«, von der »Post, der ganz und gar verwahrlosten österreichischen Post«, von den »fürchterlichen Zuständen«, von »bodenlosen Gemeinheiten des Staates«, und da! Welch ein merkwürdiger und echter Zufall! Da stand es schwarz auf weiß: »Ich habe Sie etwas fragen wollen, aber jetzt weiß ich nicht mehr, was es war.« Thomas Bernhard, Frost, S. 97! Das Parzival-Jackopp-Motiv! Zuerst bei Frau Knott gar nichts fragen – und dann die Frage im Zuge der roten Frau vergessen! Hier trafen sich Österreich und die Schweiz! Das war der Fehler. Wie bei Thomas Bernhard . . .

Ach was, warum ein Buch lesen, wenn 200 Meter weiter der gleiche Kampf in der Wirklichkeit vorkam! Und zudem noch in der menschlichen Wärme eines Gasthauses! Und schon saß ich im »Krenz«, wo auch bereits Herr Eilert wartete. Das Ehepaar Müller fehlte noch, aber der alte Herr Mentz begrüßte mich sofort mit einer wichtigen und brandneuen Nachricht über Herrn Kloßen. Dieser sei nämlich gegen 18 Uhr schon mal hiergewesen und habe ihn, Mentz, gebeten, ihm, »und nun passen Sie auf, meine Herren«, 50 Mark zu leihen, weil er nämlich eine Bundesbahn-Dienstreise nach Düsseldorf zwecks einiger Fotos machen müsse. Selbstverständlich, berichtete Herr Mentz, habe er das Geld aber verweigert, weil erstens noch »zwei offene Bierdeckel« des Herrn Kloßen »im Schubfach liegen«, zweitens die Fahrt nach Düsseldorf und zurück sowieso teurer sei, »und drittens habe ich dem Kloßen gesagt, daß man bei Dienstreisen immer einen Spesenvorschuß kriegt, das weiß ich hundertprozentig von der Agenta-Werbeagentur.« Nun habe, pappelte Herr Mentz aufgeregt weiter, Herr Kloßen angegeben, diesen Spesenvorschuß habe er natürlich auch bekommen, er habe ihn aber einem Herr Ruhleder geliehen, weil dessen Frau plötzlich niedergekommen sei, ins Krankenhaus geschafft werden mußte und Ruhleder erstens die Taxi-Fahrt habe zahlen müssen, und morgen kämen außerdem noch die Schwiegereltern, denen Ruhleder aufkochen müsse. Herr Mentz erzählte, daß er dem natürlich keinen Glauben geschenkt habe, da habe Herr Kloßen zuletzt tatsächlich eine Contaflex-Kamera aus seiner Aktentasche gezogen und ihm, Mentz, angeboten, diese für 50 Mark zu verpfänden. Wiederum er, Mentz, habe nun darauf verwiesen, daß dann die photographische Dienstreise nach Düsseldorf doch völlig wertlos sei, wenn die Kamera fehle. Jetzt habe Herr Kloßen gesagt, er könne in Düsseldorf jederzeit zur Bank gehen und eine neue einkaufen. Dann habe er ja aber doch zwei Kameras, habe er, Mentz, gesagt, und außerdem gefragt, warum er denn hier nicht zur Bank gehe. Daraufhin wieder habe Kloßen unter anderem vorgebracht, er wolle sich als Auftrags-Photograph jetzt ohnehin selbständig machen, da mache »eine Kamera mehr oder weniger nichts aus«, und das mit der Bank sei so, daß er in unserer Stadt »wegen meiner Scheidungsgeschichte« nichts, in Düsseldorf aber soviel kriegen könne, wie er wolle.

Natürlich, sagte Herr Mentz, habe er auch das nicht geglaubt, »denn, meine Herren: Bank ist Bank und Geld ist Geld«, aber er habe dem Kloßen dann »über die Bierdeckel hinaus« nochmals 10 Mark geliehen, und mit diesen sei dieser sofort weggegangen. »Ach ja«, ergänzte Herr Mentz, »und Ihnen« – dabei wackelte er mit seinem runden Kopf in meine Richtung – »soll ich von Herrn Kloßen ausrichten, daß die Sache mit dem *Revue*-Stück nächste Woche klappt!«

Nun ja, vom letzten Punkt abgesehen, war dieser Bericht des Herrn Mentz sogar in zweifacher Hinsicht erfreulich, denn er bewies einmal, daß Herr Kloßen noch tadellos in unserer Stadt weilte, zum anderen unterstrich er, daß er sogar mit besonderer Vehemenz seinem angestammten Handwerk nachging und nicht etwa gar ein Arbeitsamt oder dergleichen aufgesucht hatte. Auf manche Leute ist eben Verlaß. So, und da kam auch schon das junge Ehepaar Müller zur Türe herein, und wir konnten anfangen, Karten zu spielen.

Ein Wort noch zu dieser jungen Familie Müller, obwohl ich es recht ungern niederschreibe, vor allem weil mich Frau Barbara heute nachmittag mit ihrem Telefonanruf so schön getröstet hatte. Aber meiner Meinung nach sind die beiden einfach zu jung bzw. sie erkennen die Autorität von uns Alten nicht mehr recht an – ich meine jene echte Autorität, die sich der Überlegenheit des gereiften Denkens verdankt. Außerdem ärgert mich, daß die beiden mit 19 bzw. 22 Jahren schon geheiratet haben. Was hat nun sonderlich diese Barbara Müller von ihrer blühenden Jugend? Außerdem erklärte sie neulich einmal, sie gehe jetzt für zwei Jahre nach Afrika, weil man in unserem Lande nichts Vernünftiges mehr tun könne. Ich meine, diese Frau ist jetzt 20 Jahre alt, und wenn ich denke, was ich in dem Alter noch alles gemacht habe! 1960 war ich sogar Jugend-Stadtmeister im Schleuderball! Aber das genügt denen eben alles nicht mehr.

Einmal allerdings gelang es mir, dieses junge Ehepaar Müller glänzend in die Schranken zu verweisen. Das junge Ehepaar Müller war nämlich einmal zu Herrn Peter Knott gekommen, wo bereits außer dem Hausherrn Herr Domingo und ich gesellig herumsaßen und unter Plaudern ein bißchen Obstschnaps tranken. Unerwartet hatte nun das junge Ehepaar – und vor allem die junge Frau Barbara immer voran – völlig störrisch angefangen, uns drei Alte ganz niederträchtig zu bekritteln und aufzustacheln, und zwar mit der Frage, was wir in dieser Gesellschaft und ihrer bevorstehenden Veränderung eigentlich für einen »Stellenwert« hätten und ob wir überhaupt »kritisch« über uns »reflektierten« usw. usf. Jedenfalls hat mir Herr Knott dann später erzählt, daß er und Herr Domingo eine Zeitlang sich lebhaft verteidigt hätten, und als die Geschichte ausgetragen war, habe man bemerkt, daß ich derweil im Sessel eingeschlafen war und zuvor die halbe Flasche Obstschnaps ausgeleert hatte. Und Herr Knott lobte mich sehr für die elegante Abfuhr, die ich so der jungen Frau Müller erteilt hatte.

So macht man das. Ich meine, natürlich ist es das Vorrecht der Jugend, zu fragen, uns Ältere zu fragen, meinetwegen sogar nach unserem »Stellenwert« zu befragen, aber irgendwo ist dann doch mal Schluß, und da müssen wir Alten eben unsere Würde bewahren und den Jungen ihre Grenzen aufzeigen.

Dagegen ist Herr Eilert, unser vierter Kartenspieler, trotz seiner ebenfalls erstaunlichen Jugend schon ein gesetzter, guter und sogar fast vornehmer Herr, der sich uns Alten in Stil und Denkweise schon recht ordentlich angepaßt hat und keine dummen Fragen stellt. Ich nenne das Takt und Herzenswärme.

Er und ich spielten gegen die junge Familie Müller, und als die reiferen und überlegeneren Köpfe durften wir uns einen kleinen Gewinn erhoffen.

Im Lokal war es zu dieser Zeit noch recht still, selbst die Herren Pettler und Dr. Mangold lehnten noch ruhig an der Theke und machten noch keinen Radau. Ein älterer, verhärmt aussehender Herr spielte mit dem Geldautomaten und erzielte, dem häufigen Erklingen von Münzen nach zu schließen, ganz erhebliche Gewinne. Bald hatten auch Herr Eilert und ich dank ein paar einfacher Mogeleien das erste Spiel für uns entschieden und damit zwei Schnäpschen gewonnen. So zeigt man es den jungen Leuten. Sie haben ohnehin zuviel Geld.

Nun betrat eine dicke ältere Frau das Lokal, setzte sich an unseren Nachbartisch, hinter den Kachelofen, bestellte ein Bier und einen Korn, ergriff die herumliegende Wochenzeitung »Der Heimkehrer« und las dessen Leitartikel »Bausparer, aufgepaßt!« Es war dies, wie ich von Herrn Domingo wußte, eine Redakteurin der Zeitschrift »Elegante Welt«. Kurz nach ihr erschien der Universitätslehrer Schmidt, nahm auf einem Hocker an der Theke Platz, bekam ein Bier und versenkte sich sofort in die ebenfalls herumliegende Zeitung »Links«. Wir begannen unser zweites Spielchen.

Wiederum gab ich mir statt der vorgeschriebenen fünf ständig sechs Karten, und das dreimalkluge Ehepaar Müller merkte es noch immer nicht. An der Theke flackerte eine erste Unruhe auf. Nämlich der junge Herr Mentz sagte laut und leidenschaftlich zu Herrn Dr. Mangold, daß »wenn diese Sauerei nicht aufhört«, bekomme er Lokalverbot. Wir unterbrachen unser Spielchen und sahen, daß Herr Pettler, offenbar in der Absicht, den jungen Herrn Mentz rücksichtlich seines Freundes Dr. Mangold zu besänftigen, auf diesen einredete, sich dabei wohl aber im Ton vergriff, denn der Wirt rief nun noch mächtiger als zuvor: »Und das gilt auch für Sie, und wenn Sie zehnmal Studienrat sind – Sie habe ich schon gestern verwarnt, jawohl, genau Sie!« Wieder sah man nun Herrn Pettler etwas Aufmunterndes sagen, worauf der junge Herr Mentz zweimal hintereinander und mit großem Pomp rief: »Ich sage Lokalverbot!« Bewundernswert mutig fletschte dabei Dr. Mangold die Zähne, die Lächerlichkeit dieser

Drohung zum Ausdruck bringend. »Ich frage Sie als Studienrat«, schrie nun in neu hochlodernder Wut der junge Herr Mentz, »macht ein kultivierter Mensch in einem öffentlichen Lokal solche Sauereien?« Und dann: »Glauben Sie, wir Gastwirte sind dazu da, solche Sauereien wieder aufzuputzen?« Diese Sauerei wollte ich mir nun doch näher ansehen, und ich schlich mich also schnell an den Ort des Geschehens heran. »Da sehen Sie!« rief mir der junge Herr Mentz zu und deutete auf einen vor Herrn Dr. Mangold postierten Aschenbecher, in dem auf den Kippen ein Berg Senf aufgebaut war, auf dessen Spitze wiederum mittels zweier zusammengebundener Streichhölzer eine Art Gipfelkreuz errichtet stand: »Da sehen Sie!«

Aufmerksam und nachdenklich betrachtete, von seiner sozialistischen Lektüre aufblickend, auch der Universitäts-Dozent Schmidt diese Sauerei. Stolz und festlich lächelte Dr. Mangold.

Kaum hatten wir nun unser Kartenspiel wieder aufgenommen, da betrat Frl. Majewski das Lokal, begleitet von einem kleinen, drahtigen und prallen Mann mit wetterfestem Struppelkopf, den ich überhaupt noch nicht kannte. Frl. Majewski lächelte ihr »Hallo!«, stellte uns den neuen Herrn als »Alfred Edel« vor, und beide nahmen gleichsam erwartungsvoll Platz. Dabei glaubte ich sofort zu bemerken, daß dieser Herr Edel Frl. Majewski ununterbrochen mit wieselflinken Äuglein umspielte, ja sogar aus innerer Nervosität mehrfach und rasch hintereinander den Mund in Richtung dieser Dame spitzte. Und zwischendurch lächelte er uns vier freundlich und möglichst unverdächtig an.

Das alles verwirrte mich so sehr, daß mir beim Kartenspiel, das wir noch schnell zu Ende führten, geradezu unverständliche Fehler unterliefen und wir allein durch Herrn Eilerts aufopferungsvollen Kampf zu einem erneuten Sieg und Schnäpschen kamen. Was hatte nun das wieder zu bedeuten, dieser Edel? Schon den dritten Abend hintereinander verlebte jetzt Frl. Majewski ohne Herrn Johannsen! Zuerst mit Herrn Hoffmann, dann bei den Negern und jetzt brachte sie auch noch diesen neuen Menschen Edel mit, der überhaupt nicht edel, sondern besitzergreiferisch, ja unzüchtig lächelte! Und offenbar trotz seines Struppelkopfes als Sieger aus dem ganzen Rennen hervorgehen wollte!

Kaum war unser Kartenspiel beendet, teilte Herr Edel mit, daß er unser Spiel aus seiner »bayerichen Phase« gut kenne, nämlich er habe einmal kurz im Büro des damaligen SPD-Landesvorsitzenden Gabert gedient, er sei Mitglied der »Gabert-*Gang*« gewesen, heute dagegen sei er in der Werbebranche tätig und spiele nur zwischendurch ab und zu gewisse Rollen in den Filmen von Alexander Kluge, so etwa kürzlich den »Tobler im Weltraum«. Anschließend fragte Herr Edel, ob vielleicht Historiker am Tische säßen, und teilte, als wir verneinten, mit, daß er nämlich das 19. Jahrhundert für eine »in jeder Hinsicht faszinierende Periode« halte, insbesondere die Entwicklung der verschiedenen Nationen und Staatsformen betreffend. Am faszinierendsten allerdings sei für ihn die ethnologische Eigenart des Tessin, indem nämlich dort zwei völlig unterschiedliche Bevölkerungsgruppen absolut unabhängig nebeneinander herlebten, die einen oben, die anderen unten, »buchstäblich wie es beim Brecht steht«.

Ich machte hier Herrn Edel ohne Furcht darauf aufmerksam, daß die Gliederung bei Brecht eine etwas andere sei, nämlich nach »Licht« und »Dunkel«. »Exakt«, antwortete Herr Edel ernst, »in dieser Beziehung ist das Tessin eine einzigartige polithistorische Landschaft.« Ebenfalls faszinierend aber sei die immer noch verkannte und von Rudolf Steiner begründete Wissenschaft der Anthroposophie, die gleichsam auf Mystik und aufgeklärtem Christentum erwachsen sei und deren Idee einer inner- und außerkosmischen Harmonie faszinierenderweise zu solch erhabenen Entdeckungen geführt habe wie der, daß z. B. den Planeten bestimmte Farben zugeordnet seien. Leider schreite diese Wissenschaft nur sehr mählich voran, er, Edel, vermisse seit drei Jahren nennenswerte Neuveröffentlichungen...

Frl. Majewski lächelte glücklich. Herrn Edel also war es vorbehalten, Herrn Johannsen aus dem Rennen zu werfen, zu meinem und indirekt auch Herrn Jackopps Schaden. Dieser Struppelkopf hatte es geschafft. Seltsam. Mit solchen losen Redensarten macht man das also heutzutage. Während Herr Jackopp und ich uns die fundiertesten Aussagen abringen...

Nur allzu gern, fuhr Herr Edel gleichmäßig lächelnd fort, würde er sein Geschichtsstudium wieder aufnehmen, aber sein harter Beruf in der Werbung, »mein siebter Beruf und der, den ich bisher am längsten ausübe«, lasse das nicht zu. Denn er, Edel, sei es, der heute das gesamte Denken, Fühlen und Handeln der deutschen Frau entscheidend diktiere, indem er deren »faszinierenderweise sogar jahreszeitlich motivierte Wertorientierungen und Leitideen« in diesem Jahr auf die »zielgruppenspezifisch relevante Formel Klamotten-Kosmetik-Koitus-Kinder« gebracht habe, eine Formel, die sich seither in der gesamten Bundesrepublik als »Basisidee für fast alle Langzeitkampagnen« durchgesetzt habe. Anschließend sagte Herr Edel noch etwas, das ich leider nicht verstand, weil an der Theke – ah, da betrat gerade Herr Domingo den Raum! – ein kleines Gewürge in Gang gekommen war mit verschiedenen kleinen Schreien und Gegenschreien, an deren Ende Herr Dr. Mangold von dem jungen Herrn Mentz zur Tür hinausgeschoben wurde, dabei aber so bravourös verächtlich lächelte, als wollte er dem ihn mit den Worten »So-so-so-so« vorwärts schiebenden jungen Herrn Mentz jetzt schon bedeuten, daß er ja morgen abend doch wieder hier sein und Spaß machen werde.

Übrigens ging Herr Studienrat Pettler, wie aus Einspruch gegen die ungerechte Behandlung seines Freundes, seinerseits trotzig hinter Herrn Mentz her und verschwand ebenfalls.

Angenehm überrascht über diesen lockeren Empfang setzte sich nun Herr Domingo zu uns. Bei der Vorstellung muß Herr Edel Herrn Domingos italienischen Namen registriert haben und er fragte ihn auch deshalb sofort, ob er etwa aus dem Tessin komme. Nein, sagte Herr Domingo, er wisse es zwar nicht genau, wie das mit seinen Ahnen zugegangen sei, vermutlich habe aber um die Jahrhundertwende irgend so ein venezianischer Teppichhändler seinen Kragen über die Alpen gestreckt und erkannt, daß in Deutschland auch einiges abzusahnen sei. »Genau«, lächelte Herr Edel dazwischen, »ein faszinierendes Jahrhundert!« Ich sagte nun, um auch einmal zum Zuge zu kommen, zu Herrn Edel, der sich längst als der geheime Kommandant des Abends installiert hatte, wir hätten allerdings einen Schweizer unter uns, einen Herrn Jackopp – die Redakteurin der »Eleganten Welt« kippte gerade flott einen neuen Korn – und dieser Herr Jackopp habe auch seine Frau mitgebracht und habe eine ganz tiefe Stimme und (hier fiel mir nun absolut nichts mehr ein) »würde Sie sicher gern einmal kennenlernen«.

»Interessant«, antwortete Herr Edel, lächelte sinnlos und warf einen gierigen Blick auf die Brust von Frl. Majewski. Ich muß übrigens sagen, daß Herrn Edels Ausführungen ausnahmslos alle Mitglieder an unserem Tisch irgendwie entzückten, auch die autoritätverachtende junge Frau Müller lauschte diesem älteren Herrn willig und teilweise sogar mit offenem Munde. Gleichfalls Herr Domingo schien zufrieden mit diesem Neuankömmling, und Frl. Majewski machte an seiner Seite einen so restlos, ja glühend glücklichen Eindruck, daß für mich endgültig feststand: Diese Frau war für mich verloren. Ein Begräbnis ersten Ranges...

»Klamotten-Kosmetik-Koitus-Kinder«, nahm Herr Edel den Faden erneut auf, diese Formel habe die alte Frauenformel »Kinder-Küche-Kirche« heute bereits restlos überholt. Als Herr Edel dies sagte, wußte ich plötzlich nicht mehr, wo eigentlich die kleinen Kinder herkamen. Erst nach einigen Sekunden erstaunten Nachdenkens fiel es mir wieder ein. Ach ja, natürlich, was denn sonst? Da betraten auch schon Herr Peter und Frau Johanna Knott das Lokal, begleitet von einem Herrn, den ich ebenfalls nicht kannte und der Ossenbach hieß und von dem ich, daran erinnere ich mich genau, sofort wußte, der würde einmal Bundespräsident werden, so vertrauenswürdig sah er aus und hatte auch nur noch wenig Härchen am Kopf.

Und wieder ein paar Minuten später saßen plötzlich auch Herr Rösselmann und Frl. Bitz an unserem Tisch, wo kamen die beiden eigentlich her? Wo war Frl. Czernatzke? Betörend, ja sphinxhaft lächelte Frl. Majewski und nippte an ihrem Bierchen...

Da! An der Theke war schon wieder etwas im Gange oder doch im Entstehen. Der junge Herr Mentz, der heute offenbar einen besonders kampffreudigen Tag hatte, schrie jetzt unbarmherzig auf jenen älteren Herren ein, der schon den ganzen Abend über an dem »gold&silber«-Geldautomaten gespielt und immer wieder gewonnen hatte, doch man hörte jetzt von seiten des Herrn Mentz mehrmals die Worte »Betrug« und »Schweinerei« und »Der Dumme ist der Wirt.« Dabei sah man den älteren angeschuldigten Mann scheue und gleichsam resignierende Abwehrgesten vollziehen, dann legte er einige Münzen auf den Tisch und verließ flüchtend das Lokal, indessen der junge Mentz ihm nach und weiter wütete.

»Komm!« winkte mir Herr Domingo, »hier müssen wir unverzüglich einschreiten«, und wir begaben uns also an die Theke. Dort ergab sich aus des jungen Herrn Mentz nicht ganz leicht zu verstehenden Ausführungen, daß es beim Geldautomatenspiel des Alten zu gewissen Unregelmäßigkeiten und Schädigungen gekommen sein muß; Herr Mentz behauptete nachdrücklich, daß der Alte nur deshalb immer so viel gewinne, weil er –»und jetzt habe ich es selbst gesehen« – immer von oben durch einen Schlitz Bier in den Automaten schütte und so den Apparat vollkommen beherrsche – »und ich, die Wirtschaft, muß jetzt einen neuen Automaten kaufen!« »Wer ist denn dieser Alte eigentlich?« fauchte der junge Herr Mentz nach einer kleinen Pause, während der er hektisch mit einem Lappen den Thekentisch rieb, als wolle er das unsittliche Verhalten des Alten gleichsam aus seinem Lokal fegen, – niemand kenne diesen Mann, niemand wisse seinen Namen, mit niemandem rede er an der Theke, immer nur spiele er am Automaten ...

Aber das sei doch, raunte Herr Domingo nun fast beschwörend, das sei doch der alte Max Horkheimer. »Wer? Was? Hokkenheim?« fragte der junge Herr Mentz scharf und ungnädig zurück. Ja freilich, der Professor Horkheimer, »einer der wertvollsten und stichhaltigsten Köpfe unserer Zeit«, erklärte Herr Domingo. »Das ist mir ein schöner Professor, der da ...«, konterte Herr Mentz. Nun ja, beschwichtigte ich, das sei eben so, der Professor Horkheimer sei natürlich jetzt schon ein wenig alt und verkalkt, und das Geldautomatenspielen sei sozusagen seine letzte Freude, man müsse ihm da seine Kindereien schon ein wenig nachsehen. Und es mache ihm halt den größten Spaß, wenn viel Geld herauspurzle. »Und wenn er zehnmal der Professor Horkheim ist«, brüllte der junge Herr Mentz unbeherrscht weiter, »in meinem Lokal wird anständig Automat gespielt!«

Inzwischen war durch des jungen Mentz anhaltendes Geschrei auch der praktisch an allem interessierte Herr Rösselmann an die Theke gelockt worden, er hatte die Entwicklung schnell erfaßt und versicherte deshalb Herrn Mentz eindringlich, im Falle Horkheimer gehe es ja auch gar nicht um Unehrlichkeit und

Raub, dieser hervorragende Gelehrte könne von seiner »Dialektik der Aufklärung« ganz fabelhaft leben – »abgesehen von der Verfilmung des Buchs«, ergänzte Herr Domingo, und wiederum Herr Rösselmann forderte Nachsicht mit diesem bewährten alten Denker, der nun mal seit dem Tod seines Freundes Adorno ein wenig aus dem Trott geraten sei. Außerdem sei dies hier, sagte Herr Domingo fast unwirsch, »ein Lokal mit alter kritischer Tradition...«

»Bei mir«, krähte nun der junge Herr Mentz noch erschütternder, »haben schon der Adorno und der Dr. Mabuse, der Mabuse und wie sie alle heißen verkehrt, und alle haben sich bisher anständig aufgeführt, sonst hätten sie kein Land mehr gesehen. Wie vor zwei Stunden der Dr. Mangold!«

Übrigens erklärt sich das tölpelhafte Zeug, das der junge Herr Mentz da zusammenredete, wahrscheinlich aus einer falschen und noch dazu falsch aufgeschnappten Information seines Vaters. Dieser hatte nämlich Herrn Rösselmann gegenüber einmal behauptet, er habe gleich nach dem Krieg, »als die Herren Gelehrten noch schauen mußten, wo sie blieben«, den gesamten Vertretern der Kritischen Theorie »von Adorno bis Alfred Schmidt« 20 Mark geliehen bzw. »die Herren haben hier in die Kneipe ihre Studenten mitgebracht und Vorlesungen gehalten.«

Nun, das mögen später einmal die Historiker und Biographen nachprüfen, ich jedenfalls wollte mir das Loch, in das da Bier geschüttet wurde, ansehen und kletterte dazu auf einen Stuhl. Von dort berichtete ich, daß sogar zwei Löcher da seien, eines links, das andere rechts. Herr Rösselmann wollte nun wissen, in welchen der beiden Schlitze der Professor Horkheimer sein Bier gieße, und der junge Herr Mentz deutete sofort auf den rechten, der beistehende Zeuge Tarzan Schatz bestätigte es nickend. Ha! rief Herr Rösselmann, das könne nimmermehr sein, Max Horkheimer als einer der bewährtesten Kämpfer der Linken gieße, wenn überhaupt, sein Bier wenigstens in den linken Schlitz. So vergeßlich, schüttelte Herr Domingo den Kopf, könne er doch nicht geworden sein, der Max. »Da sehen Sie«, heulte der junge Herr Mentz auf, »was der Alkohol aus diesen Professoren macht!«

An diesem Satz war nun freilich so gut wie alles unlogisch. Abgesehen davon, daß der junge Herr Mentz vom Alkohol lebte, hatte ja der alte Horkheimer den Alkohol eben nicht in sich hinein, sondern in den Automaten geschüttet, und nachdem der alte Horkheimer ja vielleicht auch noch dann und wann ein Gläschen dazu genippt hatte, hatte der junge Herr Mentz sogar dabei doppelt was verdient und sollte überhaupt froh sein usw.

Es war aber dieser schlichte Gedankengang dem jungen Herrn Mentz nicht mehr einzutrichtern, und so begaben wir drei Herren uns wieder an unsere Plätze zurück und berichteten unser Erlebnis, für das wir viel Anerkennung ernteten, ja es gelang uns damit sogar, Herrn Edel kurzzeitig die Regie zu entreißen – obwohl es doch ein leichtes gewesen wäre, hier sofort wieder auf Tessin zu rekurrieren! Wer, Herr Edel, ist denn der wertvollste Bewohner des Tessin? Keine Ahnung von wegen Kritischer Theorie weiterführen – aber Frl. Majewski mit Redensarten umgaunern . . .!

Jetzt kam innerhalb eines Haufens von Studenten ein sehr wilder, unschöner, sogar rothaariger Mann zur Tür herein, lief zu einem schon voll bepackten Tisch und wurde dort von mehreren jungen Damen sehr lebhaft mit »Dany« und immer wieder »Dany« begrüßt. »Der Cohn-Bendit schleicht sich hier auch immer öfter an«, kommentierte Herr Knott den Vorgang. »Alle wertvollen Kräfte kommen wieder«, antwortete seufzend Herr Domingo.

Und Frl. Majewski lächelte noch immer hingebend, vollkommen in den schamlosen Fängen dieses Edel.

Da überfiel mich plötzlich eine große Müdigkeit, und die nun folgenden Vorgänge – das möchte ich dem Leser gleich hier mitteilen und erbitte seine Nachsicht – erschienen mir wie im Traum, *un sogno*, und streckenweise verlor ich wohl auch die Übersicht, sogar über mich selbst. Eines aber weiß ich noch ganz genau: Es fing damit an, daß mir, möglicherweise in der Folge unseres Horkheimer-Erlebnisses, ein philosophischer Lehrsatz einfiel und überhaupt nicht mehr aus dem Kopf gehen wollte, ein Satz, den ich wie so viele sogar wörtlich im Kopf herumtrage und der mir in diesem Augenblick besonders einleuchtete: »Will man aber standhalten, so darf man nicht befangen bleiben im leeren Erschrecken.«

*C'est ça.* Richtig. Man mußte etwas dagegen tun. Widerstand leisten. Und schon stand ich wieder an der Theke. Weg von dieser Welt der Freunde, von Frl. Majewski, die mich verriet, weg von der Politfaszination des Herrn Edel, weg von Herrn Knott, der in Ibiza »ausflippte«, und von dieser jungen Frau Müller, die nach Afrika davonrennen wollte – hier galt es den ungebrochenen Willen des Einzelmenschen, der sich behaupten mußte, die Stellung halten, Widerstand leisten ...

Ich muß wohl schon eine Weile reflektierend an der Theke gelehnt haben, da hörte ich neben mir einen älteren Herrn, den ich flüchtig kannte, der Egon hieß und in der Nähe eine kleine Wirtschaft besitzt, fragen, ob er mich zu einem Bier einladen dürfe. Der erste Lohn des Widerstands! Ich nahm das Angebot an und verspürte gleich darauf, daß Herr Egon sein Knie an meines rieb. Nun, man mußte standhalten. Gleich darauf fragte Herr Egon, ob ich jetzt mit ihm nach Hause gehen möchte, er würde mir auch etwas Schönes zeigen. Und erneut rieb Herr Egon. Und ich könnte auch bei ihm schlafen.

Ich gestehe frei, daß ich von diesem Augenblick etwa Folgendes zusammendachte: *Vorrei e non vorrei.* Dieser Egon, das Optimale ist er nicht. Aber er besitzt ein kleines Gasthaus, das ich vielleicht einmal beerben könnte. Herr Kloßen würde den Wirt abgeben, Herr Jackopp den Stammgast. Außerdem verschaffte mir die neue Lebensgemeinschaft mit Herrn Egon Unabhängigkeit gegenüber Frl. Majewski. Und drittens – daran erinnere ich mich ganz genau – stellte ich mir vor, wie mir Herr Egon zum Weihnachtsfest eine elektrische Eisenbahn schenken würde mit Schranken, Drehscheibe, Leuchtsignal und Tunnels und wie schön wir dann zusammen spielen könnten.

*Les jeux sont faits.* Ich stimmte zu. Herr Egon spendierte sofort und galant ein neues Bier. Es kommt alles, wie es kommen muß. Fahr hin, Frl. Majewski, fahr hin, Frau Knott, Cordula Trantow, fahr du auch hin, du türkische Frau! – wollte man standhalten, so durfte man nicht befangen bleiben im leeren Erschrecken ...

Und dafür bekam man sogar noch eine elektrische Eisenbahn ... Ich bekam aber am Ende doch keine, sondern plötzlich lehnte die junge Ehefrau Müller neben mir und schmiegte sich nachhaltig an mich. Und dann muß sich, nach ihrem später eingeholten Bericht, etwa Folgendes abgespielt haben: Der Gastwirt Egon habe dieses Schmiegen sofort bemerkt und gegenüber Frau Müller mehrfach betont, dieser Herr gehöre zu ihm. Darauf habe sie, berichtete Frau Müller, Herrn Egon bedeutet, dieser Herr sei ganz im Gegenteil ihr Verlobter und er gehöre also absolut ihr an und deshalb gehe dieser Herr jetzt auch wieder ganz brav zurück an unseren Tisch. Herr Egon soll daraufhin noch eine Weile protestiert haben, aber – und daran erinnere ich mich nun wieder – irgendwann einmal faßte mich die junge Ehefrau Müller liebreich unter die Arme, führte mich zum Haupttisch zurück und zischelte mir dabei scharf zu, ich sei ein ganz blöder Esel, und sie habe es von hinten nicht mehr mitansehen und verantworten können, wie mich dieser Egon umgarnte, und so einen Schwachsinn solle ich ja nicht noch einmal machen!

Heute, im nachhinein, möchte ich dazu Folgendes sagen: Natürlich bin ich der jungen Ehefrau Müller sehr dankbar, daß sie mich gerettet und Herrn Egon entwunden hat. Ich mache so etwas wahrscheinlich auch nicht wieder. Andererseits ist das noch längst kein Beweis dafür, daß wir Alten die Dummen und die Esel sind. Ich vermute vielmehr, die Aufreibungen der letzten Tage haben mich etwas übermüdet, mein vielseitiges Engagement, meine zahllosen Funktionen, die mir von der jungen Ehefrau Müller am allerwenigsten abgenommen werden. Sollte s i e doch mal Herrn Jackopp betreuen! Deshalb bei aller Dankbarkeit: Diese Person braucht sich gar nicht so aufspielen. Ich meine, sie hat sich auch gar nicht aufgespielt, aber innerlich feiert sie sicher den Triumph. Das ist gemein. Ich könnte da nämlich auch ganz schön auspacken. . . .

Jedenfalls nahm ich jetzt halb beschämt, halb einfach nur benommen wieder brav am Gemeinschaftstisch Platz. Da saßen sie nach wie vor, diese Rösselmanns und Domingos, Knotts und Müllers und schwätzten ungerührt, während ich geschlagen aus der Widerstandsbewegung zurückkehrte. Es hatte sich aber zwischendurch noch etwas Erstaunliches angebahnt – Herr Edel tönte jetzt nicht mehr auf Frl. Majewski, sondern auf Frl. Bitz ein, ja er war sogar einen Stuhl nachgerückt, so daß neben Frl. Majewski ein

Freiraum entstanden war. Zum Letzten entschlossen besetzte ich ihn.

An die nächsten eineinhalb Stunden erinnere ich mich teilweise wieder nur dunkel. Frl. Majewski saß rosig und lieblich und merkwürdig still in ihrem Eckplatz und lächelte, doch nicht mehr sonnig, wie es mir zuerst erschienen war, sondern geradezu traurig und irgendwie sogar gleichgültig. Da faßte ich mir ein Herz und ergriff ihr Händchen und streichelte es. Sofort streichelte Frl. Majewski mit der anderen Hand zurück. Es war jedenfalls ein fast edles Gefühl, was mich durchlief, ich bestellte deshalb zwei Korn und teilte Frl. Majewski mutig mit, daß ich sie schon sehr lieb hätte. Auf diese äußerst dürftige Aussage hin lächelte Frl. Majewski huldreich und drückte mir, während wie aus unendlich weiter Ferne träumerisch die Stimme Alfred Edels an mein Ohr drang, noch etwas heftiger das Händchen. Im Anschluß schoben diese Dame und ich wohl immer zärtlicher die Leiber aneinander und sandten gewisse erotische Signale aus, und zuletzt lehnten wir die Köpfe gegeneinander – und in dieser zugleich ulkigen und fesselnden Stellung sollen wir, nach mehreren Zeugenaussagen, die nächsten eineinhalb Stunden verbracht und nur zwischendurch pausiert haben, um ab und zu einen Korn zu bestellen, den wir, nach der kichernd vorgetragenen Darstellung des Herrn Domingo, stets synchron gekippt hätten, nachdem wir uns jeweils zuvor innig und zufrieden in die Äuglein gestrahlt hätten. Genau dagegen erinnere ich mich, in dieser Zeit nachgemessen zu haben, daß eine Schachtel Marlboro-Zigaretten haarscharf so lang ist wie eine Schachtel Streichhölzer einmal längs und einmal quer genommen. *C'est la vie* . . .

So richtig kam ich aber erst wieder zu mir, als plötzlich das Licht in unserer Tisch-Nische ausgeschaltet wurde und der junge Herr Mentz zum Abkassieren anrückte. Da bemerkte ich auch, daß das ganze Lokal schon leer war, nur über die Theke krümmte sich noch zäh und einsam Herr Tarzan Schatz – der Taumel des langersehnten Einanderfindens hatte die Zeit stillstehen lassen, hatte uns den Abgang dieser Rösselmanns und Knotts und Ossenbachs erspart – ja auch Herr Edel war wundersamerweise verschwunden, wie ein Spuk, ein böser. Jetzt waltete das Reich der Liebe . . .

Ich zahlte die Zeche und strich Frl. Majewski noch einmal herzklopfend und versiert über das braune Rapunzelhaar. *Andiam.*

Da hätten um ein Haar zwei Vorkommnisse das Glück noch verhindert. Eben als wir beide Liebenden aufbrechen wollten, schellte das Telefon, und es war Herr Kloßen, der mich zu sprechen verlangte. Leider hatte der junge Herr Mentz schon zugegeben, daß »der noch da ist«, und so mußte ich vor der Erreichung des größten Glücks noch einmal Herrn Kloßens Stimme anhören, die mir mächtig scheppernd mitteilte, daß ganz in der Nähe des »Krenz« bei einem Mitglied der Itzehoe-Gruppe ein rauschendes Fest stattfinde, und ich müsse unbedingt hinkommen, es seien sogar »Klasse-Weiber« da, und » d a s  m i t  d e m  G e l d «, darüber redeten wir morgen, es sei von ihm heute auch bei der Bank für Gemeinwirtschaft ein Dispositionskredit-Verfahren eingeleitet worden » u n d  d u  b r a u c h s t  a l s o  ü b e r h a u p t  k e i n e  A n g s t  z u  h a b e n «, sondern ich solle gleich herlaufen und möglichst vielleicht auch noch zwei, drei Flaschen Wein mitbringen. Und dann hörte man auch noch so eine ordinär fette Stimme: »Hallo! Hier ist die Gabriele« und »Süßer, komm doch!«

Ich kam aber nicht, sondern zwang den betrübten Kloßen zu begreifen, daß ich einfach zu müde sei, morgen aber gern den Kontakt zu ihm wieder aufnähme. Leider hatte das wohl kurzfristig wiedererstarkte Frl. Majewski bei meinem Telefonat mitgekriegt, daß irgendwo noch eine Feier stattfinde, und wollte plötzlich, kurz vor dem höchsten Glück, »noch vorbeigucken, komm, laß uns mal!« Diese fast beleidigende Unentschlossenheit nach vorherigem so raschen und trefflichen Entschluß verstimmte mich natürlich ein wenig, aber jetzt galt es hart zu bleiben, und endlich verließen wir also zusammen mit Tarzan Schatz, der noch ein wenig ein Sex- und *Erotic*-Theater aufsuchen wollte – »kommt ihr mit?« –, das Lokal. Wir hatten uns schon ein paar Meter entfernt, da erschien noch einmal der junge Mentz unter der Türe und rief uns, offenbar aufs neue erhitzt, nach, es könnte so »schön und Klasse« in seinem Hause sein, »wenn nur nicht diese drei wären: der Pettler, der Dr. Mangold und dieser alte Horkheimer. Und wo sitzen sie jetzt? In der

›Goldenen Gans‹, in diesem Zuhälterlokal! Und immer dieselben, immer diese drei!«

Ein letztes Mal ereignete sich ein kleiner Zwischenfall, als in einer Kurve das recht matt an mir hängende Frl. Majewski plötzlich strauchelte, mich zu Boden riß und wir dort unten rein zufällig genau jene Stellung schon vorwegnahmen, die uns dann wenig später ebenfalls gegönnt sein sollte.

Ein gutes Omen? Nun, darüber berichte ich als Kavalier der alten Schule natürlich nichts. Frl. Majewski schlief auch bald ein, vielleicht war sie auch nur zu 85 oder 90 Prozent zufrieden, so wie es mir das Frl. Kopler einmal gestanden hat. Immerhin, irgend etwas war da noch, und ich wünschte bei dieser Gelegenheit Herrn Jackopp von Herzen, daß ihm wenigstens das mit Frl. Czernatzke vergönnt gewesen sein möchte, was mir diesmal die Kraft des Alkohols noch unvermutet zuspielte. Wer hätte das gedacht.

## Zwischenbilanz

Manch einer wird zweifellos spätestens an dieser Stelle meiner Niederschrift sagen: Was soll denn dieses ganze alberne und törichte Kramzeug! Es geht doch darin nur bloß um Liebe und um Geld, das dieser oder jener nicht hat! Wichtige Gegenwartsprobleme dagegen wie der Umweltschutz, das ungute Treiben der Anarchisten in unserem Lande und die systemüberwindenden Reformen bleiben völlig unerwähnt. Richtig. Nur darf ich darauf hinweisen, daß das erstens nicht ganz richtig ist, sondern der Umweltschutz wird am Ende des zweiten Tages einmal von Herrn Jackopp knapp umrissen und im nächsten Kapitel kommt sogar das Stalinismus-Problem dran – und zum zweiten bin ich der Meinung, daß man in einem Buch auch nicht alles und jedes unterbuttern sollte, was heute Rang und Namen hat, es reicht schon, was bisher alles so tangiert wurde ...

Drittens aber bin ich der festen Überzeugung, daß Geld und Liebe, also die führenden Themen meiner Niederschrift, nach wie vor und durchaus auch die führenden Themen unserer Zeit und der Nation sind. Also was will man eigentlich! »Am Golde hängt, zum Golde drängt doch alles«, sagt Goethes Gretchen, das gleichzeitig Faust liebt. Man sieht: Geld und Liebe halten auch dem Wandel der Zeiten stand. Im übrigen, wer sagt uns denn, daß nach der Beseitigung des Kapitalismus alles besser wird? Alles? Ach wo denn! Wenn dann auch Herr Kloßen noch immer Geld in der Tasche hat, wird er höchstens noch mehr Unfug machen und noch mehr Elend verbreiten. Wie auch immer: Geld und Liebe sind die Säulen unseres Lebens.

Das dritte aber ist der Fußball, ja er hat möglicherweise sogar die Liebe schon überholt. Ich meine, gegen einen zentimetergenauen Beckenbauer-Paß oder einen Spurt Netzers in den gegnerischen Strafraum ist sogar die Liebe des Herrn Jackopp gegenstandslos, verlieren Herrn Jackopps Gefühle jeden Witz. Wieder anders ist es im Falle des Torwarts Manfred Manglitz. Er beauftragte seine Braut, Irmgard Walter, auf einen Kölner Parkplatz zu fahren, dort nach einer Offenbacher Autonummer Ausschau zu halten und dann das Geld heimzubringen, das die Kickers für ein paar durchgelassene Schüsse zahlen wollten. Wenn es auch dann letztlich nicht so schön geklappt hat, sieht man hier doch die glänzende Einheit von Geld, Liebe und Fußball.

Herr Jackopp spielt nicht besonders gut Fußball. Theoretisch mag er ja recht ordentlich beschlagen sein – die berühmte Breslauer Elf hat er mir einmal betrunken ganz langsam und auswendig hergesagt, am nächsten Tag konnte er sich nicht mehr daran erinnern und wackelte verstört mit dem Kopf – im aktiven Spiel zeigt er aber keinerlei Plan, Übersicht, keinen Weitblick. Aber auch Herr Johannsen ist ein keineswegs brillanter Fußballspieler. Er rennt zwar immer furchtbar sportlich drauflos, verfügt über eine Riesenkraft und Kondition, aber immer wieder verliert er nach dem ganzen Aufwand in aussichtsreichen Positionen den Ball an den Gegner, und alles war umsonst.

Wieder anders ist es bei mir. Konditionell nun mehr beschränkt einsatzfähig, auch ohne größere Grundschnelligkeit, habe ich mich notwendigerweise ganz auf Köpfchen und Raumaufteilung verlegt. Raumaufteilung ist die wichtigste Sache im Fußball. Ein überlegener Geist, der in der Mitte des Spielfelds herumsteht und mit einem Minimum an Bewegung die Bälle an seine Mitspieler verteilt. Die können dann loslaufen und die Tore schießen, die Ehre wird auch mir zuteil. Ab und zu schieße ich sogar mal ein Tor aus dem Hinterhalt.

Der gegenwärtig beste Raumaufteiler des deutschen Fußballs ist Bernd Hölzenbein von der Frankfurter Eintracht. Sie sollten ihn jetzt bald einmal in die Nationalmannschaft tun.

Noch besser beschlagen aber bin ich im theoretischen Fußball, ja, einst war ich da sogar ein absolutes As. Drei Jahre nach der Eröffnung der Bundesliga konnte ich sämtliche angefallenen Ergebnisse hersagen, und das waren immerhin $32$ mal $8$ mal $3 = 768$ Ergebnisse! Im Rahmen von Wetten habe ich damals durch dieses mein erstaunliches Vermögen ziemlich viel Geld verdient, die Bewunderung vieler Menschen erworben und mein Taschengeld als damaliger Student der Geisteswissenschaften etwas aufgebessert. Man muß sich einmal genau vorstellen, was das heißt: 768 furchtbar dumme Fußballergebnisse im Kopf zu haben, daß der Meister der allerersten Spielzeit, der 1. FC Köln, völlig überraschend zu Hause (!) gegen den Tabellenletzten und späteren Absteiger 1. FC Saarbrücken 0:3 verloren hat – ich wiederhole: zu Hause! Das sollen mir diese neuen und neunmalklugen Jugendlichen, diese Kersten und Barbara Müller erst einmal nachmachen!

Heute beherrsche ich nur mehr die Ergebnisse von Bayern München und Eintracht Frankfurt auswendig. Im übrigen halte ich Hölzenbein sogar noch für stärker als Grabowski. Er spielt meiner Ansicht nach rationeller und deshalb am Ende auch effizienter.

Herr Rösselmann spielt überhaupt nicht Fußball, sondern schwätzt lieber mit den Damen am Spielrand. Höchst eigenartig ist die Spielweise von Herrn Domingo. Er steht zwar meistens träg irgendwo auf Linksaußen herum, holt sich nie selber einen Ball, spielt ihm jedoch der Zufall einmal einen zu, dann läßt er sich nicht mehr von ihm trennen, genau wie damals bei Frl. Kopler – die typische Zähigkeit des Intellektuellen.

Eher gradlinig von hinten nach vorn den Ball drischt Herr Peter Knott, überraschend elegant tänzelt dagegen sein Bruder Stefan um mehrere Gegner, hier ein Hakentrick, dort eine Körpertäuschung, sehr anmutig anzusehen. Trotzdem gehört seine Frau Heidi jetzt Herrn Taheri an. Höchst eigenartig...

Unser bester Fußballer aber ist Herr Waechter, ein zurückgezogen lebender Maler, der gleichermaßen mit Herz und Hirn, mit Kondition und Übersicht, mit Schnelligkeit und Abstauberqualitäten operiert, und sein Haar weht mächtig im Wind – eine wunderbare Symbiose von Malerei und Fußball ...

Nun, ich meine, ganz läßt sich die Liebe durch den Fußball natürlich nicht ersetzen – der Bundestrainer muß eben sehen, wie er mit seinem Spielermaterial zurecht kommt. Doch Herr Jackopp hin, Frl. Majewski her, viel wäre gewonnen, wenn Herr Schön sich endlich einmal entschlösse, Hölzenbein für die Nationalmannschaft zu nominieren. Er zusammen wäre mit Günther Netzer, der übrigens am gleichen Tag wie ich, am 14. September, geboren wurde, allerdings drei Jahre später, das ideale Mittelfeldgespann. Nun, Herr Schön möchte schon, traut sich aber wegen des Drucks der Springerpresse nicht, das Mönchengladbacher Team Netzer-Wimmer auseinanderzureißen. Doch genau in diesem entscheidenden Punkt muß Herr Schön eben einmal moralische Größe zeigen und Wimmer entweder als Verteidiger umschulen oder aus der Mannschaft nehmen. Bzw. wenn Hölzenbein verletzt ist, mag Wimmer gerne wieder einspringen. Ich leugne auch gar nicht Wimmers unbändige Einsatzfreude, sein erstaunliches Laufpensum und sein beträchtliches fußballerisches Können. Aber die Genialität von Hölzenbeins oft – im Gegensatz zu Netzer – unauffälligen, heimlichen Spielzügen und Finten, seiner den Gegner gleichsam lächerlich machenden Pässe in den freien Raum und nicht zuletzt sein Torinstinkt sollten genügen, dem Bundestrainer endlich die Scheuklappen zu nehmen und seinem Herzen einen Stoß zu geben und dem Frankfurter die Bahn frei zu machen für internationale Aufgaben.

# SECHSTER TAG

Frisch und munter erwachte ich am andern Morgen. Die Sonne war schon prächtig auf und Frl. Majewski ohne Dank und alles weggegangen, auch von Frl. Czernatzke keine Spur, so daß sich die bange Frage stellte, wer mir ein Frühstück bereiten würde. Na wer denn! Natürlich der beste Frühstücker aller Zeiten, Herr Rösselmann, der gleich schräg gegenüber wohnte! Es ist überhaupt ein Merkmal in unserer Gruppe und erklärt vielleicht manches, daß wir fast alle irgendwie schräg gegenüber wohnen.

Ich wischte mir den Schlaf aus den Augen, kleidete mich rasch an und eilte aus dem Haus. Eine ältere Frau putzte die Stiegen, hob den Kopf und erwiderte mürrisch und lauernden Blicks meinen lockeren Morgengruß. Ihre Funktion bestand wahrscheinlich darin, Frl. Majewski und Frl. Czernatzkes Wohnung zu beschatten und sich die daran teilnehmenden Herren für die polizeiliche Wiedererkennung einzuprägen.

Ach was, Kummer und Sorgen! – bei Herrn Rösselmann herrschte bereits das rundeste und perfekteste Frühstücksleben. Auch Frl. Bitz war anwesend, und beide Herrschaften löffelten gerade reinlich das zweite Ei. Herr Rösselmann hieß mich, wie immer bei seinen Frühstücksausschweifungen, mit freundlichem Zähnefletschen willkommen, wahrscheinlich erhöhte die Vielzahl der Teilnehmer sein Frühstücksglück. Diese stadtbekannten morgendlichen Exzesse bestehen übrigens aus Orangensaft, Friesentee, Toasts, Marmelade in sechs Sorten, darunter zwei Gläser, auf deren Etikett steht, daß das auch Ihre Majestät die Königin jeden Morgen schleckt, sodann aus Speck, mehreren Wurstsorten, Quarkcreme, Tomaten, Käse, Milch und zu besonderen Feierlichkeiten sogar auch aus kleinen gerösteten Kartoffeln. Ich kann gar nicht verstehen, wie ein zivilisierter Mensch zu einer Tageszeit, da doch das Hirn noch belastet ist mit den meist komplizierten Prozessen des Vorabends und der Nacht, wie ein höher fühlender Mensch da schon solche Fuhren in sich hineinschichten kann. Noch mehr wundere ich mich, daß das auch bei mir, wenn ich bei Rösselmann gastiere, meist sehr gut funktioniert.

Als einen Formfehler von Herrn Rösselmanns Frühstücken beklagte Frl. Bitz mir gegenüber einmal die Wahllosigkeit der musikalischen Umrahmung, die Herr Rösselmann zu diesen Kulturen auffahren läßt: nämlich völlig beliebiges und derbes Schlagerzeug, das gerade so zufällig aus dem Radiogerät rattert. Frl. Bitz sagte, ihr stände der Sinn viel lieber nach ausgewählter Barockmusik, den Vier Jahreszeiten etwa, oder daß vielleicht ein Gregorianischer Choral aufspiele und die Teemassen gewissermaßen in etwas Außerirdisches verwandle. – Nun, ich bin der Ansicht, was Herr Rösselmann bezüglich musikalischen Geschmacks in seiner Jugendzeit nicht gelernt hat, das holt er heute einfach nicht mehr auf. Er weiß es auch vermutlich, strengt sich überhaupt nicht an und konzentriert sich ganz auf das Abschälen der Eier und das zähe unnachgiebige Abhäuten selbst der widerspenstigsten Würste und schnaubt dabei – einmal wäre ich beinahe mit bebenden Gliedern davongelaufen.

Herr Rösselmann wollte wissen, warum ich zu dieser frühen Stunde, halb zehn Uhr, bereits unterwegs sei. Ich mußte mich sehr zusammennehmen, ihm die Wahrheit zu verschweigen – nicht daß ich mich ihrer geschämt hätte, o nein, aber Herr Rösselmann hätte es im Zuge dieser Wahrheit auch verstanden, aus mir ihr mehr als unwürdiges Beiwerk herauszukitzeln, und das wollte ich auf Grund meiner dankbaren Gesinnung gegenüber Frl. Majewski nicht freigeben – allzu hämisch hätte Herr Rösselmann sein rohes Vergnügen daran gehabt. Allerdings, daß die Wahrheit nun doch voll und breit dasteht, ist eines der Geheimnisse der Dichtkunst.

So lenkte ich das Gespräch denn eilig auf den Ablauf des gestrigen Abends und insbesondere auf die neu aufgetauchte Gestalt des Herrn Alfred Edel, und Frl. Bitz brachte dazu noch eine gute Nachinformation ein. Herr Edel hatte nämlich gegen Mitternacht ihr gegenüber nachdrücklich gegen die Frauenbefreiung geeifert und die These vertreten, all das gegenwärtige Unheil rühre von einem christlichen Kirchenlehrer her, der als erster und wider alle Vernunft der Frau eine Seele zugebilligt hatte.

Nun, nachdem mir Herr Edel keine Gefahr mehr bedeutete, gefiel mir diese Anschauung recht gut und ich gebe ihr gern recht.

Das Telefon Herrn Rösselmanns schellte. Herr Rösselmann nahm ab, schaute gleich darauf abwehrbereit drein und sagte nach einer Weile: »Nein, das tut mir sehr leid, ich habe selber nur mehr 50 Mark in der Brieftasche, und mein Gehalt kommt erst in drei Tagen auf die Bank.« Und nach einer längeren Pause sagte er: »Versuchen Sie es doch am Mittag noch mal bei ihm, so viel ich weiß, ist er jetzt... was?... ach, im Café Härtlein waren Sie schon, und da ist er auch nicht?... Hören Sie, versuchen Sie es doch einmal am Mittag, soviel ich weiß, ist er am Mittag immer zu Hause.« Und wiederum nach einer kleinen Weile: »Ja, ich verstehe Ihre Situation natürlich, aber es geht bei mir nicht, beim besten Willen nicht, ich muß jetzt gleich in die Kleiderreinigung, wie?« Und dann: »Ja, mittags ist er sicher daheim.«

Selbstverständlich wußte ich längst Bescheid. Wie schön, daß der junge Tag die Schätze des späten gestrigen Abends so früh und sicher herüberrettete! Glanz und Zauber des Ewiggleichen, mit Nietzsche zu sprechen. Und schon kehrte, tückische Freude in den Augen, Herr Rösselmann an den Frühstückstisch zurück und berichtete in sprudelnder Rede, was ich schon wußte: Kloßen sei am Telefon gewesen, wegen Geld, wie denn auch anders, und zwar habe Kloßen ihn, Rösselmann, deshalb angerufen, weil ich nicht in meiner Wohnung anzutreffen gewesen wäre. Und nun, berichtete Rösselmann freudig, habe ihm Kloßen gerade am Telefon erklärt, ich hätte ihm, Kloßen, einst gesagt, sollte ich einmal in einer dringenden Angelegenheit nicht erreichbar sein, zum Beispiel in Finanzierungsfragen, sollte er, Kloßen, sich ruhig an ihn, Rösselmann, wenden, wobei, sagte Rösselmann, »du ihm gesagt haben sollst: Herr Rösselmann ist in diesem Fall mein Vertreter«.

Diese Geschichte, das muß ich sagen, stimmte nicht ganz. Ich habe tatsächlich Herrn Kloßen vor ein paar Wochen beiläufig bedeutet, es doch einmal mit Herrn Rösselmann zu versuchen, weil dieser bezahlter Angestellter und also ein ziemlich wohlhabender Mann sei, und ich wiederum von Rösselmann wußte, er selber sei vermutlich der einzige, der von Kloßen noch nicht um Geld gebeten wurde, sei's aus Furcht vor Herrn Rösselmanns oft schrecklich drohendem Blick, sei's aus der Kalkulation heraus, Herrn Rösselmann so lange zu verschonen und einzuschläfern, bis einmal der große *Coup* fällig würde, der selbstverständlich peinlich genau geplant und vorbereitet sein müßte. Ich meinerseits hätte es natürlich gern gesehen, wenn auch Herr Rösselmann von Kloßen nicht ungeschädigt bliebe, einfach wegen meines unverbrüchlichen Sinns für Gerechtigkeit. Und deshalb habe ich Herrn Rösselmann Kloßen gegenüber nicht gerade als meinen »Vertreter«, aber doch wohl als meinen gewissermaßen Vorgesetzten und Übergeordneten dargestellt. Diesen Trick muß Herr Rösselmann am Telefon nach Kloßens ersten Einleitungssätzen sofort durchschaut haben, mit dem Effekt, Kloßen wie aus Rache wiederum mich anzuempfehlen. »Punkt 12 Uhr«, sagte Herr Rösselmann geradezu teuflisch lächelnd, »wird er bei dir läuten. Und du wirst zu Hause sein, hörst du! Und Herr Kloßen wird dir erzählen, daß er von mir ausgesandt worden ist, und deshalb mußt du ihm 20 Mark geben.«

Ich wollte heute mittag tatsächlich zu Hause sein, nämlich die unselige Glasreiniger-Sache so oder so zu Ende zu bringen. Andererseits besaß ich nicht mehr viel Geld. Sollte ich vor Kloßen flüchten? In einen tiefen Wald? Zu meinen lieben Eltern? Nein, es wäre die Flucht in eine Feigheit, in eine Unwürdigkeit, die ich nicht vor mir verantworten konnte. Wer aber standhalten will, so tönte es erneut in mir, darf nicht befangen bleiben, der muß sich stellen, Kloßen offen und frei entgegentreten, ihm ins Auge schauen ... Und Kloßen würde sich sofort dankbar erweisen und mich von der Glasreinigung abhalten, und vielleicht würde es wieder ein netter Nachmittag.

Ich mußte plötzlich innerlich äußerst lachen. Wie schön war doch mein Dasein! Zuerst ein berauschender Abend, dann gar das größte Glück, dann ein festliches Frühstück mit Telefoneinlage und nun lag schon wieder etwas in der Luft ...

Froh trennte ich mich von Herrn Rösselmann und Frl. Bitz, die ins Büro mußten. Mir war so recht wohl, ein frischer Wind strich über die Stadt, in die schöne Welt hinunter, ganz wie neugeboren schlenderte ich die Straße entlang, die zu meiner Wohnung führte, standzuhalten Herrn Kloßen, freundlich blinzelte die Sonne, tausend Stimmen lockend schlugen – da plötzlich, damit hatte ich nun wirklich nicht auch noch gerechnet, strebte mir Herr Peter Jackopp entgegen.

Er trug einen langen schwarzen Mantel, der ihm fast bis zum Knöchel reichte, hielt den Kopf gebeugt, geradezu phosphoreszierend bleich das Gesicht, und insgesamt machte er mir sofort den Eindruck, als ob er mit äußerster Zielstrebigkeit irgendwohinaus unterwegs sei, ja als ob er einen großen weittragenden Entschluß gefaßt hätte und diesen nun sofort und unnachgiebig ins Werk setzen wollte.

Erst wenige Schritte von mir entfernt lüftete Herr Jackopp den Kopf, und nach etwa zwei Sekunden entspannte sich seine Miene zum Ausdruck des Wiedererkennens. Ich blieb stehen, begrüßte ihn freundlich und wegen seines ungewohnt drangvollen und entschlossenen Gesamteindrucks nicht ohne Neugierde mit »Ah, Jackopp!« und fragte, wohin es denn gehe. Herr Jackopp blieb nun auch stehen, schaute mir tiefernst, fest und ohne jedes Begrüßungslächeln ins Gesicht und sagte langsam und mit Grabesstimme:

»Eine Frage. Kann ich bei dir scheißen? Ich muß unbedingt scheißen.«

Eine echte Überraschung, eine Überfall-Frage sozusagen! Ich muß sagen, ich war sehr beeindruckt. Immer besser beherrschte Herr Jackopp nun das Fragestellen. Und auch in der Form: schlagartig, bestimmt, hart, präzis! – Selbstverständlich könne er das, sagte ich zu Herrn Jackopp, er solle nur gleich mitkommen. »Ja«, sagte Herr Jackopp, machte kehrt und schritt schweigend neben mir her, in gleichzeitig eigentümlich gebückter und doch keineswegs greisenhafter, sondern zielstrebig nach vorne, ja gleichsam in die Zukunft gerichteter Haltung.

Zahlreiche Fragen bewegten sofort meine Seele. Herr Jackopp wohnte gar nicht weit von unserem Treffpunkt entfernt – warum war er dazu nicht nach Hause gegangen? Ja, wenn ich es abschätze: seine Wohnung und meine waren gleich weit entfernt. Zum zweiten, warum war er nicht in die nächste Gaststätte gegangen, wenn es so eilte? Und drittens, warum war Herr Jackopp überhaupt so zielstrebig und tüchtig genau in jene Richtung marschiert, die sowohl von meiner als von seiner Wohnung wegführt, wenn es so dringlich war? Ein nicht eben angenehmer Verdacht stieg in mir auf und ballte sich zur Gewißheit: Herr Jackopp hatte erst da bemerkt, daß er scheißen mußte, sein Vorwärtsdrang war sich erst da seines konkreten Inhalts bewußt geworden, als er mich erblickt hatte ...

Unterdessen war Herr Jackopp schweigend neben mir hergegangen, schweigend und mit starr auf den Boden gerichteter Kopfhaltung. War er am Ende schon so früh betrunken? Ich fragte ihn nun, woher er käme: »Ja«, antwortete Herr Jackopp ernst, so daß ich wohl eine neue Frage überlegen mußte. Doch Herr Jackopp kam mir zuvor: »Es ist unheimlich gewesen.« Und nach einer paar Sekunden Pause, die ich nicht durch ein »was?« verletzen wollte: »Ich bin seit gestern mittag im Bett gelegen, zu Hause im Bett, und ich habe unheimliche Pfannen Kaffee getrunken, ich habe gedacht, ich gehe kaputt. Aber ich bin nicht kaputt gegangen.«

Ob er vielleicht jetzt Herzschmerzen hätte, warf ich zart ein, doch Herr Jackopp fuhr fort: »Ich habe den Camus gelesen«, und Herr Jackopp betonte dabei eigenartig »Camus« auf der ersten Silbe, so daß es fast wie »Gummi« klang, »ich habe den Mythos des Sisyphos gelesen. Es ist ein unheimliches Buch. Du kennst es?«

Das war für mich natürlich eine Gelegenheit, dieses für mich etwas »unheimliche« Gespräch in seichtere Bahnen zu lenken, und ich sagte, ja, ich würde das Werk kennen, und ein Satz daraus habe mir besonders gut gefallen. »Der Ausdruck beginnt, wo das Denken aufhört.« »Ein unheimliches Buch«, erwiderte Herr Jackopp, zuvor sei er in der Stadt gewesen und dabei an einer großen Schaufensteranlage vorbeigekommen, die »total bescheuert«» eingerichtet gewesen wäre. Da sei er, Jackopp, in das Kaufhaus hinein, habe den Chefdekorateur kommen lassen und ihn geheißen, das Zeug aus dem Fenster zu nehmen und es anders einzurichten. Der Mann habe es aber nicht verstanden, sagte Jackopp, da sei er heimgegangen und habe sofort den Camus gelesen, »ein unheimliches Buch«, wiederholte Herr Jackopp, »ich verstehe es nicht. Ich kann bei dir scheißen?«

Jetzt waren wir vor meiner Wohnung angelangt. Die Treppen hinaufkletternd überlegte ich, daß eine Frage nach dem Brief an

Frl. Czernatzke überflüssig, ja fast unehrfürchtig wäre. Wer ganze Pfannen Kaffee trinkt und den Camus dazu liest, schreibt keine erotischen Briefe. Unter dem Türschlitz lag erwartungsgemäß ein Zettel: »Hallo Alter! Komme Punkt 12 Uhr vorbei und dann jede halbe Stunde wieder. Habe eine dolle Sache in petto. Anschließend können wir dann in den Zoo gehen. Gruß Kloßen.«

Mit »Alter« redete er mich nun an – das konnte gefährlich werden! Und noch dazu mit einer tollen Sache im Hintergrund! »Ich gehe scheißen«, sagte Herr Jackopp, und er verschwand im Klosett. Die Zeit verging. Es mußte sich um unheimliche Pfannen handeln. Oder war Herr Jackopp tot? Schließlich rief ich seinen Namen. »Ja«, rief Herr Jackopp gedämpft zurück. »Ist gut«, sagte ich.

Wieder vergingen bange Minuten. Camus war gefährlich, der Mythos des Sisyphos ganz besonders. Es stand zu befürchten, daß er Herrn Jackopp allzu früh und unfruchtbar von Frl. Czernatzke wegtrieb. Auf daß dieser Mann im philosophischen Bereich noch Verheerenderes anrichtete. Nein, ich würde ihm, sobald sich Gelegenheit bot, doch einen neuen sexuellen Anstoß verpassen müssen . . .

Als Herr Jackopp aus dem Klosett zurückkam, spürte ich plötzlich, daß ich nun auch »scheißen« mußte. Ich bat Herrn Jackopp ins Arbeitszimmer und machte mich nun meinerseits an die Sache. Da schellte das Telefon, ich mußte mich also mit dem »Scheißen« beeilen (ich war plötzlich wie verliebt in das Wort), und als ich ins Arbeitszimmer kam, hatte Herr Jackopp bereits den Hörer abgehoben, und er sagte gerade: »Ja, er ist da. Er scheißt gerade. Da kommt er zurück.«

Zweifellos keine günstige Ausgangslage für mich, unter diesen Umständen das Telefon zu übernehmen, es konnte ja ein Minister oder doch die Spitze des Glasreinigerverbands am Gerät sein, es war aber nur ein Herr Reinecke, der verantwortliche Herr eines Studentenjournals, mit dem ich gelegentlich im Rahmen wechselseitiger Übertölpelungen zu tun gehabt hatte, und an einer solchen nicht ganz einwandfreien Machenschaft mir gegenüber war diese Verbindung dann auch in die Brüche gegangen. Überraschend munter und kordial, als ob nie etwas zwischen uns gewesen wäre, erklärte mir dieser Herr aber jetzt ins Telefon, er habe wieder einmal »etwas Typisches für Sie« nämlich eine »spritzige

Polemik« gegen den SPD-Bildungspolitiker Lohmar zu verfassen. Herr Reinecke erläuterte mir die im übrigen recht undurchsichtigen Hintergründe seines Vorpreschens gegen Lohmar, und ich dachte zwischendurch blitzschnell nach: Herr Reinecke befand sich zweifellos unter einem gewissen Druck. Normalerweise zahlt er für eine Polemik 200 Mark; dazu rechnete ich 50 Mark Eilgebühren und 50 Mark Wiedergutmachung. 300 Mark wollte ich fordern.

Als Herr Reinecke fertig war, erklärte ich, Archivstudien und Ausfeilung einer spritzigen Polemik würden mindestens drei Tage in Anspruch nehmen; »sagen wir 300 Mark, Herr Reinecke, ein Freundschaftspreis.« Herr Reinecke war sofort einverstanden. Ich hätte mehr verlangen sollen. Immerhin, Archivstudium und Textausfeilung würden keine sechs Stunden ausmachen. Gelernt ist gelernt.

Einer drohenden und heiklen Frage meiner Leserschaft möchte ich hier nicht ausweichen. Warum denn mußte es, nach den Glasreinigern, schon wieder gegen die Sozialdemokratie gehen, übrigens meine Mutterpartei? Eine berechtigte, eine schwierige Frage, der ich mich stellen muß. Es gibt überhaupt viele schwierige Fragen in meinem Leben. Wie könnte ich z. B. die Glasreiniger dazu bringen, die Unsinnigkeit ihres Vorhabens einzusehen, ohne doch das Geld zurückgeben zu müssen? Woher bezieht eigentlich Herr Domingo seine Einkünfte? Würde der junge Herr Mentz dem alten Herrn Mentz heute sein Erlebnis mit dem alten Horkheimer andrehen? Würde der alte dem jungen deshalb eine runterhauen? Oder würden wir alle vielmehr Lokalverbot bekommen? Wie konnte ich Herrn Jackopp noch einmal verschärft auf Frl. Czernatzke treiben?

Fragen über Fragen! Nun, die letzte wollte ich gleich in Angriff nehmen. Während des Telefonats hatte Herr Jackopp in einem Stuhl gesessen und sichtlich ohne Verstand in den herumliegenden Akten der Glasreiniger geblättert. Wie nun möglichst harmlos beginnen? Doch Herr Jackopp half mir selber aus der Verlegenheit: »Du warst gestern im Krenz?« fragte er tonlos. Und als ich bejahte: »Ich war vorgestern im Krenz.«

Ach ja, so plauderte ich möglichst leichthin, das hätte ich noch gegen Ende des Bürofestes von Frl. Czernatzke gehört, die er, Jackopp, wohl angerufen habe. »Ja«, bestätigte Herr Jackopp. Hier schon direkt überleiten? Etwa mit der Frage: »Wie läuft es denn mit Frl. Czernatzke jetzt eigentlich?« Oder: »Hast du sie wieder mal gesehen und gesprochen?« Nun, was hieß »wieder mal gesprochen«? Herr Jackopp hatte ja seit seiner – und nicht einmal völlig gesicherten – Generalerklärung vor fünf Tagen überhaupt nie mehr mit Frl. Czernatzke gesprochen! Das war der Punkt! Und so faßte ich mir denn nach ein paar langen Minuten prickelnden Schweigens ein Herz und fragte mutig: »Hast du denn eigentlich einmal versucht, mit ihr zu sprechen?« Herr Jackopp verstand sofort, wer mit »ihr« gemeint war, und antwortete nach einer Weile mit rauher, verhangener Stimme: »Nein.« »Gibt es überhaupt noch einen Kontakt?« faßte ich flink nach. »Nein«, sagte wiederum nach kürzerem Nachdenken hoffnungslos Herr Jackopp.

Nun, damit war auch erforscht, daß der berühmte Brief im Zuge von Camus erneut hatte ausfallen müssen. Hm...

»Hör mal«, sagte ich nach einer wieder recht prekären Pause des Schweigens, »du solltest versuchen, dich wenigstens mit ihr auszusprechen. Und meines Wissens«, fuhr ich nach kurzer schwerer Gewissensentscheidung behend fort, »ist überhaupt noch nicht ausgemacht, wie die Rosen gewirkt haben.«

Ich bin mir über die Zweischneidigkeit der letzteren Aussage voll im klaren. Denn ich wußte, was Jackopp möglicherweise gar nicht bekannt war, daß die Rosen völlig in die Hosen gegangen waren – und insofern erweckte ich in dem Herrn Jackopp wahrscheinlich völlig falsche Hoffnungen. Aber andererseits kam doch so etwas in Frage, daß die Rosen gleichsam posthum, aus der Entfernung in Frl. Czernatzkes Seele nachgewirkt haben könnten, eine Saite langsam ins Schwingen gebracht haben mochten, weiß der Himmel, wem der »Hirt auf dem Felsen« vorgestern nun wirklich gegolten hatte...

»Was soll ich tun?« fragte Herr Jackopp mit umwölkter Stimme und zäh auf seine Knie starrend – ein wunderbares Motiv für einen Bildhauer! Nun, sagte ich mit Nachdruck, er könne ja des Nachmittags einmal zu stiller Stunde Frl. Czernatzke in ihrem Büro aufsuchen und sie um eine Aussprache bitten. Und wenn die nur einen Funken Gefühl für höhere Gefühle, für ein zivilisiertes humanes Miteinander habe, dann ...

»Ich werde heute«, unterbrach Herr Jackopp langsam, aber fest mein Gefasel, »zu ihr ins Büro gehen. Um 2 Uhr werde ich hingehen. Ja, das mache ich.«

»Gehen wir zuvor ein Bier schlucken?« fuhr Herr Jackopp wie aufatmend fort. Ich war damit sehr einverstanden, gelang es mir auf diese Weise doch auch, den bereits drohenden Kloßen noch ein bißchen auf die Folter zu spannen. (Ich leugne nicht, daß solche Gefühle ein wenig häßlich sind, aber sie müssen auch sein.) Doch hatte ich mich verrechnet. Denn gerade, als Herr Jackopp und ich uns aufmachten – es war kurz vor 12 Uhr –, schellte die Klingel, und natürlich war es niemand anderer als der Unhold Kloßen im dunkelblauen, leicht verknitterten Anzug, deutlich verschmutztem Nyltesthemd, aber wiederum prächtig geschmückt mit einer diesmal purpurroten Fliege – und er ratterte sofort los, daß er heute morgen bereits mit Herrn Rösselmann gesprochen habe wegen unseres Fernsehspiels, und Herr Rösselmann habe diesem Projekt durchaus Chancen gegeben, und er, Kloßen, komme gerade vom Finanzamt, wo alles bereits »einwandfrei läuft« und nur noch die Auszüge kontrolliert...

»Herr Kloßen«, beendete Herr Jackopp dessen verzweifelte Ungereimtheiten, »wir gehen ein Bier schlucken. Sie kommen mit?« Herr Kloßen witterte sofort Morgenluft, hatte ihn doch Herr Jackopp gewissermaßen eingeladen, und auf dem Weg erzählte er mir, das mit dem Fernsehspiel sehe er jetzt bereits deutlich vor sich, er habe jetzt auch schon eine Idee dabei bzw. vielmehr eine »wahnsinnig dufte *Story*«, von einer Ziege, die einmal in der Stadt Velbert vor Gericht erscheinen mußte als Zeuge im Zusammenhang einer dicken Wirtin Berta – ja und heute um vier Uhr nachmittag sei es dann auch mit dem Großkredit soweit, da könne er nämlich bei der Post 300 Mark abholen, die in Form einer telegrafischen Überweisung als erster Vorschuß des 4500 Mark-Kredits eintreffen würden, mit dem er, Kloßen, dann seine Wohnung »auf Zack bringen« wolle, »alles bezahlen« werde, und außerdem lade er mich dazu ein, stets mit ihm zu Abend zu speisen, »du gibst mir 2,50 Mark pro Tag, und ich lege auch 2,50 Mark zu, und mit 5 Mark mach ich ein Klasse-Essen für uns zwei«, er, Kloßen, koche ja so leidenschaftlich gern, »und wenn der Laden läuft, dann laden wir Weiber ein, füllen sie ab und verladen sie dann.«

Wir waren inzwischen in einem libanesischen Speiselokal angekommen. Seltsam! Zum zweiten Male kurz hintereinander gedachte Herr Kloßen des geschlechtlichen Lebens, das doch eigentlich Herrn Jackopps Domäne war! Und eindrucksvoll auch, wie keß er das auch gleich formulierte! Sollte wirklich eine neue Ära in Herrn Kloßens Leben heraufdämmern? Was das Essensgeld betrifft, fiel mir jetzt auch ein, daß Herr Kloßen schon einmal, nämlich unmittelbar nach seiner unseligen Ankunft in unserer Stadt in dieser Sache vorgeprescht war, nämlich er hatte einmal in einem geselligen Kreis verkündet, demnächst lade er alle hier zum Essen ein, »mit 1 a Fleisch, das kostet mich dann pro Mann und Nase 15 Mark, das geht ohne weiteres in Ordnung«. Und nun ging es also auch für 2,50 Mark, und immer noch war es ein Klasse-Essen...

»Und die tollste Sache«, riß mich Herr Kloßen aus meinen Überlegungen, und er schlug sich dabei sogar lebhaft auf den Schenkel, »für nächste Woche habe ich ein ganz dickes Ding für uns beide. Da läuft so ein Fußball-Schlagerspiel, das dann lang vor Spielbeginn ausverkauft ist, und wenn wir uns am Montagmorgen gleich 500 Karten unter den Nagel reißen, dann...«

O Gott! Das Verbrechen. Es war soweit. Ich bestellte einen Espresso, Herr Jackopp ein libanesisches Nudelgericht und Herr Kloßen ein großes Bier, obgleich er, da hätte ich wetten mögen, heute noch keinen Bissen zu sich genommen hatte, aber dieser Mensch braucht offenbar nichts mehr außer seinen Visionen...

»... dann kaufen wir die Karten für 5 Mark und verkaufen sie weiter für 20, das sind dann 500 mal 15 Mark, das sind 7500 Mark Gewinn, verstehst du?«

Ich verstand. Kloßen der Chef, ich der Vasall. Ich sollte 500 mal 5 Mark = 2500 Mark vorschießen, und dann würde das gemeinsame Glück beginnen. Mit 2,50 Mark pro Abend Ausgaben, erstklassigen Weibern und der nötigen Muße für ein Fernsehspiel. Noch etwas? Jawohl, Herr Kloßen ließ mich nicht warten: »Und von dem Gewinn können wir dann noch fetter ins Lottogeschäft einsteigen. Mit dem Rohleder mach ich sowieso nicht mehr. Der ist nicht seriös genug!«

Ich beobachtete, wie Herr Kloßen hinter seiner Brille mit flehenden Augen meine Reaktion auf seine Glücksvision erwartete. Wie gern hätte ich ihm eine Freude bereitet, aber ich vermochte nicht, seinen Optimismus zurückzustrahlen, im Gegenteil, ich, der den Tag so frohgestimmt begonnen hatte, war schon wieder recht matt und sehr dankbar, als Herr Jackopp, der all dem völlig abwesend beigewohnt hatte, für eine nette Unterbrechung sorgte. »Herr Ober«, rief er, nachdem er für eine halbe Minute in seinen Nudeln herumgestochert hatte, diesen zu sich, »nehmen Sie das wieder mit«, und er deutete auf seinen spinatgrünen Nudelhaufen. Es sei ja noch gar nichts gegessen, erstaunte sich der übrigens sehr verlogen aussehende Kellner und wurde, wie vor ein paar Tagen schon Herr Hock im »Alt-Heidelberg«, unmutig – ob etwas an den Nudeln auszusetzen sei? »Die Nudeln sind zu hart«, sagte Herr Jackopp. Der Kellner bestritt das und verteidigte seine Nudeln. »Hören Sie, dieses Zeug da ist zu hart!« beharrte Herr Jackopp barsch und trutzig, »nehmen Sie das weg da! Und bringen Sie mir ein Bier!« Flugs nutzte Herr Kloßen die Gelegenheit und trank mit einem mächtigen Zug sein erstes Glas aus und hielt es ebenfalls und fast vorwurfsvoll dem Kellner hin.

»Ich bin ein armer Mensch«, sagte nun tonlos wie jener Alte bei Gustav Mahler Herr Jackopp, »ich interessiere mich eigentlich nur mehr für drei Sachen. Für Profi-Boxen, schicke Klamotten und Kellner beleidigen.« Drei Dinge! Und Rut Brand? Und Albert Camus? Und vor allem: Hatte er Frl. Czernatzke schon wieder vergessen? Wieder galt es höchste Wachsamkeit ...!

Es war auch inzwischen fast 2 Uhr geworden, und so erinnerte ich denn Herrn Jackopp, nachdem Herr Kloßen noch schnell eine donnernde Geschichte über einen Ober erzählt hatte, der von ihm einst in Itzehoe »intellektuell fertiggemacht« worden war, erinnerte ich Herrn Jackopp behutsam an das vorgesehene Gespräch mit Frl. Czernatzke. Unangenehm genug, daß Kloßen auch hier eingriff und mit scheppernden Lachen und plötzlich wieder kreuzfidel fragte: »Bumst du die jetzt eigentlich schon, die Tante?« Worauf Herr Jackopp Kloßen zuerst mit einem langen und betäubenden Blick mitten ins Gesicht traf und dann die meines Erachtens wunderbare, ja geniale Entgegnung: »Was? Ach was!« fand.

Wir brachen auf. Beim Zahlen stellte sich seitens Herr Kloßen die erwartete Nervosität ein, die auch durch den raschen Genuß von drei großen Bieren nicht ganz eingedämmt worden war. Als ich mich absichtlich wieder spröde zeigte (wieviel schuldete der Mann mir eigentlich schon?), offenbarte Herr Jackopp wieder trotz aller Leiden hohe Ritterlichkeit: »Brauchst du Kohlen?«, und während Herr Kloßen dazu ansetzte, elende Aussagen wie »Heute abend kommt das Geld« zu machen, schob Herr Jackopp ihm wieder einmal einen grünen Schein hin, den Kloßen behend erraffte, und gleich darauf verließen wir das Lokal.

Herr Jackopp verabschiedete sich nun, den entscheidenden Weg zu Frl. Czernatzke zu gehen, indessen Herr Kloßen und ich ein wenig durch eine Alleeanlage bummelten. Dabei fiel mir der Dispositionskredit ein, von dessen Gelingen mir gestern spät abends Herr Kloßen im »Krenz« telefonisch berichtet hatte, und ich fragte ihn nun, was das sei, und ob das auch in Ordnung gehe. »Selbstverständlich«, lärmte Kloßen unverzüglich los, wie er das nur habe vergessen können, jawohl, das mit dem Dispositionskredit laufe ebenfalls, es sei dies eine Art Werbeaktion der Bank für Gemeinwirtschaft für junge Menschen, die neu ins Leben träten und da natürlich noch nicht so konnten, wie sie wollten. Bei ihm sei, als er gestern in dieser Sache vorgesprochen habe, nur die geringfügige Schwierigkeit gewesen, daß er kein regelmäßiges Gehalt beziehe, aber der Beamte sei sehr freundlich gewesen, und er, Kloßen, habe ihm auch von unserem Fernsehspiel erzählt ...

Ich gebe zu, daß ich es nun irgendwie nicht mehr aushalten konnte, und ich schüttelte Herrn Kloßen ab, indem ich ihm vorgaukelte, ich müßte jetzt ins Staatsarchiv, um gewisse Studien zu betreiben. Herr Kloßen bedeutete mir sichtlich enttäuscht, er habe mich eigentlich zu Hajo, dem Ballspieler, mitnehmen wollen, der bei einer Lehrerin wohne und von dieser täglich 6 Mark Zehrgeld erhalte, und im Kühlschrank sei auch etwas Wermut – jedenfalls komme er, Kloßen, kurz vor 5 Uhr wieder bei mir vorbei, und ich sollte ihn dann mit dem Auto zur Telegrafenpost fahren, wo wir endlich das viele Geld entgegennehmen würden.

Wieder zu Hause, überlegte ich gerade, wie ich das mit dem Bildungspolitiker Lohmar anstellen und wie ich diesen allzu rasch emporgekommenen Mann zähmen könnte, da kam mir der Gedanke, als makelloser Kavalier müsse ich eigentlich Frl. Majewski anrufen. Doch so leid es mir für Frl. Majewski tat, nach meinem jüngsten Kloßen-Erlebnis fiel mir zu diesem Thema überhaupt nichts mehr ein. Vielleicht war es auch aparter, heute wie in übergroßer Verzauberung zu schweigen, die Galanterie gewissermaßen ins Über-Zweckgebundene zu steigern... Da schellte das Telefon. Frl. Majewskis Einladung für den heutigen Abend? Es war aber vielmehr Herr Domingo, der sich, wieder einmal Heiteres erlauernd, nach den »Gegebenheiten der Zeit« erkundigte, und wunschgemäß erzählte ich ihm, daß ich soeben mit den Herren Kloßen und Jackopp wichtige Entscheidungen eingeleitet hätte, bei dem einen betreffs Geld, beim anderen Liebeslust oder aber Entsagung für alle Zeit. Lachend beendete Herr Domingo unseren Plausch mit dem Satz: »Die Härte der Zeit verlangt ihre Opfer.«

Nun muß ich allerdings sagen, daß Herrn Domingos überlegenes Lachen insbesondere im Zusammenhang mit Herrn Jackopps Leid keineswegs so begründet war, wie es scheint. Auch er war vor einem Jahr und trotz seines Töchterchens Julia Domingo einmal zäh und eindringlich hinter Frl. Czernatzke hergeschlichen, war mit ihr immer wieder *Paella* essen gegangen, hatte mit mehr oder weniger haltbaren philosophischen Einsichten auf sie einzuwirken versucht – und war zuletzt doch verdientermaßen gescheitert. So geht es uns Intellektuellen immer wieder.

Die Glasreiniger oder die SPD-Bildungspolitik? Eins davon mußte sein. *Hic et nunc.* Doch wieder schellte das Telefon, es schien wie eine geheime Verschwörung gegen die CDU/CSU. Diesmal war es Herr Waechter, der schon erwähnte Maler und Fußballer, der anfragte, ob wir nicht ein wenig kicken gehen sollten, das Wetter sei heute so prächtig, und er habe auch schon einen neuen Ball gekauft. Ich bedeutete Herrn Waechter, daß dies heute wegen Arbeitsüberlastung leider nicht möglich sei, denn – »Augenblick, Herr Waechter, an meiner Tür schellt es gerade« (ich ging in den Flur, drückte das Knöpfchen für die Haustüre und öffnete die Wohnungstüre einen Spalt) »so, Herr Waechter, ich bin wieder da« – ja, ich hätte so grauenhaft viel zu tun. Was mit Herrn Eilert, Herrn Ulf und Herrn Jackopp sei, wollte nun Herr Waechter wissen. Von den ersten beiden, sagte ich, wüßte ich nichts, Herr Jackopp dagegen gründe soeben zusammen mit Frl. Czernatzke einen Albert-Camus-Club. Merkwürdigerweise wunderte sich Herr Waechter darüber überhaupt nicht – nun, vielleicht war es ja auch wirklich wahr –, sondern sagte, er wolle bei Frl. Czernatzke anrufen, denn Fußball sei wichtiger als Camus.

Ich legte den Hörer auf und drehte mich um. Unter der Tür stand im lang abfallenden Mantel, todbleich und sichtlich restlos verstört Herr Jackopp mit einer Kognakflasche unter dem Arm. »Hör mal«, sagte Herr Jackopp schwer, »mir ist da gerade etwas so unheimlich Blödes passiert, so blöd, daß ich es überhaupt nicht verstehen kann. Und ich möchte dich fragen, ob du es verstehst.« Der Bruch der Logik, blitzte es in mir auf, und ich bat Jackopp, der noch immer reglos stand, sich doch erst einmal gemütlich hinzusetzen. »Hör mal«, sagte Herr Jackopp, »kann ich mich einen Moment bei dir hinsetzen? Ich möchte dich etwas fragen, was ich überhaupt nicht verstehe.« Ich wiederholte meine Bitte, Herr Jackopp nahm Platz, starrte kurz vor sich hin, riß dann den Kopf in die Höhe, steckte sich wie im Traum eine Zigarette an und begann mit »Hör mal!« Es mußte sich in der letzten Stunde etwa Folgendes zugetragen haben: Herr Jackopp war in Frl. Czernatzkes Büro gegangen, die Aussprache zu erzwingen, Frl. Czernatzke war aber nicht dagewesen, sondern nur eine Frau Vollmers, die Herrn Jackopp gegenüber angab, Frl. Czernatzke sei bei einer Demonstration von mehreren hundert Frauen gegen den Paragraphen 218. Herr Jackopp hatte sich nun beschreiben lassen, wo dieser Auflauf stattfand, dann war er ebenfalls hinmarschiert. Er habe sich, erzählte er, an eine Straßenecke gestellt und gewartet, bis der Zug vorbeimarschiere. Schon in einer der ersten Kolonnen sei Frl. Czernatzke mitgelaufen und habe, so Jackopp, »ununterbrochen diese blöden Parolen von den anderen Schick-

sen mitgebrüllt«. Daraufhin habe er, Jackopp, vom Gehsteig her Frl. Czernatzke ein Signal gegeben, sie solle zu ihm herauskommen, aber Frl. Czernatzke habe ihm im Laufen zugeschrien:
»L o s  G e n o s s e ,  r e i h  d i c h  e i n,
K o m m  h e r e i n  i n  u n s ' r e  R e i h n !«
»Kannst du es verstehen?« fragte Herr Jackopp mit schon morscher Stimme; er habe eine Aussprache erreichen wollen und sie, die Czernatzke, rufe ihm dafür »so einen blöden Scheißdreck« zu. Er sei dann wieder weggegangen und habe unterwegs diese Flasche Kognak für mich gekauft, »für das, was du in dieser ganzen verwichsten Scheiße für mich getan hast«.

Natürlich machte ich gleich ein paar abwehrende Gesten und Aussagen, daß ich in dieser ganzen Sache ja selbstverständlich um der Sache willen . . .

» D e r  K o g n a k  g e h ö r t  d i r «, befahl mir Herr Jackopp, » d u  t r i n k s t  i h n.« Dann sollten wir ihn doch wenigstens zusammen trinken, wandte ich ein. »Ich kann nicht«, sagte Herr Jackopp gleich wie schauernd, »ich bin vollkommen besoffen.« Seltsam! Und gerade jetzt machte Herr Jackopp einen irgendwie wachen, fast nüchternen Eindruck. »Kannst du es mir erklären?« fuhr er fort. »Was?« fragte ich. »Ich wollte mit ihr sprechen«, sagte Herr Jackopp, »und sie schreit mich an: Los Genosse, reih dich ein, komm herein in uns're Reihn da. Ich mag die Czernatzke unheimlich. So was Verwichstes ist mir noch nie passiert!«

Seit 1957, dachte ich unwillkürlich, und war nun zur Besänftigung von Herrn Jackopp sogar gezwungen, die Sache der Frauenrechtlerinnen zu vertreten, denen allerdings, wie man weiß, auch ich mit großen Vorbehalten begegne. Mit äußerster Behutsamkeit wies ich also Herrn Jackopp darauf hin, daß so eine Demonstration vielleicht doch nicht ganz der rechte Ort für eine letzte Aussprache sei. Man müsse ja immerhin bedenken, daß all die Frauen, die da mitgerannt seien, starke persönliche und vielleicht sogar politische Motive mit sich trügen, die wegen privater Leidenschaften vorerst keinen Aufschub duldeten. Die freiheitliche Bewegung innerhalb der Frauenwelt sei heute in den westlichen Ländern so weit fortgeschritten, daß . . .

» I c h  b i n  S t a l i n i s t !« unterbrach Herr Jackopp mein Gerede sehr streng und sah beinahe verklärt aus,»aber das verstehe ich nicht. Kannst du es mir erklären? Der Schnaps da gehört dir.«

Ganz offenbar war Herr Jackopp wirklich vollkommen besoffen. Nachdenklich nippte ich ein wenig von meinem Kognak-Geschenk und fragte, um Herrn Jackopp vielleicht abzulenken, wie das mit seiner stalinistischen Gesinnung zu verstehen sei. Herr Jackopp sagte nun:»Die von den Reaktionären und Schweinen so genannte Säuberungswelle war objektiv notwendig, um den Sozialismus im Inneren abzusichern. Alles andere ist eine verwichste Scheiße und von gestern.« Gerade, als ich darauf eine Antwort überlegte, sagte dann Herr Jackopp:»Welche Rolle spielt eigentlich Herr Rösselmann?« Warum, fragte ich. Der Herr Rösselmann habe, als er, Jackopp, im Büro nach Frl. Czernatzke gefragt habe, immer wieder nur gesagt, er wisse es nicht, er wisse es nicht. Erst von Frau Vollmers habe er dann die Wahrheit erfahren.»**Der Rösselmann ist ein Betrüger!**« sagte mit Nachdruck und Schärfe Herr Jackopp,»ein ganz verwichster Betrüger!«

»Verwichst« waren damit hintereinander »die ganze Scheiße«, die Feinde des Sozialismus sowie Herr Rösselmann. Irgendwie schien mir das plötzlich eine recht stimmige, nach unten abfallende Kausalkette. Ich nahm noch einen Schluck Kognak und legte mich auf mein Bett, um mich ein wenig zu entspannen und gründlich nachdenken zu können. Herr Jackopp verstand dies leider völlig falsch.»Ich gehe jetzt«, sagte er,»der Schnaps da gehört dir.« Ich bat Herrn Jackopp nun aufrichtig, doch hier bei mir zu bleiben, gewissermaßen brauchte ich ihn jetzt sogar.»Eine Frage«, sagte scharf Herr Jackopp,»kann ich morgen früh auf deinem Telefon meinen Schwager in Basel anrufen?« Natürlich, sagte ich.»Ich laß dir die Flasche da«, sagte Herr Jackopp, deutete auf den Arbeitstisch und schlurfte in geduckter Haltung aus meiner Wohnung.

Offen gestanden, Herrn Jackopps Kognak konnte ich jetzt sehr gut brauchen, und ich nahm auch gleich noch einen nachdenklichen Schluck. Nachdenken konnte ich allerdings nicht, statt dessen schritt ich träumerisch in meinem Zimmer auf und ab. Plötzlich hatte ich die allergrößte Lust, auf einen Friedhof zu gehen.

Vielleicht würde eine Blaskapelle irgend etwas Dummes aufspielen. Doch es war schon zu spät. Ich stellte mich ans Fenster. Auf der Straße da unten rauschte der Feierabendverkehr vorbei, der Himmel stand in einem leuchtenden Violettblau, Abend wollte es werden, Dämmerung senkte sich über's stille Land. Eben trottete der Posaunist Mangelsdorff vorüber. Kam er vom Friedhof? Nein, er trug eine volle Tüte aus dem Supermarkt in der Hand. Welch schöne langen Haare, welch stolze Koteletten! Und immer die Musik im Kopf. In meinem Kopf war überhaupt nichts. Ein Stalinist also ist er, *c'est le mot*, jawohl. Und Rösselmann ein Betrüger. Und das Ganze eine verwichste Scheiße . . .

Gleich würde Kloßen schellen, das wußte ich, und dann würde das Leben wieder weitergehen in alter Frische. Noch allenfalls zwei Tage, und ich würde die Besinnung verlieren. Wollte nicht irgendwer mit mir in den Schwarzwald fahren, zur Besinnung? Ach ja, Kloßen selber! Hier rundete sich der Kreis. Verdammt! Vielleicht ist wirklich die Regierung an allem schuld, durch allzu große Nachlässigkeit, ein falsch verstandenes Freiheitsspielprogramm gegenüber den Untertanen, diesen unberechenbaren Radaubrüdern und Horkheimers und Aufenthaltsgenehmigungen für die Eidgenossen . . .

Es schellte. Kloßen! Doch nicht er war es, sondern Herr Jackopp. »Grüß dich«, sagte er überraschend, »kannst du mir eine 40-Pfennig-Briefmarke geben?« »Selbstverständlich«, sagte ich und überreichte sie ihm. Es schellte erneut. Diesmal war es Kloßen – und wir waren wieder alle drei vereint. »Gehst du mit einen schlucken?« fragte Jackopp Kloßen. Warum fragte er eigentlich nicht mich? Wollte er mich schonen? Ich empfand das eher als eine Beleidigung. So hart es Herrn Kloßen angekommen sein muß, vielleicht zum ersten Mal in seinem Leben auf diese Frage eine Absage erteilen zu müssen, wollte er bei mir nicht die letzte Glaubwürdigkeit verspielen, erklärte er nun Herrn Jackopp in Worten, die ich eher ahnte als verstand, er müsse jetzt mit mir zur Telegrafenpost, und es war wieder von unterschiedlichen Ziffern zwischen 4700 und 65 Mark die Rede.

»Ich komme mit«, sagte Herr Jackopp.

Mit meinem Auto fuhren wir zu dritt zur Telegrafenpost. Es stellte sich dies als ein Bauwerk heraus, das von außen nicht im geringsten als Postamt zu erkennen war, sondern es war ein Hinterhof mit mehreren greulich ineinander verschachtelten Häuserruinen. Als wir aus dem Auto krochen, schlug Herr Kloßen sofort vor, doch erst einmal in der Gaststätte gegenüber dem Hinterhof ein Bier zu trinken, das Geld sei wahrscheinlich noch nicht da, weil der Absender aus Stuttgart im Verkehrsgewühl steckengeblieben sei, wie er vor einer Stunde telefonisch erfahren habe, und außerdem ...

»Ja«, sagte Herr Jackopp, aber ich befahl Herrn Kloßen streng, doch erst mal am Schalter nachzuforschen. Ganz offenbar eingeschüchtert und aus Furcht vor meiner Autorität machte sich Herr Kloßen mit betrübter Miene auf die Socken, strich aber mutig über den Hinterhof, wurde von einer älteren graugestreiften Katze gekreuzt und verschwand schließlich in einer schäbigen Türe, die aussah, als würde sie in das Kontor einer Altpapierwarenhandlung führen. Und das sollte also ein Postamt sein, und noch gar für so hochqualifizierte und kaum durchschaubare Dinge wie Geldtelegramme!

Keine zwei Minuten später war Kloßen wieder zurück. Das Geld sei noch nicht da, das mache aber gar nichts, denn Telegramme kämen alle volle Stunden. »Gehen wir ein Bier schlucken«, sagte gleichsam abwesend Herr Jackopp. Schon saßen wir in dem Lokal. Kaum auf seinem Stuhl niedergelassen, griff Herr Jackopp sich schmerzlich ans Herz, und als ich ihn wohl besorgt anschaute, murmelte er sehr leise: »**Es ist nichts, das ist nichts, ich kann es nicht verstehen, es ist unheimlich**...«

»**Paß auf!**« schmetterte Herr Kloßen gnadenlos dazwischen, er fahre heute abend kurz nach acht Uhr mit der Eisenbahn nach Itzehoe. Die Reise koste hin und zurück 140 Mark, blieben also von den telegrafisch erwarteten »mindestens 300 Mark, das andere kommt dann am Dienstag« noch 160 Mark. »100 davon gebe ich dir«, sagte Kloßen feurig, »und paß auf, mit diesen 100 gehst du heute abend in den Mentz« – damit war auch schon meine Abendgestaltung festgelegt – »und gibst dem Pettler 20 Mark, dem Peter Knott 5 Mark und dem Mentz selber 9,80 Mark, der hat da von mir noch einen Bierdeckel stehen.« Vorher allerdings käme noch Herr Rohleder bei mir in der Wohnung vorbei,« »den kennst du ja schon, paß auf, dem gibst du 30 Mark, der wird zwar mehr, nämlich entweder 100 oder 140 Mark fordern, du gibst ihm aber bloß 30, klar? Und keinen Pfennig mehr, diesem Herrn habe ich nun lang genug zugeschaut.« Insgesamt seien das dann, fuhr Kloßen fort, 65 Mark, »der Rest, die 35 Mark, sind für dich. Im Augenblick kriegst du von mir 125 Mark, die kriegst du nächste Woche, wenn wir die Sache mit den Fußball-Karten erledigt haben bzw. wenn der Rest von dem Geld aus Stuttgart kommt. Wir sind dann also noch 100.«

Ich machte Herrn Kloßen darauf aufmerksam, daß 125 (Wie kam er eigentlich auf diese erstaunliche Zahl, die mir völlig unbekannt erschien?) daß 125 weniger 35 nicht 100, sondern 90 wären. »Das laß mal, Eckhard!« schnarrte Herr Kloßen, »das geht schon klar!« – Der eine schenkte mir Kognak, der andere 10 Mark. Irgendwie war mir zum Weinen zumute.

»Wo ist meine Briefmarke? Verdammt!« ächzte leise und wie im Selbstgespräch Herr Jackopp. Ich sagte, in der Reverstasche sei sie. Herr Jackopp stocherte einige Zeit in dieser herum, dann zog er die Marke endlich heraus. »Das ist gut«, sagte Herr Jackopp die Marke anstarrend, »da ist sie. Schlukken wir noch einen? Drei Korn, bitte!«

Gleich darauf war es 18 Uhr, und Herr Kloßen brach erneut auf, in dem Hinterhof nach Geld zu suchen. Ob Herr Jackopp überhaupt ahnungsweise mitkriegte, welche hohe Politik der Geldbeschaffung und Neuverteilung sich hier vor seinen Augen und Ohren abspielte? Er starrte auf die Tischdecke, rauchte eine französische Zigarette und schien zu schlafen. Sicherlich war dieser Mann spätestens jetzt schwer betrunken, und doch, welche Haltung, welche körperliche Anmut trotz all der furchtbaren Niederschläge!

Herrn Kloßens Wiederkunft unterbrach die raunende Stille in meiner Seele. Sein Gesichtsausdruck verriet sofort Vergeblichkeit. Irgendeine Kraft preßte mir jetzt Tränen der Wehmut in die Augen. Bewegt, fast ergriffen fragte ich diesen Mann, ob er denn genau wisse, daß das Geld auch wirklich komme. »Alles klar!« grunzte Kloßen zügig und mit nun wirklich verehrungswürdiger Tapferkeit, der Freddy Krawatzo aus Stuttgart gehöre zu seiner ehemaligen Itzehoer Mannschaft, der habe ihn noch nie im Stich gelassen und erst im vorigen Jahr, als Freddy in Itzehoe Urlaub gemacht hatte, mit ihm vier Tage durchgemacht . . .

Über den Namen »Krawatzo« mußte ich plötzlich ganz heftig und überquellend lachen, was Kloßen auf seinen Bericht von der Durchmacherei bezog, und er breitete sofort, wunderbar quallend und begeistert, alle Einzelheiten dieser grauenvollen vier Tage Itzehoe aus, bestellte ein neues Bier . . .

Aus dem Hinterhof bekam dieser Mann nie 300 Mark, das wußte er so gut wie ich. Warum spielte er mir dieses Theater vor? Glaubte er schon langsam selber dran? Was verbarg sich hinter dieser schäbigen Tür, die angeblich ins Geldamt führte? Warum auch hatte sich Kloßen ausgerechnet diesen unglaubwürdigen Hinterhof ausgesucht, mich zu täuschen? Sollte man beim nächsten Stundenschlag darauf bestehen, mit ihm zu gehen, das Geheimnis zu lüften? Aber würde das nicht wiederum unter Umständen selbst Herrn Kloßens wind- und wetterfeste Persönlichkeitsstruktur zum Einsturz bringen . . . ?

Als ob Kloßen meine Gedanken gewittert hätte, bat er mich auf einmal, seinen Bericht aus Itzehoe abbrechend, jetzt doch heimzugehen, denn für 7 Uhr stehe Rohleder ins Haus, sein Geld einzufordern – diesem solle ich aber bedeuten, er möge um halb 9 Uhr wiederkommen, »denn um 7 Uhr oder spätestens dann um 8 Uhr habe ich es unter Garantie.« Er selber, Kloßen, fahre es dann mit dem Taxi zu mir und werfe es in meinen Briefkasten, weil er gleich zum Bahnhof weiter müsse, und am Montag, »wenn ich dann zurück bin, dann machen wir die Sache mit den Eintrittskarten perfekt. Du ziehst gleich früh los, wenn der Kartenverkauf losgeht, und kaufst, so viel du kannst. Alles klar?«

Alles klar. Mit der Einschränkung, daß mich Herr Kloßen noch einmal um 3 Mark für seine zwei Biere bat, so daß wir nun wiederum bei der schönen Zahl 103 angelangt waren.

Wir verabschiedeten uns. Herrn Jackopp nahm ich mit mir. Auf dem Heimweg fröstelte er heftig, bekam den Schluckauf, und dann brummte er etwas, das sich anhörte wie: »Die Grace Kelly, das ist die Größte«, und dann sagte Herr Jackopp, ich müsse verstehen, hier handle es sich um eine Sache »nicht nur zwischen dir und mir, sondern auch zwischen der ganzen anderen Scheiße, dieser verwichsten«. Außerdem wolle er, wenn ich recht verstanden habe, »diese Gangsterstadt« (Zürich?) dem Erdboden gleichmachen, und morgen werde er in ein Hotel ziehen, ob er wohl zwei Koffer bei mir unterstellen könne? Natürlich. Wie Kloßen auch. Dann hatte ich von jedem zwei Koffer ... Ich bedeutete dem armen Herrn Jackopp, der sichtlich kurz vor dem Niedergang stand, er möge sich bei mir zu Hause etwas hinlegen, ich würde ihm ein wenig auf dem Klavier vorspielen. »Ist gut«, sagte Herr Jackopp. Kurz darauf legte er sich wortlos in mein Bett und schlief sofort ein. Ich setzte mich ans Pianoforte und überlegte, was zu diesem Zusammenbruch am besten paßte. Da schellte es. Es war Herr Rohleder, der mit verbissener Miene 140 Mark holen wollte. Ich sagte ihm, er solle in einer Stunde wiederkommen, wie mir Kloßen geheißen. Das sei unmöglich, kämpfte Rohleder, er wolle jetzt mit seiner Braut essen gehen, die warte schon unten im Auto. Nun, so töricht war ich natürlich nicht, Rohleder nochmals einen Vorschuß zu geben, zumal nach der Aussage von Kloßen-Mentz noch gestern Rohleders Frau niedergekommen war, – und ich sagte, es täte mir leid, und blieb hart. Daraufhin zog Rohleder maulend ab und wollte um 9 Uhr wiederkommen.

Herr Jackopp schlief bereits fest und hart und stieß in mächtigen Zügen die Luft aus dem halboffenen Mund, als ich mich ans Piano setzte. Ich spielte zuerst Brahms' »Schlafe, Süßliebchen, im Schatten der grünen dämmernden Nacht«, und erstaunlich schön ließ ich die Arpeggios heraufrauschen aus den Tiefen des Weltengeheimnisses, gleich wie den Stimmen der Erde, die Herrn Jackopps Schlummer behüteten und ihm sanft zusäuselten. Der ächzte und röchelte schon etwas verhaltener.

Sodann wählte ich einige von Schumanns Kinderszenen, daran schlossen sich »Die Liebe von Zigeunern stammt«, das Volkslied »*Sul Mare lucica*«, dann »*La Paloma*«, dann die »Wolgaschlepper«, dann »Blaue Nacht am Hafen« und schließlich ein Potpourri aus »*Rigoletto*«.

Ich wandte mich um und betrachtete den Schlafenden. Die Schweiz – das Tessin, die faszinierende polithistorische Landschaft – und dann, *e poi: Paese d' 'o sole, paese d' 'o mare ... Santa Lucia, luntano a te quanta malincunia ... silenzio cantatore nun te dico parole d'ammore ... o core 'ngrato ...*

Da glaubte ich, das Herz würde zerspringen, und ich kroch deshalb zu meinem Sofa und schlief gleichfalls sofort ein.

Es muß gegen 23 Uhr gewesen sein, als Herr Jackopp mich weckte. »Ich geh in' Krenz. Kommst du mit?« Selbstverständlich kam ich mit, was hätte ich denn sonst tun sollen? Ich hatte ja die ganze Verantwortung, den Geleitschutz. Ewig, ewig. »Du hast gut Klavier gespielt«, sagte Herr Jackopp, »du hast die Technik. Gehen wir.«

Kloßen und Rohleder fielen mir ein. Ich hatte Rohleder nicht wieder läuten hören. Eine Bedrohung war durch Schlaf abgewiesen worden. Beim Verlassen des Hauses sah ich, um mir einen kleinen Spaß zu gönnen, in meinen Briefkasten, ob vielleicht doch 100 Mark drinnen wären. Unglaublich. Da lag etwas. Zwar kein Hundert- aber doch ein Fünfzigmark-Schein. Nachdenklich nahm ich ihn an mich. Jetzt verstand ich überhaupt nichts mehr. »Gehen wir«, sagte Herr Jackopp.

Im »Krenz« saßen an einem Tisch vereint Frl. Majewski, Frl. Czernatzke, Herr Johannsen und der Lokalschriftsteller Wondratschek, der eben zum Zeitpunkt unserer Ankunft etwas sehr Schnelles und wahrscheinlich Einschneidendes sagte, so daß die beiden Damen entzückt quietschten, indessen Herr Johannsen königlich lächelte. Das also war die Neuaufteilung der geschlechtlichen Kräfte.

Während ich etwas unsicher hinübergrüßte und schamhaft lächelte, schenkte Herr Jackopp diesen vier Personen nicht die mindeste Aufmerksamkeit, sondern stellte sich sofort und ohne Kompromiß an die Theke, bestellte ein großes Bier und starrte vor sich hin. Ich bat, weil mir nichts besseres mehr einfiel, um ein Libella und übereignete dem alten Herrn Mentz im Namen Kloßens 9,80 DM aus meinem Reservoir von 50 Mark. Ich erntete aber keinen Dank und keine Anerkennung, sondern Herr Mentz zog unbarmherzig einen zweiten Bierdeckel hervor und fragte, was außerdem mit den 10 Mark sei, die er Kloßen gestern abend im Zuge der Dienstreise geliehen habe. Ich wußte es nicht und wollte es nicht wissen. »Meine Herren«, hörte ich darauf den alten Mentz sagen, »man muß doch auch als Gast sein Niveau haben.« Kurz darauf bemerkte ich, wie Herr Jackopp Herrn Mentz lange und inständig und, wie mir schien, mit geradezu umfassendem Wohlwollen beschaute.

Hinter uns quiekten erneut hell und silbrig Frl. Majewski und Frl. Czernatzke im Banne des Lokalschriftstellers. Eigenartig. Der einen hatte ich gestern noch tadellos die Aufwartung gemacht, die andere war heute nachmittag noch politisch herummarschiert. Und nun dies. Es war so unheimlich wie Herrn Jackopps Camus. Der Ausdruck beginnt, wo das Denken aufhört. Gottseidank kam nun mit Herrn Rösselmann ein Vertreter des Alltags zur Tür herein und stellte sich nach einem kurzen abwägigen Blick auf die Quieker-Gruppe und nachdem er, gleichsam die Eigentümlichkeit der Situation witternd, zweimal kurz und heftig die Nase zu einem Schnuppern hochgezogen hatte, zu uns Herren. »Aha«, sagte er munter, warum wir nicht »an diesem illustren Tisch bei den Damen« säßen? Ich überlegte gerade eine ebenso lockere wie prägnante Entgegnung, da hörte ich Herrn Jackopp sagen: »**Herr Rösselmann, trinken Sie mit mir einen Schnaps? Ich habe mich heute scheiden lassen.**«

»Ah ja!« sagte Herr Rösselmann rasch aufhorchend, »das hört man gern.« Im selben Augenblick turnten Herr Peter und Frau Johanna Knott in die Wirtsstube, grüßten uns Thekensteher kurz und fast abschätzig und entschieden sich dann für den Quieker-Tisch. Und nach dem etwa halbminütigen Begrüßungslärm hörte man Herrn Knott artig sagen: »Na, herzlichen Glückwunsch auch!«

Da kam Herr Jackopps Scheidungs-Schnaps, drei Gläser, für mich war also auch einer dabei. Und während nun Herr Rösselmann Herrn Jackopp eifrig auszuhorchen begann, brachte mein Geist ungefähr Folgendes zuwege:

Seit einer Woche hatte ich Herrn Jackopps ganzes Vertrauen genossen. Immer wieder hatte er mir, dem Älteren und Reiferen, Fragen gestellt, wie ich es ihn seinerzeit bei Frau Knott gelehrt, immer hatte er mich ins Geschehen einbezogen, immer Freud und Leid geteilt – warum hatte er mir ausgerechnet diese Scheidung verschwiegen, warum den wenig vertrauenswürdigen und sogar hinterhältigen Rösselmann bevorzugt? Doch andererseits: **Wann** denn hatte sich Jackopp heute scheiden lassen? Er war doch den ganzen Tag über mit mir zusammen gewesen, seit halb 11 Uhr morgens und nur zwischendurch bei Frl. Czernatzke und ihrem Protestmarsch! Es muß also die Scheidung vor dem Zeitpunkt stattgefunden haben, zu dem ich Jackopp auf der Straße begegnet war und er so dringlich hatte scheißen müssen. War er da geradewegs vom Gericht gekommen? Aber er hatte doch die ganze Zeit über Camus gelesen und Pfannen Kaffee getrunken – – –

Der Bruch in der Logik ... Der Ausdruck beginnt, wo das Denken aufhört ... Camus ... Will man aber standhalten – – –

»Herr Mentz, noch drei!« rief nun Herr Jackopp munter, ja ausgelassen wie nie zuvor. Ja, die Scheidung als solche sei »direkt schön« gewesen, vernahm ich ihn in Richtung Rösselmann brummeln, »die Alte, die blöde Nuß« sei auch dagewesen – und an dieser Stelle kicherte Herr Jackopp sogar. Vom Tische her hörte man jetzt Frl. Majewski jubelnd: »Nein nein! Das gibt es doch gar nicht!« Richtig, Frl. Majewski, *c'est vrai*. Ich kann es auch nicht glauben. Und doch – – –

Wenig später brach die Tisch-Gruppe hinter uns auf. Frl. Majewski trat an mich heran, zwickte mich in den Arm und säuselte mit wohltätig lindem Ton in der Stimme, wir sollten demnächst einmal »alles in Ruhe und Besonnenheit bequakeln, vielleicht bei einem Opernbesuch«. Das letztere mußte ich zwar angesichts meines gestrigen Vorpreschens als Verweis und sogar als eine Beleidigung empfinden, aber ich nickte doch irgendwie dankbar mit dem Kopf. Gleichzeitig beobachtete ich, daß Frl. Czernatzke sich davonmachte, ohne unsere Thekengruppe auch nur einmal anzublicken. Das war eine unmißverständliche Sprache und zweifellos das Ende meiner einwöchigen Bemühungen.

Herr Knott und seine Gattin stellten sich nun locker zu uns und berichteten, Frl. Czernatzke habe heute abend mit den anderen drei Herrschaften Geburtstag gefeiert und dabei von Herrn Johannsen einen grauen Hasen, ein belgisches Riesenkaninchen, geschenkt bekommen, das jetzt als Wohnungsgast gehalten werden solle.

»Wie alt ist sie geworden?« fragte Herr Jackopp aufhorchend, aber sehr ruhig.

»25, glaub ich«, sagte Herr Knott. Seine Gattin bestätigte es nickend und ließ dabei ihre Blicke wohlgefällig über die Körperformen eines ringelbärtigen Studenten schweifen, der gerade das Lokal verließ.

»Dann ist sie jetzt so alt wie ich«, sagte Herr Jackopp heiter. »Herr Knott, Sie trinken auch einen mit? Ich habe mich heute scheiden lassen.« »Ach ja!« sagte Herr Knott und setzte eine fast geistvolle Miene auf, »warum denn das?« Mehr fiel auch diesem abgebrühten Plauderer dazu nicht ein.

Trotzdem gab ich ihm jetzt aus Kloßens Vorräten 5 Mark. Herr Knott konnte sich an diesen Betrag nicht erinnern, daraufhin versicherte ich ihn, auf Herrn Kloßens Buchführung sei absoluter Verlaß. Da mußten wir beide heftig lachen. »Herr Mentz«, rief nun geradezu ausgelassen Herr Jackopp, »machen Sie uns eine Flasche Sekt auf, Herr Mentz!«

Im Anschluß wurde es dann sogar noch ein richtiger netter Abend, offenbar hatte sich auch der alte Herr Mentz inzwischen von seiner Enttäuschung über Herrn Kloßen erholt und wohl erkannt, daß hier eine ganz besondere Feierlichkeit im Laufen sei. Ja, als sich das Lokal bereits bis auf uns Scheidungsgäste geleert hatte, dunkelte er durch Herunterziehen der Fenster-Rolladen gegenüber der Polizei ab und beschenkte uns von sich aus noch mit einer Flasche Wein, zu welcher er einprägsame Schwänke erzählte aus der Zeit, als er noch als Oberst seinen Mann gestanden hatte, und indessen der Sohn und die Gattin des Herrn Mentz im Hintergrund des Lokals sowie in der Küche erregt über die Beharrlichkeit ihres Vaters bzw. Gatten allerlei Lärm-, Schab- und sonstige hektisch mahnende Krachgeräusche vollzogen, wurde der alte Herr Mentz sogar immer aufgeräumter und schöner und lieblicher anzuschauen und mißachtete souverän die Winke seiner Restfamilie und zeigte ihr den Herrn und Meister – ja er setzte sich sogar noch demonstrativ gemütlich auf seinen Wirtshocker, und als der Wein alle war, schenkte er uns immer wieder neuen Schnaps und Bier und Apfelwein wild durcheinander aus, und als ihn seine Gattin schließlich fast weinend zu Bett bat, »du mußt auf deine Leber achten, Hans, sei doch vernünftig«, da sagte Herr Mentz mit List und Zähigkeit: »Die Herren haben ja auch noch alle einen Schluck zu trinken, und ich kann doch die

Herren nicht alleine trinken lassen«, und sofort schenkte Herr Mentz zweien der Herren erneut und wachsam Bier nach. »Ich brauch ja auch nichts mehr zu trinken«, jammerte jetzt hilflos Frau Mentz, worauf Herr Mentz in größtmöglicher Behaglichkeit konterte: »Darauf beneide ich dich«, ein Satz, über den besonders Herr Jackopp fast leidenschaftlich, wenn auch verhalten lächelte.

Das war aber auch meine letzte Beobachtung an diesem Tag. Irgendwie wurden wir später allesamt weggeräumt und heimgetan – – –

# SIEBENTER TAG

Um halb 9 Uhr früh schellte es an meiner Tür. Ich wußte gleich, wer es war. »Ich telefoniere mit meinem Schwager in Basel«, sagte Herr Jackopp, der einen äußerst schmucken dreiteiligen Blazer-Anzug in Mattviolett trug. Ich war noch rechtschaffen müde und rollte mich sofort in mein Bett zurück. Herr Jackopp wählte und sprach dann zehn Minuten lang in den Apparat hinein, und zwar in einem mir an ihm noch völlig unbekannten Schweizerdeutsch, das ihm einen eigenartig gelösten, ja beschwingten Ausdruck verlieh – so leicht und auch viel sprechend hatte ich diesen dunklen Mann bis dahin überhaupt noch nie erlebt. Während der Abfassung dieser Niederschrift kam mir deshalb sogar der furchtbare Verdacht, Herr Jackopp sei zweigeteilt, nämlich in der deutschen Sprache eine Katastrophe, in der schweizer-deutschen dagegen keck und lustig wie jeder andere Mensch auch. Ja, daß Herrn Jackopps Liebestragödie vielleicht sogar auf diese Krankheit zurückzuführen war, daß dieser Mann vielleicht Frl. Czernatzkes Herz bezwungen hätte, wenn er leichthin schweizerisch gesprochen statt immer so unerklärlich tief und abgehackt gebrummt hätte.

Ich habe übrigens von dem Gespräch fast nichts verstanden, bin aber sicher, daß kein Wort über die gestrige Scheidung Herrn Jackopps gefallen ist – das interessierte den Schwager, den Bruder von Frau Doris Jackopp, offenbar nicht.

Nachdem er den Hörer mit geradezu glucksendem Lachen aufgelegt hatte, wandte sich Herr Jackopp nun wieder in seiner gewohnt schwerblütigen Stimme an mich, der ich noch im Bett lag: »Gehst du mit einen Hund kaufen? Ich geh mir jetzt einen Hund kaufen. Du gehst mit?«

Ich war zwar von den mörderischen Anstrengungen des vergangenen Tags noch sehr geschwächt, ich hätte auch fragen können, warum wir das nicht später erledigen könnten, aber natürlich ging ich sofort mit. Wer wollte schon das sich abzeichnende

Finale versäumen, nachdem er so lange frisch mitgelaufen war? Ein Hund – das war es sicherlich. Der Aufbruch zum Neuen, zu den unbekannten Ufern. Beim Ankleiden fragte ich Herrn Jakkopp, der in der Mitte des Zimmers stand, eine Zigarette rauchte und heiter und irgendwie erleuchtet vor sich hin lächelte, wie er den schnellen Entschluß gefaßt habe, einen Hund zu kaufen? »Ein Hund ist etwas Schönes«, sagte mit tiefer Stimme, aber immerzu lächelnd Herr Jackopp.

Wir marschierten los in die Innenstadt, tranken im Tschibo-Laden einen Kaffee und gingen dann in die nächste Tierhandlung, wo wir die dort anwesenden Hunde beschauten. Herr Jackopp schritt immer wieder an den Käfigen auf und ab, in denen sich mehr als 20 sehr liebe und zum Teil sogar drollige Tierchen tummelten. Herr Jackopp musterte jedes einzelne eindringlich, dann sagte er mit fester Stimme zu der Verkäuferin: »Den will ich. Ich kaufe ihn.«

Die winzig kleine und sehr possierliche Dackelin kostete mit Leine 320 Mark. Herr Jackopp zahlte mit einem 500-Mark-Schein, und weil der Hund noch sehr jung und unversiert war und nicht ordentlich durch unsere große und verkehrsreiche Stadt trippeln konnte, packten wir ihn in einen Karton, aus dem er dann zitternd, aber interessiert seinen Kopf in das morgendliche Großstadttreiben hielt.

Wir trugen den neuen Freund ins Café Härtlein, wo wir nochmals frühstückten, und Herr Jackopp ließ sein Tier im sonst leeren Raum herumlaufen. Wenn der Hund sich einmal hinter den Ofen verirrte oder zur offenen Tür hinauswackelte, rief Herr Jackopp stets sofort »Hund, Hund, komm, Hund!« Ich fragte Herrn Jackopp, welchen Namen er dem Tier geben wolle. »Hund«, antwortete Herr Jackopp, der einen immer aufgeräumteren, ja ich möchte sagen dämonisch zufriedenen Eindruck machte, »bloß Hund.«

Sein Bruder in Zürich, sagte dann Herr Jackopp, komme demnächst in unsere Stadt, er werde mit ihm und dem Hund zusammen eine Wohnung mieten. Sein Bruder und er und der Hund würden gut zusammenleben.

Warum telefonierte Herr Jackopp mit dem Schwager, wenn die Ankunft des Bruders bevorstand? Wann wird die Dackelin elendig verhungern oder an einer Schnapsvergiftung zugrunde gehn? War dieser Hund angeschafft worden, Frl. Czernatzkes neuem Hasen Trotz zu bieten? Planten die Brüder Jackopp von hier aus die Beseitigung der Stadt Zürich?

Mit solchen und ähnlichen Fragen im Kopf verließ ich bald darauf Herrn Jackopp auf »Bis dann!« »He, Hund! Hund!« hörte ich ihn im Weggehen rufen. Ich sah ihn nie wieder.

### Nach dieser Niederschrift
### (Ausklang)

Hiermit endet auch schon die eigentliche Liebesgeschichte zwischen Herrn Peter Jackopp, Frl. Evamaria Czernatzke, Herrn Ulf Johannsen, Frl. Birgit Majewski und letztlich wohl auch mir. Es endet hier in eigenartiger Gleichzeitigkeit auch die Karriere des Herrn Joachim Kloßen, zumindest in unserer Stadt – in einer ganz anderen Stadt war sie allerdings inzwischen zügig, ja vehement weitergegangen. Ich darf hier zusammenfassend berichten, daß mich Herr Kloßen zwei Tage nach dem Hundekauf des Herrn Jackopp aus Garmisch-Partenkirchen anrief, wohin er gefahren war, nachdem er angeblich den Zug nach Itzehoe um fünf Minuten versäumt hatte. »Aber das muß ich dir alles später erklären«, rief Kloßen ins Telefon, im Augenblick brauche er schnell und unheimlich dringend 200 Mark, denn er habe in den letzten vierundzwanzig Stunden nur mehr zwei Semmeln gegessen. Ich solle ihm das Geld sofort abschicken, »zu deiner Sicherheit« habe er deshalb auch gleich die Geschichte von der Ziege vor Gericht für unser Fernsehspiel geschrieben und sie schon zur Post gegeben, »das läuft«, sozusagen auf Kommissionsbasis und als Wertpapier in Höhe von 200 Mark, wenn ich Kloßen richtig verstanden habe. Das Wetter und die Gegend seien übrigens »Klasse«, jammerte Kloßen fröhlich weiter – doch ich unterbrach ihn, ihm mitzuteilen, daß ich gegenwärtig keine 200 Mark hätte. Herr Kloßen drohte nun nicht mit Selbstmord, ließ aber durchschimmern, daß dann wohl sein Schicksal besiegelt sei. Da versprach ich ihm, ich wolle mich bei Freunden und Gönnern um eine Spendenaktion für ihn einsetzen. So neu zum Leben erweckt, erwähnte Kloßen wieder einmal in hoffnungsvollem Zusammenhang die Summe von 4500 Mark.

Während ich mich an die Spendenaktion machte, dabei aber wenig Echo fand, erreichte mich ein neuer Anruf Kloßens, inzwischen müßten es 300 Mark sein. Offenbar hatte dieser Mann in der Vorfreude auf das schöne Geld tüchtig gezecht, und so schalt ich ihn denn nun doch recht ärgerlich aus, worauf mir Kloßen geistesgegenwärtig – die Ziegengeschichte war noch nicht angekommen – eine brandneue *Story* anbot, einen Erlebnisbericht über einen ungeheuer trinkfesten Niederbayern, dessen beste Leistungen mir Kloßen sofort breit und unverständlich ins Telefon schnarrte und dabei mächtig wieherte vor Vergnügen. Während der nächsten Tage erfolgten noch etliche weitere Anrufe aus Garmisch, die immer dringlicher wurden und von einer sehr ungeduldig werdenden Pensionswirtin handelten – ich mußte Kloßen aber mitteilen, daß ich erst 80 Mark unter Dach und Fach hätte. Kloßen, hörbar dem Weinen nahe, hielt sich dennoch tapfer und schilderte mir immer wieder aufopferungsvoll die Lieblichkeit der Alpen, die bezwingende Schönheit des Alpenglühns und die Freundlichkeit des einheimischen Volks. Zwei Tage später – die Spendenaktion stagnierte, und ich war schon fest entschlossen, diesem Mann wider jede bessere Einsicht neue 300 Mark zu opfern – stand Herr Kloßen plötzlich mitten unter uns im »Krenz«, eindeutig angetrunken, aber noch fideler als sonst, und er lud uns alle zum Schnapstrinken ein, »Geld spielt keine Rolle«, denn morgen werde er seine Wohnung räumen und nach Düsseldorf »in die Industrie gehen«. Wenn ich wolle, sagte Herr Kloßen dann noch aufmunternd zu mir, könne ich jederzeit mitgehen.

Der für den nächsten Tag angekündigte Auszug aus der Wohnung klappte allerdings dann doch nicht so perfekt; irgendwo muß wohl Kloßen noch in derselben Nacht auf die Hajo-Itzehoe-Gruppe getroffen und für Tage verschollen gegangen sein, ich sah ihn jedenfalls nicht wieder, aber zwei Wochen später rief er mich aus Velbert an und bestellte mich zu seinem Nachlaß-Treuhänder, »falls irgend etwas ist mit Leuten, die an den Fernseher in der Wohnung ranwollen«, das einzig nennenswerte Möbelstück. Herr Kloßen hatte recht gewittert, denn bald darauf riß der

Hausbesitzer Kaufhold Herrn Kloßens Fernsehkasten, der ja eigentlich Frl. Majewski gehörte, ohne daß ich als Treuhänder einzuschreiten vermocht hätte, an sich mit der Begründung, es stünden noch drei Monatsmieten und die Renovierung von Kloßens »total verwüstetem Zimmer« offen.

Aufgeklärt hat sich in diesen Tagen auch, woher Kloßen am Abend vor seiner Fahrt nach Garmisch 50 Mark für mich und notwendigerweise wohl auch das Fahrtgeld aufgetrieben hatte. Nämlich von dem allzu vertrauensseligen Studenten Fritz Peter, der in jenem angeblichen Telegrafenamt in dem Hinterhof logierte, den Kloßen seinerzeit so hartnäckig Stunde für Stunde auf der Suche nach Geld durchquert hatte. Dieser Fritz Peter erschien eines Tages im »Krenz«, suchte Kloßen und wollte seine 250 Mark zurück. Es war ihm da natürlich nur ein schwacher Trost, daß, wie ihm versichert wurde, der halbe »Krenz« ähnliche Wünsche hegte.

Und noch eine letzte Botschaft traf kürzlich von diesem unvergeßlichen Manne ein. Irgendwie muß Kloßen von meiner Niederschrift Wind gekriegt haben, denn er rief aus Essen im Büro des Herrn Rösselmann an, mir ausrichten zu lassen, daß er voll hinter diesem literarischen Projekt stehe und er auch jederzeit mithelfen wolle, »das Ding zu verscheuern«. Auf Herrn Rösselmanns bedachtsamen Einwand hin: soweit er informiert sei, komme er, Kloßen, in dieser Niederschrift nicht ganz unbescholten weg, soll Kloßen in alter Frische gequallt haben, das sei ihm »vollkommen egal, wenn die Story nur dufte wird!«

Ja und sonst? Ruhig ist es geworden in unserer großen Stadt, allzu ruhig, unheimlich ruhig. Herrn Jackopp hat seit dem Erwerb der Dackelin niemand mehr gesehen. Unklar ist, ob die Ankunft und das Zusammenleben mit dem Bruder den Rückzug veranlaßten. Manche meinen vielmehr, Herr Jackopp sei wieder nach Zürich zurück, um an Ort und Stelle die Bombardierung der Stadt vorzubereiten.

Frl. Majewski und Frl. Czernatzke wurden kurz nach der gemeinsamen Geburtstagsfeier aus Gründen, die bei aller Anstrengung nicht zu erforschen waren, von Herrn Johannsen verlassen bzw. Frl. Czernatzke wird von ihm angeblich noch hie und da geliebt, während Frl. Majewski sich kurzerhand und ohne daß ich dazwischen zu prellen vermocht hätte einen Herrn Michael Schulte zugelegt hat. Als eine beachtliche Neuerung empfinde ich es auch, daß vorgestern Frl. Mizzi Witlatschil auch noch bei den beiden Damen eingezogen ist und so die geheimnisumwitterte Stimmung und die intellektuelle Undurchdringlichkeit dieser Wohnung immer weiter eskaliert. Ich weiß nur, daß das Karnickel ohne jede Manieren zwischen den Gemächern der drei Damen herumhopppelt und alles voll Dreck macht.

Wie mir Herr Rösselmann ausrichten läßt, scheint sich aber Frl. Czernatzke neuerdings und überraschend auf Herrn Peter Knott einzuspielen – wo doch meine Intention nach Herrn Jackopps Abgang eigentlich mehr in Richtung Stefan Knott geschweift war, um so mehr als Frl. Czernatzke auf dessen Strichliste seinerzeit auf Platz zwei gestanden hatte. Nun, ich würde die Paarung mit Herrn Peter Knott immerhin begrüßen, denn dann wäre der Weg für mich frei zu Frau Johanna und ihren strohblonden Flechten – vorausgesetzt, daß nicht schon Herr Kersten Müller im Anmarsch ist. In diesem Falle bliebe wohl für die junge Frau Müller am besten Herr Eilert oder Herr Domingo, der mir allerdings seit Wochen erotisch immer träger erscheint.

Doch wie auch immer, es wird sich schon alles regeln und neu aufteilen. Mir persönlich zeigt übrigens Frl. Czernatzke wegen meiner vermeintlichen Intrige noch immer die kalte Schulter, und ich kann also vorerst nicht angreifen. Immerhin gelang es mir, durch eine Fangfrage zu ermitteln, daß von Herrn Jackopp bei ihr nie, auch später nicht, ein Brief eingetroffen sei, so daß meine Niederschrift auch in diesem Punkt voll abgesichert ist.

Übrigens ehrenvoll endete mein Glasreinigungs-Auftrag. Kurz nach Herrn Jackopps Verschwinden rief mich Herr Gabriel an und teilte mir mit, die Innung sei an der Aufklärungs-Kampagne aus »verbandspolitischen Rücksichten« nicht länger interessiert und ich solle die Akten zurückschicken. Ich wollte nun natürlich wissen, wie das mit dem Honorar sei, denn meine Arbeit für die Kampagne sei inzwischen abgeschlossen, das Informationsmaterial für alle einschlägigen Massenmedien zusammengestellt (eine grobe Lüge), alles auch hübsch mit einem gewissermaßen

Fragezeichen versehen, wie erwünscht – und vertraglich, fuhr ich dezent, aber massiv fort, sei ich ja nicht zur Rückerstattung des Honorars verpflichtet, wenn der Vertragspartner aus dem Vertragsinhalt ausscheide (irgend so etwas Dummes und Eindrucksvolles habe ich gesagt), ich wolle aber gern »als Anerkennung« 50 Mark an die Innung zurückerstatten. Die könne ich auch behalten, rief nun Herr Gabriel ärgerlich ins Gerät, die Akten aber wolle man wieder, und zwar schleunigst! Und fast grußlos hängte Herr Gabriel ein. Hoch erfreut tat ich das gleiche, verpackte den Akten-Kram und gab ihn zur Post.

Hatte man mich durchschaut? Hatten die Glasreiniger erkannt, daß meine Interessen wohl doch mehr in Richtung Jackopp und Kloßen ausschlugen? Nun, mein anderer Angriff auf die Sozialdemokratie ist mir dagegen hervorragend geglückt, und der Bildungspolitiker Lohmar bekam seine Hiebe weg. Ich traf ihn gewissermaßen an seinem innersten Nerv, seiner bodenlosen Eitelkeit und seinem, komme was da wolle, unersättlichen Bildungswillen, der keine Rücksichten auf die einfacheren Dinge des Lebens mehr kennt. Herr Reinecke war sehr zufrieden, zahlte im Überschwang sogar 350 Mark und ging Gottseidank erst zwei Wochen später mit seinem Journal bankrott.

Was bleibt? Nun, nicht viel. Aber ich meine immerhin zwei Dinge. Erstens sollten wir wieder nachdenklicher werden angesichts so erstaunlicher Dinge wie der Liebe auch und gerade in unserer Zeit, ungeachtet der Emanzipationsfrage und des Paragraphen 218, als solchem. Zweitens ist es aber so, daß zwar nach allerjüngsten Berichten zwischen Frl. Majewski und Herrn Schulte wegen einer Krise bereits die erste »große Aussprache« stattgefunden haben soll, aber irgendwie meine ich, ich sollte diese Hoffnung endlich fahren lassen und mich wieder energischer auf die tote türkische Frau konzentrieren. Denn ich bin fast sicher, daß sie in München wohnt. Warum denn auch nicht? Wer stirbt denn schon gern in der Türkei?

Und zum dritten spüre ich nach Abschluß dieser Niederschrift, daß meine besonderen Begabungen doch mehr im Pädagogischen liegen, in der Kunst der Menschenführung und Lebenshilfe – und vielleicht sollte ich mich daher mehr dem Lehrfach oder der Sozialarbeit zuwenden, statt die letzten Endes doch eher nichtswürdigen Belange der Glasreiniger und der Kartoffel-Chips wahrzunehmen. Ich glaube, gerade Köpfe wie mich braucht das Vaterland heute am dringendsten.

Gestern abend im »Krenz« hat mir allerdings Herr Rösselmann eine interessante und merkwürdige Sache erzählt. Er sei am Nachmittag mit Frl. Bitz im Café Härtlein gesessen, da sei auf einmal die längst verschollen geglaubte Frau Doris Jackopp am Fenster vorbeigegangen – mit niemand anderem als an der Leine Herrn Jackopps winzig kleiner Dackelin. Und dies, je länger und schärfer ich auch darüber nachgrüble, will mir nicht aus dem Kopf. Und damit ist auch mein Nachbericht erledigt und abgeschlossen.

# Geht in Ordnung –
## sowieso – –
## genau – – –

*Ein Tripelroman
über zwei Schwestern, den ANO-Teppichladen
und den Heimgang des Alfred Leobold*

*Für Nina W., der ich nächst Gott alles verdanke*

»Schaurig rühren sich die Bäume«
(Eichendorff)

». . . rücksichtslos zu Wegen in verschiedene
Gasthäuser um verschiedene Schnäpse . . .«
(Thomas Bernhard)

»Alles ist zaubrisch-verworren«
(Jean Paul)

# 1. TEIL

> »Der alte Mann machte die Entdeckung, daß der Jugend auf dieser Welt etwas fehlte, durch das die Jugend noch schöner werden würde: gesunde alte Menschen, die sie lieben und ihr beistehen.«
>
> (Svevo, Vom guten alten Herrn und vom schönen Mädchen)

1

So. D. h. der erste Teil dieser Romanhandlung hat eigentlich nichts mit dem zweiten und dritten im Sinn, aber irgendwie werde ich, der ich mich immer auf meine Ahnungen verlassen habe und nicht schlecht dabei gefahren bin, irgendwie werde ich das Gefühl nicht los, daß alles Seiende geheimnisvoll miteinander verbunden ist, eins mehr, eins weniger, immerhin – – – aber das kann der Leser dann im nachhinein wohl selber besser beurteilen, jedenfalls habe ich mich vor einer halben Stunde, als mir eine der beiden Titel-Schwestern über den Weg lief und dämlich- eilig »Hallo!« über die Straße kreischte, die ich fast regelmäßig am Nachmittag zu durchbummeln pflege, entschlossen, beide mit in die Haupthandlung hineinzupferchen und ihnen so gewissermaßen die Ehre zu erweisen, gleichsam von einem höheren Standpunkt gelassener Meisterschaft herunter die absolut unverdiente Ehre zu erweisen, vielleicht ist es doch zu etwas gut, und so kann die Spur von ihren Erdentagen jedenfalls nicht in Äonen untergehn, jawohl, das ist doch schon mal was.

Außerdem soll ein Roman auf Totalität bedacht sein, mit Georg Lukács zu reden, dem alten Fuchs unter den Theoretikern, der nun auch schon gestorben ist...

Andererseits, fällt mir grad ein, hat der erste Teil meiner Geschichte doch wirklich und insofern mit dem zweiten und dritten zu tun, als der schon im Untertitel herausgestrichene Alfred Leobold seinerzeit aus heiterem Himmel mit Sabine, einer der beiden glorreichen Schwestern, nach Afrika ausbrechen wollte, übrigens unter dem Vorwand, ihr diesen bemerkenswerten Kontinent zu zeigen. Ich finde das schon erstaunlich, daß jemand mit einer jungen Dame nach Afrika fahren muß, nur um ihr dort unter den Augen der Eingeborenen seine sexuelle Aufwartung zu machen, was aber aller Voraussicht nach sowieso nicht klappt, schon weil der Dämon Alkohol allzu unnachgiebig und brutal seine Fittiche über das saubere Pärchen spannt... Andererseits: warum eigentlich nicht? Die Welt ist klein, und wenn es nach Alfred Leobold gegangen wäre, so hätte er zuallerletzt noch ganz hinreißende Reisen unternommen: Afrika – – Seattle – – Monterosso – – Prag – – Campill – – Emhof – – Offenbach – – Pertisau – genau, wie zauberische Lichtbahnen ziehen diese Schlüsselstädte aus dem Leben des Alfred Leobold an meiner schriftstellerischen Vision vorbei, Fixsterne in einem Spiralnebel von Sechsämtertropfen, haarsträubenden Weibern und den allergreulichsten Teppichen, doch davon später.

Inzwischen ist ja Alfred Leobold gewissermaßen wirklich in Afrika angelangt, im Schwarzen Erdteil sozusagen, wenn dieses fast alberne Scherzchen erlaubt ist; und ein Neger soll es auch indirekt gewesen sein, der ihn dorthin befördert hat. D. h. man weiß es heute immer noch nicht genau, wen letzten Endes die Verantwortung trifft, aber immerhin, diese geheime, nur dem dichterischen Auge wahrnehmbare Symbolik, tief wie das Mittelmeer, das ja nun zweifellos zornig aufgerauscht hätte, wären Sabine und Alfred über seine hehren Fluten gesegelt...


2


Meine Rolle im Zusammenhang der beiden Schwestern war übrigens äußerst schmählich. Das Schönste war, daß ich sie anfangs verwechselte. Ich wollte nämlich die eine, die sich später als Sabine herausstellte, zu einer kleinen abendlichen Spazierfahrt kreuz und quer durch unsere Heimat, das Gebiet um die Stadt Seelburg, abholen – an der Wohnungstür geöffnet wurde mir aber von der anderen, der etwas älteren Schwester, die, wie ich bald darauf erfuhr, auf den Namen Susanne hörte. Ich begrüßte sie aber heiter und quasi schon als die Meine, spitzte – peinlich,

peinlich – gleichsam verständnisinnig mein Mündchen zu einem angedeuteten Küßchen in die Frühlingsabendluft und fragte keck, ob sie schon fertig wäre. Sofort lächelte diese junge Dame sozusagen allesverzeihend, gleich als ob mein Debakel dem fortgeschrittenen Dunkel unter der Eingangspforte des gräßlichen Einfamilienhäuschens zugeschrieben werden müßte, wovon leider keine Rede sein konnte, sondern ich erkläre das gleich – – und jedenfalls die junge Dame stellte sich nun, ununterbrochen fortlächelnd, als »Ich bin die Susanne, komm nur rein« vor. Leider verstand ich aber in der inneren Hektik und Erregung nun statt »Susanne« »Tante« und ich schäkerte also, inzwischen im Wohnungsflur angelangt, flott drauflos und mich weiter ins Unglück hinein, indem ich dieser, wie ich rasch begriff, erlesen schönen jungen Frau ins Madonnengesicht hinein schalmeite, ich würde auch gern einmal »eine solch über die Maßen schätzenswerte Tante« besitzen, ich habe dergleichen mattschimmernde Redensarten von einem Frankfurter Altjournalisten namens Rösselmann abgestaubt. Susanne kapierte zwar buchstäblich in Bruchteilen von Sekunden meinen damit eingeleiteten erotischen Antrag, korrigierte mich aber, allzu überschwänglich lachend und so meine Misere vergrößernd: Sie heiße Susanne und sei die Schwester (mich wundert nachträglich, daß ich jetzt nicht »Esther« verstanden und den nächstbesten biblischen Witz gerissen hatte). Und Sabine werde gleich kommen.

Ab sofort vermochte ich die beiden tatsächlich und mühelos auseinanderzuhalten.

Zumal Sabine gleich darauf ins wohl sogenannte Wohnzimmer schwirrte, ja geradezu lärmte und meinen flink hochschwellenden Gram bestätigte, leider die weit weniger schöne der beiden Schwestern kennengelernt zu haben und künftig beturteln zu sollen – was mich (eigentlich sofort, das muß ich sagen) an einen gewissen italienischen Roman erinnerte, zumal die Koinzidenz der Initialen auch dort schon vorkommt. Allerdings sind es dort vier Schwestern, die allesamt mit A beginnen, und ich erinnerte mich, daß der männliche Held lange darüber reflektiert, wie merkwürdig es doch sei, daß seine Angebetete mit dem ersten Buchstaben des Alphabets ausgestattet sei, sein Vorname aber mit dem letzten, Z. Und das geht natürlich grausam schief.

Wie war es aber bei mir? Wer immer mir vergönnt sein würde, Sabine oder Susanne, zusammen mit meinem Eckhard ergäbe das in jedem Fall ein ES. Nun, und dabei konnte man natürlich ebensogut an Sigmund Freud denken wie an ein Kindchen, schwer zu entscheiden ad hoc, wohin es hier ausschlüge. Aber ich wiederhole es: Es (überallhin verfolgt mich schon dieses Wörtchen) ist alles wie eine große, undurchschaubare Symbolik, vermutlich werde ich noch einmal wahnsinnig davon . . .

Nun, dort waren es vier Schwestern, aber vielleicht würde mir dieser Gottessegen ja auch noch ins Haus stehen, jetzt war schon alles eins – vermeiden wollte ich (das überlegte ich eine Viertelstunde später) auf alle Fälle den verheerenden Fehler jenes Triestiner Romanmenschen, zuerst alle anderen Schwestern zu umschleichen, um zuletzt bei der häßlichsten zu landen. Das trichterte ich mir sofort ein, obgleich ein Nebengedanke dazwischenglitt: Wieviel besser doch jener Zeno dann mit seiner Augusta gefahren war als mit der schönen Ada. Ach was! Sofort richtete ich alle meine Gedanken und Wünsche zielstrebig auf die schöne Susanne und ihren Erwerb, und wenn ich dann zusätzlich Sabine vorher noch besitzen würde, auch gut. Insgesamt, so fühlte ich rasch und zuverlässig, hatte ich mich da in ein sehr warmes Nest für den nächsten Winter gesetzt. Zumal jeden Augenblick die Tür aufgehen konnte und irgend so eine 14jährige – na sagen wir Sonja oder Sylvia oder Silke herein und im Lauf der Zeit an meine Brust fliegen möchte. Weiß man's, welches Maß an Glück und Vergnügen die Natur in ihrer ganzen Unlogik gerade uns 35jährigen vielleicht noch zugedacht hat?

Es kam aber gleich darauf nur noch ein etwa 16jähriger, fast zwei Meter langer und ungeheuer dünner Bruder ins Zimmer gestrichen, der mich eigenartiger Weise mit »Aha!« begrüßte, was anscheinend heißen sollte, daß er, so jung und dumm er war, erstens den erotischen Grundcharakter meines Vormarsches in seine werte Familie klar erkannte und zweitens in jugendlicher Abgebrühtheit dergleichen voll gewohnt sei. Dieser merkwürdige Bruder Eduard drehte nun schlagartig den Fernseher auf und erwies sich im Romanfortgang als nahezu überflüssig. Allerdings brachte er mich einmal, viele Monate später, durch seine unselige jugendliche Einfalt, in eine äußerst unangenehme und

Jetzt testen und sparen: 3 Hefte für nur 7,80 € (statt 11,40 €)

Bitte freimachen, wenn Marke zur Hand

**Deutsche Post**
*WERBEANTWORT*

M.I.G Medien Innovation GmbH
Wohnen & Garten
Kundenservice
Postfach 290
77649 Offenburg

632 217 M11

## Ja, ich bestelle 3 Ausgaben *Wohnen & Garten* für nur 7,80 €

Habe ich kein Interesse an einem Abo, informiere ich Sie spätestens 3 Tage nach Erhalt des 2. Heftes (Datum des Poststempels). Sollten Sie nichts mehr von mir hören, erhalte ich die Zeitschrift monatlich zum regulären Abopreis von zz. 45,60 € (jährlich). Das Abo kann ich nach Ablauf eines Jahres jederzeit wieder kündigen.

Name, Vorname

Straße, Nr.

PLZ             Ort

Geburtsdatum    E-Mail

Telefon         Handy

○ Ich bin damit einverstanden – jederzeit widerruflich – dass der Verlag M.I.G Medien Innovation mich künftig per E-Mail und telefonisch über interessante Vorteilsangebote informiert

Konto-Nr.                       Bankleitzahl

Geldinstitut

**Das Miniaboangebot ist nur für die EU und die Schweiz gültig.**

Datum, Unterschrift

schwierige Situation, ja vermutlich sogar um jenes erstrebenswerte Glück, um das es hier schon andauernd geht.

Das ganze ulkige Hauswesen aber gehörte einem Karl Morlock, einem pensionierten Förster oder vielmehr Forstingenieur (was immer das Famoses sein mag) sowie seiner grotesk in die Breite gegangenen Gemahlin, die dennoch der Meinung war, Bluejeans die Ehre geben zu müssen. Diese beiden Alten lernte ich aber an diesem Abend noch nicht kennen, ich kann den Herrschaften aber immerhin hier schon den Vorwurf nicht ersparen, in der Namenswahl ihrer Töchter bizarr danebengegriffen zu haben. Denn dümmere Namen als Sabine und Susanne kann ich mir schwer vorstellen! Dergleichen Stumpfsinn vermochte wohl allein der sog. Pioniergeist der deutschen Nachkriegszeit und des Wiederaufbaus sich auszudenken, um seine unschuldigen Kinder damit zu bemäkeln. Was denn! Bei uns hat es doch ein strammes altdeutsches »Eckhard« auch noch getan – und angeblich bin ich sogar gerade noch um den »Siegfried« herumgekommen! Zumal der Abstieg von der immerhin an Mozart gemahnenden Susanne zur vollends tauben Sabine auf eine fortschreitende Intellektualkatastrophe dieser bravourösen Eltern schließen läßt. Und so was mutete dieser saubere Forstingenieur jetzt *mir* zu, und die arme Kleine hatte praktisch meine andauernde Verdrossenheit auszubaden! Ich möchte wirklich wissen, wie dieser Waldmensch, sollte sie ihm noch vergönnt sein, seine nächste Tochter nennt! Fehlen nur noch die erwähnten Sylvia und Sonja! Pfui Teufel! Im übrigen hatte die ältere, Susanne, wie ich sofort erkannte, keinerlei Affinität mit Mozarts wunderbarer Oper – eine zusätzliche Unverschämtheit also! Kein Vergleich zu der unvergleichlichen Edith Mathis, die dieser Partie den ganzen Charme des unverdorbenen Bürgerkinds verleiht, an dessen liedhaften Gesängen flüchtig ein Moment der Humanität aufgeht, das die entzweite Menschheit selber zu versöhnen scheint, ach Gott – – sondern diese Susanne gemahnte, und dies allerdings, wie sich rasch zeigen sollte, in gefährlicher Weise an Puccinis Mimi in der unsterblichen Darstellung durch Mirella Freni – zu meiner weiblichen Idealgestalt par excellence, ahimè, e finita, o mia vita, ahimè, morir! – – – meinem weiblichen Lieblingsidol, soweit ich dieses zauberhafte Gestaltenpanorama von Antigone über Madame Arnoux, die reizende Witwe Strunz-Zitzelsberger bis zu einer gewissen Monika Viel aus Frankfurt überhaupt noch kritisch genug überblicke. »Sabine« aber finde ich so ziemlich den Gipfel der neueren deutschen Geschmack- und Instinktlosigkeit, niederschmetternder ist allenfalls noch Gabi oder Gaby – sehr erotisierend dagegen, das muß ich zugeben, empfinde ich gleichzeitig Gabriele. Nun, so geht eben die Dialektik der Aufklärung. Ich bitte aber an dieser Stelle alle meine Leserinnen, die zufällig Träger eines der von mir attackierten Namen sind, um Nachsicht. Sie können ja schließlich auch nichts dafür – und ich wäre durchaus geneigt, mit ihnen in ernsthafte Verbindung zu treten, wenn sonst alles stimmt, so wie mich ja auch »Sabine« keineswegs davon abgehalten hat. Ich würde aber allen Müttern und künftigen Müttern bei der Gelegenheit empfehlen, daraus die unerbittlichen Konsequenzen zu ziehen und potentielle Töchter Laurenza oder gleich Lauretta zu taufen. Das ist das größte!

Doch wie auch immer, diese Sabine war ja wohl nun, leider Gottes, mir zugeteilt. Und außerdem, meine leichte Verärgerung verflog bald, denn auch Sabine erwies sich im Dämmerlicht einer Waldschenke, in die mich ein paar Tage vorher der Teppichverkäufer Hans Duschke eingeführt hatte, als durchaus hübsches, frisches Kind mit zudem einem nahezu vollendeten schlanken, gertengleichen Körperchen, diesmal zu Recht in Bluejeans gefesselt, ja wie in sie hineingeboren – und schlagartig und dröhnend erlebte ich die nicht zu unterschätzenden Vergnügungen im Voraus, die mir sein Genuß demnächst bereiten würde, wenn nichts mehr dazwischenkäme, an Alfred Leobold dachte ich damals freilich am allerwenigsten ...

Übrigens hatte ich, um diese noch offenstehende Frage schnell zu klären, Sabine zum Ausklang eines sehr anstrengenden Frühlingsfestchens in einem unserer neueren Seelburger Tanz- und Whisky-Schuppen kennengelernt, einem jener erbarmungslos unübersichtlichen Etablissements, in denen die Jugend heute bevorzugt herumlümmelt, und wir Alten müssen dann halt auch hintappen, um den Anschluß nicht ganz zu verpassen, obgleich mir persönlich der Typ des gediegenen Ratskellers Lutterscher Prägung weit mehr zusagt.

In einem solchen gemütlichen Lokal, dem »Seelburger Hof«,

hatte ich übrigens an jenem Nachmittag vor einer größeren Zuhörerschaft Klavier gespielt, die »Rhapsodie in Blue«, so gut es ging, und später, als die Fingerchen steif getrunken waren, allerlei Folkloristisches – und zu schlechter Letzt hatte es eine Gruppe von uns älteren Herren eben doch noch in jenen Tanzschuppen, zum Mythos der Jugend, gezogen, und da war ich ganz plötzlich mit dieser Sabine zusammen an einem Tisch gesessen. Daß ich mit ihr an dem fraglichen Abend für den nächsten Tag ein Telefonat vereinbart hatte, ahnte ich noch schwach bzw. erfuhr es am nächsten Tag aus meiner Jackett-Tasche, aus der ich nämlich neugierig ein Zettelchen herausklaubte, auf dem eine mir noch unvertraute und geheimnisvolle Telefonnummer zu lesen war – jetzt kehrte auch mählich die Erinnerung wieder und krabbelte ins Hirn –, ich hatte, noch immer gedämpften Verstands, die Nummer gewählt und war sofort glücklich zum Stelldichein beordert worden. Ich weiß nicht und habe es auch nie mehr erfahren, wie Sabine und ich uns überhaupt in dem elenden Tanzkabinett nähergekommen waren, ich erinnere mich nur eines traumblauen, fast frisch blitzenden Augenpaars und fürchte im übrigen, ein paar unbeschreiblich geistlose Komplimente hatten genügt, das junge Weib in meinen Bann zu zwingen oder doch wenigstens in meine Gefolgschaft. Ja, ich hege sogar den grauenhaften Verdacht (und es wäre mir lieber, ich hätte das lediglich geträumt), daß ich es mit der gesummten Butterfly-Schnulze »Mädchen, in deinen Augen liegt ein Zauber« bewältigt habe. Ich neige ja nicht zum Selbsthaß, aber dämlicher, unqualifizierter geht es ja nicht mehr! Und nichts bezeichnet meiner Meinung nach die allgemeine gesamtgesellschaftliche Niedergangstendenz des neueren Deutschland und möglicherweise der gesamten europäischen Gemeinschaft brutaler als die Geschwindigkeit, die Rapidität und Eilfertigkeit, mit der unsere 15- bis 45jährigen Damen wahllos und schon beim allerersten Vorpreschen uns Herren ihre Adressen und Telefonnummern überantworten.

Dies ist meine feste Überzeugung!

Noch eine Erinnerung flirrt in diesem Augenblick zurück, wahrhaftig! Sabines erste Rede an mich handelte davon, daß sie mich schon vor ein paar Wochen im Auto vorbeifahren habe sehen. Wie ich später erfahren sollte, war der Auto-Komplex bei diesem Fräulein die weitaus bevorzugte, ja nahezu einzige Möglichkeit des Kommunizierens: Jedwedem Menschen mitzuteilen (und dies in krähender Fröhlichkeit), sie habe ihn/sie da und dort im Auto vorbeifahren sehen, dieser und jener habe aber umgekehrt nichts gesehen (sinnleeres Lachen) – bzw. die Variante: dieser und jener hatte ein andermal Sabine gesehen, diese habe aber diesmal nichts gesehen (bedauerndes Lachen). Aber meistens hatte sie gesehen. Wir leben halt in einem optischen Zeitalter.

Übrigens, daran erinnerte ich mich anderentags wieder deutlicher, waren zum krönenden Abschluß meiner Cour d'amour, und nachdem schon alles unter Dach und Fach gewesen war, auch noch der Kerzenhändler Giesbert (»Amigo«) Lattern und der Gymnasiast Hans Binklmayr zu unserer Tischgruppe gestoßen, den Glanz des Ereignisses zu vervollkommnen, beide in durchaus merkwürdigem Zustand. Der Gymnasiast hatte sofort und grundlos und unangenehm lallend von den großen historischen Leistungen der Medizin angefangen zu salbadern: ob ich auch der Meinung sei bzw. ihm konzediere, daß der Sinn des Lebens darin bestünde, die Schranken der alltäglichen Ratio in einem genialen Akt der Erkenntnis niederzureißen?

»Das ist«, grunzte der hochgestimmte Jüngling, »wie wenn du in deinem Zimmer daheim hockst, verstehst?, in deinem Zimmer daheim hockst, und plötzlich«, der Gymnasiast verdrehte die wasserblauen Augen, »plötzlich weicht die Zimmerdecke, und du tust mit deiner Hand einen Griff in die Wolken, jawohl! Das sind die Sternstunden der Medizin.« Ich hatte eben dazu angesetzt, Hans Binklmayr die unerträgliche Trivialität seiner Metapher vor Augen zu führen, indem ich ihm unterbreiten wollte, ich kennte das Ganze nur in der Version vom »Griff nach den Sternen«, und das sei ja wohl entschieden sinnfälliger – da hatte dieser wolkige Mann seinen strohblonden Kopf kurzerhand gegen meine Schulter gelegt und war eingeschlafen.

Listiger und ergiebiger hatte inzwischen der Kerzenhändler Lattern gearbeitet, kaum hatte er Sabine und mithin junges Blut geschnüffelt. »Wer bist dann du?« hatte Lattern, der mit dem Revolutionär Lenin eine bestürzende Ähnlichkeit aufwies, eröffnet und sein hübsches, wenngleich nahezu haarloses Köpfchen hart gegen das blondlockige Sabinens gehalten und diese gleichzeitig an beiden Armen ergriffen, worauf meine Braut mit unglaublicher Freude aufgewiehert hatte. Diese verdammte törichte Munterkeit unserer 18jährigen! »Du Frischling!« hatte Lattern fortgesetzt, »ich bin nämlich der Marquis von Challot!«, einer seiner ältesten Sprüche, der aber von Sabine hervorragend aufgenommen wurde. Und Lattern, der sich übrigens selber auf der zweiten Silbe seines Namens betonte, während alle übrige Welt rücksichtslos die erste akzentuierte, fuhr heftig fort: »Du Frischling du, wem immer du angehören mögst, der Marquis von Challot genieße gebietend deine Achtung, du dummer junger Mensch, in meinen Adern fließt es blau und entzückend dahin wie damals auf unserem Schloß . . .«

Usw. Im Fortgang war es dann zu allerlei finsterem Gezärtel zwischen Sabine und Lattern, der außer wie Lenin wie ein ungewaschener Teufel aussah und manch Klebriges in den Mundwinkeln mit sich schleppte, gekommen – was mir gar nicht unlieb war, erhöhte und sublimierte es doch gleichsam meine eigene taufrische Innigkeitsposition, indem ich quasi gnädig gewähren ließ . . . jedenfalls – und dies Bild nimmt jetzt vor meinen Augen recht klare Konturen an – war dann Lattern dazu übergegangen, Sabine diese und jene Artigkeiten und sonstige Zaubertricks vorzumachen, welche allesamt in die sexuelle Richtung verliefen und gleichzeitig das Eingeständnis völliger sexueller Hilflosigkeit recht charmant zum Ausdruck brachten. Immer wieder hatte Lattern seine beiden Ärmchen erhoben und, während der Gymnasiast an meiner Schulter schnaubte, wie ein verliebter Täuberich auf und nieder gewedelt, bei Konrad Lorenz kann man den ganzen Bedeutungsgehalt ja leicht nachlesen. Zuletzt, ermüdet, hatte Lattern – und da riß auch der Gymnasiast wieder seine erstaunten Augen auf – nur mehr die Kraft zu allerlei dunklen Redensarten, von denen ich mir zwei besonders schwerblütige gemerkt habe: »Du Frischling«, hatte Lattern gejault, »der Motor allen Seins bin ich« sowie, nach einem verblüffend grimmigen Blick auf mich: »Wir sind verdammt zur Ewigkeit der Blödl.«

Sabine hatte sich auch darüber kreischend gefreut.

Damit ist auch die Exposition meiner Liebe eigentlich abgeschlossen, der Leser hat fürs erste die Übersicht, jedenfalls der Teufel Lattern hatte es nicht geschafft. Im nachhinein muß ich aber jetzt eine kleine Notlüge gestehen. Denn alles, was bisher zu lesen war, ist schon uralt und verdankt seine Niederschrift keineswegs, wie oben behauptet, meiner flüchtigen Begegnung mit Sabine heute nachmittag. Die habe ich vielmehr nur nachträglich schnell eingeschleust, damit alles rasanter klingt und wie im Überschwang bzw. im rückblickenden Zorn der vergangenen Liebe, temps perdus oder was immer Glorioses, denn der Leser ahnt ja längst, daß alles barbarisch schief ging. Das mit Sabine war sogar eine doppelte Lüge. Denn keineswegs sie, sondern vielmehr eine reizende junge Witwe habe ich heute nachmittag getroffen und mit ihr Kaffee getrunken, eine gewisse Christine Strunz-Zitzelsberger, und vor dieser hochlasziven »s«- und »z«-Folge geht ja selbst der Bischof in die Knie, und insofern bin ich Herrn Strunz schon dankbar, daß er sie seinerzeit geheiratet und so die Vielzahl der s- und z-Laute erhöht hat. Noch dankbarer bin ich ihm allerdings dafür, daß er vor einem Jahr beim »Wellenreiten« ums Leben gekommen ist, jedenfalls habe ich für diese nunmehrige entzückende Witwe seit Jahren eine kleine Schwäche, ja noch zu Herrn Strunz' Lebtagen bin ich einmal mächtig hinter ihr hergerannt, und ihr war's recht – damals nämlich, als ich die beiden Schwestern schon verloren hatte und also natürlich aus dem letzten Loch pfiff, und diese meine damaligen niederen Beweggründe muß diese Christine Strunz-Zitzelsberger wohl klar erkannt haben. Nun aber, da alles vergessen ist und den Tiefen der Zeit überantwortet, war die Witwe Strunz-Zitzelsberger (ich werde noch wahnsinnig bei der Niederschrift!) heute wieder überaus lieblich und entgegenkommend in all ihrer hinreißenden Witwenschaft, und sie löffelte sehr anmutig ihre Kirschtorte und ließ ihre rosa Zehen in den Sandalen spielen und kreisen. Und da ließ ich mich denn, beim dritten Espresso, dazu hinreißen, ihr von meiner bevorstehenden literarischen Karriere zu schwätzen, ich log sozusagen das Blaue vom Himmel – und plötzlich saß ich in der Klemme. Denn nun galt es, der erwartungsfrohen Witwe die Beweise vorzulegen. Und da kam mir die meiner Ansicht nach glänzende Idee, meine schon lange in der Schublade herumliegende Exposition des Romans über die beiden Schwestern, irgendwann einmal in einer schon aberwitzig müßigen Stunde zusammengestoppelt, wieder hervorzukramen, daran weiterzukritzeln und das ganz moderne Werk später einmal als eine Art Huldigungsgedicht an diese wunderbare Witwe zu veröffentlichen. Wobei mir nicht nur der erwartbare Ruhm die Witwe endgültig zuspielen dürfte, sondern vor allem die feinen seelischen Fäden und Verschlingungen, die ich noch darin auszubreiten gedenke. Ich finde überhaupt, der wichtigste Impuls beim Romanschreiben ist die Idee oder der Hintergrund der Huldigung und Übereignung an schöne Weiber. Das spornt an, das läßt die Finger tanzen.

Andererseits bringt dergleichen natürlich auch massivste Probleme mit sich, die ich im Moment noch nicht einmal ganz überschaue. Noch bin ich mir z. B. nicht ganz sicher, ob ich nicht die letzten beiden Absätze dieses Kapitels in meinem späteren Huldigungsexemplar an die wundersame Witwe einschwärzen soll. Denn sonst erführe sie ja den ganzen Krampf. Aber noch geschickter wäre es vielleicht sogar, sie wie in schon selbstmörderischer Offenheit stehen zu lassen in aller psychoanalytischen Tiefe und Brisanz. Aber dann müßte ich wohl zumindest diese letzten Sätze einschwärzen lassen, sonst kommt ja wieder alles auf und war umsonst! Und ob überhaupt die Witwe dergleichen hauchzarte Delikatessen zu würdigen weiß, diese prickelnde Pikanterie, die ich schon selber kaum mehr verstehe...?

Nun, ich denke, der Romanfortgang selber, der schöpferische Prozeß, dieser Horror tremens mag das Problem auf der Basis seiner eigenen Logik lösen, und ich fahre wohl vorerst einmal schön langsam fort.

3

Bevor ich zu den ersten Höhepunkten in der Schilderung meiner Liebe zu den beiden Schwestern komme, hier noch etwas Grundsätzliches vorab. Ich würde nämlich dem Leser strikt empfehlen, mich keineswegs für einen ganz ordinären Lüstling zu erachten, wie es vielleicht bisher nahelage, habe ich doch immerhin schon auf engstem Raum drei Damen untergebuttert, und alle drei mehr oder weniger sexuell motiviert, und mit Frau Monika Viel sind es sogar vier. Sondern ich habe vielmehr, mit unregelmäßigen Erfolgen, zuerst Jus, dann Amerikanistik und zuletzt Musik studiert; ein Todesfall in meiner Familie machte es indessen vor drei Jahren erforderlich, diese meine Studien abzubrechen und mich der sozusagen finanzwirtschaftlichen Seite der Verhältnisse meiner auf zwei Personen geschrumpften Familie zuzuwenden. (Wenn man will, kann man natürlich auch Edith Mathis und Mirella Freni, die ja beide noch leben, zu den genannten vier Damen zählen.) So daß ich heute praktisch als Jung-Hausbesitzer lebe, eine Position, die mich zwar bequem ernährt und auch genügend lokales Prestige impliziert; ja, es gelang mir sogar, meine absolute Untätigkeit durch einen schönen, ausladenden Schreibtisch aus Eichenholz sowie durch ein rotes Telefon samt absolut nichtsnutzigem Telefonadapter zu verschleiern. Aber die Alltäglichkeit, die Vulgarität dieser mürben Hausbesitzerexistenz verlangt doch eben nach dem Ausgleich durch anderweitige Erlebnisse und Sensationen. Und so entschloß ich mich denn vor zwei Jahren, mit meinen 35 Jahren mich schon jenem savoir vivre, jenem gewissen »gewußt wie« hinzugeben – ja, ich mußte es gewissermaßen notgedrungen, das normalerweise erst unseren 65jährigen und, bedingt durch die dynamische Rentenreform, die ich selber noch im legendären Wahlkampf 1969 als Jungsozialist mit durchgedrückt hatte, vielleicht bestenfalls den 55jährigen zusteht.

Mit anderen Worten: Ich führe mit wechselndem Vergnügen ein Leben des Müßiggangs und der Kurzweil, oft mühsam kaschiert durch allerlei Hokuspokus wie Kontrolle der Mieteingänge, Eintragungen in ein völlig systemloses Haushaltsbuch und, was meine Frau Mutter besonders befriedigt, die Beobachtung von Reparaturarbeiten an den Gebäudlichkeiten meiner Familie. Aber meistens sitze ich natürlich im italienischen Eiscafé, Teenager beobachten.

Zweitens aber befand ich mich zu der Zeit, als die beiden Schwestern und auch bereits Alfred Leobold mit Nachdruck in meine gemütliche Existenz einbrachen, in einer merkwürdigen und höchst unerfreulichen Geistesverfassung, ohne daß ich doch präzis den Grund oder die Ursache anzugeben vermocht hätte. War es die abgrundtiefe Verlogenheit unserer Kleriker und sogenannten Wissenschaftler im Fernsehen, die mich in einer geradezu metaphysischen Weise verdroß und zu tagelanger Untätigkeit verdammte? War es die hartnäckige Existenz von allgegenwärtigen Mythen wie Dietrich Genscher, Franz Josef Strauß und – allen voran – Georg Leber, die mich oft buchstäblich zu Boden warf, von wo nur das Aroma der anbetungswürdigen Stimme Carlo Bergonzis mich immer wieder hochpäppelte? War es die lokale Ärzteschaft, die mir die Gefühle von Hoffnungslosigkeit und ebenso globaler wie säkulärer Gottesferne einjagte und mich nur in aufgelesenen Sätzen wie dem folgenden einen gewissen Trost finden ließ: »Kaum haben sie den Doktorgrad, sind sie nichts als eine rücksichtslos in Gemeinheit und Niedertracht dampfende Geldmaschine im Ärztekittel«?

Viel mochte hier sich an unguten Stimmungen zusammenfinden, vor allem aber, daran erinnere ich mich bestens, eine fast unbeschreibliche, durch nichts zu lindernde Niedergeschlagenheit darüber, welche Unmenge kostbarsten Samens tagtäglich, ja minütlich in diesem unserem Lande verspritzt und ausgetauscht wurde – und zwar total für die Katz! Ohne daß irgend etwas in dieser gottverdammten Nation zum Besseren, sei's zum Sozialismus, sei's auch nur zu einem edleren Berufsethos hin, sich jemals änderte! Willy Brandt war eine Hoffnung – vertan. Kein Freund, kein Buch, kein Sportkampf vermochte mir meinen Gram über dieses eklatante Mißverhältnis hinwegzuzaubern, über das ich seinerzeit monatelang und ohne die geringfügigste erhellende Einsicht grübelte.

Kein sehr appetitliches Leben: Die beiden Schwestern sollten es mir verschönern helfen.

Der erste Höhepunkt in meiner nun zügig fortschreitenden Beziehung zu Sabine ereignete sich nach knapp zwei Wochen. Ich schloß gerade wieder einmal diese 18jährige Dame in die Arme und registrierte verärgert, daß ich dabei nicht das geringste fühlte, nicht einmal die geläufigen täppischen Sensationen. Erstaunt dachte ich auf meinem Autoführersitz einen Moment lang darüber nach, was in solch einem Fall wohl zu tun sei, da hatte ich es. Nahm mir ein Herz und sagte in selbstmörderischer Banalität, ihr durch's langabfallende Blondhaar streichend: »Sabine, du ... hm ... ich liebe dich« – eine gleißende Lüge, und erwartete, daß diese Vertreterin der jungen sachlichen Generation mir hellauf ins Greisengesicht lachen würde. Weit gefehlt! Eine Blondsträhne rauschte über ihr Gesicht. »Ich dich auch«, flüsterte sie, soweit ihre angeborene Krächzstimme das gestattete, und sie ließ eigenartigerweise das Wörtchen »Liebe« aus, »ich dich auch«, päng, rums, zisch! Und suchte mit ihrem Köpfchen instinktiv Deckung an meiner breiten Brust. Darauf Stille – Gelegenheit für mich, zu begreifen, wie Liebe heutzutage auf den Plan tritt und Worte findet. Eigentlich aber dachte ich an Susanne. Wie würde ihr mütterlich brummelndes Organ diesen Satz herausbringen?

Am andern Tag, auf einer Alleebank, der Frühling zog ein mit neckischen Lichteffekten, ergriff dann Sabine von sich aus die Initiative. Sie fuhr mir, keck, am Oberschenkel auf und ab, wohl zu demonstrieren, daß sie schon eine richtige Frau sei, warf plötzlich mit einer ihrer nervösen Bewegungen das Haar diesmal nicht ins Gesicht, sondern, gewissermaßen ihr Ich bloßlegend, über Stirn und Schulter, sah mich dann von unten gleichsam prüfend und ewigkeitsschwanger an und sagte bahnbrecherisch: »Ich liebe dich, Moppel.«

Moppel, das wäre noch nachzutragen, ist in meinem hiesigen Wirkungskreis mein Spitzname, den ich mir vor tausend Jahren, im Alter von 13, in der vollen Dummheit der Pubertät selber verpaßt hatte, als ich eine Religionsschulaufgabe, den Geistlichen zu brüskieren, mit »Eckhard Moppel« überschrieb. Das erwies sich dann als Selbstschutz und Volltreffer – der Name hat sich bis tief in mein 35. Lebensjahr hinein (unglaublich, ich war fast doppelt so alt wie Sabine!) tadellos gehalten, und ich bin auch recht zufrieden damit, obgleich mir nun die Kombination »Ich liebe dich, Moppel« nicht eben als der kultivierteste Ausdruck von Zuneigung erscheinen wollte. Doch wie auch immer, 14 Tage später, in einer Pension in Tirol, war es dann soweit, und Sabine gab an, es habe ihr schon gefallen (vermutlich eine Lüge, ich hatte zuviel getrunken) – und sie habe übrigens auch schon eine Abtreibung hinter sich, das sei damals in Florenz im Urlaub passiert, nämlich keins hatte von Tuten und Blasen eine Ahnung gehabt; aber in der Klinik in London sei alles wieder tadellos rückgängig gemacht worden. Und bezahlt.

Respekt. –

Und so gingen die nächsten Wochen ins Land, vergleichsweise sehr angenehm, und ich war bereits geläufiger und irgendwie sogar geschätzter Gast der Forstfamilie Morlock, und der alte Waldingenieur schien ebenso zufrieden zu sein mit dem Kerl, den seine Tochter da für sich eingenommen hatte, wie die hartnäckig in Bluejeans auf der Veranda herumkugelnde Mutter. Wie sehr sich beide täuschten! Es gelang mir zwar, gleichbleibend lieb zu Sabine zu tun, aber längst war mein ganzes zähes Trachten auf Susanne gerichtet, die es auch vermutlich bereits klar erkannte, die fast immer bei meinen praktisch allabendlichen Kurzbesuchen (anschließend ging es flott in den Wald) entweder im Wohnzimmersessel lagerte oder fernsah oder über irgendwelchen Chemie- und Apothekerbüchern hockte – anscheinend studierte sie das Zeug. Über diesen Strang ermittelte ich auch, daß sie dieses Fach irgendwo da drunten im Allgäu erlernen wollte und eben dort – das ging aus allerlei Andeutungen hervor – auch einen sogenannten Freund sitzen hatte, dem sie, so meine ersten vagen Eindrücke, wohl ein Leben lang treu ergeben sein wollte.

Na, wir würden schon sehen ...

Sabine, das hatte ich auch bald heraus, war Dekorateuse. Und dekorativ war sie auch. Das genügte fürs erste.

### 4

In dieser Zeit, in diesen heiter dahinplätschernden Frühlingstagen, lernte ich aber auch noch einen anderen Menschen kennen, nämlich Herrn Alfred Leobold, den neuen Geschäftsführer des ANO-Teppichladens von Seelburg, in dem seit kurzem auch mein alter 59jähriger Freund Hans Duschke tätig war. Der ANO-Laden befand sich in der Seelburger Schlachthausstraße (wieder diese verdammte Symbolik!), war eine Art Großbaracke und vollgepfropft mit mächtigen Ballen, Rollen und sonstigem Teppichbodenzeug – dem letzten Humbug, wie ich schon beim Betrachten der Schaufensterauslage erkannte, als ich Hans Duschke eines regnerischen Nachmittags, mir die Zeit zu vertreiben, besuchen und ein Schwätzchen halten wollte, um mich von dort gleich zu den Morlocks weiterzurollen.

Über der Eingangstür des Ladens war ein Plakat angeklebt:

DER UNGLAUBLICHE ANO-TEPPICHBODEN IST DA!

– im Geschäftsraum gewahrte ich zunächst keine Menschenseele, aber hinter einem baumlangen Teppich hervor hörte ich plötzlich die kreuzfidel krähende Stimme von Hans Duschke: »Prost, Herr Leobold!« bzw. es hörte sich an wie »Prost, Herr Läääwool« oder auch »Prost, Herr Lebe wohl«.

Ich schlich mich näher und erkannte, daß zwei Herren, Duschke und offensichtlich Leobold, beide eingekleidet in adrette weiße Kittelchen, am Tisch eines kleinen Teppichnebenzimmers hockten und gerade ein Fläschchen sogenannten Sechsämtertropfen zum Munde führten, wobei sie beide die Augen schlossen, synchron. Nach Abschluß der Prozedur aber verzog Herr Leobold im Unterschied zu Herrn Duschke angewidert sein Gesicht und spuckte einen kleinen Teil des Getränks wieder aus. »Schmeckt doch Klasse, Herr Läääwool!« schrie Hans Duschke, worauf Herr Leobold – beide hatten mich noch immer nicht bemerkt – sofort seine Geldbörse zückte, etwas zitternd einen grasgrünen 20-Mark-Schein hervorzog und zu dem alten, im Glanz wohligster Selbstzufriedenheit auf seinem Stühlchen herumlungernden Duschke sagte:

»Sie, Herr Duschke, wären S' so gut und kaufen in dem kleinen Laden am Eck nochmals einen Sechsämter da, einen Sechsämter, gell?, so viel wie S' kriegen können.«

»Jawohl, Herr Läääwool!« rief Hans Duschke feurig, sprang auf und stürzte holterdipolter aus dem Teppichnebenzimmer, wobei er nun mich Lauernden gewahrte, mir fast liebend in die Arme flog und mich mächtig laut willkommen hieß: »Mensch, Moppel, prima, ehrlich!« – und das sei schön und Klasse, daß ich auch da sei und ihn einmal an seinem Arbeitsplatz besuchen komme. Doch während Hans Duschke noch immer in fast tumultuarischer Freude auf mich eindröhnte, hatte Leobold die Situation schon wieder unter Kontrolle:

»Da, Herr Duschke, da haben S' noch einen Zehner, da bringen S' dann für Ihren Freund da auch noch gleich einen mit, Sechsämter gell? Das geht dann in Ordnung.«

So war ich denn rasch und ohne Komplikationen in die waltende Teppichgemeinschaft aufgenommen – ein folgenschweres Ereignis, wie ich aber noch nicht im geringsten ahnte. Herr Leobold, ein knapp 40jähriges gestaltlos hageres Männlein mit den leicht tapsigen Bewegungen eines Menschen, welcher der Gesundheit zeitlebens nicht allzuviel Aufmerksamkeit geschenkt hatte, begrüßte mich nun offiziell mit Handschlag und überaus freundlich, ja mit einem geradezu verschmitzten Ausdruck kameradschaftlicher Verständnisinnigkeit in den Augen, in denen sich eine gewisse reife Lebenslust und allesverzeihende Güte aufs Lieblichste mischten – das Ganze eingelagert in ein bleiches, schmächtiges Gesichtchen mit leicht geröteten Backen.

Er, sagte Leobold, kenne mich ja »praktisch schon als Kind«, und meine Schwester sei ja auch beim Reitverein, und früher sei sie auch immer mit dem Geigenkasten in der Hand an seinem Fenster vorbeigegangen. Aber die sei ja jetzt gut verheiratet, wußte Alfred Leobold, mit dem Dr. Hirsch, nachdem es mit dem Studenten da, dem Refle Hans, ausgewesen sei, das sei ja nicht schön von dem gewesen, ihr davonzulaufen – zeigte sich Alfred Leobold hervorragend informiert und steckte ein Zigarettchen in Glut. Ich hatte inzwischen an dem Teppichnebenzimmertischchen Platz genommen, der Zufall richtete meinen Blick in den nebenstehenden Papierkorb, und ich gewahrte darin im Verein mit einem Fischskelett und ein paar Brotresten acht ausgetrunkene Sechsämterfläschchen, vom Fassungsvermögen eines großen Schnapsglases.

Im Fortgang dieses ersten Gesprächs mit Alfred Leobold, der sich dabei einmal kurz und schmerzlich an den Magen griff, stellte sich heraus, daß er selber als Geschäftsführer und Hans Duschke als Verkäufer bereits seit drei Wochen tadellos zusammenarbeiteten – »geht in Ordnung«, sagte Herr Leobold mehrfach und wie resümierend zu mir, gleich als ob ich eine Kontrollinstanz wäre, die sich danach erkundigte, ob Hans Duschke auch zufriedenstellend eingeschlagen habe –, und wenn ich wollte, könnte ich hier auch »jederzeit anfangen«, als Geschäftsführer könne er, Leobold, mich sogar übertariflich bezahlen, der Betrieb weite sich »sowieso« unglaublich aus, »das haut schon hin«, sagte Herr Leobold und wäre um ein Haar dabei umgefallen, »genau«.

Gesprochen »gé-nau«. Und ob ich einstweilen ein Bier möchte, der Duschke müsse ja schon lang wieder da sein, »wo er nur bleibt?« fragte Herr Leobold. Noch immer hatte ich keinen Kunden durch den Teppichvorrat schleichen sehen.

Ich erwiderte Herrn Leobold, obgleich mir die Idee, »jederzeit hier anzufangen«, spontan ausgezeichnet gefiel, etwas kokett, das lasse sich wohl schlecht machen, ich hätte ja meine Geschäftsunterlagen nebst Schreibmaschine und sonstigen Büroutensilien bei mir zu Hause. »Geht in Ordnung«, beharrte Herr Leobold generös, ich könne ja »das ganze Gelump« hierherschleppen, er, Leobold, stelle mir auch gern den Firmen-Kombi dabei zur Verfügung, und ich könne jedenfalls »einwandfrei« hier im Nebenzimmer arbeiten, am Tisch müsse nur ab und zu wegen der Auslieferung von Teppichrollen »und solche Krämpf'« telefoniert werden. Und der Herr Zier, der Ausfahrer und Verleger des Teppichunternehmens, sei auch in Ordnung – jedenfalls hätte ich hier am Tisch (Herr Leobold wackelte ein paarmal mit dem Kopf gegen diesen) einen sicheren Arbeitsplatz, »die Kassenzettel und den anderen Scheißdreck da« könne ich wegräumen (Herr Leobold machte die Gebärde des Vom-Tisch-runter-Wischens) – und einen zusätzlichen Stuhl könne ich dann vom Baumann Heiner besorgen, ich bräuchte nur zu sagen, daß ich »vom Alfredl« käme, »dann gibt er dir alles, ein ganz prima Kerl, der Baumann Heiner«, schwärmte Herr Leobold, der habe »sowieso« zu viele in seinem Nebenzimmer in der Glückauf-Wirtschaft herumstehen.

Und plötzlich und unvermittelt erhob sich Herr Leobold vom Stuhl, trat zum Eisschrank des ANO-Nebengemachs und zauberte eine Flasche Champagner heraus. »Da, trink«, flüsterte Herr Leobold in reizender Gastfreundlichkeit, »den kannst ganz austrinken, das Zeug da, ich bin froh, wenn's weg ist. Ich trink einen Sechsämter«, sagte Alfred Leobold, »genau«, und da turnte auch schon, federnden Schritts, der Untergebene Hans Duschke zurück, in der Hand schaukelte ein prallvolles Plastiksäcklein, aus dem Duschke sofort genau 25 Fläschchen Sechsämter auf meinen künftigen Bürotisch kullern ließ. »Mensch!« lärmte Duschke mich nun freudestrahlend und ein wenig atemlos an, »das find ich gut, das find ich echt gut, daß du mich in der Arbeit besuchst, Moppel, bleiben wir alte Freunde, ja? Ehrlich!« toste Hans Duschke im Vollglück und wollte mich danach wiederholt Herrn Leobold vorstellen, bis er endlich begriffen hatte, daß Herr Leobold und ich uns nicht nur schon optimal kannten, zumal Herr Leobold auch ihm nun mitteilte, daß er und ich auch bereits gewisse Strategien in Richtung auf meinen neuen Arbeitsplatz eröffnet hatten.

Hans Duschke ist übrigens ein ehemaliger Schauspieler und Regieassistent, der seit nunmehr vier Jahren in Seelburg wieder sein Wesen treibt, nachdem er vorher in der Stadt Schwandorf als Gastwirt wegen gewisser Unregelmäßigkeiten in der Buchhaltung gescheitert war, daraufhin im Versicherungswesen sein Glück versucht hatte, anschließend im Pfälzischen als sogenannter Holzbockjäger herumgestrichen war und deshalb noch heute von XY-Zimmermann gesucht wird; dann war ihm der Fremdenverkehr Heidelbergs anvertraut worden, dem hatte sich eine kurze Karriere als Nürnberger Kellertheater-Direktor und später als Hosenverkäufer der Firmen Horten, Quelle und Bachmeier angefügt, bevor Hans Duschke mit Beginn des neuen Jahres ins Teppichfach übergewechselt war. Dieser gefährlich muntere und lebhafte Alte, den man sich am einfachsten als eine stark verknitterte und von der Härte des Lebens verhutzelte, aber mindestens doppelt agile und durstige Ausgabe des Bundespräsidenten Scheel vorstellt, will zu seiner Zeit, in den Roaring Twenties, auch schlesischer Jugendmeister im Tischtennis sowie, zusammen mit einer Frau Maulwurf aus Kattowitz, Meister im Mixed-Doppel gewesen sein, hat angeblich unter Max Reinhardt, Gustaf Gründgens und Kortner gleichzeitig gedient, nebenbei noch der werdenden Mutter Magda Schneider von ihrer kommenden Tochter Romy abgeraten (was, zu meinem Bedauern, nicht geklappt hat, denn ich käme sogar sehr gut ohne diese Person aus, mein Interesse richtet sich mehr in Richtung auf Laura Antonelli), – ferner will Duschke mehrfach an die Koloratursopranistin Maria Cebotari Handküsse verteilt haben, in Schillers »Räubern« will er der beste Spiegelberg aller Zeiten gewesen sein, Duschke hat auch nach seinen Angaben als erster, »während all die anderen Arschgesichter noch immer mit der Klappe herumgefuchtelt haben«, die Tiefendimension der Shakespeareschen

Narren erkannt und voll ausgespielt, anschließend ein seinerzeit sehr gewagtes Stück namens »Ehe in Dosen« inszeniert – – und jedenfalls jetzt verkaufte er halt im Einvernehmen mit Herrn Leobold Teppichböden.

Und jetzt schien auch tatsächlich ein Kunde anzutreten, es war dies ein steinalter, respektheischender, fast würdig aussehender und einherschreitender bebrillter Herr im Trachtenanzug mit Spazierstock und angemessenen Bewegungen – es stellte sich aber nach Hans Duschkes entzücktem Aufschrei »Hah! Der Malitz! Malitz, komm rein, magst du auch einen Schnaps, Malitz?« heraus, daß dieser scheinbar ehrwürdige Greis nur der ehemalige höhere Beamte Karl Malitz, der Schwager Hans Duschkes, war, der, wie ich aus gewissen Erzählungen Duschkes schon wußte, angeblich nach 1945 die Frankfurter Bahnhofspolizei reorganisiert hatte und sich heute fest einbildet, die Aktienmehrheit der Kaufhof A.G. in den Händen zu haben bzw. in seinem grasgrünen Rucksack, den Malitz, wie ich heute weiß, ständig auf seinem Rücken trägt.

»Stell deinen Rucksack ab, Malitz!« schrie unerbittlich Hans Duschke auf seinen Schwager ein und tätschelte den kleinen, knüpplichen Mann ohne Unterlaß an den Schultern, »magst auch einen Schnaps, Malitz? Gell, ja. Moppel, kennst du den Malitz? Das ist der Malitz ...«

»Herr Leobold, ich begrüße Sie«, sagte Herr Malitz humorvoll und reichte diesem artig die Hand.

»... der Malitz! Sie kennen ihn ja schon, Herr Läääwool, da hast einen Schnaps, Malitz!« fuhrwerkte Duschke unerschrocken weiter. Die netteste kleine Hölle, die man sich vorstellen kann.

Herr Malitz, der, jetzt sah ich es, am Jackenrevers ein feuerrotes »Reichsbund«-Abzeichen trug, bekam sein Fläschchen ab und schien, leis schnaubend oder sogar schnurrend wie ein Katzentier, Gefallen an dem Empfang zu finden, verstand es aber doch einigermaßen effektvoll, den ehemaligen Dirigenten des Frankfurter Bahnhofswesens selbst in der wenig überzeugenden Teppich-Umgebung durchschimmern zu lassen. Denn während nun Hans Duschke in merkwürdig fallenden und taumelnden Körperfiguren ein inzwischen tatsächlich eingetroffenes Kundschafts-Ehepaar kurz und schneidig grunzend abservierte (»Gnädige Frau, Ihr Herr Gemahl wird mir zustimmen, wenn ich Ihnen auf die Hand verspreche, daß dieser Teppich . . .«, wehte es ins Nebengemach herein), berichtete Herr Malitz dem irgendwie matt an seinem Stuhle hängenden Herrn Leobold und mir, er, Malitz, habe schon alle Staatsformen durcherlebt: das Kaiserreich, die Weimarer Republik, das Dritte Reich und schließlich die demokratische Staatsform – und alle vier hätten ihre Vorzüge und Nachteile gehabt, das Kaiserreich – »genau«, kommentierte Herr Leobold – die Weimarer Republik – »genau«, sagte Herr Leobold – das Dritte Reich – »sowieso«, variierte Herr Leobold – und zuletzt den Sozialismus. Hier hatte sich Malitz offenbar vertan, Herr Leobold bestätigte aber gleichwohl: »genau«. Und nach jeder der vier Perioden segelte des alten Malitz Stimme gleichsam glissando zum Himmel, schauerlich, es war gerade wie der berühmte Strawberry-Song aus »Porgy and Bess«.

»Genau, Herr Malitz«, sagte Herr Leobold, diesmal betont »genáu« – wie ich im Lauf der Zeit erfahren sollte, wechselte Alfred Leobold fast regelmäßig die Betonung, ohne daß ich das Gesetz der Alternierung je ganz durchschaut hätte, – aber, wie ich meine, ein sehr netter Zug, dem Gesprächspartner etwas gleichsam musikalische Unterhaltung zu verschaffen – –

»Der Sozialismus . . .«, begann Malitz erneut. Auf seiner Stirn glänzten jetzt kleine Schweißperlen.

»Sie, Herr Malitz«, unterbrach plötzlich Alfred Leobold gleichwie erwachend dessen Ödigkeiten, »Sie, Herr Malitz« – und während Malitz rasch und gehorsam aufhorchte, schien Alfred Leobold vergessen zu haben, was er sagen wollte, und er fuhr, indem er den Zeigefinger gegen das Schnaps-Depot auf dem Tisch richtete, fort: »Trinken S' nur, gell, Herr Malitz!« Worauf Malitz tief durchatmete, drei-viermal mit seinem Spazierstecken hin und her wedelte und dann losschnarrte, die ideale Staatsverfassung sei eine Einheit aus all den vier genannten, wenn ich den Alten richtig verstanden hatte. »Ich habe erlebt«, tobte Malitz und wackelte nun stärker mit dem Spazierstecken, »das Kaiserreich, die nationalsozialistische Verfassung und die? die? die?« (sang Malitz spannend) »die?« (und jetzt ließ er es heraus) »die Demokratie seit 45. Ich habe damals zusammen mit dem tapferen General Initzer, dem Kardinal Initzer und dem damaligen Domprobst Metz . . .«

»Sowieso«, bestätigte Alfred Leobold, da stolperte Hans Duschke, von der Kundenbetreuung erneut in Durst geraten, in unsere gemütliche ANO-Nebenstelle zurück und kippte sofort eins der Fläschchen mit dem köstlichen braunen Getränk weg. »Kommt aus dem Fichtelgebirge«, murmelte Herr Leobold und deutete versonnen auf den verbliebenen Sechsämterhaufen. Zwei hatte ich auch schon im Leib. Alfred Leobold, das fiel mir nun auf, stellte keine Frage nach dem Verkaufserfolg seines Mitarbeiters, sondern stand auf, trat an den Kühlschrank, öffnete endgültig die Flasche Champagner und postierte sie wortlos auf den Tisch.

»In der Luft, da gibt's kein Puff, da gibt's kein Telefon . . .« sang und heulte im gleichen Moment, offenbar von dem neuen Getränkeangebot vollends verzaubert, Hans Duschke los, und während Alfred Leobold eine müd beschwichtigende Handbewegung ausführte, jauchzte dieser popige Alte immer hemmungsloser auf seinen Schwager ein: »Mensch, Malitz, Karl, du bist der Größte, ehrlich, Prost, Karl!« – worauf Malitz huldreich lächelte und aus dem ihm von Leobold dargereichten Zahnputzglas den Champagner sog, zum anderen aber mußte er doch als Kaufhof-Aktionär natürlich auf Würde achten, und er wandte sich deshalb erneut an Alfred Leobold, den er wohl für den politisch substanziellsten Kopf der Runde hielt: »Und alle Staatsformen waren in ihrer Art gut, in sich abgerundet und dienten dem Volkswohl und dem Volksganzen!«

»Aber der Hitler«, versuchte Duschke, der den Quark wohl schon tausendmal gehört hatte, seinen Schwager gemütlich zu locken, »der Hitler hat doch die schönsten Autobahnen gebaut und den Berliner Funkturm hat er doch auch gebaut, oder nit? Karl?«

»Mein lieber Hans«, behielt Malitz klar die Übersicht, »der Beamtenstaat, die Beamtenversorgung der damaligen Verantwortlichen in Bund und Ländern . . .«

Bis zum hohen H surrte Karl Malitz' Stimme empor, während Hans Duschke, mit der anderen Hand sein Sektglas haltend, seinem Verwandten auf den leicht zusammensackenden, ohnedies rucksackbeschwerten Rücken schlug. »Sie, Herr Duschke«, versuchte sich das matte Organ Alfred Leobolds erneut in Szene zu setzen, wurde aber von Hans Duschke brutal niedergeknüppelt. »Ehrlich, Moppel, Klasse!« wandte der entflammte Greis sich behend an mich, und ich müsse doch zugeben, daß man es hier aushalten könne, »kein Vergleich zu Quelle!« Und was ich heute abend machte?

Es stellte sich nämlich heraus, daß die Herren Leobold und Duschke für heute abend eine Landpartie vorbereitet hatten bzw. Alfred Leobold hatte bei einer Wette ein Schwein verloren, und das sollte heute abend in der Gastwirtschaft Blödt in Schmidgaden gemeinschaftlich verzehrt werden, »der Mogger Arthur, der Adolf, der Hümmer Heinz, die Karin, der Adolf, die Wacker Mathild und ihr Mann und der Willfurtner Charly kommen auch und der Leber Heini sowieso und die ganze Mannschaft«, erläuterte emsig Alfred Leobold – und wenn ich auch mit hin wollte, jederzeit, er kenne den Wirt gut, der mache die Sau exzellent zurecht, darauf könne ich mich garantiert verlassen, und ich könne also selbstverständlich mit bzw. »freilich kommst mit, einwandfrei«.

Hans Duschke, gut informiert, wies nun Alfred Leobold – Karl Malitz schüttete gerade selbstvergessen den dritten oder vierten Schnaps in den greisen Leib und sagte plötzlich wie zu sich selber: »Gemeinnutz geht vor Eigennutz« – Duschke wies Leobold darauf hin, »der da« (das war ich) »macht doch heute abend mit seiner Sabine oder wie die Büchs heißt, die kleine Büchs, da rum«, doch geistesgegenwärtig erfand Alfred Leobold sofort den rettenden Ausweg: »Die kann jederzeit mitkommen, freilich, sowieso« (das »genau« ließ Leobold diesmal aus unerfindlichen Gründen aus), »die kriegt dann auch einen Schweinebraten.« Ich hatte eigentlich für diesen Abend mit Sabine Glanzvolleres eingeplant, ja ich muß sagen, gerade zu dieser Zeit hatte sich meine Zuneigung zu ihr auf eine merkwürdige Weise etwas veredelt, irgendwie schien sie mir, seit meine Persönlichkeit in ihr junges Leben eingegriffen hatte, langsam fraulicher, ja gewissermaßen menschlicher zu werden (O wie sollte ich mich täuschen!), vielleicht auch einfach deshalb, weil sie so schön »Ich liebe dich, Moppel« zu mir gesagt hatte – eine Kühnheit, die ja nun heutzutage wirklich Gegenliebe verdient bzw. es gehört ja nun zweifellos allerhand, eine bezaubernde Naivität, eine gewisse selbstwegwerferische Frechheit und Tiefe der Empfindung dazu, mir altem Esel einen solch schönen Spruch zu widmen, und sei's mit noch so schrill krächzender Stimme. Sabines niedliche Brust hatte mich übrigens für dieses organische Manko bestens entschädigt – jedenfalls schien es, Susanne hin und ihre Eroberung her, gewissermaßen am Horizont zu tagen, ich sah wieder Land, ja sogar ein existentielles Ziel vor mir – und nun also ein gemeinsames Schweinebratenessen unter der Ägide von Alfred Leobold! Ach was! Alfred Leobolds Bedürfnis, die neu auf den Plan getretene Freundschaft mit mir zu vertiefen, war ganz offenkundig, warum sollte man diesem Teppichmenschen nicht eine kleine Freude machen, und schließlich hatte mich plötzlich eine geradezu brausende Lust nach einem Schweinebraten überfallen. Ich sagte also zu. Abfahrt halb acht am ANO-Laden.

Im Anschluß an die Gastwirtschaft Blödt könne man dann ja, verbreitete Alfred Leobold seine Vorstellungen, noch ein wenig in das Nachtlokal »Eichenmühle« in Wolfring fahren bzw. wie Leobold sagte »hinbrummen«, da finde heute – wie jeden Mittwoch und Samstag-Sonntag – eine Light-Show für die Amis statt, da stifte er, Leobold, dann eine Flasche Calvados, den Wirt kenne er gut, da zahle er für die Flasche nur 27 Mark, so etwas Gutes habe er, Duschke, wandte er sich an diesen, noch nie getrunken, »o mei«, beschloß Leobold vorerst seine Vorankündigung des großen Glücks. Ich solle also um sieben Uhr (hieß es jetzt plötzlich) wieder zum ANO kommen und »die Sabine da oder wie« gleich mitbringen, der Hümmer Heinz fahre uns alle »raus und wieder rein, wird prima«, bekräftigte erneut Herr Leobold.

»Und du, Malitz«, fiel es Hans Duschke plötzlich ein, »fahrst auch mit!« Eine Überraschung: Unvermerkt war der alte Malitz auf seinem Stühlchen eingeschlafen, ganz eindeutig überwältigt von den Schnäpsen. »Laß ihn schlafen«, sagte Alfred Leobold mild, »um sieben Uhr legen wir ihn dann ins Auto und nehmen ihn mit, und wenn wir dann draußen sind, geben wir ihm einen Schnaps, dann wird er schon wieder wach, jjaah!« Es klang wie der Laut eines Esels, der seine Eselin davon überzeugen wollte, daß dies schon die beste aller möglichen Welten sei.

Wir saßen dann noch ein halbes Stündchen im ANO-Nebenzimmer herum, und damit Alfred Leobold die Flasche Champagner morgen früh nicht mehr störte, nahm ich hin und wieder ein Schlückchen, bald war sie denn auch leer, und ich wäre beinahe gleich Malitz, der linkerhand von der Kaufhof-Mehrheit träumte, eingenickt. Keine Kundschaft störte den waltenden Seelenfrieden inmitten der Welt des Hochkapitalismus, der scharfen Konkurrenz-Situation gerade auch auf dem Teppichsektor, sieh an, es ging auch so, und am Monatsende hatten doch sowohl Herr ANO als auch seine Seelburger Mitarbeiter Leobold und Duschke ihr Heu heimgebracht, das nenne ich die Humanisierung der Arbeitswelt jenseits der Vorstellungen des DGB, die Vision einer menschenfreundlichen Geldzirkulation im Rahmen der freien Marktw...

»Geht Ihnen das auch so, Herr Duschke?« hörte ich auf einmal Herrn Leobold würgen. »Ich vertrag den nimmer so, den Sechsämter. Furchtbar. Ich weiß gar nicht, was das ist.«

»Häh?« Der jetzt gleichfalls in sich versunkene Hans Duschke fuhr hoch, schüttelte ein paarmal den Kopf aus und stellte dann überraschend das Radiogerät auf dem Eisschrank an.

»Sie, Herr Duschke«, bat Alfred Leobold zart und doch mit der rüstigen Durchsetzungskraft des Vorgesetzten, »holen S' noch vier Underberg, gell?«, dann werde es ihm, Leobold, »garantiert wieder besser«. Der Moppel, ich, möge sicher garantiert auch einen, sowieso. Flink und einsatzfreudig sprang Hans Duschke zu Leobold, ließ sich Geld geben und verschwand wiederum hinter Teppichrollen – gleich darauf hörte man eine Art Dialog: Duschkes mächtig durchtrainierte Spiegelberg-Stimme und dazwischen ein fast hilfloses Wimmern. Vorsichtig lugte ich um die Ecke und gewahrte, wie Hans Duschke mit beiden Armen flakkernd, auf ein altes Mütterchen eintrompetete: für heute sei leider geschlossen, man mache hier Vorinventur, und sie solle morgen wieder kommen, jawohl, das Angebot an billigen Teppichfliesen in allen Farben sei momentan besonders reichhaltig. Das Mütterchen greinte nun, es sei extra mit dem Bus hierhergefahren, weil ihr das ANO-Geschäft vom Herrn Betz empfohlen worden sei, es habe hier auch schon seit zwanzig Minuten gewartet, es sei aber keine Menschenseele zum Bedienen gekommen.

»Alles klar!« grunzte Duschke, warf Herrn Leobolds Underberg-Fünfmarkstück spielerisch in die Luft und fing es wieder auf, »aber Sie müssen verstehen, liebe Frau, daß wir einmal im Jahr auch die Nase von der Kundschaft vollhaben, ja? alles klar.« Der Selbstmord eines Teppichverkäufers? War der Mann total übergeschnappt? Nun, mich sollten im ANO-Laden noch viel größere Sensationen erwarten ... Gnadenlos schob Duschke die alte Frau zur Tür hinaus, verschwand selber und kam mit drei Underberg wieder, den seinen habe er schon unterwegs getrunken, »weil die Ampel gerade auf rot war«. Ich kippte den meinen, bedankte mich etwas verschwommen für den reizenden Nachmittag und trollte mich aus dem ANO-Haus. Jetzt erst sah ich, daß es lindgrün gestrichen war. Bis heute abend also.

Warum sollte ich die beiden aktuellen Genüsse – Sabine und Alfred Leobold – nicht unter einen Hut bringen?

So vielverheißend mein Debut im ANO-Laden – leider geriet der Abend für mich recht konfus. Und dies, obgleich Herr Leobold mit großer Verve und Umsicht seiner Gastgeberschaft nachkam und ich eine Reihe neuer und teilweise sogar erregender Menschen kennenlernte, so z. B. den bereits angekündigten Kaufmann Arthur Mogger, den Schreiner Adolf Wellner, der außerdem »King-Kong« hieß, Wellners Liebchen, das sie nur »Franz Gans« nannten, angeblich nach einer Mickeymaus-Figur, wogegen sie aber anscheinend nichts hatte – ferner die Gastwirtin Wacker Mathild, die später eine so zentrale Rolle in Alfred Leobolds und wohl auch meinem Leben spielen sollte, eine gewisse Grete und gleich zwei Karins, eine formidabler als die andere, und schließlich und am Rande auch eine Frau Ilona Sommer, die mich insofern interessierte, als sie wohl damals sexuell irgendwie an Alfred Leobold hing, was dieser aber nach besten Kräften zu verschleiern und zu unterspielen suchte, gewissermaßen um wenigstens von dieser Seite her keine unangenehme Entartung aufkommen zu lassen.

Und noch andere Gäste mehr. An dieser Stelle fällt mir aber noch ein Motiv ein, das damals entschieden zu meinem vorne angedeuteten sozusagen existentiellen Mißmut beigetragen hat. Ich verstand auf einmal, möglicherweise gefördert durch mein Bummelantendasein, nicht mehr, daß zwar in diesem merkwürdigen Land jeder halbwegs Gebildete um den allgemeinen Niedergang weiß, daß zwar jeder wache Mensch die Verkümmerung aller Dinge tagtäglich am eigenen Leib verspürt, ja daß sich das Volk gleichsam schon damit abgefunden hat – daß aber trotzdem im nächsten Moment der Bundesbankpräsident oder – noch dreister! – der Arbeitsamtpräsident Stingl im Fernsehen dominierend und festlich ihre Schnäbel aufreißen dürfen! Auch heute kann ich es noch nicht recht begreifen, mühe mich aber um eine konstruktivere Sicht der Dinge. Denn im Ernst: als ob da noch irgendwas zu retten wäre! In dieser Nation, auf diesem Globus! Ich bitte, das ist doch ein Widerspruch!

Mindestens ebenso tragisch freilich der Aberglaube, daß gelungene Nachmittage beliebig in die Nacht hinein zu verlängern seien. Ja, der Abend nahm einen recht zweischneidigen Verlauf, auch wenn Sabine erstaunlich wendig den Zweck des Unternehmens begriffen und noch schneller ihr Vergnügen über dies ländliche Divertimento zum Ausdruck gebracht hatte (War ich ihr als Einzelliebhaber schon nicht mehr Mann genug?) – ja, eingangs war sogar noch etwas höchst Förderliches geschehen. Sabine hatte, auf mein Hupsignal hin, ganz überraschend die schöne Susanne mit zum Auto geschleppt, ohne daß sie und die Schwester irgend hätten wissen können, wo hinaus es gehe! Ich hätte also, wäre die strohdumme Landpartie nicht gewesen, einen prächtigen Trioabend mit den beiden inszenieren können, wie immer das ausgesehen hätte! So ein Pech! Immerhin, auch diese Situation war prickelnd und die Erkenntnis angenehm: Susanne wagte sich also erstmals, allgäuischer Verlobter hin und her, unter die Leute. Ein echter Fortschritt.

Auch sie war übrigens mit meiner Programmplanung sehr einverstanden, zuckte wie in seliger Überrumpelung mehrmals mit den Augenbrauen und glitt in mein Auto. So daß ich gleich darauf unter der Pforte der Firma ANO stolz zwei hübsche Weiber präsentieren konnte. Tatsächlich überrieselte mich eine Art fröhlicher Vorahnung: Voilà, die Herren, gehen wir an die Waffen des laufenden Balz-Kampfes!

Leider sollte ich mich überschätzen.

Formvollendet, nahezu graziös und mit der gelassenen Pranke des weltläufigen Kaufmanns erleichterte Alfred Leobold, nunmehr in einem chicen, fast schnittigen Sportanzug, den Frauen den Einstieg in eine auch mir noch weithin unbekannte Gesellschaft, die, wie ich erfuhr, wohl so etwas wie die Kerntruppe der Gastwirtschaft Wacker Mathild bildete. Indessen der fraglos noch betrunkene Hans Duschke, vom Anblick der frischen und erwartungsvollen Frauen auf eine leider ungesunde Art aufgemöbelt, mir schon jetzt zu allerlei Sorgen Anlaß gab. Ich vernahm, wie er, scheinbar verstohlen, aber in Wirklichkeit so laut, daß jeder es bequem hören konnte, auf unseren vierten Mann, der wohl der Fahrer Hümmer Heinz sein mußte, sofort Anzügliches einquallte, wobei sich immer wieder aggressive Brocken wie das Wort »Büchsen« und einmal sogar »vogelwilde Büchsen« abschälten – und kaum waren wir alle richtig im Wagen verstaut, passierte es schon. Ich war mit Leobold noch schnell Zigaretten holen gegangen, Hümmer saß mit laufendem Motor wartend am Steuerrad, – in der Zwischenzeit mußten sich der Alte und die Morlock-Mädchen rasch nähergekommen sein, denn als ich zu den dreien nach hinten krabbelte, schwallte es mir schon irgendwie obszön entgegen. In der Hektik des Aufbruchs hörte ich nur halb hin, wahrscheinlich erzählte der alkoholbefeuerte Greis, linksaußen bumsfidel hingelagert, den vertrauensseligen Schwestern erotische Schnurren aus seinem »Ehe in Dosen«-Repertoire, es klang wie wollüstiges Grunzen und Nuckeln aus seiner Ecke, vor allem Sabine fand das wohl sehr zum Kichern – und so, aufgeputscht durch Beifall und die zahllosen ANO-Schnäpse, schreckte, kaum war Hümmer gestartet, der zwiefach Berauschte vor dem Äußersten an Gemeinheit nicht länger zurück:

»Warum laßt ihr euch eigentlich vom Moppel ficken? Der Moppel ist kein guter Ficker. Ihr müßt euch vom Winter Erich ficken lassen. Der Moppel ist kein guter Ficker. Niemals! Ich weiß es doch. Der alte Duschke weiß es, ah!«

Was war das? Das Ende der Welt. Das war doch ... Ich schaute, den Skandal gleichsam überhörend, geradeaus. Dieser Mann, der sich seit Jahren als mein Freund ausgab, konnte mir, das erkannte ich hier erstmals, zu einem äußerst gefährlichen Quertreiber werden. Der Wille zur Zerstörung bei gleichzeitigem Wissen um die eigene sexuelle Ohnmacht beschwingte ihn, riß ihn hin:

»Oder der Mogger Arthur. Aber nicht der Moppel. Der Moppel kann schön reden, ich kenne ihn doch. Aber ficken ...?«
So etwas hatte ich noch nie gehört. Tatsächlich nachdenklich kratzte ich mich am Kopf. Die beiden Schwestern aber, auch das war wunderlich und schummelig wie die ganze Situation, kicherten. Gehorsam und vorsichtig, wie mir schien. Sabine (das würde ich ihr heimzahlen) fast bestätigend – Susanne (das machte sie mir noch lieber) eher schnurrend-gutmütig, freilich, fast möchte ich sagen: mit einem Hauch von Neugier betreffs des Wahrheitsgehalts der Duschkeschen Ungezogenheiten. Und noch seltsamer: Vielleicht hatte auch ich am Nachmittag zuviel getrunken, aber wenn ich ehrlich bin, gefiel mir der ganze bestürzende Vorfall auf einmal und das damit in Gang gesetzte unterirdische Brodeln stimmte mich auf fast musikalische Art heiter, es war wie die Fanfare einer großen Erwartung, einer lustigen Libertinage ... So oder so: Ungewollt hatte Hans Duschke mit seinen Altherrenredensarten und Schweinigeleien die Bahn gebrochen, hatte mein heimliches Susanne-Programm, das er keineswegs erahnte, ungewollt befördert. Das Thema war nun einmal unleugbar auf dem Tisch – und Duschkes kruder Ton verschaffte mir sogar eine Position kultivierter Distanz und Distinktion. Den Schwestern, besonders der einen, würden so die Augen geöffnet für das doch immer wieder verblüffende Humanitätsgefälle in unserer Gesellschaft ...

»Heinz, du fährst gut. Echt gut. Fährst du schon lange? Echt gut. Hast du selber ein Auto?« Damit wechselte Duschke, der jetzt einen rostbraunen Sakko und eine olivfarbene Hose trug, schon Sekunden nach dem Eklat das Thema. Die nächsten Minuten fauchte er, nach vorne gelümmelt, auf den Fahrer ein.

Übrigens war, gleich mir, auch Alfred Leobold auf Duschkes Ausfall mit keinem Wort eingegangen, wie in vornehmem Einverständnis, so daß ich ihn jetzt unbelastet nach dem Verbleib des Greisen Malitz fragen konnte. Es stellte sich heraus, daß man Duschkes Schwager nun doch habe heimtun müssen, nachdem dieser, erwachend, aber wohl noch verwirrt, gejammert habe, Einbrecher seien in seiner Wohnung.

»O mei o mei«, rundete Alfred Leobold seinen Bericht vom Nachmittagsausklang mit verhaltenem Humor ab.

Das Auto, in dem wir uns zur Stadt hinausschwangen, war ein beiger, nicht mehr ganz appetitlicher Opel Kapitän SEBG L 295, eine Nummer, von der ich noch träumen sollte. Hümmer Heinz, der Fahrer, war mir als Chemiestudent bzw. als »einer von den Chemiestudenten von der Wacker Mathild« vorgestellt worden – wie sich später erweisen sollte, gab es davon einen ganzen Haufen. Der Mann, der im Profil irgendwie einem Ameisenbären glich, saß sehr einsatzfreudig am Steuer, während Alfred Leobold auf dem Beifahrersitz jetzt still und ergeben auf die nebligmilde Mittelgebirgslandschaft unserer Heimat hinauslugte, sichtlich vollkommen interesselos. Wir huschten dahin. »Da schau«, sagte Leobold einmal und beugte sich kurz zu mir zurück, der ich in ziemlicher Erregung Schulter an Schulter mit Susanne saß, als ein Hase die Bundesstraße überquerte, »prima.« Er zeigte auf den Hasen, drehte noch einmal den Kopf herum und lächelte gewinnend die Mädchen an. »Paßt alles? Ja? Prima.« Dann schwieg er erneut, entfachte eine Zigarette und blies den Rauch weltmännisch durch das kleine Seitenfenster hinaus. Gelassen stieg die Nacht an Land. Die zwei Schwestern hatten irgendeinen unwichtigen Plausch begonnen, und Duschke? Allzu gut gelaunt schien er noch immer, einmal pfiff er stillvergnügt vor sich hin, ein andermal suchte er mit viel Pomp etwas in seiner Jackentasche, und ab und zu formte er Behaglichkeitslaute wie »Aah« und »Häh«. Womöglich träumte er von den erotischen Künsten des Erich Winter. Winter ist einer der unseren und, wie ich seit langem weiß, Hans Duschkes Ich-Ideal für die eigene verblichene und verklärte Triebhaftigkeit. Die Erinnerung des Greisen an sie mußte heute ganz vehement sein, unvermittelt auf der Höhe von Lintach mündete sie in einen Gesang:

»Es waren zwei Königskinder«, krähte der Alte so hingebend wie humoristisch, vielleicht sogar ironisch anspielend auf mich, »die hatten einander so lieb, die konnten zusammen nicht kommen, das Wasser war viel zu tief.«

Wild und zügellos durchfurchte die alte Stimme die Tonskala. Ich kannte die Nummer schon.

»Herr Duschke, Sie, das müssen S' heut in der Wirtschaft auch singen.« Anerkennend nickte Herr Leobold seinem Mitarbeiter zu.

»Alles klar, Herr Lääwohl!«
Die Schwestern kicherten, wie wissend, was mir plötzlich ganz reizend erschien. Die erwachende Lust auf die große unbekannte Welt der Männer . . .
Im Gasthaus Blödt in Schmidgaden kam es dann zum großen Schweinebratenessen. Alfred Leobold ließ einleitend 21 doppelte Sechsämter herumreichen, die Gesamtzahl der Gäste, wie Hümmer Heinz in Leobolds Auftrag flink nachgezählt hatte. Ein wahrhaft königlicher Herr, die minderen Aufgaben ließ er durch Dienstbolzen erledigen, genau. Und mit feinem Gespür dafür, daß nach dieser schönen Ouvertüre noch mehr getan werden müsse, die Unterhaltung zu schüren, bestellte Leobold das gleiche noch einmal, anschließend ging er, als das Schwein aufgetragen wurde, zierlich von Tisch zu Tisch, jeden Teilnehmer einzeln zu fragen, ob das Schwein schmecke, ob es richtig angemacht und gewürzt sei, und besonders inständig kümmerte sich dieser vorbildliche Veranstalter darum, daß den Damen immer wieder die köstlichsten Brocken auf die Teller nachgeschoben wurden. Wohl zu diesem Zeitpunkt fing ich an, Alfred Leobold zu verehren.
Er selbst, hörte ich ihn einmal anmutig lächelnd sagen, er selbst esse nichts, er könne »das Zeug nimmer packen«, er versuche aber dann in der Küche der Frau Blödt, ob er ein bißchen Gulaschsuppe »hinunterbringe«, die Frau Blödt richte es ihm her. Und bei dem Wort »Gulaschsuppe« würgte es Herrn Leobold so heftig im Schlund, daß er sich hochwand und, die Hand vor den Mund gehalten, sofort und mit eigenartig stochrigen und doch lieblichen Beinbewegungen dem Saalausgang zueilte.
Wir befanden uns in einer Art Nebenzimmer für kleinere vereinsmäßige Veranstaltungen, wohl auch für Fasching, jedenfalls gab es auch eine Behelfstheke – zum Essen aber waren die Teilnehmer an einem einzigen langen Tisch untergebracht. An seinem entfernten Ende sah man eine kleine Schar junger Männer, die sich nach meinem ersten flüchtigen Eindruck alle sehr ähnlich waren. Das mußten wohl die Chemiestudenten sein.
Jetzt erschien Alfred Leobold wieder, ziemlich bleich und erschöpft, aber vielleicht gerade deshalb listig schmunzelnd. Er trat an mich heran, der ich diesen Abend anscheinend sein Ehren- und Lieblingsgast war, und fragte, ob ich einen Cognac mit-

trinke. »Genau«, kam Leobold meiner Entscheidung zuvor, »also dann vier Cognac, Frau Blödt«, sagte er zu der mit an den Tisch gebrachten Wirtin, die er dabei auch gleichzeitig wie ängstlich am Arm festhielt. Und noch einmal, fast flehend, rief er der Frau »vier!« nach. Die beiden anderen Gläser, stellte sich heraus, waren für die Morlock-Mädels gedacht. Ein Kavalier, ein Galantuomo. Der rechte Freund und Begleiter für mich, eine hervorragende Assistenzkraft beim kommenden Weiberaushalten – –

Inzwischen hatte das Fest über das bloße Essen hinaus schon ein wenig zu fluten begonnen, zu beobachten war vor allem eine gewisse Bewegung zwischen Tisch und Behelfs-Büffet, und einmal pendelte Hans Duschke mit grußartig vorgestrecktem rechten Arm quer durch den Saal auf eine Türe im Hintergrund zu, rüttelte mehrfach an der Klinke, rief »Halt! Stop! Hans Duschke hat sich geirrt!« und fand dann den richtigen Ausgang zur Toilette.

Mehr oder weniger waren die Gäste inzwischen auch einander vorgestellt worden. Ich saß am äußersten linken Tischende, mir gegenüber hatten vorerst Sabine und Susanne Platz genommen, noch weiter rechts der etwa 38jährige Schreiner Wellner, dessen wie abwartende Wucht tatsächlich gewisse Erinnerungen an »King-Kong« weckte, die still-ergebene Frau an seiner Seite war »Franz Gans«. Rechts neben mir befand sich meist Alfred Leobold, zuerst auch Frau Sommer, es folgte das mexikanische Ehepaar Felix und Grete del Torro, dann kam wohl Hans Duschke und neben ihm eine alte Frau mit anhaltend mürrischem Aussehen, das war die Wirtin Wacker Mathild. An der mir entfernten Tischflanke schließlich steckte Heinz Hümmer mit vier anderen die Köpfe zusammen, einer davon hieß wohl Leber Heini, und innerhalb dieser Teilgruppe, die in sich recht stabil schien, sah man noch, fast unauffällig, zwei Mädchen, die beide Karin hießen. Diese Chemiestudentengruppe begann übrigens nach etwa einer Stunde ein Kartenspiel, hörte aber bald wieder damit auf und fiel weiter nicht sehr ins Gewicht.

Pendeln zwischen ihr und fast allen anderen Teilnehmern sah man den mir noch neuen, bulligen und backenbärtigen Kaufmann Arthur Mogger, einen etwa 40jährigen allseits respektvoll behandelten Mann, der vor mühsam beherrschter Lebenslust dauernd zu bersten drohte. Entfernt bekannt schließlich war mir schon ein junger, sehr dicker Fuhrunternehmer, ein gewisser Willi Schießlmüller, der sich gleichfalls vorerst lose im Saal herumtrieb und dabei immer wieder durch wahre Lachsalven auffiel. Nur hin und wieder rieb er sich im Haar und brütete ein wenig vor sich hin, als ob es ihm entfallen sei, warum er so lachte.

»Der Moppel ist kein guter Ficker...« Jetzt fiel es mir wieder ein. Ob die beiden Mädels mir gegenüber es dem Alten abgekauft hatten? Na ja. Sabine hatte sich ja schon ziemlich ein Urteil bilden können... Und die andere?... Adrett sahen sie aus, nebeneinander sitzend, ununterbrochen Zigaretten schmauchend, die unschuldigsten erotischen Ströme aussendend, saugend die Faszination des schillernden Lebens...

Ein doppeltes Gottesgeschenk aus dem Försterhaus!

Bittere Erfahrung, wie rasch gerade die beiden mir den größten Kummer bereiten sollten; aus unterschiedlichen Gründen. Sabine, dieser junge Grashüpfer, trank plötzlich, sehr verärgert beobachtete ich es, mehrere Schnäpse hintereinander, in eiliger Folge kredenzt von dem Fuhrunternehmer Schießlmüller – den vierten gar im Duo an der Behelfstheke, und machtvoll drangen die Lachkadenzen dieses Mannes von dorther an mein Ohr. Daß Alfred Leobold Sabine sofort darauf noch einen fünften Sechsämtertropfen aufschwätzte, versöhnte mich ein wenig – überhaupt schien der Mann an dem Kind einen Narren gefressen zu haben, ganz eindeutig deshalb, um mich so zu ehren, gewissermaßen unsere neue Freundschaft durch ein Drittes, Synthetisches zu sanktionieren und noch mehr aufzupäppeln, durch den in Sabine bildhaft gewordenen Geist der immerwährenden Jugendkraft auch gerade für uns alte Narren, eine verschworene Gemeinschaft all derer, die es irgendwie gut meinen – –

Mit solchen Gedanken tröstete ich mich eine Weile und führte nebenher jetzt scheinbar herzhafte Gespräche mit Grete und Felix del Torro, die mich wohl beide, vielleicht mit dem Schweinebraten als Katalysator, liebgewonnen hatten, bezwungen vielleicht auch vom Charme der Leoboldschen Festgestaltung. Das Ehepaar erzählte mir dies und jenes aus dem hiesigen

Offiziersleben, insgeheim aber beobachtete ich mit großem Mißbehagen, wie der Fuhrunternehmer Schießlmüller an der Theke schon wieder und mit jetzt schon brutal besitzergreiferischer Freizeitmiene auf mein Bräutchen einbalzte und einrumorte, zusehends rücksichtsloser, wie sie, die blöde Gans, nicht nur zu trostlos blindem Gelächter, sondern sogar zu den nervösesten Körperzuckungen veranlaßte. Und wie sich ihr Leib bog! Das dumme Ding muß sogar selber gespürt haben, daß ihr Wiehern zu weit gegangen war: denn plötzlich flitzte sie von ihrem Simpelsfranz weg zu mir an den Tisch zurück und fuhr mir gleichsam aufmunternd durchs Haar – wie um zu sagen, das Leben sei doch schön bzw. das sei nun mal der Welten Lauf.

O Rindvieh, junges!

Was meinen Ärger in Gram vorantrieb, war aber niemand anderer als die unschuldige Susanne, die mir schräg gegenüber saß und seit einiger Zeit von dem sogenannten Kaufmann Arthur Mogger auf sehr lästige Weise umzingelt wurde. So daß ich irgendwie vollends auf dem Trockenen saß, ich, der vorher noch so stattlich zwei Weiber ausgepackt hatte! Mogger saß geduckt neben der Schönen, leierte anscheinend ein paar Anekdoten aus der Kaufmannspraxis herunter – sie hörte fast andächtig mit leicht gefalteten Händen zu und lächelte so beifällig wie keusch, kaum wandte sie den Kopf zu dem lauernden Kaufmann, kein Vergleich zu ihrer öden Schwester! Sicher, auch sie, Susanne, nahm zweidreimal ein Schnäpschen, angedient aus des Kaufmanns Gier, dankbar und huldreich lächelnd entgegen, aber – wunderbar, ich wurde darüber fast schwermütig! – welch eine unnahbare Würde, welch jungmädchenhafte Contenance, welch eine kühle, uns gewöhnlichen Sterblichen unerreichbare Bellezza im zitronengelben Hosenanzug! Und mir war dieses tollwütig herumhüpfende Nichts an Sabine zugeteilt worden, Sabine, wenn ich den Namen bloß schon hörte! Sabine, die mir jetzt plötzlich, da ich doch ihre Schwester im Auge hatte, so töricht und gedankenlos am Schenkel herumstrich, ja und dann wollte sie gar noch einen Kuß oder dergleichen. Es war die bekannte klebrige Verliebtheit angetrunkener Frauen.

Mit grämlicher Miene gelang mir, dem auszuweichen. Sie muß meine Gereiztheit gespürt haben:

»Was ist? Hm?«

Diese kurzen Gedanken! »Nichts«, schmollte ich weiter und gewann augenblicklich Kraft aus dem Genuß.

»Du?« Wie ein Uhrpendel schüttelte sie den Kopf, so daß die Haare hin und her flogen, wahrscheinlich hatte sie das im Werbefernsehen gelernt: »Sehen wir uns morgen?«

Eine kuriose Frage. Und zum ungeeignetsten Zeitpunkt!

»Wieso? Natürlich.« Ich geriet ins Schwimmen. War das nicht sogar echte Wärme, die aus ihr redete?

»Na ja nur so. Ich will dich morgen sehen.« Sie biß sich in die Lippe, malte einen Kreisel auf meinem Knie und äugte dabei fast fromm, wie mondverklärt zur Zimmerdecke: »Ich will dich morgen unbedingt sehen.« Sie trällerte geradezu.

»Einwandfrei«, hörte ich in diesem Augenblick hinter meinem Rücken Alfred Leobold smart zu Felix del Torro sagen, und in der nächsten Sekunde einen kurzen heftigen Lustschrei aus dem Sektor der Chemiestudenten. Da stand für mich fest, und gerade Sabines anschmiegendes Verhalten war es, was jetzt meinen Entschluß gegen eine bösartige weiche Weinerlichkeit durchsetzte: Bei nächster Gelegenheit, koste es, was es wolle, und unter Wahrung aller Formen würde ich mich auf die Seite der braunen Schwester schlagen und die Geliebte wechseln, dieses kostbare junge Weib mußte her, dieses Naturtalent an lässig aufreizender Laszivität, dieses elementare Försterskind, dessen schlummernde Energien unermeßlicher Wollust ja praktisch nur noch durch geschickte Anleitung zum Erwachen gebracht, angestupst werden mußten – bereit, den Bräutigam zu empfangen, saß dies hohholde Wesen ja bereits faustdick vor mir und zupfte sich ab und zu, während Arthur Moggers dunkel lodernder Blick sich minutenlang in ihre enganliegenden Hosen bohrte, in entzückender Verspieltheit, in der süßen Befangenheit der Jugend am lockig herabperlenden Braunhaar – –

Welch ein merkwürdiger Abend! Alfred Leobold hangelte sich jetzt – frisch gestärkt sah ich genau zu – von der Schulter Grete del Torros, auf die er wie gewichtslos seine Hände gestützt hatte, weiter zur Schulter der alten Mathild Wacker, um auf deren Buckel abermals von hinten seine Hände gleiten zu lassen. In dieser Stellung sah man die beiden eine Weile in vertrautem Gespräch, vor ihnen konnte man Duschke und den Schreiner Wellner erkennen, die über den Tisch ein scheinbar ruhiges und sachliches Gespräch hatten – auffiel mir, abgesehen von seiner zart abgeklärten Lautlosigkeit, nur, daß Duschke sein Bierglas immer wieder bis zum Mund führte und es doch im letzten Augenblick wieder sinken ließ, weil ihm ein neuer Gedanke einfiel. Schön, wie der Wille zum Gespräch vorübergehend sogar den Durst in die Schranken wies! Einmal lüftete Duschke sein Glas gar zwölfmal, ohne zu trinken.

Ja, das Fest war inzwischen zügig fortgeschritten und wohl ein allseitiger Erfolg. Die Bratenreste wurden weggetragen, bei welcher Gelegenheit sich Alfred Leobold nochmals überall und vor allem bei allen Damen erkundigte, ob das Fleisch auch gelangt habe. Dabei mußte er sich eines ziemlich täppischen Zärtlichkeitsversuchs von Frau Sommer erwehren, einer nicht unbedingt einnehmenden, schwer parfümierten und schwarzaufgemachten Person, die Leobold aber letztlich doch mit einem Schnaps kühl abspeiste. Im nächsten Moment vergaß er auch die beiden Karins nicht, bevor er schließlich eine offene Flasche Champagner vor mich hinstellte und schwer lächelnd neben mich rückte. Da begann er eine Geschichte zu erzählen, offenbar seine Pointe des Abends und ein Geschenk an mich, Sabine und Susanne persönlich, was vorübergehend sogar den Nichtsnutz Mogger zum Schweigen zwang.

Es habe da nämlich, begann Leobold und ließ seinen Zeigefinger heiter gegen ein Sektglas schnellen, – es habe da kürzlich eine Stammtischrunde namens »D' Gipfelstürmer« aus der »Glückauf«-Wirtschaft des Baumann Heiner eine Expedition in das Dorf Pursruck unternommen, nämlich »der Käsewitter Otto, der Widder Franz und der Bauer Franz«, und dort sei also – »o mei, o mei«, versinnlichte Alfred Leobold mehrfach die Gewalt des Einbruchs dieser Gipfelstürmer – tüchtig, ja »unglaublich« gezecht worden, nämlich zusammen 63 Maß Bier (»unglaublich!« wunderte sich hier auch Mogger und patschte mit der flachen Hand leicht gegen die Tischkante) – 63 Maß Bier, wiederholte Leobold mehrfach und zwinkerte allen fast listig zu, und auf der Heimfahrt hätten dann die Gipfelstürmer also das Kommando über das Fahrzeug verloren und man sei alle Mann hoch in einen Acker gerauscht, wo sich das Auto auch überschlagen habe – das Ganze, steuerte Leobold emsig dem Höhepunkt seiner Geschichte zu, sei dann vor Gericht ausgetragen worden, und dort habe dann Käsewitter Otto, ein pensionierter Polizist, zum Richter, auf dessen Frage, wie denn das alles habe passieren können, gesagt: »Sie, Herr Richter«, habe Käsewitter gesagt, »Sie, Herr Richter, da hätten S' dabei sein müssen, da ist's vielleicht rundgangen!« – er, Leobold, habe bei ANO freigenommen, »weil mich das interessiert hat«, sei er, Leobold, hingegangen, »O mei, Herr Richter«, habe Otto Käsewitter gesagt, wiederholte Alfred Leobold noch zweimal die Pointe seiner gelungenen Anekdote, »da hätten S' dabei sein müssen, Herr Richter«, beharrte Leobold und schmunzelte uns Zuhörer verständnisinnig an, »da ist's vielleicht rundgangen! Genau.«

Mir fällt auf, daß Herr Leobold zu dieser Geschichte seinerzeit etwa 20 Minuten gebraucht hatte, während ich sogar bei der Niederschrift in 7 Minuten fertig bin. Jedenfalls sei dieser Käsewitter heute 65 Jahre alt und »ein ganz prima Kerl«, erläuterte Leobold warm, und er sei im übrigen auch der gewesen, der ihn, Leobold, bei seinem damaligen Prozeß gegen seine Frau, »die Drecksau«, wechselte Leobold erstmals und recht überraschend die Tonart, lächelte aber gleichbleibend grazil, entlastet habe.

»Alfred!« bellte hier plötzlich Arthur Mogger hart dazwischen, »ich sage dir, Alfredl, da hast ein unwahrscheinliches Glück gehabt, Alfred, daß der Käsewitter Otto damals zu deinen Gunsten ausgesagt hat, sonst hättest kein Land mehr gesehen, Alfred, das sag ich dir auf den Kopf zu, Alfred!«

»Genau, Arthur«, antwortete Alfred Leobold nachdenklich und nippte, sichtbar von seinem Vortrag ermüdet, an seinem Sechsämter.

Von Hans Duschke erfuhr ich ein paar Tage später in der »Gradl-Wirtschaft« den Verlauf dieses seinerzeit fast sensationellen Prozesses zwischen Herrn und Frau Leobold und seine Hintergründe, die auch für den Fortgang meines Romans und seine psychologische Ausleuchtung von erheblicher Bedeutung sein sollten: Alfred Leobold hatte also bis vor zwei Jahren, damals noch als Abteilungsleiter auf dem Gardinensektor der Firma Meßmann in Seelburg, eine wunderschöne Frau gehabt

(»Klasse-Büchs, ehrlich!«, wie Duschke es umriß), diese aber im Zuge eines sehr freien, ja ausschweifenden Nachtlebens so sehr von sich entfremdet, daß es schließlich irgendwie zur Scheidung gekommen war, obwohl schon zwei Töchter im Alter von sechs und neun Jahren dagewesen waren. Vom Zeitpunkt aber der Ehescheidung an hatte Leobold erst, immer nach Duschkes Angaben, seine eigentliche Liebe zu dieser »Drecksau« entdeckt, hatte sie wohl auch verschiedentlich zur Wiederverheiratung aufgefordert, aber, obgleich sich nun Leobold rührend (»rührend, rührend!« schrie Duschke hingebungsvoll) um die beiden Kinder gekümmert hatte, war nun diese Erika hart geblieben, so daß ihr wohl (flüsterte Duschke bedenklich) Alfred Leobold verschiedentlich aufgelauert und dies und jenes gedroht hatte. Die Frau war dann, berichtete Duschke und gab ein neues Weizenbier in Auftrag, in eine andere Wohnung und Wohngegend gezogen, und eines Tags war ihr vor dem Haus geparktes Personenauto von fremder Hand angezündet worden. Der Verdacht hatte sich naturgemäß gegen Alfred Leobold gerichtet, das ganz unerklärliche Geschehen war auf Anzeige der Gattin hin vor Gericht aufgerollt worden, und obgleich mehr als genug für die Täterschaft Leobolds gesprochen hatte, war dieser – in dubio pro reo – freigesprochen worden: weil er nämlich zur Tatzeit in der Gaststätte »Glückauf« gewesen sei und somit ein Alibi hatte. Nun konnte zwar vor Gericht nicht verschwiegen werden, daß Leobold gerade zur Tatzeit die »Glückauf«-Wirtschaft »kurz« verlassen hatte, und hier nun waren die Aussagen der Zeugen weit auseinandergegangen: Während der frühere Fußball-Amateurnationalspieler Rudolf Zeitler der Meinung war, es könnte vielleicht eine Viertelstunde gewesen sein, und außerdem erinnere er, Zeitler, sich, mit Leobold auf dem Klosett sogar eine Unterhaltung über die derzeitige Misere des FC Seelburg geführt zu haben, konnte die Wirtin, Bettl Baumann, nicht ausschließen, daß Herr Leobold vielleicht doch eine halbe Stunde weggewesen sei. So daß alles an einem seidenen Faden gehangen hatte, und allein die Aussage des gut beleumdeten ehemaligen Polizisten Otto Käsewitter Alfred Leobold seinerzeit vor den Gefängnismauern bewahrt hatte. Dieser Käsewitter hatte aber unter Eid bezeugt, daß Alfred Leobold höchstens fünf Minuten »draußen« gewesen sei, weil er, Käsewitter, nämlich genau so lange für ihn beim Kartenspielen »aufgehoben« habe, er sei, wie Käsewitter sogar gesagt haben soll, an diesem Abend »nur Brunzkarter« gewesen, – und jedenfalls in fünf Minuten konnte ja Alfred Leobold unmöglich in einen ganz anderen Seelburger Stadtteil gefahren sein und dabei auch noch ein Auto angezündet haben, so daß die Aussage des Gipfelstürmers Käsewitter Herrn Leobold aufs Angenehmste entlastet und das gewünschte Alibi verschafft hatte.

Dies alles, wie gesagt, erfuhr ich erst Tage später aus dem Mund von Hans Duschke, der mir auch mit einem schon übertreibend listigen Grinsen zu verstehen gab, wen er, trotz Käsewitter, hier für den einwandfreien Täter hielt bzw. für den, der hier »Scheiße gebaut« hatte. Und frei herauslachend bestellte der tückische Greis von der Bedienung Uschi der »Gradl«-Wirtschaft »ein Zwetschgenwasser, Engel, aber bitte nicht zu pflaumig!« – –

Immerhin bildete Leobolds Bericht über die letzte Glanzleistung des Käsewitter den mir bisher angenehmsten Teil des Fests. Dessen Rest geriet leider wieder reichlich unübersichtlich. Hans Duschke, der nun schon seit fast einer Stunde ganz manierlich auf seinem Stuhl gesessen und nur ein paarmal leidenschaftlich mit seinem Hintern hin und her gewedelt war, sprang auf einmal auf, säbelte mit den Armen in die Luft, als ob er gleich Rumpelstilzchen sich selber zerreißen wolle, und brüllte glühend:

»Und ich schwöre dir, Adolf, wenn Strauß Bundeskanzler wird, ich schwöre dir, dann gehe ich hin, da geht Hans Duschke eigenhändig hin und schießt ihn eigenhändig tot. Der Strauß ist eine politische Sau, eine Sau ist das! Ehrlich!«

Duschke stand noch immer, röchelte wie asthmatisch und setzte sich dann wieder hin, fuchtelte aber nochmals drohend mit dem Zeigefinger. Gleichzeitig vollzog der bei Duschkes Rede mit verschränkten Armen trotzig vor sich hinstarrende Schreiner Wellner eine wohl abwehrende und Lächerlichkeit signalisierende Handbewegung:

»Ach was!«

»Was: Ach was? Adolf!«

»Der Strauß ist für mich . . . du hast ja keine . . .«

Der furiose Alte sprang erneut ein wenig hoch, ließ sich aber wieder zurückfallen und ballte statt dessen die Faust:

»Was? Ich frage dich. Was bist du? Eine Sau! Halt! Hans Duschke berichtigt sich. Du nicht! Der Strauß ist eine Sau!«

Sogar in der Ecke der Chemiestudenten wurde jetzt ein gewisses heiteres Interesse wach und eine der Karins nahm ihre Hand von der schmalen Schulter Leber Heinis. Der Schreiner aber machte ebenso nervöse wie angewiderte Gesten des Zahlen- und Heimgehwollens und tupfte deshalb »Franz Gans« auf den Kopf.

»Ein Mörder!« fuhr Duschke bebend fort und wartete, außer Atem, die Wirkung seines Wortes ab. Ab jetzt machte der Schreiner den Eindruck, als ob er die größten Hoffnungen in seine Fäuste setzte:

»Weißt du, was du für mich bist? Für mich bist du blöd. Blöd bist du. Mörder? Blöd.« Der Schreiner, mindestens so erregt wie Duschke, zudem unsicher in der schwierigen Materie, auf die er sich da eingelassen hatte und die wohl seine Kräfte überstieg, nahm einen symbolischen Schluck Verachtung in sich auf. »Franz Gans« lächelte neutral, vielleicht leis schauernd, und trank dann ruhig gleichfalls vom Bier.

»Jawohl, ein Mörder, ein Mörder!« beharrte Hans Duschke mit noch immer tödlichem Feuer, »ein Mörder!« Vernehmlich klammerte er sich jetzt, wie an einen rettenden Halm, an sein eigenes Gewäsch: »In Deutschland gibt es pro Jahr 500 000 oder wegen mir 18 000 Selbstmörder, ist ja scheißegal, die alle der Strauß auf dem Gewissen hat. Jawohl!«

»Wieso?« wunderte sich aufrichtig der Schreiner Wellner, »inwiefern?« Und er verlieh seinen holzgeschnitzten Gesichtszügen sorgsam den Ausdruck politischer Wachsamkeit.

»Weil, weil«, schwappte Duschkes Stimme mit brechender Kraft noch einmal über und verlor sich ins Rauchige, »weil der Strauß die Arbeitslosigkeit will, weil er die Rezion, die Rezession, die Rezion will, weil er alle Leute kaputt macht, Hans Duschke weiß es, du Arsch! Adolf!«

Das Rauschen des Lebens auf dem Lande. Schnaps und noch immer Schweinebratensoße geisterten durch die brühwarme Luft. Ich wollte gerade dazu ansetzen, Duschkes verwegenen, wenn auch wohl nicht ganz dummen Gedankengang zu modifizieren, doch behend kam mir Alfred Leobold zuvor:

»Sie, Herr Duschke, geht in Ordnung, haben jetzt Sie vorgestern eigentlich die Lieferung nach Schwend fertig gemacht?«

»Ääh?«

»Die Lieferung nach Schwend.« In Leobolds Stimme lag nun tatsächlich etwas wie graziöser Spott. »Zum Storg. Die 8 Meter 50. Sie, Herr Duschke, kommen S', trinken wir einen Schnaps an der Theke, gell!«

»Ah, Herr Leobold!« Wie erwachend und freudestrahlend flutete der Greis aus der politischen Dimension wieder ins Alltagsleben zurück, vielleicht auch beim Anblick Leobolds die Gefahr möglicher Arbeitslosigkeit vergessend. »Jawohl, Herr Leobold! Ehrlich!«

Und fast innig führten sich die beiden Teppichhändler wechselseitig vom Tisch weg, und gleich darauf hörte ich wie aus raunender Ferne abermals und mehrfach jene drei klassischen Vokabeln, die ich vom ANO-Laden her schon so gut kannte und die mir während der nächsten 14 Monate so unerklärlich viel Freude bereiten sollten: »Prost, Herr Lääwool!«

Sehr schön. Und Zeit und Muße für mich, erneut und jetzt beinahe gelöst Susanne zu betrachten und zu studieren. Sehr sehr schön. Es mußte einfach gelingen.

Kurze Zeit später fand ich mich gleichfalls an der Theke der Blödt-Wirtschaft wieder. Hier erfuhr ich von Duschke und Leobold, daß der Name der Teppichfirma ANO von einem Augsburger namens Alfred Nock herrühre, dem nämlich eine ganze (»mußt dir vorstellen«, erläuterte Herr Leobold apart) Kette von ANO-Teppichläden in der gesamten Bundesrepublik gehöre, »bis rauf nach Fulda, o mei« sagte Herr Leobold, irgendwie andächtig und abschätzig zugleich. Ich erinnere mich ganz genau, daß mir in diesem Augenblick sofort eingeleuchtet hatte, warum Alfred Nock ausgerechnet Alfred Leobold als Seelburger Vasall engagiert hatte. Die pure Namenssympathie! Solche Erstaunlichkeiten sind ja in unserem angeblich so durchrationalisierten Wirtschaftsgeschehen nicht außergewöhnlich, ja gewissermaßen die Würze, und sie widerlegen meiner Ansicht nach schlüssig das Schauermärchen vom unmenschlichen Unternehmer...

Später trat auch noch der Kaufmann Arthur Mogger zu unserer Thekengruppe, und genau im gleichen Augenblick saß auch bereits Schießlmüller bei Susanne, während Sabine überhaupt nicht mehr zu sehen war – und Mogger wandte sich sofort und mit schneidender Ernsthaftigkeit an Alfred Leobold: Das Geschäft mit den von ihm aufgekauften und renovierten »Bauernschränken für die Blödl aus Baden-Württemberg« laufe gegenwärtig so »exzellent, ehrlich, Alfred, ehrlich«, daß er mit dem Gedanken spiele, zusammen mit ihm, Leobold, alte (»Bauernseufzer nach El Salvador«, dachte ich in Sekundenbruchteilen träumerisch, aber nein:) Spinnräder und Webstühle aufzukaufen »für ins Ruhrgebiet«, nur müßte er, Mogger, dazu morgen (und an dieser Stelle des Satzes steckte sich Mogger grandios eine Virginia-Zigarre in Brand) das Telefon des ANO-Teppichladens benützen dürfen, und ob er, Alfredl, ihm, Arthur, für eine Geschäftsreise seinen Opel-Kapitän leihen könne, wenn er »die Ganoven da droben« besuche, »damit es besser ausschaut«.

»Sowieso, Arthur.« Plötzlich und eilig taperte Leobold von der Theke weg und kam mit Susanne und dem Fuhrunternehmer Schießlmüller wieder, geradezu strahlend. Die beiden sollten auch »einen Schnaps noch mittrinken« oder Sekt, soviel sie möchten, »jederzeit«.

War es mir eigentlich vorbestimmt gewesen, daß ich einst meine Jus- und Musikstudien abbrechen mußte? Da ich ja doch eines Tages mit den Kaufleuten Leobold, Mogger und Schießlmüller an der ordinärsten Theke der Welt landen würde? Im Sog des universalen, vor nichts haltmachenden, tollwütigen Trinkzwangs?

Ich leugne es nicht, mir gefiel's.

Schießlmüller deutete wortlos auf ein Schnapsglas, anscheinend hatte ihn seine sinnlose Balz erschöpft, selbst das Lachen fiel dem schwitzenden Mann jetzt schwerer. Nicht ohne Ranküne zerrte ich ihn in ein Gespräch, fast souverän, wie ich mich wieder fühlte. Ein »prima Abend« sei das heute gewesen, zitierte ich wohl erstmals Alfred Leobold.

»Ja. Prima.« Schießlmüller dachte nach und schnitt eine kleine Grimasse des Ekels. Dann hatte er's: »Ich geh überall hin, wo was ist.«

Ich ließ ihn weiter zappeln.

»Wenn ich Durst hab, trink ich. Sicherlich.«

Deutlich versuchte er von seiner Einmischung in meine erotische Sphäre abzulenken. Sabine war noch immer nicht zu sehen.

»Sicherlich...« Erneut suchte er nach Worten.

Ich blieb hart. Dem Tölpel fiel partout nichts mehr ein. Selbst die wenigen Gedanken, die dieser dicke Schädel zu erzeugen vermochte, waren für heute zur Ruhe gelegt. Witterte das der Veranstalter?

Mit einer eleganten Körperwendung gesellte sich Alfred Leobold zu unserer Unterhaltung und erlöste den Fuhrmann:

»Alles in Ordnung, Willi? Was macht dann dein Ausfahrer, der Zebrowski Paul? Mensch, du schwitzt ja, Willi!«

Tatsächlich mußte sich Schießlmüller aufstützen. Nein, jammerte er stiernackig, es sei dies nur ein vorübergehender »Gehirnschwurbel«, das vergehe wieder, er lege sich nur ein wenig in sein Auto draußen, »das vergeht wieder, sicherlich«. Und noch während sich der Kranke aus dem Hause tastete, muß es den alten Unhold Duschke erneut überkommen haben. Abermals, ein zweites Mal an diesem Tag, ließ er alle Schranken sausen – wie weggeblasen Strauß und Arbeitslosigkeit:

»Hör mal, du!« krähte er plötzlich Susanne, mit der er sich wohl schon ein Weilchen unterhalten hatte, an und patschte sie gegen ihr Ärmchen, »hör mal, du bist eine wunderbare Sau!«, und jetzt wurde sein Ton sogar ein wenig jaulend, »weißt du das eigentlich, daß du eine wunderbare Sau bist? Ich frage dich! Ehrlich!«

Hart trieb der Kopf in Richtung auf die Frau, der Körper Duschkes lagerte dabei irgendwie schief. Von der Seite her sah Herr Leobold zart und traurig an seinem Untergebenen vorbei, klug zog er es wohl vor, zu resignieren: Duschke hatte sich nun mal offensichtlich vorgenommen, heute seiner Alterswildheit freien Lauf zu lassen.

»Ich meine es gut«, der Ton des greisen Teppichmanns glitt noch mehr ins Weiche und Winselnde, hörbar versuchte er die Kurve ins Menschlich-Anmutige zurückzufinden: »Deine Schwester nicht so. Aber du bist eine wunderbare Büchs. Eine wunderbare Sau!«

Von der Sau kam er einfach nicht los. Sie fiel schlicht und psychologisch reizvoll vom Abendessen auf Franz Josef Strauß und von dort auf Susanne, die, jetzt sah ich es, gleich wie symbolisch nur ein winziges Stück von Duschke zurückwich, ein wenig erstaunt, aber kaum vorwurfsvoll lächelnd – während Duschke sich doch tatsächlich die Lippen leckte! Arthur Mogger, auch dies vielleicht nicht unwichtig, wirkte wie ein neugieriger, verständnisvoller Zuschauer.

»Ehrlich, du . . .« Duschke drohte erneut auszuholen. Wenn mich nicht alles täuschte, befand ich mich hier immerhin in einer Art Beschützerrolle:

»Hör mal, Hans«, ich ging einen Schritt auf ihn zu und nahm wahr, wie Susanne geradezu enervierend ihr flaches Bäuchlein nach vorne schob, »du bist ja wohl nicht mehr ganz richtig, du kannst doch nicht fremde . . .«

Hier nickte auch Mogger. In der Ferne lachte eine Karin auf.

»Eine wunderbare Sau!« Jetzt rief es der Alte entschlossen, quasi definitiv. Blind sog er drei Schluck Bier in den grauen Kopf. Wie viele Stunden trank der Teppichgreis eigentlich schon vor sich hin?

»Hör mal, Hans«, hob ich erneut und schon etwas hoffnungslos an; ich versuchte mir sogar ein drohendes Aussehen zu geben: So gehe es doch einfach nicht, er, Duschke, glaube wohl, als alter Mann im Rausch genieße er die volle Narrenfreiheit, so aber hätte es Shakespeare sicher nicht gemeint usw. – aber Duschke hatte die Zügel längst wieder in der Hand:

»Moppel«, raunte er plötzlich mit der abgeschattet umflorten Stimme, wie sie nur unseren erhabensten Weisen zu Gebote steht, »Moppel«, und jetzt tastete er sogar mit seinen Fingern an meinen Puls und führte mich einen Schritt zur Seite, »wir sind gute Freunde. Du mußt verstehen – und die Büchs versteht mich«, deutete der Alte auf Susanne und tippte mit der anderen Hand sein Ohr, »du mußt verstehen, ich habe als alter Mann auch meine Probleme. Ah! Eine wunderbare Büchs-Sau. Ich habe Probleme«, flüsterte Duschke fast andachterheischend leise, »Probleme!« wiederholte er nun gellend, »verstehst du mich bitte!«

Blitzartig tätschelte er Susanne drei- viermal an der Schulter – das erstemal meines Wissens, daß einer es wagte!

»Hah!« schnaubte er dann zufrieden durch, »der alte Duschke macht das schon.«

Was meinte er damit? Gleich darauf streunte Sabine in den Festsaal zurück, hinter ihr aber wackelte der große dicke Transportunternehmer her und wischte sich mit der Hand über die verschlafenen und verklebten Augen. Sabine steuerte sofort an meine Seite, gleich als ob sie genau wüßte, wohin sie letztlich doch gehöre. Auch der Transportunternehmer gesellte sich wieder zu uns und wußte wohl für den Augenblick nicht genau, wo er war. Er habe im Auto »ein Gesetzl« schlafen wollen, sabberte er und schüttelte den giftblonden Kopf, aber es sei nicht gegangen, »wegen dem Schwurbel im Kopf, im Hirn oder wo«. Sein vorher so entschlossener Blick auf die kleine Morlock war gebrochen, belästigte mich nicht länger.

»Arthur, Prost!« Das war Leobold, munter und kalmierend zugleich. Töricht, wie ich gelegentlich bin, fühlte ich jetzt einen Haufen von dämlicher Rührung auf mich einbranden. Über Hans Duschke, Sabine, Susanne und Alfred Leobold sowieso. O Gott, warum umhalste ich nicht gleich auch noch in einem Aufwasch den Kaufmann Mogger?

Ein großer Tag. Über allem lagerte gleichsam und noch immer die menschliche Wärme und Sonnigkeit Alfred Leobolds, die ich heute hatte kennenlernen dürfen, von der ich bereits bezaubert, wenn nicht verzaubert war. Welch ein Tag! Und dies mitten in der Woche, während alle Welt vor dem Fernseher darbte! ... Etwas anheimelnd Fettiges, Schweißiges auch fesselte diese heitere Gesellschaft zusammen, diese Kaufleute, diese hinreißend geschlechtsreifen Frauen, diese Chemiestudenten, welche letzteren mir schon von dieser ersten lockeren Begegnung her als eine besonders verhärmte und verquollene und dabei unheimlich ruhige Gattung in der Erinnerung haften blieben, etwas faszinierend Beseligendes und zugleich auch Bedrohliches ging von dem allen aus ... Alles war so ambivalent ... so ambitionslos ... oder war ich nur kräftig betrunken?

Genug fürs erste! Ich machte den beiden Schwestern klar, daß ich nun nach Hause wollte. Alfred Leobold brachte hier erneut, wenngleich mit wohl auch schon schwindender Kraft, die »Eichenmühle« samt Ami-Lightshow ins Gespräch. Sabine, daran erinnere ich mich, jauchzte buchstäblich auf, und ich wäre wohl auf verlorenem Posten gestanden, hätte sich nicht Susanne vom Gravitationsreiz der Nacht gelöst und an meine Seite geschlagen – o Himmel, was für ein Metaphernsalat! Jedenfalls stand dann plötzlich ein Taxi bereit, offenbar hatte ich es selber bestellt. Mit letztem Einsatz kredenzte Alfred Leobold drei neue Piccolo-Sektchen, seine Abschiedsreverenz vor meiner Person und dem Schwesternanhang an diesem Tag. Ein Herr.

»Paß auf, Moppel«, hörte ich ihn halb im Traum sagen, »kommst morgen wieder zum ANO, da machen wir dann alles wegen dem Billardspielen in Köfering...«

»Geht in Ordnung, Alfred«, antwortete ich tadellos.

Im Hof der Gastwirtschaft lauerte das Taxi. Irgendwie war aber der Fahrer nun noch nicht da, sondern kurz in der Küche verschwunden. Wir mußten warten. Der Märznacht lindes Wellenschlagen trug zitterndes Grauen mit sich. Die beiden Schwestern davor zu beschützen, stellte ich mich malerisch zwischen sie. Fern bellte ein Hund auf, tatsächlich antwortete mit drei verwegenen Schlägen die Kirchuhr. Meine Heimat.

»Mensch, Arthur!« hörte man die Stimme Hans Duschkes aus dem offenen Pissoir-Fenster seitwärts jammern, »ihr habt immer die Büchsen. Und ich alter Mann hab nichts. Was?« Der Greis atmete rauh auf. Was Mogger antwortete, war nicht zu enträtseln.

»Arthur! Verstehst du mich bitte! Nichts. Chrrn. Gebt doch mir altem Mann auch mal was zum Ficken! Arthur!«

5

Im Geist eines noch jungen Mannes aus gutbürgerlicher Familie fällt die Vorstellung des im Marcuseschen Verstand befriedeten Lebens weitgehend mit der Vorstellung einer sinnvollen, nicht unbedingt revolutionären, aber doch gesellschaftlich nützlichen und fortschrittlichen Tätigkeit zusammen. Daran gebricht es mir bis heute, seit meine erhoffte juristische oder musikwissenschaftliche Karriere vernichtet wurde – die Zusammenhänge habe ich vorne angedeutet. Die Melodie meines Lebens, bis dahin ein wahres Mozart-Allegro, ist seither die der – nein, eben nicht so sehr der Langeweile, sondern vielmehr einer Verdrossenheit, einer Hypochondrie, besser: einer Idiosynkrasie, aber auch das stimmt nicht ganz im wissenschaftlichen Wortsinn. Hans Duschke bezeichnete es einmal nicht übel als das »Uuaaääh-Gefühl« (so etwa seine lautmalerische Darstellung) – ich möchte es an einem Beispiel erklären:

Ich meine, wenn ein Politiker, der Fraktionsführer Carstens, sich vor dem Bundestag dafür einsetzt, daß jetzt wieder öfter das Deutschlandlied gesungen wird, und er dann – wörtlich! – sagt, wir sollten »offen und geschlossen« zu den Brüdern in der DDR stehen; wenn andererseits ein Reporter bei der Fußballweltmeisterschaft rügt, das Spiel unserer Mannschaft sei »zu eng, zu weit«; wenn drittens ein Kindskopf wie die liedersingende Frohnatur Scheel plötzlich Bundespräsident wird; wenn all dies und ähnliches tagtäglich dick und feist auf uns einlärmt und einqualmt – dann kann ich nicht umhin, der These der Baader-Meinhof-Gruppe, dieser Staat weise eine »menschenvernichtende Tendenz« auf, gewisse Sympathien einzuräumen. Ich weiß, daß ich mich damit bereits heute straffällig mache, deshalb gehe ich lieber (ja, ich glaube, so kann man es sagen) zu den Weibern. »Trotzdem« gewissermaßen. Und zu Alfred Leobold natürlich. Bzw. ich ging. Ach, ich wollte, ich könnte es heute noch! Verloren, verloren, Annabel Lee ...

Sicherlich überschattete schon damals, zu Zeiten der beiden Schwestern, dieser Zustand, diese heideggerisch gesprochen »Befindlichkeit«, mein Gemüt. Heute, mit fortgeschrittener, freilich nicht gereifter Erkenntnis, versuche ich dem mit einem Roman Herr zu werden, um so gleichzeitig der Gesellschaft zu nützlichen Diensten zu sein.

Wobei ich übrigens nicht einmal genau weiß, ob ich zur großen Prosa befähigt genug bin. Wie denn auch? 20 Jahre alt, habe ich zwar schon einmal mit einer Reihe, glücklicherweise unveröffentlicht gebliebener, Aphorismen und Maximen die Welt in Erstaunen versetzen wollen – und mein letztes größeres Werk war ein Aufsatz »Bürgerliche Rechtsgeschichte – pro und contra« für die Zeitschrift »Progressive Justiz«, der damals in Freiburger Kommilitonenkreisen recht beifällig aufgenommen worden war und nur leider nicht allzu viel Honorar abgeworfen hatte. Lediglich zum besseren Zeitvertreib habe ich in den letzten Jahren hin und wieder ein Gedicht gekritzelt, in der Art von Benn oder Montale, Dinge, die eigentlich einem Pennäler anstünden – aber was tut man nicht alles, die gräßlich dämmernden, nach Sinngebung lechzenden Stunden vor dem Fernsehapparat totzuschlagen? Zumal ich ja auch damals Hans Duschke kaum und Alfred Leobold überhaupt nicht kannte und die Gelegenheit sich ja leider nicht jeden Tag bietet, hinter den Röcken herzuhetzen. Ach was – »Röcken«! In dieser hoffnungslosen Bluejeans-Ära! Natürlich sind sie hübsch, diese himmelblauen Fetzen der Unruhe und der unaufhörlichen Einladung, und wenn ich ins Eiscafé gehe, trage ich alter Kasper ja meist selber eine. Aber ich habe guten Grund zu der Annahme, daß diese Bluejeans und niemand anderer wenn nicht die Hauptursache, so doch der zentrale symbolische Ausdruck unserer Zeit sind, ihrer Tendenz zu Konformismus und Nivellierung und der Bankrotterklärung jeden tieferen Lebensgehalts überhaupt und darüber hinaus! In Frankreich ist jetzt mit dem »Gesetz vom 31. 12. 75 – den Gebrauch der französischen Sprache betreffend« der Versuch unternommen worden, dem Unwesen wenigstens sprachlich beizukommen – ob die so erzwungene Umwandlung von Bluejeans zu »bleus pantalons« geeignet ist, das Übel an der Wurzel zu bekämpfen, wage ich freilich sehr zu bezweifeln. Bluejeans! Schon diese unwägbaren Doppelvokale, die den Teufel gesehen haben!

Gewiß, sie greifen sich, vor allem an jungen Schenkeln, nicht übel, ja sogar irgendwie hedonistisch an – aber wie klingt das schon: »hinter den Bluejeans herhetzen?« Oder »sich hinter den Bluejeans der Mutter verstecken«? Kein Vergleich zu den guten alten Röcken! Es fehlt doch einfach das Rauschende, das Nachtfalterhafte, Vibratorische . . .

O Gott! Doch was soll's? Frischer Mut gehört einfach dazu und frisches, unverbrauchtes episches Blut! Möge also mein Roman vorwärtsstürmen. In diesem Zusammenhang: Heute vormittag habe ich die reizende Witwe Christine Strunz-Zitzelsberger wiedergesehen, übrigens in einem kessen karierten Glockenröckchen, und sie ließ sich auch gern ins »Eduscho« zu einem Täßchen Kaffee einladen und fragte doch auch tatsächlich (ich bin richtig zusammengeschauert) nach dem Fortschreiten und Gelingen des Romanprojekts. Ich erwiderte möglichst kühl und professionell abgeklärt, ich sei gestern auf S. 35 angelangt, es laufe alles planmäßig, es gebe nur noch hin und wieder »kleine Probleme der Form und der Erzählerebene«, jawohl, genau diesen imposanten Stumpfsinn, wie aus dem Kulturteil der »Süddeutschen Zeitung«, gaukelte ich der aufhorchenden Witwe vor. Und daß mir die Position des Erzählers noch nicht ganz transparent sei, habe ich mit langem Blick ins Leere ergänzt, und das stimmt ja, jetzt, wo ich dasitze, kann ich es bestätigen, sogar. Die liebliche Witwe hat mich daraufhin kurz getröstet, ja einmal sogar, wie unabsichtlich, über die Hand gestreichelt – ich bin nicht sicher, ob ich dabei die wünschenswert dichterische Haltung bewahrt habe. Und schließlich hat mich die blaublinzelnde Witwe mehr oder weniger dazu eingeladen, mit ihr am Wochenende ein Starkbierfest zu besuchen, es seien dort auch einige von ihrer Clique – der alte Wassersportkreis des verstorbenen Gatten – mit dabei (das dämpfte meine Begeisterung natürlich ein wenig), und ich solle übermorgen, Freitag, vorher bei ihr anrufen. Ihre neue Nummer sei...

Da hatten wir es wieder! Diese reizend-lockere Unbeschwertheit, diese emanzipatorische Selbstverständlichkeit, mit der unsere jungen Witwen die Telefonnummern herausrücken! Geradezu elektrisierend! Und mit welcher Kühnheit, frei von jeglicher falschen Scham und kleinbürgerlichen Ideologie, geradezu die graziösesten Frauen sich vom Zwang des Kaffeehauses freimachen und zu Bockbierfesten marschieren! Ich kann nur sagen: wunderbar!

Sabine dagegen, so scheint mir im nachhinein, war schon mit 18 Jahren allzusehr dem würdigen und zivilisierten Kaffeehausleben entfremdet, sicherlich lag das auch an ihrer eher wäldlerischen Herkunft, – jedenfalls erwischte ich sie im Fasching einmal in einem sogenannten »Ritterkeller«, unangemessen aufgekratzt und in einem Kreis von einem Dutzend mächtig junger Leute, die mir alle nicht den besten Eindruck machten, und einer davon war sogar betrunken, wie mir schien. Sabine verteidigte sich dann halbwegs geschickt, dies sei eine Betriebsfeier wegen einer Beförderung in der Kostümabteilung ihrer Firma, und all dies seien Kollegen, von denen sie weiter nichts wolle – sagte sie, verdächtig überflüssig, und erklärte, noch verdächtiger, wie mir heute scheint, sich überaus schnell bereit, den von Stumpfsinn geradezu unappetitlich überschwemmten Kollegenkreis zu verlassen und mir schleunigst in mein Gartenhaus zu folgen. Dort wanderten meine Gedanken um Susanne.

Wann würde sie mir zufallen? Irgendwie vertraute ich damals, so glaube ich mich zu entsinnen, einfach dem schwesterlichen Magnetismus, der gruppendynamischen Magie oder wie man dergleichen nennen soll, irgend so einer Variante der Volksweisheit, daß der Weg zum Herzen der Tochter über die Mutter führt. Bzw. umgekehrt oder was immer – jedenfalls, der erste reale Fortschritt in Richtung auf die schöne Schwester gelang ein paar Tage später anläßlich einer samstagnachmittäglichen Spazierfahrt, zu der Sabine – eigenartig genug – schon wieder wie selbstverständlich Susanne mit anschleppte, ein durchaus gemischtes Vergnügen, denn nun hatte ich sie zwar präsent, aber letztendlich doch keine von beiden Schwestern zur Verfügung! Immerhin, das Glück fügte es, daß Susanne gerade die ersten Stunden im Führerscheinkurs hinter sich hatte und meiner Einladung, auf einem stillen Waldweg doch ein bißchen zu trainieren, geradezu enthusiasmiert nachkam.

»Prima!« Nahezu Seligkeit schimmerte über ihre braunen Wangen, und der Mund stand flackernd offen, als der Gashebel nachgab. Los! Die Sache wurde dann zwar äußerst prekär, weil Susanne – Sabine schüttelte sich hinten vor sinnlosem Vergnügen – wie geisteskrank durch den Wald rauschte – aber wie wunderbar fügte sich dieser Mimi die Musetten- oder Grisettentollheit, wie freiheitlich unbeschwert von überschüssigem Intellekt waren diese Jugendlichen heutzutage! Wie lieblich schaukelte unterm Pulli diese neckische Andeutung einer Brust hin und her!

Ich mußte als erfahrener Beifahrer auch ein paarmal eingreifen und nutzte behutsam die Chance, bei besonders taumeligen Gefahrenpunkten das schöne Kind da und dort an der Hüfte zu betappen – den unter diesmal ockerfarbenen Jeans strotzenden Schenkel verbot mir die gute Erziehung. Sabine im Heckabteil freute sich gluckernd mit. Ja, sah sie denn nicht, was ihr Freier da Tastendes veranstaltete? Am Abend, als ich sie liebte, umgaukelte mich das befriedigende sichere Gefühl, der Schwester endlich einen Schritt nähergekommen zu sein. Der Herr Verlobte aus dem Allgäu würde sich vorsehen müssen vor meinen Alterstricks!

»Die lange Wimper hüllte sich über große Augen«, heißt es in Stifters empfindsamer Erzählung »Zwei Schwestern« an entscheidender Stelle, »in welchen wirklich, wie in einem Spiegel, Schwärmerei, wo nicht gar Schwermut und Leiden lag« (Ich lese die Stelle, auf die ich im Zuge meiner Roman-Veredlungen gestoßen bin, gerade nach). »Maria hatte dieselben Wangen und aus denselben großen spiegelnden Augen, wie sie Camilla hatte, sah der Glanz der Ruhe oder der der Zufriedenheit und Ehrlichkeit.«

Na ja, ganz so stifterisch-vornehm ging es bei mir nicht gerade zu, aber ich konnte auch ehrlich zufrieden sein und machte noch ein paar Dias der beiden unter einem Feldkruzifix. O Tücke der abermaligen und ungeahnten Symbolik! Die beiden Schwestern ahnten auch nichts, sondern strahlten und kicherten. Doppelte Jugendanmut, die ich jetzt wieder neugierig aus meiner Fotokiste klaube und anhimmle . . .

Allerdings, ich muß es gestehen – wie soll ich mich ausdrükken? – es ist ja auch schwer zu erklären –, zu diesem Zeitpunkt schien mir Sabine als Gefährtin schon irgendwie unentbehrlich, d. h. ich hätte nimmermehr auf sie verzichten mögen, auch dann nicht, wenn Susanne sich stante pede bereit erklärt hätte, für sie einzuspringen. Zugespitzt gesagt, ich hatte zu dieser Zeit – und, ich ahne fast, auch vorher schon – überhaupt kein oder jedenfalls kaum ein körperliches Verlangen nach dieser hehren Frau, noch verschärfter gesagt: ich wollte sie gewissermaßen »vorerst« aus Prestigegründen besitzen, zum Nachweis dessen wohl auch hin und wieder mit ihr schlafen – im wesentlichen aber über Sabine und nur Sabine weiter verfügen dürfen. Mit Susanne hatte ich irgend etwas Dunkles, Exponiertes, Zauberhaftes vor – was, das entzieht sich bis heute meiner Kenntnis. Ganz allgemein, und obgleich es in dieser Allgemeinheit auch wieder nicht ganz wahr ist: Ich wollte sie beide – wie auch immer das hätte praktisch aussehen sollen, weiß der Teufel. So etwas Affiges! Wenn ich es heute, hoffentlich gereift, bedenke, kommen mir solche achtklassigen abgestandenen Don-Juanismen wahrhaft unter meinem

Anspruch und unverständlich vor, aber ich habe das sichere Gefühl, daß die Witwe Strunz-Zitzelsberger gerade an der Lektüre solcher Leckerbissen und archetypischer Konflikte interessiert ist, und darum geht es ja letztlich.

## 6

Zunächst aber erlitt ich bei Sabine einen Rückschlag, keinen sexuellen, jedenfalls keinen unmittelbar sexuellen, aber doch einen unleugbar intellektuell-psychologischen. Es war da plötzlich eine gleichfalls 18jährige Schulfreundin namens – unglaublich! – schon wieder Karin aufgetaucht, in Seelburg ihre Eltern zu suchen und dann zu besuchen oder jedenfalls etwas derartiges Undurchschaubares – und diese in jeder Hinsicht ziemlich reizlose Karin hatte nun für einen wertvollen Samstagnachmittag Sabine für sich in Beschlag genommen, während mir eigentlich an einer Geist und Sinn erfrischenden Spazierfahrt gelegen war, allzu einfallsreich war ich zu dieser Zeit wohl auch nicht.

Um mich nicht zu vergrätzen, kam Sabine auf die glänzende Idee, mich mit ins Elternhaus und Zimmer dieser wertlosen Freundin zu verschleppen. Heute darf ich sagen, ich habe noch nie und auch seither nie mehr so etwas erlebt, wie diese beiden jungen Damen, die gerade das Wahlalter erreicht hatten, ohne Unterlaß, wahllos, völlig widerstandslos, glühend, ja geradezu sengend am hellen Nachmittag Schnaps in sich hinein schmetterten, – und ich, der alte Rechtswissenschaftler, saß wehrlos und ohne jede Autorität dazwischen und mußte auch mittrinken! Und dabei waren die zwei in einem Grade aufgeregt, daß sie keine zwei Minuten ruhig sitzen konnten, ja jene unsägliche Karin, das beobachtete ich genau, sprang vom Sofa hoch, einfach, um sich im nächsten Moment wieder niederplumpsen zu lassen. Das Schnapszeug auf dem elterlichen Wohnzimmertisch – Whisky, sogenannter Bärwurz-Gesundheitsschnaps und irgend etwas himbeerig Süßes – diente dabei meiner Analyse nach sowohl der Bekämpfung als auch der gleichzeitigen Anfeuerung der herrschenden Aufgeregtheit, deren zentrale Ursache ich lange Zeit nicht begriff, bevor sie mir, der ich nun gleichfalls schon etwas

dämmrig im Kopf geworden war, auf den übrigen mit einem lila Deckchen geschmückten Tisch plaziert wurde. Nämlich das Foto eines schnauzbärtigen jungen Mannes, der eine entfernte Ähnlichkeit mit dem Schwimmer Mark Spitz hatte, und dieser Schnösel wurde mir nun also breit und laut und im Duett als ein junger Metzger erläutert, den jene Karin wohl am vergangenen Wochenende in Nürnberg kennengelernt hatte, und nun galt es also zu entscheiden, ob sie ihm ein weiteres Rendezvous gewähren sollte usw. bzw. ihre Entscheidung war, das bewies ihre geradezu wahnwitzige Aufgeregtheit, längst getroffen, die Gans wollte wohl nur durch Sabine (und am Rande vielleicht auch noch durch mich) nochmals goutieren und sich beglückwünschen lassen oder so etwas – jedenfalls, draußen funkelte die schönste Aprilsonne, Frühlingslaszivität zitterte in allen Fluren und Zweigen, und wir, die junge Generation, taumelten hier herum und tranken das blanke Gift in uns hinein! Was aber meine Wut noch zur Hoffnungslosigkeit hochtrieb, war, daß auch Sabine, vom Schnaps anmutig gerötet, an diesem lächerlichen Jung-Metzger offensichtlich weit größeren Anteil nahm als an mir; so daß ich es schließlich zur Entscheidung kommen ließ: Ich ginge jetzt, stellte ich sie auf die Probe, ob sie mitkommen wolle. Und siehe, sie blieb. Drängte mir noch quasi verzeihungerheischend einen Himbeerschnaps auf und tätschelte mir beim Abgang wie einem Großvater auf dem Bäuchlein herum.
 Die erste glatte Niederlage. –
 Vor ein paar Tagen habe ich, die eigene Produktion anzuregen, wieder einmal im geliebten alten Tschechow gelesen – diese Russen sind ja doch die tollsten! – und ich bin dabei auf eine Stelle gestoßen, die mir zu denken gab, gerade auch im Hinblick auf mein eigenes Schaffen. Ein alter Professor, fragil wie nur eine Tschechow-Figur, läßt sich nämlich darüber aus, »daß in den neuen Werken der schönen Literatur die Helden viel zuviel Schnaps trinken, die Heldinnen dagegen leider nicht genügend keusch sind«.
 Wenn es das nur wäre! Anscheinend besteht der ganze Fortschritt seit Tschechow darin, daß die Heldinnen, und besonders die allerjüngsten, jetzt auch noch wie unter dem Bann von Geistesabwesenheit dem Schnaps zusprechen, um dann ihre Metz-

ger besser betrachten zu können, ja vielleicht sogar aus unbewußtem Willen zu noch mehr Unkeuschheit!

Man sollte das einmal genauer erforschen, weiß Gott! — Wie recht allerdings Tschechow und sein Professor mit ihrer ersten Analyse, über die Helden, hatten, das erfuhr ich noch in der gleichen Stunde, als ich von Sabine und ihrer unsäglichen Freundin davonstürzte. Ausgelaugt und aufgepeitscht von der eigenen Hilflosigkeit einem 18jährigen Fratz gegenüber, unfähig, nach Hause zu gehen, schlich ich mich in eine Restauration mit Namen »Seelburger Hof«, übrigens eine Lokalität von einer merkwürdigen, wenn man genauer hinsah doch recht zwielichtigen, unglaubwürdigen Vornehmheit, in der auch bereits mein langjähriger guter Bekannter Oskar Zirngiebl, ein 42jähriger Bonvivant, beim samstäglichen Sportschau-Fernsehen in einem eigenen kleinen Fernseh-Abteil hockte und andächtig auf die bunten Bilder vor sich sah. Außerdem sahen die beiden halbwüchsigen Wirts-Söhne zu, die praktisch seit ihrer Kindheit überhaupt nichts anderes taten als fernsehen.

»Höhö, Moppel?« lachte Zirngiebl breit, geheimnisvoll und zutraulich, war aber ganz augenscheinlich dem Fußball momentan nicht zu entreißen.

Nebenan im sogenannten Bräustüberl befanden sich nur vier Menschen. Ein älterer Herr, der dem Kardinal Frings sehr ähnlich sah und einen fast distinguierten, vornehmen Eindruck gemacht hätte, wenn er statt einem prallvollen Literkrug Bier nur einen Halbeliterkrug vor sich stehen gehabt hätte — ferner aber vereint an einem Tisch: Der alte verfallene Hausknecht Menzel, ein offenbar fremder, gleichfalls älterer Herr mit dem Air eines unnachgiebigen Altersheimwärters, als dritter aber der bereits einmal erwähnte »Teufel« Giesbert Lattern, jener erotisch so wahllos operierende Kerzenhändler, dessen kahle hohe Stirn jetzt wunderbar im hereinfallenden Nachmittagslicht fluoreszierte — der Friede aber trog, vielmehr teufelte jener Lattern gerade so inständig, ja brünstig auf den vermutlichen Altersheimwärter ein, daß ich mich betont distanziert an den Nachbartisch setzte und scheinbar unberührt in einer Illustrierten blätterte.

Dieses demonstrative Abrücken brachte nun freilich den Kerzenmenschen völlig aus dem Häuschen: »Du bist ja ein ganz ganz blöder Sauhund, du!« fiel er über mich her und sprang, den beabsichtigten Schock zu verstärken, auf. »Ich sage dir in aller Ernst und Würze, du . . .«

Ich war zwar nun zweifellos von meinem Sabine-Erlebnis her noch recht maladig, aber diesen Herrn würde ich schon noch parieren können.

»Halt dein Maul, du blödganzganze Sausau, dich!« antwortete ich kühl lächelnd und registrierte erstaunt, daß noch im gleichen Augenblick der fast körperliche Druck der Enttäuschung über Sabine ein wenig zu weichen begann.

»Dududu, ganzganz . . .!« kreischte Lattern und brach für einen Augenblick buchstäblich über der Resopalplatte des Tisches zusammen, das Gesicht in die Hände vergrabend. Braune kleine Schnapspfützen umlagerten das Idyll.

»Maulmaulmaul!« Ich wurde richtig frech. Das war doch Leben! Der Sabine-Krampf verflog. Unglaublich!

Jetzt hob Lattern wieder seinen Kopf, richtete ihn grimmig gegen mich und starrte mich blöde an. Gekonnt lächelte ich zurück. Lattern überlegte. Dann kapitulierte er fürs erste und verzog den irgendwie verklebten Mund zu einem breiten, brüderlichen Grinsen, hinter dem freilich, einem Kenner wie mir unübersehbar, Niedertracht lauerte. Dachte erneut nach und wechselte dann die Strategie: »Toni, einen doppelten Sechsämter! Nein, halt, Toni! Einen dreifachen Sechsämter! Einen dreifachen Sechsämter, Toni, alter Hühnermauser, gell, dreifach!«

»Dreifacher Sechsämter«, murmelte der steinalte Ober Anton, der gerade an seinem Kellnertischchen ein wenig gedämmert oder phantasiert hatte, und verschwand.

Lattern, Arme verschränkt, Oberkörper gleichsam einsatzbereit gekrümmt, ließ die satanischen Augen rollen, suchte neue Wirkungsziele. Da hatte er's schon: »Und das gilt auch für dich, Menzel! Menzel!«

Verständnisinnig lächelte mich der völlig verlumpte stoppelbärtige Hausknecht Menzel an, als wolle er sich von seinem Tischgesellen distanzieren und mich gleichzeitig auf dessen Reize aufmerksam machen, und paffte an seinem Zigarettchen, indessen der Vertreter des Altersheims, kühlen Kopfs und vollkommen ausdruckslosen Gesichts, gegen die Wand des »Seelburger Hofs« starrte, die u. a. mit einer Imitation von Rembrandts Mann mit dem Goldhut dekoriert war. Dann nahm er einen Schluck schalen Biers.

Der Ober Anton, ein eisgraues Männlein von unleugbarer Heruntergekommenheit, auffallend durch eine schwarze Fliege, ein weißes Jackett und einen weit durchhängenden Hosenboden, geadelt dennoch durch eine gewisse Ähnlichkeit mit Münchens Polizeipräsident Schreiber und Vittorio de Sica zugleich, wackelte nun den dreifachen Sechsämter an, nicht ohne einen kleinen Teil zu verschütten. »So, Amigo, da!« Und schlich zurück zu seinem Kellnertischchen und bohrte kalt in der Nase, fernhin sinnend. Anton, der einst als Eisbär bei Volksfesten seinen Mann gestanden hatte, galt im »Seelburger Hof« vor allem als Meister der Kunst des Verhörens. Als seine besten Leistungen auf diesem Gebiet wurden die Falschbedienungen »Asbach« statt »Hackbraten«, »Leberkäse mit Ei« statt »Libella«, »Tee mit Rum« statt »ein Bier, aber erst in zehn Minuten« und vor allem »Karpfen« statt »Kaffee« kolportiert, und gerade der letzte Lapsus Antons hatte seinerzeit viel Staub aufgewirbelt und der durch den Karpfen geschädigte Gast, ein Vertreter, hatte vier Wochen lang im Zorn das Lokal nicht mehr betreten.

Um so verwunderlicher, daß Anton die Bestellung Latterns »Dreifacher Sechsämter« ohne Rückfrage sofort und richtig ausgeführt hatte. Dreifacher Sechsämter! So etwas hatte es meines Wissens in Seelburg noch nicht gegeben, auch Herr Leobold, so weit ich ihn bis dato kannte, hatte sich immer mit »einem« oder »einem doppelten« beschieden. Auf den Gedanken mußte erst einmal einer kommen! Und tatsächlich verfehlte der Dreifache seine Wirkung nicht. Lattern, der ihn in einem Zug verzehrt hatte, erhob sich erneut von der Bank, blickte der Reihe nach den Altersheimler, Menzel und mich etwas entfernt sitzenden ernst und durchdringend an, als ob er uns dreien als Feldherr den nächsten Schlachtplan eintrichtern wolle, dann flatterte er mit den in einen marineblauen Pullover eingekleideten Ärmchen, einem Engelchen gleich, das sich verabschieden und emporschwingen möchte, sagte kurz und beschwörend »Hou hou hou«, dachte nach, lächelte uns verschämt an, setzte sich erneut und ratlos, griff an den Kopf, dachte nochmals, verzog dann den Mund zum breitesten und abscheulichsten Grinsen und begann:

»Es ist alles so wundersam, ehrlich, wundersam und wundersam – stimmt's, Menzel? – wundersam!«, und Latterns Antlitz schimmerte fast verklärt, und einzelne Haarbüschel sträubten sich gleich betenden Händen verzweifelt in die Höhe und jedenfalls irgendwie vom Kopf weg – – und nun begab sich Lattern zu dem unsicher abwehrenden Ober Anton ans Kellnertischchen, streichelte ihn übers flott geschwungene Silberhaar und sagte, es werde hier in diesem Lokal »alles noch wundersamer und ich möchte sagen überirdischer«, wenn er, Anton, sich »jetzt sofort in den Arsch treten« lasse, er, Anton, gluckste Lattern beinahe orgiastisch, kriege auch 10 Mark dafür – und hier begann sich in des greisen Kellners soignierter Miene Aufmerksamkeit abzuzeichnen: »Zehn Mark? Zeigen.«

Schon hatte Giesbert Lattern einen Zehnmarkschein aus seiner Hosentasche gerissen und hielt ihn dem Opfer unter die Nase: »Da! Da!«

Anton warf einen prüfenden und verlangenden Blick auf den fahlblauen Schein, verfertigte mit einer halbkreisförmigen Armbewegung die Gebärde widerwilligen Einverständnisses und stellte sich zum Tritt bereit. »Na?« beugte er das Haupt zurück, als Lattern nicht gleich zuschlug.

»Sofort!« rief Lattern, holte tatsächlich aus, trat Anton in den schwarzen und trotz nach vorn gebückter Haltung noch immer herunterhängenden Hintern und fiel anschließend, bedingt durch den Rückpralleffekt, um.

Der greise Ober beugte sich über den Täter, sagte »so, jetzt her damit!«, nahm, in der andern Hand schon wieder das Getränketablett pendelnd, Lattern noch am Boden den Zehnmarkschein aus der Hand und schob ihn in die blütenweiße Jackettasche. Lattern erhob sich langsam, sah sich verwundert um, hatte anscheinend das Vorgefallene schon fast wieder vergessen, sagte aus Verlegenheit »hou hou hou« und setzte sich artig zurück an seinen Platz. Der Hausknecht Menzel nahm gelassen einen winzigen Schluck Bier, der Altersheimwärter hatte, wie ich zu wissen meine, das Ereignis überhaupt nicht registriert und knabberte sorglos eine Zigarre an.

Ich blätterte wieder in meiner Zeitschrift herum. Zauber des vergehenden Tags. Aus der Fernsehkammer heraus hörte man jetzt Oskar Zirngiebl leidenschaftlich auflachen. Anscheinend war ein besonders drolliges Tor gefallen. Sabine, die dumme Nuß! Überall trank man heute nachmittag Schnaps. Wo trieb sich eigentlich Susanne rum? War diese Kuh – erstmals seit meiner Überwachung! – zum Verlobten ins Allgäu gereist? Zum Schnapstrinken? Wann würde dieses elende Nachkriegs-Wirtschaftswundersystem donnernd zusammenkrachen und 60 Millionen Imbezille unter sich begraben? Was trieb eigentlich Alfred Leobold an Samstagnachmittagen, fern von ANO? Sollte ich mich auch an Wochenenden mehr mit ihm, dem distinguierten Kaufmann, zusammentun? Hätte ich Lattern zusammenschlagen sollen, als er für Geld den Proleten Anton in den Hintern trat?

»Merk dir das, junger Mensch!« hörte ich am Nebentisch jetzt Giesbert Lattern sozusagen hautnah auf den etwa 55jährigen Altersheimaufpasser plötzlich und ohne jede Ouvertüre einknistern, »merk dir das, junger Mensch, ich bin der Marquis von Challot, und ich hab nicht nötig, daß ich dich mit so blödsinnigen Leuten auseinandersetze. Ich werde den Minister Jaumann festnageln wegen dem Donau-Main-Kanal. Das Abendland, halt!, das Altmühltal wird mir nicht dargebracht. Da werd ich Marquis zum Partisan. Ich schieße aus jeder Situation. Das ist wichtiger als alle Liebelei und Mauserei. Ich lasse mir die Täler nicht entnerven!«

»Dann wirst du erschossen«, konterte der Altersheim-Mensch leidenschaftslos. Offenbar vertrat er hier die Interessen des Wirtschaftsministeriums.

»So dumm bist *Du*!« brüllte Lattern, »ich ändere die Geschichte nach meinem Bild und Gleichnisse!« Lattern war, wie mir jetzt erst klar wird, früher einmal Pfadfinder.

»Diplomatie mußt du machen«, sagte der Ministerialbeamte.

»Der Minister«, Lattern variierte den Tonfall ins mehr Bohrende, »der Minister ist so fest in meinem Fadenkreuz wie das Altmühltal, und der Streibl wird jetzt erschossen.« Hier verwechselte Lattern offenbar die Ressorts.

»So.« Der Ober Anton schob Lattern einen neuen, diesmal einfachen Sechsämter hin.

»Aber wie verhalten sich die NATO-Partner, das ist die Frage?«

fuhr der Ministerielle überraschend fort. Doch Lattern hatte aufgepaßt:

»Das ist nicht die Frage, sondern die Situation. Ullah lach mi al hadal!«, so änderte er die Taktik – ich hoffe, ich habe die Wörtchen, die wohl arabisch sein sollten, halbwegs richtig geschrieben.

Darauf gab der Alte vorerst klein bei und schwieg, Menzel aber bestellte ein neues Bier, als Hausknecht hatte er, wie ich wußte, fünf Liter pro Tag gratis. Zwei Minuten später fand Lattern die Kraft zu einem wohl als Bilanz gedachten Schlußsatz: »Sieh dich vor!« rief er und bohrte seinen Blick in den Widersacher, »meine Situation besteht darin, die allgemeine Situation, die heute auf dem Markt herrscht, auszunutzen! Jawohl!« schrie Lattern. Die nächsten Minuten starrten die Herren erschöpft vor sich hin.

Vorsichtig brach ich auf. Mich verlangte nach einem Bad oder zumindest einem Bett. Beim Hinausgehen holten mich noch ein paar Kläffer Latterns ein:

»Hau doch du nicht so aufs Blech!« schrie er mir tapfer nach, »mit deiner Gans da, mit deiner After-Gattin, mit dieser staatsmännischen Hinterrückigkeit. Deine Situation . . .«

Gemeint war vermutlich Sabine. Meine Situation war damals nicht schlecht.

7

Meine Situation war damals, wenn ich es heute, an meinem Schreibtisch, eingepfercht in hektischen Zigarettenqualm überdenke, eine durchaus vage, schon leicht verrottete. Meine doppelte Schwesternliebe nahm in dieser Zeit einen Verlauf ins leicht Schematische und befriedigte insofern jene gutbürgerlichen Instinkte in mir, die nun einmal jedem Menschen eingegraben sind: das Doppelverlangen nach dem Ideal und der Geborgenheit. Na ja, ganz so war es damals auch wieder nicht, sondern irgendwie war mir schon alles gleich, auch das Ideal, und die Geborgenheit paßte mir schon gleich zweimal nicht, vielleicht fühlte ich mich damals schon am stärksten zu einem Dritten, Höheren, Dialektischen hingezogen, mit einem Wort zum ANO-

Teppichladen, um Herrn Leobold zuzuschauen ... aber zurück zu den Schwestern.

Während der Woche – Susanne trieb sich da kurzzeitig bei einer Art Kurs im Allgäu herum – suchte ich Trost, Zuspruch und die kleinen albernen Freuden bei Sabine, die Samstage und Sonntage aber wurden von der älteren Förstertochter beherrscht, deren dunkle Glut, deren schönes, ebenmäßiges, glanzumflossenes, wenn auch neuerdings ein wenig heftig bemaltes Gesicht eine Verheißung von ungeahnter Wollust, das Feuer und den Rausch des sengenden Südens, il mio solo pensiero – – ach Gott, was rede ich da! Beim Schreiben, registriere ich, trügen abgründig die Gefühle. Diese Zeilen schreibe ich fast in Emphase und weiß gar nicht genau, ob das wirklich gerade damals so toll war. Ein andermal formuliere ich kühl und besonnen – und wie litt ich in Wirklichkeit!

Aber wahrscheinlich habe ich vor einer Stunde einfach zu viel italienischen Burkhof-Kaffee in mich hineingefeuert ...

Immerhin: Etwas wie die Vision einer besseren Welt, eines geadelten Daseins, eines mit Max Horkheimer zu reden »Anderen« war es, was die ältere Morlock nicht nur über mich ersten Anwärter, sondern, uneingestanden, damals wohl schon über unsere gesamte trostlose Gesellschaft verströmte, sofern man bei dieser Rabaukenbande überhaupt noch den soziologisch sowieso umstrittenen Begriff der Gesellschaft verwenden darf.

Den Herrn Verlobten glaubte ich Susanne übrigens damals schon nicht mehr recht. Ahnung flüsterte mir ein, daß dieser Herr nur ein Vorwand sei, in uns gewöhnlichen Herren noch mehr Feuer zu entfachen, und irgendwo hatte ich damit, wie sich bald zeigen sollte, leider recht.

Indessen, sehr wohlwollend geurteilt, Sabine neben ihr sich sozusagen wie Zerlina ausnahm, neben ihr, weniger Helena als Blanziflor, obgleich ich mir im Moment von Blanziflor gar kein genaues Bild machen kann, sie, an die sich, nach meiner Beobachtung, noch immer keiner unserer Herren herangewagt hatte, trotz allerlei erster und lächerlicher Tastversuche von seiten dieses Zigeunerpacks, wie ich zu wissen meine. Aber, wie gesagt, auch ich hielt immer noch Abstand, vorwiegend aus Delikatesse, in zweiter Linie aus Angst, drittens aber vielleicht sogar aus etwas wie Trotz gegen mich selbst. War es gar eine freiwillige Askese?

Sabine: Wenn ich aufrichtig bin, es war nicht mehr als plattes Sexualgeplänkel, was wir seinerzeit veranstalteten. Etwas Würgendes lag in der Luft, etwas der Mutlosigkeit jedenfalls Verwandtes. Eines Tages entschloß ich mich zu einem kleinen Test (oder wie immer man das traurige Spektakel bezeichnen will, das ich da hervorzauberte). Ich spielte Sabine das Beethoven-Violinkonzert vor, den ersten Satz. Er war ihr gänzlich unbekannt. Sie sollte, bat ich, sagen, was sie dabei empfinde.

Sabine hörte tapfer zu und nestelte verlegen an Haar und Bluse.

»Was ich da empfinde?« Sie fragte es gedehnt und ängstlich.

»Ja. Was du empfindest.« Das Wort »empfinden« klang völlig exotisch aus ihrem Mund, aus meinem häßlich professoral. Aber ich wollte nicht die wohl noch albernere Frage stellen: Was ist der Gehalt dieser Musik?

»Die Musik ist . . . na ja: fröhlich!«

»Musik kann nach Schubert nie fröhlich sein«, entfuhr es mir leider.

»Warum nicht?« Sie sah einen Rettungsast.

»Weil, hör mal . . . .« Die neue Richtung der Ausfragerei paßte mir nicht, ganz und gar nicht.

»Du empfindest also . . . hm: Fröhlichkeit?«

Jetzt hatte sie es, unwiderlegbar: »Ja! Ja, die Musik macht mich fröhlich. Genau!«

Vermutlich bin ich zusammengezuckt. Hatte sie das Wort von Alfred Leobold übernommen? Sekunden war ich ganz verwirrt und sogar ein bißchen »fröhlich«. Sie bestand darauf:

»Fröhlich. Ja . . . Und froh!« Gewissermaßen trotzig knabberte sie an ihrer Halskette aus bunten Bommeln.

Na gut, froh. Sie kam nicht darauf. Die Lösung wäre »Liebe« gewesen. Oder meinetwegen »Glück«. Vergrätzt stützte ich das Kinn in die Hand und starrte meine Bücherwand an. Alles für die Katz! Na ja freilich, konnte man ihr's verdenken, daß ihr Gefühlsleben nicht so ausgefeilt sein konnte wie meins, wenn sie täglich sechs Stunden Schaufenster zu verunstalten hatte?

»Und du?«

»Ich empfinde«, traurig und pfiffig äugte ich zur Zimmerdecke, »D-Dur-Dämonien.«

Ein Scherz, auf den ich nicht sehr stolz sein kann. Sabine mußte lachen und fuhr mir sichtlich erlöst über den alten Rücken. Zuerst fand ich selber meine vollends improvisierte Antwort lustig, dann schämte ich mich ein wenig. Ohne Zweifel: Von der Liebe verstand sie nicht die Bohne, aber daß ich so, mit dem Kerzenhändler Lattern zu reden, aufs Blech haute, hätte nicht zu sein brauchen, verdammt!

»Dämonien?« echote sie jetzt fast tröstend, »du Dummer!« Nein, von der Liebe verstand sie nichts, wie denn auch? Aber »du Dummer« hatte sie schön, vielleicht sogar geistreich gesagt. Vielleicht gab es in diesem jungen Menschen etwas der Liebe Benachbartes? Etwas Moderneres, Positiveres, das wir alten Humanisten nicht mehr recht kapierten? Und kräftig rührte ich sofort einen Klumpen Sanftheit und Sentiment in meine langsam enervierende Situation, abermals mit dem Kerzenhändler zu reden. Sabine war schon die rechte! Jetzt war ein Kuß fällig.

Man glaubt, wenn man jemand fest umarmt, könne man das Gute zwingen, doppelt gar durch zwei Körper hindurch. Albernheit und Metaphysik! Es gelingt nie.

Am Palmsonntag holte ich trotzdem zu einem gewaltigen Streich aus. Ein Rudel von zu allem entschlossenen Wochenendlern war am Nachmittag unter dem Vorwand einer Wanderung ins Grüne und sofort ins nächstbeste Dorfgasthaus hinein geflegelt, verbissen der Meinung, hier wäre so etwas wie ein farbiger Nachmittag zu inszenieren. Duschke, Lattern, der Gymnasiast Binklmayr, Schießlmüller, Adolf Wellner neuerdings mit pechschwarzem Spitzbart, aber ohne »Franz Gans« diesmal, Duschkes erotisches Idol Erich Winter – die Morlock-Mädels markierten zweifellos die Hauptattraktion dieser staubigen Gesellschaft.

Es drohten die ersten verfrühten und völlig unnötigen Schnäpse, bald wurde mitten im Gastzimmer ein Tischfußballgerät traktiert, Lärm und abgestandener Tabak schwelten durch die niedere Stube – mit einem Wort, mir war nach einem Spaziergang zumute, ja ich bestand geradezu auf dem ursprünglich ja geplanten Spaziergang. Lud locker Sabine, mir die bereits flakkernden Händchen zu halten, dazu ein – und erfuhr meine zweite schwere Niederlage, coram publico, mitten ins Gesicht hinein.

»Ach nein, nicht. Du . . . Nein . . .« Sie zog eine Schnute. Es sei doch »alles so prima hier«, der Schießlmüller Willi wolle ihr gerade das Tischfußballspiel beibringen, das mache ihr doch so viel Spaß. Nein, sie wolle lieber hierbleiben, sagte Sabine jetzt eindeutig kategorisch, »bleib doch auch da!«

Das letzte ebenso unleugbar wurstig.

Ein kleiner Fieberzorn flog mir ins belämmerte Gesicht. Trübe Gedanken wischten im Kopf herum: Sollte ich ihr den Herrn und Meister zeigen, bevor »alles zu spät« war – ja, genau dieses »alles zu spät« flog mir zu, und auch dies: war nicht schon »alles eins«? Irgend etwas Irres durchstrich in diesen Sekunden die Gaststube.

»Gehst du mit?« fragte ich mutig und sinnlos Susanne, die gerade zufällig, ja geradezu fällig, im Weg stand.

Sie wollte mit, und sofort. Jetzt entschied sich etwas, das war mir klar. Entzücken war es mit Sicherheit nicht, was ich empfand – eher ein helles Grauen, ein Blinzeln von Ahnung und Morgenröte, aber auch von Dunst und Nebel. Uneingeschränkt banal war mein Gedanke: Jetzt oder nie mehr! Fahrig, fast befehlend drängte ich zum Aufbruch.

»Wo wollt ihr hin?« Der tückische Greis Duschke sah mich durchdringend an.

»Wandern«, sagte ich so fest es ging.

»Wandern, Hans«, bestätigte, anmutig wie ein Neugeborenes, Susanne.

Eine winzige Lärmpause entstand. In Duschkes anhaltend langen Blick hinein äußerten nun plötzlich noch drei weitere Herren Interesse. Waren sich aber gleich darauf wieder uneins, wohl auch darüber, ob denn vier Herren bei einer einzigen Frau viel auszurichten hätten. Also nichts wie weg. So oder so saß ich prächtig in der Vorderhand.

Die drei erotischen Brüder wollten nachkommen. Wir träfen uns dann.

Es regnete ein wenig. Das Klappern von Susannes Holzschuhen über die geteerte Dorfstraße habe ich noch heute im Ohr. Das also war die Liebe. Dazu mußte man 35 Jahre alt werden. In steifer und leicht eckiger Anmut, hochgewachsen und von einer, wie ich wahrnahm, schon ätherischen Schlankheit, der da und dort prickelnde Knöchelchen durch das krause Blusen- und Jeanszeug lugten, bewegte sich dieses Zaubermädel vorwärts, das Gesicht fast krampfhaft nach vorne in die Zukunft geschnellt, der volle rosarot eingeschminkte Mund, wie mir schien, von jenem immerwährenden unaufhörlichen Lächeln umzüngelt, das das Signal von Unnahbarkeit und einem Eigentlich-hat-es-niemand-verdient-Gewährenlassen zugleich ist, o Himmel! Welch eine Schicksalsstunde! Wer weiß, ob ich ausreichend vorbereitet war! Wie würde sich alles entscheiden?

Ich habe keine Ahnung mehr, über was wir auf diesem himmelblauen Kreuzweg gesprochen haben. Wahrscheinlich mimte ich schlecht genug den künftigen Schwager, den Naturliebhaber und den charmanten Unterhalter zugleich, wissend, daß sie mir sowieso kein Wort abkaufte. Bis ich es, plötzlich in einer Weise erregt, die ich heute als schlankweg mystisch bezeichnen würde, nicht mehr ertrug und kurzentschlossen meinen rechten Arm um Susannes wesenlose und doch so kernig-knochige Hüfte schwang. Sie tat mit dem linken Arm desgleichen, und zwar sofort. Bravo. Damit war die Entscheidung gefallen. In schwachköpfiger Euphorie redete ich irgend etwas Geschwätziges über Hans Duschke und vor allem Alfred Leobold daher und wie gern ich ihn mögen würde. Susanne, stellte sich heraus, mochte ihn auch, und so vollzog ich denn im Weiterschreiten einigermaßen routiniert, keineswegs mehr mystisch, mit der Schlankhüftigen all jene Zaubertricks, mit denen Mann und Frau auch beim Marschieren einander ihrer sexuellen Gegenwart gut spürbar unterjubeln, weiß der Satan, wie und warum das so allüberall funktioniert, jedenfalls hielten und stemmten wir plötzlich die braunen Lockenköpfe gegeneinander und tollpatschten in dieser verkommenen Haltung wohl einen Kilometer auf der Landstraße weiter.

Das muß für die drei nachkommenden Herren schon ein ebenso kurioser wie erregender Anblick gewesen sein – wir bemerkten sie, als plötzlich jemand hinter uns »Höhöh!« herschrie. Fünfhundert Meter hinter uns Traumverlorenen kamen sie dahergestiefelt, drei Mann, in ihrer Mitte der bullige Schreiner »King Kong« Wellner, der sogar aus der Ferne einen wildentschlossenen, ja rächenden Eindruck machte, beidseitig flankiert von dem Elektriker Erich Winter und dem schwefelblonden Gymnasiasten Hans Binklmayr, das Ganze machte irgendwie einen sehr bedrohlichen Eindruck, als ob die Herren Zucht, Law und Order sogar auf unseren heimischen Fluren wiederherzustellen ausgeschickt worden wären – es sah so herzig aus, daß ich für Sekunden sogar meine Liebe vergaß und innerlich heftig lachen mußte.

Auf die drei zu warten hätte wohl letztlich meiner Würde geschadet. Ich bog Susanne in einen Feldweg ein, der zu einem kleinen Weiher führte, den wir, weil mir nichts Erotischeres einfiel, einmal umwandelten, penetrant ineinander verschränkt. Wasser, fiel mir beim Wandeln ein, hatte mich Hans Duschke einmal belehrt, mache »bei Weibern die Hosen feucht, Wasser und die A-dur-Polonaise von Chopin, Moppel!« Spielerisch tändelnd drückte ich Susanne etwas fester gegen mich. Tatsächlich, sie machte sofort das gleiche! Über ihre Schulter sah ich, die drei Rächer waren an der Weggabelung stehengeblieben und schienen zu beraten, wie sie sich aufgrund meiner neuen und überraschenden Pointe strategisch verhalten sollten – ich kam ihnen aber mit einem noch neueren und originelleren Einfall zuvor: blieb plötzlich im trockenen Schilf stehen, zog Susanne roh und hektisch an mich und drückte und schleckte sie ab. Wie ein Geisteskranker. Unglaublich. Diese Dame aber schloß gleich einer hingebenden Hirschkuh die Augen, lächelte eine Idee kräftiger und noch sphinxhafter, gleichzeitig nun aber unleugbar dämlich, und ließ alles – im wesentlichen mein fahriges Befingern ihrer Engelsflügel auf den schmalen, fast eckigen Schultern – wie Schicksal, Unterricht und Test meiner Qualitäten zugleich über sich ergehen. In dieser Sekunde des anscheinend höchsten Glücks fiel mir schlagartig eine Sentenz ein, die mir der Frankfurter Privatdozent (freilich ohne Lehrauftrag) Robert J. Gamsbardt einmal anläßlich eines bunten herbstlichen Herrennachmittags beigebracht hatte. »Frauen«, hatte dieser Gelehrte extrem nachdenklich und gleich als ob er die Quintessenz des Universums in einem Aufwasch resümieren wolle gesagt, und dabei ruhig an seinem sanft abgetönten Italien-Ölgemälde weitergestichelt, »Frauen sind in erster Linie antriebsschwach und sensationslüstern.«

Genau. Recht hatte er gehabt, dieser malerisch scharfsinnige

Causeur, überlief es mich in dieser Sekunde geradezu frohlokkend, indessen zwei zu allem bereite Lippenpaare einander sinnlos abgrasten, antriebsschwach und sensationslüstern, ja mir war sogar, eine sehr exakte Erinnerung, der sofort weiterführende Gedanke vergönnt: Wollust *und* Erkenntnis, also Schmusen bei gleichzeitiger Indolenz, ja (ich muß es gestehen) Verachtung, das war der wahre Jakob. Bitte, vielleicht hat das Thomas Mann schon irgendwo stringenter formuliert, aber für meine Verhältnisse ist es nicht schlecht.

Zwei schlampige Zigeuner am Wegrand: Susanne und ich verharrten in unserer, wenn ich es recht verstehe, mehr symbolischen Liebesstellung am Dorfweiher schätzungsweise vier Minuten, nun, es gab da ja allerhand Neues zu entdecken und zu beschnüffeln, die Sensationen eines inzwischen wieder geöffneten rehbraunen, fast venezianischen Augenpärchens, das ja wohl auf das Konto des alten Morlock ging, mußten in ihrer Tiefe ausgelotet werden. Verdammt: War da nicht sogar etwas Negroides in diesem bronzen lächelnden, nein schmunzelnden Gesicht, vielleicht hervorgerufen durch die sehr weißen, gemütlich runden und wie in Atemlosigkeit um eine Winzigkeit vorgeschobenen Oberzähne? Mein Gott, Mimi, Madonna, Blanziflor, Böhmerwald, Venedig, der Busch – was dichtete ich denn noch alles in dieses Gesicht!

Ich schaute, ja starrte es lange und innig an, in der Hoffnung, sonst noch etwas Brauchbares zu entdecken, ja, ich bin sicher, daß ich, so verwegen es klingen mag, Susanne in dieser kurzen, läppischen Zeitspanne wirklich und auf eine, hoffe ich, wenigstens rührende Weise liebte, irgendwie stets für sie dasein wollte, ihr helfen wollte, so gut es ging, sie aus schlechter Gesellschaft herauszerren wollte, ein Menschenkind retten wollte, vor den Tücken des Allgäu und vor noch Schlimmerem – hatte mir der Blitz telepathischer Ahnung das ganze Zukünftige vor die sonst so vernagelten Augen geführt? Konnte man einem zum Unheil bereits rettungslos verdammten Zeitgenossen mit einem einzigen hypnotisch flehenden Blick den Geist der wahren Humanität einjagen, von dem Gottfried Keller damals an Hermann Hettner schrieb, als er – –

Ein Pfiff ertönte. Die drei Rächer-Typen am Straßenrand hatten wohl genug von unseren Darbietungen, der Schreiner Wellner plazierte sogar noch einen scharfen Wink in die Nachmittagsluft, etwa des Inhalts, wir sollten schleunigst wieder ins Dorf zurück, zu den anderen. Susanne und ich beendeten unsere wortlosen Übungen, kicherten sogar tatsächlich erfreut über unsere Zaungäste, und ich ließ wohl irgendeine linkische Redensart los.

»Komm«, sagte Susanne, »wir können ja ein anderes Mal wieder.« Der dunkle, warmrauhe, nein eher pelzige Ton in ihrer Stimme!

»Wann?« fragte ich öd.

»Jetzt hab ich einen gescheiten Durst«, erwiderte sie. Wahre Anmut darf sich jeden Stilbruch erlauben; jetzt war ich wirklich gerührt.

Auf dem Rückweg fiel kein Wort mehr, andächtig, was mich angeht, und jedenfalls unverhakt stapften wir nebeneinander her. Taumelige Gedanken meinerseits zielten darauf, daß Susannes und mein ja nun irgendwie geschlossener Bund wohl am besten ein wesenloser, seelenvoller oder weiß der Himmel was bleiben sollte. Andererseits, verwirrte sich mein müdes Hirn, gab es ja nun eindeutig Mitwisser, das hatte ich bei meinem Vormarsch gegen jede taktische Vernunft in Kauf genommen – – würden sie reden? Würde Sabine diese oder jene dummen Konsequenzen ziehen, während ich mich hier mit hochkomplizierten platonischen Erwägungen herumplagte? Würde nicht auch Susanne selber, schwesterlich fair, reden? Mußte ich mich da nicht wirklich und verschärft und endgültig bei der neuen Braut rückversichern? Ja, wollte ich sie denn nun oder wollte ich sie nicht?

Und während mir all dies schleimige, ungefüge Zeug durch den überlasteten Kopf zuckelte, ahnte ich noch nicht im mindesten, daß die Herren Mitwisser, wie ich viel später erst erfahren sollte, aus meiner erotischen Vorführung keine andere Wahrheit herausgelesen hatten, als die, daß Susanne Morlock absolut vogelfrei sei – ich bin jetzt nicht in der Stimmung, mir an dieser Stelle das bekannte zotige Wortspiel zu erlauben. Und ich ahnte auch nicht, daß in der Zwischenzeit in der Gaststätte »Himmler« (o trostlose Symbolik!) eine Entwicklung vor sich gegangen war, die mir noch teuer zu stehen kommen sollte. Wenn ich es heute richtig sehe, hatte ich, der da so verwegen als Topmann und

Besitzer zweier Schwestern ins Dorf zurückkroch, gerade in dieser Stunde der Glorie alle zwei glänzend verspielt.

Auch wenn mir an diesem Nachmittag beileibe noch nicht aufleuchten sollte, daß der breit-mächtige Transportunternehmer Schießlmüller die Zeit wahrhaft agil genutzt hatte, meine Sabine auf seine wuchtige Seite zu schleppen oder zu ziehen, ich weiß nicht, welche Technik er angewandt hat – jedenfalls auf der Basis jenes segensreichen Konglomerats, das sich aus Sabines sozusagen prophylaktisch-witterndem Rachewillen, Schießlmüllers dreist und breit ausgespieltem Bauerncharme und nicht zuletzt, davon bin ich heute überzeugt, seiner platten Freigiebigkeit im Spendieren von Schnaps speiste. Später, als alles passé war, sprach ich zwar mit Sabine nie über diesen ereignisreichen Nachmittag und auch nie darüber, daß ich sie eigentlich mit der eigenen Schwester verraten hatte, nein, eigentlich nie, erstaunlich, erstaunlich – sie wollte wohl irgendwie nicht, weil sie einfach zu sprach- und denkunbegabt oder doch denkunlustig dazu war, die Dinge theoretisch zu begreifen, und mir selber war wohl zu eklig zumute, die bereits verwitternde Chronik nochmals en détail aufzurollen, den alten Krampf zu entfesseln, der nun einmal nach bewährter Manier seit Adam und Eva Liebschaften zu sprengen pflegt, o Gott – aber ich bin sicher, daß letzten Endes Herrn Schießlmüllers reiche Schnapsfuhren im Verein mit seinen genialen Lachsalven an diesem Nachmittag unser Verhältnis beendeten.

Wie gesagt, ich weiß es nicht, ich weiß es bis heute nicht, ob Susanne oder aber die Tatzeugen noch am selben Tag oder Abend redeten. War es also möglich, daß Sabine, die neuen Zusammenhänge überschauend oder doch ahnend, dem neuen Glück ihrer Schwester nicht im Wege stehen wollte? Nein, denn ein solcher Edelmut (unterstellt man ihn rein hypothetisch) hätte dann auch konsequenterweise ihren Wink verlangt, daß zu diesem Zeitpunkt meiner ersten Generalavance gegenüber Susanne, ohne daß ich irgend etwas geahnt hätte, denn das wußte, wie ich später recherchierte, damals wirklich nur Sabine, schon längst der Kaufmann Arthur Mogger bei Susanne fest im Sattel saß – jawohl, dieser Laffe hatte es sein müssen! Was wiederum ich erst sage und schreibe Monate später, als der dämonische Unfug mich schon beinah hinweggerafft hatte, erfuhr. Was, wie gesagt, aber Sabine damals schon wußte. Was ich wiederum von niemandem anderen erfuhr als von – Alfred Leobold, der freilich wieder andersherum auch seine mageren Finger längst im Spiele hatte. Was damals in unserem katholischen Städtchen an nahezu unterirdischem kriminellen Liebesrumoren vor sich gegangen sein muß, kann ich auch heute, aus dem Abstand heraus, nur in groben Zügen rekonstruieren. Mitbekam ich Esel zur Tatzeit, in den Tagen der dramatischen Klimax, rein gar nichts!

Sabines penetrantes Schweigen, was meine Eskapaden ihrer Schwester gegenüber anlangt, finde ich heute gleichzeitig pervers und in einem schon lächerlichen Maße herzergreifend, ohne daß ich eigentlich genau wüßte, warum. Würde mich ein gewissenhafter Revisor der damaligen Vorgänge fragen, müßte ich ihm vermutlich antworten: einfach deshalb, weil ich an ihrer Stelle Lärm geschlagen hätte, und das halte ich für durchaus human. Es ist mir vollends unklar, ob diese jungen Dinger denn gar nichts mehr empfinden, wenn die Schwester dem Gatten die Schwester gefreit oder wie auch immer – bzw. wer hat sie gelehrt, ihr Schicksal so klaglos, so engelhaft entsagend hinzunehmen? Möglicherweise Hirngespinste von mir, unstreitig aber hat mich gerade Sabines mir unbegreifliche nachmalige Gelassenheit so elend gemacht, wie ich es zwei Monate später wurde.

Freilich, an diesem Nachmittag des trügerischen Triumphs stieg meine gewissermaßen universelle Freude beinahe nochmals und himmelan, als sich nämlich herausstellte, daß mein alter Freund Oskar Zirngiebl, der genannte Bonvivant, inzwischen im Gasthaus »Himmler« eingetroffen war und dort bereits, inmitten eines schon peitschenden Gehetzes und Gewürges, eine sichtbar führende Rolle spielte, nämlich, postiert an der Schnittkante zweier Eckbänke, eine Art ruhenden Pol, einen Fluchtpunkt bildete. Der sofort durchschlagende Glanzeffekt dieses Mannes beruhte aber, so erkannte ich scharf, nicht so sehr auf der Zwei-Meter-Körpergröße und dem Zwei-Zentner-Gewicht des Zirngiebl, sondern vor allem auf der Tatsache, daß dieser brillante 42jährige praktisch von Kopf bis Fuß lila eingekleidet war, ganz wunderhübsch! Lila Jackett, lila Hose, hell-lila Hemd, lila Krawatte, nur die Schuhe waren dunkelbraun und kommunizierten so mit einer – das war das Allerprächtigste an Zirngiebl – dunkelbraunen Sonnenbrille, die ihr Träger auch im Lokal, an seinem schummrigen Eckplatz, nicht abnahm, so daß sein wohlwollendfreundliches, ja bezwingendes Lächeln irgendwie in die äußerst attraktive Chuzpe eines sardonisch-kriminellen Backgrounds hinüberfärbte und dem ganzen mächtigen wie gesalbt glänzenden Schädel das Imago von Gottes Sohn auf krummen Wegen verlieh.

In Wirklichkeit ist Oskar Zirngiebl weiter vom Verbrechen entfernt als wir alle. Ausgehalten von zwei katholischen Tanten, hauste der alte Zirngiebl auch in deren Wohnung, einer Art Privatkapelle, in der all das grausige Gerümpel herumstand und -hing, was die alten Damen im Laufe ihrer Karriere aus Altötting mit nach Hause gezerrt hatten: Christusportraits aus der fünften Generation der Nazarenerschule, gipserne Madonnas, mehrere betende Bruder-Konrad-Gestalten und vor allem ein Haufen scherenschnittartiger Bildchen von berühmten Wallfahrtskirchen, deren Fenster jeweils mit einer Art Staniolpapier verklebt waren, deren Glanz und Glitzern oft auf den untätig in seinem sogenannten Wohnzimmer herumkugelnden Oskar Zirngiebl fiel und ihm die Lektüre der Tages- und Sportzeitungen gewissermaßen ins überirdisch Besonnte reifen ließ.

Eine der Gips-Madonnas war übrigens besonders bemerkenswert, sie trug nicht nur den abgebrochenen Kopf im Arm, sondern war auch, seltsam genug, mit zwei rosa Rabattmarken beklebt. Noch eigenartiger ist allerdings, daß sich Zirngiebl nicht erinnern kann, wann er die Rabattmarken auf die Muttergottes gepappt hatte. Zirngiebl glaubt vielmehr, daß ein gewisser Versicherungsingenieur, Ingo Basis, mit dem er »hier früher andauernd gesoffen« habe, es in einem unbewachten Moment vollbracht haben muß.

Die steinalten Tanten juckten Oskar Zirngiebl weiter nicht, die ließen ihn gewähren, was der Neffe zu regelmäßigen gemütlichen Wanderungen in den »Seelburger Hof« und vor allem in dessen Fernsehkammer zu nutzen wußte, auch kleinere sonntagnachmittägliche Ausflüge in die nähere Umgebung fügten sich Zirngiebls Konzept – und so saß er nun also plötzlich, nach Susanne noch ein Himmelsgeschenk, hier im Gasthaus »Himmler«

und griente und strahlte jeden, der seinen Blick empfangen wollte, mild und mit jener freundlichen Tücke an, die den maßlosen Stolz auf die eigene gediegene Lebensgestaltung meinte sowie die distanzschaffende leise Verachtung, daß wir anderen noch nicht so weit waren.

Ohne daß ich ihn geradezu angebetet hätte, mochte ich Oskar Zirngiebl über die Maßen gern leiden.

Ich akzentuiere seine Gegenwart hier vor allem deshalb, weil sie für einen weiteren gesellschaftlichen Coup sorgte. In meiner Abwesenheit (Susanne! hochhakiges hingebungsvolles Himmelsschätzchen!) mußte sich nämlich der Kerzenhändler Lattern die Gasthaus-Regie unter den Nagel gerissen haben bzw. bei unserer Rückkunft stand er mit entblößtem haarigen Oberkörper in dem Freiraum zwischen Gästetischen und Wirtsküche, starrte, wie so oft, furchterregend ins Leere und überlegte, den Kopf wohl in Anlehnung an irgendwelche Derwischtechniken oder ähnliches halb nach unten abgewinkelt, offenbar in Erwartung von Eingebung, was er uns nun Schillerndes bieten könnte.

»Amigo, los!« hörte man den geilen Greis Duschke befehlend bellen, und auch Rufe wie »Komm, Lattern, alter Gaudibursch!« oder »Du Blödl, jetzt fang schon an!« Lattern, der Augen aller jetzt endgültig versichert, starrte weiter, reglos, dann schüttelte er gleichsam die Glieder aus in der Art von Hochspringern, die ahnen, daß sie es noch nicht packen.

»Los, Amigo!« Diesmal war es Wellner, der plärrte. Das abgeschmackte Blendwerk wiederholte sich, Lattern starrte, schüttelte sich aus, starrte erneut, es fiel ihm absolut nichts ein. Ich nutzte die Säumnis, mein nun doch recht quengelndes Gewissen zu kalmieren, indem ich der in heller Erwartungsfreude hingegossenen Sabine kurz übers Haar streichelte, was sie total gedankenlos mit einem erstaunlich souveränen Griff in meine Genitalgegend erwiderte – dann sofort, vielleicht hatte er das mitbekommen, hatte Lattern die Lösung gefunden und begann sich den Hosenlatz aufzuknöpfen. Irgendeine (vermutlich) Karin japste wie in Verzückung auf – doch der würdige Greis Hans Duschke bewies in dieser entscheidenden Situation die Versiertheit des alten Theaterhasen, der zwischen Freiheit der Kunst und ihren Schranken wohl zu unterscheiden weiß. Er sprang nach vorn und äußerst sportlich auf Latterns »Bühne«, nestelte ihm gleichsam verhütend am Hosenladen herum und klopfte ihm gleichzeitig mit der anderen Hand zutraulich auf die Schulter.

»Das kannst du nicht machen hier, Amigo!« raunte Duschke mehrfach eindringlich, »vor den Bauernpfeifen da geht das nicht, die prügeln dich aus dem Dorf!«

Tatsächlich hatte sich das »Himmler«-Lokal zwischenzeitlich auch mit einer Anzahl pechschwarzer Bäuerchen angefüllt, die auch nicht geneigt schienen, die Hüte abzunehmen, und die sichtlich interessiert der Dinge harrten, die da geboten werden sollten. »Los, komm, Amigo, alter Arsch, laß dir was anderes einfallen!« kommandierte der alte Duschke erstaunlich weise – »Warum? Laß ihn doch!« glaubte ich in diesem Augenblick (aber ich kann mich täuschen) Susannes wohlige Stimme zu vernehmen – »Mein lieber Hans«, stotterte jetzt Lattern, »ich sage dir, deine Situation ist nicht so blühend, daß . . .«, ein glatter Ausrutscher, denn ein Medium der Unterwelt darf nie in bürgerlichen, gar polemischen Ton verfallen – – – aber mit einem Male, Hans Duschke flüsterte noch immer auf ihn ein, schien sich Lattern anders zu besinnen. Unglaublich!

»Heißa, hurra!« schrie der Teufel unverhofft und sprang mit einem gewaltigen spagatartigen Tanzschritt in den Nebel der Wirtshausluft. »Bravo! Bravo! Ehrlich!« ertönten einzelne Rufe, »Ulla galli bill Allah, satilei achatmen kalp!« antwortete Lattern erneut durch die Luft sausend. »Gibt's das?« ächzte hochspringend ein Bäuerlein ekstatisch, Sabine neben mir griff sich unbewußt selber am jeansbedeckten Unterleib herum und Lattern kreischte jetzt »Herre! Herre!« Er tanzte dann noch gut drei Minuten schweigsam weiter, bewundernswert aufopfernd und nicht einmal ohne Grazie. »Hurra!« schrie er abschließend noch einmal verzückt und endete schließlich in einer Art hockender Gebetsstellung.

»Bravo!« erscholl es von allen Seiten, Hans Duschkes Stimme setzte sich mit einem »Ehrlich gut, der Amigo, was, Oskar? Hab ich recht oder nit? Der Amigo, das Arschgesicht, höhöhö!« abermals durch – verstört aber nahm ich in Susannes seraphischem Gesicht die reine, die gleichsam hingeschmolzene Freude wahr.

Trotzdem, ich meine mich zu erinnern, daß auch ich das seinerzeitige Mysterienspiel mit durchaus froher Gesinnung auf mich einwirken ließ. Vertrieb es mir nicht optimal den nagenden Gewissenswurm? Löste das Gemeinschaftserlebnis nicht alle individuellen Probleme gleichsam magisch in nichts, nämlich die höhere Religion, auf? So soll es sein: zuerst die eine Schwester mit der anderen betrügen und dann gemeinsam ins Kino, die Sorgen zu vergessen. Daß diese Theorie letztlich nicht funktionierte, was soll's?

Auffiel mir übrigens zu dieser Zeit auch, daß der Gymnasiast Binklmayr seinen verschlafenen Blick fast schwelgerisch auf eine niedliche Kindfrau heftete, offenbar das Wirtstöchterchen, das vor einigen Minuten unter der Verbindungstür zur Küche aufgetaucht war und sich, mit trotzig blauem Blick auf den französischen Zauberer, andauernd selber im Wuschelhaar kraulte... hm...

Giesbert Lattern starrte erneut. Der Beifallsorkan hatte ihn sicherer gemacht, aber noch war es nicht das, was er eigentlich hatte darbringen wollen. Was, Lattern, gab es da noch? Der Rausch der klatschenden und raunenden Menge machte den Kerzenhändler beben. Nicht ungeschickt kostümiert Lattern seine sichtbaren Repertoire-Schwierigkeiten als meditative Versenkung, und plötzlich hatte er es. Er stellte seine Zigarettenpackung, ein Maggiglas, eine Blumenvase und einen flink gereichten doppelten Sechsämtertropfen neben ein Tischbein und breitete ein weißes Taschentuch darüber. Sodann legte sich Lattern selber unter den Tisch, klaubte sich den Sechsämter unter dem Taschentuch hervor, trank ihn und teilte fast tonlos mit, er werde jetzt »die Naturkraft außer Kraft setzen«, und der Zirngiebl Oskar solle sich mit dem Rücken auf den Tisch legen, dann werde er, Lattern, »und ich wieg nur 65 Kilo und der Zirngiebl 100!«, den Zirngiebl hochheben – »mit freiem Oberkörper!« heulte Lattern wütend, »sowie mit Hilfe von dem Gott Wrschnabu sowie Abrahams!«

Der alte Zirngiebl zierte sich zuerst ein wenig, dann trat er aber, angefeuert durch eine Flut von Bitten, mit einem Lächeln, das Abgeklärtheit und Einsatzfreude zugleich verstrahlte, zu Lattern, der ängstlich wartend unter dem Tisch lag, und legte sich im vollen Pomp seiner violetten Gesamterscheinung der Länge nach auf den Tisch.

»Gelbe Socken! Gelbe Socken!« lallte in diesem Moment höchster Spannung der Gymnasiast Hans Binklmayr – und tatsächlich, jetzt im Liegen zeigte es sich, daß der alte Zirngiebl einen geradezu unkeuschen Fehler in seiner Kleidung aufwies, nämlich knallgelbe Socken, die nach dem vielen Violett den langen Kerl abschlossen.

»Gelbe Socken, leck mich am Arsch!« heulte nun auch der unwürdige Greis Duschke, geradezu explosiv schäumte der Fuhrunternehmer Schießlmüller auf, es entstand wieder ein ausladender Tumult, in dessen Verlauf der beschämte Zirngiebl den purpurroten Kopf und dann den ganzen Körper zur Seite in Richtung auf das Publikum rollte und zärtlich mit dem Finger drohte, sein Mißgeschick gleichsam durch den spielerischen Gegenangriff zu verschleiern.

»So, und jetzt, ihr Rübenschweine«, rief Zirngiebl angestrengt, »ist eine Ruh. Amigo, los! Hoch!«

Lattern hatte während des Sockenskandals reglos und im Stil entmutigter Artisten unter dem Tisch gelegen. »Einen Sechsämter«, ächzte er geheimnisvoll, als wieder etwas Ruhe eingetreten war. Man brachte ihn ihm, Lattern trank ihn im Liegen, kreuzte dann die Arme über der Brust und schlug ein Kreuzzeichen, wie er's von den Pfadfindern her noch wußte. Durch eine atemlose Stille hindurch hörte man nun Lattern raunen und Gebete murmeln, wenn ich es recht vernommen habe eine Mischung aus Lateinisch und Arabisch, dann mit einem Mal: »Herre! Herre!« schrie Lattern, stemmte Arme und Beine gegen das Gehölz – und hob und schaukelte Tisch samt Zirngiebl mehrfach und ohne daß Betrug im Spiele gewesen sein konnte auf und nieder. Ein Wunder. Ganz eindeutig.

Ein Hurrikan brach los. Lattern und Zirngiebl krabbelten hoch bzw. vom Tisch herunter, fielen sich in die Arme. Lattern, von der eigenen Wunderkraft übermannt, kletterte an Zirngiebl hoch und biß ihn mit einem Brunftschrei in die ausladend-knüppelige Nase. Wie aufgescheucht, als ob sie das Numinöse nicht ertragen könnten, liefen zahlreiche Menschen in wirren Zügen durch das Zimmer, meist, um sich an der Theke schnell Schnaps einzuhämmern. Die Vorstellung hatte sogar ein schnauzbärtiges Bäuerlein hingerissen und, nach Luft schnappend, spendierte es »für alle

Schnaps« – ein Mißgriff, denn es wurden 37 Gläser. »Echt gut, was? Mensch, Klasse!« hörte man irgendwo im Menschendschungel Duschke brüllen, und der Gymnasiast Binklmayr drückte sogar Lattern und Zirngiebl die Hand. Diese beiden sonnten sich in ihrem frischen Ruhm, doch während Zirngiebl nach einem gewissen Abflauen der Beifallswellen klug und bescheiden wieder in seine Alltagsexistenz in der Tischecke zurückkehrte, verlor der lodernde Lattern gänzlich die Übersicht und maßte sich an, sich mit den Händen die Zimmerdecke des Gasthauses »Himmler« entlangzuhangeln. Dieses Wunder klappte jedoch nicht.

Warum hatte Lattern eigentlich Maggi, eine Blumenvase und ein Taschentuch neben seinen Zaubertisch gestellt? Taktisch geschickt, richtete ich diese heiter-neutrale Frage an Sabine, die mir als Antwort kurz ins Haar griff. Na also, was wollte ich denn mehr? Alles war noch einmal gutgegangen. Sollte ich morgen meinen stillschweigenden Kontrakt mit Susanne dahingehend auswerten und stabilisieren, daß ich ernst und eindringlich und mit einem Schuß irisierender Diabolik in sie eindrang, unser süßes Geheimnis der Schwester zu verbergen? Und noch unsicherer als vor einer Stunde fragte ich mich, ob ich eigentlich wirklich und aufrichtig Susanne für Sabine eintauschen wollte?

Der Tag endete ohne klare Perspektive und, wie das bei ereignisreichen, mit Sinnesreizen vollgepackten Nachmittagen so zu geschehen pflegt, vollkommen formlos und inhaltsleer. Am Abend, vor dem Fernseher überraschte mich ein kleiner Weinkrampf, von dem ich partout nicht wußte, wo er herkam.

8

Sofort beim Erwachen fiel mir wieder ein, daß ich seit gestern auf dem Höhepunkt meiner Macht stand. Macht heißt zunächst einmal die Bewahrung von Ruhe. Das Verlangen, Susanne in der Apotheke anzurufen, in der sie seit kurzem halbtags hospitierte, wies ich besonnen zurück, unter allen Umständen ja nichts zu gefährden. Erst galt es, noch einmal Sabine auszuforschen, wieviel sie wußte, ob sie etwa gegebenenfalls dies oder jenes übelnahm.

Ich wurde aufs Angenehmste enttäuscht – eine doppelte Täuschung, wie sich später herausstellte – Sabine präsentierte sich so frisch und munter, in einer geradezu neugeborenen Heiterkeit, der mir gleichwohl eine Spur elegischer Erkenntnis der zeitgenössischen Wirklichkeit beigemischt zu sein schien: daß mir ganz wirr und elend davon wurde. Was mochte das nun wieder bedeuten? Weil aber das konstant linde Frühlingswetter so unwiderstehlich fröhliche Gefühle einblies, gelang es mir, unwägbar Mulmiges dieser Art rasch ad acta zu legen.

Heute glaube ich zu wissen, daß Sabines Munterkeit der rasch hochsprießenden Leidenschaft für den Fuhrunternehmer Schießlmüller entsprang, daß sie mich aber nichtsdestoweniger in dieser ausklingenden Stunde unserer mediokren Liaison am vergleichsweise liebsten mochte – weil sie, im Unterschied zu mir, bereits auf das Ende sah. Die Mixtur aus Wehmut, dünner Anhänglichkeit und Aufatmen darüber, daß bald alles, der ganze Käse, vorbeisein würde, diese Mixtur, die damals mit hoher Wahrscheinlichkeit Sabines junges Herz wenn nicht erschütterte, so doch kurzzeitig durchkräuselte, möchte ich mich nicht unterstehen, hier ordentlich auseinanderzudividieren; das Resultat wäre für mich vermutlich auch allzu niederschmetternd.

Wenn jemand über zwei junge Frauen verfügt, kann er sich beruhigt zum Kartenspielen niederlassen; es würden eher noch neue automatisch nachstoßen, überwältigt von der Anziehungskraft dieses erstaunlichen Herrn, sensationslüstern und – diesmal sogar relativ antriebsstark. So verbrachte ich die Karwoche im souveränen Glück des Eigentümers und Unternehmers zugleich, nämlich abwechselnd im ANO-Teppichladen, wo der Sekt erneut in großen Strömen floß und mir Herr Leobold, offensichtlich wohlinformiert über mein Doppelglück, mit besonderer Verve und Hochachtung beggenete und wiederholt beifällige Schlüsselworte wie »geht in Ordnung«, »prima« und »ganz prima« aushauchte, – sowie im italienischen Eiscafé, wo ich ein fünfjähriges Mädchen namens Sandra Claudia kennenlernte, das Töchterchen des Kaffeehausbesitzers, das ich plötzlich im Überschwang zu adoptieren wünschte. Drittens saß ich ununterbrochen am Spieltisch des »Seelburger Hofs«, wo ich, die Glückssträhne zu verlängern, beachtliche Beträge einsackte, die im

Anschluß im schon erwähnten Whisky-Tanzschuppen ziellos – und gleichzeitig sicher – wieder den Schlot hinausrauschten. Der Wirt, einer jener neueren bundesdeutschen Parvenus, denen im wesentlichen die alles überdonnernde Stupidität die Gewähr für den eigenen Profit ist, war es hochzufrieden und drückte mir sogar mehrfach begeistert und solidarisch die Hand.

Susanne sah ich zwei-, dreimal im Verein mit Sabine, hütete mich aber vermeintlich klug, vorerst einen Finger krumm zu machen, die Dinge mußten noch reifen.

Am Abend des Ostersonntags überwältigte mich ganz unverhofft, ich hatte gerade, die praktisch endlos fortwährenden Festlichkeiten abzuschließen, Sabine nach Hause chauffiert, rettungslose Depression. Es begann bei der Fernseh-Tagesschau mit Bildern von Gerhard Stoltenberg, der wohl vor irgendeiner Evangelischen Akademie in Soundso referiert und wieder einmal alles geregelt hatte; das setzte sich fort mit einem Bericht zum Thema »Alte und Kranke feiern das Osterfest«, in dem sie für meinen Geschmack gar zu verweste Gestalten aufmarschieren ließen – immerhin gibt es ja in unserem Land auch noch alte Menschen wie Hans Duschke, der gerade heute nachmittag wieder einmal österlich-festlich getobt hatte; und das erklomm seinen Höhepunkt im Spätprogramm, mit einer Zusammenfassung der Osterfeierlichkeiten am römischen Petersplatz. Etwas Elenderes, Erbarmungswürdigeres, Miserableres, Herzzerreißenderes habe ich bis dahin und auch seither nie mehr gehört als die welke, brüchige, ehrvergessene, praktisch schon maustote Stimme des Papstes Paul, mit der er mehrfach »Gloria in excelsis Deo« und ähnlichen Unfug gröhlte und ächzte. Das Infamste dabei war, daß dieser Wackeltenor einem nicht einmal die Chance einräumte, dabei von Herzen zu weinen! Ich verfiel auf den Ausweg, mir in Gedanken Susanne herbeizuzaubern, spürte aber klar und deutlich, daß auch sie nicht die geringste Stütze wider diesen unmenschlichen Gesang zu sein vermocht hätte! Auch die Vorstellung, daß Susanne den Papst packte und sexuell überwältigte, finde ich erst jetzt bei der Niederschrift hübsch und hilfreich, damals, ich muß wirklich schwer am Boden gelegen haben, brachte sie mich überhaupt nicht weiter.

Was tun? Mit der Geistesgegenwart, die mir selbst in lästigsten Momenten meist zur Verfügung steht, griff ich zu meinem damals stärksten Gegengift, Kafkas Briefe an Felice Bauer. Kristallinische Lauterkeit, wohin das Auge irrte – Valium für uns, die noch verkrachtere Generation! Da hatten wir es schon! »Ich bin so unsentimental wie möglich«, schrieb da der Doktor Kafka, »aber es ist ganz gewißlich wahr, daß zahllosen Menschen, alten und jungen, das Herz vor Gram, Sehnsucht und Kränkung bricht. Jeder Tag führt den Beweis, daß sich der Mensch nicht an alles gewöhnt.«

Unglaublich. Nicht einmal ein so schöner Satz half. Ich, Freund jeglicher emotioneller Exzesse, war vollkommen ratlos. Restlos abgebröckelt der Glanz des Festtagslebens. Ein vergleichbares Weh hatte mir, soweit ich mich erinnere, noch nie die Seele zerzaust. Tatsächlich! Es gab sie also noch, die Seele. Im technischen Zeitalter. Wer hätte das gedacht! Ich versuchte eine Zeitlang zäh, dies Gefühl namenloser Nichtigkeit auszukosten, registrierte aber schnell, ich war ihm nicht gewachsen. Es ist nicht übertrieben zu sagen, daß ich von meinem Sofa hochsprang, im Zimmer auf- und niederlief und krampfhaft nach einem Ausweg forschte. Furchtbar. Leben ist Tod. Der Tod ist ein Meister aus Deutschland. Lohnte es sich heute überhaupt noch, Triebbefriedigung hin und her, Weiber zu lieben?

Nach mörderischen fünfzehn Minuten bahnte sich die Lösung an. Natürlich! Warum denn nicht gleich! Ich riß die Schallplatte »Lach doch mal mit Jonny« des Volkshumoristen Jonny Buchardt aus dem Plattenständer und legte sie hastig aufs Grammophon. Die Plattenhülle zeigte den Künstler, einen kleinen knüppeligen Mann mit fröhlich glänzendem Gesicht, eingekleidet in einen bläulichen Stangenanzug und ein orangerotes Hemd – marineblau aber hing eine Art Krawatte in der Gegend herum. In der rechten Hand hält Jonny ein Glas, in der linken eine Flasche »Gordons Dry Gin«, deren Inhalt dem darüber wohl heftig lachenden Mann bogenförmig ins Gesicht spritzt.

Ich beschreibe den Quatsch deshalb so detailliert, weil ich heute davon überzeugt bin, daß mir Jonnys Anblick das Leben rettete. Und ich erinnere mich genau, wie sich bereits bei dieser ersten Betrachtung die Starre meines Gemüts zu einem leisen, lindernden Weinen entkrampfte – und dann erst die Rückseite der Platte! Daß es so etwas Schönes gab! Gezeigt wurde hier Jonny in einem Foto-Strip, der auch das Titelbild wohl näher erklärte. Auf dem ersten Foto deutet Johnny aufgeräumt und wie einladend auf die Schnapsflasche, auf dem zweiten schenkt er sich ins Wasserglas ein, auf dem dritten trinkt er andächtig, auf dem vierten greift er sich benommen an den Kopf. Indessen trinkt er dann auf dem fünften froh weiter bzw. er schenkt neu ein, die Flüssigkeit zischt aber am Glas vorbei auf den Erdboden – gleichzeitig lockert sich irgendwie Jonnys Binder. Die nächsten drei Fotos sind mir nicht ganz einsichtig. Die Schnapsflasche steht jetzt auf dem Stuhl, gleichzeitig scheint Jonny Schnaps auszuspucken. Wieder gießt er ein, wieder spritzt das Getränk vorbei, wozu Jonny eine besonders humoristische Miene aufsetzt. Dann vollzieht der Gin die mir nicht ganz erklärliche Bogenbewegung der Titelseite, und Jonny schaut dem bewundernd und lachend nach. Auf dem zehnten Foto scheint Jonny schwer abgekämpft aufzuatmen. Auf dem elften deutet er gleichsam unverwüstlich auf die Flasche. Auf dem zwölften und letzten hält er sich wohl an der Stuhllehne fest und scheint etwas zu singen.

Erregt, ja aufgewühlt legte ich die Platte auf. Es drang heraus wie Sphärenmusik, wie der Gesang der Äonen. Wie am Ende des 1. Akts von »Faust I«, der ja tatsächlich auch zu Ostern spielt! Schon der dritte Scherz aus dem Mund des Conférenciers entfesselt in mir das reine Glück. Der dicke kleine Jonny will mit einer sehr großen Frau tanzen – sie will nicht:

»Mit einem Kinde tanze ich nicht.« Darauf Jonny:

»Entschuldigen Sie, gnädige Frau, ich wußte nicht, daß Sie eins erwarten.«

Kafka hat es nicht geschafft. Jonny hat es sein müssen. Wir Intellektuellen scheinen vor keiner Überraschung sicher. Fröhlich, geradezu aufgekratzt über dieses ebenso geistige wie lebensbedrohliche Abenteuer, braute ich mir eine Tasse Kaffee und dachte, vollkommen aufgeweicht, an Susanne und Sabine gleichzeitig. So macht man das.

Zugegeben, ich träumte leider etwas recht Krauses zusammen, trotzdem übertrug sich meine Vergnüglichkeit spielend auf den nächsten Tag. Zumal ich bereits gegen Mittag auf den glänzenden Gedanken kam, den Privatier Oskar Zirngiebl in der Wohnung seiner Tanten zu besuchen und mit ihm dieses oder jenes Schwätzchen voranzutreiben.

Zirngiebl, der im Unterhemd und einem weißen Sporthöschen, das ihm fast bis zu den Knien reichte, durch die heiligmäßige Wohnung lief und mehrfach brutal rülpste, fragte mich einleitend so zart und brennend neugierig nach den Schwestern aus, wie es diesem seit langem der zierlichen literarischen Rede entwöhnten Provinzler eben zu Gebote stand; wobei ich sofort scharfsinnig registrierte, daß man Zirngiebls Neugier gleichzeitig vollkommene Interesselosigkeit hätte nennen können; und ich antwortete also bedächtig, sozusagen schamhaft ausweichend, als ob ich von nichts wüßte, ließ aber knallig durchschimmern, daß alle beide Damen unter meiner Fuchtel stünden.

»So. Ja. So«, sagte Zirngiebl versonnen und strich sich mehrfach über sein Turnhemd, unter dem sich ein wuchernder Bierbauch wölbte. »Ja. So...«, murmelte der Privatier – und ahnungslos glaubte ich meinen Triumph sozusagen mit der Grazie taktvoller Verschwiegenheit auskosten zu können.

Im Anschluß, der ächzende und immer wieder rücksichtslos grunzende Privatier hatte sich gerade auf dem Sofa ausgestreckt und ließ gedankenvoll die mächtigen Zehen in der Luft kreisen, gelang es mir dann sogar noch, eine zauberhafte Anekdote aus ihm herauszulocken. Es sei da nämlich etwas ganz Erstaunliches, geradezu Unglaubliches in seiner Wohnung passiert, sagte Zirngiebl und wies, ohne den Körper einen Zentimeter zu liften, auf einen massiven Kleiderschrank, den solle ich mir einmal genau besehen. Das tat ich und gewahrte zuerst nichts, dann aber eine kuriose Delle an einer der Schrankkanten: eine Einbuchtung, die wohl von einer Beschädigung bei einem Umzug herrühren mochte.

»Ach wo!« sagte Zirngiebl und ächzte matt, »bei uns zieht doch seit hunderttausend Jahren schon niemand mehr um«, nein, aber diese Delle sei es schon. Zirngiebl machte eine Pause. Und da sei nämlich folgendes Unwahrscheinliche passiert. Bzw. dazu müsse er, seufzte der Liegende, weiter ausholen.

»Paß auf!« Der Alte seufzte erneut, wahrscheinlich tat ihm dieses oder jenes weh. Wie ich wisse, liege er, Zirngiebl, ja nun die meiste Zeit des Tages in seinem Polsterstuhl da drüben und höre Radio und lese die Seelburger Tageszeitung bzw. den Sportkurier – und hier schickte Zirngiebl einen ewig langen träumerischen Blick zur Zimmerdecke und zündete sich ein Zigarettchen an. So. Und ab und zu lese er auch die »Süddeutsche Zeitung« wegen der fundierten Sportberichterstattung, ergänzte Zirngiebl, ich verstehe schon, lächelte er mich schelmisch und in den Augen das Schmalz der Reife an und vollzog eine Einverständnis heischende zuckende Handbewegung, aber das spiele keine Rolle. Bzw. es sei so, daß er zum Lesen und Radiohören – »Rundfunk«, präzisierte Zirngiebl – Lesen und Radiohören, der größeren Bequemlichkeit zuliebe, immer seine Beine gegen die Schrankkante lege. Und nun sei bisher die kleine, aber bittere Ungemütlichkeit die gewesen, daß seine Beine wegen des Schwergewichts bzw. Erdanziehungsfaktors so alle zehn Minuten abgesackt seien, so daß er sie wieder hoch habe stemmen müssen. Jetzt habe er es zuerst so versucht, die Beine höher zu stellen, da hätten sie zwar wegen des besseren Einfallswinkels oder, verbesserte Zirngiebl, »Eingangswinkels, ist ja scheißegal!« gehalten, aber das habe nun wiederum einen Muskel zu sehr angestrengt und weh getan. So daß er die Beine wieder in Normalstellung zurückbeordert habe.

»Und jetzt paß auf, Moppel, das glaubst nicht!« sei folgendes Wunder passiert: Durch das anhaltende Lagern der Beine an der Schrankkante sei diese immer mehr abgeschliffen und eingedellt worden, – bis sich zuletzt am unteren Ende der Einbuchtung ein kleiner Absatz gebildet habe, vergleichbar einem Kar in Hochgebirgswänden, der die Fersen seiner, Zirngiebls, Füße aufgenommen und plötzlich getragen habe. Er habe dann natürlich dieses Phänomen sofort registriert und Intellekt genug besessen, das Ganze zu stabilisieren, indem er seine Füße noch sorgfältiger als sonst in genau jenen kleinen Absatz zur Ruhe gebettet und manchmal sogar noch etwas nachgeholfen habe und gegengedrückt. Durch dieses aber – und hier lächelte Zirngiebl, seinen Bericht für Sekunden unterbrechend, geradezu erleuchtet – sei der Absatz immer prägnanter geworden, habe an Substanz gewonnen und immer profiliertere Formen angenommen, bis er seit kurzem seine, Zirngiebls, Beine absolut einwandfrei trage. Seitdem seien die Füße nie mehr abgesackt, rief der Privatier feurig und richtete sich sogar von seinem Sofa auf. Was das für ihn bedeute, schloß der Alte seinen Bericht geradezu nachdenklich, könne ich mir ja denken. Schmunzelnd gratulierte ich dem Privatier zu seinem Glück, und wir schäkerten noch ein Weilchen herum, wie lange er, Zirngiebl, eigentlich zur Schule gegangen sei, ein Lieblingsthema von uns beiden. An diesem Tag kamen wir auf 24 Jahre, einmal hatten wir sogar 27 zusammengebracht, was wohl Weltrekord bedeutet – und derlei Feiertagsplaudereien, wie wir Alten sie eben bevorzugen. Er werde, sagte dann Zirngiebl auf meine Frage hin, heute zu Hause verweilen – »um deine neue Delle besser auszunutzen!« krähte ich scherzhaft, worauf der Privatier nicht nur in ein Wiehern der Freude ausbrach, sondern sich sogar mehrfach auf den leicht vergilbten Schenkel unterhalb der weißen Turnhose patschte, was wohl beides, wie mir schien, in keinem Verhältnis zu meinem Witzchen stand.

»Mensch, Mensch...«, schloß Zirngiebl vor Trägheit schwer atmend und kratzte sich an seinem ausladenden Kopf.

»Was, Mensch Mensch?« hakte ich nach.

»Na ja, alles, Moppel, alles!« brüllte der Privatier jetzt wieder wie selbstvergessen auf. Eine kleine Stille trat ein: »O weh, o weh!«

»Was?« Ich gab nicht nach.

Plötzlich hatte er es. »Weißt du, was das ist, Moppel? Weißt du das?« schrie der Alte, »nein, du weißt es nämlich nicht, und drum sag ich's dir. Das was das ist und das was wir da machen, das ist die Brillanz des Lebens! Ihihihi ihihihi ihihihi! Die Brillanz des Lebens, ehrlich!«

Schauerlich, aber mir gefiel es. Nach zehn Minuten ging dem Alten die Kraft zum Brüllen aus, er zauberte ein Dosenbier unter dem Sofa hervor, öffnete es und soff es weg. Bevor ich zu Sabine aufbrach, brachte Zirngiebl das Gespräch nochmals kurz und wie lauernd auf die ihm anscheinend höchst ominösen Morlock-Mädels. Wieder versteckte ich mich hinter ein paar ausweichenden Redensarten, allgemeine Heiterkeit und zügiges Gelingen zu suggerieren, was die sexuelle Sphäre angehe und überhaupt, schmierte ich Zirngiebl ums Maul, »die Brillanz des Lebens«.

Noch einmal wieherte der Bonvivant auf, dann verabschiedete ich mich.

Vier Monate später, im Rahmen eines sommerlichen Sandgrubenfests, teilte mir Zirngiebl mit tiefem Ernst mit, er habe mich seinerzeit sozusagen warnen wollen. Alle Seelburger, »du blöder Hund«, seien damals über meine Sabine wohl besser informiert gewesen als ich, »was glaubst du, was da los war!« Damals wäre vielleicht noch etwas zu machen und zu verhindern gewesen, redete Zirngiebl beschwörend auf mich ein und schwenkte in der linken Hand wie eine Fackel sein Seidelglas in den nächtlichen, vom Lagerfeuer durchzuckten Himmel. »Aber das ist ja jetzt gleich, das ist ja jetzt scheißegal, Moppel!« versuchte Zirngiebl mich dröhnend und lachend wieder aufzurichten und ließ seine rechte Pranke auf meine Schulter sausen – in der irrigen Meinung, es sei ja jetzt alles passé. Er ahnte nicht, daß ich gerade an diesem festlichen Freiluftabend am allerheftigsten litt.

Und daß mich also Zirngiebls verspätete Mitteilungen wie ein Gift trafen, dessen Süßigkeit in einen Brei sinnlos zärtlicher Raserei verträufelte.

## 9

Heute, an meinem Schreibtisch, bläst der kalte Wind der Gegenwart rücksichtsloser als je zuvor gegen die blühende Vergangenheit an. Das Herz sticht, die Schläfe pocht, was soll das alles? Warum wird der Mensch so vernichtend dafür bestraft, daß er sich erotisch einmal verhaut? Und warum, vor allem, habe ich die Aufgabe auf mich genommen, die ganze Katastrophe, den ganzen Käse noch einmal aufzuwärmen?

Mit meiner Doppelliebe ging es nach Ostern seelisch drunter und drüber. Zunächst ereignete sich etwas über die Maßen Obskures. Ich ertappte mich dabei, wie ich im Kaffeehaus im Geist einen Abschiedsbrief an Sabine konzipierte, und, weil mir das außerordentlich viel Vergnügen machte, auch gleich einen an Susanne – und dies, obgleich ich zu dieser Zeit keineswegs gewillt war, auch nur auf eine der beiden zu verzichten! Ohne daß ich die elegischen Phrasen, die ich mir damals bereits mundfertig gemacht hatte, noch im Detail wüßte (allzu viele Abschiedspost habe ich zwischenzeitlich ins Land hinausgejagt), ist mir noch der jeweilige Grundgedanke gegenwärtig. Sabine wollte ich sanft, aber nachdrücklich bedeuten, der schwere Intellektuelle, den ich ihr gegenüber darstellte, würde auf kein gutes Ende hinauslaufen (vermutlich habe ich aus Erregung über diesen butterweichen Gedanken sofort einen neuen Espresso bestellt) – Susanne, die mir ja damals noch gar nicht eigen war, was ich wohl kurzzeitig verdämmert hatte, wollte ich loswerden mit dem Hinweis, ein Stern wie sie gehöre in die Metropolen, allein dort könne sie dann ihre eingeborenen Talente entfalten, sich in Ruhe den geeigneten Lebenspartner erwählen usw. – jedenfalls war mein Hintergedanke klar und eitel genug: Fesselung dieser Frau durch schon übergroßen, über alle Begriffe gehenden Edelmut.

Das ganze schöne Projekt – wenn ich mich recht entsinne, hatte ich damals wohl auch schon die Witwe Strunz-Zitzelsberger behutsam im strategischen Hintergrund aufgebaut – erwies sich dann rasch als grotesker Unsinn, insofern, als es schon in den nächsten Tagen zu einer einschneidend neuen Entwicklung kam. Ich hatte mich sozusagen für ein paar Tage von Sabine beurlaubt, entweder möglichst unbehelligt Susanne in ihrer Apotheke heimzusuchen oder aber meine Freiheit guten Freunden zur Verfügung zu stellen, und so traf es sich, daß ich mit einem Bekannten, dem Bleistifthändler Hermann Dammler, eines Nachmittags einen Ratskeller aufsuchte, ein Schwätzchen zu halten, worauf sich jener Dammler besonders leidenschaftlich, eindringlich und intellektuell nachgerade erholsam versteht. Ich schätzte gerade damals solche anspruchslosen Plaudereien aufs äußerste, freute mich geradezu auf die sumpfigen Ströme von Dammlers maßvoll vorwärtskommenden Erzählungen und Erklärungen – es wartete jedoch auf mich eine böse Überraschung, denn in einer Nische des Ratskellers gewahrte ich ein niedliches Pärchen, das sich rasch als Sabine Morlock und Willi Schießlmüller entpuppte, heftig aufeinander einkichernd und die Köpfe bereits vertraulich gegeneinanderstreckend – jedenfalls über dem ganzen Saustall entlud sich ganz unverkennbar ein höchst ordinäres erotisches Gewitter!

Nichts ist mir verhaßter als das krampfhafte Zittern, das in solchen Augenblicken der Ohnmacht meinen vermutlich allzu empfindsamen Körper durchrasselt. Wahrhaftig, mein Kreislauf fing buchstäblich zu wackeln an, wie um als eine Art höherer Richter seinen Herrn zu bestrafen. Eigenartigerweise aber überschwemmte mich noch in den ersten Sekunden des Erkennens der Gedanke, daß ich meinen vorgesehenen Abschiedsbrief ja nun wohl an dieser oder jener Stelle ändern, wahrscheinlich schmerzlicher, schuldfreier gestalten mußte. Und wiederum gleichzeitig hoffte ich inständig, daß Hermann Dammler den Skandal nicht gleichfalls sofort bemerkt hätte (vergebliche Hoffnung – bereits am Abend war die halbe Stadt eingeweiht) – und ich drängte deshalb, kaum fähig, mich aufrecht zu halten, meinen Begleiter hastig in eine entferntere Abteilung des Ratskellers, der Schmach aus dem Weg zu hasten, vermutlich ein haarsträubender Fehler, denn durch dieses kindische Verfahren war der Zeuge Dammler erst recht in mein Desaster eingeweiht.

Mühsam, hinter einer Zigarette verschanzt, in hektischen Zügen Weizenbier in mich stürzend, leierte ich mit dem Bürger Dammler ein Gespräch über Inflation, Stabilität und vor allem Bleistiftpreise an, welche letztere diesem Herrn ganz besonders nah am Herzen lagen – und bei all dem trank ich mir ganz unvorhergesehenerweise einen kräftigen Rausch an. Auch dieses Phänomen analysierte Dammler, wie ich seinem späteren höchst genüßlichen Bericht entnehmen sollte, erstaunlich intelligent und vollkommen richtig.

Abschiedsbriefe, Bleistiftpreise und langfristige Sorgen um mein Wohlergehen rauschten wüst durcheinander. Scharf und rigoros stieß dazu Dammlers Zigarettenrauch aus dem Munde. Beim Verlassen des Ratskellers, ich wankte kräftig und spürte noch immer widerliche, zügellose Schmerzen in meiner Herzgegend, war das saubere Pärchen längst über alle Berge.

Hatten die beiden Strolche uns Herren gesehen?

Ich legte mich mit dem Vorsatz zu Bett, morgen Sabine ganz ruhig und sachlich zu mir zu bitten und ohne Umschweife eine Aussprache zu erzwingen. Endete die negativ, so erwog ich beim Einschlafen, würde ich mich endlich frei und ungezwungen auf Susanne werfen können – endete sie positiv, so wäre, kam es mir gedämmert, durch den dramatischen Akzent dieses Nonplusultra, dieses entschiedenen Sinequanon, kurz, dieser Aussprache, sozusagen ein neuer Anfang gesetzt, vielleicht würde sich dann die volle Liebe erst so richtig entfalten, wie ein Wirbelsturm über unsere Köpfe hinwegsausen und uns in neue, völlig unbekannte Glückszonen blasen – und im Hintergrund lauerte noch immer die Existenz Susannes, die dann freilich vermutlich noch ein wenig warten mußte ...

Die Aussprache fand statt im »Seelburger Hof«. Ich hätte mir denken sollen, daß dabei nur dummes Zeug herauskommen würde. Sie könne nun mal, flüsterte Sabine verräterisch fahrig, aber unwiderlegbar, den Schießlmüller sehr gut leiden, man habe sich »rein menschlich« auf Anhieb verstanden – und dergleichen trostlose Redensarten mehr, gegen die ich nichts vorzubringen vermochte, ja aus einem Gefühl allgemeiner Gottverlassenheit heraus wohl auch nichts vorbringen wollte, langjährige Eheleute und sonstige erotisch Versierte werden mich kopfnickend verstehen. Zuletzt, sie hatte schon wieder Oberwasser, ließ sich Sabine sogar zu der Ungeheuerlichkeit hinreißen:

»Der Willi ist genau so wie ich.« Ob ich das verstünde?

Ich mußte verstehen. Trotzdem – war Sabine so einfältig und wußte den räuberischen Vormarsch Schießlmüllers wirklich nicht zu durchschauen? – trotzdem gelang es mir, mit einigermaßen wehmutsdurchtränkter Stimme den Gedanken ihr anzusalben, aus solchen freundschaftlichen Begegnungen erwüchsen oft und unversehens die größten Komplikationen, Freundschaft sei durch keine eindeutige Trennlinie von erotischen Neigungen geschieden – ja, und daß sie, Sabine, immer bedenken müsse, sie sei ein hübsches junges Mädchen und der Herr Schießlmüller schließlich auch nur ein Mann (O Schießlmüller, dezenter konnte ich deine kohlrabenschwarze Sexualmotorik wirklich nicht beschreiben!), und jedenfalls müsse also sie, Sabine, verstehen, daß ...

»Ach, Schmonzenz!« strahlte da plötzlich diese junge Dame fröhlich, und beneidenswerte Gesundheit blühte grell aus ihrem Gesicht – da sei ich nun aber wirklich ganz falsch gewickelt – und sie schüttelte wieder einmal (so etwas anmutig Verlogenes hatte ich selten gesehen!) drei-, viermal den Blondkopf geradezu blinkend von links nach rechts und retour, das Ganze zauberisch wie ein Foto von David Hamilton.

»Du?« zwitscherte sie jetzt blechern und tippte mir gegen den Bauchnabel. Es klang wie »Du – uh?« Ich wußte nicht, sollte ich ihr jetzt eine scheuern oder das Debakel nur idiotisch finden. Aber Sabine schmiegte sich plötzlich so fix und heftig an mich, daß nur ein extraordinärer Esel wie ich die kriminelle Verlogenheit dieser Schutzautomatik nicht durchschaute, sondern sie für eine durch hitzige Spontaneität geadelte Zuneigung hielt und mich sofort in sie verliebte – ich meine die Geste. Heute bin ich besonders skeptisch gerade diesen scheinbar überzeugenden Manieren gegenüber. Alles Theater!

Ich muß sagen, daß auch die Nettigkeit des Worts »Schmonzenz« – eine meines Wissens von Sabine erfundene Kontraktion aus »Schmonzette« und »Nonsense« – mir besonders gut gefiel und meine schnelle versöhnliche Stimmung wohl mitverursachte; so legen sie uns Sprachgewaltige immer wieder rein! Später ging mir gerade dieses »Schmonzenz« freilich gewaltig auf die Nerven, ja, es erschien mir wie eine Nichtigkeitserklärung allen Lebensernstes durch die Welt der Teenager!

Wir verbrachten einen nahezu schönen Abend miteinander. Er gipfelte in dem Plan, demnächst an einem verlängerten Wochenende – für mich freischaffenden Hausbesitzer ein äußerst lustiges Wort – im Bayerischen Wald alles wieder in Ordnung zu bringen (O Leobold, die Nachwehen deines mächtigen, unversiegbaren Einflusses!) und sozusagen von vorne anzufangen, jedes Schulkind, nur ich nicht, weiß ja, wie ruinös gerade dieser Vorsatz ist! Mir Einfaltspinsel wurde so licht ums Herz, daß ich zuletzt, schon zog bläulich der Sommermorgen herauf, gewünscht hätte, Susanne wäre da und steckte gleichfalls traumvernarrt ihren Kopf mit den unseren zusammen.

Mit dem verlängerten Wochenende wurde es nichts. Drei Tage später, im ANO-Teppichladen, den ich wieder mal zu einem Schwatz aufgesucht hatte, ereilte mich die nächste Katastrophe – es folgte nun überhaupt Schlag auf Schlag.

Sozusagen hinter vorgehaltener Hand – in der freien hielt er eine Flasche Apfelwein »Knaddeldaddel« – flüsterte und raunte mir der alte Hans Duschke zu, ob ich eigentlich wüßte bzw. was ich dazu sage bzw. wie das überhaupt da »mit der kleinen Büchs da und dir steht«?

Warum? fragte ich erschrocken heiter – und nun spielte der scharrende Greis seinen informellen Seniorentrumpf mit schon bewundernswerter Schamlosigkeit aus: Es sei mir ja wohl bekannt, kreiste mich dieser Vater der Tücke ein und zwinkerte dabei gleichsam bedenklich ins Leere eines himmelblauen Teppichbodens mit einem hundsgemeinen Röschenmuster drauf – was ich dazu sage und zu bemerken hätte, daß meine Freundin und Alfred Leobold zusammen nach Afrika in Urlaub führen?

Ich fordere den Leser auf, ruhig und ernst zu bleiben und es nicht etwa mir gleichzutun und sogar vom Stuhl hochzuspringen:

»Was?« schrie ich lachend; ein taktischer Fehler von verheerendem Effekt – ich hätte ganz gelassen »ich weiß« sagen sollen, eine Geistesgegenwart, die in solcher Lage freilich nur den wenigsten Sterblichen vergönnt ist.

Mein sprühendlustiges »Was?« brachte den nichtswürdigen Alten endgültig in Vorhand. Wie in tiefem Gram stellte er seinen rechten Fuß auf einen Teppichballen und teilte mir, seinen abgefeimten Hochgenuß mühselig, aber mit der Professionalität des gewiegten Mimen verbergend, alles mit. Jawohl, das sei gestern abend ausgemacht worden, hier im ANO-Teppichladen, wo Sabine seiner, Duschkes, Meinung nach irgendwie aus freien Stükken vorbeigekommen sei – »vielleicht hat sie auch für ihre Firma was besorgen müssen, kann ja sein«, tröstete mich Duschke gut dosiert und bat für den Höhepunkt seines Reports um eine Zigarette – jawohl, und da habe Alfred Leobold die Kleine zu dieser Reise eingeladen, zuerst fahre man mit Herrn Leobolds Wagen, dann bei Fiume gehe es mit dem Mittelmeerkreuzer weiter, und alles, raunte Duschke wie sterbend vor so viel Abgeschmacktheit, für Sabine umsonst; der Alfred habe es ihr versprochen, insgesamt sechs Wochen Afrika, am 25. Mai gehe es los, »und die Sabine, die Kleine hat natürlich sofort ja gesagt«. Auch mit dem letzten Wort noch suchte mir der ehrvergessene Graukopf ins Fleisch zu säbeln.

Wo war Alfred Leobold? Duschke schien meine Gedanken erraten zu haben:

»Der Alfred ist drüben in der Müller-Wirtschaft Kundschaftsaufen«, fuhr dieser große Lehrer der Ranküne harmlos fort und nahm selber einen Schluck »Knaddeldaddel«. Natürlich stand ich wie vom Schlag gerührt, auch die heftig ins ANO-Lager geblasene Zigarette vermochte letztlich nichts wettzumachen. Duschkes Sadismus war noch nicht gestillt. »Ja, alles klar, die beiden fahren«, er, Duschke, wundere sich nur darüber (jetzt tötete er mich endgültig), daß ich, Moppel, noch nichts davon wisse und (äugte er mich gottlos an), daß ich nicht mitfahre – »Gnädige Frau, ich komme in zwei Sekunden!« krähte er einer Kundin nach, die sich hilfesuchend auf den prächtigen Teppichpaternoster zubewegte.

»Sehen wir uns heute abend?«

Auch dieser letzte lockere Zynismus war wohlkalkuliert. Ich muß das Unternehmen ANO in ziemlich verheddertem Zustand verlassen haben. Mein erster Gedanke war, Susanne anzurufen oder besser, gleich aufzusuchen. Verblüfft inmitten aller Pein stellte ich fest, daß ich sie seit meiner Premiere am Dorfweiher überhaupt nicht mehr unter vier Augen gesprochen, geschweige denn sonstwie getätschelt hatte! Und warum hatte sie sich nicht selber gemeldet, die dumme Nuß?

Sabine und Alfred Leobold in Afrika! Immer noch fiel ich aus allen Wolken auf die regnerische Stadt Seelburg hinaus. So hatte es ja kommen müssen! Aber dieser Leobold würde vor lauter Schwäche ja nicht einmal bis zum Brennerpaß kommen, und Sabine hatte keinen Führerschein, fiel es mir in diesem desolaten Moment überraschend zu! Andererseits konnte ich in meinem Zustand nicht gut vor Susanne treten, ich zitterte ja an Händen und Füßen! Dieser Duschke! Dieser Voyeur! Dieser gottvergessene Greis! Afrika! Weites Land! Wohin mochten die beiden steuern? Addis Abeba? Lambarene? Die Vorstellung Alfred Leobolds im Kongo, das Lebenswerk Albert Schweitzers besichtigend und mit etlichen »Geht in Ordnung« und »genau« lobend und dann alle umstehenden 85 Neger zu einem Sechsämter einladend, machte mich, mitten auf der Straße, hemmungslos lachen. Ich registrierte, daß ich meiner Gefühlsäußerungen nicht mehr Herr war. Diese Idioten! Sollte ich die beiden – seit wann standen sie eigentlich in so herzlichem Einvernehmen? – nicht sogar zu ihrer Reise beglückwünschen, sie, sollte ihre Initiative nachlassen, geradezu in diese Reise treiben, auf Nimmerwiedersehen, und ich wäre erlöst, erlöst von zwei Existenzen, die meine humane Position zusehends und nachweislich gefährdeten? Alfred Leobold auf schwankem Schiff, tödlich mitgenommen von Sex mal Sechsämter – eine superbe Vision! Der Ärmste! Herrlich! Ich würde jetzt gleich zu Sabine laufen, sie für diesen Reiseplan zu loben, vielleicht auch noch ein paar feine Spitzen über Alfred Leobolds weltbekannt hervorragende Liebeskraft und -lust ihr ins Gesicht zu schleudern, jawohl – –

Sabine, niedlich im weißen Arbeitskittelchen der Modefirma Zeisig, war erstaunt, mich zu sehen, lächelte mich aber lauwarm an, anscheinend keine Spur von Angst oder schlechtem Gewissen. Mein Humor war plötzlich wie von ungefähr wieder verflogen. Der ich herausfordernd komisch hatte sein wollen, war ich nun abermals zur Gegenstrategie gezwungen, verdammt! Scheinbar bohrend, vermutlich extrem linkisch quallte ich auf diese Dekorateuse ein, ob sie sich »das mit der Afrikareise« gut überlegt habe? Das Wort »lächerlich« verschluckte ich.

Meine Leidensmiene hatte nicht den geringsten Effekt. Ach, ich wisse es also schon – sie, Sabine, habe es mir heute abend »sowieso« sagen wollen, zwitscherte sie fröhlich, freilich nicht überzeugend, und dann quasselte sie in einem fort: Welch eine einmalige Chance dies sei, ganz umsonst zu reisen, sie habe auch schon immer nach Afrika gewollt, und noch dazu mit dem Schiff und – noch einmal –: der Herr Alfred würde alles bezahlen. »Hallo, Günter!« rief sie plötzlich einem vorbeistreichenden jungen Mann im Pop-Kostüm durch das Zeisigsche Auslagen-Fenster zu und klopfte so stürmisch gegen die Scheibe, bis der Nichtsnutz es merkte. Dann ein stummes mimisch-gestisches Gespräch durchs Glas hindurch. Langsam wurde ich wahnsinnig.

Ob sie, fragte ich schneidend, noch nicht auf den Gedanken gekommen sei, daß Herr Leobold ein Mann sei, ich wolle ja, sagte ich grob, nicht deutlicher werden? Praktisch die Wiederholung meiner Rede im Falle Schießlmüller.

Die alte Leier. »Ach so«, lachte Sabine so schelmisch, daß ich erneut die Übersicht verlor, »Schmonzenz.« Das wurde langsam ein Signalwort für mich. »Der Leobold will doch nichts von mir, Schmonzenz! Der hat doch schon zwei Töchter!«

Ich mußte auf dieses unerwartete Argument hin erst einmal schlucken, so etwas hatte ich noch nie gehört. Wollte sie mich auf diese Weise narren? Kein Wunder, daß mir der Stoff eher ausging als unter normalen Umständen.

Ob sie, fragte ich schon mutlos, denn nicht die sozusagen soziologische – ich verbesserte mich – die gesellschaftliche Komponente dieses »aberwitzigen« (sagte ich jetzt doch) Reisevorgangs sehe und begreife?

Nein, sagte Sabine, vermutlich ehrlich.

Ich kam ins Stottern. Nun, sie, Sabine, sei doch »sozusagen« (sagte ich) mit mir befreundet – und selbst wenn ihr der Herr Leobold nur die Wunder und Schönheiten Afrikas zeigen würde, müsse sie doch – o Moppel, Spießer! – die öffentliche Meinung und das Gerede bedenken (und hier erstand das hämisch-wonnige Antlitz Hans Duschkes erneut gräßlich vor meinem Auge), das hiesige Gerüchtewesen, das allein kraft seiner ihm innewohnenden Infamie ein Liebesverhältnis gefährden könne, selbst wenn dieses, log ich, an sich intakt sei –

»Ach, Schmonzenz!« lachte abermals Sabine, zum Teil hatte sie recht damit. Aber jetzt müsse sie wieder arbeiten, krähte sie – ich weiß nicht: lustig oder doch erregt – fahrig und streichelte mich fix am Arm. Es schnitt ins Fleisch. Ich schwamm total. Gerade noch, daß mir ein scheinbar kräftiges, in Wirklichkeit absolut klägliches Argument einfiel: Es sei doch an sich eine Selbstverständlichkeit, daß wir zusammen in den Urlaub reisten. Oder?

»Du fährst ja nicht nach Afrika!« rief Sabine nun heftig, fast schrill.

Das war wahr, unglaublich! Noch war ich aber nicht ganz ausgetrickst:

Es sei doch so gut wie klar gewesen, daß ich zusammen mit ihr nach Italien führe, schwindelte ich blind. Sabine ging nicht einmal auf die Lüge ein.

»Italien mag ich nicht.« Spielerisch, wie mehrdeutig, kreiste sie mit der linken Schulter.

»Und ich?« Ich fürchte, es gelang mir nicht, genügend Pathos in Stimme und Miene zu legen. Der zitternde Gram, die knotigen Gefühle im Herzen machten selbst mir Routinier das Leben schwer. Über die »Antinomie von Recht und Macht« hatte ich einst in dem erwähnten Aufsatz der Zeitschrift »Progressive Justiz« gehandelt. Da hatte ich sie! »Und ich?« Praktisch bat ich um Mitleid.

»Ach, Schmonzenz«, kämpfte diese Jugendliche auf ihre Art nicht einmal ungeschickt und überfrachtete mich jetzt mit einem Gesprudel von wild Durcheinandergemengtem und – wie ich nicht einmal gleich erkannte – höchst Ominösem. Im Herbst, da bekomme sie noch einmal Urlaub, da reisten wir dann nach Jugoslawien, die Susanne und der Schießlmüller und der Mogger kämen auch mit und vielleicht der Röckl Otto und der Nübler Pit und vielleicht nochmals der Leobold »mit seinen Töchtern«, beharrte Sabine äußerst dringlich – es seien doch auch nur sechs Wochen, die sie in Afrika verbringe, und »ich mag dich sehr gern«, reduzierte sie, die Wangen reizend aprikosenfarben, plötzlich und total unvermutet, ihr mir bereits wohlvertrautes »Ich liebe dich«.

Augenblicklich verlor ich die Übersicht. Susanne, Schießlmüller, Mogger? Röckl Otto? Warum wußte ich auch von dieser zweiten Exkursion nichts? Schwer geschwächt, Schütteres im Hirn, gab ich mein letztes Argument preis:

»Und wenn das für uns . . .« Ich stotterte zärtlich: »Wenn das für uns das Ende ist?«

Sabine zuckte die Achseln, eine klare Sprache, für jeden Dummkopf verständlich. Ich Ober-Einfaltspinsel aber glaubte in dieser rohen Geste den latenten Ausdruck von schmelzender und eben deshalb wortloser Zuneigung herausgelesen zu haben, das bekannte Goethesche »Und wenn ich dich liebe, was geht's dich an?« Sofort und grundlos weich gestimmt, segelte mir eine meisterliche Idee in jenes Hirn, das immerhin einmal Jus und amerikanischen Pragmatismus dazu studiert hatte:

»Hör mal, Sabine«, Blick zu Boden, heroischer Gesichtsausdruck, tremolierender Kavaliersbariton im Mezzopiano, »wir sollten eine Art Vakanz, eine Karenz«, verbesserte ich mich schleunigst, denn Vakanz brachte die Gans sicherlich mit Afrika in Verbindung, »eine Karenz, eine Art Probezeit für uns beide einrichten. Wir sollten uns die zwei nächsten Wochen nicht sehen und genau über uns nachdenken. Und dann«, ich war damals wohl wirklich im Kopf etwas angekränkelt, »von vorne anfangen und«, hier brach sich wohl mein schlechtes Gewissen hinsichtlich Susanne abermals Bahn, »dann wirklich nur füreinander dasein.« Schande über die Phrase!

Die Folter stimmte mich tranig und sentimental. Es hätte mir trotzdem auffallen müssen, wie rasch Sabine zustimmte; keine Spur von Trauer, keine Idee von Reklamation. Es war der schlechteste Einfall meines Lebens, das Anschwellen des Endes, die Ouvertüre zu einem Sommer des Elends. Ich hielt mein Impromptu augenblicklich für blendend, zwang ich doch auch bei dem erwartbaren Erfolg der Karenzzeit Sabine mehr oder weniger dazu, immer noch rechtzeitig das Unternehmen Afrika zurückzupfeifen. Wenn ich es heute wach überdenke, wäre Sabine insofern vermutlich, ihr die Entscheidung zu erleichtern, eine Karenzzeit von zehn Wochen, über die Afrikafahrt hinaus, am allerliebsten gewesen. Eine nicht eben glänzende Empfehlung für meine erotische Unentbehrlichkeit.

Erst jetzt sah ich, daß Sabines Haarsträhnen rötlich schimmerten. Ich wurde sofort noch schwächer. Hatte sie sie tönen lassen? Gar für Leobold? Oder war's doch Natur, und ich hatte es bisher nur nicht mitbekommen? O Gott, o Gott! War ich schon geisteskrank?

»In vierzehn Tagen?«

»Ja. Hm. Ja«, rief sie schrill und gedankenlos und dann noch taktloser: »Servus, Moppel!«

Es ging dann aber alles noch viel schneller. Zurückgezogen von Sabine war ich wiederum Realist genug, die vierzehn Tage nicht nutzlos verstreichen zu lassen, zumal ich bei meinen nächsten Besuchen im ANO-Laden mehrfach von geschäftigen Reisevorbereitungen hörte, wie entmutigt aus dem Munde des alten Hans Duschke, der wohl seinem Oberhaupt diesen rasanten geschlechtlichen Coup nicht mehr zugetraut hatte und nun, bei aller Freude über mein Mißgeschick, leise Trauer nicht verwinden konnte – aber auch aus dem Munde von Alfred Leobold, der tapfer von gewissen Autoreparaturen, Reisebüros und Traveller-

Checks unkte und sich in diesen Tagen, wie mir schien, besonders eifrig für Afrika warmtrank.

»Wird prima, Moppel«, spielte Alfred Leobold mir gegenüber bewunderswert virtuos und ohne jedes Indiz für Spott den Naiven, »das kannst mir glauben, einwandfrei!« Damit war ich sogar psychologisch entmachtet. Erneut aber fiel mir auf, daß mir von dieser Perspektive her der hastige Krampf sogar gefiel, daß mir dieser Reisende dabei sogar noch werter wurde.

Na denn in Gottes Namen gute Reise! Mir aber führte nach acht Tagen eines jener Wunder, ohne die die Menschheit wohl aussterben würde, eines Nachmittags beim Schachspielen im »Seelburger Hof« Susanne über den Weg. Es befremdete mich zwar ein wenig, daß sie sich dort nach dem Kaufmann Arthur Mogger erkundigte, nun, vielleicht bekam sie noch Geld von dem schnittigen Bauernschrankhändler, Susanne setzte sich trotzdem treuherzig come una Madonna zu uns Schachspielern und äugte liebevoll auf die kleinen Männer auf dem Brett. Das war die Stunde der Wahrheit.

»Gehst du am Sonntag mit wandern?« Kühler Sound, Hitze im Herzen, mein sizilianischer Angriff verschwamm vor den Augen.

»Ja. Wohin?« Wunder über Wunder.

»Und den andern sag ich dann auch noch Bescheid«, log ich sinnlos ins Prickeln hinein, »um zwei Uhr dann im Seelburger Hof.« Und dann quakte ich noch was von der Lieblichkeit des Lauterachtals.

»Hm«, freute sich Susanne, »prima.« Alfred Leobold hätte es nur vom Klanglichen her schöner sagen können. Den Allgäuer Verlobten konnte ich endgültig vergessen.

So kam es, daß ich einen schon nahezu gewonnenen Angriff gegen den Altkommunisten Alwin Streibl noch glänzend verlor, was mich wegen Susannes himmelschreiender Gegenwart ein wenig verwirrte. Sie schaute aber so allesverzeihend drein, als sei ihr wohlbekannt, daß auch schon ein Fischer, ein Kortschnoj, ein Karpov den Untiefen der Drachenvariante erlegen seien. Als sie sich davonmachte, wagte ich einen eindeutig lüsternen, ja obszönen Blick. Susanne, schöner, unirdischer denn je, lächelte mit geradezu erschreckender Konstanz zurück.

»Also dann Sonntag zwei Uhr. Aber ehrlich, gell, ehrlich?«
Ehrlich, wie orientierungslos das Glück in der Landschaft herumgewitterte!
Wer das gewesen sei, wollte der Altkommunist Streibl, ein zwischen Behäbigkeit und Übernervosität hin- und hergerissener Mann von knapp 50, nach Susannes Auszug wissen. Ich klärte ihn oberflächlich auf.
»Fickst du sie?« fragte er dann umstandslos und sah mich nachdenklich an, das Wissen um die abgründigen Zusammenhänge von Politik, cherchez la femme und überhaupt um das universelle Laster in der westlichen Hemisphäre in den müden Augen.
Ich nuschelte etwas Fahriges.
»Wenn sie mit dir spazierengeht, kannst du sie auch ficken«, belehrte mich der ehemalige Ost-Agent, »noch ein Match? Ich würd gern mal mit Schwarz die Göteborger Variante spielen.«
»Die ist doch widerlegt«, sagte ich entrückt.
»Ist doch scheißegal!« sagte Streibl.
Streibl, übrigens erwerbsunfähig geschrieben, machte ansonsten den ganzen Nachmittag über den Eindruck, als ob er durch besonders gepflegtes Schachspiel, durch allerlei Abwehreleganz und Endspielfinten seinem ansonsten doch wohl recht gehaltlosen Leben einen gewissen bolschewistischen Grundton und überhaupt Pfeffer zu verleihen suche. Zuletzt erzählte er noch, vorgestern habe er bei einer Kommunionfeier sehr viel, gestern aber nur wenig getrunken, »gar nicht der Mühe wert!«
Um so mehr, meine ich, der Mühe wert, einmal über die Tiefendimension dieses blitzdummen Satzes nachzudenken. Und auch darüber, was eigentlich unsere Kommunisten andauernd bei Kommunionfeiern zu suchen haben ...
Oder war es einfach so, wie Christopher Isherwood schreibt: »Die Leute bilden sich ein, Kommunist zu sein. In Wirklichkeit sind sie es gar nicht.«? O Susanne, wie ist das Leben doch so euphorisch!
Streibl, immerhin, sollte recht behalten, aber auch wieder nicht ganz. Es war wohl der heißeste Tag des Jahres, als Susanne und ich am Sonntagnachmittag lostiefelten. Ein Marsch von zwanzig Kilometern stand auf dem Programm, keine gute Vor-

aussetzung für die hochwuchernde Vollerotik, aber aus irgendwelchen preziösen Gründen trieb es mich dazu, das Selbstverständliche zu verschleiern. Susanne hatte sich überhaupt nicht gewundert, daß sonst niemand zum Treff gekommen war, ich hatte mich trotzdem fiebrig in irgendwelche Ausreden verflüchtigt. Los!

Der Liebespfad führte durch ein extrem anmutiges Tal mit sanften Hängen zur Linken und Rechten, eine gesegnete Gegend, Schlüsselblumen und Löwenzahn umspielten das romantische Pärchen. Täppisch stürmte es dahin, ein glitzerndes »Heute-Heute!« hallte durchs stille Land, ich spielte abermals den Souveränen, den Cavaliero und den gehaltvoll wandernden Freizeitgestalter gleichzeitig, geriet aber bald ins Schwitzen und Keuchen, während die heute schon unirdisch schlanke Geliebte wunderbar rüstig drauflos rannte und schon bald die oberen Blusenknöpfe öffnete. Ohne zu schwanken fragte ich aus einer plötzlichen Eingebung heraus Susanne, ob sie nicht »Zeit« hätte – ich vermied, wie abgeklärt, das Wort »Lust« –, mit mir »und ein paar anderen« (setzte ich hektisch nach) für drei Wochen nach Italien zu fahren, und ich fing, taumelnd im Kopf, an, die Vorzüge der »anderen«, ihre Geselligkeit, ihre Weitgereistheit ins beste Licht zu rücken (es handelte sich um ein paar Frankfurter Jetset-Nichtsnutze unter der Ägide des rüstigen Altjournalisten Rösselmann) – so fast atemlos Susannes Antwort hinauszuzögern, das Glück fester zu schmieden, bevor es erhärtet würde bzw. zerflösse, was weiß denn ich – jedenfalls ein hoher geistiger Genuß, den ich nur jedem theoretisch Interessierten weiterempfehlen kann.

Die Antwort kam, selbst gemessen an höchsten Erwartungen, sensationell:

»Freilich. Prima. Ja.« Und nach ein paar Sekunden, ein kühler angenehmer Schatten in dieser erhitzten Landschaft: »Wenn mir die Apotheke freigibt – aber die gibt mir schon frei.«

Wo das Glück hinpurzelt, da rumort es mit voller Unvernunft weiter. Nein, ich nahm mir kein Herz, sondern überwältigt schloß ich Susanne mitten auf dem Feldweg steif in die Arme, unsere alte Positur vom Dorfweiher annähernd peinlich zu wiederholen. Sie lächelte zum Verzweifeln sanft und nachsichtig.

Es war ein eigenwilliger Spaziergang voller Tücken. Tapfer

umschlang ich nach jedem erarbeiteten Kilometer Susanne und küßte sie ab, und sie ließ es sich gefallen und lächelte wohlig – aber die schon herzlos sengende Hitze verlieh diesen Inszenierungen etwas durchaus Unangenehmes, Schweißiges, Unglückseliges, so daß wir jeweils ein wenig mutlos wieder weitertrabten, die müde Hoffnung im Hirn, daß vielleicht doch noch alles anders und besser würde. Am Zielpunkt unserer Wanderung hielten wir kurz Einkehr und schütteten mehrere Coca Cola in uns, dann schlug ich vor, es wäre doch vielleicht am »angenehmsten« (o Trottel!), wenn wir uns in den Schatten des angrenzenden Wäldchens verdrückten, verdächtig oft erwähnte ich gerade dies Schattige als Motiv, noch immer waren mir ja Susannes Sexualpraktiken vollkommen unbekannt. Gleich darauf, nach zehn Minuten etwa, hatte ich sie kennengelernt. Ich wollte gerade am Waldsaum Platz nehmen, ein letztes nachdenklich-schlotterndes Zigarettchen zu schmauchen, da hatte sich Susanne bereits auf dem kleinen Hügel, abgeschirmt von einem Hollunderbusch, ausgestreckt, ihre Bluse ausgezogen und den Reißverschluß ihrer Bluejeans geöffnet, wortlos.

Wer immer für das verantwortlich zeichnet, was wir Natur nennen, ein besonders geistreicher Herr kann es nicht gewesen sein. Verstört räkelte ich mich neben die Frau und beobachtete die auf- und niederwippenden Gedanken in meinem Kopf, die immer wieder und eilig zu dem Ende drängten, daß ja nun ich an der Reihe sei. Ich wußte sofort, da war gar nichts zu machen, aus einer Vielzahl von Gründen, die sich jeder Leser nach Belieben selber zusammenrechnen kann. Susanne blinzelte lieb und vollkommen gleichgültig zu den Zweigen auf, die ihr übers hitzerote Gesichtchen pendelten. Schwachsinnig fuhrwerkte die Sonne auf diesem Grauen herum, Erniedrigung, wohin man sah. Ich streichelte Susanne und sagte erstaunlich fest »jetzt nicht«, worauf sie gehorsam ihren Jeans-Reißverschluß wieder nach oben zog. Hingerissen von wild durcheinanderflegelnden Gefühlen, von der Macht des Kummers streichelte ich sie heftiger, worauf sie nun etwas überraschend, aber wiederum einsehbar »Nicht« sagte.

Wir kehrten dann ins Dorf zurück und nahmen auf einer Bretterbank unter einer Kastanie des kleinen Wirtsgartens Platz.

Liebe ist, fiel es mir ein, nach altüberlieferter Meinung, wenn man die Teile freimacht, daß man besser an die Teile rankommt. Aber das stimmte nicht. Ich besorgte einen großen Krug Bier, wir tranken ihn ziemlich gierig weg. Die schwerblütig raunende Kastanie milderte die Gemeinheit der Hitze, der Abend war jetzt auch nicht mehr fern. Ein steinaltes Mütterchen mit vorgeschobenem, ununterbrochen hin- und herfahrendem Unterkiefer hätschelte auf einen Säugling im Kinderwagen ein, den sie in kleinen Abständen auf- und niederwackeln ließ. Außerdem waren Hühner da, ich kann mich nicht erinnern, jemals so törichte, tröstliche Tiere gesehen zu haben. Das lindgrüne Dach über uns animierte mich, die liebe Susanne ein paarmal an mich zu drükken. So oder so. Eine große Zukunft stand vor uns. Italien. Das Ungewisse, das Ungreifbare. Wie würde alles enden?

Frauen empfinden bekanntlich weniger dämlich sentimental. Susanne hatte mit der alten Frau ein Gespräch angekurbelt, sie stellte sich als die Mutter der gegenwärtigen Wirtin heraus, und dies sei nun schon das fünfte Kind, zahnte die Alte unkeusch und vertrieb mit dem Fuß ein paar Hühner, die um den Kinderwagen scharrten. Das war sehr schön. (Ich würde nicht vergessen dürfen, die Witwe Strunz-Zitzelsberger wegen des Bockbierfests anzurufen.)

Nach Seelburg zurückgekehrt, teilte uns der Wirt des »Seelburger Hofs«, Andreas Rösl, mit, ein Fest finde statt, es seien auch schon »alle« dort, in der Wohnung Schießlmüllers, und wir sollten nachkommen, habe Lattern ihm, Rösl, aufgetragen, sobald wir aus dem Lauterachtal zurückkämen. Furchterregend, was Wirte alles wissen.

Von der Wanderung, noch mehr von dem zwielichtigen Geliebe des Nachmittags ermattet, fuhr ich mit Susanne in die Wohnung Schießlmüller, nicht ohne, frischluftbetäubt, im Auto noch ein paarmal die melancholischen Wonnen des Petting herzustellen. Bei dem genannten Fest handelte es sich um eins jener unsäglichen, kurzfristig einberufenen und vollkommen amorphen Amusements, wie sie jeden Tag milliardenfach über unser Land hinwegalbern, ohne Sinn und Verstand. Des langen einfältigen Abends kurze Pointe: Sabine betrog mich, meines Wissens zum ersten Male. Fatalerweise war ausgerechnet ich es, der quietschvergnügt aus einem mir nicht mehr erinnerlichen Grunde in Schießlmüllers Arbeitszimmer springend diesen und Sabine buchstäblich in flagranti ertappte. Eine halbe Stunde später, von mir – o Wahnsinn! – zur Rede gestellt, teilte mir Sabine mit einer gewissen zitternden und in die Enge getriebenen Schrillheit, aber auch dreist wie von langer Hand einstudiert mit, und ich zitiere wörtlich:

»Du fährst ja auch mit der Susanne nach Italien.«

Ich führte mich relativ gut auf und fand die nächsten Minuten viel Halt darin, über diesen Satz nachzudenken. Ob ich im ersten Augenblick Wut, Ärger, Verzweiflung oder nur eine große Lächerlichkeit empfand, habe ich vergessen – es spielt auch keine Rolle, nein, die entscheidenden Nervenrebellionen stellten sich erst in den nächsten Tagen und Wochen ein. Wahrscheinlich war es ein Gefühl, das ich mit »die allgemeine zeitgenössische Insuffizienz und Flegelhaftigkeit« bezeichnen möchte. Ein Gefühl, das übrigens wie zufällig, und deshalb habe ich es behalten, der wieder einmal trunkene Teufel Giesbert Lattern kurz vor dem Verenden des lächerlichen Fests, schaurig bleich vor sich hinstarrend, nicht einmal ungeschickt in die Formulierung kleisterte:

»Wo bleiben die inneren Werte, die wir früher gehabt haben? Ich frage, Moppel, dich als einen derjenigen Kräfte, die noch damals die Gemeinschaft . . .«

Hier war Lattern versandet und hatte wutverzerrt ein neues Bier geöffnet. Zuverlässig weiß ich noch, daß ich nach dem Sabine-Eklat auch keine Chance mehr suchte, mich an Susanne zu klammern. Es hätte ohnedies nicht geklappt, denn diese Schöne tanzte ununterbrochen mit einem Studenten namens Brutus, und offenbar gefiel es ihr ausgezeichnet, und der Student nannte sie auch ein paarmal gewandt »Prinzessin«.

Zu Hause, gegen vier Uhr früh, hatte ich einen prächtigen Einfall. Ich braute mir einen starken Kaffee, erbrach eine Flasche Champagner und setzte mich ans offene Fenster, die Morgenröte zu erwarten. Der Versuch, Tränen in die Augen zu pressen, mißlang. Ich legte Mozarts »Bald prangt den Morgen zu verkünden« auf den Plattenteller, dargeboten von den taufrischen Stimmen dreier Regensburger Domspatzen, etwas Geschmackloseres fiel mir nicht ein. »Bald prangt den Morgen zu verkünden«. Mozart!

Hatte es der nicht auch, wie jener italienische Strizzi, mit zwei Schwestern zu tun gehabt? Erst jetzt leuchtete mir diese neue heitere Parallele auf! Zum Glück: mich fror plötzlich vor Vergnügen, ich klapperte sogar mit den Zähnen, vor Erwartung, vor Euphorie, vor dem, mit Eichendorff zu reden, künft'gen großen Glück. Naheliegend genug schalmeiten meine Gedanken um die beiden Schwestern, aber es war etwas Anderes, nahezu Politisches, Sozialrevolutionäres. Im Osten wurde es graugelb. Ein kurzfristig hochkriechendes Elend würgte ich mit drei Zigaretten souverän zurück. Ich trank abwechselnd Kaffee und Champagner. Die nächtliche Mailuft wogte schaurigschön, in der Ferne jaulte eine Eisenbahn auf, später ließen sich Lerchen hören. Hinter den Gartenbäumen begann der Himmel fahl sich zu erhellen – zermalmt von ordinärstem Naturzauber, glaubte ich mich in Italien.

Fünfmal hörte ich die Domspatzen hintereinander, dann legte ich all die Plattenmusik aus meinem Besitz auf, die irgend mit Morgenröte zu tun hatte. Das Sonnenaufgangsquartett von Haydn, die Waldsteinsonate von Beethoven, schließlich – ich schreckte vor nichts mehr zurück – Griegs Peer-Gynt-Morgendämmerung mit ihren abgeschmackten Akkordbrechungen, Richard Straussens Alpensinfonie gräßlichen Gehalts, dann den ersten Satz aus Debussys La Mer, dann Leoncavallos Matinata und zuletzt, als krönenden Höhepunkt, den Beginn des Dritten Tosca-Aufzugs mit dem Gesang des Hirtenknaben:

»Ach, mein Seufzer,
Ihr wollt mir treu verbleiben!
Schwirret ums Haupt mir,
Kein Sturm kann euch vertreiben!
Daß sie, um die mein Herz verschmachtet,
So mich verachtet, das ist mein Tod.«

Ich hatte eine gute Wahl getroffen: den Vorgeschmack von Seligkeit, ohne das läppische Vehikel von Sexualität. Weich lösend drangen fliedrige Düfte durchs Fenster, irgend etwas raschelte im Gras, dann hörte man etwas fallen. Vergnügt rauchte ich zwei Zigaretten auf einmal. Gegen sieben Uhr, als ich meine Mutter aufstehen hörte, rollte ich mich in mein Bettchen. Befreit vom zuletzt fast lästigen Hochgefühl, schlief ich sofort ein. Ein inhaltsreicher Tag lag wuchtig hinter mir. Morgen würde ich zur Analyse schreiten.

10

Sie fiel nicht gut für mich aus. Sabines Treulosigkeit war zwar glatter Racheakt und als solcher nicht seriös; er sollte aber, zu meiner Überraschung, ein dauernder sein. Damit hatte ich am wenigsten gerechnet. Denn jeder normale Mann glaubt irgendwie an seine Unersetzlichkeit, und bei mir stimmte es sogar, wie mir oft scheint.

Es war der erhabene Greis Duschke, der mir schon am nächsten Tag, ich schwamm noch in einem Sudelbrei von Euphorie, Indifferenz und Herzkribbeln herum, anläßlich seines Mittagsschöppchens in der »Tiroler Weinstube« ohne Scheu mitteilte, daß »das mit dem Willi und der kleinen Morlock schon längst perfekt« sei, und Duschke, im Vollglück seiner Altersgenugtuung, wiederholte immer wieder die Worte »längst perfekt« und dehnte sie grausam mit der unnachgiebigen und maßlosen Perfidie routinierter Rücksichtslosigkeit und äugte mich schamlos an und nippte an seinem Wein, gleich als wollte er mich mit seiner Eröffnung auf die doch auch recht erfreuliche Tatsache aufmerksam machen, daß ich doch nun auch noch mehr Zeit für ihn und Herrn Leobold hätte.

Was war eigentlich mit Herrn Leobolds und Sabines Afrika-Unternehmen? Plötzlich schien mir das wie Rettung, die Strategie des Zufalls wider die Macht des Schicksals oder was, und ich sprach Duschke möglichst ironisch gleich auch daraufhin an.

»Längst gestorben, längst gestorben!« weinte der Alte beharrlich in zäher Lässigkeit auf – heute nacht noch, offenbar sofort nach der geschlechtlichen Entscheidung, der auch Duschke irgendwie sorgfältig beigewohnt hatte, habe Schießmüller Sabine die Mitfahrt streng verboten, und sie habe, er, Duschke, sei zufällig danebengestanden, auch sofort pariert usw., erläuterte Duschke gleichsam nachdenklich, als ob er Sorge trüge, daß Nietzsches bekanntes Peitschen-Wort auch für die heutige Generation noch gelten möchte. Sie, Sabine, raunte Duschke und bestellte locker noch einen Schoppen Wein, habe ein paar Sekunden gemault und schwachen Widerstand geleistet, bis Schießlmüller, erzählte Duschke nun rücksichtslos heiter, plötzlich geschrien hätte: »Den Leobold? In eklatanter Manier mach ich den fertig. Jawohl, Büberl! Mit einer Hand!« Und plötzlich habe Sabine lachend zu Schießlmüller, offenbar in Bewunderung dieses Kraftakts, gesagt, das sei doch sowieso alles nicht ernst gewesen.

»Schmonzenz«, vermute ich, hatte Sabine gelärmt. Und eins stand schon fest: Der Fuhrmann war ein strengerer Gockel als ich. »In eklatanter Manier!« quiekte Duschke noch einmal entrückt nach.

»Aber es war ernst«, fuhr er hörbar ernst und vergnügt fort, »ich weiß es. Bis vor sechs Tagen war es ihr ernst, da wollten die beiden Arschgesichter fahren, da wollten sie nach Afrika hinauf.«

Dieser Mann, ungeachtet seiner geografischen Schwächen, wußte einfach zuviel. Aber ich mußte ihm dankbar sein, ich konnte erstmals wieder ein bißchen innerlich kichern.

Und nun sei alles klar. Duschke zog noch einmal die Zügel straffer, gleich als ob er mich die letzten Minuten schon gar zu nachsichtig behandelt hätte. »Die beiden, der Willi und die Büchs, sind miteinander arschklar.« Wahrhaftig, er stöhnte. Aber plötzlich und vehement warf der popige Alte seinen Körper in Richtung Theke und bestellte einen Cynar-Schnaps, der sei gut für den Magen, wie ich noch dunkel hörte.

Noch war nichts verloren. Mein Kampfgeist erwachte. Den Trumpf Susanne hielt ich noch in der zittrigen Hand und gedachte keineswegs, ihn Duschke gegenüber vorzeitig auszuspielen. Morgen schon würde ich sie aufsuchen und rigoros zu meiner Geliebten machen! Doch bestürzt registrierte ich die erstaunlich klare Gefühlsregung, wie gleichgültig, wie vollkommen unerheblich die schöne Schwester mir buchstäblich über Nacht geworden war – und gleichzeitig, wie tödlich mich die Liebe zu Sabine getroffen hatte, mitten in dem Plauderstündchen mit Hans Duschke. O Gott, es war nicht mehr zu verleugnen! Aufs äußerste verwirrt, trotzte ich mir auf diese Erkenntnis hin noch einen dritten Gedanken ab: Ich wollte Susanne als Waffe verwenden bis zum Äußersten, als Waffe gegen die unverschämte Sabine, die da einfach und vollkommen unmotiviert das Lager wechselte, als Waffe gegen mich und mein widerlich pochendes Herz, als Waffe schließlich gegen diese gottverdammte Seelburger Gauner- und Ganovengesellschaft, die da bereits sicherlich ihr Gorgonenhaupt in die Luft reckte und ihre Ohren steif hielt, das Neueste an Unterhaltung und Katastrophen zu erlauschen und einzusacken! Ein Strafgericht von biblischen Ausmaßen möge über sie hereinbrechen und meinetwegen dieses ganze blühende Land überschwemmen...

Hans Duschke – ich muß ihn wirklich zu seiner beißenden analytischen Schärfe in allen Arglistigkeiten des Lebens beglückwünschen – Hans Duschke, Cynar im Leib, ließ mir erneut keine Chance, sofort und unnachgiebig, vermutlich wird es dieser Alte noch einmal weit und mit Sicherheit in die Finsternis der Hölle bringen:

»Und die andere, die Susanne«, bellte er gleichsam murmelnd, »die treibt es jetzt mit dem Arthur, dem Mogger!« Mich traf ein 60jähriger mit allem gewaschener Blick. Der Böse grunzte zufrieden mit seiner Aussage, bohrte mit den gelben Fingern in den Zähnen und beäugte mich erneut zügellos.

»So? Na prima.« Meine Antwort war einfach zu matt, ihr Ton zu verkrampft, offen lag die Niederlage auf dem Ecktisch der »Tiroler Weinstube«, über den jetzt sofort mehrfach schwungvoll und in einer Art Kreisbewegung der linke Arm Duschkes im ockergelben Sakko wischte, gleichsam die zu Bier- und Schnapsspritzern geronnenen Ungereimtheiten des städtischen Sexuallebens abzuschütteln. Ich bin nicht sicher, ob mir dies der alte Galgenvogel nicht tatsächlich bildlich darzustellen versuchte.

»Ja, ja, schon ewig.« Die bosheitsgeschulte Stimme nahm stählernen Charakter an. »Seit Ostern schon. Schon seit der Wacker-Mathild. Der Mogger ist doch *der* Ficker von Seelburg!«

Wacker-Mathild, so nennt sich, wie bereits kurz erwähnt, eine Gaststätte in der Innenstadt, von der noch ausführlich zu handeln sein wird. Hier hatte offenbar die Liebe zwischen Mogger Arthur und Morlock Susanne begonnen. Mogger, *der* Fi...! Und ich dachte bisher immer, Erich Winter hielte die sexuelle Meisterschaft im Lokalbereich! Hatten sich Duschkes Perspektiven verändert, seine Einsichten in jüngster Zeit erweitert? Susanne? Mogger? Was war das alles? – –

Es gelang mir, mich, begleitet von einem langen aufmerksamen Blick des intriganten Faltigen, halbwegs stilvoll davonzumachen. Ein vorerst letzter Knock-out blieb mir nicht erspart.

»Kommst du heute abend, Moppel? Seelburger Hof? Alles klar!«

Duschke wackelte nur gleichsam tröstend mit dem Graukopf nach. Der Sinn war klar: Jetzt gehörte ich wieder zu den Alten. Den Alten, denen kein Stich mehr vergönnt ist als das hemmungslose, strotzende, lästerlichste Grunzen, Scharren und Krachmachen.

11

Sabine war telefonisch nicht erreichbar, vermutlich mit dem taufrischen Galan über alle Berge des abendlichen Seelburger Hinterlands. Schauerlich leer meine Wohnung. Ich rief noch einmal an, mich dem blanken Hohn aussetzend. Jetzt teilte mir die alte Morlock rücksichtslos mit, Herr Schießlmüller habe Sabine zu einer Fahrt nach Mimbach abgeholt – und auch Susanne sei mit. Das war also die neue Lage. Wollte mich dieser perverse Schießlmüller kopieren und beide Mädchen in seine schmutzige Freizeitgewalt einbringen?

Wie im Kitschroman planschte draußen Regen nieder. Mir war so bang, daß ich kurzentschlossen die große warmsentimentale c-Moll-Arie aus Verdis »Maskenball« durch die Wohnung schmetterte. Wieder hatte Musik die Feuerprobe zu bestehen, ob sie zu etwas gut war. »Come se fosse l'ultima«, schwelgte ich con slancio und so brünstig, wie es mir Desperado möglich war, »ora del nostro amor.« Es half gar nichts. Ich würde Verdi ab sofort aus meinem Leben streichen.

Ich entdeckte ein Fläschchen Melissengeist in der Hausapotheke, nippte und fand Gefallen an dem heiligen Getränk. Trank die Flasche aus und lief in den »Seelburger Hof«. Kein übler Gedanke – hier hatte sich inzwischen einiges getan. Wellen von

Tumult brandeten bis weit über den Hausflur hinaus. Der alte Duschke, vermutlich im Glücksrausch seines Triumphes über mein Seelenheil, hatte eine etwa achtköpfige Mannschaft um sich geschart, der unter anderem die Kräfte Wellner, Winter, Binklmayr, Hümmer, eine der Karins sowie ein gewisser rothaariger Mann namens Werner Wiegler angehörten, der besonders lebensfroh gestimmt schien und bei meinem Eintreten sich vor Lachen krümmte. Hatte das Gelächter bereits mir gegolten?

Ein wahrer Orientalenlärm, aus dem sich schnell die grauengesättigte Stimme des tatsächlich vor Vergnügen auf- und niederwippenden Hans Duschke schälte. »Bums, da fiel die Lampe um!« brüllte der schäumende Alte schlagartig auf mein Elend ein und dann sofort ein anderes bereits erwähntes Lied, meines Wissens gleichfalls aus einer seinerzeit von Duschke inszenierten Operette: »In der Luft«, ließ der Greis seine Stimme niederträchtig hinaufschnellen, »da gibt's kein Puff, da gibt's kein Telefon!«

»Restauration«, also Wiederherstellung nannte sich dieses Lokal. »Destruktion«, Zerstörung, Zerrüttung müßten es und seinesgleichen heißen! Abermals überschlug sich der erwähnte Werner Wiegler vor Lachen, Wellner und Binklmayr brüllten kurz und abrupt auf, während die anderen Zaungäste eher heiter vor sich hin grinsten. Und als Duschke, der mich erst jetzt bemerkte bzw. wiedererkannte, mich mit hochgerissenen Armen im Stile von Charles de Gaulle begrüßte, sauste auch schon der Wirt, Andreas Rösl, ins Gästezimmer und haderte hämmernd auf den alten Schreihals ein, das gehe nicht an, er habe jetzt zwanzig Jahre zugeschaut, im »Salon« (das Nebenzimmer) säße ein Rudel Stadträte – – – »Auf die ist auch geschissen«, wehrte sich Duschke elegant, nachdem diese Stadträte offenbar Rösls einziges Argument gegen das tobende Inferno waren – und dann, nach kurzem Nachdenken, brüllte Duschke furios: »Wer brüllt, der lebt!« Seltsamerweise zog sich nach diesem erneut beifallumdonnerten Satz Andreas Rösl wieder wortlos hinter seine Theke zurück, gleich als ob er nur pro forma seiner Gastwirtspflicht Genüge getan hätte und in Wirklichkeit das Brüllen insgeheim billigte. Und sofort wiegelte Hans Duschke die ganze Gästeschaft um sich herum zu erneutem Gezeter und Gejodel auf. »Die Brillanz des Lebens«, krabbelte es durch meinen kranken Kopf. Ich beschloß klein beizugeben und fing an, mich hundsgemein zu betrinken.

Gegen zehn Uhr betrat die Gruppe Schießlmüller, Mogger, Sabine und Susanne den Saal. Die Herren stießen mit verschiedenen, offenbar dem neuen Gemeinschaftsglück entlehnten Kampfschreien wie »Hah!« und »Unglaublich!« und »Aber ehrlich!« an unseren Tisch. Sabine und Susanne – was wollte ich machen? Welch eine niedliche flotte Demütigung! Verschwommen saß ich, zusammen mit acht anderen Wüstlingen, mitten im Viererglück. Gegen Mitternacht saß ich plötzlich woanders, nämlich mit Sabine im Nebenzimmer-Salon und redete, vermutlich so laut, daß auch die Parlamentarier gut zuhören konnten, auf sie mit bewegender Stimme ein, sie müsse sich nun entscheiden. Ein erbärmlicher Aufruf, natürlich.

Sie habe sich entschieden, sagte Sabine. Ich versuche mich noch heute zu erinnern, ob ihre Stimme dabei eiskalt oder doch etwas durchzittert war. Ich weiß nicht einmal, was mir nachträglich lieber wäre.

Einfältig fiel mir nichts Besseres ein als nachzufragen, ob sie sich das auch gut genug überlegt habe, ich denke, meine Betrunkenheit gereichte mir dabei auch nicht zum Vorteil.

Sie könne nicht ewig zwischen zwei Männern schwanken, sagte Sabine. Ein vollkommen richtiger Gedanke. Nur hatte ich bisher nichts vom Schwanken gewußt.

»Das mußt du verstehen«, sagte sie jetzt mit lächerlich einstudierter Kulanz.

Hat sich eigentlich schon mal jemand, außer der faulen Filmkamera, die Mühe gemacht, die Figur, die Körperhaltung, das Muskelspiel einer Frau zu beschreiben, die uns zu verstehen gibt, daß sie von uns nichts mehr wissen will? Diese erbarmungslos »nein« sagende Verlagerung des Schwergewichts auf die linke Hüftflanke, die das Gesäß so machtvoll und heidnisch schwellt und doch nichts als böse Kälte meint! Dieses lässige Kreuzen oder Schließen der Beine, deren Jeans-Umhüllung noch einmal wahrhaft mit Höllenbosheit die Umrisse jener zentralen Leibespartie konturiert, hinter der wir letztlich dauernd her waren! Selbst die geblähten Schulterblätter scheinen ihr Bedauern, ja ihre Verachtung auszudrücken: Weg mit dir, hau ab! – um obendrein und zynisch ein letztes Mal mit sich selbst zu locken!

»Hau ab!« Als Sabine nach einer kleinen Spanne gewissermaßen der Pietät zu ihrem neuen Liebchen zurückjagte, war auch mir der Wunsch als angewiderter Stoßseufzer sehr recht. Leider entlastete er mich nur sehr kurze Zeit.

Susanne war mir an diesem prächtigen Sommerabend Unperson. Darum ließ es mich auch wundersam gleichgültig bzw. es schien mir durchtrainiertem Althumanisten sogar absolut in der Logik der Abläufe, daß sie mir zwanzig Minuten später vor allem Publikum harmlos mitteilte, sie könne leider nicht mit nach Italien, ihre Chefin gebe ihr keinen Urlaub. Vermutlich die Pratze Arthur Moggers, der zur gleichen Zeit besonders vergnügt auf Hans Duschkes törichte Späße lauschte und der, wie mir plötzlich und mit tödlicher Gewißheit aus dem Hinterhirn zuflog, einen schon unermeßlich großen Penis haben mußte, meiner Meinung nach überhaupt die Domäne vieler unserer Kaufleute...

O Italia! O Schmach. O Scham.

Sabine nicht mehr ansehen zu müssen, flüchtete ich jetzt möglichst locker in den Fernsehraum des »Seelburger Hofs«, wo außer ein paar Vertretern und einer schnapsverfallenen Matrone auch der dienstfreie Altkellner Anton saß, erstaunlicherweise im blühendweißen Arbeitskittel, und dem Walter-Jens-Film »Trojanerinnen« zusah. Diese Juxfiguren! Hatten es darauf angelegt, mich, koste es was es wolle, vom Sockel herunterzuholen! Wollten nur mich angesehenen Bürger Seelburgs kompromittieren! Aber ich würde mich zu wehren wissen! Durch die Kraft des Intellekts ging es nicht, das war klar. Sollte ich drei weitere blitzsaubere Weiber aus meiner Trickkiste zaubern? Aber woher nehmen?

Seit einer Weile war Antons Alternativkellner Erwin, anscheinend hatte er die Nase voll vom Dienst, zu unserer Fernsehgesellschaft gestoßen und hatte, gleichfalls im Weißkittel, hinter dem Kollegen Platz genommen. Ein schönes Bild, diese Einsicht gestattete mir selbst noch der brennendste Schmerz: Die Dienstkräfte legen die Arbeit nieder und besuchen, im Arbeitstrikot, die Welt der Vergnügungen.

»Spielt der Film bloß im Zimmer, oder haben die auch Schlachten gezeigt?« wollte plötzlich häßlich fränkelnd Erwin vom Vordermann Anton wissen und tippte ihn deshalb auf die Schulter.

»Gaha, nichts Praktisches«, antwortete der Ober Anton verächtlich und schüttete bedächtig einen Schluck Bier nach. Wenn die großen Schicksalsstränge sich verhaspeln, soll man den kleinen Artigkeiten des Lebens erhöhte Aufmerksamkeit schenken. Gaha! Sicherlich war der Ober Anton der einzige Mensch auf der ganzen Welt, der seine Sätze mit »Gaha« eröffnete, unterbrach oder beendete. Der einzige Mensch unter vier Milliarden, die sich sonst so niederschmetternd ähnlich sind! Oder sollte sich in Afrika noch ein Stamm herumtreiben, der gleichfalls dieser Religion verstand? Afrika! Der arme Herr Leobold. Hatte sich so gefreut auf dieses Land, und nun war auch dieser Streich schiefgegangen. Hochverdient, gaha. Alles war so komplett gehirnvernagelt gaha und anheimelnd. Mußte man da nicht, trotz allem gaha, quietschen vor Entzücken?

Trotzdem blieb mir auch die nächste Strafe nicht erspart. Beim Gang zur Toilette trat, breiteste, zermahlende Lustbarkeit im Fuhrunternehmergesicht, der strahlende Gewinner Schießlmüller auf mich zu, klopfte mir auf die Schulter und sagte mit schwerer Zunge, ich solle mir »nichts draus machen«, es sei eben so gekommen, wie es habe kommen müssen, »der Herr hat's gegeben, der Herr hat's genommen«, kläffte der eklatante Lastwagen-Heini mit schon daimonischer Wucht, deren Prise Blasphemie mich nicht zu versöhnen vermochte – und wir blieben natürlich gute Freunde, »sicherlich« blieben wir gute Freunde, röhrte der Unmensch.

Mir blieb nur die Wahl, »genau« zu sagen oder »nichts Praktisches« oder aber diesen Flegel in eklatanter Manier zusammenzuschlagen. Ich wählte versuchsweise »nichts Praktisches«, und siehe, Schießlmüller selber fand den Weg zum »genau«. Alfred Leobolds philosophische Schule begann selbst im gemeinen Plebs Früchte zu tragen.

Mit dem Taxi schwärmte ich heim. Wie wunderbar ist doch die Welt! Plötzlich schneite es draußen auf der Straße. Im Bett wußte ich vor lauter Gram nicht, an was ich bei der lästigen Einschlafprozedur denken sollte. Wildentschlossen hämmerte ich mir eine hundertteilige Kette Gaha-gaha-gaha-gaha ins Hirn. Es klappte. Erstaunlich. Ich schlief wie ein Murmeltier.

## 12

Es war vorne davon die Rede, daß meiner Meinung nach zu viel und zu unordentlich Samen ausgetauscht würde. Ich möchte dies an dieser Stelle präzisieren. Ich denke, es wäre doch wie ein Aufatmen der armen Seelen, wenn eines Tages aufgrund des unwahrscheinlichsten Falles der Wahrscheinlichkeitsrechnung statt der gewohnten Millionen nur fünf Liter pro Tag ausgetauscht würden. Aber nein, es geht immer weiter, und an staatliche Eingriffe, an Rationierung ist überhaupt nicht zu denken, und unter sozialliberalen Vorzeichen am allerwenigsten. Ich meine, der Gesundheits- oder Wissenschaftsminister oder wer immer dafür verantwortlich ist, müßte doch einmal in einer ruhigen Stunde überlegen, wieviel wertvolle Substanz im Sinne des Freudschen Konnex von Kultur und Triebunterdrückung täglich durch sinnlose Sexualität verkommt. Kaum einer, der noch hergeht, den Trieb unterdrückt und, sei's als Musiker, sei's als Gesellschaftstheoretiker, geistige Produkte vollbringt wie ich. Am Ende stehen Chaos, Anarchie und Barbarei, und der Dumme ist das Volksganze.

Ich meine, natürlich bin auch ich durchaus für eine fortschrittliche Sexualpolitik und -rechtsprechung, und mir ist klar, daß dies ein erzreaktionäres Gewäsch ist, was ich da verzapfe. Aber immerhin ist es meine Meinung, und ohne Scheuklappen soll sie an die Öffentlichkeit!

Mit dem Mute der Verzweiflung schrieb ich Sabine am nächsten Tag einen dreiseitigen Brief. Hätte ich ein Duplikat davon, würde ich ihn hier tolldreist publizieren, dem Leser exemplarisch vorzuführen, wie man auf die verzweifeltste Art doch noch nicht ganz ohne Niveau Süßholz raspeln kann. Der Kunstgriff half indes nichts, meine Bitte, Sabine möchte mich nach Erhalt des Briefs anrufen, verhallte drei Tage lang im Nichts. Das Spiel war aus.

Es begann eine der merkwürdigsten Perioden meines Lebens. Die Ungemütlichkeit der Situation bestand mit einem schnöden Wort darin, daß ich Sabine nun wirklich liebte, was immer das sein mag. Dabei redete ich mir ein paar Tage hoffnungsvoll ein, meine giftige Erregung sei ausschließlich Widerwille. Nein, es war die blitzblanke Liebe. Ausgerechnet Sabine. Diese Gans! Diese flatterndste aller Graugänse hatte es sein müssen! Sabine, mit der ich monatelang nichts als meine Freizeit verbracht, der ich, wie der Engländer sagt, buchstäblich meine Freizeit spendiert hatte! Und Susanne, die allein das Ärgste hätte abwürgen können, durfte nicht mit nach Italien fahren und befand sich zudem in den unnachgiebigen Fängen Arthur Moggers...

Ich begann, meinen allerliebsten Zustand durch die Lektüre einer Biografie Konrad Adenauers verbessern zu wollen. Mit zitternden Händen heldenhaft das Buch haltend, las ich einen Teil jenes wundersam stimmigen, widerstandslosen, in sich geschlossenen, von keinen wildgewordenen Teenagern und ANO-Teppichböden durcheinandergerüttelten Lebenslaufs. Das war die Humanität, von der ich oben sprach! Sollte ich alter, ranzig gewordener Jungsozialist in Ruhestellung tatsächlich mit 35 Jahren der CDU/CSU beitreten, so wie ja auch George Bernard Shaw und Erich Mende mit fortgeschrittenem Alter vernünftig geworden sind und eine neue Heimat gefunden haben? Die war ja wohl Garant für solche herausgemästete Gediegenheit, wie die Stadt Seelburg sie schätzte! Sabine! Zuerst zieht man sie aus dem größten Dreck von Unwissenheit und Kulturlosigkeit, dann werden sie frech und laufen zu den Fuhrunternehmern über! Sicherlich war jener Schießlmüller, politisch zwar vollkommen indifferent, Mitglied der Christlich Sozialen Union. Und Franz Josef Strauß würde diesen parteieigenen Damen schon auf die Finger hauen, wenn sie in seinen eigenen Reihen solche unkontrollierten Umtriebe...

Nein, das war es auch nicht. Vielleicht sollte ich einem Sportverein beitreten. Mich dem Wahnsinn ohne Scheuklappen anheimgeben, meiner zivilisierten Vergangenheit mutig abschwören. Diese vereinseigenen Faschingsbälle und Redouten, diese herrlichen Ausflüge an den Wochenenden...

Sabine ist am Wochenende mit ihrem Kavalier in die Alpen

gefahren, die neugewonnene Freiheit in vollen Zügen auszukosten, Hans Duschke, neben mir einer der wenigen, die daheim geblieben sind, hat es mir gesteckt. Diese Monströsitäten an Geschmacklosigkeit, diese kompromißlose Undelikatesse, diese tödlich-krachende Schweinerei, wie sie allein auf unserem Seelburger Mist wachsen kann!

Was werden sie treiben, dort drunten in der Bergwelt?

Schießlmüller wird ungeschlachte Redensarten dreschen und Sabine über die tobende Naturgewalt dieses Mannes vor Entzücken wiehern. Und irgendwelche vollbärtigen Tölpel aus der Aufzucht Arthur Moggers mit ihren unbeschreiblichen Karins im Hintergrund würden das neue Glück begrüßen und gutheißen, wie sie noch alles gutgeheißen haben, was auf den Namen Sexualität und Alkohol hört. War eigentlich Susanne auch mit von der Partie? Und hatten sie dann genug Bier und Obstschnaps in sich hineingefeuert, würden sie zuerst Zoten zu singen anfangen, dann würde sich noch brüllender die amorphe Geilheit zu Wort melden, die Freier würden blindwütig ihre Gerätschaften herausholen, diese Adolfs, Arthurs, Willis und meine Sabine – –

War denn da kein gerechter Berggeist, der das Gesocks aus den Alpen heraushaute!

Alfred Leobold, war er eigentlich auch unter ihnen? Ich erinnere mich, der Gedanke an den lieblichen Mann in dieser äußerst prekären Situation richtete mich ein wenig auf oder besser, er ließ mich gleichsam seelisch aufhorchen. Freitagmittag war die Rotte weggefahren – jetzt war es vier Uhr. Ich lief zum ANO-Laden.

Der Geschäftsführer des ANO-Teppichladens, Zweigstelle Seelburg, saß zusammengesunken auf einem Stuhl hinter der Ladenkasse, vor ihm aber auf zwei weiteren Stühlchen saßen der alte Karl Malitz in Knickerbockers und versehen wiederum mit dem Reichsbund-Abzeichen – und niemand anderes als Susanne! Eine geradezu zauberhafte Besetzung! Ich muß sagen, daß mir beim Anblick Susannes, die ganz eigenartigerweise am hellen Nachmittag eine Art Abend- oder Theaterkleidchen trug, in einer Weise sanft ums Herz wurde, daß in mir eine so gütig-allesverzeihende Gesinnung hochkroch, daß – daß – ja daß ich Herrn Leobolds ersten Satz, der mich noch unter der Eingangstür empfing, beinah zum Anlaß genommen hätte, allen dreien um den Hals zu fallen:

»Die Else«, würgte Alfred Leobold, der mir an diesem Tag noch durchscheinender, schimmernder, ja wie von einem Nimbus umstrahlt schien, »die Else hat ein Kind, genau, das ist überhaupt nicht aufgefallen. Ah, der Moppel!« weinte Alfred Leobold stramm und reckte mir sein klapperdürres Händchen entgegen, »setz dich her auf meinen Stuhl, ich steh ein bißl, ich steh gern, ich weiß gar nicht, was das ist.« Ein Schatten von schwer deutbarem Spott glitt über sein Gesicht.

Ich begrüßte alle drei unverhohlen emphatisch, der anmutigsten aller Susannen drückte ich sogar ein klägliches Küßchen neben den Braunhaaransatz, worüber ich mich zwar sofort ein bißchen schämte, aber was war das schon gegen Alfred Leobolds nächsten Satz:

»Genau«, fuhr der Kaufmann, kaum hatte ich mich hinter die Ladenkasse verschanzt, stehend fort, »die Else, die tut sich in dem Sinn leicht, die hat einmal einen schweren Unfall gehabt. Sie, Herr Malitz, Sie kennen doch den alten Mann da, den Nübler Hans, nein, den Metz Gustav, der was da immer die Schulspeisung bei den Weißen Vätern...«

Danke, Herr Leobold, das genügte. Una Lagrima trollte sich wie Lindenblütentee sul viso. In diesem feuchten Augenblick waren des Teppichhändlers Afrika-Eskapaden endgültig verziehen. Ich fühlte, wie das Glück elektrisierend durch mich kroch, als nun auch noch der alte Malitz die Skandale des Bundeswohnungsbauministeriums dazwischensang und dabei beharrlich mit seinem rechten Bergschuh auf- und niederklapperte. Schauer von nicht niederzukriegender Schönheit durchstöberten den umgrenzenden Teppichmisthaufen. Und Susanne, die Perle des Abendlands, hockte in ihrem braunen Ballkleidchen zwischen uns drei alten Faltern, hörte unserem unsittlichen Gerede stillvergnügt zu und ließ die schönen Augen kullern, man hätte vor ihr niederknien und ein Hochamt feiern mögen. Was sie im Rahmen dieser nachmittäglich verschlafenen Feierstunde wollte und sollte, bleibt ungeklärt bis auf den heutigen Tag. Der Herr hat's gegeben, der Herr hat's genommen, mit ihrem Schwager in spe Schießlmüller zu reden, der Name des Herrn sei gepriesen, manchmal hatte er schon gute Witze auf Lager.

»Die Generäle Keitel und Jodl . . .«, jodelte Malitz vom Kammerton a chromatisch nach es. Der Top-Greis konnte den großen Krieg nicht vergessen.

Plötzlich kramte Alfred Leobold im Schubfach seines Ladentisches herum, zog aus einem Wust von Papieren etwas Grünes hervor und überreichte es mir:

»Da, Moppel, da hast einen Kundenausweis, den kriegst, den kannst haben, wenn mich um sechs Uhr jetzt dann heimfährst, einwandfrei. Mensch, Herr Malitz, ich bin vielleicht fertig heut!« sagte Herr Leobold und lächelte so sanft mit einer Prise märtyrertypischen Koboldigkeit, daß, wäre es nach mir gegangen, ich ihn sofort hätte kanonisieren lassen.

»Geht in Ordnung«, sagte ich, nach Möglichkeit ebenso sanft. Was waren meine läppischen Leiden gegen die Heimsuchungen dieses Teppichkünstlers, der jeden Augenblick umkippen konnte?

Ich fuhr sie alle heim. Zuerst den alten Malitz, der im Wagen mächtig asthmatisch durch die Atemröhre saugte und – ganz unerwartet – einem ihm wohl bekannten Polizisten am Wegesrand die lange Nase zeigte; dann Susanne, über deren nutzlose Ballrobe ich deshalb so schmerzlich-gelöst kichern durfte, weil sie, und dafür bin ich ihr ewig dankbar, nicht mit in den Alpen bei den Grauenreichen weilte; und zuletzt den Besitzer des beigen SEBG L 295, Alfred Leobold, der, wohl den allgemeinen Schmerz zu vertreiben, mit geballten Fäustchen neben mir hing, mir aber dann beinahe doch noch kurz vor seiner Wohnung verlorengegangen wäre, denn plötzlich ließ er mich anhalten, lüftete das Seitenfenster und jammerte »Otto! Otto!« hinaus, worauf ein äußerst geschwind vorbeieilender kugelrunder alter Mann sofort stehenblieb. Diesen Otto wollte nun Alfred Leobold – »und der Moppel geht auch mit« – noch schnell »auf ein Weizenbier, genau« in die Glückauf-Wirtschaft verschleppen, doch Otto beharrte darauf, er müsse zu einer Familienfeier:

»Bist ein prima Mensch, Alfredl, prima, aber es geht nicht, ehrlich nicht, Alfredl, mußt verstehen, Alfredl, ein anderes Mal gern, Alfredl, gell, Alfredl, verstehst mich schon, Alfredl!« Trotz einiger weiterer verzweifelter Anstrengungen Herrn Leobolds blieb Otto hart, und so fuhren wir endlich weiter.

»Ein prima Kerl«, erläuterte mir Alfred Leobold, »der Käsewitter Otto, der hat damals in Pursruck mit den Gipfelstürmern 63 Maß getrunken, 63 Maß, o mei!«

Und dich, fiel mir sofort ein, hat er damals vor Gericht so wundersam entlastet, Alfredl, prima, gell? Ich lieferte Alfred Leobold samt L 295 vor einem Mietsblock ab, der mich irgendwie sofort an Albanien erinnerte, und trabte nach Hause. Das Aida-Finale auf dem Plattenspieler, studierte ich erregt mein grünes Kärtchen:

»Kundenausweis ANO Teppichboden Großvertrieb
A. Nock Großhandel GmbH. Dieser Ausweis berechtigt
bei ANO, A. Nock Großhandel GmbH einzukaufen.
Nur gültig für ANO Teppichböden«

Das Komma war zwar falsch gesetzt bzw. so blind irgendwohin, als habe der Verfasser – Nock selber? – geahnt, daß er diese Disziplin einfach nicht mehr packe, aber die zweifache Betonung der beschränkten Haftung machte, daß ich mich wirklich verjüngt fühlte. Ich beschloß, mich ab morgen der Erziehung Susannes zu widmen. Sollte diese Maßnahme Erfolg zeitigen, könnte man ja immer noch der Erotik nähertreten. Eines Tages würden wir ein hübsches, glückliches und von dem uns umgebenden und umbrausenden Saustall gereinigtes und unabhängiges Pärchen abgeben. Dann würde ich Sabines Neid und Reue beobachten.

Offenbar, meine Forschungen drangen da nie ganz durch, wurde Susanne damals von Arthur Mogger nur sporadisch belästigt, denn tatsächlich, am anderen Tag erklärte sie sich auf meinen fast tonlos vorgetragenen telefonischen Angriff hin sofort bereit zu einem abendlichen Spaziergang. Mein neues erzieherisches Fieber leidlich dämpfend, holte ich sie nach Dienstschluß von ihrer Apotheke ab, und wir fuhren zu einem Wallfahrtsberg, ein paar Kilometer außerhalb Seelburgs. Wie schön sie war im grauen, etwas altmodischen Tuchkostüm! Wir liefen ein Stück durch den Wald, Susanne immer den Blick gerade und erwartungsvoll nach vorne. Erstaunlich! Bei mir lief es also umgekehrt wie in jenem italienischen Roman. Zuerst die weniger Schöne, dann die vollkommene gnadenlose Bellezza! Ich will es kurz machen. In der Wallfahrergaststätte begann ich, zuerst mühsam gebremst, dann haltlos, ja stillos auf das Wunderwesen einzuquallen. Sie sei ein außerordentlich schönes, begabtes und in jedem Fall zu Überdurchschnittlichem geborenes »Menschenkind« (tatsächlich, ich sagte »Menschenkind«!) – und kurz und gut, sie solle doch von diesen unseligen Rowdies und Nichtsnutzen ablassen und zuerst einmal ruhig ihr Pharmaziestudium vollenden und dann –

Susanne lächelte lebhaft verhangen. »Ach so, du meinst die Geschichte mit dem Adolf da, das war doch nichts, das war doch bloß ein Blödsinn, einmal ...«

Adolf!? Ich mußte mir schnell einen Schluck Bier nachschütten. Adolf Wellner hatte doch damals seine »Franz Gans« und war als Schreiner Susannes sowieso nie und nimmer würdig! Das war ja völlig neu! Susanne durchkreuzte sofort meine Gedankenwirbel:

»Und daß der Amigo, der blöde Lattern-Teufel, mir dauernd auflauert«, nuschelte sie hinreißend, »dafür kann ich doch nichts. Und der Arthur hat auch gesagt, wenn er ihn, den Amigo-Teufel, noch einmal erwischt, dann haut er ihn zusammen, sowieso, hat der Arthur gesagt, gell!«

Das war etwas viel auf einmal. Man wird verstehen, daß ich mich bei dieser sicherlich sogar noch fragmentarischen Skizze des sich hier abzeichnenden erotischen Gewusels rasch und unverzüglich in die Offensive begeben mußte. Ich trank also zügig, ja schmetternd noch ein paar Biere in mich hinein, begann, wohlgeduldet, an Susannes ewigschönen braunen Haaren zu spielen, sagte wohl auch noch allerlei Törichtes und Humanitäres und versteifte mich dann darauf, Susanne brühwarm-dämlich anzuhimmeln. Susanne schmunzelte blicklos zurück. Da war auch mein erster Kursus schon zu Ende, wir bezahlten, flogen ins Freie und taumelten in einen abendumflorten Waldweg hinein. Das hohe Zicklein in dieser vibrierend katholischen Wahnsinnslandschaft! Gierig den Arm um die Hüfte der Frau geschwungen, alberte ich noch einiges, vor dem mich sofort selber ekelte. Diese duftige Mondmilchigkeit! Ohne Mätzchen und unbarmherzig legte ich die Göttliche ins trockene Moos, sie schloß die schönen

Augen, das hatten wir schon einmal – rien ne va plus. Ein brauner Schwärmer surrte über uns hin. Links und rechts sonderbare Wurzeln und Moose. Verzweifelt streichelte ich den still, fast steif daliegenden Menschen. Une Automate! Une Automate! Mi sento morir.

So scheiterte die erste meiner Lektionen. Ich hatte mich nicht nur in meiner Förderer- und Beschützerfunktion als vollkommen untauglich erwiesen, ich hatte nicht einmal das zuwege gebracht, was diese Adolfs, Arthurs und Amigos – das hatte ich nun endlich kapiert – wahrscheinlich glänzend zwischen zwei Sechsämtern besorgten. Noch am gleichen Abend, im »Seelburger Hof«, ereilte mich ein weiterer Tiefschlag. Der frech gewordene Gymnasiast Hans Binklmayr ließ, laut genug, durchblicken, er habe von einer gewissen Maggy gehört, diese habe von Herrn Schießlmüller gehört, Sabine habe zu ihm in den Alpen gesagt, der Moppel habe ihr nicht einmal einen Orgasmus beibringen können. Indessen er, Schießlmüller, ganz famos gewesen sein soll.

Wütendes Gebell der Tischteilnehmer Lattern, Wellner, Leber und Luther begrüßte jauchzend diese Information. Womit sichergestellt war, daß die Chronique Scandaleuse der Stadt Seelburg einen neuen Prachteintrag buchen konnte. Ich, der gewaltige Moppel, das Opfer von Médisance und Bierhumor – es war soweit.

Merkwürdigerweise besaß ich noch Geistesschärfe genug, diesem Alpenbericht nicht allzu viel Gewicht beizumessen, was meine sozialerotische Stellung anging, allzu gering die Glaubwürdigkeit Schießlmüllers, allzu bekannt die Tatsache, daß das Gelingen der Liebe seit Adam und Eva von zwei Teilnehmern abhängig ist, Frl. Sabine! Der Schmerz aber über die alle Schranken niederreißende Perfidie der mir noch vor einigen Tagen angehörenden, jetzt erst geliebten Person stach; stach so heftig, daß er, o allgütige Natur, sogar kurzzeitig gelassen machte. Meine moralische Position war erhärtet. Mutig und geduldig würde ich mich – jetzt erst recht – der Schulung und Wandlung Susannes zuwenden können, ja ich gebe zu, daß ich seinerzeit sogar tagelang das Wort »Humanisierung« in meinem Kopf spazierentrug. – Ich sollte endlich die berückende Witwe Strunz-Zitzelsberger anrufen, aber der Erzählerfuror, der Erzählerfuror...

Wenn ich den Gedanken an Christine Strunz-Zitzelsberger

wieder zurückweise und scharf nachdenke, war es genau noch neunmal, daß ich damals in den nächsten Tagen auf Susanne einzuwirken versuchte, jeweils am frühen Abend, abwechselnd innerhalb der Mauern Seelburgs oder in freier Natur – einmal kam ich sogar auf die Schnapsidee, durch nachmittägliches Schwimmen mich körperlich auf meinen Vortrag zu präparieren. Ich habe heute noch keine Ahnung, ob Susanne meine Seminare nur widerlich waren, oder ob sie vielleicht doch dies oder jenes Lehrreiche aufschnappte, zum Beispiel einmal einen nahezu sinnvollen Sermon über die Frauenbewegung, die gegenwärtig unser Land überflutet und von der verdammten Alice Schwarzer getragen wird, einer ganz ungezogenen Person, die mir einmal in einer Wirtschaft in Frankfurt schwer schadete, indem sie uneingeladen an unseren Tisch kam und toujours und à tout prix auf eine Dame einquallte, die an sich ich gern bequatscht hätte. Immerhin, dieses Schwarzersche Gedankengut nebst dem von Germaine Greer vorgeschlagenen Koitus-Streik der Frauen, den repressiven männlichen Herrschaftsverhältnissen zu trotzen, trug ich nun sehr halben Herzens Susanne vor, meine eigene Beischlafunwilligkeit oder besser -unsicherheit auf ein brauchbares philosophisches Postament zu stellen und gleichzeitig meinen platonisch-altruistischen Charakter zu zementieren. Vielleicht beeindruckte die junge Dame dieses alles auch durchaus – aber den naheliegenden und entscheidenden Denkschritt von der Theorie zu ihrer eigenen Seelburger Wirklichkeit: Mogger, Wellner, Lattern und überhaupt dem ganzen Zigeunerpack zu entsagen und so ihre eigene Neugeburt in die rechten Wege zu leiten, den weigerte sie sich beharrlich nachzuvollziehen – was ich dann jeweils den dritten Abend im »Seelburger Hof« unter großen Freudebekundungen der Freunde zu hören bekam. Noch unklarer ist mir nur, warum dann Susanne überhaupt mit mir spazieren oder in den finsteren Wald rannte. Differenzierte sie wahrhaftig nach den Liebhabern dort, nach dem Alleinunterhalter hier? Und am allerunklarsten war mir ein jedesmal aufs neue, was denn eigentlich ich selber andauernd im Wald wollte?

Die Begrenztheit des Registers der Zärtlichkeiten ist beklemmend, schreibt Montherlant. Vor allem, wenn die wichtigste fehlte. So rauschte es denn wochenlang viertrangige Küsse ohne

Sinn, Küsse, die Susanne unter nachsichtigem Lächeln oder besser: Schmunzeln quittierte und dabei blinderstaunt mit ihren Mirella-Freni-Kulleraugen rollte. Das Fazit war ein jedesmal schlechtes Gewissen, genauer: das trübe Gefühl einer absoluten Vergeblichkeit humanistischer Grundposition. Und ängstlich stellte ich bei diesen wahrhaft linkischen Schleckereien fest, daß ich Sabine von Tag zu Tag grimmiger liebte, o Gott!

Susanne war alles gleich. »In welche Gaststätte wollen wir gehen?«

»Du, das ist mir gleich.«

»Wollen wir noch ein wenig in den Wald?«

»Wie du meinst.«

»Hast du morgen Zeit?«

»Wenn du willst.«

Nur die Frage, was sie trinken wolle, beschied ihre rundliche Nachtstimme jeweils klar und präzis mit »Weizenbier«. Ich kannte diesen Typus früher nur aus Büchern – vielleicht könnte ich Susanne Alice Schwarzer später einmal gegen gutes Geld als Beweismaterial verkaufen.

Ein Abend dieser Gattung ist mir in besonders furchterregender Erinnerung. Susanne eine Freude zu machen, die ihr vielleicht nur verschüchtertes Herz auftauen würde, chauffierte ich sie auf ein dörfliches Volksfest im Freien, eins jener Volksvergnügen mit Bierbänken, Schießständen, Karussells und Bratwürsten, die in unserem Land und ganz besonders im Seelburger Raum immer hemmungsloser zur Religion werden und sogar das Fernsehen in seine Schranken verwiesen haben. Die Stimmung war gut, Susanne lebhafter und aufgekratzter als sonst, im Herzen beschloß ich, Kursus hin und Germaine Greer her, sie heute zu beschlafen, sicher würde mir die ländliche Nachtluft meine idiotischen Barrieren wegblasen. Wir küßten uns einleitend ein paarmal graziös und, wie mir schien, nicht einmal ohne Wärme ab, alles schien ganz richtig zu steuern, da fügte es das Unglück, daß Susanne plötzlich mit einer Schiffschaukel fahren wollte, und ich mußte mit.

Diese zehn Minuten sind meinem Hirn eingebrannt für alle Zeit. Bei dem mörderischen Instrument einer Schiffschaukel kommt es ja bekanntlich darauf an, daß beide Partner etwa gleich kräftig sind und gleich geschickt operieren. Das gerade war nun aber ganz und gar nicht der Fall, sondern bereits nach zwei Minuten zitterte ich so jämmerlich an Armen und Beinen, daß ich mir buchstäblich auf die Zähne beißen mußte, um nicht in hohem Bogen raus und über alle Lande zu fliegen. Und selbst der niedliche Zufall, daß wir beim Schaukeln abwechselnd fast übereinander lagen (wohl der geheime Sinn dieser Volksbelustigung!), erschien mir gerade wegen seiner Begattungsähnlichkeit grauenhaft zotig, abgeschmackt, lächerlich, impertinent – und während die erstaunlich kräftige jugendliche Susanne strahlte und die Haare dieser Königin der Nacht durch die Luft wirbelten wie auf einer Schampoon-Reklame, wußte ich mich vor Schmerz kaum zu fassen und verfluchte den dummen Fieranten, der sein Gerät nicht, wie üblich, nach fünf Minuten wieder zum Stehen brachte, sondern erst nach zehn – ich hatte Mühe, nach dem Ausstieg nicht ohnmächtig umzufallen. Der feste Vorsatz, nun doch wahrhaftig in Zukunft systematischer Sport zu treiben, um mich dieser akrobatischen Jugend gewachsen zu zeigen, ist mir noch ebenso gegenwärtig wie meine grauenvolle Verlegenheit anschließend auf der Bierbank. Ich zitterte so an den Händen, daß ich kaum meinen Krug zu heben vermochte, weshalb ich schnell zu belanglosen Erzählungen über gewisse eigene Studentenstreiche meine Zuflucht suchte, und ich bin Susanne heute noch dankbar, daß sie herzlich darüber lachte. Der hinreißende Kinder- und Muttertonfall zugleich, der aus ihrer Gurgel hochkletterte, gemahnte an Mozarts Klarinettenkonzert, ja, tatsächlich! Neue Hoffnung blähte mich auf. Aber ich zitterte noch immer so heftig und schwitzte erschütternd aus allen Poren, daß an Beischlaf nicht länger zu denken war. So schmuste ich mich halb zu Tode.

Hans Duschke seinerseits quälte mich jetzt übrigens zwischen den Lektionen mit rüden Redensarten über beide Morlock-Mädels, gegen die er einen plötzlich verschärften Haß an den Tag legte und die er mehrfach als »wilde Familie« charakterisierte. »Wilde Familie!« krähte der erbitterte Greis immer wieder, als ob er alle Welt warnen wollte. Um so erstaunlicher, daß er fast im gleichen Atemzug in die Tiefen des »Seelburger Hofs« hineindonnerte: »Nicht fragen. Flachlegen!«

Sprach er pro domo? Keimte in dem würdelosen Alten letzte Hoffnung auf, daß er bei der vorgeblichen Wildheit der Familie vielleicht doch auch ein letztes Mal auf seine Rechnung kam? Posaunte er sie deshalb aus, um sie gleichsam zu sanktionieren? Und dann zuzuschlagen? Eine eigentümliche Taktik.

13

In diesen Tagen schloß ich eine Versicherung ab, die mir angeblich das Recht gab, für 69,80 DM im Jahr alles bis zum Wert von 300 000 DM kurz und klein zu schlagen. Ich durfte es nur nicht mit Absicht tun. Schade. Trotzdem fühlte ich mich vorübergehend abgeschirmter, gerüsteter, resistenter. Und meine Mutter, der ich die Police zeigte, freute sich riesig, wie das eben Mütter Art ist. Ich glaube sogar, erst jetzt schrieb sie mir jene endgültige Reife zu, die mir das Absolvia-Zeugnis schon vor 16 Jahren – und das ist nun wahrlich nicht mehr zum Lachen – bestätigt hatte. Die Frage blieb freilich und beschäftigte mich eine Zeitlang, wie und wo ich 300 000 DM der Vernichtung überantworten könnte, ohne daß ich es nachweislich wollte. Denn unfreiwillig macht es ja nun wirklich keinen Spaß.

Manchmal glaube ich, unser ganzes Wirtschafts- ja Staatssystem ist auf solche philosophische Grenzprobleme mit eingelagerten Bauerntricks gegründet.

Meine Seminare für Susanne setzten sich mit der Ziellosigkeit fort, mit der die Sehnsucht nach Sabine ins Kraut schoß. In sommerlichen Biergärten, auf Kaffeehausterrassen, an stillen Plätzchen im Walde. Von allen guten Geistern verlassen, rumorte und lärmte ich Gimpel immer dummdreister und erbärmlicher auf das blühende Kind ein. Sie solle doch um Gotteswillen ein neues Leben beginnen, abends gute Bücher lesen, die schlechten Freunde und Freundescliquen meiden, sie solle beruflich in eine andere Stadt wechseln (ich würde sofort nachkommen), ja sogar – unverzeihlich, was ich da quakte – sich einen »guten, wirklich guten Freund suchen«! Der unbegabteste aller Lehrer traute sich nur eins nicht aussprechen: Sie, Susanne, solle doch um Gotteswillen seine eigene Gefährtin werden! Obwohl er halb an dem

Wunsch verdorrte und erstickte. Susanne sollte für die wie eine Heimsuchung geliebte Sabine einspringen, aber gerade diese mörderische Banalität des Motivs mußte sie ja mit einem Hohngelächter durchschauen! Oder war in dieser »wilden Familie« schon alles egal?

Susanne hörte all dieser Schaumschlägerei mit halboffenem Munde zu, was ihr wunderbar stand, blinzelte gelegentlich träumend mit den Augen auf und nieder, in manchem stimmte sie mir sogar zu, zum Beispiel in der Frage des Wohnungswechsels. Den hatte ich eigentlich am wenigsten gemeint, liebe Susanne! Verzweifelt über meine unseligen Anstrengungen trank ich dann jeweils Bier und Wein in mich hinein, bis ich halbbetrunken anfing, widerwärtig an ihr herumzutätscheln und zu -knabbern. Die Frau machte immer sofort – vorsichtig, gleichsam zögernd – mit oder ließ es sich einfach gefallen – und meine ganze schöne Suada war für die Katz gewesen! Ich traktierte sie mit Lebensweisheit – sie bedankte sich mit dem Ertragen von blindem Geschmuse, und die samtenen Schatten ihrer Backenknochen lächelten dazu ins Blaue. Gerade dies Willenlose, Indifferente, unselig Zerstreute manövrierte mich ins dichteste Elend. Gerade dies hatte ich ihr eben doch noch wortreich ausgeredet – und nun kam ich daher, und sofort strafte sie meine Überzeugungskraft Lügen und ließ sich vollständig sinnlos abschlecken!

Die Intensität des Triebs zeigt sich an der Unruhe auch dann, vielleicht vor allem dann, wenn der Reizzustand an der Triebquelle überhaupt nicht aufgehoben werden will. Der Effekt ist nicht unbedingt hübsch: Reglosigkeit nach allen Seiten.

So versteifte sich mein Unvermögen, nicht nur mit Susanne zu schlafen, sondern mich überhaupt irgendwie und mit Anstand aus dem waltenden Seelenschlamassel herauszuwinden. Auf dem Glanzpunkt meines Elends, angefeuert zudem durch die tröstliche Freundschaft der Herren Leobold und Duschke, rauschte ich in eine unleugbare erste Alkoholikerphase meines Lebens.

Das war sehr neu und schön – ich wundere mich noch heute darüber. Nicht daß ich aus Verzweiflung getrunken hätte, mein susannisch-sabinisches Doppelunglück zu vergessen, Trost im Nirwana zu finden – im Gegenteil! Ich trank, um meine Misere zu steigern, weiter zum Erblühen zu bringen, sie in ihrer vollen Unseligkeit auszukosten. Und vielleicht ist auch dies richtig: Ich hatte Angst vor irgend etwas in der Luft liegendem Grausigen und ich wollte die Angst in einem Arbeitsgang vernichten und potenzieren zu intellektueller Erfahrung. Trat der Rausch ein, wurde ich mir jeweils der Ausweglosigkeit der Lage mit einer Süße bewußt, der ich nicht mehr bereit war abzuschwören, sie schien mir das Wahre, das es kühn anzusteuern galt: die Selbstvernichtung als Naturzweck. Kein sehr origineller Gedanke, möglich, aber ein origineller Zustand. Dumpfen, umwölkten Sinns meinen schwesterlichen Unstern bis zum Niedergang zu zelebrieren, das war es! Ich trank praktisch Tag und Nacht. Die Herren Leobold und Duschke sahen's gern und hielten mit.

Die Brillanz des Lebens hatte einen vorläufigen Höhepunkt erreicht. Es gelangen mir in diesem Zusammenhang einige Techniken, über die ich heute staune. Eine Woche lang verlängerte ich meinen Nachtschlaf mehrmals dadurch, daß ich jeweils beim lästigen Erwachen eine Flasche Wein austrank, dadurch zwei Stunden weiterschlummerte, dann wieder eine Flasche trank, erneut einschlief usw. – bis in den Nachmittag hinein, da lief ich dann schnurstracks in den ANO-Laden, pflanzte mich in der Imbiß-Nebenstelle auf, versorgte mich aus Herrn Leobolds Kühlschrank oder legte mich auch gelegentlich auf einen versteckten, dem gewöhnlichen Kundenauge entzogenen Teppichhaufen.

Ein andermal, in der Nacht, fuhr ich mit dem Auto und zehn Bierflaschen auf eine Anhöhe in der Umgebung Seelburgs, starrte von 23 Uhr bis 5 Uhr früh in das Lichtergefunkel unter mir, diese wundersame kalvarienmäßige Höhle des Entsetzens. Die laue Nacht wälzte sich rund um sie her, dunkel flüsterten die Blätterkronen der Bäume, langhin fielen ihre Schatten übers regungslose Gras. Der Mond, voll und rötlich, hing tief über der Stadt, sehr langsam wandernd, gleich, als ob er neugierig deren Sündhaftigkeiten inspizieren wolle. Ich trank, was ich in mich hineinpacken konnte. Wiederum fror ich vor Herzeleid und Vergnügen. Gegen 4 Uhr früh glaubte ich, träumte ich wohl, zu sterben. Es war aber nichts. Erst gegen 6 Uhr taumelten die kitschige Schwermut und die Betrunkenheit gemeinsam in den Schlaf hinüber.

Der Schlund meines Lebens war sperrangelweit geöffnet, in ihm starrte hohnvoll der zentralabendländische Gesellschaftsschmutz der Stadt Seelburg. Etwas Verdicktes und zugleich Kribbelndes lag in der Luft und fiel über mich her. Nicht ohne Neugier nahm ich auch wahr, wie rapide jetzt gewisse mir bis dato unverbrüchliche charakterliche Sicherungen dahinschwanden, intellektuelle und moralische Empfindlichkeiten verrotteten – zugunsten eines Neuen und durchaus auch wohlig Erregenden, Verdämmernden – ja, mir kam sogar die sehr dumme Idee, daß darin eine Art Wiedergeburt begründet und beschlossen sein könnte. Weiß man's denn so genau? Manchmal war ich so weit zu glauben, daß es für mich nichts mehr zu erlernen und schon gar nichts mehr zu erfühlen gäbe. »Dies lastende Leben, du-uh, du, nimm es von mir, dies lastende Leben, dies lastende Leben!« Was wollte man mehr? Wunderbar zwitscherte mir Annelies Kupper die Ariadne-Arie vor, Annelies Kupper, die jetzt auch schon 70 ist und ihr Pfündlein zu tragen haben wird ...

Zwischendurch glückte es mir ein paarmal, mein Leid auch ohne die Schwungkraft des Alkohols auszutragen. Das war dann noch schöner. Ich erinnere mich einer vollkommen sinn- und zweckfreien Autofahrt von Seelburg bis München und zurück, die ich, mit Ausnahme der letzten 28 Kilometer, volle 300 Kilometer lang zu durchweinen und zu durchflennen vermochte. Ich heulte, zerwurstelt von Sehnsucht nach irgendwas, buchstäblich Rotz und Wasser, hemmungslos, endlos, erstaunlich, welche Flüssigkeitsmengen in uns alten Männern noch drinstecken! Und noch erstaunlicher, meine Fahrkunst litt in keiner Weise unter diesem unversieglichen Dauersturzbach aus meinen Augen – nicht der ADAC, keine Kriminalpolizei, kein Wasserwirtschaftsamt oder was auch immer hätte irgendwelche Bedenken gegen meinen Fahrstil vorbringen können, im Gegenteil, ich fuhr sicherer denn je. Ich bin nicht wenig geneigt, den Tip der Straßenverkehrswacht unterzubuttern, die kann ihn dann als neuen Paragraphen der Verkehrsordnung anhängen. Die Bild-Zeitung aber würde den Dreck als Tip an ihre Milliarden Leser weitergeben: »Machen Sie daheim Krach! Dann kracht's auf der Autobahn nicht mehr!« Und ich würde vielleicht eine Professur für Verzweiflung und Verkehrsreform übernehmen dürfen ...

Wenn ich heute diese bleichen Sommertage schon sterbensmäßiger Niedergekommenheit Revue passieren lasse, dann dienten nicht zu meinem Besten auch Sätze wie der, gebastelt von der Deutschen Presseagentur: »... scheiterten die Münchener am französischen Torhüter Curkovic, dessen Leistungen seinen in der zweiten Halbzeit vielbeschäftigten Gegenüber Sepp Maier jedoch noch übertraf.«

Zitiert nach dem Seelburger Anzeiger. Ich meine, an diesem Satz ist natürlich nicht nur alles falsch, sondern so vieles, daß man es auf zweieinhalb Zeilen gar nicht für möglich hält. Einmal abgesehen von inhaltlichen Kriterien (ich habe das Spiel ganz anders in Erinnerung), muß es natürlich zuerst einmal »sein Gegenüber« heißen. Zweitens kann eine Leistung trotzdem noch immer nicht ein Gegenüber übertreffen. Drittens ist das doppelte »über« eine sprachliche Taktlosigkeit, die meine Angst und meine Sehnsucht nach wenigstens einer der beiden Schwestern neu entfachte. Viertens ist das »jedoch« zumindest überflüssig, es sei denn, gemeint wäre fünftens, und das halte ich für sehr wahrscheinlich: »dessen Leistung jedoch von seinem Gegenüber Maier noch übertroffen wurde.« Doch lassen wir das, ich meine nur, dergleichen Alltäglichkeiten im Verein mit der Vision, ein vielleicht vom Biere angefeuerter Franz Josef Strauß proklamierte plötzlich den atomaren Gegenschlag ... so wird man vielleicht verstehen, warum es mich in diesen Tagen der Pein so hemmungslos zu den Morlock-Schwestern und überhaupt herumtrieb.

»Nicht fragen. Flachlegen!« hatte Hans Duschke kommandiert. Der freche Greis hatte gut reden. Die Zeiten haben sich eben gewandelt. So einfach geht das einfach nicht mehr wie in deiner Glanzzeit, Hans, als das jubelnde Savoir vivre, Hamlets Sein oder Nichtsein und das Flachlegen Maria Cebotaris noch ein Kinderspiel waren. Unsere skeptische, ja ich möchte sagen zarte Generation, sie verfügt nicht mehr über eure Verve, Chuzpe und jenen über Leichen schreitenden unabdingbaren Sexualwillen, der da das Leben nur als eine bunte Christbaumkugel zu sehen geneigt ist. Die Zeiten haben sich gewandelt, lieber Hans, die Kardinalgemeinheit des bundesdeutschen Nachkriegslebens macht einfach nicht mehr so ohne weiteres geneigt zum Vollzug der Liebe! Oder was sagt ein alter Haudegen wie du zu dem Satz »Der Zuspruch des Museums erfreut sich von Jahr zu Jahr eines immer größeren Zuspruchs« – gesprochen von einem Verantwortlichen in einer der letzten Kulturmagazin-Sendungen im Fernsehen? Kann man nach solch einem niederträchtigen Satz ohne weiteres zu den Weibern rennen?

Ganz im Stich gelassen im Unglück ist auf dieser Welt dennoch keiner. Eine dritte Leidenschaft neben Trinken und Weinen ergriff in diesen Tagen wohltätig mein gemartertes Gemüt: der regelmäßige Besuch unserer Friedhöfe. Ein wahres Labsal. Heiterkeit, wohin das Auge reichte! »Hier ruht ein guter Mann, ein gerechter Mann, ein Idealist. Gotthold Prem. Polizist.« Oder: »Ihr habt mich gehabt, jetzt habe ich euch.« »Hier schläft unser Sonnenscheinchen Hansi (Anderl).« »Ruhestätte Familie Unverzagt.« Schließlich mein Lieblingsgrabkreuz: »Hier ruht unser liebes Kind Hufnagel.« Bezaubernd! Ein Gymnasialprofessor aber hatte auf seinen Grabstein schreiben lassen:

»Ausgezogen bin ich,
Daß das Glück ich erhasche,
Dann hab ich es erhascht,
Jetzt bin ich eine Asche.«

Das war noch Leben! Der prallvolle Stumpfsinn! Ich wandelte oft stundenlang zwischen den Gräbern hin und her, keine der gesammelten und gemeißelten Verschnarchtheiten sollte mir auskommen!

Einmal nahm ich sogar Alfred Leobold mit auf den Gottesacker. Ein ätzend mildschöner Samstag. Der Geschäftsführer hatte sich zwar nur widerwillig aus der damals schon bevorzugten italienischen Gastwirtschaft Wacker-Mathild abführen lassen, hatte aber schließlich gehorcht und humpelte jetzt bravourös hinter mir durch die Grabreihen her. Eindrucksvoll, was er alles über die Toten wußte:

»Da, Moppel, die alte Inzelsberger-Matz!« lächelte er vor einem glänzend polierten Grabbrocken, der tatsächlich die Inschrift »Barbara Inzelsberger. Metzgersgattin. Et resurrexit tertia die« trug, »das war vielleicht eine Matz, o mei! Ich bin immer gut mit ihr ausgekommen. Wir sind damals beim Reitclub nach Ungarn geritten, o mei, das kannst dir nicht vorstellen, Moppel.

Die hat gebrüllt! Der Mann war froh, wie's dann weg war. Krebs«, berichtete Alfred Leobold gewissenhaft, »und da, der Winkler Theo, den hast ja auch noch gekannt, der Duschke hat ihn einmal in der Samariter-Wirtschaft beleidigt. Theo, hat der Duschke gesagt, gell, paß auf deine Frau besser auf. Und Arschgesicht, Arschgesicht hat er ihn geheißen. Wollt er schon auf den Duschke los, wenn ich nicht sag: Theo, der Duschke meint's nicht so. Vierzehn Tag' später war er tot.«

Wieviel Tote Alfred Leobold im Herzen bewahrte! Ich machte ihn auf das Professorengrab mit der meisterlichen Inschrift aufmerksam. »Genau«, sagte der Teppichhändler, »der war zuerst am Humanistischen Gymnasium, dann ist er in die Realschule versetzt worden, weil er immer den Schülern die Schulmilch weggesoffen hat und andere Sachen. Mein Schwippschwager hat ihn noch gekannt, der Ebert Willi. Ich könnt' dir aber jetzt gar nicht mehr genau sagen, an was der gestorben ist, ist der nicht in der Iller ertrunken? Halt, nein, das war der Weichsler Hermann, der damals immer mit dem Lösch Gandhi in der Escamillo-Bar den Sekt . . .«

Wie schön! Fahl duftend kräuselte sich der Altweibersommer über das Hecken-, Marmor- und Weihwasserunwesen. »Und da«, rief Alfred Leobold und zwinkerte vergnügt auf einen rötlichen Quader, »da tun's mich einmal rein.« Tatsächlich, »Familie Leobold« stand da ohne jeden weiteren Firlefanz und – wunderbar! – nur dreieinhalb Meter von der Grabstätte meiner Familie entfernt!

»Aber jetzt noch nicht!« faßte Alfred Leobold pfiffig nach und besah kurz und gleichsam kritisch die Anpflanzung seines fast pompösen Familiengrabs, ob auch alles in Ordnung gehe. »Prima«, befand er und verzog sein Gesichtchen sofort ins Schmerzliche hinüber: »Mensch, ich hätt' jetzt einen Durst, Moppel, ich kann dir's gar nicht sagen. Ich weiß gar nicht, was das ist . . .«

Ach, das Leben, bevor es verschwindet, hatte doch trotz allem seinen Schliff!

## 14

Am Maria-Himmelfahrts-Tag, seit Tagen wieder von den traurigen Alkoholfreuden befreit, versetzte ich mir hinsichtlich Susannes einen neuen Impuls – und sollte erneut kläglich scheitern. Schuld hatte ich zweifellos selber, nichts Klügeres als die alte Leier, eine nachmittägliche Wanderung, war mir in den Kopf gesickert, und ich hatte Susanne telefonisch dazu eingeladen, und sie hatte die äußerst glückliche Hand gehabt, dazu ihren erwähnten 16jährigen Bruder mitzubringen, jenes linkische baumlange Bürschchen, das mir einleitend sinngemäß erklärte, es habe schon so viele »Klasse-Sachen« aus unserem Kreis gehört, daß es sich, wenn ich es recht verstanden habe, ab sofort wohl auch eingliedern möchte.

Das hatte noch gefehlt, wäre aber nicht das Schlimmste gewesen, wenn nicht, zufällig oder getrieben vom Wind der sexuellen Allgemeingier, jene gesellschaftliche Neuerwerbung Werner Wiegler, ein Gelegenheitsarbeiter wohl aus der immer mächtiger werdenden Gruppe um den Kaufmann Mogger, zum Start der Wanderung aufgetaucht wäre – und sofort das Heft in die Hand genommen hätte, bevor ich's mich versah. Dieser Wiegler, den sie wegen seines roten Lockengeschmeißes trefflich »Der Rostige« nennen, setzte nämlich eine Kletterpartie in der Fränkischen Schweiz durch, und ich, obgleich gewarnt durch meine Schiffschaukel-Erfahrungen, erklärte mich arglos bereit.

Wiegler erwies sich als fast professioneller Kraxler, fatal, was die Leute alles für Kunststücke beherrschen. »Der Rostige« erklomm nicht nur selber mühelos die gefährlichsten Kalksteinspitzen, sein teuflisches Können gestattete es ihm auch noch spielend, Susanne und ihren hellbegeisterten Bruderlümmel auf die Gipfel zu hieven – und ich beobachtete genau, daß dieser Tölpel übers allgemeine Bergsteigerethos weit hinaus dabei äußerst gezielte Griffe an Susannes Körper vollzog, und endlich hatte er beide Morlocks glücklich droben und posierte glänzend als eine Art Heilige Familie in den strahlendblauen Nachmittagshimmel. Wollte ich mich nicht gänzlich der Lächerlichkeit aussetzen und mich von Wiegler gleichfalls nach oben liften lassen, mußte ich vom Fuß des verdammten Felsens aus bekümmert und leider ohne jede Chance intellektueller Kompensation das alpine Kunstwerk begaffen. Auch beim Herunterklettern ließ es dieser Bewerber nicht an kleinen tätschelnden Aufmerksamkeiten fehlen. Warum ich nicht mit hinauf sei, wollte Wiegler dann in kameradschaftlichem Tonfall, aus dem der Hohn barst, von mir wissen. Mir sei plötzlich schwindelig geworden, blieb ich halbwegs bei der Wahrheit und hoffte flehentlich auf den Effekt zierlicher Morbidität – bei diesem kerngesunden Trio vergebens.

Die Unappetitlichkeit wuchs anschließend in einer Waldschenke. Gemessen an meiner rhetorischen Routine hätte ich darauf wetten mögen, daß ich diese unbedarften Wald- und Felsenmenschen flink in meinen Zwang würde bringen können. Keine Chance! Noch von seinem frischen Kletterruhm zehrend, begann der zehntrangige Playboy mit großer Vulgarität und schauerlich erlogenen Autounfallgeschichten auf Susanne und – pro forma – ihren ungelenken Bruder einzuhämmern (Wunderte sich dieses verwilderte Bürschchen eigentlich gar nicht, daß ich nach Sabine nun hinter der anderen Schwester herpfiff?) – da und dort und weiß der Satan wo er sei, Wiegler, an einen Baum »gebrummt«, anschließend den Baum hoch geworfen worden, daraufhin sieben Meter durch die Luft geflogen, wieder auf die Räder gefallen, in dieses oder jenes Dorf weitergerauscht, dort habe man dann für 280 Mark Schnaps und Champagner getrunken, anschließend sei er, Wiegler, »sternhagelbetrunken wie hundert Russen« auf der Polizeiwache erschienen, habe die Beamten lässig »angepflaumt«, anschließend habe man an der Bar der »Eichenmühle« weitergezecht, sei heimwärts noch einmal über die Böschung gefahren – – – unerträglich, lästerlich, der letzte Humbug, brausend vorgetragen und ungemildert von jeder Münchhausen-Ironie, von Wieglers höllischem Lachen über die Flottheit der eigenen Existenz unterbrochen, und dabei machte er Susanne ununterbrochen schöne Augen, soweit diese Giftlöcher überhaupt noch den Begriff der Schönheit nicht zum Witz verdammen – – –

– und ich saß vollkommen entwaffnet daneben, schwarz vom Unglück durch und durch, bar gleichwertiger Glückserlebnisse, gräßlich, gräßlich, und das Morlock-Brüderchen strahlte über diesen unverwüstlichen Gipfelstürmer, und die Gier, baldmöglichst Gleichwertiges zu vollbringen, den Griff nach der Blauen Blume zu wagen, stand dem jugendlichen Dummbeutel ins zarte Gesicht geschrieben – und Susanne? Susanne saß neben dem Kletterer und Kunstflieger, verdächtig rosig angehaucht, wie mir schien, den Brombeermund einen winzigen Spalt geöffnet, und lächelte, lächelte mehr als zufrieden über die Schlüpfrigkeiten des Felsenesels. Nun, sie lächelte ja praktisch immer, zweifellos – und doch, viel zu selten blinzelten ihre schönen Rehaugen mich an, ihren zutiefst beunruhigten Lehrer und Beschützer, viel viel häufiger und kullernder den rostigen Bergidioten Wiegler, der sich die Krone endlich dadurch aufzusetzen verstand, daß er uns mit seinem – gestohlenen? – BMW 140 Stundenkilometer schnell über die heimatlichen Fluren hinweg zurückchauffierte.

Zum Abschied versprach der entflammte Bruder Morlock noch einmal, zukünftig »immer« zu uns zu kommen, das heute sei »Klasse« gewesen. Na bravo! Plötzlich tat mir der Dummkopf sogar leid, daß ihn das Unheil gar so früh am Kragen griff. Und noch eine Sensation: Der klebrige Kerl Wiegler strich plötzlich wie spielerisch Susanne mehrfach an den zierlichen Schultern und Armen entlang und strahlte sie lärmend, ja buchstäblich rostig an.

Verwirrt, ja gedemütigt zog ich den Kopf ein und trollte mich in irgendeinen Schmollwinkel. Hm. Vielleicht sollte ich mir, war mir schon, im Unterschied zu Zeno Cosini, gar keine der Schwestern bestimmt, tatsächlich ihr attraktives Brüderlein zulegen...

Was spielte sich hier eigentlich ab? Wellner, Mogger, Lattern, jetzt Wiegler! Ja, auch von einem Herrn Pflaum hatte ich schon läuten hören. Wo steckte eigentlich dauernd der Hauptgalan Mogger? Ich würde einmal ernsthaft mit ihm reden müssen, auf daß er ein schärferes Auge auf die herumschwirrenden Bewerber hätte und vor allem seinen eigenen Leuten wie diesem Wiegler gelegentlich eins in die Rippen schlüge! Würde Mogger aber dann nicht zuerst einmal mich verprügeln?

Die Engpässe um Susanne wurden dadurch noch unübersichtlicher, daß man nicht mehr wußte, welchen Informationen zu trauen war. Noch am Abend erfuhr ich von Hans Duschke anläßlich meines vorsichtigen Berichts vom Nachmittag, »das zwischen dem Wiegler und der großen Morlock ist schon uralt, ach ja, uuuralt!« sang der Greis. Der beisitzende Erich Winter gab dagegen zu bedenken, seines Wissens sei »jetzt wieder der Adolf dran«. »Der auch, und der Mogger sowieso«, fuhr Hans Duschke gelassen auf und biß sich vor erregter Boshaftigkeit sogar in die Knöchel seiner Fäuste, gleich als ob er allzu überschüssige Lebenssäfte wegsaugen wollte, »und der Pflaum.« »Der Pflaum?« fragte hell der Bleistifthändler Dammler. »Der Pflaum auch«, seufzte der ehrwürdige Greis Duschke tief und tödlich und faßte dann gleichsam bekennerhaft und als ob die Last des Ganzen auf seinen welken Schultern ruhe, zusammen:

»Zuerst der Arthur, dann der Adolf – aber der Arsch gibt es nicht zu, aber ich, Hans Duschke, weiß es – dann«, raunte Duschke und blinzelte mutlos zur Zimmerdecke, »der Pflaum, dann der Wiegler Werner – und der Schießmüller soll jetzt auch seine Finger dran haben. Na ja, und der Amigo auch, irgendwie«, schloß Duschke resignierend und umkreiste mit dem Zeigefinger die obere Kante seines Bierglases.

»Und du?« fragte mich Hermann Dammler, Heiteres erlauernd, »du fährst doch auch andauernd mit ihr in der Gegend rum«, lockte der Bleistifthändler, erst neulich habe er mich zufällig in Betzendorf »erwischt«, bei einer Kirchweih, aber ich hätte ihn, Dammler, nicht gesehen.

Der erhabene Greis Duschke selber war es, der mich aus der Umklammerung durch Dammlers massive Ironie befreite. »Huren alle beide«, zog der nimmermüde Alte mit verhangener Stimme Bilanz. Erstmals war das Wort gefallen. Gleich als ob der alte Unhold witterte, daß er sich hier vielleicht doch etwas zu weit vorgewagt habe, korrigierte er sich mit einer offenbar in Heimarbeit besonders gut vorbereiteten Formulierung: »Eine vollkommen verwilderte Familie.«

Verzweifelt fegte er mit dem Handrücken den Bierschaum von der gelben Lippe.

Vermutlich hatte damals meine gemischte Passion für Sabine und Susanne bereits ihre Klimax überschritten. Duschkes tabellarische Aufstellung von Susannes Liebhabern mochte der Wahrheit entsprechen. Im Falle Sabine erwog ich, Duschke nun doch nach seinem Beweismaterial für die Hurenschaft auszuforschen, denn abgesehen von meiner Person und der des Schießlmüller wäre dem starken Greis mit Sicherheit bald das Pulver ausgegangen. Kaum mehr Liebe, der gewöhnlichste Gerechtigkeitssinn drängte mich, Sabine zu verteidigen. Doch dieser gottvergessene Alte saß so warm, so wesend, so besonnt im Abendrot seines wunderbaren Informationsvorsprungs, resp. seiner Wahnvorstellungen vor uns, er nippte so sokratisch-teiresianisch an seinem abgestandenen Weizenbier, daß ich dieses späte schmelzende Glück nicht zu zerstören wagte. Eigentlich hätte der Dämon sogar wegen Verleumdung angezeigt gehört. Aber was soll's, warum sollte ich ihm, bevor er in die Grube fuhr, die Freuden der letzten Sottisen verleiden? Seiner kohlrabenschwarzen Seele die letzten verschimmelnden Genüsse?

Vielleicht war es aber wirklich nur Feigheit, daß ich mich der an unserem Herrentisch waltenden freud-neid-gemischten Hochstimmung über die endliche Entlarvung der Morlock-Schwestern schließlich anschloß. Schiere Bauernschläue trieb mich dazu; das Duschkesche Tribunal half, mich von Sabine und Susanne ein gutes Stück weiter zu befreien.

»Eine vollkommen verwilderte Familie«, grunzte noch einmal Hans Duschke und kratzte sich mit einer Grimasse am Kinn. Ich fürchtete, er würde gleich vor Genuß einem Herzschlag erliegen.

Arme Gerontologie, er lebte weiter.

15

Die Lage ist wohl die, daß heute die Männer sowieso nicht, die Frauen aber vor lauter Aufgeregtheit – sei's revolutionärer, sei's debiler Ursache – überhaupt nicht mehr lieben können. Nicht, daß meine schwesterliche Krise mit diesem Abend, mit diesem so vieles offenbarenden Abend restlos überwunden gewesen wäre. Susanne – soweit wirkte die Kraft der Duschkeschen Berichterstattung und Bilanz nach und verband sich mit meinen eigenen Erkenntnissen – Susanne war gestorben, keine Kraft der Welt hätte mich zu einem letzten Rettungsmanöver veranlassen können. Um so gotterbärmlicher umarmten meine Gedanken noch einmal Sabine. Sabine, die schuldlose, die liebe, deren morgenfrische Jugend nur dem vermaledeiten Transporthändlercharme des Faschingsprinzen Schießlmüller ins Messer geraten war! Und hatte nicht neulich jemand – war es nicht erneut Duschke gewesen? – berichtet, es sei bereits zu einem ersten ernsthaften Hauskrach zwischen den beiden gekommen? Sie, die Kleine, habe dem Fuhrmann öffentlich, im Whisky-Schuppen, ins Gesicht geschleudert, er rede neuerdings nur noch immer die gleichen Kabarett-Texte daher? Ja waren das nicht völlig neue unverhoffte Aspekte? »Impotente Kabarett-Texte«, solle sie sogar gesagt haben, fiel es mir noch siedendheiß ein – das hatte sie sicher von mir! Das war exakt meine kritische Schule! Ein begabtes, ein intelligentes Kind, ich hatte es ja immer gewußt! Sollte ich sie anrufen, im letzten Moment den verbrecherischen Armen des kabarettreifen Hampelmanns zu entreißen? Sollte ich ein erneutes steinerweichendes Briefchen zusammenschmieren? Der ganze Jammer um Sabine umprasselte ein letztes Mal mein armes Herz. Lustvoll entfaltete ich, auf mein Sofa hingegossen, die Visio beata eines alle Dämme durchbrechenden Verzeihens, unter Preisgabe sogar der Würde, jenes eingeborenen Guts, das selbst noch über der Liebe rangieren müßte – – –

Schon am Abend war der ganze Zauber wieder verwelkt. Im »Seelburger Hof« war mir die Romanze vergönnt, Sabine über die Schenkel des erneut krachend frohen Fuhrunternehmers streicheln zu sehen, oder besser, sie rieb sie einfach, ein Affentheater, das ich selber nur allzu gut kannte. Es mag ungerecht sein und vielleicht der aufs neue verblasenen Zuversicht anzulasten, aber etwas Vettelhaftes war bei dieser 18jährigen schon nicht mehr zu leugnen. Plötzlich graute mir vor aller Liebe.

Zermalmt von Einsamkeit nahm ich sofort Reißaus und legte mich ins Bett, ungehemmt, blödsinnig vor Schläfrigkeit und luderhaftem Leben, vor mich hinzubrüten. In dieser Stunde der erneuten Bedrängnis und des schleichenden Elends bewies ich einmal mehr meine glückliche Hand. Na, warum war ich darauf nicht gleich gekommen! Ich wollte meinen alten Freund Oskar Zirngiebl besuchen, mit ihm die grausam endlose Affaire d'amour sozusagen von den theoretischen Grundfesten her zu beleuchten, und, das gebe ich zu, daß auch dies zu meinen Erwägungen gehörte: Zumindestens würde es in Zirngiebls Wallfahrerheim wieder etwas zu staunen geben, dieser zuverlässige Alte würde mich auch diesmal sicherlich nicht schmoren lassen, dafür hatte er einfach zuviel inneren Gehalt!

Schon am späten Vormittag lief ich bei ihm ein. Ich traf den Privatier am Wohnzimmertisch sitzend an, wie mir schien in absolut gelöster Stimmung, in einem wunderbar bauchwärts gewölbten Jerseyhemd, in einer Shortshose und barfuß, und blitzschnell erkannte ich – obwohl der Lebemann das Zeug flugs abzudecken suchte – einen Pack Zeitungen auf dem Wohnzimmertisch, an deren Ränder viele Male, vielleicht ein dutzendmal, in graziösester Schrift die Worte »Oskar Zirngiebl, Seelburg, Schulstraße 2« geschrieben standen. Was für ein Auftakt! Die Hälfte von Sabines Einfluß war bereits weggeblasen! Ich vermochte keinen Augenblick länger an mich zu halten und prustete selig los.

Warum ich lache, fragte vorsichtig und in schamvoller Ahnung Oskar Zirngiebl.

Ich deutete verblümt auf die Zeitungsränder.

»Na ja, was ist dann da?«

»Da!« rief ich unbarmherzig.

Es ehrt den Privatier, daß er hier nun endlich brüllend und wie in lodernder Selbsterkenntnis in mein Lachen mit einstimmte und minutenlang geradezu erhaben wieherte: »Heiland der Welt!« rief er mehrmals und dann abwechselnd »Gott, der Gerechte!« und »O Herrgottl von Biberach!« und schlug sich mit der flachen Hand auf den Kopf. Dann abrupte Stille ...

Wann er das geschrieben habe? Ich zitterte vor Vergnügen.

»Na ja«, sagte Zirngiebl langsam, spielte mit einer Kippe im vollen Aschenbecher und hielt seinen mächtigen Kopf zum Sinnen gerade, »im Lauf der Zeit halt, du weißt ja, Moppel, ich hab natürlich – wie soll ich sagen? – viel ... viel ... Zeit. Mopperl, Mopperl, Ihihihi ihihi ihihihi!« fegte es erneut aus dem Zweimeter-Kalligrafen, der jetzt anscheinend vor Verwunderung über sein Leben mehrmals um den Tisch sauste, wie um endlich die Neuzeit hereinzulassen, beide Zimmerfenster aufriß, plötzlich wieder nachdachte und ein erneutes Mal losbrüllte: »Oskar Zirngiebl, Seelburg, Schulstraße 2. Unglaublich! Unglaublich!«

Beschwingter hätte es gar nicht losgehen können. Dann war

die Bahn frei für den philosophischen Bereich. Etwas ängstlich, die Segel der Freude nicht schon gar zu mächtig zu hissen, versuchte ich mich in eine ernstere Grundstimmung zurückzuversetzen und brachte das Gespräch bedachtsam auf das Morlock-Problem, das unsere Stadt gegenwärtig quäle. Zirngiebl, der mir sogar schon etwas angetrunken schien, verstand sofort und ging bereitwillig auf meinen philosophischen Ansturm ein.

»Wie? Wieso? Warum?« fragte der Wohner und sah mich bohrend an, »wer? Moppel?«

»Na ja«, wand ich mich hilfesuchend, und Zirngiebl half.

»Ach so, wegen der Sabine da. Weißt, Moppel, Mopperl, da bist ja du der blödste Hund, der allerblödste Hund, das ist ja viel – das ist ja weit unter deinem Niveau, was du da mit dir hast machen lassen und wie sie dich fertiggemacht haben, aber du kannst ja nichts dafür, du bist ja zu dumm«, eröffnete mir Zirngiebl ernst und inständig quallend, geriet aber dann – anscheinend hatte er in letzter Zeit viel Theoretisches über diese Zusammenhänge nachgedacht – dankenswerterweise mehr ins Abstrakte. Ich müsse ja bedenken, erläuterte Zirngiebl und schrieb erneut gedankenlos »Oskar Zirngiebl, Seelburg, Schulstraße 2« an einen Zeitungsrand – ich müsse ja bedenken, daß diese ganzen Weibersachen »ein Produkt, ein Relikt des falschen Denkens« seien, sagte Zirngiebl und steckte sich, vom Tischstuhl zum Lehnstuhl überwechselnd, ein Zigarettchen in Brand. Wir Älteren, fuhr er fort, »wir modernen Menschen müssen oder müßten«, schrie er, »erkennen, Moppel« – hier rülpste er verächtlich – »daß unsere Schulphilosophie, also Plato und das alles, der ganze Scheiß« – nein, er, Zirngiebl, müsse jetzt noch einmal von vorne anfangen. Und mächtig kratzte sich mein Berater an den Genitalien herum.

Sollte ich eingreifen? Sollte ich ihn reden lassen, würde sein blitzdummes Gewäsch mich aus dem Unheil reißen? »Was wir gelernt haben, in der Schule und alles«, fuhr Zirngiebl fort, sei »gut und schön« bzw. nein, eben nicht! Sondern für den modernen Menschen, den modernen Menschen komme es – »jetzt hab ich's!« rief der Philosoph – darauf an (und hier erreichte Zirngiebls Stimme unverhofft die Sphäre des Bedrohlichen), komme es darauf an – »und da wett ich mit dir!« – daß man sich Gedanken mache und Analysen sowieso und – »und die Konsequenzen ziehst, jawohl!« brüllte Deutschlands wuchtigster Philosoph plötzlich (anscheinend war er betrunkener, als ich gedacht hatte), und er schleuderte sogar mehrfach die beiden Arme nach vorn – »jawohl, du mußt heute Induktion und Deduktion auf einen Nenner bringen, Moppel!« schrie Zirngiebl laut auf und beschaute dann wie erstaunt und allerdings mit zusammengebissenen Zähnen eine Gips-Muttergottes, die plötzlich, grün und blau wie dem Kasperl seine Frau, vor seiner Nase auf einem Harmonium stand. Der rechte Arm, der nicht das Jesuskind tragen mußte, war abgebrochen, anscheinend war der Privatier einmal denkend oder betrunken dagegengeflogen.

»Du mußt schauen«, fuhr Zirngiebl fort, »du mußt schauen, daß bei allem, was du siehst und hörst und was in der Zeitung steht, daß du das Prinzip daran erkennst, das Prinzipip, was immer bei allen Sachen dahintersteckt, was man aber natürlich nicht gleich sieht. Dann erst, mein lieber Moppel, kannst du die Einsicht kriegen in alles, was alles so läuft und ist.« Hier kramte mein Freund längere Zeit in der Vitrine herum, zog endlich eine Flasche Altweiberlikör Cointreau hervor und nahm aus ihr einen gierig-wortlosen Schluck. Atmete pompös durch und fuhr fort:

»Du mußt erkennen, du mußt die Erkenntnis gewinnen, was du eigentlich willst und wo alles hinausläuft, die Welt und die Menschheit, da gehört die Politik dazu, der Sport, der Sport, die Weiber, alles, klar, die Kirche, da gibt es heute oft tolle Burschen darunter! Tolle Burschen darunter, Kamerad Schnürschuh!« fiel Zirngiebl plötzlich erneut über mich her, der ich mich längst behaglich auf dem Sofa ausgestreckt hatte, »entscheidend ist immer das Prinzipip« (Zirngiebl hatte offenbar immer bei diesem Wort eine Art geistigen Schluckauf) »das Prinzip« (nein, diesmal machte er es richtig) »oder mit anderen Worten die Substanz. Jawohl, die Substanz!«

Ein wahrscheinlich letzter, schwach schimmernder Sehnsuchtsflug zu Sabine, dann fragte ich den Denker, was es mit der Substanz auf sich habe.

»Die Substanz«, überlegte Zirngiebl, seufzte, und kraulte sich in den schütteren Haaren, »wie soll ich jetzt das sagen? Die Substanz ist ... die Substanz«, brüllte Zirngiebl und ballte tatsächlich die linke Hand in der Art der Black-Power-Leute zur Faust,

»die Substanz ist, das ist, wenn man weiß, wo es lang geht, persönlich und für die Gemeinschaft, den Altruismus, verstehst du mich? Das ist die Philosophie der Substanz im Gegensatz zum Intellekt« – und hier veränderte sich das sonst vertrauenerweckend massive und holzgeschnitzte Gesicht Oskar Zirngiebls zu einer wahrhaft tückisch-mörderischen Grimasse – »zum Intellekt! Der Intellekt, der Intellekt, das ist der größte Feind der Menschheit und ganz Deutschlands! Natürlich, Moppel, hast mich? Natürlich gehört auch der Intellekt im Prinzipip« (also doch) »zur Substanz. Irgendwie.« Hier rollte der Privatier seine beiden Handinnenflächen zu einer Art Halbkugel. »Intellekt heißt ja Wissen griechisch und römisch, oder besser: Einsicht – schon, Moppel, aber die Substanz ist viel, viel – – viel wichtiger! Das heißt, wenn der Überblick da ist und die Fähigkeit, die Logik draus zu ziehen oder vielmehr die Konsequenz, auch wenn das Hirn einmal versagt, das *Hirrrn!*« stöhnte Zirngiebl verzweifelt, »daß alles trotzdem gut weiterläuft – ich meine so, Substanz ist, wenn alles gut ist, wenn alles gut abgesichert ist und der Mensch noch immer Lebensfreude hat, hör mir doch auf mit deinem Morlock-Pritscherl!« endete Zirngiebl sensationell, »du mußt doch genügend, du mußt doch ausreichend genug Substanz haben, Moppel, daß du mit deinem Riesenintellekt, nein, Riesenintellekt nehm ich zurück, – daß du mit deinem guten, jawohl mit deinem *guten* Intellekt die blöden Weiber niedermachst, wie du's grad brauchst!«

Hier endete Zirngiebl und schaltete sofort das Radio an. Hier endete, dessen bin ich sicher, im wesentlichen auch meine Liebe zu nun endgültig beiden Morlock-Töchtern. Ich blieb den ganzen Tag bei Zirngiebl, und weil es draußen ein wenig tröpfelte, zeigte der Privatier auch keine Neigung auszugehen. Wir veranstalteten noch allerlei Schabernack, liefen kreuz und quer um den Tisch herum, legten uns dann wieder aufs Sofa bzw. in den Sessel und erfreuten uns an Zirngiebls Wunderdelle, gegen 18 Uhr bereitete mir der Lebemann sogar das Vergnügen, vor meinen Augen ein Hemd zu bügeln, zum Dank spielte ich auf dem Harmonium der Gips-Madonna »Es ist ein Ros' entsprungen« und ein paar schräge Weisen. Ich genoß meine wiedergewonnene Souveränität durch mehrstündiges Kettenrauchen bis zur Neige, durch das Radio drangen gefällige Weisen zu uns Freunden, plötzlich hörte ich ein Schnarchen aus dem Polstersessel, und ich entschloß mich, gleichfalls einzuschlafen, unbeirrbar die Worte im Ohr:

»Ich mit meinem guten Intellekt kann die blöden Weiber niedermachen, wie ich es brauche.« Das war es. Warum denn nicht gleich?

Am anderen Morgen trat Zirngiebl, zwei Meter hoch, vor mein Bettchen, rüttelte mich wach und schrie:

»Ich bin doch das ärmste Arschloch!«

Warum? wollte ich wissen. Ich konnte kaum reden und denken vor Zigarettenrauch in Mund und Hirn.

»Ach!« rief Zirngiebl, schwang den linken Arm in die Luft, zündete sich eine Zigarette an und stieß zornig den Rauch von sich, »ich bin doch der Allerdümmste. Kein Intellekt! Kein Intellekt!« seufzte Zirngiebl über sich selber, machte plötzlich am offenen Fenster halt und drehte sich zu mir um: »Aber stolz bin ich doch«, schrie Zirngiebl feurig und ritterlich und wies mit dem dicken Zeigefinger geradewegs auf mein Herz, »ein normaler Mensch hält das überhaupt nicht aus. Mensch, und jetzt kommt dann meine Nechte und mein Niffe, halt: mein Nefte und meiner Niche, Mensch – – «

»Neffe und Nichte«, half ich fröhlich.

»Ja, Mensch, meine Neffe und mein Nichte! Und die wollen Nachhilfestunden in Mathematik und ich, ich blöder Hund, kann vor Rausch brrr!« ächzte der Privatier, »überhaupt noch keine Zahlen sehen, Mensch, Mensch, wenn man so blöd ist – – !«

Wie gebannt sah der Denker nun zum Fenster hinaus auf ein Vögelchen gegenüber auf einem Baum – anscheinend wunderte er sich, daß er überhaupt noch auf dieser Erde war.

Es würde schon irgendwie gehen, verabschiedete ich mich von Zirngiebl und drückte ihm in dankbarer Gesinnung die Hand.

Am Abend entdeckte ich ein Spielchen, das mich für meine gelungene Doppeltrennung von den Morlock-Schwestern geradezu berauschend belohnte. Ich spielte zwanzigmal hintereinander die neapolitanische Canzone »Catari«, bezaubernd geschluchzt von Carlo Bergonzi, und besonders deren windelweich tremolierenden Schluß:

»Tutto è passato e non te penso piu!«
Alles ist vorbei, und ich denk nicht mehr an dich. In deutscher Übersetzung hat der Text wenig Kraft, aber im Original macht er alles, alle Weiber und schon gar die dummen Morlock-Mädels nieder, wie er's braucht. Wenn das der Herr Bergonzi bei dem köstlichsten, erschütterndsten aller Frauennamen, »Catari«, schon so spielend und mit dem edelsten Hautgout schafft, um wieviel leichter gehen da erst Sabine und Susanne baden. Ich kann nur jedem Leser raten, in Krisensituationen ähnlicher Art auf diese gewaltig dröhnende und zerfetzende Musik zurückzugreifen. Dazu ist sie zweifellos da. Entzückt legte ich die Platte ein ums andere Mal auf, planvoll genoß ich das Hinsterben des süßen Wirrwarrs. Finito d'amor. Schmonzenz, mit Sabine zu reden. Das ganze lebensgefährliche Tralala war von den Kräften Zirngiebl und Bergonzi souverän abgeschmettert worden.

16

So weit reichte also die List, deren ich fähig war. Tage-, ja wochenlang überfiel mich barbarische Erleichterung. Es war ausgestanden und ausgeschwitzt.

Ein fröhlicher und überhaupt nicht beschwerlicher Nachhall des doppelten Morlock-Erlebnisses war mir etwa zwei Monate später vergönnt, ich möchte ihn dem Leser als Final-Allegretto nicht vorenthalten. Es handelte sich um eine Art Erntedankfest oder Sommerschlußfest im »Seelburger Hof«, obgleich weder von Ernte noch Dank noch sonstwas Erbaulichem die Rede sein konnte, es tummelten sich aber zu dieser Soirée gegen hundert Personen in den drei Räumlichkeiten des Restaurants herum, nämlich im »Salon«, in der Fernsehkammer, vor allem aber im »Stüberl«, ja auch im Hausflur bildeten sich kleine erregte Gruppen, kurzzeitig waren sogar zwei sehr bewegliche Neger und ein Türke dabei, den wohl der Privatier Zirngiebl mitgeschleppt hatte und der offenbar noch keinen festen Boden unter den Füßen gefunden hatte, denn er hielt sich ununterbrochen, wie ein Kind an der Rockschürze der Mutter, fast buchstäblich an des ausladenden Bonvivanten violetter Jacke fest – außerdem sollte wohl eine Schar am Gasthaus vorbeistreunender Klosterschülerinnen als sexuelle Hilfstruppe in das Lokal geschleust werden, wofür sich besonders, in der Hoffnung auf Anerkennung, der Kerzenhändler Lattern einsetzte, – gerade seine satanische, bereits von Sechsämterresten beschmierte Fratze verschreckte aber wohl den streunenden Weiberhaufen, immerfort ließen sich die Klosterschülerinnen unter der Eingangspforte des »Seelburger Hofs« von Oskar Zirngiebl gern ein Schnäpschen spendieren, aus einer Flasche, die der Lebemann aus dem Handschuhfach seines Autos zauberte.

»Prost, Mädeln!« jauchzte der sommerlich wirkende Mann in die Hauptstraße Seelburgs hinaus, »ihr müßt trinken so lange, bis ihr« – Zirngiebl überlegte kurz und kratzte sich am Kopf – »bis ihr so werdet wie wir alle und ich!« Laut schnatterten die Gänse auf und himmelten den purpurrotgesichtigen Zirngiebl an, der glücklich auf das Kleinzeug hinabsah, ja, einmal sogar flügelartig, gleich dem Starter eines Laufwettbewerbs, die Arme auseinanderbreitete, um dann die beiden riesigen Hände entzückt gegeneinander patschen zu lassen.

Im Saal herrschte ein gewaltiges Zischen und Blasen, Hämmern und Brodeln. Immer wieder drängten, an der Türe weitergeschoben von dem starken Schreiner Adolf Wellner, verzweifelt durstige Menschen nach, schwärmten durch die überfüllten Gänge an die vollgestopften Tische und wuchteten sich die ersten Biere in die Kehlen, alle getrieben von der wahnwitzigen Hoffnung auf allerlei Sensationen, Beleidigungen, Rücksichtslosigkeiten und vielleicht auch Purzelbäume und dergleichen – in allen Gesichtern aber spiegelte sich zügellose, niederreißende, ja schamlose Freude.

Zusammengerottet hatten sich neben all den anderen auch die lieblichen Schwestern Susanne und Sabine. Susanne befand sich damals meines Wissens nur noch zwischenzeitlich in der Gewalt Arthur Moggers, Sabine, in einem grasgrünen Hosenanzug geradezu grotesk zurechtgemacht, gehörte wohl noch immer dem heute besonders verwegenen und mehrfach »Sicherlich!« schreienden Fuhrknecht an. Dieser Schießmüller war übrigens vor kurzem an mich herangetreten und hatte mir empfohlen, ich solle doch, wohl damit sich alles wieder ausgleiche, seine Ehefrau

»übernehmen«, die er in Aschaffenburg sitzen habe, ich könne sie »jederzeit haben, sicherlich«, er, Schießlmüller, wolle uns dann in flagranti ertappen, dann tue er sich mit der Scheidung leichter, anschließend könnten wir dann in den »Hessischen Weinbauern« einen trinken gehen, ein ganz wunderbares Lokal, »sicherlich!«

Hätte ich früher von dem Geheimnis gewußt, daß Schießlmüller verheiratet sei, diese Nachricht würde wohl meine Sabine-Leiden ins Moralische verlängert haben. Jetzt mußte ich nur innerlich heftig lachen! Offenbar hatte auch Sabine erst jetzt die bittere Wahrheit erfahren und auf Scheidung gedrängt! Nein, diese Art von Liebe wäre doch zu weit gegangen und kam ohnedies zu spät, und ich hatte also den niederträchtigen Antrag Schießlmüllers flink abgewehrt.

Ich muß sagen, daß an diesem Sommerabschlußabend Susanne sich ganz unerwartet völlig gehen ließ und sehr bald am betrunkensten von allen Teilnehmern war, obwohl auch der Teufel Lattern immer noch und immer wieder und unerbittlich unterschiedliches braunschwarzes Schnapszeug in sich preßte, wie ein neurotischer Biber herumhoppelte und in Abständen, der Glut des Abends zuliebe, kräftig »Houhou!« bellte. Was aber den reinen Lärm betraf, wurde die gesamte Hautevolée der Seelburger Jugend wieder einmal in den Schatten gestellt von einem geradezu überirdisch wütenden und heulenden Hans Duschke, der vor allem angesichts der etwa dreißig herumtanzenden und scharwenzelnden Frauen restlos aus der Fassung geriet, in einer Emulsion aus himmlischer Freude und Zorn über sein Alter, sehrender und sengender noch als sonst. Dabei fiel auf, daß der alte Possenreißer in seinem triumphierenden Geschrei sich fast ausschließlich auf die Worte »Büchs«, »Arsch«, »Arschgesicht«, »Sau« und sogar »ficken« kaprizierte, sie durchfunkelten seine Reden und Rufe und wilden Paraden gleich wie Erkennungsmerkmale, wenn mehrere Personen gleichzeitig in einem Haufen schrien. Synchron zu solchen wütenden Kraftakten und Furzen verlegte sich der schäumende Alte indessen schamlos auf die sexuelle Ausbeutung seiner Senilität und zog immer wieder diese und jene der ziellos in den Gängen und Winkeln des »Seelburger Hofs« herumlungernden Karins und Banalolitas und La Triviatas an sich und griff – den tapsigen Greisen mimend und unterstreichend – immer wieder geschickt und roh zu, bis die jeweiligen »Büchsen« entzückt aufquietschten und dann, geleitet von einem ärgerlichen Duschkeschen »Du Büchs« oder auch »Du Sau«, ins Dickicht zurückstürzten.

Gleichzeitig aber und drittens nahm ich innerhalb des festlichen Gesamtgeschehens (das hier in allen Einzelheiten zu beschreiben weder Platz genug ist noch einen besonderen Sinn ergäbe) wahr, daß der alte Hans Duschke das diesmal in der Tat furchterregende und abgeschmackte Herumsausen und -fallen der noch vor einem halben Jahr so geachteten und Abstand erzwingenden Morlock-Mädel mit besonders mißbilligendem Ingrimm verfolgte und die beiden völlig ungeniert von einem Tisch zum anderen eierndenn Schwestern keine Sekunde aus den alkoholverfilzten Augen verlor, sich dabei aber klar verriet, denn plötzlich sah man den kreißenden Greis mit gespreizten Händen auf Susanne zuwalken und mit dem Wort »Engel!« um ihre Hüfte fassen. Worauf die Ältere der Morlocks – von wegen »venezianisch«! hohläugig betrunken! – den hemmungslosen Bruder fast vorsichtig, aber doch nachdrücklich zurückstieß, so daß Duschke sogar gegen die Wand taumelte und ums Haar umgeflogen wäre.

»Ihr schamlosen Weiber, ihr schamlosen Morlock-Weiber!« krähte daraufhin, bebend und hochrot im Lustgesicht, der abgeschmetterte Liebhaber, »ihr morbiden Säue, ihr werdet den alten Hans Duschke noch chrrrn ...!«

Wie schrieb der Norweger Jens Björneboe in seinem Roman »Der Augenblick der Freiheit« (sic!) über die Germanen? »Ihr am häufigsten gebrauchtes Schimpfwort ›Schwein‹ oder ›Sau‹, ist eigentlich kein Schimpfwort, sondern ein Kosename. Das Schwein ist ihr heiliges Tier ...« Na ja, ganz stimmte es hier nicht, aber mit Freiheit hängt es sicher eng zusammen, trotzdem traten vorerst die Herren Wellner und Wiegler dazwischen, nahmen den ploppigen Platzhirsch bei den Armen und führten den noch immer Kreischenden und »Chrrrn«-Schnaubenden unter besänftigenden Redensarten an seinen gemäßen Sitzplatz zurück, wo Duschke sofort krachend ein ganzes Bier in sich hineinschleuderte, schon während des Trinkvorgangs mit den Augen rollte, sich beinahe verschluckt hätte, als er, noch den Mund im Biere, schon wieder loslegen wollte. Dann schnaubte er wahrhaft unheimlich durch die Nüstern, pumpte kurz und schrie erneut mit machtvoller Stimme in Richtung auf die fünf Meter entfernt schon wieder glänzend von Herrn Lattern gehätschelte Susanne, ja der erbitterte Greis schwang sogar die rechte Faust dabei:

»Das sind Tiere, das sind wilde Tiere! Vollkommen verwilderte Tiere chrrrn! Ich sage dir, Moppel, Moppel, das sind wilde Tiere und du, nur du bist schuld, daß sie hier sind und unser Niveau drücken chrrrn, diese wilde Familie...!«

Man muß Duschke zugeben, daß er seine schalen Altersfreuden mit einem gewissen Pomp zu genießen verstand. Trotzdem setzte ich flugs eine schwer vergrätzte Miene auf und sagte, mit bohrendem Ton in der Stimme, betont kühl, wie denn das eigentlich sei, er, Duschke, befehde doch seit jeher Franz Josef Strauß...

»Die Sau!« plärrte Duschke aus Leibeskraft. Diesmal war, ähnlich wie schon seinerzeit beim Schweinebraten, nicht ganz klar, ob er Susanne oder Franz Josef meinte.

Ja, fuhr ich genüßlich, aber auch ein wenig mutlos fort, und eben dieser Strauß habe doch seinerzeit den makabren Vergleich bzw. die makabre Identität zwischen gewissen Menschen und Tieren erfunden, was damals in aller zivilisierten Welt schwer getadelt worden sei und vielleicht der SPD sogar den Wahlkampf gewonnen – –

»Ich bin Jungsozialist!« kreischte mir nun das greise Fossil ins Gesicht und spuckte mich dabei sogar etwas an, »und wenn der Strauß Kanzler wird, dann ist, und jetzt hör mir bitte gut zu, ich bin linker Flügel, dann ist der alte Duschke der erste, der mit gezogenem und geladenem Revolver vor ihn hintreten wird und...«

Schön und gut, versicherte ich, ihn auszutricksen, aber deswegen könne er, der Jungsozialist Duschke, doch eben nicht jene unhaltbare Straußsche Metapher von den Tieren übernehmen. Die Morlock-Schwestern, versicherte ich von meiner wiedergewonnenen moralischen Höhe herunter, seien ebenso wenig Tiere wie alle anderen Menschen, sie seien allenfalls (hier riß mich wohl der Glanz meiner Erfahrung hin, und überraschend stieg im allgemeinen undurchschaubaren Tumult sogar Wehmut hoch) – sie seien allenfalls Automaten! Automaten, wiederholte ich bereits beschämt.

»Automaten? Automaten! Du Arschgesicht, was weißt denn du! Wer spielt denn den ganzen Tag Automat? Wer? 500 Mark im Monat!« schrie Duschke haltlos, aber ich ließ nicht locker. Und übrigens, fuhr ich gleichsam traurig fort, sei es auch sowohl unter seinem, Duschkes, persönlichen Anspruch als auch außerhalb der Partei-Linie des Godesberger Programms, daß er zwei – ich stockte – unbescholtene Mädchen andauernd als »Huren« beschimpfte!

Hier mischte sich auch der zuvor geduldig unserem Gewäsch lauschende Erich Winter in die Debatte. »Hans«, sagte Winter sanft, »so geht's ja wirklich nicht, daß du . . .«

»Ich habe nie von Huren gesprochen, nie! Ich zeige dich an, wenn du das behauptest, Moppel!«

»Aber, Hans«, sprang mir Erich Winter bei, »ich war doch selber dabei, als du damals, erst am letzten Sonntagabend . . .«

»Nie! Ich habe nie ›Huren‹ gesagt! Nie! Ich habe nur gesagt, daß die Morlocks verhurt sind! Verhurt!« kämpfte Duschke, sah aber jetzt doch ein wenig betreten drein.

Wo denn da der Unterschied sei, wollte ich gnadenlos wissen.

»Das sind Tiere«, hub der kreischende Greis erneut an, »weil sie vollkommen verwildert sind, das darf man doch sagen!« Duschke sah Erich Winter beschwörend an.

»Aber nicht ›verhurt‹, Hans!« Seit wann war Winter so ein Ehrenmann? »Du kannst es doch auch nicht beweisen. Und wenn sie drei-, vier-, fünfmal im Jahr ihren Gänger wechseln, dann ist doch das heutzutage ganz normal und . . .«

»Duschke! Erich! Moppel!« jauchzte jetzt der Kerzenhändler Lattern in unser Gespräch hinein, »hört halt auf!« Offenbar waren dem buntgesinnten Mann unsere Gesichter zu ernst.

»Moment, Amigo!« schnaubte Duschke brodelnd durch, »ich will das nur kurz erklären. Die Morlock-Weiber, die führen sich doch auf wie die letzten Menschen, wie die letzten Menschen, die treiben es doch mit allen . . .«

»Nein«, fuhr ich tapfer dazwischen, nutzlos.

» . . . mit allen, ich könnte sie dir aufzählen, hör mir bitte gut zu, Erich!« Bedrohlich hob der kreißende Greis seine zehn Finger zum Abzählen.

»Ja, Hans, aber darum geht's doch nicht!« Auch Winters Miene war jetzt hoffnungslos.

»Dann darf ich«, sagte Duschke fast schelmisch, »doch sagen, daß die Morlocks vernuttelt sind. Ein bissele vernuttelt sind!«

Aber er habe doch, beharrte Winter, von »verhurt« gesprochen.

»Nie!!« brüllte Duschke auf.

»Und von Huren«, blieb ich fest.

»Du Arschgesicht, was weißt denn du? Du?« Grausam fletschte der wonnige Trinculo die Zähne und sah mich durchdringend an.

»Toni, ein Bier! Ich zeige dich an, wenn du chrrrn weiter behauptest, ich, Hans Duschke, habe die Morlock-Weiber als Tiere bescholten!«

»Huren, Hans«, sagte ich tonlos.

»Huren bescholten. Die Morlock-Weiber, das sind Tiere, wilde Tiere! Ich habe während der Kriegsjahre Damen gefickt, keine Ladenmädchen, Damen! Damen und keine Tiere! Du Arsch! Erich!« wandte er sich wieder an diesen, »Damen! Erich! Ich war ja kein guter Ficker, aber ein fleißiger! Und die Damen, du dummer Moppel!« Duschke wechselte erneut die Adresse, »sind immer wieder zu mir gekommen, immer wieder chrrrn!« Der Grauenvolle sog eilfertig an seinem Bier. »Und dann, wie dann natürlich die Männer, die Ehemänner wieder gekommen sind, da kannten sie Hans Duschke nicht mehr. Eine wie die andere! *Aber ich habe sie alle gefickt! Alle!*« schrie der gottlose Greis berauscht und drohte tot umzufallen.

Inzwischen hatte die Neugier den Bleistifthändler Dammler an unseren vorwitzigen Tisch getrieben. Während der Ober Anton mit dem Wort »Gaha« und einem tiefen Seufzer ein neues Bier vor Duschke plazierte, fragte Dammler giftig: »Leben die heute noch, Hans?«

»Klar! Mindestens 80 Prozent!« Kaum hatte Duschke wieder Halt gefunden, wandte er sich leider wieder an mich, brüllend nach wie vor über menschliches Maß hinaus: »Und du! Du Arschgesicht! Du intellektuelles Arschgesicht! Wer fickt denn nun die Morlock-Weiber? Du doch nicht, du doch nicht! Sondern der Willi, der Mogger, der Pflaum, der« – »chrrrn« stieb es beim Nachdenken erneut durch Duschkes Adlernase – »der Pflaum, der Wiegler, nur du doch nicht, du Lümmel-intellektuell, du impotente Sau, du wilder Mann, du chrrrn . . .«

Hermann Dammler lächelte begeistert. »Hans«, lenkte ich mit unerklärlicher Sanftmut ein, darum gehe es ja gar nicht, aber man könne doch diese »armen Mädchen« (ja sicher, ich schäme mich) deswegen noch nicht Tiere heißen – und nochmals brachte ich die Metapher vom »Automaten« an den stechenden Greis, setzte eine neunmalkluge Miene auf und beging dabei den Fehler, als meine Bildungsquelle »Hoffmanns Erzählungen« zu erwähnen –

»Du saublöder Moppel, du Blödsau!« fiel der Intimus des Bösen nimmermüd über mich Gehetzten her, »wir haben ›Hoffmanns Erzählungen‹ schon 1928 in Dresden rausgebracht, das war die weltberühmte Dresdner Inszenierung mit Maria Schiwiari, Maria Schiwiari!« wiederholte der welke Bacchus, offenbar vermochte er Cebotari nicht mehr richtig auszusprechen, »ich war damals Regieassistent – chrrrn – die weltberühmte Dresdner ›Fledermaus‹ unter Karl Böhm oder wie hieß das Arschgesicht, was weißt denn du, du verwichstes Affenarschgesicht?!«

›Affenarschgesicht‹ war heute abend neu. Und das Wort ›verwichst‹ scheint sich ja bei uns wirklich langsam als Allzweck-Superlativ zu konsolidieren. Verzagend, aber der Korrektheit zuliebe brachte ich meine Rede noch einmal auf Franz Josef Strauß, ich wurde erneut kalt abserviert:

»Chrrrn! Chrrrn! CSU-Scheiße! CSU-Scheiße! Am Arsch! Kauf dir mal für 20 Mark einen Globus und dreh dran rum . . .«

»Zwanzig?« fragte der Bleistifthändler Dammler überrascht.

»Oder 80 oder 800«, fuhr dieser dunkle Engel reißend fort, »und dreh dran rum, Schätzchen!«, so redete er mich plötzlich an, »dann wirst du sehen, du Arschgesicht, daß die Welt immer röter wird, immer rööööter«, frohlockte der Wahnwitzige, »immer rööööter wird, was weißt denn du? Aber wir bleiben gute Freunde, Moppel, ehrlich, gell, gute Freunde«, und der Gesegnete tätschelte mich an Arm und Schulter, »ehrlich!« Und quietschfidel grinste, ja schnurrte Hans Duschke jetzt wie ein alter überwinterungsfroher Kater mitten in den Festtaumel hinein.

Später hörte ich den ehrenwerten Lärmschläger noch einmal aus der Ferne fuchsteufelswild »Das sind Tiere!« keuchen, aber – erstaunlich, erstaunlich – zwanzig Minuten danach war Hans Duschke in traulichem Gespräch mit Sabine am Tresen vorzufinden, wo die beiden zusammen ein Schnäpschen tranken, bei welcher Gelegenheit der verfallende Körper des alten Tunichtgut eine besonders obszöne Krümmung vollzog. Und wiederum zwei Stunden später erklang von Hans Duschkes Tisch her ein leidenschaftlicher Gesang: »Lesbisch, lesbisch und ein bißchen schwul!« dröhnte der Berserker (ich weiß nicht aus welcher Operette) mit schon gottverdammter Kraft und klopfte mit den Fäusten im Rhythmus auf den Tisch ein. Natürlich hatte der würdelose Greis die Lacher auf seiner Seite, nur der Kerzenhändler Lattern, der gerade wieder auf sein »Hou-hou«-Gebelle verfallen war und gleichzeitig verzweifelt versuchte, beide Beine über den eigenen Satanskopf zu schwingen, rollte wegen dieser unbezwingbaren Konkurrenz unheilvoll mit den Augen und verlegte sich endlich darauf (ich hätte mit jedem gewettet, daß das nun kam), seinen Schmerz mit einem pechschwarzen Sechsämtertropfen zu betäuben. Aus der Distanz hörte ich ihn dann gleich darauf an der Theke ein mir vom Inhalt her schleierhaftes, aber fürchterliches »Sieh dich vor!« auf Herrn Schießlmüller einbläuen, worauf der Fuhrmann aber nur schlicht »Was willst denn, du alter Depp!« erwiderte.

Bevor ich, überraschend früh, aufbrach, war mir, inmitten der gleichbleibenden Lärmbrandungen, noch ein weiteres prikkelndes Erotikum mitzuhören vergönnt.

»Gehn wir zu mir?« hörte ich am Zigarettenautomaten den ungeheuer verschlafen herumhängenden Gymnasiasten Hans Binklmayr auf eine der erneut versammelten Karins, der blondesten unter den dreien oder vieren, einträufeln, träumerisch, gerade, daß der junge Mann dabei nicht einnickte, »die Gelegenheit wäre günstig, meine Mutti ist in Schottland.«

Befremdlich genug wollte aber jene Karin gerade nicht mit, sondern wohl lieber weiterzechen, so daß der Gymnasiast, sicherlich auch froh, keine größeren Leistungen mehr erbringen zu müssen, das Flittchen dankbar und verquollen an sich preßte:

»Gutes Mädel, bleib bei mir«, greinte Hans Binklmayr, und da ihm das selber wohl gar zu einfältig erschien, setzte er nach: »Laß dich wärmen.«

Dann zog ich mich zurück. Mit den Morlock-Töchtern hatte ich den ganzen Abend über kein Wort gewechselt. Das offizielle Ende. Ich zog mich endgültig zurück, erstens aus Überzeugung, zweitens aus Taktik und drittens – das muß ich wohl oder übel zugeben – aus mangelnder Gelegenheit. Bei zufriedenstellender seelischer Verfassung und immerhin nun sogar mit gutem Gewissen. Ich hatte die beiden gegenüber Hans Duschke ein letztes Mal und so gut es ging verteidigt. Mehr konnte man von einem Gentleman wie mir nicht verlangen.

Ich zog mich aus dem Fest zurück – und versäumte dabei den erotischen Chefskandal des Jahres. Er wurde mir schon am nächsten Tag von den Teilnehmern bzw. Zaungästen Winter, Wellner, Duschke und Alfred Leobold in wechselseitiger Vervollkommnung zugespielt, und muß sich, nimmt man eine Art Aggregat oder Quersumme der Berichte, so zugetragen haben:

Susanne, wie berichtet schon früh und später angeblich sogar mörderisch betrunken, soll gegen Mitternacht nach einer Schlafstelle verlangt haben bzw. (berichtet Winter) sie sei plötzlich einfach umgeflogen. Daraufhin habe man diese windige Cameliendame naheliegenderweise in Hans Duschkes Einbett-Zimmerchen getragen, Duschke hauste damals gerade kurzfristig und vorübergehend im »Seelburger Hof«. In diesem Bett sei aber bereits Alfred Leobold, der mir an diesem Abend überhaupt nicht aufgefallen war, gelegen. Es hieß dann später sogar, zwischen Leobold und seinem untergebenen Duschke habe damals die Vereinbarung geherrscht, wenn Leobold während des Trinkens müde werde, könne er sich jeweils in Duschkes Bett legen, bis er wieder so weit sei. Denkbar also, daß Leobold nur kurz am Fest teilnahm und sich dann sofort zurückzog, möglich sogar, daß er erst gar nicht ins Festgetriebe hinein, sondern, von dessen Anblick geschwächt, sofort zu Bett ging. Jedenfalls habe man nun Susanne, deren Vollrausch keinerlei erotische Erwartungen mehr zugelassen habe, zu Leobold »einfach hineingelegt« (Wellner). Nun habe sich aber unten im Festsaal das Gerücht verbreitet, Herr Leobold schlafe oben mit Susanne, was sofort Herrn Leobolds damalige Scheinmätresse Ilona Sommer maßlos auf den Plan gerufen habe, zweitens aber einen Professor Dr. Schläger, der seinerzeit bei der Bremer Universitätsreform dominierend beteiligt gewesen sein soll und den wohl vorher schon die Gier nach Susanne überwältigt hatte, wie insbesondere Erich Winter, schwer schmunzelnd, bekräftigt.

Beide, Frau Sommer und Dr. Schläger, seien dann aus unterschiedlichen Motiven hochgerannt in das Zimmer 1 des »Seelburger Hofs«, verfolgt von dem Schreiner Wellner, der seinerseits sich von Frau Sommer für diesen Abend wohl dies oder jenes versprochen hatte. Da sei ihnen dann allen erst einmal, nach Aussage Wellners, der pralle Modergeruch des Duschkeschen Schlafzimmers entgegengefahren, zweitens aber das Bild des friedlich schlummernden Pärchens ohne Leidenschaft, bzw. Herr Leobold sei dann sofort aufgewacht und habe sich, dem schlagartig einsetzenden Keifen der Frau Sommer die Spitze zu nehmen, neben das Bett gelegt. Ins Bett gehüpft sei aber sofort der Dr. Schläger aus Bremen und habe dort vor den Augen der Frau Sommer und des Schreiners Wellner begonnen, die Vorbereitungen für den Geschlechtsverkehr zu treffen, indessen Frau Sommer den brachliegenden Leobold weiter beschimpfte. Susanne habe dann, meint Wellner, im Halbschlaf langsam »mitgemacht«. Endlich sei Herr Leobold der Trubel zu widerlich geworden, »verstehst, Moppel, ich will doch gar nichts von der Frau, nie!« (Leobold), er sei nun nach unten in den Festsaal und habe sich von der dort anwesenden Freundesfamilie del Torro den Hausschlüssel geben lassen, um dort ruhig schlafen zu können. Daraufhin sei Leobold mit dem Taxi weg.

Nun aber sei es (Aussage Winter) dem Schreiner Wellner gelungen, Frau Sommer an die Bar zu schleppen, um sie dort mit einigen Schnäpsen vielleicht doch noch gefügiger zu machen, doch habe nun der Senior der Boshaftigkeit, Duschke, nach Erkenntnis der verzwickten Zusammenhänge, die Frau Sommer dahingehend aufgestachelt, sie solle sofort in die Wohnung del Torro fahren, er, Duschke, glaube beobachtet zu haben, daß Leobold mit einer der Karins davon sei. Jetzt sei die Frau Sommer mit dem noch immer hoffnungsfrohen Schreiner Wellner im Schlepp in die Wohnung del Torro gebraust, man habe mit dem Zweitschlüssel der Frau Grete del Torro geöffnet, und jetzt (Aussage Wellner und Leobold) habe Frau Sommer sofort mit allerlei Vasen, Kinderspielzeug und Aschenbechern auf den wehrlos in seinem Bettchen ausgestreckten Alfred Leobold gefeuert – zusammen mit dem im neutralen Hintergrund abwartenden Schreiner Wellner muß das ein reizender Anblick gewesen sein! Alfred Leobold im Bett habe sich nicht gerührt noch irgendwie geäußert – erst als ihn Frau Sommer endlich mit einer Vase am Hals gestreift hatte, habe, berichtet Wellner, Alfred Leobold sich hochgerichtet und ganz langsam gesagt: »Geht in Ordnung, Ilona, geht in Ordnung. Aber jetzt hörst auf.«

Darauf soll, überwältigt vom Rausch und der Gütigkeit Alfred Leobolds, Ilona Sommer buchstäblich zu des Geliebten Füßen niedergefallen sein und um Verzeihung gefleht haben. Darauf habe, erzählt roh lachend der Schreiner Wellner, der Teppichhändler aus seinem Bett noch einmal »Geht in Ordnung« hervorgeflüstert – nach meinen Forschungen die letzte erotische Aktion im Leben Alfred Leobolds.

Zuletzt sei die Gruppe Sommer-Wellner irgendwann wieder verschwunden. Ob es zwischen den beiden noch zum Geschlechtsverkehr gereicht hat, ist zweifelhaft. Immerhin, der Schreiner Wellner knurrt verdächtig unwirsch, wenn man ihn darauf anspricht, und vollzieht eine abschüttelnde Handbewegung...

Ich selber war – das hatte wenigstens Sinn – saftig betrunken heimgekommen und erwachte tags darauf unter der Last eines geradezu strahlenden Kopfwehs, mit Franz Kafka zu sprechen. Überhaupt Kafka! Es ist doch tief verwunderlich, daß einer, der sein Leben lang der Blödmann war, posthum von allen Seiten mit nicht einmal verlogener Liebe überschüttet wird. Gottseidank hat er das nicht mehr erleben müssen, genau wie Herr Leobold, er wäre davon, mit Oskar Zirngiebl zu reden, vollkommen niedergemacht worden und sofort vor die Hunde gegangen, deren Geschlecht er eine so niedliche Erzählung gewidmet hat. Evviva aber Max Brod, der, obwohl selber nicht der Hellste, als erster diese zweitschönste aller Seelen erkannt hat! Obwohl auch sie nicht ganz frei war von reaktionärem männlichem Imperialismus.

# 2. TEIL

»Eigentlich geht überhaupt alles in Ordnung.«
(Frisch, Tagebücher)

»Übrigens waren sie alle etwas unsicher in der Beurteilung ihrer Macht: und ob ihnen denn jetzt auch wirklich alles oder nur manches erlaubt war?«
(Dostojewski, Der Idiot)

## 1

Alfred Leobold selber war es ja gewesen, der mich seinerzeit, noch in den Tagen meines schwesterlichen Doppelsterns, geschmeidig dazu eingeladen hatte, mit der Schreibmaschine in seinem Unternehmen mitzuarbeiten. Ich hatte ja auch sofort die größte Lust dazu gehabt, der Vorschlag war mir in meinem Zustand völliger Untätigkeit sehr willkommen, denn Sabine allein vermochte meinen Alltag keineswegs komplett auszufüllen, und Susanne war damals, Mitte März, noch nicht so greifbar, als daß sie mir als echtes Problem so gut wie nachdem die Zeit hätte vertreiben können. Kurz, die alte Leoboldsche Einladung sowie meine schnelle Erkenntnis der Nichtüberraschbarkeit des Geschäftsführers des ANO-Ladens verhalfen mir dazu, einen ersten wirklichen Höhepunkt in der Geschichte dieses glänzenden Handelshauses zu inszenieren.

Besser: um den Grad der Toleranz, das scheinbar unermeßliche und unerschütterliche Entgegenkommen des geschäftsführenden Herrn Leobold gleichsam zu testen, leistete ich eines mürben Nachmittags tatsächlich dieser Einladung Folge, fuhr mit meiner Olivetti-Lettera-Schreibmaschine zu ANO, nahm im Neben- und Trinkgemach Platz, packte aus einer eindrucksvollen Aktenmappe allerlei Packen Schreibpapier aus und setzte dazu an, das »Kapital« von Karl Marx in die Tasten zu hämmern; erstens, um diesem schwierigen strapaziösen Gegenstand in angenehmster Umgebung, möglicherweise geleitet durch zwei versierte Geschäftsleute, endlich und spät genug näherzukommen (zu Hause, unter dem Druck meines Studierzimmers, würde ich es mein Leben lang nicht mehr schaffen); zweitens aber, um Herrn Leobold, sollte dieser einen prüfenden Blick in meine Arbeit werfen, durch die Strahlkraft von Worten wie »Gebrauchswert«, »Warenkörper« und »Tauschwert« zu beeindrucken, ja mir vielleicht sogar das ganze Brimborium des alten Marx durch praktische Beispiele aus dem Teppichlager besser einzuprägen. Dazu kam es aber nicht, sondern Herr Leobold verschwendete keinen Blick auf die Art meiner schriftlichen Arbeit, sondern stellte nur viermal innerhalb von drei Stunden mit den Worten »Da, Moppel, trink!« Bier neben die Schreibmaschine, indessen Hans Duschke, der an diesem Tag äußerst beschäftigt wirkte und behend zwischen mehreren Kundengruppen hin- und herschwankte, mir mehrfach, in offenbarer Erkenntnis meiner Finte, herzhaft zuwinkte. Allein der dicke Teppichverleger Zier beobachtete den neuen Bürogast etwas verwundert, nahm mich aber dann wohl auch als letztlich gegeben hin.

Immerhin gelang es mir so, während der folgenden vier Geschäftstage, die ersten 45 Druckseiten des »Kapitals« niederzuschreiben und Begriffe wie »einfache, einzelne oder zufällige Wertform« fließen mir seither flott von der Zunge, das ehemalige Jus-Studium erleichterte mir das Begreifen. Und Sätze wie den: »Indem eine Ware A (die Leinwand) ihren Wert im Gebrauchswert einer verschiedenartigen Ware B (dem Rock) ausdrückt, drückt sie letzterer selbst eine eigentümliche Wertform auf, die des Äquivalents« – solche eigentlich düsteren Sätze glaubte ich immer dann um so besser zu begreifen, wenn Herr Leobold, dem sein jüngster Mitarbeiter auch in den folgenden Tagen nicht lästig wurde, mir mit Worten wie »Prost«, »prima« oder »genau« ein neues Fläschchen zuschob. Genau. Das war das Äquivalent. Irgendwie war schon alles gleich.

Überhaupt müßte man einmal systematisch untersuchen, was heutzutage in Deutschland alles unter dem Begriff »Büro« oder gar »Bureau« kursiert. Der letzte Humbug, die tödlichsten und verwegensten Publikumsnarreteien ...

Nil admirari. Ich hatte bis dahin in meinem Leben noch nie jemanden gesehen, dem vielseitige Erfahrungen diesen stoischen Grundsatz so ins Bewußtsein getrichtert hätten wie Alfred Leobold. Vierzehn Tage später – es muß in der Karwoche gewesen sein, damals als ich Sabine und Susanne fest in meinem Griff wähnte – ging ich einen Schritt weiter. Ich überredete den Gymnasiasten Hans Binklmayr, der anscheinend damals seine Studien schon weitgehend beschlossen hatte, der praktisch immer Zeit hatte und den das blendende Alkoholangebot gleichfalls immer häufiger und zielloser zu ANO führte, dazu, mit mir zusammen (vermutlich war ich allein zu feige) den folgenden Coup durchzuführen: Wir würden uns von dem Gebrauchtwarenhändler Grystuff, dem ich damals auf mancherlei Art geschäftlich verbunden war, zwei Reißbretter und technisches Zeichengerät besorgen, dazu jeder zwei Flaschen Sekt, die ich Binklmayr zu zahlen versprach, nachdem über des Gymnasiasten bis dahin feurig begeistertes Gesicht ein Schatten gefallen war – und schon leuchteten seine Augen erneut hoffnungsvoll auf: und mit all diesen Gerätschaften sollten wir uns mitten in den ANO-Publikumsverkehr auf zwei Teppichballen setzen und zu zeichnen und Sekt zu trinken beginnen. Und beobachten, was dann geschähe.

Es geschah, wie ich fast erwartet hatte, nichts. Hans Duschke, der hier vielleicht doch einzuschreiten bereit gewesen wäre, hatte gerade seinen freien Tag; so daß Alfred Leobold beschäftigter als sonst und mit sichtlich schmerzverkrümmtem Gesichtchen von einem Teppichballen zum anderen staksen mußte und nur in einer kurzen Pause mich, als den Älteren und Reiferen, mahnte, wir sollten mit der Zeichentusche aufpassen, auf daß alles in Ordnung gehe. Die an diesem Tag nicht sehr zahlreiche Kundschaft wunderte sich gleichfalls nicht: Man hielt uns wohl für eine Art Werkstudenten oder vielleicht auch Inventurnehmer oder dergleichen Undurchschaubares. Und obwohl der Gymnasiast fortwährend und fast noch dämlicher und betrunkener als ich kicherte, seine jugendliche Euphorie kaum in Zaum zu halten wußte und völlig hemmungslos den Sekt in den strohblonden Heino-Kopf hineinschüttete (ich selber hielt mich eine Zeitlang, wegen Beobachtungsrücksichten, zurück), behandelte uns doch das Teppichpublikum geradezu zuvorkommend und machte fast immer einen ehrfürchtigen Bogen um uns nichtsnutzige Lümmel, gleich als ob man uns nicht stören wollte, ja gewissermaßen, als ob sie – so hirnverbrannt stehen unsere Bürger unter dem

Druck der kapitalistischen Verkehrsformen! – als ob sie unsere Arbeit für so gravierend erachteten, daß sie sogar dann auf die von uns besetzten Teppiche verzichten wollten, wenn gerade diese ihnen am meisten zusagten. Ja, sah denn dieser närrische Pöbel nicht die leeren und halbvollen Sektflaschen zu unseren Füßen kollern!

Der Gymnasiast und ich hatten am Abend, mit Tusche und Lineal, den Innenraum des ANO-Teppichladens fertiggezeichnet, die letzten Striche unter unaufhörlichem Kichern, Gluckern und mit mehreren technischen Ausrutschern. Es beleuchtet Herrn Leobolds feinen Humor, daß er, am Feierabend unsere Werke betrachtend, mit einem sehr präzisen, abgewogenen Lächeln, einem Lächeln, das vielleicht nur den empfindsamsten Geistern dieses Landes zu Gebote steht, »prima, ehrlich« sagte und zuletzt uns Trunkenbolde samt Zeichengerät in seinen L 295-er Wagen verlud und nach Hause chauffierte.

»Ich hab gar nicht gewußt, Binki, daß du so prima malen kannst. Ganz prima. Vom Moppel weiß ich's ja.«

Nichts wußte er! Gleichviel, später erfuhr ich, daß Alfred Leobold am Abend im Gasthaus »Wacker-Mathild«, das ihm zu dieser Zeit schon zum regelmäßigen Aufenthalt geworden war, über unser beider nachmittägliches ANO-Gastspiel berichtet hatte, gewissermaßen (wenn Adolf Wellners Erzählung zu trauen ist) lächelnd vorwurfsvoll, aber auch bewundernd und anerkennend: Was das vielleicht für Kerle seien! Auf die Frage der alten Wacker Mathild hin, warum er, Leobold, das nicht unterbunden habe, soll der Geschäftsführer wörtlich »Ach wo, was hätt ich denn machen sollen?« zurückgefragt haben.

Was der Schreiner »King Kong« Wellner, der damals auch Jean Marais immer ähnlicher wurde und deshalb den Kopf wohl auch entsprechend hoch trug, vielleicht auch, weil er damals schon der Pressure-group um Susanne sich zuzählen mochte – was Wellner von der Sache hielt, war nicht herauszukriegen, so eindringlich ich auch in die verstümmelte Gedankenwelt dieses Handwerksmanns hinein zu forschen suchte; wahrscheinlich war da einfach kein Fleckchen mehr, das über Gut und Böse kompetente Urteile zu fällen vermochte.

Sabine, der ich die Geschichte gleichfalls erzählte, mußte

erstaunlicherweise überhaupt nicht lachen; was ausnahmsweise für sie spricht. Ich selber fand den Krampf noch lange Zeit hinreißend.

2

Zu dieser Zeit war der ANO-Teppichladen bereits ein recht beliebtes nachmittägliches Ausflugsziel eines Teils unserer älteren und jüngeren Seelburger Streuner und Tagediebe geworden. Sie fanden in diesem Taubenschlag endlich jene kostenlose, mühelose und fast qualifizierte Unterhaltung, die sie mehr oder weniger seit ihrem Schulabgang gesucht hatten und doch letztlich immer schmerzlich hatten entbehren müssen. Fast täglich fand sich nun eine kleinere oder mittlere Freizeitgruppe bei Herrn Leobold und Herrn Duschke ein – wenn ich mich heute rückerinnere, so tauchen ganz besonders nachhaltig die grauenhaft vergnügungssüchtigen Gesichter der Herren Binklmayr, Schießlmüller, Wellner – ja, und letzten Endes auch meines auf, obgleich ich behaupten möchte, daß meine fortgesetzte und gesteigerte Gegenwart im ANO-Laden zum Teil eher intellektuelle Gründe hatte: Ich wollte mich wohl einfach über diese neue Form der Freizeitgestaltung, diese bezaubernde Kreation des Jahrhundertausklangs informieren, und dazu mußte ich ja wohl mit Haut und Haaren mitmachen. Zum andern genoß ich das unerhörte ANO-Leben als geistige Erholung nach meiner damals bevorzugten Vormittagsbeschäftigung: dem überaus strapaziösen Studium der besten Schachpartien aller Zeiten, und wer einmal jene Gehirnakrobatien eines Steinitz, Capablanca, Bronstein und Michael Tal nachvollzogen hat, der wird mein Motiv, meine Ökonomie vielleicht verstehen...

Drittens war meine ANO-Existenz gewissermaßen durch jenes »Gefühl der Humanität« gedeckt, von dem der alte Kant noch sprach, als es schon mächtig mit ihm abwärts ging und er dennoch jene abendländischen Fäden von Kultur und Zivilisation nicht aus der Hand zu geben bereit war, und die auch, meiner Meinung nach, Alfred Leobold fest und entschlossen in den klapprigen, dürrgetrunkenen Fingern hielt, als er mir damals, gleichsam schon hinsiechend, den ANO-Kundenausweis überreicht hatte, den ich bis heute besitze und hoch in Ehren halte.

Es muß zu der Zeit gewesen sein, als der Verlust meiner Macht über die beiden Schwestern bereits feststand – da begegnete ich eines Tags einem in Seelburg ziemlich verrufenen Frauenzimmer namens Hilde, das heißt diese schon recht verrottete und im Gesamteindruck verquollene 16jährige lief mir eines Morgens beim Stadtbummel in die Quere und drang sofort unappetitlich und in der Weise in mich ein, ich solle ihr gefälligst einen angenehmen und bunten Tag gestalten und sie (das witterte ich ohne Vorzug) wohl auch noch irgendwie generell freihalten – dafür, deutete das kesse Stück an, könne ich mit ihr gewissermaßen tun, was mir beliebte.

Die Sorge um mein schönes Geld, aber wohl auch die Reserve gegen einen unerwarteten und vermutlich unerquicklichen Beischlaf flüsterten mir nun die duftige Idee ein, die Halbwüchsige zu ANO zu verschleppen, wo ich mich diesem Weib gegenüber gleichsam hinter den Herren Leobold und Duschke verstecken könnte. Und ich berauschte sofort und eindringlich jene Hilde mit der Vision eines sagenhaft aufgeräumten Nachmittags im Kreise vielleicht zahlreicher »prima Kerls«, mit Herrn Leobold zu sprechen. Und von Getränken ließ ich auch dies und jenes fallen.

Der Nachmittag gelang denn auch auf das Befriedigendste. Skandalös, wie viele – und gerade junge! – Menschen heute, aufgrund der fortschrittlichen Arbeitslosengesetzgebung und sonstiger sozialer Unvorsichtigkeiten, in der Lage sind, auf Abruf alles liegen und stehen zu lassen und ihrem Tagesverlauf eine ganz neue und unerwartete Richtung zu geben! Herr Leobold hieß auch die Nachwuchskraft Hilde auf das Freundlichste willkommen, und der Fratz erkannte wohl auch sehr schnell, daß bei diesem anscheinend großmächtigen Geschäftsmann sicherlich eher Geld abzuzweigen wäre als bei mir – und der abgebrühte Teenager war versiert genug, seine Brüste gegen den seriösen Weißkittel Herrn Leobolds hin spielen zu lassen. So daß ich mich bald Herrn Duschke zuwenden konnte, der gerade im offiziellen Geschäftsraum einer unglaublich gescheckt kostümierten Matrone einen feuerroten »Kamelsattelhocker« für sage und schreibe 98 Mark aufzuschwätzen suchte. Um dieses begnadete Schauspiel besser beobachten zu können, nahm ich buchstäblich zu Füßen der beiden Handelspartner Platz, auf einem sogenannten »Schmuckhund Pluto« (69,50 Mark), schmauchte erwartungsvoll ein Zigarettchen und sah den beiden Alten zu.

Duschke lehnte sich dabei mit dem linken Arm an eine Teppichwand, wahrscheinlich um nicht umzufallen, denn aus seinem Munde kam ein bekanntes Düftchen herausgeflattert, aus dem ich mindestens Weizenbier und Apfelwein herausdestillierte, es war aber nach meiner Überzeugung auch etwas Süßes darunter – nur die Matrone störte das offenbar gar nicht, vermutlich hatte sie heute selber schon ausgiebig gezecht.

»Gnädige Frau«, raunte Duschke mit niederzwingendem, gefügig machendem Bariton, »ich bin ein alter Mann. Ich habe kein Interesse daran – ich rede ganz offen zu Ihnen – Sie zu bescheißen. Stört es Sie, wenn ich rauche? Aber dieser Schmuckhund ist das Beste, was Sie auf diesem Gebiet in dieser Saison – und ich rede von der Bundesrepublik . . .«

Da flog die Tür auf und herein mitten in das anmutige Spektakel segelte mit Pomp der Kerzenhändler und Teufel Lattern. Er schlenzte mit vorgebeugtem Oberkörper auf uns zu, begrüßte, die Verlegenheit über seinen offenkundigen Rausch mit Stolz über ihn mischend, Hans Duschke, mich und verblüffenderweise auch die Alte mit strammem, katholischem Handschlag, berichtete aufgewühlt, er müsse jetzt gleich mit dem Kombi-Wagen Ewiges Licht sowie »geweihte Körnlein« nach Passau, Deggendorf und anschließend zum Bischof von Eichstätt fahren, er habe nur noch schnell vorbeischauen wollen, »wie es euch in eurem Laden da geht«, sagte Lattern recht unpassend und schien sogar vor aufgeregter Freude zu weinen, riß sich aber dann doch am Riemen, und um jetzt noch etwas besonders Anmutiges und Effektvolles vorzubringen, erzählte er mit jämmerlicher Leutseligkeit Duschke und der mit diesem jungen Mann offenbar hochzufriedenen Matrone, der Bischof von Eichstätt habe nämlich immer das Rheuma und die Gicht und alles, und nur seine, Latterns, geweihten Körnlein vermöchten dem alten Herrn Hilfe zu bringen bzw. (log Lattern kreuz und quer durch das ANO-Lager) er, Lattern, bringe dem Bischof die Körnlein mit, die seien aus dem Fichtelgebirge, »wie der Sechsämter!« brüllte Lattern obszön, er bringe die Körnlein mit, der Bischof segne sie dann, fresse ein paar, und den Rest habe er, Lattern, in dieser Dose!

Triumphierend klaubte sie Lattern aus der Jacke, hielt sie Duschke und der Alten unter die Nase und verzeichnete einen überraschenden Erfolg. Denn die Frau wandte ihr Interesse plötzlich vollständig von dem grauenreichen Kamelsattelhocker ab und berichtete Lattern, daß auch sie jeden Morgen beim Aufstehen unter einem gewissen Schwindel leide, unter Tag vergehe das dann wieder (vermutlich unter dem Einfluß von allerlei dunklen Likörchen!) – jedenfalls: ob sie die Körnlein einmal sehen und gegebenenfalls kaufen könne?

Lattern, von seinem unverhofften Erfolg verzaubert, packte darauf die Alte beidhändig an den Schultern und log hemmungslos weiter, praktisch beziehe ja der gesamte deutsche Episkopat seine Körnlein, »alle, alle, der Döpfner, der Graber, der Dings, der andere ...« – hier schon fiel Lattern nichts mehr ein und deswegen stürzte er sich rasch ins Freie – angeblich mußte er im Auto nachsehen, wann er beim Bischof von Eichstätt gemeldet sei –, kam wieder, öffnete zum Beweis jetzt endlich seine Zauberdose, in der sich wohl eine Art Myrrhe befand, von der sich Lattern entschlossen etwa ein Dutzend Körnlein in den Mund schob, so daß die Alte endlich von deren Nutzen überzeugt war. Ich kriegte auch ein paar ab, die Alte aber ließ sich gleich eine leere Streichholzschachtel damit auffüllen und fragte hocherfreut, was sie denn schuldig sei.

»Nichts, Mutter, nichts!« brüllte Lattern leidenschaftlich, überlegte es sich aber dann doch anders, griff sich wie denkend an den Kopf und korrigierte sich: »An sich nichts, aber wenn S' uns ein Fläscherl Sechsämter bringen könnten, so eine für 20 Mark, auf daß«, verfiel Lattern wieder einmal in seinen geliebten alttestamentarischen Tonfall, »für alle genugsam da sei, wenn das Abendmahl bereit steht. Hah! Ich freu mich, ich freu mich!« jauchzte Lattern und machte ganz überraschend einen Arabersprung im Teppichlager.

Die alte Mamsell zückte sofort einen Zwanzigmarkschein, vergaß aber nicht, wegen der Krankenversicherung eine Quittung zu fordern. Da war nun freilich guter Rat teuer, denn Lattern hatte nichts dergleichen bei sich, so daß sich die Lösung des Konflikts wieder einmal der wachen Geistesgegenwart Hans Duschkes verdankte, der, anscheinend überwältigt durch seinen eigenen Schalk, einen ANO-Kassenzettel ergriff, »Arzneimittel 20 Mark« drauf schrieb und ihn der Alten, versehen sogar mit einem Stempel, überreichte.

Worauf sich das Unwesen, begleitet von einem sinnleeren Duschkeschen »Gnädige Frau, das Vergnügen war ganz auf meiner Seite«, schlurfend davonmachte.

Schon hatte Lattern, geradezu zitternd vor Alltagslust, die Sechsämterflasche beigebracht und war mit ihr entzückt ins ANO-Nebengemach gestürzt – da registrierte er die kleine Hilde im vertrauten Gespräch mit Alfred Leobold (wie ich noch am Abend erfuhr, hatte sie dem Geschäftsführer zwischenzeitlich 30 Mark abgeknöpft) – und damit war es um des Kerzenkaufmanns Besinnung vollends geschehen. Er umgriff die junge Frau sofort von hinten, preßte sie hin und her und schwang über ihrem Kopf die Braunes verheißende Schnapsflasche, worauf er, erstaunlich höflich, Frl. Hilde zuerst zu trinken gab, dann dem alten hingegossen lachenden Duschke, dann Alfred Leobold, dann mir, und schließlich wuchtete er den Rest fast vollständig in seinen geweihten Körper, eine Leistung, die Hans Duschke tatsächlich zu einem kurzen, besinnungslosen Beifallklatschen veranlaßte, indessen Herr Leobold abgrundtief zufrieden lächelte, ja, wenn ich mich recht erinnere, vor Vergnügen leis schnaubte.

Für Augenblicke muß Latterns wendiger Körper doch schokkiert gewesen sein, denn der Kerzenhändler rülpste ein paarmal nachdenklich und ließ dann allerhand Bräunliches und Schleimiges aus der Nase tropfen – dann hatte er sich im Prinzip wieder unter Kontrolle, umfing erneut rücksichtslos die kleine Hilde, der dieser stinkende Teufel anscheinend recht gut gefiel (womit ich auch endgültig entlastet war) – beide wackelten fast verzückt mit ihren Körperchen hin und her, und in einer Atempause rief mir Lattern glühend zu:

»Moppel, ich sage dir etwas! Ich sage dir, die Situation ist, daß ich euch empfinde wie wunderbare Pflocken! Jawohl, Pflocken!« wiederholte der Kerzenhändler begeistert, verwirrt über seinen unverhofften Wortwitz. Der alte Unhold Duschke lachte scheppernd, Herr Leobold aber äugte jetzt verstohlen ins Teppichlager, ob wohl auch alles in Ordnung gehe und nicht etwa ein Kunde störe – und dann beeilte er sich, dem neuen Paar überraschend und wahrhaft großherzig zu eröffnen, sie könnten »jederzeit« in den Keller gehen, nur auf den Teppichen könnten sie es nicht machen, weil heute »eventuell« (bei Leobold klang es wie »evendöll«) der oberste ANO-Besitzer Alfred Nock zur Inspektion vorbeischaue.

Beim Schreiben muß ich erneut lachen, wenn ich an das Leoboldsche »evendöll« denke, das ich hier, wenn mich nicht alles täuscht, zum ersten Mal vernahm, das mich später so bezaubern und vielfach nachdenklich stimmen sollte: seine spezifische Artikulation durch Alfred Leobold nahm dem Wort sozusagen den letzten Rest an Schärfe und Bedrohlichkeit, die Umwandlung des Konsonanten ins Stimmhafte nebst der der beiden Vokale in einen Diphtong strahlte etwas so universell Begütigendes, Kalmierendes aus, daß, ja daß mir dazu nur das bekannte Brentano-Wort einfällt: »Alles ist friedlich wohlwollend verbunden, bietet sich tröstend und trauernd die Hand, sich durch die Nächte die Lichter gewunden, alles ist ewig im Innern verwandt.« Ist das nicht wunderbar?

»Hurra!« brüllte tatsächlich Lattern, dem der Gedanke anscheinend selber gar nicht gekommen war, vielleicht hatte er über der Hektik der geweihten Körnlein und des Sechsämters auch das eigentliche Ziel der Erotik kurzzeitig aus dem Gesichtsfeld verloren: aber um so schleuniger zerrte er nun die kleine Hilde davon – unwahrscheinlich, wie das Kleinzeug mithopste, das doch nun tatsächlich Geld und Liebe in einem Aufwasch bekam! – und wir drei Kaufleute hatten erneut etwas zu lachen und eröffneten erfreut drei Flaschen Bier.

Es sei ja nur wegen dem Herrn Nock aus München, der heute »evendöll« eintreffen werde, wiederholte Herr Leobold entschuldigend, sonst könnten die beiden »jederzeit«, auch auf den Teppichen ... das ginge sonst schon »in Ordnung«, »normal jederzeit« – – und plötzlich tapste Alfred Leobold aus dem windstillen Nebenzimmer, offenbar um das Paar zu kontrollieren, kehrte gleich darauf mit einer weniger zornigen als traurigen Miene zurück und berichtete mit müder Handbewegung, »die Blödeln« seien nun doch nicht im Keller, sondern lägen auf dem Teppich hinter der großen Rolle, sehen könne man sie zwar nicht, aber hören ... und wenn jemand hereinkomme ... doch diesmal war es der greise Schelm Duschke, der jede verhaltenstechnische Vorsicht beiseite räumte und mit einem »Prost, Herr Läääwool! Sind doch junge Leute!« diesem verantwortungstragenden Herrn lebhaft auf die Schulter klopfte. »Unglaublich!« flüsterte mir der Großvater der Tücke behend zu, das müsse ich doch zugeben! Ich gab zu.

»Hurra!« Mit einem Schrei fiel Lattern zehn Minuten später wieder in unseren Privatraum, »Herr Leobold«, kreischte er sofort gurgelnd und fiel diesen an, »ich sage Ihnen, ich sage dir, jede Paarung ist als Situation etwas Wunderbares!« – und während Herr Leobold sein welkes »genau« raunte, verbesserte sich Lattern gräßlich schreiend: »Versuche mich bitte zu verstehen, Leobold, alter Depp, jede Paarung ist als Situation irgendwie wunderbar – im großen und ganzen kommt dadurch letztlich auch eine glückliche Gesellschaft zustande, und, Leobold, das gilt auch für dich!«

Ein neuerliches »genau, Amigo« ging in Hans Duschkes ekstatischem Röhren unter, was Lattern, der von seiner windigen Dulcinea geradezu liebevoll beäugt wurde und der ihr jetzt gleichsam symbolisch den Daumen gegen die Brustspitze drückte, erneut anstachelte. »Du bist Zeuge!« schrie Lattern, worauf ihm anscheinend nichts mehr einfiel, so daß er kurz, düster und dämlich vor sich hinstarrte, gleich als ob er sich an seine Verantwortung, nämlich an die Fuhren Kerzen, Ewiges Licht und Körnlein in seinem Kombi erinnere, doch blitzartig gelang es ihm dann, erneut ein charmantes Lächeln in sein Teufelsantlitz zu zaubern:

»Leobold!« säuselte der Kerzenhändler nun ganz zart und schmeichelte dem Zurückweichenden aus kurzer Distanz ins Gesicht, »Leobold, du als smarter Mensch solltest mich nicht länger ... nicht länger ... infamieren!« schrie Lattern wie aufhorchend, als ob er selber überrascht sei, was Enormes aus seinem Inneren herauszuholen sei, »sondern du als Kaufmann vom alten Schlag solltest jetzt ... hm ... eine Maß zahlen!« Und herzig grinste der Kerzenhändler dem Teppichkollegen ins mürbe Gesicht.

Ein Wink Alfred Leobolds genügte, und ich eilte zu ihm. Noch während der Geschäftsführer pflichtgemäß seinen Zehnmarkschein zog, brach indessen Lattern zusammen.

»Mir geht's gut, mir geht's gut«, gurgelte er, hielt die linke Hand gegen den Magen und beugte den Kopf elend zu Boden, »nein, mir geht's gar nicht gut, die geweihten Körner, verflucht!« – worauf Alfred Leobold mit einer Tücke, die ich ihm bis dahin nicht zugetraut hatte, dem schlimm Hängenden und Würgenden aus dem Kühlschrank eine Flasche Magenbitter reichte, nein, diese dem Kerzenhändler mit schamlosem Rachetriumph im bleichen Antlitz buchstäblich gewaltsam einträufelte, wie eine Mutter dem Kinde ununterbrochen gut und sinnlos zuredend: »Den trink... ja... genau... dann geht's dir wieder gut... trink nur, fest... freilich... das geht dann schon in Ordnung.«

Lattern, Augen geschlossen, trank, spuckte das Zeug sofort wieder aus und rannte plötzlich, wie vom Teufel gejagt, aus dem Teppichnebenraum und zur Tür hinaus, verfolgt von seiner Sexschwarte, die aber noch schnell ihr Glas Bier leertrank – angeblich, hieß es später, seien die beiden in den Wald gefahren, wo Lattern dem Mädchen »alles erklärt« und ein Feuer angezündet habe. Jedenfalls, die beiden Teppichhändler und ich waren wieder unter uns. Vergnügt wie selten, genoß Herr Leobold seinen Magenbitter-Coup, ja mir schien erstmals, ein leichtes Rosa der warmen Freude überkroch sein heiligmäßiges Gesichtchen. Der nichtsnutzige Greis Duschke dagegen konnte seine hohe Freude, wieder einmal einem Beischlaf zumindest theoretisch beigewohnt zu haben, noch immer nicht dämpfen: vor Erregung lief er mehrmals aus der Gemütlichkeit der ANO-Nebenstelle ins Teppichlager und ließ dort wie besinnungslos entzückt ein sogenanntes »Teppichdrehstudio«, eine Art Karussell, kreisen.

Kurz vor Feierabend verirrte sich ein Mann mittleren Alters ins Geschäft, der, zur Abwechslung von Leobold empfangen, einen »Herrn Dotsch« zu sprechen wünschte.

Leobold beschied den Mann, der Duschke sei nicht mehr da, sondern »beim Ingenieur«.

Der Herr Dotsch habe aber fest versprochen, heute abend hier zu sein, wegen dem Farbfernseher, jaulte der Mann hilfeheischend.

Der »Herr Dotsch«, ahmte nun gleichsam verächtlich Herr Leobold seinen Besucher nach und mimte überraschend gut Strenge, sei hier nicht als Fernseh-, sondern Teppichverkäufer!

»Nein, nicht verkaufen! Kaufen will er ihn. Der Dotsch«, wimmerte der Mann erbärmlich, aber Leobold blieb hart:

»Kaufen! Verkaufen! Der Dotsch, der Dotsch! Jetzt machen S', daß Sie weiterkommen, gell! Sonst hol ich die Polizei! Wir sind ein Teppichladen und kein Fernsehzirkus. Los!«

Und ungnädig mußte der Arme abziehen. Das einzige Mal, daß ich mich erinnere, Alfred Leobold wirklich ungehalten erlebt zu haben. Wollte er sich für den unwürdigen Koitus Latterns auf seinen Teppichen als strenger Geschäftsführer rehabilitieren? Wollte er seinen Teppichbunker gegen ungebetene Kräfte von außen abschirmen? Oder glaubte er zwischenhinein immer wieder selber mal dran, daß dies ein seriöses Unternehmen sei?

Im wetterfesten Nebenzimmer hatte mir zwischenzeitlich Hans Duschke saftig ins Ohr geraunt, der Dummkopf da draußen wolle ihm seit acht Wochen seinen alten Fernseher verkaufen, weil er, Duschke, einst, dem Herrn Schnaps »herauszukitzeln«, ihm eine diesbezügliche Zusage gemacht habe. Aber natürlich denke er, Duschke, nicht im Traum daran, denn: »Moppel, in dem Augenblick, in dem Hans Duschke einen Fernseher hat, bin ich ein toter Mann!« bellte Duschke verhohlen und ächzte gleichsam unter der Wucht dieses Satzes, nahm ein Schlückchen und schwallte auf den zurückgekehrten Herrn Leobold ein, ja der Alte arbeitete gewissermaßen mit Händen und Füßen, dem Vorgesetzten für seine aufopferungsvolle Solidarität zu danken.

»Da könnt' ja jeder kommen«, rief Alfred Leobold matt und feurig zugleich. Ein Satz, den ich bis heute nicht verstanden habe und den ich deshalb hier uninterpretiert so stehen lassen möchte. Irgend etwas wird er schon bedeuten.

»Danke, danke, ehrlich, Kollege!« quallte Duschke und krallte sich hingebend an des Geschäftsführers weißem Mäntelchen fest. »Ich danke Ihnen, alles klar.«

Auf dem Fußboden lag eine Art Buch, »Bodenlegerlexikon« stand drauf. Im Abfallkorb diesmal Hähnchenknochen, offenbar die Reste von Duschkes Mittagsmahl. Mir wurde leicht und schwer ums Herz. Herr Leobold, offenbar erschöpft, öffnete noch ein paarmal die Schreibtischschublade und kramte blind zwischen einem Packen Lieferscheinen und Kassenzetteln herum. Später stieß noch der Chef-Verleger Zier zu der träumerischen Gruppe und stellte sich bei zärtlicher Radiomusik für ein Weilchen an den Kühlschrank. Schlag 18 Uhr verschloß Alfred Leobold den Laden und beorderte Duschke und mich weißgottwohin: wenn nicht die Tage, die Abende jener Zeit verschwimmen mir.

In diesen Tagen des heitersten Teppichfrühlings erfuhr ich, zum Teil von ihm selber, zum größeren Teil aber von Hans Duschke, Wichtiges aus Herrn Leobolds familiärem und beruflichem Werdegang. Soziologen unter meinen Lesern könnte es interessieren, daß Alfred Leobold bereits seit nunmehr 24 Jahren im Verkauf tätig war, seit seiner Lehrzeit, die dieser Sohn eines hiesigen Gerichtsbeamten bei der Seelburger Firma Meßmann abgeleistet hatte, dort hatte Leobold auch die nächsten 20 Jahre über gedient, zuletzt als hochgradiger Abteilungsleiter für Teppiche und Gardinen (die Symbolik will, daß ich bei Duschkes Bericht zuerst »Teppiche und Kantine« verstanden habe) – und alles sei also furchtbar und dynamisch vorwärtsgegangen, bis es dann vor einem Jahr in dieser Abteilung zu gewissen Unregelmäßigkeiten und Differenzen zwischen Alfred Leobold und dem jungen Meßmann gekommen sei bzw. –

– nein, es sei alles ganz anders gewesen, korrigierte Hans Duschke und fing seinen Bericht nachdenklich noch einmal von vorne an. Der Juniorchef Meßmann habe Leobold damals unwahrscheinlich gefördert, weil dieser ihm bei seinen abendlichen Touren besonders strebsam und ausdauernd Gesellschaft geleistet habe, in der »Glückauf«-Wirtschaft vor allem und anschließend in der »Capri-Bar«, und dieses Mäzenat des jungen Meßmann habe nun Leobold nicht nur beruflich rasch vorwärts gebracht, sondern ihm in der Folge bald auch eine ausnehmend schöne Ehefrau Erika aus dem Meßmannschen Gardinen-Sektor zugeführt, zu welchem Glück sich bald zwei niedliche Töchter, heute sechs und neun Jahre alt, gesellt hätten. Im Hochgefühl dieser verblüffend schönen Entwicklung – wußte nun Duschke und setzte eine besonders geistfunkelnde Miene auf – habe Alfred Leobold jetzt auch angefangen, in sämtlichen Seelburger Nachtlokalen den Playboy und Lokalmatador vorzustellen, im besonderen habe er angefangen zu spielen, »und saufen sowieso«, rief Duschke, er sei dabei wohl auch übermäßig spendabel geworden, habe vermutlich auch damals schon seiner zarten Gesundheit nachhaltigen Schaden zugefügt – und vor allem und zusehends und rücksichtslos sein Eheleben vernachlässigt.

Woher Hans Duschke auch immer das so genau wußte – das Folgende soll sich nun so abgespielt haben: »Alfred«, habe damals Leobolds Ehefrau Erika immer wieder gesagt, »Alfred, treib es nicht zu weit, entweder ich oder deine Freunde, überleg es dir gut«, äffte Duschke melodramatisch nach. Genau, hatte, nach Duschke, damals Alfred Leobold geantwortet, das gehe in Ordnung. Sei es aber nicht gegangen, wußte Duschke und furchte die Stirn, sondern eines Tages habe Alfred Leobold der Scheidung ins düstere Auge schauen müssen.

Daraufhin habe sich – »logisch!« krähte Duschke – zuerst einmal Leobolds Alkoholverbrauch entschieden gesteigert, was wiederum (ich fasse hier Duschkes wilden Lärm zusammen) eine zusätzliche Einbuße an Gesundheit mit sich geführt habe, insbesondere dergestalt, daß Leobold eines Tages »praktisch nichts mehr« habe essen können (wie es Leobold mir gegenüber mehrfach ergreifend zum Ausdruck brachte) – was wiederum der Karriere des Geschäftsmanns bei der Firma Meßmann nicht eben zugute gekommen sei, vielmehr habe sich diese, als Alfred Leobold wochenlang in nicht allzu wachem Zustand seiner Arbeit nachgegangen sei, eines Tages in wechselseitigem Einvernehmen von diesem langjährigen Mitarbeiter getrennt, doch habe das »überhaupt nichts ausgemacht, ach wo« (bekräftigt Alfred Leobold munter), weil in diesen Wochen gerade die expandierende ANO-Firma aus München in Seelburg ihre Pforten geöffnet und nach einem versierten Teppichfachmann Ausschau gehalten habe, und im Zuge desselben habe man »natürlich« (betont Leobold) ihn, der mit den allerbesten Referenzen gerüstet gewesen sei, engagiert, – indessen gleichzeitig Hans Duschke aus der Hosenbranche heraus zugestiegen sei.

Bitter, daß nun etwa zur gleichen Zeit Herrn Leobolds Ex-Gattin Erika sich wieder verheiratet hatte, nämlich mit einem pensionierten Bundesbahnamtmann namens Jatz, einem 55jährigen Seelburger Bürger, und diesen neuen Coup seiner ehemaligen Ehefrau habe Alfred Leobold schon gar nicht mehr einsehen wollen und noch leidenschaftlicher als zuvor zur Flasche gegriffen, gefördert nicht zuletzt, nach meiner eigenen Beobachtung, durch das gute Zureden Hans Duschkes, der sich wohl seinerseits in den warmen ANO-Räumlichkeiten einen gemütlichen Lebensabend versprach, und der würde halt (so listig sind unsere alten Schauspieler!) um so gemütlicher ausfallen, je benommener Duschkes neuer Vorgesetzter die Leitung der Filiale erledigte.

In dieser Zeit des Transfers von Meßmann zu ANO muß es dann auch zu jenem mutmaßlichen Anschlag des geschiedenen Leobold auf das Auto der Gattin Erika gekommen sein, von dessen gerichtlichem Nachspiel samt der hervorragenden Zeugenaussagen des Gipfelstürmers Otto Käsewitter vorne die Rede war.

Sic transit gloria mundi. Von Tag zu Tag wurde mir so Alfred Leobolds Vergangenheit vertrauter, sein rapider Aufstieg zu den allerhöchsten Wirtschaftsspitzen unserer Stadt, aber auch sein zügig sinkender Stern, vor allem seit der Zeit, da der Komet Hans Duschke und ich ihm über den Weg gelaufen waren. Im übrigen bin ich jetzt ziemlich verärgert, denn vor einer halben Stunde, mitten in meine schwierige Leobold-Analyse hinein, hat die reizende Witwe Strunz-Zitzelsberger angerufen und mir erstaunlich kalt mitgeteilt, daß aus der ins Auge gefaßten Bockbierbegegnung nun leider nichts würde, denn sie müsse übers Wochenende zu einer Cousine nach Traunstein fahren. Skandal! Das glaubt doch niemand! Ich möchte nur wissen, was das für eine öde Cousine ist! Und dabei hatte ich mir schon die allerschönsten Redensarten, eine internationale Kollektion von gepflegten Schnulzen und Augenaufschlägen zurechtgelegt, sie unter der Gewalt des Starkbiers unter Druck zu setzen und sie womöglich psychisch-emotional zu überwältigen, ja, ich hatte mir gestern abend sogar schon etliche weiße Härchen auf meinem Kopf ausgerupft! Sie sollte nur so weitermachen, diese betäubende Witwe, dann würde ich sie eines Tages unbarmherzig aus meiner heimlichen Vormerkliste streichen und sofort das Schreibzeug niederlegen! Und die Nachwelt hatte den Schaden, und sie den Schaden und den Spott obendrein! Nein, natürlich nicht, der Spott würde natürlich über mich niederprasseln, aber immerhin, es würde ja vielleicht niemand merken, oder aber ich würfe alle verräterischen Witwe-Passagen klammheimlich aus dem Text und würde diesen dann eben unter allen Symptomen von Tragik und Geworfenheit als lockeres Fragment publizieren...

Jedenfalls, es war wohl Ende August, als ein weiterer entscheidender Einschnitt in die Geschichte dieses immer weniger überzeugenden Teppichladens ANO erfolgte. (Ich muß einfach den witwelichen Schmerz überwinden und verbissen weitertippen.) Auf irgendwelche höhere Weisung hin zog nämlich der gesamte Betrieb aus der Schlachthausstraße aus und in ein Lokal am (der Leser beachte abermals die erhellende Symbolik!) Fortschrittsplatz ein, einen historisch nicht wertlosen Altbau an der Peripherie des Seelburger Stadtzentrums – anscheinend wollte Herr Nock über diese verkehrstechnische Delikatesse seine Mitarbeiter zu nochmals gesteigerten Leistungen antreiben.

Innerhalb von zwei Tagen wurden sämtliche Ballen, Rollen, Fliesen und Schmuckhunde in das neue Haus am Fortschrittsplatz geschafft und im Raum postiert, auch der schöne alte Kühlschrank fehlte nicht – und schon zu Herbstanfang nahmen Herr Leobold und Herr Duschke ihre angestammten Plätze wieder ein und erwarteten beherzt den anstehenden Winter.

Das neue Haus, die neuen Verkaufsräume erwiesen sich als noch prächtiger, leuchtender, ja gewissermaßen weltläufiger als der alte Barackenschuppen – nur bedauerten alle Premierenbesucher nachhaltig den Fortfall der schönen isolierten Teppichnebenstelle. Vielmehr stand der legendäre ANO-Kühlschrank jetzt etwas verloren in einer Ecke, und vorerst mußten die tätigen Herren hinter der Ladenkasse und schutzlos vor den Augen der bereits bedrohlich hereinschwärmenden Kundschaft trinken. Was ihnen wohl selber überhaupt nicht zusagte, und tatsächlich, schon nach einer Woche hatten sie mit ein paar übermannshohen Teppichrollen eine Art Behelfsbar installiert, die Hans Duschke in der Folge auch »Erfrischungsecke« nannte, und innerhalb deren man den Augen Neugieriger und Unbefugter erneut tadellos entzogen war und sich aufführen konnte, wie man wollte.

Da ich mich in den folgenden Tagen und Wochen sehr häufig

in dieser etwa fünf Quadratmeter großen Zelle aufhielt und über die Teppichwand hinweg den erregenden Stimmen der beiden Verkäufer lauschte, entdeckte ich auch bald das kostbarste Geheimnis des Raums. In seiner Mitte nämlich befand sich, hochkant gestellt, eine Isolierpapierrolle, aus deren Mittelloch eines Tages ein kleines Sechsämterfläschchen vorwitzig herausspitzte. Ich ging der Sache nun nach und entdeckte, daß der Luftschacht voll mit jenen braunen Fläschchen gestopft war! Ich erinnere mich, daß mich in diesem Augenblick eine geradezu überirdische Freude überfiel – und im folgenden erfuhr ich, daß es sich bei dieser sensationellen Einrichtung um eine überaus kluge Maßnahme der beiden Teppichherren handelte: Um unerwartetem Besuch, etwa Herrn Nocks, vorzubeugen, auch damit nicht immer im Papierkorb oder zwischen den Teppichrollen die verräterischen Überreste des Arbeitstags auftauchten, hatte, wie mir der verschlagene Alte Duschke in schelmischer Begeisterung erzählte, Herr Leobold angeordnet, das Zeug solle, nachdem der Inhalt weggetrunken sei, in jenem Schacht versenkt werden. Sei der Schacht voll und quelle über, hebe man die Rolle einfach hoch und kehre die auf einen Haufen herunterpurzelnden Fläschchen stracks und in einem Aufwasch zur Türe hinaus. So erspare man sich Arbeit und Ärger und Zeit.

Und übrigens gelte diese Anordnung natürlich auch für Gäste, schloß Duschke, und der alte Galgenvogel mußte so heftig lachen, daß er gleichsam in der Enge seines weißen, aber auch erstaunlich angegrünten Kittelchens nicht mehr aus noch ein wußte und mir deshalb zwei Mark in die Hand drückte, ich solle gegenüber gleich zwei Fläschchen besorgen, dann könne ich das Versenken sofort ausprobieren, stachelte der greise Berserker.

»Gegenüber« – das erfuhr ich gleich darauf – handelte es sich um eine kleine, recht vorweltliche und mit allem Unfug dieses Landes vollgestopfte Kolonialwarenhandlung, in der zwei ungeheuer dicke Frauen residierten, Mutter und Tochter, genannt Schneeflöckchen I und Schneeflöckchen II, die, so erfuhr ich, zurückgekehrt, von Hans Duschke, nach dem ANO-Umzug sofort auf Anweisung Alfred Leobolds hin ihr Sortiment um Sechsämtertropfen in verschiedenen Flaschengrößen erweitert hatten – ja ein weiterführendes Gerücht, das mich über den Gymnasiasten

Hans Binklmayr erreichte, wollte wissen, die beiden Schneeflöckchen seien im Zuge der auch in Seelburg grassierenden Supermärkte kurz vor der Liquidation ihres kleinen Ladens gestanden, bis ihnen der Himmel die Rettung in Gestalt der ANO-Herren über den Weg geschickt habe.

Nun, auch mit dem ANO-Laden selber ging es jetzt immer steiler bergauf. Mag sein, daß die von Herrn Nock ins geldgierige Auge gefaßte günstige Geschäftslage den Publikumsverkehr beschwingte – meiner Meinung nach war es vielmehr um diese Zeit herum bereits so, daß viele, wenngleich längst nicht alle Kunden einfach deshalb hereindrückten, die neuen Herren in all ihrer Spektakularität anzuschauen und zu bewundern – so wie ja auch und vor allem ich – ja ich fühlte mich gewissermaßen als Vorreiter dieser neuen Bewegung, die ich mit Vorbehalt, aber cum grano salis dahingehend zusammenfassen möchte: daß in der Periode des absterbenden Spätkapitalismus der Mensch weder auf eine besonders gediegene Ware mehr aus ist noch auf einen halbwegs zivilen Service, sondern gleichsam auf das Schauspiel der in ihrem eigenen Gift herumtorkelnden Spätlinge der hochkapitalistischen Verkaufstechnik. Oder, anders gesagt: Noch heute erregt mich aufs äußerste der Gedanke, daß auch in unseren großen Handelszentren wie Kaufhof, Horten und Quelle hinter scheinbar seriösen Wänden die aberwitzigsten Trinkgelage vor sich gehen; daß, während vorne in den öffentlichen Verkaufsabteilungen eine Minderheit von Mitarbeitern das Notwendigste an Kundenbetreuung besorgt, hinter den Wänden wahrhaft der Teufel los ist: daß das geheime Leben der großen Kaufhäuser in Wirklichkeit in unzähligen kleinen Zellen unverschämtester Niedertracht stattfindet. Und zum dritten beflügelte mich schon damals bei der Firma ANO die wirtschaftspolitisch emanzipatorische Leitidee, daß eingenommene Gelder direttissima wieder in die Getränkeindustrie gepumpt werden – gewissermaßen die berühmte Warenzirkulation an Ort und Stelle, auf kleinstem Raum, was meiner Ansicht nach durchaus Chancen hätte, den Kapitalismus wenn nicht zu überwinden, so doch zu humanisieren. Wunderbar! Ich gedenke, wenn ich diesen Roman hinter mir habe, über diese Innovation in ihrer vielperspektivischen Schönheit vielleicht einmal einen kleinen erhellenden Essay zu schreiben . . .

Es war der reine Wahnsinn! Zum Teil nahm der Publikumsansturm in diesen Herbsttagen dermaßen erschreckende Formen an, daß die beiden Hauptsehenswürdigkeiten sich oft nicht einmal in der Lage sahen, mit uns Gästen in der abgeschirmten Erfrischungsecke ein Schwätzchen zu halten oder auch ein wenig zu zechen. Weil aber gleichzeitig der Zuspruch dieser Gäste noch zugenommen hatte – und insbesondere Herr Schießlmüller pflegte nun tagein-tagaus, wie ehedem ich, seine Nachmittagsstunden bis zur Ankunft Sabines bei ANO zu verbringen – weil viele der unseren diese nachmittäglichen Dämmerstunden bei ANO nicht mehr missen mochten, geschah es, daß die beiden dafür bezahlten Angestellten vorne zwischen Kunden und Teppichen herumschnauften, während im sicheren Hinterhalt der großen Rollen regelmäßig kleinere Gesellschaften mit unterschiedlichen Gästen statthatten – ich erinnere mich aus dieser Periode besonders des Besuchs eines jungen Veterinärmediziner-Ehepaars aus München, das mit seinem schwarzen Pudel angerückt war, während gleichzeitig Frau Ilona Sommer, die schon erwähnte Scheingeliebte Alfred Leobolds, ihren gewaltigen Neufundländer eingeschleppt hatte, und während die beiden Köter sichtlich aufgekratzt herumtobten, standen wir Menschen nicht nach und rissen kreuz und quer unsere Witze, und plötzlich rief die junge Ehefrau, die wieder einmal Karin hieß, ihr Vieh, nahm es bei der treuherzigen Pfote und redete auf es ein:

»Alfred, bürstel alles, was dir in den Weg kommt, damit alle Hunde in der Nachbarschaft genau so gräuslich werden wie du!«

Worauf der Köter wildentschlossen wieder davonsprang, Frau Ilona Sommer aber griff das Stichwort auf und quallte in bestialischer Sentimentalität auf uns ein, einen besseren Liebhaber als den Alfred (in diesem Fall Leobold) gebe es überhaupt nicht mehr, wer einmal den Leobold »gehabt« habe, der könne sich nie mehr auf einen anderen einlassen und konzentrieren. »Nie!«

Was erhoffte sich die buntbemalte Frau von solch wilden Lügen? Die noch dazu keine zehn Minuten später deutlich ins Dämmerlicht unserer lächerlichen Runde traten, in Gestalt Alfred Leobolds, der einen abgrundtief mitgenommenen Eindruck machte, sich kaum auf den Beinen zu halten vermochte und doch, ganz Salonlöwe, insbesondere für seine Ehrengäste aus der Großstadt, Worte von fast betörender Feinsäuberlichkeit fand:

»Karin, alles in Ordnung? Prima, Fritz, prima«, ächzte Alfred Leobold, widerlich angehimmelt von Frau Ilona, und öffnete dann freilich rasch den Mund, um ein paar elendstillende Tropfen einzusaugen. Was war das eigentlich noch immer für ein merkwürdiges Relikt an Erotik, das diese Ilona und ihr Hund hier hereintrugen? Wollte diese Frau uns allen – mir! – Alfred Leobold abspenstig machen?

3

Der Gästeverkehr bei ANO erweiterte und stabilisierte sich nun in dem Maße, in dem die anfängliche Hektik, der erste Begeisterungstaumel über diese neue Entdeckung einem geregelten nachmittäglichen Miteinander der Welt der Arbeit und der der Muße wich. »Mach dir ein paar schöne Stunden, geh zu ANO!« – diese damals wohl von mir erfundene und ausposaunte Losung erfaßte immer weitere Kreise, zum Teil sogar recht obskure, und zwar in paralleler Bewegung den Freundeskreis Alfred Leobolds und Hans Duschkes ebensosehr wie das ordinäre Seelburger Käuferpublikum.

Das hatte dann unter anderem zur Folge, daß die beiden Herren sich so überlastet sahen, daß sie von München Verstärkung anforderten, die sich auch bald in der Gestalt eines jugendlichen Laffen namens Herr Peter einstellte, eines volontierenden Großkaufmannssohnes, der aber von Anfang an fruchtlos in der Gegend herumlungerte, ständig eine Flasche Bier in der Hand hielt und diese – seine einzige reelle Leistung – gelegentlich gutmütig dem feurig vorbeikeuchenden Hans Duschke unter die Nase hielt, worauf dieser erhitzte Alte jeweils dankbar einen Schluck in sich goß. Ein paar Wochen später nahm sich der gemütliche junge Herr vertieft der jetzt praktisch ständig gastierenden Frau Ilona an, dergestalt, daß diese ärgerliche Frau, bisher überaus hartnäckig an einem Leben an der Seite Alfred Leobolds interessiert, allmählich in Herrn Peter den mächtigeren und einflußreicheren Teppich-Manager sich suggerierte – binnen acht Tagen kam es dann wohl zu einer Art Verlobung, worauf das Pärchen sofort die Segel strich, aus dem ANO-Laden verschwand, eine Zeitlang mehr oder weniger streunend in Seelburg gesehen wurde und sich schließlich in Nichts auflöste. Immerhin hatten die beiden unseligen Gestalten eines erreicht: Herrn Leobold endgültig und unwiderruflich aus den Ketten der Sexualität zu erlösen, so daß er nun noch mehr als vorher voll und ganz der Gemeinschaft zur Verfügung stand. Es gab kein Entrinnen mehr.

Die genannten Ketten quälten freilich in diesen schütteren Frühherbsttagen um so mehr – mich. Da wollte es denn das Glück, daß ich, eben schmerzlich von den Morlock-Schwestern verabschiedet, eigenartigerweise und ausgerechnet durch die Vermittlung des Fuhrunternehmers Schießlmüller bei einem Schulsportfest die nachmalige reizende Witwe Christine Strunz-Zitzelsberger kennenlernte, die ich hiermit in der offiziellen Roman-Haupthandlung begrüße, die damals freilich noch glänzend an der Seite ihres Gatten lebte, nämlich in einem winzigen Häuschen mitten im Grünen, an einem kleinen, Seelburg vorgelagerten See, – irgendwie liebten wir uns auch auf Anhieb, und jedenfalls gelang es mir bald, bei dieser nachmaligen Witwe ein Rendezvous am Seeufer zu erwirken, dem sich bald mehrere und immer delikatere anschlossen – ich alternierte damals in meiner Nachmittagsgestaltung sehr regelmäßig zwischen der Witwe und ANO, das lief wie geschmiert – und alles in allem war ich sehr froh, mich bei dieser grünen Witwe für den Verlust der Försters-Töchter schadlos halten zu dürfen und so auch meine Rehabilitation vorantreiben zu können. Christine Strunz-Zitzelsberger! Bell'Adorata! Nome amato! Auch wenn sie seinerzeit nur Strunz hieß und ihren von mir inniggeliebten Mädchennamen erst ein Jahr später durch ein gütiges Geschick wiederempfing! Denn während ja nun »Strunz« ganz eindeutig die Gewalt des Gatten widerspiegelte, vereinigen sich in »Zitzelsberger« aufs Anmutigste das Prinzip des Ewig-Weiblichen im ersten Teil, im zweiten aber kommt das Seelburgisch-Erdverbundene zu seinem Recht! So mußte es sein, die ideale Synthese!

Unvergeßlich die Stunden, die enteilenden, da wir unter allerlei koketten Mätzchen am Seeufer Tischtennis spielten, indessen der Gatte weit entfernt in einem Fischgroßmarkt seiner übelriechenden Arbeit nachging! Und wie berückend die Witwe im Rahmen dieses verschwiegenen Komplotts jedesmals aufjapste, wenn sie, die Pracht des blühenden Körpers in den knappsten aller Bikinis gepreßt, von mir den kleinen weißen Ball an den weiblichsten Teil ihres lodernden Leibes geschmettert bekam ... o Gott! Ich würde, übermannt von Erinnerung, jedenfalls nicht nur sofort dröhnend an meinem Romanwerk weiter herumfuhrwerken, sondern diese schönste aller Frauen übermorgen, wenn sie von ihrer verdammten Cousine zurückkehrte, sofort aufs neue telefonisch umschmeicheln und umgarnen, rücksichtslos, bis zur Selbstpreisgabe ... o blaublinzelnd Blondblättrige! Blankbusige! Blume du! Ich würde noch ganz und gar blödsinnig werden!

Übrigens war dann auch an Wochenenden gelegentlich Hans Duschke bei solchen Tischtennispartien beteiligt, ein absoluter Routinier auf diesem Gebiet und, wie erwähnt, ehemaliger schlesischer Jugendmeister, den ich trotzdem eines Nachmittags mit 19:12 schon fest in der Zange hatte, um dann doch noch mit 20:22 schmählich einzugehen – ausschließlich deswegen, weil die nachmalige Witwe mich mit erotischen, ja ich muß schon sagen obszönen und ordinären Redensarten dermaßen aufpeitschte und mir mit einem langen Grashalm andauernd so enervierend am Bauch und Unterleib herumkitzelte, daß mir die Tränen in die Augen traten, sich mit dem herumströmenden Schweiß vermischten – und am Ende war die Blamage total, und Duschke, dieser Engel der Heimtücke, lachte und lachte, und die Witwe war überhaupt nicht mehr reizend, sondern ein fleischiges Bündel an roher Niedertracht, und eingeschnappt muffelte ich dann irgendwie heim – –

Doch Tischtennis hin, Erotik her – als diese Zeit eines glänzenden Altweibersommers ihrem Ende sich zuneigte, kam es bei ANO zunehmend zu unliebsamen Zwischenfällen und Ausschreitungen. Es begann wohl damit, daß Herr Leobold eines Morgens aus heiterem Himmel und sozusagen freihändig seinem Helfershelfer Duschke kündigte, weil dieser zum fünften Mal hintereinander zu spät zur Arbeit erschienen sei, und dies

»besoffen«, wie Herr Leobold mir gegenüber später zürnte – nach Duschkes Bericht soll sich Leobold freilich zu dieser Zeit »selber kaum auf den Füßen« habe halten können. Um 11 Uhr ausgesprochen, wurde diese Kündigung zwar bereits um 11.30 Uhr wieder rückgängig gemacht, ja, nach dem Bericht des Schreiners Adolf Wellner, der, aus einem Arbeitsverhältnis gerade ausgeschieden, bei ANO ein wenig Teppiche ausladen half, tranken sich die beiden Herren sogar anschließend in der Erfrischungsecke sozusagen ewige Freundschaft zu – aber der mißliche Vorfall bildete dann doch den Auftakt zu einer wahren Kette von wechselseitigen Verleumdungen, Boshaftigkeiten und sonstigen Unerquicklichkeiten.

Bereits vier Tage später war Duschke erneut gekündigt, diesmal wegen angeblich maßloser Überschreitung der Mittagspause bzw. – wie mir erneut Herr Leobold wahrhaft angewidert berichtete – Hans Duschke war, nachdem er den ANO-Betrieb gegen Mittag zusammen mit dem zufällig vorbeikommenden Erich Winter verlassen hatte, erst kurz vor Feierabend wiedergekehrt, das blühend weiße Kittelchen vollkommen verdreckt, im Gesicht ein paar frische Schrammen, die zum Teil noch bluteten, »und natürlich wieder besoffen« (wie Herr Leobold eigentümlich mutlos es formulierte) – und außerdem sei Duschke mit vollem Schwung zur Tür herein gegen das Teppich-Paternoster gefallen und dort umgekippt.

»Und dann mußt dir vorstellen«, entrüstete sich mit einigem Pathos Alfred Leobold und nahm bedächtig und trüben Auges einen Schluck Sechsämter in sich auf, »dann steht da die Frau Unold, Moppel, die kennst ja, die Schwester von dem Stadtrat da, der was neulich beim Reitverein die 120 Bratwürstl spendiert hat, wo dann der alte Malitz am Marktplatz 25 Stück weiterverkauft hat, bis dem Willi sein Schwager, der Polizei da, gekomken ist, der dann den Malitz mitgenommen hat – da steht die Frau Unold«, fuhr Alfred Leobold gelassen fort und verlor keineswegs die Richtung, »und der Duschke? Was macht er, der Duschke? ›Gnädige Frau‹, brüllt er, der Duschke, gell, ›dieses Angebot‹, toleriert er, ›dieses Angebot werden Sie sonst in Seelburg vergeblich suchen und finden!‹ – und die Frau will sich umdrehen und gehen, jetzt packt er, der Duschke, sie bei der Hand und will ihr –

ich denk, ich seh nicht richtig – einen Handkuß, einen Handkuß, gell, geben, und dabei, mußt dir vorstellen, Moppel!« beschwerte sich Alfred Leobold und packte mich nun gleichfalls völlig kraftlos an der Hand, »verliert er, der alte Depp, das Gleichgewicht, genau, und fliegt wieder hin und reißt die alte Frau mit um – das hättest, Moppel, sehen sollen, wie die zwei da unten am Boden drunten sich gewälzelt haben!«

Fröstelnd schüttelte sich Herr Leobold am ganzen Körper und schob sich eine Zigarette zwischen die klapprigen Zähnchen, fernblickend, und wenn ich mich nicht sehr irre, jetzt auch mit einem Zug feuchten Stolzes, versteckt in den Mundwinkeln.

Und ob ich heute abend mit nach Erlheim fahre, da gebe es eine Schlachtschüssel, genau, und der Weigl Karl und der Hierl James und der Höllerer Tschumpel seien auch dort, »prima Kerl aus der Siemens-Clique!«

Diese Kündigung war einzusehen. Heute noch, während ich dies niederschreibe, wundere ich mich darüber, daß der Saustall ANO nicht schon früher ins Wanken geraten war. Indessen, Duschke hatte, wie ich erst eine Woche später (von ihm) erfuhr, bereits zum Gegenschlag ausgeholt. Dieser Meister der Infamie ebenso wie des Überlebenswillens hatte nämlich seine durch die Kündigung gewonnene Freiheit genutzt, hatte sich eine Fahrkarte gekauft und war zum allerhöchsten Herrn Alfred Nock nach München gereist. Dort sei er, berichtete Duschke mit Pomp, auf das Herzlichste empfangen worden, vom »zweithöchsten ANO-Mann«, dem Prokuristen Viebig. »Herr Viebig«, habe er, Duschke, gesagt, und Duschke schnarrte dabei furios und erschreckend durch die Luftröhre, »entweder der Leobold oder ich. Ich bitte Sie! Die Vertrauensbasis ist im Arsch. Entscheiden Sie sich, Herr Viebig. Herr Leobold kostet Sie 5,6 im Monat, ich nur 1,6. Herr Viebig, ich bin ein alter Mann! Sie haben die Entscheidungsgewalt!«

Herr Viebig habe daraufhin ihn, Duschke, aufs Schönste getröstet, ihm »im Vertrauen« mitgeteilt, er, Duschke, schrie der grausige Greis, sei mit 2570 Punkten der siebtbeste Teppichverkäufer der Welt – »stop!« schrie Duschke, »nicht der Welt! Am Arsch! Der siebtbeste ANO-Verkäufer im Bundesgebiet!«, außerdem habe Viebig ihm, Duschke, zuletzt noch »durch die

Blume, Moppel! Du verstehst mich bitte! Durch die Blume!« mitgeteilt, er, Duschke, solle noch ein paar Monate aushalten, länger werde der Herr Leobold sowieso nicht der ANO-Firma angehören. Und natürlich sei dann die Kündigung sofort ausradiert worden, ja, Viebig habe ihm, Duschke, zuletzt sogar noch Sekt eingeschenkt – »Sekt!« kreischte der Grausame festlich auf, »und du weißt, Moppel, was das in der Teppichbranche bedeutet!«

Das wußte ich. O Gott! Ich registrierte auch, daß Duschke bald wieder in aller Frische bei ANO herumlief und krachte, gestärkt offenbar, vielleicht noch eine Idee feuriger als je zuvor. Es herrschte dann auch wieder ein nicht nur freundlicher und zutraulicher Ton zwischen den beiden Cracks, kurzzeitig schien sich die auf das gemeinsame Los gegründete Freundschaft der beiden sogar noch einmal zu verdichten. Im November war es wohl, als die beiden Herren zusammen in den ANO-Räumen tatsächlich ein Fest veranstalteten. Herr Leobold, keck oder aber bereits aufgabebereit, schloß seine Pforten eine Stunde früher als vorgeschrieben, und wir bereiteten eine richtige Party, es wurde sogar ein bißchen getanzt, nämlich zwischen dem lokalen Kunstmaler Herbert Schedel und der schon wieder gastierenden Frau Karin aus München (diesmal ohne Hund), gleichfalls zwischen Arthur Mogger und Susanne Morlock, deren beider Liebe wohl zu diesem Zeitpunkt gerade einen neuen Höhepunkt erreichte. Herr Schießlmüller und Sabine waren mit von der Partie, ferner ich, eine kleine Horde der »Chemiestudenten« aus dem Gasthaus Wacker-Mathild, abermals fast durchgehend verlotterte Gestalten untersten Rangs – schließlich der Teufel Lattern, der ein paar Kerzen und Schalen Ewigen Lichts mitgeschleppt hatte, welche den ANO-Salon bald traulich illuminierten und (daran erinnere ich mich buchstäblich proustisch) auf einem besonders scheußlichen, mit Gebirge und Wasserfall bemalten Teppich den wahrhaftigen Eindruck eines Alpenglühns hervorriefen. Das heißt, sie schmolzen gewissermaßen den im Tageslicht sagenhaft blauen Himmel in etwas Violettes, unendlich Heimwehgesättigtes hinüber ...

Die Jeunesse dorée unserer Stadt fühlte sich sichtlich pudelwohl unter diesem Protektorat der Alpen ebenso wie der damals noch allgemein waltenden wirtschaftlichen Konjunktur. Alfred Leobolds Stimme drängte mehrfach hauchzart zum Feiern, man muß auch zugeben, daß er erneut mit großer Umsicht die Szene dirigierte, im Stil eines Mannes, der würdig war, ein Handelsunternehmen zu leiten, und alles versuchte, das Feuerwerk zu schüren, auf daß nicht etwa nachträglich Beschwerde über ihn als den Oberverantwortlichen geführt würde. Dabei half ihm eingangs der Kunstmaler Schedel, der eine kleine, aus einer Zigarrenkiste selbstgefertigte Geige mit nur einer Saite mitgebracht hatte und, den krausen Kopf schmunzelnd gegen Hans Duschke geneigt, »O mein Papa« fidelte, worauf der Alte zuerst gerührt ward, dann aber frech und gebieterisch, und auf einmal – das Fest war noch keine 20 Minuten alt – verlangte der wundersame Greis, Frau Karins »Musch« von unten her sehen zu dürfen; was diese zuerst nicht gleich kapierte, bei Duschkes zweitem Vorpreschen aber kurz und abschlägig beschied.

»Für 20 Mark«, bat schmeichelnd, ja knitternd Duschke. Es war erschreckend, aber ich mußte lachen. Dem alten Treibauf rann tatsächlich Speichel aus dem Mund.

»Du alter Depp, du!« sagte kaltblütig Frau Karin.

»Hör mal, ich bin ein alter Mann«, jammerte nun Duschke wieder einmal gleißend, »du Büchs machst mir eine wirkliche Freude damit, ehrlich! Für 20 Mark.«

Und schon tätschelte das greise Ungeheuer tastend an Frau Karins Rücken herum. Erstaunlich, erstaunlich, wie doch – trotz härtester Gegenwehr mit Alkohol – die Sexualität noch in unseren ältesten und ranzigsten Mitbürgern herumfuhrwerkt und würgt und würgt...

»So hör doch auf, du alter Bock!« trotzte Frau Karin, »du hast doch in deinem Leben schon genug Büchsen gesehen!«

Herr Schießlmüller sowie zwei, drei Chemiestudenten lachten besonders hingegeben.

»Nicht genug! Nicht genug, du Büchs!« ächzte der alte Hexenmeister, um dann humoristisch-schmeichelnd fortzufahren: »Gerade deine würde ich doch so gerne noch sehen, Karin, glaube mir bitte!«

»Nichts. Und jetzt nimm einmal deine dreckige Pratze von meinem Buckel da!« Frau Karin lachte hell.

»Ah, du alte Sau!« fiel Shakespeares ehedem treuester Narr platt aus der Rolle, »du verfluchte . . .«

»Sie, Herr Duschke . . .«, wollte hier Herr Leobold zart einschreiten, um das Ärgste zu vereiteln, aber inzwischen schien dem Kerzenhändler Lattern der ganze bisherige Festablauf nicht mehr zu gefallen, und um sich nachdrücklicher in den Vordergrund zu zerren, rief er drohend und verlockend zugleich:

»Die Situation ist meines Wissens, lieber Hans Duschke, die, daß . . .«, und hier dachte er ein paar Sekunden durchfurcht nach: »Wir sind, lieber Hans, alle noch sehr renitent und befinden uns als Gruppe in der Situation der Verlangsamung, aber ich werde euch . . .«

»Du bist ja bloß ein Kerzenhändler, ein ganz primitiver Kerzenhändler!« höhnte grob, aber prägnant der Kunstmaler Schedel dazwischen und kratzte sich triumphal am Lockenkopf.

»Mein lieber Habby Schedel!« rief Lattern zurück und suchte Boden zu gewinnen, »dir ganz besonders sage ich, für dich und deine mickrige Situation . . .«, doch Schedel fuhr erneut souverän dazwischen:

»Primitiv wie alle Händler und Briefhändler und sonstigen Subjektwerber!« Gluckernd freute sich der Künstler seiner geglückten Polemik und ließ sich Feuer geben.

»Sie, Herr Duschke . . .«, versuchte abermals Alfred Leobold das verquollene Geschehen in den Griff zu kriegen, wurde aber diesmal von Frau Karin zurückgepfiffen:

»Mein lieber Amigo, dein blödes Gerede hören wir doch jetzt seit 15 Jahren!«

»15?« Lattern fuhr auf: »Ich sage dir: 18!«

»Dein dummes Gerede, dein Gewichse . . .«

»Von wegen Gewichse!« Lattern war aufgesprungen und deutete mit dem ausgestreckten Zeigefinger auf Frau Karin, »du selber, nur du, du bist ein Gewichse, ich bin kein Gewichse. Ich bin bis in die Materie vorgedrungen! Was? Was?«

»Nichts«, rief gemütlich Hans Duschke und lachte froh.

»Was? Ich werde einen Streit vom Baume schütteln! Wertgute Menschen werden vernichtet! Wertgute Wichser! Während du, du . . .«

»Amigo«, bat Alfred Leobold sachlich, »setz dich halt hin.«

»Der Herr hat's gegeben, der Herr hat's genommen«, rief in atemloser Freude der Fuhrunternehmer Schießlmüller, vergriff sich aber dabei gefährlich:

»Und gerade du, mein tödlicher Willi Schießlmüller!« bellte Lattern und sprang ein paar Schritte auf diesen zu, »du solltest dich primär vorsehen. Wer hat das Ewige Licht mitgebracht? Ich habe das Ewige Licht mitgebracht. Ich blick schon noch durch, jawohl! Und du? Ich sage dir, wertgute Wichser werden dahingerichtet und vernichtet. Ich? Ich bin ein wetterfester, ein reifer Wichser! Ich hab mit euch Scheißern, euch kleinen, die Situation abgeschlossen!«

»Briefhändler und sonstige Subjektwerber«, wiederholte der Maler Schedel dröhnend und geistesgegenwärtig seinen Scherz.

»Halt dein Maul, Amigo«, assistierte Schießlmüller und nahm erregt einen Schluck Champagner.

»Mein tödlicher Schießlmüller«, kämpfte Lattern weiter, »ich werde heute nacht an dich denken . . .«

»Wenn ich in meines Vaters Reich komme«, sprang ich hier bei, aber das war wohl nicht das Richtige.

»Ich werde an dich denken, jawohl!«

»Hähähä!« lachte selig Hans Duschke, der Verruchte hatte offenbar die Erotik schon wieder vergessen. Ein Chemiestudent, der bisher dem Streit fast ängstlich offenen Mundes gefolgt war, nahm sich ein Herz und lachte jetzt auch.

»Sicherlich«, sagte leise Schießlmüller, offenbar zu Sabine. Die gluckerte glücklich. War blitzartig Geschlechtsverkehr vereinbart worden? Sabine und Susanne! Die glanzlose Erkenntnis, einen Teil meiner besten Jahre zwei solch unwiderruflichen Schafen gewidmet zu haben, jagte mir in diesem Augenblick der Festhöhepunkte trockene Tränen der Wut und der Enttäuschung in die schmerzenden Augen. Was aber meinen Brustkorb so niederträchtig hob und senkte, war das Gefühl hemmungsloser, triumphaler Trauer darüber, daß mir die beiden nun nicht einmal mehr Schmerz zuzufügen vermochten – ein Gefühl, das selbst über den Glanz der seinerzeitigen Befreiungstat der Herren Zirngiebl und Bergonzi hinauswies. All out . . .

». . . ich werde, du Hund, Schießlmüller, an dich denken und ich werde 90 Kerzen anzünden, damit der Herr, der Herre dich –

jawohl, und das sage ich jetzt, ohne der Situation Scheuklappen aufzuwiegeln – damit du eines siebenfachen gräßlichen Todes stirbst, jawohl!«

Lattern hatte beide Arme hochgerissen. Einige Festgäste brummelten gedämpft Unmut. Ein Chemiestudent las in einem Teppich-Prospekt.

»Eines hundsgemeinen Todes stirbst, wenn ich heute nacht 80 Kerzen anzündle!« steigerte Lattern nach rückwärts.

Ob man dabeisein könne, wollte Hans Duschke fröhlich gakkernd wissen.

»Jawohl, mein lieber Hans«, rief Lattern eifrig, offenbar dankbar, von seinen doch allzu verwegenen Gedankenpfaden wieder heruntergeholt zu sein, »alle, alle! Ihr seid alle dazu eingeladen, mit Ausnahme von dem da!« schrie Lattern und deutete furchtbar auf Schießlmüller, »von dem da und seinem Pritscherl. Und ich werde den besten Meßwein ausschenken, den mir der Pfarrer von Siebeneichen überantwortet hat!« (Das konnte schon nicht mehr von Seelburgs Pfadfindern herrühren: dieser Mann war einfach 2000 Jahre zu spät auf die Welt gekommen.) »Ihr kommt alle! Alle! Und wir werden tanzen! Jawohl, tanzen!« jauchzte Lattern, schloß die falschen Augen und sog wie wahnsüchtig an der Sechsämterflasche.

»Von wegen Pritscherl!« maulte Schießlmüller mutlos nach. Das war offenbar die ganze Pflichtverteidigung seiner sauberen Geliebten. Und fasziniert beobachtete ich, wie einfältig, wie pervertiert fröhlich sich dieses von mir noch bis vor kurzem herztötend geliebte Gottesnärrchen an den Transportesel schmiegte, ohne sich im geringsten über seine Qualifikation als »Pritscherl« zu grämen.

»Jawohl ist es eine Sau!« toste Lattern mutig. »Bzw. ein Pritscherl!« milderte er nicht ohne Angst.

»Wer? Von wem ist die Rede?« wollte Hans Duschke fast sachlichen Tonfalls wissen. Offenbar war er während der letzten Sekunden etwas eingenickt gewesen.

Vor meinen Augen begann es irgendwie zu schwimmen.

»Die da!« grunzte Lattern und deutete bravourös auf Sabine, die freudig aufkreischte. Unglaublich!

»Ach so, die junge Büchs«, sagte Hans Duschke, zog gleichgültig die Nasenflügel hoch und griff nach seinem Gläschen. »Ist doch ein nettes Mädchen!« Ich war sehr verblüfft.

»Jawohl! Jawohl!« Lattern suchte nach einer Fortsetzung, bebend vor Angst, daß ihm die ohnedies wackelnde Herrschaft entrissen würde. »Wie hat sie's denn damals mit dem Moppel gemacht, wie sie ihn hinten und vorne ausgeschmiert hat!«

»Das war gar nichts, du!« griff hier erstmals die schöne Susanne in das waltende Gepöbel ein. O neue Wirrsal! Was wollte sie damit sagen?

»Der Moppel und ich«, erwiderte Schießlmüller merkwürdig genug seiner Braut, »sind lang wieder prima Freunde, sicherlich, weil er ein prima Kerl ist«, so manövrierte mich der Transportidiot in neue Peinlichkeit.

»Ein ganz prima Kerl«, tauchte jetzt die schwache Stimme Alfred Leobolds empor. Die freundliche Miene des Betrunkenen zerstob in tausend sich jagenden Bildern der Gemeinheit. Gut erinnere ich mich, daß ein Jäger-Hochsitz darunter war, von dem aus ein Grünhut rigoros auf alles böllerte, was ihm unter die Augen kam. Kläglich suchte ich nach einem klärenden Manneswort:

»Was die Sabine und mich angeht . . .« – Weiter kam ich nicht, der Kunstmaler Schedel vereitelte es:

»CSU-ler mausen nur unter uns, gell Willi?«

»Jawohl!« brüllte der Fuhrknecht los, dann fabrizierte er unerwartet ein nachdenkliches Gesicht. Knirschend rieb Arthur Mogger die Zähne zusammen. Diese minimalen Triebstöße in diesen ausladenden Körpern! Ohnmacht und Scham ließen mich wild zur Flasche greifen. »Mach dir nichts draus, Moppel!« Plötzlich fuhr mir Sabine mit der Hand über den Hinterkopf. Ich war schon drauf und dran, ihr abermals Rührung zusickern zu lassen, da kreischte sie in voller Widerlichkeit auf. Die Todesfuge. Ich befand mich in einem Zustand lähmender Dummheit, vermochte indessen noch immer und sogar besonders klar die Geräusche der Gemeinheit um mich herum aufzunehmen. »Ein Futurist ist ein Arschgesicht«, hörte ich einmal den wüsten Greis Duschke aufheulen, »der lebt von gestern.« Durfte dergleichen ungestraft stattfinden? Gab es noch ein Gesetz, das wenigstens die gröbsten Geistesverbrechen verfolgte und ahndete?

Irgendwelche Verwehungen streiften mich. Dieses Kratzen im Hirn! »Hirnschwurbel« hatte es Schießlmüller einst genannt ... Gleichzeitig blödsinnig aufgequellte, großräumige Stimmungen umfingen mich? War ich nicht mehr bei Sinnen ...?

Und während ich so, zügig vor mich hintrinkend, Trübsal blies und, meiner Erinnerung nach, Lattern und Schießlmüller in ihrem Gezeter fortfuhren, registrierte ich plötzlich aufhorchend, daß Alfred Leobold rechts neben mir, zierlich auf seinem Stühlchen hockend, gleichsam geistesabwesend, aber auch wie in großem Schmerz, vor sich hinsummte: unablässig die Tonfolge c-a-g, c-a-g.

»Das sind die Komplikationen meines Effets!« kreischte Lattern – offensichtlich vertat er sich hier gleich mit zwei Fremdwörtern.

»Bist ja bloß ein alter Aff!« konterte Schießlmüller, für diesen einfältigen Mann wahrhaft souverän. Jetzt hörte man im Hintergrund den Maler Schedel leise auf Arthur Mogger einreden, er habe da in den Kellerruinen des Seelburger Stadttheaters Totenköpfe gefunden, aus denen könne man »klasse Seidel-Krügel machen und in der Ami-Kaserne verhökern, der Leo macht den Kontakt.«

»25 Mark, Karin, nur einmal zwei Minuten!« greinte Duschke auf einmal steigernd auf sein Opfer ein – – –

Und Alfred Leobold summte und summte. Die sanfte Melodie des Kummers. Das Raunen des Universums. Eine erhabene Müdigkeit schien mir in der Weise des Geschäftsführers eingegraben, der typisch Schopenhauersche Wille zum Ende. Ich lauschte immer angespannter: Es war fast haargenau die Tonfolge von Beethovens Les-Adieux-Sonate, nur noch eine Spur verhangener, ausgedörrter. Wunderbar! Wenn er jetzt stürbe, hätte alles Leid ein Ende ... Neinneinnein, Alfred Leobold mußte leben! Was geschähe denn sonst mit mir? Sein Summen schnöd unterbrechend schlug ich, ihm zur Aufheiterung zu verhelfen, nun laut vor, etwas zu singen und allen Binnenstreit links liegen zu lassen, letztlich seien wir doch eine verschworene Gemeinschaft, irgend so einen Unsinn soll ich dahergeredet haben, wie mir Hans Duschke am andern Tag steckte – denn an den folgenden Vorgang erinnere ich mich nur noch dunkel. Wenn man Duschke

Glauben schenken darf, hätten wir zunächst gemeinsam »Wohlauf die Luft geht frisch und rein« und sodann »Roll me over« gesungen, dann, nach vielem Hin und Her und nachdem neue Sektflaschen geöffnet worden waren, hätte ich der versammelten Gesellschaft das Lied aus dem »Bettelstudenten« vorgeschmettert:
>»Der Pole trinkt galant
>Champagner aus seiner Dame Schuh,
>Die Sitte hier zu Land
>Trinkt aus dem Schuh der Braut immerzu . . .«

– was mich besonders erstaunt, weil ich das Lied damals noch gar nicht kannte, jedenfalls, beim Refrain, dem »Trinke zu, trinke zu aus dem schönen kleinen Schuh« habe zuerst er, der alte Operettenhase Duschke mit einstimmen können, nach der dritten Strophe aber hätten bereits alle mitgebrüllt, und auf eine gemeinsame Idee Schedels und – reizend! – Alfred Leobolds hin habe man dann auch etwas Sekt in die Schuhe von Susanne, Sabine und Karin gekippt (was ich wohl wegen meines selbstvergessenen Singens nicht mitgekriegt hätte), auch habe dann der wiederversöhnte Kerzenhändler Lattern nicht versäumt, den Sekt wieder aufzuschlürfen, und Lattern habe auch beim Wiederüberstreifen von Frau Karins Schuh diese kräftig in die Zehe gebissen –

– sodann habe er, Duschke, noch das Lied aus der »Fledermaus« gesungen »Die Majestät wird anerkannt«, und zuletzt hätte ich mich noch an dem Trinklied aus »Traviata« versucht, aber dieses »Libiamo, libiamo« sei schon ein gräusliches Gekrächze geworden und völlig danebengegangen – –

Das Ende des Fests ist mir wieder recht gegenwärtig. Der Gymnasiast Binklmayr hatte wohl von irgendwoher Wind bekommen, daß hier etwas Außerordentliches gespielt würde. Er habe, erzählte er glücksschnaubend beim Eindringen, schon eine halbe Stunde am Auslagenfenster gepocht, nachdem er noch Licht gesehen habe –

»Genau«, eröffnete hier Alfred Leobold, das habe er schon gehört, er habe aber gedacht, das sei der alte Malitz, der nachts öfter vorbeikomme und klopfe, »ich weiß auch nicht, was der alte Mann da will, der hat doch eine schöne Rente«, erläuterte sanft fortlächelnd Herr Leobold –

– jedenfalls war der vergnügungssüchtige Gymnasiast nun da und versuchte, mit selbstmörderischen Schlucken alles nachzuholen, was wir ihm voraushatten, plötzlich drehte er sich wie träumend im Kreise und teilte uns mit, seine Mutti sei ihm doch die liebste – zuerst komme seine Mutti, dann sein Auto und als drittes sein künftiges Medizinstudium. Fiel auf die Knie und barg seinen Kopf in Frau Karins Rock.

»Mein lieber Binklmüller oder wie du heißt«, versuchte da über die Pietà dieses jungen Mannes der Kerzenhändler Lattern die Szene erneut in seine Gewalt zu bekommen, »mit solchen Mätzchen, mit diesen Wichsqualitäten, welche du für uns hier indizierst...«

Da – möglicherweise erschüttert durch das Fremdwortkauderwelsch – fuhr der angehende Student wieder hoch und setzte, sich die Augen reibend, zu einer schwer lallenden Erklärung an, wie seiner Meinung nach die Welt entstanden sei: Es sei da nämlich plötzlich ein »Urknall« erfolgt bzw. gleichzeitig im Sibirischen ein »Urei« gefunden worden – – ich hörte aber dann auf den Quatsch nicht weiter hin, sondern etwas weiter nach hinten, wo der Kaufmann Mogger, die rohe Hand im Haarwuschel seiner Geliebten Susanne, eben ein sehr ernstes und leises Gespräch mit Alfred Leobold führte, in dem es, wenn ich recht gehört habe, darum ging, mit Nähmaschinen Unsummen von Geldern zu machen, »bei dem Geschäft können wir uns, Alfredl, krumm und dumm verdienen, Alfredl, das einzige ist die Sache mit der Banksicherheit, Alfred!«

»Sowieso, Arthur«, parierte Alfred Leobold ebenso müd wie souverän und schlug gleichzeitig (und im Zusammenhang mit Moggers kommerziellen Ansinnen sogar ein wenig rücksichtslos) vor, noch ein wenig in den »Seelburger Hof« überzuwechseln – wohl in der rührenden Hoffnung, daß es dort »evendöll« noch lustiger würde.

Freude züngelte erneut auf, als wir alle auf den traulich erleuchteten Fortschrittsplatz hinausfielen. Eine leichte herbstliche Heimwehkühle trieb uns in den »Seelburger Hof«.

Halten wir fest: Ich meine, insgeheim bin ich ein großer Freund aller Art von Exzessen, wenn sie sich nur humoristisch genug vollziehen, aber in diesem Augenblick hatte ich das Gefühl (und habe es bei der Niederschrift erneut), daß eine vorübergehende Prohibition diesem Land ganz gut tun würde. Aber andererseits scheint das Trinken doch wieder auch nicht nur das Gesetz zu sein, nach dem wir angetreten, sondern sogar gewissermaßen die uns allen auferlegte Pflicht. Denn was sagt man sonst zu dem folgenden Artikel, veröffentlicht am 19. 6. in der »Bild«-Zeitung?

> JEDE MENGE ALKOHOL
> IN DER MILCHSTRASSE
> o. a. Toronto. Die Milchstraße müßte eigentlich Schnapsstraße heißen. Wissenschaftler haben festgestellt, daß das Sternensystem, das 30 000 Lichtjahre von der Erde entfernt ist, mehr Alkohol enthält, als jemals auf der Erde getrunken wurde, und zwar in Gasform. Er verteilt sich auf einen Raum von zehn Lichtjahren Durchmesser (ein Lichtjahr: 630mal die Entfernung zwischen Erde und Sonne).

So ist das also. Und noch ein Wort zum Alkohol. Vielleicht kommt manchem meiner Leser auch langsam der Verdacht, daß so viel und kontinuierlich wie in diesem Roman bzw. in Seelburg gar nie getrunken werden kann. Es ist aber wahr! Das schwöre ich!

Meiner Ansicht nach jedenfalls würde die Hälfte auch genügen ...

4

Aber nichts dergleichen an rettender Einsicht. Obgleich seit kurzem speziell die Teppichherren die Gefahren des Alkohols zumindest theoretisch einzusehen schienen. Das heißt, in den nächsten, recht lastenden Novemberwochen, in einer Zeit, da der Mensch ganz besonders bedürftig nach einem Unterschlupf in der Wärme der Geschäftswelt ist, beobachtete ich einen Wechsel der Taktik im zunehmend zermürbenden Konkurrenzgeschehen zwischen Alfred Leobold und dem Sekundanten Hans Duschke. Neue Machenschaften: Nicht mehr die schnöde Kündigung war jetzt strategisches Kriterium, den jeweils anderen niederzuhalten, sondern die wechselseitige Wachsamkeit und Kontrolle des Alkoholspiegels samt anschließender Denunziation gegenüber Freunden und Gönnern.

»Das glaubst gar nicht, Moppel!« drang Alfred Leobold eines Nachmittags gleich nach meiner Ankunft in mich, »der Duschke! Der hat jetzt im ›Samariter-Hof‹ – ich hab's selber gesehen – drei Bier und acht Schnaps getrunken, und jetzt, wie er wieder zurück ist, hat er schon wieder so eine Flasche Apfelwein, das Gelump da. Und so bedient er die Kundschaft! Stinkt aus dem Maul wie... unheimlich! Geh, Moppel, sei so gut, mir ist jetzt nicht recht gut, gehst zum Schneeflöckchen rüber und holst drei Sechsämter, bist so gut. Nein, bringst gleich fünf mit, damit nachher nicht immer...«

»Unglaublich!« zeterte schon am übernächsten Tag Hans Duschke auf mich ein, »der Leobold!« Hier senkte Duschke die Stimme: »Der Leobold, ich sage dir bitte, der macht es nicht mehr lange. Gestern bleibt er den ganzen Tag weg und kommt erst um fünf Uhr abends wieder. Bei der Kundschaft will er gewesen sein. Kommt hereingewackelt, setzt sich auf seinen Stuhl und schläft ein. Unglaublich!« raunte Duschke anrührend, »und ich alter Mann muß natürlich doppelt so viele Leute bedienen, ich alter Mann, die Arschgesichter scheißen sich nichts darum, daß ich ein alter Mann bin.« Und Duschke wackelte erbarmungswürdig mit dem Kopf gegen die Zimmerdecke, die Frage symbolisierend, wie das denn nun weitergehen solle.

Natürlich wußte ich es auch nicht, ich hatte auch nur einen sehr undeutlichen Begriff von Soll und Haben in diesem Unternehmen, ich war ja auch mehr am Personellen interessiert, und auf diesem Gebiet hielt ich allerdings meine Ohren offen. So brachte ich z. B. über den Gymnasiasten Binklmayr in Erfahrung, daß noch am nämlichen Tag eine Periode eingesetzt haben soll, in der beide Männer angeblich tagelang nicht mehr miteinander sprachen. Um auch diesen Spaß nicht zu versäumen, eilte ich, sofort nach Binklmayrs Rapport, zu ANO, mich zu überzeugen – erlebte aber eine nette Überraschung. Die beiden Teppich-Kaufleute schrien nämlich gerade hart aufeinander ein, wie ich dies zumindest bei Herrn Leobold in dieser Kraft und Leidenschaft noch nie erlebt hatte.

»Jawohl!« rief Herr Leobold, »einwandfrei!«

»Wer macht hier die Umsätze?« kreischte Duschke.

»Sie vielleicht?« parierte Leobold. »Servus, Moppel!« grüßte er mich mildsüß.

»Ja, vielleicht der Rucksacksepp?« Duschke, breitbeinig, eine Hand zur Faust geballt, verlegte sich aufs Sarkastische. Sogar sein Weißkittelchen schien sich vor Ironie zu sträuben.

»Genau«, zuckelte gleichwie hoffnungslos Leobold nach.

Was denn los sei, wollte ich vermittelnd einschreiten, der ich vor Vergnügen bebte. »Der Leobold sagt . . .«, krähte eifrig Duschke. »Hör einmal zu, Moppel, der Duschke, gell, der Duschke hat gesagt . . .«, fuhr Leobold, ungalant wie selten, dazwischen und färbte den Ton mir gegenüber sofort wieder ins Milde und Konspirative, es war eine Reverenz vor meiner hohen Intellektualität, »der Duschke sagt . . .«

»Herr Leobold, ich warne Sie!«

Ich glaube, es gelang mir tatsächlich ohne Schalk »aber meine Herren!« zu sagen, und dann stellte sich heraus, daß Duschke der Meinung war, er ernähre Alfred Leobold praktisch mit seiner Verkaufsprovision, indem nämlich er, Duschke, das habe er herausgefunden, pro Abschluß ein Prozent kassiere, indessen Leobold zweieinhalb Prozent einstecke. Sofort und abschätzig wandte Herr Leobold nun dagegen ein, wenn er von dieser Duschkeschen Provision leben müßte, wäre er schon längst »verdurstet« – er sagte tatsächlich nicht »verhungert« – –!

– – »Hören Sie bitte, Herr Lääwoohl!« geiferte erneut atemlos Hans Duschke und schlug sich gegen die Stirn, »ich bin der siebtbeste Verkäufer im Bundesgebiet, bitte, und ich werde mir von Ihnen meinen Lebensabend nicht ruinieren lassen. Chrrn! Ich habe Sie vor einem Jahr freiwillig aus der Gosse gezogen, als Sie bei Meßmann gefeuert wurden . . .«

»Was?« fragte Leobold, wohl zu Recht überrascht.

». . . Sie ruinieren mich nicht«, bügelte Duschke den Gefährten weiter nieder, »merken Sie sich das, ja, bitte, meine Herren, mein Herr, und wenn Sie zehnmal mein Vorgesetzter sind! Am Arsch! Mein Vorgeschätzter!« versprach sich jetzt das alte Ungewitter unnötig und schnaubte hastig, »wer hat denn im letzten Monat 600 000 Mark Umsatz gemacht, wer bitte? Ich bitte Sie!«

»Wieviel?« fragte Alfred Leobold, plötzlich heiter.

»600 000, mein Herr!« beharrte Hans Duschke laut. Ein Sonnenstrahl irrlichterte dem Greis im Gesicht herum, und wenn ich mich nicht täuschte, haschte er nach ihm.

»Sie meinen vielleicht 50 000!« berichtigte kühl-abschätzig Alfred Leobold.

Ich nahm interessiert auf einem sogenannten Spitzmaushokker für 39,50 DM Platz, zündete eine Zigarette an und registrierte schon fast ohne Bestürzung, daß im hinteren Teil des Teppichsalons gezählte sechs Kunden herumstanden und ja wohl gleichfalls den aufpeitschenden Disput mit anhören konnten.

»600 000 – mein letztes Wort. Moppel, du bist Zeuge!« fiel Hans Duschke über mich her.

»Und wissen Sie, was ich Ihnen sag?« Alfred Leobold machte es spannend: »50 000 – und nicht mehr. Nie!«

»Da wette ich!« schrie nun fast verzweifelt Hans Duschke auf. »Da wetten wir, da wette ich mit Ihnen um 100 000 Mark! Um 100 Mark, Herr Lääwoohl!«

»Genau«, sagte virtuos Alfred Leobold und machte mir Hockendem gegenüber die Handbewegung milder Resignation angesichts der Toren dieser Erde. »Da sind 100 Mark«, und Herr Leobold klaubte etwas zittrig, aber doch überzeugend einen blauen Schein aus seinem Portemonnaie und entfaltete ihn auf dem Kassentisch, »100 Mark.«

»Und da sind nochmals 100!« Spontan zog Duschke mit, riß aus den Tiefen seiner Hosentasche gleichfalls einen blauen Schein und knallte ihn neben den anderen. Es war aber nur ein Zehnmarkschein. Worauf Duschke wütend zu suchen begann, heute morgen sei das noch ein Hundertmarkschein gewesen, irgendwie gehe das nicht mit rechten Dingen zu, immer wenn er Geld mitnehme, habe er plötzlich keines mehr, bald scheiße er auf das ganze Geld überhaupt – es kamen dann aber jedenfalls, zum Teil aus der Reverstasche, zum Teil aus einer Zündholzschachtel, zusammen nur mehr sieben Mark dazu, so daß Duschkes 17 Mark – »das andere kommt morgen, ehrlich, ich bitte Sie!« – schließlich gegen Alfred Leobolds 100 Mark antraten – und prompt verloren. Voll erstaunter Neugier sah ich den beiden Herren über die Schulter, als Alfred Leobold gewichtig, ja würdevoll aus dem Schubfach des Kassentisches eine Art verwittertes Geschäftsbuch hervorzog, aus dem nach kurzem Hin und Her klar und unwiderleglich hervorging, daß Hans Duschke im Vormonat 48 000 DM, im wiederum vorhergehenden Monat 43 000 DM Umsatz erwirtschaftet hatte.

»Ich bin«, wehrte sich Hans Duschke nach Kenntnisnahme verzweifelt, »der siebtbeste Verkäufer Deutschlands. Wetten!« Strähnen von glitzerndweißem Lockenhaar in der Art genialer Pianisten der Liszt-Ära fielen dem alten Mann nach hinten. »Ich wette mit Ihnen!« heulte er hilflos.

»Sowieso«, antwortete Alfred Leobold glänzend und lächelte mich als Kronzeugen hold an.

»Da muß ich einen Nuller übersehen haben!« grunzte der ausgetrickste Greis kläglich nach, »Herr Leobold, ich . . .«

»Nicht übersehen«, korrigierte der Geschäftsführer zu Recht und aus Caprice, »zu viel gesehen, zu viel gesehen!«

»Sie werden sofort bedient!« rief plötzlich Duschke nach rückwärts in den Kundenhaufen hinein.

»Einen Nuller und 12 000 Mark dazu.« Herr Leobolds Geistesgegenwart in Dingen der Kalkulation erweckte meine nachhaltige Aufmerksamkeit.

»Einen Nuller«, echote sinnlos Hans Duschke. Und saugte rücksichtslos Schleim durch die Atemröhre hoch.

»Genau«, sagte Alfred Leobold anbetungswürdig, »und da schieben S' jetzt Ihr Geld wieder ein, sonst können S' heut abend nichts trinken.« Dieser Mann dachte wahrhaftig an alles.

»Und jetzt trinken wir einen Schnaps zur Versöhnung«, auch Hans Duschke demonstrierte nun hohe Delikatesse, »zur Versöhnung, Herr Leobold, bleiben wir gute Freunde, ehrlich, Moppel, 600 000, ich Arsch, Moppel, hier hast du drei Mark, hol bitte sofort drei Schnaps!« Ich hatte richtig gesehen: jubelnd, nein, wie um sich selber aus der beklemmenden Lage zu befreien, hatte Duschke die Arme hochgeworfen.

Ein bißchen verbittert war ich schon, daß ich jetzt immer häufiger den Herren den Schnaps zu holen hatte, während es früher doch die Herren gewesen waren, die mich selbst in dieser Beziehung noch verwöhnt hatten – indessen, vermutlich wäre es einfach unfein gewesen, die Wiederversöhnten, die sich jetzt sicherlich eine Menge zu sagen hatten, hier und jetzt auseinanderzureißen, ich lief also zu Schneeflöckchen und besorgte das köstliche Naß. Es wurde wieder einmal ein sehr geselliger Nachmittag à la ANO.

An dieser Stelle möchte ich eine kleine Atempause einlegen und erneut auf die Frage zurückkommen, die vermutlich drängendste Leserfrage: Warum ich mich in diesen Früh- und Spätherbsttagen gar so unwiderstehlich und regelmäßig bei ANO herumtrieb, ich hätte ja auch dort gleich eine bezahlte Position annehmen können, wie mir, bei der Niederschrift, immer wieder siedendheiß auffällt. Nun, erstens ging das nicht wegen der reizenden Witwe, die ja auch gelegentlich heimgesucht werden wollte, zweitens bzw. andersherum kam da sicherlich sehr Unterschiedliches an Motivationen zusammen, und ich verleugne auch keineswegs eine gewisse Inhaltslosigkeit und Öde meiner damaligen Existenz. Es war wohl die Suche nach Halt und dergleichen, ich meine aber, der entscheidende Grund wird dem Leser dann einleuchten, wenn er die folgende Zeitungsmeldung liest, erschienen erst vor ein paar Tagen im Seelburger Kreisanzeiger:

»Lieblinge der Nation gegen Krebs. ›Ich drücke beide Daumen‹, ließ Mildred Scheel den 40jährigen Produzenten Wolfgang Rademann wissen, der am Montag in der Kölner Sporthalle mit den Proben für die ›Super-Gala-Show der Nation‹ begann, die insgesamt 42 der Topstars von Film, Fernsehen und Bühne für einen guten Zweck präsentiert: für die Deutsche Krebshilfe.

›Wir haben so viele Lieblinge der Nation, daß nur jeder einen kleinen Beitrag leisten kann‹, sagte der Produzent... Mitwirken werden die Sänger Anneliese Rothenberger, Rudolf Schock, Katja Ebstein, Johannes Heesters und Freddy Quinn, die Musiker Franz Grothe, Kurt Edelhagen und Paul Kuhn, die Schauspieler Lilli Palmer, Inge Meysel, Marika Rökk, Heinz Rühmann, Gustav Knuth, Olga Tschechowa, Hans Söhnker, Elisabeth Flickenschild, Paul Hörbiger, Heidi Kabel, Erik Ode, Horst Tappert, Liselotte Pulver, Hansjörg Felmy, Rudolf Prack, die Kessler-Zwillinge. Ferner die TV-Unterhalter Lou van Burg, Peter Frankenfeld, Hans-Joachim Kulenkampff, Robert Lembke, Ilja Richter, Hans-Jürgen Rosenbauer, Hans Rosenthal, Heinz Schenk, Gisela

Schlüter, Günter Schramm, Heinz Sielmann, Ernst Stankovski und Wim Thoelke. Ein weiterer Gast ist Gunter Sachs.«

Spuk! Wahnsinn! Verrat! Betrachten wir sine ira et studio diese Liste verbrecherischer Naturgemeinheit und hinterhältigster Intellektualinfamie, dann, glaube ich, hat man – und hier erreicht mein Roman einen inhaltlichen Höhepunkt – allen Anlaß, jeden Morgen unserem Herrgott zu danken, daß man kein »Liebling der Nation« geworden ist. Und kein Nürnberger. Und kein Amerikaner. Versenken wir uns aber erneut in die Kollektion von Monstern und Dummbeuteln, die täglich durch die Penetranz ihrer unsäglichen Existenz auf unsere zarte Psyche eindräuen und sie fast zerschmettern: dann wird man abermals verstehen, warum es mich damals ununterbrochen zum ANO-Laden trieb: den Menschen – den wahren und guten Menschen – zu suchen und zu finden.

Ich meine, das ist heute die dringlichste Aufgabe gerade für uns Schwerintellektuelle!

Alles ist freundlich wohlwollend verbunden: Gut gesagt, Freund Clemens Brentano – die Versöhnung zwischen Alfred Leobold und Hans Duschke indessen war leider nicht von Dauer. Ich weiß nicht, ob es auf dieser Welt weise Menschen gibt, die zu erklären vermögen, warum zwei Männer, die nach zahllosen Schicksalsschlägen im allgemeinen sowohl als im Wirtschaftsleben in einem wohlgeordneten Teppichladen ein schönes Ein- und Auskommen finden könnten, wenn auch, zugegeben, auf nicht ganz einwandfreie Art, – warum diese Menschen dann trotzdem mit Nachdruck an ihrem eigenen Ruin zimmern müssen, anstatt der sozialen Trübsal in voller Eintracht und im Sinne von Marcuses »großer Verweigerung« wenigstens privaten Glanz und Luxus entgegenzusetzen.

Gerade im Fall ANO. Wie schön hätten die beiden Teppichherren zusammen hausen, sich gemeinsam die Zeit vertreiben und endlich gelassen dem Tod ins Auge sehen können! Aber nein! Die Misere erreichte vielmehr einen neuen Höhepunkt mit der ersten Adventswoche, als plötzlich eine ausladende Fahne über dem ANO-Eingang prangte:

WERBEWOCHE!
SUPER-TEPPICH-VERKAUFSHALLE!

– jawohl, tatsächlich mit zwei Ausrufszeichen, und dazu hatte Herr Nock, wie ich besuchsweise bemerkte, herbstliche Laub-Imitationen ausstreuen lassen, was meinem Gefühl nach irgendwie im Widerspruch zueinander stand – vor allem aber ging drinnen, in der neuerdings sogenannten »Verkaufshalle« alles seinen alten Gang, aufgestachelt freilich noch durch die Hetze der Vorweihnachtstage.

Die beiden Herren, das wurde Gästen schnell deutlich, arbeiteten gleichsam nebeneinander her, allem Anschein nach auch ohne zentrale Steuerung. Herr Leobold humpelte, durch die schon unglaubliche Macht des Kundenandrangs genötigt, nahezu waidwund hin und her, mußte sich immer wieder setzen und schloß gelegentlich kraft- und besinnungslos die Augen, indes die im Zuge der Super-Fahne anscheinend vollends aufgepeitschte Kundschaft durch die Superhalle wütete und den unerhörtesten Unsinn zusammenzukaufen trachtete. Hans Duschke seinerseits markierte nun den Super-Verkäufer durch dick und dünn, hervorragend ließ er immer wieder das Teppich-Paternoster auf- und niedersausen, lag auch oft aufopfernd, ja erbarmungswürdig auf dem Bauch und schnitt mit einer riesigen Schere Teppiche zurecht – und hatte allem Anschein nach überhaupt keine Zeit mehr für uns Gäste, am wenigsten für mich, was mich geradezu beleidigte, ich dachte zuerst, er sammle verbissen Pluspunkte für den Endkampf gegen Alfred Leobold – den wahren Grund für des Alten unübersehbare Reserve erfuhr ich erst Wochen später, wieder über den Gymnasiasten Binklmayr, der überhaupt fast noch mehr wußte als ich, anstatt seine Schulaufgaben ordentlich zu machen. Duschke habe sich, bedeutete mir Binklmayr, in jenen Tagen ihm gegenüber dahingehend beschwert, daß wir – »und vor allem der Moppel!« – nicht mehr wie früher in erster Linie ihn, Duschke, bei ANO besuchen kämen, sondern Alfred Leobold, seinen Erzfeind!

»Und ich sage dir eins«, habe Duschke ihm, Binklmayr, geradezu sengend untergejubelt, »der Leobold war eine gesellschaftliche Null, bevor ich ihn zu euch geschleppt habe. Ich! Eine Null und ein Niemand!« Und dies sei die Wahrheit und nichts als die Wahrheit, habe der Alte überaus bitter und anklagend geseufzt, berichtete der Gymnasiast naseweis kichernd.

Auch mich amüsierte das, köstlich sogar, Duschke hatte aber nicht ganz unrecht, und so nahm ich mir schlechten Gewissens vor, ihn wieder verstärkt ins Zentrum meiner Aufmerksamkeit zu rücken. Ein guter Vorsatz, denn bereits am nächsten Tag wurde ich Zeuge eines Verkaufsgesprächs zwischen ihm und einem pastorenartigen Manne, der zusammen mit seiner Gattin einen Teppich mit Berbermuster kaufen wollte. Ich gesellte mich, damals auf dem Höhepunkt meiner Dreistigkeit, kaltblütig zu der Dreiergruppe, gleichsam als ob ich hier bei Duschke volontierte und die Verkaufstechnik erlernte. Der Pastorenesel, einer der widerlichsten Menschen, die ich in meinem Leben gesehen habe, heulte greinend und wie im Schmierentheater auf den alten Duschke ein, es könne ruhig ein teures Stück sein, aber unter allen Umständen Berbermuster.

»Gut«, murmelte Duschke erschreckend laut vor sich hin, »dann zeig ich Ihnen den Scheiß.«

Worauf wir vier uns in die zuständige Ecke begaben, wo dann Duschke sehr lustlos und sogar rabiat sein Angebot präsentierte, gräuliche Ungeheuer von vulgären Lappen, die aber die Pastorengattin sofort in Entzücken versetzten, so maßlos, daß der offenbar vor nichts mehr zurückschreckende Duschke sie schamlos sexuell zu mustern begann, ich befürchtete schon die schlimmsten Ausfälle – die dumme Kuh wurde aber sofort von ihrem Gatten noch übertroffen, der glucksend auf Hans Duschke einwinselte:

»An sich schätze ich keine Teppiche im Schlafzimmer! Sie verstehen, mein Herr. Aber heute morgen hat sie mich« – und vollkommen irrsinnig deutete der Pastor auf seinen Drachen – »hat sie mich bei einem zärtlichen tête-a-tête überzeugt. Hihihi! Tatsächlich überzeugt. Hihihi!«

Und wahrhaftig, der Pastor kniff seine Gattin in die Hüfte, und beide brachen sofort in ein erregtes, eindeutig unzüchtiges Meckern aus.

»Bedienst du sie weiter, Moppel?« Hans Duschke meisterte tolldreist die Situation: »Ich geh mal gerade scheißen.«

Hah? Ließ er sich ganz harmlos hinreißen? Duschke: »Herrschaften, Sie entschuldigen mich bitte. Ein tête-a-tête im Schlafzimmer mit Berberteppich ist wie Kaviar und Sekt«, lachte der Alte nun fast goldig, »Sie entschuldigen mich, mein junger Freund wird Ihnen Gesellschaft leisten.« Und heftig rannte Duschke davon, die Beine von sich wirbelnd.

Schwer erklärlich, aber die beiden Altidioten nahmen weder Duschkes Rückzug noch seine rüden Sprüche krumm, ja tatsächlich gelang es mir, in meiner neuen Funktion – endlich hatte ich es geschafft! Ich war vollwertiger ANO-Mann! – zwar noch recht nervös, den beiden Ungeheuren einen Berberteppich anzudrehen, den ich, aufgestachelt durch Duschkes Vorbild, als »besonders intim und grazil« empfahl. Den Preis konnte ich vom Schildchen ablesen. Am Ende schrieb Herr Leobold, ohne sich zu wundern, die Rechnung aus, und zusammen mit Herrn Zier, dem Verleger, schleppte ich die Rolle zu dem VW-Variant des wunderlichen Ehepaars.

Duschke, zurückgekehrt, konnte sich zuerst an nichts erinnern. Mühsam aufgeklärt, lachte er herzlich und schüttelte mir sogar die Hand. Ich bin sicher, er hat aber meinen Verkaufserfolg gleich wieder vergessen. In seinem Kopfe bohrte damals anderes: das große Komplott gegen Leobold nahm den Greis vollkommen gefangen und verfinsterte sein Erinnerungsvermögen.

Ein ähnlich exzessiver Vorfall ereignete sich dann am vierten verkaufsoffenen Adventssamstag, den ich in seiner vollen Länge bei ANO verlebte. Herr Leobold, unter der Last des Weihnachtsgeschäfts nahezu zusammengebrochen, hatte diesbezügliche Dispositionen getroffen, und, offenbar frei Schnauze und ohne Rücksprache mit der ANO-Zentrale, den Schreiner Wellner, den Gymnasiasten Binklmayr und mich als sozusagen zusätzliche Verkaufshelfer zu ANO beordert, zuzupacken, wo Not am Manne sei. Er versprach uns dafür 80 Mark auf die Hand, aus gewissen Spesen-Reserve-Fonds der Firma – »und Sechsämter was ihr wollt sowieso«.

Das letzte stimmte besonders gut. Ein gütiges Wunder fügte es, daß der Publikumsandrang an diesem letzten Arbeitstag des Jahres gegen Nachmittag etwas nachließ, so daß Hans Duschke alle anfallende Arbeit praktisch alleine meistern konnte. Alfred Leobold war, wohl auch im Bewußtsein seiner klugen Entlastungsmaßnahme, bereits gegen Mittag ziemlich arbeitsunfähig zusammengetrunken, und im weihnachtlichen Glitzern des sich matt herniedersenkenden Nachmittags waren auch wir Helfershelfer, von Leobold immer wieder angefeuert, praktisch knockout geschlagen und lümmelten nur noch taumelnd und träumend in der Erfrischungsecke herum, den Kühlschrank von seinen Restinhalten zu säubern.

Vermutlich aus irgendwelchen Gewissens- und Verantwortungsgründen hielt indessen Alfred Leobold seine öffentliche Stellung hinter der Ladenkasse, saß geduckt, völlig zusammengesunken, ja geradezu niedergetrommelt auf seinem Stühlchen, äugte blind und gedankenschwer vor sich hin, ein sterbender Heros – gewissermaßen als Schwert aber hielt der ANO-Geschäftsführer eine große Flasche Sechsämter in der Hand. Führte sie ab und zu ziemlich kraftlos zum Mund, wie wir von unserer Erfrischungsbastion aus gut sehen konnten, und schien irgendwie die Zeit stillstehen zu lassen.

Zwischendurch wankte dieser wahrhaft edle Mann immer wieder zu uns in den Hinterhalt, ließ uns von der Flasche kosten, und einmal brabbelte er auch, er sei jetzt froh, wenn Weihnachten sei.

Zottelte wieder nach vorne und stellte sich tapfer dem Anblick der spärlicher werdenden Kundschaft. Wie harmlos dieser Kapitalismus doch war! War es nicht wie im Märchen? Alle hier auf dieser Erde mögen und helfen einander irgendwie, der Handel blüht, der Fortschritt scheint gesichert, und der Pluralismus der Wünsche läßt jeden auf seine Kosten kommen. Die Getränkeindustrie stürzt sich auf Teppiche, der Teppichhandel trinkt dunkel vor sich hin ...

Es war gegen 17 Uhr, als Alfred Leobold vorne einmal mehr die Flasche zu den Lippen führte, im gleichen Augenblick aber ein Halbneger zur Tür herein trat und sich vor den Geschäftsführer postierte. Wenn ich heute scharf nachdenke und differenzierende Vergleiche ziehe, dann waren es die folgenden zehn Sekunden, die das meiner Ansicht nach erhabenste Schauspiel in der Geschichte des ANO-Teppichladens zum Aufschimmern brachten:

Ungerührt durch den Frontalzusammenstoß mit dem Neger

beließ Alfred Leobold die braune Flasche noch für etwa fünf Atemzüge in seinem Mund, geschlossenen Auges, gleich als ob er schliefe und vergessen hatte, sie abzusetzen. Den Gesichtsausdruck des Negers möchte ich als »geduldig-wartend« und »verständnisvoll« charakterisieren, voll jener Gelassenheit, die Negern gemeinhin nachgerühmt wird.

Als Alfred Leobold die Augen wieder aufschlug und sehr verwundert den dunklen Gast beäugte, erkundigte sich dieser artig und in gebrochenem Deutsch nach einem (wenn ich es richtig verstanden habe) »kleinen schönen blauen Läufer, es kann aber auch grün sein, okay?«

Alfred Leobold rappelte sich nur ein wenig hoch. »Genau«, ächzte er tonlos und unter Schmerzen, »wird erledigt.« Bedächtig deutete er mit der fast leeren Flasche in den dämmrigen Hinterbereich der Super-Verkaufshalle, »Herr Duschk... Herr Duschke wird Sie bedienen.« Und nahm, dem Kunden ins Auge blickend, furchtlos einen neuen Schluck.

Non temer, amato bene... Leise rieselt der Schnee... In dulci jubilo...

Zwei Stunden später war es überstanden. Die Weihnachtsfeierlichkeiten umfingen uns. Wir alle hatten Erholung sehr nötig.

5

Ob es vielleicht so war, daß das sehr fragile Gefüge des späten Kapitalismus Fragwürdigkeiten des ANO-Schlags gewissermaßen als Ferment brauchte? Als das Salz in der verwesenden Suppe des ordinären Betrugs, der niemand mehr interessierte? Während die Technik hier sogar unsere anspruchsvollsten Neger zufriedenstellte!

Rasch das Nötigste. Alfred Leobold ging mir während der Festtage ein wenig aus den Augen verloren, jedenfalls erinnere ich mich keiner besonderen Scherze oder Exzesse, vermutlich mußte er sich doch über längere Zeit von den mörderischen Anstrengungen der letzten Geschäftstage erholen, Kraft für das neue Jahr zu gewinnen. Dagegen sorgte der unermüdlich streunende Greis Duschke auch in diesen Tagen des Festesfriedens mindestens zweimal für nette Unterhaltung. Zuerst am Heiligen Abend. Wie ich später erfuhr, war der tatenfrohe alte Mann zusammen mit dem gleichfalls familienlosen Erich Winter dem Lichterglanz in eine Amerikanerbar entflohen, hatte dort (nach Winters Bericht) kräftig einen über den Durst getrunken, jammernd über seine Vereinsamung, aber das war natürlich nur eine dumme Ausrede – zum Ausklang des Abends sei dann Hans Duschke gerade in dem Augenblick über den festlich illuminierten Seelburger Marktplatz gesegelt, als die Christmette zu Ende war und die gediegenere Bevölkerung aus der Pfarrkirche strömte.

Der Anblick der sich nun zu Christi Ankunft die Hände schüttelnden Seelburger Bürger habe nun, erzählt Winter, den bereits entfachten Duschke so hemmungslos erbost, daß er wie eine Furie in die schon fast leere Kirche geflattert sei, den Pfarrer wegen »Volksbetrugs« zur Rede zu stellen:

»Glaube mir bitte, Erich, ich werde diesen Arsch zerschmettern!«

Er, Winter, sei dann, das Ärgste zu verhüten, dem Tobenden nach, der zuerst orientierungslos im Domschiff von St. Martin auf- und abgesaust sei und mehrere Gläubige grob auf den Verbleib des Geistlichen hin angeschnauzt habe. Bis wohl der Pfarrer selber auf den merkwürdigen Gast aufmerksam geworden und ihm in den Weg getreten sei und mit einer sanft fordernden Armbewegung zum Verlassen der Kirche aufgefordert habe. Daraufhin habe Duschke, so berichtet Winter und schmunzelt erinnerungsschwer, dem Geistlichen unter mehrfachem Rülpsen, aber sonst durchaus formvoll eine »öffentliche Diskussion vor versammelter Mannschaft« (womit Duschke die Mettenbesucher gemeint haben muß) angetragen, »diesen verlogenen Brüdern und Gangstern die Wahrheit über den Kopf zu stülpen, Herr Senf«, habe Hans Duschke den Stadtpfarrer Prälat Gimpel plötzlich angefunkelt und sogar die Arme geschwungen.

Der Geistliche, höhnte später Duschke, habe jetzt »seine katholischste Fresse aufgesetzt, du kennst sie, Moppel, diese ... ääähäääh«, stöhnte Duschke, »fiese, arrogante, miese, süffisante, salbungsvolle katholische Uäääh-Fresse, diese pastorale Sau, die mir schon seit 38 bzw. 48 stinkt!« Und weil Duschke in der noch weihrauchdurchschwängerten Kirche einen recht bedrohlichen

Lärm geschlagen haben muß, habe Pfarrer Gimpel die beiden Herren, Ärgstes zu verhüten, in die Sakristei gebeten, wo Duschke dann sofort dahingehend ausgepackt habe: hier werde »mit allem Glanz und Lichtlein und Scheiß« die Christmette gefeiert, »in Biafra aber verrecken die Kinder« – hier hatte Duschke die jüngste Entwicklung wohl nicht ganz mitbekommen bzw. der Abend hatte sein Zeitgefühl verwirrt.

Der Pfarrer bestand darauf, daß die Kirche über Caritas und Misereor sich durchaus um die Heiden kümmere.

»Sehen Sie, Herr Senf«, habe sich nun Duschke gewehrt und eine betont verschmitzte Miene aufgesetzt, »das ist die Scheiße, das ist die Taktik der katholischen Kirche. Aber ich durchschaue sie. Der alte Duschke weiß alles. Das ist genau die imperialistische Politik des Papstes! Negerkinder einfangen! Negerkinder einfangen! Und wie war es im Dritten Reich? Ich bitte Sie! Ich frage Sie! Mit wem? Nein, nicht mit den Heidenkindern – sondern? – der alte Duschke weiß es, sondern? Ich frage Sie – «

Der Pfarrer habe nun, erinnert sich Erich Winter, Duschke darum ersucht, die Sakristei zu verlassen, er setze aber das Gespräch jederzeit mit ihm fort, sofern das Pfarrkind es wünsche, in seiner, des Pfarrers, Privatwohnung. »In Ordnung!« habe nun Duschke mehrfach begeistert gegröhlt, »wir bereiten uns wechselseitig bzw. unabhängig voneinander auf das Gespräch vor, wie im Fernsehen, ich bringe mein Material mit, Sie das Ihre, denn heute abend schaffen wir das nicht mehr«, habe Duschke wörtlich gesagt, »seien wir doch ehrlich, Herr Pfarrer, heute haben wir doch beide den Kragen voll!« – und bei diesen Worten habe Hans Duschke dem Geistlichen heiter auf die noch mit einem heiligen Gewand umhüllte Schulter getätschelt und – darin wähnt sich Erich Winter sicher – dabei immer wieder pfiffige, gleichsam aufforderische Blicke auf mehrere Flaschen Meßwein geworfen, die auf einer Anrichte in der Sakristei gestanden hätten.

Zuletzt sei man vom Pfarrer mit Handschlag aus der Kirche geleitet worden und noch ein wenig in die »Silberbar« gewechselt, wo dann Duschke sich ununterbrochen beklagt habe, daß »die Sau« den Meßwein nicht »herausgegeben« hatte.

Der zweite große Eingriff Hans Duschkes während der Festtage traf meinen Freund Alois Sägerer, einen Pressevertreter aus München, der besuchsweise bei seinen Eltern in Seelburg weilte. Duschke hatte Sägerer am Abend des zweiten Feiertags telefonisch und, nach Sägerer, extrem aufgeregt in den »Seelburger Hof« bestellt, unter der Verlockung, daß Sägerer, wie Duschke immer wieder betont habe, »auf die Schnelle jede Menge Kohlen machen« könne. Wohl um sich besser gegen den Alten abzusichern, hatte Sägerer nun auch mich zu der Konferenz bestellt, und so trafen wir denn unseren Kohlen-Wundermann, wie er bereits bedrohlich nachdenklich vor sich hinstarrte, erwartungsvoll nahmen wir Platz, und nach einer Weile prickelnden Schweigens forderte Sägerer Duschke auf, nun Farbe zu bekennen.

Duschke hatte aber wohl die Ouvertüre seines Coups noch nicht richtig und rhetorisch stichhaltig im Griff, und er bedeutete uns deshalb durch ein paar Bedenkzeit heischende Handbewegungen herrisch, ihn noch für einige Sekunden zu schonen, in denen der Alte immer gleißender vor sich hinsah, und plötzlich keuchte er:

»Natürlich kannst du auch mitmachen, Moppel, dann teilen wir eben den Gewinn durch drei.«

Worum es denn nun gehe, wollten wir ganz schamhaft wissen.

»Hör mal, Sägerer, ich frage dich, was zahlt eine Illustrierte heute für fünf Seiten Text und – wie heißt das andere? – für Text und Fotos? Fotos und Text?«

Alois Sägerer gab zu bedenken, die Tarife seien sehr verschieden, es komme wohl auch auf die Bild- und Textqualität an und gleichermaßen auf das Thema . . .

»Exakt!« alternierte begeistert hochfahrend Duschke Alfred Leobolds Lieblingswort, »und ich sage dir, ich garantiere dir, wir werden Kohlen machen, das glaubst du nicht, Sägerer, und dich, Moppel, werden wir prozentual beteiligen. Wieviel ist 5000 Mark durch drei? Toni, drei Steinhäger!« Fürs erste erschöpft, lehnte sich der Körper knackend an die Banklehne zurück.

Beharrlich wollten Alois Sägerer und ich jetzt wissen, wie das zugehen solle.

»Ich muß anders anfangen«, flüsterte Hans Duschke mysteriös und nippte, ziviler als sonst, an seinem Getränk. »Schau mal, Sägerer, es wird doch heute so viel geschrieben und aller Scheiß wird geschrieben!« krakeelte jetzt ebenso barbarisch wie übergangslos Hans Duschke, »das mußt du doch zugeben als Fachmann, es wird doch heute aller Scheiß geschrieben, und du schreibst doch auch nur Scheißdreck über Münchner Politik und Ärsche, hab ich recht oder nit?«

Eine brenzlige Situation. Gespannt äugte der durch das Weihnachtsfest intellektuell zweifellos noch mehr verwahrloste Alte den Journalisten an. Der nickte versonnen und blinzelte mir insgeheim zu –

»– und nun wäre doch möglich, wäre drin«, fuhr Duschke fort, »daß auch mal was Gutes geschrieben wird und gedruckt wird, hab ich recht? Oder nit? Ich sage dir, Sägerer, ich sage dir, Moppel, wir können in drei, in zwei Tagen mindestens 5000 oder 3000 Eier machen, wir brauchen bloß einen Fotoapparat und zwei Tage Zeit, ich nehme zwei Tage bei ANO frei, und da machen wir die tollste Sache aller Zeiten!« schrie Duschke nun unerbittlich auf, »so was Gutes gibt's gar nicht! Paß auf, Sägerer, hör mir bitte gut zu. Ich muß Folgendes vorausschicken. Ich bin heute früh – mach ich immer! – beim Spielen gewesen, beim Geldautomatspielen«, flüsterte Duschke nun wieder fast bebend, »ich gehe ja oft, ich alter Mann gehe ja oft zum Automaten«, jetzt mühte sich Duschke vollends theatralisch um einen mitleiderheischenden Klang, »ich werfe jeden Tag 20 Mark rein und verliere jeden Tag 20 Mark, die frißt der Automat, und nun beobachte ich natürlich in den verschiedenen Kneipen, wie auch die anderen alten Leute ihr Geld so reinwerfen, und da kommt man natürlich mit denen ins Gespräch, und da sagt mir neulich in der Samariter-Wirtschaft so ein alter Mann, er wirft im Monat 900 Mark rein, und damit bleiben ihm im Monat noch 300 Mark. 300 Mark«, wiederholte Hans Duschke anklagend, »unglaublich! Unglaublich!« – das Crescendo kam überwältigend – »mußt du zugeben, Sägerer! Moppel! Unglaublich! Und dann sagt mir beim Gradl, in der alten Gradl-Wirtschaft da so ein anderer alter Mann – halt! Stop! Eine alte Frau war es, eine alte Frau, die auch den ganzen Tag spielt, sie wirft 500 Mark von ihren 700 Mark Rente rein. Und so ist es überall, Sägerer! Das ist ein soziales Phänomen!« donnerte Duschke nun wieder con brio, »unglaublich! Verstehst du mich bitte? Das sind Ehepaare! Sägerer! Ehepaare! Glaubst du mir das bitte!«

Alois Sägerer nickte vorsichtig mit dem erstaunlich Kant-ähnlichen Journalistenkopf. »Richtig, Hans, nur...« Das hätte er besser unterlassen:

»Ehepaare! Was glaubst denn du! Der Automat! Ehepaare! Nicht der alte Mann und die alte Frau, die spielen! Du Arsch! Nein! Der Automat und die alten Leute sind Ehepaare! Liebespaare!« steigerte sich Hans Duschke zischend und sog abermals Schleim aus der Gurgel hoch; der Mund zuckte mehrfach erregt nach rechts: »Und ich sage dir, wir machen damit Kohlen, unheimliche Kohlen! Wir – merke dir bitte, was ich jetzt sage – gehen nämlich her und fotografieren diese ganzen alten Leute in Seelburg, in Nürnberg und in München, und dann machen wir ganz kurze Texte und Scheiß dazu, Zack, und in einem Tag haben wir den ganzen Scheiß zusammengeschrieben, nullachtfünfzehn! – und ich sage dir, Moppel, das wird eine Geschichte, die dir die Chefredakteure aus den Händen reißen! Das ist die soziale Urschicht!« trieb der wüste Mann sein Organ jetzt ins Unermeßliche, »zehntausend ist das mindeste, was wir absahnen! Du, Sägerer, schreibst es, und der Moppel kauft sich einen Fotoapparat und drückt drauf, wenn es soweit ist – ich sage dir, leichter haben wir noch kein Geld verdient, ich bin jetzt lange genug bei dem ANO-Scheiß, das wird eine erstklassige Sozialstudie, eine Sozial-Enquête!« schloß Duschke schneidend, um noch einmal wie sterbend zu flüstern: »Wir machen mindestens... wieviel ist 10 000 durch drei? Weißt du es bitte? Mindestens 2000 Mark. Jeder!«

Um noch zügelloser Geldautomat spielen zu können, dachte ich geistesgegenwärtig, beobachtete aber dann scharf, wie der sanfte Sägerer sich aus der schwindelerregenden Affaire ziehen würde – bebend sah ihm der entbrannte Duschke bereits ins Auge.

Alois Sägerer, sonst ein Routinier in der Abwehr von Unerquicklichkeiten und Dämonien, geriet spürbar ins Schwimmen, als er Duschke zunächst einmal recht gab. Die soziale Motivation sei »Klasse« – worauf Duschke »meine Rede!« brüllte sowie »wir machen damit wahnsinnig Scheine!« – doch dann unterlief Alois Sägerer der Lapsus, seinerseits drei Schnäpse zu bestellen, was Duschke wohl schon als Endsieg oder gar Erfolgsprämie auslegte;

um so schlimmer wurde Sägerers Fiasko. Die Idee sei sehr schön, wand sich der Journalist und rauchte ziellos, aber leider auch nicht ganz neu. Dergleichen habe es in Illustrierten schon gegeben, was nicht weiter schlimm wäre, wenn das Thema sich besser »verkaufen« ließe, brütete der Pressevertreter bedenklich – es kämen dafür in Deutschland allenfalls drei Magazine in Frage, wollte man es »seriös« machen, in diesem Falle aber wären unendliche Recherchen erforderlich (jetzt legte Alois Sägerer sogar Gram in die träge Miene), wie gesagt, das sei alles nicht so einfach, wenn, dann müßten wir drei uns ein Vierteljahr Zeit nehmen, er, Duschke, müsse dazu wohl auch bei ANO aufkündigen, bog Sägerer nun brutal ab, und Automaten hin und her, ANO sei schließlich ANO, und jedenfalls – –

»Du Arsch!« Hans Duschke war aufgesprungen, hatte sich wieder gesetzt und war erneut aufgesprungen; die linke Hand hielt dabei ständig das Bierglas fest. »Du bist Journalist? Du willst chrrrn Journalist sein? Chrrrn. Ich sage dir, wer du bist. Weißt du, was du bist? Eine Hure, eine Hure bist du, Sägerer! Eine Hure! Mein letztes Wort!« Hier warf die Erregung den alten Mann erneut um und auf die Bank zurück.

»Lieber Hans«, flötete Sägerer nun lästerlich, »ich sage ja nur, daß wenn...«

»Milliarden alter Leute chrrrn leiden heute unter einem, mein Herr Journalist, einem chrrrn« – der Alte gurgelte immer verwahrloster – »unter einer Sache chrrrn, und das ist die Einsamkeit. Die Einsamkeit, die sie an den Automat treibt...«

Das wisse er doch, wandte Sägerer zart ein, aber...

»... und du, du junger Mensch, du weißt es nicht!« In Hans Duschke würgten nun tatsächlich Tränen der Wut. »Die Einsamkeit! Was weißt denn du! Du alter Arsch! Wir hätten 10 000 Mark, wir hätten 20 000 Mark machen können, aber ihr, ihr habt ja die Kohlen...!«

»Und können deshalb auch wahllos Geldautomat spielen ohne Sozial-Enqu...«, murmelte fast unhörbar Alois Sägerer, aber Duschke hatte aufgepaßt:

»Was?«

»Ach, nichts, Hans.«

»Du Arsch!«

»Genau«, höhnte Sägerer leise, »jetzt paß mal auf, Hans. Wir können die Geschichte ja vielleicht trotzdem . . .«, aber hier hatte sich der Pressevertreter verrechnet. Unverkennbar trug Hans Duschkes Miene nun den Stempel der Grausamkeit:

»Nichts! Niemals! Keinen Meter macht Hans Duschke mit dir zusammen, keinen Meter! Du Arsch schreibst in München über Mode und Mieder und Stadtratsitzungen und die ganzen Ärsche und Sozialdemokraten, aber wenn du mal an das wirkliche Soziale wie du und ich, du Hure! Chrrrn!« – hier ging Duschke kurzzeitig der Atem aus, deshalb schlug er mit der Rechten dreimal auf den Tisch, dann hatte er sich wieder gefangen: »Die Sache ist für mich, für Hans Duschke gestorben. Ich mache sie alleine und kassiere das Geld alleine. Ich, der alte Duschke, ich sage euch, was ihr seid: Huren! Huren!« ächzte modernd unser neuer Sozialarbeiter, während der Ober Anton gerade 20 Pfennige in den Geldautomaten warf, »Huren! Sägerer! Moppel! Alles Huren!« jodelte der ergreifende Greis, sprang hoch, vollführte ein paar äußerst brenzlige Körperbewegungen, stürzte zur Tür des »Seelburger Hofs«, drehte sich noch einmal zu uns um und pfefferte uns ein letztes »Huren!« in die aufgewühlten Gesichter.

Im gleichen Augenblick öffnete sich die Türe und gab den Blick frei auf die Silhouetten der beiden Morlock-Mädels, die, allgemeine Erwartungsfreude in den jungdummen Gesichtern, hereindringen wollten. Was Hans Duschke zu einem, das muß ihm die Gerechtigkeit lassen, eleganten Umdenk-Manöver animierte:

»Huren! Wilde Huren!« schmetterte er den beiden Süßen ins Antlitz. »Geht nur rein, kommt, und setzt euch zu den beiden anderen Huren da! Chrrrn! Ihr Huren, ihr!« Taumelte in den Hausgang und verschwand.

Wieder quiekten die beiden Morlocks gleichsam froh über ihre Hurenschaft und setzten sich aufgeräumt zu uns. Sabine hatte Alois Sägerer, wie gehabt, »vom Auto aus gestern vormittag in der Löffelstraße gesehen, du mich auch?«, Susanne berichtete von einem in Aussicht genommenen Fest Arthur Moggers, »ihr kommt alle, gell?«, und insgesamt verbrachten wir vier Huren noch einen recht vergnügten Abend miteinander, ja um ein Haar wäre, hätte ich mich nicht energisch dagegen gewehrt, meine alte

Doppelliebe wieder hochgezüngelt; weil aber der Pressevertreter Alois Sägerer nach einer gewissen Zeit an Susannes Taille herumzutapsen anfing, verlegte ich mich lieber auf Beobachtung – – – alles in allem ein sehr befriedigender Abend, indes der alte Duschke draußen durch die winterliche Einsamkeit wütete und sicherlich zum nächsten Geldautomaten hastete, sich mit ihm zu vermählen.

Berechtigt ist längst die Frage, warum ich, warum wir Jungen uns dauernd um einen Greis wie Duschke scharten, warum wir ihn überhaupt zuließen. Die Antwort weiß der Wind. War es die Suche nach einer Vatergestalt in der nach Freuds Wille vaterlosen Gesellschaft? Oder im Gegenteil der unbewußte Wunsch, den Vater von seiner ungutesten Seite zu sehen? War es, psychologisch noch erwägenswerter, gar die Anziehungskraft des Todes, die wir in diesem Duschke-Symbol genossen? Oder suchten wir, Geschädigte der ökologischen Krise, einfach zwanghaft den beruhigenden Lärm, ohne den nichts mehr geht?

Wie schön war doch auch Hans Duschkes Einspurigkeit! In einem Brei von gebrochenen Naturen behauptete er allein den eingeborenen Geist des 20. Jahrhunderts: den krach-, beleidigungs- und schnapsdurchfluteten Willen zu Geld, Geltung und damit abermals – Krach!

Immerhin hatte uns der Alte noch einen kleinen Streich gespielt. Alois Sägerer und ich mußten wohl oder übel für die drei im Vortaumel der Einsamkeits-Honorare genossenen Steinhäger aufkommen.

### 6

Das neue Jahr sah die beiden ANO-Herren frisch gestärkt. Schon am 2. Januar kam es zu einer neuerlichen Kündigung Hans Duschkes, die, nimmt man Leobolds und Duschkes Aussagen zusammen, sich etwa so abgespielt haben muß: Er, Duschke, berichtete dieser, sei gegen 11 Uhr zur Arbeit erschienen, da habe ihm Herr Leobold – »und ich habe gleich an seiner Visage erkannt, daß was ist« – mitgeteilt, er, Leobold, habe eben bei ANO in München angerufen, er, Leobold, kündige hiermit ihm, Duschke, bzw. er beantrage die Kündigung.

Warum er das getan habe, habe er, Duschke, wissen wollen. Na ja, habe Leobold gesagt, weil er, Duschke, schon wieder zu spät komme, offiziell aber habe er, Leobold, in München hinterlassen, der Duschke habe einen Herzinfarkt erlitten und deswegen freiwillig gekündigt – »das ist dann viel besser für Sie als alter Mann«, habe Leobold hinzugefügt. »Sie können also wieder heimgehen und sich ausschlafen. Morgen kommt dann ein neuer. Also Wiedersehen.«

Nun habe er, Duschke, sofort seinen Freund Viebig in München angerufen, die Sache, wie gewohnt, zu revidieren. Wirklich sei Herr Viebig sehr überrascht gewesen, es sei tatsächlich ein Rapport Leobolds eingegangen, der auf Herzinfarkt gelautet hätte, was denn in Seelburg eigentlich los sei? Davon könne keine Rede sein, er sei kerngesund und von der Weihnachtsruhe gut erholt, habe er, Duschke, gesagt. Dann kündige er also nicht, habe Viebig »direkt erleichtert« (Duschke) gefragt. Nein, habe er, Duschke, beteuert – und dann, so versicherte mir gegenüber Herr Leobold, »hat er, der Duschke, ins Telefon gebrüllt, er bitte darum, ›ich bitte darum‹, hat er gesagt, daß der Leobold weg muß«, lächelte mir zwei Tage später Alfred Leobold vor, »o mei, o mei, der Duschke...«

Wie stets war Duschke schon zum Mittagessen wieder vollgültiges Mitglied des ANO-Ladens. Immerhin – vertraute mir, freilich erst ein halbes Jahr später, als Alfred Leobold längst seinen Hut genommen hatte, wiederum Duschke an – habe es Leobold bereits am Nachmittag wieder andersherum versucht. Er, Duschke, sei am Boden gekniet und habe einen Teppichboden der Länge nach auf 4.20 Meter zurechtgeschnitten. Da sei auf einmal – »und so etwas hat es noch nie gegeben, so lang die Welt besteht, Moppel, hör gut zu!« – Alfred Leobold zu ihm getreten, habe nachgemessen und sei auf 4.23 Meter gekommen. Was mit den drei Zentimetern sei? »Echt drohend hat er sich vor mich hingestellt, der Arsch!« Das sei Kulanz- bzw. Toleranzgrenze, habe er, Duschke, gesagt. Es habe sich jetzt sowohl mit der Kulanz als mit der Toleranz aufgehört, habe Leobold scharf erwidert – »er hat sich direkt angestrengt, chrrn, das Männlein«, freute sich

Duschke noch Monate nachher – er, Duschke, solle sofort den Differenzbetrag von 3,50 Mark aus eigener Tasche begleichen, sonst melde er, Leobold, es der Zentrale. Das habe aber Leobold nur deswegen gemacht, schnarrte Duschke und zwickte barbarisch-vergnügt die greisen Augen zusammen, weil er vom »Mittagsschoppen« her gewußt habe, daß er, Duschke, keinen Pfennig Geld bei sich geführt habe. Jedenfalls, an diesem Punkt der Kontroverse will Duschke sich vom Boden hochgehangelt haben, hart an Leobold herangetreten sein und feierlich verkündet haben:

»Herr Leobold, Sie machen einen Fehler. Ich warne Sie. Sie wollen mich liquidieren, Herr Leobold. Aber das schaffen Sie nicht. Sie sind nicht stark genug. Sehen Sie, Herr Leobold, ich komme vom Theater her, und wo, ich frage Sie, ist der Nährboden aller Intrige? Wo?«

Herr Leobold habe es nicht gewußt.

»Herr Leobold«, habe er, Duschke, gesagt, »der Nährboden, die Mutterstätte aller Intrigen ist das Theater. Also kommen Sie mir nicht blöd!«

Daraufhin soll Leobold erst einmal die Segel gestrichen haben. Eines nur verstehe ich nicht. Ich erinnere mich ganz genau, die beiden Streithähne an eben diesem 2. Januar am Abend in der Gaststätte Wacker-Mathild angetroffen zu haben, und dabei hatte Duschke den ganzen Abend immer wieder hallend gebrüllt: »Herr Leobold, Herr Lääwoohl! Zahlen Sie einen Schnaps, Herr Lääwoohl!« Und tatsächlich, ich täusche mich nicht, ließ Alfred Leobold, den Quälgeist abzuschütteln, dem grausamen Alten mindestens acht braune Schnäpse kredenzen.

Daß ausgerechnet ein Brüllaff wie Duschke über die ihn angeblich zum Geldautomaten schleudernde Einsamkeit klagen mußte!

War Duschkes Gebrüll Triumph, war es die zusätzliche Rache des kleinen Mannes, der mit 1,6 auskommen mußte, während er den anderen mit 3,6 thronen wußte? War es die Scham, die wechselseitige Scham, die den einen so massiv trinken, den anderen so demütig zahlen hieß? Aber was sollte das? Meinem Gefühl nach hatte sich Alfred ANO-Nock doch nur deshalb nach Seelburg gesetzt, um zwei verblühenden Kaufleuten eine letzte sichere Plattform zu bieten – und nicht bloß einem!

Um Mitternacht tobte Duschke – vermutlich im Rausch seines psychologischen Sieges – so taumelnd herum, daß mir, was mir zu dieser Zeit noch selten genug passierte, etwas bange um die Zukunft der Menschheit wurde. Ich glaube mich sogar daran zu erinnern, von diesem Tag an begann ich, mein eigenes Trinken vorübergehend stark zu beschneiden, leider nicht ausdauernd genug. Aber was heißt schon »leider«? Wäre ich nicht erst selber ein halbes Jahr später zu wahrer Hochform, zu erstaunlichen Gipfelleistungen aufgelaufen, hätte ich das vorliegende Romangeschehen sicher nicht so einleuchtend und prägnant beschreiben können, und eine enttäuschte Leserschaft hätte den Schaden davon. Gewiß kann ich darauf nicht besonders stolz sein, aber es muß alles kommen, wie es kommt.

Zweifellos, Kulanz und Toleranz hatten ihre Grenzen erreicht. Eines zeichnete sich, trotz des stürmischen Jahresbeginns, bald ab, ohne daß es jemand hätte rational begründen können: das langsame Dahinsiechen und Absterben des Teppichhauses ANO oder doch seiner wohl erhabensten Epoche. Sehr feine Naturen wie ich witterten gleichsam mit dem Hereindringen der ersten januarischen Sonnenstrahlen das Heraufziehen der Götterdämmerung, des Steinernen Gasts oder was weiß denn ich – und ganz allgemein gesprochen, ließen wohl auch die Bärenkräfte der Hauptinsassen, Leobolds und Duschkes, spürbar nach, ja es schien gerade in diesem ersten Monat des Jahres, als zögen sie sich beide in den verdienten Winterschlaf zurück, ausgemergelt, schwachgetrunken, aber auch schon Neues brütend. Heute weiß ich nämlich, daß die Stille eine scheinhafte war; daß auf der einen Seite Hans Duschke heimlich, leise und sozusagen mit zusammengebissenen Zähnen dem zähen Gedanken nachhing, wie er Alfred Leobold entfernen könne, indessen eben dieser wohl Verschiedenes zusammendachte, vor allem aber mit dem kühnen Plan spazierenging, die Waffen überhaupt zu strecken, und so Hans Duschke gewissermaßen von einer höheren Warte aus erneut den Herrn und Meister zu zeigen.

Zufall oder dichterischer Sinn – eines Morgens, in meinem Bettchen den Seelburger Anzeiger studierend, traf mein Blick eine großformatige Anzeige: »ANO beweist wieder seine Leistungsstärke!« Ich rieb mir buchstäblich die Hände vor Vergnügen über die Botschaft. Nichts wie hin! Zur Verstärkung besorgte ich mir gegen Mittag den Gymnasiasten Hans Binklmayr, der wie immer Zeit hatte, in letzter Zeit auch nichts Genaueres über die Teppichherren mehr gehört hatte und sogar den mildschönen Gedanken vortrug:»Vielleicht sind die beiden traurig, vielleicht fühlen sie sich einsam und haben deswegen die Zeitungsanzeige aufgegeben.«

»Leistungsstärke« stimmte nur bedingt. Was uns zuerst empfing und aufs schönste belohnte, war der schimmernde, schmerzlich-edle (mir fällt kein präziserer Begriff ein) Altweiberfrühling eines einstmals blühenden Handelsunternehmens. In der Gottseidank leeren Super-Verkaufshalle hockten friedsam nebeneinander Herr Leobold und der uralte Herr Malitz, Duschkes Schwager, auf zwei Stühlchen und hatten sichtlich Mühe, vor Müdigkeit nicht herunterzukippen.

»Ah, der Binki! Ah, der Moppel!« rief heroisch, fast drahtig fortlächelnd Herr Leobold.

»Meine Herren, ich begrüße Sie«, begrüßte uns, unnötig von seinem Stuhl hochkletternd, Herr Malitz in braunen Bundhosen und hielt seine Knollennase und seine eingefallenen Pausbäckchen stramm ins kühle Sonnenlicht. Verblüffenderweise hatte er die neueste Ausgabe des »Spiegel« in der Hand.

Herr Leobold hieß uns mit einer resignierenden Handbewegung auf einer der Teppichhalden Platz nehmen. Vor Hinfälligkeit vergaß der edle Mann diesmal sogar, uns Geld für Schnaps in die Hand zu drücken. Spielte vielmehr mit seiner offenbar seit Jahresneubeginn geschaffenen Hauszeitung »ANO-Teppichboden-Illustrierte« und blätterte ohnmächtig ein wenig drin herum. Seitlich im Hintergrund von Leobolds Köpfchen war ein Schildchen neu angebracht: »Der absolute Renner«. Mein Gott, es war erneut zum Wahnsinnigwerden!

»O mei«, seufzte Alfred Leobold und lächelte eilig.

Malitz schnaufte plötzlich mit jener Heftigkeit, die nur unseren Greisen zu Gebote steht, durch die Nase und fragte den spürbar schnapsgierigen Gymnasiasten, wie es seiner Mutter gehe.

»O danke der Nachfrage«, sagte Binklmayr und lächelte blind und töricht. Mehr fiel diesem jungen Menschen zu dieser Energieleistung des Greisen nicht ein.

»Der Teppichpaternoster da hinten«, raffte sich nach einer Weile ewigkeitlichen Schweigens Alfred Leobold wesenlos auf, »das ist vielleicht was Komisches. Der Herr Zier und ich wollen gar nicht mehr hinlangen, weil es uns immer, wenn wir auf den Knopf drücken, elektrisiert. Nur wenn der Duschke hindrückt, dann geht's. Den elektrisiert's zwar auch, sagt er, aber nicht so stark wie uns. Komisch«, sagte Herr Leobold, nickte uns zweimal pfiffig zu und ließ den Kopf dann wieder herabsacken.

Eigenartigerweise beschäftigt mich diese Kurzerzählung noch heute. War es möglich, daß ein durch Alkohol so gut gepanzerter Mensch wie Duschke gegen Elektrizität weitgehend immun wird? Oder konnte dieser Mensch gar die verschiedenen Befindlichkeiten zwischen Schmerz und Wohlgefühl etwa nicht richtig mehr auseinandersortieren . . . ?

»Der Duschke ist übrigens hinten, in der Fliesen-Abteilung«, ließ sich Alfred Leobold nach ein paar Minuten beiläufig wieder vernehmen. Weil ich Duschke nicht noch weiter brüskieren wollte, indem ich ausschließlich Leobold die Ehre gab; der Gymnasiast vermutlich, weil er sich im Fliesen-Sektor Trinkbares versprach, brachen wir auf, uns in das – wie Binklmayr schon wußte – neu geschaffene Fliesen-Zimmer abzusetzen. Wir wollten eindringen, doch die Tür war versperrt. Wir klopften und hörten daraufhin einen ungezogenen, unbeschreiblichen Schrei. Wie ein Mensch im Todeskampf. Wir klopften abermals.

»Wer da?« quallte eine bekannte Stimme.

»Wir sind's, Hans!« rief Binklmayr.

Erneut ein Urwaldschrei, dann ein Schloßknirschen, die Tür flog auf und Hans Duschke Binklmayr in die offenen Arme.

»Hans!« schrie Duschke.

»Hans!« jubelte Binklmayr zurück.

Im Fortgang Satanisches: Duschke zerrte uns in eine Art Rumpelkammer und teilte uns dabei in einer unentwirrbaren Mischung aus Seligkeit, Sportlichkeit und blühendem Jammer mit, wir müßten das verstehen, er habe heute bereits 14 halbe Liter Starkbier und sechs oder zehn Jägermeister getrunken, »aber wir bleiben Freunde, Binki, Moppel! Oder nit?« – und Duschke hing an dem Gymnasiasten, was mir den Blick nun freigab auf einen namenlosen Saustall in dem Fliesen-Etablissement. Neben den leeren von Duschke bereits genannten Flaschen standen und lagen, in einer Ecke, auf unterschiedlichen Kartons, Schachteln und Abfall-Fliesen auch noch eine halbvolle Flasche Sekt, eine fast leere Flasche Apfelwein »Knaddeldaddel« sowie eine Tasse, in der wohl Kaffeereste herumhingen – vor allem aber, gelagert auf Zeitungs- und Butterbrotpapier, ein halber Laib Brot, eine verlaufende Kleinpackung Butter, ein Fäßchen Senf und endlich die niederschmetternden Reste einer Streichwurst, auf dem Boden aber lag ein halbes Eckchen Käse und ein beschmiertes Messer – – das bare, ungeteilte Entsetzen, die Apokalypse, der Weltuntergang – – –

– und Duschke ging nun wackelnd daran, mit dem Messer zuerst Butter auf einen mit der Hand heruntergewürgten Brotbrokken zu streichen, das gelang auch halbwegs, doch dann die volle Katastrophe: Immer wieder versuchte das Ungeheuer, einen aus der Haut herausgefuhrwerkten Batzen Wurst auf das Brot zu kleben, indessen immer wieder fiel das Stück herunter, einmal auf das Zeitungspapier, einmal auf den Fußboden, wo, wie ich jetzt erst sah bzw. mir erst jetzt wieder einfällt, auch eine zertretene Essiggurke lag und in einer Rille irgend etwas Verschüttetes seine Spuren zog – – das Wurststück wollte und wollte nicht aufs Brot, und anstatt daß Duschke Wurst und Brot separat verschlungen hätte, knallte er beides immer verzweifelter und gleichzeitig bedenkenloser aufeinander, grunzte mehrfach »am Arsch!«, vergaß sein Mahl zwischenzeitlich wieder, klopfte immer wieder blendend dem Gymnasiasten auf die Schulter und bot uns beiden vom Rest des Apfelweins, und plötzlich fiel ihm etwas ein, er krabbelte zwischen zwei Fliesen-Regalen herum, bückte sich knarrend, rülpste und brachte endlich strahlend eine volle Flasche Strohrum zum Vorschein.

»Was sagst du dazu, Binki?« jauchzte der alte Mann hingerissen, »bei Albert gekauft, für 6,80 Mark. Mußt du versuchen, versuchen, Binki, du auch, Moppel, das ist kein gewöhnlicher Strohrum. Das ist ein Rum, der ist milde, der bekommt mir. Aaah! Das ist Rum, der gleitet. Verstehst du mich bitte?« wiederholte Hans Duschke schnarrend und sang dann in der fast mit Herrn Leobolds Summen identischen Tonfolge a-g-f »der glei-hei-tet. Irre! Irre!«

Mutlos, schwindelig setzte ich mich auf einem Fliesen-Haufen mitten in dem Hexenkessel nieder, der Gymnasiast ließ sich sogar überschwenglich zur Erde plumpsen, führte den angebotenen Rum zum Mund, krächzte »Ah! Ganz gut!« und schleckte sich die Lippen. Hans Duschke hatte mit dem ersten Zug gleitenden Strohrums seine vorherigen Eßanstrengungen vergessen, er machte es sich auf einem Teppichballen gemütlich, strich sich in verbrecherischer Wollust den Schnauzbart und reichte dem Gymnasiasten erneut die Rumflasche. Was mich angeht, so lehnte ich mit einiger Willensanstrengung den gleitenden Fusel ab und beobachtete vielmehr verstört und benommen die Brotkrümel zu meinen Füßen. Brot und Spiele. Der Schmutz des Säkulums. Meine Güte, vielleicht gab es doch einen Allmächtigen, der nicht mehr lange zuschauen und eines Tages einschreiten würde und die Saubande . . .

»Ist doch schön hier! Nicht, Binki? Ehrlich! Der alte Duschke hält hier noch die Stellung, wenn Herr Leobold schon längst . . . gib mir doch bitte die Flasche, danke, ehrlich, chrrn!«

Als Hans Duschke ansetzte, klopfte es an die Türe, und die zarte Stimme Alfred Leobolds bat den Mitarbeiter spürbar dringlich nach vorne. Ein Kunde sei da und wolle Fliesen kaufen. »Gleich, Herr Duschke, gell!«

»Arschgesicht!« brummte wie im Traume Duschke, riß sich hoch und stürzte zur Tür hinaus, das Segeln des weißen Mäntelchens habe ich jederzeit filmisch präsent. Der Gymnasiast und ich verharrten am Boden in unserer Ecke und starrten, glücklich oder verdreht, vor uns hin. Binklmayr sog noch einmal gierig Rum ein, ich strich mir, weil mir nichts Stichhaltigeres einfiel, ein Wurstbrot. Sollte ich mich Duschke, wenn er noch älter und haltloser würde, als Wurstanstreicher verdingen? Der Alte würde den Krempel kaufen und ich wurde im ANO-Betrieb für seine tadellose Ernährung sorgen. Ein solch durstiger Körper brauchte wohlbestellte Kost. Wohlbestellt? Wahrscheinlich würde ich auch bald nervenkrank. Oder wir würden vielleicht zusammen mit der Firma ANO eine neue Verkaufs- und Versorgungsstrategie kreieren und den Markt mit einem neuen Mixed-Media-System innovieren . . .

In weitem Bogen flog die Fliesentür auf. Mit machtvollem Satz flog Hans Duschke an uns vorbei, hinter sich aber zog er drei Menschen nach, wie sich herausstellte ein ländliches Ehepaar mit halbwüchsiger Tochter, eine völlig verhärmte Gruppe, und als die drei uns beherzt weiter Herumlümmelnde wahrnahmen, rief Duschke, indem er auf den Gymnasiasten und mich wies: »Und dies hier ist unser Picknick-Abteil!«

Saugende Unterwelt im Hinterzimmer. Na ja, irgendwie würden auch diese Fliesen-Dummköpfe es fressen. Der Gymnasiast und ich blieben in unserer flegelhaften, absolut vertrauenszerstörenden Stellung hocken, rauchten ein Zigarettchen und sahen Hans Duschkes nun einsetzendem, zwar polterndem, aber doch unverständlich souveränem, ja glänzendem Verkaufsgespräch zu. »Ich kann Ihnen für 14,80 pro Fliese keine Königsschlösser versprechen, aber wenn Sie etwas wirklich Gutes ...«, begann die Suada. »Gnädige Frau, Sie sehen übrigens unwahrscheinlich gut aus, ehrlich! Als Sie das letzte Mal hier waren ... Chrrn ...!« War es das innerste Geheimnis des Kapitalismus, die Kundschaft bis zur beiderseitigen Selbstauflösung zu narren?

»Gnädige Frau, ich schwöre Ihnen ...«

Ich machte dem Studenten ein Zeichen, nun wieder nach vorne zu Herrn Leobold zu wandern. »Bounty«, »Madison«, »Schweden«, »Sorrento«, »Casino«, »Fünf Jahre Garantie«, »einfach hinlegen!« – so schimmerte es taumelig aus allen Ecken. Ja, tatsächlich, müßte man da, mit Brecht zu reden, sich nicht einfach hinlegen?

Herr Leobold und Herr Malitz saßen, wie wir sie verlassen hatten. Leise Radiomusik summte inzwischen. Ein Kunde trat aus irgendeinem unsichtbaren Hintergrund an die Kasse zu Herrn Leobold, deutete auf einen grasgrünen Teppich nahe dem Paternoster und sagte, den nehme er. »Genau«, flüsterte Leobold, »Herr Duschke kommt dann gleich.« Und nahm rücksichtslos einen Schluck Bier.

Der Kunde, der mich irgendwie an den neuerdings ins Zwielicht geratenen Staatsminister Heubl erinnerte und einen schönen grünen Jägerpullover trug, umtänzelte nochmals seine scheußliche, etwa vier mal vier Meter große Errungenschaft, trat dann erneut vor Leobold und fragte gleichsam auffordernd: »Der ist doch schön. Oder?«

Ich stand neben Malitz, als Alfred Leobold seine Bierflasche abstellte, sich mühsam, aber doch grazil hochräkelte, sich mit jetzt schon äußerster Anstrengung über den Ladentisch beugte, den Kunden, als ob er ihm etwas mitteilen wollte, das kaum für anderer Leute Ohren bestimmt sei, zu sich winkte, ganz nahe, sodann auf den grünen Teppich, schließlich auf die grüne Kleidung des Kunden deutete und nicht ohne Qual, aber doch flüssig sagte:

»Sie ... Sie, der Teppichboden da ... *der paßt wunderbar zu Ihrem Pullover. Genau.*«

Und wieder auf sein Stühlchen zurücksank.

Alfred Leobolds Kopf fiel auf die Brust, im Gesicht machte sich eine Art wehe Zufriedenheit breit. Während der Gymnasiast noch etwas bleiben wollte, hatte ich nach diesem Capriccio genug und verabschiedete mich. Er habe sich gefreut, mich kennenzulernen, rief freudig Herr Malitz. Blöde starrte ich ihn an. Nein, es rentierte nicht, diesen burlesken Gottessohn zu korrigieren. »Das bietet nur ANO!« flatterte mir aus dem Schaufenster ein letzter Abschied ins Auge. Ich nahm mir vor, dem ANO-Wesen für eine Weile Ade zu sagen und mich ersatzweise wieder verstärkt meinen Studien zu widmen oder, je nach Gelegenheit, Weibern.

Ein Entschluß, der mir um so leichter fiel, als zwei Wochen später, Mitte Februar, auch Alfred Leobold dieser Firma aufsagte und für den Rest seiner irdischen Existenz ins freie Leben überwechselte, niemand wußte damals genau warum, aber alle Interpretationen waren wohl irgendwie letzten Endes richtig; es mußte einfach sein.

# 3. TEIL

».. . die freie Welt der Männer. Alle Wege führen in die Kneipe.«

(London, König Alkohol)

»Es war eine äußerst gemischte Gesellschaft, die sich durch völlige Ungeniertheit auszeichnete. Manche kamen im Straßenkostüm, in Mänteln und Pelzen herein. Alle machten beim Eintreten den Eindruck, als verließen sie sich aufeinander; niemand hatte wohl allein den Mut dazu gehabt, alle schienen sich aber gegenseitig weiterzuschieben.«

(Dostojewski, Der Idiot)

»›Ein Totenhaus‹, sagte ich zu mir, wenn ich zuweilen in der Dämmerung von der kleinen Treppe unserer Kaserne aus auf die Arrestanten blickte . . .«

(Dostojewski, Totenhaus)

1

Eigentlich wollte ich diesen dritten Romanteil schön sanft, rückschauend und besinnlich anfangen lassen, aber es geht nicht. Ich bin sehr enttäuscht. In der Freude, im Rausch der Beendigung des zweiten Teils habe ich sofort die reizende Witwe angerufen, gleichsam auf dieser entscheidenden Zwischenetappe neue Kraft und eine erste Belohnung einzuholen – und was war? Nichts war! Allein die Stimme der Witwe kam mir schon sehr verdächtig vor, sie begriff sogar längere Zeit gar nicht, wer ich sei, bis sie es dann endlich gefressen hatte – und dann merkte ich unschwer aus ihrem feuchten Gebrammel, daß sie – am hellen Nachmittag! – getrunken hatte! Ich meine, es ehrt die Witwe, daß sie das sofort nicht nur zugab, sondern allem Anschein nach noch stolz darauf war: ja sie lud mich sogar beschwingt ein, sofort zu ihr zu kommen, Portwein sei wahrhaftig das achte Weltwunder, jaulte diese mir so überaus charmant erinnerliche Person ins Telefon, Portwein, ja, und »der Helmut« sei auch da, und im Hintergrund hörte man gleichzeitig hocherotische Miles-Davis-Klänge zukkeln ...

Muß denn in diesem Westeuropa, in Sonderheit in diesem Regierungsbezirk andauernd getrunken werden! Verdammt! Natürlich nahm ich sofort Abstand. Ich meine, ich habe nichts gegen Miles Davis, im Gegenteil, obwohl mir einmal ein sehr verehrtes Fräulein Birgit Majewski gebeichtet hat, Davis habe ihr nur dann ein Rundfunk-Interview gewähren wollen, wenn sie sich nach dem Konzert ihm hingebe usw. – ich bin auch moralisch nicht befugt, ein Schlückchen hie und da am Nachmittag zu disqualifizieren, auch hat mein wacher Realitätssinn nichts dagegen vorzubringen, daß sich blutjunge Witwen, den Gesetzen der Natur gehorchend, immer wieder mal von gewissen Helmuts umdakkeln lassen – und doch, es war, ich übertreibe nicht, als sei mir plötzlich der Erdboden unter den Beinen weggerafft. Was denn! Ich quäle mich da unter mörderischen Anstrengungen durch die Tragik der Romanstruktur, überlege flaubertgleich ein jedes Wort auf seine Schönheit und Stichhaltigkeit der Witwe gegenüber – und sie? Und sie? Läßt sich vermutlich von diesem lausigen Helmut kraulen und am Haar zupfen, wenn nichts Verdammenswerteres! – und ich saß da tödlich in meinem Romanbrei herum, gerade daß ich das letzte Kapitel so rund und souverän abgeschlossen hatte – –

Verflucht! Verdattert hatte ich, ohne auch nur mehr die Kraft für ein kokettes Abschiedswort aufzubringen, den Hörer aufgelegt. Das weltbekannte elektrisierende Fluten der Urangst in den Adern. Eigentlich ganz angenehm. Was nun? Verzweiflung? Resignation? Einen Memory-Rausch zugunsten Alfred Leobolds, und damit hat sich's? Nichts da, Moppel! *Da* wird geblieben! Dunkle Zuständlichkeiten müssen im Sinne Freuds kulturell fruchtbar gemacht werden. Sofort. Und vielleicht gab mir gerade mein witwelicher Unstern nun den souveränen Blick für die Laster unserer Zeit, den epischen Titanengriff, den kritischen Stachel, die allerschönsten Formulierungen ein! Und ich fahre also erst einmal, Witwe hin, Helmut her, geschlagen zwar, doch nicht vernichtet in meinem Texte fort. (Die Witwe, bei allem Liebreiz, würde sich immerhin vorsehen müssen: ein weiteres Mal ließe ich mich nicht zum Narren halten. Dann würde ich einfach den ganzen Krempel hinschmeißen oder ins Blaue hineinschreiben!) – – –

Alfred Leobold zog sich mit seinem Abgang aus der unvergeßlichen Firma ANO schlagartig und mit beeindruckender Konsequenz in das schon mehrfach erwähnte Bierlokal »Wacker-Mathild« zurück und verließ es in den nächsten (ich habe gerade nachgezählt) 390 Tagen nur noch in relativ wenigen Ausnahmefällen. Daß dieses Lokal in der Seelburger Altstadt in einer Sackgasse namens »In der Brüh« stand, finde auch ich schon doppelt impertinent, ist aber einfach die reine Wahrheit. In der ersten Zeit sah ich Leobold dort gelegentlich sitzen, übrigens am äußersten Ende jenes Tisches, der, von der Eingangstür aus gesehen, am äußersten Ende der Gastwirtschaft aufgestellt war – auf die verheerend symbolischen Bezüge unserer zeitgenössischen Realität brauche ich den Leser ja inzwischen kaum noch zu verweisen: In diesem Falle schien es mir sofort so, als ob Alfred Leobold möglichst weit und entschieden von der Außenwelt abrückte, damit nicht etwa ein blinder Zugwind ihn streifte und endgültig umfegte.

Dort, bei »Wacker-Mathild«, wo Alfred Leobold auch schon vordem häufig Einkehr gehalten hatte, trank der nunmehrige Privatmann abwechselnd Weizenbier und Sechsämtertropfen, plauderte mit Freunden und Bekannten, überwiegend den bereits genannten »Chemiestudenten« (auf sie komme ich zurück), über dies und das und spielte gelegentlich Karten, in bunter Folge »Schafskopf«, »Watten«, Skat, 17 und 4, »Lügen« und endlich ein Spiel, das sie »Dreck« nannten, das ich selber nicht beherrschte, auch nie in einem Karten-Lehrbuch fand, das aber meinen Erkundigungen nach das äußerste an Einfallslosigkeit und Gedankenarmut darstellen muß. Nichtsdestoweniger möchte ich an dieser Stelle ein kurzes Plädoyer für Kartenspiel allgemein einlegen. Ich selber schätze es hoch, nun, das braucht nichts zu beweisen. Aber ich, der ich mich in meinem Leben schon so gierig auf zahlreichen Feldern herumgetrieben habe, auf Jus, Musik, Religion, Philosophie, Schach, Großhandel, Mietwirtschaft, Amerikanistik, Fußball, ja sogar (als junger Mensch) der Malerei und Plastik, ferner Schiffebau, Kulturgeschichte usw. – in dieser meiner Eigenschaft als Weltbürger auf allen Gebieten fühle ich mich befähigt zu erklären, daß das Kartenspiel – allen Unkenrufen gerade aus »aufgeklärten Kreisen« ins Gesicht schlagend – eine der größten kulturellen Errungenschaften der Menschen darstellt, wenn nicht die größte!

So.

Insgesamt, erinnere ich mich, machte Alfred Leobold in diesen ersten frühsommerlichen Monaten der wiedergewonnenen Freiheit einen lässigen, heiteren, oft fast aufgeräumten, vor allem aber einen geradezu bedrohlich zufriedenen Eindruck.

»Ah, der Moppel!« begrüßte er mich jeweils mit feiner, brüchiger Stimme und lächelte traulich.

»Einer hat ihn geschafft!« hörte man in dieser Zeit den unbarmherzigen Greis Duschke pastos herumposaunen, »und das war ich!« Ich weiß bis heute nicht, ob das Duschke selber glaubte, noch weiß ich, ob er darüber wirklich besonders froh gewesen wäre. Immerhin, wie schön, daß er allen Befürchtungen zum Trotz nie tiefere Gefühle aufkommen ließ, sondern nur die allergröbsten. Gehen wir mit unseren Alten auch nicht gar zu streng ins Gericht, sie meinen es oft nicht so, sondern lärmen halt so vor sich hin, bis Freund Hein sie eines Tages erafft.

Aus der Umgebung Alfred Leobolds dagegen hörte man, was die neue Lebensgestaltung des einstigen ANO-Führers anging, Unterschiedliches, Unentwirrbares, weitgehend Verfließendes. Von einem Skiunfall war gelegentlich die Rede, der Alfred Leobold angeblich zwang, die Krankenkasse einzuschalten. Man bekam die Version zu hören, Leobold werde demnächst von Herrn ANO-Nock mit einer höheren, überregionalen Aufgabe betraut. Ferner gab es den Hinweis, Leobold werde demnächst in die Firma seines Bruders nach Forchheim überwechseln. Der Fuhrunternehmer Schießlmüller dagegen wußte seinerseits zu berichten, Herr Leobold habe ihm neulich in der »Wacker-Mathild« anvertraut, er habe nun 25 Jahre gearbeitet, jetzt lange es.

Ich selber wollte aus eingefleischter Delikatesse und Apartheit in dieser Sache nicht in meinen Freund dringen, zum anderen erkaltete damals mit Leobolds ANO-Hinschied mein leidenschaftliches Interesse für diesen Mann vorübergehend ein wenig (was ich, bedenke ich es heute, überhaupt nicht verstehe – wie viele unbezahlbare Tage und Stunden sind mir dadurch unwiederbringlich verloren!) – zum dritten verlor ich ihn während der nächsten drei Monate weitgehend aus dem Auge, indem ich mich einer ausgedehnten Inspektionsreise in die italienischen Städte Urbino, Siena, Lucca und Busseto, dem Geburtsort Verdis, hingab, dem Geist der mediterranen Kultur meine Aufwartung zu machen. Ein guter Schicksalsstern leitete mich universal Interessierten, dem das Neue, die schöpferische Unruhe wesensmäßig ist, in die begeisternde, atemberaubende Welt der Antike, der Kunst und der sonnendurchfluteten Naturschönheit, es war eine unvergeßliche Epoche meines Lebens, meine Mutter bezahlte, was Hans Duschke hoffentlich nie erfährt, sonst tötet ihn die Wut auf die Elite der Privilegierten dieser Erde!

Ich stattete dem Gasthaus des Tenors und Commendatore Bergonzi einen Besuch ab, dem ich auch beim Weine steckte, wie schön er mich einst zusammen mit Oskar Zirngiebl aus dem Liebeselend gerissen, was dem warmherzigen Sänger sehr gefiel – ich lernte auch sonst sehr nette Persönlichkeiten kennen, unter anderem einen bezaubernden Wirt namens Attilio zu Monterosso (Cinque Terre), der abends in seiner winzigen Osteria »Il primo Tango« vorzutragen pflegte, mit brechender Stimme, aber immer aus dem Geist südlicher Heiterkeit heraus – – heute freilich will mir doch irgendwie scheinen, als hätte ich nicht reisen dürfen, sondern Alfred Leobold, wie gesagt, auch in dieser vorentscheidenden Phase unter Kontrolle halten müssen, ich wollte, ich wüßte exakter, was er in diesen sommerlichen Tagen alles getrieben hat.

Jedenfalls, bei meiner Rückkunft befand sich, wie mir der Schreiner Adolf Wellner mit der ausdrucksvollen Miene und Geste des sozusagen Abschreibbaren flüsterte, Alfred Leobold im Seelburger Marienkrankenhaus. Ferner ging aus Wellners Reden und Signalen hervor, daß sich während der letzten Monate Exzesse von hohem Rang abgespielt haben mußten.

Mit meinem Freund Alois Sägerer, dem Münchner Pressevertreter, der gerade zu Seelburg seinen Urlaub verlebte, machte ich mich auf, den Kranken zu besichtigen. Uns empfing ein allem Anschein nach heiterer, vollkommen ausgeglichener Mensch. Der Kranke, in einem adretten Bademantel, ging gerade in seinem Zweibettzimmer auf und ab, streckte uns Besuchern froh die

Hand entgegen, bat uns auf den hübschen kleinen Balkon und machte sich anheischig, sofort Bier (»prima Bier«) vom Krankenhauskiosk zu besorgen. Alfred Leobold ersparte uns sozusagen demonstrativ den Ritus, des langen und breiten über seine Krankheit Auskunft zu geben, sondern teilte uns, die wir nun zu dritt über das spätsommerlich reife Panorama Seelburgs unsere Blicke schweifen ließen, sofort eine spaßige Anekdote mit, nämlich bis gestern habe noch der alte Malermeister Strauch neben ihm im Bett gelegen – »den kennst bestimmt, Moppel, der was damals seine Tochter so geschlagen hat, ist doch in der Zeitung gestanden, das war vielleicht ein Zeug, du kennst ihn garantiert auch, Sägerer, genau« – nun sei, teilte Alfred Leobold mit schelmischer, wenngleich (erst jetzt sah ich es) schmerzgepeinigter Miene mit, dieser Strauch gestern die ganze Nacht wachgewesen und habe »gebrüllt wie eine alte Sau, o mei!«, und um 11 Uhr sei dann endlich die Nachtschwester gekommen und habe Strauch gefragt, warum er so brülle. Da habe – er, Leobold, habe es genau gehört – Strauch gefragt, was heute für ein Tag sei. Da habe die Schwester gesagt: Samstag. Da habe Strauch gefragt, wieviel Uhr. Da habe die Schwester gesagt: 11 Uhr. Da habe Strauch gesagt: »Scheiße, dann sterb ich heut wieder nicht!« Und tatsächlich, schloß Leobold und sah plötzlich ruckartig über seine Schulter, sei Strauch erst 20 Minuten nach ein Uhr gestorben. »Mußt dir vorstellen«, wiederholte Alfred Leobold sorglich, falls wir die Pointe verschlafen haben sollten, »er sagt Scheiße, heut sterb ich also wieder nicht, und dann stirbt er tatsächlich heut nicht, sondern« – hier geriet Alfred Leobold ins Schwimmen – »praktisch gestern, wie gestern heut war, stirbt er nicht, aber heut, also praktisch morgen, stirbt er ihnen tatsächlich!«

Sie hätten dann Strauch auch gleich weggetan, und seitdem sei das Bett frei, redete sich Alfred Leobold seine Pein vom Leibe, und er hole uns auch jederzeit Bier vom Kiosk, wenn wir nur wollten, »du kennst es ja, das Bier, da heroben«, sagte Leobold offenbar halb bewußtlos zu Alois Sägerer und klemmte sich mühvoll ein Zigarettchen in den Mund, das dort nervös auf- und niederwippte.

Beiläufig teilten wir Alfred Leobold mit, wir beide führen nächste Woche in Urlaub, nach Südtirol, und, um den Patienten aufzuheitern und ihm das Gefühl der allgemeinen Zugehörigkeit zu schenken, neckten wir, es wäre natürlich schön, wenn er, Alfred, da mittun könnte.

»Geht in Ordnung«, antwortete zügig der Kranke, der Arzt habe zwar gesagt, er, Leobold, müsse noch für drei Wochen im Krankenhaus bleiben, aber das mache nichts, er bleibe allenfalls jetzt noch zwei Wochen, »wenn's aber drauf ankommt, auch nur eine Woche«, und dann könne er »jederzeit mit sowieso«, schloß der Kranke seine Rede, die ihm sichtlich immer schwerer fiel, sonnig.

Ich muß sagen, daß mir der Gedanke an einen neuerlichen Auslandsaufenthalt, diesmal im Verein mit Herrn Leobold, spontan aufs Wärmste zusagte; ich halte es aber auch für möglich, daß ich mir, nebenbei, inmitten der Welt der Dolomiten für Herrn Leobold raschere Genesung versprach, war es doch möglich, daß dieser welke Mann vielleicht nur den Reiz der Fremde, die Begegnung mit neuen Erlebnissen benötigte, um nach den – jeden Menschen außer Duschke niedermetzelnden – ANO-Tagen vollends zu gesunden. Und innig leuchtete in mir die erneute alte, durch meinen Italienaufenthalt nur hingehaltene Begeisterung für diesen erlauchten Mann auf – Herr Leobold war sicherlich auch ein ausgezeichneter Reisender, und vielleicht flackerte durch mein Unterbewußtsein auch damals schon die Vision eines ständigen Freizeit- und auch Reisebegleiters, nachdem ja nun Alfred Leobold seine Verkaufstätigkeit ebenso rigoros eingestellt zu haben schien wie seine Sehnsucht nach dem anderen Geschlecht, das mich in jenen Tagen gleichfalls herzlich wenig interessierte, meistens jedenfalls – –

»Dann werd nur bald wieder gesund, Alfred!« sagte ich scheinbar mit neutraler Herzlichkeit, in Wirklichkeit geradezu ängstlich entflammt.

»Sowieso, Moppel«, erwiderte Leobold makellos, etwaige Bedenken hinwegwischend, »dann fahren wir, Sägerer. Bist ein prima Kerl, Sägerer. Ich kenn dich ja schon von den Ministranten her. Ich hol euch auch jederzeit Bier, wenn . . .«

Alois Sägerer war es, der beim Abschied den Patienten behutsam darauf ansprach, was ihm denn eigentlich fehle. Leobold machte eine Handbewegung, die wohl Lächerlichkeit ausdrücken sollte. Nichts fehlte ihm – es gehe alles in Ordnung; und der Kranke biß auf die Zähne. Na ja, der Oberarzt da, der komme immer herein, aber die Schwestern seien auch in Ordnung, mit Ausnahme seines Eintreffens hier im Krankenhaus. Er sei, berichtete Leobold, direkt von der »Wacker-Mathild« hierher eingeliefert worden, Arthur Mogger habe ihn eigenhändig hierhergefahren, und er sei auch an der Pforte anständig aufgenommen worden, »Personalien, alles«, man habe ihn dann auf ein Zimmer 201 gewiesen, wo er warten solle, da sei er dann die ganze Nacht gesessen, zuletzt habe er sich auf eine Bank gelegt, in der Frühe sei dann eine Schwester gekommen und habe gefragt, was er da wolle. Na ja, er sei hier als Kranker, habe er, Leobold, geantwortet. Und da habe sich dann herausgestellt, daß man ihn schon die ganze Nacht gesucht habe. Und endlich habe man ihn in ein Bett gelegt.

»O mei, war ich müd. Was macht denn eigentlich der Duschke?« schloß Alfred auf der hektischen Suche nach einem Ausweg aus dem Krankenhausbereich.

Alois Sägerer ließ aber nun nicht mehr locker: irgendeine konkrete Krankheit sei aber dann doch sicher festgestellt worden. »Nichts«, wiegelte Leobold ab, ja, na ja, der Dr. Fink habe »natürlich eine Leberpunktion gemacht wegen der Szirrhoscardiac, na ja«, und die Lunge sei natürlich auch nicht mehr die beste (voll Schalk führte Leobold ein imaginäres Zigarettchen zum blauen Mund), am Magen habe er »ein Geschwür und natürlich die Gastritis sowieso. Und der Darm« – Alfred Leobold tastete wie suchend nach unten – »macht halt einen so grausam hohen Blutdruck.« Ach so, und dann sei da noch »was Komisches«, er habe eine »paß auf, Moppel, eine Aortenzwischenschichtlustseuchenentzündung«, kicherte Leobold fast fröhlich und hell wiehernd, wie ich ihn noch nie gehört hatte, »das hat der Arzt da gesagt, aber das einzige Wilde ist eigentlich die Leberpunktion gewesen. Da hat er mit der Nadel was aus der Leber rausgezwickt, ich weiß gar nicht was, und hat mit so einem Fotoapparat die Leber angeschaut.« Na ja, und die Gefäße seien halt auch kaputt und die Niere wahrscheinlich auch, da gebe es eine Entzündung und einen Abszeß – »aber an sich geht alles in Ordnung«, beendete Alfred Leobold fast unwirsch seine Diagnose; hier hatte ich ihn erstmals wirklich in Verdacht, er wolle uns beide veralbern; oder war es doch einfach tiefste Goethische Naturfrömmigkeit gemixt mit stoischem Laissez-faire, was den Kranken zu so einem Unsinn anstiftete?

»Also, wir fahren dann nach Tirol oder wohin, alles in Ordnung, Moppel?«

Rauschender als sonst noch ging heute alles in Ordnung mit Alfred Leobold, auch Alois Sägerer hatte es registriert und war beeindruckt, und auf dem Heimmarsch hatten wir unsere helle Freude an dem tapferen Kranken. Wie schön wäre es, cremten wir beide uns ununterbrochen im italienischen Eiscafé ins Gesicht, würde er unseren Kurzurlaub in Norditalien bereichern; wobei ich heute nur wissen möchte, warum ich damals ständig Urlaub machen mußte...

Vier Tage später besuchten wir Alfred Leobold ein erneutes Mal im Krankenhaus. Es war wie ein Hurrikan. Jawohl genau, garantiert, sowieso, einwandfrei würde er mitkommen, ins Gebirge, prima, freilich, das Gebirge, er kenne es schon, versicherte unser Freund ein ums andere Mal, der Arzt habe gesagt, in sechs Tagen sei er gesund, »wird prima«, freute sich Leobold, biß sich vorsorglich auf die Zunge und strich sich träumerisch über die dünnen Schenkel.

Ob er denn nicht vielleicht doch noch zu schwach sei, die lange Reise anzutreten, gab Alois Sägerer etwas unklug zu bedenken. Ich wollte Sägerer gerade beschwichtigen – gegen den Trieb nach einer einmal ins Auge gefaßten, schon greifbaren Lust kann nur ein Heiliger an –, doch Alfred Leobold hatte das Problem schon selber überdacht und im Griff. Der Mogger Arthur fahre ihn »hinunter«, wir sollten ihnen beiden nur das Dorf und das Wirtshaus genau aufmalen. Es werde alles prima.

Noch einmal besuchte ich Alfred Leobold im Krankenhaus, ich traf ihn diesmal am Kiosk an, wo er mit ein paar anderen Männern, die sich wohl über ihre Leiden angefreundet hatten, ein Fläschchen Bier hob, und ich beschrieb ihm die gesamte Reiseroute zu dem Dolomitendorf Campill und zeichnete alles auf ein Zettelchen. »Bist ein prima Kerl, Moppel«, bedankte sich Alfred Leobold warm, »dich mag ich und den Winter Erich, weil ihr seid ehrlich, und der Sägerer natürlich auch«, und dann noch mehrfach und immer wirbelnder, wie ein Elfentanz in der schwirrenden Erotik eines blumig-affigen Mittsommernachtstraums: Es werde alles einwandfrei funktionieren, »normal« sei er gesund, »das andere« könne er »dann erledigen«, und dem Winter Erich solle ich schöne Grüße sagen und »auf meinen Namen einen Schnaps ausgeben, da, hast zwei Mark«, und er lasse sich also dann vom Mogger oder vom Hümmer Heinz »hinunterfahren«, die hätten ja immer Zeit. Herrgott, wie artig und aufgeregt meine Prosa plätschert, je mehr sie auf die große Reise zutänzelt!

Gerade als ich weggehen wollte, kam eine Schwester des Wegs und maß routinemäßig Alfred Leobolds Blutdruck. Sah dem Patienten bestürzt ins Gesicht und maß noch einmal. Ob er sich durch meinen Besuch besonders aufgeregt habe, fragte die Schwester Leobold.

Nein, warum?

Er, Leobold, habe normalerweise 90 Blutdruck, jetzt aber tatsächlich 200. So etwas habe sie, die Schwester, noch nie erlebt.

»Das gibt's alles, Schwester.« Alfred Leobold lächelte gewinnend und, wie mir schien, sogar irgendwie stolz über seine medizinische Glanztat, und als er mich aus dem Hause geleitete, gewann ich den Eindruck, als ob er geradezu erleichtert sei, mir für meine Alpeneinladung gleichfalls etwas Angenehmes und sogar Sensationelles rückbeschert zu haben. Ein unfaßlich hochherziger Mann.

Wohlgemut rannte ich in die Stadt zurück (aus einem bestimmten geheimen Grund wird die reizende Witwe Strunz-Zitzelsberger jetzt aufkichern, wenn sie den Satz liest), eilte zu einem neu eingerichteten Wein-Ausschank am Marktplatz, wo der Abendwind und Hans Duschke aus gegensätzlichen Richtungen gerade aufeinander losfuhren.

»Moppel!« strahlte Duschke, der eine, wie sich zeigte, mit Brot und Heringen gefüllte Plastiktasche mit sich schleppte, »darf ich dich zu einem Bier einladen, du Lümmel?«

Er durfte. Duschke trug an diesem Abend einen dunkelblauen Anzug, ein hellblaues Hemd und eine irgendwie internationale Krawatte – ich muß zugeben, zusammen mit den fast ordentlichen Silbersträhnen eine Gesamterscheinung, die nicht nur blendete, sondern alles ihn Umgebende buchstäblich niederriß. Kein

Fernsehbaron würde ihm in dieser Verfassung das Wasser reichen können.

Wir inspizierten zuerst den Wein-Ausschank, dann machte Hans Duschke aus einem zehn Biere, ließ sich von unserer Italienfahrt berichten, keuchte mehrfach »freut mich, daß du dich um Lääwoohl kümmerst, ehrlich!«, vergaß die Fahrt wieder, randalierte anmutig wie selten, und erst gegen 2 Uhr früh flog der alte Spaßmacher nach Hause, seinen Hering in den schauerlichen Magen zu zwängen. Ich finde, solche heiteren und überflüssigen Intermezzi sind letztlich das Beste am Dasein, ehrlich!

Die folgende Woche in den Alpen verleitet mich zu der sonst verabscheuten Vokabel »unvergeßlich«. Eingestehen muß ich, daß ich mich trotz des niedlichen Pressevertreters Alois Sägerer liebsamer Gegenwart, trotz zahlreicher angenehmer Wanderpartien, wie sie uns älteren Herren so gut zu Gesichte stehen, trotz abendlicher Kurzweil beim Brettspiel, trotz meiner kontinuierlich und geradezu süchtig eingesaugten Grappa-Espresso-Spezialkompotts, die allein einem gegen Süden den Weg zu weisen vermögen – daß ich mich von der Ankunft in dem 300-Seelen-Nest Campill an sofort leidenschaftlich nach Alfred Leobold sehnte, ihn geradezu in dieses ebenso einödhafte wie kreuzfidele Dolomitendorf beschwor, ich denke, dem Pressevertreter Sägerer entging meine Unruhe und mein lächerliches Geseufze um so weniger, als auch er, gewissermaßen als Repräsentant des Zeitgeists, vor Neugier auf die zu erwartenden Wunder bald platzen mußte.

In der Nacht zum Mittwoch, drei Tage nach unserem Eintreffen, wurde ich erlöst.

2

Es war gegen 2.30 Uhr nachts, ich lag im Halbschlaf, meine letzte unwürdige Schachniederlage in die Niederungen des Bewußtseins zurückdrängend, da erhob sich im Treppenhaus der Pension ein kurzer, knallender, ruckelnder Lärm, Sekunden später flog die Tür auf, das Licht ging an, und sichtbar wurden – von vorne nach hinten – unsere Alt-Herbergsmutter Fiorenza Pizei, der

jennerweinbärtige Unhold Mogger, hinter Mogger aber, den Kopf über dessen massive Schulter geworfen, das tödlich zarte Antlitz von Herrn Alfred Leobold. Fausto di, o gioia!
Ich stünde gern noch einmal auf, brummelte ich verstört-verzückt, wenn wir noch eine Flasche Wein kriegten.
Frau Pizei nickte. Eine Flasche? Na ja, gut.
»Zwei!« brüllte der Unhold Mogger.
»Vier!« wisperte todesmutig aus dem Hintergrund hervor Alfred Leobold. Ich hätte ihn sofort streicheln mögen.
Alois Sägerer, dieser bedenklich träge Pressevertreter, war zum Empfang nicht mehr wachzukriegen, sondern schnurgelte, als ich ihn rüttelte, nur »Stammtisch« und »hohes Gefängnis«, so nahmen denn wir drei am Frühstückstisch der Pension Platz, umsaust vom schlingernden Nachtwind, ständig umschlichen von der zu Recht das Ärgste argwöhnenden Mutter Pizei, die auch tatsächlich noch zwei Liter Kalterer See heranschaffte.

»O mei«, wollte Alfred Leobold, der einen elenden, aber gleichzeitig überirdisch freudigen Eindruck machte, das Gespräch eröffnen, aber Arthur Mogger fuhr dazwischen, das sei vielleicht jetzt ein Durcheinander gewesen, um 14 Uhr sei man von der »Wacker-Mathild« aufgebrochen, dann in Tegernsee im »Bräustüberl« eingekehrt, am Brennerpaß sei schon Mitternacht gewesen, und beide hätten plötzlich keine Ahnung mehr gehabt, wo sie sich eigentlich befänden, irgendwie seien sie dann nach Brixen geraten – »Italien«, sagte leis und erregt Alfred Leobold, der vielleicht noch gar nicht wußte, daß er sich auch jetzt in Italien befand –, da hätten sie dann einen Schutzmann nach einem gewissen Campill gefragt, »das hat er noch gewußt, der Alfred, der Hund!« erläuterte Mogger und bestellte unmäßig krachend einen kalten Aufschnitt; jedenfalls habe der Polizist – »Carabinieri«, ergänzte hauchend Alfred Leobold – sie dann in eine Kneipe gepackt, dort hätte »die ganze verlumpte Mannschaft« (sagte Mogger, vermutlich meinte er die Gäste) nach einem Campill gesucht und schließlich auch gefunden, »ganz hinten«, sagte Alfred Leobold spitzbübisch. Da sei es dann noch einmal »rund gegangen« (Mogger), der Polizist habe – »vor seinen Augen hat jeder von uns vier Grappa weggeputzt, stimmt's, Alfred?« – ihnen dann noch auf der Straße gute Fahrt gewunschen, dann sei man »weitergedonnert«, durch ein langes Felsental »und dann den Berg hinauf«, da sei es »links vielleicht runtergegangen, o mei!« beschwor Alfred Leobold andächtig die überstandene Gefahr und nippte verbissen an seinem Rotwein, aber es wollte nicht mehr recht hinein – ja, und dann habe man schon umkehren wollen, »ich sag zum Alfred, Alfred, sag ich, da ist der Ofen aus« (Mogger), plötzlich aber habe an einem Dorfende Alfred Leobold mein Auto gesehen und erkannt, vor der Pension, da habe man dann gewußt, daß man da sei, da habe man dann gepocht, lang gepocht, ewig lang gepocht, endlich sei »die alte Frau da«, Mogger deutete rückwärts in die Küche zu Frau Pizei, in der Tür erschienen, habe aber die Tür sofort wieder zugeknallt – »wie sie dich gesehen hat, Arthur, wie sie dich gesehen hat!« (geradezu frenetisch beeilte sich Alfred Leobold, seinen Scherz nach Hause zu bringen) – »gelt, da sind S' erschrocken!« rief Arthur Mogger und lachte Frau Pizei, die nun den Aufschnitt daherschleppte, röhrend an, »wie ich dahergekommen bin, hähähä!« Und gierig machte sich der Kaufmann über seine ausladende Platte voll älplerischer Delikatessen.

»Aber eine erstklassige Fahrt war's, Alfred!« Mit vollem Mund riß sich Mogger von seinem Teller hoch, ein knalliger Fehler, denn mit einer unkontrollierten Armbewegung fegte er dabei sein adrettes Playboy-Federhütchen vom wüsten Kopfe, das Hütchen segelte genau auf die volle Rotweinflasche zu, ließ diese taumeln – mit einem harten Griff versuchte Mogger die Rettung, stieß aber dabei die Flasche endgültig um, so daß sie den kleinen Tisch sowie Moggers Brotzeitteller restlos überflutete und rot einfärbte, während sich der Hut noch eine Weile taumelnd im Zimmer herumtrieb.

»Sakrament!« ärgerte sich lachend Mogger und schmatzte einen Bissen hinunter.

»Sie, Frau, bringen S' eine andere Flasche!« sputete sich Alfred Leobold mondän, damit das auch ja nicht vergessen würde.

Bevor er, erstmals, zusammenbrach, erzählte Herr Leobold noch eine hübsche Geschichte aus seinen letzten Krankenhaustagen. Er habe da, »praktisch schon wieder gesund«, einen Spaziergang um das Krankenhaus herum gemacht und sei dabei plötzlich in die »Wacker-Mathild« geraten, habe dort – ich, Moppel, könne mir ja vorstellen, was für einen Durst er, Leobold, gehabt habe – ungefähr fünf Weizenbier und sieben Sechsämter getrunken, da habe ihn bei seiner Rückkunft, »ich weiß gar nicht warum«, ein so ein blöder Arzt angehalten, mit einem Pfleger dabei, und habe ihn gefragt, wie er denn in das Krankenhaus da hereinkomme. Er wohne da, habe er, Leobold, geantwortet (wieder lächelte Alfred Leobold forciert beifallsheischend über seinen kleinen Scherz), da habe der Arzt geschrien:

»Mann, Sie sind ja schwer betrunken!«

»Genau«, habe er, Leobold, geantwortet.

»Hauchen Sie den Mann da mal an!« habe der blöde Arzt weitergetobt und auf den Pfleger gedeutet.

»Warum soll ich denn Sie nicht anhauchen?« habe er, Leobold, zurückgefragt, »warum soll ich denn Sie nicht anhauchen, dann hätten S' wenigstens was davon, ich kann doch genausogut Sie anhauchen!« wiederholte Leobold, erneut ängstlich auf Applaus bedacht, seinen fast sozialkritischen Knalleffekt, und als wir lachten, versuchte er sich, zum Lohn, auch noch einen Schluck Wein einzupressen, es gelang aber nicht, sondern Alfred Leobold spuckte nun allerlei Schleim von sich, stand auf, sagte »also, gut Nacht«, taumelte, hielt sich an einem Schrank fest und ächzte »Mensch, Mensch«, und als Mogger und ich hinzusprangen und Mogger ärgerlich »Mensch, Alfredl, was machst mir denn!« rief, flüsterte Herr Leobold »das Bier und der Wein« vor sich hin. Wir trugen den Kranken auf sein Zimmer und legten ihn auf sein Bett.

»Wird schon wieder, Alfred«, munterte Mogger brutal auf.

»Sowieso, Arthur«, stöhnte der Neuankömmling. Es klang wie »Addua«. Wie freute ich mich auf den nächsten Tag!

Ah che bell'aria fresca! Das allerheiterste Herbstwetter war uns beschert. Alois Sägerer saß schon quietschvergnügt mit den beiden Kaufleuten am Frühstückstisch und ließ sich die Geschichten der Nacht berichten, ja die Herren ließen sogar aus reiner Wiedersehensfreude einen ersten morgendlichen Obstschnaps auffahren, und Alfred Leobold, scheinbar gut erholt, bat zum Kartenspiel.

Aber an einem solch herrlichen Herbsttag müsse man doch ein wenig laufen, es treibe einen doch geradezu auf die Berge und

Almen hinauf, gebot ich Einhalt und deutete gewinnend zum Fenster hinaus, das in der Tat den Blick auf eine traumhaft schöne Bilderbuchlandschaft eröffnete.

Es rentiere sich doch kaum mehr, wehrte sich Alfred Leobold, gleich sei doch Mittagessen.

Aber Alfred, korrigierte Alois Sägerer, jetzt sei es 11 Uhr, das Mittagessen aber sei um 1 Uhr, da könne man doch noch die höchsten Gipfel packen, lockte der Pressemann. »Da schau«, assistierte sogar der Unhold Mogger, der heute einen besonders putzmunteren Eindruck machte, schnaubend, »da schau raus, Alfredl, da mußt kraxeln und nicht kartenspielen, Alfredl!« Er drang nicht durch:

»Spazierengehen könnt ihr daheim auch«, konterte Alfred Leobold – wenn ich es heute überlege, ein erstaunlich richtiger Satz, er half dem Wackeren indes nicht weiter, sondern wir drei brachen auf, während Alfred Leobold, sichtlich enttäuscht, ankündigte, er werde einen kleinen Frühschoppen abhalten, »dann Zeitung lesen und alles« und sich dann wieder ein wenig ins Bett legen.

Auf Herrn Leobolds bewegende Bitte hin nahmen auch wir Wanderer rasch noch einen Obstschnaps, ein »Zischerl«, wie Alfred Leobold sich neuerdings ausdrückte, dann ging es hinein in die erhabene und glänzende Bergwelt, Hölderlin nennt sie sogar »edelmütig«, und recht hat er. Auf einer Wiese lungerten ein paar Golfspieler. Beim näheren Hinsehen stellte sich heraus, daß es scheckige Kühe waren. Na ja, auch gut.

Bei unserer Rückkunft fehlte von Alfred Leobold zunächst jede Spur, bis ich ihn in seinem Zimmer, zusammengekrümmt auf seinem Bettchen, fand. »Furchtbar«, jaulte mir mein Liebling entgegen, »furchtbar, ganz furchtbar« gehe es ihm, er habe sich jetzt niedergelegt, weil er nicht mehr habe stehen können, und sitzen könne er »sowieso« nicht, ich müsse schon entschuldigen. Der Ex-Teppich-Matador seufzte steil und erschütternd durch. »Und da!« rief er plötzlich in kaum mehr gezügeltem Zorn, griff zitternd ins Nachtkästchen und zog einen kleinen Plastiksack heraus: Das seien »lauter Tabletten und Gelump«, das ihm der Doktor beim Abschied aus dem Krankenhaus mit auf den Weg gegeben habe, »für Leber und Herz und alles, aber ich freß es nicht«, jammerte Alfred Leobold steinerweichend, »ich bin doch nicht krank«, und nachhaltig drückte er mir das prall mit Pharmaka gefüllte Säckchen in die Hand, mit einem geradezu glühenden Leidensausdruck im Gesicht: »Da, wirfst das Zeug da in den Bach da drunten rein, damit's weg ist!«

Wie schön! Herr Leobold wollte »das Zeug« nicht einfach in den Abfalleimer oder Ofen geworfen haben, sondern direkt den Elementen anvertraut wissen, damit es auch endgültig weg sei! Der Herr hat es gegeben, der Herr hat es genommen, der Kreislauf der Vernichtung war der Naturzweck, na, Thomas Bernhard, wer sagt's denn!

Schafsgesichtig beobachtete ich, wie mein Freund nun zur Abwechslung wieder hochkrabbelte und vorschlug, vor dem Essen noch ein »Zischerl« zu machen, vielleicht werde es ihm dann »besser«, sagte er todesmutig, nein, natürlich: »evendöll«, sagte er mit sprachlicher Meisterschaft.

»Geht in Ordnung«, versuchte ich mich dieser Pracht rücksichtslos anzuschmiegen.

»Genau«, parierte Alfred Leobold, und wir stiefelten los. Vor einem der urweltlichen Bauernhäuser auf einer Bank saß eine alte Frau, sah in den Boden und schmauchte eine Pfeife. Etwas verwegen Fransiges schnurrte und zuckelte durch meinen Schädel. Prima.

Beim Mittagessen saß – o Wunder – Alfred Leobold dann tatsächlich schon wieder recht sicher und aufrecht auf seinem Stuhl, vermochte allerdings sein Essen nicht zu sich zu nehmen, sondern kostete nur ein winziges Stück Fleisch. »Ganz prima, Arthur, iß du!« sagte er einladend und schob dem Kaufmann seine Portion hin. Arthur Mogger fraß sie weg und rieb sich dann übers stattliche Bäuchlein: »Da schau, Alfred, das kann mir niemand nehmen«, grunzte der Räuberhauptmann und bleckte die Zähne vor allgemeiner Lebenslust.

»Genau«, antwortete Alfred Leobold, eine weitere Perle in dieser hinreißenden Kette.

Für den Nachmittag war, von Mogger und Sägerer, ein Ausflug ins benachbarte Grödnertal ins Auge gefaßt worden. »Jawohl, da spielen wir dann Schafkopf«, rief Alfred Leobold und suchte sofort und geistesgegenwärtig die Regie zu erhaschen.

»Sowieso«, sagte diesmal zur Abwechslung Alois Sägerer und lachte herzhaft. Ich weiß bis heute nicht, ob er das alles komisch fand.

Die Fahrt in Alfred Leobolds L 295 mit Arthur Mogger am Steuer führte durch das wildromantische Gadertal, dessen enge Kurven der Kaufmann so schwungvoll nahm, daß Alfred Leobold aus dem Hintersitz hervor immer wieder »Arthur, tu halt langsam, tu halt langsam, Arthur!« hervorgreinte und schon zehn Minuten nach Antritt der Tour schlug er jammernd vor, beim nächsten am Weg liegenden »Sporthotel« ein »Zischerl« zu machen. Warum er denn jetzt schon pieseln müsse, tobte überraschend laut der Fahrer Mogger. »Nein, Arthur, ein Zischerl Bier!« jaulte schrecklich schön Leobold, und dann lächelte er gleißend: »Zuerst ein Zischerl oben rein, dann ein Zischerl unten raus, genau. Addua!« In diesem Augenblick schien mir nicht nur Alfred Leobolds Welt wieder um ein Stückchen einsichtiger geworden zu sein: um den durchaus heraklitmäßig gedachten Kreislauf des Zischens; endgültig eröffnete sich mir auch der Stellenwert des Wörtchens »genau«. Es bedeutete in charmantester Form nicht mehr und nicht weniger als »grauenhaft«, seine Massierung aber signalisierte genau das allmähliche Überhandnehmen und Unerträglichwerden des Grauenhaften.

»Hättest halt gehalten, Arthur!« schluchzte jetzt erneut Alfred Leobold, »hättest halt beim letzten Sporthotel da gehalten, der Moppel hätt' ja auch ein Zischerl machen wollen!« So war es. Befähigte ihn der Schmerz plötzlich zum Gedankenlesen? Mir machte ein starkes Herzflattern Pein – eine Art Projektion von Leobolds Leid auf mich? Etwas verlegen und Rücksichtnahme auf den Kranken vorgaukelnd, gab ich unserem Fahrer zu verstehen – »Arthur, tu halt langsam«, weinte es wieder von hinten her –, beim nächsten Sporthotel möge er anhalten, wir hätten ja Zeit, »für ein Zischerl«, ergänzte Alfred Leobold äußerst hartnäckig.

Am Tresen fühlte sich Alfred Leobold sofort sicherer. Er zahlte uns generös vier Biere, nötigte uns in der Freude der wiedergewonnenen Lebensgeister auch je einen doppelten Obstschnaps auf, er selber flößte den seinen außerordentlich bedächtig, ja verehrend in seinen Mund, und im Fortgang der Reise fühlte sich Alfred Leobold sogar zu einem reizenden Späßchen aufgelegt:

Arthur Mogger beabsichtigte nämlich, einen Wirt namens Weber Uli, der angeblich auf dem Scheitelpunkt des Grödnerjochs hauste, aufzusuchen, bei diesem für die bevorstehenden Neujahrstage Zimmer für 32 Mann, nämlich Freunde aus dem Umkreis des Gasthauses »Wacker-Mathild«, vorzubestellen – was nun Alfred Leobold überhaupt nicht in den Kram paßte, denn, wenn ich es richtig verstanden habe, wollte er diese Leute um Neujahr selber um sich haben: und er leistete also von Beginn an erstaunlichen Widerstand, diesen Weber Uli zu suchen und am Ende gar zu finden. Arthur Mogger fragte in unterschiedlichen Gaststätten nach, wo hier Weber Uli daheim sei, für Alfred Leobold und mich übrigens Gelegenheit, jeweils ein »Zischerl« zu machen. Und dabei wurde Herr Leobold immer aufgekratzter und beschwingter: denn niemand wußte von einem Weber Uli.

»Es gibt keinen Weber Uli«, griente er satt von hinten hervor.

»Freilich gibt's den, Alfred!« schrie Mogger und stürzte die schwindelerregende Paßstraße noch hektischer hinab.

»Tu halt langsam, Arthur.«

»Freilich gibt's den Weber Uli, ich hab doch schon viermal mit ihm telefoniert!« Mogger platzte fast.

»Aber nicht da«, konterte kühl und immer kreuzfideler Alfred Leobold, »nicht in dem Tal da. Am Gardasee, ja da gibt's einen Haufen Weber Ulis«, dieser todkranke Mann erreichte plötzlich einsame Sphären mitteleuropäischen Spitzenhumors, »am Gardasee, jederzeit, sowieso ...«

»Ach, Alfred, Depp!« ächzte der Kaufmann am Steuer und schien zu resignieren, aber sein Widersacher gab noch nicht nach:

»Horch, Arthur!« begann er nach einer Weile erneut und kniff Alois Sägerer und mich immer wieder in den Arm, um uns auf das schmähliche Ausgetrickstwerden Moggers aufmerksam zu machen, »horch, Arthur, das wirst halt am Telefon falsch verstanden haben, das wird halt...«

»Nein, alles!« brüllte sinnlos und erhitzt Mogger.

»... ein Schreiner Uli sein, der eine Weberei hat. Das gibt's oft. Das wirst halt am Telefon falsch verstanden haben, Arthur!« Mogger zog den Steirerhut noch tiefer über die Stirn.

»... Schreiner Uli, genau«, Alfred Leobold nützte die Spanne seiner wiedererblühten Lebenskraft voll aus, die kurzfristig überstandene Todespanik machte den Seligen geradezu feixen, »das ist schon oft passiert, daß jemand am Telefon was falsch verstanden hat. Am Gardasee, in Riva vor allem, hat's jede Menge Weber Ulis und alles. Da mußt hinfahren.«

Auch in Wolkenstein wußte niemand etwas von einem Weber Uli.

Was Alfred Leobold, seinen Triumph auszukosten, ein weiteres Bier zuspielte. Später in St. Ulrich wollten wir schnell einem befreundeten Hoteliers-Ehepaar Grüßgott sagen, doch kaum hatte Alfred Leobold die Tische in dieser Pension wahrgenommen, bat er erneut und diesmal nahezu unwiderstehlich zum Kartenspiel. Aber wir sollten doch lieber auf die wunderschöne Seiser Alm hinauffahren, versuchte ich es, weniger überzeugend als am Morgen, das wunderschöne Wetter, der erhabenbizarre Langkofel . . .

»Ach wo, nichts«, beschied Alfred Leobold kategorisch und bestellte so umsichtig von Frau Christl Spielkarten sowie vier Bier und vier Obstschnäpse, daß jeder Widerstand in sich zusammenbrach. Da war nichts zu machen.

»Tu 'raus auf Herz!« schmetterte Alfred Leobold zart und verlor glanzlos. Ein neues Wunder an Güte: Er hatte den Solo offenbar nur gespielt, um für die rechte Auftakts-Rasanz zu sorgen. »Evendöll« hätte er ihn gewinnen können, schelmte gewinnend und allerliebst dieser hochherzige Mann und schob uns verächtlich die Münzen zu, »du gibst, Arthur«, machte er Dampf.

Dann geschah es. Mitten im zweiten Spiel legte Alfred Leobold die Spielkarten vorsichtig auf den Tisch, schraubte sich vom Stuhl hoch und trat tastend ans große Veranda-Fenster.

Was denn sei, wollte Mogger zornig wissen.

»Da geh her, Moppel!« wisperte Herr Leobold tonlos, »schau!« Und er sah blicklos zum Fenster hinaus.

Nun wurde ich doch (wie in einem letzten Aufbegehren von Kritik) recht ungehalten und schrie zum Fenster hin, wir würden jetzt nicht zum Fenster hinausschauen, sondern kartenspielen, er, Leobold, habe doch danach gedrängt . . .

»Ja, genau«, antwortete Herr Leobold und preßte inbrünstig die Hand gegen die Fensterscheibe, »schau, Moppel . . .!«

»Was ist denn, Alfred!« brüllte Mogger ärgerlich, weil er ein schönes Spiel laufen hatte. Verwundert, aber auch irgendwie abgebrüht, äugte der Pressevertreter Sägerer drein.

Ich war nun doch neugierig geworden, im untersten Bewußtsein vielleicht auch etwas besorgt um den Freund, und trat also zu ihm, Zorn mimend: Was denn nun sei?

»Na ja«, deutete Leobold auf die gegenüberliegende sonnig herbstliche Seceda.

»Was denn?« rief ich.

»Berg Berg«, sagte tonlos Herr Leobold.

»Was Berg? Freilich Berg!« fuhr ich ihn grimmig und dümmlich an; ich bereue es heute, und meine Grobheit beschämt mich.

»Berg«, wiederholte Leobold hilfesuchend.

Freilich seien hier Berge, schrie Arthur Mogger roh von hinten.

»Genau«, flüsterte jetzt delikat Alfred Leobold, drehte sich um und stocherte zu seinen Karten zurück, bleich bis zur vollkommenen Transparenz, ja Körperlosigkeit. Und bestellte träumerisch vier Obstschnäpse. Verlor einen angesagten Durchmarsch ohne Grün-Ober – »ich hab den Grün-König für den Grün-Ober gehalten, die schau'n sich so ähnlich, na ja, ist ja gleich« – und bezahlte, was mir sehr erinnerlich ist, mit geradezu hektischer Freude, ein Zug, der mich auch später an Alfred Leobold immer wieder fesselte und entzückte: Niederlagen müssen nur mächtig genug ausfallen, um, vermutlich nach den Gesetzen Hegels, wieder in maßlose Freude umzukippen, ja in das Gefühl der Weltherrschaft. Oder, um es etwas weniger geschwollen und mit Italo Svevo auszudrücken: »Wahrheit, das war eine unzweideutige Äußerung von Krankheit oder von Herzensgüte, jedenfalls von zwei menschlichen Eigenschaften, die in inniger Beziehung zueinander stehen. Dies ist die Wahrheit über mich und Guido.«

Und über Alfred Leobold, da möchte ich wetten! – Auch in St. Ulrich wußte niemand von einem Weber Uli, so daß Arthur Mogger unverrichteter Dinge wieder nach Campill zurückchauffieren mußte. Alfred Leobold ließ sich, wie im Wechselfieber jetzt wieder eingebettet in die lauterste Wonne, während der Fahrt über das Joch die Chance nicht entgehen, Arthur Mogger erneut den Meister zu zeigen.

»Und, Arthur, schau her«, spottete er unermüdlich und wie besessen von seinem Rücksitz hervor, »da könntet ihr ja gar nicht Skifahren, da gibt's ja nirgends Skipisten!«

»Du Aff!« Mogger, nun vollends wutentrückt, ließ das Steuerrad los und deutete mit beiden Händen zum Fenster hinaus: Überall könne man hier prächtig skifahren, was sollten denn sonst die vielen Lifte?

»Das sind Bieraufzüge, Arthur!« parierte Leobold feierlich.

Ich glaube, an dieser Stelle, hoch schlingernd auf dem Grödnerjoch, verliebte ich mich endgültig in ihn.

O dolce notte, scendere! Am Abend, zurück in Campill, spielten wir wieder Karten. Nach drei Stunden, gegen Mitternacht, fächerte Alfred Leobold erneut und behutsam sein Blatt auf den Tisch, begann zu stöhnen und legte sich auf die Wirtsbank: Er glaube, es sei jetzt aus, wir müßten schon entschuldigen. Am anderen Tisch sang eine wildgewordene Mannschaft grüner Gebirgsjäger vaterländische Lieder und Alpenzoten. Als Leobold sank, heulten sie gerade noch lauter auf. Ah! non lasciarmi!

Noch einmal, mit brechender Stimme, raunte der Kranke Alois Sägerer zu, er müsse schon verzeihen, aber er könne das Blatt nicht mehr halten.

»Geht in Ordnung, Alfred!« stemmte Mogger mißmutig und mörderisch heraus; dieser Satz stammte zweifellos aus dem Geist der Finsternis. L'ora fatale è suonata. Es war zum Schreien.

Wütend machte ich den tollgewordenen Gebirgsjägern Zeichen, sie sollten ihren schweinischen Gesang abbrechen, hier liege ein Sterbender, rief ich wohl sogar betrunken und im Zuge diffuser unbeholfener Herzenswärme, und ich gab der Wirtin den Auftrag eines Tees mit Rum, aber schnell!

Alfred Leobold rann jetzt der Angstschweiß übers niedliche Gesicht, das er, sich wieder etwas hochrappelnd, nun teilweise mit den klapperdürren Händen abschirmte. »O mei, o mei«, schluchzte er – diesmal ging es nicht in Ordnung. Alois Sägerer steckte sich in scheinbarer Gelassenheit eine Zigarette an und sah zur Zimmerdecke empor, die typische optimistische Weltanschauung des Presse-Menschen, daß am Ende doch alles wieder gut würde. Aber Arthur Mogger kam plötzlich die Idee,

Christenpflicht im Räuberantlitz, Alfred Leobold die Hand zu halten, ein wunderbares Bild dolomitischer Dolorosa und Niedertracht!

Wir flößten nun Alfred Leobold den Tee ein, anscheinend bekam dem Kranken allein das Gefühl des Trinkens schon gut, er gewann wieder etwas an Haltung, wischte sich schamhaft den Schweiß von der Stirn und das Wasser aus den geröteten Augen – vor Freude gab ich gleich noch einen Tee in Auftrag, diesmal, obwohl zurechtgewiesen durch den klügeren Sägerer, mit zwei Rum. Auch ihn schlürfte Alfred Leobold anmutig in sich hinein, plötzlich lächelte er und sagte, seinetwegen könnten wir nun weiterspielen. Caro mio ben!

Die Gebirgsjäger verstanden dieses tatsächlich überirdische Lächeln wohl als Signal, daß das Leben nunmehr zügig weitergehe, und sie brüllten erneut los, so daß Leobold schmerzhaft zusammenzuckte, indessen sein Lächeln bravourös über die Runden brachte. Ob er, Sägerer, wandte er sich an diesen, ihm, Leobold, glaube, er, Leobold, habe gedacht, jetzt gehe es dahin?

»Ist schon gut, Alfred«, kalmierte der Pressemann.

»Ehrlich, Sägerer«, insistierte Leobold sotto voce.

»Und morgen, Alfred, kriegst keinen Schnaps mehr, Alfredl«, endete Mogger brüsk das Idyll. Für meinen Geschmack allzu weise grinste Alois Sägerer.

»Genau. Aber Bier«, antwortete Alfred Leobold und gähnte.

Wir nahmen ihn zu zweit unter den Armen und trugen ihn so vorsichtig durchs Dorf. Auf halber Wegstrecke bat Alfred Leobold, wir möchten ihn kurz abstellen, er müsse »ein Zischerl machen«. Wir stellten uns fangbereit daneben. Ein leiser und grauer nächtlicher Windstoß, der durch das Gadertal fuhr, warf den Pinkler fast um, doch wir waren zur Stelle. Dann machte sich Alfred Leobold noch einmal frei, indem er unsere helfenden Arme abschüttelte, und begann wie tändelnd in seiner Jackentasche herumzukramen. »Unglaublich«, lächelte er bezwingend.

»Was ist unglaublich, Alfredl?« Tränen frömmelnder Aufregung sickerten mir in die Augen.

»Glaubst, Arthur, ich hab mir jetzt in eineinhalb Stunden vier 20er Packungen Zigaretten gekauft, und jetzt ist keine mehr da, Arthur!« Leobold lächelte Mogger schäkernd an. Auch in der

Stunde der höchsten Gefahr ließ es sich der Mann nicht nehmen, dem gesundheitlich haushoch überlegenen Kaufmann eins auszuwischen. O gaudio sopremo!

»Geht es in Ordnung?« verabschiedete ich mich von Alfred Leobold, der sofort ins Bett fiel. Ich konnte, von Dünkel beschwingt, plötzlich nicht mehr anders.

»Freilich«, antwortete der Göttliche zu meiner leisen Enttäuschung.

Ich bohrte salbungsvoll nach. Ob er glaube, gut schlafen zu können? Ah no, no, no pianger, coraggio . . .

»Genau«, sagte Leobold fest. Endlich! Va bene, va benissimo.

Mit wirren, albernen, dummdreisten Gedanken flegelte ich in den Schlaf. Wie herrlich, daß ich schon wieder in Italien war! Meine Hochzeitsreise! Brautbett und Totenbett! »Berg – Berg« – seine Reisebeschreibung. Das nenne ich lakonischen Stil, keine Chance für Hemingway! Vielleicht war ich nicht mehr ganz richtig im Kopf! Das sind keine Skilifte, sondern Bieraufzüge. Alles klar. –

Am Morgen erschien zuerst Arthur Mogger am Frühstückstisch und teilte mit, Alfred Leobold kleide sich gerade an und habe ihm, Mogger, gerade noch einmal fest zugesagt, heute Abstand von Schnaps zu nehmen. Bier dürfe er aber trinken, was er hineinbringe, habe Leobold gesagt. Alois Sägerer schmunzelte verwegen. Er, Mogger, gehe sich jetzt waschen – dann könnten wir seinetwegen sofort wieder kartenspielen. Zehn Minuten später erschien, zerknittert von der überstandenen Agonie, aber lächelnd, Alfred Leobold. Ein bravouröser Auftritt! »Das glaubst nicht, Moppel, aber der Arthur wascht sich jetzt seit zehn Minuten seinen Sack, unglaublich!«

»Der will halt allzeit bereit sein«, scherzte Alois Sägerer.

»Unglaublich, auch gestern schon. Ununterbrochen wäscht er seinen Sack. Mit dem kannst nirgends hinfahren. Ich möcht' bloß wissen, warum er andauernd seinen Sack wascht.« Leobold zwinkerte pfiffig. »Mußt einmal zuschauen, Sägerer. Der wird seinen Sack halt jetzt bald studieren lassen, Moppel! Und drei Obstler, Fräulein!« Flink nahm Alfred Leobold das dienstfertig vorbeistreichende Fräulein Agata Pizei wahr und schnalzte sogar lebenslustig mit dem Finger.

Dann wandte sich mein Liebling an mich:

»Und paß auf, Moppel, wir machen jetzt dann im Dezember eine Reise nach Seattle. Nach Seattle. Ganz prima. Einwandfrei. Seattle, da hab ich einen Verwandten in Seattle. Seattle liegt an der kanadischen Grenze. Wir fliegen mit dem Flugzeug, und dann fahren wir mit dem Auto an der Grenze entlang. Das Auto leihen wir uns. Und heimwärts fahren wir dann über Genua, genau, Genua, dann wieder rauf nach St. Ulrich, da kehren wir dann bei der Christl wieder ein, dann Pertisau, München und wieder heim. Und natürlich Campill sowieso. Kostet 1000 Mark der Flug. Im November fahren wir.«

Blieben also noch drei Monate. Ich wandte schwach und widerstandslos ein, ich wüßte eigentlich nicht genau, was ich in Seattle sollte.

»Jjjjaah«, stoppte mich Alfred Leobold mit einer wahren Koloratur an j- und a-Tönen elegant, »wir fliegen rüber, dann mieten wir uns ein Auto und fahren die ganze Grenze entlang. Geht immer schnurgrade!«

Der Kaufmann Mogger war zurückgekommen. »Was willst dann in Seattle?« erkundigte sich auch er.

»Und du, Sägerer«, antwortete Alfred Leobold, »du kannst dann auch mitfliegen, und drüber schreiben, über Seattle lesen die Leute gern was, bist ein prima Kerl, Sägerer!« Schon wieder tropfte mir etwas Warmes über die Wangen. Dann machten wir uns auf, im Campiller Sporthotel eine Art Frühschoppen abzuleisten.

»Aber keinen Schnaps!« brüllte noch einmal Arthur Mogger.

»Einwandfrei«, antwortete Leobold transzendental und lächelte undeutlich. Alois Sägerer grinste windschief, Arthur Mogger putzte seine Brille und fegte dabei ein verblüffend blindes Antlitz frei. Etwas Verwestes, nahezu sexuell prickelnd, streifte mich.

»Und dann fahren wir nach Prag«, sorgte Alfred Leobold, offenbar beflügelt von Todestrotz, für neue Überraschung. »Und dann nach Heidelberg.« Dort habe er gute Freunde, wenn ich Leobold richtig verstanden habe. »Sägerer, kommst mit? Dann sind wir drei.« Das Flehen um Zuneigung in diesem verlöschenden Gesichtchen! Dann war auch schon das Mittagessen da.

Frl. Agata erkundigte sich, ob ein Nachtisch erwünscht sei. Alfred Leobold, erneut außerstande, etwas Warmes herunterzuwürgen, fragte wahrhaft geistesgegenwärtig, was es gebe. Käse oder Obst, wisperte Frl. Agata. »Genau«, schelmte Leobold massiv und zärtlich, »Obst. Bringen S' vier Obstler, Fräulein!« Das Eisige, die Gipfelschauer. Arthur Mogger schrie auf. Es gebe, protestierte der knallige Sekundant fast warm, heute keinen Schnaps, er, Alfred, habe es doch fest versprochen. »Genau, Arthur«, flötete Leobold sanft-silbrig, »wenn's Obst gibt, müssen wir eins trinken, Sägerer!« Traumhaft lächelte er uns an. Er war einfach unschlagbar und wußte es.

Erneut forderte Alfred Leobold zum Kartenspielen auf. Wir drei argumentierten schwach dagegen: Wir wollten ein wenig laufen, ins benachbarte St. Martino, schlug Alois Sägerer wendig vor. »Genau«, flüsterte Alfred Leobold, und mir wurde immer metaphysischer zumute, und ich bestellte – wie mir Alois Sägerer später grinsend erzählte – einen Espresso und zwei Grappas, indessen Alfred Leobold bezwingend sagte: »Genau, Arthur, wir fahren jetzt nach St. Martin oder wie das Zeug heißt und spielen Karten, sowieso, Arthur, Mensch, ich hätt jetzt Lust auf was Saures, also, auf geht's, Sägerer, Moppel, alle!«

In St. Martino, nach zwei Spielen, legte Alfred Leobold, ähnlich wie am Vortag in St. Ulrich, das Blatt beiseite und krabbelte vom Tisch weg. Vermutlich schon lustvoll scherzend, schrie ich erneut auf, daß wir jetzt Karten spielten und nicht »Berg Berg anschauen« würden, das könnten wir daheim auch, verlängerte geschmeidig Alois Sägerer und grinste wehmütig. Doch mit einer wortlosen, allgemein Gutes signalisierenden Handbewegung verschwand Alfred Leobold, kam nach fünf Minuten wieder und lächelte sphinxhaft: »Gleich kommt's.«

Zehn Minuten später kam eine herrliche, riesenhafte Wurstplatte angefahren. »Da«, deutete Alfred Leobold verschämt und sieghaft auf sie, wir sollten zugreifen, »genau«. Arthur Mogger war es, der den Freund darauf hinwies, daß wir doch eben erst von einem ausladenden Mittagessen kämen, und roh griff aber Mogger in die Wurstpracht hinein und verschlang geschlossenen Auges ein Stück Leberkäse. »Und Fräulein«, rief Leobold froh der Wurstbringerin zu, »bringen S' noch vier Obstler.« Grandios! Er gab nicht auf! Und Mogger leistete auch nur noch verhaltenen Widerstand. »Alfred, nichts!«

»Glaubst, Sägerer, der Mogger läßt mich einen Schnaps trinken? Der läßt mich keinen trinken, Sägerer. Was er nur hat?« Ich möchte dem Pressemann nicht zu nahe treten, aber gerade er, als Vertreter der Aufklärung, hätte hier vielleicht mit ein paar gezielten Worten einschreiten müssen und nicht nur so liberal grinsen dürfen...

»Die Ärzte«, ächzte Mogger leidenschaftlich und nahm einen maßlosen Schluck Bier in sich auf, »haben dir den Schnaps verboten, Alfred, sag ich dir!«

»Ach wo«, parierte Alfred Leobold virtuos.

»Jawohl!« rief Mogger.

»Jetzt ist schon alles gleich«, raunte Alfred Leobold.

»Du Ochs!« kreischte Mogger, »die Ärzte im Krankenhaus haben studiert! Studiert! Alfred!«

»Du, Moppel«, wich Alfred Leobold tändelnd aus, »hast du den Sack mit den Tabletten in den Bach geworfen? Damit's weg ist?«

Ich log ein Ja zusammen. »Prima«, sagte Alfred Leobold überraschend und gestochen scharf, »bist ein ganz prima Kerl, Sägerer, tu raus auf Grün!«

Wahrscheinlich geschwächt durch die letzten Tage, unterliefen Alfred Leobold beim Kartenspiel vereinzelte, aber wahrhaft bitterliche Fehler, die zufällig jeweils Arthur Mogger mitzubezahlen hatte.

»Alfred, du bist ja ein Rindvieh!« brüllte aufgewühlt der Kaufmann und kratzte sich an seinem saubergewaschenen Genital, »du mußt Herz bringen, dann gewinnen wir das Spiel tausendprozentig!«

Das Geschrei muß durch das ganze Gadertal gehallt haben.

»Genau, Arthur. Fehler sind dazu da, daß sie gemacht werden, Arthur!« sagte geradezu quirlig Alfred Leobold. Der Tödliche befand sich erneut in einer Art Hochform.

Eine halbe Stunde später war es wieder soweit. Alfred Leobold griff verheerend fehl und sah sich einem erstaunlich langen Angriff Moggers ausgesetzt:

»Du bist ja blöd, Alfred, du mußt zuerst Eichel bringen, dann stech ich rein, und dann sitzt du, wenn ich mein Grün bringe, in der Hinterhand, Alfred, du Rindvieh! Und dann kann der Sägerer mit seinem Roten gar nichts mehr machen, weil ich ihn mit dem Grünen abfang, Alfred, dann hätten wir das Spiel garantiert gewonnen, du setzt dann einen Unter, und ich werf meine Sau weg, und zuletzt schmierst du mir deinen Zehner, du Aff, dann gewinnen wir das Spiel, da garantier ich dir hundertmal tausendprozentig. Wir machen 63 Augen!«

Anscheinend sind unsere deutschen Kaufleute wirklich helle Köpfe. Aber gegen die pensionierten können sie natürlich nicht an:

»Arthur«, sagte Alfred Leobold und egalisierte mit einer meines Erachtens sehr originellen Variante Hemingwayschen Gedankenguts sein Malheur: »Spiele sind dazu da, daß sie verloren werden, Arthur!« knitterte es fröhlich aus seinem zuckenden Mund.

Mogger brüllte kläglich zurück, unter den beschriebenen Umständen machten sie 63 Augen, jawohl!

»Spiele, Arthur«, beharrte Leobold unerschütterlich, und Alois Sägerer sah ihn nun gleichfalls fast verliebt an, »sind dazu da, daß sie verloren werden.«

»Gewonnen!« brüllte der Kaufmann ohne jeden Glanz.

»Nein, schau, Arthur«, wimmerte Alfred Leobold verschmitzt, »du mußt ja bedenken – Mensch ist mir schlecht –, daß in Südtirol nicht so viel nach deinem Willen geht wie sonst.« Und würdevoll trumpfte er nach diesem Satz mit Grün. »Mensch. Sägerer, bin ich froh, daß ich da bin in Campill!«

»In St. Martin«, korrigierte der Pressemann.

»Oder in St. Martin«, sagte Alfred Leobold.

Gegen 16 Uhr stahl sich der Unirdische erneut wortlos vom Kartentisch davon und verschwand. Ratlos sahen wir drei uns an. Zehn Minuten später kehrte unser herrlicher Freund zurück und drückte mir einen mit Südtiroler Trinkmotiven vollgemalten Aschenbecher in die Hand. »Da, Moppel«, sagte er inständig, »für die Sabine. Den gibst ihr. Da.«

Ich lehnte mich nachdenklich zurück, ratlos, was ich sagen sollte. Das hatte noch gefehlt.

»Prima Weib«, fuhr Herr Leobold innig fort und sah mir beherrschend ins Auge, »den gibst ihr. Du siehst sie schon einmal wieder. Und dann sagst ihr einen schönen Gruß.«

»Welche Sabine?« log ich mich einfältig zurecht.

»Na ja, die da. Du kennst sie doch«, erläuterte Alfred Leobold, während es mich lauwarm überlief. Ausgerechnet Sabine! In dieser bizarr-dunklen Dolomiteneinsamkeit, der vom Tod durchwehten! Schauderhaft! Und dabei hatte ich doch die Sexualität zugunsten von Alfred Leobold schon so schön ad acta gelegt ... so etwas Idiotisches ...

»Sabine«, sagte Leobold und drückte mir den Aschenbecher noch einmal warm in die Hand, »prima.« Seine Sätze reiften zu einer immer kürzeren Inständigkeit.

»Alfred!« johlte Mogger dazwischen, »die bürstelt doch jetzt der Schießlmüller!«

»Genau«, wehrte auch dies Alfred Leobold mit dem kleinen Finger ab, um wie erleuchtet fortzufahren: »Und im Dezember fahren wir dann nach Seattle. Da, der Aschenbecher, Moppel. Sägerer, hast einen Solo, ich tät einen Solo spielen, wenn ich einen hätt.«

»Dankschön, Alfred«, brummelte ich schmelzend.

»Einwandfrei«, sagte Alfred Leobold glitzernd.

»Eichel sticht!« rief froh Alois Sägerer und schielte mich gerissen an. O Sabina, Sabina, quanta pena mi costi! Vollkommen traumvernarrt. In brenzligen Situationen liefen mir Verstand und Gefühl fast immer in die Oper ein.

»Fräulein, wir kriegen dann noch vier Obstler«, bedeutete Alfred Leobold der vorbeihuschenden Bedienung und hob signalhaft das Ärmchen. Damit hatte er es endgültig geschafft, Arthur Mogger schritt nicht mehr ein. Ich trank das Zeug weg und dachte, sentimentaler Esel, der ich bin, vielleicht ein letztes Mal, mit jener Inbrunst, die uns so rücksichtslos dem Schwachsinn ausliefert, an Sabine, die Unsterbliche ...

Gegen 18 Uhr, er hatte bereits einen Mächtigen in der Krone, unterlief Alfred Leobold ein letzter katastrophaler Fehler. Seltsam, wenn ich bedenke, daß auch mein zweiter Vorname auf »Alois« lautete, saßen hier vier As vereint an einem Tisch und hielten das Universum zusammen, Alfred, Arthur, Alois, Alois ... unglaublich ... und diese vier As hielten seit Stunden viermal eine As in den Händen und tauschten Geld und schenkten sich zum Teil sogar Aschenbecher und ...

... Genüsse und ... Liebe ... und der Wald rauschte immerfort den Gaderbach entlang usw. ...

Diesmal sprang Arthur Mogger bei seiner Leobold-Schelte sogar auf:

»Alfred, du hirnverblendeter Narr! Du mußt ...«

Ein dritter – ich stehe nicht an zu sagen sterngekränzter – Kernsatz war Alfred Leobold gegönnt:

»Arthur«, sagte er und deutete lustig auf sein Geldschüsselchen, in dem sich tatsächlich ein Gewinn von etwa 40 Mark tummelte, »ich spiel halt immer so, daß ich gewinn, Arthur!« Für das letzte »Arthur« spendierte ich Leobold sofort und hingebend einen Obstschnaps, und mein Freund revanchierte sich ebenso zügig mit »zwei doppelte, Fräulein!« Die Witwe Strunz-Zitzelsberger, an die ich damals freilich am allerwenigsten dachte, würde sich sehr zusammenreißen müssen. Sie wird in den nächsten zwei Stunden anrufen müssen und schwören, von jenem trostlosen Helmut abzulassen! Denn ich bin drauf und dran, jetzt bei dieser Retrospektive mich erneut in Alfred Leobold zu vergaffen, dann hat sie es!

Frischvergnügt fuhren wir irgendwann nach Campill zurück. Nach dem Abendessen unternahm ich, die verwirrten Sinne zu besänftigen, einen Spaziergang mit Arthur Mogger, den flüsternden, Obskures rauschenden Campillbach entlang. Dieser starke, würzige Wasserduft! Der Himmel war vollkommen sternenlos.

»Der Alfred«, faßte sofort und energisch Arthur Mogger die letzten beiden Tage zusammen, »der Alfred braucht eine Frau, eine gescheite Frau« – ein glatter Unsinn, hatte er doch uns.

Dabei, fuhr Mogger sozusagen mit der Verve treuer unabdingbarer Freundschaft fort, habe er, Mogger, ihm, Alfred, immer wieder angeboten, er könne die Susanne haben, »jederzeit, hab ich gesagt Alfred, jederzeit kannst sie haben – du kennst sie ja, Moppel, ist ja ein Trumm Weib!« brüllte Mogger so rüd in die Nacht, daß ich einen Moment lang versucht war, ihn den Abhang hinunter in den Bach zu stoßen. »Jederzeit!«

Jetzt spürte Arthur Mogger wohl, daß er sich hier ein wenig zu weit in die Zonen des Lumpigen und Dämonischen vorgewagt hatte, so daß selbst diesem steirerhutbewehrten Gemütsgangster ein wenig grausig wurde – und er versuchte sich also zu korrigieren: »Weißt du, Moppel, es ist ja nicht bloß so, daß das bloß eine blöde Sau wäre, die Susanne, eine blöde Sau wie die anderen. Ich mag sie, ehrlich gesagt, gern. Die ist nicht nur körperlich gut da, pfenniggut, sondern die hat auch durchaus, Moppel«, der Kaufmann suchte scharf nach dem rechten Wort, »durchaus ihre geistigen Qualitäten, völlig klar! Die Susanne, die ist intelligent, sauber«, Mogger überlegte ein paar Sekunden ins Nachtblau hinein, »intelligent, sauber, hat einen guten Körperbau und macht jeden Scheiß mit, jawohl!«

Jetzt wäre ich beinahe selber in den Campillbach gefallen: Die direkteste und nachhaltigste Form von Flucht. Ich sagte aber, ja, Susanne sei »in Ordnung«. Moggers ganze Haltung quittierte für dies Kompliment: »Genau«, rief er brünstig und blieb pathetisch stehen. Alles war bestimmt zu Vernichtung und Verwesung. Wie gottverlassen, wie grauenhaft naturgemein plötzlich dieses sanfte Tal durch das Weltall zuckelte! In meinen Adern tobte das Gift der letzten Tage. Allora, lief da nicht im Geschwindschritt eine Maus über den Feldweg?

Wann würde der Papst persönlich wegen der Ferkeleien in seinem Land Alarm schlagen?

Bei unserer Heimkehr stellte sich heraus, daß Alfred Leobold und Alois Sägerer gerade um eine Flasche Sekt eine Schachpartie vereinbart hatten. Schrecklos betrat der Todgeweihte auch diese Bahn des Grauens. Mit einem Rest von Geistesgegenwart schrieb ich die Partie sofort mit; wenn ich es recht verstanden habe, eine Variante der Französischen Verteidigung, die Campiller Champagner-Verteidigung, CCV, dargeboten vom Christlichen Club Verendender, o Gott – – –

|    | Sägerer (weiß) | – | Leobold (schwarz) |
|----|----|---|----|
| 1. | e4  | – | e6 |
| 2. | d4  | – | d6 |
| 3. | Sc3 | – | f6 |
| 4. | Sf3 | – | e5 |
| 5. | d5  | – | a5 |

| | | | |
|---|---|---|---|
| 6. | | Lb5 – | Ld7 |
| 7. | | De2 – | LxL |
| 8. | | DxL – | Kf7 |
| 9. | | Db7 – | Ta6 |

Hier zog Alfred Leobold zuerst Ta 7, korrigierte sich aber sofort mit den Worten »Nein, anders, Mensch, ist mir schlecht.«

| | | | |
|---|---|---|---|
| 10. | | Sb5 – | Sh6 |
| 11. | | Sc7 – | Tc6 |
| 12. | | Se6 – | Kg8 |
| 13. | | Lh6 – | gh6 |
| 14. | | Sh4 – | De8 |
| 15. | | Sf5 – | Le7 |

Eine folgenschwere Entscheidung. Ein letztes Aufbäumen des Willens, ein beherztes Abbröckeln jeder Vernunft, der Welt melden Weise nichts mehr ...

| | | | |
|---|---|---|---|
| 16. | | Dc8 – | DxD |
| 17. | | O-O – | Tc2 |
| 18. | | h3 – | Tb2 |
| 19. | | Tb1 – | Dc2 |
| 20. | | a3 – | |

An dieser Stelle sah Alfred Leobold Alois Sägerer so erstaunt und doch halb ängstlich an wie Boris Spassky seinen Widersacher Bobby Fischer beim berühmten vergifteten Läuferzug in der ersten Turnierpartie 1972. Zog aber dann korrekt:

| | | | |
|---|---|---|---|
| | | – | ... TxT |
| 21. | | TxT – | DxT |
| 22. | | Kh2 – | De4 |
| 23. | | g4 – | Ld8 |
| 24. | | a4 – | Lb6 |
| 25. | | h4 – | Le3 |
| 26. | | fxL – | Dg4 |
| 27. | | Sh6 matt. | |

Alfred Leobold versuchte zwar noch, nach einigen Minuten Dämmerns, indem er seine Dame auf g7 postierte, das Matt zu decken, aber Alois Sägerer sagte barsch »Geht nicht!« und nippte bereits froh an seinem Sekt. Ich meine, gemessen an der Kaltblütigkeit, mit der Weiß den längst errungenen Sieg auf des Messers Schneide hatte stehenlassen, immer dem Risiko ausgesetzt, der blanke Unfug möchte Schwarz noch in den Sieg hineintaumeln lassen, bekam Sägerer den Champagner zu Recht. Was aber war dieses ordinäre Hasardspiel schon gegen Alfred Leobolds Schlußwort, nachdem er einige Minuten, die Wange in die rechte Hand gestützt, das Schachbrett betrachtet hatte und schließlich zur Einsicht gekommen war, daß Dg7 nichts bringt:

»Prima Partie, Sägerer«, lächelte er charmant und mit dem leisen Vorwurf des eigentlichen Siegers im Antlitz, dem nur die Kraft des Unberechenbaren einen Streich gespielt hatte, wie das ja auch einem Aljechin hin und wieder passiert ist, »bist ein prima Kerl. Ein Hund. Genau, das hab ich übersehen da hinten.«

Wie sagte doch der große Tartakower? »Die Fehler sind das Salz des Schachspiels.« Genau.

Und Alfred Leobold bot für eine weitere Flasche Sekt sofort Revanche. Die Bestell- im Verein mit der Verlierwut kannte keine Grenzen mehr. Ich glaube, hier hatte ich erstmals Alfred Leobolds Technik in ihrer meiner Ansicht nach auf dem ganzen Erdball einzigartigen Humanität vollkommen durchschaut. Es ging ja nicht einfach darum, den Freunden die Flaschen und Tropfen zielsicher und hemmungslos zu spenden und einzubläuen, sondern sie erst nach aufopferndem, wenngleich aussichtslosem Kampf anständig zu verlieren. Daß der Zweck dieses menschenfreundlichen Unternehmens gleichwohl auf die gezielte Mitvernichtung der Freunde hinauslief, machte das Ganze ja doch nur noch pikanter, superber, irisierender, wenn ich es heute richtig verstehe...

»Und paß auf, Moppel«, fuhr Herr Leobold fort und strahlte mir matt ins Auge und machte seinen wenn nicht schachlichen, so doch menschlichen Sieg perfekt, »daß wir evendöll zuerst nach Prag 'rüberrutschen und kaufen uns ein böhmisches Bier, ich kenn da eine prima Wirtschaft, gleich links an dem Platz, dann fliegen wir von Prag nach Seattle, da bleiben wir dann 14 Tage und schauen uns alles an, und dann fahren wir über Campill wieder heim, normal. Aber, Sägerer, wenn ich meinen König nicht in das blöde Loch dahinten 'reinstell, dann siehst kein Land. Arthur, spielst eine mit?«

»Alfred, ich kann keins«, sagte Mogger und bohrte in der Nase, »wir spielen bloß Dame, ich kann bloß Dame.«

»Also Dame«, lockte Alfred Leobold, »eine Flasche Sekt sowieso. Der Arthur hat's halt immer mit die Damen«, charmierte er diesen flaumig.

Im Halbschlaf nahm ich den Beginn des Dame-Match wahr. Wer sollte den Unsinn trinken? Taumelig, geschüttelt auch von Übelkeit, zog ich mich auf mein Zimmer zurück und legte mich aufs Bett. Rauchte drauflos. Stellte fest, daß mir jetzt doch auch nach Sekt zumute war, sprang nochmals zu Frl. Agata hinunter und schleppte mir ein Fläschchen hoch. »Nur das Vernünftige ist wirklich«, sagt Hegel. Und Luis Trenker behauptet gar unablässig, hier in den Dolomiten herrsche die Gesundheit und das schöne Leben. Ja Pfeifendeckel. Dg7, jawohl, das war sie wohl, die Weltenformel. Und Alfred Leobold hatte sie erfunden. Würden die drei da unten heute nochmals zum Kartenspielen anfangen? Das Unaufhörliche. Geht in Ordnung: Dg7, intelligent, sauber, guter Körperbau, macht jeden Scheißdreck mit. Das neue Weiblichkeitsideal, und nicht einmal übel. Susanne, Sabine, seine Vorreiterinnen...

Von Sehnsucht, Hirndreck und Schnapsgift geschüttelt, schlummerte ich mühsam ein. Ich muß sehr schlecht geschlafen haben und erinnere mich eines äußerst unangenehmen Traums. Ich stand, nach der Art von Zirkusakrobaten, aufgestützt mit einem Handballen auf einem etwa acht Meter hohen extrem dünnen Stab, der wiederum am Boden nicht befestigt war, sondern allein durch mein Balancevermögen lotrecht gehalten wurde, und das Ganze zudem im Handstand. Zweifellos ein recht anmutiges Bild, aber auch der bisher tückischste Traum in meinem Leben. Ich wollte, ich wäre sofort heruntergepurzelt, in die Schlünde der Hölle, dann wäre es wenigstens überstanden gewesen – – –

Am Morgen schlug der Regen gegen das Fenster. Mir war elend zumute. Keine Spur von Faustscher Schlafverjüngung. Noch immer dröhnte es auf mich ein: Dg7 – jetzt ist schon alles gleich – Spazierengehen kann man daheim auch – vier Packungen Zigaretten in eineinhalb Stunden – Lust auf was Saures – Berg Berg – Fehler sind dazu da, daß sie gemacht werden – Fräulein, vier doppelte – Spiele sind dazu da, daß sie verloren werden – raus auf Herz – sauberer Intellekt – guter Körperbau – die Sackwäsche – Seattle – Prag – prima Partie – ein flotter Aschenbecher – – – noch einmal zogen die eisigen Gipfel einer Alpenfahrt prunkend und weinerlich an meinem verkaterten Hirn vorbei. Der Gipfel der Sexualität war erreicht. Alfred Leobold hatte es sein müssen. War man wirklich dazu auf der Welt, mit 36 Jahren zu dieser Erkenntnis vorzudringen?

Alfred Leobold und Arthur Mogger verabschiedeten sich von Alois Sägerer und mir, die wir erst am andern Tag aufbrechen wollten, mit einem Weizenbierfrühstück. Leobold präsentierte sich heiter und überaus gesprächig und teilte immer wieder mit, er ärgere sich nur, daß er gestern keine spitzen schwarzen Schuhe gekauft habe, so gern hätte er welche gekauft, er habe es sich so fest vorgenommen, ja gewissermaßen (wenn ich es recht verstanden habe) sei dies der eigentliche Reisezweck gewesen, aber die Zeit habe halt einfach nicht dazu gereicht, und andererseits könne man natürlich in Italien »sowieso« keine Schuhe kaufen, ich, Moppel, wisse das ja genauso gut wie er, der sein Leben lang seine Schuhe in Seelburg hinter der Spitalkirche gekauft habe, wo er, Sägerer, sie ja auch immer kaufe . . .

Abschiedsgewärtig, schon unter der Tür, war zwischen Alfred Leobold und Arthur Mogger plötzlich die Rede von einem Fest, das heute nachmittag bei »Wacker-Mathild« in Seelburg stattfinde, wobei sich nun die Frage stelle, »ob wir unterwegs nochmals einkehren sollen oder brummen wir gleich durch zur Mathild?« fragte Mogger.

»Brummen wir durch, Arthur!« entschied Leobold. Eine edle Morgengabe meines Freundes: Ich hatte so etwas noch nie gehört, daß man durch drei Länder hindurch nicht in eine bestimmte Stadt, sondern in ein Lokal fährt bzw. brummt.

Mit einem lustigen zweimaligen Hupen Moggers rauschte der L 295 den Berghang hinab und davon.

Im Anschluß – ich glaube, mir flatterten aus vielerlei Gründen Herz und Glieder – berichtete mir Alois Sägerer, dieser erstaunlich hartgesottene Pressevertreter, kühl den Verlauf des Dame-Spiels vom Abend. Es habe da zwei Partien gegeben, beide um eine Flasche Sekt, beide mit scharfem Verlauf. In der ersten sei es zu dem Endspiel Dame mit Bauer (Mogger) gegen die alleinstehende Dame (Leobold) gekommen, und obwohl dieses Endspiel bekanntlich spielend zu gewinnen ist, habe Mogger seine Dame, aus Angst, von der gegnerischen geschlagen zu werden, immer nur auf die Randfelder gestellt, so daß Alfred Leobold den Bauern gut und sicher unter Kontrolle habe halten können. Nach einer halben Stunde erst habe Mogger seine Furcht überwunden, sei mit der Dame dem Bauern zu Hilfe geeilt und habe diesen dann auch knapp und verdient verwandelt und gewonnen.

Alfred Leobold sei sehr überrascht gewesen und habe Revanche gefordert, bei der es dann glücklich zu dem Endspiel Dame gegen Dame gekommen sei. Leobold habe sofort Remis geboten, indessen Mogger, wohl entflammt vom ersten Sieg, habe auch hier seine Chance gewittert und immer wieder gebrüllt, der Sekt gehöre ihm schon, worauf Alfred Leobold etwa (nach Sägerer) zwanzigmal abwechselnd »Nie, Arthur!« oder »Niemals, Arthur!« oder »Ach wo, Arthur!« geantwortet habe. So seien die beiden Damen, nach dem Bericht des Pressevertreters, eine Dreiviertelstunde umeinander herumgeschlichen, bis Alfred Leobold – total erschöpft oder aus purer Ritterlichkeit – endlich die seine direkt vor die Moggers postiert habe, was dieser zuerst eine Zeitlang gar nicht begriffen habe, endlich aber sei er »mit einem unglaublichen Schrei, das mußt du in deinem Zimmer noch gehört haben« (Sägerer) über Leobolds Figur gehüpft, habe die Dame an sich gerissen und »gewonnen, gewonnen!« gebrüllt. Alfred Leobold aber soll hier die verblüffende Antwort gegeben haben: »Arthur, was machst dann, wenn ich jetzt deine Dame schlag?«

Später habe, erzählte Sägerer, Alfred Leobold noch eine etwas unverständliche Geschichte von einem gewissen Käsewitter Otto und einem Gericht zum besten gegeben, dann sei man alle Mann hoch in die Zimmer getappt.

Große Begebenheiten zeichnen sich gern durch Nachspiele aus. Mit der Abreise der beiden Kaufleute und mit Sägerers und meiner Heimfahrt am folgenden Tag war unser Auslandsabenteuer noch keineswegs abgeschlossen. In der Ortschaft Pertisau im österreichisch Tirolerischen, wo Sägerer und ich in einer befreundeten Pension zu Mittag speisten, erreichte uns beide ein überraschender Anruf Arthur Moggers aus der Gastwirtschaft »Wacker-Mathild« zu Seelburg: Sägerer und ich sollten in Pertisau verharren »und inzwischen die Karten mischen«, er, Mogger, und Alfred Leobold führen von Seelburg aus jetzt sofort wieder zurück nach Italien, bzw. es sei so: Er, Mogger, fahre schnell nach Padua, um dort Babywäsche en gros einzukaufen, »für 25 Pfennig den Lappen, das Geschäft meines Lebens, Moppel!«, und Alfred Leobold fahre bis Pertisau mit, dort spielten wir ein wenig Karten, dann fahre er, Mogger, mit Leobolds L 295 nach Padua weiter, während Alfred Leobold mit uns beiden nach München bzw. Seelburg wieder »zurückrausche«.

Arthur in Padua! Addua in Padua! Freund aller heiteren Sensationen, vielleicht auch aus noch uneingestandener Sehnsucht nach Alfred Leobold, gefiel mir das alles sehr, und ich sagte Mogger sofort zu. Wurde aber vom zugeeilten Alois Sägerer barsch zurechtgewiesen: Er müsse heute und gleich unbedingt nach München zurück, und ich rief also Mogger bei »Wacker-Mathild« zurück, ihm die neue Entwicklung mitzuteilen. Der Kaufmann nahm kurz Rücksprache mit Alfred Leobold, der allem Anschein nach gerade Karten spielte, denn plötzlich hörte ich entfernt seine Stimme »2 Mark 40, Adolf« sagen – schließlich bequemte sich Leobold selber ans Telefongerät, und rasch lösten wir jetzt alle Probleme. Mogger würde nach Padua reisen und Alfred Leobold bis München mitnehmen, dort träfen wir uns alle in der Wohnung Sägerers, »prima, ich will sowieso schon lang einmal nach München und alles kennenlernen, die Lokale, wo der Sägerer immer ist und alles«, greinte Alfred Leobold mit der reizendsten Mattigkeit in das vom Mittagslärm der Gastwirtschaft »Wacker-Mathild« berauschte Gerät. »In zwei Stunden, gell Moppel, in München normal!«

Haargenau zwei Stunden später schellte es an Alois Sägerers Wohnungstür. Zur Tür herein stakste unsicher und wackelig, aber in prächtigem marineblauen Anzug mit Krawatte Alfred Leobold und forderte uns bittend, doch sehr unnachgiebig auf, jetzt sofort mit ihm in das Lokal »Seerose« zu fahren, von dem habe er schon so viel Gutes gehört, und das sei ja auch Alois Sägerers Stammlokal. »Wie war's am Brenner? In Ordnung? Bei uns gestern auch. Alles, Arthur ist gefahren. Und dann bei der Wakker-Mathild. Alle haben toleriert. Und der Duschke! Geschrien! Also, jetzt macht euch fertig, in die Seerose.«

Sägerer, der sich nur ungern aus dem gewohnten Trott bringen läßt, forderte den Hektischen auf, sich doch zuerst einmal zu setzen und ein wenig fernzusehen, für einen Lokalbesuch sei es jetzt, sechs Uhr abends, noch viel zu zeitig, und außerdem mache die »Seerose« gerade Betriebsferien, man müsse also in den »Kaisergarten« ausweichen.

Also, antwortete Alfred Leobold flehentlich, wir führen jetzt mit dem Taxi in die »Seerose«.

Die habe geschlossen, konterte müd Alois Sägerer und warf seine altklugen Blicke auf die Sportschau mit dem Tor des Monats – die seelischen Bedürfnisse unserer Pressevertreter bedürften auch einmal einer Repräsentativ-Analyse.

Die habe schon auf, kämpfte Alfred Leobold zag, aber fest. Auch ich mußte jetzt ein kleines Gähnen der geistig-seelischen Parforce-Anstrengung unterdrücken.

Er, Leobold, solle sich jetzt einmal hersetzen und Ruhe geben, schauspielerte Alois Sägerer den Mürrischen, aber unfasziniert ließ auch ihn das neue Wunder keineswegs.

Also er, Leobold, fahre dann mit dem Taxi in die »Seerose« voraus.

Die habe geschlossen, flüsterte ich.

Wir sollten dann nachkommen, jammerte Alfred Leobold, er fahre jetzt dann mit dem Taxi hin. Taxis gebe es ja genug in München, er werde schon eins finden.

Er könne, wenn es schon sein müsse, sehr gut mit der U-Bahn fahren, sagte Sägerer, und warum er das sagte, bleibt sein Geheimnis: Die fahre vor dem Haus weg und genau bis zur »Seerose«.

Ob er, Sägerer, ihm, Leobold, ein Taxi bestellen würde, bat der Gast und nagte bleich an seiner Lippe. Dann sah er kurz und mit einer geradezu schwungvollen Kopfbewegung zu Alois Sägerers Balkonfenster hinaus.

Der Taxistand sei gleichfalls vor dem Haus, erläuterte jetzt wieder milder Alois Sägerer.

Dann sei es ja prima, sagte Alfred Leobold, lächelte geistlich und schraubte sich planvoll zur Tür hinaus.

Etwas Berauschendes, Aufwühlendes strich gegenwärtig über die Alpenländer. Kann man es verstehen, daß ich mir des Abends in der Gaststätte »Kaisergarten« einen scharfen Rausch antrank, so unbarmherzig, daß sogar der mit allen Wassern gewaschene Pressevertreter mich verwarnen mußte? Ziemlich betäubt traf ich anderentags in Seelburg ein.

3

Noch am Nachmittag sah ich Alfred Leobold in der italienischen Velhornwirtschaft »Wacker-Mathild« wieder.

Genau, lächelte er mich, wieder umgekleidet in eine fast sportliche braune Lederjacke, bedächtig an: Er sei gestern mit dem Taxi zur »Seerose« gefahren, da sei aber geschlossen gewesen, »komisch«, sagte Alfred Leobold smorzando, dabei habe er sich so gefreut, da sei er »natürlich« mit dem Taxi gleich weiter zum Hauptbahnhof, da sei dann sofort ein prima Schnellzug mit Speisewagen – »und Getränkewagen«, betonte Herr Leobold und lächelte innig – weggefahren, so daß er bereits um zehn Uhr nachts in der »Wacker-Mathild« zurückgewesen sei, wo auch bereits »alle anderen« dagesessen hätten, man habe noch ein wenig Karten gespielt und sei dann zuletzt nach Götzendorf gefahren und habe mit den Bauern Sekt getrunken, der Hümmer Heinz habe ihn zurückchauffiert, der fahre vielleicht jetzt auch nach Seattle »und alles« mit, und insgesamt sei das mit Campill eine schöne Reise gewesen, Arthur Mogger sei gleichfalls zufrieden gewesen, »Mathild, zwei Sechsämter, für den Moppel auch einen, Mathild!«

Es war wie das sinnlose Murmeln von Sternennebeln. Ich bin sicher, es war in diesem Augenblick, daß ich beschloß, leicht tränenden Auges den alkoholischen Dreck hinunterwürgend, das Leben und Sterben Alfred Leobolds zu Papier zu bringen, koste es, was es wolle, und wäre dies auch mein höchstpersönlicher Ruin. Und schlagartig stellte sich auch ein zweiter Gedanke ein – erstaunlich, erstaunlich, welche artigen Facetten selbst ein verrottetes Hirn gelegentlich noch wahrzunehmen vermag: Ich würde, das trichterte ich mir sofort ein, nicht eher mit der Beschreibung beginnen, bevor Alfred Leobold nicht tot wäre, denn sonst, so erkannte ich messerscharf, ergäbe die Beschreibung weder Sinn noch ein literarisch brauchbares Ende, irgendeine Logik.

Mein Gott, wenn ich es heute erinnere, ich mußte mir wahrlich Gewalt antun, meine plötzlich und rauschhaft hochschwallende Schreiblust zu zügeln, um zuerst auf meines geliebten Freundes Ableben zu warten, ja der elende Geist der Dichtung gab mir sogar noch in der nämlichen Sekunde den Gedanken an ein weiteres Dilemma ein: Ich mußte ja einerseits Alfred Leobolds Tod herbeihoffen, ihm aber andererseits noch viele Tage, ja Monate und Jahre an den Hals wünschen, um möglichst viel Wertvolles aus ihm herauszupressen, meine Darstellung anzureichern und innerlich zu vollenden.

Und während jetzt Alfred Leobold zwei weitere Sechsämter in Auftrag gab und in den grauenden Nachmittag hineinblinzelte, trollte mir schon durchs Hirn die wahrhaft ekelerregende Selbstbeweihräucherung: Das Buch würde sich ja sicherlich zu pädagogischen Zwecken verwenden lassen, zu Nutz und Frommen der heranwachsenden Jugend, damit sie nicht dieselben Fehler wiederhole usw. usf. – und genau bedacht, muß ich heute sagen, könnte das sogar richtig sein!

O Lumperei der Literatur! Verliebt sah ich mein Opfer an. Brav saß es vor mir und spielte mit der Zigarettenschachtel. Gleich würde ich nach Hause laufen, mit einem starken Kaffee den sich im Kopfe wälzenden Schnaps-Dreck zu vertreiben und mir die ersten Notizen zu machen . . .

Die Angst vor dem Widerlichen, ja Schweinischen, das da auf mich zukam! Aber reagierte mein Gewissen nicht allzu skrupulös? Wurde nicht alle menschheitsfördernde Erkenntnis durch eine gewisse Kaltblütigkeit bezahlt? Bzw. einfacher gefragt: Würde so ein Romänchen meinem nichtsnutzigen Leben nicht endlich wenigstens den Anschein von Berechtigung aufkleben? Und fest und unnachgiebig schwor ich mir ein erneutes Mal, in jedem Falle mit Niederschrift und gar Veröffentlichung auf Herrn Leobolds vermutlich baldiges Verscheiden zu warten – es genau so zu halten wie – ja, genau! Wie Humbert Humbert mit seiner unsterblichen Lolita! Wie Schuppen fiel es mir von den Augen! Was denn anderes war Alfred Leobold für mich gleichfalls Intellektuellen als jene kleine, böse endende Nymphe aus den Staaten, mit deren Lebensbeschreibung der Professor ja auch »nichts Geringeres anstrebt als eine moralische Verklärung«, wie

Nabokov es so vorbildlich formuliert. Und auch ich will ja mit meinem Leobold-Buch nichts anderes, als »uns alle – Eltern, Fürsorger, Erzieher – dazu veranlassen, sich mit noch größerer Wachsamkeit und Hellsicht der Aufgabe zu widmen, eine bessere Generation in einer weniger unsicheren Welt großzuziehen.«

Genau so ist es! Damit war das Dilemma ja schon auch ausgeräumt! Das würde meinem Bericht den Stempel des Aufklärerischen aufprägen, das Flair des Pädagogischen, die dialektisch abgesicherte Chuzpe unabweisbarer Modernität! Und von dem materiellen Ertrag könnte man einen Teil den anonymen Alkoholikern überweisen oder aber im Rahmen einer Hommage ein paar Runden schmeißen – – Alfred Leobold saß mir stilleidend gegenüber, ein nichtsahnendes Opfer großer Poesie am Rande der Hybris. Wie hübsch und manierlich er sich bereits zum Sterben eine Zigarette ins blutleere Mäulchen preßte! Wie souverän, wie unablenkbar er seinen Weg zu Ende ging, gräßlich, – aber ästhetisch überzeugend!

Lolita – Leobold! Ja war es denn nicht auch so, daß die beiden über drei Buchstaben gemeinsam verfügten? Lol-, hier wie dort. Loly! »Licht meines Lebens. Feuer meiner Lenden. Meine Sünde, meine Seele.« (Man verzeihe mir bitte, so gut es geht, mein aus der Erregung des literarischen Abenteuers geborenes überaus geschmackloses Scherzchen. Dient es doch, wie alle diese Aufzeichnungen, rücksichtslos gewissenhafter Wahrhaftigkeit und Wahrheitsfindung...)

Wie gemütlich doch Leidenschaft sein kann! Respekt, Moppel! Jetzt marschierten fast im Gänsemarsch die Chemiestudenten Leber Heini, Stickel Herbert, Willfurtner Charly und Nübler Pit, die ich alle schon kannte, in die italienische Velhornwirtschaft, mit ihnen, leeren Blicks, das Mädchen Karin. Setzten sich, der Reihe nach freundlich von Leobold angelächelt, zu uns und bestellten fast lautlos Weizenbiere. Ich machte mich, verworren Arbeit vorschützend, davon. Diese Träger des Alltags konnte ich momentan noch nicht gebrauchen. Wir sähen uns ja morgen wieder, raunte ich Alfred Leobold zu.

»Sowieso«, antwortete der Held wissenden Blicks und würgte sich im gleichen Augenblick etwas Bier in das Leibchen.

Ich erinnere mich, daß ich zu Hause, meine aufgewühlten

Sinne niederzuquetschen, sogar zwei Palestrina-Messen abhörte. Normalerweise jage ich sie umgekehrt durch Verdi erst richtig empor. Und mit Sicherheit, denke ich, schaute es auf der Welt anders aus, wenn mehr Menschen so geschickt operierten wie ich.

## 4

Von jener Stunde an galt mein überragendes, ja hauptberufliches Augenmerk der möglichst systematischen Überwachung und Beschattung Alfred Leobolds, Gottes vermutlich auserwähltem Sohn, wie ich jedenfalls im gegenwärtigen Moment der Niederschrift felsenfest glaube.

Ein Wort zu der italienischen Velhornwirtschaft »Wacker-Mathild«, in der ich nun monatelang meine Studien vorantrieb. Es handelt sich bei diesem Lokal um einen lochartigen Saal im Herzen Seelburgs, seinen kuriosen Doppelnamen empfing es meines Wissens daher, daß einst ein vorwitziger Italiener namens Magnapane eine der Velhorn-Töchter ehelichte, aus dem bereits vorhandenen Wirtschaftsraum für vorwiegend Viehhändler und Rentner vorübergehend eine Pizzeria zauberte – später verschwand dann dieser Herr wieder, worauf die Tochter Mathild Velhorn alias Magnapane einen gewissen Wacker heiratete und aus der nicht gerade gutbeleumdeten Pizzeria wieder ein gutbürgerliches Lokal machte, in dem es außer den gebräuchlichsten Alkoholica nur Pfälzer und Bratwürste und dergleichen zum Essen gab, was offenbar auch vollkommen genügte. Nur Samstag und Sonntag gab es auch Braten.

Bevorzugt heimgesucht wurde die vormals italienische Velhornwirtschaft jetzt wieder von Handlungsreisenden der niederen Klasse, älteren Handwerksburschen, pensionierten Landwirten, allerlei Arbeitslosen, ferner und vor allem von einer Putzfrau namens Frau Herzog, die, im ständigen Weißwein-Rausch, sich darauf kapriziert hatte, mit der Tageszeitung auf Fliegen einzuschlagen, aber nie eine traf – – und neuerdings ganz besonders von einem Rudel der sogenannten Chemiestudenten, jungen Männern zwischen 20 und 30, einer wilden, zum Teil furchterregenden, aber überwiegend doch harmlosen Horde, fast ein Dutzend Leute, die wiederum irgendwie emotional oder organisatorisch mehr oder weniger unter der Fuchtel des Kaufmanns Arthur Mogger standen, die diesbezüglichen Hintergründe sind mir bis heute nicht ganz transparent.

Ein dunkles, dämmriges, schummriges, ständig von allerlei Rauch-, Alkohol- und Krautschwaden durchfurchtes Loch – ja, dieser erste Eindruck war und blieb der beherrschende. Vier Tischgruppen, der Reihe nach quer, ein Doppeltisch längs dagegengestemmt; zwischen Gästeraum und Küche ein altes untaugliches Klavier, auf ihm ein noch älterer Radiokasten. Ihn bedienend, auf einem Stuhl neben dem Tresen plaziert, stets dämmernd die über dem italienischen Abenteuer alt gewordene Wacker-Mathild, ein geschlechtsloses Häuflein von einem gleichwohl noch geldwilligen Menschen. »Ruhetag« gab es in diesem Lokal keinen.

Links in der äußersten Ecke hing ein Herrgott, genau über Herrn Leobolds Stammplatz, und hier finde ich die Symbolik schon fast zu trivial. Sonst war der Raum bilderlos. In einer Art Zwischenkammer zur Küche hin stand ein Farbfernseher, vor dem praktisch immer ein unvorstellbar dickes männliches Kind namens »Seppi« hockte. Der Kasten stand abgewandt zum Gästezimmer, von dort aus wollte offenbar niemand die buntflimmernden Bilder sehen. Aus Gründen, die ich bis heute nicht ganz durchschaue, war der Gesamtraum, wie gesagt, in eine solch immerwährende Düsternis, ein Zwielicht, möchte ich meinen, gehüllt, daß einem ganz bange davon wurde und man jeweils bereits um 14 Uhr das elektrische Licht anschalten mußte. Das erlaubte dann, zur Not die Zeitung zu lesen und sein Spielkartenblatt zu entziffern, steigerte die Düsternis aber gleichsam ins Spirituelle.

Und noch etwas fiel mir auf: In der Straße hinter den Fenstern der Wacker-Wirtschaft schien es unaufhörlich zu nieseln – auch dann, wenn es draußen ganz trocken war!

Alfred Leobold, ich berichtete es schon, saß, und das sollte sich auch nie mehr ändern, mit geradezu beängstigender Konsequenz an seinem äußersten Eckplatz, während es, ganz im Gegensatz dazu, den alten Duschke, der hier auch ein und aus ging, praktisch an allen Tischen des Lokals herumtrieb. Ich habe meine Meinung zu Leobolds Eckplatz bereits abgegeben. Ein Kunstgriff, sich auch vor dem leisesten Luftzug so weit wie möglich zu schützen, der notgedrungen beim Eintreffen neuer Gäste auch dieses windgeschützte Gehöft streifen und überfächeln mußte. Gleichzeitig war sein Eckthron geeignet, ihn nicht nur sein Reich jederzeit vollständig übersehen zu lassen, er wehrte ihm auch drohende Lästigkeiten ab: Wenn etwa Hans Duschke einmal ausrutschte und auf andere Gäste kippte, konnte es niemals ihn, Leobold, treffen. Nach meinen sonstigen Erfahrungen konnte das alles kein Zufall sein. An diesem Mann war eben alles symbolisch bzw. auf der anderen Seite bis ins letzte auskalkuliert. Ein Lebensabend im Zeichen metaphysischer Raffinesse.

Im übrigen ist mir gerade ein neuer schlagender Grund eingefallen, warum ich Alfred Leobolds Leben und Sterben aufzeichnen muß. Ich meine, es ist doch einfach so, die einen veranstalten den Unfug, die anderen schreiben – berichtend oder analysierend – darüber. Das ist das Gesetz, nach dem wir antreten müssen. Wo wären denn sonst ein Hegel, ein Adorno, ein Brecht geblieben? Vermutlich hätten sie ohne das notwendige Maß innerweltlicher Dummheit ganz schön blöd aus der Wäsche geschaut! Und wären vielleicht sogar verhungert. Das kann mir als Hausbesitzer natürlich nicht passieren...

Was mir zuerst, in diesen verhangener werdenden Oktobertagen, von Alfred Leobolds neuem Wirkungskreis »Wacker-Mathild« ins Auge stach, war die Tatsache, daß etwa die Hälfte der wohl zwanzig Stammkräfte bereits um 10 Uhr oder 11 Uhr morgens das Lokal betrat, dort den ganzen Tag über verharrte und gegen 20 Uhr wieder verschwand, wortlos und ohne größeres Pathos hinauswackelnd. Ein Teil der Mitarbeiter erschien gegen 14 Uhr und zog demgemäß erst gegen 22 Uhr wieder davon – ein ziemlich genau bemessener Achtstundentag, wie ich rasch erkannte. Nur ein paar Ausnahmemenschen, wie der noch gelegentlich werktätige Schreiner Wellner, erschienen gegen 16 oder 17 Uhr und gingen gegen Mitternacht wieder ihrer Wege.

Alfred Leobold, das hatte ich bald heraus, verfolgte einen besonders exakt bemessenen Turnus, allerdings während der ersten ihm noch verbleibenden Zeit sozusagen im Überstunden-

System. Mit geringfügigen Ausnahmen, die dann stets durch dringende geschäftliche Affairen wie TÜV, Kirchensteuerzahlen und sonstige Ämterangelegenheiten begründet wurden, erschien Leobold um 10.30 Uhr und ließ sich gegen 23.30 Uhr mit dem L 295 wieder nach Hause kutschieren. Das exakt vor der Eingangspforte der italienischen Velhornwirtschaft parkende, stets ein wenig schiefer als die benachbarten Fahrzeuge hingefeuerte Auto wurde für mich dabei zum zuverlässigsten Garanten, daß Alfred Leobold präsent sei und ich also zu Besuch kommen konnte.

Und noch ein Grund fällt mir gerade ein, warum ich mich seinerzeit entschließen mußte, Alfred Leobolds letzte Tage zu beobachten und schriftlich festzuhalten. Denn wenn der Mann einst gestorben wäre, würde allenfalls noch Hans Duschke hin und wieder unbedacht über ihn herrasseln. So aber, unter meiner Ägide, kann die Spur von seinen Erdentagen nicht in Äonen untergehn, wenn sonst alles gut geht –

– doch Scherz beiseite. Ja, der beige L 295! Fast wie ein Symbol prangte er unter dem Wackerschen Wirtshausschildchen, dafür: daß das Leben noch am Laufen sei, eingeengt zwar und stark beschnitten, aber die Voluminösität des Fahrzeugs kündete gleichzeitig von Glanz und Gepränge, und gerade das Windschief-Hingeschleuderte verwies auf den Pfiff und Pfeffer dieser letzten Monate, und daß der Wagen ewig lange schon nicht mehr gewaschen worden war und immer verdreckter dreinsah, beleuchtete ja nur Alfred Leobolds entschiedene Abwendung von dümmlichem bürgerlichen Prestigedenken zugunsten eines Vergeistigten und Erdabgewandten –

– jedenfalls, was mich angeht, so trat ich meine Beobachterposition in den ersten Wochen gleichfalls sehr pünktlich um 10.30 Uhr an und verweilte dann durchgehend bei Alfred Leobold oder verließ ihn jeweils nur kurzfristig, etwa um Hans Duschke in seinem halbverwaisten ANO-Laden aufzusuchen, auch diesen wichtigen Informationsdraht warmzuhalten, und tatsächlich gelang mir kurz vor Allerheiligen ein hübscher Neuerwerb an Erkenntnissen: Ein Rudel Menschen, offenbar verschiedene Käufergruppen, umstanden eines Tages das Teppich-Drehstudio und quatschten und deuteten verworren auf die unterschiedlichen abgeschmackt-kunterbunten Fliesen-Fleckelchen – Duschke aber stand im Hintergrund, stützte sich mit der Rechten auf den Kassentisch und brüllte plötzlich in das undurchsichtige Kunden-Gewusel hinein:

»Alles schön! Nicht wahr? Schön! Man kann sich gar nicht entscheiden!«

Oder ich wich gelegentlich schnell in unser Hallenbad oder die Sauna aus, mich möglichst fit zu halten für die erwartbaren schweren Stunden. Bis etwa Weihnachten aber saß ich, wie Alfred Leobold, praktisch immer in der »Wacker-Mathild«; erst nachher beschränkte ich mich auf eine Art von Stichproben, auf die Gründe komme ich zurück.

So schwanden hin die Tage. Übrigens war auch Hans Duschke immer häufiger Gast bei »Wacker-Mathild«, er kugelte meist gegen 19 Uhr in die Stube und schlingerte gegen 0.30 Uhr als letzter hinaus. Ein besonders faunischer Auftritt ist mir noch sehr gegenwärtig. »Du Büchs!« vernahm man von irgendwoher plötzlich seine runzelige, aber unwiderstehliche Stimme; offenbar quallte sie auf irgendeine Olga oder Karin oder sonstwas Wahnsinniges ein. »Machen wir morgen einen Frühschoppen? Ja? Einen Frühschoppen? Ich frage dich! Hör gut zu! Verstehst du mich bitte? Du kommst? Ja! Einen Frühschoppen, du Büchs! Wir werden einen Frühschoppen machen . . . aaahh . . . !«

Warum war ich nicht in Nepal geboren? Warum nicht in der Mongolei? Schlimmer konnte es dort auch nicht zugehen, hör mir doch auf!

5

Die Wacker-Herren, in Sonderheit Alfred Leobold und seine Chemiestudenten, setzten sich jeweils nach und nach zueinander, um spätestens 13 Uhr war fast immer der erste Acht-Mann-Tisch besetzt, gegen 18 Uhr waren es zwei, gegen 23 Uhr, bevor die ersten den Rückzug antraten, oft drei.

Manche dieser offenkundig unter allerlei Verschleppungen, Verschlampungen und überhaupt Verlotterungen leidenden Gestalten erschienen allerdings in so anständiger Kleidung, daß sie jederzeit in einer Bank hätten anfangen können zu arbeiten, ein gewisser Oeller Edi brachte sogar gelegentlich ein Aktenköfferchen mit: wie sich herausstellte, befanden sich darin seine Unterlagen, mit denen er dem Wacker-Kind »Seppi« beim Schulaufgabenmachen half, mitten im Lokal, wie ich von Alfred Leobold erfuhr: für zwei Weizenbiere.

Das Treiben der Chemieherren samt Herrn Leobold ist schwer zu beschreiben und noch schwerer zu deuten. Irgendwie schien es mir dreigeteilt. Sie nippten allesamt brütend Weizenbier in sich hinein und schwiegen, praktisch unterbrachen oft nur Neubestellungen die dröhnende Stille. Oder, was aber entschieden seltener vorkam, sie führten leise, verhaltene, anscheinend vollkommen interesselose, durchschnittlich dreiminütige Kurzgespräche über Themen der unterschiedlichsten Art und Herkunft, meist mit lokalem oder rein menschlichem Bezug. Oder aber sie verständigten sich fast wortlos auf das Spiel »Dreck«, das ich nie begriffen habe, Gottseidank, ich vermute, das wäre mein endgültiger Ruin gewesen. Auch dieses Spiel, bei dem es um erstaunlich hohe Einsätze ging, verlief meist ruhig und heiter, besonders Alfred Leobold machte es sichtlich Spaß und vor allem nach Verlustpartien schmunzelte er jeweils gnadenlos über sie hin. Wann würde er von dieser Gaststätte, von dieser Eck-Wirtshausbank aus die Weltherrschaft antreten?

Getrunken wurde, wie erwähnt, beharrlich Weizenbier, mit Ausnahme von Alfred Leobold, der ziemlich synchron zu jedem Weizenbier einen Sechsämter in Auftrag gab, ein Arrangement, das, ich mußte ja immer mittrinken, tatsächlich nicht übel schmeckt und es in sich hat; so daß Leobold meist zum Tagesausklang zwölf Weizenbiere (das entspricht sechs Liter) und ebenso viele Schnäpse zu begleichen hatte. Diesem Grundeinsatz gewann er allerdings zahlreiche, insgesamt freilich recht konstante Varianten ab. Nach jeder (meiner Beobachtung nach) vierten »Dreck«-Runde gab es Schnaps auch für die drei Kombattanten. Außerdem, zahlte einer der Herren oder ich Alfred Leobold einen Schnaps, bekam er postwendend mindestens zwei retour.

Von den Chemiestudenten zahlte, so viele brachte Alfred Leobold damals schon wohl nicht mehr hinunter, jeder im Durchschnitt 15 Biere. Ich weiß bis heute nicht, woher die Herren ihr Geld bezogen. Hans Duschke vermutete einmal laut und brünstig, »das Lumpenpack versäuft über Honnef meine Steuergelder, die ich alter Mann hart verdienen muß, und wenn ich am Arsch daherkomme, muß ich alter Mann Teppiche rollen, und diese Burschen versaufen meine Arbeitskraft!« Und der Alte machte mit dieser These tagelang Krach. Und vergaß sie dann wieder. Und vertrank selber noch ganz andere Gelder. Daß ein Radaubruder wie dieser Duschke ausgerechnet in einer Stadt namens Seelburg leben muß!

Immerhin, auch mir gab das Wesen dieser jugendlichen Desperados natürlich zu denken, obwohl ich gleichzeitig wiederum den Urgrund gar nicht in Erfahrung zu bringen wünschte, allzu gähnende Leere hätte mich wahrscheinlich geblendet – aber eines Tages richtete ich, sonst war nur noch Alfred Leobold anwesend, doch das Wort an einen gewissen Luther Ferdl, wie das eigentlich mit ihnen zugehe, ob sie studierten, ihr Studium ausgesetzt hätten, oder wie oder was?

Jaja, er hätte früher schon studiert, sabberte Luther und schwang allzu erregt sein Bier hoch, aber dann sei das Geld ausgegangen, da habe er aufhören müssen.

Ob er später weiterzumachen gedenke?

»Jaja, wenn's ist, freilich.«

Chemie?

»Und Physik.« Irgend etwas stimmte da nicht.

Wieviele Semester er schon habe?

»Legal fünf.« Hinter dem dreisten Blick lungerte die Angst. Ich fand das sehr eindrucksvoll. Er hatte sagen wollen »ordentlich fünf« oder ähnlich. Aber die Faszination des Verbrechens, der Gesetzeslosigkeit gaunerte sich hier freudisch sogar noch ins Vokabular des Hochschulbereichs.

»Machen wir schon, Ferdl«, begütigte Alfred Leobold.

Alfred Leobold trug in der Zeit seines langsamen Ablebens fast immer eine rotbraune Lederjacke der allerbesten Qualität, darunter ein winzigkariertes Hemdchen und eine gesprenkelte Krawatte oder aber einen schwarzen Rollkragenpullover, der stark ins Vergeistigte und Kämpferische zugleich deutete: Ich bin mir da bis heute nicht sicher. Die dünnen O-Beinchen umhüllte eine stets sorgfältig gebügelte dunkelgraue Gabardinehose, das Ganze wurde elegant abgeschlossen durch schwarze, spitz zulaufende

Schuhchen. Mit Beginn des Advents erschien mein Freund in einem soliden, langabfallenden, blaugrauen Wintermantel, der seiner gebrechlichen Statur etwas überraschend Kompaktes, nahezu beamtenmäßig Robustes verlieh.

In der ersten Phase meiner verschärften Forschungen wurde mir klar, daß sich Alfred Leobolds Lieblingswörter immer mehr in den Vordergrund schoben, ja nahezu absolut die Herrschaft in seinem Sprachetat antraten, der sich weiterhin, systematischer und, wie mir schien, energischer als zuvor, reduzierte, Überflüssiges souverän abschüttelnd. Und ich stellte damals schon eine Tabelle derjenigen Wörter Herrn Leobolds zusammen, denen er bevorzugt das Vertrauen schenkte und die seine Ausführungen wesentlich trugen:
>    Geht in Ordnung
>    Sowieso
>    Einwandfrei
>    Genau (gé-nau bzw. ge-náu)
>    Ja (gespr.: »jjjaah«)
>    Genau ja
>    Prima
>    Ganz prima
>    Freilich
>    Normal
>    Hm
>    Eventuell (gespr.: »evendöll«)
>    Nie!
>    Ach wo! (oder: ah wo!)
>    O mei!

Wie man sieht, habe ich dieses Grundvokabular bereits etwas gegliedert. Die ersten zehn Wörter signalisierten zweifelsfrei Positives, eine bejahende, affirmative Einstellung zum allgemeinen Leben. Nummer 11 und 12 standen für eher neutrale oder ambivalente Sachverhalte, deuteten auf ein gewisses Unentschieden, freilich mit schon leichter Neigung zum Guten, zum Geist des Optimismus. Gleichfalls der Ausruf »O mei!« tendierte nach beiden Seiten – einzig die Leoboldschen »Nie!« und »Ach wo!« drückten kategorisch Negation aus. Weil sie aber ihrerseits fast immer negative Sachverhalte betrafen – z. B. die Frage, ob »Wacker Mathild« eventuell morgen geschlossen sei – nahm auch dieses wunderbar entschiedene »Nie!« durch doppelte Verneinung fast immer positiven Charakter an wie der ganze Kerl – ich habe einmal den Test gemacht und Alfred Leobold mit besorgter Miene gefragt, ob er sich etwa nicht wohl fühle, und sofort patschte ein saftiges »Nie!« zurück. Gleich darauf taperte mein Mann freilich auf den Abort der Velhornwirtschaft, um sich zu erbrechen. Das war die Dialektik.

»Evendöll«, das ohnedies ins Positive tendierende, über das ich schon vorne kurz referiert habe, gebrauchte Alfred Leobold meist in eleganten Satzkonstruktionen der Art: »Paß auf, Arthur, daß wir morgen evendöll wieder Karten spielen« oder einfach, seinen Wunsch auszudrücken, er wolle jetzt heimgehen: »Daß wir jetzt evendöll heimgehen.«

Eigenartig und fast undurchschaubar preziös baute Alfred Leobold das »normal« in seine Sätzchen ein: »Und evendöll, Arthur, daß wir dann morgen normal nach Emhof brummen . . .« Ich dachte damals lang über die genaue Bedeutung dieses zunächst befremdenden »normal« nach, bin aber heute der festen Überzeugung, daß es als eine Art Hilfs-Adverb das längere und syntaktisch ungefügere »Geht in Ordnung« ersetzen sollte, um Satzungetüme einer Länge zu vermeiden, die Alfred Leobolds nachlassende Atemkräfte zweifellos überfordert hätten, der Art: »Und wenn es dann, Arthur, in Ordnung gehen sollte, daß wir auch wirklich nach Emhof fahren können« bzw. auch: »Ich hoffe, Arthur, daß es dann morgen in Ordnung geht, daß wir nach Emhof fahren, dann . . .« Frägt sich nur, warum Alfred Leobold dann nicht gleich das geliebte »genau« plazierte. Denn gegen den Satz: »Daß wir morgen genau nach Emhof brummen«, wäre überhaupt nichts einzuwenden gewesen.

Von dem »genau« selber ging schon theoretisierend die Rede. Daß es nichts anderes als »grauenhaft« bedeutete – wie übrigens alle anderen Phonetika auch – hat wohl mittlerweile der Einfältigste unter meinen Lesern begriffen . . .

Voi che entrate usf. Kann man es mir verdenken, daß es, im Zuge solcher entscheidenden Analysen, mit mir damals immer mehr bergab ging? Ich spürte das sehr wohl, hatte aber meine ebenso moralische wie geistesgeschichtliche Verantwortung zu tragen, genau! Der ich mich immer mehr und widerstandsloser in das Gravitationsfeld Alfred Leobolds versenkte, verfing ich mich damals auch, treu und anhänglich wie nur einer, mich dem großen Meister immer mehr anzuschmiegen, ein zweitesmal und ganz haarsträubend in den Fängen des Alkoholischen. Das ging schon in Ordnung. Ich, der ich einst Jus und Musik studiert hatte – wie kann man eigentlich so etwas Dämliches hintereinander studieren! – weihte diese wehen Tage ganz meinem Herrn: Seinem Sterben beiwohnend, wollte ich ihm auch geistig nahe sein, dem Scheußlichen ins Auge zu sehen, meiner soliden bürgerlichen Existenz den Rücken zu kehren.

Ich trank über weite Strecken und so gut es ging parallel zu Alfred Leobold, und das war nicht wenig. Einmal trank ich mich sogar halbtot, hergemeuchelt freilich von einem Schlag aus anderer Richtung: Von Hans Duschke erfuhr ich eines trübsinnigen Mittags, Sabine habe seinerzeit, vor knapp zwei Jahren, – wie die Zeit vergeht! – meinen wahrlich dem Schmerz abgewürgten Bittbrief an sie dem Fuhrunternehmer Schießlmüller zu lesen gegeben, die beiden hätten sich darüber krank gelacht und auch in der Öffentlichkeit sei der Wisch zeitweise kursiert. Der Gipfel der Niedertracht war erreicht. Ein Akt erhabener Primitivität und Naturgemeinheit! Das mußte gefeiert werden! Ich glaube, ich erlitt eine richtiggehende Schnapsvergiftung und war tagelang tot.

»Prima, Moppel, daß du wieder da bist!« Ich wollte mich eine Zeitlang mit Kamillentee kurieren, aber mit sanfter Gewalt zwang mich Alfred Leobold zum Sechsämter zurück: »Da trink!« bat er zum wiederholten Male und deutete auf ein Fläschchen auf dem Tisch von Wacker: »Edel-Sechsämter. Viel besser als Sechsämter.« Zum Lächeln gereizt, langte ich zu, zumal Alfred Leobold sofort zu einem neuen Schlag ausholte:

»Heinz«, wandte er sich an den Chemiestudenten Hümmer, »du kennst doch den Chines' aus der Gasfabrikstraß, freilich kennst ihn, der was immer mit seinem Handwägerl...«

Non temer, amato bene.

Das Paralleltrinken machte Spaß. Noch vergleichsweise jung und kräftig, schüttete ich oft sogar, bestaunt von meinem Idol, noch etwas mehr in mich hinein als dieses. Ich sah mein Gegenüber in seiner phosphoreszierenden Düsternis an und wähnte wohlig mein eigenes Sterben vorwegzuleben. Mein bleich Lieb – als Spiegel meiner künftigen Existenz. Sehr sehr schön! Glückliche Augenblicke, wenn Alfred Leobold immer wieder unerschrocken »Mathild, zwei doppelte!« ächzte! Da dachte ich oft, ich redete zu mir selber.

Heute will es mir scheinen, daß das ein ausgemachter Schmarren war und ist ...

Ich tat praktisch gar nichts mehr und hatte auch davon Abstand genommen, irgend Tätigkeit vorzuschützen, und merkwürdig, niemand nahm mir das krumm, niemand fand es auch nur befremdlich! Wenn ich nicht gerade Alfred Leobold beschattete und seine heiligmäßigen Sätze sammelte und analysierte, mir auch bei seinem Anblick in die eigene Seele zu staunen und zu glotzen, dann lag ich zu Hause, trank Schnaps und zur Abwechslung Kaffee wie ein Türke, sah sterbenswollüstig zum Fenster hinaus oder las hingerissen die Seelburger Tageszeitung:

»Arthur Mogger gibt bekannt«,

stand da tatsächlich und sündhaft inmitten der diversen Kleinanzeigen, täglichen Denkmälern konzessionierter Obszönität:

»Mädchenzimmer, komplett mit
Schrank, Bett und Nachtkästchen in hell, glanzpoliert
und preisg. zu verkaufen ...
Mod. Kombischrank in Nußbaum 250 cm ......
Neuw. Schlafzimmer, komplett mit Matratzen ......
Schaumstoffe günstig, jede
Größe ......
Arthur Mogger, Seelburg
Kugellagerstraße 5–9«

... aber auch auf den redaktionellen Seiten waren so merkwürdige, vernichtungsträchtige Sachen gedruckt und abgebildet, ich erinnere mich etwa eines Fotos mit dem Ministerpräsidenten

Goppel, der, wohl zum Spaß, eine große Schultüte auf dem Kopfe trug, ein echter Landesvater, sauber, gut gebaut, macht jeden Scheiß mit... Sicherlich mußte das alles sein. Wo kämen wir hin, wenn plötzlich ausgerechnet unsere Ministerpräsidenten gescheit würden? –
Am liebsten aber hörte ich Radio, die kunterbunten Nachmittagssendungen des Bayerischen Rundfunks. Tatsache ist, daß ich in dieser Zeit, zwischen 16 und 17 Uhr, bevor es wieder auf zu Alfred Leobold ging, mit einer gewissen und fortschreitenden Regelmäßigkeit an der täglichen Sendung »Für unsere ältere Generation« teilnahm und sie sehr genoß, Informationen und Musik für unsere Greise, die hanebüchensten unter dem Mantel von Humanität vertriebenen Vernebelungen, Verdrehungen und Heimtücken, unsere Alten mit Gewalt bei Laune zu halten und mit musikalischen Albernheiten auf Zack zu bringen (an dieser Stelle gilt meine besondere Abneigung Herbert von Karajan) – Infamien, Perfidien, wohin das Auge reichte und das Ohr sich neigte!
Immerhin, kein Vergleich zu der simultan im anderen Programm ausgestrahlten täglichen Folge »Club 16«, einem Kontinuum an krachenden musikalischen Gräßlichkeiten nebst jugendverderbenden Scheinaufklärungen. Denn schließlich würden wir alle einmal, wenn es gut ging, alt, und man kann sich da zumindest rundfunktechnisch gar nicht frühzeitig genug in diesem Bereich umschauen und ein Plätzchen sichern – –
Spätestens 17 Uhr, wenn die tägliche Veteranensendung, dieses Altengelage, vorbeigerauscht war, lief ich dann wieder in die italienische Velhornwirtschaft, magisch-knechtisch angezogen, ein umgekehrter Lemming, der es nicht lassen kann, vom trockenen in das nasse Element zu krabbeln, im Allerseelenlichtlein, das Wacker Mathild aus Sparsamkeitsgründen über die Tische streute, meines trauten Freundes immer mehr verschwindendes Antlitz zu genießen.
In dieser Zeit brachte ich übrigens in Erfahrung, daß Alfred Leobold, der um diese Endphase herum meines Wissens bereits alle sonstige Nahrungsaufnahme verweigerte, während des »Dreck«-Spiels gelegentlich etwas in sich flößte, das sich als Gulaschsuppe herauskristallisierte, in die Leobold Senf gab, das

Zeug lebhaft verrührte und dann schmerzdurchzuckten Gesichts, aber immerhin, hinunterwürgte. Bald sah ich noch etwas klarer. Das »Dreck«-Spiel war für Herrn Leobold jeweils aktueller Aufhänger, fünf Minuten nach Spielbeginn, ganz ähnlich wie schon seinerzeit in den Dolomiten, jenes Suppen-Senf-Gemisch in Auftrag zu geben, gewissermaßen war das Spiel der Schlüssel, der ihm den Magen öffnete. Ohne »Dreck«-Spiel ging es offenbar nicht mehr, – ein Rätsel, dessen psychologische Tiefe selbst mir Kenner und geschultem Deuter ungelöst blieb. Vielleicht machte ihn einfach der Zauber des Spiels die Schmerzen der Nahrungsaufnahme einigermaßen vergessen oder jedenfalls ertragen. Dunkel ist das Leben, ist der Tod. Man sterbe, wann man will.

Die Chemiestudenten! Diese Realitätsverweigerungssekretäre! Diese Niederlagenhauptverwalter und Katastrophenschutzingenieure! Ja, merkten diese Kreaturen, diese Satansbrut, diese Buchhalter der Finsternis denn gar nichts? War ihnen der Engel des Todes nicht einmal die Frage nach seinem Leiden wert? Warum er z. B. den Senfkot in sich hineinlöffelte?

Allerdings ließ Alfred Leobold auch immer wieder einmal und in sehr großen Abständen – getrieben offenbar von der Frühlingssehnsucht nach Duft und Farbe – größere Köstlichkeiten wie Kalbsbraten, Schnitzel oder Rippchen auffahren. Mehrmals war mir dabei die Beobachtung vergönnt, wie er jeweils ein winziges Stückchen Fleisch absäbelte, es tapfer in den Mund preßte und sodann den prachtvoll beladenen Teller an den nächstbesten Chemiestudenten weiterschob:

»Da. Iß. Prima. Ganz gut.«

Zärtliche Andacht wallt erneut auf, jetzt, da ich es niederschreibe. Mir hebt sich erregt die Brust, schmerzlich-wohlig, rascher fliegt der Atem. Was saß damals vor mir? Ein Märtyrer? Ein Erlöser? Das neue Menschenbild in Qual und Pein? Was? Dieses Gebräu von Durst, Schwachsinn und schlummernder Sanftheit?

»Da. Iß. Prima. Ganz gut.« – – –

Chemie! Warum brauten sie eigentlich ihren Sudel nicht selber, wenn sie die Wissenschaft schon beherrschten? Oder waren es rein theoretische Grübler, die da ihrer Disziplin nachgingen? Unleugbar, die schwefligen Brüder hatten auch mich zum Grübeln gebracht...

Alchemie und Alkohol! Alchimie alcoolique! War das nicht einmal ein und dasselbe gewesen...?

Zunehmend fand ich in dieser Periode inständiger Wacker-Hockerei aber auch Gefallen an den Mittwochs-Fernsehsendungen »Zimmermann jagt Nepper, Schlepper und Bauernfänger« sowie dem ZDF-Magazin von Gerhard Löwenthal, das Glück fügte es hin und wieder, daß die beiden Unauslotbarsten der Nation sogar noch hintereinander zu bestaunen waren! Fehlte als krönender Beschluß eigentlich nur noch ein Vortrag Oskar Zirngiebls über das Prinzip des Landes...

Und dann natürlich erst recht »XY«! Wunderbar! Das reinste aller Vergnügen! Diese traumhaft-schönen Sätze! »Die Spuren Manfred Puruckers führen ins Eisacktal« – »Von der Kantonspolizei Attenzell gesucht« – »Entlarvung des Täters in Sigmaringen« – »manipulierte Schnurrbärte« – »mehrere Zeugen in der Diskothek Rosenstüberl bezeugen«, Probleme mit Schäferhund-Ausfällen, ständige Fernrohr-Defekte, grauenhafte Entdeckungen im Gebirgsbach – wahrhaftig, XY rangiert noch vor Thomas Bernhard: aller Ramsch des Universums, der reine, ungetrübte, schrecklos durch alle Äonen der Dumpfheit stapfende Stumpfsinn, das wiedergefundene Paradies! Und dann, und dann: die aus ihren Amtsstuben aufgescheuchten Polizei-Esel, herrlich gelackt-verkommene Figuren, die wie Hilfsschüler ihren anklägerischen verbrecherfangwilligen Unsinn vom Blatt buchstabieren, sich dem hinterletzten himmelschreienden Humbug hingeben, ängstlich beäugt von XY, ob sie auch alles halbwegs richtig machten – und schließlich: das Firmament alles niederreißender Geistesgemeinheit und Seinsverfinsterung, die gaukelnde Sternennacht: die Unfaßlichen mit Namen Peter Nidetzki, Teddy Podkorsky, Werner Vetterli und – gepriesen sei der Name – Peter Hohl! Peter Hohl. Sii benedetto! Hätte ich nicht so viel mit

Alfred Leobold zu tun, ich würde heute noch einen Peter-Hohl-Fan-Club gründen. Aber alles geht eben nicht. Und jetzt Schluß damit und zurück zu einer etwas wehmütigeren Tonart!

Aber ich meine, ich erzähle das nicht für die Katz, sondern das ist die Lage der Nation ...

Das Thema der Reisen nach Seattle, Prag und anderswohin hielt Alfred Leobold mir gegenüber bis zum Jahreswechsel treulich wach. Nächstes Jahr im März sei es so weit. Neu war, daß jetzt auch – und endgültig – einer der ärgsten, ja wie sich später erweisen sollte, tückischsten Köpfe aus dem Chemiegesindel, der kleine Hümmer Heinz, mitkommen würde, den Glanz dichtzumachen.

»Prima Kerl«, klärte mich Leobold seufzend auf; eine der ganz wenigen Verfehlungen, die ich meinem sterbenden Schwan ein wenig übelnahm: So wahllos hätte er seine letzten Monate über seine »prima Kerls« auch nicht gerade versprühen brauchen, nachdem er immerhin schon einmal Kräfte wie Alois Sägerer und mich damit ausgezeichnet hatte. »Jjjaah, zuerst Seattle, dann Prag, dann Pilsen, Genua, Monterosso. Mensch, auf Offenbach möcht ich auch schon lang einmal! Und dann machen wir im Emhof ein Bratwurst-Fest, der Mogger spendiert auch was. Und dann Ceylon. Fahren wir nach Ceylon.«

Ceylon? Hm. Warum nicht gleich Valparaiso und die sogenannten mittelamerikanischen Bananenrepubliken?

Mitte Oktober gelangen mir zwei neue Entdeckungen. Eines Nachmittags in der Velhornwirtschaft, der Sterbeverein setzte sich diesmal aus Leber Heini, Stickel Herbert, Willfurtner Charly, Nübler Pit, Rückl Otto, Wiegler Werner, Alfred Leobold, mir und auch dem Gymnasiasten Binklmayr zusammen, nahm ich plötzlich wahr, wie inmitten des betäubenden nur durch ferne Straßengeräusche getrübten Schweigens Alfred Leobold, Blick ins Niemandsland gerichtet, abermals summte und brummte – einer der in unseren Städten und Wirtshäusern ganz seltenen Fälle fast absoluter Stille brachte es an den Tag:

Es war kaum mehr eine Melodie zu nennen, was Alfred Leobold da herausbrachte. Hochinteressant! Hatte er noch vor einem Jahr, auf dem Höhepunkt des ANO-Lebens, die Kurzweise c-a-g c-a-g herausgebrummt, so verkürzte nun der mit seinen Fingern spielende Ex-Geschäftsmann das Programm um einen weiteren Ton, es war wohl die Folge g-a, gelegentlich auch g-as, die Leobold da vortrug, unablässig ein Ton nach oben, einer nach unten, bis das Ganze endlich auf dem tiefen g liegenblieb.

Den Charakter der Weise würde ich heute mit »gedämpfte Lebensfreude« beschreiben, es war aber auch etwas Modernes, Elektronisches, Spannungsreiches nach Art der Wiener Schule dabei. Als ob er meiner Entdeckung gewahr geworden wäre, hörte Alfred Leobold nach etwa 150 Sekunden auf, rückte den Kopf energisch nach rechts, gleichsam einen flotten Blick zum Fenster hinaus auf den vorbeifließenden Stadtverkehr zu schleudern, ja mir gewissermaßen seinen trotz aller musikalischen Versenkung realitätsgewandten Grundcharakter vorzuführen. Gleichwohl, eine Stunde später hörte ich das Gesumme und Gebrumme schon wieder deutlich, ja in den nächsten Wochen und Monaten entwickelte ich geradezu ein Sensorium dafür, an dieser musikalischen Äußerung den Elendsgrad meines Freundes abzulesen. Klar! Der Schmerz dröhnte, und der Bemitleidenswerte verschaffte ihm einen Resonanzboden:

> Tu come a'na Madonna
> Cante na ninna nanna
> Pe'n Angiulillo 'n croce
> Ca so senti 'sta voce ...
> Sta voce sulitaria
> Ca dint' 'a notte canta
> E tu, comm' 'a 'na Santa
> Tu sola, sola muore ...
> Chi si'? Tu si' 'a Canaria
> Chi si'? Tu si' l'Ammore
> Tu si' l'Ammore
> Ca pure quanno more
> Canta canzone nove
> ... Ggsiesu, ma comme chiove!

Jesus, was für ein Regen ... das Engelchen am Kreuz ... die Stimme der Einsamkeit ... du bist die Liebe ... und stirbst in Genua ... genau ...

»Seattle wird prima«, blies Alfred Leobold sein Leid in die

Dämmerstunde von »Wacker-Mathild«. Ob er mich auch so mochte? Ceylon, offenbar, war schon wieder vergessen. Verklärung lastete über dem Inferno. Lange würde ich das nicht mehr aushalten.

Eine zweite, ergänzende Beobachtung war mir zum Feierabend des darauffolgenden Tages vergönnt. Aufgepeitscht durch die Anwesenheit des Kaufmanns Arthur Mogger und seines neuen Assistenten Werner Wiegler, kam es plötzlich am Tisch zu einem erstaunlichen und fast einzigartigen Aufleben des Gesprächs, leidenschaftlich, als ob die traditionelle Abstinenz diese Chemiestudenten zu einem Schwall von Expression hetze, redete mit einem Male sozusagen jeder mit jedem, das ging quer über den mit etwa zehn Personen besetzten Tisch und hin und her, die unterschiedlichsten Themen in einem Aufwasch, ich glaube, es gab da keinen, der seinen unnützen Mund gehalten hätte, auch ich quasselte roh und töricht mit – da hörte ich, wie gewissermaßen auf dem Scheitelpunkt des Tohuwabohus Alfred Leobold mir zur Seite einmal ganz leise, abschätzig und doch auch anerkennend »genau« sagte.

»Genau.« Ich möchte beschwören, daß dieses vollends unverhoffte »genau« sich auf keinen der einzelnen Gesprächsbeiträge bezog, sondern – wie soll ich es formulieren? – irgendwie eine Würdigung der lebhaften Gesamtsituation zum Ausdruck brachte. Ja, mir schien, es war sogar wie eine Huldigung an die Tatsache, daß überhaupt noch geredet wurde, daß das Leben letzten Endes doch freudig und überzeugend weiterging ...

Dies Erlebnis wiederum brachte mich anderntags auf eine Idee. Ich wollte, Alfred Leobold eine Freude zu machen, die staubigen Chemiebrüder, die, wohl ermattet vom Vortag, wieder bleich und reglos ihre Biermassen in sich hineinsogen, erneut zum Reden bringen. Wie in Selbstversenkung begann ich also mit Streichhölzern zu spielen, baute aus ihnen ein gleichschenkeliges Dreieck zusammen, legte zwischen Spitze und Basis ein weiteres Hölzchen in beliebiger Richtung, so daß zwei unterschiedliche Teildreiecke entstanden waren – und hier begann ich meine Finte:

Das sei doch komisch, sagte ich halblaut vor mich hin und betrachtete, Nachdenklichkeit mimend, mein Werk: Da seien nun zwei völlig unterschiedliche Dreiecke, die aber doch nach den ewigen Gesetzen der Mathematik kongruent, gleich groß, sein müßten, weil nämlich im gleichschenkligen Dreieck . . .

»Horch, Moppel«, unterbrach mich hier, Übles ahnend, Alfred Leobold, »der Duschke erzählt gestern, daß du mit dem Alwin jetzt immer Schach spielst. Prima.«

– aber ich ließ mich nicht aus dem Konzept bringen: weil nämlich im gleichschenkeligen Dreieck zwei Winkel und die anliegende Seite per definitionem gleich seien, die dritte Seite aber hätten beide Dreiecke identisch. Die beiden kleinen Dreiecke seien also mathematisch kongruent und seien es doch wiederum ganz evidenterweise nicht . . .

Scheinbar hilflos und abwartend betrachtete ich mein Rätselwerk. Würde das Lumpenpack, das doch zum Chemiestudium immerhin Abitur haben mußte, anbeißen?

Es biß, und kräftig. Nach und nach erhob sich ein gewisses Gequengel und Gezeter, dann, während Alfred Leobold – Zufall oder Strategie – sich auf dem Abort zu schaffen machte, zog einer nach dem anderen Kugelschreiber und irgendwelche Papierfetzelchen aus irgendwelchen Taschen oder aber forderte von Wacker Mathild Rechnungsblöcke und dergleichen – man begann Striche zu ziehen, wunderbar, es wurde das albernste halbgebildete Zeug geäußert –

»Pythagoras«, kam es irgendwoher.

»Krampf!« rief jetzt bereits schön laut der Chemiestudent Stickel, ein besonders ausgedörrter Mensch von zwei Meter Länge, »das hat mit dem Pythagoras nichts zu tun. Wetten!«

»Nein, du mußt zuerst die Mittelsenkrechten ziehen, Charly«, das war wohl Hümmer. Im Raum hingen Rauch, Dreck, Brühe und eine gewisse alkoholische Süßlichkeit. Dieser Dampfkessel reißender Verlungertheit! Warum gefiel es ihnen hier? Das Rätsel war nicht zu lösen, aber immerhin mit einer Gegenfrage zu umkreisen: Warum gefiel es *mir* hier so? Ach so, ich mußte ja einen beobachten usw. . . .

»Nie! Im gleichschenkligen Dreieck sind nur die Winkelhalbierenden gleich!« Das war Oeller Edi, der mir bisher immer den intellektuell bedrohlichsten Eindruck gemacht hatte, aber damit war es nun natürlich vorbei –

– jedenfalls waren alle diese melancholischen Figuren plötzlich wie wahnsinnig vor Leidenschaft am Werkeln und Machen, – ich hatte sie behext. Der Charme des Ranzigen lagerte über der italienischen Velhornwirtschaft, eine geballte Fuhre törichtester Gedankenverblendung, ich glaube, unsere bundesrepublikanischen Hilfsschulen müssen schleunigst ausgebaut werden –
– und einzig Alfred Leobold, den zu ehren ich das Experiment ja veranstaltet hatte, beteiligte sich nicht an der allgemeinen Raserei. Nie! Sondern sah, wie ich von meinem Platz aus gut erkennen konnte, geradezu überirdisch souverän über die dampfenden Köpfe der ihn umsitzenden Brut hinweg, summte ein wenig, und doch – zauberhaft! – immer wieder beugte er ein wenig und fast mitleidig das käsige Köpfchen nach links und rechts hinab, sicheren Abstand freilich von den vollgekritzelten Papieren haltend und sich inhaltlich auf keine der erregt schwirrenden Thesen einlassend, allerdings nickte er gelegentlich diesem oder jenem aufmunternd zu. Es war gerade so, als ob ein besonders Erhabener und Hochgestellter in einer Mischung aus Strenge und demütiger Erlösernachsicht die lästigen Anstrengungen und Faxen des weit unter ihm herumkriechenden Ungeziefers verfolgte, ihm das Welträtsel enträtselt vorzulegen, damit man später mit einem »Geht in Ordnung« den allgemeinen Staatsgeschäften wieder freien Lauf lassen könne ... eine Majestät, die außer mir keiner merkte, die selbst mir fast entgangen wäre, hätte mich nicht meine tiefe Empfindsamkeit und Gedankenschärfe am Ende noch zur Wahrheit vordringen lassen ...

Das »Geht in Ordnung« war Alfred Leobold diesmal leider nicht vergönnt. Die Aufgabe blieb ungelöst, nach einer Dreiviertelstunde brachen die Herren erschöpft ab. Die Aufgabe sei unlösbar, verkündete ich fast feierlich. Ich wollte das Chemie-Gesocks nicht brüskieren, indem ich die Lösung in all ihrer existenzvernichtenden Simplizität bekanntgab. Denn natürlich weiß jeder 14jährige, daß der optische Trick darin besteht, daß die beiden in der Tat nicht kongruenten Dreiecke die zwei Lösungen der Dreiecks-Konstruktion darstellen. Bzw. umgekehrt: daß Dreiecke mit gewissen übereinstimmenden drei Stücken zwar im allgemeinen kongruent sind, daß es aber gelegentlich, wie hier, zwei Lösungen gibt.

Alfred Leobold aber nützte reizend die allgemeine Benommenheit der Chemie-Herren, bei der immerfort dösenden Wacker Mathild eine volle Runde Sechsämter in Auftrag zu geben, so der allgemeinen Kompliziertheit der Weltenstruktur gleichsam sinnenhaft das Echo der Resignation kontrapunktisch entgegenhallen zu lassen, Bruder, Bruder, die Metaphern!
»Stickel«, sprach er einen der Gescheiterten mit dem Ausdruck generellen Lebensinteresses und wie um weitere Experimente von mir vorbeugend auszumanövrieren an, »was macht denn eigentlich die Evi? Hab's schon lang nimmer gesehen.« Es war, als hätte eine dezembrig verwitterte Sonne den bläulichen Schnee rosa überzuckert. Oh lasciate mi morir.
Am Abend brach, zusammen mit seinem Sekretär Wiegler, erneut Mogger herein und Alfred Leobold, nach längerer Zeit wieder einmal, zusammen. Suchte mit dem Ellbogen immer wieder den Kopf in den mürben Handballen zu stützen, rutschte aber immer wieder mit dem Arm ab und plumpste mit dem oberen Körperteil über den Tisch.
»Mensch!« sagte Alfred Leobold, zerrte sich wieder hoch und fuhr mit den Fingern über die tränenden Augen.
»Mensch!« jauchzte der Zigeunerbaron Arthur Mogger, »jetzt kenn ich den Alfred vier Jahre. Und in all den vier Jahren, so oft ich den Alfredl abends getroffen hab, war er jeden Tag besoffen, Werner, das glaubst nicht!« Die blitzsauberen Zähne zwischen seinem Räuberbart zitterten vor Lust.
Der Sekretär Werner Wiegler glaubte es gern und lachte gakkernd und anscheinend unersättlich. Jetzt sah ich es erst, daß der fuchsrot Behaarte an der Brust tätowiert war. Ein weiterer schmerbäuchiger Chemiestudent aus Moggers Clique wußte sich vor Begeisterung gleichfalls nicht zu fassen, es gelang ihm aber nur ein angestrengtes, wie ungeübtes »Ehè-ehe-eeee!«
»Arthur!« Alfred Leobold sah den Kaufmann trüb, ohne zu lächeln und geradezu anzüglich an. »Stimmt.« Etwas Neues: Alfred Leobold bekam den Schluckauf. »Stimmt genau. Fahrst mich heim, Arthur, bist so gut.« – »Freilich, Alfred!« Moggers idealistischer Ton speiste sich meiner Ansicht nach aus jenem Geist kaufherrlicher Kameradie durch dick und dünn, der diesem Gewerbe so häufig ein trotz allem erfülltes Leben vorgaukelt.

»Prima, ganz prima.« Zwischen beiden Satzteilen stieß Alfred Leobold der Schluckauf hoch. Mogger und ein Chemiestudent trugen ihn in den L 295.

In einem gewissen Sinne, alles in allem ergänzte sich in diesen verflatternden Spätherbsttagen in der italienischen Velhornwirtschaft die Einkehr des Beschaulichen mit durchaus munterer Dramatik.

7

Für die stand schon der alte Unruhestifter Hans Duschke ein. Der Greis hatte etwas Neues entdeckt. Offenbar immer atemloser geschüttelt von Lebenslust und Ranküne, war der begnadete Senior-Krachmacher sowohl im »Seelburger Hof« als auch bei »Wacker Mathild« dazu übergegangen, sich solo und abgesondert von der restlichen jeweiligen Gesellschaft an Nachbartischen niederzulassen, von dort aus aber uns keineswegs mit seinem Gebell und Gewürge zu verschonen, sondern ganz im Gegenteil noch viel härter und boshafter seine Anklagen und Raunzereien herüberzuschleudern – erst nach einiger Zeit wurde mir der quasi ballistische Zweck des ganzen dubiosen Unternehmens einsichtig: Der scharrende Greis hatte von seinem Solo-Tisch aus nicht nur die bessere Übersicht über die komprimiert sitzenden Beleidigungsobjekte und den besseren akustischen Lärmschacht zum frontalen, winkelgünstigen Auswurf seiner Kanonaden; er konnte auch beim Plärren und Wettern ungehemmter mit den Armen fuchteln und mit dem Oberkörper herumwuchten, ohne daß er dabei Gefahr lief, sein eigenes Bierglas umzustoßen.

Offenbar hatte er da mal schlechte Erfahrungen gemacht. Wir nannten die Novität »Duschkes Schimpfbüro«.

Eines Abends, wohl Ende Oktober, gegen Mitternacht rauschte der tatenfrohe alte Mann in den »Seelburger Hof«, schnaufte dräuend durch alle Winkel des Lokals und setzte sich endlich, demonstrative Verachtung schon im Schritt und in den Mundwinkeln, an einen leeren Tisch, sein Schimpfbüro. Ziemlich krachend knallte er dabei eine Plastiktüte mit der Aufschrift ANO auf den Tisch. Etwas wohl Metallenes und jedenfalls Büchsenförmiges schimmerte durch die Tüte.

Wir waren etwa ein halbes Dutzend Leutchen, unter ihnen, gleichsam als Gast, Alfred Leobold, der, wie erwähnt, »Wacker-Mathild« nur noch selten verließ, um so einen kleinen Ausflug zu unternehmen.

Tückisches Schnurgeln und Nasepfeifen im Schimpfbüro. Der abgewetzte Greis trug, wie jetzt meist, eine ockergelbe Jacke, die etwas zusehends Haltloseres, Nachkriegssüchtiges hatte. Der erste scheinbar tiefsinnige Schluck Weizenbier. Die Spannung wuchs ins Gewittrige. Ihre Auflösung retardierend, keuchte Duschke zum Geldautomaten, warf Münzen hinein, unsägliche Unruhe trieb ihn in sein Büro zurück. Äugte unheilvoll. Gehetztes Wild im Wald der Welt – gleich würde es zum Gegenangriff übergehen.

»Sie, Herr Duschke . . .«, rief Alfred Leobold schwach hinüber, da brach es aus:

»Ihr Arschgesichter! Ihr Super-Ärsche! Ihr meint, ihr habt den Leobold! Chrrn! Am Arsch! Erich! Moppel! Binki! Herr Leobold, Herr Lääwoohl ist am Arsch, in der Gosse . . . chrrn!«

»Ja, genau, Sie, Herr Duschke, in der Gosse, genau!« plänkelte Alfred Leobold geradezu ausgelassen. Seine gesamte Erscheinung atmete plötzlich leichten Sinn und hohen Mut. »Aber was haben S' denn in der Tüte da, Herr Duschke?«

Es entspann sich ein bemerkenswertes Duett.

»Vollkommen in der Gosse, Herr Leobold. Ich habe Sie damals gewarnt!« gröhlte der gräusliche Graukopf.

»Sowieso, Herr Duschke. Nein, in der Plastiktüte!«

»Wo?«

»Rechts neben Ihnen. In der Tüte.«

Duschke sah nach rechts, sah die Tüte und stellte sie samt Gerätschaft vom Tisch auf die Bank.

»Das wissen Sie doch selber, Herr Leobold. Die ANO-Geldbombe. Was soll der Quatsch? Ich bitte Sie!« Aber irgendwie war Hans Duschkes Stimme plötzlich ruhiger, friedsamer geworden, fast dankbar für das entgegengebrachte Interesse.

Alfred Leobold klärte uns nun fast wispernd darüber auf, daß dies die ANO-Geldbombe sei, die jeden Abend zur Bank gebracht werde, die Einkünfte des Tages abzuliefern.

»Reden Sie laut!« forderte Duschke, der sich in seinem Schimpfbüro doch ziemlich ausgeschlossen vorkam. »Ich habe das Geld, die Bombe zur Bank gebracht. Was wollen Sie?«
»Läßt Ihnen der Brettfeger das jetzt selber tun?« rief Alfred Leobold zu Duschke hinüber. Brettfeger hieß der neue ANO-Chef.
»Selbstverständlich. Der ist heute früher nach Hause.«
»So. Prima. Das hätt's früher nicht gegeben!« rief Herr Leobold fast schneidend.
»Na und? Da haben halt Sie sie hingetragen.«
»Eben. Genau.« Duschkes Schimpfbüro schien plötzlich fast zur Anklagebank degradiert. Die etwas brenzlige Situation zu entschärfen, wollte ich nun wissen, ob noch Geld in der Bombe sei. Nein, das Geld sei abgeliefert, dies sei die Bankbombe schon für den nächsten Tag, erklärte Duschke fast würdevoll. 7000 Mark, ergänzte er, seien heute abgeliefert worden.
»Nicht viel«, sagte sehr abwertungsbetont Herr Leobold.
»Mehr haben Sie zu Ihrer Zeit – beziehungsweise ich zu Ihrer Zeit auch nicht gemacht, Herr Leobold! Herr Leobold! Ich bitte Sie!« Der Greis lachte knallig und verteidigungsbereit. Seine Stimme war ins gewohnte Rauhe hinübergeglitten.
»So? Prima«, kitzelte Alfred Leobold den ehemaligen Untertan.
Was nun aber sei, wollte ich, ebenso vermittelnd wie lauernd, wissen, wenn Herr Duschke auf dem Weg zur Bank eingekehrt wäre und die Bombe wäre gestohlen worden oder – tastete ich mich neckend nach vorn – er, Duschke, hätte die Bombe vergessen?
»Nie!« rief Duschke verächtlich.
Stand auf, trat an die Theke des »Seelburger Hofs« und kam überraschend mit zwei verlotterten Semmeln wieder, die er nun (ich habe so etwas noch nie gesehen) buchstäblich ineinander verknetete, als ob sie in Normalgröße zu viel Platz beanspruchten, und steckte dann das Semmelknäuel in die Plastiktüte zur Bombe. Es war wie eine Offenbarung.
»Die leere Büchse könnte ich natürlich jederzeit auch in den Hammerbach werfen«, sagte nun Hans Duschke, die sei natürlich nichts wert.

Jetzt sei sie aber nicht leer, sagte Alfred Leobold.

»Natürlich ist sie leer. Was wollen Sie?« Schon um 17 Uhr habe er, Duschke, das Geld zur Bank.

»Nicht leer«, beharrte Herr Leobold trotzig. Wie schön, ihn zur Abwechslung so kampfstark zu erleben! War es nicht fast wie eine Morgenröte, come l'aurora, was den alten ANO-Heroen da verjüngend umdünstete?

»Was?« rief Duschke nicht ohne Zorn.

»Na ja«, antwortete Alfred Leobold und nickte mit dem Kopf. Das Fieber später Spottlust setzte die Mechanik in Gang.

»Leer!« rief Duschke, »wetten!«

»Genau. Wetten!« rief Leobold und streckte wie so oft zu ANO-Glanzzeiten Duschke die einladende Hand entgegen, »schlag durch, Moppel!«

»Um was wetten wir? Drei Schnaps jeder?« Duschke war entschlossen zugeeilt und ergriff die Hand. Erstmals wurde ich gewahr, daß Alfred Leobold noch immer einen Ehering trug.

»Drei Schnaps, genau.«

Ich schlug durch. »Und jetzt geben S' mir einmal den Sack da.« Kernig, ja fast triumphal hob Alfred Leobold das dargereichte Säckchen auf den Tisch, öffnete es und klaubte die zwei verschrumpelten Semmeln ans Tageslicht.

»Da«, sagte Alfred Leobold, »nicht leer.«

»Na und?« Duschke war wirklich verwirrt. Ich übrigens auch.

»Nicht leer. Zwei Semmeln.«

»Was?« Jetzt saugte der Alte wie hilfesuchend Luft ein. »Die Semmeln? Was Semmeln? Herr Leobold, wir haben . . .«

»Zwei Semmeln.«

»Oder zwei«, sagte, seltsam genug, Duschke.

»Genau.«

»Herr Leobold! Moppel! Erich! Ich bitte Sie, ich warne Sie!« Des Alten Stimme schwankte zwischen Brechen und Bersten. »Wir haben chrrnn gewettet, was in der Bombe ist. Unglaublich! Ich frage Sie, Herr Leobold, und nun vergessen Sie bitte alles, was früher zwischen uns war: Sind die Semmeln in der Bombe? Die Semmeln sind *nicht* in der Geldbombe . . .!«

Es war eine atemberaubende Situation.

»Herr Duschke, Sie . . .« Offensichtlich suchte jetzt Leobold

Halt. Es war nicht länger zu leugnen, er hatte sich einfach mit seinem kleinen Scherz vertan.

»Ich warne Sie, Herr Leobold, Moppel, Hans Duschke, du bist Zeuge! Wir haben gewettet, was in der Bombe ist. Und ich frage Sie, Herr Leobold: Was ist in der Bombe chrrnn?« Der Alte machte in der Art eines verzögerten Sprungwurfs beim Handball eine Pause und saugte voll an: »Chrrn. Ich sage es Ihnen, Herr Leobold. In der Bombe ist nichts. Kein Knopf. Kein Arsch! Ich warne Sie. Ich breche meine Beziehungen zu Ihnen ab. Ich ziehe Sie nicht mehr aus der Gosse! Wir haben nicht, nie gewettet, was in dem Sack ist, geschenkt, niemals! Sondern, was in der Bombe ist – klar? Arschklar! Natürlich weiß auch Hans Duschke, daß in dem Sack die Semmel ist, das ...«

»Und die Bombe sowieso«, beharrte Herr Leobold. Anscheinend gewann er doch noch die Oberhand. Der plärrende Patriarch wirkte unsicher.

»Natürlich! Und die Bombe! Semmel und Bombe! Sie zahlen, Herr Leobold, das garantiere ich Ihnen in hundert Jahren! Sie zahlen, bis Sie schwarz werden«, kreischte nun der seelenlose Alte grenzenlos, »bis an Ihr Lebensende zahlen Sie«, hier verlor Duschke eindeutig Format, »wir haben gewettet, was in der Bombe ist, und nicht, was außerhalb der Bombe ist! Chrrnn!«

»Prima«, sagte Alfred Leobold heiter, aber auch vielleicht ein wenig zu prätentiös, »dann haben Sie ja gewonnen. Ober, Kellner! Drei Schnaps für'n Herrn Duschke! Aber hintereinander!« ergänzte er fast mutwillig.

»Gaha, drei hintereinander«, sagte der Kellner Anton; er nahm die Wünsche, wie sie kamen.

»Die zahl ich!« versicherte Alfred Leobold, »Sie, Herr Duschke, was machen S' jetzt mit den Semmeln, wenn S' dann heimkommen auf Ihr Zimmer?«

»Die freß ich. Natürlich. Natürlich!« Die Erwartung der völlig unverdienten Schnäpse stimmte den Alten naßforsch.

»Also Prost«, unkte Alfred Leobold lustig.

Man kann demnach nicht sagen, daß um diese Zeit herum nicht auch muntere Ereignisse den Seelburger Alltag belebt hätten. Andererseits, manchmal wurde mir bei Alfred Leobolds Späßen und Pikanterien doch recht ätzend und kratzend ums Herz.

Ah, Don Alfredo! Aber letzten Endes fiel doch immer wieder ein unverhoffter Knalleffekt dabei ab. Spiele sind dazu da, daß sie verloren werden. Der Tod, das ist die kühle Luft.

Zu einem neuerlichen spektakulären Auftritt zwischen den beiden früheren Teppich-Kollegen kam es am 31. Oktober. Ich holte, zur Abwechslung, wieder einmal Hans Duschke nach Geschäftsschluß bei ANO ab, doch Herr Brettfeger, der neue Filialleiter, ein ruhiger kleiner alter Spießer und (wie ich später erfuhr) wie Duschke leidenschaftlicher Geldautomatenspieler, teilte mir mit, sein Mitarbeiter sei schon weg. Ich entdeckte den Alten nebenan am Stehtresen der »Tiroler Weinstube«, wo er mit einem südlich aussehenden Herrn gerade – warum denn das auf einmal? – Campari trank und schon von weitem einen recht verwegenen Eindruck machte.

»Io Tedesco – Du Arschgesicht!« hörte ich ihn beim Eintreten den Fremden ankläffen. Gleichzeitig zuckte er vor Vergnügen, riß den Mund zu einem nimmersatt-breiten, ächzenden Lachen auf und begann den etwa 45jährigen Mann an den Schultern zu kneten und dann immer wieder mal gegen die Brust zu schlagen:

»Wir beide bene Amici! Bene Amici! Molto bene! Hab ich recht oder nit, Mensch, Giulio!«

Ziemlich ohnmächtig schob der Fremde den Drangsalierenden ein wenig aus seiner Körperzone und winkte gottergeben ab. Vorsichtig gesellte ich mich zu der kleinen Gruppe. Der Giulio Genannte trug eine Lederjacke, die irgendwie einen sehr arbeitsamen, emsigen und doch auch dolce-vita-willigen Eindruck machte.

»Hah! Moppel! Ehrlich! Klasse!« Ein Begeisterungssturm der ungesündesten Art fegte mich in die Gemeinschaft. Stracks wurde ich zu einem Campari aufgefordert.

Der Fremde sah mich hilfeheischend an und legte dann zwei Hundertmarkscheine auf den Tisch. Hans Duschke schlug mit der flachen Hand drauf.

»Mensch, Giulio, ehrlich, das wußte ich nicht mehr, daß ich dir gestern 200 Mark geliehen habe!« schwelgte der göttliche Greis, »unglaublich! Wo war ich denn? Wo war denn das? Aber ehrlich, bist ein feiner Kerl, Giulio, trink! Trink auf Hans Duschkes Rechnung!«

Irgendwie war ich schon wieder sehr matt und verhärmt. Gegen die Berserkervitalität unserer Großväter kommt unsereins auf die Länge nicht an.

»Höre mal, da siehst...«, begann Giulio, drang aber noch nicht durch.

»Giulio, alter Italiano, Spaghetti! Moppel, hör zu!« sengte der Mundschenk der Gemeinheit, setzte plötzlich seine achtunggebietendste Miene auf und griff feurig zum Campariglas, schon lange bevor es seinen mörderischen Mund erreichte, schloß er die Augen.

»Da siehst«, nahm Giulio die Gelegenheit wahr, »unter welchen Zustände dir immer rumschleppst!« radebrechte der drahtige Italiener vorwurfsvoll-zärtlich, und vor allem die zärtliche Nuance entging Hans Duschke nicht.

»Giulio!« rief er und faßte, unerträglich dreist, diesen wie auch mich mit je einer Hand an der Schulter, ja er schob uns gewissermaßen zusammen, dann rülpste er und sah uns von unten herauf widerstandsvernichtend an: »Wir sind gute Freunde. Du Italiano – Ich Arschgesicht«, drehte er nun den Spieß korrekt um, »was heißt ›Arschgesicht‹ auf Italienisch, Giulio?«

Der Ausländer dachte nach und zuckte südländisch-humoristisch die Schultern: »Viso stronzo?«

»Si, viso stronzo«, rief Duschke, »mio viso ronzo, ich bitte dich, ich bin ein alter Mann, ich gebe so viel Geld aus, ich leihe so viel Geld aus und ein, ist doch alles am Arsch. Stronzo! Ich habe nie Geld, das heißt, ich, verstehst du mich bitte?, ich habe immer Geld, Geld wie Heu!« jubelte das ranzige Viso stronzo empörend, »nur nicht bei mir, aber ist doch dann schön, wenn man wieder eins zurückkriegt, ist doch Klasse! Prost, Giulio! Trinken wir noch einen! Oder, Moppel?«

Wir tranken noch zwei. Hans Duschke, glücksglühend, zahlte. Beim Weggehen bückte er sich nach einem Packen Papier zu seinen Füßen, der sich als ein Blumengebinde herausstellte und den Duschke entschlossen unter seinen Arm pferchte.

»Morgen, meine Mutter, Allerheiligen, der alte Duschke vergißt seine Mutter nicht, nie, nie, meine Mutter hat ein schönes Grab verdient!« schrie Duschke uns beide hart an, als hätten wir ihn an seiner Christenpflicht hindern wollen. »Nie vergißt der alte Duschke seine alte Mutter!« schrie der stechende Greis und baumelte in den Abend hinaus. Trotz vieler Duschkescher Bitten verabschiedete sich der Italiener. Eine angenehme Neubekanntschaft.

Duschke und ich schritten in Richtung »Wacker-Mathild« aus, der Alte spürbar bebend vor Leidenschaft, es morgen seiner Mutter zu zeigen. »Ehrlich!« schrie der rauhe Mann mehrfach mitten auf der Straße, zwischendurch schob er immer wieder wie in übergroßer Pfiffigkeit seine gelbe Zunge einen Zentimeter aus dem Mund und schmunzelte hochzufrieden über seine eigene Vehemenz. In der italienischen Velhornwirtschaft aber schleuderte er das Blumengebinde sofort und ungestüm in eine Sitzbankecke. Und das Carussello durstico tedesco ließ sich in eine andere plumpsen.

»Engel! Mathild! Ein Bier, bitte. Aber nicht zu voll!«

Und weiter walkte das Todes-Potpourri, in der Luft schwankte heute besonders warmer Brodem. Kaum hatte Hans Duschke seinen alten Widersacher Alfred Leobold in der Zimmerecke erspäht, war es wieder soweit, und leider kam es an diesem eigentlich der Beschaulichkeit eingeräumten Abend zu einem ebenso überflüssigen wie wahrhaft ungepflegten Auftritt zwischen dem grauköpfigen Sottisier und dem edlen Alfred Leobold. Hatte ihn die bevorstehende Freude an der Pietätsverrichtung so aus der Fassung geworfen? Weil ich sofort an einem anderen Tisch Karten zu spielen begann, bekam ich nur, seltsam fahrig, die Höhepunkte der Beleidigungen und Streiche zu hören.

»Und während ich alter Mann Teppich rolle und jeden Tag fast umfalle«, keuchte dieses Bateau ivre schon bald nach dem Start auf Alfred Leobolds liebes, drei Meter entfernt schimmerndes Wachsgesichtchen ein, »sitzen Sie den ganzen Tag in dieser Scheiß-Kneipe, in dieser Uuuääh-Kneipe, und saufen sich hundertmal den Arsch voll. Jeden Tag in dieser Kneipe!«

»Genau«, sagte Alfred Leobold deutlich, unschlagbar und ohne Ironie. »Und Sie, Herr Duschke...«

»Vergessen Sie bitte nicht, was Sie sagen wollten!« rief der Alte schlüpfrig und hätte erneut Furcht und Schrecken verbreitet, wenn hier überhaupt noch etwas zu den Herzen durchgedrungen wäre, »aber ich frage Sie eines: Wer wollte denn damals bei ANO, bei ANO jeden Tag dem alten Duschke kündigen? Wer? Doch nur Sie! Sie! Und wer hat den Leobold« – »Lääääwohl!« heulte Duschke unbeschreiblicher als je zuvor – »wer hat den Leobold geschafft? Geschaßt? Geschafft?« – der Böse wußte offenbar nicht, was er wollte; infernalische Schwaden mochten in ihm brausen – »ich frage Sie, Herr Leobold? Wer? Keine Ausreden! Der alte Duschke war es!« Blitzschnell führte der Satanische sein halbvolles Glas zum Großmaul.

»Prima«, beschied nun Herr Leobold von sordino und sah weh vor sich hin; drang aber nicht in Duschkes wasserdichtes Herz vor.

»Zahlen Sie einen Schnaps, Herr Leobold! Ich habe Ihnen auch schon so oft aus der Patsche geholfen!« Eine besonders nichtswürdige Aussage. Der Lügner schluckte heftig Speichel.

»Sowieso«, hielt Herr Leobold verehrungswürdig stand und ließ gleichzeitig Duschke leerlaufen, »Mathild, für Herrn Duschke einen Sechsämter.«

»Ah! Danke, Herr Leobold, Prost!« Die Korruption erreichte immer tiefere menschliche Zonen. Diese wüste Koordinate aus letztmals aufflackerndem Krach und gleichwohl zügig verdämmerndem Leben! Hatte der zutiefst fragwürdige Greis es nicht einst mit seinem ganzen Sinnen und Trachten darauf angelegt gehabt, daß Alfred Leobold aus dem ANO-Laden weichen und hier trinken mußte? Warum schalt er ihn jetzt darum? Widersprüche der Greisenschaft!

»Prost, Herr Duschke.« Es kam leise, aber herzlich.

»Sind wir doch gute Freunde, oder nit? Herr Leobold?« setzte der ärgste der Teppichschneider seine Schamlosigkeiten fort. »Oder nit? Ehrlich!« Der Unrat im Hirn des Alten funkelte phosphorisch.

»Einwandfrei.« Todesmut tönte nun schon fast zu perfekt aus Leobolds welken Lippen. Hatte er eigentlich noch Zähne? Und nippte an seinem Bier: Bald würden die Behörden einschreiten müssen.

Doch der hemmungslose Groll des ehemaligen Untergebenen war noch längst nicht verflogen, seltsam, wie leicht herumzukriegen die Menschen sind: Hatte nicht der Abend ganz harmlos fröhlich angefangen mit einem italienischen Kauderwelsch?

Nach einer halben Stunde schlug Hans Duschke erneut zu. Begann fast winselnd, um dann zu einem explosiven Geschmetter aufzublühen:

»Der Leobold, der Lääwohl ist schon ein Hund.« Ein Fremder hätte gutmütige Freundschaft vermutet. Doch kampffertig hatte sich Hans Duschke zusammengeigelt, die verschränkten Arme wechselseitig von den Händen beschabt.

Zunächst, als redete er zu sich selber:

»Es ist unglaublich. Unglaublich. Hihihi. Und der alte Duschke muß arbeiten. Noch zwei Jahre . . .«

Doch gleich darauf zum offenen Schlagabtausch erneut bereit: »Ich frage mich oft, Herr Leobold, wie Sie das machen, das viele Schnapszahlen. Und selber trinken Sie ja auch nicht schlecht. Unglaublich. Ich könnte das nicht. Haben Sie so viel gespart? Hähähä!«

»Genau.« Leobold – die beiden saßen immer noch drei Meter auseinander – betonte diesmal nachdrücklicher als sonst die zweite Silbe.

»Oder zahlt das alles«, lockte, wie behilflich, der innerlich vor Wut und Genuß zugleich zitternde Feind, »zahlt das alles das Arbeitsamt, die Arbeitslosenversicherung?« Tatsächlich machte Duschke die Bewegung des Geldzählens. »Ja?« Die Verletzungskraft des greisen Ockergelben erklomm die Sphäre des ewigen Schnees.

»Nie.« Leobold blieb kühl. »Alles Krankenkasse. Bin ja krank.« Ein putziger, herzzerreißender Satz.

Erneut ließ Duschke alle Schranken fallen, qualmend türmten sich die Felsen des Schreckens:

»Wissen Sie, Herr Läääwohl, was Sie sind? Aaaah! Sie sind für mich das allergrößte Schwein, ein Super-Dreck-Schwein – nein, das nehme ich zurück, weil es nicht stimmt! Für mich sind Sie ein ganzganzkleines Würstchen, ein so kleines Würstchen sind Sie!« – und wuchtig lehnte sich der graue Mann über die Tischbarrikade und deutete auf ein Paar Pfälzer, das der Schreiner Wellner gerade aß und sich sehr erschrak – »so klein, Sie können noch so groß tun und den Typen und Mäzen machen und den Moppel und den Binki einfangen und alle! So klein sind Sie! Sie sind eine Super-Betrugs-Sau, chrrn! Aaah!«

Der Mund stand ihm aufgerissen wie einem verendeten Fisch, der heute trotzdem noch viel vorhatte.
Natürlich hatte Hans Duschke mit dem Würstchen letztlich recht. Doch woher kam das alles? Warum sagte der alte Mann das? Die niedertrachtsverseuchte, grauenhaftigkeitsdurchbebte Elementarranküne des verharschten Greisen erschreckte mich mehr, als ich es jetzt beim Kartenspiel brauchen konnte. Ging die Welt zugrunde? Hatte die Hölle ihren trinkenden Boten ausgeschickt?
»Wollen S' noch einen Schnaps, Herr Duschke? Von der Krankenkasse? Zahlt.« Alfred Leobolds Heiterkeit wurde langsam schwer erträglich. Trotzdem, er hatte ihn schon:
»Ich meine ja nur, Herr Leobold, Herr Leobold, wir sind gute Freunde. Vergessen wir, was war.« Damit nahm Duschke auch die neue Offerte an. »Aber es gibt eben Dinge in der Vergangenheit, die . . .«
»Prost, Herr Duschke«, brach Leobold die erwartbaren Idiotien ab, »prima Schnaps.« Und gleich als ob er sich mit lässiger Anmut Kühlung zufächle, kippte Alfred Leobold seinen eigenen Sechsämter.
Es folgte ein relativ idyllischer Abendteil. Leider war der nicht von Dauer. Duschke – möge ihn der Weltenherr dafür einst bestrafen oder belohnen – durchackerte leider wieder einmal einen jener kostbaren Abende, da kein Muhammad Ali, kein Max Horkheimer, kein Katsche Schwarzenbeck, nicht einmal sein Parteivorsitzender Brandt in der Lage gewesen wäre, ihn zur Räson zu rufen oder zum Verlöschen zu zwingen. Kaum hatte ich mich wieder einigermaßen auf mein Kartenspiel konzentriert (die Ausfälle des Alten hatten mich mindestens zehn Mark gekostet), da ging er dazu über, im sicherlich begreiflichen Leid seiner Teppichexistenz wieder einmal auf die Gruppe des Chemie-Geschwaders einzugeifern: das Honnef-Modell sei eine politische Gemeinheit und gehöre abgeschafft, denn was herauskomme, sei der Wacker-Saustall; für seine bitteren Steuergelder aber säße »das ganze akademische Gesocks hier den ganzen Tag in der Kneipe – der Leobold hat ja wenigstens früher gearbeitet! – und trinkt und verblödet vor sich hin, ihr Arschgesichter!«
Das letzte stimmte sicherlich. Ob die trinkenden Chemiestu-

denten, die jetzt vereinzelt aufmaulten und zurückkicherten, tatsächlich über Honnef bei Laune gehalten werden, erscheint mir trotz Hochschulreform und des sozialliberalen Grundzugs unseres Regimes doch fraglich. Tatsächlich aber glaube ich, daß Hans Duschke, würde er gezielt gelenkt, aufgrund seines großen Mundwerks als politischer Kopf oft wesentlich mehr zu leisten vermöchte als so mancher verstockte Jungsozialist und als man es ihm vielleicht zutrauen möchte . . .

»Honnef! Ah! Kohlen . . .«

Geld und abermals Geld. Das fügte sich freilich schlecht Duschkes sozialistischem Grundtenor. Der Gedanke an Geld – und sei's in der Form von Schnaps – indessen erfüllte den Alten am Vorabend seines Friedhofsbesuchs so restlos, daß Baron Rothschild selber nicht mithalten hätte können – der Italiener Giulio hätte ihm die beiden Scheine nicht unter die Nase halten sollen, ihm Lust zu machen. Wieder mußten wir unser schönes Kartenspiel unterbrechen. Diesmal drosch der unholdeste aller Alten, von Alfred Leobold aus dem Hintergrund emsig beäugt, auf Arthur Mogger ein, der sich, frisch hereingeschneit, zu Duschke gesetzt hatte und diesem erstaunlich gefaßt, ja fast besinnlich lauschte.

»Arthur, lieber Arthur«, heulte ein Wolf den anderen Schafspelz an, »du hast deine Büchs. Aber ich alter Mann . . .« War es der heraufdämmernde Allerheiligentag, der Duschke so weinerlich und jetzt auch noch so sexversessen stimmte? »Und ich sage dir bitte eines, Mogger, Hans Duschke heiratet die Büchs. Die Büchs hat Kohlen!«

»Ja, schon, Hans . . .« Ich verstand nicht, was Arthur Mogger zu bedenken gab.

»In einem halben Jahr sprechen wir uns wieder. In einem halben Jahr, Mogger! Ich warne dich . . .«

Mit dem letzten Satz war Duschke endgültig betrunken. Aber was sollte das? Ging es dem Nichtswürdigen nun um die Überwindung der Einsamkeit oder um die Kohlen? Oder letztlich, fiel mir überraschend schlank ein, um die Synthese, den Geldautomaten, wie vor Jahresfrist? Und was war das überhaupt für eine »Büchs«? Alfred Leobold, der das Gespräch gleichfalls verfolgt hatte, vertraute mir noch am gleichen Abend an, bei der von

Duschke avisierten Braut handele es sich um die Witwe und 58jährige Mutter des Gymnasiasten Binklmayr:

»Aber die hat ganz andere«, flüsterte abschätzig Herr Leobold, »da ist doch der Oberst aus München.« Erstaunlich, erstaunlich, welches Wissen mein absterbender Freund noch in die Waagschale werfen konnte!

Ein letztes Duschke-Gekreisch an diesem Abend, diesmal war Erich Winter das verstörte Opfer:

»Es ist doch irre, irre, was ein alter Mann für einen Scheißdreck daherredet!« Ein Geräusch des Brodelns drang herüber. »Kennst du, Erich, den Maler Pechstein? Ich habe 1936 eine alte Jüdin in Stichworten kennengelernt. Ich rede von 36! Mensch, ich muß heim! Irre!«

Und die graue Rakete schoß zur Türe hinaus. Die Nacht spülte ihn weg.

Zurück blieb, wie zuerst Alfred Leobold bemerkte, das Blumengebinde für die noch ältere, aber tote Mutter. Wacker Mathild legte die Friedhofsgabe schützend hinter das Klavier. Mir berichtete man später, daß Duschke anderentags die Blumen geholt habe, allerdings habe er sie am Abend des Allerheiligentags (der mich selber, mir ein wenig Luft zu verschaffen, im Kino sah) wieder angeschleppt, und Tage später sei das ganze Zeug schließlich im Mülleimer des »Seelburger Hofs« gelandet. Wahrheit oder Übertreibung: Ich bin sicher, daß die tote Mutter den Willen des Sohns zu schätzen wußte. Denn lieb ist es ja doch, unser furioses Alterchen, weiß Gott.

8

Mitte November, ein trockener Tag dörrte übers wellige, zerzauste Land, überredete ich Alfred Leobold, den beklemmenden Trübsinn ein wenig zu lockern, zu einer nachmittäglichen Spazierfahrt mit dem beigen L 295, der damals schon, wie mir schien, geradezu synchron mit seinem Herrn dem verdienten Ende zustrebte. Leobold, vielleicht weil die Chemie-Herren gerade mal pausierten, erklärte sich fast freudig bereit – ein gut Teil habe ich ihn freilich in Verdacht, daß er zu dieser Zeit jede Freude ausschließlich mimte – und umklammerte behandschuht, aber bemerkenswert tapfer selber das Lenkrad.

Bald erreichten wir eine wäldliche Schenke, die Herr Leobold schon kannte und die er mir als erstklassige Möglichkeit empfahl, erstklassig Fleisch und Wurst einzukaufen, ganz prima. Er ging auch gleich selber mit gutem Beispiel voran und erstand in der Metzgerei des Wirtshauses einen ganzen Kartoffelsack ausgemachter Köstlichkeiten: Schnitzel, Koteletts, Geselchtes, Blut- und Leberwürste, Bratwürste, einen Berg Leberkäse. Er selber bringe ja »nichts mehr hinunter«, bemerkte mir gegenüber, und wahrscheinlich auf meinen verblüfften Blick hin, Herr Leobold ohne falsche Scham, aber die Eltern putzten es schon weg. »Die haben ja Zeit die ganze Woche. O mei!«

Ich fand die Vorstellung sofort berückend, wie Alfred Leobold, heimgekehrt, gönnerhaft und hochzufrieden den beiden Alten beim Essen zusah. Himmel, es ist schon so! Wenn die Söhne es nicht mehr packen, schlagen die Alten zu! Das nenne ich wahre Vater- oder Mutterbindung, oder was ...

Anschließend, in der Schenke, schmiedete mein armer Globetrotter wieder einmal sehnsüchtige Reisepläne. Das Wort Seattle kam zwar noch ein- oder zweimal zum Einsatz, aber mir wollte scheinen, Alfred Leobold hatte sich damals schon weitgehend von seiner Vision losgesagt. Es fielen vielmehr vermehrt Begriffe und Ödigkeiten wie Offenbach, Pursruck, Heilbronn, wo jetzt das Ehepaar del Torro lebe, die wolle er noch einmal sehen – ferner Ludwigsburg, Götzendorf und Kauerhof – dort sei es ganz besonders prima sowieso: insgesamt natürlich die gleichen unnützen Lichter wie Afrika, Seattle und Ceylon, und doch rührten die Namen mich bangdreist an ... nach der Elternliebe die Heimatliebe, der Wille zum Erdigen ...

Alfred Leobold berichtete auch, er werde jetzt demnächst doch zu seinem Bruder nach Forchheim gehen, den Prokuristen zu machen, oder aber er wechsle vielleicht auch nach Meran, er habe gehört, dort rede man auch Deutsch, auch dort sei ihm »in einem so einem Geschäft« Erhebliches in Aussicht gestellt worden. Ich bemerkte, daß ich nicht mehr genau zuhörte.

Plötzlich aber schlug Alfred Leobold in nochmals gewaltig aufflackernder Reiselust vor, ab jetzt doch einmal pro Woche hierher nach Erlheim in diese schöne Waldschenke zu fahren, »Bundeswehr ist auch oft da«, das sei gesund, sagte Leobold, meiner Taxierung nach überzeugt, und gab den vierten Bärwurz-Schnaps in Auftrag, die Spezialität des Hauses. Und außerdem könnten wir jedesmal das schöne Fleisch heimtragen, es sei das beste Fleisch überhaupt, »und deine Mutter ißt doch auch gern ein schönes Trumm Fleisch«, fuhr er grandioso fort.

Diese Atemlosigkeit! Es lief wie am Schnürchen: Und einmal könnten wir auch »alle« herausfahren und eine Schlachtschüssel essen, »ganz gut!«, und dann übernachten, und am nächsten Tag »normal nach Schwend«, da kenne er eine prima Wirtin, die habe »vielleicht schon ein Zeug getrieben«, und abends dann nach Habsberg . . . und Mühldorf . . .

Erneut war Alfred Leobold ins Schwärmen geraten. Versunken in Chimären, schüttelte er sich vor Bärwurz-Ekel. Das neue Tränkchen, vielleicht zur Überwindung, vielleicht zur Steigerung des Sechsämter eingesetzt, bewährte sich nicht. Trotzdem gelang Leobold bei der Begleichung der Rechnung ein Meisterstück: Er krönte sie mit vier neuen Bärwurz-Bestellungen:

»Sie, Fräulein, die Rechnung. Und bringen S' uns gleich noch zwei Bärwurz!« Die Rechnung kam; mit zwei Bärwurzen.

»Geht in Ordnung, Fräulein«, Alfred Leobold sah an dem Papier vorbei: »Und dann rechnen S' jetzt noch zwei Bärwurz dazu. Da.« Und schob der Bedienung zehn Mark hin.

Die neuen Getränke kamen mit dem Wechselgeld von 3.20 Mark. »Sie, Fräulein, das rentiert sich jetzt gar nimmer, daß ich das einschieb. Geben S' uns davon noch zwei.«

Als die angebracht wurden, fragte Herr Leobold die Bedienung, ob er dann kurz in die Küche schauen könne, ob »evendöll« was da sei, was er noch mitnehmen wolle. Das wurde erlaubt. »Mensch, hat's da eine Hitze!« prustete der Schalk, als er eine Weile von Topf zu Topf gesprungen war, angeblich neugierige Blicke hineinzuwerfen – ein völlig origineller Zug: »Heiß«, jammerte er, »Sie, Fräulein, und dann brauchen wir noch zwei Bärwurz. Da hat's eine Hitze herin! Zwei, gell: Zum Heimbrummen.«

Die würgende Todesnot! Und ich, hingerissen, trank alles mit.
Unser nächster Besuch in der Waldschenke, eine Woche später,

war mit einigen Hindernissen verbunden. Ein langjähriger Bekannter aus Saarbrücken, der Sportdozent Hermann Sittner, besuchte mich genau an dem Tag, der für die Waldreise eingeplant war, zeigte sich vom angepeilten Ziel angetan, bat aber dringend darum, den Wagen ein paar Kilometer vor dem Dorf zu parken und den Rest zu Fuß zurückzulegen: so auch der Gesundheit zu dienen.

Alfred Leobold gefiel das von Beginn an nicht, er fuhr also voraus in die Schenke, wir schritten aus, plötzlich aber kam uns Herr Leobold durch den Wald wieder entgegengefahren und lud uns dringend ein, sofort zuzusteigen, »dann geht's schneller«. Verständnisinnig zwinkerte er uns zu. Sittner und ich bestanden trotzdem auf der kleinen Fußwanderung, also wendete Alfred Leobold den Wagen und fuhr wieder davon. 500 Meter später parkte Leobold erneut: Wir sollten jetzt einsteigen. Nein, wir würden lieber laufen, blieben wir hart, so daß Herr Leobold sich nach kurzer Überlegung wieder entschloß, zu wenden und, gleichsam als reitender Bote, langsam vor uns herzufahren, auf daß wir uns jederzeit besinnen und zu ihm einsteigen könnten.

In gewissem Sinn verriet ich wohl damals meinen Freund. Hermann Sittner erinnerte sich ein Jahr später des putzigen Nachmittags brieflich so: »Ich nehme wohl an, es handelt sich bei dem bedauerlichen Fall um jenen Herrn, der uns damals im November mit vielen Winkelzügen vom Spazierengehen abhalten wollte, angeblich am Vormittag schon in Erlangen oder Forchheim war, am Nachmittag in ländlicher Gegend viel Fleisch einkaufte und am Abend die Kartenfreunde in einer, wenn ich mich recht erinnere, Velhornwirtschaft nicht enttäuschen, gleichzeitig aber nach Wolfsbach fahren wollte zu einer Schlachtplatte mit französischen Gästen.«

Das mag gut sein. Ich hatte wohl nicht recht aufgepaßt und achtete damals Alfred Leobolds kleinerer und größerer Reisevorhaben nicht mehr so genau.

Viel Fleisch, das gleichfalls dürfte stimmen. Für die Eltern war sicherlich auch damals etwas abgefallen. Ein schönes Trumm. Indessen der Sohn dazu trank. »Dann geht's schneller.«

9

Ein letzter und höchst subtiler Grund, eine sehr stichhaltige Legitimation meiner Leoboldbeschreibung kam mir soeben, gerichtet an alle Zweifler und Kritiker. Ich verfasse und publiziere diese Schrift aus Rache. Ich hoffe, daß ich in meiner Eigenschaft als sein literarischer Agent alle die damit ärgern und bestrafen werden kann, die Alfred Leobold zeitlebens nicht so scharf und inständig verfolgten wie ich bzw. falls das zu unedel klingt: All denen möchte ich beweisen, was es mit Alfred Leobold tatsächlich auf sich hatte, die damals geschlafen oder – wie Hans Duschke – ihn fortwährend beleidigt und »toleriert« (Leobold) haben. Sie alle sollen das Buch dereinst beschämt aus der Hand legen. Dann jedenfalls wäre ich zufrieden und aufs Schönste belohnt, und das Ding hätte – auch ohne Witwe – seinen Zweck erfüllt.

Ich finde überhaupt, Rache an der Gesellschaft ist eins der zwingendsten literarischen Motive.

Mit Adventsbeginn stellten Alfred Leobold und ich unsere jüngste Wanderbewegung auch schon wieder ein und richteten unser Augenmerk ganz auf die Vergnügungen der städtischen Winterabende.

Mein romantisch-sentimentales Treiben steuerte damals zweifellos auf einen neuen und anstrengenden Höhepunkt zu. Um so dankbarer war ich für eine kleine amüsante Begebenheit, die sich exakt am 1. Dezember zutrug.

»Du, Moppel?« Am Telefon hing der Fuhrunternehmer Schießlmüller. Das war neu.

»Du, Moppel, ich hab da heut eine größere Sache vor . . .«

»Aha!«

»Ja, eine größere Sache, hm. Eine Bekannte von mir . . . mein Auto ist kaputt, ja. Kannst du mich heut abend zum Nürnberger Flughafen fahren?«

»Nein, kann ich nicht, Willi!« Ohne Angabe von Gründen. Ich hätte ihn einesteils sehr gern gefahren, auch noch dieses Abenteuer zu bestreiten, wollte aber andererseits die prickelnde Telefonsituation auskosten.

»Eine größere Sache, ja. Sicherlich!«

»Nein, kann ich nicht.«

»Hm.« Gut hörbar dachte er nach.
»Tut mir leid.« Ich sagte es etwas gegen meinen Willen.
»Ach so. Ja. Hm. Sicherlich. Also dann heute abend.«
Am Abend brütete der Fuhrunternehmer still zwischen den Chemiestudenten.

Und schon am nächsten Tag langte ich erneut zu. Bevor ich zu Alfred Leobold ging, setzte ich mich im »Seelburger Hof« zu einem Rentner aus dem Altersheim, irgendwie um diesen Todeskandidaten zu trösten oder etwas Ähnliches – der aber hatte das überhaupt nicht nötig. Er erzählte, er sei jetzt 83 Jahre und die ganze Welt könne ihn »im Arsch lecken«, er fühle sich soweit ganz wohl, nur leide er beim Sitzen unter einem, wenn ich es in meiner Hingerissenheit richtig verstanden habe, Hauptabszeß, um den sich kranzförmig zehn kleinere Satelliten gebildet hatten, acht davon habe er aber schon wieder weg, »jetzt geht's schon wieder«.

Der alte Herr, der bei diesem Bericht unheimlich schnell Frankenwein in sich hineinschüttete, stand jetzt auf, trat zur Musikbox und gleich darauf erklang Rocker-Musik durch den morgendlichen »Seelburger Hof«. Zeit, mich schleunigst in die italienische Velhornwirtschaft zu machen.

Es kam damals in der prallvollen Velhornwirtschaft auch zu einer sehr gelungenen Nikolaus-Feier, zu deren Beginn der alte Duschke, als Heiliger kostümiert, zuerst massiv auf den dicken Wacker-Buben »Seppi« einquakte und -drosch, und ebenso verdient, wenngleich lachend, bekamen Arthur Mogger und seine Chemiestudenten ihre Schläge ab. Als es dann dem windigen Heiligen gelang, von der geizigen alten Wacker Schnäpse herauszulocken, war Duschkes Freude unermeßlich. Der clevere Greis hatte genau berechnet, daß Wacker Mathild angesichts des Kindes den Nikolaus-Wunsch nicht abschlagen konnte. Die Sehnsucht nach immerwährendem Frei-Schnaps, sie mochte wohl einen alten Menschen völlig gefangennehmen und beherrschen.

Der zur gewöhnlichen Grauengestalt rückverwandelte Hans Duschke erzählte dann im Jubel des Nikolaus-Triumphs zuerst einige recht dubiose Schwänke und Anekdoten aus seinen jungen Schauspielertagen, später, im Zuge verschiedener Poltereien, kam die Rede auf Albträume, und schon hatte der Unbezähmbare die Regie wieder an sich gerissen.

»Albträume!« lachte der boshafte Heilige, dem nun sogar vor Erregung die Silberhaare zu wackeln schienen, »wenn ich einen Albtraum habe – und ich habe viele Albträume, viele! – dann weiß der alte Duschke, was er zu tun hat. Ich habe die Albträume völlig im Griff! Hah! Wenn im Traum, und das passiert mir immer wieder, irgend so ein Untier oder sonst eine blöde Sau auf mich zurennt! Oder, Moppel, Heinzi, Otto, hör gut zu: Wenn ich träume, daß da so im Schlaf ein dicker großer Hund auf mich zukommt und fletscht die Zähne«, und Hans Duschke fletschte unanständig die Zähne, »dann denk ich mir immer im Traum – versteh mich bitte! – im Traum denk ich mir dann: Geh nur her, du Arschgesicht, geh nur her, wenn du da bist, wache ich auf!«

Alfred Leobold, heute besonders warm und proper in seinem Eck vergraben, schmunzelte gütig. »Ehrlich!« jubelte Duschke und wiederholte prächtig seine umlachte Pointe: »Komm nur her, du Arschgesicht!«

»Zu dem Hund?« fragte jetzt erst zweifelnd Alfred Leobold und räkelte sich ein wenig.

»Freilich zu dem Hund!« rang der Albtraum-Rabauke und überfiel dann, schwer gestikulierend, den armen Herrn Leobold mit einer langen, wütenden Interpretation bzw. Paraphrase seines Witzes. Gehorsam nickte Leobold am Ende mit dem Kopf:

»So ist er, der Duschke, genau.« Er lächelte wund und ernst. Einer von Alfred Leobolds geheimnisschwersten, raffiniertesten Sätzchen.

Überhaupt verflogen die Vorweihnachtstage mit viel Kurzweil im Rahmen eines regsamen Treibens und Geschaukels und unterhaltsamer Geschichten auch im Hintergrund des Hauptgeschehens. So erzählte man sich eine nette Geschichte, wie der Kerzenhändler Lattern um die Luzifer-Tage herum von dem Chemiestudenten Josef (»Krawallo«) Bauer auf geradezu schmähliche Weise hereingelegt und übertölpelt worden war. Als Lattern wieder einmal, vor kleinem Kreis, eines Abends im »Seelburger Hof« herumtrompetet habe, er sei eigentlich kein gewöhnlicher Kerzenhändler, sondern der Marquis von Challot bzw. ein Nachfahre aus dem verstorbenen Geschlecht derer von Challot, soll jener mehr oder weniger zufällig herumgastierende Krawallo eingeschritten sein und kundgetan haben, er habe jetzt, nachdem er dauernd das habe anhören müssen, über das Challot-Geschlecht geforscht, tatsächlich gebe es die auch, nur seien es keine Grafen, sondern Zauberer gewesen. Jetzt soll Lattern zuerst reglos und entgeistert dagestanden haben, dann aber habe er Krawallo aufgefordert, das noch einmal zu sagen. Krawallo habe seine Forschungsergebnisse ganz gemütlich wiederholt, darauf sei, hörte man, Lattern wie ein Panther auf Krawallo zugesprungen und habe ihm mehrere Büschel Haare ausgerissen. Nun habe der bärenstarke Krawallo trotz seines zweifellosen Schmerzes Lattern fast gütig gepackt, hochgehoben und den Adeligen auf die Straße hinausgetragen. Am nächsten Tag, so berichtet Erich Winter, soll Lattern besonders brütend, einfältig und zähneknirschend im »Seelburger Hof« gehockt haben, und ihm, Winter, habe er »mit großen leeren und doch unheimlich falschen Augen« (Winter) vertraulich mitgeteilt, er sei zwar tatsächlich kein richtiger Marquis, aber ein Hugenotte.

Berichtet wurde mir auch ein schwerwiegendes Gespräch zwischen Hans Duschke, dem Gymnasiasten Binklmayr und dem Mogger-Assistenten Werner Wiegler nächtens in der Whisky-Bar über die Frage, wer von den Morlock-Mädels die dümmere sei. Er, Binklmayr, erzählte dieser wichtig und blasiert, habe sich rausgehalten, aber Wiegler soll einleitend geprahlt haben, Susanne sei »steif wie ein Stockfisch trotz gutem Körperbau«. Ein berufsbedingter Reflex Moggers? Nach erregten Stellungnahmen vor allem von seiten Duschkes habe man sich darauf geeinigt, Sabine müsse noch dümmer sein als Susanne. Denn Susanne halte sich wenigstens mehrere »Stecher« (so soll es Wiegler formuliert haben), Sabine dagegen nur einen, und »der haut schon nimmer recht hin!« Na, Wiegler, hoffentlich erfährt Arthur Mogger deine kessen nächtlichen Reden nie!

Gottseidank redete von mir niemand mehr . . .

Gierig trank ich weiter. Das fiebrig Mitreißerische dieser Afterexistenz, die zu führen ich mir gestattete! Oder um mit Alfred Leobold zu reden: ich hatte nun genug gearbeitet! Jetzt kamen erst mal andre dran. Sona Chitarra!

Die Morlock-Mädels sorgten übrigens ein paar Tage vor Weihnachten von sich aus gleichfalls für einen ungewöhnlichen Wind in der italienischen Velhornwirtschaft. Es hatten da am frühen

Nachmittag, unabhängig von Alfred Leobold und mir, die wir traulich die Köpfe zusammensteckten, an einem anderen Tisch Hans Duschke, der alte Malitz und ein mir zunächst fremder, gleichfalls älterer Herr Platz genommen und ungehörig zu zechen begonnen, der Fremde aber, der von fern stark an einen Vertreter der Democrazia Cristiana erinnerte, stellte sich später als ein Herr Giermann heraus, Teppichverkäufer im Kaufhof und als solcher eine Art Pendant zu Hans Duschke.

Bereits gegen 18 Uhr vollzog das saubere Senioren-Trio einen ebenso schauerlichen wie begnadeten Lärm, ich glaube, dergleichen vermögen überhaupt nur unsere Alten aus sich herauszuholen. Gegen acht Uhr abends waren dann, begleitet lediglich von Arthur Mogger, die beiden Morlock-Mädels zur Tür hereingepurzelt – zugegeben, schwach und dennoch unappetitlich pochte es noch immer oder immer wieder mal in meinem Herzen, wenn die beiden auftauchten – und sie hatten rasch und, das muß ich sagen, hochtalentiert gewissermaßen jenen flackernden Frohsinn aufgegriffen und adaptiert, der vom Altentisch herüberbrandete und das Lokal verzauberte.

»Bei uns auf der teppichgeografischen Situation«, meldete Herr Giermann, schlug mit beiden Händen flach auf den Tisch und hatte offenbar schon einen sitzen, »befinden sich Arschfikker, die von Tuten und Blasen keine Ahnung haben, leibhaftig keine Ahnung, mein lieber Hans!«

»Giermann«, erinnerte Duschke, während Malitz mit bedeutender Miene trank, »du kannst den Kaufhof von früher und heute nicht vergleichen, Giermann. Prost. Schön, daß du wieder einmal zu uns kommst.«

»Mein verehrter Schwager Hans« – der alte Malitz wollte offenbar etwas besonders Wirtschaftspolitisches sagen, doch der liebe Schwager wehrte knapp ab:

»Bums, da fiel die Lampe um!« sagte er wie zu sich selber, »ehrlich, Giermann, kommst du jetzt öfter? Klasse!«

Plötzlich wirkte Duschke überaus nüchtern, und überraschend strich er sogar mit einem Taschenkamm das Silberhaar nach hinten. Ja, sah er nicht wirklich aus wie ein richtiger Père Noble?

»Mein lieber Hans«, salbte Giermann widerlich betrunken und selig, »wir sind Freunde (und es klang wie »Froinde«), ich werde die alten Zeiten nicht vergessen. Herr Malitz, ich kenne den Hans nun seit 1944. Mein bester Freund. Ich werde es nie vergessen, wie wir zusammen losgezogen sind, zuerst als Versicherungsinspektoren, dann im Saarland ...«

»Prost, Max!« unterbrach Duschke kernig das seichte Gewieher. Drei Chemiestudenten schlichen finster, nein, fast weihnachtlich besinnlich herein und nahmen fast wortlos an unserem Jugendtisch Platz. Ein sanftes Gemurmel unterhalb der drei Alten griff Platz, es hörte sich an wie Seufzen.

»... wie wir losgezogen sind im Saarland als Partner, und haben die Holzböcke gejagt. Hahaha! Holzböcke gejagt, Hans!«

Damit war auch dieser Punkt geklärt. Max Giermann war der von XY-Zimmermann langgesuchte Partner von Hans Duschke! Und tatsächlich fegte der andere der beiden Ganoven das Thema rasch vom Tisch.

»Prost, Max, ehrlich! Kommst du jetzt öfter? Da guck!« deutete er nach rückwärts zu uns Jungen, »lauter Klasse junge Leute und Burschen, meine Freunde alles!«

Knarzend wandte sich Giermann herum und uns zu und erkannte wohl hier schon, daß zwei Frauen am Tisch saßen. Lüstern quiekte Sabine auf.

»Es würde mich freuen«, schwallte diese Holzbock- und Teppich-Ausgeburt, »wenn du, mein lieber Hans, mich deinen jungen Freunden vorstellen würdest.«

So geschah es, daß wir uns mit den Alten vermengten. Grundlos, vielleicht erschüttert durch die ständigen Emulsionen in unserem Land, begann ich mich zu betrinken, ab und zu Trost in Alfred Leobolds leidzerwühltem Antlitz suchend. Täuschte mich nicht alles, summte er auch wieder ...

Stunden später nahm ich wahr, daß Max Giermann (das ist keine Symbolik mehr, sondern die reine Namensobszönität) schon sozusagen hautnah an Sabine und Susanne herangepirscht war und auf sie einbalzte und die alten, schmalzigen, abstaubversierten Augen rollte. »Ich bin, meine Damen«, hörte man da beispielsweise, »Skeptiker wie Brecht und Einstein. Und ich bin immer gut damit gefahren. Hahaha!« Das machte mich so zornig und zerknirscht, daß ich plötzlich den Drang verspürte, Giermann komplette Unzurechnungsfähigkeit nachzuweisen, ich fühlte mich aber gleichzeitig zu müde, zu ausgelaugt, zu tot dazu. »Es würde mich freuen« – »froien«, sang der Teppich-August – »wenn ich Sie demnächst in meinem Hause zu einem Schlückchen Cognac empfangen dürfte, ich liebe junge Leute!« Der Alte schreckte vor keiner Schweinigelei zurück. Malitz, ihm gegenüber sitzend, war wieder einmal mit offenem Munde eingenickt, offenkundig hatte er sich verausgabt, er trank aber, im Halbschlaf, ab und zu bestrickend aus seinem Seidelglas. Das Ende der Beamtenschaft. Sabine und Susanne, ohne daß Mogger eingeschritten wäre, äußerten lebhaftes Interesse, ja ein gewisses Entzücken. Warum schlug Mogger sie nicht zusammen oder wenigstens die eine? Wollte er sie beide abschieben an den alten und jetzt sogar schwitzenden Sittenstrolch? Wie hatte ich Schwerintellektueller diese beiden weiblichen Desperados nur ertragen können? Heute weiß ich, oder nehme es doch an, daß die beiden nur Vorstufen auf meinem Weg zu Alfred Leobold waren, ein letztes Anklammern an die Welt der Trivialsexualität, mein gelungener Abschied von allem, was . . .

»Die ganze Brust voll Titten!« Das war Duschke. Weggeblasen aller Scheinadel. Ich wußte nicht, um was es ging. »Und da werden wir feiern, daß du nur so saufst!« Der Unerhörte äugte suchend in die Runde. Plötzlich mußte ich, sprachempfindlich, wie ich bin, wieder lachen. »Und Herr Leobold, Herr Lääwohl, Sie kommen auch, fünf Mark Unkostenbeitrag pro Mann und Nase, klar!«

»Jjjaah«, seufzte der müde Mann gelblich und lächelte Hans Duschke so kläglich einsatzbereit an, daß sogar dieser Grausame in sich zusammengeschrocken sein muß:

»Herr Leobold, vergessen wir bitte alles, was war!« grunzte Duschke mit Gefühl und unerbittlich, »wir sind Freunde. Auch wenn es manchmal nicht so aussieht, ich, ich bitte Sie! Vergessen wir, was war. Gehen wir von einem neuen Anfang aus. Ich mache Ihnen einen Vorschlag: o:o. Ich schlage Ihnen ein neues o:o-Verhältnis vor. Okay?«

»Jjjaah, Herr Duschke!« Alfred Leobold wehrte sich allzu wenig, und als er gar noch »o:o« nachsagte, beugte sich der berauschende Greis Duschke weit hinüber zu ihm in die Ecke, ergriff Leobolds Hand und schmatzte einen Kuß drauf. Die Flegeleien des Alten verloren jedes Maß. Giermann aber jonglierte rastelligleich mit der Aschenglut seiner Zigarre. Sein lustgesalbtes, ja lustzerfetztes Gesicht war erschreckend häßlich. Widerwillig mußte ich lächeln.

Leider ereignete sich dann an diesem Abend noch etwas äußerst Dummes, das sogar Herrn Giermann in den Schatten stellte. Auf dieser Erde, wenn wir uns nicht gerade hassen, wollen wir uns ununterbrochen lieben. Wenn wir uns nicht gerade mit Wut begehren, sind wir uns schnurzegal. Und wieder umgekehrt. Verstehe es, wer es kann, jedenfalls weiß der Himmel warum, vielleicht hingerissen durch die Duschke-Leoboldsche Versöhnung, saß ich plötzlich neben Sabine, vielleicht auch, sie vor Herrn Giermanns Zugriff zu schützen, und, sicherlich benebelt, legte ich den Arm um ihre Schultern. Sabine ließ sich das nicht nur gefallen, sondern begann wohl auf einmal und träumend mit meiner rechten Hand zu spielen, kippte einen Sechsämtertropfen und biß mir dann unverhofft und heftig in den Zeigefinger, durch irgend etwas hingeschmolzen. Ich hätte diesen peinlich nach-sexuellen Vorgang vermutlich längst vergessen, hätte der Unfug nicht bösartige Folgen gezeitigt. Der Biß muß nämlich sehr heftig gewesen sein, am nächsten Tag fühlte ich eine Art pelzigen Schmerz in der Fingerkuppe und im obersten Glied, und als dieser – wir schrieben schon das neue Jahr – nicht verschwinden wollte, so daß der Verdacht auftauchte, der Schaden möchte gar bleiben, suchte ich zweimal einen Arzt auf, der den Defekt untersuchte, mir auch etliche Bäder und Einreibungen verschrieb und gut zuredete, der angebissene Nerv werde sich in spätestens zwei Monaten wieder regeneriert haben.

Das stimmte auch – nur flatterte mir plötzlich eine Rechnung von 80 Mark ins Haus. Natürlich konnte ich Sabine für ihren ungeschickten Liebesbiß nicht zur Verantwortung ziehen – ich überredete also Hans Duschke, der angeblich haftpflichtversichert war, sowohl Biß als Unkosten zu übernehmen. Tatsächlich nahm der verwegene Alte, früher selber in der Branche aktiv, den Versicherungsbetrug auf sich, ich gab Duschke die Arztrechnung – nur zahlte er nie, ja später stellte sich heraus, daß Duschke nie über eine Haftpflichtversicherung verfügt, sondern diese mit seiner Krankenversicherung verwechselt habe. Denn ein geschlagenes halbes Jahr später kam dann ein eingeschriebener Wisch ins Haus geflogen: die Rechtsanwälte Gold und Linhardt hätten, hieß es da, die Rechte des behandelnden Arztes übertragen bekommen und bäten mich einschließlich ihrer Gebühren und Unkosten um die Überweisung von 128.80 Mark.

Das war übrigens – weit nach Abschluß der Romanhandlung – mein letzter, allerletzter Kontakt zu Sabine. Gleich nach dem Fiasko schickte sie irgendwer nach Hamburg, und sie ward in Seelburg nur mehr selten gesehen. Man sollte Liebesbeziehungen tatsächlich straffer und unbarmherziger abbrechen, wenn sie an Linie verloren haben. 128.80 Mark! Und vor allem vermeiden, sie irgend später wieder hochzüngeln zu lassen. Der Effekt ist immer Schaden und Spott. –

Der Abend bei Wacker Mathild sah auch weiterhin einen strotzenden Duschke, einen hilflos balzenden Giermann, zwei hübsche Weiber und nicht zuletzt fünf schweigsame und offenbar grübelnde Chemiestudenten. Und Alfred Leobold preßte und preßte. Schön. Wie kam es aber dann, daß ich so verwühlt und traurig war?

## 10

War es die italienische Velhornwirtschaft? Dieser Schlauch, dieser funzelige Schacht zum Hades! Schlimmer konnte es auch dort nicht mehr zugehen! War es der sich anbahnende Verlust Alfred Leobolds? Waren es meine fast widerwilligen, nur die Gesundheit zur Not stützenden Spaziergänge durch unser schönes Seelburg? Diese gemeinheitsfunkelnde Gottesstadt! Diese Menschen! Diese Menschen über 30! Diese verschwindenden, verschimmelnden, zerbröselnden, aschgrauen Existenzberechtigten! Jeder Blick ein Tod. Die Verzweiflung, die sich – das sicherste Indiz! – immer dann gewaltsam Bahn bricht, wenn sie, um die 35, aber auch noch mit 50 und 60 Jahren, in der wahnwitzigen Hoffnung, noch irgend etwas Todhemmendes auszurichten, anfangen, sich azurblaue Trainingsanzüge mit Silberborten zu kaufen, Tonbandgeräte und Schmalfilmkameras, dem ADAC, dem Segelflugverein, der Höhlenforschung, dem

Pferdesport sich in die Arme werfen, bevor sie endgültig unter die Erde rauschen – –

Ach was, Trainingsanzüge! Das ginge ja noch an! Wenn ich überfliege, was sich allein während der letzten drei Tage meiner ausklingenden Niederschrift alles über diese 50 000-Einwohner-Stadt hinweggewälzt hat – es ist, als säße man aufgepeitscht in einer vollends unglaubwürdigen Non-Stop-Klamotte im Bauernkino! Da brechen in der Strafanstalt Seelburg Verwirrung und Ratlosigkeit aus, weil ein Rudel Häftlinge, offenbar um sich die Zeit zu vertreiben, plötzlich zum mohammedanischen Glauben überwechselt, deshalb Gebetsteppiche und ähnliche Utensilien verlangt und so die Gefängnisverwaltung, ja das Innenministerium, das dem Pack ja kraft Grundgesetz die Freiheit der Glaubensausübung nicht abschlagen kann, in höchste Alarmstufe und Ausrüstungsschwierigkeiten versetzt. Da segeln zwei jugendliche Motorradfahrer mit gezählten 168 Stundenkilometern und jeweils 2,65 Promille durch die Seelburger Vorstadt, über die rote Ampel und natürlich sofort ins Grab. Da zieht auf dem Seelburger Marktplatz lauthals plärrend unser CSU-Abgeordneter Dr. Aingler gegen das »verbrecherische Regime des Psychopathen Idi Amin Gaga« zu Felde, anstatt sich um die Probleme seiner Heimat und ihre keineswegs weniger schwarzen Seelen zu kümmern. Da rennt in der Stadt das 7jährige Kind von »Franz Gans« Ivonne auf einen zu, mit einer Freundin an der Hand, und sie frägt einen, wo »das Schnickschnack« sei – was das denn sei, will man wissen, das weiß sie eben selber nicht. Da erschlägt ein Landwirt den anderen hinter dem Wirtshausabort mit einer Mistgabel, weil dieser, wie die Heimatzeitung meldet, »blöd dahergeredet« habe. Da ... da prunkt erneut die Firma ANO mit dem zum Schlußverkauf ausgekochten Slogan »Einmal werden wir noch wach, heißa, dann ist Stein-Zeit-Tag«, was Herr Nock dann im Zeitungs-Beitext besonders nichtswürdig als »Teppiche zu Stein-Zeit-Preisen« erläutert.

Da erwirbt der 32jährige Kunstmaler Herbert Schedel – und ich weiß ganz genau, daß dieser Mann vollkommen bargeld- und vermögenslos ist – von einem Stadtrat für 4700 Mark eine einstöckige Häuserruine aus dem 12. Jahrhundert, zu allem Überfluß gar nicht fern von der italienischen Velhornwirtschaft »In der Brüh« – eben komme ich von einem Besichtigungs- und Neugierbesuch von dort zurück und treffe kaum die Tasten vor Erregung! Vor der Bruchbude herrscht da also bereits das lebhafteste Treiben, schaut man nicht genau hin, könnte man die Faxen für eine richtige kleine Baustelle halten, ein gewisser Robby mit Django-Hut und Rasputinbart stemmt ein Brecheisen zwischen eins der ausgemergelten Fensterlöcher, dieser Chef des Umbauunternehmens, den ich bisher nur als Pop-Sänger bei Volksfesten kannte, erklärt einem nebenstehenden alten Mann im hellblauen Angestelltenkittel, wie »ehrlich ganz gut« das Haus jetzt würde, »wir machen dann alles drin« – der Alte, der offenbar zuerst nur (was ich besonders fatal finde) vom allgemeinen Interesse angezogen wurde und nichts mit dem Umbau zu tun hat, legt auch bereits einen Meterstab an die Fenster, gleichzeitig wackelt ein stoppelbärtiger, verrußter und vollends von Alkohol und Lebensgleichgültigkeit verklebter 45jähriger Stadtstreicher an und schleppt eine Firmenschildplatte »Glasbläserei Schröck um die Ecke« ins Haus, er setzt sich dann sofort in einen Schubkarren vor der Haustür und trinkt aus einer Flasche Bier, jetzt schaut ein sehr junger Mann mit schon deutlich verelendeten Zügen, verdeckt halb unter einem Strohhut, aus der Dachluke, gleich darauf aber aus dem Parterrefenster, auch er hat jetzt eine Bierflasche in der Hand, etwas rechts sehe ich jetzt einen Lastwagenanhänger voll mit Gerümpel und Schutt und Matratzen aus dem Haus, vor der Tür aber stehen riesige steinerne Grabkreuze, die, wie ich von Robby höre, zu einem Swimming-Pool »mit Sauna« umgebaut werden sollen, gestern herangeschafft von einer Kranfirma, freilich nicht ohne Hindernisse: denn der Kranfahrer habe auf dem Dorffriedhof von Äglsee zuerst zwei Stunden auf den Grabsteinbesitzer Schedel warten müssen, der zum bestellten Termin einer Schulfeier der Handelsschule mit dem Staatssekretär beigewohnt habe, offenbar als Zaungast – – und dann erzählte mir der Bauführer Robby noch dreist stumpenrauchend, dieser Bauherr Schedel habe heute früh »wegen der ganzen Sachen, die er jetzt dauernd erledigen muß« einen kleinen Nervenzusammenbruch erlitten, aber jetzt sei er gerade zum Wirt des »Seelburger Hofs«, Rösl, gegangen, sich 100 Mark auszuleihen, damit er seine Baufirma auszahlen könne – – anscheinend glaubte dieser hirnverblendete Haufen Helfershelfer »In der Brüh« in einer Art Hypnose oder Massensuggestion tatsächlich, hier würde eine richtiggehende Häuserrenovierung statthaben. Ja, sahen denn diese sengenden Narren nicht, daß hier in Wirklichkeit nichts – nichts! im seinsphilosophischen Wortsinne nichts! – stattfand! Und daß allenfalls der Bauherr, das stand zu fürchten, auf betrügerischen Bankerott und die Nervenklinik obendrein zusteuerte!

Gottseidank war Schedels netter kleiner Spitz »Felix« zur Hand, ein sehr anhängliches, kohlschwarzes und unschuldig mit ins Unheil gerissenes Tierchen, mit dem ich, mein Herzpoltern niederzuhalten, ein wenig auf der Gasse Polka tanzte. Ach, wenn wir unsere Kreatur mit ihren ehrlichen Augen nicht hätten! Bachs Orgelmusik, Schützens Motetten allein reichen nicht mehr hin, dem Leben, dem amokrennenden Energiegewürge in dieser Stadt Paroli zu bieten! Mein Gott, war es schon der postrationale Geist des 21. Jahrhunderts, was da dröhnend hereinschwefelte? Oder doch nur die letzten Schwaden und Fauchereien des 14., bevor ein gerechter Mann – am Ende doch ein Stalinist? – demnächst über dieses freiheitsverpestete Land Fraktur sprach und Gericht hielt?

Herrgottl von Biberach! Diese saurierzäh-mesozoisch abgebrühte, sturmgestählte, entfesselte, dröhnende Kardinalsnarkose! Ah! Sii maledetto! Im Souterrain, in den Gewölben der Katholizität und der Handelsblüte die ganze, schöne, abgestandene Pornographie des lauthals verglimmenden Daseins – – –

Und ich in meinem behaglichen Lotterleben schon damals immer voll dabei. Na prima! – Noch vor Weihnachten wurde Hans Duschke zum Vormund seines Schwagers Malitz ernannt, »und umgekehrt«, hieß es, das mag aber auch ein Spötter nur erfunden haben. Gleichfalls noch vor Abschluß des alten Jahres trug Alfred Leobold plötzlich einen Hut. Ich glaube, es war am 16. Dezember, als er mit ihm erstmals die italienische Velhornwirtschaft betrat. Ein graugesprenkelter Hut, der ihm tief übers verschwindende Gesicht rutschte und doch so weit dessen wesentliche Partien freigab, daß der Eindruck von etwas Festem, Entschlossenem, Gestähltem entsprang. Gedacht war der Hut vermutlich als Rüstung auf dem letzten Wegstück zum grauen Ziel, dem nahen.

In diesen Tagen steckte mir nämlich Hans Duschke, Leobold

habe kürzlich ihm gegenüber geheimnisvoll davon gesprochen, »jetzt mit allem aufzuräumen«. Dabei, raunte Duschke böse, habe er, Leobold, in erster Linie seine geschiedene Frau im Sinne gehabt, die er nicht vergessen könne, »und jetzt, wo Karriere und Gesundheit im Arsch sind, schon gar nicht mehr, klar«, so spielte Duschke wieder einmal stirndurchfurcht den weisen Alten, und diesmal wohl zu Recht.

Das sei nämlich so, holte Duschke im »Seelburger Hof« aus und forderte mich auf, auszutrinken und gleichfalls noch ein Bier zu bestellen, da könne man besser plaudern: Die Scheidung habe Alfred Leobold sicherlich leicht erschüttert, aber noch habe er ja den großen Geschäftsführer und »Geldfritzen« spielen können, »der den anderen Schnaps zahlt«, flüsterte Hans Duschke, der diese Passion ja wohl am weidlichsten zu seinen Gunsten verwendet hatte, »der arme Hund, das ärmste Schwein, Prost, Moppel!« schwelgte Hans Duschke erkenntnisschwer und setzte seine Leidensmiene auf, die jedem Vater Moor Ehre gemacht hätte. »Aber dann hat sich seine Frau, die Büchs, wieder verheiratet, mit dem Arschgesicht, dem Swing oder Jatz oder wie er heißt, und das – das hat den Alfred erst richtig aus der Bahn geworfen, und dann, natürlich, war die Gesundheit am Arsch, und dann war der große Teppich-King im Arsch, da war er beruflich am Arsch, vollkommen!«

Hatte das, nach seinen eigenen Worten, nicht er, Duschke, auf dem Gewissen oder zumindest mitverschuldet? »Und jetzt, Moppel, ist alles am Arsch. Trinken wir einen Schnaps?«

Ein wenig ärgerte mich diese Duschkesche Anamnese und Diagnose: denn ich hatte mir das alles natürlich genauso und noch viel luzider zusammengereimt.

»Er hat seine Frau geliebt. Geliebt!« hob Duschkes Theaterorgan melodramatisch ab, »rührend! rührend!« schrie Duschke begeistert, »nur, er wußte es vorher nicht. Seine Frau war der einzige Mensch, den er jemals geliebt hat. Das sagt dir der alte Duschke. Rührend! Am Arsch!«

Ich war ein wenig beleidigt, ja verstört. Lief das nicht darauf hinaus, daß Alfred Leobold mich betrog? Irgendwie. Ein merkwürdig diffuses, elektrisches Gefühl durchschüttelte mich. Ich kannte es ähnlich von Frauen her.

Wahrscheinlich war ich damals geistig wirklich nicht mehr sehr präsent. Buchstäblich gekränkt, beschloß ich, mich über die Feiertage ein wenig von Alfred Leobold zurückzuziehen, mich den vielfältigen Festlichkeiten und Amusements des »Seelburger Hofs« zuzuneigen, welche dieser alljährlich um die Feiertage herum zu bieten hatte.

Tatsächlich, buntes Leben wogte wunderbar, die Lustigkeit wuchs himmelan. Ich erinnere mich, am zweiten Feiertag erreichten die trübseligen Vergnügungen ihren Höhepunkt. Wieder einmal sorgte der Kerzenhändler Lattern für den mächtigsten Aufwind, ging tagelang überhaupt nicht mehr nach Hause, schlief, vom geldgierigen Wirt Rösl geduldet, unter den Tischbänken, um dann gleich wieder loszuhopsen und weiterzutrinken. Sprang wildfremde Gäste an, streichelte sie, lobte sie, zankte sie, redete sie nieder. Gegen Abend, am 26. Dezember, sah man ihn in einem Gespräch mit einem wohl durchreisenden Holländer, und diesem nationalitätsbedingt sehr durstigen Herrn gefiel der trinkende und randalierende Teufel offenbar ausnehmend gut. So daß sich beide bald tollwütig auf die Schultern patschten.

»Mein lieber Liebhaber«, schmeichelte Lattern der blonden Frohnatur, »ich bin der Marquis von Challot und ich befinde mich hier sozusagen auf der Geschäftsreise zum Papst, um diesem Herrn Papst sozusagen in notiger Stunde beizustehen sind ihm geweihte Körnlein zu verkaufen, houhou!«

Der Holländer wollte wissen, wie sich das verhalte. Was es vor allem mit den geweihten Körnlein auf sich habe.

»Ich bin Geschäftsmann«, flunkerte Lattern mit inständigem Ernst und glaubte wohl in diesem Augenblick selber dran, »meine Jacht steht in Ancona und Venedig. Zuerst aber fahren meine Gattin und ich zum Papst, der ein alter Mann und schwach ist. Wir aber werden ihn retten und hochheben. Ullah gallibill Allah! Jawohl! Die Körnlein helfen ihm durch die Kraft des lothringischen Waldes und insbesondere des Waldschrats Klapustrata zur ewigen Seligkeit und zum irdischen Heil, zuvor aber dennoch zum Wiederbeginn von allem. Mensch, junger Mensch, mir wird so richtig zauberisch!« rief Lattern und sprang wie lauschend auf.

Was denn dem Papst fehle, wollte der Gast wissen. Lattern, wieder sitzend, dachte lange und brünstig nach:

»Denn der Papst ist schwach«, seufzte er dann, »er kann den Kelch nicht mehr halten, und deshalb geht der Kelch und der Kellner an ihm vorüber. Toni! Zwei doppelte Schnaps!«

»Gaha?« fragte der Kellner Anton und hielt die Hand ans Ohr.

»Zwei doppelte! Schnell. Spute dich!«

»Gaha.« Jetzt hatte er es begriffen.

»Der Papst kann nicht mehr so recht, junger Mensch«, fuhr Lattern fort, »die Sünde der Menschenjagden an allen Fronten, und überall. Und besonders ihr hollische, ihr holländische Krüppel . . . ihr . . . !«

Der Angesprochene lachte herzlich, was Lattern zu einem bequemen Übergang verhalf.

»Darum höre, mein Volk und Sohn, Holländer-Lackel, paß auf: Ich verkünde dir große Freude: Zutzelt euch voll des Weines, wesgleichen daraus ein liederlich Leben folgt, denn es gehet dem Menschen wie dem Vieh, und ihr Holländer seid ja die allergrößten Wildsäu! Der Schwede aber wird abgetan kraft der Kraft des Waldes. Wrschn! Wrschn! Es sei, wie es sei, suscipiat Dominus.«

Woher kam das? Von den Pfadfindern konnte das nicht mehr herrühren! Bestand doch ein heißer Draht nach Drüben?

»Unter dieser Situation aber werden wir singen, du lockerer junger Mensch, singen, auf daß der Papst doppelt gesunde und es weiter heiße: Wenn alle untreu werden, dann bleiben wir doch treu, jawohl!«

Der anspruchslose Holländer prustete erneut los und sah mich, zum Mitfeiern auffordernd, an. Drohend aber, gleich einem Rhesus-Affen im Tiergarten, äugte der Kerzenhändler über die ihn umlungernde, scheinbar tote Resthorde des »Seelburger Hofs«, daß diese nur ja nichts anstellte, was ihrem obersten Chef entgehen möchte.

»In dieser heutigen Situation«, fuhr Lattern wieder milder und fast tiefsinnig fort, »in questa situazione«, verbesserte er sich und glaubte sich wohl in Vatikanstadt, »geht es für uns alle darum, den Werwolf zu spüren und uns zu bereiten und dem Papst die Ehre zu erweisen und der heiligen Mutter Kirche mit der Ecclesia sancta. Und darum«, gluckste Lattern plötzlich schluchzend, »kriegt der Papst von mir geweihte Sachen und Körnlein viel der Zahl. Wir alle«, fuhr er lehrhaft sachlich fort,

»müssen uns situationsbedingt auf die . . . Hinterbeine stellen, geschlossen und ohne Widerrede. Ich aber gehe voran.«

Beschämend für sein Vaterland, aber der Holländer wußte nichts Besseres als immerfort und zunehmend wahlloser zu kichern, als Lattern nun tatsächlich versuchte, sich zwar nicht auf die Hinterbeine zu stellen, wohl aber einmal mehr, beide Beine über dem Kopf zusammenzuschlagen und sich in die Hodengegend zu beißen. Vielleicht lebte ein Teil derer von Challot einst von solchen Zirkusstückchen.

»Und das tut dem Papst auch gut, wenn sich einer ins Sackl beißt – das gibt viel viel Ablaß!« japste der beengte Turner, das Kunstwerk gelang aber nicht ganz.

Ich schlich mich nach draußen. Es schneite. Die Flocken fielen dicht und matschig. Ich versuchte mich ein wenig lyrisch zu stimmen, das Herz auszulüften – ja Pfeifendeckel, nichts ging. Der Schnellzug aus Nürnberg heulte in den Seelburger Bahnhof ein, dazu bimmelte das Glöcklein der Spitalkirche zäh auf. In einem Kino wurde der Film »Liebesgrüße aus der Lederhose« gezeigt. Warum ließ sich dieses Städtchen nicht einfach in St. Schweinsburg umtaufen? Wer erledigt eigentlich solche Umtaufereien? Der Papst selber? Hm, der war alt und schwach . . .

Gegen 8 Uhr Abend, als ich von meinem kleinen Auslauf zurückkam, muß Lattern zwischenzeitlich jemand beleidigt und gar der Unredlichkeit bezichtigt haben. Zusammengesunken, schwere Dämpfe von sich stoßend, saß er da, ein Bild des Jammers. Er fuhr mich sofort an:

»Mit euch Scheißern habe ich abgeschlossen die Situation. Ich, ich verdiene mit Kerzen Tausende. Was hat der Amigo gemacht? Der Amigo will die Gesellschaft nicht zum Schmierlappen machen und zum Bescheißen nötigen. Niemals!«

Was denn sei, wollte ich genußsüchtig wissen.

»Ich habe betrogen?« fuhr der Teufel hoch, »ich habe in meine Kassen was eingeschenkt? Nie! Jetzt bin ich glücklich. Dieser Zustand ist mir sehr erwünscht! Ihr kleinen Schweine! Ich bin ein normaler Mensch!«

Niemand halte ihn für einen Betrüger und Zauberer, tröstete ich Lattern amüsiert – traf es aber schlecht:

»Hör mir doch auf! Du! Du in deiner Situation! Da braucht

man keinen Papst, wenn man als Betrüger beschissen wird. Du Sozialist! Ich warne euch, ich warne euch alle! In meinem Kasten ist das Geld drin. Hüte dich! Du, du bist doch der unehrlichste Typ der ganzen Situation!«

Ein eigenartig schillerndes, fluoreszierendes Wort. Der Zufall stieß mich aber an diesem noch ruhigen Abend auf eine weitere Schwindelaffaire, die vor allem die Person Hans Duschkes in ein neues, äußerst diffuses Licht rückte. Hans Duschke mußte wohl schon in den Vormittagsstunden den Wirt Alois Rösl verheerend beleidigt haben, denn, nachdem ich mich vorsichtshalber von dem brütenden Teufel Lattern abgesetzt hatte und in den Salon des »Seelburger Hofs« gewechselt war, überfiel mich Rösl, mit vor Erregung noch immer weinerlich zitternder Stimme: Ob ich denn wisse, wie das damals gewesen sei mit Duschke, wie er nach Seelburg gekommen sei und bei ihm Einlaß begehrt habe und sich Geld borgen mußte undsoweiter?

In groben Zügen kennte ich Duschkes jüngere Biografie, sagte ich neugierig geworden, denn diese Quelle hatte ich noch nicht angezapft.

»Theater! Theater!« ächzte Rösl, »der Mann hat nie Theater gespielt! Ja, in Bunten Abenden für die Kolpingsfamilie ist er vorn mit rumgehüpft, hat er jetzt getanzt oder gesungen oder was? Ja! Nichts!«

Aber Duschke habe doch Schillers Spiegelberg, Shakespeares berühmte Narren und ganz erlesene Sachen gespielt! Die Neueröffnung machte mich fast schwindelig.

»Der alte Depp! Der konnte doch nicht singen! Und sich einen Text merken! Zuerst ist er hergekommen und hat hier im Hotel gewohnt, dann ist er gegangen, ambulant Socken zu verkaufen, dann Schokolade, dann Limousinen, dann«, überlegte Rösl und strich sich die erregte Hose glatt, »dann ist er eine Zeitlang verschwunden und hat alle Lumpereien gemacht« – hier spielte Rösl offenbar auf die Holzbock-Ära an – »dann ist er wieder gekommen, hat die Anker-Wirtschaft durchgebracht, hat sich wieder Geld geliehen und hat mich gefragt, ob ich was für ihn wüßte. Dahergekrochen ist er auf allen vieren! Und heute redet er mich unverschämt an!«

Das war ja erstaunlich! Auch der Kellner Anton hatte sich

inzwischen zu uns gestellt und lauschte, Beifall nickend, dem Report seines Herrn.

»Der Duschke! Dann hab ich zu ihm gesagt: ›Der Kaufhof stellt heute praktisch alles ein.‹ Der Kaufhof hat damals gerade aufgemacht. Die haben ihn dann genommen. Da ist er zuerst in die Lego-Abteilung gekommen, als Propagandist« – unglaublich, was es alles Unsinn auf der Welt gab! – »dann hat er im Betriebsrat versagt wegen seinem großen Maul und Suff, dann ist er zu Quelle, ja...«, hier ermattete Rösl und wechselte wie ein sich auslaufender Sprinter von einem Bein auf das andere.

»Und, nicht zu vergessen gaha«, übernahm da plötzlich der silberhaarige Kellner Anton das Kommando, offenbar entlud sich auch da ein lang angestauter Haß gegen den Gast Duschke, »die Schwindelfirma gaha, wie hat's jetzt wieder geheißen?«

»Ja! Intertour-Europ! Das war noch zuvor. Das muß 55 gewesen sein«, sprang Rösl erneut ein, »wo sie alle mitgemacht haben, alle wie sie da waren!«

Ich platzte fast vor Sensationsgier. Was denn diese »Schwindelfirma« verkauft habe oder vertrieben?

»Nichts! Das ist es ja: nichts!« Rösls Stimme war zunehmend von Begeisterung getragen, hier endlich und rücksichtslos auspacken zu dürfen. Der Kellner Anton nickte bestätigend und auch ein wenig neidvoll. »Nichts! Die sind von Wirtshaus zu Wirtshaus, haben dort gewohnt und gegessen und getrunken und haben den Wirtschaften Schilder angedreht. Und auf den Schildern ist dann gestanden: Intertour-Europ. Sonst nichts. Das hieß dann, daß Intertour-Europ das Wirtshaus weiterempfiehlt. Sonst gemacht haben sie nichts!«

»Bis dann der ganze Schwindel in die Luft geflogen ist, gaha«, ergänzte der Kellner Anton und schüttelte, wie um das bittere Ende aller unsauberen Geschäfte zu versinnbildlichen, die rechte Hand aus.

Diese Firma müsse aber doch etwas geboten haben, beharrte ich. Ich wollte noch mehr hören.

»Nichts!« riefen Wirt und Kellner wie aus einem Munde, und der Kellner fuhr, als ob er eine Last, die er lange nicht losgeworden sei, endlich abwerfe, fort:

»Nichts, gaha. In ganz Deutschland nichts. Ich war ja auch

kurz dabei. Die größten Schwindler waren, in Seelburg, der Gertner Toni, der Pfredler Willi und der Müller Ernst. Duschke?« lachte Anton extrem abschätzig, »nur ein kleiner gaha Fisch. Die anderen waren die raffiniertesten. Die haben praktisch nichts gemacht. Die haben's am raffiniertesten angepackt. In Liechtenstein gaha war der Hauptsitz. Das liegt in der Schweiz.«

Großartige Neueröffnungen! Zogen sie einem nicht, in taumelmachender Brisanz, den Erdboden halbwegs gesicherter Erkenntnis der Duschke-Biografie unter den Füßen weg? Da mochte ja noch Heiteres zum Vorschein kommen! Ich würde sofort, wäre Alfred Leobolds Lebensweg erst abgeschlossen, drangehen und mich erbarmungslos an die exakteren Recherchen machen.

Dieser Duschke! Dieser alte Zwieback!

Sowie ich mich davonmachte, sagte Rösl hinter dem Tresen zu seiner Gattin:

»Es wär und es dings und es ist, ja!«

War denn in diesem Kulturkreis alles verwunschen und in Nostradamus' Hand? Nostr' alme condannate...


## 11

Unser Alter brachte indessen schon am anderen Tag neue und spektakuläre Informationen aus der italienischen Velhornwirtschaft.

Es sei dort, über die Feiertage, das Gerücht aufgetaucht, Alfred Leobold habe Heinz Hümmer, den Chemiestudenten, für 2000 Mark engagiert, Kontakt zu einem Neger aufzunehmen, der seine geschiedene Frau töte.

»Die Sau stech ich ab«, soll Herr Leobold vor mehreren Zeugen geäußert haben, und dies sei ihm 2000 Mark wert. Er, Duschke, habe das von Hümmer Heinz, der nun seinerseits Alfred Leobold mit einer Anzeige gedroht habe, er, Leobold, ruiniere seinen, Hümmers, Ruf, indem er, Leobold, ihn, Hümmer, als dermaßen »bestechlich« hinstelle. Das hatte Duschke wiederum, wie er mehrfach raunte, von Hümmer Heinz persönlich.

»Und das Schönste!« lachte der Runzelige, »und das will auch der Mogger gehört haben, das mit den 2000 Mark hat er nicht gehört, aber das hat er gehört: Der Leobold hat gesagt: ›Zuerst bring ich mich um und dann bring ich sie um.‹ Jetzt hat der Mogger, erzählt er mir, gesagt: ›Umgekehrt, Alfred! Wenn schon, dann mußt zuerst sie, dann dich umbringen!‹ Da hat Leobold«, nicht ganz ohne Gefühl, aber überwiegend lustig schleuderte Hans Duschke den Kopf hin und her, »hat der Alfredl angeblich geantwortet: ›Oder umgekehrt!‹«

Das Ausmaß der psychisch-mentalen Verwüstungen in unserem Regierungsbezirk nahm, kaum war man ein paar Tage weg vom Fenster, kettenreaktionell und gleichsam von selber zu. Mein Urlaub war vorbei. Es half nichts, ich mußte wieder in die italienische Velhornwirtschaft, die letzten Genüsse in mich aufzusaugen.

Alfred Leobold saß, am frühen Vormittag, wie immer hinter einem Weizenbier und wurde anscheinend gerade von Mogger belästigt, der ihm, soviel ich mitbekam, einen Handel mit Belgiern aufschwätzen wollte.

Anhaltend lächelnd schien mir Alfred Leobold doch quirliger, ja aufgewühlter als sonst. Ob ich schon gehört hätte? Nein, log ich. Arthur Mogger putzte an seiner Brille.

»Die behaupten«, berichtete Alfred Leobold seltsam eifrig, ja vielleicht sogar ein wenig freudig erregt, »ich will meine Frau wegrichten. So ein Krampf! Nie! Schau einmal, Moppel, das wäre doch ein Krampf! Genau. Das kann ja gar nicht wahr sein, weil ich« – Alfred Leobold machte eine kleine Atempause und dachte nach – »weil ich ja gar nicht, Arthur, wüßt', wieviel Arsen ich nehmen müßt'. Und der Hümmer Heinz kann ja da gar nicht die Wahrheit sagen, weil jeden Augenblick, Moppel, die Tür aufgehen kann und der Duschke kommt rein.«

Das war wahr. Und ein so langer, fast allegro vorgetragener Satz war Alfred Leobold schon lange nicht mehr gelungen. In meinem Kopf ging alles durcheinander, und ich trank einen doppelten Sechsämter. Hümmer Heinz hatte also ...

»Alfred!« brüllte Mogger orkanisch, »laß dich von den Ganoven nicht verblöden ... ah: verblödeln, die wüßten doch gar nicht, die Deppen, wo sie einen Revolver herkriegen!«

»Genau«, sagte Leobold ängstlich und lächelte wieder betäubend, »und außerdem hätt' ja meine Frau nichts davon. Und der Duschke kann ja gar nichts wissen, weil erstens war er besoffen und zweitens . . .«

Hier versagte Alfred Leobold und ließ einen schmelzenden Seufzer fallen. Wie sauber rasiert er wieder war!

»Genau«, schloß Arthur Mogger mutig. Wollte er ihn auf diese Weise in den Handel mit den Belgiern zerren?

»Ruf ruinieren, behauptet er«, plapperte Alfred Leobold noch immer seltsam erregt fort, »schau, Arthur, der kann doch überhaupt keinen Ruf verlieren, der Heinz, wie willst denn einen Nackerten ausnehmen?« Der Scherz war offenbar gut vorbereitet, und Alfred Leobold wiederholte ihn. »Moppel, schau, ich wüßt' wirklich nicht, wieviel Arsen ich 'reintun müßt'. Ich eß jetzt einen Preßsack, vielleicht wird's mir dann besser, aber ich pack ihn nicht.«

Ich gab es auf, hier irgend etwas verstehen zu wollen. Das neue Jahr begann mit einem langgezogenen Tag in der italienischen Velhornwirtschaft, trüb und verstümmelt wie jeder im alten. Es galt einfach dazusitzen und auszuharren, bis der Abend heraufzöge, das war nun mal die Spielregel, ob mit oder ohne Mord, ich sah es ein . . .

Die alte Frau Herzog las zum Weine in der Tageszeitung, Inserate. Gar die Moggers? Warum fragte sie ihn dann nicht gleich selber, was er aus seiner Firma zur noch runderen Gestaltung ihres Lebensabends zu bieten hatte? . . . Die alte Mathild Wacker war kurz eingenickt . . . schön, schön . . . wenn das nur gut ginge – –

Zwischen Mogger und Leobold war jetzt von einer Wanderausstellung, entweder in Padua oder in Vohenstrauß, ich hab es nicht genau kapiert, die Rede, nein, Vohenstrauß war es, wo man den Waldlern italienische Babygarnituren andrehen wollte. »Die Karin« (ich weiß nicht, welche) sei auch schon hinten, und ständig war davon die Rede, jetzt dann mit Herrn Leobolds L 295 gleichfalls nachzufahren, um den Gewinn zu kontrollieren, weil, nach Mogger, jener Karin nicht zu trauen sei bzw. diese sei »zu dumm zum Kasssieren« – es kamen aber unterdessen immer mehr Chemie-Banditen zur Tür hereingeschwärmt, ein zweiter Tisch füllte sich und strahlte eine Art raunende Bewegung aus, plötzlich kam auch der Kerzenteufel Lattern hereingestürzt, irgend jemand zerrte Alfred Leobold zum Dreckspiel, der Kaufmann Mogger hatte jetzt anscheinend mit dem Schreiner Wellner ein Geschäft abzuwickeln, denn sie setzten sich an einen Privattisch und tuschelten zäh und anhaltend, der Teufel Lattern bellte mehrmals verzweifelt »Hou hou!«, die Chemiestudenten aber schwelten geradezu in Versunkenheit und schwiegen fast bewundernswert tapfer das neue Jahr an und kauten an ihren Weizenbiergläsern . . . als ob ein Netz sie hielte, zusammen und gefangen, verhangen und verschlungen, begütlich und gemütlich, ein Netz aus Durst und Äther . . . gesponnen aber aus den Fäden der reinen gußeisernen Lieblosigkeit . . . Dieses verwegene und verwogene Gelichter oder vielmehr Gedunkel . . . Herrlich, wie systematisch diese jungen Menschen fortfuhren, sich kaputtzumachen!

Selbstmord nebst Mord. Bzw. umgekehrt. Hatte wirklich die Stunde geschlagen? Eine Korrektur? Wollte mein Schmerzensmann wirklich zur Waffe greifen, wie ich es im geheimen oft für ihn erwogen hatte? »Damit's schneller geht«? Reichte ihm das flotte Tempo des Sechsämters nicht mehr aus?

Gegen 14.45 Uhr legte Alfred Leobold bedachtsam sein Blatt zur Seite, bat Röckl Otto darum, »aufzuheben«, wischte sich gleichgültig über die Augenbrauen und trat zur Gruppe Wellner-Mogger: »Geh weiter, Arthur, fahren wir, bevor's heut eventuell finster wird.«

Mezza voce, aber auch fast militärisch. Nein, ich kann nicht sagen, daß dieser Satz mich wie ein Blitz gestreift hätte, das wäre übertrieben und zu theatralisch. Eher stimmt schon dies, daß eine Woge von wildem und schwammigem Weh gegen mein Herz klatschte. Schauerliche Schwäche überrann mich gleichzeitig in der Verstandesregion.

Chemie, Handel und Tod. Irgendwie demütig, kleinlaut und mit schreiend schlechtem Gewissen stand ich auf, zahlte und machte mich mit dem finsteren Vorsatz heim, dem Alkohol auf ein hübsches Weilchen streng zu entsagen. Das Experiment »Trinken« war eindeutig mißglückt.

»Bleib halt noch da, Moppel!« jammerte mir der Kerzenteufel nach.

Nein – tut mir leid, Lattern!

Ich denke, hier kam wohl viel zusammen. Die befremdliche Struktur des Leobold-Satzes, seine grause Tiefensymbolik. Dazu die Düsternis der vorangegangenen Mordpläne und Dementis, ihre völlige Undurchschaubarkeit. Vielleicht auch ein gut Teil Eifersucht auf die Gattin, die plötzlich und mir unerwartet wieder in Alfred Leobolds Geistesleben getreten war. Die Tatsache, daß gerade das neue Jahr begonnen hatte. Körperliches Mißvergnügen, ja Elend. Vielleicht aber war es vor allem doch der nachgerade hellsichtige Vorsatz, nüchtern Alfred Leobolds Vollendung zu genießen, heilignüchtern, mit Hölderlin zu reden. Und endlich: Irgendeine kathartische Wirkung sollte meine bevorstehende Schrift ja nicht nur auf meine Leser, sondern auch auf mich selber ausüben, döste es mir wohl jäh durch den Kopf, es war mir, vermute ich, ohnedies schon lange nicht mehr ganz klar, warum ich seit drei Monaten so tollwütig trank . . .

Oder war es einfach so, daß ich mich in Grund und Boden schämte?

»Geh weiter, Arthur, fahren wir, bevor's heut eventuell finster wird.«

O bleib, geliebter Tag! Befremdlich nicht nur, welche Emulsion an sich streitenden Seelenregungen ein solcher Satz in unserem verworrenen existentiellen Haushalt anzurühren vermag; noch verblüffender seine Wirkung. Ich nahm meinen Rückzug vom Alkohol viel ernster, als ich es wohl selber erwartet hatte. Und retirierte deshalb auch sofort und klug aus der Wacker-Sphäre, freilich, getrieben von Sehnsucht, nicht vollkommen, man kennt das ja aus der Welt der ordinären Liebe. Ich wollte gewissermaßen den Abgang meines Freundes wach, ein wenig von fern, sozusagen durch die tränende Brille und – um offen zu sein – vielleicht auch möglichst emotionslos erleben. Wundersamerweise überhaupt nicht geschwächt durch die plötzliche alkoholische Enthaltsamkeit, war ich bereit, das Finale gefaßt, vorurteilsfrei und im Rahmen jener kritischen Grundgesinnung zu erwarten, welche die Passionen heilt und dennoch klammheimlich weiter unterm Herzen birgt. So. Und damit verschwinden nicht nur die beiden tauben Schwestern endgültig aus dem Roman, es fliegt auch die reizende Witwe aus dem Schlußtext, als motorische Kraft hat sie über 250 Seiten hinweg gute Dienste getan. Und es verschwinden vor allem die läppischen Wehwehchen und Imponderabilien des Erzählers, der eben sehen muß, wo er bleibt, und der mir schon lang genug auf die Nerven geht. Fahren wir also unter so veränderten Vorzeichen in unserer Glanzgeschichte fort. Vorhang auf für eine objektive Abschilderung von Alfred Leobolds letzten Erdentagen!

12

Das heißt, zuerst kam mir wohl wieder etwas sehr Subjektives entgegengebrummt. Nach einer Woche traf ich Arthur Mogger, ich kam gerade wegen einer Sache mit meiner Leibrente vom Amtsgericht, im Bahnhof.

Warum ich seit Tagen nicht mehr in die Velhornwirtschaft komme, grunzte der Kaufmann, ausgesprochen kameradschaftlich und stöhnend vor Kraft. »Warst doch sonst immer drin!«

Ich schützte eine Krankheit meiner Mutter vor.

»Ich möcht bloß wissen, was der Alfred hat«, rief der Kaufmann in den lebhaften Bahnhofsverkehr hinein und grüßte beschwingt einen Beamten, – »ich weiß gar nicht, was los ist mit ihm, dem Alfredl! Einen Tag sagt er, die Alte schießt er ab, den anderen Tag sagt er, sich schießt er zusammen. Der weiß nicht, was er will, Moppel! Was will er denn jetzt eigentlich?«

Verblasen und nicht ganz aufrichtig sagte ich, man solle ihm das doch um Himmels willen ausreden!

»Mach ich ja!« dröhnte der festliche Mensch rücksichtslos, »mach ich ja, Moppel! Alfred, sag ich, Alfred, da machst der Frau keine Freud und dir schon gleich gar nicht. Laß das, Alfred, sag ich, such dir eine neue Frau, bist doch ein sauberer Bursch, und Geld hast auch, wenn du keine Zeit hast, such ich sie dir, Alfred! Und laß doch die andere laufen! Ist doch gleich, sag ich. ›Nein‹, sagt er, ›Arthur, die Sau stech ich ab.‹ Ich sag zu ihm: Alfred, sei gescheit...«

Daß er ihm eine Frau besorgen wollte, rechne ich Mogger heute, trotz allem, hoch an. Für den »sauberen Burschen« hätte ich ihn freilich gern in den Bauch getreten.

»Der soll das Trinken aufhören, der Alfred«, sabberte ich extrem dämlich.

»Meine Rede!« keuchte Mogger, »du sagst es. Der soll anständig trinken wie die anderen auch. Der Werner und der Otto und der Pit und alle ...«

Ich verreiste, zur Besinnung, für eine Woche nach Südfrankreich. Zurückgekehrt, suchte ich Hans Duschke auf, der zur Abwechslung wieder mal auf einer Woge seliger Kameradschaftlichkeit schwamm. »Moppel!« rief der Liebliche, »schön, dich wieder zu sehen, du Lümmel! Wo warst du denn? Ah, Südfrankreich! Bordeaux! Hah, Loire, echte Klasse...!«

Dämpfend manövrierte ich den Graukopf hin zu Aktuellem. Er trug heute übrigens ein besonders kunterbuntes Kombinationsgewand mit viel Rosa- und Lila-Tönen, die ihm etwas abgeschmackt Popiges verliehen, ja, er sah gerade aus wie ein Papagei. Aber auch blühend und kerngesund – anscheinend schob er bei ANO jetzt eine besonders ruhige Kugel.

»In der Wacker-Mathild«, Duschke seufzte schwer und lüstern, »bei der Wacker-Mathild geht es zu, das glaubst du gar nicht. Der Leobold hat jetzt wirklich einen Revolver gehabt, ehrlich, mit dem er seine Frau, die attraktive Sau, umlegen will. Jetzt war aber der Revolver in seinem Auto, und die Chemie-Lümmel sind mit dem Auto am Wochenende nach Emhof gefahren wegen irgendwas, und wie sie wieder zurückkommen, ist der Revolver weg. Unglaublich, hab ich recht oder nit? Ah!« lachte der ANO-Ara fröhlich, um dann humoristisch geheimnisvoll fortzufahren: »Und weißt du, was das Schönste ist? Der Leobold, als der Revolver noch da war, hat doch den Revolver über den Hümmer Heinz von einem Neger besorgen lassen, weißt du doch! Und jetzt, hör gut zu! Ich, der alte Duschke, denke mir nichts und spreche den Leobold drauf an. Und er, der Leobold – streitet alles ab. Der Revolver ist alter Familienbesitz, sagt er mir ins Gesicht. Ich sage zu ihm: ›Herr Leobold, machen Sie ja keinen Unsinn! Erschießen Sie die Büchs nicht! Das ist die Sache nicht wert!‹ Weißt du, was er macht, Moppel? Er zieht mich mit seinen dünnen Ärmchen, verstehst du mich bitte, mit seinen dünnen Ärmelchen ganz nahe an seinen Kopf heran, besoffen war er auch schon, schluckt ein paarmal und sagt: ›Sie, Herr Duschke, ich kann ja meine Frau gar nicht erschießen, weil ich ja den Neger gar nicht kenn!‹ Sagt er, Leobold, mir ins Gesicht. Höh!«

Und vergiften konnte er sie nicht, weil er nicht wußte, wieviel Arsen zu nehmen sei. Trotzdem, ich vermochte Duschkes Fröhlichkeit nicht recht zu teilen. Obgleich ich keineswegs nur Mitleid und Sorge um meinen Freund empfand. Wenn ich meine Gefühle aus dieser Zeit recht erinnere, dann würde ich sie als eine Art ausdrucksunfähiger Wehmut einerseits beschreiben, einer sanft glühenden Hoffnung andererseits, daß nun alles möglichst schnell zu Ende gehen möge. Bei aller Leidenschaft, irgendwie hatte ich es, es war Ende Februar, satt – man versuche mich bitte zu verstehen. Mir schien, ich hätte mich nun genug an all dem gesehen, Zauber und Schrecken – zu schweigen von dem literarischen Motiv, daß der projektierte Roman praktisch schon geschrieben stand und nur noch auf die Finalstretta wartete.

Darf ich es so zusammenfassen? Alfred Leobold lebte nun schon gar zu lange ... ein zweifellos fürchterlicher Gedanke, geboren noch dazu von seinem heftigsten Verehrer, fast Liebhaber, aber so wollten es wohl die Gesetze der Psychopathologie, für die ich nichts kann.

Addio, Don Alfredo, fa core! Gefühlswärme und Feuilletonismus gehen, gefördert durch das Bedürfnis nach Zeitvertreib, oft die obskursten Legierungen ein. Anfang März wagte ich mich vorsichtig wieder einmal in die italienische Velhornwirtschaft. Alfred Leobold saß, in keuscher Trübseligkeit, in seinem gewohnten Eck und spielte mit drei jungen Gaunern »Dreck«. Das Murmeln und Plätschern der Einsamkeit. Draußen warf der Frühling verheißungsvolle Zauberkringel an die Fensterscheiben, ihr Tanz verirrte sich in Herrn Leobolds leere, vergilbte Hautsäcke, niederschmetternd.

»Ah, der Moppel!« hauchte Leobold gleißend und mit wie gewohnt hohem Seelenadel, sein Blick umhüllte mich warm. »Horch, ich hab mir schon gedacht, es ist was, weil man dich nimmer sieht. Der Mogger Arthur hat mir's schon erzählt, daß er dich getroffen hat, prima ...«

Wir nickten uns innig zu. Dies Kribbelnde! Zermalmende! Hastig beruhigte ich den heiligsten aller Männer, der, augenscheinlich unter Aufbietung aller seiner Kräfte die Karten hielt.

Mozarts Lacrimosa umwedelte mein Gemüt, diese schon jenseitigen $^{12}/_8$-Halbton-Tapser. Sah so ein Mörder aus? So graziös? Wie Tränenschimmer des Frührausches diese Augen hold verklärten! Das gemarterte Gemüt noch immer mit spitzfindigen Kartenproblemen belastet! Und noch immer, Mord hin, Selbstmord her, der eiserne Wille, Sechsämter in sich hineinzuträufeln!

Ich mußte mich selber, erinnerungsschwer, sehr zurückhalten. Der Schutzwall des Wacker-Nebels. Wie feuchtes Gedünst im Hochgebirge die Felsriesen nur teilweise dem erhabenen Blick freigibt, begrenzten die Rauchschwaden der Chemievertreter die Schreckenswahrheit des Leoboldschen Kopfmassivs. Ein verletztes Haupt verbirgt sich gern, ehe es verschwindet. Und hingeschmolzen erneut beobachtete ich, wie der Dornenmann drei Minuten nach einem der genossenen Schnäpse mühsam sich hochwand, die Hand vor den Mund preßte und – träumte er dabei schon vom anderen Leben? – auf den Abort zukroch. Hinein und Heraus. Systole und Diastole. Ehrfürchtig verdrückte ich mich zwei Stunden später wieder, Lastendes im Hirn.

Das schamlose Sirren der in sich verschanzten Ewigkeit. »Otto gibt, Ferdl!« war der letzte lautlose Satz, der mich in diesem Lokal je erreichte. –

In dieser Zeit hörte man viel und sogar Erregendes über gewisse Eskalationen des Moggerschen Gewerbebetriebs. Es ging die Rede zwar auch von einem Offenbarungseid, gleichzeitig aber von einem Bootskauf in Monte Carlo, er und Mogger, erzählte der Schreiner Wellner glaubhaft, hätten das angepeilte Objekt auch schon besichtigt, hätten aber dann doch Abstand genommen:

»Zu wenig Boot für zuviel Geld!« faßte der Schreiner zusammen.

Und die Internationalität wuchs, auch unabhängig von Leobolds Seattle-Plänen. Arthur Mogger hatte, ich traute zuerst meinen eigenen Augen nicht, über seinen Gemischtwarenladen ein Schild »Atelier Mogger« anbringen lassen, dahinter in einer Art Rumpelkammer thronte der rostige Sekretär Werner Wiegler hinter einem fast gleichfarbigen orangenen Telefon, und Erich Winter hatte irgendwoher in Erfahrung gebracht, Mogger habe auch Briefbögen drucken lassen, auf denen zu lesen stünde: »Arthur Mogger, Atelier Seelburg, Geschäftsverbindungen München, Padua. Kairo, Nairobi, Caracas« – freilich »ohne Akzent leider bei Carácas«, lachte Erich Winter, »und als Bank hat er bloß die Volksbank Seelburg draufdrucken lassen.«

Metaphysik schwärte durch diese Stadt. Zwei Wochen später ereignete sich ein abermaliges Wunder, diesmal wieder aus Alfred Leobolds Trickkiste. Anläßlich eines Bilderbuch-Frühlingstages kroch die Belegschaft der Velhornwirtschaft, der ganze Chemieunrat, aus seinem Loch und fuhr mit mehreren Wagen zu einem etwa acht Kilometer entfernten Dorf namens Zant, einem wunderschön gelagerten Flecken zwischen zwei bewaldeten Höhenrücken mit Blick auf Eichendorffsche Ferne.

Lauer Wind flaute übers frischgrüne Land, als ob es noch halb schliefe, lag es da, von Felsbröckchen silbrig gesprenkelt. Man veranstaltete in einem kleinen Wirtsgarten, in einer Art Lichtung oder Waldschneise, ein Picknick, zwanzig Mann prall hingegossen an die schon nahezu unvertraute Natur, eine undeutliche, ätzende Sonne fuhr über die Szene – und ich erinnere mich eines Bildes, wie es Hans Thoma nicht bezaubernder hätte malen können: Es saßen auf einer Birkenbank links und rechts je einer der Chemieburschen samt irgendeiner Karin, in der Mitte aber Alfred Leobold, ausgesetzt dem warmen Sonnenschein, mild und schrecklich inhaltslos vor sich hinlächelnd. Das Zwinkern des Todes.

Lange und verstohlen sah ich hin, als aber die Pärchen aufgesprungen waren, Wahnwitz in den Freizeitgesichtern, setzte ich mich vorsichtig zu dem verhuschten Mann, ihm vielleicht ein paar Fragen zu stellen, vielleicht auch nur generelle Solidarität zu beweisen, die Unterhaltung aber wollte, wie unter übergroßer Spannung leidend, gar nicht vorangehen – so daß ich mich auf ein prickelndes, ja atemberaubendes Schweigen kaprizierte. Saß ich neben einem Mörder? Einem Selbstmörder? Denn irgendwas, lieber Alfred, mußte doch geschehen!

»Da schau, der alte Mann«, deutete Herr Leobold plötzlich auf einen sagenhaft betagten Greis und lächelte sardonisch. Der Methusalem kam im schwarzen Kittel und Hütchen mit Hilfe eines kräftig ausschlagenden Spazierstocks agil auf eine der provisorisch aufgestellten Bierbänke zugekrochen, fetzte zügig eine mitgebrachte Bierflasche auf den Holztisch und eröffnete frank ein Gespräch mit seinem Gegenüber, einem Chemiestudenten, der sogar, wie naturberauscht, seinen Oberkörper entblößt hatte.

»Da schau, der alte Mann«, wiederholte Herr Leobold modrig und scheinbar entrückt, zog sein Lächeln ein und schüttelte gleichsam mißbilligend den leicht geröteten Kopf.

Was damit sei, fragte ich heiter, aber schwermütig zurück. Irgend etwas umwölkte sich und überanstrengte mein Gemüt. Ich hatte nichts Eiligeres zu tun, als mein Herz klopfen zu lassen.

»Na ja, der alte Mann . . . unglaublich . . .«, wiederholte Herr Leobold abermals und schwieg artistisch. Drehte graziös gleichgültig den Kopf zur Seite und wünschte das Thema anscheinend nicht weiter zu verfolgen. Die summende Schwäche: g-a, g-as, g-a. Schmetterling, aller Wesen gute Nacht! Ich mußte an Brennesseln denken. Unglaublich, fünf Meter links grünten sie. Herrgott, wie schön war doch mein Leben!

Der Rest ging unter im Gelärme der Duschkes, Binklmayrs und Chemiekonsorten. Es waren aber auch der Fuhrunternehmer Schießlmüller sowie der Bleistifthändler Dammler mit von der Partie, die beiden sorgten zum Sonnenuntergang für den allergrößten Stumpfsinn. Es muß dem wohl eine Art Streit um kommerzielle Dinge vorausgegangen sein, ich bekam nur noch die Brocken des Schlusses mit:

»Das ist doch scheißegal«, sagte Schießlmüller, und von der Dorfuhr schlug es fünf.

»Das will ich ja gar nicht sagen«, erwiderte laut und eindringlich Dammler, »daß mir das nicht scheißegal ist, Willi, mir ist das natürlich auch scheißegal, Willi, verstehst du mich?«

»Na ja, ist ja scheißegal«, rief Schießlmüller und versuchte, zum Bier greifend, dem wohl ein Ende zu machen.

»Na ja, eben, natürlich!« echote Dammler.

Ich finde, hier wäre es angebracht gewesen, daß Hans Duschke mit Vehemenz »Arschgesichter!« dazwischen geschmettert hätte. Daß bei uns, in dieser vergaunerten Nation, jedes Kleinod von linder Trauer, von efeubehangener Kirchhofstille einem Hexenkessel an Gemütsverfinsterung und Hirnzerstörung geopfert werden mußte! Konnte man Alfred Leobold nicht ruhiger, ehrfürchtiger sterben lassen?

Ein paar Tage später erzählte der Gymnasiast Binklmayr, Herr Leobold sei am gestrigen Samstag nur für eine Stunde in der italienischen Velhornwirtschaft gewesen, und zwar für die Fernseh-Sportschau – und dies im schwarzen Anzug mit Krawatte. Zuvor, habe Leobold berichtet, habe er geschlafen, jetzt trinke er ein Bier und dann lege er sich gleich wieder ins Bett. Warum er, Leobold, zu dieser Stippvisite mit Sportschau dann einen schwarzen Anzug angezogen habe, habe er, Binklmayr, gefragt. Ach, habe Leobold geantwortet, das Zeug müsse auch aufgetragen werden.

Bevor er uns verließ, bescherte er uns noch mit drei, vier Kostbarkeiten. Alfred Leobolds 40. Geburtstag wurde, wie man hörte, zuerst mit großem Pomp in der Velhornwirtschaft begangen, später gesellte sich das Geburtstagskind auch noch in den »Seelburger Hof« zu uns, auch diesen Teil der Stadt – unbegreifliche Güte – mit Jubelschnaps zu verwöhnen.

Alfred Leobold, deswegen von allen Seiten lauernd gratuliert, schwamm in matter Seligkeit und spendete Sechsämter gleichsam willenlos nach allen Seiten. Ich mochte ihm nicht weh tun und trank auch ein paar mit.

Die idealische Stille im Wesen dieses Mannes. Kaum hatte Alfred Leobold seiner Pflicht genügt, lehnte er sich wie ausgelaugt und mit sich selber zufrieden zurück, Manifestationen irgendwelcher Dankbarkeit womöglich auszuweichen. Um so inbrünstiger, lauter und diabolischer sang Hans Duschke und schüttete das feurige Zeug in sich hinein und ließ die buntscheckigen Blasen des Lebens steigen.

»Logisch!« krähte der vergilbte Furioso der Gemeinheit plötzlich und rücksichtslos irgendwo hinein und nur darauf bedacht, seinem Rausch irgendwelche Töne zu verleihen (und ich erinnere mich, daß mich speziell die Färbung des Wortes »logisch« zu »lugisch« mit Mutlosigkeit erfüllte) – »denk an meine Worte, Schätzchen! Was Hans Duschke jetzt sagt, geht in die Geschichte ein, alles klar, chrrr! Wenn die SPD, die FDP – – Büchsen! Ach was!« – Der Alte trank Alfred Leobolds Geburtstagsschnaps weg – »ihr macht alle einen Fehler, ihr Burschen – –!«

Das war zweifellos irgendwie richtig. Und trotzdem: Beobachtet man die knatternde Gottlosigkeit vor allem auch der Greise in unserem Lande, dann ist man heute tatsächlich geneigt, dem katholischen Gedanken wieder die Ehre zu erweisen. Ich hätte gern schnell geweint. Aber schon walkte es weiter, immerzu und immerfort: »Adolf, du Arsch! Wo ist Franz Gans? Adolf –!!«

Vielleicht wäre das Welträtsel gelöst, wenn wir wüßten, warum unsere Greise immer so brüllen. Wann würde dieser Alte fauchend und rauchend mit einem unvorstellbar gräßlichen Fluch in die Hölle fahren?

Zuletzt aber empfand selbst Duschke wohl sogar noch etwas der Dankbarkeit und allgemeinen Menschlichkeit Verwandtes und flehte »Herr Läääwoohl« wieder einmal unerträglich um eine Art Manneswort im Sinne gerechter Wiedergutmachung der alten Mißstände an: das im ANO-Laden sei ja alles gar nicht so gemeint gewesen, »irgendwo haben wir ja uns doch ganz gut verstanden, Herr Lääwoohl, oder nit?« – und dergleichen Dämonien mehr.

Alfred Leobold, ziemlich peinlich angerührt, aber uneinholbar in sein Geburtstagsglück versunken, nickte mehrmals und kalmierend »ja« und »genau«, und dann fand er eine meines Erachtens wunderbare Replik:

»Sie, Herr Duschke«, gackerte Alfred Leobold so schamhaft wie schelmisch, »sag halt Alfred. Alle sagen Alfredl. Herr Duschke, sagen halt Sie auch Alfredl.«

»Prost Alfred!« jauchzte unser Saint du Mal geisterhaft und ruderte in Wollust.

»Geht in Ordnung«, toastete der Gebenedeite sagenhaft zurück.

Selten verbanden sich Großmut und Chuzpe eindringlicher auf dieser Erde. Wie doch der äußerste Ruin aus diesem einstmals lächerlichen Menschen einen edlen, adligen, anbetungswürdigen gedrechselt hatte! Wie wütend die gurgelnde Not einen Schwall von Sanftheit und Güte auf ihre verwahrloste Umgebung verspritzte!

Und noch immer kein Ende. Auch Alfred Leobolds vorletzter mir bekannter Auftritt ersteht mir im Dunst von Verklärung vor der Erinnerung. Der Unstern der Osterfeierlichkeiten hatte eine

Art Kartenturnier im »Seelburger Hof« ausgebrütet, gräßlich, ich bin aber dem Unstern insofern dankbar, als er mich ein weiteres Mal in die Geheimkammern meines Freundes geleitete. Alfred Leobold und ich watteten gegen einen Dummkopf namens Holzmann, der sich gleichwohl für den führenden Crack hielt und dessen allergrößtes Begehr es anscheinend war, seine Meisterschaft so lange zu kaschieren, bis ihm die Gunst der Stunde den umwerfenden Beweis zuspielen würde. Partner Holzmanns war ein mir unbekannter, in die Tiefenschichten des Spiels noch sehr uneingeweihter junger Herr – der aber tatsächlich für Holzmann das Glück an den Tisch zerrte. Nach einem gewonnenen Spiel fragte er nämlich seinen Partner, ob er (tatsächlich eins der verzwicktesten Probleme beim Watten) das richtig gemacht habe: Er habe zwei Achten und zwei Könige gehabt – und die Könige angesagt. Ob das gut gewesen sei?

Holzmann atmete tief und mit Wonne durch. »Freilich, schau, freilich, das ist so«, rief er in den Freiraum, »du mußt ja bedenken, daß einer von den vier Königen – der Max – Trumpf von Haus aus ist, so daß nur noch drei Könige Trumpf werden können – dagegen bei Achtern vier. Jetzt ist natürlich die Chance, daß dein Partner noch Trumpf kriegt, bei Königen geringer als bei Achtern, weil ja bloß drei Könige im Spiel sind, aber vier Achter. Aber du mußt ja bedenken, daß das für die anderen, unsere Feinde, auch gilt, jetzt wenn du also zwei Achter hast, dann ist die Chance, daß die anderen auch zwei Achter haben, dann heißt es 2:2. Wenn du aber Könige sagst, dann ist zwar für mich die Chance auch geringer, verstehst? Daß ich einen König hab, aber die anderen können miteinander garantiert nur noch einen König haben, dann heißt es also 2:1 für uns, klar? Und deswegen war's auf jeden Fall besser, daß du die Könige angesagt hast, klar.«

»Er kann natürlich«, sagte nach vielleicht einer Sekunde Pause Alfred Leobold leise, aber fest, »auch Achter sagen.«

»Nein! Niemals!« Ich habe selten einen Menschen so am Spieß schreien hören, nicht einmal Hans Duschke. »Könige muß er sagen, Könige!« Ein würgendes Einatmen. »Denn – ich hab's doch grad erklärt – wenn er Achter sagt, dann ist ja die Chance, daß ihr zwei Achter habt...« – und den ganzen würdelosen Schleim noch einmal von vorne.

Alfred Leobold hörte geduldig zu, nickte mehrmals verdrießlich, aber konziliant mit dem Kopf und wies dann unanfechtbar darauf hin, daß es auch so sein könne:

»Schau, wenn dein Mann Könige sagt, dann kannst du bloß noch einen haben. Wenn er aber normal die Achter sagt, dann kannst du eventuell, schau, vielleicht noch zwei haben.«

»Aber die Wahrscheinlichkeit! Die Wahrscheinlichkeit!« krähte fernerhin markerschütternd Holzmann und wirbelte herum. Wie ein Mensch doch rasch über dieser Wahrscheinlichkeit den Boden der Selbstachtung unter den Füßen verliert! »Die Wahrscheinlichkeit ist, daß ihr zwei die Achter habt bzw. einer von euch die Achter hat bzw. die Wahrscheinlichkeit ist doppelt so groß, als daß ich sie hab, weil ihr doppelt bzw. zwei seid, und ich bin bloß einer!«

»Genau«, beschloß Alfred Leobold con bravura e sentimento. Es war das letzte Mal, daß ich ihn das liebliche Wörtchen aussprechen hörte.

Zum Abschluß des Turniers eröffnete Alfred Leobold dem zum Watten wieder einmal gastierenden Alois Sägerer, er habe seinerzeit in München leider die »Seerose« nicht besuchen können, weil geschlossen gewesen sei.

»Aber das hab ich doch damals dauernd zu dir gesagt, Alfredl!« quiekte Sägerer und hob, wohl betrunken, den Zeigefinger.

Leobold zuckte feucht und samten mit den Schultern. »Ja mei, Sägerer«, sagte er. Dann, müde aber emsig, malte er einen letzten Regenbogen glänzender Reisen und sonstiger Veranstaltungen. »Wir« führen jetzt bald, hörte ich ihn bestrickend zu Erich Winter seufzen, zu einem Frühlingsfest in die Haßfurter Gegend, wo »der Hans« lebe, dann schon am 8. Mai zu einem Preisschafkopf nach Rottendorf, im Sommer mit dem Reitclub nach Ungarn zum Plattensee, dann zum Sommernachtsfest der Garnison nach Eichelberg sowieso ... der Erwin fahre auch mit ... ganz prima ...

Das Leben macht zu weich, zu hart. Ich hörte nicht mehr genau hin. Ahnung flüsterte mir ein, daß meine Recherchen abgeschlossen seien, daß Alfred Leobold vollkommen ausgeplündert sei, daß nur noch der krönende Clou fehle. Ja, in mir keimte auch zuletzt sogar der Verdacht, daß Herr Leobold mich, uns alle veralbere. Jedenfalls: Prachtvolle Geistesabenteuer hin und her – ich mußte mein Romänchen abrunden, tut mir leid. Das Warten aufs Ende, meine vielleicht unbewußte Spannung verquälte mir sogar den schönen Aprilmonat, unlustig, verdrückt, renitent leistete ich geistig und strategisch noch viel weniger als die vielen im Alkoholtaumel verschwelgten Beobachtungsmonate vorher – wenngleich wiederum gerade die Langgezogenheit meines Romanschlusses eindeutig für die absolute Wahrhaftigkeit dieser Schrift einsteht . . . Ein neues, schöneres Leben einzuleiten indessen fehlte mir die Kraft, solange nicht die alte Phase niet- und nagelfest abgeschlossen war. Aber schon schleppte Hans Duschke eine weitere Geschichte an, die sich vor ein paar Tagen zugetragen habe. Einige der Chemiestudenten, berichtete der Alte aufgekratzt im »Seelburger Hof« mir und dem benommen lauschenden Transport-Tropf Schießlmüller, hätten neuerdings die Angewohnheit, Sonntagnachmittag zum Kegeln in den »Buchberg-Keller« zu gehen. Man sei also gegen Mittag bei Wacker-Mathild gesessen, da seien drei Chemiestudenten los, da habe er, Duschke, zu Leobold gesagt: »Los, Herr Leobold, kommen wir nach! Die Karin kommt auch mit!« Diese nämlich sei auch dabeigesessen. Da habe Leobold gesagt, er wolle lieber hierbleiben, weil er so schwach auf den Füßen sei, er könne nicht laufen, das Auto aber, den L 295, hätten die Zoller Hilde und die Grete, also müsse er, Leobold, dableiben. Da habe er, Duschke, Leobold vorgeschlagen – »wir waren alle schon besoffen, Moppel, kannst du dir vorstellen!« – ihn mit dem Leiterwägelchen von der alten Wacker hinzuziehen, die Frau habe nichts dagegen, er, Leobold, brauche sich nur hineinzusetzen. Das habe Leobold zwar eingeleuchtet, grinste Duschke, dann habe er aber gesagt, er könne sich wegen seines Rufs – »wegen seines Ruuufs!« heulte Duschke – nicht so durch die Stadt fahren lassen. Man habe aber dann doch einen Ausweg gefunden, nämlich Leobold in das Wägelchen plaziert und einen alten Sack über seinen Kopf gestülpt – so sei es losgegangen, die Karin und er, Duschke, hätten gezogen, durch das Schotten-Tor hinaus, den Bäckerberg hoch, und Leobold sei immer ganz steif und brav und fest in seinem Wägelchen gesessen, den Sack über dem Kopf, und als man schon fast den Berg hinauf und am Ziel gewesen sei, hätten er, Duschke, und

Karin das Gefährt mutwillig losgelassen, das sei dann natürlich den Berg hinunter und im Halbkreis den Randstein hinauf und endlich an die Mauer des Dreieinigkeitsfriedhofs geprallt. »Die Karin und ich natürlich lachen, wir gehen hin – da sitzt er ganz fest in seinem Wägelchen, am Arsch, und tut den Sack noch immer nicht runter, sondern fragt uns – unglaublich! – ob wir jetzt da sind. ›Sind wir da, Herr Duschke?‹ fragt der Leobold! Höhö! Ah!«

Von Lebenslust gepeinigt, seufzte Duschke mächtig durch, und der vermessene Veteran knallte sogar den linken Handballen in die gelbe Wange, äugte zur Zimmerdecke und pfiff, Ratlosigkeit mimend, auch noch flott vor sich hin. Mir gefiel, was immer der Alte mit ihr belegen und beweisen wollte, die windige Geschichte überhaupt nicht. Das Symbolische rauschte nun schon gar zu dick und einfältig daher, so daß es sogar ein Esel wie Duschke, und nicht bloß ich, mitkriegte! Und übrigens war es überhaupt noch nicht ausgemacht, wer von den beiden, Leobold oder Duschke, als erster Einzug in das Schattenreich halten würde! Dieser alte Affe! Unglaublich, mit welchen abgeschabten Scherzen und armseligen Vergnügungen unsere 60jährigen am Rande der Grube ihre Sonntagnachmittage zu verbringen pflegen!

In dieser Zeit des existentiellen Mißmuts, ja einer tückischen Weltverfallenheit trudelte mir wieder einmal rettend mein alter Freund Oskar Zirngiebl, der philosophische Lebemann aus der Wallfahrerwohnung, in den grübelnden Kopf. »Ah, Moppel, ah, Klasse!« griente der Wohner, als ich bei ihm anläutete, und die das Weltall durchstreifende Langeweile blähte seine riesigen Nasenflügel auseinander.

Und tatsächlich gelang es dem Schwerenöter ein drittes Mal, mich wundersam zu trösten und dem Leben neu zu schenken. Ich fand, während Oskar Zirngiebl Eier einkaufen ging, nämlich in der Küche des alten Raisonneurs bzw. der Tanten einen etwa 4 x 30 Zentimeter großen Papierstreifen, offenbar das abgeschnittene Stück eines Zeitungsrandes, auf dem Fetzen aber stand, in einer Schönschrift, die nicht nur diesem 43jährigen Esel, sondern jedem zehnjährigen Schüler Ehre bereitet hätte, das Folgende (I bis IV von links nach rechts):

I. Zur Zeit beste deutsche Mannschaft mit denen, die zurücktraten
II. Zur Zeit beste deutsche, mögliche Mannschaft
III. Die besten deutschen Fußballer überhaupt (aller Zeiten)
IV. Die beste Weltelf überhaupt (aller Zeiten)
Entzückt wendete ich den Zettel um und las:

I.

        Held    Müller    Grabowski
      Overath    Netzer    Hönöß
Breitner    Bonhof    B'bauer    Vogts
             Maier

II.

    Hölzenbein    Müller    Hönöß
    Breitner    Netzer    Bonhof
Vogts    Körbel    B'bauer    Dietz
           Maier

Zu dem Namen Müller führte dabei ein Pfeil, an dessen Spitze die Worte standen: »wenn er wieder spielt!« Gleichzeitig war über dem Wort Müller ein Fragezeichen gemalt.

III.

    Schäfer    Seeler    Müller    Rahn
        F. Walter    Haller
Schnellinger    Weber    B'bauer    Vogts
           Maier

IV.

    Gento    Pele    Eusebio    Garrincha
      Di Stefano    Haller
Facchetti    Moore    B'bauer    Schnellinger
           Jaschin

Finis Operis. Zirngiebl fecit. Welch ein geheimnisvolles Dasein! Später, mit einem anderen Kugelschreiber, hatte Zirngiebl »Garrincha« durchgesäbelt und »Cruiff« darüber geschrieben. – Ich meine, obwohl »Hoeneß« zweimal falsch geschrieben war;

obwohl es zuerst »Die Stefano« geheißen hatte; obwohl ich selber lieber Hölzenbein in der besten deutschen Mannschaft (aller Zeiten) gesehen hätte (freie Bahn den Technikern! Urwaldläufer wie Breitner sind ein Todesurteil für die Zukunft des deutschen Fußballs) – ich glaube, ich habe Oskar Zirngiebl, nachdem ich das Schriftstück errafft hatte, sehr warm die Hand gedrückt: Ich will gar nicht von grafischen Feinheiten wie »B'bauer« reden oder dem klugen Schachzug, di Stefano ins Mittelfeld zurückzubeordern – insgesamt zeugte das Werk von jenem philosophischen Geist, jener meditativen Versenkung, der Beharrlichkeit des Denkens und der Planung, des Orientierungsrahmens in objektiv regressiver Epoche (Gerold Tauchler!) und des schwindenden Lebens – ach, was weiß ich alles, jedenfalls erzählte ich nun Zirngiebl grundlos, ich würde jetzt wieder, den Intellekt zu schulen, mehr Schach spielen, und zwar, weil ich meist mit dem Altkommunisten Alwin Streibl spielte, bevorzugt das sogenannte Albins Gegengambit, das zwar bei ernsthaften Turnieren nicht mehr gepflegt werde, aber sehr reizvolle Pointen gestatte . . .

»Wer?« fragte der Bonvivant und räkelte sich auf seinem Sofa, und dann noch zweimal: »Wer? Wer, Oskar? . . . ah: Moppel?«

Helles Entzücken trieb mich ins italienische Eiscafé, ja ich spielte sogar mit dem Gedanken, mir wieder mal eine Frau anzulachen, Zeit würde es ja . . .

Zwei Tage später wurde es erneut ernst. Zusammen mit Erich Winter und seiner neuen Freundin Helga Niwea brach ich auf zu einer Exkursion nach Rothenburg ob der Tauber, eine Inspektion unseres gemeinsamen Freundes Dr. Horst Fäckel vorzunehmen, welcher damit als letzter Wirrkopf und Trinkfreund gerade noch rechtzeitig in meinem Roman einläuft bzw. stolpert. Denn dieser junge Arzt und Vollbluttrinker erwies sich anläßlich einer Führung durch den mittelalterlichen Stadtkern als äußerst schwankende Gestalt, dabei kehrte er unter dem Vorwand, das müßten wir alles gesehen haben, in jede zweite Restauration ein und erzählte uns, daß seine großen Vorbilder Kopernikus und Virchow seien, gleichzeitig schwätzte er aber andauernd von einer Frau Moll und immer wieder Frau Moll, die sich dann endlich als die Wirtin eines Touristenlokals offenbarte, keineswegs den einzigartigen Eindruck ausstrahlte, den ihr Dr. Fäckel, offenbar vollkommen verzaubert, angedichtet hatte, und diese Frau Moll war also schließlich das fehlende Stück zum Triptychon mit Virchow und Kopernikus.

Gegen zwei Uhr früh – und dies Ominosum, diese neuerliche verstörende Symbolik ist auch der einzige Grund, das Zusammentreffen mit dem Pathologen zu erwähnen – berichtete uns Dr. Fäckel in seiner Privatwohnung schwer lallend und den Unterkiefer ebenso kämpferisch wie mephistophelisch und akademisch nach vorne und wieder zurückschiebend, in das Rothenburger Krankenhaus würden jetzt immer häufiger »pubertierende Jugendliche mit insuffizienten Suicidversuchen, ja?« eingeliefert, die es dann eben zu retten gelte, kicherte Dr. Fäckel gespenstisch. Er, Fäckel, habe die »Burschen und Madeln und so, ja?« dann immer »negativistisch behandelt«, d. h. sein großes Vorbild sei Virchow, ein »ganz exzellenter Mediziner, ja?« bzw. die Sache sei, und Dr. Fäckel zwang ein halbes Zahnputzglas Calvados in den Kopf, so:

»Das hat mich sehr geängstigt, als ich vorhin auf der Straße urinieren wollte. Zuerst – ja? – sind zwei Rolladen runtergeklappt – es gibt ja Psychopathen, ja? – und dann das Türkenehepaar! Vollkommen degeneriert! Die Frau Moll mag mich gut leiden, aber ihr Hund hätte mir bald einmal einen Arm weggerissen, ja? Dann kannst«, gluckste Dr. Fäckel, offenbar in seine Vision verrannt, krampfhaft, »nimmer trinken! Ahi! Ahi! Ahi! Die Frau Moll ist eine sehr nette Frau, ja? Und auch als Wirtin. Der Schäferhund beißt vier- oder fünfmal im Jahr Gäste, und wir Ärzte müssen dann die Wundversorgung machen. Ich weiß gar nicht, warum, aber in letzter Zeit kommen immer Fälle von insuffizienten Suicidversuchen auf die hiesige Ärzteschaft zu, wir machen dann Nachtdienst, ja?«

Nach dem Frühstück, Dr. Fäckel war bereits wieder grob betrunken, verfluchte er die ambivalente Wirkungskraft des Alkohols. Er sei, entfaltete Dr. Fäckel, gut für schöpferische Leistungen, aber auch oft tödlich für Süchtige, genierte sich dieser Medizinmann nicht zu verkünden. Ich brannte darauf, hierzu etwas zu sagen, aber Dr. Fäckel gestattete es nicht:

»Früher, in meiner Studentenzeit und dann natürlich als Medizinalassistent, dachte ich«, sagte der Arzt und schob den Unterkiefer rücksichtslos nach vorn und verdrehte die Augen zum Himmel, »ich bin alkoholisch glashart. Ich war davon überzeugt, ich bin ihm gewachsen. Glashart! Aber«, jetzt kniff Dr. Fäckel das linke Auge zu und ließ deshalb mit Schwung den Unterkiefer gleichfalls nach links hinaufschnellen, »ich bin nicht glashart. Heute weiß ich es.«

Haltlos kicherte der junge Arzt. Das sollten seine Abschiedsworte sein. Wir machten uns nach Hause zu den Glasharten.

Der älteste und zweifellos härteste polterte gegen 22 Uhr in den »Seelburger Hof«, an seinem teppichgestählten Arm schwer hängend der herrliche Dulder Alfred Leobold. Der indessen noch das Zeug für einen artigen, ja von einer gewissen Integrations- und Weltdeutungskraft schimmernden Satz aufbrachte, klagend bezogen auf den sofort wie vergiftet im Lokal herumtosenden Hans Duschke:

»Jetzt hat er mir so fest versprochen, der Duschke«, reckte mir Alfred Leobold smorzando und gleichsam hilfesuchend seine welken Ärmchen entgegen und blinzelte mit pfiffiger todkranker Miene in Richtung auf den entwurzelten Chevalier infernal, »daß er, wenn ich noch mit rein geh, nicht schreit. Und da«, sagte der Seraphische gelassen und con dolore und wies auf den Saturnalischen, »*schau ihn an.*«

Ecce homo. Der letzte Satz Alfred Leobolds, der mein Ohr erreichte. Ein Taxi schaffte den Hinfälligen gleich darauf weg.

Anderentags verreiste ich wieder nach Italien, gewisse private Studien fortzuführen. Heimgekehrt nach einer knappen Woche, hielt mir meine Mutter den Seelburger Kreisanzeiger unter die Nase. Ich empfand sofort und brühwarm opernhaft. Es war wie der windelweiche, schaurige und doch ästhetisch schöne Schrei, den Pekings Volk ausstößt, wenn sich die kleine Liu in Puccinis »Turandot« erdolcht.

### Erschossen aufgefunden

Seelburg (po). Am Freitag gegen 16 Uhr fand ein Landwirt aus Heinzhof in seinem Wald nordöstlich der Ortschaft einen Pkw. Der Bauer war sehr überrascht, als er durch die zertrümmerte Scheibe einen toten Mann am Steuer sitzen sah. Der Landwirt verständigte sofort die Landpolizei. Ermittlungen ergaben, daß es sich bei dem Toten um den 40jährigen geschiedenen Kaufmann A. L. aus Seelburg handelt. Der Mann, der schon längere Zeit abgängig war, brachte sich einen Schuß in die rechte Schläfe bei. Als Tatmotiv kommen familiäre Gründe in Frage. Seine Frau ließ sich von ihm scheiden und hat wieder geheiratet. Damit wurde er nicht mehr fertig, heißt es in dem Pressebericht der Kripo.

Ich bitte um Verzeihung, aber mein erster vernünftiger Gedanke war, daß vier Tempus-Fehler auf 19 Druckzeilen selbst für einen Redakteur eine beachtliche Leistung darstellen. Erst gegen Abend war es soweit, und ein viertelstündiges Tränenrinnsal brach sich Bahn. Die schlüpfrigsten, abgetakeltsten Gefühle. Mein Herz pochte laut, und meine Verzweiflung erfüllte mich mit sattem Genuß. Das wiederholte sich dann vor dem Einschlafen. Etwas Sehnsuchtähnliches ließ mich des Toten Namen wimmern. Der beherzte Teil meiner Seele rauschte durch wirre, brodelnde Halberinnerungen – mehrfach trumpfte Alfred Leobold lebhaft mit Grün-As, und einmal sah ich ihn im Krankenhaus, von wo er dann sofort zur Bundeswehr eingezogen wurde. Gleichzeitig gelang mir aber ein verzweifelt alberner Traum, über eine schon einmal kurz erwähnte Monika Viel, der ich bei dieser Gelegenheit und anläßlich eines Sportfests in einem Wirtsgarten einen Heiratsantrag machte, der nicht einmal ganz übel aufgenommen wurde...

Tatsächlich träumte ich dann drei Tage hintereinander von dem Toten und fuhr im Schlaf mehrfach, Grauenhaftes vor den Augen, hoch. Schön, ich hatte schon befürchtet, daß überhaupt nichts kam.

Es war vollbracht. Am Tage meiner Rückkunft war Alfred Leobold beerdigt worden, in aller Stille: Die Familie des Toten hatte mit 7.30 Uhr eine geradezu undenkliche Zeit gewählt, vielleicht um das zu befürchtende Eintreffen rabiater oder sonstwie betrunkener Freunde und Kollegen am offenen Grabe zu verhindern. Trotzdem wollte es die Kolportage, daß – nach Aussage der alten Frau Leobold gegenüber der alten Frau Schießlmüller, die es an ihren Sohn weitergab – nach Abschluß der Beerdigung der alte Malitz auf die leidtragende Mutter zugetreten sein und in singendem Tonfall gesagt haben soll: »Frau Leobold, was macht Ihr Sohn? Frau Leobold, auf und davon?«

Wahrscheinlich hatte sich Malitz zum Hohen C hinaufgeschraubt. Weil die alte Frau Leobold unfähig ist, einen solch gemeinen Reim zu erfinden, wird es wohl stimmen.

Alfred Leobold liegt heute etwa vier Meter Luftlinie entfernt von jenem Plätzchen hingestreckt, das voraussichtlich, sofern ich italiensüchtig nicht im Mittelmeer ertrinke, einmal auch meine letzte Ruhestätte abgeben wird. Nachdem dieser Roman jetzt praktisch fertig ist, spräche eigentlich nichts dagegen, daß ich bald wieder in Herrn Alfredls Nähe vorstoße.

Am Montag der folgenden Woche erschien im Seelburger Kreisanzeiger eine Todesanzeige, die sich ausschließlich auf den Text beschränkte:

DER HERR SPRACH DAS GROSSE AMEN
ALFRED LEOBOLD †
15. 3. 1934 – 8. 5. 1974

Zwei Gedanken, erinnere ich mich, wollten mir bei der Lektüre dieses Textes nicht aus dem Sinn – ich weiß nicht, ob sie besonders gehalt- oder auch pietätvoll sind. Zum ersten wollte mir scheinen bzw. wuchs sich vorübergehend zur fixen Idee aus, daß es auf dieser Welt zwei Möglichkeiten gibt, mit einigermaßen sensationellen Empfindungen in einen menschlichen Körper einzudringen: den Beischlaf und die Kugel in den eigenen Kopf. Und zweifellos hatte Alfred Leobold, vor dieser theoretischen Alternative einer letzten kleinen Freude, gewandt wie je die interessantere, die spannendere gewählt. Zum zweiten aber verstehe ich trotzdem nicht ganz, warum er nicht wenigstens noch die Fußballweltmeisterschaft abgewartet hatte.

13

So hatte er also die Gestaltung seines Todes arrangiert. Im Lindgrünen, bei zärtlicher Radiomusik. Ob er mich auch nur halb so gern gemocht hatte wie ich ihn?

Selbstverständlich wurden in den nächsten Tagen und Wochen, zur Zeit des Rücktritts von Willy Brandt, noch zahlreiche Fakten, Vermutungen, Gerüchte und sonstige Hergangsversionen im Zusammenhang mit dem Ableben von Alfred Leobold laut. Dicke Empörung gegaukelt wurde vor allem hinsichtlich des mutmaßlichen Verkäufers der Tatpistole, die, so hieß es, eindeutig von dem Kaufmann Arthur Mogger stammen soll. Mogger soll, so trug mir der Gymnasiast Binklmayr zu, in diesem Zusammenhang in der italienischen Velhornwirtschaft sinngemäß gesagt haben, erstens habe er dem Alfred die Waffe überhaupt nicht verkauft, und wenn, dann im Hinblick darauf, daß er die Gattin habe wegrichten wollen, der Alfred, und genau dies habe er, Mogger, immer wieder dringend und »unter Zeugen« abgeraten. Und außerdem zeige er jeden an, der so etwas behaupte.

Stimmen kann weder das eine noch das andere, denn der Gymnasiast Binklmayr schwört Stein und Bein, er habe selber gesehen, wie Mogger Alfred Leobold die Pistole verkauft habe, und zwar schon im Februar, diese aber – und etwas Ähnliches hatte ich ja auch schon gehört – sei, inzwischen in Alfred Leobolds Auto-Handschuhfach verstaut, von Arthur Mogger wieder zurückgeklaut worden, als Mogger einmal Leobolds Dienstwagen für eine Fahrt nach Padua oder wohin ausgeliehen habe. Mogger, ohne diesen Vorwurf, der aber von Werner Wiegler scharf bestritten wird, in der Sache direkt zurückzuweisen, gibt an, außerdem sei es nicht Padua, sondern Schönsee gewesen.

Insofern oder jedenfalls irgendwie tauchte fast gleichzeitig der Verdacht auf, der ehemalige Chemiestudent Hümmer Heinz habe über einen Mittelsmann die Pistole besorgt, wie wiederum Binklmayr wissen will: für fünf Flaschen Bourbon-Whisky – für 25 Flaschen sei dann die Waffe an Alfred Leobold weitergereicht worden. Hümmer Heinz soll das unter Androhung, er mache jeden »eiskalt«, der das sage und behaupte, und insofern bin ich als Romancier natürlich auch indirekt gefährdet, nachdrücklich innerhalb der italienischen Velhornwirtschaft bestritten haben, aber nach Meinung des dabeisitzenden Hans Duschke, wie dieser mir Wochen später flüsterte, nicht energisch genug, »und ich komme vom Theater, Moppel, und kenne alle die Tricks«. Und Duschke lächelte gekonnt jesuitisch und im Stil des Pater Domingo aus Schillers »Don Carlos«, den Duschke seinerzeit gleichfalls mit besonderem Erfolg dargeboten haben will.

Ziemlichen Schrecken verbreitete das Gerücht, wiederum über die Mutter Schießlmüller eingeschleust, Mutter Leobold habe eine Art Vormerkbuch ihres Sohnes gefunden, in dem feinsäuberlich alle seine privaten Schuldner eingezeichnet seien. Nach Aussage Schießlmüllers soll es sich dabei um etwa 30 Namen und Beträge zwischen 13 und 886 Mark handeln, und etliche Herren »und Weiber«, soll die alte Frau Leobold betont haben, würden sich ganz schön dumm anschauen, wenn sie es demnächst gerichtlich mache.

Wesentlicher wohl, aber vollends ungeklärt ist, warum Alfred Leobold nur sich und nicht, wie geplant, auch gleich seine Frau mit erschoß. Hier kommt es noch heute zu einer totalen Konfusion der Zeugenstimmen. Fest steht nur, daß die Firmung der älteren Leobold-Tochter eine führende Rolle gespielt haben muß. Hier beglaubigen mehrere Eingeweihte übereinstimmend, Alfred Leobold habe sich schon Tage vor seinem Verschwinden öffentlich dagegen gewehrt, daß ihm nun als neuer Akt von Repressalie seitens seiner Ex-Gattin der Zugang zur Firmung seiner Tochter verweigert worden sei, angeblich auch unter dem Druck des neuen Stiefvaters – nachdem ihm, Leobold, wie bei gleicher Gelegenheit bekannt wurde, kurz zuvor schon erstmals die Winterzeugnisse seiner Töchter nicht zur Einsichtnahme vorgelegt worden seien.

An diesem Tag, der Firmung, einem Montag, einen Tag nach meiner letzten materiellen Begegnung mit Alfred Leobold, soll es nach übereinstimmender Aussage fast aller in den Fall Eingeweihter zu einer Begegnung zwischen Alfred Leobold und seiner geschiedenen Gattin gekommen sein. Der Teppichmann Duschke will nun – übrigens als einziger! – über ein Telefonat mit der Leobold-Mutter (!) von der Existenz eines Abschiedsbriefes Alfred Leobolds an die Eltern wissen. Darin habe Leobold mitgeteilt, er habe seine Frau am Vormittag in der Garage deshalb nicht erschossen, weil ... bzw. im letzten Moment, soll Alfred Leobold geschrieben haben, sei ihm praktisch eingefallen, daß ja die zwei Kinder nichts davon hätten, wenn ihnen neben dem Vater auch gleich die Mutter weggeschossen würde. Deshalb erschieße er, habe Leobold geschrieben, logisch nur sich selber – und zwar, nach Duschke, sofort, also noch am Montag. Duschke will sogar, hochdramatisch seufzend, wissen, Leobold habe gleichzeitig noch um Verzeihung gebeten, ja, Monate später, im Rausch, erweiterte Duschke seinen Ruhm dahingehend, daß Leobold in dem Abschiedsbrief auch ihn, Duschke, noch extra habe grüßen lassen.

Diese sowieso, aber auch alle anderen Angaben sind nur unter Vorbehalt glaubhaft, nachdem Duschke auch gleichzeitig meldet, am späten Abend des fraglichen Montags Alfred Leobold noch einmal angetroffen zu haben. Er, Duschke, sei gerade, so gegen Mitternacht »oder wann«, heimgetippelt, plötzlich habe der beige Opel Kapitän Alfred Leobolds neben ihm angehalten, Leobold habe den Kopf aus dem Fenster gestreckt und gesagt »Servus, Hans« (es muß da also in den letzten Tagen seines Lebens tatsächlich so etwas wie eine neue Verkehrsebene zwischen den beiden ANO-Feinden sich angebahnt haben) – und ob er, Duschke, mit ihm, Leobold, noch wohin gehe. Als er, Duschke, freundlich abgelehnt hatte – »ich war müde wie eine Sau« –, habe Leobold »kurz nachdenklich« vor sich hin auf die Straße geschaut und dann »in so einem ganzganzmerkwürdigen Ton, verstehst du mich bitte« zu ihm, Duschke, gesagt: »Also, Servus, Hans.« »Servus, Alfred«, habe er, Duschke, nichtsahnend »und doch irgendwie, als ob ich was geahnt hätte«, zurückgegrüßt, da habe Leobold erneut nachgedacht und noch einmal gesagt: »Also, Servus, Hans, jetzt seh'n wir uns lang nimmer, lang nimmer.« (Rhythmus und Syntax Leobolds stimmen, insofern könnte Duschkes Bericht doch irgendwie wahr und nicht ganz geträumt sein.) Wieso? habe er, Duschke, erstaunt zurückgefragt: Morgen sei man doch bei Mathild! »Nichts«, habe Leobold geantwortet, »lang nimmer.« Er, Duschke, versicherte der Alte, habe gleich ein ganz komisches Gefühl gehabt und etwas gedacht bzw. er habe sich natürlich gar nichts gedacht, und erst jetzt falle es ihm auf, aber auch schon damals . . .

Usw. Diese elegante Version kann aber zumindest zeitlich ebensowenig stimmen wie die Abschiedsbriefgeschichte, auch wenn deren Sentimentalität für ihre Wahrscheinlichkeit spricht.

Sondern, wenn man von Montag als dem Firmungs- und Todestag ausgeht, kann Duschke Leobold allenfalls noch in der Nacht von Sonntag auf Montag begegnet sein, was aber wiederum kaum zutreffen kann, denn, wie schon berichtet, verließ Alfred Leobold unter meinen eigenen Augen, vom Geplärr Duschkes enttäuscht, den »Seelburger Hof« schon gegen halb 11 Uhr, um mit dem Taxi heimzufahren, indessen Duschke, wie ich mich genau entsinne, noch bis gegen 1.15 Uhr sitzenblieb, einen nahezu außerirdischen Krach machte und – eine wichtige Erinnerungskrücke! – zuletzt sogar noch (o dummdreiste Symbolik!) »Bums, da fiel die Lampe um!« schmetterte. Worauf ich selber Hans Duschke mit dem Wagen nach Hause fuhr. Korrekt sein könnte Duschkes theatralischer Stimmungszauber allenfalls dann, wenn in der gleichen Nacht er und Alfred Leobold unabhängig voneinander noch einmal ausgerückt wären und jene umflorte Begegnung inszeniert hätten.

Da aber auch das Abschiedsidyll Duschkes zumindest in wesentlichen Zügen geträumt oder eingebildet ist – ein Herr Wieser, Seelburger Polizeibeamter und Schwager Schießlmüllers, soll diesem unter der Hand gesteckt haben, Alfred Leobold habe in der Garage sehr wohl auf seine Frau gezielt und abgedrückt, was die Frau dann sofort der Polizei gemeldet habe, was auch durch die der Polizei bekannte Tatsache gedeckt wird, daß man später in Alfred Leobolds zerschossenem L 295 zwei Pistolen entdeckt hat, eine funktionierende (die des Negers bzw. Hümmers?) und eine defekte (Moggers? Leobolds Familienbesitz?) – da Hans Duschke offenbar auch diesen Schmarren geträumt hat, dürfte sich der Gesamtvorgang nach allen halbwegs glaubwürdigen Zeugenaussagen so abgespielt haben:

Alfred Leobold sitzt von Sonntag vormittag 11 Uhr bis 21 Uhr in der italienischen Velhornwirtschaft, trinkt acht Weizenbier und neun Sechsämter (Aussage: Wacker Mathild) und gewinnt beim »Dreck«-Spiel 53.80 Mark (Aussage: Wellner und Wiegler). Gegen 18 Uhr legt er in einer Kartenpause unbedingten Wert darauf, von Hans Duschke einen Band des Klavieralbums »Sang und Klang«, den dieser aus unbestimmten Gründen mit sich führt, »als Memory« (Leobold) geschenkt zu bekommen (Zeuge: Mogger). Duschke gibt es ihm schließlich (Zeuge:

Binklmayr), das Buch wird später tatsächlich auf dem Rücksitz des Todesfahrzeugs gefunden (Aussage: Schießlmüllers Schwager). Duschke, der von diesem Vorgang nichts mehr weiß, das Buch aber tatsächlich vermißt, soll nach der Überreichung gesagt haben: »Wozu braucht *der* einen Sang und Klang?« (Zeuge: Binklmayr). Zusammen mit Duschke verläßt Leobold gegen 22 Uhr die Velhornwirtschaft und stößt zu uns in den »Seelburger Hof« (Zeuge: ich), trinkt ein Bier, bestellt ein Taxi und fährt offenbar heim.

Tags darauf wird – eine Sensation – Alfred Leobold den ganzen Tag über nicht bei Wacker gesehen (Zeuge: Wacker u. a.) – was allein Duschkes nächtliche Begegnung unglaubwürdig macht. Am späten Vormittag bedroht Alfred Leobold seine Frau in einer Garage mit der Pistole (Aussage: die Frau), die Pistole versagt, die Frau rennt zur Polizei. Alfred Leobold flüchtet (Aussage: Schießlmüllers Schwager). Die Möglichkeit eines sodann verfaßten Abschiedsbriefs (Aussage: Duschke) ist gering. Ohne noch irgendwo nachweislich in Seelburg einzukehren, um eventuell einen doppelten Sechsämter zu trinken, fährt Alfred Leobold normal in jenen Wald bei Zant, in dem wir alle neun Wochen vorher einen bunten Nachmittag verbrachten, einwandfrei und bei welcher Gelegenheit Alfred Leobold zu mir die Worte »Schau, der alte Mann« gemurmelt hatte. Er nimmt – wahrscheinlich – aus dem Handschuhfach die intakte Pistole, läßt – wahrscheinlich – das Schönste aus dem Schleim seines Lebens an sich vorbeigleiten, macht in die Hose (Zeuge: der Schwager), schaltet das Radio im Auto ein (Zeuge: der Schwager), überlegt, korrigiert, verwirft, überlegt nochmals, legt an und trifft sowieso – ich vermute, zu seiner eigenen Überraschung – genau.

# EPITAPH I

Der KL-Häftling kannte ein ganzes System der Mimikry gegenüber der SS. Die überall in Erscheinung tretende Tarnung lief unter der Marke »Alles in Ordnung!«

(Kogon, Der SS-Staat)

... die künstlerische Offenbarung zu feiern, die ein Teppichfabrikant in einem bezahlten Theater durch bezahlte Schauspieler einem zu Tisch geladenen Publicum vermitteln ließ.

(Karl Kraus, Die Fackel 2/1899)

# EPITAPH II

Am 18. Mai, genau am Tage von Alfred Leobolds Bestattung, erschien in der Frankfurter Allgemeinen Zeitung die folgende Glosse (Alle Hervorhebungen von E. H.):

*Genau*
RS. Nicht alle Wörter, die modisch werden, verschwinden so rasch wieder, wie sie eines Tages aufgeschossen sind. Einige halten sich mit der Zählebigkeit des Unkrauts. Auf diese Feststellung antworten gewiß nicht wenige – *jubelnd-bestätigend*, daß wir ins Schwarze getroffen haben – mit »Genau!«. Das Wort hat sich zu etwas entwickelt, was wohl ein gesprochenes Ausrufezeichen genannt werden kann. Das wäre noch nicht schlimm. »Genau« klingt gewiß kräftiger, nachdrücklicher als etwa: So ist es! Sie sagen es! Jawohl! Richtig! *Getroffen!* Schlimm ist nur wieder einmal das massenhafte Auftreten einer Vokabel nicht nur bei passenden, sondern auch bei unpassenden Gelegenheiten. Wer einmal darauf achtet, wie oft und wozu ein Gesprächspartner »Genau!« sagt, der wird bald dazu kommen, jedesmal zusammenzuzucken oder sich gar noch selbst dabei zu erwischen, daß er ebenfalls »Genau!« sagt. Auch Sprachseuchen sind ansteckend. Oder nicht? Genau!

Am 25. Mai veröffentlichte die F.A.Z. dazu einen weiterführenden Leserbrief:

*»Genau«-Sager*
Natürlich hat Hermann Ruelius »ins Schwarze« *getroffen*, indem er sich zur Freude der Sprachglossenliebhaber des »Genau« annahm (F.A.Z. vom 18. Mai). Daß es die »Zählebigkeit des Unkrauts« hat, ist schon dadurch bewiesen, daß bereits 1969 in der »Modenschau der Sprache« von der Sprachglossenredaktion der F.A.Z. eine »Genau«-Glosse aufgenommen wurde.

*Nach reicher Erfahrung mit »Genau«-Sagern muß ich feststellen, daß es sich hier direkt um eine Sprach- oder Verständigungsbarriere handelt. Je besser und gezielter ich frage oder anmerke, je häufiger schallt mir das »Genau« entgegen. Damit ist aber nun erst mal Schluß. Ich fühle mich verprellt und muß erneut Initiative einsetzen, denn »Genau«-Sager sind bequem und ganz selten bereit, von sich aus das Gespräch fortzusetzen.*

Ja, man muß leider sagen, daß die meisten schon denkfaul sind. Sie warten auf das Herantragen eines neuen Themas. Das einzige Positive, was man von den »Genau«-Sagern erwähnen kann, ist, *daß sie fröhlich sind und sogar noch fröhlicher werden bei der x-ten Wiederholung des geliebten Wortes.* (Ich zählte bis zu 16mal!)

Ich habe mir schon den Kopf zerbrochen, wie ich dem »Genau« begegnen kann, und versucht, das Gespräch zu beginnen, indem ich das Gegenteil von dem sagte, was ich sagen wollte. Aber dieser Weg führt nicht weit und ist außerdem mühselig. Das »Genau« kommt garantiert bald wieder auf den Plan, so wie beim zähen Unkraut das Jäten nichts nützt. Goethes Rat »Wenn du eine weise Antwort verlangst, mußt du vernünftig fragen«, der bestimmt ebenfalls fürs kleine Gespräch gelten sollte, denn er sprach ja auch mit seinem Gärtner, hilft heute nicht mehr. *Wir müssen mit »Genau« leben* und uns an den Gesprächen delektieren, in denen das grassierende Wort nicht vorkommt.

Das beste ist, »Genau« nicht zu genauzunehmen!
Christianne Kleinknecht,
Münster/Westfalen

Am 29. Mai griff die F.A.Z. das Thema erneut in einem Leserbrief auf:

*Genau-Psychologie*

Zur Glosse »Genau« in der F.A.Z. vom 18. Mai darf ich vielleicht einen psychologischen Gesichtspunkt hinzufügen, der den häufigen Gebrauch des Wortes »genau« weiter erklären könnte: Das Wort klingt zwar als bloße Bestätigung dessen, was der andere eben gesagt hat. In Wirklichkeit aber ist es eine Selbstbestätigung dessen, der das Wort »genau« als Antwort gibt. »Das, was du da sagst, ist genau das, was ich auch gesagt hätte, vielleicht sogar noch treffender.« *Erst durch mein »genau« bekommt das, was der andere gesagt hat, sein Gewicht.*

Dadurch wird die durch mein »genau« als klug bezeichnete Aussage des anderen eigentlich herabgesetzt, ich eigne mir das Gesagte als meine Aussage an, und dadurch bin ich der Überlegene, bestätige mich selbst – und darauf kommt es mir an.

Dr. Ludwig Wirz, Euskirchen

Am 12. Juni schlug mit Adolf Hansel aus Hanau ein weiterer kluger Kopf zu:

*Wirkung*

Mit Freude lese ich immer die Sprachglossen in der Frankfurter Allgemeinen Zeitung. Ihre »Genau«-Glosse vom 18. Mai hat mir eine kleine Alltagsszene ins Gedächtnis zurückgerufen, die sich tatsächlich zugetragen hat und an die ich mich noch heute mit einem gewissen *Schmunzeln* erinnere:

Ein biederer Bürger geht zur Behörde, um eine Bescheinigung zu erbitten. Er schildert der weiblichen Bediensteten umständlich und schwerfällig sein Anliegen. Sie sieht in einer Namenskartei nach und fragt ihn höflich: »Sind Sie Herr Karl Müller?«
Antwort: »Genau.«
Frage: »Sie wohnen Schäfergasse 3?«
Antwort: »Genau.«
Frage: »Geboren am 1. April 1953?«
Antwort: »Genau.«
Frage: »Ihre Frau heißt Anna, geborene Fischer?«
Antwort: »Genau.«
Ob dieser stereotypen Antworten hatte sich bei der Bediensteten etwas aufgestaut.
Die gewünschte Bescheinigung wurde ausgestellt, der Bürger geht zur Tür und sagt: »Auf Wiedersehen!«
Der Bediensteten entfährt darauf: »Genau!«
Ein besonders scharfer Reflektor meldete sich am 22. Juni ausgerechnet aus Hannover:

*Aus dem Englischen*

Zum Thema »Genau!« ist, soweit ich die Äußerungen dazu von verschiedenen Seiten verfolgt habe, bisher nicht erwähnt worden, was zwar diese Floskel nicht entschuldigen, wohl aber ihre Herkunft erklären könnte. Meines Erachtens handelt es sich bei »genau« um eine der vielen Redewendungen, die *nach dem Kriege* aus dem Englischen *zu uns eingewandert* sind. Ich zitiere hierzu aus Cassell's German and English Dictionary, Ausgabe 1955, die verschiedenen Bedeutungen der Adverbialform »exactly« (wörtlich »genau«) »eben, gerade« und dann weiter »ganz richtig! ja!«, also im Englischen eine zweite Bedeutung, die dahin paßt, wo im Deutschen heute das »genau« oft fälschlich gebraucht wird.

Hans Vogelsang, Hannover

Daraus kann man wohl ersehen, daß hinter der F.A.Z. wirklich der intellektuelle Teil Deutschlands steht.

# EPILOG

»Unsere Staatsform ist die Republik. Wir dürfen machen, was wir wollen.«
(Robert Walser,
Fritz Kochers Aufsätze)

»Dem gleich fehlet die Trauer.«
(Hölderlin, Mnemosyne)

Mitte September sagte die Gastwirtin Fränzi, Besitzerin des ländlichen Lokals, in dem Alfred Leobold immer größere Fuhren Fleisch eingekauft und Bärwurz weggetrunken hatte, zu dem am frühen Nachmittag kurz Einkehr haltenden Kerzenhändler Lattern: »Sie, das mit dem Leobold hätt' es aber auch nicht gebraucht, Sie!« Che m'ha rubato l'amante mio ... e chissà mai se ritornerà ...

\*

Er, Mogger, sagte Arthur Mogger, habe es ja immer gesagt: »Alfred, hab ich gesagt, wenn du sie, die Alte, erschießt, hat sie nichts davon und du auch nicht, hab ich gesagt, Alfred, wenn du dich selber erschießt, ist es deine Sach, Alfred!« sagte Arthur Mogger anläßlich eines Faschingsfests im Jahr nach den Mai-Ereignissen.

\*

L'amico infelice, dove? Amico infelice, rispondi! Mi sento morir – –

\*

Der Gymnasiast Binklmayr und der Transportunternehmer Schießlmüller erzählten eines Tags freudig und lachend, sie seien heute nachmittag am Grabe Alfred Leobolds gewesen und hätten ein Fläschchen Sechsämter draufgeschüttet. Damit er da unten nicht verdurste, kicherte schauerlich der Gymnasiast, der doch in der Schule zumindest die Antigone des Sophokles durchgenommen haben mußte, und Schießlmüller sah gefühlvoll in die Ferne: »War ein guter Kerl, der Alfredl.« Die Instinktlosigkeit, die Intellektualgegengesinnung, die verrohungsgesättigte Intellektualverrottung kennt in dieser tödlichen Nation keine Barrieren mehr.

\*

Dorme, Firenze! Dorme, o mare, voca, voca – –

\*

Das Leben zischt weiter. Im Frühherbst waren aus der Belegschaft der italienischen Velhornwirtschaft gleichzeitig der Chemiestudent Herbert Stickel und der jetzige Autowiederverkäufer Werner Wiegler hinter einer gewissen Karin her, die damals einem Siemens-Ingenieur namens Yace gehörte. Stickel schwor, »wenn der Werner die Karin auch nur anlangt, jag ich ihn mit einem Sprengsatz in die Luft!« Von Wiegler war gleichzeitig zu hören, wenn Stickel nicht sofort seine Finger von Karin lasse, »maure ich ihn hundertprozentig bei lebendigem Leib ein!«

Lachender Vierter war der Gymnasiast Binklmayr, der einen unachtsamen Augenblick der drei benutzte, Fräulein Karin sich für drei Tage unter den Nagel zu reißen. La vita è inferno.

\*

Te voglio, te voglio tanto bene, te voglio ben assaie ... Tu si' l'Ammore ...

\*

Um die Allerseelentage fand, auf der Suche nach Lustgewinn in diesen kleinen Körperchen, in der italienischen Velhornwirtschaft »Wacker Mathild« ein dreitägiges geselliges Beisammensein statt, in dessen Verlauf über 1100 Sechsämtertropfen, 46 Flaschen Sekt und zirka 870 Weizenbiere verzehrt wurden. Der ehemalige Chemiestudent Otto Röckl wurde in der Nacht des dritten Tags in eine Nervenheilanstalt eingeliefert, kam aber bald wieder frei und sitzt seither wieder täglich in der italienischen Velhornwirtschaft.

\*

Te voglio, te sento, te chiamo, te penso – –

\*

»Und so ist's so bitter, wenn der Mensch, unter den gemeinen Herzen der Erde verarmend, durch das edelste doch nichts wird als zum letztenmal unglücklich.« (Jean Paul)

\*

L'amore d'Alfredo perfino mi manca – – –

Die Festansprache bei der Allerseelen-Feier in der italienischen Velhornwirtschaft hielt der Marquis und Kerzenteufel Lattern, der damals dem Revolutionär Lenin geradezu verstörend ähnlich wurde:

»... Man muß sich dessen bewußt sein: Wir sind jetzt im Dezember. Das ist eine sehr schnucklige Zeit. Ich will mich neben euch setzen und die Hand fühlen. In Griechenland steht das Militär bei Fuß. Ich bin der Abgeordnete Marquis von Challot. 1475 haben wir den Westflügel des Schlosses verkaufen müssen. Der Jakobiner war sehr hart gegen uns. Der Kerzenhandel aber blühet immerfort. 41 872. Ich vergesse euch nicht, nie! Drangsaliert euch nicht! Ihr fasziniert mich treu. Hou-hou! Aus den Löchern blitzt es. Das Fernweh lernt uns heftig und abermals kennen.

Wenn alle untreu werden, so bleiben wir doch treu. Wir sind Trommler und Gassenficker. Ich aber bin die Geburtshelferin der Eintracht. Das Dash ist zu teuer, aber es geht schon noch.
*Ich tu nichts, ich mach nichts.* Nur raus mit der Wahrheit! Bei griechischer Musik darf man nicht lügen, Mogger, das gilt auch für dich! Wenn das Fähnlein winkt, ist alles zu spät. Schön. Der Name ist Maria Farantouri. Der Papst! Der Papst? Da lache ich wie eine Hex': Harr-harr! Nein, die Situation ist nicht danach. Das Haus ist bewohnbar, auch wenn es noch etwas pflockt. Das Ausland liebt uns nicht, aber wir können es noch weit bringen. Die Wiener Schlawiner werden wir wissen zu hindern. Bei Faschismus denk ich immer an Herrn Metz seinen Hund. Der ist einmal ganz blöd über die Straße gerannt, da hat der Metz gesagt: ›Ja mei, er hat halt keine Schul'‹ . . .
Seid nicht einfältig! Ich verfüge über Kerzen von 90 Kilogramm Dichtigkeit. Ich bin mit einer zufrieden, die meine Frau ist. Wie war der Name? Detlev? Edi? Ferdl? Ich hab die Besorgung, mich kann man nicht mehr zurückholen. Hütet euch! Das Leben, wie's halt die Politik so spielt, ist ein Fanatismus, das uns kein Vorbild sein kann. Es gilt der Umpolung. So laute das offizielle Parteiprogramm. *Ich möchte mich retten, aber es geht nicht mehr.* Es ist eine Bilanz dazwischen. Eine insgesamt sehr kraftvolle Situation!«

Der Kaufmann Mogger holte den Zauberer vom Tisch herunter, besonders fanatisch lachte Hans Duschke.

Der Schreiner Wellner verlor beim Kartenspielen einen Herz-Solo mit Contra, Re, Sub, Hirsch und drei Bauern für 192 Mark. Wellner, damals arbeitslos, zahlte sofort aus. Am zweiten der Festtage kam es zu einem Handgemenge zwischen dem Neger »Robinson«, dem neuangeschafften Diener Arthur Moggers, und dem als Sekretär wegen Unredlichkeit gerade entlassenen Werner Wiegler. Wiegler wurde von dem Neger verprügelt, hätte aber seiner Meinung nach »gewonnen«, wenn er nicht »besoffen wie hundert Neger« (Wiegler) gewesen wäre.

Noch heute schwärmen breite Kreise der Seelburger Jugend von dieser Veranstaltung. Wie unkt doch Peter Handke? »Das Opfer hätte sich gefreut, wenn es das noch erlebt hätte.«

# Die Mätresse
des Bischofs

*Roman*

# I

»Weil dieser schöne Wahnsinn das schönste
Leben ist«

(Tieck)

Es ist ja nun wirklich die große Frage, ob der Sinn des Lebens, das Glück dieser Erde eher in der Betrachtung und in der Besitznahme einer nackten Frau besteht oder vielmehr in der jahrelangen und zähen Beobachtung zweier älterer Brüder, noch dazu fremder. Viel spricht für das erste, einiges humanistisch Philosophische auch für das zweite – bzw. es ist so, daß das Zerbrechen und Zerstieben von sich'ren, guten, festbewährten Wertaxiomen gerade uns Männer auf dem Scheitelpunkte des Lebens nicht verschont, ach ja, es ist, als ob der Atem schliefe, das Auge tränte und das Ohr sich schlösse vor höllischem Behagen. Die plötzliche Abwesenheit dessen, was abendländische Kultur einen Leitgedanken, Sinnstiftung nennt, ich habe sie vor vielleicht drei Jahren erstmals an mir wahrgenommen, und simultan und damit in Interdependenz eine Indifferenz, eine Indolenz, eine Intransigenz, eine Insuffizienz, eine Intoxikation, überhaupt ein ganzes »In«-Bataillon samt Kopfknistern bis zur wimmernden Betäubung – –

– – lauwarm, bös und schaurigschön: Die Wolken zieh'n dahin, sie zieh'n auch wieder her, gleich darauf sitze ich ganz wundersamer Weise im Kurorchester, wieder ein wenig später liege ich im Bett, ich wache auf drei Stunden nach Mitternacht, das Herz klopft wild und wie entfesselt, ohne daß ich doch im entferntesten die Empfindung hätte, gleich sterben zu müssen, sondern alles braucht seine Zeit ... ich tappe in die Küche, mische mir einen Brei aus eiskalter Milch und Cornflakes, löffle ihn schön still benommen, lese dazu noch einmal die Unfall- und Obszönitätsmeldungen in der herumliegenden Tageszeitung, die Taten des Salzbarons Adi oder den Einsatz des neuen Killer-Satelliten, krabble ins Bett zurück, mit nichts weniger als einer Frau im Sinn, die Ehefrau interessiert mich schon gar nicht, die liegt taub und friedlich nebenan und träumt von Dietmar Schönherr, weil sie es selber nur zum »Landsherr« gebracht hat – nein, nicht, daß ich mich damals nach den beiden Brüdern geradezu gesehnt hätte, aber warum sollte ich nicht inständig an sie denken, gerade sie, bevor ich mit dem Abklingen meiner heute so genannten Midlife-crisis (hahaha! Ich kreisle schon seit meinem 21. Lebensjahr so mittelmäßig herum!) an überhaupt nichts mehr dächte, sondern nur noch, nach Greisenart, frisch und fröhlich vor mich hin verwitterte, dem Grauen zu, dem letzten lakigen, getroffen vom Schlaganfall der Seele, Beute eines geistlosen Deus absconditus, simsalabim, dessen chimärische Umrisse zu erkennen mir dann nicht einmal mehr in der Gestalt der holden Brüder erlaubt war; die Brüder waren gewissermaßen meine letzte, meine allerletzte Chance gewesen ... aber ich will nicht länger um den heißen Brei herumreden:

Einzugestehen ist hier nämlich fürs erste eine grobe, feiste Lüge, eine glänzende und gleißende Lesertäuschung. Denn keineswegs – Flucht nach vorn – von einer »Mätresse des Bischofs« handelt mein Buch (woher denn? die sind doch sogar zu dumm, sich so was zu halten!) – sondern tatsächlich und jetzt ohne Flunkerei von der Beobachtung, Beschreibung und Ausdeutung zweier älterer Brüder, trostlos oder, je nachdem, tröstlich häßlichen sogar, und wen sollen diese beiden Iberer-Brüder schon groß interessieren? Nun, und so bin ich eben auf den rettenden Ausweg mit dem Bischof und seiner mausgrauen Geliebten verfallen, nachdem mir mein ursprünglicher Arbeitstitel »Zwei Jahre Iberer-Forschung« der Sache zwar wahrhaft angemessen, aber schon gar zu harmlos und das Publikum einschläfernd erschienen war. Eine Zeitlang habe ich dann auch mit der den Proust-Leser gefügig machenden Version »A la recherche des Frères Iberer« in Gedanken gespielt oder auch »A la recherche des Iberer-Brüder« oder ganz wild gescheckt »A la recherche of Iberer-Brothers in Dünklingen« – doch mit einemmal senkte sich der prickelnd-schlagende Einfall mit dem Sex-Bischof über mich, kurioserweise beim Betrachten eines Zeitungsfotos des wie gesalbt glänzenden neuen Münchner Erzbischofs Ratzinger im Dünklinger Volksblatt gestern nachmittag. Tatsächlich spielt der Bischof in meinem psychologischen Roman nicht die geringste Rolle, mal abgesehen davon, daß wir letzten Endes doch alle mehr oder weniger Opfer des Klerus sind und seines mörderischen Menschen- und Seelenverschleißes, der mich wohl auch auf die Brüder leitete. Der Titel – er ist also nichts als eine Vignette, Tribut an die leidig ennuyierende Sexualsucht unserer modischen Druckproduktion und diese zugleich bitter decouvrierend. Denn auch Alwins Schäferhundprozeß und die synchrone Demuth-Affaire hätten ja als Kauflocktitel kaum getaugt, und jedenfalls ist es doch ganz schön, daß ich den Sexualtrick gleich auf der dritten Manuskriptseite eingestehe. Leserbetrug nichtsdestoweniger? Nun, das meine ich auch, aber ein heute ganz normaler und ordinärer. Von Joycens »Ulysses« bis hin zu Machwerken wie »Die Angst des Tormanns beim Elfmeter« wölbt sich die Kontinuität des modernen Leser-Titelbetrugs, und wenn Reizwort-Ridikülitäten wie die vom »Arbeiter, der unter die Intellektuellen gefallen ist« straflos verbreitet werden dürfen, dann werde ich mit meinen zwei kardinaldämlichen Schmonzetten ja wohl auch dürfen. An ihnen haftet ja immerhin der rostige Charme des Antiquarischen und Ekklesialen zugleich, und das noch schnuckeligere »Maitresse« habe ich mir ja sogar fast selbstlos versagt. Kurz, in einer Zeit der allgemeinen Volksübertölpelung, der schleichenden, nein rasenden Idiotisierung des öffentlichen Lebens und des ohnehinnigen Wurstseins von Allem und Jedem bestehe eben auch ich auf meiner Chance. Ich habe nun lange genug zugeschaut!

Worum es mir geht: um Aufklärung für möglichst 1 Million Leser, d. h. Käufer; wie sie schon Goethe im Falle des »Werther« gefordert, gekriegt und als Norm festgelegt hat. Wenn nur jeder 60. Deutsche sich mein Buch aufschwätzen läßt, bin ich hochzufrieden. Und ich meine, dafür sollte mir jedes Mittel recht sein. Ich bin jetzt 48 Jahre und muß, ihr Herren Rezensenten und Richter über literarische Integrität, an meinen Lebensabend denken! Goethe muß es wissen. Die Botschaft aber, an der mir liegt, ist über jeden Zweifel erhaben. Wie wunderahnend tippt doch schon Fouqué mein großes Thema an! Der Dichter spricht: »Die *brüderlichste Innigheit* fand und findet noch jetzt, da beider Locken ergrauen, zwischen ihnen statt. Es ist etwas Herrliches um *liebevolle Treue,* so durch ein Halbjahrhundert fest unter allen wechselnden Stürmen und Strömungen des Geschicks nach dezennienlanger Trennung stets wiederum *einleuchtend* in jugendlicher Frische.«

Ach, Brüder, ja, in jugendlicher Frische treu, wenn's nur bei mir so wär' geblieben auch, und doch und doch, kommt Zeit, kommt Rat . . .

So muß ich denn, traurig, aber entschlossen, als fast alter Mann über den Sex-Humbug noch ein paar Markstücke herauslocken, denn nicht nur konveniere ich thematisch mit keinerlei Moderichtung, auch stilistisch befinde ich mich zum gegenwärtig herrschenden After-Geschmack so ziemlich in Opposition. Doch schließlich ist der inferiore Titel ja nur transzendierendes Mittel zum sehr edlen Zweck, die Menschheit sanft zum eitlen Golde zu verführen, zu meinem Herzen, zu den Brüdern auch vor allem – – und endlich, darauf bestehe ich, habe ich mein Skript mit der schlagartigen Einführung einer nackten Frau ja doch halbwegs pikant eröffnet und insofern nicht gar zuviel versprochen. Eine zweite und doppelte Leser-Narrung? Na ja schon; aber daran kann man immerhin schon lehrreich ablesen, wohin einen sogar die verlogensten Überschriften treiben, stehen sie erst baumfest da. Und ich will auch gern mal sehen, ob dergleichen Konzessionen an den vulgären Publikumsgeschmack nicht zwischen den romanlich erheblichen Partien hie und da als würzige Pointen sich wiederholen lassen. Denn Brüder hin und her: Wir haben sie doch, zumindest in einer sehr frühen Entwicklungs- und Erkenntnisphase, alle, mal ehrlich, ganz gern gehabt, diese rosa Nackedeis mit ihrem barocken Schenkelgeschäker und ihrem serensinistren Brüstegewackel, ihrem verblasenen, hören Sie mir doch auf! –

– doch jetzt endgültig zu den Brüdern! Es ist eine so dünn- wie schwerblütige Geschichte, die es nun einigermaßen funkelnd zu halten gilt.

\*

Die Brüder also: Genau vermöchte ich heute gar nicht mehr zu bestimmen, wann ich ihrer inne ward. Vermutlich wohnten sie zuerst und lange Zeit nur in meinem Unterbewußtsein, und erst allmählich arbeiteten sie sich in die bewußte Verstandesregion vor, bis ich sie anfangs gewissermaßen als – sehr unter Vorbehalt gesagt – Kuriosität wahrnahm: Zwei Männer um die 50 Jahre, vielleicht auch etwas jünger, welche immer und ewig gemeinsam durch die Hauptstraße Dünklingens gingen, so die längere Achse des Ei-Stadtkerns durchstreifend. Jawohl, zwei nicht mehr junge, aber auch (dieser Eindruck formte sich früh) irgendwie alters- und zeitlose Gesellen, die offenbar eng zusammengehörten, sich aber nur soweit ähnlich sahen, daß es sowohl Brüder als auch na sagen wir Deutsche schlechthin sein mochten.

Im übrigen, um nochmals darauf zu rekurrieren, ich bin allerdings noch keineswegs sicher, ob meine beiden Reizwörter »Mätresse« und »Bischof« wirklich so reizend sind, daß sie die Leute zum ohnmächtigen Geldausgeben hochreißen. Eigentlich, fürchte ich, dürfte ihnen das kaum gelingen, mich z. B. reizen meist allenfalls noch Wörter wie »Hopp«, »Zack«, »Aua«, »Stefania Sandrelli«, »Junge Union« oder eben »Iberer-Brüder« bzw. »Fink« und »Kodak« – doch ich will nicht vorgreifen. Aber nur Mut! Man kann die Einfalt in Gestalt der Reizwörteranfälligkeit unserer Zeit gar nicht hoch genug taxieren – und loben! Ja, denke ich daran, daß Unsinn wie »Aspekte«, »Impulse«, »Titel, Thesen, Temperamente«, »Tabu«, »Soziale Frage« und »Sensible Wege« (überhaupt: »sensibel«! Jeder Knüppel versteht sich heutzutage als »sensibel«, wo nicht gar als »sensitiv«!) – daß all das Zeug glatt durchgeht und seine Kassen füllt, dann habe ich Anlaß, mich zu beglückwünschen. Und wenn die Leute sogar auf ein trüb und doppelt lüsternes »Klassenliebe« hordenhaft, ja hammelhaft hereinfallen (sicherlich hätte auch Alwin, läse er anderes als Hemingway, von soviel sozialistisch-laszivem Schmäh beweihräuchert, zugegriffen) – dann bin ich jetzt doch sehr zuversichtlich, daß auch meine episkopale Skandalnudel ihre Gönner findet, doch doch, das glaube ich schon.

Aber zurück – ach Gott, wenn ich vom Schimpfen nur nicht dauernd so müde würde! – zu den Brüdern.

Weil ich selber gern und oft und offenen Auges durch unser liebes Dünklingen streife, diese und jene Sehenswürdigkeit zu erhaschen bzw. überhaupt etwas zu sehen, deshalb wurde ich – es war im Frühsommer vor zwei Jahren – auch recht schnell gewahr, daß die beiden erwähnten Männer immer wieder um die selbe Zeit des Wegs kamen, fast eilig vorüber schritten, um alsbald wieder aufzutauchen. Nicht ganz eindeutig war dabei zunächst, ob das Ganze mehr eine Arbeit, z. B. einen Botengang, darstellte – oder doch eher eine Art Spaziermarsch. Früh schon entschied ich mich gefühlsmäßig für das zweite und sah, weil dies Gehen nach fast sonnenphysikalischen Gesetzlichkeiten ablief, auch bald viel klarer. Die beiden Geheimnisvollen mußten vom oberen Stadtteil kommen, von der östlichen Rundung der Ellipse, vom östlichen Brennpunkt, sie durchfurchten gemeinsam die Ellipsenachse, unsere Hauptstraße von Dünklingen, am westlichen Ellipsenende machten sie offenbar kehrt und schritten die Achse in konträrer Richtung retour.

Zweitens leuchtete mir, ganz durch Eigenforschung, immer tiefer ein, daß die Männer diesen Hin- und Herweg mit rätselhafter Zuverlässigkeit und Präzision jeweils samstags zwischen 11 Uhr und 11 Uhr 30 sowie zwischen 18 und 19 Uhr absolvierten, am Sonntag zwischen 10 Uhr 50 und 11 Uhr, am Abend dann zwischen 17 und 18 Uhr.

Der Hin- und Herweg durch unser Stadtei dauert, erledigt man ihn zügig-entschlossen wie die beiden Männer, etwas mehr als 15 Minuten.

Und drittens erinnere ich mich von Anfang an, daß die beiden unbekannten Männer einzeln und zusammen einen fast erschreckend häßlichen und verwesungsanfälligen, aber doch auch angenehmen, ja erwärmenden Gesamteindruck hinterließen, ja buchstäblich hinter sich herzogen.

Na ja, der Anfang, die Initialzündung meines nachmaligen Faibles für die beiden Männer ist gar nicht leicht festzumachen. Gehen, wie gesagt, hatte ich sie wahrscheinlich schon immer gesehen, weil ich ja auch schon praktisch ewig in diesem lächerlichen Dünklingen lebe. Eine glückliche Stunde nenne ich die, welche mir die beiden Unbekannten endgültig ins Zentrum meiner Gedanken, Sehnsüchte und Lebenseinsichten rückte – glücklich trotz der bösen Enttäuschung, die viel später folgen sollte.

Ganz grob gesagt, gab es dann zwei Phasen. In der ersten nahm ich die Männer bewußt und neugierig wahr, in der zweiten wartete ich auf sie, suchte sie, fand sie.

Und von einer endlichen dritten Phase, der ich bis heute keinen Namen zu geben wußte, handelt – damit ist's auch unwiderruflich 'raus – mein Epos. Lassen wir es sinnvoll im Mai beginnen – so wie ich grundsätzlich gegen Romananfänge im Herbst bin. Das Logische des Zyklischen alles Kreatürlichen sollte man nicht mutwillig sprengen.

Die Männer waren gleich groß und offenbar fast gleich alt. Nach den ersten Gesamteindrücken von Häßlichkeit und einer gewissen erbarmungswürdigen, aber auch sogleich tröstlich kalmierenden Dicklichkeit, ja Aufgeschwemmtheit registrierte und sammelte ich bald luzidere Details. Der vielleicht eine Idee ältere Mann hatte rötliche, schüttere Kräuselhaare – der andere war mehr dunkel (aber auch nicht ganz einwandfrei) und trug ein besonders ruhiges, ja frommes Gesicht auf dem nicht ganz so rundlichen Körper. Der Ältere schien mir von Beginn an lebhafter und irgendwie trotz aller Ausgewogenheit des Ganzen unleugbar formal dominierend.

Zusätzlich leicht beklemmend, ja sogar zunächst verärgernd, war eine dritte Erkenntnis, die sich bald eröffnete: Ab und zu ging auch ein dritter und wiederum etwa gleichaltriger und gleichgroßer, nicht ganz so aufgequollener Mann mit den beiden einher. Die Gesetzmäßigkeit seiner Begleitschaft war indessen ohne Hilfsmittel ebensowenig zu analysieren wie seine Stellung den beiden Hauptpersonen gegenüber. Die Gehordnung jedenfalls verriet ebensowenig wie die gleichverteilte Qualität z. B. der Anzüge, welche alle drei auch im Hochsommer bevorzugten. Mal wurde dieser dritte, der sich prima vista durch einen besonders inhaltslosen, ermüdeten Gesichtsausdruck hervortat, in die Mitte genommen, mal marschierte er links, mal rechts – auf diesem Gebiet herrschte augenscheinlich die seltsamste Anarchie. Auch dieser Dritte mochte so an die 1 Meter 70 messen – ich würde sagen: er genau 170 Zentimeter, der jüngere Mann 168, der ältere 169. Auch der Dritte war wohlig rund, neigte aber wohl nicht ganz so katastrophal zur Dicklichkeit.

Dünklingen ist übrigens ein recht tragbares Stück Altdeutschland, eine insgesamt nette, richtiggehend mittelalterliche Stadt mit meines Wissens jetzt 12 800 Einwohnern, gottseidank so verschnarcht, schrumplig, ja von Kleinsäuberlichkeit zerfressen, daß sie deshalb sogar vom drohenden Tourismus weitgehend ausgespart blieb – das hätte noch gefehlt! Wir haben weißgott schon genug mit uns zu tun!

Von einem »Ei« oder einer »Ellipse« habe ich oben im Zusammenhang der Gestalt Dünklingens gesprochen, seiner prägenden Altstadt jedenfalls – ich hätte auch von einem Kreis reden können, einem freilich sehr abgeplatteten, wie erst kürzlich wieder ein Vogelschau-Foto im »Volksblatt« anscheinend voll Stolz zeigte. Und es war auch ursprünglich sicher ein Kreis angepeilt gewesen, aber dann war's gerade, als ob unsere Vorfahren dabei gestört worden wären, als ob irgendwelche Verwehungen, Denkschwächen, Unachtsamkeiten und Unkontrollierbarkeiten ihnen den kugelrunden und wehrhaften Plan doch noch im letzten Moment entzaubert hätten – möglicherweise wußten sie mit dem Zirkel noch nicht recht umzugehen (die meisten Dünklinger können es wahrscheinlich heute noch nicht ordentlich, obwohl es da jetzt so etwas Hehres wie eine »Mittelpunkt-Mittelschule« gibt . . .) – vielleicht überfiel sie auch plötzlich die abergläubische Angst vor allzu hybrider Perfektion; jedenfalls, sie ließen ihre schöne Kugel also vom Süden und Norden her gleichsam breittreten – der Effekt: Der wohlerhaltene Mauerring der Stadt schwebt heute so akkurat zwischen Kreis und Ei, daß man mit der nötigen Empfindsamkeit ganz aufgeregt davon werden könnte, gefördert dadurch, daß es in dieser Stadt ja sonst entsetzlich wenig Aufregendes gibt, o Gott, was für ein von Gehaltlosigkeit geradezu heulendes und gackerndes Nest!

Man sollte das vielleicht mal untersuchen, ob die Unentschiedenheit einer Stadtform die Einwohner so negativ und am Ende sogar defätistisch prägt, wie ich das zuweilen bin und damals war . . . aber, mein Gott, leben muß man überall.

Kreis hin, Ei her – ziemlich genau in der Mitte von beidem, im Schatten der rücksichtslos ragenden, in keinem Verhältnis zur Einwohnerzahl stehenden katholischen St. Gangolf-Stadtpfarrkirche, ist mein Stammkaffee angesiedelt; dort, im altgediegenen Café Aschenbrenner, hatte ich das fragliche Männer-Duo bzw. Trio nicht nur schon mehrfach vorbeilaufen oder besser vorbeiwalzen sehen; dort empfing ich eines Sonntagvormittags im Juli auch erste und, ach, so folgenreiche Aufklärung aus dem Munde eines gewissen Albert Wurm.

Albert Wurm, vermutlich altgedientester, beständigster und mit Sicherheit bestinformierter Stammgast des Café Aschenbrenner, saß, »Bild am Sonntag« lesend, an meinem Tischchen, zitterte die fünfte oder siebte Tasse Bohnenkaffee in sich hinein und ließ zuweilen hingerissen die gelben Finger über die Tischglasplatte tippeln; die Sonne schien ohne Arg, soeben hatte es zur Halbelfuhr-Messe geläutet – da marschierten sie vorbei, diesmal wieder drei Mann stark. Ich atmete mutig durch.

»Herrgottsakrament!« rief ich lässig und deutete etwas fahrig zum Fenster hinaus: Ich möchte nur zu gern mal wissen, wer die drei Männer da seien.

»Wer?« Es riß Albert Wurm hoch, und die Zeitung senkte sich. »Was?« Und Wurm, im twenartig karierten Freizeit-Janker und schwarzen Rollkragenpullover, sah mir wach, aber so elend in die Augen, als ob ich an dem Kaffeeunwetter in seinem Körper schuldig wäre.

»Die drei da!« wiederholte ich heiter und erregt und deutete nochmals.

»Die drei?« Wurms Blick hatte die drei Männer erfaßt. »Die kennst doch!«

Ich verneinte, leis schauernd. Jetzt entschied sich so allerlei.

»Der Fink und der Kodak«, sagte Wurm flink, beäugte mich gefährlich und schnorrte eine Zigarette Informationshonorar. »Die zwei Brüder, Gott nei! Die kennst doch!«

Nein, lachte ich, fast zu krampfhaft beschwörend.

»Freilich kennst die«, beharrte Albert Wurm: Mit denen hätte ich doch »als Kinder bzw. Kind im Stadtgraben auch Fußball gespielt, dortmals zur Zeit, wo an sich der Stein Harry der King war!« Jetzt sah mich Wurm noch schamloser an: »Der Fink war jeden Tag da, der Kodak, der ältere, fast jeden Tag!«

Etwas Glimmendes, nein Graupelschauerartiges fuhr mir bei dieser Rede in die Seele, und Albert Wurm mußte es rascheln gehört haben:

»Fink und Kodak«, beschwor er nochmals heizerische Spannung und wiegte lauernd seinen scharfgeschnittenen Blondgraukopf.

Unordentlich bestellte ich einen Kaffee.

»Mit Zitrone!« rief Wurm der Bedienung nach. Jetzt kam eine

Menge durcheinander, bis die rat- und sogar etwas hoffnungslose Bedienung kapiert hatte, daß ich einen Kaffee, Wurm aber einen Tee mit Zitrone kriegte. Er hatte in der hektischen Knisterei einfach den »Tee« vergessen.

»Und vier Stückl Zucker!« schrie Wurm jetzt noch explosiv zur Theke hin, um dann, rapid an mich gewandt, überwältigend fortzufahren:

»Fink und Kodak – die alten Iberer-Buben!«

»Iberer-Buben?« Es war schon fast zuviel verlangt, den süßverwegenen Klang hier erstmals auszukosten und doch gelassen zu erscheinen. Wurm mußte erneut etwas gemerkt haben:

»Iberer-Buben«, unkte er nach, und dann in voller Klassizität: »Iberer.«

Betont ganz maßlos auf der ersten Silbe. Der kalte Schmelz der Wurm'schen Greifenaugen! Ich kratzte mich am Kopf. »Und der dritte?«

»Wer? Der dritte?« Wer war eigentlich nervöser? Wurm oder ich?

Na ja, der dritte, der soeben mit den »Iberer-Buben« (sagte ich erstmals!) vorbeigegangen sei!

»Stauber – – oder Müller – –«, jetzt zeigte Albert Wurm deutliche Schwächen, »halt: Igel? Nein, der Igel war ein anderer, das war der Tormann, nein, ich mein' schon: Stauber ...«

Ein Freund? Oder was?

Wurm zuckte die Schultern und saugte Tee an. Dann wägend:

»Prima Fußballer an sich.« Das war offenbar eine Bilanz.

Pusselig, nein: kuschelig war mir geworden, jetzt wollte ich noch mehr wissen, auf Gedeih und Verderb!

Albert Wurm entzog seinen Kopf der hereinfallenden Sonne. Er, Wurm, berichtete Wurm und gab wendig ein Cognäkchen in Auftrag, habe auch oft mitgespielt, er und sein Freund Jim. »Gott nei«, die Iberer-Brüder seien dortmals – »die waren vielleicht 15, wir 12« – nicht die besten Fußballer im Dünklinger Stadtgraben gewesen, »der Wähner Alex hat effektiv schon in der Reserve von Inter gespielt«, aber, Wurm fachierte wie fächelnd mit dem linken Arm, »an sich die besten Techniker. Und vor allem«, keuchte Wurm wie unter Erinnerungsballast, faltete die Stirn zum Gesetzbuch und äugte durchtrieben einen unschlüssig im

Kaffeehaus herumgrasenden Backfisch an, »fair!« Jetzt schüttete er den Weinbrand in den Zitronentee – was mochte es in diesem Magen heute rebellieren! »Immer fair! Waren alle zwei Dribbler – mit Köpfchen!«

Tatsächlich klopfte Albert Wurm mit dem gewinkelten Zeigefinger gegens Hirn, der Finger rutschte aber irgendwie ab und prallte an das riesige Ohr. Er hatte zu exzessiv Kaffee getrunken. Jetzt lag das Kinn fast auf der Tischplatte auf, so sehr trieb es Wurms Nerven herum – im Gesicht geisterten wehgroße Vergangenheit und aktuelle Utopie des gelebten Lebens durcheinander, verbanden sich zur Synthese vom Weltbürgertum von Haus auf, vom Kaffeehaus an sich – da strichen, offenbar auf dem Rückweg, die Iberer-Brüder und »Stauber« wieder am Fenster vorbei. Wurm kriegte es nicht mit, ich sah ein paar brenzlige Sekunden scheinbar gleichgültig zum Fenster hinaus – und weg waren sie wieder.

Manchmal werden auch von uns Alten im Leben Entscheidungen noch verlangt. Sollte ich mich Albert Wurm weiter offenbaren? Jawohl. Wenn schon, denn schon!

Das sei nämlich, säuselte ich, komisch: Diese Iberer-Brüder sehe man nämlich immer gemeinsam und zur gleichen Zeit miteinander durch Dünklingen hin und wieder herlaufen. Ich kicherte ein wenig fiebrig; daß ich schon die genauen Uhrzeiten wußte, verschwieg ich Albert Wurm doch lieber.

»Aha!« Wurm lächelte neugierig, diabolisch und dankbar, klopfte sich mit den Handkanten gegens Zwerchfell. Das sei ihm auch schon irgendwie aufgefallen: »Oft zu zweit oder zu dritt!«

»Immer!« fiel ich fast schon selig ein.

»Oder immer«, lachte Wurm, aus welchem Grund auch immer, höhnisch – hatte er mich doch schon bei meiner verbotenen Leidenschaft ertappt?

»Ehrlich«, knispelte ich hilflos nach.

Wurm sandte einen melancholisch energischen Blick gegen die goldfarben stuckierte Kaffeehausdecke und seufzte – sein Backfisch hatte sich schon wieder getrollt.

»Ja, Stauber«, glaube er, wiederholte Wurm, heiße der dritte. »Und wie g'sagt: prima, exzellente Fußballer – und das war dortmals selten. Lauter Bolzer!« Er kam jetzt von selber, mein alter Freund Albert Wurm:

Finks Spezialität sei es gewesen, erläuterte Wurm wie verantwortungsbewußt, den Ball als Rechtsaußen immer den Stadtgrabenwall hinauf zu treiben und den gegnerischen Verteidiger dadurch auszutricksen, daß er den Ball den Wall hoch und am Verteidiger vorbeigeschoben habe, gleichzeitig weitergelaufen sei, den zurücktrudelnden Ball erwartet und aufgenommen habe und so frei aufs Tor, zwei Kastanienbäume, zugestrebt sei, »ganz locker!«

Locker vermengselte Albert Wurm seine zehn Wurstfinger ineinander, als ob er sie auswinde, geradezu lustig. Vielleicht hatte ihm der Tee wirklich geholfen.

»Der Kodak, der andere, der ältere«, fuhr Wurm fort, dagegen sei »an sich Mittelfelddirigent« und »ein ganz feiner Ballverteiler mit exzellenter Ballaufnahme von Haus auf« gewesen – außerdem habe er eine ähnliche Technik perfektioniert wie Bruder Fink: Angreifende Gegner habe er nämlich – und hier kicherte Wurm herzhaft und wie a posteriori schadenfroh – durch das Kicken des Leders gegen die Stadtmauer, welche den anderen Spielfeldrand gebildet habe, leerlaufen lassen, »wie du's beim Eishockey gegen die Bande hast, dort ist's ja effektiv erlaubt. Bzw. nicht erlaubt, sondern – klar! – Technik! Hähähä!«

Fürs erste erschöpft, mit sich zufrieden und mit seiner Vergangenheit eins, stieß Albert Wurm lokomotivenhaft Zigarettenqualm in die Tiefen des Café Aschenbrenner.

Ein wenig beklommen, aber mehr noch gerührt hatte ich gelauscht, aufgekratzt in mich versunken. Unglaubliche, unabsehbare Perspektiven hatten sich aufgerissen. Der Rubikon war überschritten. Jetzt wurde es ernst.

»Alle zwei, wie g'sagt, primär Techniker!« faßte Wurm nochmals zusammen.

Albert Wurm ist übrigens ein recht kommoder, netter, ja honetter Mann – und dazu und fast schamlos schon mit einer Annette Wurm verheiratet, eine Tochter soll auch da sein. Offenbar beruflich kaum geforderter Vertriebsleiter des Dünklinger Volksblatts, dem er als Ex-Werkstudent gleich die Treue gehalten und sich über zwei verstorbene Chefs hinweg glücklich eine Karriere gebastelt hatte, ist dieser damals 48-, heute exakt 50jährige sicherlich der hemmungsloseste Kaffeehaushocker unseres Bezirks – und als Presse- wie Privatmann mit Material natürlich wohl ausstaffiert. An sich einst Student für Maschinenbau in Erlangen, war Wurm dortmals mehr oder weniger wider Willen auch in politische oder scheinpolitische Kaffeehauskreise hineingeraten, fatalerweise, obwohl von Haus auf rechts daheim, scharf linke. Eine Zeitlang, hieß es, habe Wurm das nicht recht mitgekriegt, erst als man ihn als Zeuge gegen Strauß in den Fibag-Prozeß hineinziehen habe wollen, habe er, Wurm, berichtet er noch heute, die Umsicht besessen, sich von solchen Demagogen zu distanzieren und in seine Heimat, unser knüppliges, nettes Dünklingen, zu retirieren.

Hier hält der seither in Antlitz und Gesinnung etwas mehr in die Breite geratene Mann nicht nur spielend dem romanisch-romantisch Konservativen und Kaffeetrinkerischen die Treue – von seiner alten Aura des Brisanten zehrt er doch noch immer: in jener Studentenzeit war Wurm nämlich einmal mit dem Filmschauspieler Jean Paul Belmondo verwechselt worden, das hatte sich dann natürlich bis Dünklingen herumgesprochen, und obwohl Wurm seit mindestens zehn Jahren eigentlich mehr Rudolf Prack gleichsieht, langte das einstige Imago bis heute immerhin dazu, praktisch die ganze hiesige Frauensphäre wenigstens virtuell zu beherrschen, anders gesagt: Das Wissen um die gesellschaftlichen Abgründe des Sexuellen, das sich in Albert Wurms ruhelos flackernden Augen und Stirnrunzeln manifestiert, treibt und trieb ihm zwar kaum je wirklich, effektiv eine unserer trägen Dünklingerinnen zu, aber es könnte durchaus sein, daß alle insgeheim von ihm träumen, träumend seiner visuellen Dämonie mondänen Damenfangs sich hingeben und seiner vielwissend virilen Befehlskraft, seiner kraftvoll schlummernden.

Denn Albert Wurm ist heute für meine Begriffe ein Nachfahr, ja Ausbund jenes klassisch-romanischen Ideals des fast berufslosen Höflings und Honnête Homme des Salons, der Intrigue und des »Découvrir l'interieur« um jeden billigen Preis, freilich im Rahmen von Commodité und Bonne Companie, insgesamt wohl der gefälligste Habitus, in dem unsere ehemaligen Frondeure sei's der Uranfänge der Studentenrevolte, sei's der jungsozialistischen Wühlarbeit ihr Verbleiben in dieser stagnierenden, umsturzunfähigen Sozietät als Bourgeois Gentilhomme legitim zu nutzen wissen – –

– – Herrgott, was phantasiere ich da Nebelschwaden zusammen! Jedenfalls war und ist Albert Wurm ein vergleichsweise zivilisierter Mensch in unserer schwer verlumpten Zeit, obwohl sein Auge, genau genommen, nichts weniger als französisch und belmondisch wetterleuchtet, sondern, sah man nur naiv hin, glatt dünklingisch und bauernschlau. Mir persönlich ist er übrigens ab ovo durch einen kleinen pikanten Skandal verbunden, ich hatte nämlich dem einst sehr mittellosen Wurm vor 25 Jahren 50 Mark geliehen, sie nie mehr wiedergekriegt und nach etlichen schriftlichen Zahlungsaufforderungen ihm den Gerichtsvollzieher nach Erlangen auf die Bude geschickt. Der hatte aber, schrieb er mir dann, nichts Pfändbares vorgefunden – so daß ich doppelt der Dumme war. Tempi passati – reizvoll aber, daß Wurm auch seit der Zeit, da er zu etwas Geld gekommen ist, keine Anstalten macht, die alte Schuld zu begleichen – ich warte bis heute, daß er kommt, er wartet vielleicht, daß ich komme und das Geld erneut moniere – so daß wir seit vielen Jahren in einer Art wechselseitigem Belauerungsverhältnis leben – und vielleicht, blitzt mir erst jetzt bei dieser Niederschrift, war Wurm sogar der Ansicht, durch seine Iberer-Auskünfte sei die alte Schuld aber auch restlos abgegolten!

»Kodak – Kodak war vielleicht ein bißl stärker wie der Fink!« Wurm wippte mit den braunen Pirschhalbschuhen auf den Teppich ein. »War der, praktisch, Spielmacher.«

Versunken schrak ich ein wenig hoch: »Aha?«

»Und heut' alle zwei noch ledig.« Ein harter Übergang. Frech und bohrend äugte Wurm mich an und schob ein Zuckerstückchen in den dicklippigen ausgreifenden Mund.

»Ledig?« Freude züngelte so kribbelnd, daß ich, überrascht, kaum an mich zu halten vermochte.

»Ledig.« Mutlos ließ Wurm die aufgenommene Zeitung wieder sinken, ein schwer auslotbares Schulterzucken. »Soviel ich weiß. Alle zwei. Von Haus auf!«

»Und – Vornamen? Wurm?« O Gott, was eine Frage!

»Praktisch«, Wurm zuckte die Achseln, »immer nur Fink und Kodak. Was anderes hat man dortmals, Gott nei, nie g'hört!«
»Na ja.« Was hätte ich sonst sagen sollen? Wurm äugte mich wieder massiver an. Manchmal scheint es mir, als wolle dieser Mann seine Charakterlaufbahn gewissermaßen nach seinem schmählichen Namen modellieren, um über jene diesem die Ehre zu geben. Obgleich er von Schiller kaum hat läuten hören.
»Jedenfalls die letzten sechs Jahre ledig – sonst wüßt' ich's!« Über Wurms einsatzfreudiges Gesicht huschten plötzlich die Gespenster universeller Hoffnungslosigkeit. »Gott nei! Jetzt heiraten die nimmer!«
»Sososososo...« Ich versuchte, den Spieß umzudrehen, Wurm seinerseits auflaufen zu lassen. Sah ihn sinnend an. Elegant wich dieser aus:
»Lissy!« Ein blasses Gesicht beugte sich gleich drauf über ihn. »Hör zu, du bringst mir...«, wie ein Dressman sah er jetzt aus und drein, plötzlich streichelte sein Zeigefinger der Bedienung sogar aus der Distanz von zehn Zentimetern über die Brust, »ein... eine Mineralwasser und ein Kaffee Hag und einen – Madeira! Gell! Aber nicht den von dortmals, sondern den anderen! Gelle!«
Begeistert über diese Bestellung rieb sich Wurm erneut die Hände. Die Bedienung sputete sich; mehr konnte sie von einem einzelnen Gast wirklich nicht verlangen.
»Aber nur ein Achtele!« Wurm deutete nervös, ja erregt auf seine leere Kaffeetasse. »Achtele! Lissele!«
Ich brach auf, von Albert Wurm mit einem langen Stechblick auf die Nachmittagsbahn geschickt. Verblüfft erspähte ich beim Abgang, daß von den acht Jugendlichen im Kaffeehaus sieben Weizenbier vor sich stehen hatten, auch die Mädchen. Na bitte! In zehn Jahren würde dies Etablissement nur noch zähe Citoyens und Sudfreunde wie Albert Wurm und mich zu ehren »Café« heißen! So was!
Ich war ein wenig matt, erst ein frischer Wind, der durch Dünklingens Hauptstraße fächelte, brachte mir die neue Wahrheit wieder ins Hirn:
Brüder waren es also. Brüder und Fußballer. Und Techniker.
Danke, Albert Wurm, das genügte fürs erste. Das andächtige

Glitzern in meinem Herzen kam jetzt wieder. Ein Schäferwölkchen tanzte mit. Ob Wurm schon etwas ahnte?

War ich damals schon »verzaubert«? Ich, der rationalitätsfreundlichste Einwohner Dünklingens?

*

Ich, Siegmund Landsherr – es wird Zeit, ein bißchen über mich auszupacken. Mein Lebensweg ist ein wenig kraus und krumm, im wesentlichen doch trivial. Das Dümmste ist wohl, daß ich sage und schreibe verheiratet bin, in eine Ehe hineingeraten unnötiger als Pontius ins Credo; davon später. Dünklinger Kindheit, Abitur schenke ich mir gleichfalls, ebenso die Flattrigkeiten der Studentenzeit in Saarbrücken, Florenz und schließlich in Göttingen. Kurz, es war ein alles in allem gescheitertes Chemiestudium, gescheitert wegen vollkommener Ungeeignetheit, gescheitert insofern allerdings nicht, als ich von Haus aus sowieso am liebsten Rancher in Texas geworden wäre – aber ich bin, mit meinen knapp 167 Zentimetern, einfach zu klein dazu, das spürte ich wohl schon zu Zeiten der Reifeprüfung. Der Kopf hätte gepaßt: er ist bullig, kantig und meist purpurn wie ein Abendrot, weiß Gott!

In die Enge getrieben, wurde ich deshalb mit 36 Bibliothekssekretär an der Provinzialbibliothek Dünklingen, mein Unglück war, daß ich dort, am eigenen Arbeitsplatz, von einem späten Bildungshunger beseelt, so viele Bücher stahl, daß es mit der Zeit auffiel. Es waren auch viele Rara und Pretiosa darunter, und genau genommen weiß ich bis heute nicht genau, ob ich die Dinger nur aus Bibliophilie entwendet habe oder mit dem Hintergedanken, sie später doch zu versilbern.

Das ging dann sehr drollig her. Nach zwei Jahren etwa erst kamen sie mir drauf – und eines Nachts (!) waren sie angerückt, zwei Mann hoch, zwei grüne Polizistenschnäbel, mit einer Art Hausdurchsuchungsbefehl in den Fäusten – ich habe damals furchtbar lachen müssen, als die beiden Grashüpfer vor meiner Wohnungstür standen. Ich gestand sofort, wollte im Überschwang den beiden Entlarvern sogar gleich den ganzen Bücherpacken aufhalsen – und wurde natürlich vom Amte gefeuert.

Immerhin rührt aus dieser Episode meine durchaus überdurchschnittliche, erst in den letzten Jahren nachlassende belletristisch-philosophische Belesenheit. Heute noch vermöchte ich weite Teile der Gegenwartsliteratur, ließe man mich nur, absolut kompetent abzukanzeln.

Man verschwieg, unterdrückte seinerzeit den Skandal, wohl um innerhalb der Bevölkerung keinen Argwohn gegen die Ämter und offiziellen Stellen zu stiften – aber mein schöner Posten war halt weg. Eine Zeitlang tat ich erst gar nichts, dann ließ ich mich von meiner Schwiegermutter dazu beschwatzen, Klavierstunden zu annoncieren – niemand meldete sich – doch in der Folge dieser winzigen halbherzigen Zeitungsanzeige wurde ich jetzt plötzlich – Kurmusiker. Nämlich Pianist, genauer Reserve-Pianist im Trinkheilbad in Dünklingens Nachbarstadt Bad Mädgenheim.

Das heißt: ich wurde in unregelmäßigen Abständen als Ersatz für Urlaubs- und Krankheits-Vakanzen eingesetzt, vor jeweils 100 bis 500 gottverfluchten Kurgästen am Piano meine Künste zu zeigen, wie ich sie 30 Jahre vorher als Pennäler am musischen Erasmus-Gymnasium erlernt und in Göttinger Studentenlokalen vervollkommnet hatte.

Na bravo! Gerufen und eingesetzt wurde ich z. B. auch dann, wenn der etatmäßige Klavierspieler bei ausgefallenen Piècen die Hammond-Orgel zu traktieren hatte – es gab da etwa ein besonders verwegenes Arrangement unseres Kapellmeisters Dr. Egon Mayer-Grant, nämlich ein Potpourri aus »Traviata«, bei dem Mayer-Grant für das schluchzende Duett Alfred-Violetta ein Spielchen zwischen (sic!) Viola (er selber!) und Hammond-Orgel ausgeklügelt hatte, grauenhaft, sündhaft, ein wahrer Popanz – – aber was soll's? Mein beschämender Beruf wirft doch ein schönes Salär oder richtiger Taschengeld ab und beschert mich hin und wieder sogar mit allerlei anthropologischen Betrachtungen. Denn ist es nicht wunderbar, ist es nicht atemberaubend und herzzerknitternd, daß ein erwiesenes Raubtier wie der Mensch, zwingt man ihn erst dazu, plötzlich angesichts von ein paar hundert Siechen so namenlos zarte und inhaltslose Sachen dahergeigt und klimpert wie die Toselli-Serenade, den Daisy-Walzer von Dacre, die Tyrolienne »Souvenir d'Ischl« – oder gar den Nabucco-Chor? Daß eben dazu eine Gruppe älterer, mit allen Warzen und Furunkeln des Lebens belasteter Männer sich zusammenrottet, Männer, die ja einst Erhebliches im Sinne trugen und durchzuführen wild entschlossen waren! Daß sich diese edlen trüben Tassen aber jetzt schrecklos einem Rudel alter Schachteln, meist vergaunert bis in die Bandscheibenschäden, aussetzen, freundlich lächelnd den abgefeimtesten Blödsinn anzuleiern?

»Va, pensiero, sull' ali dorate!« Ist das nicht schon ganz pervers und engelsgleich? Tatsächlich weine ich am Klavier oft zähneknirschend vor mich hin . . .

Gottseidank fällt mein Einsatz meist nur fünf- sechsmal im Monat an. Daneben aber erteilte ich damals auch wirklich eine Klavierstunde wöchentlich, nämlich an meine Nichte Conny – – der Rest ist goldene Freizeit! Ich hatte es geschafft, schon mit 46 Jahren! Pro forma ein Berufstätiger, dem Ansehen nach ein netter Herr in den besten Jahren: so strolchte ich, so trieb ich mich herum oder besser: umeinander – rücksichtslos, brutal, zum Äußersten entschlossen, eine exzeptionelle Erscheinung, ein freier Mann in einem freien Land!! Und wenn ich in den Spiegel schaute, so glänzte mir ein sehr roter, mächtiger Quadratschädel mit etwas borstenartigen Haaren und einem schönen goldgelben Schnauzbart entgegen, unweigerlich einer leicht verschrumpelten, aber doch adretten Hundsrobbe, einer karibischen Mönchsrobbe, vielleicht sogar einem Walroßbullen ähnlich.

Immerhin, das alerte Air des alternden und weise gewordenen Tieres verleiht mir im Verein mit meinen moosgrünen, leicht stechenden, klug fragenden Augen und den schön anliegenden Ohren etwas durchaus Stattliches, ja Weltläufiges, jedenfalls Passables, doch, soweit bin ich sehr zufrieden. Um aber hier ganz offen zu sein: Chemie – das war mir seinerzeit doch vielleicht einfach zu plebejisch gewesen. Um Himmelswillen, jeder, der heute mit einem roten Lackmuspapier in der Hosentasche herumrennt und nicht weiß, wohin, nennt sich doch heute »Chemiker«, die Berufsperspektiven sollen auch nicht die besten sein – und schon Tschechow in (sic!) »Der gescheite Hausknecht« weiß es sehr genau: »Das sind doch keine Menschen, das sind irgendwelche Chemiker, schweinische.«

Eben! Sehr richtig beobachtet! Dann schon lieber Hausknecht und die künstlerische Demimonde!

Doch dann rückten ohnedies die Brüder an, wild entschlossen, mich herumzukriegen. Vermutlich sah ich es von Anfang sternenklar. Kühlen Kopfes, durchaus nicht unbedacht schlitterte ich in das Abenteuer meiner Lebensmitte, hähähäh!

*

Mit mir zusammen in einer nahezu patrizierhaften altstädtischen Sechszimmerwohnung lebten damals meine Schwiegermutter Monika Winterhalder und meine Frau Kathi, geborene Winterhalder, gewesene Eralp.

Eine durchaus dubiose Wohngemeinschaft, obgleich nach außen hin alles glatt ging. Die beiden Frauen besorgten die Menage, ich aber machte mich dünn oder aber tätigte allerlei Handreichungen und Verrichtungen in der Küche, – ich schwebte gewissermaßen unauffällig auch irgendwie mit. Kathi war seinerzeit 35, sehr gut erhalten, ein paar Jahre früher hatte ich sie sogar noch, die alte Plage, hin und wieder begehrt. Aber all das ist heute so unendlich weit entfernt... Unsere Ehe ist kinderlos, natürlich, und wir sind es beide hochzufrieden. Kathi war und ist ein gemütsarmes Fernsehlämmchen. Ihr bißchen Seele schlüpft allabendlich in den merkwürdigen Kasten, verliert sich in ihm und geht dann irgendwann einmal getröstet zu Bett. Vor vielen Jahren hatte sie ein beschwerliches Erlebnis im Ausland gehabt und – doch das ist jetzt alles zu kompliziert, ich entfalte das in aller Ruhe ein andermal.

Mit meiner damals 72jährigen Schwiegermutter Monika kam ich gleichwohl allerbestens zurecht. Sie war vor etwa fünf Jahren, nach dem Tod ihres Mannes Hans, eines Bierbrauers, von Eichstätt zu uns nach Dünklingen gezogen, vielleicht sogar mit der fast selbstlosen Absicht, sich wechselseitig das Unglück zu erleichtern, und es war ein guter Schritt gewesen. Monika war damals, vor zwei Jahren, eine kugelige, niedliche Person, halb Grande Dame, halb Provinzmütterchen, seit dem Tod ihres Mannes auf fast reizende Weise leicht verwirrt. »Wo nur der Hans wieder bleibt«, seufzte sie manchmal weh zum Küchenfenster hinaus und mußte gleich darauf selber lachen.

Sonst war Monika Winterhalder tüchtig, quirlig, oft resolut –

in unserem ehelichen Witzkabinett ein Labsal, ein Halt. Daß zwischen ihrer Tochter und mir nichts mehr stimmte noch je zu reparieren sein würde, übertünchte sie meist kunstreich – und noch graziöser vergaß sie es einfach. Trotzdem, in diesem Punkt tat sie mir leid, aber mein Gott...

Immerhin, unser kleiner Haushalt im zweistöckigen Bürgerhaus »Am Schelmensgraben« war auch aus einem zweiten Grund obskur und ist es noch heute, ein Ärgernis, wäre eins geworden, hätte die Bevölkerung nur unsere wahren Verhältnisse geahnt; ich meine die ökonomischen. Die Schwiegermutter bezog eine solide Rente – ich aber bezog nichts außer meinen schwachen Einkünften als Reservemusiker und dazu exakt 20 Mark monatlich als Klavierpädagoge, ein Spottpreis für vier Stunden Unterricht monatlich, wie gesagt für Conny, die kleine Nichte. Das war alles. Der Rest aber bezahlte sich aus einem schmächtigen Vermögen, das mir vor sieben Jahren fast gleichzeitig eine winzige Erbschaft und, peinlich genug, ein auch nicht gerade bedeutender Lottogewinn eingebracht hatten. Davon zehrten wir drei, genossen sogar bescheidenen Wohlstand, ein dreifach dunkel verschwiegenes Einverständnis – und das Ende war damals schon abzusehen und würde rücksichtslos sein.

Tatsächlich ahnte die Dünklinger Bevölkerung von all dem nichts, erst jetzt erfährt sie's leider, leider, aber jetzt ist es schon egal – und in der die Stadt beherrschenden Mittelschicht genoß ich, der ich nichts Öderes als eine Art männlicher Gouvernante war, sogar einige Attraktivität, ich denke kaum als Kurmusiker, vielmehr als Pädagoge. In Wirklichkeit war auch dies erbärmliche Lehramt nur ein aus der Not geborner Einfall meiner gleichfalls in Dünklingen lebenden und keineswegs bemittelten Schwester Ursula, einer früheren Studienrätin. Ich weiß heute, daß sie mir die kleine und pianistisch anstellige Conny nur deshalb zum Unterricht ins Haus geschickt hat, damit irgendwie stimmte, was protzig auf einem Schild vor meiner Haustür stand:

»Siegmund Landsherr – Klavierlehrer (privat)«

\*

Meine nächste »Begegnung« (so nenne ich dies mal mit Vorbehalt) nach Albert Wurms Einführung war bereits geplant und ausgezirkelt. Es war ein Sonntag, wohl Ende Juli, um 10 Uhr 15 stand ich vorm Café Aschenbrenner, im Sportanzug und getarnt durch eine Sonnenbrille, schneidig, als ob ich Gottes Sonnenschein genösse – um 10 Uhr 50 endlich schwangen sie sich heran; wieder war der dritte Mann »Stauber« dabei, diesmal in der Mitte.

Der Kleidung der drei habe ich damals, im ersten Rausch, noch wenig Aufmerksamkeit geschenkt – zuerst galt es deutlicherer physiognomischer Einsichten. Ich schaute, was das Zeug hielt; was ich in der Eile schauen konnte:

»Kodak«, der ältere Bruder, schien sich heute eindeutig als Häuptling abheben zu wollen. Seine Haare – alle drei waren hutlos – könnte man als »weißblondrot« beschreiben; sie überlagerten ein aufgequollenes, schon ahnbar tödliches Gesicht mit tanzenden Sommersprossen und schweinsmäßig gewölbten Lippen. Kodak (ach wie süß schlängelt sich der Name schon aus dem Kugelschreiber!) – Kodak stach auch insofern deutlich aus der Gruppe hervor, als sein Kopf beim Gehen rhythmisch auf- und niedernickte – so der Horizontalen des Stadtmarsches gleichsam die Vertikale zu vermählen.

»Finks«, des jüngeren Bruders, Kopf war weniger spektakulär, wäre vielleicht alleine und ohne Kodak sogar in der Menge untergegangen, die an diesem Tag hin und her schwärmte: unergründlich, was so eine kleine Stadt alles an Menschenmaterial auf die Beine zu bringen die Macht hat, rief nur die Stimme des Herrn oder des Sommerschlußverkaufs! Finks Haare schienen mir irgendwie dunkelblaugrau, das Gesicht würde ich als »gelbsuchtockern« charakterisieren – nach dieser Begegnung war ich gar nicht mehr sicher, ob mir die Bruderschaft ohne Wurms Bericht als erwiesen erschienen wäre.

Erstmals schloß mein Wohlwollen auch zur Gänze »Stauber« ein. Zwar den Brüdern deutlich subordiniert, gefiel mir heute ganz besonders »Staubers« flotte, ewiggleich hingepappte graublonde Haartolle über der niederen Stirn, und wie schön war nicht sein diesmal schon schmerzlich gelangweilter, ja entsagungsvoll biederer Blick! Als ob ihm das Dünklinger Leben schon bis zur Neige das grüngraue Unheil aufgehalst hätte, das aus dieser kleinen Stadt allzeit mühelos herauszuquetschen ist! Ich beschloß, diesem Mann 50 Jahre zu geben, Kodak bis auf weiteres 49, und Fink sah mir ganz nach 48 aus.

Angenehm ruhig blickte, spähte ich den dreien nach und steckte mir einen Kaugummi in den Mund. Die Worte »gediegen-verstaubt« fielen mir als Geh-Gesamteindruck ins Hirn – und auch insofern fügte sich Albert Wurms Namensvermutung ja ausgezeichnet ...

Nach knapp einer Viertelstunde walzten sie wieder an – ganz sicherlich war der Dünklinger Bahnhof ihre unumstößliche Wendemarke. Deutlich führte Kodak Gruppe wie Wort, ich sah es jetzt von schrägvorne, Fink und »Stauber« lauschten aufmerksam, womöglich ergriffen, ja »Stauber« machte sogar den Eindruck, als ob er ein wenig schliefe, weil ihm Kodaks Worte ohnedies zu erhaben seien. Sie kamen fast bedrohlich auf mich zu, passierten mich – noch eine halbe Minute Rückansicht, dann hatte die Straßenkrümmung alle drei verschluckt.

Ich verdrückte mich nach rückwärts ins »Aschenbrenner«, alles zu überdenken. Was mochte es mit den Namen »Fink« und »Kodak« auf sich haben? »Und erst Iberer«, murmelte ich erschreckend kräftig vor mich hin. War »Stauber« ihr Beschützer? Ein Sekundant? Ja, war das nicht wirklich ein übernatürlich schönes Kompott, waren das nicht mindestens die vernichtendsten Gestalten ihrer Kriegsjünglinge-Generation – –?

Rätsel über Rätsel. Rätselhaft auch, was mich trieb dortmals. Reine Neugier? Forscherdrang? Oder mehr schon? Eben – Trieb?

\*

Die Brauerei-Gaststätte »Zum Paradies«, angeschmiegt an Dünklingens gelbliche Ringmauer, dort, wo der Stadtverkehr durch das 420 Jahre alte Schaufler-Tor in einen Autobahnzubringer einmündet, – dieses Lokal führt seinen Namen sehr und doppelt gar zu Recht. Friedsam, heiter, gemütvoll, ja sogar gefühlvoll und gefühlsinnig – das wären die Vokabeln, die ich in einen Reklameprospekt schriebe, – aber an so was denkt Karl Demuth, der Pächter, gottseidank mitnichten.

Das »Paradies«, Mittelteil eines ehrwürdigen Baukomplexes, zu dem auch eine Pfarrkirche St. Sebastian und eine Art Studienseminar gehören, das »Paradies« zählt zu den auch im Dünklinger Raum selten werdenden Lokalitäten, die den beseligend ruhigen Restaurationsstil der Jahrhundertwende scheint's mühelos in unsere, ach, auch gastronomisch gar so böse Zeit herübersalviert haben. Alte Schwärmerei macht mir das Schildern schwer. Der Gaststättenraum prangt vierschiffig, das meines Erachtens gotische Gewölbe wird von sechs prächtigen Traßsäulen gestemmt. An den Wänden und an der Decke des tiefen, geruhsam atmenden Saales hat es allerlei ritterlich-chevalereske, freskenartige Ölpinseleien und bunte Szenen aus dem Land- und Trinkleben, auch so manches launig Kriegerische, und das scheint gut so, denn ganz offenbar deckt das den der Humanität (wie man hört) leider angeborenen Bosheitshaushalt der Gäste auf das befriedigendste – an Lärm, Streit und Exaltationen in diesem Gasthaus kann ich mich lange nicht erinnern, ja, bei einigem guten Willen kann man hier auch rudimentäre Einflüsse wie re-säkularisierten Clublebens aufspüren.

Schön ist das Ganze, schön der grüne Kachelofen trotz Dampfheizung, schön der Gardinen weißliche Reinheit, niedlich über den länglichen Saal verteilt hängen viele Kunstblumenkränzlein – der einzige wirkliche Fehler, den Karl Demuth in seinem Reich zuläßt, ist ein Nischchen in der neuen Holz-Wandverschalung, hinter dessen schmiedeeisernem Gitter ein kleiner geschnitzter Nachtwächter posiert und ins Horn bläst, peinvoll angeleuchtet von drei Lämpchen. Nichts ist eben ganz vollkommen.

Nomen mahnt hier wahrhaft omen: Tatsächlich verkehren im »Paradies« so gut wie ausschließlich Menschen, die dem Tod bereits versiert ins Auge sehen, gewappnet, gefaßt gemach, aber eigentlich mehr der Metamorphose, der Verklärung, nun – eben dem Paradiese. Ja, eine wahre Enklave altherrlicher Herrlichkeit, eine rechte Apotheose der Biedermännerei, ein Refugium, ein Residuum, ja Refektorium der schon Gezeichneten, eine tolle Heimstätte derer zwischen 35 und 95. O Gott! Eine Aureole von lamettös verbrämter Vor-Seligkeit scheint weihrauchartig auf dem Saal zu schweben, die edle Raffinerie spiritueller Wollust ist hier Gast – und auch wenn sich alle unheilige Zeit mal ein Trupp

Junger hierher verirrt, das große Kommando haben stets die Alten, in deren unterer Hierarchie auch Nachwachsende wie Albert Wurm und ich schon wohlgelitten sind, gewissermaßen als Leviten des sanft-entschlossenen Lebensabends.

Wir treffen uns hier offiziell einmal wöchentlich, sozusagen heimlich schauen vor allem unsere Ganzalten aber praktisch jeden Tag mal kurz herein, unter irgendeinem Vorwand Geselligkeit klammheimlich suchend. Es gibt uns seit wohl acht, neun Jahren, ein Kreis bei platter Betrachtung mehr als philiströser Art, sah man aber bedachtsamer hin, so entging auch dem Übelmeinenden schwerlich das philantropisch antibourgeois trutzhaft Militante, der durchaus linksliberale Grundzug, der – ja seraphisch-serapionsbrüderhafte Elementargeist davidsbündlerischer Prätention – um mich einmal so penetrant auszudrücken . . .

Das einzig wirklich Junge in diesem Lokal stellt die Bedienung Vroni, ein blonder Engel von seltener Lakaiensanftmut, mit dem ich sogar vor vier Jahren eine kleine, verschwiegene, ja stille Passion teilte – bitte, wenn's zu Hause eine so korrupte Ehe auszutragen gilt wie die meine, wird man ja wohl mal die Blicke schweifen lassen dürfen . . . Zumal es bis heute keine Mitwisser gibt.

Ja, Vroni ist schon ein Inbild von Botticelli-Madonna oder besser Magdalena und Dienerinnensinn! Zwickt sie einer von uns Alten mal irgendwohin (und daran lassen wir es hin und wieder nicht fehlen!), dann erntet er dafür fast so was wie – Dank. Der stille Vorwurf von Vronis gerümpftem Näschen im Verein mit ihren niedergeschlagenen Augen geht dann offenbar dahin, daß wir zwar weitaus nicht so schön waren wie sie – daß sie uns aber wohl oder übel aufgrund irgendeines undurchschaubaren Pakts der bekennenden Kirche bestehen, ja manchmal sogar semi-sexuell gewähren lassen mußte.

Dabei wäre dieser 22jährige Morgenstern in jeder Weltstadt wenn nicht als Diseuse, so doch als Stripperin und Prostituierte groß herausgekommen! »Männer!« grunzte uns Karl Demuth einmal nachdenklich zu, als dergleichen am Tisch erörtert wurde, »macht bloß nicht den Fehler und sagt ihr's! Damit ist euch nicht geholfen – und mir nicht!«

Und stieß weihevoll geschlossenen Augs Zigarrenqualm aus der Nase.

Karl Demuth ist irgend etwas zwischen 40 und 60 und 2 Meter 03 groß, wirkt aber wie 2 Meter 20. Ein wahrlich deutscher Mann! Sein Phlegma hätte für fünf gereicht, sein vollends gestaltlos über die steifschwarze Flanell-Hosenfahne hängender Bauch für immerhin zwei. Wie bei Antrodemus-Sauriertieren ist der Kopf etwas zu klein, der Korpus gar zu unabsehbar geraten – so schleppt sich das Elend durch sein »Paradies«, greift hie und da zu den Spielkarten, erteilt kurze Befehle und fördert sonstwie die Geselligkeit. In seinen linken Arm sind ein Dünklinger Stadtwappen eintätowiert sowie die Worte:

TOD DEN VERRÄTERN!

Demuth soll einige Zeit in der Fremdenlegion gewesen sein; vielleicht (niemand hat ihn noch danach gefragt) meint er damit aber auch meinen Schwager Alwin Streibl – es ist dies eine bejahrte, heute noch nicht ganz geklärte eklathafte Geschichte mit einem Kartenspiel um hohe Einsätze im Hinterzimmer des Café Central, damaliges Stammlokal Streibls, das Demuth wohl auch als Gast und Inspizient hin und wieder besuchte – und kurz und krumm, im Verlauf des Spiels muß der ehemalige Boxer Streibl den langen und unordentlich kiebitzenden Demuth wohl zu Boden geschlagen haben – und der Effekt der uralten Unerquicklichkeit: Lokalverbot für Streibl im »Paradies«.

Ich hatte Demuth später, Gnade für Streibl zu erwirken, mehrfach von dessen heimlicher Reue erzählt; indessen, Karls von langjähriger Behaglichkeit zerfurchtes Gesicht hatte sich jeweils rasch die Züge des gar zu Bedenklichen geliehen:

»Alwin? Ich mag ihn ganz gern. Ehrlich! Aber ich hab ihm die rote Karte zeigen müssen. Für immer. Ein Sicherheitsrisiko.«

Hinter Demuth wirkt noch so gut wie unsichtbar eine Art Gattin in der Küche, sowie ein alter, drahtiger und wieselflinker Schankkellner »Bepp«, der aber wohl nur sekundär den Zapfhahn bedient und die Fässer rollt, der in Wirklichkeit vielmehr und vor allem als Karls Leibwächter angestellt ist; wie mir einer unserer Alten, Alois Freudenhammer, schon vor Jahren gesteckt hatte:

»Der Karl ist feig«, hatte Freudenhammer geseufzt, »feig wie eine alte Sau.«

Eine hohe greisenfromme Einkehrstätte wahrlich zwischen Dom und Klause, ja eine Domkaschemme wär' es wohl zu nennen – freilich, für diesen ersten Abend im »Paradies« muß ich den Leser hinsichtlich eines glanzvollen Berichts über unser Alten-Leben und -Wirken enttäuschen. Es war zum Tagesausklang meines jüngsten Iberer-Erlebnisses, wir waren nur eine kleine Honoratiorengruppe gewesen mit den üblichen erträglichen Gesprächsmaterialien, wenn ich mich recht entsinne, war es um Rüstungsbegrenzung und um den Neubau unseres Dünklinger Hallenbads gegangen, der ausgerechnet unsere Veteranen heftig zu interessieren hatte, iberer-versonnen hatte ich ausnahmsweise nicht recht zugehört, unverständlich früh hatten mich meine drei greisen Freunde Freudenhammer, Kuddernatsch und Bäck verlassen, als ob alle drei am Montagvormittag Bedeutendes zu erledigen hätten – derlei reden sich ja unsere Rentner immer wieder gerne ein.

Ich saß noch ein wenig herum, sah »Bepp« beim Gläserspülen zu, überdachte den morgigen Tag und träumte weiter über den Namen »Iberer«. Ob das auch der richtige Name war? Gab es in unserer Region nicht noch so was wie – Hausnamen? Wie furchtbar wäre, wenn die beiden in Wirklichkeit »Schmidt« oder gar »Karajan« hießen! Abgeschmackt! Aber auch »Mayer-Grant« würde nicht koinzidieren, wäre wieder gar zu prickelnd. Nein, »Iberer« war für die beiden wirklich der einzige Name, Form und Inhalt voll in Deckung... Wenn es aber wirklich ein Hausname war – und das hätte ja Wurm an sich von Haus auf wissen müssen – welcher Sinn möchte hinter ihm lauern? Vielleicht daß es ursprünglich »Überer« hieß, daß sie ein Haus »über« einem anderen hatten, ja daß sie letztlich »über« allem und jedem thronten... daß sie andererseits falsch betonte Spanier seien? Nein, das kam mir schon gar zu spanisch vor und...

Das »Paradies« war schon fast leer. Die hohen Fenster standen offen, lau flutete die Luft herein. Karl machte sich als Gläsereinsammler etwas Bewegung, ein vergessenes, nicht mehr junges Liebes- oder sonstwie solidarisches Paar flüsterte ab und zu verhohlen in der Ecke. Am sogenannten Infantilentisch, rechts von der Eingangstür, saß jetzt nur noch ein unbekanntes einsames Bäuerchen und starrte stumpfäugig und mit besinnungslos gebleckten Zähnen gegen ein Wandgemälde, das den Rekordtrunk des Bürgermeisters Nusch vor Tilly zeigte, ach ja, ach ja, große süße Ruhe schimmelte überm Land, widerwillig summte ich die Schumann-Weise: des-c-des-es-as-f –

Der von mir und Albert Wurm gelegentlich so genannte Infantilentisch – auch Lebensverweigerer- oder Resigniertentisch wurde er betitelt – besteht hier im »Paradies« sozusagen abseits der Altenkultur, er setzt sich in der Regel zusammen aus allerlei Gemüsehändlern, Kuhhirten, Wanderburschen, Tagwerkern, Versicherungsvertretern, Stallknechten und anderen schlechten oder jedenfalls nicht ganz regulären und heimischen Personen, auch fast unkenntliche Frauen hat es hin und wieder darunter, – dieser Resigniertentisch scheint mir im übrigen, zumindest in deutschen Gasthäusern, eine ziemlich feste Größe zu sein oder zu werden, wenn nicht eine fixe Idee: daß nämlich allüberall gleich rechts neben der Eingangstüre die besonders geplagten Opfer der Einfalt, des psychosozialen Auseinanderfallens und der existentiellen Gedrücktheit Platz und zueinander finden, ja daß sie es, Fremde unter Fremdlingen, innerhalb dieser unregelmäßig wechselnden Gruppe sogar zu etwas kümmerlichem Ansehen bringen, sich allein dort jedenfalls, Geschlagene unter Geschlagenen, den Mund aufzumachen trauen . . .

»Heimgehen!« herrschte Karl mit bodenlosem Baß den Landmann jetzt von hinten an.

»Was? Wä! Wer?« knarzte es erschrocken zurück. Doch bald hatte der Kleine kapiert, rappelte sich hoch und verschwand tadellos und gar nicht unzufrieden mit dieser Verabschiedung.

Man sollte das mit dem Infantilentisch vielleicht künftig etwas amtlicher aufziehen und den jeweils ersten rechten Tisch in jedem Gasthaus zum Erniedrigten- und Beleidigtentisch erklären, um so, via Gemeinschaft, die Lebenskatastrophen unserer (nach den Camping-Wohnwagen-Anhängern!) Ärmsten wenigstens im Ansatz zu mildern.

Freilich, man darf sich diese Katastrophalen auch wiederum nicht gar zu erbarmungswürdig vorstellen. Hatten sich die Infantilen und Regressiven erst einmal zusammengesetzt, schwerfällig kennengelernt und Vertrauen zueinander gefunden, dann ging es an diesem doch eigentlich despektierlichen Tisch oft recht munter und sogar beneidenswert zu – zu unserem Honoratiorentisch herüber drangen dann oft sehr verwegene Rufe und Paraden und Kakophonien, aus denen meist kämpferische und immergleichbleibende Partien wie »darf man sagen, darfst sagen, du, he!« oder »wenn er das machen tät' tun« herausblitzten und andere ausdrucksuchende Rudereien mehr. Einmal, an einem besonders untröstlichen Nachmittag, habe ich, aus reiner Neugier, auch am Infantilentisch Platz genommen und dabei fortschreitend erregt einem Diskurs zwischen einem Holzhändler und einem auswärtigen Hochmastelektriker gelauscht, es ging damals darum, ob man von Dünklingen aus nach Stuttgart mit dem neuen Porsche 80 Minuten brauche oder ob das auch in 70 zu schaffen sei. Nach gut und gerne 90 Minuten war das noch immer nicht geklärt. Als ob sie Schuld und Sühne in einem Aufwasch, ja mit Genuß abbüßen wolle, hatte Vroni, die Kellnerin, über dies nachmittägliche Geraune und Gekeife hinweggeäugt, nachdenklich schmuck an die angrenzende Theke gelehnt.

Sie heißt übrigens, die Impertinenz jungfräulich zu steigern, Veronika Herr – und sie war jetzt auch verschwunden, ohne mich Grübelnden eines Blickes zu bescheren. Genau dies, dessen erinnere ich mich, brachte mich jetzt, da sich Karl auf ein letztes Feierabendschwätzchen zu mir setzte, direttissima wieder auf das neue Interessenfeld. Es war mit Sicherheit eine Eingebung. Ob er, Karl, vielleicht die – mein Herz tickerte wieder rascher, das kannte ich jetzt schon – Iberer-Brüder kennte?

»Iberer?« Ein Röhren wie graue Vorzeit. »Freilich!«

Die Elektrizität der neuen Enthüllung, so muß man sich das vorstellen, wuchs dadurch ins fast Inflammierte, daß Karl mit dem zweiten trägen Wörtchen in geradezu verschlingender Weise sein riesiges Maul zum Gähnen aufriß. Erst bei der Wiederholung kam es ziviler:

»Iberer-Buben. Klaro!«

»Wieso? Woher?« Nach Melisse duftete der Saal, jetzt wußte ich's!

»Iberer. Freilich, das sind die, wo immer beim Segelfliegerclub...«

»Segelfliegerclub?« Nein, nach Kamille!

»...nein, halt! Das waren ja die Graf-Brüder. Jetzt: die Iberer«, Karl gähnte, verhaltener, abermals und betrachtete wegwerferisch seinen »Tod den Verrätern«-Arm, »das waren doch die, was am Germania-Platz immer Fußball gespielt haben – und Ministranten waren's auch!«

»Nicht Germania-Platz, sondern im Stadtgraben!« Ich glaube, ich habe regelrecht gekeucht.

»Oder Stadtgraben«, beruhigte mich Karl glatt.

»Ministranten?« Ein Rudel spätmittelalterlicher Mäuse zog durch mein Hirn.

»Ministranten.« Karl Demuth machte seinem kleinen Leibwächter ein kryptisches Zeichen. Dann gehörte er wieder mir:

»Ja, wie war jetzt das?« Er, Demuth, wisse es jetzt auch nicht mehr so genau, »ewig her«, schnarrte Karl zeitlos und packte zum Denken seine Schneckennase, – doch, jetzt erinnere er sich mit Sicherheit »jawohl!«, daß diese beiden Brüder immer früher nach der Fronleichnamsprozession hier im »Paradies« mit den anderen Ministranten von St. Sebastian Bratwürste gegessen hatten, »jeder sechs Stück, damals, wie der Kaplan Durst noch Ministrantenpfarrer war, der was jetzt« – jetzt trommelte Karl im Polonaisen-Rhythmus auf den Tisch – »Iberer-Buben . . . Iberer-Buben! Jawohl! Jawohl! Du hast recht! Jawohl, im Stadtgraben Fußball!« – jetzt falle es ihm wieder ein, »jeden Tag! Jeden Tag!« Es kam mit Grabesstimme, hohl klang es wie »Docht«. Im Wirtshausradio tönte jetzt, zur Mitternacht, das Deutschlandlied.

Ich schnaufte benebelt. Ob er, Karl, redete ich aufs Geradewohl, vielleicht – auch mitgespielt habe?

»Nie! Keinen halben Meter!« Ein Ächzen. In Demuths Stimme furchte sich die Bitternis des ewig schlechten Magens. »Wo denn! Oh! Ich hab im Akkordeon-Club gespielt!«

»Fußball!« Ich wagte ein Scherzchen.

»Nichts! Akkordeon und Kontrabaß!« Der Mann wunderte sich um diese Zeit über nichts mehr; im Radio wechselte die Musik über zur Bayernhymne; Karl stand auf, wackelte hinüber an die Theke zu seinem Leibwächter, kriegte von diesem wortlos einen Schoppen Wein im Halbeliter-Bierglas und rutschte abermals an meine Seite.

»Akkordeon und Kontrabaß, öh. War eine Klasse-Zeit.«

»Und die Iberer-Buben«, jetzt war ich schon recht frech, »haben auch mitgetan . . .?«

»Akkordeon und Kontrabaß, freilich . . .«

»Die Iberer-Buben?«

»Nein!« Karl griff mich rauh am Arm, seine Wangen sackten so durch, daß sie die Augen ins leicht Chinesische verzogen. »Nicht die Iberer-Buben! Ich! Die Iberer-Buben haben Fußball gespielt. Ich hab's oft mit dem Ball in der Hand laufen sehen. Waren gleich groß fast und schön gewachsen. Und die Bratwürst' haben ihnen geschmeckt, die Ministranten haben's ja gern gehabt, die Bratwürst'! Du bist ja Klavierspieler – aber warst du nicht auch einmal bei den Ministranten? Ah, was red' ich! Beim Akkordeonclub? Nach meiner Zeit?«

»Die Iberer-Buben«, antwortete ich stur heiter, »waren nicht dabei, oder? Karl?«

»Die Iberer-Buben, nein. Immer Fußball. Die Iberer-Buben, klaro! Freilich! Bratwurst!«

Es kam etwas bewußt-, aber nicht gedankenlos. Es war dies eine so beschwingte Finalmusik in meinen Ohren, daß ich heute weiter nichts mehr hören wollte. Noch während die Bayernhymne auf ihr Ende zurollte, stand ich knüpplig vor der »Paradieses«-Pforte. Der Wirt hatte mich hinausgeleitet.

»Jetzt gibt's ja keine Fronleichnamsprozessionen mehr«, grollte Karl, »geht ja nichts mehr zusammen. War Klasse früher! Jeder von den Ministranten hat sechs Stück Bratwürst' verdrückt mit Kraut. Jedes Jahr!«

Wir standen in der Eingangstür. Im Garten wucherte Jasmin verblüht. Aus einer späten Laube drang Gekicher. Etwas verloren suchte ich nach Wörtchen:

»Morgen? Karl? Wieder? Ist was los bei dir?«

»Jeden Tag! Jeden Tag wird's eins!« Es rief aus Brunnentiefe wie in großer Not. Gab's nicht sogar ein Echo?

»Jeden Tag – es ist ein Kreuz!«

Schattig mäßig drohendes Dünklingen! Eisenhutbestücktes, bratwurstverdrückendes, fußballspielendes, ministrantenfreundliches! In der Manier eines Country-Gentleman schwangen meine kurzen Beine vorwärts – nichts wie heim! Zum Reflektieren. Bald würde ich meine Aktivitäten im Kurorchester erlebnisüberlastet einstellen müssen. Das war sie ja, die lang gesuchte Einheitsfront des Okzidents, die Trinität aus Heimat, Sportgeist, Bratwurst heiligfromm! Mene tekel upharsin! Ich war schon auf der rechten Fährte! Die Sehnsucht geistert überall, das Unaufhörliche, das Verwuchern und Umschlingen der Geistseelen im Unauffindlichen, Unwiederbringlichen und Unschamhaften des triumphal vor sich hinschwefelnden Geistesverfalls – mit anderen Worten:

> Blümlein fein rosig
> Mägdlein viel moosig
> In Leibes-Schlund
> Such-such den Grund
> Artiges Knäblein
> Schürze dein Stäblein.

Der Leser entschuldige bitte: regelmäßig, leider, beim Schreiben – auch von Briefen, Geschäftspost etc. – überfällt mich so ein lyrisch-rhapsodischer, beschämenderweise auch unverkennbar pornographischer Koller, dessen Ursache sich mir ganz entzieht. Ich wollte auch schon mal mit meinem Hausarzt darüber sprechen, aber der würde sicher nur lachen und sagen, das mache nichts, das hätten alle Manisch-Depressiven so an sich. Na, ich weiß nicht – der Leser entschuldige aber bitte nochmals, ja?
  Hoffnungsschwanger kam ich heim.

\*

Mein Schwager Alwin Streibl ist zweifellos ein großer Ungut, aber als Auskunftsquelle hin und wieder und trotz aller Einschränkungen eine ideale Ergänzung zu Albert Wurm.
  Das mag verwundern, wenn man erfährt, daß dieser etwas eigene Herr – 52 zählte er damals – nominell Auto- bzw. Gebrauchtautoverkäufer ist, freilich in einer etwas verräterischen Firma, gleichzeitig aber und seit ich ihn kenne – Kommunist; möglicherweise ein eher privater, jedenfalls wüßte ich heute noch nicht genau, daß und wo Streibl organisiert oder sonst aktiv wäre, obwohl ab und zu noch das Wort von einer Versammlung oder Resolution fällt – ich mag aber nicht mehr dringlicher nach-

haken, ich habe das Gefühl, es ist ihm nicht recht, und unabhängig davon habe ich es mir, das nehme ich gleich mal vorweg, nämlich auch längst versagt, Ordnung und System in die Vita dieses Angeheirateten zu bringen.

Ein zweites kommt nämlich hinzu. Genau habe ich auch dies nie begriffen, aber weil Streibl angeblich einst für die DDR in Westdeutschland spioniert, es dann aber (vorübergehend?) wieder aufgegeben hat, aus offenbar diffizilen Gründen, wird er heute, so weit ich es verstanden habe, vom ostzonalen Staatssicherheitsdienst, vom KGB und vom westdeutschen Verfassungsschutz wohl gleichzeitig verfolgt oder beobachtet oder beschattet oder so ähnlich, und man weiß nie genau, wer ihm gerade am heftigsten nachsetzt, ja, ab und zu klingt es, als ob Streibl deshalb auch schon eingesessen habe, aber ich möchte auch das mal offenlassen – – noch wichtiger, möglicherweise, ist dies, daß Schwager Streibl sich als leidenschaftlicher Freund der schönen Künste versteht oder immerhin ausgibt, der amerikanischen Short-Story vor allem, und hier wiederum angeblich und trotz – und dies ist nun wirklich ein sehr nachdenkliches Kapitel – trotz allem Kommunismus – Ernest Hemingways. Er, Hemingway, war und ist Streibls Leitstern oder, um es mit einer Metapher aus seinem Brotberuf auszudrücken, Leitplanke, an der Streibls Leben seit jeher und immer wieder betontermaßen, lässig, ja fast heroisch entlangplänkelt – wie gesagt, ich habe und hatte es damals auch diesbezüglich schon aufgegeben, Logik und Sinn des Wesens Streibl völlig zu begreifen, zumal auch noch Dinge wie Schwerkriegsbeschädigung, Lastenausgleich und allerlei Gerichtliches das Bild stark verdüstern. Der Leser wäre aber gut beraten, mir hierin nicht zu folgen. Mag sein, er ist mit größerer analytischer Schärfe begabt als ich, mag sein, daß ich im vorliegenden Fall bereits der bekannten Betriebsblindheit unterliege und, mit Streibl zu reden, »das Ei des Columbus, um Gotteswillen, vor meinen Augen nicht sehe und den Goldonischen Knoten zerschlage, der Marx konnt' es noch, aber heut' hat das jeder, aber wo! Es ist der Kapitalismus, er macht uns krank, er macht uns fertig!«

Möglich. Wahrer scheint mir, offen geseufzt, daß ich das Wesen Streibl seit längstens 1968 nicht mehr recht begreifen – will.

Meine Zwillingsschwester Ursula, eine einstige Lateinlehrerin, nimmt an dem verquollen-chimärischen Treiben ihres Ehegemahls wohl nur insoweit Anteil, als sie dem auf solche Weise gewissermaßen systemüberwindenden Prügelmenschen im Lauf der Jahre und scheint's widerstandslos sieben Kinder schenkte, heute zwischen, meines Wissens, 3 und 18. Nur einmal, nach dem fünften Kind hatten beide für fast sechs Jahre ausgesetzt – was sie da getrieben haben, möchte ich nie erfahren; schließlich mußte es dann noch zweimal sein – das reinste, wunderbar geistlose Kinderwahnsinnsheim, natürlich in einer Sozialwohnung, von Streibl gegründet vermutlich mit der Perspektive, irgendeins der Kleinen würde ihn schon später wenn nicht ernähren, so ihm doch bei seinen Agentenschwänken lauschen.

Ich meine, es wirft ein fahles Licht auf die Autobranche, daß sie heute schon auf so verschwimmende Gestalten wie meinen Schwager Alwin zurückgreifen muß.

Den ich übrigens sehr mag. Und so trüb die politischen Visionen, so kränkelnd meines Erachtens seine Träume von einer sozialistisch gelenkten Salonexistenz seines Gustos – so beschlagen ist der Schwager meist, selbst in Detailfragen, was lokales Personal anlangt. Ich traf den üppigen Mann Anfang August beim täglichen Schlendrian durch Dünklingens neueingerichtete Fußgängerzone. Zwei Zentner drückten auf ein Ausruhbänkchen. Alwin sah aus wie ein sehr großer und sehr beleibter Biber, aber gleichzeitig irgendwie wie eine Hummel. Er band sich die Schnürsenkel, Schweiß rann übers kugelrunde Gesicht, und schnell schoben die Finger eine Tablette zwischen die Lippen. Es war ein staubtrockener Sommerabend.

»Ah«, grüßte Alwin versponnen, »Siegmund!«

Er steckte schnell sein Tablettenschächtelchen weg, und wir zwei sahen uns musternd in die schwiegerlichen Augen.

»Ist dir – wohl nicht recht gut, Alwin?«

»Warum?« Klagend, als ob er kurz vorm Losheulen wäre. »Sag!«

»Du – schwitzt so, Alwin!«

»Aber wo, aber wo!« Sichtbar versuchte er's sofort mit weher Ironie, er ahnte vielleicht, daß ich mich drüber freute: »Ich könnt' heut', hör zu, den großen Meister – Ernie! – selber niederschlagen!«

Er meinte Hemingway und spielte auf seine Boxer-Vergangenheit in Dünklingen an. Ich lächelte beifällig, und Alwin schlug sich mit Humor gegen die Brust: »Hemingway, hör zu, ich weiß nicht, warum du ihn ablehnst, pardon, er schreibt so schön, so schlicht, ein wunderbar schlichtes Deutsch, ah! Ich komm grad aus der Orthopädischen Abteilung vom Krankenhaus ah! Wegen meinem Sohn. Wegen der Rehabilitierung von meinem Sohn. Dem Alwin, du kennst ihn ja!«

Was mit dem kleinen Alwin denn sei?

»Um Gotteswillen, du weißt es doch, er ist Legastheniker yeah. Legasthenie, hör zu, ist heut' kein Problem der Kinder, sondern der Lehrer. Jetzt wird er in der Schule geschnitten, ein kleiner Depp halt, ein Depperl, jetzt hab ich ihn zur Generalbeobachtung ins Krankenhaus, den Dr. Schränker kenn ich ja gut vom VdK her, der kümmert sich drum aah!«

»Legasthenie«, sagte ich versonnen sorgend.

»Es ist, hör zu, erblich, um Gotteswillen!« versicherte Alwin eifrig, »der Dr. Schränker . . . der Alwin kann nichts dafür!«

Soso. Mir fiel vorerst nichts ein. Der Schwager schwitzte noch immer und redete, ich merkte es wohl, recht eigentlich teilnahmslos an mir vorbei. Wie überkorrekt zupfte er an seinem weißen Hemd mit langen Ärmeln herum.

Ob er, Alwin, kurz mit ins Café Aschenbrenner gehe? »Weizen!« lockte ich schelmisch.

»Aber immer, ein schönes frisches Weizen . . .«

Es kam sanft und traurig, aber sehr erleichtert. Ja, wie gesagt, vermutlich ist seit Jahrzehnten nicht mehr ganz klar, was Schwager Alwin eigentlich noch auf dieser Welt will noch was er soll – eins aber scheint mir zuverlässig immerhin, solider als seine kommunistischen Träume, eherner selbst als seine zärtliche Liebe zu Hemingway. Das einzige, was in diesem schütteren Leben heute unrüttelbar feststeht, ist Streibls Vorliebe, ja Leidenschaft für – Weizenbier. Er trinkt und trank nie gar zu viel. Doch hat er so zwei, vier, sechs Halbeliter jeweils in der Wampe, dann verwechselt er schleunigst dies Biergefühl, ja vielleicht den Biergenuß, das Weizen selber mit seiner politisch-kulturellen Mission, dann hält er sozusagen den Sozialismus als Schnee auf dem Kilimandscharo schon für gekommen, Lenin für einen Großwildjäger und sich selber letztlich für den unbesiegbaren Autospitzenverkäufer Francis Macomber. So kann sich eben ein betagter Hitlerjunge manchmal über Jahrzehnte täuschen und über Wasser halten, ja ich neige heute sogar zu der Ansicht, daß auch Alwins Kindersegen in mehrfacher Weise mit dieser Weizenpassion korreliert, auch in der Weise, daß man, sollte alles in die Brüche gehen, später zumindest mit einem dieser Kinder – Weizen trinken könnte.

»Weizen«, lockte ich verführerisch mit sanftem Brio. »Aber immer!« rief Alwin frohgemut. Man brauchte ihn nur zu erinnern.

Das »Aschenbrenner«, um dies nachzutragen, zahlt heute unserer stillosen Epoche natürlich viel Zoll, wer gutmütig genug ist, kann in ihm trotzdem noch Spuren der k. u. k. Wiener Griensteidl-Noblesse entdecken, ja selbst des Hof-Conditormäßigen. Die weinroten Komfort-Vorhänge erinnern gewissermaßen an Brokat, von der Decke baumelt etwas Lüsterhaftes, ein eingenischter Säulentisch stellt eine Art Not-Lesekabinett dar, es liegen da Teile der internationalen Presse und ein paar Bildungsjournale herum; oft sieht man, wenn er nicht gerade vitalere Interessen pflegt, Albert Wurm fahrig darin herumstöbern. Alwin Streibls Blick dagegen streichelt jeweils forciert tragisch und klassenbewußt eine gerahmte kolorierte Kreidelithographie der Berliner Märzkämpfe von 1848 – doch, soweit hat dieses Café schon eine gewisse Dignität bewahrt. Sogar Häkeleien gibt es unter den Tisch-Glasplatten noch – ein vorzüglicher Rahmen für mich und den Schwager.

Alwin saß gut einen Kopf größer als ich, ein wohltuendes Gefühl von Geschütztheit überlagerte mich. Etwas bleich und weihevoll Gesalbtes ging heute wie meist von diesem Schwagerkerl aus, aber auch das Killer-Image eines wohlrasierten Orang Utan wußte Alwin massig auszutrumpfen. Er war eine durchaus imposante, zugleich aber irgendwie immer knapp vom Umfallen bedrohte Erscheinung.

»Au fein«, weinte er beseligt nach dem ersten Weizenbierschluck.

Bei Schwager Alwin bedurfte es keiner schleichenden Vorreden und Koketterien. Er wußte viel – dachte aber über den Hintergrund der Fragen selten nach, und wenn, dann souverän meist in die falsche Richtung. Dreist beschrieb ich ihm die Iberer-Brüder.

Den Namen kannte er auf Anhieb nicht, also beschrieb ich nach Kräften weiter. Noch ein Schluck Weizen, dann funkte es:

»Freilich kenn ich die, um Gotteswillen!« Alwin riß den kugelrunden Kopf hoch und wie hemingwayisch gerissen den kreisrunden Schleckermund auf. »Jetzt, wo du's sagst, um Gotteswillen!« – ein beglückter kleiner Schluck Weizen – »denen hab ich sogar einmal, vor 23 Jahren, am Pferdemarkt schräg gegenüber gewohnt! So? Iberer heißen die? Iberer... ich hab sogar in ihre Wohnung schauen können, selbstverständlich...«

Jetzt ließ ich mich gehen. Was er da gesehen habe, frug ich hell begeistert.

»Iberer«, wich Alwin gedanken- und weizenselig aus und lächelte ohne jeden Erinnerungsschmelz, »zwei Brüder, jawohl, yeah! Grüßen tun sie mich heute noch – ganz devot!« Und jetzt, mit pointiertem Salbungs-Lächeln: »Yeah! Sie respektieren mich heut' noch als den Herrscher des Pferdemarkts!« Hier spitzte Alwin sogar sein Mäulchen in meine Richtung: »Ich war damals noch nicht mit deiner Schwester verheiratet, da war ich noch Boxer, yeah!« (War er denn schon beschwipst?) – »Fink und Cognak, jawohl – ich hab ah gar nicht gewußt, daß die Iberer heißen. Iberer... so... du, ich trink noch ein Weizen, noch ein Weizen, yeah, ist doch so nett...«

Das »Yeah« hatte Alwin Streibl sich erst seit einiger Zeit angelernt, hörbar, um Hemingway zu gefallen, auch »shit« ließ er in letzter Zeit häufiger einsickern, – aber eins ließ ich ihm doch nicht durchgehen:

»Kodak – nicht Cognak!« Ich setzte sogar eine ernste Miene auf; jetzt, bei der Niederschrift, würde ich Alwin gern ein 5-Mark-Stück dafür geben.

»Wie?«

»Kodak!«

»Pardon?« Alwin war heute ein rechter Mühsam.

»Ko-dak!«

»Richtig! Kodak. Fink und Kodak. Iberer. Nett . . . war ja sogar so ein Blech-Schild überm Hauseingang: ›Iberer‹. Ich weiß nimmer, was es war, eine Bäckerei oder eine Zuckerbäckerei, und hintenraus eine Sarghandlung – Schatzi, zwei Weizen!«

Wehmütig schwebendes Singen war Streibls Stimme eigen, bildete seine Grundkadenz. Das selige Lächeln auf seinem Gesicht gedieh immer breiter und zum Mitfeiern aufforderischer. Weniger glücklich war der strenge Rechercheur – denn da triefte und triftete ja nun allerhand durcheinander.

Ob die Brüder allein gewohnt hätten, oder wie? Ich war, erstmals, schon ganz kühler Forscher, das Herzkribbeln der ersten Iberer-Stunde war verschwunden.

Alwin hatte die Frage wieder nicht verstanden. Ob damals, vor 23 Jahren, auch Eltern dagewesen seien?

»Aber wo!« Jetzt schmiegte sich Alwin galant meiner ernsten Miene an: »Aber wo! War doch die Mutter da, die Mutter . . .«

Eine Mutter? Jetzt flackerte es doch wieder unterm Herzen!

»Jaah – yeah« (beinahe hätte er's vergessen) – »die Mutter. Ich hab's nie gesehen, aber die Leute haben's gesagt. War eine 4-Zimmer-Altbauwohnung am Pferdemarkt, hintenraus die Sargtischlerei, am Fenster links und rechts Geranienstöcke, nett. Und die Buben sind ja heut' noch so freundlich. Zwei freundliche Buben. Grüßen mich immer! Pardon, du entschuldigst mich!« Landjunkerlich schraubte der Schwager sich hoch: »Ich muß, ich hab so eine schwache Blase . . .«

Zwei freundliche Buben! Ich ertrank schon wieder in Kribbeligkeit; Alwin kam zurück; erneut gab ich einer schon zärtlichen Laune nach. *Wie* sie denn grüßten?

»Wie meinst, Schwager?« Vermutlich war diese Frage schon zu diffizil für den sprachliche Nuancen wenig achtenden Hemingway-Herrn, außerdem fuhr jetzt aus dem Café-Hintergrund unglückliches Backfisch-Gekreisch dazwischen. Alwin räkelte den Kopf nach rückwärts, so sah ich diesmal das Profil Weizen ansaugen, und mir wurde von alledem plötzlich – ganz schlecht. Ich riß mich aber am Riemen.

»Grüßen die«, jetzt ging ich aufs Ganze, »grüßen die ›Herr Streibl‹ oder wie?«

»Aber wo!« Jetzt hatte er's. »›Servus, Alwin!‹ sagen die!«

Streibls Qualligkeit weichte erneut in üppige Lieblichkeit hinüber, arglos an der Hüfte lagerten die Fäuste, die einst Demuth trafen. »Ich mag's gern – wie, sagst du, heißen die jetzt wieder? Ah? Jawohl! Die Iberer-Buben. Alle zwei! Um Gotteswillen!«

Uff – das war ein Kampf! Aber er hatte Dank verdient, der Schwager. Begann ich also übergangslos seine Kinder zu loben, meine Neffen und Nichten: Die kleine Conny mache ja am Klavier sehr schöne Fortschritte – »na bitte!« rief Alwin dazwischen – sie spiele jetzt auch schon einige von Schumanns Waldszenen ganz brav und »den abgrundwehen todtraurigen ›Abschied‹«, redete ich plötzlich ganz geschleckt, um ein wenig vor Alwin zu prunken, den meistere sie besonders artig. Sogar die leichte f-moll-Sonate Beethovens habe sie jetzt intus, erstaunlich, wie das Kind den humanen Atem Beethovens schon erfasse und –

»Um Gotteswillen«, fiel Alwin unverhofft ein, mutig und etwas zag zugleich, »Siegmund, hör zu, Siegmund, Beethoven war ein Klassenkämpfer, ein Klassenkämpfer, aber« – jetzt folgte ein nachdenkliches Bäuerchen – »pardon, sie haben ihn gedrückt, er hat noch keine materialistische Dialektik gehabt, Siegmund, du weißt es doch so gut wie ich, Siegmund!«

Streibl hatte seine beiden Hände flach und besinnlich parallel auf den Tisch gelegt. Als ob er als Kommunist nichts zu verbergen habe.

»Beethoven«, dozierte ich vernebelter, »war dann am höchsten, wenn er am pathosfernsten, am unprätentiösesten komponierte. In der Achten Sinfonie, im Erzherzog-Trio...«

»Erzherzog... ah«, sang Streibl sentimental, wie einer entfernten vorrevolutionären Kultur nachtrauernd. Pause.

»Nein, wirklich, sie spielt gut – die Conny!«

»Und die Conny spürt es auch. Ich hab's in unserem Sinne erzogen, er war antischi... er war vorweggenommener Klassenkämpfer aah! Prosit! Schwager!« Stolz und Anerkennung fordernd wedelte Streibl mit dem Kopf in Richtung auf die 48er-Lithographie: »Beethoven... ah... Prost!«

Alwin, wie gesagt, ist kein Trinker, neinnein, obwohl es hin und wieder so aussehen möchte. Ich glaube heute, ihm schmeckt auf dieser Welt einfach nichts mehr außer Weizenbier, ja vielleicht ist er einfach zum Weizenbiertrinken auf die Welt gekommen. Und so ein gewaltiger Querkopf er ist, Streibl ist ein guter Vater, so daß tatsächlich seine Kinder ganz erstaunliche richtige Menschen zu werden versprechen. Ich hatte sie schon lang nicht mehr auf einem Haufen gesehen und fragte Alwin nach ihnen aus.

»Du kennst sie ja, Siegmund. Die älteste ist die Claudia, die hat jetzt einen Gänger, einen Freund, ah! Aber ich«, er lächelte wie koboldig auf mich ein, »hau sie schon noch umeinander! Dann kommt die . . . die Caroline, Caro, dann . . . die Conny, die kennst ja, dann der Dings, der Alwin, dann kommt die jüngere von den Mäderln, die Sabine, Sabinerl, dann die – – manchmal, ach Gott, komm ich nicht mehr auf den Namen, ich weiß bloß noch den Spitznamen, ›Käferl‹ heißt die, ich – komm nicht drauf – Claudia, nein, war schon – glaubst, ich weiß es schon wieder nimmer – ›Käferl‹ heißt's, jawohl yeah, aber wie heißt jetzt die wirklich? Conny . . . Sabine . . . Caro . . . ah . . . ich kann dir's nicht sagen!«

Auch das Überreiche-Vater-Spiel gehörte offenbar in Alwins kommunistisches Repertoire. Ich schlug ihm vor, doch zu Hause anzurufen und seine Frau zu fragen.

»Ich möcht' nicht, Schwager, ich werd' abgehört, ich möcht', mußt verstehen, bitte, hast Verständnis«, der schwere Kopf wippte spielerisch flehend, aber ernst, »ich möcht' meine Frau nicht fragen jetzt, deine Schwester ist noch sensibler als du. Ich zahl' dir, hör zu«, jetzt wurde die Stimme extrem weich, »lieber ein – schönes frisches Weizen, ja? ja?«

Wieviel Uhr war es eigentlich? Und *wo* wohnten angeblich die Iberer? In einem Zuckerbäcker-Sargfabrikhaus am Pferdemarkt? Jetzt wurde ich kindisch. Dann riefe eben *ich* an!

»Aber du«, Alwin wölbte beide Lippenschichten erbärmlich bittend nach unten, »sag meiner Frau nicht, daß ich dich beauftragt hab! Sonst – sonst«, eilends formierte sich Männerfrohsinn im Gesicht und man sah die pure Vulgarität heraufziehen, »sonst läßt sie mich, hör zu, sonst läßt sie mich – pardon! – drei Tag' nicht, die alte Schickse! Höh!«

Wie abwehrend hatte der Schwager-Faun seinen angewinkelten Arm gegen mich gehoben, als pariere er meine verdienten, aber gar zu humorlosen Hiebe, doch jetzt wollte ich es, neugierigberauscht oder was, wissen. Nein, ich würde die Kleine selber fragen, das »Käferl«.

»Aber sei anständig!« flehte mir Alwin fast prustend nach, als ich zum Café-Telefon marschierte, »erzähl ihr keine ...«

Wahrscheinlich meldeten sich bei mir warme Onkel-Gefühle. Ich war plötzlich ganz scharf drauf, »Käferl« zu sprechen. Es wurde aber sehr kompliziert.

»Streibl«, meldete sich eine Piepsstimme.

Hier sei der – Onkel Siegmund (ich war mit den ersten Worten schon verknautscht, allerhand schwarze Gedanken umflorten den Kopf) – der – wolle das »Käferl« sprechen, »mit ihm reden und ...«

»Am Apparat!« Es kicherte neugierig und geschmeichelt.

»Jawohl!« Jetzt wurstelte ich schon ganz hilflos und raufte mir durchs Haar: Und ich wolle wissen, wie sie, meine Nichte, heiße bzw. den Namen ...

Jetzt kicherte Käferl wie verächtlich.

Nein, ich wisse es eben nicht!

»Freilich weißt es!«

Nein!

»Käferl!«

»Na ja schon, aber wie – richtig?« Ich schämte mich wie ein beim Kirchenraub Ertappter. Fünf Meter vor mir machte jetzt Alwin komisch beschwörende Zeichen. Da verstand ich überhaupt nichts mehr. Wußte nicht mehr, mit wem ich redete. Mit meiner Frau? Mit der Staatskanzlei? Eine schmerzlos wütende Pause war entstanden.

»Glaub mir, ich fühle gleiche Triebe«, wollte ich schon flüstern – dann sagte ich: »Gnädige Frau?«

»Käferl halt!« Pause. Dann kicherte wieder was.

»Manuela? Hermann?« Es wurde gelblich-lila vor den Augen. Die Stadt, in der ich lebte, wußte ich auch nicht mehr. Die rapide Angst vor Tod und Nichts und – Goppel. Goppel! Goppel-Land? Wer war am anderen Ende? Das Weltall schwieg. Da legte ich vernichtet auf.

Erst als ich Alwin wiedersah, wurde das meiste wieder klar. Der Schwager schuf Erlösung und sofort.

»Hast du's gesprochen? Mir ist's jetzt auch wieder eingefallen: ›Simone‹ heißt's, um Gotteswillen! Mein Käferl ah!«

Ich forderte den noch immer feixwilligen Kommunisten auf,

sofort mit mir das Kaffee zu verlassen. Jetzt wußte ich es genau. Ich war nicht mehr ganz einwandfrei. Hatte zu hoch gepokert. Im Kopfe ward es weicher, doch der Schrecken dröhnte nach.

»Kinder ah!« In der Art eines Herrenreiters hatte Alwin sich erhoben. »Mein einziger Halt. Bitte, mach keinen Gebrauch vom Alwin seiner Legasthenie, keine Indiskretion ah ... Kinderaugen! Ist doch so nett, aah!« Das Streibl'sche »Ah!« war eine vollkommene Synthese aus lastender Erdenpein und weizenbiersicherer Erlösungsnähe.

Ein Gedanke, der mich fast wieder heiter machte.

Mir sei schlecht, beteuerte ich, Alwin zum Ernst zwingend, gleichwohl; wir gingen jetzt sofort heim.

»Aber ja«, der Schwager stieg auch darauf bereitwillig ein, »sofort, pardon ... gern ... shit, ah!«

\*

Die Tage huschten dahin, die Hunde trotteten durch die Gassen, aber am Horizont blinzelte es. Es häufelte sich:

Es waren also Fußballer, Techniker, Ministranten, Bratwurstesser, freundliche Buben mit einer Mutter; ihre Tage verlebten sie am Pferdemarkt. Und samstags und sonntags gingen sie nach vorgeschriebenen Zeiten je zweimal durch Dünklingen. War das nichts? Mit Spannung sah ich dem nächsten Auslauf entgegen, Samstag 11 Uhr würden sie ja wieder aufmarschieren.

Aber ich nutze die Tage des Wartens, dem Leser nähere Einblicke in meine Verhältnisse, mein Verhältnis zu meiner Frau zu geben, zu Frauen überhaupt. Nun, die Hälfte der Menschheit hat eben Pech gehabt. Sie ist als Frauen auf die Welt gekommen – und hat ihre einmalige Chance ein für allemal versäumt. Was für einen wundersamen Stiefel ich doch jederzeit daherreden kann! Deshalb ist es vielleicht doch besser, ich rede zuerst über meine Finanzen.

Vorne habe ich über meine Honorare aus der Kurmusik und aus Klavierstunden berichtet, lächerliche Beträge alles in allem. Die Versicherung, ich führte gleichwohl ein ganz bequemes Privatleben, verliert an Unglaubwürdigkeit, wenn ich hier nachtrage, daß es noch eine dritte Quelle gibt, wenn schon nicht das Haushalts- so doch mein Taschengeld aufzubessern:

Ich lebe, wenn ich das juristisch richtig sehe, von – passiver Erpressung; und damit ist's auch raus.

Es fließen da seit 10 Jahren jeden Monat 200 Mark auf ein für mich in Dünklingen eingerichtetes Sonderkonto, abgeschickt aber werden sie von einem ehemaligen Chemie-Kommilitonen, und die ganze Geschichte siedelt praktisch in grauer Vorzeit – sie ist mir auch sehr unangenehm, aber irgendwie fühle ich mich zu matt, dem Ganzen ein Ende zu machen. Was lag da an? Ein Chemiestudent namens Heinz Hümmer hatte einst in Göttingen einem Einbruch in ein Pelzgeschäft zugesehen, über die Autonummer die Verbrecher ermittelt und damals dann pro Monat meines Wissens etwa 1000 Mark Erpressungsgeld bezogen, zu Beginn auch einige Nerze, die er, sein Studium zu bezahlen, gleichfalls weiterveräußert hatte. Dieser Heinz, allzu vertrauensselig, wahrscheinlich auch von einem unglücklichen Stolz beschwingt, hatte mir damals aber von dem gelungenen Gaunerstückchen erzählt, war etwas später ein hohes Tier in der Wirtschaft geworden und hätte seinen Jugendbock sicher längst vergessen, – wenn ich ihm nicht eines Tages im Scherz, wirklich im Scherz, ein Briefchen geschrieben hätte des Inhalts: 200 Mark im Monat, wirklich nur 200 Mark, würden mir heute als entlassenem Bibliothekssekretär ganz gut über die Runden helfen. Und übrigens besäße ich auch eine kleine verräterische Tonband-Kassette, und mein Konto sei soundso ...

Atemlos hatte ich auf den Monatsersten gewartet, und ecco, plötzlich hatte ich (jetzt kommt alles auf, jetzt ist alles aus ...) 200 Mark! Mir war wirklich etwas unsauber zumute, als ich das Geld abhob, auch war das mit dem Tonband reiner Bluff gewesen, aber gewagt ist gewagt – und tatsächlich, alles ging gut, und ermordet bin ich bis heute nicht worden. Möglicherweise war es nicht ganz rechtens, was ich da tat und noch tue, aber wahrscheinlich hat der inzwischen zu Glanz und Reichtum gekommene Hümmer das Ganze längst vergessen, und das Geld tröpfelt eben so weiter für mich – aber ich halte meine verräterischen Überweisungs-Belege für alle Fälle griffbereit im Nachtkästchen. Und der alte Heinz möchte sicher seine Karriere nicht gefährden, was ich sehr ratsam und hochanständig finde. Sicher, die schönste Art des Gelderwerbs ist es nicht, aber wenn ich bedenke, daß sich meine Apanage damit auf etwa 600 Mark im Monat steigert, was mir ein Leben in durchaus achtbaren Verhältnissen, ja eine gewisse Lebensart sogar erlaubt, dann möchte ich die eingespielte Geschichte jetzt auch nicht plötzlich abbrechen.

Nein, eigentlich nicht.

*

»Wer? Der Kennedy war kein guter? Präsident?«

»Der Carter wird's schon – was meinst du, Wurm? – richtig machen!«

»Der Morgenthau-Plan? Bandscheiben!«

»Ein Kennedy ist er nicht. Der Carter.«

»Wer? Ein Kater? Kartenspielen willst, Bäck? Ja?«

»Wer! Wer! Der Dings – der – Andere!«

»Aber meine Herren ...!«

»Wandern willst, Wilhelm?«

»Der Kennedy war –«

»Was?«

»Ford? Ford war nichts.«

»Der Kennedy hat die Apartheid beseitigt! Jawohl!«

»Der Kennedy war schon ein Hund! Alter demokratischer Geldadel!«

»Saubere Frisur, die Vroni!«

»Du wirst halt bald in der Zeitung als Sex-Gangster stehen. Das kannst dann selber schreiben, was, Wurm? Der Kennedy hat den Negern schon gezeigt – wie's geht!«

»Aber der Robert!«

»Was? Gestorben? Gestorben ist er?«

»Was ist denn eigentlich mit dem Fred? Warum er nur, Gott nei, immer wieder so spät kommt?«

»Der kommt schon, Wurm! Sei nur du nicht so nervös!«

»Wer? Jefferson? Mit den Kennedy – kommt man ganz durcheinander!«

»Wie heißt jetzt der Geschäftsführer, der neue, von der Zulassungsstelle? Salzl – Holzapfel?«

»Was ist er? Hochstapler?«

»Der Fred, Wurm, der kommt schon!«

Jeden Freitagabend fand damals wie heute im »Paradies« eine Art Herren- oder auch Honoratiorenabend statt – wir saßen, wie gesagt, auch sonst oft und oft in diesem Lokal, aber der Freitag war doch irgendwie besonders, hervorgehobener, fast feierlicher.

Den Kristallisationskern dieser im allgemeinen sanften Veranstaltungen und unseres geselligen Kreises überhaupt bildeten und bilden seit je drei alte Herren, drei, ich erwähnte es schon, wahrhaft schwere, ja betäubende Patriarchen, drei unendlich treue Herumhocker, drei fast rauschgifthaft schöne Greise – kurz, eine Humanistenriege vom alten Schlag der Extraklasse, eine Veteranenvorhut der – – na ja, ich werde sie halt vorstellen müssen.

Sie treten so gut wie stets gemeinsam auf. Es ist dies zuerst ein gewisser Paul Bäck, meines Erachtens 72 Jahre, ein Schöngeist und Städtischer Amtmann i. R., verheiratet immer noch mit einer hohen Rotkreuzdame und zweifellos eine der gewaltigsten Schlafmützen im Dünklinger Raum, obwohl er Richard Strauss noch persönlich gekannt haben will; ja, Bäck behauptet sogar, Strauss habe ihn einst bei einer Probe in München Teile der Alpensinfonie dirigieren lassen. Strauss muß gewußt haben, was er tat, denn allerdings gemahnt Bäck, obwohl meiner Schätzung nach 182 Zentimeter groß, stark an ein Alpenmurmeltier. Freilich auch verblüffend an einen Tapir, was wohl irgendwie mit seiner empfindlichen Hasenscharte zusammenhängt.

Der zweite Hauptträger ist ein wohl gleichaltriger Wilhelm Kuddernatsch, verwitwet, ein ehemaliger Revisor, ein äußerlich vertrockneter, innerlich täglich mehr erblühender, ja erglühender Greis. Innerhalb der Gruppe stellt er so etwas wie den ausgleichenden, integrierendsten und wohl auch hausmausartigsten Part vor – abendelang hört man oft nur vermittelnde Reden und Tips wie »Meine Herren, darf ich dann bitte« oder »Paul, du hast den Dünklinger Kulturpreis längst verdient!« – und die Gläser seiner Nickelbrille funkeln vor Pikanterie. Kuddernatsch, bleich, fast haarlos und wohl nur 156 Zentimeter klein, ist zweifellos der Sachteste und Schutzbedürftigste der Gruppe – obwohl er eigentlich und unweigerlich auch den schopenhauervergeistigsten, ja mephistophelischsten Eindruck macht. Vor allem, wenn er, ach, so lieblich lächelt und sein Goldzahn blitzt!

Den Schwerpunkt, Fluchtpunkt, Brennpunkt des Veteranen-Triumvirats aber bildet der freiberufliche 76jährige Beerdigungsreporter Alois Freudenhammer, ein Mann von unabdingbar hoher Gesittung, ein wahrer Tannenbaum an Würde, ein Greis von obeliskhaft bestrickender, 185 Zentimeter hoher Wucht und Junggeselle obendrein, eine Koryphäe, die uns letztlich alle beherrscht. Etwas noch in seiner Adlerhaftigkeit Warmes strömt von Freudenhammer und seinen Zigarrenstumpen aus, richterlich-lemurenhaft umweben ihn, obwohl zur Tarnung eingekleidet in allerlei trachtenähnliches Gewand, die tollsten Jenseits-Diesseits-Correspondencen – gerade Bäck, wenn er nicht dauernd schliefe, müßte dieses Steinerne-Gast-Mäßige längst ins Auge gesprungen sein, das uns alle seit Jahr und Tag so unergründlich warm umstreicht.

Möglich, daß dieses Fluidum entscheidend mit Freudenhammers Schaffen zusammenhängt. Der fast athletische Greis betreut nämlich seit 25 Jahren – und immer freiberuflich-unangreifbar! – die Personalspalten unseres Heimatblättchens mit dreifach ehrenden Berichten, etwa im Zuge anfallender Geburtstage und Ehejubiläen – vor allem, allem voran aber mit der regelmäßigen Rubrik »Wir standen an offenen Gräbern«. Es sind dies kleine, gelegentlich auch ausgreifende Glossen über stattgehabte Bestattungen, die Freudenhammer allesamt mit seinem Fahrrad oder aber telefonisch wahrnimmt. Nämlich, wie ich heute weiß, in einem Kellerraum des Dünklinger Volksblatts – als zweites Recherchierinstrument dient Freudenhammer ein Neues Testament in der Ausgabe von 1894, wie ich inzwischen selbst gesehen habe. Es sind dies schöne, klar formulierte, fast zarte Texte, auf die angeblich unsere Stadt als einzige im ganzen Land nicht verzichten mag und die sogar hohes Ansehen genießen, bis in politische Stellen hinauf – freilich kommt es hie und da auch zu einem gewissen Naserümpfen, denn gelegentlich schleichen sich in Freudenhammers Texte schon leise Befremdlichkeiten – wenn ich gut heimkomme vom »Paradies«, werde ich zum Beschluß des Abends und des Kapitels zwei oder drei vorstellen. Vielleicht räume ich den Glossen, ihren Autor angemessen zu ehren, sogar ein kleines Extra-Kapitel ein.

»Fredl, setz dich nur!« beschwichtigte sofort Kuddernatsch.

»Und du? Graue Eminenz!« Eilig suchte Fred ihn auszustechen.

»Hähähä!« lachte Albert Wurm.

»Alois! Totengräber der Meisterklasse!« Das war ich.

»Salve!« sagte Alois Freudenhammer.

»Carter und Kennedy kannst nicht vergleichen«, meinte Bäck zu Kuddernatsch. »Der eine ist Republikaner, der andere ...«

Ein leisschöner Sommerabend. Berberitze sprenkelte den Anmarsch. Als ich ins »Paradies« schlich, waren von den Unsrigen außer den drei Greisen schon der stets äußerst geschäftige Fotograf Fred Wienerl und Albert Wurm versammelt, außerdem, als einer der unregelmäßig fluktuierenden Gäste, ein Gernot Brändel, den ich nur flüchtig kannte, ein alter Frauenarzt und Schachspieler aus dem Spezialkreis Albert Wurms, ein Mann mit ausdruckslosem Pferdegesicht, der bei seinen Besuchen meist wenig zu Wort kam noch kommen wollte. Fred Wienerl war gerade fünfzig Meter vor mir ins »Paradies« gehastet. Er zählt zu den Gelittenen – obgleich nicht höchst Geachteten. Von Natur aus mit einem gemütvoll runden Ollenhauer-Gesicht begabt, war der emsige 59jährige Kaufmann vor ein paar Monaten dazu übergegangen, dieses durch einen buschigen Backenbart zu verschärfen, ja zu aktualisieren (wie übrigens dauernd seinen Foto-Laden!) – das Ergebnis war, daß er seither wie eine Legierung von schwer pariserischem Filou und Molukkenkakadu aussieht. Doch jeder, wie er meint! Hinter der Theke ließ sich kurz und sorgenreich, zwei Meter hoch, Karl Demuth sehen.

»Kennedy – der Robert und der John!« wehrte sich Kuddernatsch.

»Und der Ted!« ergänzte Bäck. Das Gespräch nahm mählich Formen an.

»Du, Fredl, Fred! Ich hab heut' deine Frau getroffen«, bot sich Alois Freudenhammer an, »die hat gesagt, du bringst dich in deinem Laden noch um vor Arbeit! Braucht's das?«

»Und Wichtigtuerei!« flüsterte ich.

»Die sind dann alle drei ermordet worden«, sagte Bäck.

»Wer?« fragte Wurm. Herr Brändel kriegte dunkles Bier.
»Alle drei Kennedy!« erklärte Bäck. Er saß im graugestreiften, Kuddernatsch im schwarzen Greisenanzug da.
»Ich wüßt' nur zwei«, parierte Freudenhammer und legte die Hand auf den Tisch. »Der Bob und der – andere!« In diesem Augenblick fielen mir meine Brüder wieder ein.
»Der John, Gott nei, der John!« Das war wieder Wurm.
»Und der dritte?« lockte Kuddernatsch. Treuherzigkeit belebte das kältlich fahle Gesichtchen.
»Hat selber – einen Mord begangen!« eilte Bäck.
»Richtig«, stieß Wurm nach, »ungefähr 1958. Oder 64! Weil ich dortmals beim Hellerbrand Franz in Weizentrudingen . . .«
»In Untermiete gewohnt hab!« sagte ich.
»Zwei sind nur ermordet worden«, Freudenhammer zog Bilanz, »der dritte – der dritte –«
». . . effektiv mit der Annette mich verlobt hab, wie g'sagt«, vollendete Wurm.
»Kann theoretisch noch Präsident werden!« Erstmals meldete sich Gernot Brändel. Vorsichtig trank Bäck.
»Aber nur«, ergänzte Albert Wurm, »theoretisch!«
Wie auch immer, über unserem Sieben-Mann-Tableau lag jetzt eine starke Flut von Rauch und Kraft und Schummerlicht. Rasch wälzte Wohlwollen sich hindurch, griff Platz und Raum. Es war ein Ecktisch, den wir besaßen. Gemeinschaft ist alles. Im Lokal war's sonst recht ruhig, ein paar noblere Leute aßen Sauerbraten und Blaukraut. Die Fensterläden hingen längst geschlossen. So friedsam war es, daß man irgendwo ticken hörte. Waren es unsere Stimmen? Fast unmerklich rückten die alten Köpfe zusammen und rösteten zu bäckerblumenhafter Anmut hinüber, Genien der aufreizendsten Hockrigkeit. Da hatte natürlich sogar das feinste der Feinsliebchen nichts mehr zu bestellen oder doch wenig, Vroni, die sich zum Kreuzworträtsellösen hinter den Kachelofen verdrückt hatte, trutzig, ein stiller Vorwurf für das ganze Lokal, ja für die Menschheit. Gott weiß, wie das noch gehen wird . . .
»Wo ist denn eigentlich der Wirt, der . . . Karl?« Alois Freudenhammers tiefsinnige Augen suchten Demuths Länge.
»Der wird halt seine Steuererklärung machen«, sagte Bäck sehr schiefmäulig.

»Oder seine Speisekarte von gestern«, sagte fröhlich Kuddernatsch, »abschreiben. Abschreiben!« Feine Vibrationen machten die quakig-schnarrende Stimme gut erträglich.

»Oder seine – Hausaufgaben«, stolpriger Fred Wienerl.

»Lauter very important persons, lauter very important persons!« Gedrückt jammerte Bäck aus seiner Ecke.

»Oder vielleicht schreibt er«, das war Brändels windige Gurgel, »keine Steuererklärung, sondern Steuerhinterziehung!«

»Mußt grad du sagen!« Mit Verve versuchte Wurm, das Tempo zu forcieren. »Mußt grad du sagen!«

»Meine Herren, ich muß doch«, vermittelte warm und früh schon Wilhelm Kuddernatsch, »sehr bitten...«

»Der Karl hinterzieht nichts.« Freudenhammer wirkte jetzt sehr ernst. Meine Alten waren warmgelaufen. Die Essensgäste hatten sich verzogen. Wir waren fast allein mit uns. Die Kennedy-Brüder waren ein glücklicher Ausgangspunkt. Sollte ich schon direkt auf *meine* Brüder steuern?

»Der verzieht«, schnurrte ich trübe, »höchstens seine Frau – und die nicht oft!« Unvorsichtiger trank Kuddernatsch vom Bier.

»Oder die Vroni, hähähä!« steigerte Albert Wurm massig und intriganzbereit. Das schöne Kind hatte seinen Namen gehört, neugierig-beleidigt sah es flugs zu uns herüber. Ich sah sehr rasch weg.

»Der Karl? Der Karl hintergeht seine Frau?« Bäck, der grämliche Mann, hatte über dem Pfeifenstopfen wieder einmal nicht aufgepaßt.

»Der Karl? Niemals!« Freudenhammer sprach sehr jovial und doch beherrschend. Wie ein Nasenbär starrte Brändel.

»Vor einer Woche«, changierte Wurm die Richtung tänzerisch, »hab ich dich mit'm Alwin gesehen. Warum – kommt er denn nicht zu uns?«

»Ins ›Paradies‹ – geht er nicht, sagt er«, sagte ich ziemlich mundfaul. Sie wußten genauestens den Grund.

»Ins ›Paradies‹ doch nicht!« Nicht ohne Ranküne echote Kuddernatsch – und schaute auch recht spitzbübisch.

»Warum denn nicht?« Wurm fragte launig. Sie kannten alle die Affaire, die alte weltberühmte Geschichte. Sie hatten sie hundertmal gehört, sie wollten sie noch einmal hören. Na bitte:

»Er hat sich doch damals am Karl vergriffen, der Alwin«, ich ließ die Spannung steigen, »hat den Karl verprügelt . . .«

»Vergnügt hat er sich mit ihm?« Kuddernatsch' verschütteter Humor schlug flink ein Bläschen.

»Verprügelt hat er ihn, der Alwin – ist ja – Gott nei – ein alter Boxer!« Das war jetzt wieder, kundig, Wurm.

»Boxen kann er!« sagte Bäck. »Vor 20 Jahren hab ich ihn in der Bierhalle Halbschwergewicht gesehen . . .«

»Wenn er sonst nichts kann«, ergänzte Wurm kalt.

»Das war damals beim Kartenspielen im Café Central mit dem Pohl Ulf und dem Sturm Detlev«, ich spielte mein verwandtschaftliches Wissen aus, »weil kein Trumpf zugegeben worden ist.«

»Der Alwin gibt – nie Trumpf zu!« Dies, immer heiterer, rief Wilhelm Kuddernatsch. Fast zu bildhaft hauchte Lampenlicht ihn lebensspendend an. Der Adamsapfel hüpfte wild. Feiner Trubel schwang mit drein.

»Pohl Ulf und Sturm Detlev«, sann Wurm für einen Intriganten viel zu sentimental, »die dortmaligen Watter-Könige von Dünklingen . . .«

»Na ja«, führte ich tändelnd weiter aus, »und dann hat er ihn umgehaut – mit einem Schlag – sagt er, der Alwin. Das war natürlich der Fehler!«

»Das war, das ist«, beeilte sich neuerdings Kuddernatsch, »da ist natürlich nicht nur ein Mann umgeflogen, da ist, da sind«, er wußte etwas, naseweis lechzend wollte er es unterbringen, »da sind 2 Meter umgefallen!«

»2 Meter fünf!« Das war Bäck. Es sprühte Funken.

»Ein Nimbus!« Trefflich präsierte Freudenhammer.

»Hähähä!« freute sich schäbig Albert Wurm, und Bäck, der Gute, schlief fast wieder ein.

»Seitdem«, faßte ich gedrückt zusammen, »geht der Alwin nimmer her.«

»Der Karl – läßt ihn nicht«, mutmaßte Kuddernatsch brillant. Die Brillengläser glänzten froh. »Im Boxen ist er nämlich ein – guter Kommunist!« Der Alte ächzte rosiger.

»Weil er«, das wußte wieder Fred sehr aufgewühlt, »ein Sicherheitsrisiko ist – sagt der Karl! ›Zu unberechenbar!‹ sagt Karl!«

»Ein Sicherheitsrisiko«, faßte Kuddernatsch noch einmal weißzüngig zusammen. Es war mir schon bekannt. Streibls Renommée war hier nicht allzu hoch.

»In der Gasfabrik«, berichtete beweglich Gernot Brändel, »wird jetzt umgebaut.«

»2 Meter fünf umgehaut«, sagte Bäck plausibel.

»Wer?« Das war Wurms schlaumeierisches Späßchen, »der Kuddernatsch?«

»Ich hau niemand um«, wehrte Kuddernatsch sich wirbelnd, fast bestürzt.

»Na ja, du bist ja – früher bei der Stadt gewesen«, spielte Freudenhammer umsichtig mit ihm. Leichter, aber fester Lebenswille strich durch Demuths Saal. Stirnrunzelnd saß Wurm.

»Aber nicht beim Gas!« Zwei kuddernatsch'sche Augen schwammen ängstlich-heiter.

»Sondern?« Ich fragte glitschig, fast der Iberer vergessend.

»Beim Wasser!« Kuddernatsch war stolz.

»Beim Wasser, beim Wasser ...«

»Bei der Wasserstoffbombenforschung Dünklingen-Stadt«, scherzte Bäck Paul geisteskrank. Der Stachel treuer Freundschaft löckte wider.

»Hähähähä!« Wurms Gelächter zauberte durch Arglist. Was wußte er eigentlich über Vroni?

»Bei der Wasserstoffbombe hast du gedient, Wilhelm«, hastete Fred Wienerl, »gib's nur zu!«

»Du hast doch Chemie studiert, Siegmund«, charmierte Kuddernatsch ausweichend mich, »was hältst du eigentlich von der Wasserstoffbombe?«

»Rosenstock-Katakombe?« rief ich irritiert. Diesmal war es nicht gescherzt.

»Wilhelm«, ging hier Freudenhammer integer dazwischen, »der Dachs Otto vom TV – kandidiert jetzt der wieder? Oder macht er einen Rückzug?«

»Nichts. Wir haben heut' nachmittag im ›Aschenbrenner‹ Schach 'runtergeklopft«, korrigierte Albert Wurm prächtig und deutete auf Dr. Brändel, der jetzt am allergefaßtesten wirkte. Brändel – ich habe so etwas in meiner heute 48jährigen Karriere noch nie gesehen – trank Bier und Kaffee immer gleichzeitig;

nicht, was noch Spuren von Sinn ergeben hätte, zuerst Bier und später Kaffee, sondern jeweils – Pfui Teufel! – zuerst einen Schluck Kaffee, sofort schales Bier drauf, dann wieder umgekehrt. Typisch Arzt!

»Wer hat gewonnen?« Schlagartig dachte Freudenhammer um.

»Remis, praktisch...« Wurms Miene verriet die Ambivalenz aller Existenz. Dazu nickte Bäck nicht minder.

»Was heißt ›praktisch‹?« Freudenhammer schien besorgt.

»Remis«, beharrte Albert Wurm, »an sich!«

»Remis«, wiederholte Freudenhammer vielsinnig, »wir haben als junge Burschen auch viel gespielt. Meistens spanische Eröffnung. Ist am schönsten...«

Spanisch! Hinterm Ausschank war Karl Demuth aufgetaucht. »Männer!« brüllte er vorsichtig, »alles klar?« Ein Schwarm Gedanken wehte über seinen Kopf. Frl. Vroni trat zu uns. Ein bißchen neidisch schien sie schon. Ich habe mir neulich sagen lassen, der Hauptzorn unserer Frauen – und sogar gerade der »aufgeklärtesten«! – auf uns Männer sei wesentlich und wissenschaftlich nichts anderes als Neid – Neid auf solche Männerbünde, auf das Patriarchische, Patriarchatsprunkende überhaupt! Das machen sie uns nicht nach! Und nichts geht ihnen so garstig an die frechen Nieren wie die Tatsache, daß sie dabei ewig ausgesperrt bleiben! Und eins mußte man sagen: während alle Welt (und wiederum vor allem die der Frauen!) wild *durcheinander* redet – hier wurde *nacheinander* die Meinung getauscht!

»Remis...« Kuddernatsch schien enttäuscht. »Warum gewinnt nicht einer? Sonst hat's doch keinen...«

»Damit du was zum Auslachen hast!« Ich durchschaute Kuddernatschens Gedanken. Vroni verschwand wieder. Still trinkend sah man jetzt Bäck, gedenkend seiner Ideale, der gebrochenen.

»Warum? Siegmund?« Kuddernatsch tat unschuldig, versteckte die Augen hinterm Brillenreflex der Lampe.

»Wenn der eine verliert«, erklärte ich ihm sanft, »kannst du den auslachen, wenn der andere verliert, den anderen. Unentschieden paßt dir nicht, Wilhelm! Gib's zu, Wilhelm, Wilhelm, gib's zu!«

»Der Kennedy Edward hat jetzt«, sagte Freudenhammer leicht bewegt, »nach Auskunft der Demoskopie 56 Prozent in der Wählergunst!« Noch immer verlegen ruderte Kuddernatsch, wehrte meine Attacke mit zwei Handflächen ab.

»Wenn heut' Wahlen wären!« Wurm sprach hastig: »Wenn!«

»Edward Kennedy.« Spät, aber rechtzeitig war es auch Bäck klargeworden.

»59 Prozent!« wiederholte Freudenhammer dringlicher. »Der Carter, liest man, hat bloß 29. Ob jetzt das was wird?«

»Über Indien liest man jetzt auch viel!« Lieblich ging auch meine Rede.

»Ein Subkontinent im Wandel«, sagte Brändel kühn.

»Handel im Wandel«, seufzte Kuddernatsch gebrechlich. Idyllenfreuden webten.

»Im Orient«, erklärte Freudenhammer ungreifbar, »im Orient geht's überhaupt so zu. Was will er denn, der Kronprinz Fahd?«

»Bäck! Bäck!« schäkerte jäh Fred Wienerl, »Bäck, du hast heute wieder deinen traurigen Blick, deinen sexy-traurigen Blick. Die Vroni ist schon ganz . . .«

»Wiefern? Wieso?« Verschreckt suchte Bäck die herrlich klaren Augen Freudenhammers. Auch Kuddernatsch bebte sogleich mit dem Freunde.

»Der Paul ist immer traurig«, sprang er in die Bresche und kramte frevelhaft nach einer Pointe, »weil er, weil er jetzt immer . . .«

»Der Weltmeister ist jetzt wieder ein Russ'«, Freudenhammer sprach bedeutend, »schreibt er sich nicht Karpov – oder wie?«

»Und der Herausforderer ist«, es war abzusehen, daß auch Kuddernatsch' nächstes Tänzchen mißlang, »ist der – der Wurm!«

»Oder der«, Wurm, überraschend erheitert, zog eine tastend insinuierende Grimasse, »Brändel!« – –

– – der reine gottselige Himmelsfrieden, die alte deutsche Redlichkeit, geheizt mit Schabernack und Unverstand. Der Leser denke nicht, daß ich derlei zu meiner persönlichen Erbauung niederschreibe – so gülden heimatlich das Geplätscher in der Wirklichkeit ist, so elend strengt das Geschäft der Chronik an, die überzeugende Dekoration dieser Karawanserei schlechthinniger Zauberhaftigkeit inmitten unserer hetzenden Seelen-Kaschubei, genannt Bundesrepublik Deutschland. Nicht glaube der Leser

auch, daß das Gespräch im Laufe des Abends an Dramatik im herkömmlichen Sinn gewonnen hätte – hätte mir nicht ein fast zufälliger Blick auf den edel an seiner Virginia knabbernden Freudenhammer den schieren Übermut visionär in den Mund gelegt:
Bäck spielte mit seiner Strickweste. Wurm eifrig mit den Kaffeelöffeln Brändels. Fred schien vom Tagewerk zu verschnaufen. Bleicher lachte Kuddernatsch so vor sich hin:
»Du, Alois, apropos Kennedy-Brüder und spanisch, ist dir«, es war gegen elf Uhr, in mir dröhnte plötzlich die Lebenslust des geschliffenen Privatmanns, »ist dir eigentlich – von den Beerdigungen her oder so – eine Frau Iberer bekannt?« Da war es wieder, das Herzsirren!
»Wer?« Alois Freudenhammer sah mich besinnlich an. Der schattige Mann reckte aufhorchend das Haupt.
»Eine Frau – eine – alte Frau Iberer?«
»Meine Herren«, ging hier fatal Wilhelm Kuddernatsch dazwischen, »ich möchte doch hier nicht immer von alten Frauen...« – doch mein Sirenengesang hatte Freudenhammers Ohr längst erreicht:
»Der alte Iberer, richtig«, jetzt umhüllte mich Freudenhammers warmtiefer Blick, »der alte Iberer? Ein Hilfsarbeiter war er, der ist... der ist doch im Mai 48 dann für tot erklärt worden – aber die Frau, seine Frau – die – Irmi, die müßt' noch da sein, die müßt' noch gesund...«
Traf mich ein kleiner Schlaganfall der Lust? – Hätte ich Freudenhammer gern das ehrwürdige Kinn gestreichelt?
Innerhalb seiner Beerdigungs-Reporter-Tätigkeit, zitterte ich mich lustig ihm entgegen, habe er, Alois, die Frau jedenfalls noch nicht...
Jetzt hatte auch Albert Wurm etwas mitgekriegt. Die Augen suchten zwischen mir und Freudenhammer.
»Neinnein! Nie! Die müßte meines Erachtens«, holte Alois Freudenhammer mit schon schmerzender Bedächtigkeit aus, »noch ganz gesund sein, die Irmi, ich hab's erst vor sieben oder acht Jahren...«
»Wer?« platzte nun Wurm und fixierte mich schmutzig-interessiert, »die alte Frau Kodak – ah: Iberer?«

»... erst vor sechs oder sieben Jahren«, ließ Alois Freudenhammer pastos es weiterrollen, »nichts tot! Müßt' leben! Eine ganz feine kleine Frau ...«

»Wer?« Jetzt wurde Fred hellwach. »Alois?«

»Zwei Buben soll sie haben. Hat die nicht zwei Buben?« Gewaltig hatte Freudenhammer seinen Körper jetzt in meine Richtung gerückt.

»Und wenn schon – dann im Opernhaus«, vertat sich Bäck erneut. Doch machte das nichts mehr.

»Jaja, zwei Buben!« Ich trieb es ganz gelassen, hoffentlich durchschaute Albert Wurm diese meine Krise nicht. »Sind Fußballer!«

»Und Modell-Eisenbahner!« Das war überraschend und betrübt Paul Bäck!

»Ach nie!« Wurm ging sofort mit Händen und Füßen dazwischen. Es entstand ein kleiner erregter Tumult, und am Ende stellte sich heraus, daß Paul die zwei Iberer-Buben mit zwei »Nübler-Buben« im Alter von 25 und 29 verwechselt hatte.

»Paul«, Wilhelm Kuddernatsch verschonte den Freund nicht im mindesten, »du mußt schneller trinken, das schärft das Gehör!« spottete er vollends heimwehsüchtig.

»Und macht überhaupt scharf«, versuchte es ganz geistlos Albert Wurm. Nein, der Mann schien keine Gefahr für meine Forschungen.

»Iberer, Iberer...« Fred machte sich wichtig. Der Name komme ihm so bekannt vor.

»Die alte Frau Iberer«, flügelrauschend nahm Alois Freudenhammer den Faden nochmals auf und faßte schwer zusammen: »Jawohl, die hat viel mitmachen müssen damals mit der Altstadtsanierung am – wie heißt der Platz hinter der Versuchsbrauerei? – am –«

»Pferdemarkt?« Hingestrichelt jubilierte ich.

»Pferdemarkt, jawohl!« Freudenhammer sah mich respektierend an. »Pferdemarkt! Seit je! Jetzt ist ja nichts mehr. Seit 1952 ist nichts mehr im Pferdehandel...«

Alwin Streibl war sofort Abbitte zu leisten. Ganz hatte ich dem Schwager nicht getraut. Jetzt war es ausgemacht. Zwei Mann konnten sich nicht irren.

»Der Reitverein . . .«, rief Bäck sehr spät.

»Männer!« rief Karl Demuth und machte aufbrechende, aufräumerische Zeichen.

»Iberer, Iberer . . .« Fred wand sich wie in selbstzerreißerischer Selbstbefragung noch immer, »woher kenn ich . . .?« Kuddernatsch war aufgestanden, seine irdische Hülle wankte leicht. Freudenhammer saß noch sinnend, rieb den Tisch:

»Iberer«, sann er gelassen, setzte den moosgrünen Cordhut auf den Kopf, und es klang süß wie ein Psalm, »sie war, richtig, eine geborene Bruckschlegel, dann hat sie gelernt, dann hat sie geheiratet. Irmi, jawohl, ja was ist das! Und dann waren zwei Buben da.« Jetzt glitt es sanft ins Mondscheinhafte über: »Zwei Buben, jawohl, die müßten alle zwei noch leben. Der eine war ein bißl älter, der andere ein bißl jünger . . .«

Die prächtigste der Sommernächte ritt mich heim. Dünklingen schlief, aber seine Alten spannen scharf die Fäden. Allen voran ich. Der rundlich schwarze Himmel strickte ein bestickendes Adagio. »Iberer!« Plötzlich mußte ich grinsen. Gong! Da war ein Scherzo draus geworden, mit mehr Eulenaugen als Sternlein. Flageolett-Seufzer sirrten durch den Stadtwall-Park. Drunten lag der Graben. Dort hatten sie einst Fußball gespielt.

*

Versprochen ist versprochen. Voilà – drei erste Proben Freudenhammer – zur Introduction:

> af. Im 66. Lebensjahre verstarb der frühere Maschinist Herr Johann S c h u s t e r. Er wurde in einem langen Trauerzuge, dem sich auch ehemalige Kollegen von der Firma Bauerschmid angeschlossen hatten, zu Grabe geleitet. Die kirchliche Einsegnung verbunden mit herzlichem Beileid und gutem Trost für die Angehörigen hielt Stadtpfarrer Herbert Durst von Gangolf. Im Namen der guten Kollegen wurde Johann Schuster ein Kranz zuteil.

> af. Im Unteren Friedhof wurde die aus Gotteszell

stammende verstorbene Installationsmeisterswitwe Frau Therese Flierl im 83. Lebensjahr in einem von der Fahne des christlichen Müttervereins St. Anton eröffneten sehr langen Trauerzuge zu Grabe getragen von Kooperator Ewald Felkl festlich eingesegnet. In seiner Traueransprache legte Felkl Wert auf den Trost aus den Worten der Liturgie: »Gelobt sei der Herr, unser Gott, der uns Erlösung gebracht!«

af. Eine unübersichtlich große Trauermenge folgte neulich im katholischen Friedhof dem Sarge, der Manfred Mühleisen barg, den im Alter von 23 Jahren verstorbenen Konditor, dem bei einem tragischen Unglücksfall auch seine Verlobte Karin zum Opfer gefallen war, die allerdings in Weizentrudingen bestattet wird. Er wurde im Friedhof zu Grabe geleitet von Pfarrer H. Durst. Durst stellte in diesem Zusammenhang die Frage, warum dieses geschehen mußte, in den Mittelpunkt seiner Traueransprache und verwies dabei auf den kreuztragenden Herrn, der sich zur Erlösung geopfert hat. Auch der Tod des Mühleisen sei Vorsehung. Die Anteilnahme des Geistlichen galt nun den Hinterbliebenen, die um einen guten Sohn trauern. Für sie fand er Trostworte und ein Fürbittgebet.

\*

Apropos Beerdigungen, Psalmen, Kooperatoren, Bischöfe und – Mätressen: Heute stand doch tatsächlich im Dünklinger Heimatblatt ein breit sich wälzender Bericht über den Empfang des neubestallten Bischofs Ratzinger in seiner Diözese München-Ramersdorf. Es habe da, hieß es, sogar »Hochrufe« und allerlei »Glockengeläut« gegeben, und der dortige Domkapitular habe zu Ratzinger – wortwörtlich – gesagt, sein, Ratzingers, »eigentlicher Mittelpunkt« sei »jeweils dort, wo sich Menschen von Glaube, Hoffnung und Liebe bestimmen lassen«.

Na ja. Das Verwegenste aber war ein dazugehöriges sehr wacklig verwaschenes Foto, auf dem Ratzinger wahrhaftig in der Manier eines Cassius Clay oder eines Gewichthebers geradezu unkeusch beide Arme hochreißt, woran der Text anknüpft: »So groß war der Jubel, als der künftige Erzbischof empfangen wurde.« In Wirklichkeit jubelt freilich niemand außer dem Bischof selbst, nur links von ihm schauen zwei Kommunionkinder ziemlich verschreckt auf den festlich-durchgedrehten Mann, und im Hintergrund begutachtet ein altes Bauernweib mit schwarzem Kopftuch verschlafen und selig den imposanten Schreihals.

Ob das schon die Mätresse war . . .?

Indessen, ich möchte mich hier nicht dem landläufigen und apodiktischen Spott über Kirche und Klerisei hingeben. Ich meine, jeder Dummkopf redet heute klug daher, daß innerhalb der Heiligen Mutter der Ofen längst aus sei, daß der Saftladen nur noch ad infinitum unterm Signum barbarischer Volksverdüsterung vor sich hin verwese. Ich halte das – für vorschnell geurteilt. Es komme man mir auch nicht mit dem Max Horkheimer'schen Theorem, daß absterbende Kulturen noch einmal wie wild um sich schlügen – und hier eben buchstäblich Bischöfe! –, bevor sie endgültig verschimmelten. Gleichfalls der schiere Fingerzeig auf die allerdings eingeborene Heuchelsucht unseres Volks fruchtet bei mir nicht mehr viel. Eingeschworener, bewährter Agnostiker von Haus auf, neige ich seit Jahren – und dies ist nach der Sub-Erpressung eine weitere schwere Konfession – immer mehr, und obgleich vor zehn Jahren aus der Kirche ausgetreten, zu der Vermutung, daß das Katholische gerade heute und wider alle Vernunft noch einmal seine Chance hat und zu haben hat, jawohl! Was bleibt denn ohne diesen charmanten Spuk? Aufklärung? Daß ich nicht lache! Neuer Massenbetrug! Nein, ich denke, man muß den Verband schon in Wort und Tat stützen und – freilich nicht im Sinne der bleichgesichtigen Reformer! – emporrichten – – schon um Funktionen wie die Alois Freudenhammers zu retten, schon damit der Bischof was zu jubeln hat, – schon damit *ich* ein bißchen lachen und weinen kann, wenn ich Lust habe – –

Der Kurkapellmeister Egon Mayer-Grant, ein Mann meines Alters, gleicht sehr dem jüngeren Klaus Kinski, fesselt wohl deshalb auch Teile der laborierenden Frauenwelt und führt im übrigen seinen Doppelnamen so legitim, daß ich eine Zeitlang sogar dachte, der »Grant« sei ihm, so wie ehedem »Ludwig« das »Fromme«, als Auszeichnung angehängt worden. Bei Frühkonzerten ist unser Chef immer fröhlich und aufgekratzt, bei den 16 Uhr-Nachmittagsmusiken wirkt er meist schon angekratzt und angekränkelt – und namentlich am Abend, bei den Serenaden im Bad Mädgenheimer Pavillon oder in der Aula der Kurwandelhalle, da ist es oft ganz furchtbar, und bei den letzten Noten verzerrt sich gar das Antlitz christushaft vor Schmerz und Grant. Aber siehe – am nächsten Morgen sprüht die Sonne schon wieder musikalische Funken um Haarbüschel und Nase herum – und erst am Nachmittag wird's zyklisch kritisch wiederum.

Mayer-Grants Anruf erreichte mich am Samstag um halb 8 Uhr – ich hätte schleunigst nach Bad Mädgenheim zu kommen, der Etat-Pianist Knopp sei am Morgen nervenkrank geworden.

Die Matinee dort beginnt um 8 Uhr 30 und dauert bis gegen 10 Uhr ohne Zugaben. Die Iberer-Brüder waren für 11 Uhr anberaumt – wahrhaftig, erstmals seit meiner letzten Chemieprüfung vor genau 22 Jahren geriet ich unter Druck, ja buchstäblich in die Mühle zwischen Pflicht und Neigung. Vor Aufregung schnitt ich eine lustige Grimasse.

Meine Schwiegermutter war damals die einzige, die bei uns das Autofahren beherrschte, und dies mit einiger Leidenschaft, auch wenn sie leider über keinen eigenen Wagen verfügte, sondern diesbezüglich mit einer Freundin aus der Nachbarschaft ein Abkommen getroffen hatte. Meist chauffierte sie mich nach Bad Mädgenheim, wartete dort in einer Konditorei und holte mich, sofern ich nicht mit dem Bus zurückfuhr, wieder ab.

Ein heiterer Frühherbstmorgen. »Alles einsteigen!« rief Mayer-Grant wie stets seit sieben Jahren, »die musikalische Post geht ab!« – und dann schwang er den Stock, so glücklich und entspannt, als ob er der kranken Bagage zu unseren Füßen den erwartbaren Tod als letztlich unwichtig verhökern wollte, wir gaben eine Fantasie aus »Lucia di Lammermoor«, den »Pariser Einzugsmarsch«, die »Berceuse de Jocelyn« von Godard, den Kußwalzer von Arditi, »Des Steirers Heimweh« von Egghard, Suppés »Leichte Cavallerie« und zuletzt einiges schwer Albernes von Paul Lincke und Paul Abraham, die Kranken in der morgendlich flunkernden Wandelhalle schlürften ihr fades Gesundheitswässerchen, ich klimperte aus Erregung einige Partien sogar in Stakkato-Oktaven und erfand ein paar triviale Triller, – alles war gerade wie eine mächtige und bodenlos abgeschmackte Verjüngung.

Das Korn stand hoch und blitzend. Gern trällerte die Lerche – oder war's ein Fink? Fast berauschend rauschte die runde Monika zurück nach Dünklingen, zuerst summte sie, dann fingen wir zu singen an, zuerst den Jägerchor, dann »Roll me over«, eingondelten wir im Duett aus »Carmen«, und Schlag 11 Uhr saßen wir im Aschenbrenner. Mir war so taumelig, daß ich der lieblich geröteten Monika-Matrone sogar ein paar fast libidinöse Redensarten hinschnurrte – und die beiden Iberer-Gestalten erst im letzten Augenblick am Fenster vorbeirunzeln sah.

11 Uhr 07: Kodak trug einen beigen Feincord-Anzug, den ich noch nie an ihm gesehen hatte; Fink den mir schon vertrauten ockerbraunen Gabardine. Fink lächelte heute fast vieldeutig, Kodaks schrundig-gewölbte Lippen traten im Halbprofil herrlicher hervor denn je, bei Fink fiel mir erstmals die Sanftheit der Augen, genauer: der Augenbrauen auf, ich taufte sie sofort »treulich«. Der Gang? Ich würde es so beschreiben: Fink schritt fast neutral-vorwärtswillig, gutmütig schnellten die Waden nach Westen – Kodak aber, der Ältere, trat auf mit einer irgendwie aus dem Kreuz geschleuderten Kraft und Wucht – ganz als ob der Ältere den noch zaudernden Jüngeren, den Vertreter gewissermaßen der skeptischen Generation, maßvoll, doch unnachgiebig nach vorne peitschen wollte – aber wohin?

Um 11 Uhr 24 kamen sie zurück, das Ziel vor sich, die Mutter Irmi, in der Altbauwohnung am Pferdemarkt, vielleicht mit Sargschreinerei im Hinterhaus – ich wußte ja schon alles. »Stauber« fehlte. Schien es mir nur so, als ob die beiden plötzlich recht ermattet seien, daß sie die Beinchen vorsichtiger wirbelten? Stand nicht wirklich das Heimweh in ihre wabbelnden Gesichter geschrieben?

Das Mütterliche! Ich war plötzlich so von Laune, von Capriccio-Gesinnung überwältigt, daß ich mit Monika einen richtiggehenden ausladenden Frühschoppen veranstaltete, die alte Dame genoß es sichtlich, hielt auch solide mit und flüsterte erst gegen 14 Uhr:

»Mein lieber Sohn, mein lieber St. Neff!«, sie schnaufte wirklich angeschlagen und knetete mich kurz am Schenkel, »wenn du mit einem alten Weib schon so Sprünge machst, dann«, sie überlegte, »dann sollten wir jetzt auch – tanzen!«

»In diesem tödlichen Café Affenschänder«, grunzte ich wohlig, »ist Tandem-Tanz tabu!«

»Ach was!« Monika lachte wie ein Schmetterling, »wir sind doch keine Beamten mehr, sondern Zigeuner! Dann tanz ich eben mit dem Wurm!« zwitscherte sie fröhlich, denn dieser Herr zwängte soeben seinen französisch-dünklingischen Kopf ins nachmittägliche Café-Geschehen. Schließlich zwang ich meine Schwiegermutter nach Hause, wir mußten uns beide auf ein Nikkerchen langlegen, und ich war noch lange Zeit recht vergrätzt auf mich. So was sollte nicht vorkommen!

»St. Neff« – ja, da wäre noch etwas Hanebüchenes nachzutragen, etwas doch sehr Dummes, aber es muß wohl sein. »St. Neff« paßt gut in den Rahmen meiner wunderlichen Verhältnisse, es ist dies eine Art Geheimsprache, ein Code zwischen mir und der Schwiegermutter – meine Frau kennt den idiotischen Namen zwar auch, macht aber, unlustig wie sie nun mal ist, keinen Gebrauch von ihrem Wissen. Der Name rührt daher, daß ich vor etwa vier Jahren angeblich einmal mit einem Riesenschwips von einem Richtfest heimgekehrt sein und die beiden fernsehenden Frauen schwer schmunzelnd mit den Worten »So, jetzt ist er wieder da, der St. Neff!« begrüßt haben soll. Sie, die Schwiegermutter, erzählte mir dann am andern Tag, sie habe mich auch gleich gefragt, was das mit dem »St. Neff« zu bedeuten habe – allein, ich, Neff, hätte es nicht gewußt, sondern immer nur gekichert und rätselhaft geschmunzelt und beteuert, ich sei nun einmal »der St. Neff«. Ob das ein Heiliger sei oder was, habe sie, Monika, wissen wollen – ich aber hätte es auch nicht gewußt, hätte aber betont, daß das »kein konkret-aktiver Heiliger« sei – sondern »ein negativistischer« bzw. »eben ich, St. Neff«.

Selber konnte ich mich an überhaupt nichts entsinnen, schaute aber recht geheimnisreich-wissend drein usw. und versuchte das Ganze gewissermaßen ins Heiter-Nichtige zu transportieren.

Immerhin heiße ich bei meiner Schwiegermutter seither hausintern und wenn die Gelegenheit sich ergibt »St. Neff«, ja es ist dies gewissermaßen ein Signal äußerster Vertraulichkeit zwischen dieser alten Dame und mir. Und hin und wieder revanchiere ich mich seither auch dadurch, daß ich diese mollige Patronin dann »Stefania Sandrelli« tituliere, was nur scheinbar noch weniger Sinn hat. Des Rätsels wahrscheinliche Lösung: Stefania Sandrelli ist bekanntlich eine ausgezeichnete, äußerst ansprechende Filmschauspielerin, mit wunderbar blondbraunen Haaren, einem divinischen Botticelli-Näschen und schwärmerisch toscanischen Grübchen der unwiderstehlichsten Art; da ich nun aber diese Stefania Sandrelli zu Zeiten ganz maßlos und unerträglich aus der Ferne verehre, versuche ich mich offensichtlich von dem sehnsüchtig-illusorischen Affenzirkus dadurch zu kurieren, daß ich meiner Schwiegermutter sozusagen als Vertreterin der geschlechtlichen Ambivalenz respektive Meta-Position mit diesem teuren Namen huldige. Eine sicherlich gute Technik, Romantik und Alltag zur Einheit zu schmieden.

»St. Neff« – ich weiß bis heute nicht, was für einen komischen Heiligen ich mir da eingeredet hatte. Neff – Nepomuk? Nein, all das gab wenig Sinn. Es ist mir auch recht peinlich und ich bin sehr dafür, daß die Schande nicht aus dem innersten Familienbereich dringt – aber um der Luzidität der Romanpsychologie Genüge zu tun, will ich sie hier nicht unterdrücken. Nein, ich kann es mir um so weniger erklären, als ich seit meinem 20. Lebensjahr im Zuge des Chemiestudiums als, wie gesagt, Agnostiker das katholische Brimborium ächte, ja verfolge, was ich nur kann, oder jedenfalls tat ich das zur Zeit der Neff-Geburt – aber man soll die höheren Zufälle nie verleugnen: Alles Irdische hat schon irgendwo seinen Sinn, die Wirklichkeit ist ja ein wunderliches System von Signalen, Winken, Zeichen und Botschaften, fragt sich nur oft, für was.

Aber vielleicht würde ich ja wirklich mal – – ach was!

*

Meine Iberer-Erkundungen waren auch fortan von Glück begleitet. Schon der nächste Alten-Abend im »Paradies« warf mich wieder unverhofft weit nach vorn. Zuerst teilte mir – eingebettet in Albert Wurms jetzt schon lästig-interessierten Blick – Alois Freudenhammer zwischen nachgrübelnden Zigarrenpaffern mit, er habe neulich in seinen »Unterlagen« nachgeschaut, jawohl, die alte Frau Iberer habe vor vier Jahren ihren 70. Geburtstag gefeiert – wozu er, Freudenhammer, seinerzeit auch herzlich gratuliert und vor allem im Namen der beiden Söhne Glück und Gesundheit gewünscht habe.

»Beziehungsweise im Kreise der zwei Söhne und zwei Töchter«, sagte Freudenhammer, und ich erschrak schon fürchterlich, aber: »Nein!« korrigierte sich Freudenhammer nochmals, »nein, halt! Der zwei Söhne!«

»Fink und Kodak«, bestätigte Albert Wurm und schaute mich hochinteressiert an.

»Jawohl!« funkte hier Fred Wienerl, übrigens als emeritierter Pressefotograf hin und wieder Kollege Freudenhammers, wie besessen dazwischen und erblühte, »und ich weiß jetzt auch Bescheid! Ich war mir doch neulich sicher, daß ich die Namen kenne, du, jawohl! mein Langzeitgedächtnis!« – und Fred trompetete jetzt so triumphal, als ob er schon lange keine Gelegenheit mehr gehabt hätte, sich auszuweinen –: Die beiden Brüder kämen nämlich »immer« in seinen Fotoladen – seine, Freds, Frau habe die Namen sofort wiedererkannt – das seien sogar Stammkunden, die »lassen immer ihre Filme entwickeln« und trügen sich jetzt sogar mit dem Gedanken, eine Filmkamera zu kaufen – habe seine, Freds, Frau gesagt, »zu Weihnachten wahrscheinlich. Hah!«

Vorsichtiger riß ich die Augen auf und nahm mich zusammen. Wußte Albert Wurm nicht schon zu viel? Und Fred sprach schon mit seiner Frau darüber . . .

Was auf den Fotos drauf sei, fragte ich wie tändelnd.

»Keine Ahnung, du, Siegmund! Keine Ahnung!« flötete Fred und verdrehte wichtig die Lippen, das mache immer seine Frau. »Keine Zeit, keine Zeit für Kinkerlitzchen!« Die Frau habe auch gesagt, daß diese Iberer immer zu zweit ankämen. Und sehr nette Männer seien, sagte Fred, und der Stolz blähte ihn noch affiger auf.

Sollte ich ihm ein Dankes-Schnäpslein spendieren? Kuddernatsch lächelte gleichfalls interessiert und rieb die alte Augenbraue. Er war heute mit einem neuen gelben Panamahut gekommen, es war sein Glanztag. Friedsam döste Bäck. Freudenhammer schmauchte ernst, als würde hier unser aller Geschick behandelt. Ich riß mich zusammen – und ließ weitere Scheuklappen fallen: *Wer* von den beiden Brüdern im Film-Genre die Verhandlungen führe?

»Was?« fragte Fred verstört zurück, zu Recht. Einem Leguan glich Wurm jetzt seltsam.

»Wer«, ich zauderte heiß, »im Fotoladen – ich meine: mit deiner Frau redet?«

»Fink oder Kodak?« half mir Albert Wurm. War das nun geschliffenste Durchtriebenheit oder schon sehr dumm?

»Oder – verstehen«, faßte ich entschlossen nach, »alle zwei was von – der Materie?«

Er frage morgen gleich seine Frau, versprach mir Fred beflissen. »Gleich morgen früh! Gebongt!«

»Von der Materie«, imitierte mich ernst seufzend Alois Freudenhammer und holte zu einem schwer einsichtigen Scherzchen aus, »der Fred ist Fotograf, weil er Materialist ist, der Materialismus aber ist die Krankheit unserer...«, – doch jetzt passierte schon das nächste Wunder:

Albert Wurm, seltsam glühend und vielleicht sogar schon leicht betrunken, begann ungebeten, noch einmal die Fußball-Laufbahn der Iberer-Buben zu skizzieren – offenbar war ihm da in den letzten Tagen Neues eingefallen –, und ich erfuhr, daß die Iberer-Buben dortmals sogar von Inter Dünklingen umworben gewesen seien, »für die 1. Jugend. Meßmann Rudl, Schaller Manfred, Bierl Jonny und die ganze Miedehof-Bande waren dabei, ein Talentschuppen« – aber die Iberer-Buben hätten damals »immer« gesagt, sie spielten »lieber« – Wurm suchte nach einem Wort – »sie spielen lieber privat an sich!«

»Na also«, brummte Alois Freudenhammer sensationell, ich aber rief ganz ausgelassen: »Warum, Wurm? Wurm, warum?«

»Wegen den an sich Auswärtsspielen«, verkündete Albert Wurm feierlich und zeigte in ungeheuer schnellen Intervallen die gelbgerauchten Zähne – und bei seinem nächsten Satz kam mein Geist noch gewaltiger ins Schleudern: »Die haben die Mutter, Gott nei, nicht allein daheim lassen wollen, die war ja dortmals schon Witwe. Bzw. effektiv war's so, daß der Fink praktisch schon gewollt hätt', aber der Kodak hat ihn nicht lassen. Der Kodak war der primär bessere Techniker und Raumaufteiler, wie – der Hölzenbein heut! Der Fink war der klassische Flügelflitzer!«

»Grabowski!« rief ich feurig.

»Charly Dörfel«, raunte wehmutsatt Alois Freudenhammer, »war der beste!«

Wenn es Lügen bzw. Phantasiefrüchte gibt, die der Wahrheit überlegen sind kraft der ihnen innewohnenden Humanität, dann hatte Albert Wurm soeben eine solche geboren und Alois Freudenhammer hatte sie eingesegnet.

»Die Iberer«, etwas unpassend mischte sich Fred erneut in den schwer metaphysischen Qualm, »ich wußte lang nicht, du, daß das Iberer sind! Bis mir's meine Frau vorgestern flüstert, hah!«

»Die alte Frau Iberer«, knarzte Alois Freudenhammer jetzt auf Bäck Paul ein, der all dem recht ratlos, ja erbarmungswürdig beigewohnt hatte, »sie wohnt schon seit 1932 in Dünklingen. Ich hab's schon lang nimmer selber gesehen, wird halt auch krank sein. Aber zwei Kinder müssen da sein, die müssen jetzt auch schon groß sein!«

Welch ein rosenfarben-schwerkorrupter Funzel-Abend! Die ganze gottverlotterte Altherrenmannschaft redete über den Tabernakel des Zentral-Mysteriums, jeder wußte was, und keiner wunderte sich drüber – am wenigsten offenbar Albert Wurm, den ich schon so gefürchtet hatte, dessen rumorende geheimnis- und skandalösitätengräberische Potenz ich seit der Inauguration der ganzen Iberer-Andacht schon so sehr verwunschen hatte! Ja, waren denn hier alle mit Blindheit geschlagen und ich, St. Neff, der einzige Erleuchtete? Der ab sofort machen konnte, was er wollte!

Was Wurm anlangt, so löste sich das Rätsel wenigstens teilweise beim Zahlen. Da stellte sich nämlich heraus, daß Wurms Bierdeckel nicht nur einseitig vollgekritzelt war – Vroni hatte sogar umblättern müssen, um auf der anderen Seite des Unfugs zweite Runde zu notieren. Selbstzufrieden kicherte deshalb Wurm in sich hinein und schnippte sogar vital mit den Fingern. Vorsichtig fragte ich ihn, was dieses unmäßige Gekritzel zu bedeuten hätte.

»Bin ja auch schon seit 12 Uhr da, im ›Paradies‹!« parierte Wurm und kicherte erregter. Der Sinn war klar. Dieser großartige Informant – er hatte einfach einen Bombenrausch! Und ich hatte ihn schon als meinen Entlarver besorgt!

Trotzdem, beharrte ich – deshalb – aufgemöbelt: So etwas hätte ich noch nie gesehen: 1¼ Seiten des Bierdeckels vollgeschrieben! Nachdenklich sah und hörte die schöne Vroni, graziös den Leib vom Stand- aufs Spielbein hin und her verhätschelnd und sich mit der rechten Zehe die linke Wade streichelnd, unserem Feierabendgeschäker an sich zu.

»Nö nö!« wagte sich Wurm jetzt gar ins Berlinerische, »Gott nei, der Gott Oskar hat dortmals in Dings, in . . .« (jetzt setzte kurz der Geist ihm aus) »in Tegernsee« (jawohl, ausgerechnet in Tegernsee) »in zwei Stunden effektiv alle zwei Seiten vollgehabt, hähähä! Sternhagelvoll!« (War das ein Wortspiel, oder schon verschärfte Ohnmacht?) »Und der war an sich nur zwei Stunden drin im Bräustüberl!«

Was er, Wurm, denn da heute alles verzehrt habe? Wahrscheinlich fragte ich das, um mein Iberer-Glück etwas zu zerstäuben.

»An sich lauter Kleinigkeiten!« rief Wurm und verteidigte seine an sich blütenweiße Weste. »Zuerst Tee mit Milch, dann Tee mit Rum, dann einen Sherry, Zigaretten zweimal, einen Stumpen, ein Mineralwasser, ein Libella, ein Nährbier, dann zwei Weizen, dann vier Kaffee, dann . . .« (er überlegte, war aber doch wohl flotter im Kopf als vermutet) »dann einen Preßack, dann drei Pils, dann einen Cognak, dann – hähähä!«

Na, hoffentlich hielt dieser Corpus dursticus noch eine Zeitlang dem »Paradies« die Treue! – –

Am nächsten Morgen, um – unglaublich! – 8 Uhr rief es bei mir an. Es war Fred.

»Hör mal, Siegmund, du bist doch interessiert an diesen Guys . . . Iberern, ja?«

»Ja – wie? – schon!« Ich war erschrocken schon fast blitzmunter. Dieses Iberer-Tempo – wurde mir bald zu scharf!

»Meine Frau – weil du gestern danach gefragt hast, du – die flüstert mir grade, wenn die in den Laden kommen, dann redet immer der Ältere, der Jüngere kommt nur immer mit und schaut. Und – hörst du mich? Ich hab noch 'nen Blackout im Kopf! Von gestern abend! – sie sagt, so eine Art Pfadfindergruppe oder so ist meist auf den Bildern mit drauf, ja? Und Sightseeing! Okay? Aber komm doch mal vorbei und frag die Tante selber!«

»Klar, Fred, besten Dank, ich komme!« Und geistesgegenwärtig: »Was ist denn ein Blackout?«

»Du, weißt du, Siegmund, so ein ...«

»Hirnschwurbel, meinst du, Fred? Hirnschwurbel, ja? Ich komme, Fred, ich komme!«

Und wäre sicher auch jetzt gleich hingelaufen. Eine Pfadfindergruppe! Es lief jetzt wie geschmiert! Jetzt gab's kein Halten mehr. Und Kodak hieß ganz sicher deshalb »Kodak«, weil »Kodak« seine Kamera, seine Traumkamera vielleicht ...

Ein neuer Anruf tauchte ins Champagner-Frühstück. Es war Alwin, säuselnd lästerlich wie selten. Ob ich – »hör zu, ich kann mich auf dich verlassen, ich hab Vertrauen zu dir, nicht nur als Schwager, du bist loyal, ich kann am Telefon nichts, es bleibt unter uns, yeah?« – nicht sofort zu ihm in den Auto-Supermarkt kommen könne? Es gehe gewissermaßen, wenn ich dies seltsam hemingwayferne Lacrimosa recht verstanden habe, um Leben und Tod.

Streibls Auto-Supermarkt ist ein etwa 20 mal 30 Meter großes eingezäuntes Gelände, einen Steinwurf außerhalb unseres Stadteis. Knapp ein Dutzend merkwürdig anwidernde Personenwagen, meistens gehobene Mittelklasse und unterschiedlichen Fabrikats, stehen immer drin, dazu hin und wieder ein Motorrad. Eingesäumt ist das Grundstück durch zweimal einen Bretterzaun und zweimal Maschendraht. Das Ganze fällt leicht ab, am oberen Ende, in einem kleinen weißen Flachdach-Häuschen, residiert Alwin, als Verkaufskraft eines gewissen Rolf Trinkler, von dem man wenig weiß. Seitlich des Chalets, unter einem Vordach, steht ein großer Wagenheber, hinter der Hütte aber wächst ein Eisengestänge mit einer großen Holztafel aus dem Boden, darauf steht auf schwarzem Grund »Auto-Supermarkt«. »Auto« gelb, »Supermarkt« rot geschrieben.

Die Hüttentür war verriegelt. An einem Band hing ein Schildchen: »Komme gleich wieder!?!«

Ich setzte mich auf das Steintreppchen zur Hütte. Eine großzügige Hundehütte. Friedhofsstille im Supermarkt. Ein Frühherbstwindchen graste über das Gerümpel. Trinkler oder Streibl? Wer mochte sich das »!?!« einfallen haben lassen? Hemingwayisch war's ganz sicher nicht. Es hupte flott im Osten. Alwin kam mit einem dicken, etwas gebrechlichen schwarzen Mercedes in die Hofeinfahrt geschlichen. Noch ein geschmeidiger Schlußkreisel, und er stand. Täuschte ich mich, daß Streibl während der Arbeitszeit eine etwas gerissenere Miene aufhatte als sonst? Ein Hauch nur, aber unleugbar.

»Hör zu, du entschuldigst, Schwager, ich war noch beim ADAC und bin beim Lastenausgleichsamt aufgehalten worden, ich hab's dem Dr. Knobloch versprochen, er hat versprochen, daß er's jetzt durchzieht . . .«

»Servus, Alwin«, sagte ich. Streibl nahm das Schild von der Tür und wir traten ins Büro. »Und sonst?«

»Ein göttlicher Morgen!« sagte Alwin weh und hieß mich Platz nehmen.

Das Büroinnere des Supermarkts besteht aus einem orangeroten Telefon, einem Wimpel »Inter Dünklingen« am einzigen Fensterchen, einem Wasserboiler über einem Spülbecken und, an der Wand, einer Kiste großer Schrauben. Dazu ein Kirschholz-Schreibtisch, ein gelber Rolläden-Schrank, zwei cosmosblaue Muschelsessel und noch etliche geringfügige Gegenstände. Ich war schon öfter hiergewesen. Neu schien mir heute ein riesiger »Wüstenrot«-Kalender, gleich neben dem Fensterwimpel.

Alwin zwängte sich hinter den Schreibtisch, quoll in seinen Stuhl, notierte auf einem Merkzettel etwas in Steno und begann dann stimmlich fast neutral:

»Hör zu, Schwager, aber die Sache ist leider brandaktuell – dich belastet sie überhaupt nicht, aber wo! Aber mir tut's entsetzlich gut, ah!«

Warme Dünste schienen aus allerlei Körperöffnungen zu wehen. Alwin sah mich flehend an, fuhr aber sachlich fort:

»Du weißt es doch, ich hab mir, ich bin zu 62 Prozent schwerbeschädigt, ich hab mir im Kriege eine multiple Hirnverletzung zugezogen, ich hab jetzt meinen Ausweis nicht da – sie wollen's nicht anerkennen, fürs Arbeitsamt bin ich eine Nummer wie jede andere, ich kauf und verkauf Autos – schau, ich bin, um Gotteswillen, ein alter Mann . . .«

Spätestens hier zog in Streibls Stimme der Menschheit Jammer wieder seine Kreise. Nach etwa zehn Minuten war mir halbwegs klar, daß ich demnächst vor irgendeinem Gericht für Streibl den »Pfleger« abgeben sollte, auf daß irgendwie dessen im Zuge seiner Kriegshirnverletzung angestrebte vorzeitige Rentenzahlung bzw. Nachzahlung beschleunigt würde. Bzw., so viel kapierte ich, Alwins noch vollends nachzuweisende Hirnbeschädigung würde diese Rente sehr beschleunigen, ich, in meiner Eigenschaft als Pfleger Alwins, solle seine Verletzung vor Gericht gewissermaßen glaubwürdiger gestalten, sanktionieren, fördern.

»Mir tät's, Schwager«, Glücksvisionen schimmerten in Streibls gelbem Bernstein-Auge, »unendlich gut!«

Seltsam, meine morgendliche Fred-Iberer-Aufgekratztheit flatterte sofort auf die Pflegschaft über. Vorsichtig immerhin fragte ich Streibl, was ich als Pfleger so alles zu tun hätte.

»Ich bin dein Pflegling«, beruhigte mich Alwin, »du kannst Anträge für mich stellen, du bist nichts als ein besserer Vormund – aber keine Bange, Schwager, für meine eventuellen Schulden«, goldener Humor sprang auf, »bist du natürlich nicht verantwortlich. Da bist du aus'm Schneider, aber wo!«

»Aha«, sagte ich ehrfürchtig.

»Hör zu«, fuhr Alwin fort, »rauch' ruhig, pardon, ich kann dir momentan gar nichts anbieten. Zuständig ist an sich das Vormundschaftsgericht, aber, hör zu, Schwager«, er säuselte jetzt wieder untertonreicher, »wegen der sozialfaschistischen Regierung, wie wir's gegenwärtig haben, das Familiengericht. Es ist praktisch nur eine Ergänzungspflegschaft und du . . .«

Das rote Telefon schellte. Alwin griff unheimlich schnell zu, rief schmalzig »Autosupermarkt Trinkler, Streibl«, kniff abwehrbereit die Augen zusammen, sagte »Ich rufe Sie zurück!« und legte wieder auf. Sah mich steinerweichend an und sang: »Hör zu, ich war nie Nazi, ich war Hitler-Pimpf und ab 47 Marxist. Der Marxismus ist meine Heimat. Was wir heute haben, um Gotteswillen, ist der Neofaschismus. Das Vormundschaftsgericht gehört jetzt zum Amtsgericht. Leute, von denen sie wissen, daß der Verfassungsschutz hinter ihnen her ist, sind heute bei Gericht weg vom Fenster, du weißt es doch so gut wie aah!«

War er erregt? Kurz vor dem Einnicken? Er drehte den dicken Kopf und sah mit heiter gequälter Freundlichkeit zum Fensterchen hinaus auf den Autohaufen.

»Der Materialismus ist meine Heimat. Früher oder später wirst du auch draufkommen, auf Marx. Du bist ja noch so jung, dir geht's ja pfenniggut, yeah...«

Noch vor zehn Minuten hatte es mich, klopfenden Herzens, zu Fred getrieben. Jetzt ließ ich mir extra Zeit, die Kodak-Fink-Glut via Pflegschaft noch zu schüren.

Aber man könne doch, hub ich wägend an, den heutigen staatsmonopolkapitalistischen Bonner Staat nicht mit den Nationalsozialisten vergleichen. Ich schaute Streibl bittend in die Augen.

»Auschwitz«, säuselte Alwin hart dazwischen, »Auschwitz, hör zu, Siegmund, aber wo! Auschwitz ist noch immer in uns!« Und damit rutschte er endgültig mehr ins Pomadige; Weizenbiersehnsucht tönte ihm die Augen glänzend. »Ich bin heute, ich bin eine arme Sau, ich bin heut' Sozialist in einer materialistischen, pardon: aah in einer kapitalistischen Wirtschaftsordnung. Schau!« rief Alwin wund und deutete zum Fenster hinaus, »Großkonzerne machen doch alles, was sie wollen, schau mich doch an, Siegmund, hör zu, du mußt heut' dialektisch denken, ich bin marxistischer Dialektiker – man zwingt mich im Westen dazu. Ich nütze die Schwächen des Systems voll aus, aah! Schau, lauter Fahrzeuge, mir tut's weh, wenn ich sie verkauf, denn es ist Judaslohn. Und wenn ich«, er wachte jetzt anscheinend wieder auf und wechselte rasch ins rüstig Aufmunterische, strahlte mich geradezu an, »wenn ich nur 3000 Mark Rentennachzahlung krieg', fahren wir zwei nach Italien. Yeah! Ich drück's durch – und du, du bist so gut und hilfst mir dabei, brauchst ja fast nichts tun! Du bist ja auch ein Roter, oder? Gib's doch zu! Schwager!«

Ob ich in fünf Jahren, mit 52, auch so elegisch singen würde? Wie hatte es meine Schwester nur zwanzig Jahre mit diesem Belkantisten ausgehalten! Aber Italien – war eine originelle Idee. Hatte ihn der bleiche Ascona 1600 vor dem Fenster drauf gebracht?

»Du siehst es ja selber, mein sozialistisches Gewissen wird jeden Tag auf einen Prüfstand . . .«

Erneut schellte das Telefon.

»Autosupermarkt Trinkler, Streibl?« Die Augen fuhren lauschend in die Höhe.

»Yeah – Aaaah! – O je!« –

»Ferdl! Ferdl, hör zu!« –

»Nein. Nein, nicht im 1. Programm. Im 2. Programm. Aber wo! Eine nette Sendung. Wunderhübsch! ›Plaudereien aus der Plattenküche‹! 20 Uhr im 1. Programm.« –

»Der will mich fertigmachen! – Aber, hör zu, er ist mir nicht gewachsen! Niemals! – Ah!« –

»Ja – yeah! – Versteh' dich schon! – Im 1. Programm! Grüß die Hanni, Ferdl, Ferdl, ich␣täť sie gern wieder einmal sehen bei einem schönen frischen Weizen in Prohof!« –

»Du alter Saubär! – Ah! – Ferdl! Pardon, sei mir nicht bös, ich hab Kundschaft bei mir.« –

»Servus du! – Behüt dich Gott! – Grüß die Hanni! – Aaah!«

Alwin hatte mir mehrfach verwandtschaftssinnig zugezwinkert.

»Der Ferdl«, erläuterte er mir heiter, »der Vorsitzende der CB-Ortsgruppe, ein netter . . .«

»CB-Ortsgruppe?«

»Citizen Band«, sagte Alwin anerkennend, »eine neue Funk-Kontaktgruppe ah! Sie funken 'rum, sie helfen der Polizei, um Gotteswillen, sie sind sozial engagiert, yeah, man muß es anerkennen . . .«

Zähneknirschend nahm ich einen schnellen Anlauf; ich hatte seine letzten Worte vor dem Telefonat nicht vergessen.

»Aber übrigens, Alwin«, ich schnaufte, »ich helf dir zwar gern, aber ich bin – sei mir nicht bös! – weder Roter noch Linker noch Sozialist noch sonstwas!«

»Aber wo«, tat mir Alwin sofort schäkernd schön, »du bist der geborene Rote!«

»So?« Italiens Stiefelumriß schwächte meinen Kopf.

»Der geborene Theoretiker! Wie Lenin!«

Er meinte es ganz ernst jetzt. Der ernsthafte Unsinn, im Verein mit Alwins singender Süßigkeit, verdrängte jetzt sogar eindeutig das Eingedenken der Iberer-Buben. Mein Blick streichelte den Schwager mit ehrfürchtiger Liebe. Beschwörend innig lechzte Alwin retour. Zartatmend brummelte ich aber, daß »Dialektik im Sinn von Marx und Hegel« kein »Zwang«, sondern »Naturgesetz« sei, und »in Ordnung also«, fuhr ich ratlos fort, als mich Alwins Auge traf.

»Hör zu, du hast recht«, beruhigte mich Streibl immer beseligender in den säuselnden Vormittag hinein, »du hast vollkommen recht. Aber schau! Ich hab sieben Kinder!«

»Die hat dir niemand geschafft!« Mimte ich Zornigkeit? War ich wirklich leise ungehalten?

»Aber wo! Schau, Siegmund«, jetzt lächelte er fast unwiderstehlich, »Kinder! Kinder sind doch so was Nettes! Das Prinzip Zukunft!« Er setzte, wie um mich nicht zu überfordern, eine deutlich schalkhafte Miene auf: »Ich, Alwin, immer voll drauf auf die Alte, ist ja doch deine Schwester. Alwin, hab ich mir gedacht« – und jetzt zeigte er sogar ganz niederträchtig-spitzbübisch die Zunge – »Alwin, hab ich mir gedacht: Laß Spritzen, yeah!«

»Das ist ja«, plänkelte ich etwas undurchschaubar, »hochgradig dialektisch und systemkritisch!«

»Aber wo! Aber woher! Systemimminent! Systemimminent! Dialektik ist doch, Siegmund, du weißt es doch selber, in der Liebe wurst. Es ist Natur! Schau, ich bin ...«

»Pfleger also?« nuschelte ich flugs loyal. Und stand langsam auf, den Abschied vorzubereiten.

»Schau, Schwager, ich bin bloß mehr ein halber Mensch. Die Hundlinge wollen nicht zahlen. Ich hab meine Rente verdient. Sie könnten mir's doch geben!« Streibl hatte sich jetzt gleichfalls erhoben, streckte mir die Hand entgegen. Erinnerte er heute nicht an einen Boogie-Woogie-Tänzer der fünfziger Jahre? »Du machst einfach meinen Pfleger, wir machen's nächstens schriftlich, ich besorg' das Formular. Du sagst einfach den Ganoven vom Gericht, der Streibl ist blöd, ein Depperl – ich werf sofort dem Richter die Papiere 'runter auf den Boden, und du sagst einfach, ich bin blöd. Und ob's vielleicht gut ist, daß ich dem Richter eine stier'? Hä?« Der Schwager sah mich beifallheischend an. »Meinst? Könnt' nicht schaden! Yeah?«

»Also, Alwin«, Jammer zischte, holperte durchs Herz, es war schon sehr zum Lachen, »bis dann.«

»Verwandte«, er war mit vor die Tür getreten und hielt sich am Geländer der winzigen Treppenveranda fest, »müssen doch zusammenhalten!« Er rief es forderischer, fast verklärt zugleich. »Oder?« Er klopfte mich am Rücken. »Bist doch auch ein Kämpfer!«

Ich sagte alles zu und schwang mich recht verschaukelt zu Fred Wienerl weiter.

Einen »emeritierten Presse-Fotografen«, sehe ich gerade, habe ich Fred oben genannt. Natürlich muß es »pensioniert« heißen. Aber da sieht man wieder, welche Konfusion schon das kleinste Häppchen Iberer-Freude selbst in den an sich vernünftigsten Köpfen anrichtet! Im übrigen stimmt »pensioniert« auch nicht – hin und wieder bastelt Fred schon noch für unser Blättchen Bilder; offiziell aber haben sie dort längst einen anderen, wobei Fred selbst zu seiner Glanzzeit nur so etwas wie eine Behelfslösung war, weißgott, als Leser des Dünklinger Lokalteils konnte man sich davon täglich überzeugen! Hier war ein Gesicht mal grad an entscheidender Stelle abgeschnitten, dort sah man statt des Ministers nur dessen dünnen Schatten – und als Fred, folgt man einem schadenfrohen Bericht Albert Wurms, einmal von einem tödlichen Verkehrsunfall nur eine leere Straße mit zwei pinselnden Polizisten stolz angeschleppt hatte, hatte der Verleger, Dr. Sechser, von dem Mitarbeiter genug und war Manns genug, Fred kaltzustellen. Was Fred anfangs sehr geschmerzt hatte, dann aber war er den Unseren gegenüber mit der Überraschung herausgerückt, das passe ihm sowieso, er wolle ohnehin expandieren, neue Märkte und Käuferschichten erschließen usw. –

Tatsächlich, der mollige Fast-60jährige hat heute noch immer einigen Innovations-Mumm in den Knochen! »Bei Fred« ist der kleine, agile Laden in der Oberen Holdergasse ausgewiesen – eine flockige Lösung, denn sicherlich, wie ich Fred kenne, war ihm einst die Betitelung »Fotoladen Fred Wienerl« als zu wenig flott, ja verräterisch erschienen. Ja, flott sollte es in Freds Kommerzsphäre zugehen, jugendlich »swinging«, wie auch der dröhnend weinrote und neuerdings mit allerlei Sternzacken aufgeputschte Markisenvorbau über den beiden Schaufenstern unterstrich, flott und boutiquenneckisch – letzten Endes wollte Fred wahrscheinlich einfach eine Diskothek draus machen. Mit solchen Ideen trug er sich damals schon – die Arbeit erledigte großteils Frau Heidi.

Sie betreute auch jetzt den Laden, Fred war über alle Berge. Ein freundliches, zeitloses dünnes Wesen voll dicker Geldgier, doch ganz ohne Freds Gehüpfe. Mein Kopf war von Alwins Sensationen her noch immer etwas belämmert, ich zögerte, wie ich taktieren sollte – Heidi Wienerl kam mir zuvor. Ach ja, Fred habe am Telefon wieder alles falsch gesagt, wußte sie, und war offenbar längst und voll in mein Interesse eingeweiht, auch sie! – na ja, das stimme also, daß der ältere der Iberer-Brüder der »Hauptkunde« sei, der auch alle Einkäufe erledige. Die Bilder, erzählte Frau Wienerl freiwillig, holten sie immer zu zweit ab, die Fotos gemacht habe jeweils auch meist der »größere« der Brüder, »der ist, die sind seit mindestens sieben Jahren Stamm bei uns!«

Frechheit siegt. »Wissen Sie«, sagte ich, »der ältere, der heißt nämlich Kodak, jetzt haben wir im Spaß, jetzt hab ich, haben wir uns gedacht . . .«

»Nein«, Heidi Wienerl lachte erstaunlich argfrei, »hat mich der Fred auch schon gefragt. Nein, keine Kodak! Die haben eine Zeiss-Ikon-Contaflex mit Wechseloptik, aber nicht bei uns gekauft! Bei uns gekauft hat der Größere vor einem Jahr eine Polaroid 82 als Zweitkamera. Als Altstadtfest-Sonderangebot. Aber fotografieren tun sie meistens mit der Zeiss. Zufrieden?«

»Pfadfinder?« fragte ich vor Schreck.

»Nicht Pfadfinder«, fuhr Heidi Wienerl aber ganz gemütlich spendabel fort, »die Pfadfinder sind ja die ganz Kleinen! Der Fred kann halt nicht richtig zuhören, der Zappelkönig! Nein, die Brüder machen immer so – Männergruppen am Wochenende und manchmal im Urlaub und auf Ausflug. Der Größere hat's mir mal erklärt – ich kann mich nicht genau entsinnen – ach doch, Kolpingsfamilie! Kolpingsfamilie! Und – noch etwas: mit ›Marien‹. Marienkon – –«

»Marianische Männerkongregation!« half ich glücklich strahlhaft. O Gott!

»Wie? Genau! Marien-Kongregation! Das kann – das muß es gewesen sein, dochdoch!« rief Frau Wienerl, um ganz kundenbesorgt fortzufahren: »Aber ich kann mich noch genau erkundigen, wenn Sie wollen!« – aber jetzt äugte die Frau doch für Augenblicke so gerichtsmäßig, daß mir wieder angst und bange wurde. Sollte ich ihr einen Scheck... Schweigegeld...?

»Neinnein, Frau Wienerl, bestimmt nicht nötig! Ist ja nur so ein – Interesse gewesen. Besten Dank dann! Und sonst? Der Fred?« Ich beeilte mich erschrocken, aber auch erheitert. »Kommt jetzt seltener ins ›Paradies‹! Hat halt jetzt auch viel...«

»Ach, der alte Vogel!« rief Frau Wienerl, »soll doch nicht so aufmischen! In der Tankstelle sitzt er dauernd...«

Umsichtig trollte ich mich hinaus. Hatte sie – ausgerechnet eine Frau! – mich doch durchschaut? Lief die polizeiliche Fahndung schon?

In Freds Schaufenster hatte es schwarzrotgelbe Aufkleber. Genau die Farben von Alwins Auto-Supermarkt. Gab's nicht noch was in dieser Kombination? »pluspreisgruppe« stand auf den Aufklebern. Neben Hochzeits- und Kommunionsfotos prangte ein vielleicht sogar russischer Samowar. Ich ging, um nachzudenken, ganz strikt langsam.

Wußte die Frau etwas? Oder stand die ganze Stadt im sanften Banne schon der Iberer?

Dünklingen! Engbrüstiges, spitzgiebeliges, lebenheuchlerisches – lebenhauchendes! Festung der gediegensten Verschwiegenheit des zartesten Liebesrumorens! Plötzlich war mir danach, schnaubenden Herzens den ganzen städtischen Salat und Zeiss-Ikon-Contaflex-Misthaufen zu umarmen. Wie überraschungsreich Kodaks Botschaften waren! Und ich war bald Pfleger von Alwin! Was wollte ich mehr?

Schwungvoll tändelndes Wohlwollen machte die Beinchen rascher vorwärts tippeln. Aus den Gassen wälzten sich dicke Wolken der Kauflust. Na bravo! Fred? Tankstelle? Eine neue Fusion? Mein königlicher Elan schwand erst, als ich auf einer Art Terrasse, direkt am Autobahnzubringer, viele junge Leute Weizenbier trinken sah. Es war Mittagszeit und herbstlich warm geworden. Hm. Ohne Frage. Sie verzehrten ihren braunen Saft deshalb am staubigsten Straßenrand, damit ihnen der Dreck gleich doppelt dummacherisch in den Magen stieß. Das war die Dialektik. Ich würde demnächst den Rentner und Weizenbier-Schwager danach fragen müssen:

»Aber wo? Du kannst ihnen keinen Vorwurf draus machen? Weizen ist doch so frisch? Es bringt den Klassenkampf nicht vorwärts – schadet aber auch nicht? Ist doch so nett? Aber wo? Keine Dialektik?« –

\*

»Beobachtung, Beschreibung und Ausdeutung zweier älterer Brüder«, so habe ich es vorne in meiner Exposition genannt. Gut. Was aber, noch einmal, trieb mich dazu? Neugier? Forschung? Zuneigung? Wollte ich mit den Iberer-Brüdern »etwas erleben«? Etwas Extraordinäres? Das Urteil möchte ich fürs erste dem Leser überlassen und seiner Majestät. Ich weiß es ja selbst heute nicht immer genau. Ob es mich damals schon zum Aufschreiben drängte? Mit Sicherheit nicht – der Leser lasse sich, bitte, nicht täuschen. Mein Gedächtnis ist beinahe lächerlich stark. Doch um so berechtigter ist dann die Frage nach meinen nachmaligen Motiven, Bericht zu erstatten in Form des Romans. Nun, sehe ich von der natürlichen Freude an Geld und Ruhm ab, wie sie vorne angedeutet wurde, dann möchte ich – auch diesbezüglich vorerst passen. Noch darf ich meine Motive nicht vollends enträtseln – und bitte um Geduld! Basta! Gleichwohl vermag ich hier immerhin schon zu versichern, daß sie die lautersten sind – oder doch fast lauter. Warum denn nicht? Warum nicht ich? Ich denke, gerade ein stiller Mann wie ich könnte dazu ausersehen sein, Deutschland dereinst wenn nicht die politische, so doch die geistige Einheit wiederzugeben!

Dringlicher scheint mir, an dieser Stelle, und mit sehr unguten Gefühlen, endlich schlüssigeren Einblick in meine Ehe zu geben, darauf hat der Leser wahrlich sein Recht. Nun, meine Ehe ist, in gewisser Weise, in durchaus repräsentativer Weise von solidem stählernem Mittelmaß – ach, Blödsinn, ich will Sie nicht länger mit meinem Gewäsch aufhalten, also noch einmal:

Meine Frau, meine sogenannte Frau Kathi ist, das muß der Neid ihr lassen, eine sehr reputierliche, ja immer noch bildhübsche Zarte und Rotblonde und eine – man staune! – türkische Witwe! Tatsächlich, »Honig des Halbmonds« habe ich sie einst sogar im Überschwang betitelt, in feiner Verbrämung des üblichüblen »Honigmonds«, und damals war mir wohl auch, ich leugne es nicht, danach gewesen . . .

Aber ich muß noch weiter ausholen:

Kathi war einst in die Türkei aufgebrochen, obwohl ich sie ein Jahr vorher schon kennengelernt und umworben hatte, aufgebrochen, um dort, sie zählte gerade 18, eine Ehe einzugehen, mit einem, ja, ich schäme mich für sie, Gastarbeiter. Das Scheitern folgte selbstverständlich auf dem Fuße. Ihr türkischer »Gatte«, ein Mann namens Arkoc Eralp, hat sie dann nämlich nach sechs Jahren Ehe verlassen, schmählich verlassen, der kranke Mann vom Bosporus (hähähäh) starb plötzlich am Sumpfdotterfieber, nein, pardon, im Ernst: bei einem Kurdenaufstand, soviel ich weiß – und was kümmert das mich so genau! –, obwohl Kathi, ihm zu gefallen, sogar zum muselmanischen Glauben übergetreten war.

Jedenfalls war sie dann von Izmir wieder abgeschoben worden, nach Eichstätt zu ihren Eltern – und dort auch direkt in meine Arme, denn ich hatte gehört, daß sie wiedergekommen war. Wir haben dann rasch geheiratet, neun Jahre ist es jetzt her, o weh, das heißt, ich glaube, ich war ihr damals noch recht gut, auch sie mimte wohl zuerst eine gewisse Anhänglichkeit, doch bald nach unserer Übersiedelung in meine Wohnung nach Dünklingen wurde klar, daß alles nur Grimasse war, ganz ordinäre, daß all ihre Gedanken dem Fernsehapparat galten, und da sitzt sie seither und schaut hinein und . . .

Aber ich will das nicht weiter ausführen – wen interessiert der Ehekram! Und merken Sie, wie affig dabei mein Ton geworden? Wie unmännlich schnecklig? Es kommt auch noch einiges andere Unerklärliche hinzu – vielleicht gerate ich gelegentlich darauf zurück – seit Jahren jedenfalls ist unsere Ehe praktisch tot. Aber ich hatte ja nach vier Ehejahren Stefania, die zu uns gezogen war und alles knapp zusammenhielt – und dann kamen ohnedies die Brüder und zogen ihre Kreise, ertränkten alles Leide . . .

Was soll's? Mein Gott, die Liebe hat halt bunte Flügel!

Aber, um dies noch zu erwähnen, diese Gattin scheint mir oft nicht solid das Programm, sondern buchstäblich fernzusehen, in die Ferne, wie in großer Verbissenheit. Vielleicht nach Eichstätt? Acapulco? Meine Schwiegermutter sah seinerzeit auch nicht wenig fern – aber wieder ganz anders. Nach meinem Eindruck nahm sie das Fernsehen nicht eigentlich als Novum und Bereicherung in ihrem Leben wahr, sondern gewissermaßen als selbstverständlichen Blödsinn, den ihr jemand auferlegt hatte, über dessen Sein und Vormarsch nachzudenken jedoch sich nicht lohnte ...

Sonderbarerweise ist Kathi durch ihre Fernseh-Verstocktheit kaum gezeichnet, aus Trotz sieht sie so munter und fröhlich aus wie ein Teenager, den ich einst so – –

Schluß! Ineptes Thema! Doch – rätselhaft nochmals –: Mir ist der Gattin Fernsehen sehr recht, erspart so vieles, hilft so manches leichter zu ertragen. Auch wenn ein vitaler Mann wie ich mit 48 bzw. 46 noch längst nicht über alle Berge ist. Bzw. war. Herrgott noch mal! Das Schreiben macht ganz windelweich verwirrt – – –

Kathi Landsherr, verwitwete Eralp. Hahaha! Obwohl, offen gestanden, wäre ich ein rotblonder Wuschelkopf wie sie, ich auch viel lieber einen niedlichen und aufrechten Türken heimführen würde als einen von uns deutschen Sauköpfen!

Aber wie wär's dann mit Alwin? Und vor allem mit den Brüdern selber seltenschön...?

O Gott! Dieses Epos' krausschlüpfrige Schlingen! Lieb' ist wie Wind, rasch und lebendig, ruhet nie, das ist sie. Wer's nennen könnte, schelmisches Kind – –

Ruhe!

\*

Meinem Hause gegenüber wohnt seit jeher ein sehr alter Mann. Er steht werktags täglich von 9 bis 18 Uhr vor seiner eigenen Hofeinfahrt und sieht auf das gemächliche Leben im Schelmensgraben – und dies trotz seiner vermutlichen 82 Jahre noch immer im hellblauen Holzarbeitertrikot und im blaugrauen Schurz. Ein glatter Verzweiflungsakt: Wie überhaupt, nach meinen Beobachtungen, viele unserer Methusaleme ihre grobe Untätigkeit und noch gröbere Überzähligkeit durch allerlei aufsehenerregende Mätzchen wie Arbeitskittel, Overall und Proletenmütze tarnen zu müssen meinen – eine fatale Mißidee, gezeugt aus Dreistigkeit und Scham zugleich. Mein Mann verrät sich freilich schon durch seine Hände, die immer und ewig beidseitig in den Hosentaschen stecken, wahrscheinlich mit dem Säckchen spielen und jedenfalls den arbeitsemsig gewinkelten und oft wie eine Schublade hin und her gehenden Mund schwer Lügen strafen.

Der alte Nichtsnutz unternimmt jetzt auch keinerlei Anstrengung mehr, alles zu verschleiern – noch vor Jahren ertappte ich ihn immerhin dabei, wie er einmal in seiner Hofeinfahrt einen ganzen Nachmittag lang einen Pflocken mit einem Beil zuspitzte, auch einen Holzbock hatte man ihm dafür hingestellt – immer spitzer wurde das Stück und ausgefeilter, am Abend aber war es der Alte leid und er warf sein Werk überdrüssig hinter sich auf einen Haufen Bauschutt.

Nun aber, seit heute vormittag, ist von meiner Romanbüro- und Lauerstellung hinter dem Wohnstubenfenster aus ein ganz neues Schauspiel zu beobachten. Neben dem Greisen, dem ja schon der Speichel vor Untätigkeit aus dem Munde rann, hing plötzlich ein handgemaltes Schild »Frühkartoffeln zu verkaufen«. Mein Gott! Wunderbar! Wahrscheinlich hat irgendeine Tochter oder barmherzige Muhme das Schild einfach deshalb appliziert, damit der Alte nicht gar zu perfid herumstünde! Ja, die neue Funktion muß den Kittel so glücklich beschwingt haben, daß er sogar mit dem nachmittäglichen Einsetzen des Regens stehenblieb und weiterharrt. Ist er gar schon tot? Ahnest du den Schöpfer, Welt?

Und ich?

Ich hatte die Iberer – und ich hatte eine Funktion vor mir: Pfleger. Also was soll's? Was aber, noch einmal, die normalgeschlechtliche Liebe anlangt: Ich will die menschliche Ausstrahlung von Bedienungen wie der schönen Vroni nicht zu gering veranschlagen. Aber jede Mode hat ihr natürliches Ende. Wahrscheinlich ist es damit einfach so wie mit den olympischen Spielen. Niemand interessieren sie mehr, aber alle machen noch irgendwie mit. Und spätestens 1984 ist alles aus. Zurück zur Handlung – auch der Alte ist verschwunden und ins Bett gebracht.

Am folgenden Freitagnachmittag stand ich schon wieder in

Freds Foto-Laden. Erst drinnen stellte sich heraus, daß dies ein Fehlgriff war. Anscheinend verwirrte mein verunglücktes, ibererscheeles Grinsen mich selber, denn plötzlich wußte ich nicht mehr, warum ich hier herumstand, erst nach Sekunden blinkte es wieder. Fred, das wußte ich, war unterwegs. Sollte ich Frau Heidi rückhaltlos beschwatzen, mir schleunigst die letzte Fuhre Iberer-Fotos vorzulegen? Ein sofort kreislaufschwächender Einfall. Sie vergewaltigen, wenn sie mir verspräche, mir die Bilder zu überantworten? Ich verdrückte mich schnell, noch bevor die Alte kam. Auch spürte ich plötzlich eine Zerrung an der Wade. Blutleere Nebelhexen. Nein, man durfte noch nicht gar zu frech wursteln...

Am anderen Tag war es wieder so weit. Anscheinend fuhren sie nie in Urlaub. Wann aber machten sie ihre Fotos? Ihre unerreichbaren?

Ich sah die Iberer-Buben bis zum Spätherbst viermal wöchentlich, zweimal samstags, zweimal sonntags. »Stauber« war etwa jedes dritte Mal mit von der Partie – die Gehordnung wechselte etwa so:

>   Kodak – Fink – »Stauber«
>   Fink – »Stauber« – Kodak
>   »Stauber« – Kodak – Fink

Nein, sie gaben zwar Hinweise, Winke, Deuts – aber ganz ließen sie in ihr Brüder-Rätsel niemand blicken. Ich würde warten müssen. Zeit hatte ich ja.

Kurz vor Allerheiligen, das Wetter war immer noch fast sommerlich, kam ich theoretisch einen starken Schritt weiter. Bereits um 10 Uhr postierte ich nahe der St. Gangolfskirche. Um 10 Uhr 35 rückten sie an. Ich versteckte mich rasch hinter dem gewaltigen Sedansbrunnen »Zur Erinnerung an den herrlichen Feldzug«. Ich lauerte ihnen auf wie ein Gymnasiast seiner Herzallerliebsten. Die Luft schimmerte bräsig türkisfarben, aber die alten Iberer-Buben schritten durch sie hindurch, als wollten sie mit dem heidnischen Naturzauber ab sofort noch energischer aufräumen als in all den Jahren zuvor. »Stauber« fehlte. Fink und Kodak trugen heute erstmals und sehr vorsorglich formlos sakkende dunkle Mäntel und sogar Hüte, als wüßten sie genau, daß der Winter nicht zu vermeiden war, allen Unkenrufen, allem Sonnengeflirr, allem modischen Firlefanz zum Trotz – und da, am 30. Oktober, hatte ich es erstmals begriffen. Es war die wärmende Kraft des »Erfreulich-Katholischen«, des »Trotz-allem-noch-immer-Katholischen«, des »Beseligend-harrend-Katholischen« mit marianischer Hobby-Kamera in gottferner Zeit. Dies exakt war es, was die Brüder schreitend verströmten und verträufelten; eine Kraft, die, so ward es mir altgedientem Agnostiker auf einmal licht und klar, als einziger sich sogar der Drohung des Sarges gewachsen zeigt – der übrigbleibende Bruder würde die Beerdigung ja ganz sicher filmen.

Eine Lustfuhre schlich durch meinen Leib. Meine herbstlichen Haudegen und Hebammen einer großen, stillen, frommen Leidenschaft! Was ich jetzt brauchte, war ein Bohnenkaffee. In der Nacht, im Halbschlaf, schämte ich mich ein wenig, wie albern mein Leben bisher war. Aber jetzt, mit den Iberer-Buben, konnte mir natürlich nichts mehr passieren.

Vier Wochen später, ich kam vom Kurkonzert aus Bad Mädgenheim; an diesem Abend hatte ich im Mittelteil sogar ein großes Bravour-Solo hingelegt, die problematische Caprice héroique »Réveil du Lion« von Kontski. Den fahlen Beifall noch im Ohre, so trottete ich von der Bushaltestelle nach Hause. Der erste keusche Schnee war gefallen, während wir schamlos vor uns hingefiedelt hatten. Ganz feucht und dünn fächelte er über der knolligen Stadt mit ihren possierlichen Bürgersteigen und backpfeifigen Kanaldeckeln. Da passierte es schon: Plötzlich wechselte eine große pechschwarze Katze über die fast wesenlose Schneedecke, sie kam aus einer Gartenpforte auf der linken Straßenseite, und verschwand in einer Haustür auf der rechten. Es war wie eine Epiphanie. Gleichzeitig aber – es ging auf 1 Uhr – sah jetzt aus einem offenen Fenster des Hauses, in dem die Katze untergetaucht war, ein eisgrauer Vorstehhund zum Fenster heraus auf die Katze, ganz reglos und wie tot hing er im Rahmen, die Beine aber hatte er übers Fensterbrett geschwungen. Es war die Baader-Meinhof-Bande und die Sympathisanten-Szene!

Jawohl!

Starr vor Freude über die abgöttische Schönheit des Bildes langte ich zu Hause an, braute mir ein Milch-Flocken-Shake und einen goldgelben Tee. Schlug das Dünklinger Volksblatt auf und las:

> af. Aus Obersauheim stammte der katholische Rentner und Federviehzüchter Herr Karl H o p p. Er verstarb mit 76 Jahren und wurde auf dem unteren katholischen Gottesacker im Friedhof zu Grabe gesetzt. Den kirchlichen Teil übernahm Pfarrer Mötschl, kurz nachdem er von seiner Krankheit jetzt genesen ist. Mötschl nahm das Gebet, den Segen, sowie Beileids- und Trostesworte für die Hinterbliebenen und den Stammtisch »Irlbacher« vor. Erwähnung fand Joh. 16–21: »Ich will den Vater bitten, und er soll Euch einen andren Tröster geben, daß er bei Euch bleibe ewiglich.« Hopp hatte ein gutes und dankbares Leben geführt. Er war immer mit allem zufrieden.

Hm. Ja, was denn nun? Waren wir jetzt katholisch oder ein Emmentaler? Oder beides? Hoffentlich erfror der Hund nicht! Der Gute nahm die Sache zu politisch, gar zu ernst. Meine Tränen blieben schön trocken. Ich preßte sie gegen die Bettwurst. Ach, Gott, führ uns liebreich zu Dir!

# II

»Das wunderbare Sehnen dem Abgrund zu«
(Hölderlin)

So gesprächig der Rückblick auf entscheidende Etappen unseres Lebens zu machen pflegt und so wichtig uns selber auch jeglicher Umstand darin vorkommt: so darf man doch wohl nicht annehmen, daß dem folgsamen Leser mit einer umständlichen Erörterung aller geringfügigen Vorfälle und Zustände aus jener Zeit gedient sein könnte. So viel will ich hier aber immerhin arrondierend nachschicken, daß unsere Mietwohnung im Schelmensgraben zu einem Hause gehört, das wohl den »Besseren« der Stadt zuzuschlagen wäre. Das Erdgeschoß hat der Besitzer, der Rechtsanwalt Freiherr von Dobbeneck, kürzlich an eine Schnell-Wäscherei vermietet, wir behausen in der ersten Etage eine fast feudale Suite. Über uns logiert noch eine passable Eisenbahnerfamilie, in der Dach-Mansardenwohnung sitzt eine Rentnerin, die sich zuletzt viel mit ihrem Enkel, einem letal leberkranken Gymnasiasten, abgab. Der ist inzwischen verstorben.

Ein strammes, rosa-lila Bürgerhaus aus angeblich dem 17. Jahrhundert, es soll hier sogar mal vorübergehend eine Truppe Franziskaner untergebracht gewesen sein. Eine schwere korbbogige Eichenschmucktüre, zwischen ihr und dem Treppenhausfenster winden sich noch Reste von fließendem Stuck – gehemmte Ahnung eines Rokokoschlößchens. Ein jedenfalls respektables Haus, gemütvoll, kompakt, fast stolz, von geduckter Abwehrbereitschaft, sieht man mal davon ab, daß es mit der Zeit zumindest innerlich, unmerklich, fast holzwurmhaft immer mehr verkommt; dagegen kann auch der fixe Wasch-Salon wenig ausrichten. Oft bin ich überzeugt, im Keller wüten 1000 Ratten.

Eine Sechs-Zimmer-Wohnung, wie erwähnt, ein Schlafgemach gehört der Schwiegermutter, eins der Frau, ich selber schlafe in einem Raum, den ich hin und wieder euphemisch »Studiersalon« nenne. Dort befindet sich in einem Alkoven meine Schlafstelle, dort steht auch das fatale Klavier, das ich einmal wöchentlich, bei Connys Lektionen, hingelagert in meinen sepiabraun-ockernen Liebling, meinen Fauteuil, manchmal auch auf die noch bequemere Chaiselongue, wohl oder übel anhören muß. Außerdem gibt es in dieser komischen Kartause (Gott! Meine alte Vorliebe für Alliterationen, wie gräßlich!) noch einen richtiggehenden Sekretär in »English quality«, mit einer eingebauten, freilich lang schon ruhenden Penduluhr und zwei kuriosen (jetzt erst recht!) Kartuschen »1801« und »1959«. Das linke obere Schubfach barg und birgt seit je mein Taschengeld.

In einer Art Vestibül steht eine Art Bibliothek herum, gesäubert längst von seinen Diebsbeständen, ererbt aber von meinem Vater, der in Dünklingen meines Wissens eine Art halboffiziöser Heimatforscher oder dergleichen war – daher, wer weiß?, auch mein schriftstellerisches Blut, das mir bis vor ein paar Wochen allerdings gar nicht aufgefallen war. Dann ist da ein sogenanntes Fremdenzimmer, das recht ausgeräumt und unappetitlich wirkt – uns besucht ja auch schon lange niemand mehr. Ein schmales Bad wird noch mit Holz und Kohlen beheizt, die Küche liegt gegen den Hinterhof hinaus, von dort geht es dann weiter auf einen recht hübschen efeuüberdachten Altan – von hier aus kann man sich manch neugierigen Blick über unser Dünklingen verschaffen. Sehr witzig! Und das sollte eine Stadt sein!

Gottseidank verstehe ich ja nicht viel von Möbeln resp. Stilgeschichte noch scheren mich beide viel, aber ich glaube, in diesem unseren Interieur ist vom Frührokoko bis zum sogenannten »rustikalen Gemütlichkeitsstil«, vom Empire bis zu »Möbel Hess« alles vertreten – und das ganze sich überlappende Unheil sieht sogar sympathisch, wohlproportioniert, fast würdig aus – der sichere Instinkt meines Vaters, von dem alles stammt; ich habe auch noch nicht einen Streich ändern lassen. Viel Strauchartiges, Blumentopfiges steht und hängt überall herum, von Monika und Kathi gemeinsam betreut, und im Wohnzimmer haben die beiden hinter dem Fernsehkasten gar so etwas wie einen Wintergarten aufgebaut.

Aber auch mein »Studiersalon« explodiert gewissermaßen immer von Grünheit und sommers auch von allerlei Buntem, ich, im Fauteuil lagernd und mich neugierig umsehend, wundere mich immer wieder mal über diese faustdicke (und noch einmal, hahaha!) Fauna und bin an bösen Tagen sogar versucht, den Fauxpas zu begehen und angesichts der ganzen faulen Faucherei von meinem Faustrecht Gebrauch zu machen und alles in den Schelmensgraben zu feuern. (So!)

Aber natürlich bleibe ich schön ruhig.

Ferner besitze ich einen Wandvorleger im Sezessionsstil, eine Konsole mit allerlei Nippes, z. B. eine schwarz-rote Flohhupfer-Fußballmannschaft von Eintracht Frankfurt – sowie einen schöngerahmten Druck der bekannten zartlieblichen Madonna mit Kind, ich glaube von Piero della Francesca, mit der sanften Toscana-Landschaft im Hintergrund. Aber das genügt auch zur ersten Einführung. Ach ja, und ein länglicher Spiegel mit Goldrahmen hängt noch in diesem Séparée, just neben der Tür zum Wohnzimmer. Ich stand vor allem damals, vor zwei Jahren, oft davor, studierte mich – und paßte genau hinein. Also ein Rancher hatte der da drinnen einmal werden wollen. Meine Kleinseligkeit, meine Kleinserl-igkeit – St. Neff! Und jetzt wackelte er im Zimmer umeinander und sah dann peu à peu zum Zimmer hinaus, auf den nahen St. Gangolfs-Kirchturm, auf alte zahnlose Männer mit Frühkartoffeln und auf willenlos walkendes Wolkengewirk.

Soweit dies.

\*

Wollte ich die Iberer-Brüder eigentlich persönlich »kennenlernen«? Der Gedanke kam mir erstmals in der Silvesternacht, beim häuslichen Feste, beim Betrachten des landesüblichen Feuerwerks mit seinen euphorischen Blasen und Kringeln. Nein, nicht im mindesten, stellte ich sofort fest. Warum nicht? Warum – auch?

Nun, der punschreiche Abend (mit Streibl und Ursula als Gästen) hatte mich einfach zu müde gemacht, dieser raffinierten Frage weiter nachzuhängen. Ahnung gab mir immerhin sogleich den Satz ein: »Es ist einfach netter so.« Würde das neue Jahr ein Iberer-Jahr werden? War nicht schon das alte eins gewesen? Wie? Hatte ich ihnen nicht schwer schon zu danken? Sollte ich ihnen eine Glück-und-Segenswunsch-Karte schreiben? Anonym?

Eine gewisse anmutige Blutleere im Hirn trieb mich zu Bett.

Um aber bei dieser anämischen Gelegenheit erneut auf den Bischof und seine Mätresse zurückzukommen: natürlich weiß ich, daß mir die beiden keineswegs 1 Million einbringen, weder Leser noch Markstücke zum Kaugummiholen. Aber ich meine, selbst wenn es nur tausend sind, die darauf hereinfallen, bin ich ja schon zufrieden. Denn das müssen schon die Dümmsten überhaupt sein – und solche Prachtexemplare habe ich wirklich gern unter meinen Lesern, dochdoch, es ist dies ein fast kosmisches Gefühl von Herrschaft –

– und ich darf also an dieser Stelle alle Käufer, die sich durch den Porno-Titel blenden ließen, ganz herzlich noch einmal gesondert begrüßen. Wie? Was höre ich da? Ich höre einige dieser Herrschaften und Kameraden entgegnen, sie hätten sich zwar tatsächlich den geilen Bischof aufoktroyieren lassen – inzwischen aber so viel Gefallen an der Hochkunst, an der Romanpsychologie und eben an den Iberer-Brüdern gefunden, daß sie den verliebten Bischof ab sofort vergessen möchten. Nun, das hört man gern. Aber jetzt will ich mal nicht! Jetzt möchte ich, der Chef im Ring, mal eine kleine Verschnaufpause machen, der Laszivität zu ihrem Recht zu verhelfen, ich, der Berichterstatter, habe ja auch meine höchstindividuellen, ja vielleicht snobistischen Neigungen und – Brüder hin und her – ich glaube, ich glaube wirklich: mir ist jetzt zum Abschluß dieses Arbeitstages wieder sehrsehr nach einem meiner kleinen freudlos-pikanten »lyrisch-pornografischen Ticks« zumute, von denen ich ja vorne schon gesprochen, nach meinen piccolo prosodischen Pretiosa und parenthetischen Parerga, für die ich ja schon pauschal Pardon erbeten. Ja, ich habe sogar begründet, warum diese papillaren Papillons ins Romangeschehen hineinmüssen, warum ich die selten stupiden Sekretelchen stehen (»stehen« – hahaha!) lassen muß, mag es auch ungezogen sein, mag auch mancher »bessere« Leser den Kopf schütteln – ich denke doch, daß zumindest die Bischöfe unter meinen Lesern dergleichen am liebsten fressen:

                Kotige Lotte
                Lose Kokotte
                Geile Kokette
                Krösige Grete

> Wartet, ihr Luder,
> Bis ich euch puder!

So – das genügt auch. Handwerklich solid gefertigt, fraglos. Jetzt ist mir leichter. Und nun abermals zum Wesentlichen.

\*

Nein, ich möchte nicht durch Übertreibung und Stilisierung den Realismusgehalt meines Erfahrungsberichts beschneiden. Im anlaufenden neuen Jahr, ich erinnere mich genau, ließ der erste tolle Iberer-Schwung plötzlich etwas nach, möglicherweise wollte sich meine Seele gewissermaßen Entlastung nach den ersten Stürmen gönnen, vielleicht war es auch eine Art biorhythmisches Tief, was ich da durchschritt – jedenfalls, einmal, Mitte Januar, zog ich mich mit einer Migräne ins Bett zurück, so daß ich die Iberer erstmals ein ganzes Wochenende lang nicht sah, am nächsten Wochenende gastierte unser Kurorchester im Harz, die Woche darauf hatte ich geschäftlich nach Brügge und Malmedy zu verreisen –
– es war aber genau in dem Augenblick, als der Zug wieder in Dünklingen einschlich, da kamen sie erneut in der Erinnerung hochgeschwallt, mächtiger als die Fontäne, die sommers den Bahnhofsvorplatz wässert, es war wie ein Sprühregen von Frühlingsahnung, das Herz knisterte wieder in alter Frische – ein kühner, lichter, rascher Plan – – und schon am nächsten Samstag passierte es. Gedeckt vom abermaligen Mittagstrubel der Einkaufshetze nahm ich mir ein Herz und – stieg den Brüdern wild entschlossen nach.

War's Sensationsgier? War es die sehr humane Einsicht, daß man etwas tun müsse, sollte überhaupt noch etwas geschehen? Es war ein diesig verkommener Wintertag. Ich stand zwischen St. Gangolf und Café Aschenbrenner, trug einen abwehrbereiten Wintermantel und hatte meine Ernst-Thälmann-Kappe auf, – und schon kamen sie angedonnert, drei Mann stark – gottseidank! Die Vielfalt der Personen und mithin der Gespräche minderte das Risiko, daß ich entlarvt würde!

In gut zehn Metern Abstand schloß ich mich an. Etwas Milchkaffeebraunes trug Fink heute am Leibe, Kodak etwas Kombiniertes unterm Mantel; »Staubers« Aufzug habe ich verschwitzt. Alles ging sehr gut. Die Iberer schauten sich nicht ein einziges Mal um, nur »Stauber« warf einmal einen Blick nach hinten, aber dieser Blick strahlte so kompromißlos von Gedankenabwesenheit, daß nicht die mindeste Gefahr bestand.

Ich hatte recht gehabt. Unglaublich! Genau vor dem Eingang des Bahnhofs, der die östliche Ellipsenrundung abgibt, machten sie schlagartig kehrt, pausen- und bedenkenlos, als ob das nun einmal das Gesetz sei, nach dem sie ausgesandt waren, – ich aber schritt rüstig und mit kurzen, nur leicht wackligen Beinen an den drei Zurückwalzenden vorbei, sah fest in den Boden, marschierte wie in Hypnose in die kleine Bahnhofshalle, las – zur Sicherheit – kurz den Fahrplan, machte gleichfalls kehrt und wackelte erneut den dreien hinterher.

Jetzt erst, beim Schreiben, fällt mir ein und auf, daß der Rückmarsch ja viel bedrohlicher war! Denn jetzt, nachdem ich mich ihnen ja schon gezeigt hatte, konnte mich Kodak, folgte ich seiner Truppe erneut, ja sofort überführen, weil ja die Wahrscheinlichkeit meines Rückwegs hinter ihnen ungleich unwahrscheinlicher als die Wahrscheinlichkeit des Hinwegs erscheinen mußte, falls die drei – –

Dummheit siegt. Alle wirklichen Pioniere stehen eben unter ihrem Panier. Der Rück-Hinterher-Marsch verlief ohne Komplikationen, ja er brachte sogar einen unverhofften Höhepunkt, insofern, als nach dem Passieren des Marktplatzes, etwa auf Höhe des Eichamts, plötzlich »Stauber«, der auf der linken Seite des Bürgersteigs zur Straße hin ging, am Randstein leicht strauchelte, wankte und sogar ein bißchen mit dem linken Arm ruderte. Worauf – es war ganz wunderbar! – ihn des zentralen Kodak Arm wie spielerisch unter die Mantelschulter packte und ordentlich auf den Bürgersteig zurückzog. Fink hatte das Ereignis überhaupt nicht bemerkt, sondern war als Rechtsaußen zügig und regelmäßig weitergegangen.

Dann kam die große Entscheidung an der anderen Ellipsenkrümmung: Würden die drei auch diese noch exakt mitnehmen? Oder schon vorher seitwärts in den angrenzenden Pferdemarkt einbiegen? Oder gar – daran hatte ich bis dahin überhaupt noch nicht gedacht! – über die Stadtmauerbrücke »Stegerl« hinweg noch ein wenig ins Vorstadtgebiet hinein pendeln, in Neubaugebieten herumstreifen oder dergleichen Unästhetisches? Nein, mein gewissermaßen ex origine hochentwickeltes Iberer-Gefühl bestätigte sich aufs vollkommenste. Sie gingen genau bis zum querstehenden Krankenhaus der Barmherzigen Nonnen, schwenkten von dort nach links ab, walkten ein paar Meter die Stadtmauergasse hinein und verschwanden hinter jener Kurve, an der die Gasse unmittelbar in den Pferdemarkt übergeht. Weg waren sie.

Traurig und prächtig, nein: pfiffig stand ich am Ziel und sah zwei Kindern zu, die spielten Federball. Alwin Streibl hatte also nicht gelogen – sie wohnten noch dort. Noch immer, ihr Leben lang, das wußte ich in diesem Augenblick seherisch. Und »Stauber« wohnte gegenüber? Wohnte er im Iberer-Haus? War er zum Schweinebraten eingeladen? Aufgetischt von Irmi Iberer, 74 Jahre?

Jetzt erst begann ich zu ahnen, was mir bei aller visionären Kraft noch alles mangelte, bevor ich behaupten könnte, den Iberer-Komplex zu beherrschen und somit ad acta legen zu dürfen. Aber wie viel sollte ich forschen? Wie weit dürfte ich vordringen?

Ein hartes Arbeitsjahr, es stand mit Sicherheit bevor.

Eine Woche später landete ich im Zuge meiner Recherchen einen Doppel-, einen Dreifach-Coup – nein, eigentlich führte er direkt ins Unendliche. Der Geist hatte mir die Idee eingeblasen, Schwager Alwin für Sonntag 9 Uhr ins »Aschenbrenner« zu laden, »die Sache mit deiner Rente noch einmal durchzugehen«. Streibl traf korrektest ein, unkte etwas von einem Hund, der irgend jemand im Supermarkt »beim Poussieren« gebissen habe, vor innerer Getriebenheit vermochte ich aber nicht genau zuzuhören – außerdem mußte ich darauf achten, daß Alwins Weizenbiere um 10 Uhr 15 bezahlt seien, auf daß wir schnellstens aufbrechen könnten. Sowie die Brüder um 10 Uhr 55 das Café erreicht hatten, drängte ich Alwin zügig ins Freie und schleppte den schweren Mann den Iberern nach.

Fink und Kodak waren es diesmal, »Stauber« pausierte. Während Alwin plapperte (war es das psychiatrische Gutachten, wovon er redete, war es der poussierende Hund, beides?) – während-

dessen gelang es mir, mich den Iberern ein paarmal bis auf drei Meter zu nähern. Wind pfiff durch die noch wintertrübe alte Stadt. Es war ein sehr gutes Arbeitsklima. Bei der riskanten Kehrtwendung der Brüder kam es zum Eklat:
Ich bin etwas ratlos, wie ich das Doppel- und Dreifachereignis korrekt darstellen soll. Vielleicht so: Als die Iberer-Brüder vom Bahnhofseingang zurückprallend den Schwager und mich passierten, hörte ich
1. ganz genau, wie Kodak zu Fink sagte: »Da war früher ein anderer Wind!«
2. fiel mir in diesem Augenblick erst ein, daß die Iberer den Schwager Alwin, den ich eigentlich nur als Deckung engagiert hatte, kannten und doch rechtmäßig jetzt als Herrscher des Pferdemarkts mit »Servus, Alwin!« begrüßen müßten
3. geschah dies nicht, sondern Fink sah an dem redenden und gewandt die Nase runzelnden Kodak vorbei den nachweislich unübersehbaren Alwin Streibl ernst und eindringlich und ohne auch nur die Spur von Erinnerung, geschweige denn Gruß an
4. aber sah Alwin beide Brüder neugierig an, sagte: »Der Dr. Schränker steht, um Gotteswillen, auf meiner Seite« und zog keine zwei Sekunden später seinen Hut in Richtung auf eine jetzt gleichfalls dazwischenkommende jüngere Frau mit einem Kinderwagen: »Ah, Frau Zangl! Schöne Grüße, daheim aaah!«
Im nachhinein hört sich derlei fast mathematisch gelassen an. In Wirklichkeit war ich so vernebelt, daß sekundenlang sogar Verzweiflung, ein kurzer Vergeblichkeitsrausch eben angesichts meiner Verwirrung hochloderte – und ich die neuerliche Verfolgungs-Geherei aus Schwäche beim »Aschenbrenner« abbrach. Worauf sich meine Verwirrung noch einmal steigerte, denn Alwin nahm ohne jede Widerrede hin, daß ich ihn schon wieder ins Kaffeehaus drängte.
»Ein Weizen schön frisch, Fräulein! Du auch, Siegmund? Zwei Weizen, Fräulein!«
Die Weizenbiere kitzelten stark die niederwärtsgeschlagenen Augen. Ich biß die Zähne zusammen, ein gar zu schummriges Wohlgefühl einzudämmen. Alwin ächzte fröhlich »Aah!«, zum Denken entspannte ich die Gesichtsmuskeln zu einem Schafsgesicht.

»Da war früher ein anderer Wind!«
Wo? Im Bahnhof? Beim Bahnhofspersonal? Am Sonntag in Dünklingen? Im Stadtgraben beim Fußball? In Alwins Hirn? War der Fall Iberer – ein Fall Alwin? Die Brüder kannten ihn nicht, er kannte sie nicht – das war klar. Aber es stimmte ja trotzdem Alwins Pferdemarkt, und Freudenhammer hatte ja längst sogar die Mutter und die Sarghandlung bestätigt – und vor Wochenfrist hatte ich es eigenäugig gesehen! War dieser Schwager Telepath? Redete aus ihm der KGB? Der Weltgeist? In der Maske Ernie Super-Hemingways? Wurde diese Krankheit vom Vormundschaftsgericht nicht anerkannt? War der Kommunismus vielleicht doch, allem Anschein zum Trotz, erst richtig im Kommen und – Dünklingen die Kommandozentrale?

Meine Entgeisterung stimmte mich plötzlich rotzfrech. Jetzt oder nie!

»Alwin, du kennst doch die Iberer-Buben!«

»Aber ja«, flüsterte Alwin abwesend und summte überirdisch, »ich sag dir's doch!«

»Aha«, lachte ich laurig-glückselig.

»Warum lachst? Nette Buben!« Und summte erneut neutral: »Ich hab's erst neulich wieder gesehen!«

»Du Alwin, was ich sagen . . .«, jetzt wurde mir ratlos hingerissen weißlich vor den Augen, »der Dr. Schränker . . . hat der . . .?«

»Aber ja«, sirrte Alwin, lächelte bleich und strich sich über das bekümmerte Haar, »der steht zu mir.«

»Der Dr. Schränker . . . schmeckt das Weizen?«

»Aber yeah!« Gleich würde er wieder ins andere Leben überwechseln! Ein Kaugummi zum Weizen? Nein! Ja.

»Sind wir gute Freunde?« Es war die blitzblanke Hoffnungslosigkeit, was aus mir stotterte.

»Pardon!« Alwin rülpste niedlich und hielt sich die Hand vors Mäulchen, sein Bauch atmete ruhig. »Es ist, es ist . . .«

»Wie?« fragte ich schärfer, schon leise malträtierend.

»Es ist«, begann Alwin erneut und wie schwebend, »wie die Brücke zu einem früheren Jahrhundert.« Daß ausgerechnet ein Hemingway-Fan so singt! Selig, aber schmerzlich tönte die Stimme jetzt: »Um Gotteswillen . . .«

»Was?« fragte ich schmachtend.

»Da – alles ...« Fast wortlos hob der Agent die treuen Augen zur Decke des Cafés. Die war mit allerlei beigerosigen Schnörkeln und Jugendstilrosetten geziert. Meinte er das? Sekunden stand der Atem still. Auf der Straße schrien gedämpft drei Burschen herum.

»Da war früher ein anderer Wind!« flüsterte ich, wahrscheinlich hoffend auf eine Erscheinung.

»Du sagst es«, seufzte Alwin, und er sah aus wie eine Kaulquappe im Anzug, »Gott! O je! Ich darf gar nicht an die Zeit denken, wo die Mieruch-Brüder da ihren Frühschoppen gehalten haben, ach Gott ...«

»Mieruch-Brüder?«

»Handballer. Ach, waren das begabte Handballer! Ah! Der Heinz in der Mitte, der Arnulf links ...«

Er sah wie tödlich auf den Platz hinaus. Ich sicher auch.

»Wann – müssen wir – Alwin! – wegen deiner Rente zum Gericht?« Ich zwang mich zu irgendeinem bleichen Schein von Sinn.

»Manchmal«, antwortete Alwin noch mutloser, »Siegmund, glaub ich selber, daß ich ein Depp bin ...«

Meine Augen klappten sechsmal auf und zu. Ich strich am Schnauzbart. Streibl lächelte weher. Ich stotterte zart:

»Da, Alwin, mach dir nichts draus. Das glaubt jeder ...«

»Ah«, antwortete der Agent ein bißchen ungläubig.

»Wir machen«, heiterte ich mich und ihn auf, »doch nur einen kleinen Betrug wie alle ...«

»Aber wenn's dann«, jammerte mein Schwager sehr weich, »vom Arzt bestätigt wird? Schau, Siegi, zu dir hab ich Vertrauen. Ich bin heute beim Arbeitsamt nicht mehr zu vermitteln. Ich bin einmal an einer Ecke gestanden und hab auf einen Bekannten gewartet, auf den Sauber Gerd, den Stecher von der Zahnweh Marianne ah – sie haben dann behauptet, ich hätt' Schmiere gestanden. Ich wollt' auf einen politischen Prozeß hinaus, aber sie haben mich zum Depperl gemacht. Ein Depperl ist nichts Schlimmes, ach Gott, nichts Schlimmes, aber wo! Der Kapitalismus braucht seine Depperln, jetzt verkauf ich für ein Trinkgeld, für ein Judasgeld Autos. Ich bin ein Opfer des Systems ...«

»Arafat«, grummelte ich starr, um es nicht mehr ertragen zu müssen. Reichten denn, um Gotteswillen, die Brüder nicht!

»Arafat«, antwortete Alwin unverhofft, »sie wollen mich erledigen. Es ist Sippenhaft. Aber«, zärtlich, als ob er sich für die letzten gar zu desperaten Minuten entschuldige, tappte er mich am Ärmel, »wir scheißen ihnen was – wir fahren nach Italien!«

»Immer!« rief ich murmelnd, jetzt schoben die Brüder schon wieder den Knödel in den erwartungsvollen keuschen Mund, »ich mach deinen Pfleger ... immer ...«

»Schau«, sagte Alwin, »der Trinkler zahlt mir praktisch nichts, der Hund poussiert mit dem Fotografen-Affen, ich bin mehr am Gericht als im Büro. Wir fahren nach Italien, um Gotteswillen, du machst meinen Pfleger. Ich krieg' meine Rentenzahlung, mein Zertifikat, das Arbeitsamt kann nachschauen, shit, aaah! Ich bin nicht vermittelbar, ich bin nicht vermittelbar ...«

*

»Da war früher ein anderer Wind!«

Noch einmal: Heute, in der Retrospektive zweier Jahre, sehe ich natürlich viel klarer. Damals, daran erinnere ich mich gut, wurden die ganzen bigott-katholischen Iberer-Kapriolen wohl von einem schweifenden Gefühl getragen, das ich heute am ehesten als die »Erwartung eines großen demi-erotischen Firlefanz« bezeichnen möchte, ja, so würde ich heute sagen – aber auch damals dachte ich wohl schon etwas Ähnliches zusammen. Klar war gar nichts, o nein, aber wenn man sich schon einmal entschlossen hat, angesichts des Mode-Materialismus, der grassierenden Gefühlsferne unserer aufgeregt albrigen Zeit zwei knapp 50jährigen Brüderschläuchen die Ehre zu geben; also – sagen wir mal mit äußerster Vorsicht, keineswegs sensu strictu et proprio und auf die Gefahr hin, falsch verstanden zu werden – einem platonischen Eros: dann stellen sich natürlich Konsequenzen ein und unübersichtliche Fragen. Durfte man ihnen denn nachlaufen wie gewöhnlichen Frauenzimmern? Brauchte es das überhaupt? Sollte man sie eher stehend, sitzend beschauen? Durfte man auch das nicht? Zwei Brüder, die nicht das mindeste ahnten, die einen solch ungebetenen Interessenten mit Sicherheit kalt oder doch katholisch kernig abserviert hätten – hatten sie doch schon sich selber!

Zwei Brüder in Eintracht verbunden, rücksichtslos gegen die Stürme der Zeit! War es nicht aberschön! War es im Lauf der Weltgeschichte dort, wo die Liebe die einsamsten Höhen erklommen hatte, nicht schon immer so gewesen? Aber sicher! Der Ex-Bibliothekar in mir konnte mir da nur rechtgeben! Waren sie nicht märchenhaft schön, diese wunderseligen Brüderpaare! Von den gloriosen Wilhelm und Jacob Grimm angefangen! Sie komme soeben vom »unschuldsvollen Haus« der Brüder Grimm, berichtet Bettina von Arnim am 4.11.1819 atemlos aufgewühlt Savigny, »wo der Geist der Treue sich überschwänglich offenbart. Von Rührungen bin ich nicht leicht angefochten«, verwahrt sich Bettina, aber in diesem Fall sei sie einfach »noch durchdrungen von ihrem Seelenadel und göttlichen Gewissen!« Geist, Treue, Unschuld, Haus, Seelenadel, Gewissen, gar – Göttlichkeit! Ist es nicht allerliebst? Und noch 1851 erinnert sich Bettina gegenüber Moritz Carrière richtiggehend andächtig: »Wilhelm und Jacob haben viel für Deutschland getan; beide haben mit großer unverfälschter Pietät an ihrem heiligen Einfluß festgehalten!«

Soweit Bettina, aber dann erst Joseph und Wilhelm von Eichendorff, welche dortmals in Berlin immer und ewig gemeinsam auftraten und Furore machten – »sehr gutmütige und herzige« Herren, wie Clemens Brentano erschüttert an (sic!) eben die Brüder Grimm berichtet, die Brüder Eichendorff, verstärkt übrigens hin und wieder noch durch einen gewissen Graf Loeben, so daß sich für mich sogar die Frage stellte, ob »Stauber« nicht auch ein geheimer Graf sei! Doch gedenken wir hier lieber still Jean Pauls unsterblichem Brüderpaar Walt und Vult, Robert Schumanns Eusebius und Florestan, der Brüder Kennedy, der Brüder Fritz und Ottmar Walter, Jochen und Bernhard Vogel, der Brüder Seeler, der Brüder Dörfel, der Brüder Siemens, der Brüder Curie, der Brüder Mieruch, der Serapionsbrüder des erlauchten E.T.A. Hoffmann! »Den verklärten Brüdern Stolberg« – verklärt! – widmet wiederum Fouqué seinen Roman (sic!) »Der Verfolgte« – (sic!) –, und ist nicht in höchstem Maße herzverzehrend, daß Italo Calvinos berühmtes Brüderpaar das geerbte

Häuslein gemeinsam und nicht etwa im Verein mit zänkischen Weibern versaufen will? Wirft es uns nicht geradezu um, wenn Italo Svevos Brüderpaar Mario und Giulio gemeinsam in einem finsteren Loch haust, gemeinsam den Tücken Triests trotzend, der eine Fabeln erfindend, der andere bei ihrer Lesung einnikkend? Und dann endlich – Dostojewski! Bei Dostojewski war das Brüderwesen schon gar so explosiv, daß es gleich drei sein mußten: »Siehst du, Alescha«, steckt Iwan dem Brüderchen beim Mittagessen in einem Wirtshaus, »ein russischer Mensch zu sein ist an sich schon nicht gerade eine geistreiche Sache.« Ist das nicht ein unsterblicher, ein außerterrestrisch schöner Satz? Wie ihn niemals eine Frau aus Iwan herausgekitzelt hätte! Denn Frauen kitzeln ja meines Wissens nur immer in sich hinein... (mhh!)

Allein Fasolt und Fafner sowie die Brüder Hoeneß sind Ausnahmen. Der Nationalspieler verachtete den Bruder aus der Zweiten Bundesliga: »Der schafft die Bundesliga nicht!« Jetzt spielen sie trotzdem beide in der Bundesliga. So soll es sein. Vielleicht finden sie sich auf diese Weise doch noch. Auf der Basis von Tor- und Raffgier...

Nun also die Iberer-Brüder. Hätte ich sie in Ruhe lassen sollen? War es gewissermaßen schon Hybris, was ich da mit ihnen anstellte? Ja, warum denn? Durfte ich denn kein kleines bißchen Liebe mehr haben, kein Herzknistern, gar keine Anhänglichkeit?

Jeder Mensch braucht eine Bezugsperson, wie es heute heißt. Die herkömmlichen versagen. Auf die Brüder war Verlaß. Eine überzeugende Lösung. Chacun à son goût!

Außerdem möchte ich gern mal wissen, was das für ein kulturgeschichtliches Phänomen ist, daß unser Dünklinger Bürgermeister Löblein und der Landrat Dr. Schutzbier jeden Tag je zwei-, dreimal ihre dicken Köpfe aus der Zeitung strecken! Na gut, die Zeitung muß voll werden... und je größer und garstiger die Köpfe, desto schneller wird sie voll, indessen...

Doch lassen wir das.

Ob vielleicht Kodaks erste Kamera – das Kommunionsgeschenk? – eine Kodak gewesen war? Und der kleine nachmalige Fink war als erster vor das Objektiv gesetzt worden? Mit dem Versprechen, aus dem Kasten käme ein Vögelchen, und der

kleine spätere Fink hatte entzückt »Fink!« gerufen und sich so seinen Namen . . .
 Nein, das gab noch wenig Reim. Oder hatte Kodak aus Enttäuschung, daß der blöde Kommunionspate die Kodak nicht gekauft hatte, war Kodak deshalb auf Zeiss-Ikon übergewechselt und . . .?
 Ach, Brüderrätsel, mürb zermürbendes!

\*

Das Schwänzlein mag die Gattin nicht
Die Eichel noch viel minder
Das Bäuerchen muß schmelzen kalt
So meidet's kleine Kinder.

Anfang Februar. Ein verrußter Vormittag. Kälte schepperte, die Gangolfskirche wieherte geradezu vor Überzähligkeit, ich hatte einen absolut arbeitsfreien Tag. Mit Wurm eine Partie Karambolage spielen? Ich schaute lieber ein wenig »Bei Fred« vorbei. Ich konnte ihn ja beispielsweise fragen, wie das Geschäft so gehe, was »pluspreisgruppe« sei, was eigentlich eine Zeiss-Ikon-Contaflex mit Wechseloptik koste. Leben ist ein Hauch nur – aber wir wollen ihn fett spüren.
 Ja Pfeifendeckel Wechseloptik! Fred, hinterm Ladentisch, es sah ganz jämmerlich aus, hatte über die linke Gesichtshälfte und über Teilen der Nase zwei riesige Pflaster geklebt. Beschwörend reckte er mir die weißen Ärmchen entgegen.
 »Du! Gut, daß du kommst, Siegmund! Natürlich, du kannst nichts dafür!« Kläglich deutete Fred auf beide Wangen. »Aber, wenn du nochmals zu wählen hättest und dir einen Schwager aussuchen könntest, du, dann würde ich dir raten . . .«
 In meinem Kopf hakte es ziemlich fix. Das mußte jene Hundebiß-Geschichte sein, von der Alwin bei der letzten Iberer-Verfolgung Andeutungen gemacht hatte. Ja, es war schon eine wechselseitige Verschwörung! Krabbelte man in allerlei Rauchschwaden des Dünklinger Getriebes herum, stieß man von allen Seiten auf die Brüder – hatte man aber dezidert die Brüder im Visier, in diesem Fall ihren wunderbaren Fotoapparat, dann wurden dem armen Kopf ganz andere Sensationen zugespielt! In diesem Fall

rundete es sich sogar zum Kreis. Und selbst wenn ich es nicht schon selber gewollt hätte – sollte man, mußte man bei dieser reziproken Akkumulation von Geistesabenteuern nicht krank werden? O Rastelli der Brüderkunst?

»Und du kannst«, schnaufte Fred und schloß, wahrscheinlich sinnlos, eine Schranktür ab, »deinem sozialistischen Boxer-Schwager ruhig sagen, das Lokalverbot im ›Paradies‹ ist hochverdient! Wenn er wieder kommt, komm ich nicht mehr, das garantiert dir Fred, du, das ist nicht mein Stil!«

Ich nahm in einem Korbsessel Platz. Was war geschehen?

Soweit ich Freds Klagen verstanden habe, war er vor Wochenfrist im Auto-Supermarkt erschienen, angeblich einen Mercedes 200 Diesel »anzuschauen«. Jedenfalls sitze er, Fred, gerade gemütlich in Streibls Büro, die Tür sei offengestanden, da sei plötzlich ein Schäferhund hereingekommen, den er, Fred, jetzt für seinen eigenen Hund gehalten habe, der ihm nachgesprungen sei – er, Fred, habe dem Hund auch sofort »Jimmy!« zugerufen, ihn zu kraulen versucht und seinen Kopf an die Schnauze des Hundes gehalten – da habe nun der Hund aber ihn, Fred, ganz überraschend mitten ins Gesicht gebissen, so daß er, Fred, »ohnmächtig umgefallen« sei.

Eine junge Frau betrat Freds Laden, verlangte ein »Lotto-System«, bekam eine Art Büchlein in die Hand, zahlte dafür 1 Mark 20 und verschwand wieder.

Später, klagte Fred sofort laut weiter, habe sich dann »natürlich« herausgestellt, daß der Hund das Tier des Supermarktchefs Rolf Trinkler gewesen sei – das zufällig auch »Jimmy« heiße! Streibl habe ihn, Fred, notdürftig verbunden, er, Fred, habe nun – »du ich hätte vor Schmerz noch immer heulen können« – von Streibl Schmerzensgeld verlangt, da habe Streibl gesagt, die Firma sei diesbezüglich nicht haftpflichtversichert – nur sofern er, Streibl, in der Arbeit beschädigt werde, laufe eine Versicherung. Nun habe er, Fred – »ich war vor Schmerz wie blöd! Ich kann theoretisch tollwütig werden« – Streibl mit einer Anzeige gedroht, weil das mit dem Hund pure Absicht gewesen sei – und er, Fred, könne jederzeit beweisen, daß sein Hund aufs Haar genau so aussehe! Da habe Streibl ihn, Fred, gepackt und »praktisch aus dem Supermarkt geschmissen, du!«

Wie zum Beweis rief nun Fred seinen Hund, der auch von irgendwoher aus dem Hinterhalt in den Laden trottete und sogar schuldbewußt dreinschaute.

»Jimmy!« rief Fred dem Tier weinerlich zu, rückte an seiner Brille und verrückte zwei Kameras in einer Vitrine, in der wiederum mehrfach der Aufkleber »pluspreisgruppe« zu lesen war, »was machst du für hirnverbrannte Sachen!«

Ob der Hund ihm häufig nachlaufe?

»Nie!« rief Fred gewaltig, »niemals!«

Ob eine Gegenüberstellung der Hunde bereits stattgefunden habe, fragte ich mit exaltierter Andacht.

»Nie!« beharrte Fred offenherzig und seine silbergrauen Intelligenzlerhaare wölbten sich, »weißt du, du, ich möchte die Sache natürlich nicht anwaltlich machen, obwohl mein Anwalt mir dazu rät, der zieht nächste Woche in die Ziegelgasse um, aber ist nicht mein Stil, du! Aber 500 Mark müßte doch der Saftladen spucken können! Die verdienen sich doch dumm und dümmer! Und ich hab immer noch Lähmungen!«

Hochbeschwingt versprach ich Fred, am Nachmittag auf Streibl einzuwirken, Trinkler könne ja auch nicht an einem aufsehenerregenden Prozeß gelegen sein und – dem Hund auch nicht, murmelte ich gotisch.

»Genau!« heulte Fred begeistert.

Natürlich wollte ich sofort zu Alwin. Um meine Widerstandskraft zu erproben, ging ich indessen erst langsam geradeaus, dann zur nahen Redaktion des Dünklinger Volksblatts. Um diese Zeit könnte, ja müßte er an der Abfassung sein. Ich hatte ihn noch nie am Arbeitsplatz erlebt. Vielleicht war in der laufenden Ereignishetze gerade sein Wort von Wert! Eine Sekretärin im Parterregeschoß wies mich auf meine Anfrage hin wortlos die Kellerstiege hinunter.

Ich sah ihn sofort. Es gab da im Keller zwei Zimmer mit Glastüre, in einem saß Alois Freudenhammer und telefonierte. Sah mich und hieß mich gestisch an seinem Arbeitstisch Platz zu nehmen.

»Herr Pfarrer? Herr Pfarrer, kann ich . . .?« –

»Jawohl! Brav!« –

»Ich kann also schreiben, Herr Pfarrer, daß sie eine . . .?« –

»Wie bitte?« –
». . . gute Frau ist? Gute Frau?«
Auf dem Arbeitstisch, vor mir, lag ein Papierbogen, feinst mit Schreibmaschine vollgeschrieben. Den griff ich mir:

> af. Im Alter von 67 Jahren wurde die aus Venedig stammende, seit 1943 verwitwete Frau Fanny S c h a n d e r l, geborene Schreiner, vom Herrn gemäß unermeßlichem Ratschluß in die Ewigkeit abberufen. Im oberen Katholischen Friedhof fand sie ihre Ruhestätte. Kooperator Felkl gedachte der Schanderl, die eine gute, immer beliebte Christin gewesen ist und entbot den Hinterbliebenen seine Anteilnahme zum Verlust der Mutter und Urgroßmutter. Im Namen des VdK und von Herrn Giesiebl wurde Fanny Schanderl je ein Kranz zuteil.

Freudenhammer telefonierte noch immer schweigend, schob mir aber jetzt eine Schachtel Brasil-Zigarren zu. Ich war sehr versucht, hinter »VdK« mit dem Bleistift »sowie Alwin Streibl und die Fan-Gruppe Hemingway« zu schreiben, ließ es aber, um Alois keine Scherereien zu machen. Las weiter:

> af. Unerwartet schnell, aber gut vorbereitet durch ein gutes Leben, verstarb der Schneider Herr Georg S c h n e i d e r. Jetzt wurde er eingesegnet durch Kaplan Mötschl von Herz Jesu und verabschiedet von einer Trauergemeinde, seine ewige Ruhe. Schneider war zwar schon zu der Zeit seines Todes 83 Jahre alt, und dennoch überrascht die Schnelligkeit seines Heimgangs. Die Trostworte des Geistlichen galten den Hinterbliebenen, die mit Schneider viel verloren haben. Auch alte Kameraden aus Linz und St. Pölten standen am offenen Grabe.

»Eine sehr gute Frau? Herr Pfarrer?« Freudenhammers Finger spielten mit dem Einmerkbändchen des Neuen Testaments neben der Schreibmaschine. Eine längere Pause trat ein.
»Zweites Vatikanisches Konzil, jawohl ja!« –
»Sie, das letzte Vatikanische Konzil, Sie das – mein ich – wie? – war nichts Geschei – – was meinen S'?« –

»Aber selbstverständlich – Wie? – Jawohl! Lukas 2, 1. Äh? Haha! Machen S' keine Witze, Herr Pfarrer!«

Wieder eine schwebende Pause. Ich zündete meine Zigarre an und hatte plötzlich die größte Lust, meine Füße auf den Schreibtisch zu stemmen:

> af. Im Friedhof von Ziegetsdorf gab eine Trauergemeinde dem aus Mädgenheim gebürtigen, im Gnadenalter von 84 Jahren verstorbenen Bundesbahngehilfen i. R. Herrn Josef D o t z das Geleite zum Grabe. Stadtpfarrer Wegener von Ziegetsdorf (vorher: Paulaner) hielt die Einsegnung dieses Mannes, der seiner vor 16 Jahren verstorbenen Gattin nachgefolgt ist. Der Geistliche charakterisierte Dotz als gerechten Manne, um den nun sechs Töchter trauern. Mit der Gattin waren dem Vater seinerzeit auch schon zwei Söhne in die Ewigkeit vorausgeeilt. Wegener konnte deshalb am Grabe mit Recht die Worte des greisen Simeon sprechen: »Nun lässest du Herr deinen Diener scheiden, denn meine Augen haben das Heil geseh'n«. Der Kirchenchor sang unter der Leitung von Alois Sägerer »Die Stund' ist uns verborgen«.

Wahrhaftig, sogar die Apostrophe stimmten! Und hier?

> af. Im 54. Lebensjahre starb der treue...

»Jawohl, ja. Tschau, Herr Pfarrer! Ja, ich komm schon wieder mal zu Ihren Schulungskursen. Ich bedanke mich, auf Wiederhören! Tschau, jawohl! Wie? Tschau!«

Alois Freudenhammer drehte sich elegant zu mir. Er trug eine dunkelbraune Wollweste und einen gesprenkelten Selbstbinder.

»Was führt dich zu mir – in die Katakomben?«

Wenn ich das gewußt hätte! Alois half mir galant aus der Patsche – und aufregend genug:

»Den Fred haben s' gebissen, gell! Recht geschieht ihm! Was mischt er sich auch immer ein! Du willst was über die Frau Iberer wissen, stimmt's? Ich hab an dich gedacht. Ich hab vor einer halben Stunde mit ihrem Beichtvater telefoniert! Der meint, sie kränkelt zwar und kann nimmer ausgeh'n, aber noch nichts Ernstes. Noch nicht!« Prachtvoll, erzengelhaft zog Freudenhammer die Stirn in Falten. »Aber der Pfarrer meinte auch, daß sich die Söhne um sie kümmern. Die braucht nicht einmal eine Pflegerin. Sind doch sowieso alles Luder! Siegmund!«

»Alois, du – ich wollte eigentlich – –« Vorübergehend wurde mir wieder etwas schlecht, »was ist – dann da mit dem Fred eigentlich?«

»Ein nervöses Ding ist er!« Es kam wie ein Hochgericht. »Was treibt er sich da beim Streibl rum! Dem alten Schläger! Der haut den Karl zusammen, der haut auch noch den Fred ins Grab! Der soll daheimbleiben, bei seiner Frau, der soll aufpassen auf seine Frau – die alten Böck' tun schon kein gut, und die alten Geißen erst recht nicht!«

Iberer. Sollten mich die beiden – in geheimem Auftrag? – in den Wahnsinn treiben? War es schon eine Verschwörung aller gegen mich? Alois Freudenhammer hatte meine Gedanken erraten:

»Die kann noch alt werden. Die kann noch ihre zwei Söhne überleben. Und sonst, Siegmund? Was macht die Musik?«

Gegen 14 Uhr entfachte ich die dritte Zigarre. Um halb 4 Uhr erst endete unser kryptisches tête à tête. Freudenhammer schaffte mit dem Fahrrad seine Schriften in die Setzerei.

Zur Einstimmung und Festigung zugleich kaufte ich eine Pakkung »Wrigley's Juicy Fruit Chewing Gum«. Ganz seltsam »Überer« hatte Freudenhammer sie betont. Sie standen vielleicht sogar über ihm, waren der Grabesgefahr entzogen und . . .

Im Hof des Auto-Supermarkts lungerten zwei perserartige Menschen von vermutlich 18 und 28, sie deuteten fröhlich auf einen silbergrauen Chevrolet Corvette. Ein Hund war diesmal nicht zu sehen. Im Fensterchen des Büros lichterte die früh sinkende Sonne. Daß in diesem Backofen überhaupt ein Mensch saß! Niemand hätte es vermutet. Ging das nicht gegen allerlei Menschenrechts-Konventionen . . . ? Ich klopfte möglichst hemdsärmelig.

»Herein, wenn's kein Schneider ist!«
»Alwin?« Ein schmelzender Tag!
»Au fein!«

Ich war im richtigen Moment gekommen. Schwager Alwin saß ganz leger am Schreibtisch und zählte, mir sanft entgegenblickend, Zahlen offenbar zusammen, Insignien des Dünklinger Alltagsbetrugs. Baldriantropfen der Kampfeslust perlten auf seinem rosa schwankenden Haupt mit dem straff nach hinten geschmissenen Schwarz-Grauhaar, die Nase war ein Pudding von Geschlagen- aber nicht Vernichtetheit. Der Demuths Nimbus einst zerstört – fast trug er einen Glorienschein.

»Um Gotteswillen, Schwagerherz, komm nur 'rein!« Es war die reine fröhliche Qual. Das »Schwagerherz« war völlig neu.

Ich brachte sofort und irgendwie fast drohend mein Hundeanliegen vor: »Unerfreuliche Geschichte!«

»Um Gotteswillen, der wollt' mich 'reinlegen, der wollt' mich 'reinlegen, aber wo!«

Ich saß verklausuliert im Muschelsessel und rauchte schon wieder eine Zigarre. Hatte es faustdick hinter den Ohren. Sah freundlich fragend dem Schwagerherz ins Auge.

»Shit, er will Geld, Geld will er, der Fred, aber wo, der will Geld, um Gotteswillen« – beim Reden machte er eine klitzekleine Siesta – »der will die Firma kaputtmachen, ich weiß es, schon seit 1972, der will selber Auto verkaufen. Spioniert hat er! Aber er ist mir nicht gewachsen. Der Hund, der Jimmy, um Gotteswillen, der hat recht getan und hat ihn anständig gebissen!«

Aber Fred sei doch als Auto-Kunde, als Interessent dagewesen, grummelte ich schnörkelig. Das derbe Sonnenlicht tat weh und wohl.

»Aber wo!« Alwin psalmodierte zäher. »Der hat doch schon ein Auto! Den alten 2 CV hat er, aber wo! Ein Schluck Cognak? Was poussiert er mit dem Hund? Der Hund hat recht...«

»Zweitwagen«, murmelte ich spitzfindig. Fern grüßte das Wibblingertor, sein wulstiger Stamm, seine hübsche runde Haube.

»Abgekartetes Spiel! Schmerzensgeld will er, Schmerzensgeld! Ich will auch Schmerzensgeld, Siegmund, seit 1945!« Die Stimme schwoll erheblich. »Riesen-Watschen kriegt er, yeah! Ich hau ihn krankenhausreif, wenn er noch einmal auftaucht, wenn er mich insavo...«

Aber Fred sei doch – ich hatte eine Eingebung, wahrhaftig! –

nur wegen dem Karl gekommen. »Der hat zwischen dir und dem Karl vermitteln wollen!« rief ich echt feurig, »damit du wieder ins ›Paradies‹ . . .!«

»Karl? Hau ich auch krankenhausreif. Meine Kinder! Hau ich auch krankenhausreif! Karl! Um Gottes! Hab ich schon krankenhausreif gehaut, er weiß es! Siegmund, glaub mir's! Ich möcht' manchmal die ganze Mannschaft im ›Paradies‹ lauwarm aus halber Höhe anbrunzen! Anschiffen! Der Kuddernatsch, der bucklige Krüppel! Die ganze Mannschaft! Lauter Dreck!«

Er vergaß sogar das »shit«. Es war fast hehr. Er hatte innerhalb von einer Minute jegliche Beherrschung verloren, wütete wie Hemingways Meer. Es war ein Naturschauspiel. War er knallhart betrunken?

Ob ich da auch dazugehöre, fragte ich. Etwas schwermütig. Ein Räuspern äußerte so etwas wie Pikiertheit. Ob meine Leiden mit Alwin so etwas wie Strafe für die Iberer-Hybris waren?

»Du nicht! Du weißt es!« Rauhe Stimme. »Du bist anständig. Du weißt es. Du bist koscher.« Die letzten drei Wörter ganz kalmierend.

Ich folgte erneut einer Inspiration. Ob er, Alwin, »vielleicht etwas Neues über die Iberer« wisse?

»Aber wo!« Begütigend. »Ich seh doch schon seit drei Wochen niemand mehr. Bloß meine Kinder. Alle möcht' ich halbhoch lauwarm volle Pulle anpissen! Volle Pulle!« Wieder tauchte er entschlossen ins Besinnungslose. »Lauter Schleimscheißer! Reaktionäre! Lauter Schmierlappen! Lauter – Schweine!«

Wem drohte hier die Tollwut. Ich starrte vor mich hin und unterdrückte ein überraschendes Lächeln. Es war einfach Dialektik. Die Perser im Autohof waren verschwunden. Schienen es geahnt zu haben. Hier wurde zu Wichtiges verhandelt, als daß diese kindischen Orientalen dazwischenquatschen durften.

»Lauter bourgeoiser Dreck!« Der Schwager hatte sich erhoben. An seiner Bombenhaltung sah ich, daß er völlig nüchtern war. Glatt wusch er sich die Hände.

»Aber wenn«, behutsam ließ ich ein neues Impromptu steigen, »wenn dein Chef, der Rolf, dem Fred das Schmerzensgeld zahlt, dann . . . hat der Fred vielleicht« (»keine Schmerzen mehr«, wollte ich schon sagen, aber:) »das Geld für den Zweitwagen beieinander. An sich verkauft er ja ganz schöne Fotoapparate an Männer und Brüder und . . .«

»Der Hund, der Demu . . . pardon: der Jimmy«, sagte Streibl, »der kennt seine Leute, um Gotteswillen! Es ist ein Fall von Tierhalterhaftung«, sprach er jetzt sehr ruhig, »das Amtsgericht ist zuständig.« Und setzte sich bequem.

»Warum?« Mir fiel nichts andres ein.

»Erst ab 3000 Mark«, sagte Alwin und zwickte wie lebenssatt die Augen mit den Zeigefingern gegeneinander, »schreitet das Landgericht ein, das schafft er nicht.«

Jetzt fiel mir wieder etwas ein.

Wo denn der Hund jetzt sei?

»Am Gardasee«, sprach Streibl leicht, »beim Rolf. Gestern ist er gefahren.«

»Das mit der Pflegschaft«, grübelte ich jetzt rücksichtslos, »geht meinerseits klar. Ich unterschreib's dann, wenn« (»der Hund aus Italien zurückgekommen ist«? Nein:) »wenn der Trinkler Rolf dich einigermaßen entlasten . . . äh: entbehren kann.«

»Au fein!« rief Alwin, jetzt brauchte ich doch bald einen Cognak, »ich sag dir dann sofort Bescheid, ich ruf dich sofort an, Schwager, du bringst alle Dokumente mit, du brauchst bloß ein Foto, ein Lichtbild, das hast ja, wenn's dann soweit ist, geb ich dir die weiteren Instruktionen!«

Hoffentlich vergaß er meine Lüge mit dem »Paradies«! Sie würde alles noch viel düsterer machen!

Ob er, Alwin, fragte ich trotzdem, nicht trotzdem wieder mal ins »Paradies« kommen möchte? Ich vertraute nochmals meinem Einfall, versuchte einfach, die gelöstere Stimmung auszunutzen. Unter Alwins Schreibtisch ratterte plötzlich ein Wecker los.

»Aber wo!« überlächelte Alwin den Wecker und schien jetzt ganz heiter, »ich müßt' – hör zu, ich hab den Wecker gestellt, damit ich meine Tropfen nicht vergeß' – hör zu, ich müßt' den Karl ja noch mal zusammenhauen!«

»Oder den Hund auf ihn hetzen!« Mich riß es einfach mit. Jetzt war der Wecker mit dem Lärmen fertig.

»Oder den Hund auf ihn hetzen!« rief Alwin Streibl keck und sonnig, kam hinter dem Tisch hervorgewalzt und schritt ein paarmal bullig stenzartig um mich herum. »Komm halt öfter vorbei, Siegmund, hör zu, ich würd' mich freuen, ich bin ja« – er dachte nach und machte eine kleine, meiner Ansicht nach fiestaartige Schnute: »Ich bin ja auch so einsam da, heut' den ganzen Nachmittag keine Sau, shit, komm halt öfter vorbei . . . au fein?«

Ich sagte es ganz fest zu. Schwang mich hinaus und rannte zum Aushang des Dünklinger Volksblatts zurück. Stand plötzlich im Regen und las:

> af. Im hiesigen Friedhof gab eine große Trauergemeinde der aus Fürth/Bayern stammenden und hier ansässig gewesenen Handschuhmeistersgattin bzw. Witwe Frau Maria K ö n i g das Geleit vom offenen Grabe. In der Aussegnungshalle gedachte Pfarrer Durst der Entschlafenen. In seiner Trauersprache baute Durst auf Schriftworte des Apostels Jakobus auf, die ihm immer am liebsten gewesen seien: »Selig sind, die erduldet haben . . .«! Maria König hatte, bevor sie mit 98 verschieden war, schwer zu leiden gehabt. Die Trostworte des Pfarrers galten mithin dem 79jährigen Sohn, mit dem Maria Glenz seit ihrer Witwenschaft wie früher zusammengewohnt hatte.

Wer war eigentlich der Redakteur dieser Gnadenzeitung? Anscheinend – shit! – arbeitete Alois Freudenhammer hier vollkommen unabhängig . . .

> af. Im 84. Lebensjahr wurde die aus Dünklingen gebürtige Frau Z o r n vom Herrn über Leben u. Tod in die ewige Heimat heimgeleitet. Sie wurde im Oberen Friedhof durch Kaplan Springinsfelder von St. Josef eingesegnet. Kirchenchormitglieder unter Direktion von Chorregent Sägerer sangen ein stilles Grablied. Kränze wurden am Grabe niedergelegt. Ein stiller Tag. Im Namen der Bahn war Herr Giesiebl als Delegierter gekommen.

War das nicht schon Hemingway? Es rann durch die Adern wie feuriger Whisky, yeah! Wie würde Alois die Sätze bei mir drechseln? Ob die beiden Iberer wohl gleichzeitig stürben? Au fein? »Au fein«, war gleichfalls neu in den gottesleugnerischen Unkenrufen. War er von »yeah« und »shit« zum Deutschtum zurückgekehrt? »Au fein«, das bedeutete nichts anderes als gar nichts und die tiefe Ruhe in Gott, dem Herrn, den gestern Pfarrer Durst zum Grabe leitete und ...

> af. Im oberen katholischen Friedhof fand nach langer Krankheit, obwohl ihn die Ärzte schon lange aufgegeben hatten

... das selige Weizenbier, um Gotteswillen, aber bedeutete die lauwarme Liquidation von Gott und Ärzteschaft, Auschwitz hin und Autosupermarkt her, das Weizenbier half auch dem Hund Jimmy auf die Sprünge, damit ...

> und nun doch heimgegangenen Herrn Alfons G r a b o w s k i, ein Mann von erst 57 Jahren, seine Ruhe. Die kirchliche Einsegnung im Rahmen eines Fürbittgebets für alle, die nach Grabowski folgen werden, erstattete Kooperator Felkl von St. Gangolf. Von einer Traueransprache wurde aus bestimmten Gründen abgesehen.

... vielleicht Neuberger oder Nickel, der vielleicht brillanteste Doktor Hammer, dereinst die Nachfolge Grabowskis übernehmen könnte, im Tor aber steht Pfarrer Durst und verwandelt das ganze Gelump in die Asche der Verdammten. Von Furien geschmeichelt lief ich wieder zu Fred, Bericht zu erstatten, hoffentlich würden mir jetzt die Iberer nicht in die Quere kommen, aber es bestand ja keine Gefahr, es war ja erst Freitag, wunderbar, wunderbar – –

– zu einem Rapport kam es aber trotzdem nicht, weil Pflaster-Fred gerade äußerst heftig zu seinem Auto rannte – und mir im wie vom Teufel getrimmten Davonrauschen noch lustig zuschrie, vor einer Stunde seien die Iberer-Buben bei ihm im Laden gewesen, hätten zwei Filme abgegeben, und bei dieser Gelegenheit habe der »Große« erzählt, daß sie beide in der Leopold-Hütte arbeiteten.

»Frühschicht! Frühschicht!« schrie Fred wie besessen, »heute abend im ›Paradies‹! Ich hab es aus ihnen herausgekitzelt, herausgekitzelt, du! Heute abend im ›Paradies‹! Was hast du bei Streibl erreicht?«

Und lachend schwappte das Auto weg.

Ich stand ein paar Sekunden wie versteinert. War dann versucht, bei Freds Frau Hilfe zu suchen, die jetzt offenbare Durchschautheit zog mir die Füße unter Alwin weg – da aber verwandelte sich plötzlich Freds Holdergasse in etwas überaus Seltsames:

Ich kannte den Mann, das wußte ich vom ersten Anblick an. Es war der denkbar häßlichste Einzelmann, den Gottes Auge je erblickt hatte. Er war eine Ausgeburt, ein Traum der Vorhölle. Aus der Erinnerung schälen sich ein weinroter Trachtenjanker, etwas Knickerbockerartiges und etwas Strumpfiges in Hellblau. Als der Mann – er mußte aus einer der kleinen Haustüren oder Mauernischen gehuscht sein – stehen blieb, sich eine Zigarette anzündete und in sein vor Blödheit um Gnade fletschendes Gesicht schob, hatte ich es:

Hering. Jawohl, Hering.

Der Mann zählte meines Erachtens 55 Jahre. Er war so verlassen, so herzsprengend häßlich dumm, von dummer Häßlichkeit heimgesucht, daß er einfach von der Sozialfürsorge leben *mußte*. Ich wußte, daß er Hering hieß – und ich wußte noch im gleichen Augenblick, daß dieser Mann zu einer erheblichen Gefahr für die Iberer werden konnte. Ich stand und suchte nach einem Wort. Einem Wort, das ich mir selber zuflüstern könnte. Zuckerrüben, nein: Gelberüben fiel mir ein – und – ich weiß nicht, nach welchem Gesetz – das war es. Ich wußte, daß ich als Kind bei diesem Mann Gelberüben gekauft hatte!

Nein, er hatte sich nicht geändert, überhaupt nicht, ganz und gar nicht – hier war nie ein anderer Wind gegangen. Es war nur das Häßlicherwerden des immer schon Häßlichen. Jetzt rauchte er seine Zigarette, damit war offenbar sein Lebenssinn für die nächste Stunde erfüllt. Er strich langsam auf Freds Laden zu und schaute auf die im Fenster aufgebahrten Geräte. O Gott! Daß alle Unbeschreiblichen dieser Welt Fotoapparate kaufen mußten – mußten!

Mußte man nicht doch wieder beruhigt lächeln . . . ?

Doch dann, nachdem Hering endlich rauchend weitergestolpert war, dem Fronfestgraben zu, streifte es mich wie eine – ja wie eine ferne, aber tödliche Drohung. Da wußte ich es endgültig. Dieser Mann war eindeutig noch häßlicher, verbauter, gedrückter und katastrophenberauschender als die beiden Iberer-Buben zusammen! Er war – attraktiv.

Es zog in meinem Hirn, tatsächlich. Wankte ich? Nein, man durfte Gott nicht versuchen. Jetzt hatte die Stunde der Bewährung geschlagen, der Treue bis zum Grabe.

St. Neff, sei wachsam! Jeden Tag! Der Versucher war nahe.

Tod den Verrätern!

\*

Ist es Ihnen wohl schon je, viellieber Leser, so recht traurig in die Seele gefallen, wie wuschelig es sei, daß das quengelnde Rad der Zeit sich immer weiter dreht, daß bald das zuunterst gekehrt wird, das ehemals hoch oben krähte? So fährt Ruhm, Glanz, Verstand und sogar die allerrationalste Philosophie hin, wie alberne Abendwolken, die hinterm silberblauen Fußballplatz niederflügeln und aber nur noch schwachen alwinischen Schimmer hinter sich lassen: Die Nacht tritt schnöd und säuerlich heraus, die schwarzen Heere der Verrottung ziehen unter Fernsehdämmer auf und ab, und der letzte Sinn erlöscht furchtsam; Durst fährt durch den Straßenbalg, kein Hausbewohner ahnt mehr was, herrisch formiert sich die Weizenbiertrinkerfront der Stadt unterm Schutz des ADAC, KGB und VdK. Im Winkel sitzt wohl ein Hündchen in sich vernebelt und sieht im Widerschein des Magistrats ein Bild der ewigen Hasenscharte; ihm dünkt, es höre schon die Posaunen blöken, und wie ein kühler Wind durch die Blätter schnauft und alle Blumen der Wiese aus ihrem stillen Beischlaf kitzelt. Es vergißt sich selbst und nickt stillweinend ein, indem längst auch der Supermarkt im Schlafe grunzt. Dann kommen die Pornobilder über dich, dann siehst im Glanz den Hering du, die wohlbekannte Heimat, über die wunderbar gilbe Gestalten schreiten, Brüder schimmeln empor, die du nie gesehen, sie scheinen zu sprechen ohne menschlichen Sinn, doch Liebe, Vertrauen zu drechseln. Wie fühlt sich die Welt befreundet, wie schaut sie mit zartem Wohlwollen die Brüder heut' an! Die Büsche flüstern dir trällernde Worte ins Ohr, indem du vorüberschleichst, fromme Lämmer im Kopfe dir singen, die Quelle scheint mit schlankem Murmeln den Doktor zu rufen, Herrn Eisenbart, frisch quillt das Hartgeld dem Boutiquen-Foto-Fred zur Freude, eine Invasion des Militärs kündigt sich an, in Trinklers Garten aber grünt es empor zu den Iberer-Knaben ...

Ach, ich bin doch ein Faselhans. Zur Sache:

Fred saß schon mit Kuddernatsch, als ich im »Paradies« eintraf. Er mußte auf mich gewartet haben, ließ mich gar nicht erst Platz nehmen:

»Wenn du sie sehen willst, du, die Iberer-Brüder«, er zwickte das linke und dann das rechte Auge zu, »wie sie in die Arbeit fahren, die fangen um 7 Uhr an! Dann mußt du dich also um halb 7 an den Radweg an der Morbacher Straße stellen, Siegmund! Dann kommen sie vorbei, okay?«

Freds Indiskretion im Verein mit seiner offenbar pathischen Automatik des Fehlverhaltens wurde langsam schwer tolerabel. Linkisch genug gab ich einen Frankenwein in Auftrag. Wir waren erst zu dritt, aber am Infantilentisch vorne ging es schon sehr lebhaft zu. Ich schnaufte. Einem der Armen war wohl die liebliche Vroni ins Auge gefallen und er versuchte, sie für den ganzen Tisch zu gewinnen. Nein, einen selbstischen Eindruck machte dieser schale Mann im Regenmantel nicht. Aber irgendwas wollte er halt von Vroni.

Woher er, Fred, das wisse? Daß die Brüder mit dem Rad in die Frühschicht führen? Jetzt siegte doch meine Neugier, eine Art »Dunkelsehnsucht« würde ich sie heute nennen. Kuddernatsch war auch als Zaungast nicht gar zu gefährlich.

»Siegmund!« rief Karl Demuth braunschwarz aus dem Hinterhalt, »für euch ist eine Postkarte angekommen. Postkarte! Aber kein Liebesbrief, leider, leider!«

Es war ein sehr tiefenreiches Höhnen. Gleichzeitig wurde das Lämpchen über unserem Honoratiorentisch angeknipst, so daß ich gleich dreifach wohlig erschrak.

»Du, ich hab sie einfach gefragt! Die fahren, sagen sie, auch im Winter mit dem Fahrrad. Die sind hart. Die brauchen keinen Werksbus – sagt der Große.«

Eigentlich war es ein Segen, daß mir Demuth nun die Postkarte vor die Augen hielt. Denn zweifellos hätte ich sonst fragen, ganz harmlos, nein: nachdenklich fragen müssen, was ich mit dieser Auskunft anfangen solle, was mich das angehe?

»Da, ihr Hunde!« lachte Karl.

Auf der Titelseite der Postkarte war ein großer schwarzer Wolfshund abgebildet, mit heraushängender Zunge und sehr törichten Augen. Hinten aber stand in Versalien:

> ICH WARNE EUCH! REAKTIONÄRE SCHWEINE WERDEN AUSGEROTTET! DIE RACHE WIRD KÖSTLICH SEIN!

Es war unverkennbar *nicht* Streibls Handschrift. Und der zudem schwarze Hund bewies gar nichts. Das konnte ein zufälliges Zusammentreffen sein. Hatte Streibl eins seiner Kinder schreiben lassen? Hing das alles mit dem Auftauchen Herings zusammen?

»Dreiviertel 7 Uhr, Siegmund! Da rauschen sie an dir vorbei!« Freds Kopf, nun hell im Licht, lachte lebensfroh, doch ohne Ränke.

»Die Postkarte . . .« Ich schüttelte den Kopf. »Paradies, Wienerl, Freudenhammer, Landsherr und Co«, lautete die Anschrift!

»Was willst du mehr?« Fred Wienerl war einfach ein Esel!

»Ein Psychopath«, flüsterte in der Hoffnung auf irgend etwas mein Mund. Wer weiß, wie das Ganze noch ausgegangen wäre, hätte nicht mit Autorität Alois Freudenhammer unsere Suite beschritten, ihm auf dem Fuße folgte Albert Wurm. Der äugte wissend, rieb die Hände. Bestellte stehend noch Kamillentee. Freudenhammer klaubte aus einer Plastiktüte einen Fotoapparat und drückte ihn Fred in die Hand:

»Ich verlaß mich auf dich, mein Kleiner – bis Dienstag!«

»Montag, immer!« rief Fred keck, ja bübisch, »sobald ich aus Stuttgart zurück bin!«

»Wenn bei Capri die rote Sonne im Meer versinkt . . .«, summte Freudenhammer beherrschend und setzte sich. Kalvarienmäßig schüchtern näherte sich Vroni dem Alten. Der entzündete eine kavaliersmäßige Zigarre.

Sinnend rieb ich mir die roten Augen. Hunde, Pflegschaft, Irmi, der Weg zur Leopold-Hütte, Hering, die Postkarte, nochmals ein Hund – allzu viel war heute über mich gestülpt worden. Meine Schwindelexistenz war unrettbar unterminiert. Wahrscheinlich von Fred im Verein mit Alwin. Der Hundestreit war ein Scheingefecht, ein Komplott, mich zu ruinieren. Hering aber war der Mörder –

Der Anblick Vronis half nicht weiter. Was sollte sie mir noch? Nein, ich wollte die Instinktlosigkeit so vieler alter Männer nicht auch noch kopieren und – –

Wahrscheinlich hätte der Abend mich sehr still und versonnen gesehen, hätte nicht Bäck nach einer Stunde überraschend einen Gast an unseren Tisch geschleppt, einen recht interessanten, wenngleich eigenwilligen Menschen.

»Vive le Kaiser!« rief der Fremde noch im Stehen und mit hoher Stimme, klopfte dreimal auf den Tisch und verbeugte sich sogar ein wenig. Anscheinend hatten wir den Scherz nicht richtig aufgefaßt, denn nun rief er: »Der Kaiser ist tot! Es lebe der Kaiser!« Sodann stellte er sich jedem einzelnen mit »Krakau außer Diensten« vor.

Und nahm Platz.

»Mein alter Freund Bäck«, rief Krakau freudig, »mon ami Bäck hat mich en passant schon aufgeklärt über Sie, meine Herren, ich beglückwünsche Sie zu Ihrer Tafel! C'est délicieux! C'est . . .«

Allmählich stellte sich heraus, es handele sich hier um einen alten Gymnasialfreund Bäcks, den pensionierten Fliegergeneral Krakau, der aus Bad Tölz, seinem Altersruhesitz, angereist war, mit Bäck vergangener Tage zu gedenken.

»Zackzack!« rief der General munter, »mon ami Bäck et moi!«

»Dann setz' dich nur her«, brummte Alois Freudenhammer bestürzend laut und sah dem General minutenlang äußerst forschend in die Augen. Als wäre er nicht sicher, ob es diesen auch wirklich gab . . .

Krakau, selbstverständlich in Zivil, nämlich einem knapp sitzenden, tundragrünen taillierten Westenanzug, dem ein weißblau gerauteter Selbstbinder etwas recht Sportives verlieh, war ein kleiner, strammer, sogar etwas knüppeliger Herr in Bäcks Alter. Irgendwo wirkte er sofort wie eine kompakte, höchst krachmacherische Leiche auf Sprungfedern, und sehr ungleich Bäck schien er gleichzeitig durchglüht von geradezu knisternder, ja explosiver Daseinsfreude. Sein erstes Bier trank er wahrhaft im Zack-Zack-Stil weg und gleichfalls in bester militärischer Tradition gab er sofort eine Runde Weinbrand in Bestellung. Übrigens hatte er einen kleinen hübschen Schnauzer wie ich und er lispelte sogar ein wenig.

»A votre santé!« rief Krakau laut und ließ es scharf klingeln, und als Freudenhammer vorsichtig mit »General! A la vôtre!« parierte, war der Kleine so glücklich, daß er sogleich noch eine Runde springen ließ. Meine Sorgen verflogen schneller.

»Ex multae causae sunt!« piepste Krakau schnell mitgerissen und drehte sich sitzend fast im Kreise, »je vous en prie!«

»Adolf«, ängstigte sich Bäck ein bißchen. Stolz und angenehm überrascht aber zeigte sich hinter dem Tresen Karl Demuth und legte froh den Arm um den Schank-Kellner »Bepp«.

Wir waren wohl alle ein wenig unsicher, wie ein richtiger General zu behandeln sei, auch und gerade Albert Wurm zappelte sehr flackernd mit seinem Feuerzeug herum, er und ich hatten ja den Krieg noch nicht mitgemacht und Kuddernatsch zum Beispiel konnte sich sicher nicht mehr erinnern. Er wirkte am allerängstlichsten.

»Die Eisenbahnverbindungen«, erbarmte sich also Freudenhammer kernig, »von Tölz nach Dünklingen, werden auch nicht die besten sein, General? Jetzt voriges Jahr war erst ein Reservistentreffen in Dünklingen!«

Achtsam sah er den General an.

»Cher!« rief der General sofort eifrig, »die Bundesbahn müßte d'après mon opinion noch viel stärker rationalisieren! Keine sentimentalen Rücksichten! Zackzack! Privatwirtschaftlich wäre es ein Verbrechen, un crime, eine Strecke wie die nach Dünklingen noch weiter zu unterhalten, n'est-ce pas? Die Linie war vollkommen leer, parfaitement unterrepräsentiert!«

»Maginot-Linie«, hauchte ich gleisnerisch.

»Technologie!« Der General lispelte schärfer, auch sprach er vor allem das »i« ungewöhnlich süß aus, jetzt kriegte er von Vroni ein zweites Bier, »wir haben ein Wissenschaftsministerium, Messieurs! Es nennt sich sogar ›Forschungsministerium‹! Und was passiert? Eh bien? Was passiert seit Jahren? J'accuse! Santé!«

»Meiner Ansicht nach, Adolf«, drängelte sich Bäck pflichtbewußt an die Flanke des Freundes, »schaut's in allen Ministerien so aus. Warum hat denn der Leber weichen müssen? Aus dem Verteidigungsministerium . . . ?«

»Meine Rede, mon vieux!« keuchte etwas ruhiger der General, »Leber war évidemment ein überragender Verkehrsminister! Absolument! Solche Leute stellt Bonn heute kalt! Als nächster wird Vogel gehen! Das Justizressort war bisher noch für alle ein Fallbeil!« rief Krakau frivol, »c'est vrai!«

»Clausewitz wär' halt besser«, sagte ich schon koketter und merkte, wie die Kümmernisse des Tages vollends dahinschwanden.

»Die Todesstrafe«, fuhr Krakau wieder schärfer fort, »ist abgeschafft. Dabei mag es bleiben. Ich bin, en effet, kein Henker. Pas du tout! Aber das Thema Todesstrafe ist deshalb noch nicht vom Tisch! Jamais!«

»Die Todesstrafe, jawohl«, wiederholte Kuddernatsch fahrig, traute sich aber dann seine Meinung doch nicht zu sagen, wahrscheinlich war sie auch wirklich gar zu schlecht durchdacht. »Prost, meine Herren!«

»Du bist doch Sozialdemokrat, Wilhelm«, wunderte sich bedächtig Freudenhammer zottig, »dann bist du doch gegen die Todesstrafe!«

»Was heißt Sozialdemokrat?« jammerte Kuddernatsch überführt, und schielte geniert nach Krakau »ich wähle je nach politischer . . . Du weißt es doch! Alois . . .«

»Was weiß ich?« Ingrimmig haderte Freudenhammer mit dem Freund, sah ihm gewissenhaft ins Auge.

»Was wir heute erleben«, keuchte der General kategorisch nach Art eines Chef-Schiedsrichters, »mon Dieu, es ist die Meinungsfreiheit, die totale Meinungs- und Informationsfreiheit! Liberté de pensées!«

»Die kann nicht gutgehen beim Militär.« Erstmals meldete sich Fred. Ritterlich schief sann jetzt Bäck.

»L'homme est né libre«, beteuerte Krakau fast verderbt, »et partout il est dans les fers!«

»Witzleben«, raunte ich gewissenlos.

»Die allzu große Demokratisierung der Bundeswehr belastet effektiv die Offiziere!« Das war Wurm, äußerst gestelzt.

»C'est intéressant!« Krakau holte groß aus, und das Gesicht des Greisen schimmerte sogar wie Rosé-Wein, »man greift heute toujours das Axel-Springer-Imperium an und vergleicht es mit dem Hugenberg-Konzern ... bien sûr ...«

»Baron Stauffenberg«, murmelte ich planlos.

»... aber qu'est-ce que vous voulez?« Der General sah uns an: »Eh?«

»Deutschland den Deutschen«, dachte ich stur.

»Gefährdet ist tout de même die Freiheit der Verleger!« rief der General und ließ reizend seine Grübchen wackeln. »Der einzelne Redakteur ist der Freie! Springer vermag die Pressefreiheit nicht zu zerstören, c'est impossible! Zerstört wird die Pressefreiheit von der Technologie, die keine Rücksicht auf den Menschen nimmt! A votre santé!«

»Aber Gott 'nei!« bekräftigte Albert Wurm und sah bedrohlich Fred ins Haar. Bäck fiel etwas Zigarrenasche in den Rheinwein rein, trank er sie eben mit. Erstmals fiel mir auf, daß Kuddernatsch nur am Kopf vergeistigt wirkte; nach unten, auf den Hosenbund zu, wurde das Ganze immer breiter und weicher. Warum aber trug dieser General eigentlich keine Lorgnette, kein Monokel, nicht wenigstens ein Glasauge?

»Liberté«, faßte Krakau fürs erste feurig zusammen, »ist immer die Freiheit der anderen. Un mot Heinemanns. Je suis kein Sozialdemokrat, je vous en prie, aber ce mot, mon ami«, wandte er sich an Albert Wurm, »sollten wir à tout prix beherzigen! A toute heure! Tout comprendre c'est tout pardonner!«

»Ich bin kein – kein eingeschriebener Sozialdemokrat – warum denn, Paul?« Kuddernatsch verteidigte sich noch einmal bebend. Die Angst vor dem General machte ihn förmlich vibrieren. Doch Freudenhammer kam behend zuvor:

»SPD ist heute ohne weiteres wählbar«, er wandte sich gewissenhafter an den General, »sie ist für die NATO, General, sie war für die Wiederaufrüstung, sie stellt heut' – glaub ich – sogar den Ressortminister!«

»Absolument«, antwortete Krakau kühler, und jetzt wurde er schon verheerend von Kuddernatsch angestrahlt, »die SPD verfügt heute über einige zuverlässige Leute! Très bien, très bien! C'est adorable ...«

»Gneisenau«, lachte ich leichthin. Wie schön wäre es, wenn Alwin jetzt mitrudern und vielleicht sogar den KGB ins Geschehen werfen könnte!

»Auch bei uns, bei uns in Dünklingen!« traute sich leise Kuddernatsch, und Wurm nickte heftiger: »Im Parlament, Gott 'nei!«

»C'est étonnant!« bestätigte Krakau und rauchte wie entrückt, »honni soit qui mallarmé...«

Am Infantilentisch war die letzten Minuten über eine gewisse Unruhe aufgekommen, ja es war, noch während der General sprach, sogar recht laut geworden:

»Ich hab kein Geld!« rief ein dicker Mensch, »drum schau ich morgen Fernsehen!«

»Wir haben heute, on écrit, 37000 Tote jährlich, Unfalltote!« rief der General kühn, »ich bitte vous, mon cher!« bellte er Fred an, »Völkermord im Alltag, Paul! Suicide!«

»Die hat nie«, lachte ein Infantiler laut und begeistert, »die hat nie Geld!«

»Eine Stadt comme Ihr cher Dünklingen«, klagte der General schärfer, »wird jährlich wegradiert, dem Erdboden gleichgemacht! Scandaleux!«

»Im Fernsehen«, drang's herüber, »ist da morgen was?«

»Immer was!« antwortete der Dicke. Er beugte sich zur Seite. Es war eine alte Frau. Ich hatte sie den ganzen Abend über von hinten für einen Mann gehalten.

»Dünklingen«, sagte Bäck vorbildlich zu Krakau, »hat bloß 12000 Einwohner!«

»Geld ist, darf man sagen, Macht«, kam es vom Infantilentisch, »und wenn du dir heut' ein Moped kaufst, tust...«

»13000«, verbesserte Kuddernatsch riskant.

»Cela m'étonnerait!« wunderte sich Krakau, »30000?«

»Ich sag nichts, ich quietsch' bloß. Ha! Und dann zieh' ich mich aus. Bei mir weiß ich's hundertprozentig, darf man sagen!«

»Noch nicht 13000«, beharrte Bäck barsch, verletzt sah er den kleinen Kuddernatsch an. Gedankenschwerer richtete Freudenhammer den Blick auf Krakau.

»Im Himmel, Erwin!« jetzt war die alte Schratin aufgestanden, beugte sich über den Tisch und klopfte einem vierten Teilnehmer zärtlichrührend auf die Wange, »da ist nicht schön. Da bist allein! Allein bist! Sakramentsakrament!«

»Parbleu!« schrie Krakau feuriger, »l'enfer, c'est les autres!«

»Aber Paul, aber meine Herren!« eilte sich Kuddernatsch und sah Bäck flehlich-verhaspelt an.

»So hast auch recht!« lachte es massiert von den Resignierten herüber. »Äh! Öh! Wirtschaft!« schrie die gleiche scharfe Stimme.

»General«, Freudenhammer hatte geduldig Ruhe abgewartet, dann wollte er es nochmals wissen, »Sie waren ehemaliger General der Jagdflieger. Darf man fragen, ob es sich dabei um den Jagdverband 44 handelt, der meiner Erinnerung nach mit dem Messerschmitt Turbo Me 262 ausgerüstet war?«

»Chéri«, antwortete Krakau, »laissez le ›General‹. Je m'appelle Krakau.« Der Gast schien jetzt sehr besinnlich geworden: »Wir sitzen, mon bon, alle im selben Boot. Messieurs! Wir leben in einer Zeit der allgemeinen égalité, der Massenkulturen, – andere nennen's Demokratie, à quoi bon?« Glubschäugig gichtig lief Krakaus Blick den reizenden Konturen Vronis nach.

»Demokratie«, lächelte Kuddernatsch andächtig, »wir sind zufrieden.« Alois Freudenhammer aber unternahm einen letzten bergigen Anlauf:

»Demokratie, Krakau«, sagte Freudenhammer nachdenklich, »mag für Offiziere ihren Wert haben, aber ob's für die Mannschaft hinhaut? Unteroffiziere? Man hat's mit der Inneren Führung versucht, aber was war?«

»Tout comme chez nous...«, lispelte Krakau leichthin.

»Innere Führung«, sann heiter Kuddernatsch, als ob er gar zu skeptisch sei.

»Die innere Führung hat nur dann Sinn«, schaltete sich Bäck benommen ein, »wenn alle mitmachen und...« Bäck versandete, schämte sich und nuckelte an seiner Hasenscharte.

»Innere Führung«, echote noch einmal verwehend Kuddernatsch. Eine verheerende Spannung war plötzlich entstanden.

»Graf Baudissin!« rief ich da ungeheuer laut und lehnte mich zurück, damit nichts passierte: »Graf Wolf von Baudissin!«

»Graf Wolf von Baudissin!« Krakau sah mir fesselnd, wie in großem militärischem Schmerz in die Augen. Die Spannung schlug in Stille um.»Graf Baudissin. Sie legen mir das Wort in den Mund!« Aller Augen wandten sich jetzt uns zu, der General aber fuhr fort:»Graf Wolf von Baudissin – einer unserer Besten. Ein Mann, wie ihn die Nation sich nur wünschen kann, wie er ihr alle Jahrhunderte aber nur ein-, zweimal vergönnt ist. Einer unserer«, der General senkte immer mehr die Stimme und lispelte nun gar nicht mehr,»Besten, einer unserer besten Shakespeare-Übersetzer! Wer kennt nicht seine wunderbare Übersetzung von ›Measure for Measure‹, seine reizende von ›Much Ado about Nothing‹, seine sprudelnde von ›The Comedy of Errors‹ – und endlich sein Meisterwerk, seine hinreißende von ›Love's Labour's Lost‹! Meine Herren, ich frage Sie!«

Der General hatte sich sogar wie andeutend halb erhoben. Er sah uns der Reihe nach wie prüfend an, setzte sich wieder. Wir alle warteten gespannt, fast furchtsam. Bei Bäck mischte sich in den Stolz über den Freund sichtbar die Sorge, daß dieser nun aber auch schon das Äußerste an Konzentration abverlangte.

»Graf Wolf von Baudissin«, fuhr Krakau leiser und doch wie schwellend fort, »indessen war nur Übersetzer, Mittler eines noch Größeren, meine Herren – Shakespeares! Shakespeare war der Dramatiker seiner Zeit. Unsere Zeit wartet und wartet auf ihren Shakespeare. Wir leben«, sprach Krakau unangefochten und fast hehr weiter, »in einer unglaublich faszinierenden Zeit, vielleicht sogar in der faszinierendsten Zeit aller Zeiten. Was aber, meine Herren, ist das Faszinierendste an unserer Zeit? Überhaupt?«

Wie todesbereit hatte der General die Stimme wieder angehoben, sah sich im Kreise um. Niemand wußte es. Iberer? dachte ich vorsichtig. Am Infantilentisch war es wie übernatürlich still geworden, ja die Zeit selber schien atemlos zu harren.

»Das Faszinierendste an unserer faszinierenden Zeit, meine Herren«, eröffnete uns Krakau fast ton- und wie selbstlos sein Geheimnis, »das sind, meine Herren, und nun passen Sie auf, die wirklichen – Geiseldramen! Etwas ganz unheimlich Faszinierendes! Und noch keiner, keiner unserer hochbezahlten Dramatiker hat sie noch für die Bühne bewältigt. Und dabei wäre es so einfach! Drei Personen! Kleine Bühne, fast kein Bühnenbild! Drei Personen! Zwei Geiselnehmer, eine Geisel! Der Rest ist Psychologie! Klassische Psychologie. Zackzack! Ich sage nur: Zwei Geiselnehmer, eine Geisel!«

Wir alle hatten zuletzt wie unter übermächtiger Anspannung dem General gelauscht. Auch Krakau selber schien jetzt am Ende erbarmungswürdig erschöpft. Eine tiefe Denkpause trat ein. Schwärzer tauchte Herings Bild allwieder vor mir auf. Gegen ihn mußte man etwas tun, ihn zu bannen, mußte ich den Brüdern bei der Fahrt zur Arbeit nachfolgen.

»Ja dann!« sagte ich, ohne zu fackeln. Es war, als ob meine Worte die Unseren von einem schweren Bann befreiten.

»Man müßte«, traute sich als erster Fred, »mehr Zeit haben, um die alten Kisten wieder zu lesen und... Othello...«

»Meine Herren«, erkühnte sich als nächster Kuddernatsch nach ein paar weiteren Sekunden, »darf ich stellvertretend für alle... unseren verehrten Gast...«

»Charmant, charmant.« Krakau, offenbar selber von seiner großen Last gelöst, gab eine Runde Schlehenfeuer in Auftrag und sah dabei äußerst zotig an Vroni empor: »Mon enfant, ich würde es mir als großes plaisir, wenn es... unserem Vergnügen... mon enfant charma...!«

Der Satz fiel ihm nicht mehr ein. Gleisnerisch aber spitzte der General das Mündchen. Er piepste und lispelte jetzt wieder wie zuvor. Artig holte Vroni noch ein Gläschen und gab dem Greis stehend die Ehre.

»Charmant...«, wiederholte Krakau inniger und rankte den Blick liebäugelnd an der jungen Brust empor: »Délici...!«

»Prost, Paul!« Auch Kuddernatsch liebäugelte jetzt freier mit dem Busenfreund, »auf... Baudissin!« Bäck schien sich wieder ein bißchen zu grämen, es war aber nicht klar, über wen. Freudenhammer sah recht gedrückt drein, aber wie immer hoheitsvoll. Er kratzte sich wie abwartend am Arm.

»Messieurs!« Krakau wollte sichtlich für seinen Erfolg bei Frauen bewundert werden, »Sie sehen: absolument-comme-il-faut! Vive la vie – vive la... la... l'amour...«

»La petite fleur différence«, half ich. Für Sekunden mußte man glauben, der General stürbe vor Wonne vor unser aller Augen hinweg.

»N'est-ce pas?« Krakau widmete Vroni weitere huldvolle, ja

schon dummdiebische Blicke, hob sogar den Becher, »wie der Pole sagt... auf das, was... vive l'amour toujours!«

Zwei Geiselnehmer, eine Geisel. Er hatte es trotzdem auf den Begriff gebracht. Und ein alter Theoretiker wie ich war nicht draufgekommen!

Die Unseren schienen ab sofort sehr locker, wie ausgelassen fast.

»In der DDR«, Bäck zog kaum den Kopf mehr ein, »straffes Regime!«

»Alois, wenn du noch was trinkst«, Kuddernatsch suchte verschämt den Freund, »trink ich auch noch was...«

»Straff!« wimmerte auch Krakau: »Mon Dieu! Pour leurs beaux yeux...«

Vroni hatte sich wieder entfernt.

»Der Numerus clausus und die Berufsverbote...«, hörte man plötzlich Fred, »wie war's denn in Weimar, zu Weimars Zeiten?«

»Was wir heut' haben, Gott nei'«, das war kriechend Wurm, »ist primäreffektiv die Neutronenbombe!«

»Hodenstoßkatastrophe, Wurm?« sann ich halbwach. Drei Infantile brachen lauthals auf.

»Où est la femme?« rief Krakau köstlich und orderte sogleich Champagner.

»Aber meine Herren!« ächzte sehr glücklich Kuddernatsch. Er war zweifellos der beste »Aber-meine-Herren«-Rufer unserer herrenlosen Zeit.

»Charmant«, hörte man später den General nochmals zwitschern, »Pardonnez-moi...«, murmelte er gleich drauf selbstvergessen, »quelle beauté...!«

Wenn ich etwas wirklich dumm finde, dann Generäle, die so fürchterlich schlecht französisch daherparlieren. Ich verabschiedete mich, so gut und schleppend es ging. Nippte nochmals vom lauwarmen Sekt.

»Ah, quel plaisir«, hörte man noch unter der Tür Krakau krähen, »d'être soldat...!«

Wahrscheinlich wackelte ich ziemlich, als ich nach Hause watschelte. Geisel und Geiselnehmer – das war das Gesetz, nach dem wir der inneren Führung der sozialen Demokratie nach angetreten. An sich verabscheue ich Militärs aus Herzensgrund. Dieses

Gespenst aus Bad Tölz! Aber was war das, was trotzdem so süß und innig ins Gemüt mir geströmt war, ins heute bereits so viel erschütterte? Nach Hering – noch eine Warnung? Eine Ent-Warnung? Sollte ich versuchen, darauf zu warten, mich nochmals in Vroni zu verlieben?

Bevor es zu spät war! Verlorene Liebesmüh?

Ah, ich sah alles noch sehr gut! Braun moppelten Stadttürme durchs Stahlbadblau. Blattloses Geäst, aus den schneeigen Schießscharten schwefelten die Nebel-Sylven, der Wehrgang zwischen Schaufler- und Immlertor schämte sich still einer libellenhaft zarten Fernsehantenne. Da war früher ein anderer Wind. Im kalten Dunkel versuchte ich nacheinander lüstern, andächtig und dann spitzbübisch dreinzusehen. Es half nichts. Mußte ich also tatsächlich 6 Uhr früh aufstehen, die Buben gemeinsam zur Hütte fahren zu sehen – erstmals außerhalb der Zeit, außerhalb des Stadteis, auf hohem ungeschützten Fahrrade, Hering zu trotzen, den General zu widerlegen . . .

Ecrasez l'infame!

Die Nacht klirrte, schepperte vor Windstille und Kalauerhörigkeit. Es war zum Davonlaufen und lud zum Bleiben ein, ewig, ewig. Na, wenigstens hatte der erzdumme General von den Iberern selber nichts mitgekriegt. Und mich mit Arreste bestraft. Da lob ich mir dennoch die Wehrmacht! Die hat wirklich von nichts Ahnung! Geschweige denn Gegenwart.

Bald würde es Frühjahr werden.

\*

Am nächsten Vormittag – Samstag vor Septuagesima – schlich ich ihnen fast hautnah nach, die freieste immerhin aller Geiseln, jetzt war schon alles eins. Beide trugen dunkelgraue Hüte und etwas lichter graue Mäntel. Ich selber hatte mich diesmal unter einer Zipfelmütze recht ulkig getarnt, außerdem vertraute ich einem alten Fahrtenanorak in laubfroschfarbenen Mimikritönen. Erst auf der Straße merkte ich, wie ich aussah. Der Anorak reichte mir bis an die Knie jener Füßchen, die jetzt eigentlich einen Rancher über die Maisfelder von Texas hätten tragen sollen.

Nein, Alwin hatte heute nicht mitschleichen dürfen – irgendwie wußte ich bereits beim Erwachen, daß er die sinistre Postkarte doch geschrieben hatte. Nicht daß ich ihm das übel nahm, um Gotteswillen, nein, aber bestraft mußte der alte Hansdampf schon ein wenig werden.

Unbarmherzig schob ich mich, eine Art aufdringlicher Schleppenträger hoher Souveräne, an das Brüderpaar heran. Auf der Höhe des »City-Imbiß – Würstl Grill«, gegenüber dem Helfricht-Barockerker, hatte ich schon Erfolg. Es war ganz deutlich zu hören:

»Die Tankstelle hat jetzt auch . . .«, so wehte es mit an Sicherheit grenzender Wahrscheinlichkeit aus dem Mund Finks nach hinten – noch eindeutiger aber Kodak war es, der darauf antwortete:

». . . das war wahrscheinlich wegen der Zufahrt!«

Und Kodak hatte gleichzeitig einen zornigen Kringel in die Luft gemalt.

Es waren mittelhohe, etwas kratzige und zugleich schmalzige, ja ganz leis eunuchenhafte Stimmen. Sie sprachen ein moderiertes Tempo. Schon vor der großen Bahnhofskehre traf mich die nächste kleine Himmelfahrt. Das erregte Schulterwippen verriet eindeutig Kodak als den Sprecher:

»Kriegsdienst? Hat er nicht Kriegsdienst geheißen?«

Mir wurde leicht übel oder schwindelig oder bezuckert und ich scherte aus der Verfolgertruppe aus. Mein Entschluß stand fest, und am darauffolgenden Mittwoch, 4. März, war es soweit. Um halb 6 Uhr ratterte der Wecker, ich zog mich sorglich warm an, um 6 Uhr 20 stand ich an dem Radweg, den mir Fred beschrieben hatte und der zur Leopold-Eisenhütte führte. Hinter mir erwachte silberfahl eine Allee mit vielen Rauhreif glitzernden, schattenhohlen Büschen. Die waren wichtig.

Ich wartete, gähnte verhalten. Schön war das, wahrhaftig! Morgenkühle, scheckig, kräuselte sich wohlig über Herz und Verstand und machte die letzten Schrauben locker. Sollte ich mein Haustürschild in »Klavierpädagogik-Detektei« umbeschriften? »Objektforschung«? Gottseidank war ich nicht im klirrenden Januar drauf verfallen bzw. dahin gestoßen worden, sondern erst mit Beginn der Milde. Jedem ist sein Schicksal auferlegt, niemand weiß Bescheid. Und was konnte man auch schon um 6 Uhr 30 früh Besseres tun als zwei arbeitswilligen Holzköpfen bei der Ausfahrt ins Werk zuzuschauen? Verliebt sah ich den Busch-Reif an.

Um 6 Uhr 44, nach dem dritten Tageskaugummi, kamen zwei des Wegs geradelt, sie mußten es sein und sie waren es. Rasch umfing mich das feuchte Gebüsch. Wenn jetzt ein Streifenpolizist unterwegs gewesen wäre, er hätte mich zur Personalkontrolle mit auf die Wache schleppen müssen, ich aber hätte als prophylaktischen Namen »Stefan Knott« angegeben. Oder »Jimmy Carter«? Hatte ich überhaupt meine Papiere mit mir? Das Reif-Gefeuchtel kitzelte mich im Gesicht, aber ich sah heldenhaft geradeaus. Wenn ich jetzt an Herzschlag stürbe? Würde man mich in einem Verbrechergrab ohne Witwen-Rente verscharr – –

Kodak radelte voraus, Fink fünf Meter hinterher und in der Beinhaltung nicht ganz synchron. Es war nicht recht klar, ob der Wulst an beider Bäuchen von weiter fortgeschrittener Dickheit herrührte oder von einem wärmenden Kissen, das sich die beiden jeweils in den Leib geschoben hatten. Auf dem Kopf trugen sie einheitlich Schüttelkappen, wie man sie um 1944, zur Zeit der Reichsgründung, hatte. Kriegsdienst. Die Gesichter waren durch schalartige Lappen ziemlich verdeckt, aber deutlich schnurgeradeaus gehalten.

Die Fahrräder habe ich nur unscharf wahrgenommen. Rennräder waren es mit Sicherheit nicht, auch wäre mir keine Gangschaltung aufgefallen. Sie hatten überhaupt nichts Verwegenes. Ich weiß nicht, warum, aber heute bin ich sehr sicher, daß es »Miele«-Räder waren.

Jetzt stieß die nahe Eisenbahn einen vielsträhnigen Pfiff aus, gleichzeitig hörte man, wie auf der anderen Straßenseite in einer Baracke ein Radio angekurbelt wurde: Familie Kriegsdienst?

Als die Buben auf ihrem Radweg weit genug entfernt waren, wagte ich mich stillbenommen aus meinem Versteck. Sah ihnen nach, bis eine Hausmauer sie verschluckte. Wie mir so wohl war, so wohl! Es fing an, vor dieser prächtigsten Welt sanft mich zu graulen. Aber wie schön wäre es erst gewesen, wenn ich die beiden beim Klingeln gehört hätte! Oder daß sie sich aus Spaß wechselseitig angeklingelt hätten ... in dieser heiligen Märzenfrühe ...

Zirpten Zikaden? Nein, war ja noch Winter . . .
Geile geile Geisel. Jetzt kam im Kopf wieder etwas Bänglichkeit auf, krabbelte, trottete auf die Wollust zu, und ich trottete Richtung Heimat. Wenn sie mich gestellt hätten! Alwin engagiert und mir über diesen Riesen-Kinnhaken verpaßt hätten! Wenn mich – schon mußte ich wieder grinsen – Kodaks seismographischer Blick aus dem Gebüsch herausgezaubert hätte! Wäre dann alles aus gewesen?

Das Küchenfenster im Schelmensgraben war schon hell. Jetzt griffen sie langsam zu Hammer und Sichel, dem Sheriff Alwin und seinem Sozialismus zu dienen. Kathi schlief noch, aber Stefania Sandrelli war schon auf – seit Kathi in den letzten Tagen kränkelte, besorgte sie allein die ganze verlumpte Menage. Und plötzlich wußte ich es: Wenn alle um diese Zeit schon auf sein würden, würde heute auf der Welt ein anderer Wind gehen! Jawohl!

Schwiegermutter wunderte sich, daß ich schon in voller Montur zurückkam, normalerweise schlummre ich bis 9 Uhr. Wir frühstückten und begannen dann, 66 zu spielen. Als das zu langweilig wurde, trabte ich, eigenartigerweise wieder in meinem Laubfrosch-Tarnanorak, in die Stadt.

General Krakau entging ich dennoch nicht. Ich lief ihm im Tschibo in die Arme, es gab ja schon kein Fluchtloch mehr, und mir war alles recht.

Der General schien sogar schon eine Kleinigkeit getrunken zu haben, denn nicht nur rutschte ihm wieder sein Jägerhut mit Gamsbart vom Schnurr-Kopf, er zeigte heute auch gelblich glänzende Augen und klopfte sich mehrmals mit der linken Handkante gegen den rechten Puls.

»Niedliches Städtchen, sehr niedlich, mein Freund«, lispelte Krakau los und packte meinen Arm, »wie schade, daß es heute wieder südwärts geht, ha! In den Süden! Tölz – die Pforte des Südens!«

Im »Tschibo« herrschte schon Hochbetrieb – wie ich von Wurm wußte, gab es da sogar mehrere Stammtische, und an so einem Frauenstammtisch hörte man jetzt auch Bruchstücke schweinischer Witze.

»Sie besuchen uns wieder?« fragte ich den General engagiert.

»Worauf Sie sich verlassen können, Freundchen!« Im Übereifer steckte Krakau eine Zigarre an, wurde aber von der Tschibo-Frau darauf aufmerksam gemacht, daß dies verboten sei. Der General schien sich einen Moment lang nicht ganz schlüssig zu sein, ob er kämpfen oder resignieren solle, er seufzte schließlich laut und schnippte dann mit kessem Schwung die glimmende Zigarre zur Tür hinaus. Wenn jetzt Samstag gewesen wäre, und die Zigarre hätte die Brüder getroffen! Was für eine unsterbliche Begegnung wäre das geworden!

Krakau saugte mehrmals an seiner leeren Tasse. »Bäck ist auf den Ämtern«, lispelte er fast mysteriös, »und mich ruft Tölz. Es waren wunderschöne Tage in Dünklingen. Dieses Hochmittelalter! Sie sind verheiratet, Kamerad?«

Der rundliche Herr wirkte heute im braunmelierten Blouson und in der braunen Kniebundhose trotz Trachtenhut und wiederum weißblau gerautetem Binder konziser, militärischer noch als neulich. Ich nickte triste und ließ ein wenig die Zunge um den Mund kreisen. Seitlich hörte man einen Witz, der von dem Wortspiel »Gen Italien« handelte. Krakau ruckelte an seinem Hosenbund, rollte inflammiert die Augen und ging vollends zum Hurra-Stil über:

»Meine Gratulation! Zu Ihrer Stadt!« Er lispelte kapriziös. »Ganz wundervolle junge Frauen, ah! Wohin das alte Auge kreistreift, ein wahres Frauenwunder! Und auch als Stadt!« Er modelte an seinem Kopf herum und stellte superb die Beine breit.

Jetzt reichte Fink sicher die Thermosflasche mit Tee an Kodak weiter. Oder schon den Steinkrug?

»Sie müssen, General«, sagte ich möglichst pretiös, ich stockte, errötete, aber es kam jetzt einfach über mich, »Samstagmorgen oder -abend oder Sonntagmorgen oder -abend unser Stadtei durchstreifen«, hier schwand mein letzter Biedersinn, »denn dann, General, erstrahlt Dünklingen erst in seiner ganzen Iberer-Pracht!«

»Ich habe Frauen gekannt«, lispelte der General degoutant, »Damen gekannt, von denen . . .«

»Frauen«, ging ich möglichst ennuyiert dazwischen, denn der General ließ bereits gar zu aimabel die Augen durch den Tschibo-Laden kullern, »sind natürlich . . . auch in Ordnung!« Ich meisterte zur Entspannung eine espritreiche Grimasse zur Zimmerdecke. »Aber, General, mal ehrlich – da gibt's doch noch was, General!«

»Jede Frau ist eine Gottesfeier!« Der deliziöse Mann sah jetzt sehr elanvoll, ja enragiert gegen den seitlichen Tschibo-Frauen-Stammtisch, der dort immer mehr hochzüngelnde Lärm schien ihm zum Teil sogar zu gefallen, auch war ein spektakulär blond aufgepludertes Gift jetzt hinzugekommen. Aber ich gab nicht auf: »Sie müßten, Krakau«, säuselte ich pikant und degagiert, »erst einmal die Männer unserer Stadt unter die Lupe nehmen, aber natürlich nicht un peu und en passant, sondern – passionelle!«

»Hahaha!« Der General wieherte maliziös à la manière de notre alten Kavalleristen. »Ich besorge noch zwei Schälchen, ja? Kaffee regt den Kreislauf an und ab – und plötzlich sinken wir ins kühle Grab! Hahahe!«

Freudenhammer hatte schon recht gehabt, als er den General so mißtrauisch fixierte. Ein sonderbarer Gast – fürwahr! Eben ging Pfarrer Durst am Tschibo vorbei und äugte schmerzlich durchs Fenster. Krakau schwankte zwei Tassen an und knöpfte sich den Binder auf.

»Frauen«, rief er doloreuse und rückte mir wieder näher auf den Pelz, »sind wie Versprechen, die sie und wir nie einlösen!«

»Wie Heinemann sagt«, sagte ich serieuse, »aber wie heißt es in Ihrem Lande, General? Na? Liberté, Egalité und – und?« Sollte ich ihn embrassieren?

Krakau schlürfte formidabel, kam aber nicht drauf.

»Fraternité! Wir haben in Dünklingen, mon General, ausgesprochen schöne, liebliche, ja gracieuse Brüderpaare – wirklich! Réalité! Und besonders eines – eines! – sollten Sie sich ruhig – ruhig! calme! tranquille! silencieux! – anschauen. Eines besonders! Particulièrement!«

Jetzt war ich aber doch sehr erschrocken.

»Schwul?« fragte Krakau kurz und schneidig. Aus seinem Gesicht war jede Ferkelei verschwunden. Der kleine Mann nahm Stillgestanden-Haltung an:

»Wie bedauerlich für Sie!«

»Und dann«, lachte eine Frau mit Blumenkopftuch seitlich auf, »ist der Vertreter in den Abort reingefallen!«

»Verheiratet?« fragte Krakau.

»Eben«, flüsterte ich. Linkerhand ging eine Sirene los.

»Ich habe es schon vergessen«, sagte Krakau tonlos, »es gibt solche Fälle, da die Natur sich selber schändet. Gott allein kann hier befinden.«

»Nicht schwul!« hauchte ich, »es ist Kriegsdienst!«

»Es soll Ihr Geheimnis bleiben«, versprach mir der General flüsternd und trank seinen Kaffee aus. Schmerzlich aber verzerrten sich seine Lippen.

»Es ist wie«, ich war wieder mutiger geworden, »Ihr Grundriß vom Geiseldrama. Zwei Geiselnehmer, eine Geisel!«

Der General sah mich verständnislos an.

»Geisel!« beschwor ich nochmals.

Krakau konnte sich an nichts dergleichen entsinnen. Wirklich, es war ein sonderlicher Generalissimo!

»Das Grunddrama unserer Zeit!« umgarnte ich ihn geradezu. Der General schüttelte den Kopf. Ich trug ihm seine eigenen Gedanken vom vergangenen Freitag vor.

»Alles Psychologie!« bat ich abschließend.

»Interessant!« antwortete der General, der sehr gnädig gelauscht hatte, proper und zog seinen Binder stramm, »aber ich werde sie für mich gewinnen, ja, das werde ich! Kamerad, Sie sind Berufsklavierspieler, wie mir Bäck berichtet. Bäck macht es nicht mehr lange, ich weiß es!« Echte Tränen glitzerten plötzlich in Krakaus Augen, aber er riß sich schon wieder am Riemen. »Sie sind Berufspianist. Ich lade Sie ein nach Tölz, und wir werden vierhändig spielen. Mozart, Schubert, die Militärmärsche, Beethoven. Es gibt keine größere Offenbarung als die Diabelli-Variationen vierhändig! Der Atheismus hat keine Chance. Und ich werde Sie für mich gewinnen! Jede Frau ist eine Gottesfeier!«

Zum Abschied steckte sich Krakau nochmals eine Zigarre an, wurde aber von der Tschibo-Frau erneut daran gehindert. Der General schlug sich daraufhin wie besessen vor den fast grünlich gewordenen Kopf und warf auch diese Zigarre auf die Straße hinaus. Er kam zum Tischchen zurück, und wir schritten gemeinsam zur Türe. Er hatte noch kürzere Beine als ich!

»Mein Freund, betrachten Sie sich als eingeladen. Ich komme wieder! Ich bin ein alter Mann. Aber die Liebe höret nimmer auf!«

Im gleichen Augenblick betrat Pfarrer Durst den Tschibo-Ausschank.

\*

Und während all dem hatten Fink und Kodak das Eisen längst geschmiedet, so lange es noch warm war. So war es richtig. Ein Schritt vorwärts zur Lösung des Terroristenproblems. Während wir alten Pornographen herumtapern, arbeiten diese katholischen Wurzen wenigstens noch ein bißchen.

Der Frühling aber kam wieder, der zweite.

Offen gesagt, nach der Begegnung am Fahrradweg ließ ich es, was die Brüder anlangt, wieder etwas langsamer angehen, ließ es wieder etwas schleifen. Man durfte sie nicht gar zu sehr strapazieren, gar so usurpieren. Ich sah sie damals, im März, meist nur zweimal, oft nur einmal wöchentlich vom »Aschenbrenner« aus, es gab offenbar momentan auch nichts Neues, nichts Kitzelndes, Weiterführendes, Ergreifendes – ja, und ich war's ganz zufrieden so, denn in jeder Bindung braucht es auch Phasen der Erholung, der Meditation und –

> Mein ungeheurer Schwengel
> Ist ein gar dunkler Engel
> Noch gibt er Ruh, der Aff,
> Noch ist er morsch und schlaff,
> Doch wird er erst mal wach,
> Dann, Frauen, guten Tach!

– kurz, einmal hatte ich die Iberer wegen einer Matinee versetzen müssen, ein andermal wegen eines Symposions in Würzburg, zu dem mich Dr. Brändel eingeladen hatte – um so zarter hatte es mich plötzlich an einem Samstagabend im April wieder in den Bannkreis der Brüder gedrängt, ich hatte mich nachmittags extra aufs Ohr gelegt, um ganz frisch zu sein, sanfte, fast sinnenfreie Sehnsucht zitterte auf, zitherheimlich, lauschig, Nähe suchend –

– die Strafe aber folgte wortwörtlich auf dem Fuße. Rollte hinter mir her. Um 16 Uhr 30 war ich losgegangen, um 16 Uhr 45 war es schon passiert; ich sah mich wie von ungefähr um – und:

Sah etwas – Großartiges:

Diesmal plumpste mir der Name sofort und mit Wucht ins Hirn: Kohl, jawohl, Kohl. Kohl. Ich kannte sie mit vier Jahren. Ich wußte auch sofort, wo sie herkamen, wenn sie da wohnten, wo sie immer gewohnt hatten, und da wohnten sie noch, das wußte ich auch. Ich wußte gleichfalls, wohin sie gingen, wenn sie dahin gingen, wo sie seit hundert Jahren an Samstagnachmittagen hingingen. In den Rosenkranz.

Man konnte sie Nachbarn nennen. Oder auch nicht. Ich hatte sie seit 30 Jahren nicht mehr wahrgenommen. Aber ich hätte wissen müssen, daß es sie noch gab. Was hätten sie denn sonst tun sollen, als daß es sie ewig einfach gab?

Die Sonne war kräftig und warf violettschwarze, deutlich ausgeschnittene Schatten. Trotzdem ist nicht leicht zu beschreiben, was ich in der Eichenforststraße, hundert Meter vor der kleinen Liebfrauenkirche, sah:

Voraus ging die Großmutter. Sie war die absolut höchste Person, männlich vierschrötig, mit einem schwarzen Hut auf dem haarlosen Kopf, der Rest aber war in irgendwie buntartige, fast irishafte reichfarbene Lappen eingekleidet, um welche sich andererseits etwas wand, das wie eine Häkelstola dreinsah. Trotz solcher Einbußen war die Großmutter die mit Abstand ansehnlichste Person der Gruppe. Ein Scheibenwischer vor den Augen hätte mir sicher sehr geholfen; aber eins sah ich doch: Diese Großmutter schritt auch am gehaltvollsten aus, ja sie hinterließ deutlich den Eindruck einer unangefochtenen Führerin. Sie, die nach meinem blitzartigen Überrechnen mindestens 90 sein mußte, schleppte neben sich ihren Enkel, den Sohn Kohl, den man auf 42 schätzen durfte. Er war ein Kretin. Sein käsiger Wasserkopf gleißte vor Verblödung und Unschuld, vielleicht sollte man ihn einer abgeschälten Birne vergleichen, vielleicht auch einem ins Große explodierten Schabtierchen. Ich erinnere mich außerdem genau, daß dieser Sohn Kohl, obwohl wir erst April schrieben, seine Augen, ja praktisch seinen ganzen Kopf hinter einer Sonnenbrille verbarg, wohl um wie christlichsozial das Ärgste an Schrecken zu verheimlichen.

Er war zwei Köpfe kleiner als die Großmutter. Mutter und Tochter, die in etwa vier Meter Abstand folgten, waren etwa gleich groß, siedelten größenordnungsmäßig zwischen Großmutter und Sohn und erreichten wohl auch zusammen die Größe eben dieser beiden zusammen. Wieder etwas hinterdrein kam der Vater dahergekrochen – im nachhinein erscheint er mir irgendwie größenlos, gleichsam ohne körperliche Ausdehnung. Er mochte, wie die Mutter, etwa 68 zählen, die Tochter mochte auf die 50 zugehen.

Bekommen sie schon keine geile Mätresse vorgesetzt, dann wollen meine Leser doch wenigstens dieses Quintett zur Kenntnis nehmen. Ich berichte den Vorfall aber nicht etwa nur deshalb, meine Leser zu bezaubern – ich selber war hingerissen, ja, mir war in Wahrheit lüstern und – penetrant zugleich geworden. Heute, bei der Niederschrift, sehe ich nur noch den Gesamteindruck von aschgrauer Nachtschwärze (wenn das Paradox gestattet ist), der auch die teilweise bunte Großmutter mit einschloß. Der Schwärze aber korrespondiert im verflimmernden Erinnerungsfoto eine gewissermaßen fünfmalige natürliche Gelbsucht mal Gedunsenheit. Und wenn ich es noch einmal in ein Oxymoron kleiden darf: Als Gruppe kamen sie des Wegs wie schwarzmutierte Galápagos-Schildkröten. Mein heller Schock aber, das ahnte ich sofort, verdankte sich der Tatsache, daß ich etwas vergleichbar Gelbschwarz-Verschimmeltes, Tödlich-Todesheiliges noch nie erblickt hatte – gleichzeitig aber fast freudvoll wußte, daß ich es vor 30 Jahren schon einmal gesehen hatte, daß es sich in den letzten 30 Jahren aber nicht im mindesten – verschlimmert hatte!

Wie bei Hering!

Und das war der Punkt, das war das Prinzip Hoffnung!

Von einer bestimmten gelben Schwärze ab konnte es gar nicht mehr gelber und schwärzer kommen!

Ich stand und schaute – und wußte, wie nur jemand weiß, der sich einmal mit Chemie eingelassen hat: Die fünf Kohls waren konkurrenzlos. Sie waren, einzeln und als Team, Opfer und – Gesegnete der Katholizität. Der Katholizität von Geburt an, sie hatten es nie anders gewußt, die Kraft des römischen Papstes hatte sie von Haus aus verschweißelt und verdammt – und, auch dies ahnte ich sogleich, ihnen nachstarrend – sie waren gut dabei gefahren. Das Äußerste an katholischer Verludertheit war ihnen gut bekommen – ja der Segen der Ecclesia triumphans hatte sogar noch ein kleines optisches Zauberwerk zuwege gebracht: Die schwarzgekleidete Truppe der zweiten und dritten Generation, das waren die geistlichen Herren, die Prälaten der unteren Hierarchie, die Großmutter aber in ihrer bunten Tracht schritt als hermaphroditischer Bischof voran – –

Jawohl, sie schritten – ich wußte es von der ersten Sekunde an, und es gibt keinen Anlaß zur Stilisierung – auf das Liebfrauenkirchlein zu, wie sie es immer gemacht hatten, wenn Samstagnachmittag das Glöcklein peitschte. Ich brauchte ihnen nicht einmal zu folgen. Ich hätte die Augen schließen können und hätte gesehen, daß und wie sie auf die kleine Tür zuschritten und dann voll hinein plumpsten.

Zur Beruhigung, zur Kopfankurbelung, kaufte ich eine Rolle Drops. Kaugummi allein reichte hier nicht.

So mancher Medizinprofessor oder moderne Dramatiker hätte sich nach diesem Quintett die Hände abgeschleckt, es sofort für seine Vorlesungen, für sein Theater engagiert. Für mich galten andere Interessen. Für mich ging es einfach darum, äußerste Besonnenheit zu wahren. Sicher, die Kohls lagen zum Beobachten näher und bequemer als die Iberer, sie wohnten in meiner Nachbarschaft, sie gingen langsamer als die Brüder, ihnen war auch das Kainszeichen der Heiligkeit schon überdeutlich an die schwarze Kluft geschrieben – für den, der ihnen nachfolgen wollte, operierten sie schon außerhalb jeder Entdeckungsgefahr – aber – –

Nieselregen klopfte beschwichtigend auf den St. Neff-Ballon. Sie waren verschwunden, von der Kirche geschluckt. Dies selber – war es! Was mir so gefiel! Was mich so aufpeitschend besänftigte! Eine Ampel stand auf »grün«. Blieb ich also stehen. Als sie auf »rot« sprang, fiel ich munter auf die Straße. Es war keineswegs meine Absicht. Sondern geweihter Wille.

Sie hatten ein Milchgeschäft. Meines Wissens seit 1848. Klar, so sahen sie auch aus. Es rundete sich alles. Es war die fromme Milch der Gottesmutter persönlich.

Das Milchgeschäft lag ganz in der Nähe des Schelmensgrabens. Fünf, sechs Straßenecken, da sah ich es schon:

## Milchhandlung H. Kohl

Es war die gleiche Schrift wie vor 42 Jahren, eine kerzengerade, wenn ich es recht verstehe, Intarsienschrift, schwarz auf – ich schwöre! – gelbem Grund. Der Regen war stärker geworden. Oder trieb es mir Tränen in die Augen? Ich trat vorsichtig näher und lugte in die schmächtige Auslage. Ich mußte laut lachen und lache jetzt am Schreibtisch abermals. Fünfzehn Milchflaschen, Literflaschen standen in Reih und Glied. Davor standen je fünf Beutel Rottaler fettarme Milch links – und fünf Beutel Kakaotrunk rechts. Das war es, das Zugeständnis an die Jetztzeit.

Das war es, das Tückische, das Zeckige, ja Zickige. Längst war klar, die Kohls, als Erscheinung und Institution, waren nach Hering die zweite große Prüfung geworden. Die Versuchung des Ganz Anderen. Der Herr in der Wüste war standhaft geblieben, hatte sich mit Heuschrecken begnügt, hatte sich nicht durch Heringe und süße Milch hereinlegen lassen, auch nicht durch Kakaotrunk. Obwohl – man müßte es tatsächlich mal mit Kakao probieren ... aber daß die fünf Kohls wie das Domkapitel höchstselbst auftanzten – das war das Infame, das Infernalische, war der Trick ... indessen die Iberer doch gleichsam durch Fotoapparate humanisiert – –

Schon wieder mußte ich lachen. Meckern. Wie aber, um Gotteswillen, sollte denn dann die dritte, die schwerste der Prüfungen aussehen?

Die fünf Kohls konnten jeden Moment aus dem Rosenkranz zurück rollen. Ja, wahrhaftig, ein Rosenkranz-Rollkommando! Ich machte, daß ich wegkam. Trudelte nach Hause, sah kurz Stefania und Kathi beim Fernsehen zu und zockelte unter einem Regenschirm ins »Aschenbrenner«. Den Iberer-Aufmarsch hatte ich endgültig verpaßt – lächerlich spielend abgelenkt durch fünf Kohls. Zum dritten Male mußte ich lachen, ich sah ihr Bild wieder vor mir. Nein, die Brüder hätte ich heute gar nicht mehr sehen wollen, der Tag war schon entweiht – durch Gottes Mannschaft persönlich! Herrgott, war das ein Durcheinander, Sakramentsakrament!! Redet so ein gestandener Agnostiker des Wegs – pardon, mon General: daher ...?

Ob die Brüder überhaupt bei strömendem Regen gleichfalls

ihre Bahn zögen? Zweimal bei Tröpfelregen hatte ich sie schon betrachtet – rätselvollerweise nie bei wildem Regen. Hm. So was. Sie waren eben das schöne katholische Wetter selber, indessen das Kohl-Quintett mehr den schildkröten-knappenhaften Leidenszug Christi – –

Heiland, mein Kopf!

Im »Aschenbrenner« saß Albert Wurm und hechelte mit Kopf und Armen auf eine erstaunlich junge Frau ein. Daß es so was auch noch gab! Ich nahm etwas entfernt Platz, halbherzig spitzte ich dennoch aufmerksam durch den Fenstervorhang, biß auf die Lippen, daß es weh tat.

»Praktisch, Frau Öller, müssen Sie verstehen, daß wenn Ihr Mann effektiv im Verhältnis zu Ihnen ein anderes Verhältnis eingeht, dann ...«

Obwohl Wurm sich um gedämpftes, wie rauh-anzügliches Sprechen mühte, drang dies und jenes an mein Ohr, das Café war ziemlich leergefegt.

»Ein Mann, Gott nei, da kenn ich tausend ähnliche Fälle, wenn er das zweite Mal mit einer Frau faktisch wieder unter einer Bettdecke bzw. zwischen Tisch und Bett ...«

Eigenartig, wie konservativ symbolisch der Himmel sich verhält. Ein Wetter hatte sich endlich zusammengerottet. Geistlos goß es quer durch Deutschland, bis zur tauben Seelenverfinsterung. Sturm wirbelte den Regen hin und her, blies da nicht ein Totenglöcklein? Die Kohls aber, geschützt durch die Macht des Rosenkranzes – –

Brr! Ich durfte nicht dauernd an sie denken!

»Und immer und immer wieder hab ich's erlebt!« Ich spitzte ein wenig zur Seite. Wurm fuhr mit der Pseudo-Belmondo-Nase emphatisch auf die Frau zu und verknäulte wie unter Lebenseinsatz alle zehn Finger ineinander. Die Frau sah etwas dämlich aus und lauschte scheint's sehr interessiert. Eine rechte Kleinstadtpomeranze.

Ich hatte beide Arme parallel auf den Tisch gelegt. Das »Aschenbrenner« sah aus wie ein Sterbekämmerchen. Erst nach einer halben Stunde bequemte sich Wurm kurz an meinen Tisch.

»Hab morgen keine Zeit zum Billard!« Fröstelnd spürte ich um so brenzliger Wurms junge Lebens- und Liebesglut. »Ich muß praktisch schon nach der Arbeit zum Steuerberater nach Weizentrudingen!« Wurm rieb vital die äußeren Handflächen aneinander, es war praktisch die Umkehrung einer Gebetshaltung. »Hab dich heut' übrigens stehen sehen an der Gott nei – na, wie heißt's? – Liebfrauenkirche, hähä!«

»Hm?« murmelte ich weinerlich und machte mich heim. Sah minutenlang faktisch in meinen großen Spiegel, fand nicht, was ich suchte, geriet in eine unermeßliche Rage und mopste mich unter die Decke.

Verfluchter Wurm! Warum sandte der, Gott nei, Herr immerzu Katholiken als Prüfungen für die Hauptkatholiken wider die werdenden? Warum schlief ich faktisch-praktisch nie bei meiner Frau? Oder wenigstens bei meiner Schwiegermutter!

Ça ira! Jetzt galt es Treue.

Noch einmal, wie belämmert, rauschte vorm bleichen Fenster minutenlang Regen auf und nieder. Pelikanen hatten sie auch entfernt geglichen, sehr alten Eismeerläufern, die wunderbar – –

Nieder mit Verrat! Treue bis zum off'nen Grabe Freudenhammers!

\*

Albert Wurm – ihm war um seinen 50. Geburtstag herum eine offenbar besonders fruchtbare Phase vergönnt. Zuerst wohl mit jener Frau Öller, die er da unter meinen Augen ehelich beraten hatte, was sie natürlich erst recht in eine Ehekrise hineingetrieben haben soll; dann aber gleichzeitig mit einer 45jährigen Beamtenwitwe Dagmar Klicko, die aber ihrerseits noch von einem Richter Asmus gefördert wurde, einem, wie es hieß, sehr jähzornigen Herrn, inzwischen war wohl auch Frau Öller wieder auf Distanz gegangen, so daß endlich beide Affairen in schöner Eintracht mangels Masse wieder verträpfelt waren.

»Die Daggi, Gott!« lancierte Wurm mit verbissener Wehmut und für einen Drahtzieher und Ehebrecher gar zu brav, nimmersatte Sehnsucht nach der Belle Epoque nagte an seiner Wange, »die Daggi war mehr ein Kumpel. Nei!« klang es automatisch nach.

»Und weniger Pumpel«, spottete damals etwas befremdlich

Alois Freudenhammer und seufzte verachtend. Wurm seinerseits – –
– – doch ich muß die epischen Zügel aber sofort straffer ziehen. Ich bin nämlich überzeugt, ich leide an – Krebs. Zehenkrebs. Es klingt, natürlich, lächerlich und unglaubwürdig, und es ist auch sicher nicht die vornehmste Todesart. Aber ich fühle seit Tagen in meinem linken kleinen Zeh einen so entsetzlich bohrenden, ziehenden, tiefsitzenden, ja tiefsinnigen Schmerz, daß ich jeweils auf dem Zenit, dem Wendepunkt des Wehs halbwahnsinnig zu werden drohe! Ich habe schon Bäder, Einreibungen, Streichelungen vorgenommen – nichts. Habe den tückischen Zeh sogar schon beschworen, beschwatzt – für die Katz. Der Schmerz ist ausschließlich auf diesen kleinen linken Zeh lokalisiert, der Rest des Körpers ist kerngesund und kugelrund wie eh und je – aber das ist ja gerade das Erschütternde! Die scheinbare Harmlosigkeit gemessen am ausladenden Gesamtorganismus im Verein mit diesem absurden, ja sogar skurrilen Stechen und Pressen und Sengen und Brennen – ganz als ob der Teufel selber in diesem Fleischgnom hausierte! Ich fühle, ich werde sterben, hoffe aber inbrünstig, meinen Roman vorher noch einzusegnen. Und wenn ich jetzt hin und wieder stilistisch schlampe und schludere, dann appelliere ich an die Nachsicht meiner Leser – es ist nur der Zeh, der mich aus den Satzrhythmen zwingt, die sonst so kernig und sämig –
Ah! Oh! Weh geschrie'n! Da ist es wieder! Iaahaha . . . !
Ah, jetzt läßt es wieder nach. Aah! Mit Alwin zu reden! Gut, daß ich kein Rancher geworden bin, ich fürchte, ich hätte die Härte des Steppenlebens nicht ertragen, verzärtelter Intellektueller, der ich nun einmal bin . . . Aber so sehe ich mich denn zu fliegender Hast beim Schreiben gezwungen, dem Tod noch schnell ein Schnippchen zu schlagen, durch seinen ärgsten Feind, die künstlerische Schöpfung, gegen die er sich nicht wehren kann, ebensowenig wie die Gesellschaft, die bisher so wenig von Dünklingen wußte noch wissen wollte, nun aber nicht mehr anders kann, so daß ich zur Hoffnung Anlaß habe, auch in die Geschichte unseres Fremdenverkehrs einzugehen, ja als Fixstern zu arrivieren! Doch bitte ich meine Leser ein weiteres Mal um Nachsicht, dafür, daß ich ab sofort auf Naturschilderungen –

nächtliches Dünklingen, Dunkelgewirk! Duckgemäuer, mondig Gelink! – ebenso verzichten muß wie auf ausgefeilte meditative Partien. Der Tod ist, man weiß es, ein rascher Gesell, läßt nicht mit sich spaßen – und sollte mein Werk Fragment bleiben, tragisches, sollte ich nicht mehr dazu kommen, stilistische Glättungen zu erledigen noch Korrektur zu lesen, dann tut es mir –·–

Aaah! Uuuh! Ahimè! Jetzt ist es wieder da, die Brutstätte des Teufels, ooooh!

Krebs. Einwandfrei. Wer hätte das gedacht. Ich lege mich für eine Stunde aufs Klavier. Strafe muß sein.

Ja, Treue bis zum Grabe, weiß Gott. Ich sah die Iberer im April 17mal bei ihrer Promenade durch die Stadt und da capo, immer vom Marktplatz aus oder vom »Aschenbrenner«. Der Versuchung, um dieser legitimen Leserfrage zuvorzukommen, endlich das Iberer-Haus am Pferdemarkt zu inspizieren, gar nächtens, widerstand ich, widerstehe ich bis heute. Warum? Ich weiß es nicht, nein wirklich nicht. Aber war denn nicht alles Häusliche der frei schweifenden Liebe abhold? Nun, die Iberer schweiften ja andererseits gar nicht, sondern – stiefelten kerzengerade! Begreife es, wer kann, ich nicht – die Brüder jedenfalls hatten mich erneut und ganz! Eine heftige Zeit, ich erinnere mich ihrer gerne.

Hering sah ich in diesem Monat zweimal. Einmal stand er vor einer kleinen Tankstelle, die sich neuerdings »Motor Center« nennt, und sah offenbar beim Tanken zu – das andere Mal schob er mit einem Handkarren eine Kiste Bier den Galgenberg hinauf. Dieser Vorgang nahm viel von Herings Bedrohlichkeit. Das Bierziehen säkularisierte sein unleugbares Championnat im Einzel-Häßlichsein in etwas doch recht Alltägliches. So verhutzelt und vergaunert wie er fahren doch pro Tag Hunderte von Dünklingern durch Stadt und Land und ziehen Bier hinter sich her. Diesem Kerl war durchaus zu widerstehen!

Dachte ich.

Gefährlicher, lockender, irisierender, das wußte ich, waren nach wie vor die fünf Kohls, ihre Gruppen-Kompaktheit, ihre schon katastrophale Katholizität, ihre käsig-milchige Evidenz. Ich ahnte, ja wußte es, und hütete mich wohl, an Samstagen, wenn das Glöcklein läutete, ihren Rosenkranzspuren zu folgen. Ein braver Entschluß, ich muß mich loben. Aber wann würde, das besorgte ich damals schon, gleich wie beim Herrn in Sinai oder Gobi oder was weiß ich, – eine dritte, noch gräßlichere Versuchung anstehen?

Bedächtig wie nur ein klavierspielender Farmer schlürfte ich damals den Iberern (oder heißt es: den Iberers?) nach und entgegen, ihre Wunder zu schauen. Und wurde süß belohnt. Die kluge Beschränkung auf die Herzens-Iberer bescherte mir so etwas wie einen zweiten, fast noch zarteren Iberer-Frühling. Das Herz klopfte, das Hirn trällerte christlicherotische Mätzchen, so soll es sein – und vom Zehenkrebs weit und breit noch keine Spur. Wie war ich selig, rotzfrech und putzmunter!

Trotzdem, am Himmelfahrttag war es, da wußte ich plötzlich nicht mehr, wie man »Chargon« (Umgangssprache) schreibt; einen vollen Tag lang lief ich unentschieden zwischen »Jargon« und »Chargon« herum – für »Jargon« sprach ja wohl sehr das gassen- und gossenhafte Wortbild, für »Chargon« aber noch mehr das »Chargierende«, »Changierende«, auch das »Charismatische«. Ich hütete mich wohl, im Wörterbuch nachzuschauen, das bringt keinen Segen – und heute bin ich ausreichend sicher, daß »Chargon« die richtige Version ist, Bibliothekar bleibt eben doch Bibliothekar. Und daß ich also das Gröbste meiner damaligen partiellen Schwäche eigendenkerisch überwunden habe.

Ende Mai begann mir Schwager Alwin wieder sehr zu fehlen. Gar zu einseitig hatten mich die Brüder vereinnahmt – fast inhuman, das will ja selbst der Papst nicht! Der Nachmittag war hochsommerlich, der mich auf den Auto-Supermarkt steuern sah. Sanft blauer Himmel malte die Friedsamkeit der Welt, aber durch die offene Tür des Büro-Hüttchens sah ich es genau. Alwin saß pudelnackt hinterm Schreibtisch. Ich machte mit dem Kies ein paar Knirschgeräusche. Streibl hörte sie wohl, erhob sich und streifte sich rasch eine weinrote Trainingshose über das weißstrotzende Bein- und Bauchgewabbel.

(Oh-oh-oh! Der Zehenkrebs! Verflucht!)

Mit meinem Eintritt war auch schon ein grünblauer Trainingspullover dran und ein Zahnstocher im Mund. Der Schwager ließ ihn professionell händlerisch und zugleich im besten skeptischen Yankee-Stil kreisen und fieseln.

»Aaahah!« begrüßte er mich, »Siegmund, aaaahaaaah!«

Wir lächelten uns an. So lang hatte er das »Ah«, leicht gakkernd, noch nie ausgehalten. Hatte er solch eine Freude an mir? Wie ohnmächtig lächelten wir uns weiter an. Als ob wir uns wechselseitig unseres Daseins schämten – und eben deshalb lächelnd uns aufeinander stützten.

Ich hatte in der Hektik versäumt, mir einen Besuchsgrund einfallen zu lassen. Hätte ich je einen gehabt, ich hätte ihn wieder vergessen. Schließlich fragte ich einfach wie launig und arglos:

»Alwin?«

»Aaahaaah!« schnurrte Alwin noch gedrückter, wieder etwas gluckenhaft und wie geschwollen, aber nun, in dieser wohlig kitzligen Situation, fiel mir wieder ein, daß draußen zwischen den Autos ein Interessent herumgehe. Geschwind deutete ich zur offenen Tür hinaus.

»Aber wo!« Alwin lächelte konkreter, seufzte, schnarrte aber dann wie weitherzig auf: »Ist nur der Wollack Walter. Der gehört nicht zu unserer Klientel. Mein Vertrauensmann bei der Zulassungsstelle, ein alter Freund, wir kooperieren, wir konvenieren« – das sprach er seltsam französisch aus – »wir konvenieren optimal, grüopff-aahaaah!« – das war wohl ein künstlicher Schluckauf, der Gemütlichkeit anzeigen sollte – »komm, Siegmund, geh mit 'raus, ist draußen ja so schön warm, ich schwitz' wie eine vietnamesische Sau, pig . . . aaah – hör zu, ich wollt' dich sowieso anrufen, jaaah, wegen deiner Identität, wegen deiner Unterschrift, wegen deiner Einverständniserklärung beim Vormundschaftsgericht . . .«

»Als dein Pfleger?« rief ich fest und glückübersät. Ich hatte es fast vergessen!

»Aber wo«, rief Alwin fast hochgemut, »du machst meinen Pfleger, du unterwanderst, du unterschreibst, dann bist du legitimiert vor Gericht für mich . . . schau, ich muß ja meine Reputation vorantreiben, es geht ja auch um deine Kinder, um deine Nichten und Vettern, meine Rehabilitation, grüöpff-aaaah . . .!«

»Aber gern!« rief ich erquickt und schläfrig, wir verließen die Hütte und begannen, sonnig besonnt zwischen den Autos hin und her zu wandern, und Alwin ergoß sich weiter in den wärmsten und ausführlichsten Phrasen schwiegerlicher Zuneigung.

Ein Koloß an Weihe und sommerlicher Gesalbtheit. So hatte ich's gern.

»Also, Servus, Alwin!« rief Walter Wollack, »das geht dann in Ordnung!«

»Bring Geld mit von der Stadt, die hat's!« rief Alwin heiterkeß und legte den ballonförmigen Kopf wie verabschiedend sehr apart schief, doch dann fiel ihm noch was Branchentypisches ein:

»Und wenn du auf den OB einen Scheck fälschen mußt, Walter, ah!«

Wehes Gluckergeräusch echote leis kratzend nach. Wollack hob die Hand, Alwin die seine – und was dann noch geschah, habe ich noch nie gesehen: Um die Gepfeffertheit seiner Ironie zu unterstreichen, reckte Streibl die putzige Zunge aus dem Weizenmund und rollte sie wie einen kleinen Wasserfall nach unten ein. Ich habe das seither hundertmal vor dem Spiegel probiert – es will und will mir nicht gelingen, ja wahrscheinlich ist es sogar physikalisch unmöglich . . .

Die Sonne sengte und senkte sich weiter, und an Alwins Trainingsanzug bildeten sich Flecken. Die Weizenbierbäcklein schaukelten vor munterer Lebenslast, bald würde der ganze Kerl unter meinen Augen vor Kummerlust sich selbst auflösen, im Verschmelzungsprozeß von Ernie Hemingway, SSD und Gebrauchtwagenverwesung.

»Ich steh', Siegmund«, eröffnete Alwin und scharrte mit dem rechten Bein, Blick demütig zur Erde, »so unter Streß, daß ich nicht einmal mehr Weizen trinken kann. Ich war gestern bei meinem Steuerberater, dem Kreisrat Krespel, aaah! Und hab Miete bezahlt. Der wohnt gleich an der Polizei. Der tät' einen Prokuristen suchen, yeah, aber er überredet mich nicht, er schafft es nicht. Er kann mich«, jetzt lächelte er stärker, »nicht 'reinlegen, aber wo . . .«

Was das für ein Sportauto sei, fragte ich Alwin verlegen verzückt und deutete auf eine orangegelbe Gerätschaft, die es gewiß nicht verdient hätte, länger unter dieser Sonne zu stehen, so verhurt sah sie aus.

»Betrug«, erwiderte Alwin sehr lässig, »ein Betrugs-Fahrzeug. Auf Kommission. Der Besitzer will uns betrügen, wir betrügen ihn und den nächsten Kunden. Schau, Siegi, ich bin ein Opfer des

Systems. Ich paß mich an. Die normative Kraft des Praktischen – der Marx, der Hegel sagt's, wie's ist . . . Kein Weizen! Um Gotteswillen! Dextrose hilft mir auch nichts mehr, ich hab praktisch nichts mehr von meinem Leben. Magenschleimhautsyndrom aah. Schau, Siegmund, ich betrüg' das System, aber ich betrüg' mich nicht selber. Ich möcht' noch ein bißl was von meinem Leben haben. Wenn ich's nicht mach, macht's ein anderer, shit.«

»Was tun?« zitierte ich galant Lenin. Zitterte vor stiller Abartigkeit. Streibl kriegte es nicht mit.

»Was tun. Wir können heut' abend bei mir ein schönes frisches Weizen trinken. Oder zwei. Schau, freut sich ja«, Streibl sang jetzt sehr schubertianisch, »deine Schwester auch, wenn wir daheim was trinken, ist doch so nett. Schau, der ist's auch oft langweilig, wenn ich mit dir abends in den Kneipen 'rumkugel, um Gotteswillen, Frauen sind doch auch unterdrückt . . .«

Ich wunderte mich keineswegs. Sehr schwach wandte ich dennoch ein, wir beide hätten aber in diesem Jahr noch keine dreimal außer Haus gezecht.

»Du sagst es«, antwortete Alwin feurig entgegenkommend, »wir sollten viel öfter was miteinander unternehmen ah!« Durch sein rundes Gesicht spazierten jetzt wieder nacheinander Triefsinn, Ahnung von Seligkeit und hemmungsloser Lebensekel.

»Schau, Alwin, du bist Sozialist«, tröstete ich Streibl, »du bist . . . orthodox, du hast wenigstens einen politischen Standort. Ich dagegen bin Revisionist«, flimmerte ich behutsam weiter, ich hatte keine Ahnung, was ein Revisionist sei, ich sah mich eher als Reservisten, »was meinst du?« fragte ich, »ich müßt' mich jetzt auch mehr um einen politischen Standort bemühen.« Eine Schwalbe stieg hoch auf. »Oder?«

»Siegmund, schau, hör zu, Siegmund, im Westen, Siegmund, in Westdeutschland, in der, Siegi, BRD« – na endlich! – »in der BRD als Kommunist, als dialektischer Materialist bring ich heut' in der BRD kein Bein mehr auf den Boden in der BRD, auf die Erde ah! Sie wollen mich jeden Tag intimidieren, intimidieren wollen sie mich, aah! Auf den Boden wollen sie mich!«

Mein Herz war wieder schwer geworden. Bis vor einigen Jahren hielt ich ja auch Marx und diese ganze Arbeiterbewegung für brauchbare, respektable, ja heroische Einrichtungen – ach, wie sauer ward's mir mittlerweile, dran zu glauben! Ich lächelte aber krisenfest:

»Wieso intimidieren?«

»Intimidieren aah!« Streibl stieß mit den Füßen eine leere Konservendose fort. »Schau, ich erleb's jeden Tag. Schau, ich bin damals vor 25 Jahren vernommen worden, weil ich, behaupten sie, Schmiere gestanden hab für'n Lotter Ferdl. Der Ferdl ist eine ganz arme Sau, ach Gott, er muß sogar seine Mutter auf den Strich schicken, um Gottes . . . !«

»Wie alt?« fragte ich, ich weiß nicht, warum.

»Der Ferdl?« Alwin reckte den Kopf hoch, als habe er einen Kunden rascheln hören.

»Nein, die Mutter!«

»70. Die dürft jetzt 73 sein. Alles, was aus der Strafanstalt kommt, rennt zur alten Lotter, die macht dann die Füß' breit und läßt sich für 6 Mark pimpern. Ist eine arme Sau, der Ferdl . . .«

Was das, fragte ich wie abwesend, für eine »Schmiere« gewesen sei? Hatte ich etwas Ähnliches, aber auch ganz Anderes nicht neulich schon . . .

»Lohnkasse wollt' er 'ran, eine arme Sau«, Streibl säuselte sturer, »sie haben ihn dann geschnappt, ich bin freigesprochen worden, ne bis in idem – ich bin eigentlich nur wegen Ferdl hingegangen, da hab ich deine Schwester noch gar nicht gekannt, um Gotteswillen. Ich wollt' einen politischen Prozeß auch für'n Ferdl. Aber da haben sie nicht mitgemacht, der Landgerichtspräsident ist ein berüchtigter Nazi gewesen, er ist in Nürnberg auch vom Hauptankläger . . . Es war ja auch nur, schau, wegen deiner Schwester und wegen deiner Kinder, pardon: deiner Nichten. Sollen's einmal besser haben als du!«

Ein Hubschrauber flog über uns hinweg, ich lächelte verschäkert zu ihm auf.

»Yeaah, sei mir nicht bös, wenn ich dir«, jetzt lächelte Streibl außerordentlich besonnt und wie von langer Hand vorbereitet, »die Wahrheit sag: Was bist denn, Siegmund? Ein Musikant. Ein vergammelter Musikant und Chemiestudent, wie alle – deine Freiheit hast, aber als Bibliothekar hast auch kein gut getan. Na? Musikant! Sei offen zu dir selber, Schwager. Eine arme, eine ganz arme Sau!«

Wie partisanenkampfsatt verjagte Alwin eine hartnäckige Fliege von seiner Wange.

Natürlich, eigentlich hätte mir ja das Messer in der Hosentasche aufgehen müssen. Tat es aber nicht. Was weiß ich, warum nicht. Wahrscheinlich die Verzauberung durch materialistisch dialektische Kaufmannsschaft mal hoher Schwagerliebe. Sagte ich also nur möglichst kühl lächelnd, mit möglichst geducktem Humor, ich sei, »mit Hemingway zu reden, geschlagen, aber doch keineswegs vernichtet!«

»Hemingway, hör zu, Siegi«, sagte Streibl wehend, »Ernie Hemingway, hör zu, war ein großer Schriftsteller. Ernie, Siegi, hat unsere Zeit in einer schönen schlichten Sprache behandelt. Und Ernie, Siegmund, war auch Verlierer. War ein guter Verlierer, aber wo, er hat's bewiesen in allen seinen Werken. ›A Farewell to Arm‹, ›Fiesta‹, ›For Whom The Bell‹ . . . ein guter Verlierer, ein guter Lapp, ein guter Dichter ah!«

Literatursoziologen unter meinen Lesern sollten einmal überdenken, auf welch sumpfig-trüben Boden Hemingways scheinbar so trockene Prosa heute gefallen ist, vielleicht auch schon in ihrer Glanzzeit fiel. Ein Doktorandenseminar würde ich anregen, zu untersuchen, warum sie gerade in den zerknautschtesten Seelen heute noch ein fruchtbares Plätzchen findet. So übel war der Mann ja nun wirklich nicht, das tut mir nun doch fast leid für ihn.

»Spioniert hat er?« fragte ich aber frech-dumpfig, »Ernie Hemingway? Weiß ich gar nicht!«

»Um Gotteswillen! Ernie nicht! Ernie hat das System – mit Mitteln des Systems bekämpft. Der VdK . . . der . . . Verfassungsschutz hat mir schon wieder eine Warnung zukommen lassen, ich soll's sein lassen«, lässig tätschelte Alwin jetzt ein Autodach und wir wandelten weiter, »aber was will er denn? Der Automarkt, yeah, ist heute voll von Spionen, du weißt es doch!«

Jetzt erschienen drei Teenager an der Pforte des Supermarkts und kicherten unerklärlich auf Alwin hin. Sie winkten und riefen etwas. Alwin hielt seine gekrümmte Hand spielerisch ans Ohr und rief dann ruchlos:

»Mädele, ihr müßt, Mädele, ihr müßt sofort heim! Hier bei mir ist der gefährlichste Pimperer von ganz Dünklingen!«

Die Teenager kreischten etwas Fröhliches zurück, dann verschwanden sie wieder.

»Achja, die kommen oft vorbei«, seufzte Alwin nur leicht verfranst, »nette Mädele ...«

Der kapitale Mensch hatte sein pfiffigstes Gesicht aufgesetzt, den Mund ironisch leicht geöffnet. Er ließ sich jetzt ächzend auf ein Steinmäuerchen nieder, von dort blinzelte er ins Wesenlose. »Voll von Spionen«, jammerte er klösterlich. Natürlich war er der Autor der Postkarte!

»Fremdenlegionen«, dachte ich zärtlich. Demuth vor Augen. Vielleicht war's auch wirklich nur der Reim.

»Ah, Spionen«, antwortete Alwin geistesgegenwärtig und preßte nach Agentenart die dicken, trotz der Hitze kirschigen Lippen aufeinander. »Schau, ein Pole, mein Nachbar, das wird dich interessieren, ein Spitzbub, er war V-Mann, mein Nachbar, ein Pole, ich bin sein Vertrauensmann beim Sozialgericht, ich bin der einzige Mensch, der ihn versteht«, schluchzte Alwin schon ganz entnervend, »der ihn versteht, den er versteht, der einzige, den ich versteh, aah, der ihn versteht, shit ...«

Erschöpft starrten wir beide ein wenig vor uns hin. Sollte ich nach der Postkarte recherchieren? Nach der Pflegschaft? Nach dem Fortgang der Hundeaffaire? Auch die Iberer kämen in Frage. Ich entschloß mich, den Ärmsten jetzt mit der ganzen Härte jenes Gesetzes zu schikanieren, nach dem wir alle auf den Plan getreten. Es war eine momentane gutartige Eingebung. Ich fragte Streibl, was er davon hielte, zusammen dem »Liederkranz Dünklingen« beizutreten.

»Aber ach wo!« trällerte Alwin besinnungslos, horchte dann aber auf und hauchte fast tändelnd: »Warum?«

Es war das erste rationale Wort, das ich von meinem Schwager seit zwei Stunden gehört hatte. Ich seufzte gleichsam auf, schwamm aber nicht im mindesten:

»Weil dann«, schelmierte ich fest, »unsere juristischen Belange besser vertreten werden können ...« Jetzt wäre mir doch beinah schwindelig geworden.

»Du meinst, Siegmund, wegen der Sopranistin, der Frau Krautwurst? Die mit dem Rechtsanwalt 'rummaust? Dem Steinl Fiffi aaah?« Alwin säuselte sehr verträumt: »Das hilft nichts, mir hilft nichts, der hat mich damals kalt abblitzen lassen bei der Entlastungszeugennehmung, damals ... das Gelump ...« – jetzt aber riß es den schweren Kerl plötzlich hoch:

»Pardon, du entschuldigst, Schwager«, er winkte äußerst maneriert in Richtung Hütte, »du entschuldigst mich, Schwager, aber mein Chef ... pardon ... wir gehen ja dann zu mir ...«

Er streichelte mich zum Abschied schnell am Arm und schwang sich, fast elegant, leichte Invalidität andeutend, dem Backofen-Büro zu, vor dem ein Alfa vorgefahren war. Ihm entstieg ein Mann mittleren Alters, noch viel dicker als Alwin, dazu eine platinblonde Frau, deren geradezu brennende Häßlichkeit sofort im herumdösenden Chrom blitzte.

»Mein Chef, der Rolf!« rief mir Alwin, sich putzig wendend, noch wendig zu und breitete dann die dicken Arme zu einer symbolisch übertriebenen Begrüßungsgeste für das Betrügerpaar aus.

»Vom Gardasee zurück?« hörte man ihn freudig servil würgen, »Bonjour, bonjour!«

»Ich wart' dann bis zum Feierabend!« rief ich unschön hinterher. Und setzte mich erneut aufs Mäuerchen zum Nachdenken. Die Sonne war fast weg, Maikühle strich hernieder. Na, wenigstens hatte ich jetzt etwas Luft!

Die blonde Grabennymphe im roten Hosenanzug bekam, selbst aus der Entfernung war es gut zu sehen, äußerst feurig courtoise Blicke und Schlenkereien Alwins ab, indessen Trinkler sich bückte, zwei Autos zu prüfen. Dann verschwand das Trio in der weißwinzigen Zitadelle des Betrugs.

Ich hatte noch immer nicht die geringste Ahnung, warum ich Alwin zugesagt hatte, mit in seine Wohnung zu kommen. Zum Schutz? Vor der Iberer-Sehnsucht? Der Kopf tat mir weh von Alwins Schleckereien, ich war eine arme Sau. Aber letztlich fühlte ich mich pudelwohl. Ob wohl heute ein Wagen verhökert worden war? Abendhauch pendelte schläfrig herum, die Sonne bereitete ihren westlichen Ballzauber vor – – aber ich wollte ja wegen des Zehenkrebses keine Naturpikanterien mehr zum besten geben – –

Um 18.35 Uhr stand Streibl reisefertig neben dem Paar, dann winkte er mir glänzend. Wie man eben kleinen Verwandten winkt.

»Der Trinkler Rolf«, sagte er rund und heiter.
»Trinklein?«
»Aber wo, nicht der Trinklein! Trinkler Rolf! Der Libero – meinst? Bringt zur Zeit eine gute Form. Ach, tut der Eintracht so gut! Hat jetzt geheiratet!« Das zweite vernünftige Wort heute schon aus dem Mund des Schwagers. Ich würde schnell neue Dämonien anstiften müssen!
»Ade!« rief Alwin noch einmal zu Trinkler und seiner Braut zurück. »Ich kümmer' mich morgen sofort um die Wiederzulassung. Vielleicht haben wir Fortüne! Ade!«
Die wenigen Meter zu Alwins altem roten Volkswagen waren ein Vergnügen. Sein Gang! Der wiegende Stenzschritt! War er nicht wie ein politisches Programm fast? Die Liaison von notwendiger sozialistischer Gesellschaftskritik und gleichwohl hoher Lebenskunst! Mit einer Prise Nostalgie gar!
Streibls Fünf-Zimmer-Wohnung befindet sich im sechsten Stock eines neugebauten Hochhauses an der Stadtperipherie. Als wir Alten ankamen, waren von den sieben Kindern vier zu sehen. Ich übergab eine Schachtel Pralinen für den ganzen Segen. Meine Schwester lag auf dem Sofa längs und schlief.
Der Schwager plumpste schnell in einen gleichfarbig marineblauen Polstersessel, ein Elfchen hüpfte sofort auf seinen Bauch, legte seinen kleinen dünnen Arm um den Vater und blieb dort glücklich den ganzen Abend. Es war das Käferl Simone, mit dem ich einst so beschämend telefoniert.
»Alwin«, rief Alwin dem 12jährigen zu, »leg für den Onkel die Oper aus der Neuen Welt auf, der ist Musikant, der Onkel! Du kennst doch die Schallplatte! Hinterm Fernseher steht's!«
Streibl, versiert, wandte sich mir zu. »Du erlaubst, Schwager, aus der Neuen Welt. Ach, ich hör's so gern, von Smeternach, an Weihnachten, jedes Weihnachten hören wir's zur Bescherung unterm Christbaum!«
Wahrscheinlich war es für mich am rentabelsten, hier einfach sturheil weiterzuscherzen, die nachmittägliche Unholderei neu anzuheizen.
»Der Ernie«, ich kraulte mich am Bart, zog die Brauen hoch und nickte Richtung Grammophon, »würd's aber nicht so gern sehen – und hören!«

»Wer?« fragte Alwin gemächlich und goß fächelnd Weizen ein. Die wonnige Stimme!
»Hemingway!« Beinahe hätte ich »Kriegsdienst« gesagt!
»Aaah«, lächelte der mächtige Mann automatisch und moosig, doch auch wachsam.
». . . würd' er nicht gern hören!« Ich deutete dringlicher auf den Plattenspieler.
»Was denn, Schwager?« Alwin fragte wie entfernt und anscheinend schon etwas warm im Kopf.
»Die Sinfonie aus der Neuen Welt von . . .«, ich nahm mir ein Herz, »Dvořák!«
»Aber wo!« Käferl schaute stolz auf den Vater und wurde dafür am Kopf getätschelt, »kannst nicht sagen, Siegi! So eine feine, schöne Musik – wir hören's jedes Jahr unterm Christbaum, deine Schwester auch, schau, die hat auch studiert . . . jedes Jahr zur Bescherung, wenn's draußen schneit . . .« Er schwelgte in schönen Erinnerungen, drückte das Kind fester.
»Der Dvořák«, sinnierte ich zweigleisig, »ist schon ein ganz feiner Komponist, aber . . .« Da kam auch schon das erste Adagio angedudelt.
»Ach Gott, so schön . . .!« jaulte Alwin stärker.
». . . aber er ist halt sehr – un-hemingwayisch!«
Alwin blickte fragend erstaunt, ja fast gekränkt.
»Hemingway – Hemingway schreibt so schlicht und einfach wie – genau wie die Musik – pardon, Siegi, du bist Profi, ich bin Laie in der Musik, korrigier' mich, korrigier' mich, wenn ich unrecht hab! Korrigier' mich!«
»Na ja, die Musik ist doch – die Oper da ist doch eher – romantisch-sentimental, während Hemingway . . .«
»Hemingway«, sang Alwin bekümmert, aber selig, »ist nüchtern, aber – auch sentimental. Der hat schon Gefühl. Kann man doch sagen – oder, Schwager? Nüchtern – und ein bißl sentimental? Läßt mir das, pardon, durchgehen? Ich war an keiner Universität, aber ich weiß es genau so wie jeder Professor!«
Käferl schien zu spüren, daß der Vater stark in die Enge getrieben wurde, denn es schaute mich fast feindselig an und schmiegte sich stärker. Die 11jährige Sabine saß jetzt auf dem Sofa zu meiner Schwester Füßen. Der kleine drahtige Legastheniker Alwin II

hockte auf dem Boden und las ein – sic! – Western-Bilder-Heft. Conny war verschwunden. An der Wand hing kein Marx, kein Lenin, sondern ein Gebirge im Abendrot, pardon: mit Alpenglühen. In Öl.

»Hemingway, hör zu«, nahm Streibl, hörbar seiner selbst wieder sicherer, den Faden erneut auf, »ich wüßt' heut' keinen Äquivalenz! Es gibt nichts Besseres, yeah, nicht im Westen, nicht im Osten. Was willst mit Böll? Ich hab Lenz gelesen – es sagt mir nichts. Hemingway hat die, hat der Tragödie des modernen Menschen Gestalt verliehen, um Gotteswillen!«

Nein, es war schon alles richtig geordnet. Es wäre ja doch fatal, sogar ungerecht, wenn in einem so prächtig großen dicken Menschen auch noch Geist hauste – dafür waren eben wir Kleinen da!

»Hemingway«, fuhr Alwin sehr gelassen fort, »ist für unsere Zeit, was Shakespeare für die seine war. Er hat unsere Tragödie – und, Siegi! – die Tragikomödie unserer Zeit gestaltet. So menschlich, so menschlich, ach Gott!«

Es stand zu fürchten, daß er wirklich weinte. »Smeternach«, hatte ich an sich fragen wollen, »Geisel« lag mir auf der Zunge. Ich fragte aber dann doch rücksichtsvoll:

»Shakespeare?« Wie Käferl dem Vater, so schmiegte ich mich einfach dem Orkus an.

»Hemingway, hör zu, Schwager, gell, Schatzerl?« – er lächelte Käferl an – »war nicht der Größte. Um Gotteswillen, an Shakespeare kommt er nicht 'ran! Kommt keiner vorbei. Aber wo! Shakespeare war – menschlicher! Aber Hemingway – Hemingway ist wie die Bibel, wie – «

»Wie die Bibel?« Ich stützte den Kopf in beide Hände.

»Einfach wie die Bibel, wie die Bibel, Zeile für Zeile wie die Bibel – –«

In diesem Augenblick erwachte, vielleicht hatte Alwins schwellendes Singen sie aufgeschreckt, meine Schwester. Blieb aber liegen, rieb die Augen, schüttelte den Kopf aus, erkannte mich, überlegte ein paar Sekunden und sagte: »Ach, der Siegmund!« Weder freudig noch traurig. Sah ein paar weitere Sekunden in ihrem Wohnzimmer herum, wer alles da sei, ein bißchen neugierig, aber doch vor allem unlustig, dann rollte sie sich auf die andere Seite und schlief wieder weg. Sabine zu ihren Füßen löste offenbar ein Kreuzworträtsel, sehr brav. Ich wiederhole, es waren zum Teil reizende, allesamt wohlerzogene Kinder.

»Sleep well, honey!« rief Ursulas Gatte leise und warm und nippte schwärmerisch an seinem Weizenbier. »Meine Frau ist ein armer Wurm«, jammerte er fröhlich hiobhaft harrend, »tut sie nicht inkommodieren, Kinder, laßt sie schlafen, sie hat's verdient, ist ja eine arme Sau! Gell, Käferl?«

Ich hatte die Zügel zuletzt etwas schleifen lassen. Ich mußte es wieder weniger gemächlich angehen.

»Aber jetzt, Alwin, wo das mit deiner Rente...«

»Trink nur, Schwager, vergiß dein Weizen nicht!« Der menschlich besorgte Tonfall gehörte zu seinen besten!

»Aber jetzt, wo's bald mit deiner Rente in Ordnung geht«, ich war etwas ziellos, »hat dann deine Frau... auch mehr Zeit, daß sie – Hemingway liest!«

Die Zimmeruhr schlug etwas mit halb.

»Sie ist Voll-Humanistin«, Alwins Stimme heischte Anerkennung, »sie hat's wegen der Kinder aufgegeben«, jetzt heischte sie um Mitleid, »hör zu, Hemingway«, der geliebte zweite Satz seiner Oper, das Prärieflüstern war endlich angebrochen, »ist heut' praktisch der Pedant zu Shakespeare! Sein – Statthalter! Er war sein Vorläufer... aah!«

Ich spionierte nach rückwärts. Meine Schwester Ursula. Mindestens sieben Male hatte sie sich diesem sozialistischen Weizenbier-Killer hingegeben, wahrscheinlich 7000 mal. Hm. Kein Wunder, daß sie jetzt ratzen wollte. Sollte ich Streibl eröffnen, daß General Krakau noch immer auf der Suche nach einem Pedanten für Shakespeare sei?

»Deine Rente«, eröffnete ich erneut und heilignüchtern, um ein schwaches Mitleid zu vertreiben, »wann wird's akut mit...«

»Ich hab dir's noch gar nicht erzählt«, parierte Alwin lässig, »ich hab seit zehn Tagen ein Angebot, ich soll, ich kann Korrespondent werden von der Agenta-Versicherung in Weizentrudingen, ich hab mich mit dem Generalvertreter unterhalten, mit dem Dr. – aah! – Cieplic, der sagt...«

»Was ich dich fragen wollte, Alwin, was macht jetzt – eigentlich der Fred, was macht dem Fred seine Partei wegen der Hundesache? Tut sich schon was?« Abscheulich zirpte Smeternach.

»Was willst mit dem Fred?« Die Stimme zog leicht an. »Ich kann den Namen nicht mehr hören! Er wollt' uns reinlegen. Ein Versager. Was macht er denn? Er wohnt noch immer in der alten Bruchbude in der Hollundergasse! Er hat das Geschäft vor 15 Jahren von seiner Schwester geerbt, und heut' hat er sich noch immer kein Haus gekauft. Ein Versager, ein Versager, shit!«

»Hemingway?« Obwohl mir schwindelte, blieb ich stur. Wer war hier eigentlich der Täter, wer das Opfer? Geisel – Geiselnehmer? »Hemingway – war der nicht auch Korrespondent beim –?«

»Er war auch Korrespondent«, seufzte Alwin und die Sorge des Hausvaters machte dem jetzt reinsten Vergnügen Platz, »ich hab alle seine Werke gelesen, dutzendmal gelesen, immer wieder gelesen, seine Biografie, alle Essayismus, ich hab alles in meinem Bücherschrank stehen, es ist was fürs ganze Leben aah!« In diesem Augenblick wußte ich auch, warum ich hier bei Alwin herumsaß: Je sämiger Alwin daherredete, desto sicherer wurde ich, indem ich herumsaß, meiner Treue zu den Brüdern. Desto besser trotzte ich den Drohungen Herings und der Kohl-Maffia! Klar! Man mußte sich nur eine Geisel einfangen und selber den Geiselnehmer machen!

»Aber Alwin«, ich nahm ihn deshalb sofort schärfer in die Zange, »das Terroristenproblem löst ihr Kommunisten auch nicht. Oder? Es gibt« – bin ich wirklich so ein Affe? – »keine Patentlösung gegen den Terrorismus!«

»Terrorismus«, lächelte Alwin satt. Er machte es ganz kurz. Das war gefährlich. Käferl war an seiner Brust eingeschlafen. Wunderschön! Daß nur nicht ihr Vater auch gleich –

»Eure Molotow-Cocktails!« nahm ich ihn schärfer ins Gebet, »machen die Welt auch nicht friedlicher!«

»Siegmund«, versetzte Alwin warm, »der kalte Krieg wird nicht von uns geschürt, sondern von den kalten Kriegern im Westen, von den Neofaschisten und Kapitaleignern. Schau, der Golo Mann sagt's neulich ganz schlicht, ganz richtig im Fernsehen: Was wir heute haben in der BRD, ist Bürgerkrieg. Jeder ist gegen jeden, jeder, du weißt es doch so gut wie ich, will den anderen ausbeuten! Der kalte Krieg«, Alwin trank sein Glas zur Neige, »der kalte Krieg ist nicht unsere Erfindung. Deutschland hat sich unter Adenauer in die Abhängigkeit von Adenauer, von Amerika begeben, in die Abhängigkeit der US-imperialistischen Großkonzerne gebracht. Du tust mir weh, wenn du mich danach fragst, du weißt es doch selber!«

»Und euer Auto-Supermarkt?« Ich lispelte buschig wie der General Krakau.

»Auto-Supermarkt! Wir kaufen und verkaufen! Hör zu, Siegi, Freiheit, Revolution ohne Produktionsmittel ist – volkseigene! – ohne volkseigene Produktionsmittel ist heut' Konterrevolution! Der Sozialismus kommt, wir können warten, um Gotteswillen, wir können warten. Du erlaubst?«

Mopsartig freundlich meine Genehmigung erwartend, schenkte sich Streibl ein neues Weizenbier ein. Lehnte sich zurück und tätschelte sein schlafendes Kind.

»Wir können warten, ach, können wir gut warten!«

Inzwischen walkte die Platten-Rückseite von Dvořák-Smeternach. Der Orkus war orgiastischer geworden. Ich war wieder etwas verärgert, aber auf angenehme Weise, denn letztlich hatte sich nur meine Theorie bestätigt. Streibls Konzept war klar und stichhaltig, ich spürte es nun sinnenhaft. Er nahm einfach beherzt den juristisch-dialektisch-materialistischen Krembembel auf sich, schrecklos und zäh, um dann eines späteren Tags zum Lohn nur noch langsam Weizenbier trinken zu müssen, mit Hemingway zu träumen und von der Kampfzeit zu schwärmen. Das war er, der lange Weg durch die Instutitionen, pardon: Institutionen. Und da sage noch einer, unsere Kommunisten wüßten nicht, was sie wollten! Durch Dick und Dünn hindurch den gewaltlos-befriedeten Dämmerschoppen zum sicheren Kinderzeugen!

»Jeder wird früher oder später Marxist«, sann Alwin heiter, »du wirst es, Schwager, noch früh genug merken, wenn...«

Ich ging auf die Toilette. Von dort stahl ich mich in Streibls Zimmer. Von einem Buch, von Ernie und Marx, gar von einem Bücherschrank war nichts zu sehen. Nur ein Heft »Jerry Cotton« lag auf dem herzförmigen Sofakissen, daneben eine Sportzeitung. Im Wohnzimmer gab es aber auch keinen Bücherschrank!

»Hemingway«, ich wollte noch nicht aufgeben, »was ich sagen wollte, Alwin, deine Rente, was... müssen wir da...«

»Meine Rente – pardon, Schwager, ich komm gleich drauf zurück, du Alwin!« Alwin wandte sich so knackig an seinen Sohn, daß Käferl kurz erwachte, die Oper aus der Neuen Welt hatte sich ausgetobt, »geh, hol uns noch drei-vier Weizen von der Meiler-Wirtschaft, der Wirt kennt dich ja. Sagst ihm einen schönen Gruß vom Papa, er soll's aufschreiben! Alles zusammenschreiben! Hast verstanden?«

Klein-Alwin klaubte sich vom Boden hoch. Der Ton des Papas war sanft, duldete aber keine Widerrede. Der Junge sah mich – beschämt, enttäuscht? – an. Wenn aufgeschrieben wurde, kriegte er kein Botengeld.

Ich zückte, von einem guten Geist beraten, einen 20-Mark-Schein. Gab ihn dem Kleinen.

»Dann nicht aufschreiben!« rief der Senior, »aber hätt's doch nicht...«

»Der Rest ist für dich«, sagte ich, und dann, weil ich mich meines Onkelgehabes schämte: »Und wenn der Papa noch Durst hat!«

Der Junge sah auf den Schein, schien ziemlich durcheinander, wahrscheinlich hatte er schon errechnet, was er für 15 Mark Restgeld Westernhefte kriegte.

»Die gehören dir!« bestätigte der große Alwin mit großer Inbrunst. Der Junge war schon unter der Tür, da schrie der Alte nach: »Wie sagt man, Alwin! Saukopf!«

»Dankschön!« piepste das Kind artig.

»Aha«, rief Alwin, der Große, und wandte sich dann gestenreich pardonierend an mich: »Dank dir, Schwager, der Trinkler zahlt mich erst übermorgen aus, ich bin momentan insolvent, er läßt mich oft warten. Er bescheißt mich, wo er kann, um Gotteswillen! Du entschuldigst, daß ich meinen Sohn hart anfaß', er muß sich«, Streibl lächelte mich waidwund an, »an den kapitalistischen Verhaltenskodex gewöhnen. Er ist heut' schon ein richtiger Kommunist, ein Klassenkämpfer«, Streibl schalmeite inniger, »deine Schwester hat ihn gut erzogen!«

Meine Schwester schlief noch immer. Sie träumte offenbar gelassen. Sobald sie erwachte, würde er sie wieder mit Bravour überwältigen.

Späte Gedanken hechelten durcheinander. »Deine Rente«, sagte ich machtlos, aber achtbar.

»Siegmund, du kümmerst dich zuviel drum. Der Ding – der, Alwin, der Gerichtsmediziner, um Gotteswillen, mir fällt jetzt ad hoc der Name nicht ein« – Alwin kratzte sich zur Nachhilfe am feurigen Geschlecht – »der Professor Wohlgemut hat mir gestern geschrieben aus Würzburg, Wohlgemut, wegen meiner« – Immunität? – »wegen meiner psychischen Generaluntersuchung, das Attest läuft zu 95 Prozent nach unseren Interessen, er steht auf meiner Seite, schreibt er mir, wegen« – Hemingway-Verehrung? – »wegen seinem Vater, war ein ähnlicher Fall, der wollte auf Schizophrenie klagen, den hat dann der« – alliierte Kontrollrat? – »der Erlanger Universitätsprofessor Gutermuts 'reingelegt, aber sie konnten's revidieren – ach Gott, Schwager, wir kommen durch, wir kommen damit durch, der Konrektor – Weizmann macht uns den Schriftsatz – mach dir keine Sorgen! Aber wo!«

Da brachte Klein-Alwin das Bier und kriegte einen großen, überzeugten Schluck ab. Wie niedlich das Unheil in den Kindern sich fest- und fortsetzte! Käferl schlief mit offnem Munde, schnaubte süß und schuldlos.

»Gutermuts«, war ein Wort zuviel gewesen; »Frankenstein« hätte ich gelten lassen. Aber Alwins Schnurren hatten ihren Zweck erfüllt. Welchen? Welchen auch immer. Mit dem Taxi sank ich steif nach Hause.

»War nett, Siegmund!« sang Alwin ein letztes Mal steil auf, »man kann ja so viel klären, wenn man sich zum Reden Zeit nimmt! Grüß deine Frauen! Grüß schön!«

Der Taxifahrer glich Hering. Aber nicht so, daß ich mich wirklich erschrocken hätte. Im Schelmensgraben riß ich mein Salonfenster auf, sah hinaus, erblickte nichts, sah lange in den goldenen Spiegel, dann wieder zum Fenster hinaus. Ach, wer da doch mitreisen könnte! Dann hackte ich noch ein wenig auf dem Piano herum. Herum? Aber wo! Umher.

Meine beiden Frauen schliefen längst.

\*

Na ja, ich müßte den Leser nun endlich und präzis über meine Frau aufklären, über mein Verhältnis zu ihr, der Geduldige hat es längst verdient. Doch – nochmals – wo anfangen, wo enden? Mein Sexualkreuz begann, als ... Nein, die Wahrheit zu sagen, bilde ich mir ja, trotz aller gegenläufigen Beteuerungen durch geschundene Greise, fest ein, daß diese Sexualität eines schönen stillen Tages, sagen wir mit dem 50. Geburtstag, schlagartig, klammheimlich und seelenruhig wieder aus unserem Körper- und Geisteshaushalt verschwindet, nutzlos wie sie vor 35 Jahren hereingeflittert ist – verschwindet, als ob nie etwas gewesen wäre! – und es war ja auch praktisch nichts, oder? Und daß der Mensch dann erst zu voller Gutmütigkeit jenseits der sogenannten Psychoanalyse aufläuft! Dann kann auch der Bischof seine blöde Mätresse wieder zum Teufel schicken, und darum werden auch, wie kürzlich eine Repräsentativuntersuchung erwies, die hohen geistlichen Herrn so überdurchschnittlich alt, haha! Ah! Oh! Da kommt der Zehenkrebs wieder und vergiftet mich, aah, mit Alwin zu weinen, aaaaah!!

Dieser Krebsunfug! Und immer bei den komplemp – pardon: bei den kontemplativen Passagen! Als ob er's darauf abgesehen, daß ich keinen vernünftigen Gedanken über Kathi zuwege bringe!

Ob man sich einfach fest einbilden sollte, daß es den Tod gar nicht gibt? Daß alle scheinbar jahrmillionenfach bestärkte Erfahrung realiter nur kantisch-parmenidische Sinnesgaukelei ist? Ob das die Rettung wäre?

Kathi – na, was tat sie damals schon? Fernsehen und Trübsal blasen. Trauerheuchelnd – sah sie fern!

Was mich damals, wenn überhaupt, beschwerte, war nicht so sehr der dissolute Zustand meiner heiteren Wohngemeinschaft, der konnte wegen mir ewig so weiterwatscheln – sondern vielmehr die schopenhauerisch gesprochen negativistische Sexualkonzeption meiner gesamthaushaltlichen – – ach, ich mag's gar nicht zuende denken!

Nichtsdestoweniger, es wäre falsch anzunehmen, daß ich selber, damals 47, schon jenseits des Jordans gestanden hätte – meiner Berechnung nach hatte ich ja noch drei Jahre Frist, bevor es endgültig den Ganges hinabrauschte – und da fiel mir denn eines Tags im Frühsommer auf, daß ausgerechnet bei unserer eigentlich verwahrlosten Dünklinger Post abwechselnd drei sehr schmucke Mädchen herumsaßen und all das krause Zeug erledigten, das ihnen nun mal nach dem Willen des Ministeriums auferlegt war.

Bei einem Spaziergang mit dem damals für ein Monat – angeblich wegen Urinbeschwerden! – krankgeschriebenen Albert Wurm war es, als ich beiläufig Konsequenzen zog. Ich machte Wurm, der mir von meinen Bekannten am vergleichsweise interessiertesten schien, auf das Wunder aufmerksam, wir streunten auch gleich ins Stadtpostamt – und bald stellten wir fest, daß uns vor allem der Teenager sehr zusagte, der durch ein Kärtchen als »Frl. Zillig« ausgewiesen war und der ebenso ernsthaft wie elektrisierend mit den verdammten Zahlkarten und Telegrammformularen herumzauberte. Albert Wurms aufmerksam hervorquellende Abstauberaugen betasteten das Innere des Postamts nach möglichen Gefahren für unsere Abenteuer, dann schubsten er und ich uns vielsagend in die Hüften, kicherten nach Herzenslust, endlich aber nahm ich mir ein Herz und zitterte mich an das Postfräulein heran, zehn 50-er-Briefmarken zu verlangen. Jetzt merkte ich, daß ich kein Geld bei mir hatte, winkte Wurm hinzu und erklärte ihm die Sachlage. So war auch Albert Wurm eingeführt – und leider mehr als das, denn nicht ich, aber Albert Wurm empfing von Frl. Zillig einen eindeutig helldunkel beschwörenden Blick im Schlafzimmerstil – gegen einen Belmondo von Dünklinger Edition ist eben ein schlichter Farmer mit Seehund-Flair machtlos.

Albert Wurm und ich tigerten dann tagelang ins Postamt und verlangten von Frl. Zillig mal eine Sondermarke, mal ein Postsparbuch-Antragformular – und während Wurm mehr mit den Leguanaugen operierte, versuchte ich mein Heil in gutformulierten halblauten Frivolitäten. Wirklich, wir gingen mit Bedacht ans Werk, kriegten über einen geineinsamen Bekannten und Postangestellten namens »Post-Edi« sogar in Erfahrung, daß seine junge Kollegin »momentan vakant« sei, und tatsächlich schien Frl. Zillig bald ein gewisses Gefallen zumindest an einem von uns zu finden, so daß Hoffnung durchaus bestand. Zwei Wochen später – wir kamen gerade von meiner Bank und ich hatte befriedigt festgestellt, daß die Bestechungssumme wieder tadellos eingetroffen war – gingen wir aufs Ganze. Wir kauften von Frl. Zillig eine Postkarte, setzten uns ans Post-Schreibtischchen und flunkerten wild drauf: »An Frl. Zillig c/o Postamt Dünklingen« und dann: »Zwei alte Verehrer, die schon immer alles miteinander gemacht haben und es gut mit Ihnen meinen. Dick und Doof.«

Hochzufrieden mit unserem Vorwitz blinkte ich Albert Wurm an, der drehte sich sehr französisch in den Hüften um und um, wir warfen unser Werk in den Briefschlitz und verließen den Schalterraum, große Erwartungen in den Köpfen. Leider ward mein Komplice zwei Tage später wieder gesund geschrieben und mußte lediglich als Vertriebschef mit der Post weiter Verbindung halten. Allein aber traute ich mich nicht mehr aufs Postamt – Frl. Zillig würde auch sicher bald einen jüngeren Verlobten finden. Das war denn das Ende unserer kleinen Doppel-Affaire. Gut so. Schließlich waren Albert Wurm und ich reife, verheiratete Männer.

Viel liebes Dünklingen! Waren wir nicht das zierlichste Spießergezücht des Kosmos? Sollte ich etwa auch den Iberern dergleichen Kärtchen schreiben? Skandal! Bluejeans lassen sie bei der Post jetzt schon zu!

Nein, mit den Brüdern Iberer, den geschlechtsfernen, verlängerte sich in diesen matten Sommertagen eine Entwicklung, die ich, analog den herkömmlichen Formen, als eine Phase der gereiften stillen Liebe charakterisieren würde. Die Bedrohungen Hering und Kohl waren fürs erste abgewehrt, ich hatte mich bewährt, hatte keineswegs das Lager gewechselt – obgleich ich hier und heute zugebe, daß mich oft Samstag 17 Uhr, wenn das Rosenkranzgebimmel losging, schon eine starke Macht in Richtung Liebfrauenkirche treiben wollte, das Quintett, das unbezahlbare, zu betrachten, zu besichtigen. War es also letztlich doch eine Art Vorsicht, Reserve gegen allzu gewagte Tollerei und katholische Flausen, die mich von diesen gar zu kompakten Elendsträgern abhielt? So daß ich fliehenden Verstands und trotz allem wieder ins »Aschenbrenner« wackelte, die bewährten Fink und Kodak mit und ohne »Stauber« vorbeizärteln zu sehen? Als Bestätigung dessen, daß alles in Butter und trotz der Neutronenbombe praktisch nichts zu befürchten war . . . ?

Die Iberer – und Alwin als Steigerung durch Polarität. Tertium non datur!

Damals erwog ich ganz kühl, meine Passion zu rationieren, zu stabilisieren auch. Ja, es war eine stille geruhsame Leidenschaft, ein sommerliches Eintauchen in die Taufbeckenkühle der Bewährung, der Weihe durch Solidarität im Spirituellen. Göttlicher Plato! Der Fortschritt war einfach nicht hinwegzudiskutieren. Nicht ohne leises Gruseln, aber doch dominierend gelassen, ja heiter, vielleicht bestätigt zudem durch die Streibl'schen Sinnverwehungen, nahm ich damals wahr, daß mir der Sinn des sog. Geschlechtsverkehrs weitgehend schon sehr aus dem Gesichtskreis entschwunden war. Es mußte ja wohl, so lautete damals, wenn ich darüber sann, die Quintessenz die sein, daß das Ganze, diese merkwürdige Hypothese oder Hypotenuse, in der Befriedigung über die gelungene Verkeilung zweier (wie geistreich!) verschieden konstruierter Körper begründet sei, sogar im Sinne der Schopenhauer'schen Theorie von den Mängelwesen, die sich erst verschränkt pudelwohl fühlen. Jeweils zehn Sekunden später dämmerte mir bei solchen fast ätherischen Gedanken dann, daß es ja nach unserer Schulweisheit eher der Wunsch nach, die Hoffnung auf den sog. Orgasmus sei bzw. sein könnte. Wirklich? War das nicht eher trauriger Schein? War den Beteiligten immer so ganz unzweideutig klar und gegenwärtig, was sie da nun eigentlich erstrebten? Ja?? Oder war doch mein erster Einfall der richtigere? Daß es eben ganz schön ist, in einer Zeit, in der sonst kein Deckel mehr auf seinen Topf paßt, das Gelingen einer tadellosen Verzahnung an sich selber zu bestaunen?

Aber mußten sich das erwachsene, härtegestählte Menschen – Geistträger! – denn immer und immer wieder zum Beweis vorführen? Muß man denn immer und immer einen Bienenstich in sich hineinlöffeln, um zu wissen, daß es schmeckt – oder auch nicht! Na, ich weiß heute noch nicht recht, weiß der Teufel.

Ich will das Problem für die spekulationsfeindlichen unter meinen Lesern etwas einfacher darstellen: Vielleicht ist es nur Gewohnheit und war ursprünglich eher Zufall, Randprodukt menschlichen Sinnens, daß die Teile ineinander gesteckt werden. Vielleicht ist es Anachronismus, Atavismus – man hört heute so viel gerade davon! Vielleicht haben die Menschen im Zuge ihrer konfusen Historie vergessen, daß sie sich die Teile auch ganz woanders hinstecken können – zum Beispiel auf den Hut!

Wenn seit Newton und Einstein unser gesamtes Weltbild sich fortlaufend ändert – warum sollte ausgerechnet auf diesem Sektor der Schöpfer seiner Menschheit keine neuen Rätsel aufgeben – – ohne daß – es der Bischof notwendig gleich mitkriegt!?

Wieder anders war es bei Streibl. Der steckte das Glas sich in den Mund und heraus kam nichts dabei – aber sieben Kinder. Na eben. Bzw. na ja . . .

Aufgewühlt durch derlei fade erregende Räsonnements, passierte mir aber jetzt etwas sehr Dummes. Ich entdeckte nämlich gerade damals, daß ich – eben im Zuge solcher Gehirneskapaden! – meine Fernsehgattin auch wieder ein wenig mochte, ja ein paar Tage lang sogar rauh begehrte! Aber auch dies Debakel leuchtet ja ein: Man mußte ja gewissermaßen abendlichen Abschied nehmen, die Chance ein letztes Mal regen Kopfes wahrnehmen, bevor dies vegetative, evolutionär überfällige Psychosomasexual-System für immer dahinschwände! Ich übersann sogar, wie ich diese taube Türken-Remigrantin dahingehend beschwätzen könnte, mir seit langer Zeit wieder einmal zu Willen zu sein, – da ereignete sich, ich führte scheint's wirklich ein aufregendes Leben, schon wieder etwas Aufregendes, ja Verstörendes:

Es war außerhalb des Samstag-Sonntag-Turnus, einen Tag nach Mariä Himmelfahrt, Freitag, 14 Uhr. Ein Hundstag. Kodak trug braune Shorts, krummbeinig stand er unter den Arkaden an der Ecke Hauptstraße-Bühlgasse; Sandalen hatte er an, bleich schimmerten Schenkel und Waden; Fink trug eine weite, sandfarbene lange Sommerhose und ein wahrscheinlich geblümtes kurzärmeliges Hemd. Zwischen den beiden aber, von meinem Betrachterplatz geradezu eingesäumt von ihnen, standen zwei sehr kleine, ziemlich breite, ja dicke und – ja unaussprechlich häßliche, nein, vielleicht eher nichtige Frauen. Nichtige, kaum mehr als solche erkennbare Frauen. Wiederum wußte ich es sofort. Das waren entweder katholische Pfarramtsangestellte oder zwei im Umkreis der Kirche tätige Frauenkongregations-Mitgliederinnen.

»Mitgliederinnen!« Der Leser spürt sehr genau, wie sehr es mein Denkzentrum heute noch beutelt. So ist es, jetzt bei der Retrospektive vielleicht sogar rüttelnder als damals. Damals war es das böse Wort »Sauerei«, das mir sofort zuflog, das mir buchstäblich in die Parade grätschte – vermutlich habe ich das richtige Wort »Katastrophe« eilends und schlicht abgedrängt.

Die ältere der Frauen trug etwas Grau-Lappiges, Kleidhaftes. Die jüngere, und das hätte mir rechtzeitig zu denken geben müssen, etwas deutlich Schilfgrünes, wahrscheinlich sogar ein Kostüm. Die Alte hatte den Graukopf eingezogen, die jüngere aber lächelte gehaltlos wie ein Hausmarder, sah nach links, nach rechts, in den Boden. Ja, genau, sie hatte richtiggehende Stöckelschuhe am Leib und vertrat sich mit diesen kaum merklich die Beine. Ihr Haar war, ich schwöre es, kaffeebraun.

Ich starrte feist auf das Orakel. Die staubige sandfliederbraune Häßlichkeit des stehenden Vierer-Konzils explodierte gleichsam in sich selber, sprühte Funken und verkrustete zu kalter Angst:

Die Mutter Irmi konnten beide nicht sein!

Nein!

Man hätte Physiologie studieren müssen. Ich gab einen kurzen lokomotivartigen »Hü«-Ton von mir, durch die Atemröhre kitzelte haltlos schmerzlose Weinerlichkeit aus dem Zwerchfell empor. Eine Rotzglocke von Beneheltheit hing im Hirn, blinkte vor Arroganz und paddelte begeistert auf und ab. Ich fuhr mir über die Nase, schloß die Augen und sah den General. Wacklig war mir in den kurzen Beinchen. Drehte mich um, öffnete die Augen und sah jetzt den ganzen betörenden Auflauf im Schaufensterspiegel:

Kodak lachte deutlich, schwungvoll, sieghaft – Finks Blick aber schwärmte selig von den dreien weg in Richtung auf St. Gangolf: Gerade als ob er die Überfreude dieser wahnsinnigen Begegnung schon nicht mehr ertragen könne und nur durch des Bruders guten Humor noch senkrecht auf den Beinen sich zu halten vermöchte.

Wo war »Stauber«? Was für eine Unsinnsfrage! Aber es hätte mir schon seit Wochen auffallen müssen! Immer seltener war er mitmarschiert! War er desertiert? War er geschaßt worden? Graf Stauber – meine Rettung! War ich erledigt?

Staubwolken von Verblödung umrieselten mich noch immer. Ich starrte ins Glas. Das Schaufenster war mit Damenslips belegt, auf deren tödlicher Weiße Dinge wie »Love«. »St. Tropez«, »Sweet baby«, »Amour«, »J'attends«, »embrasse« bzw. Pfeile,

Herzchen und Gesichter aufgestickt waren. Wollte ich die Vierergruppe nicht sehen, mußte ich mich darein versenken. Ich wäre wahrscheinlich noch lange gestanden, das Komplott aus Realität und Reflexion zu bestarren, schwach in den Knien, noch schwächer im Geiste, hätte es nicht plötzlich hinter mir geklingelt:

»Siegmund?«

Ich drehte mich um. Fast hatte ich's gewußt. Es war Alois Freudenhammer, knorrig stehend im Fahrrad, mit einer deutlich nagelneuen Bundhose – auf dem Klappsitz aber saß ein etwa siebenjähriges, sehr blondes Mädelchen mit geschwungenem Näschen und – unendlich verehrungswürdigen Sommersprossen. Fröhlich und ernsthaft blinzelte es in den Sommerdunst. Umkratzt von Schmierlappigkeit glaubte ich einen Moment lang, ich müßte vergehen.

»Ich komm grad vom Hauptfriedhof. Hab mir gedacht, nimmst die Kleine mit. Mein Enkelkind! Stupsi! Damit s' auch was sieht!«

Sicher mißlang sie, meine freundliche Grimasse, so läppisch, daß sogar Stupsi es merkte. Ich sah wie mutig nach links. Das Iberer-Schreck-Quartett – weg war es! Es mußte in die Bühlgasse geflüchtet sein.

»Siehst ein wenig blaß aus, Siegmund!«

Freudenhammer runzelte alles mögliche. »Machst zuviel Musik, man sieht's!«

Geruch von Bratwurst, Marzipan und Verwesung stöberte in der Straße. Das kleine Mädchen lächelte mich mit halboffenem Mund vorsichtig an. Es hatte Fransenhaare um Stirn und Schultern, über das Ohr aber pendelten links und rechts lustige Zöpfe. Überall lungerten heute Katastrophen und Herzverkrümmer. Dieses Näschens Himmelfahrt!

»So, die Stupsi«, sagte ich kümmerlich und grinste. Da tauchte hinter dem lieblichen Kinderschopf etwas Verheerendes auf. Es war Hering. Zuerst sah ich sein gürteltierartiges Idiotenprofil. Es war zum Speien und war doch so wahr. Er stolperte an uns dreien vorbei, es waren verschieden lange – Hölzer, die er unterm Arm trug, dabei lachte er wie wutverzerrt still ergeben vor sich hin, plötzlich machte er kehrt, sah das Kind an, das immerfort nur mich ansah – und jetzt verschwand Hering in einem Geschäft, seitlich des Damenwäscheladens, ein Geschäft, das ich mein Leben lang noch nicht wahrgenommen hatte und über dem »Schießsport-Center« stand. Weg war auch er.

»Stupsi«, jammerte ich. Sie trug ein rotes Kleid mit weißen Tupfern.

»Eine sehr gute Beerdigung heute, exzeptionell«, rief Freudenhammer wie leichthin, »ich geh sonst selten persönlich hin. Der Konrektor Weizmann. Er hat's verdient. Er hat gern botanisiert und ist ins Kino. Normal tut's das Telefon.«

»Der Todesbote . . .«, dachte ich.

»Schreiben? Schreiben tu ich's erst morgen. Eine Platzfrage. Morgen steh'n schon vier Beerdigungen im Blatt. Im Sommer weht's die Leute weg, daß man Angst haben möcht'!« Freudenhammer kletterte auf den Sattel. »Wir zwei fahren ins Schwimmbad, ein Eis essen. Tät'st du mitwollen, Siegmund?«

Natürlich kam ich mit. Ich hatte Angst vor Hering. Von Weizmann zu schweigen. Furcht vor den Frauen. Auch der General drohte. Weg wollte ich, dieser Platz war ganz exzeptionell verwunschen.

Gegenüber starrte auf einmal ein Zollamt. Giftblau der Himmel. Bleiernes Getümmel – Türme, Giebel, keine Wolken! Das Sieden des Hirns. Sausen des Ohrs. Webstuhl der Zeit. Es war glattes Spießrutenlaufen angesichts des Endes, das auch Stupsi nicht –

Freudenhammer wollte mit dem Rad am Bahnhofsplatz vorbeifahren, mir ein Taxi zu schicken.

»Festhalten, Stupsi!« Freudenhammer trat in die Pedale, beugte sich nach hinten. »Daß wir uns nicht verlieren!«

»Opa!« rief Stupsi vergnügt und barfuß, »aber tu bloß nicht so wild fahren wie grad!«

»Alles nach Straßenverkehrsordnung!« rief Freudenhammer fast licht und stemmte sich ab.

»Oder schick' mir doch kein Taxi! Alois!« rief ich nach. Der alte Mann stoppte kurz, überlegte, aus welcher Richtung der Wind ihm seinen Namen zugetragen haben mochte, dann hatte er es. Drehte den Kopf und hielt beide Hände an den buschigen Mund.

»Taxi? Kein Taxi? Entscheiden Sie sich! Ich lehne jede Verantwortung ab.«

»Taxi! Bzw. kein Taxi! Keins!« Aus mir krähten schon Trompeten der Verzweiflung. »Ich komm zu Fuß dann nach!« Weg, was das Zeug hielt! Jeden Moment konnte Hering aus dem Verdammnis-Center treten und mich überwältigen. Schießen und schlachten –

Zum Zeichen, daß er mich verstanden habe, hob Freudenhammer den rechten Arm. Stupsi zog eine lustige Nasenschnute zu mir retour.

Lief ich aus der Stadt? Peitschte das Böse mich vorwärts?

Die Luft stand still und schwer erträglich. Das Schwimmbad lag in einem Wäldchen, zwei Meilen vor Dünklingen. Die Vororthäuschen stierten wie von Sinnen. Man durfte sie nicht ansehen. Freies Gelände. Die Sonne brannte nun ekstatisch, Verschwörergluten schwärten übers Land. Getreide lag tief, glühend, schäbig – Kriegsdienstzeit. Schwerblaues Ochsenmaul verzehrte sich nach Stupsi, klar! Ein Kolonie-Kleingärtner brummte mit dem Moped vorbei, zog beim Fahren den Hut über die Stirn, als ob er zum Letzten entschlossen sei. Sehr schwarzer Verbrennungsgeruch, verfluchte Chemie! Eisenschlackenbrokken glitzerten uralig am Wegrand, dazwischen sprenkelnd unschuldige Margeriten sowie ein lila Geblüm, das ich aber nicht kannte. Der Vogel Greif saß geduckt auf der Eiche und hackte Kleinholz aus den Vorräten Herings und der beiden Pfarramtsteufelinnen. Mir ging's so gottserheiternd schlecht, daß ich nur noch das Wort »Anemonen« denken konnte – schon bei dem Wort »Erika«, das ich sonst mag, wurde mir wieder schwindelig. Die Marter der Versündigung. Unterwürfig zog mein Seehundskopf sich ein. Madonna clara! Dann fiel ich sogar buchstäblich zur Seite. Linkerhand in einem Drahtzaungehege hauten 60 Schäferhundtrottel mich an. Ich krabbelte wieder hoch, da waren's doch nur sechs. Wäwäwä! Äwäwä! Kwäkwä! »Tierheim« stand auf dem Schild der Eingangspforte. Ach ja, ach ja – o weh, o weh! Aua! Aaah! Und jetzt auch noch der wirkliche leibhaftige Zehenkrebs! Schwärzeste der Schwermutshöllen! Noch eine abgefeimte Wegkrümmung – ein bübischer Parkplatz – und schon erlösten mich die quakenden Stimmen des Schwimmbads.

Krebswut, laß auch du bald nach, ich warte. –
Weg ist sie!

Alois Freudenhammer winkte mir wie ein Sanitäter. Stupsis Haar war blond wie Orangen. Sie strahlte abwechselnd den Opa und mich an, ich erholte mich recht schnell. Löffelte, wie Alois und Stupsi, ein großes Mischeis und machte mir's bequem, mit dem Kinde rücksichtslos zu flirten. Was die Brüder können, kann ich auch. Der Fotograf Fred, hörte man gleich drauf Freudenhammer knorrig tadeln, werde, so verlaute, demnächst eventuell seinem Foto-Laden eine Porno-Foto-Abteilung angliedern.

»Der soll nur so weitermachen«, eisern dräute Freudenhammer und schleckerte sein Eis zuende, »dann hat er seine Frau gesehen! Eine so anständige Frau, und er, der Depp, macht so ein Ami-Zeug!«

»Er ist halt noch jung«, beschwichtigte ich. Feiles Gesindel in Badetrikots feilschte an unserem Tisch vorbei, aber ich war schon wieder zu Kräften gekommen, in Stupsis Schutz.

»Ein Hanswurst ist er, ein ganz trauriger!« Selbst, ja vor allem im Schwimmbad blieb Freudenhammer ein Mann von polizeiähnlicher Anmut und Würde. Hering hatte keinen Stich zu hoffen.

»Opa, du? Was ist dann ein Porko?« Stupsi wollte es wissen. Ich gähnte schon vor Entzücken. Diese Sommerspößlein rund!

»Ein Porno!« Freudenhammers Miene ward tiefsinnig.

»Was ist dann ein Porno?« Stupsi lachte innig. »Opa, sag halt!« Sie hatte blaue Augen, die Zunge wischte schlau das Eis rundum vom Mund.

»Du – bist ein Porno!« sagte Freudenhamnier furchend knochig, sah vergrübelt drein. Hinter runzeligen Augen wohnten Güte, Fahrradlust und – gleichfalls hoher Sex?

In dubio pro reo.

Eine Weide fächelte über uns, elektrisch grünlich heilsam für die Seele. Ich flitterte mit einem Näschen. Der Schleier des Blattwerks spielte mit Stupsis Sommersprossen Fangermännchen.

»Wäre schön«, sann ich widerstandslos gelackt, »wenn wir drei später ... wieder mal hierher fahren könnten!« Lachte schwächlich, sah vertrauensvoll an Freudenhammer auf und ab.

»Ist ja«, sagte Stupsi, »gar nicht wahr!« Sie schob die Unterlippe vor wie leichthin zürnend.

»Der Fred gefällt mir nicht«, sprach Freudenhammer schartig, »er wird bald 60 und hat keinen Standpunkt!« Ein hoher Adel schwamm in Stupsis Auge flunkernd.

»Du mußt ihm halt Leviten lesen, Alois!« Studentenmäßig saugte ich an einem Stumpen, »in Klausur!«

»Es wird nichts nützen«, sprach der Greis, »ihm fehlt der Charakter! Und du, Siegmund, schon dich ein wenig, du bist mir zuviel auf der Achse! Du hast doch ein Klavier daheim!«

»Schwimmbad«, ich hauchte kühn, denn ich war selig, »ist auch ganz schön. Wir drei – auf einen Haufen!«

»Morgen wieder, Opa?« bat das Kind. Ein leiser Abendwind kam auf.

»Bis an mein selig Ende«, dachte ich.

»Ich kann morgen unmöglich«, sagte Freudenhammer, bat um Haltung, »ich hab zuerst diamantene Hochzeit, Zeitvogel in der Walzengasse, dann muß ich zum Pfarrer Durst, der will mir seine Beat-Platten vorspielen, sagt er. Hat heut' recht schön gesprochen am Grab. Ich hab ihn nicht genau verstanden, den Schrecken des Todes, mein' ich, hat er dran genommen. Recht vernünftig, für seine Verhältnisse. Er ist nicht der stärkste am Grab. War trotzdem eine sehr gute, großartige Beerdigung!«

Stupsi kicherte überwältigt und kriegte noch ein Eis. Wind fingerte in ihrem Schopf.

Vier Beerdigungsberichte, hatte er verkündet, würden morgen im Volksblatt zu finden sein. Und heute? Ich zog mich sofort in mein Studierzimmer zurück; zwei Vorboten:

> af. Eine ansehnliche Gemeinde folgte im oberen Friedhofe dem Sarge, in dem die sterblichen Reste der aus der Speyerer Gegend gebürtigen im 81. Lebensjahre jetzt verstorbenen Oberkellnerswitwe Frau Victoria Z w a c k zu Grabe getragen wurden und von Kooperator Springinsfelder zur Grabesruhe konsekriert worden waren. Der kirchliche Teil, verbunden mit Trostworten, galt einem Fürbittgebet, die ihren Geschwistern den Haushalt geführt und von der diesseitigen Welt Abschied nehmen gemußt hatte. Ein Schlaganfall hatte ihrem Leben, als sie

vom Einkaufen zurückgekommen war, ein jähes Ende gesetzt.

Gemütsrevolution! Wen, Himmelherrgott, wollte ich denn nun! Die Brüder? Das Freudenhammer-Bäck-Kuddernatsch-Triumvirat? Stupsi? Hering und die Kohl-Bande? Alwin Streibl unverzagt? Frl. Zillig? Mich? Oder am Ende gar die Türkenwitwe! Hahaha! Oder, noch dümmer, vielleicht den General! Klar! Je fester das Band zu den Iberern sich schloß, desto amouröser umklammerte, ein wahres Liebestauen, meine Seele auch die schönen Satelliten! Das war der Trick!

> af. In einer von Liedern des Lehrerinnen- und Lehrergesangsvereins umrahmten Trauerfeierlichkeit wurde der aus Sigmaringen stammende im 90. Jahre gestandene Oberlehrer Herr Konstantin K r e s , der älteste Mann im Lehrer- und Lehrerinnenverband, jetzt zu Grabe getragen. Kooperator Peter Knott als Gastpfarrer von Bad Mädgenheim verrichtete die Einsegnung und wußte den Mann zu würdigen, der

Aber – im Tauziehen dieser wirbelnden Einzelleidenschaften und Sehnsuchtsgruppen saß ich immerhin und immer nach den Gesetzen des Königsmechanismus am längeren Hebel – Blödsinn! Vielleicht muß man es physikalisch ausdrücken: die Iberer und ich waren der Kardinalvektor, während alles andere nur das Kräfteparallelogramm verstärkte. Oder am besten war vielleicht hier doch ausnahmsweise die chemische Metapher: Die Iberer und moi bildeten die konzentrische Lösung, die anderen

> in seiner aktiven Zeit 34 Jahre lang Gutes getan, der so alt geworden war, daß man ihn, wie der Geistliche sagte, als eine »reife Frucht« für die Ewigkeit betrachten könnte. Trotzdem sei es Kres nicht vergönnt gewesen, sein Lebenswerk zum Abschluß zu bringen, ein gutes Niveau unter den Schülern aufzubauen. Ein Kranz der Lehrerschaft galt der 65jährigen Treue

waren die Enzyme der toxisch katholizistischen Emulsion aus

Fink-Kodaks fotografischer Lauge und meiner pygmaliäischen Säuernis bzw. zusammen waren wir der Sauerteig der Welt, – aber diese – – diese zwei Frauen wollte ich partout nicht mehr sehen! – –

»St. Neff!« Meine Schwiegermutter war leise hinter mich getreten. Sie sah ein wenig bleich aus. »Du siehst«, sagte sie fragend, »ein wenig blaß aus!«

>zur Schule, der Kres zeitlebens die Treue gehalten hatte.

»Stefania Sandrelli!« säuselte ich schnell überwältigt. Sie gehörte ja auch noch in die Satelliten-Liste!

»Der – wie heißt er wieder? Alwin«, Stefania ließ sich fühlsam am Klavierhocker nieder, »hat angerufen. Du sollst dich bei ihm melden.«

»Na also«, sagte ich und strahlte sie an. »Alles klar!«

»Du solltest dich schonen«, sagte Sandrelli, »du schaust bald aus wie – der Wurm!«

Wahrhaftig, den hatte ich auch noch vergessen. Aber ich blieb bei meinem Lebensstil. Noch wackligen Gemüts, war sofort Alwin dran. Es war ein feuchttristes Fanal, was mir aus dem Telefon entgegenfuhr.

»Aber wo! Nichts Ernstes!« rief Streibl wohlig wimmernd ins Gerät, »hätt' nicht pressiert. Eine Lappalie! Nicht lapidar! Aber wo! Aber wo!«

»Was: aber wooh!« Schön, daß ich fast richtigen Zorn zusammenkratzte. »Ich sollt' dich doch anrufen! Oder?«

»Aber wo!« rief Alwin verstockt oder sogar mutig, »ich hab nur zum Alwin, meinem Sohn, ›Aber wo‹ gesagt, weil er mich gefragt hat, ob er noch Bier holen soll, ein Mißverständnis, Schwagerherz, sei mir nicht bös, ich muß«, flott glitt er ins Zutrauliche, »ich muß dich unbedingt sprechen wegen meiner Repressalien, ich hab Instruktionen gekriegt, der . . . Staatssicherheitsdienst hat mir . . . eine neue zweite, ich . . .«

»Warnung?« Der Ton war noch grimm, aber schon flogen mir kampflos die silbernen Spatzen der Lüsternheit um die Ohren – und dann wurde ich ganz schmeichelnd sanft, ja trivial: »Wo brennt's denn, Alwin?«

»Schwager, hör zu, ich bin so fix und fertig, daß ich jetzt sieben Weizen getrunken hab, hätt' ich nicht tun sollen, sieben Weizen von der Nachbarin, sie hat's – sie wollen mich fertigmachen, ah! Sie wollen –«

»Du bist ja, Alwin, offenbar – fix und fertig!« Sentimentaler Blödmann, tat mir plötzlich Alwins Herz weh – so was gibt es also auch –

»Fix und fertig!« freute sich Alwin wie ein Schneekönig, »die Brüder, der Staatschefdienst will mich fix und fertigmachen – meine Existenz vernichten, meine Kinder, ach meine Kinder«, sang Alwin hysterischer sich selber tröstend, »womit haben sie's verdient!«

Er war vollkommen weg.

Wir telefonierten noch lange und immer verschwiemelter. Immer unerklärlichere Sanftheit durchsang mich. Es war nicht herauszukriegen, was passiert war. Ein Agent war angeblich vom Supermarkt bis in die Wohnung 100 Meter hinter ihm hergegangen. Genau der Abstand, der in den Schulungskursen drüben angelernt werde. Vor Unkeuschheit bibbernd wurde der Abend zur Nacht.

»Alwin«, sagte ich endlich und fast ohne Gemeinheit, »du solltest jetzt noch zwei Weizen trinken und dann – deiner Frau was Gutes tun. Nichts wie«, Dreckspatzgesinnung zuckte in die Lippen, »nichts wie drauf!«

»Aber wo!« rief Alwin heiter schwiegerlich verkreischt, »fall ja 'runter! Aber morgen pack ich's, morgen pack ich's...!«

Weicheres Wohlbehagen hatte in meiner Lungengegend Platz genommen. Später vergoß ich sogar ein paar schmalzige Tränen. Lachte muschelförmig in mich hinein und konnte nicht dagegen anmauscheln. Mich beschlich der Verdacht, daß ich vielleicht der Welterlöser sei.

Wie unser Gespräch geendet hat, weiß ich nicht mehr. Ich schmierte mir ein Streichwurstbrot, schob einen Kaugummi nach und rollte mich ins Bett. Stupsi. Was so ein lustiger Schwachkopf wie ich alles erlebt in diesem unflätigen sibirischen Nest! Alwins dummes edles Herz! Recht hatte er, der Streibl-Schwager! Ich wette mit unserem für diesen ganzen völkischen Zirkus verantwortlichen Bundeskanzler jeden Betrag, daß man in diesem Lande heute überhaupt nichts mehr anderes tun kann, als sich systematisch zum Tiroler zusammenzusaufen – es sei denn, man wollte zum Terroristen werden – – oder es sei denn, es sei denn, eine übergeordnete, ja überirdische Gnadeninstanz hätte einen dazu auserkoren, zwei katholische Brüder zu beobachten, in Freud und Leid, Ach und Krach, Schmach und Weh, Schmäh und Bäh, ach Gott, was redet da mein St. Neff im Halbschlaf wieder Schräges zusammen, statt nebenan die lüsterne Gattin zu besteigen – –?

Geht nicht. Würde ja gleichfalls herunter purzeln ...

Ich stieg wieder aus dem Bett und spähte aus dem Fenster. Nein, alle zu lieben, war unmenschlich. Man mußte sich schon auf zwei konzentrieren. Oder drei vielleicht. Trauliche Dächer, zierliche Kamine, bärige Wolken brummelten drüber. Quietschentzückt durch den Sternenhimmel erwog ich, wie man Alwin und Albert Wurm in Gegenspionage aufeinander gaukeln könnte. Schwagerherzig wurstelte ich die Hand in die Wange. Der Nabel ist der lässigste Körperteil. Unberührt von den primären und sekundären Teilen zieht er seine Kreise. Großmut betörte mich, den stärksten, souveränsten, solventesten, stringentesten Seelenverkäufer, der Dünklingen jemals beherrscht! Meine Kohl-Hering-Grillen hatte sie schon verjagt. Hieß es die oder das Stupsi?

Der Tag verlosch in schöner Andacht. Flugs und fröhlich schlief ich ein. Träumte beglückt, daß ich bei den Olympischen Spielen 1534 im 800-Meter-Endlauf trotz meiner Watschelbeine sechster geworden war, in einer Klassezeit! Siegmund Schweinshirt mischte also wacker weiter mit!

Frühstücksfreuden sehr geschwind: Auf dem Glanze will ich fahren von dem Strömen selig blind:

> af. Mit 68 Jahren wurde die aus dem naheliegenden Mädgenheim kommende Anwärterin Evamaria Z o r n vom Herrn heimgeholt und im Zentralfriedhof zur ewigen Heimat geleitet, Kooperator Felkl, gerade von einer Krankheit genesen, verabschiedete sich von ihr ebenso wie die kleine Trauergemeinde. In der Traueransprache kam der Wunsch des Geistlichen nach einer ewigen Ruhe zum Ausdruck.

Weit von euch treibt mich der Wind: Guten Tag, mein Hausgesind!

> af. Im hohen Alter von 94½ Jahren, aber bis zuletzt noch unerwartet gesund, holte der Herr des Todes die Frau Anny L o y jetzt heim. Sie wurde im Friedhof beigesetzt. Stadtpfarrer Durst segnete sie ein. Vier der Angehörigen standen am Grabe. Anny L. hatte ihren beliebten Gatten Herbert schon 1917 wegen eines Kriegsleidens verloren und dann die Erziehung und Bildung der Kinder ganz alleine besorgt. Durst dankte der toten Mutter dafür. Er empfahl sie dem Gebete aller. Namens eines Pensionistinnengremiums legte Herr Giesiebl stellvertretend einen Kranz nieder.

Tausend Stimmen schlagen lockend: Flammend hoch Aurora weht!

> af. Im Friedhof Lasern wurde das beim Fußballspielen zutot gefahrene Mädchen Gabrielle T s c h e f f beigesetzt. Eine unübersehbare Menschenmenge hatte sich eingefunden. Die bedrückten Eltern standen am Grabe. Der Geistliche meinte, Gottes Wille sei oft Schicksal oder, wenn man so wolle, Fatum. Heute wisse man, daß die kleine Gabrielle in der Ewigkeit gut geborgen sei.

Und das Wirren munter bunter wird ein weizenwilder Fluß! Wie würde Alwin Streibls Epitaph aussehen? Viel zu spät, mit 58 Jahren, verließ uns jetzt der Spitzenagent Alwin Streibl. Das Weizen hatte er immer gern gemocht, aber ...

> af. Im Alter von 67 Jahren verstarb der ledige Bauführer Oskar E i b e n s t o c k und wurde im Friedhof von seiner Tante und zahlreichen Freunden der Erde zurückgegeben. Eibenstock hatte zu Lebzeiten als ein lustiger Mann gegolten, der sich gern in kameradschaftlichem oder geselligem Kreise aufhielt und bewegte. Der die Einsegnung vornehmende Kaplan

> Herr Peter sagte am Grabe: »Wir wissen weder den Tag noch die Stunde ...« Unter Leitung von Alois Sägerer sang der Chor das Lied vom Guten Kameraden. Die Tageslosung aber hieß: »Fürchte dich nicht, ich habe dich erlöst, ich habe dich bei deinem Namen gerufen, du bist mein.« Die Trauerfeier fand allgemein guten Anklang. Ein Kranz kam vom Vermessungsamt.

Eibenstock, Eibenstock. Hatte ich den nicht auch gekannt? In geselligem Kreise?

> af. Im Zentralfriedhof wurde gleichzeitig die aus Weltenkommen kommende im 80. Lebensjahre verstorbene Frau N o r g e r l aus der Altstadt zu Grabe getragen. Eine große Trauergemeinde verabschiedete sich von Frau Norgerl, die hier sehr bekannt ist. Der geistliche Würdenträger sagte, sie sei eine Frau gewesen, die gewußt habe, was sie wollte. Nun habe sie der Tod ereilt. Daran schloß sich ein Fürbittgebet. Auch Herr Giesiebl legte einen Kranz nieder. Frau Norgerl schien eine gute Frau gewesen zu sein.

Und Irmi wieder nicht dabei. Wie schön! –

Es schellte. Es war ein Herr, nein, nicht Eibenstock, sondern Grundlinger oder ähnlich. Es war der städtische Feuerwehr-Abgabe-Eintreiber. Gut gelaunt bat ich den noch jungen Mann in den Salon. Er nahm unsicher Platz und teilte mir im Lauf der Minuten unwiderleglich mit, ich schuldete der Stadt seit drei Monaten 40 Mark Zwangsabgabe. Inzwischen seien es mit Gebühren 44 Mark. Sofort blickte Grundlinger schuldbewußt in den Boden.

»Feuerwehr?« rief ich bedächtig. »Da ist früher ein anderer Wind gegangen!«

»Früher?« fragte der Mann ungläubig, »ich bin nicht von der Feuerwehr, ich kann's Ihnen nicht sagen.«

»Hier sind 50 Mark.« Ich zauberte sie aus dem Hosensack und warf sie ihm zu. »Der Rest ist für Sie! Kaufen Sie sich eine Unterwäsche oder einen anderen Stecken!«

Der Mann grabschte nach dem Schein, verfehlte ihn aber und kroch zu Boden. Jetzt tat er mir leid. »Cognak?«

»Nicht um die Zeit«, raunte der Beamte artig, quittierte die Zahlung, blieb aber in seinem Sessel haften. Ich ließ es darauf ankommen. Nahm die Zeitung und ging Freudenhammers Todesbotschaften noch einmal durch. Spitzte über den Zeitungsrand und erkannte, daß die Augen des Beamten verstohlen, aber leidenschaftlich in Richtung auf unsere entfernt liegende Fernseh-Programmzeitschrift wanderten.

»Dann ist ja alles klar«, sagte ich kalt, ohne von meiner Lektüre aufzublicken.

»Ohne weiteres«, griente der städtische Notabel unkonzentriert, sah aber weiter wie sehnsüchtig gebannt auf das Fernseh-Journal. Ich las scheinbar weiter in meinen Leichen herum, behielt ihn aber im Auge. Die Zeit verstrich. Na ja, sollte er eben hier wohnenbleiben, der Herr Feuereintreiber, dann waren wir eben vier und Kathi hätte endlich einen –

»Sie«, sagte der Feuermann plötzlich und endete die summlokkende Vormittagsstille, »Sie, darf ich?« Bittend sah er mir ins Auge.

»Aber ja«, sagte ich. Ich wußte überhaupt nicht, was er wollte, ahnte es aber. Blinkerte mit den hochblondbraunen Wimpern.

Raubtierartig griff mein Mann nach der Fernseh-Zeitschrift, blätterte und hatte es endlich gefunden. »Ehrlich Klasse!« stöhnte er, »ich hab's doch geahnt!«

»Was?« brummelte ich widrig. »Wenn Alwin mit den Brüdern in den Kriegsdienst muß?«

»Morgen abend! 21 Uhr 50! 2. Programm! Ein bunter Abend mit Katja Ebstein und Christian Bruhn! Toll! Zack! Ich freu' mich, ich freu' mich!«

Zwei Minuten später war er weg. Auch meines Bleibens konnte hier nicht länger sein. Weltabgewandt ins Fäustchen grinsend stürmte es ins Blaue, Wurm entgegen. Billard spielen. Abends dann Bad Mädgenheim: »Si j'étais roi«, »Rêve angélique«, »Leichte Cavallerie«. Wie freut' ich mich der nächsten Zeitung! Sie mußte Klarheit bringen!

Alwin – oder Freudenhammer?

    af. Im Waldfriedhof bei Dünklingen erfolgte ein
    herrlicher Trauerzug – das fürstliche Paar von Har-

burg war ebenfalls repräsentiert – dem Sarge, in dem
der aus Dünklingen gebürtige Herr Konrektor
W e i z m a n n lag, ein Mann von erst 70 Jahren. Die
katholische Einsegnung hielt ein Pfarrer von hier.
Ehrende Worte und einen Kranz widmeten dem
treuen Diener im Namen des alten Fürsten und des
Hofmarschallamtes Herr v. Eisenschenk, ebenfalls
von hier. Darnach war Weizmann in seltener Pflichttreue und Eifer über 40 Jahre seiner Herrschaft ergeben gewesen. Herr Eisenschenk nannte diesen einen
Mann von untadeliger Bescheidenheit. Es wurde
auch gesagt, daß der Konrektor den Zweiten Weltkrieg noch mitgemacht habe und erst spät heimgekehrt sei. Ein anderer Redner meinte, man stelle sich
oft die Frage, warum es gerade unsere Besten immer
so zeitig treffe. Es war ein ausgesprochen leuchtender
Sommertag, als die sterbliche Hülle Weizmanns versenkt wurde. Was wunder, daß sich mehr als sonst
üblich Trauergäste aus nah und fern eingefunden
hatten, ihm, dem hochangesehenen Toten, die letzte
Ehre zu erteilen. Auch Repräsentanten der Schule
und des Schulamts bescherten Kränze, im Namen der
Landesregierung wurde ein Bukett übersandt. Solche
Beerdigungen halten sich im Gedächtnis!

Schade. Alwin mußte Konrektor Weizmann als Helfershelfer streichen – da war nichts mehr zu machen.

Glanzäugig wartete ich im Schatten von St. Gangolf. Geübter Brüder-Nimrod sah ich sie aus tausend Metern. Um 11 Uhr 40 kamen sie dahergewalkt. Eskortiert von »Stauber«, und natürlich ohne Frauen!

Kodak: noch ferkelrosiger als sonst schien er mir, abgebrühter, gereifter, strotzender, für den kommenden Herbst hatte er sich jetzt schon etwas Wärmendes zugelegt, eine Art Trench-Mantel in sisalfarbener Popeline. Fink trug sein mir wohlbekanntes Kombiniertes, blickte sehr ergänzend drein, »Stauber« schleppte sogar eine Aktentasche mit sich her – und da! Auf Kodaks Rücken hing – erstmals – die Kamera! Zeiss-Ikonomine Dei!

Säugendes Entzücken, rollend durch des Kopfes Grollen, noblige Gefühle, sich im Äther schlängelnd. Meine Logenbrüder der Hin- und Widerheit! Ich mußte sogar lachen! Diese ranzigen Runkeln! Diese braunen Spätkartoffeln! Diese zwei unsterblichen Knollenblätterpilze! Diese grausam gichtigen Gurken, diese krachenden, klebrigen kodakfinkischen Krautköpfe, diese kamerageståhlt kugelrunden! Mit Graf »Stauber« in der Mitte! Welche infernale Harmonie des fotografisch fraternalistisch Walzenden! Des – ja, so kann man's sagen – »furunkelhaft sehrtreu-Katholischen«! Terra incognita amoris! Eine Woge von Hingezogenheit schwallte mich ins katholische Lager. Meine Herzens-Iberer!

Plötzlich stand ich in St. Gangolf. Äh? War ich wirklich schon katholisch? Das heiß' ich Proselythen machen! Per Saecula Saeculorum! Amor intellectualis schweifte, Düfte weit und breitgefächert. Ecclesia im Anzug – die Brüder in der Avantgarde von allem!

Von was? Erst nach zehn Minuten schärften sich Gedanken. Sie kamen um so schärfer, und lauteten wortwörtlich: »Man muß immer gut aufpassen, damit es nicht mißlich wird, jawohl!«

Ging wieder an die frische Luft. Welche unermeßliche Kaufkraft in diesem Dünklinger Pöbel steckte, es war wie im Bierzelt! Wahrscheinlich waren sie alle von der Schönheit der Iberer aufgepeitscht! Schwirrten durcheinander! Das Wetter prickelte ins Herbstige. Mir zog etwas in der Seele herum, aber es war nichts. Mund auf, Kaugummi 'rein. Ich stieg nach Hause, mich auf Bruhn und Ebstein vorzubereiten. Ach ja, ach weh! ¿De dónde venis, amore?

\*

Niemand weiß Bescheid.

Was ich aber lang schon sagen wollte: Das einzige, was mich an dieser unserer Schöpfung wirklich stört, was ich ihr vorwerfe, was mich ängstigt, das ist ihre zugleich unfaire und unappetitliche Größe und Erhabenheit – ansonsten wäre ich's zufrieden. Ihr Zug ins Große und Monomanische – er ekelt mich, er peinigt mich, er macht mich einfach unwohl. Ich meine, bis zur Sonne hätte es doch auch gereicht! Natürlich ist de facto jetzt nicht mehr viel zu machen und zu ändern, aber – könnte man nicht einfach per Dekret, könnte man nicht einfach durch beschwichtigende Losungen bestimmen, das Sonnensystem sei schon das Äußerste, der Mond das Zweitgrößte und das Sternenzelt dahinter lauter kleine und harmlose Kometen als Dekor . . . ?

Das Ganze wäre ja dann doch noch immer riesenhaft genug!

Aber, um darauf zurückzukommen: Fest steht ja wohl heute zweifelsfrei, jedenfalls jenseits der allerödesten Kathederphilosophie, daß der Aufwand des Geschlechtsakts kein Nonplusultra, kein Zweck per se sein sollte, sondern Vorwand, die sog. Wollust zu erreichen, sofern alles gut geht. »Das glaube ich wohl«, freute sich noch Goethe am 21.10.1823 gegenüber Eckermann, »es ist alles als wie ineinander gekeilt.« Dem Weimarer gefiel noch die Sache als solche – heute denken wir wohl etwas anders darüber, aufgeklärter und utilitaristischer zugleich: Unbewußt haben wir Modernen dieses Ziel der Ergießung anscheinend dann schon im Auge, wenn wir uns anschicken, die eigentlich unsinnigen Vorbereitungen zu treffen, das Entfernen der Kleider, die seltsame Verhärtung von Seele und Glied, das Vorwärtstasten zum Gegenorgan usw. Nun, viel Sinn hat meines Erachtens das Ganze trotzdem natürlich nicht, aber vielleicht ist es eine angeborene mentale Schwäche, eine irgendwie heitere Grundeinstellung zum verzischenden Leben (der Zehenkrebs scheint sich wirklich verzogen zu haben, aber ich will es nicht verschreien) – ein Denkfehler, dem man sich nach Möglichkeit anpassen oder aber klein beigeben muß?

Oder man sucht die Große Weigerung, die Große Alternative und betritt zaglos die Pfade des Neuen, Unerforschten, das heute noch nicht viel Verstand zeigt, das aber vielleicht schon in 50 Jahren die Gesellschaft revolutioniert, so wie einst Chemie, Molekularbiologie, ja sogar – siehe Alwin – der Marxismus die Menschheit revolutioniert hat.

Trotzdem, denn ganz ging mir das vor Jahresfrist noch nicht aus dem Kopf, der jetzt auch reißend schnell grauer wurde: Wie verhielten die Iberer sich nun zu den kleinen dicken Frauen, die da ans Licht gekommen waren? Wie zu Frauen überhaupt? Ich glaube, damals vertröstete ich mich einfach mit der Gewißheit, daß, wer Fink und Kodak heißt, einfach keine Frauen mehr braucht. Der hat ausgesorgt und kann sich beruhigt auf die Lyrik werfen:

> Frischwärts das Säcklein!
> Brust raus und Speck rein!
> Bischof, sei clever!
> Gib ihr brav Pfeffer!
> Tu ihr schön rammen!
> In Ewigkeit Amen.

Ah! Tzz! Weh – – o je, das muß er gehört haben, der Krebsteufel, jetzt schlägt er wieder drein und mir das Gift aus dem Kopf, ah! Brrr! Hört denn dieses lächerliche Schmerz-Lust-Durcheinander nie mehr auf? Ah, oh! Weh geschrien!

So. Nun ist es wieder fort. Aber der Tod lauscht mir und meinem Gerede über die Schultern hinweg. Sein kalter Hauch streift meine Schläfen. Ob ich das ungute Ende meines Epos noch erlebe?

Streibls letztem Telefonanruf mit der Staatssicherheitsdienst-Sache galt es noch genauer nachzugehen. Ich rief im Supermarkt an. Der Schwager konnte sich an nichts entsinnen. Dann fiel ihm etwas ein. Ach so, ja klar, selbstverständlich, der Verfassungsschutz habe ihm eine weitere Warnung zukommen lassen. Die beruhe aber wahrscheinlich nur auf einer Denunziation von Karl Demuth, habe sich inzwischen erledigt: »Der Demuth will mich fertigmachen mit allen Mitteln, er will sich noch heut' rächen, er kann's nicht vergessen, aber das Innenministerium ist der Sache gar nicht weiter nachgegangen. Pardon?«

Schade. Mußte ich mir also selber schnell was einfallen lassen. Ob wir uns nicht in der Mittagspause treffen und – in den Wald fahren könnten? Ich müsse ihn, Alwin, stöhnte ich schmeichelnd, in einer »brandwichtigen Sache möglichst geschützt sprechen! Du verstehst mich, Alwin...«

»Well«, sagte Streibl cremefarben, »ich geh gern über Mittag in' Wald zum Schwammerl suchen. Müßt' doch jetzt Rotkappen geben. Meine Kinder essen's so gern!«

»Eben!« Ich schnaufte etwas enttäuscht, aber auch hocherfreut. Lief noch schnell zur Bank, hob 200 Mark ab und begab mich ins »Aschenbrenner«. »Heinz Hümmer« lautete, kaum leserlich, die Unterschrift der Anweisung. Wurm war gottseidank nicht da. Nur ein paar dumme Gymnasiasten tranken Weizen, um die Numerus-clausus-Misere zu vergessen.

Pünktlich um 12 Uhr 05 erschien Streibl unter der Türe, eine Plastiktüte und ein Brotmesser in der Hand. Alles ganz harmlos. Winkte mir buchstäblich mit der linken Abteilung der oberen Zahnreihe, die er durch das Mündchen blitzen ließ.

Er hatte sich in Schale geworfen: Melierter Sakko im Country-Look, kleegrüne Hose, rosakleinkariertes Hemd, lindgrüne Krawatte. Glitt mit den vollen Segeln des Auto-Topmanns auf mich zu, vollzog zwei Meter vor dem Tischchen eine angedeutete Hula-Hoop-Bewegung in der Hüfte und pfiff lautlos nachlässig in Richtung auf die hübsche Aushilfsserviererin.

»Wir können natürlich auch«, nuschelte ich etwas kleinlaut und deutete ins fast leere Rund, »in dieser Sache da dableiben...«

»Aber wo«, korrigierte Alwin gewieft und gut hörbar, »ich brauch bloß drei oder fünf oder sieben Rotkappen für die Soße, yeah!«

Das nenne ich Agenten-Code! Wir fuhren etwa fünf Kilometer die Stadt hinaus, in Alwins altem VW – und dann suchten wir Pilze. Streibl entwickelte dabei eine kuriose Technik. Er stand meistens auf einem Fleck herum, drehte sich langsam wie ein Teddy-Bär im Uhrzeigersinn um die eigene Achse – und hatte Erfolg:

»Drei Rotkappen«, freute sich Streibl, »und ein Steinpilz! Meine Kinder haben solche Freud' damit!« Erschöpft lehnte er an einer Eichenrinde, wahrscheinlich war ihm schwindlig. »Macht die Soße so pikant!«

Nahm er mich als Geheimnisträger nicht ernst? Heute noch bin ich Streibl dankbar, daß er in meiner Sache nicht in mich drang. Ich hatte eine sehr einfältige Geschichte mit einem vergrabenen Dossier samt Geldbombe vorbereitet – aber ich hätte sie nicht über die Lippen gebracht. Wahrscheinlich hätte ich gestottert, daß in meinem Klavier in Bad Mädgenheim auch eine Warnung gelegen habe. Oder ihm die ganze Iberer-Chose gebeichtet –

Hatte er seine Weizenfuhren eingeschränkt? Lüftete der Wald sein Hirn zur Klarheit? Redete er nur in geschlossenen Räumen so geschraubt daher? Ich mußte es testen. Aber vergrätzt war ich auch. Auf ihn – und mich. Er nahm mich nicht ernst. Na warte!

Eine Stunde später saß ich Streibl in seinem Backofen-Büro gegenüber. Im Supermarkt-Garten stöberten diesmal sogar vier Menschen herum. Wurde es ernst? Die ersten Käufer, die ich persönlich erlebte?

Alwin hatte seine Pilze und ein Sträußchen Kälberkropf auf den Bürotisch gelegt. Studierte lange eine Rechnung. Ich las ergriffen die Tagespresse. Als sein Gegenüber. Als ob ich langsam dazugehörte. Oder als Betriebsaufsichtsbehörde alles kontrollierte. Alwin gähnte kurz geschäftlich, sah durchs Fenster, trat wie widerwillig, aber elegant nach draußen. Sprach mit zwei jungen Männern, die offenbar zusammengehörten, strich einmal heiter, als habe er nebenbei eine Fliege zerdrückt, die Hände aneinander. Schnitt ein paar fröhlich vielversprechende Grimassen und kam zu mir zurück.

»Nette Burschen«, sang er fröhlich, »weißt, was die mir erzählen? Sie sagen, sie hätten gestern am Kugelfang Pfifferlinge gefunden, so groß wie Birkenpilze! Nett ah! Groß wie Häuser! Sollt' man nicht glauben. Hör zu, die Denunziation, die mir der Demuth zugedacht hat«, Alwin wechselte flugs die Tonart ins Lässige, wie unangenehm Berührte, über das zu reden sich kaum lohne, »es war, ich möcht' dir's nicht verschweigen, ein Revanchefoul. Häßliches und gemeines Revanchefoul! Er kann mir den Niederschlag nicht verzeihen, er möcht' meine gesellschaftliche Reputa –, meine ah: Rehabilitation hintertreiben, ach, was für ein kleiner Charakter, shit, ach wie klein! Ich weiß nicht, ob's dich interessiert?«

Ich nickte zart mein Einverständnis.

Was war geschehen? Er, Alwin, habe kürzlich Visitenkarten von sich, für sich drucken lassen, mit Privat- und Geschäftsnummer, er sei ja sonst als Geschäftsmann nur ein halber Mensch, er habe aber nicht gewußt, sonst hätte er den Auftrag woanders hingegeben, daß in dieser Druckerei Karl Demuths Schwägerin beschäftigt sei, »ein ganz großes Flitscherl, Siegi, laß die Finger davon!«

Wegen einer gewünschten Änderung habe er, Alwin, dann später die Firma aufgesucht und diesem Frl. Zoller entsprechende Weisungen erteilt, da aber habe man ihn hinausgeworfen, weil er, Alwin, angeblich den Arbeitsprozeß behindert habe, indem er sich, angeblich, fortwährend an die Maschinen gelehnt habe, angeblich sei dabei sogar eine Maschine umgeflogen und beschädigt worden, »sie wollen, sie behaupten, daß ich betrunken war und dauernd mit der Setzerin geschäkert hätt', ach, um Gotteswillen, wie käm' ich dazu, ich kann wegen meiner – Magen-Achylie momentan gar kein Weizen trinken, Schwager, ich hab sieben Kinder daheim! Ich hab dann Gegenklage erhoben auf Unterlassung beim Rechtsbeistand Käufl Molly – die Maschine war nicht kaputt, aber wo! Es ist üble, ganz üble Denunziation...«

Es war schon was an meiner Hypothese. Im Supermarkt redete er meist sehr viel bolschewistischer als draußen.

»Well, ich weiß es, der Demuth steckt dahinter, er hat sie aufgehetzt, aber er täuscht sich. Wir klagen auf Widerruf, wir werden ihn kaputtmachen, wir werden ihn demütigen...«

Wenn ich Alwin jetzt fragte, warum er als ehemaliger Vereinsboxer eigentlich einen Amateur wie Demuth zusammenschlagen habe dürfen, – er würde sicher von einer Sondergenehmigung des Boxeraufstands von China, pardon: der Boxersektion des KGB wegen akuter politischer Beschneidung in Dünklingen berichten. Hörte ich also weiter zu. Es war so musikalisch selbstvergessen.

»Ich hab mich sofort mit'm Käufl Molly abgesprochen. Er sieht's wie ich, aber wo! Sie wollen mich zum Depperl machen. Audiatur alter part! Sie wollen mir das Fleisch entziehen, den Boden unter den...«

Er hatte sich voll eingeäuselt. Hier hatte ich ihn erstmals in Verdacht, daß seine gesungenen Katastrophenschwänke nicht nur dazu dienten, sein Leben mit Gehalt zu füllen, sondern genau der Funktion von Beruhigungstabletten entsprachen. Was für ein scheckiges Wesen ist doch der Mensch! Je mehr Grusel er entfacht, desto seliger ist er besänftigt, desto weniger braucht er Valium. Das gilt für Redner wie für Hörer...

»Der Käufl Molly kennt ihn auch. Der Verfassungsschutz läßt mir eine Warnung nach der anderen zugehen, der Stasi telefoniert hinter mir her, meine Frau müßt' in Kur, eine halboffene Rehabilitation tät' ihr gut, der Demuth kann mir nicht verzeihen...«

Plötzlich sah ich durch das Fenster etwas Neues. Nein, es war noch nie dagestanden. Eine Tafel im Geländehintergrund, auf der in ziegelroten Versalien zu lesen war:

GUTE AUTO ZU VERKAUFEN

Ich wußte nicht gleich, warum der kurze Text so unaussprechlich warm, fast brüderhaft ums Herz mir flutete. »Dünklingen«, sagte Alwin, »wimmelt von Denunzianten. Die Sache hat mir wehgetan, hat mir wehgetan wegen meiner Tochter. Die macht jetzt Gesellenprüfung beim Kunz, die muß es ausbaden!« Dann hatte ich es:

GUTE AUTO ZU VERKAUFEN

Klar! War es nicht wie das Heraufdämmern einer neuen Art von Humanität – innerhalb der Wirtschaftskriminalität? Einer speziell in der Autobranche vollends unverhofften Integrität? »Er will mir«, klagte Alwin kantabel, entschloß sich zu einer gequält heiteren Stirnfaltung und schluckte lässig hurtig wie aus den Schultern heraus, »sie wollen mir was anhängen, yeah, sie wollen mich nicht hochkommen lassen wegen meiner politischen Vergangenheit, um Gotteswillen. Sie verhindern, sie unterbinden mit allen Mitteln meine gesellschaftliche Integration. Ich bin in vertrauensärztlicher Behandlung. Die Autobranche, shit, Siegmund, ich verrat' dir kein Geheimnis, ist eine Betrügerbranche, ich auch, ich muß mitspielen ah, eine Betrü...«

»Eben nicht!« Lichten Herzens beugte ich mich zu ihm.

»Betrügerei und Bettelei«, sang Alwin dämmrig zurück, das Auge kummergewohnt gesenkt.

»Nein!« Ich deutete zum Fenster hinaus, machte Alwin auf das Werbeschild aufmerksam.

»Siegmund, was? Was, Siegmund?« Er schien besorgt und tätschelte sein Doppelkinn.

Jetzt wollte ich es wissen. *Wer* das da geschrieben habe?

»Was, Siegmund? Pardon?«

»Das Schild!« Das sei doch neu! Oder?

»Ich«, sagte Alwin lässig verwundert und warf den schweren Körper betulich wieder in meine Richtung, »ist ja zur Zeit wenig Geschäft, praktisch nichts, hab ich's vorige Woche gemalt. Die Farbe hat mir der Bezirksförster Turek geholt, der hat jetzt auch Schwierigkeiten mit seinen Töchtern... und dem Jugendamt...«

Nein. Er, Alwin, solle mir jetzt bitte sagen, warum er das geschrieben – und so geschrieben habe?

»Well«, sagte Streibl nachdenklich, »weil ich, um Gotteswillen, Zeit gehabt hab, ist ja nichts los, die Leut' haben alle zu viel Geld...«

Er hätte es nicht verstanden, wenn es ihm erläutert hätte. Ich senkte den Kopf, hoffend, daß er einfach weiterreden würde – ich brauchte nicht zu warten:

»Der Hundling, shit, der Demuth, der kann mir nichts, um Gotteswillen! Er ist neidisch auf meine Kinder. Ich mach ihn noch mal fertig...«

Ich zückte entschlossen die Geldbörse und holte einen Zwanzigmarkschein aus den Bestechungsbeständen heraus. Vielleicht handelte ich unangemessen, aber ich konnte mir nicht helfen. Die Tatsache, daß heute im allgemeinen Betrugs- und Rattengewerbe jemand freundlicherweise nur »gute« Autos empfahl und nicht etwa »sehr gute« oder »Klasse« oder »Top«- oder »Super«-Autos – und daß dieser ehrliche Mann sogar noch das notorische Ausrufzeichen »Gute Auto zu verkaufen!« verschwitzt hatte, – das mußte augenblicklich belohnt werden! Und daß dieser Hemingway-Leser statt des korrekten Plurals »Autos« es bei »Auto« belassen hatte, verdoppelte meine Ehrfurcht und also die Prämie von 10 auf 20 Mark. Was sein Sohn Alwin für Mickey-Maus-Heftchen kassierte, das stand auch diesem wundersamen Alten und Schwager und neuerdings »Well«-Sager als Taschengeld zu. Ich bin vielleicht kein sonderlich guter Mensch, aber irgendwo dann doch sehr rigoros in der Honorierung menschheitlicher Delikatessen! Außerdem hatte er auch das schwierige Wort »Integration« richtig ausgesprochen!

»Du kriegst, Alwin, von mir noch 20 Mark!« Ich sah ihm skrupulös ins Antlitz. Der Schwager ließ die spielerisch gehaltene Telefongabel wieder sinken.

»Wo?« Alwin wunderte sich wunderlich.

»Ehrlich!« rief ich geistlos, »neulich!«

»Yeah?« Wie man nur ein englisches Wort so schwabbelig aussprechen konnte!

»Du mußt doch – als Geschäftsmann wissen, daß du mir Geld geliehen hast!« Ich war richtig ungnädiger Pfleger.

»Ah yeah!« Jetzt biß er an, mit Verve und Eleganz. »Fürs Taxi! Gell?«

»Richtig!« rief ich keck und dankbar, »Taxi!«

»Ich werd' so vergeßlich! Richtig, um Gotteswillen!« Jetzt log er bereits grob und behend.

»Alles klar!« Begeistert von meiner Eingebung pfiff ich pfiffig vor mich hin.

»Wir Linke, hör zu, wir ...« Er hatte den Satz offensichtlich falsch begonnen und versuchte es, das unverhoffte Weizenbier im glückhaften Visier, noch einmal: »Ehrlichkeit ist – die Vorstufe vom Sozialismus!« Der Schwager hatte immer mehr Überraschungen drauf als ich.

»Die Prämisse!« sagte ich unbeschreiblich, »von Liberalität.« Ich erhob mich. In Alwins Kümmermiene loderte sanft rasche Freude. Wie unkörperlich zog mich seine fachierende Speckhand nochmals auf den Sessel zurück.

»Liberalität, Schwager, ist heut' noch das beste. Aber«, er heischte gleichsam um Verzeihung für seine überlegene Position, »Liberalismus ohne Legitimation durchs Volk ist, du weißt es auch – Konterrevolution!«

»Oder Legasthenie!« Ich hauchte mir ins Hirn. Von draußen kam ein Pfiff aus einer Trillerpfeife, dann ein scharfes Männerlachen.

»Pardon?« Der Kopf lag schmeichelnd schief.

»Letalchemie«, sagte ich lauter.

»Letalchemie«, echote Alwin schlafend, gab sich einen leichten Klaps an die Schläfen, »der Ami baut die Giftgaswaffen ... sie bereiten die Neutronenbombe, sie ...«

»Neger«, flüsterte die Seele leise, zischelnd wie im Selbstgespräch. Alwin war in bloßes Seufzen abgesackt.

»Und«, ich zögerte, »der Hundeprozeß?« Der Alwinismus wurde schon zur zweiten Sucht. Die Geisel langsam schon zur Geißel.

»Stagniert momentan«, Streibls überreiches Füllhorn gab einfach nicht nach. »Es war Tieraufseher-Haltungs-Haftung, nicht Tierhalter-Haftung, sie wollen, um Himmelswillen ...«

»Was ist«, ich sprach gefaßt, »der Unterschied?«

»Well. Wenn der Tierhalter, um Gotteswillen, so heißt's im Gesetz, den Tieraufseher sorgfältig ausgesucht hat, haftet der Aufseher, nicht der Halter!« Alwin seufzte feierlich, sah schwärmerisch zum Fenster, die Augen zum Guckloch verengt wie sterbend, doch sicherlich umspielte seine Hand die treuen Eier. »Aber sie wollen mich natürlich nicht als Tieraufseher für den Jimmy anerkennen, sie wollen mich zum Depperl machen, sie wollen mir einen Strick draus drehen ... ich hab's von Anfang an gewußt!«

»Wieso?« Bar jeder Hoffnung. Der Auftakt zum Final-Allegro!

»Wenn der Halter weiß, hör zu, du kannst es nicht wissen, daß der Aufseher ein Depperl ist, dann darf er nicht, der Trinkler. Sie sagen, er hätt' mir den Hund nicht ins Büro geben dürfen. Judex non calculat. Ah! Aber sie kommen nicht durch!«

Schwager, Schwager! Noch einmal, reich beschert, erhob ich mich. Sollte ich noch nach der Pflegschaft fragen? Nein. Gar zu viele verschiedene Mäntel trug Kodak neuerdings. Wo fänd' ich Stupsi wieder?

»Dank dir für deinen Besuch, Schwagerherz!« Er lachte breit, scheuklappenlos: es war das Bersten selbstgewisser Üppigkeit. »Du mußt verstehn, daß ich mich jetzt nicht soviel um dich kümmern kann, meine älteste Tochter macht Prüfung, sie ist als rot verschrien, der Bundesnachrichtendienst telefoniert auch hinter mir her, die Rotkappen ...«

»Bis heute abend!« faßte ich zusammen, der seligen Rührung randesvoll.

»Hat mich gefreut!« Er keuchte schon vor Wonne, erhob sich gleichfalls wie zum Toast. Anscheinend gefiel ich ihm ähnlich gut wie er mir. Er hatte meine Schwester erwählt. War es das Wesen der Zwillingsschaft, daß ...

»Du kennst doch die Iberer«, sagte ich tonlos zwischen Tür und Angel, preßte sittsam meine Augen zu.

»Iberer, freilich«, hauchte Streibl andächtig schweinebraten-

mäßig, »die alten Spanier ah! Spanier sind eine stolze Nation – nach 30 Jahren Franco-Faschismus war die Revolution überfällig, um Gotteswillen. Sie werden jetzt sozialistisch regiert aah!« Dann fiel ihm etwas ein. »O felix Spania, – du verstehst doch einen Scherz, Schwager!« Der Boxer drückte wie verhindernd meine Arme flach: »Nube!«
»Nude?«
»Nude! Nude! Haha! Nude!« Er hatte sich, auf seiner Veranda querstehend, nicht mehr in der Gewalt. Rüttelte am Hosenbund. »Nude, Schwager!«
»Dicen que mi majo es feo«, sagte ich ziemlich verbindlich, »es posible ...«
»Majo feo«, nochmals walkte Streibl ein Großvatertänzchen östlichen Humors, »nude! Schwager! Und ich wie eine Nudel auf die ... hör zu: nude Alte ...!«
Während er feixte, entdeckte ich an dem Backofen-Häuschen ein gleichfalls neues Schild:

AACHEN/DÜNKLINGER VERSICHERUNG BÜRO

Ich hätte ihm die 20 Mark niemals geben dürfen. Ach, was macht man nicht alles verkehrt in seiner unendlichen Brüderlichkeit St. Neff'schen Geistes in Moskau-Chicago! Schrecklich!
Frische Luft!

\*

Ob die Hohen Herren vom Verfassungsschutz – oder jetzt auch vom BND – eine Ahnung haben, wie fürchterlich sie vor allem von jenen Agenten gefürchtet werden, in deren Autosupermärkten meines Wissens niemand je ein Auto kauft? Vielleicht sollten die Hohen Herren wirklich etwas gewissenhafter dieser kuriosen Koinzidenz nachgehen – vor allem in Dünklingen, wohin die Hohen Herren ja erfahrungsgemäß immer am flüchtigsten ihr Augenmerk richten! Nachspüren auch dem merkwürdigen Korrespondieren von Gebrauchtautos, Weizenbiersehnsucht, Versicherungen, Hundekämpfen und Hemingway'schem Antiamerikanismus – ein seltenes Gemisch fürwahr, doch wechselt Staatsfeindlichkeit nicht ständig die Methode? –

Start zur Herbstsaison in Mädgenheim! Großer Auftritt unserer Combo!

Die Deutschen seien übrigens wunderliche Leute, vertraute abermals Goethe Eckermann an – ein Wort, dessen Tiefsinn ein einzelner Mensch gar nicht tief genug erfassen kann. Vierhundert – 400! – Alte und Kranke und sonstige Gehinderte saßen rund um unseren Orchesterpavillon und staunten und lauschten zu uns elf Mann hinauf, als ob es ausgerechnet in dieser elegischen Kleingangstertruppe was zu holen gäbe. Wir hatten das alle Quartal fällige Wunschkonzert der Kurgäste zu bewältigen, zu welcher Gelegenheit sogar immer und wie schlecht informiert Privatleute von auswärts anreisen, meist eine besonders zweischneidige Musik, diesmal unter anderem Offenbachs Barcarole, »O sole mio« und den Pariser Einzugsmarsch – nie war mir Musik widerwärtiger erschienen – diese Idioten unter uns aber setzten ihre ganze Lebenshoffnung in uns, schienen glücklich oder doch getröstet, sahen wieder Sinn und Zukunft – und unsere Männer exerzierten wieder mal das reine Sinndefizit, und vollends geckenhaft tangote Mayer-Grant von einem Bein auf das andere, aber auch darüber konnte ich diesmal nicht schmunzeln und über seine lächerlichen Honneurs gegen das verbissene Publikum. Nicht einmal das abschließende Schubert-Potpourri brachte Licht – und mich überfiel große nervzerrende Furcht. Furcht vor der – Neutronenbombe. Furcht, daß mit dem 50. Lebensjahr sogar die Musik ihren letzten Rest an Charme verliere, ihr Seelenwärmerisches, diese Ariosos und Sicilianas mit ihrem schönen Schein von Scheinheiligkeit, so daß am Ende wahrhaftig gar nichts mehr bliebe als ein bißchen soziale und sozialistische Pornolauscherei und -äugerei, in ihrer Mitte die alten Iberer-Knochen – es sei denn, man machte einfach verlogen wie Karajan endlos weiter – aber wenn einmal das »Laudate dominum« nichts mehr einbrächte, dann würde ich wahrscheinlich doch trotz der lieben Brüder den Strick – –

Mir wurde ganz mürb und taub und verhaspelt, mühsam nur traf ich die Tasten – doch dann sah ich es plötzlich: und war sofort im siebten Himmel! Er saß ganz rechtsaußen, zwischen Mayer-Grant und Obermann, dem Schlagzeuger. Man sah nur seinen Hut – und davor wie ein riesiger Schutzschild – die Bild-Zeitung!

»Und der Himmel dort oben«, ich ließ soeben die Kadenzen steigen – da klappte mein Mann die Zeitung mit den großen Balken um 180 Grad um, und man sah wieder nur seinen beigen Hut und das Bild-Zeitungsquadrat – »wie ist er so weit!«

Gern hätte ich vor ingrimmiger Freude gebrüllt. Einer von 400 wußte, worum es ging – einer blieb sauber. War das nicht der schönste Lohn für einen Musikus? Es gelang mir tatsächlich, meine Lustfontäne in die abschließende Paraphrase des Forellenquintetts zu versenken. So daß ich dessen kaltklirrende Diskantkaskaden sogar besonders neckisch hinkriegte – ich durfte nur den Zeitungsleser nicht mehr ansehen, sonst wäre wahrscheinlich alles ausgewesen. Was ein Faulpelz wie ich nicht täglich an existentiellen Erschütterungen einsackt – und kostenlosen Erfahrungen!

Mond, alter Gaudibursch! In Dünklingen zurück, lugte ich noch ein wenig ins »Paradies«, um ja nichts zu versäumen. Hier gab es heute wieder mal einen Gast zu bestaunen. Es war dies ein gewisser Handels- oder Kerzenvertreter namens Lattern aus Seelburg – der schon bei meinem Antritt stehend gekrümmt und mit wie beschwörend auf den Tisch gestützten Händen auf den feinen Kuddernatsch eindräute:

»Und ich sage dir, mein Eminenter, ich bin an sich ein gutmütiger und flexibler Typ in einer mehr als häufig subalternen Gesellschaftssituation. Ich warne dich! Ich als Gesellschaftsmensch und augenblicklich situationsbezogener Kerzenausfahrer warne ich dich erheblich! Du kannst mich hier nicht im Stil eines Landmanns bauernartig abspeisen!«

»Setzen Sie sich nur wieder hin!« Kuddernatsch wisperte sorgfältig Gutmütigkeit und war sichtlich froh, daß ich helfen kam, denn Bäck machte einen recht schwachen Eindruck, »wir sind ja alle froh, daß Sie da sind!«

»Ich warne abermals«, warnte Lattern abermals, grimmiger zwar, aber schon auch spielerisch flexibel, »miese Situationen werden rücksichtslos begradigt!«

Er setzte sich.

Es war ein Mann in meinem Alter, von sehr dummer, boshafter, aber auch seltsam angenehmer Physiognomie. Einerseits ähnelte er massiv Lenin, andererseits sah er aus wie ein leicht zurückgebliebener Tschego-Anthropopitecus, vielleicht auch wie ein Kapuzineräffchen. Der Körper schien sehr wendig. Aus dem Maule stank es stark.

Bedachtsam nahm ich Platz. Lattern, dem die spärlichen Grauhaare irgendwie revolutionsbereit vom Kopf wegstanden, sah mich ein paar Sekunden still, dann immer verwunderter an, traute sich aber nicht zu fragen, wer ich sei. Er überlegte, brütete. Schließlich zog er aus seiner schwarzen Nappa-Jacke eine Flasche, auf der »Sechsämter« stand. Er führte sie zum Mund, schloß die Augen und trank. Etwas Schakalartiges war auch an dem Gast. Er setzte die braune, eiförmige Flasche wieder ab, grunzte rüd und sprach:

»Bei uns in eurem Sau-Dunkel – wie war der Name? – Dünklingen muß man sich halt das gute Zeug selber mitbringen, weil ihr über keinerlei Sechsämter verfügt. Wirt! Herr! Herr Wirt!« Lattern hob beide Zeigefinger. »Vier Cognak für die Herren! Ich aber«, sagte er wie vor sich hin, »vertraue der Situation des Sechsämter.«

Der Fremde schluckte abermals von seinem Privatfläschchen, rieb seinen schwarzen Spitzbart und starrte energiegeladen auf die Tischdecke.

Ich knuffte heimlich Kuddernatsch. Wer das denn sei?

Kuddernatsch klärte mich ein bißchen auf. »Aus Seelburg«, seufzte Wurm ergänzend, »die sind bekannt. Lattern, Gott nei, behauptet er, schreibt er sich.« Achselzucken.

»Ich warne euch, ich warne euch alle«, fuhr der kuriose Gast deshalb Wurm an, und wir tranken seinen Einführungs-Cognak, dann aber setzte Lattern doch gedämpfter fort: »Ich bin keineswegs ein krachender Kasperl, wie ihr argwöhnt. Ich aber wandle vielmehr auf den Spuren des Bischofs, der in seiner ganzen Pracht und immerwährenden Situation ...«

»Du bist eben ein Situationist«, unkte vorsichtig Bäck und legte den Mund schief. Kuddernatsch zahnte wie ein später Maikäfer.

»Richtig! Richtig! Recte!« Lattern schrie erregt und suchte mit seinen glutschwarzen Augen erneut den Wirt – Veronika war offenbar schon heimgegangen. Dann dachte Lattern wieder nach.

»In Amtsgeschäften?« fragte ich klammheimlich und nickte bußfertig, aber Lattern überlegte wie sich selber prüfend immer noch. So gelang es Wurm, mir zuzuraunen, der Mann habe schon den ganzen Abend vorne am Infantilentisch gesessen und habe Bier und dazu seinen Sechsämtertropfen getrunken. Dazu habe er scharf seine Tischgenossen beleidigt, er habe aber gleichzeitig so sehnsüchtig zum Herrentisch herübergeäugt, daß man schon überlegt habe, ihn einzuladen – »aber auf einmal ist er selber angefallen gekommen – und jetzt«, beschwerte sich Bäck ergänzend, »haben wir ihn!«

»Angeblich«, flüsterte Kudernatsch recht pfiffig, »ist er auf Durchreise. Zum Bischof von Rothenburg. Ins Ordinariat.«

»Angeblich?« schrie Lattern hell, »angeblich? Ich sage euch, ich werde jetzt sofort – bei euch bleiben! Ab sofort und ohne Situationskonzeß – –« Er würgte.

»Situationskonzessionismus«, half ich feist.

»Prost, meine Herren!« beschleunigte Kuddernatsch.

»Wen? Wo?« Tränen der Trostlosigkeit traten dem Handelsmann vor die Trottelaugen. »Ihr Hundskrüppel!«

»Komik«, half ich nochmals gentil, »Situationskomik.«

»Situationskomik!« schrie Lattern erschöpft, glücklich und eklig zugleich und gluckste, »jawohl! Ich bin flexibel – und der Bischof?« Er fragte drohend. »Der Bischof kann auf das Eingemachte warten oder das Ausgemachte, das ich ihm im Widerschein der hinterrückigen Bergegipfel zu vereinbaren und auszumalen habe. Ich reibe ihm seinen alten Buckel schon ein! Mit meinen Körnern! Ich verfüge geweihte Körner. Vom Papst! Der alte Wichser!«

Latterns Sirenenklänge gefielen, anscheinend allen, vielleicht hätte Freudenhammer ihn eher in seine Schranken gewiesen, der aber fehlte. Der Händler schien zu spüren, daß man ihm nicht unwohl wollte:

»Der Bischof? Der Bischof ist ein mäßiger, seiner Situation eingepaßter sehr mäßiger Wichser! Ha! Ich freu' mich!«

Normalerweise bedeutet der Infantilentisch lebenslange Verdammnis. Lattern war der erste, der sich über den Infantilentisch das Entree zum Honoratiorentisch zu verschaffen gewußt hatte. Und wie keck und laut! Schließlich wurde er aber etwas ruhiger und zeitweise sogar freundlich, dann wieder lauter und bellender, am Ende aber beschwor uns Lattern begeistert, ihm zu glauben, daß er zwar nun morgen doch weiter müsse, daß er aber unter Garantie wiederkomme: »Ab jetzt oft!«

»Bis ans Ende der Tage«, flüsterte ich kommod.

»Der Bischof«, antwortete Lattern vor glücklicher Wut überraschend berstend, »der alte, vergilbte, gelbschlötige Witwenwichser!« Er sah dunkel um sich. »Überhaupt ist hier die ganze Situation in Dünklingen so – verwichst! Ich warne euch!«

Wo Lattern wohnte, war nicht zu erfahren. Plötzlich war er schnell verschwunden.

Ein Glockenspiel schlug fern halb zwei.

Sparsames feuchtes Mondlicht schunkelte durchs Weltall Dünklingen und Umland. Der Heimweg war noch prächtiger als Lattern. Es fügte sich, es reimte sich – von Tag zu Tag vermehrt. Modrig im Silberschein der Laterne würgte die Stadtmauer, im Grabengebüsch hauchte der Zephir sein Unsinnslied, aus der kleinen Gesellschaftsbrauerei trotteten pelzige Gerüche. Zu Hause stellte ich mich vor den Zauberspiegel. Das linke Auge zugezwickt, das rechte Auge zugezwickt. Ein schönes Spiel für Stunden. Bald glaubte ich zu schunkeln.

Es war schon alles recht. Es gibt eben Marxisten – wie Alwin; es gibt existentialistische Iberisten – wie mich; und es gibt Situationisten. So soll's wahrlich sein.

*

Ob ich vielleicht wirklich einen Bischof unter meinen Lesern haben werde? Gar den Papst! Ob der Pontifex nicht tatsächlich schon ein indexverdächtiges, aber auch neugieriges Auge auf mich geworfen hat? Welch ein süßer frommer Traum! Nun, ganz unmöglich ist's ja nicht – Papst Leo XIII (1810 bis – unglaublich! – 1908) war z. B. immerhin Abonnent der Deutschen Schachzeitung! Hören Sie mir doch auf! Diese Burschen sind doch für alles dankbar! Warum denn nicht! Ich selber würde es dem Oberhaupt der Christenheit ins Italienische übersetzen – und wer weiß, vielleicht wird ja das Werk wirklich so etwas wie eine Renaissance der ganzen alten Chose einläuten!

Lassen wir diese zweite Roman-Sektion deshalb heiter, zufrieden, fast glückselig auspendeln – und ohne größere theoretische Sperenzien. Der Herbst zog mählich ein, das Jahr ging schlafen – noch fielen zwei kleine, frische Brüder-Aufregungen an, die freilich rasch in eitel Herbstsonne verglühten. Die beiden Episoden ergeben möglicherweise keinen raschen Sinn – erzählt sollen sie, wem auch immer Genüge zu tun, dennoch sein.

Der erste Doppelgänger zeigte sich bei einer Kirchweih. Ein Doppelgänger – Kodaks. Ich war zuerst sehr erschrocken, denn der Mann saß alleine an einem Tisch – ich, mit Wurm und Schwiegermutter nebenan, sah ihn zuerst nur vom Profil. Der Mann schob rasch hintereinander vier Bratwürste in den qualligen Mund, dann zog er unwahrscheinlich ruhig an einer Dreißiger-Zigarre. Erst nach 15 Minuten drehte er den Kopf vorsichtig so weit, daß ich sicher sein konnte, trotz der immer noch verblüffenden Ähnlichkeit. Ich hatte mich umsonst gesorgt.

Ihre Macht war eben noch im Steigen. Schon formierten sich die Epigonen.

Der Doppelgänger Nr. 2 fand sich vor dem Kassenschalter unseres Fußballvereins Inter Dünklingen, den ich eines Samstagnachmittags wieder einmal besuchte, mit Alwin zusammen zu sein. Nein, es war eben nicht ein Doppelgänger von Fink, sondern von – Graf »Stauber«! Und so erschütterte mich hier vor allem die Perfektion der Ähnlichkeit. Die haargenau gleiche Haartolle, hingepappt auf die flache Stirn, das nämlich langsam langweilige Schafsgesicht, der graugesprenkelte katholische Mantel, untailliert, die spitz zulaufenden braunen Schuhe – –

Das traumartige Dasein, in das wir versenkt sind! Übrigens war es Alwin, der diese Doppelgängerschaft rasch erledigte: »Servus, Oskar!« – der Schwager schritt behend auf den Herrn zu – »immer noch« – er schnaufte famos – »famulus? famulus scientiae?« – feixte Alwin und faßte schon schonungslos nach: »Non scholae, sed vitae disciplimus? Yeah!« Wie toll vital warf er den Kopf nach hinten.

Der staubernahe Mann zog verbrämt den Hut und lächelte madig. Auch ich lächelte, genierlich. »Wir seh'n uns, Oskar, morgen in der Tankstelle. Du entschuldigst mich, ich hab meinen Schwager mit mir. Pardon . . .«

»Ist schon gut, Alwin, ich bring's mit. Okay? Servus!«

»Aahah!« strahlte Alwin achtbar. So gefiel ihm das Leben.

Das sei der Geist Oskar gewesen, der Geist Tom Oskar, klärte Streibl mich sachlich auf. »Er ist früher in meinem Stammlokal verkehrt. Der Schwippschwager vom Schumm Walter. Spielt einen brillanten Skat! Er hilft mir juristisch. Ich muß mich gegen die Vernichtungskampagne, die gegen mich läuft, absichern, um Gotteswillen... ein alter Jurastudent, verkracht, aber nett. Shit...«

Wir erklommen die Tribüne. »Wieso ›Tom‹?« fragte ich vielahnend.

»Ah!« antwortete der opulente Mann, nahm seinen Hut ab und schwang sich im Stil eines Kongreßdelegierten der Internationale auf seinen Sitzplatz. Sollte ich ihm auch eine anonyme Postkarte zukommen lassen? »Ich liebe dich, Alwin, alle Aussagen werden in Ihrem Vernichtungsprozeß gegen Sie verwendet? Kommando Siegfried Hau – – –«?

»Hör zu, Siegmund«, Alwin übertölpelte mich mühelos, »der Ding, der Trinkler Rolf, mein Chef, läßt bei dir anfragen, ob du seinen Schäferhund, den Jimmy, der damals den Fred gebissen hat – aber du brauchst keine Angst haben! – ob du den Hund nicht dreimal in der Woche ausführen könntest, halbtägig, aber wo, nein, nur dreimal in der Woche, für 20 Mark pro Tag, weil... aah, ich hab dich empfohlen, du hast ja Zeit den ganzen Tag und... du kannst das Geld, da tu ich dir doch nicht weh, pardon, auch brauchen...«

Plötzlich gähnte Streibl wie verrückt.

Ich war sprachlos, erstmals wahrscheinlich seit Jahren. Der Firlefanz, der Alwinismus hatte immer ein wenig an meinen Nerven gezerrt, aber jetzt wurde es – unmenschlich. Hatte die Geisel Lunte gerochen? Holte zum Gegenschlag aus? Erst nach Minuten hatte ich mich wieder halbwegs im Griff.

»Na ja«, sagte ich wie fade amüsiert.

»Überleg's dir, es ist eine echte Chance!« sagte Alwin vertraulich konspirierend – und transpirierend: Der Mensch schwitzte wie eine Sonnenblume, die zuviel Chlorophyll erwischt hatte! »20 Mark am Tag!«

So, leicht gebeutelt, hatte ich auch kaum Gelegenheit, den

Auftritt des Doppelgängers ernstlich zu verarbeiten. Heute, wenn ich es, bestraft, erwäge, meine ich, ich wäre wahrscheinlich vorsichtiger geworden, bedachtsamer, fühliger, hätte es sich um den Doppelgänger Finks gehandelt. Ich glaube, dies zweite Omen hätte ich nicht übersehen. Oder überhört? Oder wie künden die Auguren? Ein Doppelgänger des Grafen »Stauber« aber? Fast lächerlich! Oskar Tom Geist. Und wenn schon! Dieser »Stauber« hatte sich halt auch einmal der Kontrolle entziehen wollen, einmal fremdgehen ...

Sorglos trat ich den Winterschlaf an. Sah zumindest alle Wochen einmal meine Iberer beim Streifzug, mit und ohne »Stauber« als Adjutanten, – und um die Buß- und Bettage herum erwuchs mir sogar noch eine unverhoffte asternschöne Spätherbstblume.

Fred, der Fotomann, bestellte mich eines Tages, laut und gerade in sein Telefon plärrend, in seinen Laden. Dort breitete er naseweis – »aber du verrätst mich nicht, du, ich wäre als Kaufmann erledigt!« – einen Stapel Farbfotos vor mir aus. Er ächzte, japste in so atemloser Freude, daß ich kaum zum Schauen kam. »Da!« rief Fred, »bediene dich!«

Es war, als sei der Sommer noch einmal zurückgegoldet. Zuerst schlug mein Herz wohl gar nicht, dann aber breit und dumm und freudig. Sie mußten samstags und sonntags zwischen 12 und 17 Uhr entstanden sein, sagte ich mir fix. Es gab etwa 15 Farbfotos von Fink, 10 von Kodak. Einmal stand Fink lächelnd an einen Felsen gelehnt, einmal deutete Kodak einladend auf einen blauen Berg. Häufig waren auch andere lachende, wiewohl meist ältere Menschen mit drunter, einmal bereicherte gar ein Schwarzkittel die Gruppe – mit an Sicherheit grenzender Wahrscheinlichkeit der Kolping-Präses. Es war die stille Buntheit dieses Lebens, dieses grausam grauen.

In zwei Tagen, das wußte ich televisionär, in zwei Tagen würde alles in einem tollen Fotoalbum aus Freds Betrugsbeständen kleben, mit Schablone und Tusche würde Kodak unter die Bilder schreiben: »Hier war man recht ausgelassen« oder noch pikanter: »Warum schaut Fink so sehnsüchtig auf den Bierkrug?« Und dergleichen Krimihaftes mehr. Und wenn alles eingeklebt wäre, würde die Mutter Irmi Iberer alles betrachten und gutheißen und vor spätem Glück vergehen.

War das nicht eine schrecklos sanft gepfefferte Zeit, in der wir herumpfiffen?

Ich dauerte mich sogar ein wenig, starrte nochmals auf die Fotos, über meine niedere Schulter hatte sich sahnig Fred Wienerl gelehnt. Ich atmete voll durch:

Das gußeiserne Brüderpaar, das stählerne, funkelnde, die sinnliche blaublaue Rechtschaffenheit, das Wollustsprühende jenseits der RA-Fraktion! In meiner Freude, mit abermals sinkendem Verstand, erzählte ich Fred, daß ich jetzt demnächst den Sonntagsführerschein machte.

»Sonntagsführerschein?« Fred staunte mich an.

»Eine Innovation«, unkte ich katzenhaft, »des Bundesinnenministeriums«, generös preßte ich mich weiter ins Entzücken hinein, »weil der Versuch mit dem Notabitur und den Behelfsausfahrten so gut geklappt hat. Auf den Autobahnen.« Es wechselte jetzt sekündlich: Jetzt stöberte ich wieder in wilder, wirrseliger Traurigkeit traulich.

»Aha«, staunte Fred, als ob er es habe kommen sehen. »Outsider-Kameras« stand auf einem gelben Schild über der Türe.

»Für Minderbegabte«, verlängerte ich im Affekt.

»St. Neff«, sagte zu Hause meine Schwiegermutter, »du mußt öfter deine Kleidung wechseln. Dir geht's anscheinend so gut, daß du ganz drauf vergißt!«

»Aha«, quengselte ich leicht gekränkt, zog mich zurück und glotzte in das tiefe, unendlich schöne Goldgelb meines Milchtees. So etwa mußte das Paradies schmecken. Aber es war schon wahr. Ohne daß es mir aufgefallen wäre, setzte sich meine Oberbekleidung seit wahrscheinlich Monaten unverrückbar aus einem weinroten T-Shirt mit langen Ärmeln und einem darübergestreiften kurzärmeligen in Schwarz zusammen. Ich dachte nach, was das wohl bei einem mittlerweile 47jährigen Klavierlehrer bedeuten mochte – und hatte es schon. Das Ganze sah grad so aus wie das Trikot der berühmten Elf von Eintracht Frankfurt im Meisterjahr 1959. Nun, das ist eben das Unterbewußte und Fußballerische des Lebens, irgendwie würde schon alles seinen Sinn kriegen, im Lauf der Zeit, Tom Oskar Geist, der weht, er war verläßlich.

Ich spitzte aus dem Fenster. Es war eine windige bosheitsgeschüttelte Novembernacht. Geruch des Malzes und des Eichenlaubs. Die Maulwürfe katholischer Leidenschaft, die Wachsamkeit des Herzens – ich ihr Träger. Well, Dünklingen only! Exerzierplatz der spießig spießrutenlaufenden kohl-heringschen iberianischen Brüderwissenschaft! »Alwin?« rief ich aus dem off'nen Fenster. »Iberer.« Die Nacht schnappte gierig danach, schmeckte und spuckte es wieder aus. Diese putzig verwilderten geisternahen Seelen! In der Sturmnacht war die Stadt doch wirklich schön. Ein Weihnachtsseufzer rang sich aus der Brust. Fahr nur zu, ich mag nicht fragen, wie die Fahrt zuende geht!

# III

> »Wissen Sie, ich hatte daran gedacht, die Welt
> dem Papste zu übergeben... der Papst wird
> im Westen regieren, und bei uns, bei uns Sie!«
> (Dostojewski, Die Dämonen)

Aber wer ist »Sie«? Ach Gott, ist mir beim Schreiben so schön schlecht! Um Gotteswillen!

Noch vor den Weihnachtsfeiertagen sah ich Hering. Ich erwischte ihn beim minutenlangen vormittäglichen Starren auf unsere Dünklinger Milchbar. Da stand er, der frühere Nebenbuhler der Iberer-Gruppe, schneeflockenumzuckelt, und hielt Maulaffen feil. Er hatte tatsächlich ein Fischmaul. Was vermutete, was suchte er in dieser Elendsbude etwas außerhalb unserer Stadtmauer, in der Nähe der Bastei? In diesem Wartesaal der frühen Verdammnis, der wohl in den Nachkriegsjahren errichtet worden war, Menschen wie Alwin Halt zu bieten, schwachen Glanz zu verleihen...

Immer häufiger frage ich mich, fragte ich mich schon damals, ob das Entsetzen sowohl als das Glück darin gründen, ehemalige Jugendgefährten, deren fotografisch erinnertes Bild auch im schäbigsten Fall noch von der Aura der Frische und Lebhaftigkeit umflattert ist, in späterer Zeit so grauenssatt heruntergekommen daherwackeln zu sehen – oder gar nur noch herumstehen! In dieser Stadt zumal, die noch dauernd – jetzt weiß ich es genau, nicht nach Bratwurst und Marzipan, sondern nach Bratwurst und Kräuterbonbon riecht! Jedenfalls ihr westlicher Teil!

Oder nicht doch Zuckerwatte?

Hering, jetzt sah ich es, war nicht so gleichförmig auseinandergehend wie die Brüder, sondern unproportionierter, vor allem um den Hintern herum.

Ich verwarf den mattlustig aufblitzenden Gedanken, den weiter Starrenden, ja Stierenden einfach nach den Iberern zu fragen. Womöglich kannte der Kretin sie ganz ausgezeichnet, und dann konnte es gefährlich werden. Lauwarm unter meinen Beinen war mir's eh schon. Wie unkeusch lila der feuchte Schnee funzelte! Mene mene tekel.

Nach etwa sieben Minuten ging Hering einfach wieder weg. Er hatte an der Holzwand der Milchbar nicht gefunden, wonach er gesucht hatte. Trübe sah ich ihm nach.

Liebe schwärmt auf allen Wegen! Was mochten sie in ihrer Freizeit treiben? Fernsehen? Lesen? Filmerei-Bücher und Prospekte studieren aus Freds Sortiment? Oder den »Bayernkurier«? »Durch die weite Welt«? Oder gar, ein bißchen gehobener, Solschenizyn? Ihren angeborenen, von klein auf trainierten, vom Geistlichen Rat im Ausflugs-Omnibus erläuterten und geschürten Antikommunismus zu spitzen? Eines nahen Tages damit sogar Alwin zu trotzen?

Und »Stauber«? Ich könnte gar nicht sagen, warum ich ihn von Beginn an für den Domestiken hielt. Weil er gar so unverwandt nichtssagend, nichts mehr hoffend auftrat und schaute? Weil jemand, der als Gänsefüßchen nur besteht, nimmermehr zwei Iberer parieren konnte?

Ich weiß nicht mehr, warum ich damals sehr sicher war, daß sie Solschenizyn lasen. Gewiß, aus Kodaks Auge meinte man damals so etwas wie Bildungs-Heißhunger lesen zu können, soweit dergleichen Beobachtungen aus fünf bis 20 Metern eben möglich sind. Hatte er als der Ältere vielleicht etwas vom Gespräch mit Marxisten läuten hören, jenen jedenfalls, die man zum wahren sattelfesten Glauben herüberziehen könnte? »Der Bischof von Straßburg hat gesagt ›Kommunisten sind wie Wölfe im Schafspelz.‹ Aber wenn man . . .«

Jawohl, genau, und dann hatte er Solschenizyn dem Jüngeren armeschwingend weiterempfohlen:

»Du, Fink! Mußt lesen! Große Klasse!«

Was war die Wahrheit der Iberer-Idioten? Ähnelten sie nicht entfernt Max und Moritz, schön altgewordenen? Wobei Fink mehr den braunen Max, Kodak einen sehr rötlichen Moritz . . . Redete er den anderen eigentlich mit »Fink« an, der andere ihn aber mit »Kodak«? Oder hatten sie vielleicht miteinander bzw. innerhalb ihres allerheiligsten Geheimkreises noch intimere, noch verwegenere Spitznamen? Oder waren sie im Lauf der Jahre doch auf ihre Taufnamen zurückgekommen? Kichernd stellte ich fest, daß ich nicht einmal die wußte, noch immer nicht! Hm. »Kodak« würde ich »Schorsch« am ehesten zutrauen, »Fink« könnte auf »Konrad« oder »Friedl« hören. Sollte ich, mußte ich nicht wenigstens das vollkommen erforschen? Forschung ist das Gesetz, man will ja mit 50 nicht als Trottel sterben! Kalt entflammt übersann ich die neue Situation – nein, ich wollte, ich durfte sie trotzdem nicht wissen, diese christlich ungeschlachten Taufnamen aus Frau Irmis Herzkämmerlein – nein, Fink und Kodak waren schon optimal – nein, nein, jetzt erst recht nicht!

Aber wenn ich ihnen schon dauernd nachstieg, wie ein Gymnasiast seiner Hulda, sollte ich ihnen nicht doch mal ein Ständchen bringen? Eine Serenade am Pferdemarkt? Mit dem Klavier mitten im Winter!

Ich ging und stellte mich an die Pforte meiner ehemaligen Bibliothek. Zwei Stunden lang. Niemand ging hinein, heraus. Vielleicht war ich in dieser Stadt der letzte Mensch, der noch hin und wieder las. Und Alwin? Mein Bibliotheksnachfolger dauerte mich. Er machte sich lächerlich. Ich hatte gut daran getan, zeitig die Kurve zur Musik zu kratzen.

Ich kaufte mir eine Bild-Zeitung, damit mir noch ein bißchen schlechter würde:»Kreml läßt Philosophen nicht raus!«»Bravo, Jungs!«»Sex im Tierreich – aua, da ist ganz schön was los!« Schlug mein Faible fürs Katholische etwa schon ins Selbstfolterische aus?

Ich schob mir einen Kaugummi in den Mund und strich langsam am Tschibo-Laden vorbei, zu sehen, ob jemand drin sei, bei dem ich irgendwas erfragen könnte. Es standen unter Mengen älterer Frauen aber nur einige Mitglieder der sogenannten Tschibo-Bande beieinander, einer neuen in sich verschworenen gesellschaftlichen Kraft unserer Stadt, von der ich über Wurm schon gehört hatte, scheinbar harmlose Bürger und allerlei Kaufleute, die aber angeblich für große Unruhe sorgt, dauernd Intriguen spinnt, Menschenschicksale entscheidet und sogar Gewaltakte begeht. Die Bande hatte, so hieß es, nicht nur Teile unseres Dünklingen schon fest im Griff, sondern übte vor allem auch auf sich selber einen dermaßen starken Druck aus, daß es für Mitglieder schon kein Entrinnen mehr gab.

Nein, da galt es sich herauszuhalten.

Heimgekehrt von meiner kleinen Expedition, wurde ich trotzdem schwach. Sah leider, einer unguten Einflüsterung folgend, im Telefonbuch nach – und gottseidank, sie waren nicht verzeichnet, es gab dort keine Iberer, weder am Pferdemarkt noch in sonst einem Rattenloch. War das nicht schon überirdisch schön? War das nicht doppelter demütiger Glanz? Sie standen einzig da – und sie waren so katholisch, daß sie nicht einmal ein Telefon brauchten! Das Adreßbuch der Stadt? Nein, jetzt war es ganz sinnenhaft klar, hier durfte man nichts entweihen. Und ich braute mir also einen Milchtee. Sah in heit'rer Ruh dem Brubbeln des Siedens zu.

Wie knapp bemessen es in meinem Leben herging! Schon läutete Conny, die Pianistenhoffnung aus dem Hause Streibl. Welch hübsche Schultern! Welch netter Bubikopf! Ob Alwin sie mir ins Haus schickte, damit ich die 15jährige ergriffe, die Einheit mit dem Vater noch tüchtiger zu schmieden, so lange sie warm war? Sollte ich? Nein, Iberer war schon besser.

Die Liebe von Zigeunern stammt!

\*

Sicher. Die katholisch-transzendentale Veränderung meines Charakters machte mir damals aber auch hin und wieder schon bange. Manchmal fragte ich mich, und frage mich heute noch, bzw. ich bin nicht ganz sicher, ob ich meiner Gattin je beigewohnt habe, ich meine, na ja in der Manier von Ehemenschen. Und wenn ich es wirklich versäumt habe – wen interessiert das? Streibl vielleicht. Aber mich? Höh! Jetzt, wo ich den Kugelschreiber übers Papier flitzen lasse – infernalisch, wie der Saft sich schlängelt! – am allerwenigsten! Den Leser? Lächerlich. Dem ist doch alles gleich. Und eine besonders einfältige Lesergruppe wartet immer noch auf Sex im Dom, Kreuzweises in der Krypta, oder wenigstens auf gewisse homoerotische Geschmäcklerischkeiten und andere Geschmacklosigkeiten . . .

Manchmal will es mir sogar scheinen, daß ich mit der Gemahlin seit fünf Jahren keine zwanzig Silben mehr gewechselt habe – und alles lief tadellos! Nun, es neigt heute, meines Wissens, die

Wissenschaft ohnehin zur Annahme einer geschlechts-, ja biologisch bedingten Grenze im Verkehr zwischen Mann und Weib – und ein alter Reaktionär wie ich hört dergleichen natürlich gerne, solche Wissenschaft lob ich, das ist akkurat Wasser auf meinen fraternalischen Mühlen!

Und gar gegen die hysterisch-schwindsüchtige Fernseherei unserer türkischen Witwen ist sowieso nichts zu machen.

Hätte ich am Heiligen Abend recht viel Punsch trinken und sie dann mutig in der Christmette heimsuchen sollen? Nein, ich war damals noch nicht reif, noch nicht gesalbt genug, und vielleicht wären sie auch gar nicht dagewesen, sondern nach dem Knipsen Irmis unterm Baume eingenickt und – –

Aber ich wollte eigentlich von etwas anderem reden. Eh bien, es muß in dieser zweiten herbstwinterlichen Periode meiner Iberer-Verkettung gewesen sein, als ich plötzlich einen starken Einfall hatte, eine Eingebung oder doch etwas jedenfalls Eingebungsähnliches, eine sogar philosophische Idee: Ich mag ja etwas beschränkt sein, aber das ganze unselige Gemache und Geschiebe mit der tradierten Liebe, so reimte ich mir zusammen, mit der Liebe, dem Ungemach der Vermehrung und gleichzeitig dem dräuenden Sargliegen hätte doch ein Ende, wäre abgeschafft, liquidiert, gelänge es den Menschen, zwar nicht durch viehische Erinnerungsunfähigkeit, aber doch durch starke Konzentration im Selbstbenebeln, sich einzubilden, weiszumachen, und zwar in der Weiterverfolgung der Idee des Parmenides, des Maja-Denkens, Kants und Schopenhauers, dies alles sei gar nicht wahr, sondern nur – nein, nicht geträumt, sondern barer kosmischer Raum-Zeit-Unfug, so wie die ganze seligmachende Iberer-Affaire natürlich auch, bzw. diese beiden sollten – im Gegenteil! – im Verein mit »Stauber« als die große Ausnahme von der allgemeinen biochemischen Wurstlerei und Hackerei bestehen bleiben und geheiligt werden – –

– aber gerade dieser betäubende Gedankenflug zu den beiden wundersamen Iberer-Eseln lenkte mich dann doch von der Tragfähigkeit und inneren Stabilisierung meiner gerade angeleierten Erlösungsidee ab – das war halt mal wieder der alte Fehler. Die quengelnde Angst vor dem Tod, der alte Käse, war wieder da und graupelte in mir herum, indessen ich die vermischten Anzeigen in der Zeitung las: »Wer meinem Mann Erwin Wimmer Geld leiht, dafür übernehme ich keine Verantwortung. Marie Wimmer« – –

– ich bin aber überzeugt, hätte ein hart durchtrainierter Berufsphilosoph wie Max Horkheimer oder gar Arthur, der Riesige, meine Eingebung empfangen und systematisch weitergesponnen und induziert und deduziert, Deutschland wäre heute um einen bedeutenden Schritt wei – –

Eskapismen. Da heißt es eben, einfach weiterdenken. Und wenn mein altes Korpsstudentenhirn noch so knarrt, nein, wenn ich es vorhin recht gehört habe: knurrt ...

Oder mit anderen Worten: Ich, St. Neff, konnte, trotz Streibls Gebot, hier in Dünklingen den an sich wünschbaren Sozialismus nicht errichten, also mochte halt in Gestalt der Iberer-Buben der katholisch-schwerromantische Schnickschnack ein letztes Mal aufschimmern – da sind schon ganz andere Romantiker zuletzt katholisch geworden – – –

(Im übrigen geraten meine Tempi nicht aus stilistischer Sorglosigkeit gelegentlich romantisch ins Flattern, sondern weil im Einzelfall schwer auseinanderzudividieren ist, was ich jetzt beim Schreiben meine und was mir damals schon so durchs Hirn stäubte ...)

Alwin Streibl: Je sorglicher ich damals meine Iberer-Affaire hätscheln und päppeln mußte, um so toller konnte ich mich gleichzeitig bei ihm austoben – ein superieures eskamotistisches Talent sui generis wie ich in seiner ganzen Schöpfungsbreite darf ja auch auf die Komplementärmotive des städtischen Aventiuren-Zaubers einhacken. Und ich bin Streibl heute noch dankbar, daß er seinen runden Kopf hinhielt, heute, da die Katastrophe, ohne sein mindestes Einwirken, ihren verdienten Lauf genommen hat. Mir zum Pläsier, gaunerte ich damals mit Härte, Konsequenz, ja Brutalität Schätze aus uns beiden Schwiegern, als ob die Welt nichts koste – ja, als ob der Kommunismus als befriedetes Paradiesgärtlein herzinniger Quakträumerei schon eingezogen sei.

Winter valet! Die Brüder zeigten sich bereits in bräunlichen Übergangsmänteln, in Bad Mädgenheim hatten wir schon den Frühlingsstimmenwalzer gespielt – eines lockeren Märzmorgens tingelte ich wieder zu Alwin, zu sehen, was die Wirtschaft mache.

Der Paladin des Ostens flegelte hinter dem Schreibtisch, las in seinem – neuen? – Wüstenrot-Kalender und rieb sich die Frühjahrsmüdigkeit in die Augen. Nein, es sah nicht so aus, als ob dieses Jahr mit Italien was würde.

»Ah!« sang Streibl mich heiter an und hieß mich setzen, »Schwager!«

»Alwin«, peitschte ich ihn schmeichelnd, weil hemingwayisch übergangslos nach vorne, »hast du eigentlich schon mal mit dem Gedanken gespielt, hier« – ich verschluckte den Vorschlag, im Supermarkt das Parteibüro zu errichten – »hier in unserem Dünklingen eine Art – Schulungsarbeit aufzuziehen! Ich meine, Kurse und so – es müßt' doch da ein bestimmtes Interesse, ein Erwartungshorizont . . . Oder?«

»Aaah!« weinte Alwin glorios überrascht. Er war offenbar noch nicht ganz präsent. Vielleicht war ich sein erster Kunde in diesem Jahr. Draußen war niemand. Mein Frühjahrs-Furioso hatte ihn überfordert.

»Ich käme gern!«

»Ah . . . yeah!« Der Schwager wußte sichtlich noch immer nicht, wohin mit meinem frohen Gewäsch. Ich auch nicht. Ich mußte ihn straffer an die Kandare schubsen. Wäre Pflegschaft ein Thema?

»Was ich, Alwin, dich schon lange fragen wollte – der Fred sagt mir ja nichts – wie steht's jetzt eigentlich mit der Hunde – mit der Hunde-Sache von . . . ?«

»Die typische Prozeßverschleppung.« Alwin erhob sich, setzte sich wieder, vielleicht machte er sich gesprächswarm, »die Gegenseite kapriziert sich auf Verschleppung, die alte Masche. Vor vierzehn Tagen war ein Versicherungsinspektor da und hat alles angeschaut. Der Demuth Karl müßt' mir zuerst Satisfaktion geben, aber er ist zu feig. Aber um auf deine Frage zurückzukommen, es gibt in Dünklingen ein starkes materialistisches, sozialistisches Potential, nur . . .«

»Ja?« Schwerer Schabernack im Anzug, fertig, los:

»Der Sozialismus«, flötete Alwin chimärisch-nachdenklich, stand wieder auf und hing den Wüstenrot-Kalender an die Wand zurück, »hat momentan im Kapitalismus noch keine Chance.

Aber wir warten«, tremolierte Alwin fast Falsett und lächelte mich göttlich gewinnend an, »wir warten, wir warten, wir haben Zeit...«

»Es geht ja, Alwin«, säuselte ich ebenso knüppelnd auf den Händler ein, »gar nicht mehr um die antiquierte Alternative Sozialismus-Kapitalismus, sondern«, ich war benommen und überlegte drei Sekunden lang fiebrig, »um den realen utopischen Sozialismus...«

»Utopischen Sozialismus...«, echote Alwin schon in Trance und wie fernhin.

»Ja, um den realen utopischen Sozialismus als Lebensform für mich, dich und deine Kinder und Kindeskinder, in dem die Aufhebung der Entfremdung nicht in neue Entfremdung...« Ich hätte mich nicht so anstrengen brauchen.

»Hör zu, das einzige«, jetzt hatte er sich, »das einzige, hör zu, Schwagerherz«, jetzt schwärmte er bereits die strömende Überlegenheit aller Rechtgläubigen aus, »das einzige, was den Kommunismus – was willst mit Eurokommunismus? Er glättet nur den Widerspruch. Es bringt uns Arbeitern nichts – eine Frage, Schwager, ich geh heut' über Mittag ins Hallenbad. Gehst mit? In fünf Minuten. Ist ja nur fünf Minuten weg. Geh mit, sei so gut. Aber wo! Nur eine Stunde! Der Körper hat's gern. Wär' nett! Würd' mich freuen...«

»Mein Schwager«, stellte mich Streibl galant der Hallenbad-Kassiererin vor, »ein alter Musiker, geben S' ihm eine Badhose. Er hat keine. Daheim, aber wo, hat er eine. Und der Waldi? Macht Examen? Aaah!«

Ich kriegte eine weiße Badehose und eine Badekappe und wir hechteten mehrfach vom Einmeter-Brett ins Wasser. Alwin war über den Winter noch dicker und gleißender geworden.

»Der Kommunismus im Kapitalismus«, holte ich knapp aus, als wir im Liegestuhl lungerten, »oder umgekehrt...«

»Oder umgekehrt! Yeah!« So ein maulfauler Missionar war mir auch selten begegnet. Diese Hilf-Himmel-Äuglein! Ich überlegte leicht verkrampft.

»Hör zu, Schwager«, ich entschloß mich zur Frechheit, »gehört das eigentlich auch zum marxistischen Begriff der Entfremdung, wenn du in deinem Supermarkt...«

»Aber wo!« antwortete Alwin versonnen, ohne sich voll auszuweinen, »hör zu, das einzige, Siegmund, sei mir nicht bös, ich möcht' dir nicht weh tun, das einzige, was ich als Sozialist«, säuselte er, sah auf seine orangene Badehose und dann affenartig auf eine etwa 40jährige recht adrette Frau, die unter der Dusche aufgetaucht war, »das einzige, was ich als Sozialist mit dir als Kommunist...«

»Als Kapitalist!« verbesserte ich schelmensgrabenmäßig.

»Pardon, du hast recht, pardon, als Kapitalist, als Kapitaleigner teile, ist, du weißt es doch selber, ist... die Entfremdung... ah!«

»Sag ich ja!«

Die Frau im Badetrikot reckte ihren Körper wie lockernd in unsere Liegegegend, wahrscheinlich unbeabsichtigt.

»Die K-Gruppen...«, andante gewann Alwins Kantilene Alvaro'sches Format, »der Endsieg der K-Gruppen ist uns sicher...«

»Der End-K-Gruppen aber!«

»Pardon?« Der Schwager-Bomber schien aus einem schönen Traum gerissen, doch nicht sehr.

»Fin-k und Koda-k«, schluckte ich schnell brautjüngferlich, »apropos... Alwin, was ich...«

»Das einzige, apropos, was ich mit dir teile«, holte Alwin plötzlich ganz rudernd aus, »als Sozialist mit dir als Kapitalist, das ist«, rasch ging ihm vor Eifer der Atem aus, »teile, das ist das, sei mir nicht bös, ist das«, er kriegte das bekannte Vorlust-Schnauben ähnlich wie beim Niesen, »das einzige, was, hör zu, ist das – das Weibernageln! Stimmt's? Hab ich recht? Yeaah! Aah!«

Ich schaute entsetzt. »Um Gotteswillen!« bekräftigte Alwin und rundete das Mündchen zu einem brisanten Pfeifen in Richtung auf die Frau. »Wenn's spritzt!« rief er überwältigt, »sind wir alle gleich... äquiva... ah!«

Sieben Sekunden lang dachte ich nach.

»Das Merkwürdige am Vögeln«, flachste ich unruhig und wahrscheinlich weinerlich, »ist, daß man derartig doppelt nackt ist, daß man überhaupt nichts mehr dagegen machen kann!«

»Spritzt!« beharrte Alwin orgiastisch, »gib's doch zu!« Das

Duschen, klar, hatte ihn draufgebracht! Der Wille zu weiterer unseliger Kinderproduktion pestete aus seiner Stimme.

»Daß man«, beharrte ich leis, »nichts mehr dagegen machen kann...«

»Aber wo, du sagst es. Und deine Schwester – deine Schwester, pardon, Schwager, deine Schwester ist das gleiche Blut, das gleiche Schweinerl. Ist doch was Herrliches, so ein Arscherl! Ist doch so schön! So menschlich!« Überwältigt von sich selber blies er nun virtuos das feuchte Haar nach oben. »Das einzige, hör zu, Senkrechte in waagrechter Lage, hahaha! Dein Feuchtl ist doch – pardon! – auch... gib's doch zu! Hahaha! Nicht bös sein, Schwager, hahahaha – so menschlich!«

Er hatte den Spieß umgedreht. Das Einmann-Exekutionskommando hatte mich am Arm gepackt, fuhrwerkte, die Beine gegen den käsigen Stamm geknickt, unerschrocken weiter. Sozialisten erfreuen sich offenbar eines noch ambitionsloseren Humors als Ärzte, Schachspieler und Jäger zusammengenommen. Anpassung? Vorbereitung auf den Klassenkampf? Die Hölle:

»Senkrechte in waagrechter Lage!« Er war noch immer begeistert. Hatte er den alten Hut wirklich noch nie gehört? »Oben und unten, senkrecht und waagrecht, das ist die sozialistische«, jetzt kündigte sich die grausendste aller Ironien an, »die sozialistische Dialektik! Menschlich!«

In diesem Augenblick war ich absolut sicher, daß er meiner Schwester den Haufen Kinder nicht gemacht hatte, um den Klassenkampf zu forcieren, sondern aus purer, barbareigestählter Eitelkeit: der nichtkommunistischen, ihm sonst unzugänglichen Welt zu zeigen, wie namenlos er in Saft stand. Oder überhaupt seine Unabhängigkeit herauszubrüllen – der sonst so tarnungsnötig säuseln mußte!

»Kondizierst mir doch, Schwagerherz!« Es ging weiter. »Bist doch, hör zu, yeah, auch eine alte Sau – nein«, ein Rüsselchen, »eine alte Sau bist nicht, ein kleines Schweinderl, ein kleines Liebesschweinderl – bügelst doch deine Alte auch jede freie Stunde, du alte Schweinderl-Sau!«

»Konzediere ich«, sagte ich laut und unverdrossen seelenvollen Blicks. Fröstelte ich? Nein, wahrscheinlich hatte er sich beim Zeugen doch gar nichts gedacht, der Schwagerhammel.

»Pardon?«

»Konzediere ich!« Die Frau war jetzt ins Wasser gestiegen und kurvte hin und her. Wenn sie auf uns zukam, war sie mir zuwider, sobald sie aber wegschwamm, spürte ich jedesmal ameisenhaftes Gefunzle in der Herzzone.

»Kondi- konzidierst . . . ?« Streibl hatte aufgepaßt.

»Warum, um Gotteswillen, Alwin, aber wo, keine Widerrede« – es war weniger Mut als der Wille, die zufällig sich ballenden Geräusche des Hallenbads zu übertönen; ich schrie also fast – »warum, o Alwin, sprichst du eigentlich jedes zweite Fremdwort falsch aus? Oder verwendest es falsch?« Mein Aufschrei ließ mich leider ungetröstet, und also faßte ich schnell und wie schelmisch nach: »Als Sozialist?« Verdammt, die Frau hatte mich noch immer im Griff!

Alwin sah mich offnen Mundes und so traurig an, als ob er gleich einnicken würde. Aber nein:

»Du tust mir«, jammerte der mächtige Schwager nach einem tiefen Einatmen auf mich Kleinserl ein, »weh, Schwager, weh, um Gotteswillen! Du desavouierst den Sozialismus! So weh . . .«

Die Missa assumpta est Maria von Palestrina? Mitleid erregen können sie ja gut, diese Prügel-Sozialisten!

»Warum desavouierst du uns?« Jetzt zeigte er mir's aber, sprach es schon zum zweitenmal richtig. »Ich hätt's nicht von dir erwartet! Der Sozialismus ist heut' eine Weltbewegung, er ist nicht mehr aufzuhalten! Marxismus ist praktischer, ist praktisch Humanismus! Und du weißt es! Ach Gott, tust du mir weh . . .«

War's nicht eher das Miserere aus dem Troubadour? Das massigwehe Mönchsgegreine aus der Macht des Schicksals? Die fismoll-H-dur-Mischung aus dem Carlos gar? Ma lassù ti vedremo in un mondo migliore . . .

»Von dir, Schwager, hätt' ich's nicht erwartet. Schau, ich hab heut' in Dünklingen schon so viel Schwierigkeiten, in der Schule, in der Karriere, du weißt es, ich bin in Dünklingen praktisch Parias, ich bin politischer Gefangener!«

»Praktisch«, ich wartete zehn andächtige Sekunden, die Nixe hatte schon gleich keine Chance mehr, ich sprach wieder sehr leise, »ein Fall für amnesty international.«

»Schwager«, Streibl lächelte weitausholend zauberfest, »es ist praktisch Sippenhaftung. Schau, mein Vater war auch Sozialist, war auch Proletarier, war Lohnbuchhalter«, sang Streibl sehr versonnen, »er hat zur Klasse der Unterdrückten gehört, er hat bei Siemens in Weizentrudingen die Kasse verwaltet, yeah. Sie haben ihn dann in Affairen hineingezogen, es war Untreue, es war perfid, ach, war das gemein, ah! Er ist dann an Leukämie gestorben, er war ein Jahr eingekerkert, er war ein alter Kämpfer, um Gotteswillen, sie betreiben heute noch Sippenhaftung!«

»Praktisch«, ich wurde noch leiser, »wie beim Graf Stauber . . . . . . ah: Stauffenberg.«

»Pardon?«

»Dissident mit umgekehrten westlichen Vorzeichen!«

Alwin sah mich fügsam fragend an. Ich sah eine schöne lila Wiese und verbesserte mich schnell:

»Politischer Gefangener.«

»Das kannst mir konzi – kondi – –«

»Konzessionieren!« Ich rief quasi streng zur Ordnung. Alwin sah mich hündisch an.

»Mach mich halt nicht gar so fertig, Schwager!« Diesmal weinte *er* gleichsam schelmisch. »Schau, dich haben sie auf die Universität geschickt. Du tust mir weh damit, du bist doch auch nur ein Mensch und hast so viele Fehler, ach, so viele Fehler, schau, du hast dich in der Stadtbibliothek so dumm angestellt, daß sie dich 'rausgeworfen, ausgesperrt, exeku . . . haben!«

»Was?« rief ich sanft entzückt. Es machte Lust, ganz still zu bleiben! Jetzt hatte die alte Nixe all ihr Pulver verschossen.

»Auf die Straße haben s' dich geworfen, weil du ein Versager warst – in der – Literaturgeschichte!«

»In der Linguistik!« korrigierte ich leise und fast neugeboren. »In der Literaturgeschichte war ich befriedigend.«

»Und in der Ling« – den Rest verwässerte er – »ein Versager! Schwager!« – er weinte jetzt gleichsam für mich – »eine labile und schizophrene Existenz, du machst doch Fehler über Fehler, du bist doch auch nur ein Mensch, der Fehler macht . . .!«

»Eine Sau«, flüsterte ich maliziös und wieder unhörbarer, »im Rahmen der lateinisch-materialistischen geredasthenischen Deppen-Oligarchie . . .!«

»Ein Mensch!« rief Alwin hehr und sah mich schmerzlich an.

»du unterliegst, um Gotteswillen, doch auch einem Fehler, du machst doch auch mal einen lapsus linguae!«
»Lupus linguae«, besserte ihn ohne Erbarmen, »Alwin!«
»Laps ... lups ...« Er wurde wieder sehr unsicher und wackelte so hilflos mit dem Kopf, als ob er sofort ein Weizenbier bräuchte. So, und nun verschwand die dumme Frau auch endlich in der Umkleidekabine.
»Lupus! Alwin! Lupus!«
»Lupus? Ah?«
»Lupus! Komm, geh'n wir ein bißchen 'rum im Hallenbad!« Streibl seufzte anspielungsreich nachhallend, aber er ging mit. »Lupus«, fuhr ich mählich fort, indessen wir zu watscheln begannen, »das kommt nämlich von Lupe. Der Fehler ist so klein, daß du ihn effektiv praktisch mit der Lupe, lateinisch semi-masculinum, suchen mußt!«
»Lupus, da schau, semi«, mimte Alwin jetzt wahrhaft malvenfarben den sozialistisch Lernenden und drehte sein Säckchen von rechts nach links, »und ich hab immer gehört, das kommt von Labsus – die Lippe, weil, hör zu, könnt' ja sein, die Lippe sich ja vertut ... Fehler ... Da schau an, um Gotteswillen, nett!« seufzte er auf einmal wie verzaubert. Hier seufzte kein Mensch, hier seufzte die sanfte, aber alternativlose Gier nach Weizenbier!
»Lupus. Ah! Muß ich mir merken.« Der Brave! Wie wunderbar gemein ich zu ihm war.
Beim Gehen durch das Hallenbad – um meine Kleinheit zu unterstreichen, watschelte ich immer 70 Zentimeter hinter ihm her – bei diesem gemeinsamen Gehen fiel mir erneut auf, wie sehr Streibl jener gewissen wiegenden, aber auch gewiegt-wiegelnden Stenz-Schritt-Technik vertraute, von der ich schon vorne berichtete. Ich habe seither weiter darüber nachgedacht – es ist meines Wissens jener Schreit-Stil, wie er nach 1950 von den damals reiferen, aber auch politisch wachen und wachsamen Burschen oder auch gesellschaftsfähig gebliebenen Ehemännern kreiert und bevorzugt wurde – als Ausdruck abwartender Gelassenheit trotz der Kriegsniederlage, trotz allen nationalen Unglücks, aber auch der ästhetisch überzeugenden Sprungbereitschaft angesichts aller möglichen kommenden Eventualitäten, die sich ja bald tatsächlich in Form des Wirtschaftswunders einstellten. Dann erst

wurde meines Wissens der sehr reizvolle Schleich-Wiege-Schritt durch jenen saloppen, quasi natürlichen, alles versprechenden Gang abgelöst derer, die schon James Dean, den Rock'n' Roll und gar die ersten verspäteten Jazzeinflüsse erlebt hatten, ein Schritt, den beispielsweise der etwas jüngere Albert Wurm in Dünklingen und Erlangen erlernt hatte, und der dann später in jenen Jet-Set-Stil mündete, wie wir ihn heute haben. Die Iberer-Brüder aber? Altersmäßig lagen sie zwischen Wurm und Streibl. Hatten sie nicht auch von beiden Grundtypen einen winzigen Tick abgekriegt? Oder war bei ihnen doch die katholisch gerade Grundkomponente so dominierend, daß Modeeinflüsse – – Herrlich! Einem Bauchtänzer ähnlich schob sich Alwin von der dicken Hüfte aus nach vorne, Twist-Elemente waren noch zu rekonstruieren, entfernt kam wohl auch etwas Walzerseliges zum Austrag, die kurzen Schrittdistanzen hatten ihrerseits etwas Step-Artiges auf Lebenszeit – wahrscheinlich hatte Alwin den alten Schritt einfach umgedeutet, in ein symbolisches Scheineinverständnis mit dem kapitalistischen Wirtschaftssystem, Mimikri und Anpassung als Strategie, das alte vorsichtig abwartend Leopardhafte aber bedeutete die langfristig geplante Überwindung und den kurzen revolutionären Prankenschlag zugleich. Immerhin, wie generös bescheren uns heute durch solche formale ausdrucksbewußte Schönheiten unsere nachmaligen Erzfeinde! Ja, schwang da, sehr wohlwollend betrachtet, nicht auch der selige Rudolf Valentino ein wenig noch mit?

»Hemingway?« fragte ich also zärtlich mitbeschwingt.

»›For Whom the Bell Tolls‹ – ah!« antwortete Alwin begnadet und lächelte wieder volles Einverständnis mal kaum einholbare Überlegenheit, und setzte noch pretiöser die Füßchen voreinander.

»Chandler – Chandler meint«, tänzelte ich mokant, »das Leerste vom Leeren ist ein leeres Hallenbad!«

»Shattler, Chattler – ist kein Hemingway.« Die Trine Streibl seufzte traurig. »Er ist zu – materialistisch, zu dekadent. Ernie, hör zu, Ernie ist – schlicht wie die Bibel...«

»Wie die Bibel«, wisperte ich beseelt von Verdummung.

»Schlicht«, bestätigte Alwin, »wie die Bibel aah!«

Ich machte ihm das Leben noch leichter: »›To have or not‹, zitierte ich tranig, »to have‹! Alwin! ›Men Without Women‹!«

Er zahnte dankbar und gefügig, aber auch im Stil eines Menschen, den nur noch die erlesensten Ewigkeitswerte auf den Beinen zu halten vermögen: »›The Sun Also Rises‹! Ah! ›Der alte Mann und die Wälder‹ ... ah! Schlicht und groß wie die Bibel ...« Schlief er? Nein, es war Wagner! Tränen und Trost zugleich! h-a-cis-e-gis-fis-e!

»Er hat die Sprache unserer Zeit gekannt! Schlicht und schön wie ...«

Es galt ihn leise wachzurütteln.

»Ist denn die Bibel, Alwin, wirklich schlicht?«

Streibl sah mich traurig an. Jetzt war ich in Zugzwang geraten.

»Ist denn die Bibel nicht eher ein – kryptisches Gebild?« Ja, man spürte den Zwang!

»Schlicht« beharrte Alwin sehr freundlich, »wie die Bibel.« Dann aber wimmerte aus seiner Dämmerstimme abermals die Verzweiflung des politischen Gefangenen auf: »Wie ein Gebet, wie ein Gebet, wie ein schlichtes Abendgebet ...«

»Wer«, fragte ich, »Hemingway?«

»Aber wo«, Alwin lächelte körperlos, »die Bibel ... Hemingway, hör zu, war ein Meister der modernen Sprache, um Go ... Hemingway ... wie ein Avegebet ...«

Der Kommunist wußte nicht mehr, wo, wer und warum er war. Sollte ich ihn ganz blitzschnell fragen, wer oder was und warum im Autosupermarkt von der »Aachen/Dünklinger« versichert wurde?

»Er fühlte«, sagte ich seltsam gerührt, »Ernie, mein ich, nicht Trinkler Rolf, das Pochen seines Herzens an dem Nadelboden des Waldes ...«

»So nett yeah«, hauchte Alwin, und ich mußte ein wenig an meinen baldigen Tod denken, »nett, wunderhübsch wie der Nadelboden des Waldes, wie ein ... stilles Ave Maria ...«

»Na, du alter Wasserfrosch!« Alwin grüßte, stehenbleibend, leutselig scherzend über das Becken hinweg den bebrillten Bademeister im weißen Turnhöschen, »alter Mark Spitz! Immer noch – immer noch spitz auf – auf junge Schwimm-, Jungfernschwimmhäute!« Teufelskokett formte Streibl ein Mündchen, als ob er noch immer für Leslie Caron schwärme, ja für sie durchs Feuer ginge, wie fern blickend hielt er sich gleichzeitig die flache Hand über das Auge und, alle Widerstände hinwegschmelzend, die andere wie lauschend ans Ohr.

»Alwin, alter Gauner!« kam es heiter zurück, doch dann zog es der Bademeister doch vor, den drohenden Plausch zu unterbinden, und verschwand sehr geschäftig in einer Bürokabine.

»Der Wohlgemut Heinz, der Wohlgemut Kistl«, trillilierte Alwin wie gesellgkeitsbebend, »er ist bei der Partei. Er betreut momentan die Jugendarbeit ah! Er ist früher in meinem Stammlokal, beim Asam, verkehrt. Er macht momentan einen Schulungskurs aaah. Ich werd' mich jetzt auch wieder mehr in die Schulungsaufklärung, in die Bildungsarbeit einschalten aaah ... Hemingway, hör zu, war nicht der Schläger, wie sie ihn heut' hinstellen. Er war ... ein ganz feiner, ach, ein ganz feiner Mann yeah ...«

»Feiner Mann«, antwortete ich lämmerartig.

»Du sagst es«, freute sich mein Angeheirateter sofort altjunkerlich wie der Schneekönig vom Kilimandscharo.

»Nur«, unkte ich ulkig, »ein Sozialist war er nicht.«

»Siegmund, hör zu, es ist, es ist die«, flüsterte Alwin spannend, »was wir heute brauchen, ist die revolutionäre Geduld, die revolutionäre Geduld aah!«

»Die Mehrwerttheorie«, log ich, »im Verein mit der strukturellen Gewalt...« ich überlegte, wie ich beides weiterspinnen könnte, aber Alwin kam mir zuvor:

»Du hast vollkommen recht«, half er mir galant, »aber du bist Theoretiker, nicht Praktiker!«

»Wieso?« fragte ich, von Sonnenstrahlen eingenistet. Es war wie eine geistige Diätetik und Haschisch zugleich.

»Na ja, was machst denn schon den ganzen Tag? Lesen und Klavierspielen. Klavierspielen kann ein dressierter Aff auch, pardon, ich will dir nicht weh tun, aber ich sag's wie's ist, aber wo. Du kennst den Sozialismus aus den Büchern, dir fehlt die Praxis, die pragmatische Schulung...«

»Du meinst, mehr – Theoretiker?« nestelte ich mich aus vorübergehender Überraschung wieder hoch.

»Theoretiker«, sagte Streibl sanft, »du hast Zeit. Als Theoretiker bist du Spitze, ein Spitzenmann...«

»Radikalenerlaß?«

»Er tangiert meine Frau«, hauchte Alwin dolorös fashionabel, »sie leidet drunter, ah!«

»Aber die ist doch wegen der sieben Kinder aus dem Schuldienst ausgeschieden!«

»Behaupten sie«, welkte Alwin komfortabel detachiert, »behaupten sie. Es war praktisch Berufsverbot, um Gotteswillen ...«

»Hallenbadcafé?« fragte ich wie kränkelnd, eine durstige Seele bezaubernd.

»Immer, Schwager!«

Wir kleideten uns an und begaben uns ins Hallenbadcafé, sauber gewaschen und fürs erste erschöpft. Kriegten einen Pfefferminztee und ein Weizenbier und setzten sofort unsere Seelenfledderei fort.

»Die Philosophen haben bisher die Welt nur gedeutet«, sagte ich eilig, »es kommt darauf an, sie zu verändern. Alwin, du – kennst doch die Iberer-Buben – oder?«

»Ich hab früher viel mit ihnen Fußball und Indianer gespielt«, Alwin sann wie gülden, »drei-viermal sogar in der Regionalauswahl aaaah!«

O süßes Schmiegen, wonniges Lügen! Aber jetzt hatte ich das Gesetz endgültig durchschaut. Das »Ah!« bedeutete so gut wie immer eine Lüge, die Länge des »Aaaah!« war ein Gradmesser für ihre Gewalt. Indessen:

»Indianer?« probierte ich es wieder anders. Alwin zeigte sich vom Lügen gut erholt:

»Sind selber schuld, selber schuld. Die haben sich nicht gewehrt. Ein Volk, das, um Gottes, dem Untergang geweiht ist, wehrt sich nicht mehr, aber wo!«

Ein Darwinist war er also auch. Seltsam, wie leicht unsere Kommunisten von der Marx'schen Denklinie wegzulocken sind, ohne daß die Partei eingreift. Mußte also ich es tun:

»Indianer ... liest du eigentlich – Fontane?« Mir wurde schon wieder blaßlila vor den Augen. Aber die Iberer waren ja wirklich Fußballer gewesen, ohne daß Alwin es wissen konnte!

»Fontane aah! Nett! Für Jugendliche. Für Schulkinder ...«

»Und für Hemingway-Anhänger«, ich tat ihm gut, »nicht?«

»Über Hemingway geht bloß einer: Shakespeare!« rief Alwin wärmend und trank warm. »Shakespeares rechtmäßiger Nachfahre ist heut' praktisch Hemingway.« Ihm schmeckte auf diesem Erdball einfach nichts außer Weizenbier. Es weichte ihm die letzten verbliebenen Vernunftsbrocken in all ihrer Bitternis auf und machte sie letzten Endes gegenstandslos. »Hemingway ist der legitimierte Nachfolger. Fontane? Aber wo, aber wo! Evi Brest. Die Stichlinge. Was willst damit? Dritte Klasse Volksschule. Mein Sohn hat Fontane in der Schul', der – wie heißt er jetzt schnell wieder?«

»Alwin?«

»Schwagerherz?«

»Wie – wirkt sich das denn eigentlich aus, daß du – ›Alwin‹ heißt dein Sohn! – in Dünklingen politischer Gefangener bist?«

Es war, wie ich vielleicht jetzt erst merke, eine äußerst unverschämte, weil bodenlose Frage. Der Schwager dachte scheinbar nach, dann sprach er fest:

»Ich bin Agent, pardon: ich war Agent. Sie haben mich vernichtet aah! Heut' wart' ich nur auf meine Rente. Dann ist mir alles gleich. Ich war Agent, ich bin Agent. Ich bin Professional. Sie wissen es genau. Ich bin heut' praktisch ein geschlagener Mann, ich hab ein liederliches Leben geführt, um Gotteswillen! Vernichtet«, er lächelte humorvoll wie Jesus, als er seinen Durst am Kreuz so ränkevoll löschen hatte müssen, »aber nicht geschlagen!«

Da konnte ich schachmatt nicht mehr, der Schwager-Humpen hatte glänzend sein Weizenbier ausgetrunken, und beim Verlassen des Cafés fiel mir auf einem Wandbord ein hübsches Schmuckbierfäßchen auf, an dem aber nicht ganz einsichtig sechs winzige Schnapsgläslein baumelten. Ich geleitete Streibl zum Supermarkt. Und morgen das Ganze nach Laune dacapo. Grimmig schmunzelte die Lenzessonne.

*

Aber ich muß mich vorsehen, daß dies nicht ein »Alwin«-Roman wird, wie wiederum Fouqué einen hinterlassen hat, so episch erheblich ist er auch wieder nicht, der Herr Schwager! Obwohl – war nicht eben auch Fouqué schon auf diese romantischen Sehnsuchts-Eseleien hereingefallen? »Alwin schwankte wie im Traum die Stiege hinab«, des Auto-Supermarkts, klar, »ungewiß tappte er an den Wänden umher«, die Spione, die Wanzen zu enttarnen, weißgott . . .

Und Fouqué ist ja dann auch tatsächlich schwer katholisch geworden – und leider sehr schrullig, ja schwach von Verstand! Ein böses Omen?

»Wie geht's?« – »Am Arsch!« – »Am Arsch? Wieso? Warum am Sack nicht?« – »Aber wo!
Den hab ich lange nicht verspürt,
Wer weiß, ob der noch koi – «

Nun, wenn mir schon meine imaginaire Liebe, die beiden Hauptfiguren notgedrungen sehr wenig Zitate und Dialoge liefern, muß es eben ein anderer, Alwin, tun! Ich persönlich halte ja, wie man ahnt, das ganze Agentenwesen für die ärgste Kinderei der Welt, aber bei Schwager Alwin nahm die ganze schrecklose Affentour schon wieder die Chuzpe, die marxistisch-leninistische Dialektik des Abendrotschimmers – – eben echter Hoch- und Spätromantik an. Seltsam, wie substantiell in dieser Kasperlstadt plötzlich Farbwerte, Tonschattierungen, Weizenbierbräune und Hallenbadhexereien wurden – sie ersetzten vollkommen die alte Ideologiekritik, wie wir sie alle gelernt haben. Oder nicht, lieber Leser, hast du nicht auch den Eindruck? Aber wo? Aber ja doch!

So lebte ich in Saus und Braus, mir wurde bang verhuscht und graus. Die Philosophie, die Parole oder Gegenwart lautet nun mal »Carpe diem – jeder Blödsinn wird mitgemacht!« Warum sollte ich da abseits stehen?

Tag der Arbeit, 1. Mai. »Boy Watching«, nennen's neuerdings die jungen Amerikanerinnen der nach-hemingwayischen Generation. Ich lauerte ihnen wieder hinter dem großen Sedans-Brunnen auf. Es war für die Jahreszeit steinerweichend kalt, es graupelte, und ich fühlte eine Grippe im Anzug. Und sie verspäteten sich sogar, mich gewissermaßen zur Raison zu rufen. Aber angeschaut wurden sie! Jetzt erst recht!

Um 11.57 Uhr kam er daher, der Iberer-Verhau, mit Graf »Stauber« im Schlepp – und erstmals einem vierten Mann! Ohne

Bedenken nahm ich meine Sonnenbrille ab, alles genau zu sehen. Der vierte war ein gleichfalls recht speckiger mittelgroßer Mann ibererähnlichen Alters, aber so blausportlich in etwas Kammgarnanzügliches eingewickelt, daß er wie ein früh füllig gewordener Sprinter wirkte und eben deshalb sogar das Kommando übernommen zu haben schien. Dauernd redete er in kreisförmigen Armschwingungen auf die Brüder und »Stauber« ein, ganz als wolle er ihnen bedeuten, daß heute Feiertag und überall in Dünklingen etwas los sei – zu welchem Spuk Kodak einen universell bejahenden, gutheißerischen Eindruck machte, indessen Fink zwar tief und herrlich vor sich hin in den Trottoirboden starrte, aber dabei doch irgendwie spielerisch mit dem linken Bein schlenkerte, als ob er den großen Bruder insgeheim leicht antippen wollte, was für ein Klasse-Tag das heute sicherlich werden würde!

Graf »Stauber« freilich tappte und wankte so überflüssig hinter der Dreiergruppe einher, abgemeldet gänzlich von dem aberwitzig fachierenden Blauen, daß mich erstmals – Mitleid überkam. Ja, war nicht er, »Stauber«, der Allerärmste, der Dümmste und Verlassenste, um den man sich unverzüglich kümmern mußte? Indessen die Iberer, vom allgemeinen Erfolg umrauscht, schon nach Belieben neue Assistenten ausprobierten!

War ich schon zu bequem, das Lager zu wechseln? Hielt mich schiere Nibelungen-Treue?

Mit dem einziehenden Sommer, so paradox es klingt, gewinnen unsere paradiesischen Honoratiorentreffen, ursprünglich sicher doch Inszenierungen, die Bangnis des Winters besser zu überstehen, jeweils noch an Wärme und gar Innigkeit. Ja, es kam in diesem Mai-Monat sogar zu einer schillernden Pikanterie, die sich wohl einem recht verzwirbelten Einfall Karl Demuths zuschreibt. Über unserem Tisch hatte seit Menschengedenken ein Ölbild gehangen, auf dem drei alte Patres, einander brüderfromm anhimmelnd und vor nichts mehr zurückschreckend, die Steinkrüge gegeneinander schmettern. Eines Abends war das Bild weg, an seiner Statt hing jetzt ein ausladender Öldruck mit allerlei sich räkelnden Nymphen, Faunen und ähnlichem, wobei eine nackte Frau (schon wieder eine in den Roman geheimnist!) von einem stumpf gierigen Mann irgendwie auf ein Roß verzerrt wurde. Ich weiß nicht, auf was Demuth mit dieser meines Erachtens ziemlich wertlosen Allegorie, wohl einer Paraphrase von Rembrandts Sabinerinnen-Schinken, anspielen wollte – jedenfalls wollten wir unsere drei Pfäffchen wieder, da aber Demuth seinen, man merkte es genau, Schalkseinfall nicht fahren zu lassen bereit war, einigten wir uns darauf, daß alle zwei Bilder hängen sollten.

Das tun sie nun bis auf den heutigen Tag.

Etwa gleichzeitig hörte man seitens Fred Meldungen über – nein, nicht wie Freudenhammer vermutet, Pornographie, sondern allerlei Lehrgänge und Schulungen in Verkaufspsychologie, die er damals wohl einmal wöchentlich in Stuttgart absolvierte, und zwar sogar in einem Saal des dortigen Interconti-Hotels – Studienseminare, die demnächst auch noch in der Schweiz fortgesetzt werden und jedenfalls den Absatz von Foto-Waren unendlich beschleunigen sollten. Und Wienerl berichtete auch laut und atem- und kompromißlos, was er da schon gelernt habe, nämlich von einem Psychologieprofessor Denissen, daß es nämlich – wenn ich das recht erinnere – fünf psychologische Typen des Film- und Foto-Käufers gebe, den Alpha-, Beta- und Gamma-Typen usw., wobei z. B. der Alpha-Typ durch unabdingbaren Durchsetzungs- und Erfolgswillen, ja durch eine starke Rücksichtslosigkeit sich auszeichne, während z. B. der Delta-Mann irgendwie die höheren Gemeinschaftsaufgaben im Herzen trage.

Ich wollte schon fast und vorsichtig fragen, was denn dann die Iberer-Brüder für Foto-Charaktere seien, doch Freudenhammer kam mir zuvor:

»Und solche Alpha-Typen kaufen bei dir ein?« frug der Beerdigungsreporter arg, »die – müssen viel Erfolgswillen haben!«

»Der Grundtypus, du, der Zielgruppe überhaupt«, Fred eilte es wie überlastet, »ist Alpha-Beta-Struktur, das heißt...«

»Was? Wer? Am Wahl- und Bettag machst Vorinventur?« rief ich, statt dessen, schwer verzinkt.

»Fred! Du bist eine Alltags- und nette Tortur!« verlängerte Kuddernatsch verblüffend begabt. Wienerl versuchte uns beide mit einem hoffnungslos feurigen Handschwung abzuwehren. Dankbar nickte Bäck. Wir Alten tricksen uns halt gerne ein und aus.

»Und hör mal«, sagte ich sehr heiter, »warum nennst du eigentlich deinen Laden ›pluspreisgruppe‹? Das ist doch sehr sehr mißverst...«

»So heißt der Dachverband!« Fred Wienerl rief es fast wie vielversprechend. »Wurde zentral diktiert!«

»Für Outsider-Kameras«, ich winkte ab, »aber schlecht. Da wär' doch ›minuspreisgruppe‹ attraktiver!« Was ich mit Fred da trieb, war recht riskant, er hatte mich ja noch immer ziemlich in der Hand. Konnte er mich nicht nach wie vor und jederzeit der Iberei überführen? Ich zwinkerte Kuddernatsch an. Der nestelte blinkend zurück. Ihre Neckischkeit, Frl. Vroni, schlängelte sich aus der Küche. Kirche? Küche!

»Oder«, aha, schon wieder wußte einer was, »gleich ›plusminuspreisgruppe‹«, scherzte Wurm gewunden, wie der Name sagt. Wie ich überhaupt Anhänger, ja fast Nestor der psychologischen Vor- und Familiennamensymbolik bin, vor allem, weil mit ihr feststeht, daß ich es mit meinem »Siegmund Landsherr« noch weitbringen werde, ein Streibl aber natürlich a priori gezeichnet, ja verdammt ist. Aber ob Freudenhammer sich deshalb wirklich an Stupsi schadlos hält...?

»Minus«, rief Fred geschäftigst, fast erbittert, »hat keinen Alpha-Touch!« Bäck schnarchte verzwickt.

In diesem Augenblick zog Wurm die Brieftasche hervor, klaubte einen 50-Mark-Schein heraus und legte ihn fast schillernd auf den Tisch. Ich war sicher – jetzt würde er endlich und unerwartet die alte Darlehensschuld begleichen, doch siehe, Wurm ließ den Schein von Vroni nur in fünf Zehner wechseln und schob diese genußreich wieder ein! Entweder war dieser Mann nicht mehr ganz koscher im Kopfe – oder er wollte mich auf diese Art noch schmerzhafter schmoren lassen. Na warte!

»Und hör mal!« rief ich nun verwinkelt, »wenn schon ›Bei Fred‹, dann besser noch ›Chez Fred‹!«

»Du darfst Dünklingen sales-promotion-technisch nicht überfordern!« wies Fred mich zurecht und ächzte überfordert fast. Unentwegt gähnte Bäck.

»Aber meine Herren!« suchte Kuddernatsch zu retten.

»Atelier Chez Fred«, schlug ich noch vor.

»Zu französisch, zu französisch!« Trotzdem schien Fred sehr geschmeichelt und langfristig eine Vision zu erspüren.

»Dann besser ›Gasthaus Chez Fred‹!« rief Kuddernatsch etwas daneben und unsere rastlose Neckerei abrundend.

Ich unterdrückte nochmals die wunderbar verkräuselt hochzüngelnde Frage, was denn dann die Iberer für Gestalten seien – etwa Epsilon-Typen, die zur Ehre Gottes auf das Auslöserknöpfchen drückten? Immerhin glaube ich seit jenem Abend zu wissen, was der Alpha-Typ für ein Mensch ist. Denn der kleine Fredl werkelte bei seinem noch einmal einsetzenden psychostrategischen Unsinn aus Amerika so heftig und undiszipliniert am Tisch herum, daß er schließlich Bäcks Bier umstieß und es gar nicht merkte – und als der arme Paul mit einem kläglichen »Öhööh!« protestierte und Fred auf den Schaden wies, sagte dieser sehr mondän, ja wie im Traum: »Das ist deine Affaire!« Und quatschte rücksichtsloser weiter.

Heraussprang bei Freds Fortbildungslehrgang dann freilich bald etwas Unerwartetes, ja Peinliches. In einem seiner Schaufenster, seitlich zweier Tafeln mit der Aufschrift »Tip-Top-Auswahl« und »Top Service« ohne Bindestrich, standen nämlich auf einmal, umkränzt auch von großen Fotos jugendlicher Mopedfahrer, Dutzende von Mopedschildern herum sowie ein weiteres Schild »Näheres im Laden«, und auf meine launigen Fragen im »Paradies« hin gab Fred schließlich zu, ja, er verkaufe neuerdings auch Mopedschilder im Rahmen eines »Mixed Media Vertrags« mit der Moped-Versicherung bzw. mit der Schwestergesellschaft oder Agentur »Interwerbung«, als deren Filiale er neuerdings in Dünklingen operiere, übrigens auf Provisionsbasis. Und zwei oder fünf Schilder bzw. die zugehörigen Versicherungen habe er auch schon unter Dach und Fach. »Zwei andere sind noch unsicher, aber ich kriege sie!« rief Fred drucksend wie im Expansions-Asthma und zeigte tatsächlich kurz die gelben Zähne.

Das Mixed-Mediawesen muß heute schon über eine erschütternde Auftriebskraft verfügen, wenn es sogar Flachpfeifen wie Fred mitschwimmen läßt!

Wiederum recht frech drang ich in den Fotografen, ob vielleicht diese neue Moped-Initiative mit seinen »Outsider«-Kameras zusammenhinge. Weil ja doch – Fred ruderte schon über- und verlegen, aber ich fuhr fest fort – Mopedfahrer überwiegend Outsider seien, präzisierte ich, damit auch Bäck es mitbekam.

»Dann würde ich doch vorschlagen«, meldete sich überraschend und geharnischt Freudenhammer, »In-Kameras für Moped-Outs!«

»Zu sophisticated!« wirbelte Fred verzweifelt, Kuddernatsch zahnte wie eine Spitzmaus, »solche Slapstick-Effekte sind Message, keine Public Relations!«

Warum eigentlich unsere Top-Amerikanisten Wienerl und Streibl sich noch nicht zusammengetan hatten? Statt dessen lagen sie im Prozeß miteinander. Freilich einem sehr ruhigen.

So strich auch dieser Juni hin. Die Iberer sah ich einmal wöchentlich nach Plan, meist Samstagmittag schon, um mein Pensum locker hinter mir zu haben. Ungeklärt blieb weiterhin, wann sie verreisten, ihrem Fototriebe zu gehorchen. Denn wann auch immer ich sie heimsuchte – nun, dann waren sie auch da.

Es war ein Bilderbuchjuni, zumal in Dünklingen, so sehr, daß gewisse Zeitungen sogar von einem »Schönwetterloch« sprachen. Aber während alle übrige Welt in diesen Hundstagen in schattigen Biergärten herumhockte, blieben die Unseren extra hartnäckig im sicheren Schutz des »Paradies« haften, atmeten steif durch und harrten der Dinge, die da kommen sollten. Angeblich hatte sich damals auch eine kleine Intimfeindschaft zwischen Bäck und Kuddernatsch angelassen, eine buchstäblich intime, Bäck soll gegenüber Wienerl Kuddernatsch vorgeworfen haben, er verkehre zu oft ohne Rücksprache mit Freudenhammer, ohne ihn, Bäck, zu verständigen. Aber das war Unsinn bzw. ein Fred'scher Übermittlungsfehler, und damit war es auch schon wieder ausgewesen. Unsere Alten waren ja selbst zur Kleinintrigue zu einfältig – wie freilich die meiste restliche Menschheit auch, diese allerdings vorwiegend aus Egoismus und blinder Aufgeregtheit. Unsere Veteranen dagegen – sie waren einfach zu sehr in ihrem eigenen Zauber gefangen. Ach ja, und – jetzt fällt's mir wieder ein – Kuddernatsch soll zur Zeit der Krise gekontert haben, Bäck stehe dessen neue braune Baskenmütze nicht.

Vielleicht sogar deshalb – aber jedenfalls kamen in dieser Zeit auch Bäck und ich uns näher. Wir waren oft die letzten, die das »Paradies« verließen, ja einmal nahmen er und ich, die wir verwandten Heimweg hatten, sogar noch zwei Fläschchen Bier auf die Reise mit, wir hockten uns um halb 2 Uhr früh auf eine Bank

in der Maueranlage, vor einem Denkmal Max des II., und schlürften sehr adagio Saft in unsere müden Körper. Es muß ausgesehen haben wie zwei überalterte unpolitische Rocker, die es noch einmal und abgeklärt wissen wollten – und tatsächlich kam ein Polizist daherspaziert und hätte uns wohl dingfest gemacht, wäre Bäck nicht sein Firmpate gewesen. Das Sitzen und Zechen in öffentlichen Anlagen laufe der öffentlichen Ordnung zuwider, mahnte der junge und verständnisvolle Polizist.»Sei gescheit«, tröstete er Bäck, der einen kleinen sitzen hatte und deshalb ganz durcheinander geriet, und der Beamte rief ihm dann aus der Ferne nach: »Also am Sonntag dann beim Go-kart! Wir stehen links!«
Und schon am andern Tag die Promenade ins abermalige »Paradies«! Lichtbälle der Heimlichtuerei rissen sacht vorwärts. Wurmisch flunkerte der schattige Busch, aus dem Mausloch log Alwin dazwischen, freudenhammerisch ächzte von hinten das Glöcklein, kuddernatschoid sprenkelte endlos güldenes Abendrot. Laudate Dominum, omnes gentes! Viv'la Compagneia, la Bella Compagnia! Der Terrorismus hatte keine Chance.

\*

Die Hängematte, in der mein Rancher lag, ward schwer vor Schläfrigkeit und Lust zum Expedieren.
Noch etwas ereignete sich damals, mein Glück abzudichten. Es traf sich, daß noch ein Mann in mein Leben trat, seine Rundheit zu vertiefen, nein, wortwörtlich abzurunden, ein geistlicher Herr, den ich hier meinen Lesern, entgeht ihnen schon die Mätresse, nicht vorenthalten möchte. Er fiel mir wohl erstmals im Mai auf, dann wieder einen Monat später, offenbar betreute er alle Monate eine Sendung – kurz, im Fernsehen, das ich sonst, abgesehen von der Kriminalserie »Task Force Police«, eigentlich nur geringfügig wahrnehme und wahrnahm, hantierte damals ein überaus eigenwilliger Mann herum, ein gewisser Adolf Sommerauer – und es mag sein, daß mich zuerst auch sein doppelt und klösterlich sommerlicher Name wohltuend in Bann schlug: deutlicher ins Bewußtsein trat mir der Alte, dessen bin ich sicher, im Anschluß an eine Fußball-Europapokal-Übertragung, als er

nämlich nach den Stimmen der Trainer sofort loslegte – obwohl mich solche redseligen Knüppel eigentlich immer sehr gefangennehmen und ich ja damals auch schon auf einer einsamen Höhe meiner neuen Katholizität stand, hörte ich zuerst nicht genau auf den feuchten Unsinn. Erst als mehrmals hintereinander die Worte »Sex« und »Sexy-Rummel« und sogar »Busen« aus dem Kasten quakten, sah ich genauer hin und nahm zuerst einmal wahr, daß der Fernsehgeistliche tatsächlich einen Kopf wie ein Fußball aufhatte, ein verschrumpelter Fußball, dem halb die Luft ausgegangen war, ähnlich der Stadtform Dünklingens –

– und dann wurde immer klarer, daß der zähe Alte die Sexualität aus neuerer christlicher Sicht behandelte, eine Viertel-, eine Halbestunde lang, die Sexualität, die ihn offenbar sehr juckte und plagte, denn er wackelte immer heftiger mit dem argen Schrumpelkopf, und dann endlich erzählte der als »Pfarrer Sommerauer« Angekündigte, er habe da einen Brief von einer schwer verzweifelten Frau gekriegt – und jetzt rollte er langsam den Brief vor den Augen der Kamera auf, setzte stöhnend die Brille auf und suchte mit den alten Augen eine Weile die verräterische Textstelle:

»Und da schreibt mir die Frau, der Name tut nichts zur Sache, schreibt mir also die Frau, sehr geehrter Pfarrer Sommerauer, schreibt sie, ich bin verzweifelt, schreibt sie.« Sommerauer blickte verzweifelt in die Kamera, seufzte wie erschöpft und fuhr fort: »Ich bin verzweifelt. Ich habe nämlich nur Busengröße 4!« Sommerauer sah mich erneut an, seufzte noch steiler und schien um Jahre gealtert. »Mein Mann aber, schreibt die Frau da weiter«, fast verächtlich schnippte er ein wenig an dem Blatt, »will«, er sah wieder in den Kasten, aber jetzt hatte er es wie verzagend wieder vergessen und sah erneut ins Blatt, »mein Mann will« – es dauerte etwa sechs Sekunden, bis er es wieder gefunden hatte – »Busengröße 7!« Jetzt aber legte Sommerauer den Kopf ganz erbärmlich schief, sah erneut in die Kamera und streckte vor Ermattung sogar ein wenig die Zunge vor:

»Busengröße 7!« wiederholte Sommerauer fast hallend, setzte die Brille ab und siehe, ohne Brille war der Kopf ein einziger schwerer Tränenrucksack, da setzte er die Brille wieder auf: »Und dann schreibt mir die Frau – ich kann und mag nicht sagen«, jammerte Sommerauer, und der lichte Haarschopf bebte stöhnend mit, »aus welcher Stadt sie schreibt, es könnte ja auch – jede Stadt sein, und dann schreibt also die Frau: Lieber Pfarrer Sommerauer, soll ich – soll ich meinen Busen meinem Mann zuliebe spritzen?«

Kathi hatte die Augen geschlossen. Schlief sie wirklich? In der Küche braute Monika Milchtee. Jetzt unerwartet gelang dem Fernsehpfarrer eine neue Steigerung von Bekümmertheit. »Was soll ich«, Brille ab, »dazu sagen, liebe Hörerinnen und Hörer«, er seufzte, »und Zuschauerinnen und Zuschauer? Was soll ich als Pfarrer dazu sagen? Ich bin ein alter Mann«, weinte Sommerauer hart und spielte zäh mit seiner Brille auf dem Schreibzeug, dann ließ er den Kopf gewissermaßen nach schräg unten in die Kamera plumpsen: »Wenn die eheliche Liebe, die heute sogenannte« – und jetzt sah er ganz unsinnig und zudem brillenlos suchend noch einmal in den angeblichen Brief – »die heute sogenannte Sexualität nur immer aus – Busen, Busengrößen und Busenspritzen besteht – und«, merkwürdiges Decrescendo, »existiert«, und jetzt war es, als ob, wiederum Crescendo, das Spirituelle sich vollends mit dem tränenreich Gemütsvergammelten vermählte, »dann kann ich als Pfarrer nur sagen und fragen: Was ist das für eine Liebe oder sogenannte Sexualität?«

Kathi schien wirklich zu schlummern, als Sommerauer seine Skepsis begründete; wäre sie erwacht, ich hätte sofort nach meinem Schopenhauer gegriffen.

»Busengröße 3 oder 5 oder 7«, tobte der Kugelrunde maßlos weiter, »oder 6 oder 8 oder 10«, jetzt verlor er sich, obwohl scheinbar abwehrend, sogar im Sinnenrausch, »was soll ich als Pfarrer dazu sagen und der Frau helfen? Busen und immer Busen!« Die Backen vibrierten in frommer Leidenschaft, er seufzte ganz ätherisch und setzte die Brille wieder auf und nahm sie wieder ab: »Ich fürchte, liebe Frau«, und schrecklich rieb der Daumen übers freie Auge, das andere war geschlossen, »ich fürchte, bei Ihnen überwuchert – überwuhuchert die Sorge um den Buhusen eine Möglichkeit der«, er wehseufzte und greinte jetzt schon ganz unverschämt – »Liebe!« »Liebe!« rief Sommerauer noch einmal laut, bei dem Wort aber verriet sich der alte Wurstel klar, denn eindeutig glitschig formierten seine dicken Hände einen – Buhusen! So daß Sommerauers folgende Ausführungen über den Unterschied von Liebe und Sexualität, in denen auch nochmals der »Sexy-Rummel« zur Diskussion gestellt wurde, etwas an Glaubwürdigkeit verloren. »Der Sexy-Rummel!« rief der Greis mehrfach und war offenbar völlig verhext durch die Laszivität des bloßen Worts – und auch vom »Busen« mochte er sich noch längst nicht trennen – aber dann, endlich nach 30 Minuten, am Ende der Sendung, sagte Sommerauer ebenso resignierend wie resümierend urplötzlich etwas sehr Schönes und Wahres: »Ihren Kummer, Ihren Kummer, liebe und verehrte Zuschauer und Zuschauerinnen, können Sie jedenfalls durch das Spritzen des Busens nicht heilen!«

Er ließ noch für einige Sekunden und fast glaubwürdig sein ganzes Leid im Kugelkopfe auf- und niedersausen, dann war die Sendung aus.

Ob die Iberer auch gelauscht hatten? Ich sah vorsichtig auf die schlummernde Kathi. Kathi Eralp-Landsherr. Gott, was für eine abgeschmackte Kombination! Die Brust ging friedlich auf und nieder. Mindestens Größe 6! Keine Probleme. Ich wechselte in die Küche, trank mit Stefania Tee, wir spielten noch ein wenig Watten und ich gewann 50 Pfennige.

Ein Monat später traf es sich erneut. Ich lauerte Sommerauer schon seit Tagen auf – und wurde nicht enttäuscht. Der Fußball hub an mit recht allgemeinen Gedanken über Alt und Jung und über den »Nebel unserer Geschäftigkeiten« – aber sehr bald und unverkennbar gierig sogar kam er dann auf seine letzte Sendung zurück, seufzte wie verraten und verdammt und erzählte, er habe ungeheuer viele zustimmende, aber auch ablehnende Briefe gekriegt, vor allem wegen seiner Ausführungen über – Sommerauer sah wie erledigt, achselzuckend in den Kasten, »die Busengrößen«, die nach Meinung vieler Fernsehteilnehmer einen Fernsehpfarrer nichts angingen. »Aber, meine Hörerinnen und Zuhörer«, verteidigte das Dickerl sichtlich stolz seinen Mut und seine vor keiner Aktualität zurückschreckende Kampfbereitschaft und schnaufte verwahrlost auf und durch, »das angebliche nichtige und nebensächliche Thema der«, er sah kurz und wie leidend auf seinen Schreibblock, »Busen«, er nahm die Brille herunter, »hat auch einen Geistlichen wie mich zu interessieren. Ich kann nicht«, er beschleunigte das Tempo und forcierte die Dynamik, als ob die Pfarrersjacke ihm zu eng würde, »über modernes Christentum reden, wenn ich die – Sexualität ausklammere, wie sie in unseren modernen Heimen und – Wohnungen besteht und«, wahrscheinlich meinte er die Probleme der Sexualität, »viel Leid – Leid! hervorrufen!« Und wiederum begann er schnaubend und ächzend über »Busen« und »Sexy« zu winseln, die beiden Worte raubten ihm einfach die Reste von Verstand, die tiefste Eitelkeit angesichts seiner selbstlos-rücksichtslosen Kühnheit gleißte, ja gliß abermals um das gelbe Nasengebüsch, – und erst zehn Minuten später bequemte er sich, zu einem anderen Thema zu wechseln, zu der wünschenswerten und sonderbarer Weise »ausgerechnet von mir« von einem Zuschauer verlangten Freilassung des Stellvertretenden Führers Heß.

»Aber was soll ich«, jaulte Sommerauer schräg auf, »als Pfarrer tun? Ich wünsche mir selbstverständlich – auch! – die Freilassung von« – er sah auf sein Blatt, sah verstört wieder hoch und abermals auf sein Blatt – »Heß. Heß! Aber man überschätzt doch einfach meine Kraft, meine Möglichkeiten, wenn man das von mir verlangt! Ich bin kein Politiker und Fachmann!« wehrte sich Sommerauer, und jetzt wackelten seine Backen wieder wie in übergroßer Demut: »Heß! Ich kann nur zu meinem Herrgott sagen, Herrgott, kann ich sagen, ich bitte dich um die Freilassung dieses Gefangenen! Realer – realer! – sind meine Möglichkeiten schon in – scheinbaren! – nichtigen Sachen wie«, er stutzte scheint's über seine eigene Verworfenheit, »Busen – und Busengrößen, so lächerlich es diesem oder jenem vorkommen mag. Aber der Kummer – und wenn es um den kleinen Buhusen ist«, heulte Sommerauer jetzt schon ganz verzweifelt, »die Sexualität ist heute . . .«

Und abermals incipit lamentatio Jeremiae. Wunderbar! Dieser Sommerauer war eine einzige sanfte, ja erhabene, aber dafür um so endgültigere Naturkatastrophe. Dieser Fußball, dieser Schnarchsack, dieser Knittel, diese qualvolle Orgelpfeife ackerte und lechzte und blökte nicht nur den hinterletzten Humbug vor sich hin, er log ganz einfach wild entfesselt, wohltätig und erschreckend darauf los – ganz wie Alwin, aber noch eine Idee schamloser, darauf bauend, der Rest der Welt sei noch vernebelter – und merke es nicht. Der Gedanke an Busen machte den Alten obendrein alle Barrieren einreißen. Wollte er seinen Bischof brüskieren? Wollte er ihm einen Fingerzeig geben? Es war schlechthin göttlich! Nein, er log und gaunerte wie Alwin, aber doch ganz neu und reiner noch – und plötzlich wußte ich's: dieser Tränenkrug war die Synthese von Alwin und den Iberern! Es war Alwins Vater und der Oheim Finks und Kodaks. Ich aber war sein Opfer, war sein Adressat!

Als Sommerauer einen Monat später zuerst die »Wiedergutmachung einer Vergewaltigung« behandelte, dann aber widerstandslos, noch einmal und jetzt schon vergehend, seine erste Busen-Sendung zu verteidigen begann, faßte ich mir ein Herz und schrieb ihm sogleich einen Brief. Des Pfarrers Adresse war am Vortragsende angeschrieben worden:

»Lb. Pfarrer Sommerauer, ich habe auch ein Problem. Meine Frau hat zwar einen großen Busen, aber sie hat trotzdem ein Problem. Ich, ihr Gatte, will ihr nämlich partout nicht mehr beiwohnen – Sie wissen schon: bügeln, rammeln und so. Meine Frau hat – ohne Busenspritzen – Größe 6, schon bald so groß wie Ihr Kopf, Herr Pfarrer, aber es nützt ihr nichts, und mir schon gar nichts. Ja, je größer der Busen meiner Frau wird, Herr Rat, desto wilder werde ich auf zwei katholische Burschen, die sogenannten Iberer-Buben, genannt auch ›Sexy-Iberer‹, zwei alte katholische Lackeln, die viermal wöchentlich durch unsere kleine Stadt dampfen. Seitdem mag ich keine Busen mehr, große schon gleich gar nicht. Sondern möchte lieber die Brüder flachlegen. Vielleicht sollten Sie das auch einmal probieren, wenn Sie der Sexy-Rummel gar zu sehr quält. Nein, mein Pfarrer, keine Hinterdrücktheit! Wenn Sie also ein Problem haben, schreiben Sie mir doch. Meine Frau hat sich schon dran gewöhnt. Es scheint wirklich die Lösung des Busen- und Sexy-Problems zu sein. Keine Widerrede! Hochachtungsvoll Siegmund Eralp.«

Zugegeben, kein sonderlich geistreicher Brief. Er stimmte auch inhaltlich nicht so recht, und daß ich ein Pseudonym wählte, charakterisiert mich auch nicht gerade als tollen Kämpfer für meine Sache. Um so beschwingter trug ich den Brief sogleich zum Postkasten, noch spät in der Nacht. Wenn schon Roman, dann mußte ich auch allen Unfug eines modernen Romanhelden

treiben! Wegen des Krebses keine Naturbeschwärmung mehr?
Doch! Ihm zum Trotz!

Die Stadt schien ruhig und eigentümlich busenlos. Ich schlich etwas verschämt durch die Basteigasse, vom Schaufler- zum Wibblinger-Tor. Schleier der Denkfaulheit übersäumten Haus um Haus. Eine Katze sprang vorbei. Wie Lützows Jagd die zweite hinterher. Geradezu in der Stadtmauer, in einer Art Hütte, hauste Alois Freudenhammer. Aus dem Satteldach, rechts vom Spitzturm, kräuselte sich leiser Rauch, verlor sich in Schießscharten und Wehrgang. Sollte ich den Alten aufsuchen, mit ihm ein Süppchen zu verzehren? Aber vielleicht hatte er Stupsi bei sich und wollte beim Betasten des winzigen Busens nicht gestört werden – –

Dicht nebenan ein Häuschen mit einem Schild an der Gartenpforte. Mond fiel drauf: »Zuchtstätte für deutsche Schäferhunde«. Darunter waren ein großer und vier kleine Hunde abgebildet. Ich überlegte kurz und busenfest, holte mein Taschenmesser heraus und schraubte das Schild ab. Zog zu Alwins Supermarkt und klemmte es über das Schild »Aachen/Dünklinger Versicherung Büro«. Es hielt. Atmete glücklich durch und war auf alles gefaßt. Irgend etwas würde dem sicher nachfolgen. Meine lunare Zuordnung. Wen würde er verdächtigen, der Schwager? Wienerl? Demuth? Mich? KGB?

Schwebte ins Stadtei zurück. In der Horngasse hatten sie ein neues Lokal eröffnet, ich las die Inschrift zum ersten Male: »Club de la Romantica«, darunter kleiner: »Weltflair exclusive«. Steckte Fred dahinter? Zingareskes Schnörkelzeug sollte die Lüge abdichten, aber zwei Meter weiter links von der Pforte hatten sie ein altes Schild »Biergarten um die Ecke« vergessen. Lautlos lagerte die neue Pracht. Ruhetag? Dieses städtische rokokogotische First- und Fachwerk- und Giebelgezirp! Es verwirrte zunehmend und wie ein träg operierender Bazillus mein von Haus auf vernunftgestähltes Gemüth. Eigenartig, wie unbewegt von jeglicher Luft das Städtchen vor sich hindöste. Noch nie vorher war mir aufgefallen, wie kunterbunt da irgendein angekränkelter Maler der Häuser Wurstel-Zier angepinselt hatte. Wahrhaftig, neben- und hintereinander seufzte es himmelblau, rosa, lebkuchenbraun, mausgrau, giftgrün, laubblond, busenfarben . . .

Pommes frites ambiance. Mondo Cola international. Meine Iberer-Passion! War sie nicht gar zu schön und gefahrlos schon? Üppig mahnte die Kastanie. Schwerer hausten Lug und Trug. Ich kam mir vor wie auf Patrouille, wie eine vor Einsamkeit torkelnde Wach- und Schließgesellschaft. Der Wehrgang, verräterisch, war nicht abgeschlossen. Stieg ich das Treppchen hinan, trat auf eine herumliegende FKK-Zeitung. Hob sie auf, sah, daß die Busen in Ordnung waren, ja zum Teil schon niederschmetternd groß, ein äußerst vergnügter Abend. Ein Pfiff im Hinterhalt, im Hinterhof. Schöner sang die Nachtigall. Gemütvoll schwebte Odem hemmungsloser Geistesfäule. »Kriegsdienst« war ein guter Name. Dunkel schäkerten TV-Antennen. Nördlich schattete die schöne Sommerau. Das Tagwerk ruhte, Trugwerk rauschte. Dünklingen! »Dunclingia« hatte es in der ersten urkundlichen Erwähnung der Römer geheißen, dann war die herrliche freie Reichsstadt draus geworden, eingebettet in beherrschendes Plattland, das sich, wie es heißt, dem Einschlag eines Großmeteoriten vor 15 Millionen Jahren zuschreibt, dem größten dieser Erde, wie die Stadtverwaltung in ihren Propagandaschriften behauptet. Manchmal vermeine ich zu fühlen, daß dieser geohistorische Scherz ein Fingerzeig sein möchte des Meisters der Gestirne, denn gewiß waren damals mit den kosmischen Klumpen Astronauten angereist, die Dümmsten des Weltalls, Mondbewohner sicher, die nun ihre traute Kugel immerfort zurück sich wünschten ... Ich verehre meine liebe, gute, dumme deutsche Nation, indessen, bangen muß ich hin und wieder, daß sogar unsere aufgeklärtesten Kommunisten wie Alwin in ihren Welterklärungsversuchen nicht über den Mond ...

Sein Licht, es fiel nun klar und busenkundig silberzart wie das der böhmischen Rusalka. Sprenkelte flockiger über all den romantischen Unsinn, das modrige Zeug aus Blattwerk, Stuß und Mauerzier. Würdevoller räkelte sich der karminrote Schrannenbau prächtig in die Julinacht, zerzaust von jungfernhafter Verbrämtheit zitterte sein Türmchen. Mochten nur die schwedischen Heiden wieder anrücken, Gustav Adolfs Leute würden einfach geblendet vor soviel Hübschheit! Das runde sanfte Dunkel. Kaldaune des Feuchten und grüne Süße, wie machst du beklommen und schläfrig zugleich – ach, komm, ach, Hoffnung!

Ob Sommerauer antworten würde? Konnte er ja gar nicht, der Knittel, der verliebte! War ja die falsche Adresse! Mußte ich eben allein fertig werden mit meinem häuslichen Busen, dem Gegieble der Verblödung, dem Geraschel der Verwogung . . .

Der volle Alwin-Mond verkroch sich hinter Wolken, kam neu hervor und spähte. Aufs Zittern des Heimchens, aufs Ragen St. Gangolfs. Und dann sah ich ein entsetzlich Schönes, Unerhörtes, ja Erlauchtes. Aus der Bierwirtschaft »Zwerch« baumelte plötzlich verschreckend mitgenommen der Tip-Top-Fotograf Fred heraus, stürzte nach links, machte kehrt, stürzte nach rechts, schleuderte auf das Wibblinger-Tor zu, auf den kleinen Passanten-Tunnel – und prallte wider die Mauer! Raffte sich auf, schien verwundert, überlegte, ging ein paar Meter retour, nahm einen neuen Anlauf. Wieder – gegen die Mauer! Wieder das zwei Meter breite Tor nicht getroffen! Dritter Versuch. Fred schlich sich nun fast vorsichtig an, verlor ein bißchen die Richtung, fand sie wieder, erreichte das Loch – und siehe, es klappte! Er schlitterte leicht gegen die Wand und verschwand.

Ich pferchte eine Zigarre zwischen die Zähne. Wortlos tuschelte wer vor mich hin. 47 Jahre! Wahnfug! Weh! Sollte ich Fred nachsteigen, ihm beizusteh'n in wilder Not? Ich mußte denken, dann lachen, dann schwerer denken.

»Bleib«, wisperten Mond und Lauschigkeit, »ruh dich aus, Pilgersmann, alles klar! Sei wachsam, flott und lustig wie Fred Wienerl. Traulich-treulich aber halte zu den Iberer-Jungs!« Ja, dieser »Jungs« für die alten Runkeln erinnere ich mich sehr genau, es war meine letzte, mit Alwin zu reden, Exkulpation, ja Sinngebung des ganzen sommerauverschimmelten Abends. Wandte mich heimwärts, zum Schelmensgraben. An einem Scheunentor ein rosa Plakat: »Ökumenische Jugend – Sonntag Pop-Gottesdienst 20 Uhr in der Emaus-Kirche (gegenüber Club de la Romantica)«. Herr Schwede, laßt Euch mahnen! Jetzt ähnelte der Mond sanftschaukelnd Kuddernatsch.

In meiner Küche saugte ich warme Milch in mich und gedachte halb im Traume Alwins, der erwartbaren Telefonanrufe wegen des Schäferhund-Attentats: »Politische Diffamierung weltanschaulich Andersdenkender . . .«? »Der Demuth war's, die alte Sau . . .«? »Staatliche Repressalien, um mich langsam aus der

Stadt zu entfernen, ich bin ihnen, um Gotteswillen, zu gefährlich...«

Der Mond stand traun traut vor dem Fenster.

\*

Ganz falsch war es ja keineswegs gewesen, das Zeug, das ich Sommerauer geschrieben hatte, im Gegenteil – und einmal muß es ja ans Tageslicht, was das eigentlich für eine krumme Tour ist, die ich da reite (haha!) mit meiner Türkin, falls der Leser sie nicht, wie ich eigentlich gehofft hatte, längst vergessen hat. Nun, ich komme also wohl nicht länger um sie herum (wenn schon nicht in sie hinein, hahahaha!), es läßt sich nicht länger verschweigen, kurz und gut, ich ritt, wie gesagt, und reite nicht mehr, schon seit vier Jahren nicht mehr – kurz und rüd: ich war vordem meiner türkischen Gattin über Jahre hinweg in durchaus solider Weise ehelich verbunden, bis ich eines Tages im Herbst 19...

Karten auf den Tisch! Ich mache es noch kürzer:

Eines Tages merkte ich, daß ich sie nur noch angekleidet penetrieren wollte, das heißt, sie sollte dabei (jetzt, Courage, verlaß mich nicht!) nur in einen blütenweißen Ringel-Rollkragenpullover gewandet sein – zwei- dreimal machte sie den sinistren Akt auch mit, bis sie dann meine funeste Passion durchschaute, es gab dann horrible Szenen bzw. es gab überhaupt nichts, und diese von Haus aus schon sehr wortfaule Person sah mich nur lang und nachdenklich und fast angeekelt an, seufzte und machte mir wie mit einem unsichtbaren Panzer, der plötzlich ihre Oberfläche überzog, gewissermaßen klar, sie wolle mir nun ab sofort überhaupt nicht mehr zu Willen sein. Stolzer Spanier, der ich in solch kitzligen Lagen bin, verzichtete ich nun wahrhaftig ganz drauf und siehe – so ging es also auch, seit nunmehr mehr als drei Jahren, getragen von der erkennenden, doch nachsichtigen Großmut der Großmut-, pardon: der Schwiegermutter, und dann kamen eben ohnehin die Iberer-Jungs des Wegs gewackelt, die Qual des principii individuationis zu beenden! –

Geschulterten Köpfen überlasse ich es, für diese meine geheimen Sehnsüchte und ihre Folgen Namen und Art zu nennen –

ich habe dann eben kurz mal versucht, mich bei der Kellnerin Vroni schadlos zu halten, so recht funktioniert hat das aber auch nicht, hätte vielleicht im Lauf der Zeit besser funktioniert, wären nicht eben eines Tages die bereits mehrfach genannten Iberer in mein Leben getaucht und hätten Vroni sowohl als der unanstelligen Türkenwitwe die Machtgrenzen aufgezeigt. Nein, nicht daß die von Sommerauer beklagte Busenanfälligkeit der Männer plötzlich und gänzlich verschwunden gewesen wäre, aber diese Busen traten doch fast schlagartig, ob klein, ob groß, ganz merkwürdig in den Hintergrund zugunsten eines Anderen, noch wärmer Schimmernderen, noch Schwellenderen, Nochdümmeren – ich habe vorne versucht, es zu beschreiben. War es die kameragewordene Katholizität der katastrophengestählten Brüderkamarilla katexochen, die mich so kamasutrisch kataleptisch ansaugte? Die Rundlichkeit des Brüdermiteinanders angesichts der herrschenden Hinfälligkeit des Menschengeschlechts per se? Gott allein weiß es, na, der bestimmt nicht – es war eben wie ein aufgedunsenes Gefühl von Fronleichnam, aber auch von würzigem Leberkäse mit Ei, was mich umstrich – das wohlig Spinöse mit Spinat, aber auch etwas wie Himbeersirup als hymenartige Himmelshymne war mit am Hacken, man bedenke ja auch, was es z.B. heißt, daß in diesem unserem Weltall das Licht 800 Jahre braucht, bis es von uns aus das Sternbild Rigel erreicht, das heißt unter anderem, daß radioteleskopgerüstete Freunde vom Sternbild Rigel heute noch nicht einmal unsere Kreuzzüge beobachtet haben, und bis der Unsinn bei ihnen einträfe, den ich hier momentan abzog, war es jedenfalls so spät, daß diese Herren mich nicht mehr überführen und aburteilen konnten – – mußte man sich in diesen notig-turbulenten Zeiten der Weltraumerkenntnis nicht abermals bona fide dem Bischof an die Brust werfen, der einfältigsten der verfügbaren Kräfte, und seinen Sendboten, dem Brüdergeglitzer, geschaukelt vom Geschunkel der modernen Ideenleere des Skotus Eregina, die da besagt: De mirabili divina ignorantia, qua Deus non intelligit quid ipse sit bzw.

    Trag ich mein' Pimmel
    Unter'm seidenen Himmel:
    Himmelsbraut du – –

Damn it! Also noch einmal!

        Hurtig, mein Hammer!
        Ende den Jammer – – –

Wie der Zwerg Mime! Was ich vielmehr sagen wollte:

        St. Neff, sei kein Blödmann,
        Schlag los, wenn er steht! Man
        Befolge das Beispiel
        Des Bischofs zum Beischla – Sex-Appeal – –?

Nein, so geht's ja nun wirklich nicht! Endlich und unwiderruflich Schluß mit dem Porno-Schmarren! Ich verbiete mir das für den Rest des Romans! Und deshalb hier zur Entschuldigung, Wiederversöhnung des Lesers und Abwechslung ein wirklich schönes und liebendes Gedicht, vielleicht das schönste Gedicht deutscher Zungen – vöge – – kurz, wer es einmal in der Vertonung von Franz Schubert, gezwitschert von Kammersängerin Rita Streich, gehört hat, der – der – – Vorhang auf für Goethes:

        Ich denke dein, wenn mir der Sonne Schimmer
        Vom Meere strahlt;
        Ich denke dein, wenn sich des Mondes Flimmer
        In Quellen malt.

        Ich sehe dich, wenn auf dem fernen Wege
        Der Staub sich hebt;
        In tiefer Nacht, wenn auf dem schmalen Stege
        Der Wand'rer bebt.

        Ich höre dich, Kathi, wenn dort mit dumpfem Rau-
                                                  schen
        Die Welle steigt.
        Im stillen Hain, da geh' ich oft zu lauschen,
        Wenn alles schweigt.

        Ich bin bei dir; du seist auch noch so ferne,
        Du bist mir nah!
        Die Sonne sinkt, bald leuchten mir die Sterne,
        O wärst du da!

\*

In diesen Junitagen starb in Ohio Wilhelm Kuddernatsch' Tochter, die letzte Familienangehörige. Während Bäck noch immer eine Frau daheim hatte und Freudenhammer immerhin eine öffentliche Aufgabe, besaß der Ärmste jetzt nur noch die zwei Freunde, es wurde immer konzentrierter.

»Hätt' ihr gern einen Epitaph geschrieben«, kondolierte Alois Freudenhammer ruhevoll, »war ein sauberes Mädel, aber, mein Gott, Ohio...« Selbst das »Paradies« schien still zu trauern.

»Maria Bronx«, waberte Kuddernatsch glücklich, »ihr Mann ist vor – wieviele? – sechs Jahren in Vietnam gefallen schon!«

»Rheinland!« Mein Mondgefasel schmerzte mich bald selber. Audasthenie?

»Vietnam!« grollte aus dem Hintergrund Karl Demuth laut und trüben Auges, und ich schwieg ganz schnell still. Enger schmiegte Kuddernatsch an Freudenhammer sich vorsorglich.

In diesen Tagen hörte man auch, daß ein langhaariges 18jähriges Mädchen namens Frl. Münch aus dem Tschibo-Laden geworfen worden sei, weil seine langen blonden Haare angeblich dauernd beim Trinken in den Kaffee getunkt seien, – liquidiert von der berüchtigten Tschibo-Bande, wie Wurm wußte, der in dieser Zeit immer un-belmondischer in die Breite ging.

In dieser Zeit spielte ich gern mit Stefania Tischkegeln, ein sehr empfehlenswertes Familienspiel übrigens, auch wenn die Schwiegermutter sich dabei immer wieder erkundigte, ob vielleicht die Post Briefe verschmeiße, weil ihr Mann immer noch nicht schreibe.

In dieser Zeit, es waren wohl die Wochen nach dem Prager Fenstersturz und im Nachbarstädtchen hatte der edle Nusch gerade Tilly den Meister gezeigt, in diesen Tagen entdeckte ich eine weitere, kleine, aber nachahmenswerte Passion. Ich schritt damals immer lieber auf dem rechteckigen, etwa fünf mal sechs Meter großen Hochflor-Teppich in meinem Zimmer herum, genauer, an dessen etwas zottelnden Rändern entlang, stundenlang, immer geradeaus um das meines Erachtens byzantinische Muster herum, immer in kleinsten Schritteinheiten, sechs Meter vorwärts, dann einen 90-Grad-Schwenk nach rechts, dann wieder fünf Meter, ein wahrer Peripatetiker altgriechischen Erbes, in der Zielkurve beäugte ich dann meist mein leckeres, wennschon stumpfes Körperchen samt knallrotem Kopf im großen Wandspiegel, dann sofort eine neue Tour – bis ich nach einer gewissen seligen Ermattung entweder in die Küche ging, um ganz langsam ein Riesenstück Stadtwurst zu verzehren, oder in meinen geliebten alten Fauteuil zurücksank, fläzend dahinschmelzend in die Tiefen des Weltalls, des unbeschreiblichen.

Der Phasenhochdruck, apropos, meines roten Kopfes ist mir bis heute schleierhaft. Denn mein Blutdruck ist total normal! Ich denke, es handelt sich hier um ein neueres Phänomen der Thermochemie, um eine jener Stickstoff-Carbin-Oxydationsprozesse, die bei erlesenen Geistern häufig vorkommen sollen, die ich aber vormals an der Alma Mater nur mehr zu Teilen mitbekommen und begriffen habe.

Mit den Brüdern hat es direkt nichts zu tun. Es war vorher schon zu sehen.

Übrigens gönnte ich mir mein Gegehe auch während der Klavierstunden des Streibl-Kinds – zum anmutigen Geklimper ging es sich noch schöner. Des Rätsels Lösung? Zuerst hielt ich es für Freude, mein begrenztes, aber souveränes Reich abzuschreiten, durch immerwährendes Abschreiten immer sicherer abzustekken. Sodann meinte ich eine Ahnung zu vernehmen, es sei dies unbewußtes Kräftetraining, mich für die schon absehbaren Katastrophen der zweiten Lebenshälfte stark zu machen – erst nach Wochen erkannte ich, was es in Wirklichkeit war: Freude, die schlechthinnige Freude eben des Umeinandergehens in kleinsten Schritten selber war es, was mir so infernalisch behagte! Ein Dandy-Naturell wie ich schreitet ja ohnehin gemächlich aus, damit die Zeit eindringlicher und gedankenreicher vergeht – mein Heim-Gehen hatte nun aber zur Folge, daß ich auch in der Welt draußen, auf dem Trottoir immer langsamer vorwärts kam – und oft von einer Straßenecke bis zur andern eine Viertelstunde brauchte. Obwohl meine kurzen Beinchen eigentlich dauernd tippelten!

Freilich, ganz so rätselhaft wär's dann auch wieder nicht. Ich beobachtete an mir nämlich gleichzeitig eine zunehmende winzige Lust, verstohlen in die Schaufenster zu äugen, Spielzeug-

Lokomotiven, Konservenbüchsen und Tennisschläger zu bestaunen – und zwar in der Weise, daß es mir jeweils erst in den Sinn fiel, als ich schon fast an dem betreffenden Schaufenster vorbei war, so daß ich das Fenster wieder zurück abschreiten mußte, und auch dies vollzog sich mit vielen kleinen und drolligen Kreiseln, Spiralen und sonstigen eingeschränkten Körperwendungen – es war verheerender als die Echternacher Springprozession im Wallfahrerstil! – wobei ich nur wissen möchte, wohin ich damals immer wallte! Wollte ich die Welt sehen, aber – auch wieder nicht gar zu viel? Wie auch immer, mit Recht verachtet Schopenhauer die, die sich im Leben gar zu schnell zurecht finden!

In diesen Tagen – ach, um ein Haar hätte ich's verschwitzt! – Alwin hatte sich wegen des Schäferhund-Schilds überhaupt nicht bei mir beschwert! Nervös geworden, hatte ich ihn vier Tage später im Supermarkt angerufen, Alwin hatte aber nur fröhlich allerlei Unverbindliches ins Gerät geflötet, da wollte ich es genau wissen und ging zu ihm hin – das Schild mit den Schäferhunden klemmte noch stillvergnügt unter dem Versicherungsschild, Alwin aber hangelte sich bei meinem Vorstoß wie berührungsscheu zwischen verschiedenen Autos hin und her, als wolle er diese wie ein Wünschelrutengänger nur leicht spüren, nein, wahrscheinlich versuchte er einfach einen möglichst hemingwayisch-distinkten, jedenfalls betäubend-fatalen, ja schwer amerikanistisch-entrückten Eindruck zu machen. Er war allein.

»Ahoi!« rief er mir von ferne zu.

»Ich wollt' nur schnell schauen!« rief ich wahr und schaudernd über den Gitterzaun zurück, »ich muß noch zur Bank!« Und verzog mich wieder. Voll Verständnis winkte mir der Spion nach. Das Schild blieb wahrscheinlich in alle Ewigkeit dort klemmen, und eines Tages würde wirklich Jimmy ein paar Kameraden von der Schäferhund-Branche mitbringen, Einzug halten und einen tollen Hüttenzauber inaugurieren! Mit Weibern und allem!

In unserer Zeit, mit der Zeit geht eben alles. –

Ach, Krebs, laß nach!

\*

St. Gangolf, ich erwähnte es, ist ein verblüffend riesiges Gotteshaus, sein »Nothaft« genannter Turm ragt wohl 100 Meter. Er droht aber eigentlich, wenn ich's recht verstehe, weniger den Menschen die Furcht vor Gott, sondern eher diesem, wie niedlich es hier unten sei, und er, der leider Allmächtige, solle ja daran nichts ändern. Der Kirchbau selbst ist plump und massig.

Ich war mittags von zu Hause weggegangen. Das »Aschenbrenner« lag leer, wie längst gestorben. Ich streunte durch allerlei weißliche, sehr öde Straßen, besichtigte die Auslage von Freds Laden, ärgerte mich vorsichtig über einen neuen und sehr überflüssigen Zebrastreifen, wie von ungefähr verirrte sich mein schwacher Schritt auf die Pforte von St. Gangolf zu, das Spitzportal. Schon war ich drinnen.

Ich mied bis dahin diese Kirche besonders nachhaltig, obwohl ich als Kind dort sogar kurz Meßdiener gewesen war. Nein, es hatte kaum mit meinem religiösen Werdegang zu tun, sondern mit einem prima vista eher kunsthistorischen Defekt, der mir aber doch ein letztlich übergreifender schien, jedenfalls hatte im Zweiten Weltkrieg der Restaurator des schönen alten Deckenfreskos aus dem 17. Jahrhundert gewissermaßen in der Art barocker Meister den damaligen Führer Hitler als Randfigur in die jauchzenden himmlischen Heerscharen mit eingepinselt; und das ging denn doch etwas zu weit, und ich nicht länger hin.

Es war so wohlig kühl, wie Kirchen sommers eben sind. St. Gangolf lag vollkommen leer, es fiel natürlich niemandem ein, jetzt hierherzukommen. Ich durchlief beide Seitenschiffe, ferne funkelte matt der Hauptaltar, seitlich schwebte ewiges Licht. Etwas unkundig ließ ich mich auf einer langen Sitzbank nieder, sah nach vorne, sah nach oben. Da war er. Mit lustigem schwarzen Schnauzbart und versteckt hinter einem Paar Rauscheflügel spitzte er herunter. Es war bedrückend. Warum machten sie ihn nicht wieder weg? Er war einsam, und sie hatten ihn aufgenommen.

Oder war nicht gerade dies die alte und neue Botschaft der Iberer? Der täglichen, durchschnittlichen und allgemeinen Eselei der Zeit die Wucht des gesamtkatholischen Unfugs siegreich entgegenzuschmettern und zu -stemmen? Gehörte da, in universaler Liebesversöhnung, nicht selbst der alte Herr Hitler mit dazu? Auch heute noch – und wieder!

Ob ihre Katholizität wirklich mit Spanien und der Inquisition zusammenhing? Daß wieder strenger aufgeräumt werden müsse in dem Saustall Universum? Aber sprach dagegen nicht ihr milder Blick, der Finks zumal! In den letzten Wochen hatte ich sie wieder ein wenig vernachlässigt, jedenfalls als materielle Erscheinungen, hatte sie mehr als spirituelle Begleiter, als Vademecum der Seele behandelt, und gerade dies widersprach ja dem sinnlichen Zug des Katholischen! Angeschaut wollte es werden! Ich war so sicher, war zu wohlig, zu bequem, zu innerlich verludert, und das ging ja sicher schief . . .

Hätten die Iberer damals nicht in St. Sebastian ministriert, sondern hier, sie wären mir schon damals nicht entgangen. Gott, wie anders stünd' ich heute da, wäre ich in ihrem Schutzkreis alt geworden! Oder . . . waren die Iberer umgekehrt, indem sie mir damals entwischt waren, Symbol der verpaßten, der versäumten Kindheit, von deren wahrer Schöne mir erst spät Demuths und Albert Wurms Berichte Kunde getan? Oder hieß ihre bannende Beseligungshäßlichkeit doch vielmehr Richtspruch eigener ewiger Kinderlosigkeit? Denn wenn die Menschen sich so iberisch entwickeln, muß dann Nachwuchspflege wirklich sein, Frau Minister?

Más si no es mi majo un hombre que por lindo descuelle y asombre . . . y guarda un secreto . . .

Nachsinnend rieb ich mit dem Daumen im Mundwinkel und drückte mit dem Zeigefinger die Oberlippe auf das Gemengsel. Vier kleine Körperteile – welch ein Zauber!

Schmatzte wie eine Kaulqualle, dann sah ich wieder schnurgerade. Es stand nicht schlecht um mich. Wenn ich schon sonst zu nichts mehr taugte, so doch noch zu dem Trick, an einem solchen Hundstag in die Kirche zu pendeln. Und nicht ins Schwimmbad! Sondern zu Hitler und zu Sebaoth. Ich äugte wieder zu ihm hoch. Er nickte bestätigend. Kriegsdienstzeit. Abwärtsstürzend fuhr der Blick zur Seite. Neben dem Weihwassergerät gab es ein schwarzes Brett. Es hingen mehrere Papiere dort. Eins überragte alle, ein kartoffelkäfergelbes Plakat. Es war vom Kirchstuhl aus zu lesen:

## DFB-Pokal
### Inter Dünklingen – Bayern München

Ich stand auf und trat an das Plakat. »Zur Einweihung des neuen Stadions – Samstag Anstoß 15 Uhr«. Fragend sah ich zu Herrn Hitler hoch. Es war ihm schon recht. Und der Gekreuzigte selber? War am Balken eingenickt. Gemessenen Schritts verließ ich das Gotteshaus, kaufte mir eine Packung Kreide. Sollte ich sie in den Fluß schmeißen? Ging ich also lieber in die Kirche zurück und schrieb an die freieste Stelle des schwarzen Bretts:

### Alwin ist Doof!

Nein, das war nichts. Ich zog mein Schnupftuch hervor und tunkte es ins Weihwasserbecken, wischte die Botschaft wieder aus. Schrieb:

### Alwin ist ein Sicherheitsrisiko!

Es war wahr, aber nicht so menschlich, wie Shakespeare und Hemingway es gern haben. Der Herr Hitler schaute auch recht mißbilligend auf mich herunter: Keine diffamatorischen Desavouierungen! Es tat ihm weh.

### Wanted: Alwin S.

Plötzlich spürte ich hohes Elend, dann fast reine Himmelsfreude. Klar! Es mußte mal beglaubigt werden. Daß in dieser hemingwayfernen Zeit, in dieser Hemingway-Flaute einer dem Meister noch die Treue hielt. Und sei's aus Sturheit und Verzweiflung und Verweizung. Heftiger schnaufte ich durch und schrieb:

### Alwin ist sehr lieb

Schlicht und einfach wie die Bibel. Pfarrer Durst zur Pflichtlektüre, Demuth zur Beschämung. Mit hochgerissener Hand verabschiedete ich mich von Herrn Hitler und seinen Freunden. Segelte sofort stadtauswärts.

Die Luft war warm wie Margerite. Das erste Dorf hieß Götzenried. Im Grase hinterm Holzstoß brütete still ein Blumenmädchen, es war aber nicht das Kind Stupsi. Das nützliche Korn sprang reich und bieder, lautlos fächelte die Pusteblume. Im flaumigen Wiesengrund haschte die blonde Katze nach ihrem schnellen Schwanz, dem reinen. Der nachdenkliche Frauenschuh, das gutmütige Vergißmeinnicht. Fern im Westen krähte Einsamkeit wie vor sich selber furchtsam. Das warnende Gezirp der Grillen – ich hätt' es ahnen müssen! Ein rotes Blumenstück in moll war Mohn. War der KGB schon hinter mir? Die Tschibo-Bande? Ein verzweifeltes atlantisches Hoch. Kälberkropf und Taubennessel. Beifuß stand Gewehr bei Fuß. Sonne, dumme Sau! Gerieben rieb ich mir die Augen, jetzt drückte aber etwas Buschig-Hügelhaftes aus Korn- und Kamillegebalg so heftig gegens Hirn, daß es schon ganz aus war. Da war ich dann im Wald daheim:

### König Otto Höhle 2 Kilometer

Ernstes Moos wallte ruhvoll in Frieden. Schöne Freude fuhr durch alle Glieder. Ich ging der Spur nach, da traf ich aber auf zwei Fahnen, die zwischen hohen Buchen pflockten, die eine trug das Dünklinger, die andere aber das deutsche Wappen. Sie sahen beide sehr privat, privat genäht und auch gehißt aus. In die Buchen waren kleine Pfeile und Herzen geschnitzt, auf einem der Pfeile stand:

### Noch 1 Kilometer

Nur weiter, immer weiter. Es komme, was da wolle, und sei es auch vielleicht die Rache der Frau Holle. Am Ende aber Pfefferkuchen, der süßen Nüsse Lohn, man mußte nur scharf suchen den lieben Gottessohn. Schönes Fremdeln. Vorne in einer Wegbiegung stand wieder eine Tafel, diesmal aus Birkenholz:

### Zielkurve

Ich nahm die Zielkurve, da öffnete sich der Blick auf eine Hütte eingesäumt von hohen Tannen, auf dem First der Bretterhütte allerdings stand eine Tafel:

### Höhle

Jetzt aber trat sofort ein alter Mann aus der Hütte, sah dem italienischen Trainer Bearzot und dem argentinischen Staatschef Videla recht ähnlich, trat auf mich zu, schüttelte mir kräftig die

Hand und fragte, ob ich eine gute Anreise gehabt hätte. Auf der Seemannsmütze des Alten aber standen die Buchstaben gestickt:

WIESER HÖHLENFÜHRER

Wieser nahm mich bei der Hand, führte mich in die Höhle, stellte mich in eine Art Höhlen-Foyer ab, schaltete drei Scheinwerfer ein, nahm zehn Meter entfernt von mir etwas erhöht Aufstellung und begann:

»Liebwerter Gast aus Dünklingen, ich habe die seltene Ehre, Sie im Namen des Fremdenverkehrsvereins Dünklingen-Weizentrudingen, Lotter der gegenwärtige Vorsitzende, hier in der König-Otto-Tropfsteinhöhle zu begrüßen. Bitte, vergessen Sie nun für circa zwanzig Minuten alles Überirdische und versetzen Sie Ihren Geist ganz in die Geheimnisse der Vorzeit. Sie befinden sich in der König-Otto-Höhle Dünklingen, benannt nach dem verstorbenen bayerischen Königsbruder, der später dem Wahnsinn anheimfiel, entdeckt vor genau 101 Jahren. Ein Hündlein war es, welches eine festliche Jagdgesellschaft des Regenten auf die Spur der Höhle führte, indem es nämlich schlagartig und spurlos verschwand – und so die Höhle entdecken und völlig erschließen half. Sie, liebwerter Gast, werden, Ihrer Universitätsausbildung entsprechend, mit Recht nach Größe und Ausdehnung der Höhle fragen. In diesem Punkt kann ich Sie beruhigen und versichern, daß sie sich aus zwei Komplexen zusammensetzt, die in ihrer natürlichen Schönheit wetteifern. In beiden Fällen handelt es sich um sogenannte Tropfsteingebilde, und wenn wir uns, lieber Gast, über Tropfstein unterhalten, dann kann dies nur mehr in Jahrmillionen geschehen. Alles andere wäre von gestern und nicht auf dem Stand der Wissenschaft!«

Und jetzt bitte er, Wieser, mich, meinen Kopf einzuziehen, »klein, wie der Herrgott Sie schuf, tun Sie sich ja zudem und allerdings leicht!« Ich solle vorerst einmal hinter ihm hergehen. Er, Wieser, werde dann mit den unvermeidlichen Sacherklärungen zur Hand gehen.

Wieser, in der kühlen Höhle sah ich es klarer, war ein recht großer dürrer Mann mit Rollkragenpullover und leidvoll herunterhängenden Augensäcken, wie wir sie am häufigsten bei unseren Maurerpolieren antreffen. Er interpretierte im Fortgang die zu sehenden Tropfsteingebilde als »Wald«, »Mutter mit Kind«, »einsamer Jüngling«, »Schnecke« – und ich sagte jedesmal »besten Dank!« Das was von unten heraufwachse, erklärte Wieser, seien die Stalagmiten, was von oben herunterkomme, seien die Stalaktiten. »Im Vertrauen, Gast, ich hab's mir auch ewig nicht merken können, aber dann hab ich's mir so gemerkt: daß immer das, was 'runter hängt, Titten sind!« Und Wieser lachte sonnig in das Finstern. Im Winkel grüßte gut die Fledermaus.

Nach zehn Minuten erklärte der Führer den ersten Höhlenkomplex für erledigt und leitete zum anderen über, der die selben Titten bot, zusätzlich aber eine Pfütze, die Wieser als »Ludwigssee« bezeichnete. Unter dieser, der kleineren Höhle, erklärte er dann im gebückten Gehen, sei möglicherweise noch eine zweite größere angelegt, was natürlich unübersehbare Konsequenzen haben könnte. Allerdings sei es bisher weder der Wissenschaft noch den zahllosen Einzelliebhabern der Höhle gelungen, darüber Befriedigendes auszusagen. Vielleicht, schloß Wieser scherzhaft, sei es einst wieder einem Hündlein vergönnt, sich ins Unbekannte vorzuwagen und es zu bewältigen.

Dann bat mich Wieser wieder hoch ins Freie und schloß seine Höhle ab.

Die Sonne war angenehm gefallen. Auf den fünf Gästetischen des Höhlenvorplatzes standen die Bierdeckel aneinandergelehnt, auf einem Haupttisch gab es zudem einen Blumenstrauß mit dem Schild »Willkommen meinen Gästen!« Das Hüttchen selber schmiegte sich sehr unter riesige Fichten. In der hinteren Ecke der Hüttenveranda hing wiederum ein Schild, und ich entzifferte aus der Ferne:

> »Hier in diesem Raume
> Da fließt das Winklerbier,
> Man trinkt es hier aus Flaschen
> Der Name bürgt dafür!«

»Reflektiert der Gast«, Wieser hatte mich sicher beim ängstlichen Schauen beobachtet und war wieder dicht an mich herangetreten, »auf ein Bier?« Ich sagte, ja, ein Winklerbier, aus Flaschen. Wieser trat in seine Hütte. Sollte ich ihn schnell einsperren und alles anzünden?

Wieser postierte vor mich ein Winklerbier in Flaschen, sich gönnte er auch eins. »Mit Recht fragen Sie«, begann er, »nach meinem Werdegang zur leidlich besoldeten Position des Höhlenführers Dünklingen-Weizentrudingen. Im Frühjahr dieses Jahres trat, im März, Herr Baron Speifiggel aus der Linie Oettingen-Wallerstein an mich mit dem Ansuchen heran, ich möchte doch um Gottes Willen auf Grund meiner früheren Tätigkeit als Feuerwehrkommandant die Direktion und Führung seiner Höhle übernehmen, mit der es, im Vertrauen, nicht gut stand. Der alte seit 1950 ruheständlerische Schulrat Gackl, mein geschätzter Herr Vorgänger, näherte sich damals schon dem zehnten Lebensdezennium und konnte deshalb die anfallenden Aufgaben nachgerade nur noch mühvoll erledigen, ich verweise auf das gebückte Vorwärtsschreiten, das der Bau der Höhle mit sich bringt. Öööh!«

Wieser nahm lachend einen prächtigen Zug aus der Flasche, schnorrte eine meiner Zigarren und fuhr fort:

»Andererseits fiel es mir schon sehr lange hart an, mit 182 Mark Rente mich, meine Gattin und deren Schwester, ein lediges Frauenzimmer aus Weizentrudingen, zu ernähren. Nachdem Baron Speifiggel über ein kurzes in mich gedrungen war, sagte ich ihm also zu und übernahm den Posten. Heute darf ich behaupten, daß der Baron, ein Witwer, seine Wahl nicht zu bereuen brauchte. Gelang es mir doch, in den drei-vier Monaten meines hiesigen Wirkens den Höhlenumsatz um nahezu 35 Prozent zu forcieren, den der ausgeschenkten Getränke gar um starke 50 Prozent!«

Fink und Kodak: FKI: Freie Katholische Innigkeit?

»Gäste kommen heute«, fuhr Wieser fort, »von Frankreich, England, Italien, Spanien, Dänemark, Benelux, Schweiz und sogar Polen!« Wieser lachte verächtlich. »Und einmal waren sogar zwei amerikanische Oberstens da!«

KIF? Keusche immerwährende Fraternität? FIK! Festliche ibertriebene Krautwurstigkeit?

Schüchtern fragte ich Wieser, ob manchmal auch »was Besonderes los« sei.

»Burschen singen ab und an«, sagte Wieser jetzt völlig unglaubwürdig, »zur Ziehharmonika.« Im übrigen, wenn die kurze

Anekdote erlaubt sei, teils kämen immer wieder sehr bedenkliche, teils auch heitere Sachen vor.»Sie, Gast aus der Stadt, sollten wissen und werden es bemerkt haben, daß ich ein echter Spaßvogel bin und immer mit Einfällen bei der Hand. So schon am zweiten Tag meiner dasigen Tätigkeit. Frägt mich eine ältere Dame, ein Kurgast aus Bremen – oder war's Dünklingen? –, wie lange ich die Stellung schon bekleide. Ich, keck, wiewohl noch unsicher, entgegne sofort: ›Vor kurzem, meine Dame, war's 16 Jahre!‹ Halt so Krämpf'!«

Ich ging ein wenig hinters Haus, mein Wasser wegzutun. An einer Felsenwand lehnte eine zwei mal vier Meter große Sperrholzplatte. In Öl war darauf ein normalblauer Himmel gemalt mit lila Sonnenuntergang, darunter ein unermeßlich, ja fassungslos tintenblaues Meer und schließlich ein gelber Sand, auf dem zwei Beine lagen. Im Meere aber stand in karminroter Schrift:

### Strandkaffee

Hilf FIK! Trat ich wieder nach vorne, Wieser Genüge zu tun. Er hatte sich eine zweite Flasche Winkler aufgetan und begann sofort:

»Ich habe die Gnade oder das Glück, bereits heiterer Gast, einen Freund zu besitzen, der mit mir schon die Schulbank drückte, der es heute nach den Kriegswirren aber zum ersten Bürgermeister der österreichischen Stadt Igls gebracht hat, sie möge 3000 Seelen zählen oder mehr. Eines Tages freilich machte ich mich auf, ihn zu besuchen, und siehe da, Sepp erkannte mich auf Anhieb wieder, schrie ›Der Wieser! Der Wieser!‹ – und lud mich für den Abend ein, an einem geselligen Beisammensein im Ratskeller beizuwohnen, teilzuhaben, wie beliebt. Als dort gegen Mitternacht die Stimmung ihren Höhepunkt erklommen hatte, stand Sepp auf und bot fünf Flaschen Sekt demjenigen, der eine historische Rede aus der guten alten Zeit vorzubringen wüßte. Als keiner sich die Aufgabe zutraute, wandte Sepp sich an mich und sagte: ›Hans, du warst doch schon immer ein Unterhaltungsmensch und Spaßvogel, laß uns jetzt nicht im Stich!‹ Ich aber erhob mich von meinem Stuhl und trug fehlerfrei die Rede vor, die der seinerzeitige verstorbene Minister Goebbels im Sportpalast an die deutsche Bevölkerung gerichtet hatte.«

Und Wieser stand spielerisch auf, legte die Zigarre auf den Tisch und trug mit sanftem Pathos, ganz des seinerzeitigen Ministers hysterisches Kläffen meidend, noch einmal die berühmte Rede vor. Den sagenumwobenen Höhepunkt aber sprach er nach einem kunstvollen Ritardando diminuendo fast tonlos. Zuletzt verharrte er in tiefem Schweigen, sah zu Boden. Der Wald aber rauschte immerfort.

»Versteht sich«, schloß Wieser seine Humoreske und sah mich sympathetisch an, »daß aus den versprochenen fünf Flaschen nicht nur sechs wurden, sondern gar neun!«

Ich sagte, ich wolle jetzt zahlen. Wieser klaubte seinen Abreißblock heraus, zögerte, druckste und fragte, ob es ohne Kontrollabschnitt auch gehe. Ich ließ es zu. Wieser berechnete eine Führung, mein Bier und seine zwei. Heiter nachwinkend entließ er mich.

Ich eilte heimwärts, es dunkelte stärker. Im Hochwald spielten drei Wibblinger-Wichtel und ein Wopperer Schafkopf, machten einen gewaltigen Lärm. Ich rannte weiter, lehnte dann mich gegen einen Baum, um etwas zu verschnaufen. Ein paar Bäume weiter hing was. Ein Plakat. Ich kannte es schon:

DFB-POKAL
INTER DÜNKLINGEN – BAYERN MÜNCHEN

Anstoß 15 Uhr. Das Buschwerk düsterte, die Lerche stieg hoch auf und sang. Ferne blies der Postillon und schnitt durchs Herze mein. Ich schnaufte schräger durch. Maria wetterleuchtend saß am Dornenhag mit Rittersporn. Sie strickte Arabesquen für ihr Kind. Das Hifthorn tönte schwächer und erstarb, als wäre nichts gewesen. Ich rannte so schnell nach Dünklingen zurück, ich hatte soviel Schwung drauf, daß ich gleich noch um den Mauerring preschte. Dann deckte ich mich mit Kaugummi ein. Und wie der Blitz jagte der kleine Rancher die Stiege hoch:

»Alwin, Samstag 15 Uhr DFB-Pokal, Bayern – Inter!«

»Gehst mit? Nett! Ich freu mich schon lang, aber wo! Sei so gut und komm schon um 2 Uhr, ich möcht's genießen, ich möcht' das Vorspiel auch sehen, die zweite Halbzeit. Da spielt der Mike Ebner mit, eine Neuerwerbung aus Harburg. Ein glänzender Techniker! Er kann mit dem Ball alles ah. Schwager, wir sollten öfter miteinander ins Hallenbad gehen! Dem Körper tut's gut und man kommt sich menschlich so schön näher! Ich les' grad Hemingway, so nett! Samstag 2 Uhr links vom Hauptschalter, um Gotteswillen, Inter macht's nichts, wenn es verliert, wir können Niederlagen verdauen...!«

Schöne Liebesfantasien warfen mich aufs Kanapee.

Streibl schwitzte vor wochenendfestlicher Lebenslust, als wir uns trafen. Er hatte seine Zweitälteste, Caro, dabei. Sie spielte bei der Inter-Dünklingen-Damenfußballmannschaft Mittelstürmer. Wie ich erst jetzt erfuhr, hieß sie auch »Zwetschgerl«.

Meine Augen quollen nimmersattem Rasengrün entgegen, lautlos klapperten die Zähne vor Wurstigkeit. Das Pokalspiel war als Volksfest aufgezogen. Ich kaufte mir vier Bratwürste, da fielen sie zu Boden, ein Dackel kam des Wegs und fraß sie sofort weg. Im gleichen Augenblick kam der Bayern-München-Omnibus ins Stadion gefahren. Alwin, Zwetschgerl und ich stellten uns neben die Bus-Türe, schon kamen sie heraus. Beckenbauer war einer der ersten, er sah Alwin kurz und interessiert an, dann wieder weg, als Millionär hatte er natürlich nicht so viel Zeit wie ich. Er wandte sich zurück zu Robert Schwan, der gleichfalls aus dem Bus geklettert war, und dann hörte ich genau, was Beckenbauer zu Schwan sagte: »Ich weiß's jetzt auch nicht, vielleicht der Fahrer.«

Beklommen klomm ich hoch zur Haupt-Tribüne. Mike Ebner war beim Vorspiel nun doch nicht dabei, aber Alwin wußte schon, daß er sich beim Lockerungstraining verletzt hatte. Er zählte mir alle anderen Reservespieler her, ich fragte, woher er die so genau wüßte, da sagte Alwin, vor 18 Jahren habe er selber mitgespielt, linker Läufer. »Nach deiner Agentenzeit?« fragte ich. »Aber wo, vorher!« antwortete der Schwager, lächelte.

»Ich denk, du warst Boxer!« frug ich schrill.

»Und Fußballer«, antwortete der Spion agil, »hör zu, ich hab jetzt Erkundigungen bei der Partei eingezogen, die Mutter wohnt noch bei den Iberer-Buben, sie hat das Niesnutzrecht. So nett von ihren Söhnen! Ah!«

Der erste Angriff kam über Rummenigge zu Hoeneß und führte gleich zum Tor. Der Inter-Mittelstürmer hieß Bierl-Jack, wie mir Alwin sagte. Er wollte Beckenbauer mit einem ganz gewöhnlichen Hakentrick hereinlegen, aber daraus wurde natürlich nichts, und Sepp Maier nahm fast zu arrogant das Leder auf. Caro war sehr nervös, aus Alwins Auge redete Gelassenheit des alten Schlachtenbummlers.

Jetzt trieb Dürnberger den Ball weit nach links, und unser Verteidiger fiel bei einem Szymaniak'schen Grätschversuche hin. Müller kriegte das Leder, er stemmte den Hintern raus, und es hieß 2:0. Sepp Maier im blauen Pullover ging von einem Pfosten zum anderen und sprach nörgelnd mit sich selber. Dann rief er Schwarzenbeck etwas Rauhes zu, doch schon hatte sich Beckenbauer planvoll ins Sturmspiel eingeschaltet, Paß zu Müller, Doppelpaß zurück, Beckenbauer zog ab, und das Leder zappelte wieder stramm im Netz. »Glaubst!« sagte Caro-Zwetschgerl – es war das erste Wort, das ich je von ihr hörte. Bis zur Halbzeit sagte sie dann nichts mehr. Geplänkel im Mittelfeld.

Más delirio, sueno, mi majo no existe? Und Alwins ... Doch da! Ein Traum! Wunderbar! Der weltberühmte, unsterbliche aus dem Spann geschleuderte, ja geschnippte Beckenbauer-Schlenz! Keine Chance für Hering!

Unsere Dünklinger griffen allzu plump an, allzu durchschaubar. Das meiste fegte schon Kapellmann weg, den Rest erledigte ohne übertriebene Härte Schwarzenbeck. »Sie schießt links und rechts gleich gut«, Alwin deutete stolz auf sein Kind, »der Xantner Erwin ist ein Fehleinkauf, ein Fehleinkauf!« Inzwischen hieß es 4:0. Vorbildlich die Raumaufteilung der Bayern – beim Fußball ist sie noch wichtiger als im Roman. Einer der Inter-Leute, nach Alwins Auskunft Aures-Knufti, schlug den Ball kerzengerade in die Luft, und alles lachte wie verzeihend. Dann war wieder Müller erfolgreich, ein Kopfball aus drei Metern. Unser Tormann schlug mit beiden Fäusten in die Erde.

Bei der Halbzeit führte Bayern München mit 7:0. Ich kaufte mir nochmals vier Bratwürste, diesmal klappte es besser, ich erwischte sie selber. Alwin fragte mich, ob ich in drei Wochen Zeit hätte, mit ihm nach Koblenz zu fahren. Ich sagte, ja, natürlich. Der Agent deutete an, es gehe um ein zweites Gutachten wegen seines Rentenbescheids: »Mein Leben lang würd' ich in deiner Verpflichtung stehen!« Da begann die zweite Halbzeit.

Die Bayern ließen es langsamer angehen. Hoeneß erzielte das

8:0 mit einem Schrägschuß, es war ein halbes Eigentor. Jetzt aber zeigte Beckenbauer, was er konnte. Alleingang – man sah es schon im Ansatz. Einen Mann aussteigen lassen, den zweiten, Paß zu Roth, Rückpaß zu Beckenbauer, noch eine grazile Körperdrehung, ein gezielter Flachschuß, Tor! »Wunderschön«, lobte Alwin neidlos und stieß den Kopf in die strahlende Sonne. Bekkenbauer ließ sich sofort auswechseln, für ihn kam jemand, den auch Alwin nicht gleich kannte. Er fragte seinen Nachbarn, da erfuhren wir, daß es der Türke Önal sei.

Das Spiel flaute nun sehr ab. Maier bekam seinen zweiten Ball zu halten und warf ihn wie mißmutig Horsmann zu. Gleich darauf kam es zu einem nicht ganz einwandfreien Zusammenstoß zwischen Rummenigge und unserem Stopper Apfelbacher. »Hehe! Kruzifix-Sakrament!« rief leise, aber ergrimmt Caro-Zwetschgerl, dafür gab ihr Alwin einen niedlichen Schlag auf den Kopf. Für den Rest der zweiten Halbzeit sagte Zwetschgerl wieder nichts mehr. Kathi Önal klänge noch viel dümmer.

Jetzt – es hieß inzwischen 9:0 – meldete sich im Stadionlautsprecher eine merkwürdige, hörbar verquengelte, wenn auch nicht schwer berauschte Stimme:

»Achtung, Achtung! Hier spricht Stadionsprecher Franz Kederer! Ich mache eine Durchsage vorstellig. Der Onibusfahrer des FC Bayern München soll nach dem Spiel ins Vereinsheim kommen. Ich wiederhole die Durchsage: Der Onibusfahrer des FC Bayern München soll bitte nach dem Spiel – was? – wer? –«

Hier brach es ab, und Müller spitzelte den Ball zum 10:0 ins Netz. Da zappelte er. Alwin, als fairer Sportsmann, applaudierte auch bei diesem Tor. Die Lautsprecherstimme war fast ruckartig abgebrochen, man mußte den Eindruck gewinnen, der Sprecher sei gewaltsam vom Mikrophon weggezerrt worden. Dünklingen hatte die Hoffnung längst aufgegeben, wenigstens ein Ehrentor zu schießen, obgleich jetzt ein gewisser »Gockel« neueingewechselt war, konnten sie Maier nie gefährden. Nach weiteren zehn Minuten stand es 11:0, da kam die Stimme wieder:

»Achtung, Achtung! Hier ist nochmals Stadionsprecher Franz Kederer! Ich berichtige die vorhin gemachte Durchsage. Achtung, Achtung, der Onibusfahrer des FC Bayern München soll jetzt dann gleich zum Onibus kommen!«

Wenig später war das Spiel aus. Ich kaufte nochmals vier Bratwürste, verschlang sie und fragte beim Abmarsch Alwin, wie das eigentlich sei, ob er als ehemaliger Boxer seine Kinder im Rahmen der Erziehung schlagen dürfe. Alwin fragte, wie ich das meine. Ich wüßte es auch nicht. Bayern hatte 12:0 gewonnen, aber mir war so stillvergnügt traurig wie dem Kanon für zwei Bassetthörner und Fagott KV 410. »Ich erzieh's sozialistisch«, sagte Alwin, »sie sollen's einmal besser haben als ich!« Ich nickte noch trauriger, verabschiedete mich. A la Beckenbauer schlenzte ich so durch die Altstadt heimwärts.

Es muß gegen 17 Uhr 20 gewesen sein, das Städtchen lag wie leergefegt:

Nein, mein Lebtag hab ich etwas so Schönes noch nicht gesehen! Gepriesen sei die Stunde meiner Geburt! Sie kamen, sie rollten zusammen mit einer Sonnenwelle, einer spätnachmittäglichen, mählich kriechenden Sonnenwelle, Sonne und Brüder rollten durch die Hauptstraße, die Welle walzte nur um drei Meter schneller, gleich als ob sie ihnen einen Teppich ausbreiten wollte, die Straße dehnte sich förmlich, der Brüder Strahlkraft zu verbreitern, wie eine Woge aus Licht und Kraft rollten sie an, die zwei alten grauen Knacker, alle beide vollkommen gülden eingefärbt, die Häupter von prismatisch-psychedelischen Lichtspielen umzüngelt – es war, als ob der ewige Sommer und der Heilige Geist gemeinsam Einzug hielten, herrlicher als es je eine Menschenbrust geträumt noch Künstlerhand gemalt –

– im gleichen Augenblick aber schwallte ein Schwarm von schätzungsweise 40 Schwalben auseinander, die Tiere genau wie ich unmißverständlich überwältigt vom Numinösen, Schicksal deutend, Hymnus blinkend, quer über die immer näher rückenden Iberer-Schädel hin –

– und wiederum fast in gleicher Sekunde röhrte mir eine dicke Hummelbrummel um den Saukopf, den wahrscheinlich blauroten, es war ein feindseliger Ton, als sollte ich von irgendeinem feindlichen heidnischen Abwehrorgan narkotisiert werden, ich aber schlug auf die Hummel, traf die Hummel – und nun war der Blick wieder frei – und ich sah sie wieder, sie zogen an mir vorüber, die Stiernacken eingezogen, in hochsommerlich blütenweißen Hemden, und jetzt lief ihnen die Sonnenwelle schneller voraus und hatte schon den Marktplatz erreicht, das Hochamt in St. Gangolf vorzubereiten – o Mann, es fehlte eigentlich nur ein Te Deum auf der Orgel und der Segen des Bischofs samt Freibier aus den Geheimkassen des Ordinariats, eure Exzellenz! Hut ab zum Gebet – und das gilt für alle diejenigen unter meinen Lesern, die sich das Eingedenken der großen Bremsigkeit bewahrt haben im Sinne dessen, der da kommen wird, zu krähen:

> DESCENDEAT SUPER VOS ET MANEAT
> SEMPER SAECULA SAECULORUM!

Und weg waren sie!

Trockene Tränen kräuselten sich über die Wange, die violette, Seligkeit und Eseligkeit tätschelten einander um die Wette. Noch immer wirbelig äscherte ich mir eine Zigarre an. Weihrauch qualmte aus ihr hoch, wenn ich mich nur erbrechen könnte! Es war schon so! Ein Naturschauspiel selber hatte das Geheimnis ans Licht der Welt gelüftet! Ja, das war es! Ein breites, laues, warmes, herzliches Strömen von religionsahnendem, religionsstiftendem, noch nicht gott- aber schon geistlichkeitsstiftendem Wohlwollen, Wohlwohlen, ja das war es gewißlich – und ich bemerke in Parenthese als Beweis, daß ich erstmals nicht einmal mitgekriegt hatte, was sie außer den weißen Hemden am gesegneten Leib trugen – jawohl, das Glitzern von Siriussternen und Schweinebraten, die Iberer-Buben, ledig des Niesnutzrechts, sie waren es, der neue Halt der Welt, die Frohbotschaft für die Dritte Aufklärung, und was war das für ein Evangelium? Ja? Jawohl, ich kann es so umzirkeln: es war einfach die breitströmende Sicherheit jenseits von Kommunismus und Kapitalismus, ungeachtet der ökologischen Krise, der Machenschaften Gaddafis und der fürchterlichen Engpässe Lateinamerikas und des Nordsüd-Konflikts, daß auf dieser Erde prinzipiell nichts schiefgehen konnte, wenn nur einzig die Brüder, die auserwählten, dicht und hart und kameragerüstet zusammenhielten und mit ihren Köpfen zusammenschlugen, yeah, das war es, und ich der Beobachter – – und in diesem Augenblick erfüllte mich stolze Freude:

War ich nicht, war nicht ich als langjähriger Gefolgsmann ihr Künder, der Prophet, die neue Menschheitsseele! Ausgerechnet ich! Ein alter Libertin, der geringste unter den Herumsitzern und

Eckenstehern! Hahaha! Schöpfer, Stifter und Bekenner der wahren Brüderlichkeit, der internationalen taubenmistgrauen, neokatholischen Top-Fraternisierung! So daß ich auf meine Musiker- und Erpressungshonorare schon bald nicht mehr angewiesen wäre! Noch gar auf die ringel-rangel-rollkragenpullover-süchtigen Eheverfehlungen – noch alwinischen Flausen – ich, Chef der neuen Heilslehre, Missionar der platonisch-christlichen Synthese aus Sensualismus und postchemischem Spiritualismus, der Überwindung aller Dualität durch eben Zweiheit, der – –

»He – hast du – hast du vielleicht zwei Mark, he!«

Ich fuhr herum, warf die Zigarre weg vor Schreck. Das war keine Hummel mehr. Ein Mann hatte mir von hinten auf die Schulter getippt.

»Tu's her, he, ich – kenn dich wieder!«

Es war der Stadtstreicher Philipp. Ein populärer verlumpter Strolch von 40 Jahren, den hier jeder kennt. Der Hut hing schief, er roch nach Bier und Korn. In den Bartstoppeln hing etwas Gelatineläufiges.

»Herrgottsakrament, tu's her!«

In meiner Hosentasche lag eine Mark. Ich hatte schon wieder Chewing-Gum dafür kaufen wollen. Es war die erste Probe in meinem neuen Amt. Ich gab ihm schnell die Münze.

»He, da krieg ich ja nicht einmal – du, hörst! – einen Schnaps im – «

Erblindet beschwor ich Philipp, ich hätte wirklich nicht mehr. Zuckte sogar mit den Schultern. Verflucht!

»Du bist – ein schöner öh – Steften!«

Er sah mich ganz mitleidig an, fast spöttisch, drehte sich und verschwand rudernd um die Ecke. Plötzlich hatte ich Angst. Daß er mein hingerissenes Gebrüdere beobachtet hatte und mich nun – erpreßte! Ich machte ein paar unbeholfene Schritte, ihm nach – er war verschwunden.

Ziemlich kleinlaut kam ich heim. Philipp hatte nichts Greifbares gegen mich in der Hand, nein. Aber ich hatte eigentlich nur an *zwei* Brüder gedacht. Ein albernes Mißverständnis. Der Erleuchtung folgt Zerknirschung. Noch war ich nicht vollends reif:

af. Der Schlosser Herr Josef Vogt ging in seinem 600. Jahre jetzt in den ewigen Frieden ein. Heute wurde er auf dem Friedhof beigesetzt. Stadtpfarrer Durst hielt die Begräbnisfeier in gewohntem und bewährtem Rahmen und betete mit den Trauergästen für die Reinigung des Heimgegangenen, der ein geschätzter und emsiger Mann gewesen ist. Seine Arbeitskollegen von der Innung hatten ihn nicht vergessen. Durst aber hatte das Bibelwort erwählt: »Die Liebe kommt von Gott«. Die Arbeitskollegen, die Anilinwerke und der VdK stifteten einen Kranz.

IN PRINCIPIO ERAT VERBUM ET VERBUM ERAT
APUD DEUM.

\*

af. Der aus Töpen (Schles.) stammende Wachmann Herr Josef Bierschlegel gab seine Seele, erst 70 Jahre alt, jetzt Gott zurück. Sein sterblicher Leib wurde auf dem untren Friedhof bestattet, Kaplan Zwirn gab ihm das Grabgeleite. Zwirn widmete Bierschlegel anerkennende Worte und verwies endlich auf den Trost Mariä.

Meine Beziehung zu Frauen insgesamt – ich möchte darauf etwas pointierter zurückkommen, obwohl und gerade weil sie mich in jener sich zuspitzenden Phase meiner Brüder-Entwicklung – am allerwenigsten juckten; noch heute jucken, da ich am Schreibtisch die Früchte meiner Erfahrungen zu sammeln mich entschlossen habe.

Frauen – nun, im allgemeinen schaue ich sie, je nach Gelegenheit, möglichst menschlich an, maßvoll erotisch, jedenfalls erotikwillig, freilich nie mehr sexuell – andererseits vor allem nachdenklich, damit sie sich geehrt fühlen, die häßlichen zumal, aber auch, wie zur prophetischen Einstimmung, die jungen und dummen, die den kosmischen Humbug zu analysieren noch nicht in der Lage und Verfassung sind. Der Zweck erstrahlt dabei fast altruistisch – den Frauen, die ja auch sozusagen Humanitas sind, ein wenig Glück einzublasen, sie mit der allerdings groben Lüge zu beschwichtigen, wie wichtig und hocherfreulich sie doch nach wie vor noch seien.

Eine – wahrhaft demütige Lüge. In Wirklichkeit hat die konservative Liebe, wie jeder Gebildete weiß, natürlich längst ausgedient. Nichts stimmt da mehr zusammen. Zuerst wollen sie sich halb verschlingen (und noch dazu nachts!) – dann rennen sie ins Streichquartett oder gar in unser Kurgeblöke, gierig zu haschen, was denn Beethoven so meine. Dann wittern sie die Diskrepanz, davon werden sie ganz doppelt wild und aufgescheucht, dann probieren sie es über kurz oder lang noch einmal, dann – –

Ja ist denn dieser tradierte Mann-Frau-Konnex nicht etwas zutiefst Reaktionäres, Gegen-Progressives, Resignation und – mit Streibl zu reden, Anpassung an kapitalistische Verhaltens-Schemata! Perpetuiert er nicht jenes duckmäuserische Leistungsprinzip, das die verängstigte Bourgeoisie in unsere herrschende Angestellten-Mentalität unter Inkaufnahme erheblicher Traumata und sonstiger psychosomatischer Defekte salvierend herübergerettet hat! »Unterkommen« heißt ihre Parole, unterkommen um jeden schmählichen Preis – »unterkommen« wollen sie selbst noch nächtlich, die Deformation ihrer habituellen Zivilisationsnormen noch in den Affekthaushalt ihres gepeinigten Schlafs hinein zu prolongieren! Ihre sogenannte Liebe – ist's nicht das Gegen-Romantische schlechthin, feind jeden Risikos, jeden Schweifens, jeder Suche nach der blauen Blume! Daß freilich gerade Streibl, der die Feinmechanismen kapitalistischer psychischer Ausbeutung durchschaut, selber wie ein Wilder angepaßt sich hat und vermehrt – nun, das steht auf einem anderen – das ist, mit Fontanes Evi Brest zu reden, natürlich »ein weites Feld« – –

Diese gottverfluchte Vergottung des Sexes! Dieses permanente sexistisch-chauvinistische Penetrieren von Frauen! Statt daß sie im Altenrat gemütlich beieinandersitzen und von Brüdern lauschig träumen!

Ich meine, natürlich muß die Vermehrung vorerst noch sein. Dieses Land ist und bleibt verteidigenswert, es ist kein Phantom, keine Chimäre. Und wenn ich hier für die Brüder stark mich mache, so möge niemand vermuten, ich besorgte die Geschäfte jener, die, fadenscheinig für fessellose Freiheit optierend, über solcherlei Sexualabgewöhnungsplädoyers den Staat aus den Angeln heben möchten. Schmidt ist ein guter Kanzler, obwohl mir persönlich, nun der Frieden mit dem Osten gemacht, Bäck lieber wäre, aber ich würde all meinen Einfluß und meine – man unterschätze sie nicht! – Verbindungen geltend machen, Alwin und die Seinen von der Machtübernahme abzuhalten und sei's durch undurchschaubare Weizenbierlockungen und dialektische Sperenzien über Hemingway und die nagelneueste Linke – –

Auf dem Zenit meines Lebens durchschaue ich heute alles. Scheuklappenlos, frei von Angst, aufrechten Gangs. Es komme man mir nicht mit der mir selbstverständlich vertrauten Ambivalenz von Geist und Leib – ach nein! Richtig ist vielmehr, daß die Gattung Mensch ein vollkommen täuschungswilliges, ja täuschungssüchtiges Lebewesen ist, das sich den Vollzug der Begattung letztlich nur stramm einbildet, damit es vor der sogenannten Theorie der sogenannten Evolution gut dasteht – und, wie erwähnt, unter dem rationalisierten Vorwand, der aber realiter reflexionsloser Hammeltrieb ist, die Zahl der Rasse einigermaßen konstant zu halten, dem angeblich »Bösen« zu wehren! Merkwürdigerweise bleibt sie auch ziemlich konstant, diese Rassenzahl – hm, aber jedenfalls verbindet sich hier in machtvoller Evidenz der neuere Behaviourismus mit der alten Lehre der Operette, dies alles sei doch mehr oder weniger nur ein Traum, geeignet allerdings, meiner unschuldigen Schwester sieben alwinische niederträchtige Rotzkommunisten ins Nest zu zaubern, und das soll dann der Fortschritt sein – ein so gigantomanischer Schwindel, daß selbst mein geringfügiges, zudem zügig katholisch abfaulendes Hirn nur lachen kann! Und je brutaler mein Zehenkrebs mich verzehrt, desto härter werde ich weiterschimpfen, es ist der beste Schmerzausgleich! Denn es ist doch einfach ein Witz, daß erwachsene, reife Menschen sich immer wieder pudelnackt ausziehen, um dies und jenes zusammenzubasteln! Denkt man es recht zuende, muß es ja auch wirklich nicht sein! In Verona, berichtet ein führender Innsbrucker Pastoraltheologe, soll im 18. Jahrhundert einmal sogar einem sehr frommen Ehepaar die ungeschlechtliche Vermehrung gelungen sein, und herausmarschiert sei ein nettes, vollkommen bekleidetes Kleinkind mit Hütchen, Wams, Stiefelchen und Spazierstock – und es habe sogar alle Umstehenden freundlich gegrüßt! Na also! Ich meine – so geht es doch auch! Sub specie mortis!

> af. Die langjährige Rentnerin Frau Christine Strunz-Zitzelsberger erreichte, nach Gottes Ratschluß, in dieser unserer irdischen Welt das hohe Alter von 69 Jahren. Seit vorgestern ruht sie auf dem katholischen Friedhof. Sie stammte aus Altigelheim und lernte dort auch ihren Gatten kennen, den bekannten Wasserskifahrer. Er kam auch beim Wasserskifahren ums Leben. Nun ruht auch Frau Christine. Kooperator Felkl segnete ihre sterbliche Hülle unter Gebet in Anwesenheit einer bedeutenden Trauergemeinde zur erhofften ewigen Seligkeit ein. Denn siehe, Gottes Gnade hört nie auf.

\*

Alois Freudenhammer war es denn auch, der damals, in der Mittagshöhe des zweiten Brüder-Sommers, ein Machtwort sprach und dem allzu vorlaut gewordenen Fotografen Fredl eines Abends nachhaltig Paroli bot. Fred war gerade wieder von einem seiner fortbildenden Betrugs-Seminare zurückgekommen, glaubte wohl deshalb, im »Paradies« besonders markig tönen zu müssen, feilschte rücksichtslos herum, sie hätten diesmal sogar die »Elementary Structures« des kreativ verkaufstechnisch wichtigen »kognitiven Denkens« geschult gekriegt – und wir Kleinen wären verloren gewesen, hätte nicht Freudenhammer sich plötzlich mit geradezu imperialer Besinnlichkeit zurückgelehnt, eine Zigarre angebissen, Fred bannend ins Auge gefaßt und ihn dann ohne Barmherzigkeit gefragt, was das Gegenteil von »kognitiv denken« sei. Interessiert horchte Wurm auf.

»Du, da gibt es natürlich erst mal das volontative ... es ist der Dreischritt, wie er auch bei Hegel schon vorkommt, du, das sind verschiedene sozialisierte Kommunikations-Phasen, aufgefächert in sich wieder nach differenten Kriterien ...« – Fred, äußerst eilig, kam aber mit seinem obszön-obsessiven Gewurstel nicht durch:

»Nach Paulus«, sprach Freudenhammer, und es war sogar dem Zappel-Fredl sofort klar, daß es hier keinen Widerspruch mehr gab, »bleiben drei Phasen: Glaube, Hoffnung, Liebe, diese drei. Aber die Liebe«, sagte Freudenhammer sehr langsam, »die Liebe ist die größte unter ihnen. Karl!« Er wandte sich und seinen Stuhl Demuth hinter dem Tresen zu: »Karl, bist du so gut und leihst mir morgen deinen Kofferradio. Ich tät' gern in meinem Garten morgen nachmittag Schulfunk hören. Ulrich von Hutten. Bin sehr interessiert. Bin gespannt, was die sagen!«

»Kriegst«, gurgelte Karl, »hat vier Batterien.«

»Praktisch ...«, sagte Wurm ganz aufgewühlt. Weidlich stöhnte Bäck.

Nichtsdestoweniger, schon am andern Tag trieb den kleinen Fredl wieder der unseligste Vorwitz herum. Gegen Mittag rief er mich an. Ich solle schnell im Laden vorbeikommen. Er müsse mir »was Schönes zeigen«.

Ich folgte, ohne Verdacht. Fred wartete schon in der Eingangstür. »Vor zwei Stunden ist sie angekommen!« flüsterte er, »toll! Heute abend holen sie sie ab!« Er wischte sich ganz schnell rund um den runden Kopf und zerrte mich in den Laden. Auf dem Tisch lag ein schwarzes Filmgerät. »Vor vier Tagen hat der Ältere sie bestellt, schon ist sie da! Cosini SSL 810 Macro Super 8. Tolles Angebot!« rief Wienerl wie euphorisch und hob das Gerät tollpatschig ein wenig vom Tisch hoch, »da ist alles dran. Superlichtstarkes Zoom-Objektiv, Macro-Service, Gegenlichtkorrekturtasten, Elektro-Fernauslöser-Anschluß ... 598 Mark, du, Weltspitze!«

Der Hund Jimmy war nirgends zu sehen. Wahrscheinlich bereitete er sich auf den Prozeß vor. Es war mir sofort klar. Ich durfte und wollte das Gerät nicht berühren, das wäre einer Entweihung gleichgekommen. Und eins stand ab sofort fest: Fred, gerade in seiner kunterbunten Haurauck-Einfalt, war jetzt der gefährlichste meiner Iberer-Beobachter, der unberechenbarste im Gesinde derer, die mich vielleicht beim Beobachten beobachteten. Er wußte zuviel. Hier bissen sich die detektivischen Interessen gar zu ungemütlich. Wurm war in allzu zahlreiche Mitwissernetze verstrickt, sah nicht mehr klar, wo die allergischen Punkte im einzelnen lagen. Freudenhammer hielt seine natürliche Vornehmheit davon ab, mich auszubooten. Und Alwin war ein Sonderfall. Aber Fred war ein gefährlicher Feind. Nächstens erzählte er dem Polizeidezernenten von meinem »Hobby«, dem Bürgermeister, den – Brüdern gar! Um Gotteswillen!

»Für dich wäre diese Kamera doch auch das image-mäßig Optimale«, fuhr Fred ganz locker fort, »apropos: der Bäck, du, hat sich beschwert, daß du ihn neulich so link behandelt hast, du! Der alte Mann hat es nicht verdient. Laß es, Siegmund! Der Alois hat das gestern nicht verstanden, da ist er zu alt dazu, mit der kognitiven Phase!«

»Modrige Blase«, summte ich verschwiemelt, »und übrigens«, ich verabschiedete mich fast scharf, »sag niemand, Fredl, daß ich bei dir war, niemand! Und die Kamera angeschaut hab! Ich sollte nämlich eigentlich«, die Angst gab mir eine recht passable Lügenkurve ein, »eigentlich bei der Generalprobe in Bad Mädgenheim sein – ich hab mich aber krank gemeldet. Du verstehst, Fred. Das spricht sich leicht 'rum. Niemand!«

»Klar!« rief Fred ganz golden dumm.

Am Abend gastierte die Familie Streibl zum Kartenspiel bei uns. Täuscht mich die Erinnerung oder war Alwin wirklich im Smoking erschienen? Er küßte meinen beiden Weibsen die Hand und wollte zuerst unbedingt das Largo aus der Oper aus der Neuen Welt von Smeternach von mir auf dem Klavier vorgespielt kriegen – als ob er sonst stürbe, so schmerzlich bat er und umstrich mich dabei sogar wie einhüllend.

Ich hatte davon keine Noten, spielte ich also nur die ersten mir geläufigen Takte und ging dann heimlich zur Fantasie »Am Waldessaume« von Tourbié über, die ich, von tausend Vorträgen in Bad Mädgenheim, auswendig kannte. Alwin stand hinter mir, seufzte laut »Wunderbar, ach Gott!«, merkte nichts, riskierte ich also verstohlen ein paar Takte aus dem Nabucco-Gefangenenchor, auch das ging gut, also modulierte ich zu Translateurs Walzer »Was Blumen träumen« und endete schließlich mit einer Melodienfolge aus dem »Schwarzwaldmädel«.

»Böhmisches Musikantentum!« schwelgte der Agent entrückt

und drückte mir beide Hände. »Du kannst sagen, was du willst, Siegmund, ich bin musikalischer Laie – aber ich spür, ich hör die Prärie – ah!«

»Klar«, murmelte ich kognitiv professionell, »Smeternach!« Und lächelte diskret.

»Darf ich mir als Laie, als musikalisches Depperl einen Satz erlauben?« Alwin bat wonnig bittend wie ein jahrzehntelang gedrücktes Kind.

Ich fabrizierte tatsächlich mit dem rechten Arm die Gebärde huldvollen Gewährenlassens.

»Es ist, es ist wie die Symptose zweier«, wie ein Florettfechter tanzte der Schwager-Lackel vor meinen Füßen und schnaufte fiebrig tränenselig, »wie die Symbose zweier Kulturkreise!«

»Klar«, sagte ich nüchtern, »drum wollt' ich ja Rancher werden, Alwin!«

»Du wolltest Rancher werden?« Reizend überrascht forcierte Streibl sein Smiling und legte den Rundkopf schief. »Geh zu! – Nett!«

Die fünf mit angerückten Streibl-Kinder und Kathi schauten inzwischen fern, im gleichen Raum am Wohnzimmertisch droschen dann Alwin, meine Schwester, Stefania und ich einen Viererwatt – »Familien-Championship«, ein Witz, den der hocherregte Streibl nicht müde ward zu wiederholen. Die Kinder lagen großteils am Boden, aber sehr manierlich, Kathi saß auf ihrem Fernsehstuhl, wie trauernd trotzig sah sie fern, in die verdammte Türkei hinunter...

Alwin und Ursula gewannen dann 13.50 Mark. Obwohl ich selber recht geschickt watte, zu kondi-, zu konzedieren ist, daß Alwin bei diesem Spiel, das, wie berichtet, seinerzeit seinen Bruch mit Demuth heraufbeschworen hatte, nicht nur durch meisterliches Bluffen zu bestechen verstand, sondern ebenso durch geradezu unbegreifliche Stringenz der Spieltechnik, der Kombinatorik und überhaupt der Logik der Gedankenarbeit.

Um dann freilich nach Spielende um so schräger herumzuschalmeien – ja, er balzte sogar irgendwie und sehr kugelrund auf die zornig, nein freundlich zuhörende Kathi hinüber, er wolle demnächst mit ihr in ein Nachtlokal gehen, »Schwägerin, zu einer feinen Flasche Sekt, au fein!« – der Spielgewinn, vielleicht die einzige Einnahme dieser Woche, hatte ihn bald vollends verdreht – »ich kann, wenn das Gutachten verifiziert ist, und der Dr. Ibrahim hat mir versichert, daß es beschleunigt behandelt wird, auch mit einer Vorschußzurückzahlung rechnen, der Linkenheil Clemens vom Arbeitsamt hat sich auch verpflichtet, ach, ich tät' ja so gern mit euch zwei nach Italien fahren – meine Frau, mein Weiberl«, nett tätschelte er meine Schwester am Zwerchfell, »bleibt daheim, bleibt daheim und paßt auf die Kinder auf, gell, honey? Und du, Siegmund«, er schenkte konzentriert Weizen nach, »pardon, Schwager, sei mir nicht bös, ich hab jetzt im Moment nicht zugehört, ich war im Moment absenz – «

O Depp!

Gegen 23 Uhr, mitten in der Impertinenz, schellte das Telefon. Am Apparat hing Fred. Lärmte fast inbrünstig, jawohl, die Brüder seien heute beide Punkt 6 Uhr bei ihm gewesen – und hätten das Cosini-Gerät geholt – »was sagst du *dazu?*«

Er schien ganz nüchtern. In meinem Kopf leerte es sich schnell. Eilends sagte ich, dann sei es ja gut.

»Und bar bezahlt!« rief Fred. »Und sie haben gesagt, daß ihnen die Filmkamera gemeinsam gehört, du!«

»Danke für deinen Anruf, Fred!« Das hätte ich nicht sagen sollen. Es mußte ihn ja nochmals bestätigen. Ich hätte ihn beleidigen, ihm drohen sollen! Mich um diese Zeit zu belästigen!

»Wer war dran?« fragte Alwin und legte feierabendlauschig den Kopf schief.

»Der Verfassungsschutz«, brummte ich. Ich würde Fred morden müssen, ihn als Zeugen ein für allemal auszuschalten.

»Ah!« lächelte Alwin lauernd vorsichtig, »aber wo!« Er wußte nicht genau, ob er meine Ironie durchgehen lassen durfte oder nicht. Langsam schloß sich die Greifzange um mich.

Der Telefonanruf hatte eine Geschichte unterbrochen, die Stefania gerade erzählte, eine Kindheits-Anekdote. Soweit ich es dann noch mitkriegte, hatte da einst in der Dorfschule Gleißenberg der Besuch eines Schulrats gedroht – um vor diesem besser dazustehen, habe die Lehrerin nun jedes Kind einzeln beauftragt, etwas Spezielles auswendig zu lernen – sie, die kleine Monika Winterhalder, habe aber die Städte an der Donau aufgekriegt. Die habe sie dann auch blendend aufgesagt und könne sie noch heute auswendig.

»Zeigen«, rief Alwin heiter familiär. Ich hatte schon wieder die Cosini-Kamera vor Augen. Mein Gott!

»Ulm«, begann Stefania erst mal schnaufend und lächelte zart, siegessicher im Kreis herum, »Neu-Ulm – Leipheim – Günzburg – Gundelfingen – Lauingen – Dillingen – Höchstädt – Donauwörth – Neuburg – Ingolstadt – Kelheim – Regensburg – Stadtamhof – Straubing – Deggendorf – Osterhofen – Vilshofen«, sie schnaufte aufschnaufend, »Passau!«

Es klang wie eine Perlenschnur aus Donaukieseln. Die Streibl-Kinder hatten dankbar Mund und Augen aufgerissen.

»Nett!« rief sinnlos ihr Vater sofort mit sonorem Seelenschmalz, »Kindheit, um Gottes ...«

Stolz sah Stefania um sich und hob das verdiente Gläschen. »Gelernt ist gelernt – und wenn's auch – nichts Gescheites ist!« Sie lachte. Nun trank ich doch mit, ein heimlich-gutes Schlückchen zur Erringung der Filmkamera – der gemeinsamen! Flink wurde mir sehr warm ums dumme Herz. Kentauren der Liebe!

»Ein so netter Abend!« Weizenweinselig schwärmte Alwin mit Ursula außer Hauses. »Pardon ...«

Aber wo, Fred brauchte nicht ermordet zu werden. Meine Bangnis schwand schnell. Schon am nächsten Samstag ward ich Zeuge einer abermaligen Erscheinung, einer visio beata, es schimmerte jetzt immer bescheuerter und schon fast schamlos:

Es war ein Gefühl wie Pastell. Ich ging dem orange gekleideten, mit einer Art Matchsack beschwerten Pater (ich vermute, ein Benediktiner) schon eine Zeitlang wie gedankenfrei hinterher, irgendwie generell auf den blitzsauberen Julitag zu, freute mich, daß es etwas so Hehr-Männliches in Frauenkleidern noch gab; ich sah dann auch, wie der Pater vor mir seinen schlohhaar-schweren Pferdekopf stehenbleibend gegen ein altes Weiblein richtete, diese ganz offenbar nach dem Weg zu fragen, denn der fromme Mann deutete mit dem freien Arm wie zweifelnd in alle Richtungen; indessen, die Alte hatte wahrscheinlich sogar ihre eigene Wohnung vergessen – der Pater ging also gemessen weiter durch die – ja, jetzt weiß ich es wieder genau, und dies ist sicher wichtig: – frisch gefegte und wassergespritzte Straße, da – begab es sich abermals:

Dem Pater und mir entgegen zogen – und ich begann sofort von Religion befeuert die Lippen zu schlecken und meine Sommerschenkel zu streichen – na wer denn schon, liebe Leser, süchtig iberergeile? Jawohl! Yeah! Natürlich nutzte auch der Pater seine einmalige Chance. Die Filmnovizen-Brüder schritten fest, steif, im Gesamteindruck olivgrün-himmelblau, sichtlich von der abgeleisteten Hochofenarbeit geprügelt, die Luft roch süßlich wie von schweren Rosen und der Schauflerturm im Hinterhalt rechts trällerte vor Witz und Würde: Vierzig, nein fünfundzwanzig Meter vor mir blieb das bunte Trio stehen, Kumuluswölkchen an Zartheit über sich. Man sah den Pater wieder etwas reden, er mußte sich in seiner ganzen geistlichen Länge zu den Brüdern hinunterbeugen – aber schon ließ Kodak – Kodak? Ja sicher war es Kodak! – den Arm mehrfach in Richtung auf St. Gangolf peitschen – nun nickten alle Teilnehmer mehrfach und rücksichtslos mit dem Kopf, immer wieder, auch Fink wackelte mit, zuerst aufgeregt-geschäftig, später einfach freundlich-allumfassend-katholisch – und erst nach einem weiteren längeren Freundlichkeitsgewürge schritt der Pater wieder vorwärts, die Brüder kamen mir energisch entgegen, und ich konnte gerade noch in eine Seitengasse abtauchen:

JUBILATE! JUBILATE! JUBILATE!

Adrenalinwellen jagten aus der silbergrauen Tymosdrüse. Man müßte vierstimmig pfeifen und komponieren können wie der Teufel oder wenigstens wie Mozart – nein, nicht einmal The One And Lonely Wolfgang schaffte es ganz, obschon gestriegelt von Colloredo, dem Bischof! Ja, war das nicht – war das nicht schon göttlichhehr! Jetzt berieten sie schon die Geistlichen, die Geistlichen Brüder! Es war glatte Theophanie – und ich spürte es lamettahaft im alten Rücken. Glitzernde Schauer! Lichtblitze der qualitas occulta! Sonne, steh still! Lüfte, geigt zarter! Bei Psychoanalytikern las ich, der Gottesglaube, die Gottesliebe sprieße dann wieder empor, wenn alle anderen Lustquellen bereits angezapft und erschöpft seien. Ich möchte dem die Komplementärthese nachschicken: Wenn alle geläufigen Unsinns- und Unfugsressourcen ausgenuckelt sind, dann kommt auch Gott wieder zu seinem angestammt strahlenden Recht. Dann springt auch der

Bischof wieder ein und wie ein Pfeil aerolithisch hoch, in das
spärliche Geklecker und Gegacker von Sinn und Zeit und Ewigkeit, durchknistert das Mauerwerk an Lügensalat und Trübsalzwickerei, verfransend in die verschluchzte Albernheit von Gaukelei und Kuckucksuhrenquakerei, beschwipste und zugleich
sonnenölige Gerinnsel, salbend und durchsickernd – Amor Intellectualis funkelnd sänftiglich in der Intentio Unionis der Ordo
amoris im engeren und weiteren Sternflug transzendentativer
Verkasperung, beklimmend, ruinierlich, behaust von sprottig
Papageiengezirp, des Bischofs transalwinischer Creator Spiritus:

### Incipit vita nova moderna

Ah! Ach! Kein Philipp störte der schnaubenden Seele Brüdereigetümmel, zusammen, im Verein mit etwas demnächst herniederkommendem sterbenswonnig Schönem schraubte ich mich
vorwärts, die sprudelnde Seligkeit, wie sie aus Liedern von
Schubert und Mendelssohn spritzt und sprutzelt und zündelt,
aber geistlicher noch und flockiger – täuschte ich mich nicht, so
lag jetzt auch etwas Verschwitztes und Verschweißeltes in der
Luft, wie es nach großem Gerumple schunkelt, etwas Verschmitztes und Verludertes auch – der gute, der wahre Humor
des Christentums nach Art der verratzten Bischöfe, wahrhaftig,
mein Bischof hatte sich seinen Titel nach dreihundert Seiten
kräftig verdient, Exzellenz, Eminenz, wie will er eigentlich bedankt sein – –?

Ich brauchte Weite, brauchte Raum! Lief blind und dumm zur
Stadt hinaus, so lebte ich in Saus und Braus. Zuletzt war es ja gar
zu still geworden um den Sex innerhalb des Episkopats, während
früher immerhin noch ab und zu die Bild-Zeitung von libertinagigen Ausrutschern innerhalb der anglikanischen Kardinalschaft
zu schweinigeln gewußt hatte! Ob der Pater sie gesegnet hatte?
Sie ihn gar? Weiß der Satan, wie da heute die Kompetenzen geregelt sind, im Schwipszeitalter des Laienpfaffengeschunkels und
der allerorten allerunordentlichsten – –

Kornblumen blendeten, lautlos duftete die Erde, hoch glimmte
Mauerpfeffer auf. Die Glockenblume dröhnte, betreten schwieg
der Frosch. Er wußte noch nicht recht Bescheid, er kannte sich
nicht aus. Im Schlamm ein Wurm, doch er hieß Erwin. Fern

rührte sich ein Segelflieger. Wiesensalbei, Kleeblatt klein, Schafgarbe, Feldeinsamkeit. Ragend eine Waldruine, jetzt galt es die Abwehr von Not, jetzt galt es die Heuernte heimzuheucheln. Zwei katholische Dämmerlämmer, Brüder in Christo als Retter der – –

Ein Marquis zu Zeiten des Sonnenkönigs Ludwig XIV. öffnet die Tür zum Boudoir seiner Frau und findet sie in den Armen des Bischofs. Darauf tritt er gelassen zum Fenster und fängt an, die Leute auf der Straße zu segnen.

»Was tut ihr da?« ruft eine verängstigte Ehebrecherin.

Darauf der Marquis: »Monsignore vollziehen meine Pflichten, also vollziehe ich die seinen!«

So soll es sein. Wie mir so wohl war, so wohlig speiübel!

Hornklee goldgelb wie beliebt. Ich schloß die Augen himmelwärts. Trank einen Papp-Becher Buttermilch mit Aprikosen wundersam. Meine Leckermäuligkeit St. Neff!

Was sehe ich? Ein schmerzliches Stirngefunzle Sommerauers? Die Busen grämen ihn noch immer? Es werde, meint er, immer schlimmer? Neinnein, mein Alter, immer dümmer!

Blühend legte ich mich in eine Kartoffelfurche. Der Echse richterliches Auge, ein Wespenschwarm darüber stob. Zwei-, dreimal raschelte die Maus, ich schlief ein bißchen ein. Schöne Träume löhnten Neff. Erwachend stellte er fest, daß es Nacht um Dünklingen geworden war. Fegte er also wieder in die Stadt zurück, zu suchen dort sein Glück.

Gebimmel von Zärtlichkeit wehlichterte iberianisches Eingedenken ins Abendglockenblumige. Und jene himmlischen Gestalten, sie fragen – nicht nach Mann und Weib, denn alte brüderfeste Falten verrunzeln den verklärten Leib – –

Fäden von Sternweh rieselten südwärts. Ich riß mein Feuerzeug heraus. »Fritz Stadion«, so stand an einem Türschild, »Alteisen – Nutzeisen«. Ich klingelte, lief sprudelnd weg und fügsam weiter. Ach jemine, links eine Eiche, St. Neffens Lieblingsbaum! War der katholisch auch genug? Ein Kätzchen schlich so sanft wie Samt auf einem Randstein wunderlich und seine Schatten waren wie Furchen der lieblichsten Bläue. Aus dem Kosegarten des Nachtgesträuchs spitzten die lustigsten Augen des Volksbetrugs. Etwas zappelte und stöhnte, ein Nachtalbe artigfein. In der

Laternenluft aber hing und strömte der – wenn Alwin wirklich der Sheriff des Pferdemarkts war, ich aber der Meister des Schwagers, dann waren die Brüder längst schon mein! – Blütenstaub des unvergänglichen, ewigen, todvertreibenden Superquatsches. Ahoi!

*

Schiller half sich mit faulen Äpfeln, Kant mit Senf. Für mich selber habe ich noch kein zuverlässiges Rauschmittel dieser Art gefunden, Kaugummi ist wohl eher ein Herzstärker – kurz, ich bin heute nicht inspiriert, werde aber trotzdem weiterschreiben; furchtlos, rücksichtslos, endlos. Bzw. umgekehrt, mein Werk neigt sich dem Ende zu, und jetzt, da alles zur Entscheidung drängt – verläßt mich aller Glanz. Habe ich mich im vergangenen Kapitel zu sehr verausgabt, in der Wiederbeschwörung eines, ach, längst verblichenen schwer metakatholischen Tages mein Pülverchen verschossen? Aber das ist sie ja, die Infamie des Christentums, von der ich dauernd rede!

Was soll's, durchhalten ist alles. Epik ist nun mal ein katastrophales Geschw-, pardon: Geschäft, im übrigen habe ich gerade verschreckt festgestellt, daß mein Lottogewinn rätselhaft rasch dahinschwindet, ich weiß gar nicht, warum; wahrscheinlich weil ich seit Monaten immer wildverrückter Chewing Gum kaufe und horte, ein letzter unbewußter, ja bewußtloser Versuch vielleicht, doch noch als Rancher zugelassen zu werden, und in meinem Sekretär stapeln sich die »Stripes«, 15 Stück à 79 Pfennige, »Wrigley's Juicy Fruit made of Sugar, Gum Base, Corn Syrup, Softeners, Natural & Synthetic Flavours«, furchtbar! Und andererseits scheint meine Seitenvision, ein Tischfußball-Patent aus der Taufe zu heben, auf Anhieb jedenfalls nicht so recht zu klappen – – so oder so zwei Gründe mehr, zäh die Feder kratzen zu lassen, den Kuli auf Gedeih und Verderb, und aufrichtig, darüber berichtend, stimmt mein larmoyantes Gedudel mich sogar schon wieder recht frisch und fröhlich, zu schreiben wie der Leibhaftige, damit möglichst bald die großen Verlagsgelder sprudeln, die Verfilmungstantiemen –

– ja, Großepik ist eine schlimme Würgerei, standhalten angesichts des Erschreckens ist alles und die Kunden bei Laune, das ist das Gesetz, das ist der Trick. Aber wie, wenn das Hirn leer, das Herz schwer und schon Teile des letzten Kapitels aus einer romantischen Gedichtsammlung abgefieselt sind – und der Leser, der dumme, hat natürlich wieder mal nichts gemerkt! Soll ich die Brüder noch häufiger, spannender, spektakulärer, spiritueller durch die City hetzen? Soll ich die Schwagerbrut Alwin schon wieder hier antanzen lassen, im Step-Schritt? »Um Gotteswillen, Schwagerherz, ich bin ein liederlicher Mensch, ich hab ein liederliches Leben geführt, ich bin heut' gesellschaftspolitisch in Dünklingen persona non grata, ich bin erledigt, eine arme, ach, eine ganz arme Sau!«

Wir hocken wie von ungefähr im »Aschenbrenner«.

»Das darfst, so darfst nicht reden, Alwin«, sagte ich glitschig, »du tust mir weh!« Die Iberer als Filmhelden! Gott, welche Perspektiven!

»Warum? Schwager? Warum?« Ich hatte Streibl neugierig gemacht.

»Weil« – Humphrey Bogart würde ich mir als Kodak wünschen, aber der hatte keinen Bruder – »weil« – ah ja – »weil du damit meine Schwester schmälst. Deine Frau!« Falls er es vergessen hatte.

»Siegmund«, jammerte Streibl sofort und sehr gemächlich retour, und heute schwebte seine Rede wie die Lauretanische Litanei, »das darfst nicht sagen, *du* tust mir weh, so weh! Weh!«

Der mächtige Schwager wimmerte jetzt plötzlich so sforzato machtvoll, daß ich Spatzerl beinahe umgeflogen wäre. Ach, im Jammern hat er doch viel mehr Format als ich! Er nahm einen strammen Schluck Weizenbier.

»Schau, ich hab ja nicht einmal Abitur, ich bin dir doch in der Bildungsstruktur haushoch unterlegen, ich hab noch Bildungsrückstände ... ein liederliches Leben, um Gotteswillen, aber ich hab jetzt ein Angebot von der Partei, ich kann in Feuchtwangen Jugendtrainer werden, das paßt mir gut, die Partei zahlt's, ich hab's 1954 schon einmal in Weizentrudingen gemacht, nett, ach, war das nett!« Der Wundertütenkopf nickte fröhlich und sich selbst huldigend auf und ab. »Der Dr. Bös, der Bös Benno war damals kommissarischer Landesgeschäftsführer, aah! Er hat mir voll vertraut!« Ei fa co-sì, co-sì. »Der Widerschein Benno! Ah! Voll vertraut!«

*

Im Widerschein – sich ähnlich sein: Mitten im Schimmer der blinzelnden Wellen gleitet mein Siegmund wie schunkelnder Kahn: Einen höchst eigenwilligen Menschen lernte ich drei Tage später bei einer unserer Herrenassemblees lies gruppendynamisch-therapeutischen Sommersessionen im »Paradies« kennen – wenn auch nicht unbedingt schätzen. Alois Freudenhammer hatte ihn mitgebracht und eingeführt. Es handelte sich um den neuen verantwortlichen Lokalredakteur unserer Volkszeitung, den seine Visitenkarten, welche er schnellstens und wie eine letzte Hoffnung austeilte, als einen gewissen »Joachim A. Kloßen« auswiesen. Ich liebäugle ja an sich schon stark mit allerlei Karma-Lehren, hatte freilich bisher noch keinen leibhaftigen Beweis – hier aber überrieselte mich von der ersten Sekunde an das starke, ja brünstige Gefühl, daß ich diesem Menschen schon einmal in einem früheren Leben begegnet war, damals allerdings unter sehr unglücklichen und unvergleichlich darbenderen Umständen, als dieser Mann sie jetzt prima vista zu erkennen gab, damals hatte er wohl meiner Erinnerung nach auch nur schlicht und fast kümmerlich »Jochen« geheißen.

Jedenfalls aber prangte dieser Kloßen jetzt in einem rauchblauen Nadelstreifenanzug mit Einstecktüchlein, einem Nyltest-Hemd und sogar einer Fliege, ein zweifellos hervorragender Aufzug für einen Provinz-Redakteur, der ihn aber seltsamerweise trotzdem – wieder wie meinen Karma-Bruder! – zu einem ganz besonderen Flair von Verlottertheit verdammte, ja im Verein mit seiner eigentümlich breiigen, quallige, gewissermaßen ranzigen Stimme sogar sofort und absolut vertrauenzerstörend wirkte.

Kloßen, von Freudenhammer nicht weiter betreut, trank viel, schnell und feurig Bier in den irgendwie konturlosen, meines Erachtens 49 Jahre alten und auch wie abgestanden-schwerelosen Körper, der auch etwas irgendwie Zeitloses, Altersfreies an sich hatte – und am allermerkwürdigsten war, daß das Bier, kaum hatte Kloßen seinen Mund gegen es gepreßt, sofort jeden Schaum verlor, ganz im Gegensatz etwa zu Kuddernatschens anhaltend prächtig strotzendem Humpen – ja, es war gerade, als ob dieses Bier-Unglück den neuen Mann schon seinem inneren Gehalt nach vollkommen verriete.

Nach kurzer Zeit, warmgetrunken, verstreute dann Kloßen auch ganz seltsam fahrig-regiemäßige Ausrufe wie »das geht dann klar«, »dufte«, »Klasse«, »1 a«, »dat machen wir dann, Eckhard!« – ja, dies schien mir besonders dreist, wie schwindelerregend schnell er mich duzte und dabei – er war sicherlich schon etwas betrunken – mich mit jemand verwechselte und also beharrlich mit »Eckhard« ansprach. Nach einer Weile quatschte er sogar ausnahmslos in meine Richtung, und er kündigte dabei mehrfach und schwungvoll an, er gründe hier in Dünklingen bei nächster Gelegenheit ein Anzeigenblatt namens »Dünklingen topaktuell« – den »Job« als Lokalredakteur mache er nur noch eine Weile »pro forma wegen des Fiskus, die sind mir wieder auf der Spur«, für dies Anzeigenblatt »für die werbende Wirtschaft« und »natürlich mit vollem Rundfunk- und Fernsehprogramm« habe er auch schon einen Geldgeber, den Raiffeisenkassendirektor Rösselmann, der ihm auch schon »voll zugesagt« habe. »Dat läuft einwandfrei!« rief Kloßen mit großem Feuer, »dat Ding, Eckhard, wird arschklar, das reiß' ich mir unter den Nagel, dat wird Joachim Kloßens großer Reibach!« Er, Kloßen, habe jetzt »zwanzig Jahre Lokal-Journaille, Lokal-Scheiße« (eins der beiden Wörter muß es gewesen sein, das war bei Kloßens eigenartig schnurgelnder Stimme schwer zu enträtseln) gemacht bzw. »heruntergerissen«, jetzt habe er es satt, den »Kommunalfritzen« zu willen zu sein –

Usw. Des ziemlich erregten, ja erregenden Abends Fazit war es, daß ich, offenbar mitgerissen von Kloßens unseligem Feuer, leider mehr zechte als mir dienlich war und, beschwätzt wohl auch von einem komischen Dämon, plötzlich mit Kloßen an der Theke stand, Apfelschnaps trank und ihm vertraulich von einem hiesigen Brüderpaar erzählte, ja, von Übermut betört, es ihm als »Thema« für seine Zeitung empfahl. Jawohl, hier habe es ein Brüderpaar, das sich seit undenklichen Zeiten gemeinsam durch unsere Innenstadt bewege, samstags und sonntags immer zu bestimmten Zeiten, immer denselben Weg – jedenfalls, frevelhafterweise bekannte ich Kloßen mein ganzes kostbares Geheimnis – und es war dies um so widerlicher, als ich jetzt plötzlich, wir saßen wieder am Tisch, auch noch Albert Wurms langes Ohr und spähendes Auge auf mich gerichtet sah, so heikel, daß ich fast wieder nüchtern wurde.

»Der Wolfohr, der alte Wolfohr«, knurrte Freudenhammer knorrig, »von der Arbeiterwohlfahrt hat jetzt seine Pacht gekündigt.« Wurm schaute sehr zentralinformiert überwacherisch drein, schien aber zur Intriganz, jetzt sah ich's klar, einfach zu sehr von sich selber verwirrt. Gott sei Dank! Eine Gesprächspause war entstanden.

»Hör zu, Eckhard!« fiel Kloßen knarrend, flehend und plumpsend in sie und schnellte in verbissener Begeisterung sein schwer vom Leben geschädigtes, zwischen Brückenechse und Klammeraffe schwankendes Gesicht gegen mich, »dat ist eine Klasse-Reportage aus dem sozialen Untergrund! Und weißt du was? Für den Tip kann ich dir mindestens 150 Mäuse Informationshonorar auf die Hand zahlen – und die Story reiß' ich dann selber 'runter, nächste Woche, wenn die Möbel da sind!« Begeisterter gab Kloßen, übrigens ohne Vroni auch nur wahrzunehmen, ein neues Bier in Auftrag, und ich überlegte versteinert, ob ich den schweren Lapsus wieder gutmachen könnte, wenn ich übermorgen auf Mayer-Grant einwirkte, im Kurorchester die »Iberia«-Suite von Debussy einzustudieren, transponiert für Geige, Schlagzeug, Sax und Klavier, das würde was werden mit uns zwölf Pflaumen! – doch Kloßen hatte mich schon wieder am Wickel:

»Zuerst die Story über die beiden Ganoven!« rief er laut, das »Story« schwallte er wie »Schtori«, »und wenn dat Anzeigenblatt dann läuft mit Fernseh- und Rundfunkteil, dann kannst du natürlich auch einsteigen, da reißt du dir kein Bein aus bei uns, alles klar!« – und dann riß dieser vielfach gerissene Herr ganz schnell einen schmetternden Witz über ein junges Ehepaar mit Papagei – und übrigens ziehe er morgen abend »rund durch die Stadt, ich muß die Bums-Kneipen auftun«, im »Disco-Vitusheim« sei er gestern schon gewesen, »dufte Band!« – –

– und jedenfalls am Ende des Abends flehte mich dieser Kloßen aus großer Nähe (und er roch dabei wie schimmelig aus dem irgendwie schrägen Mund) um 50 Mark an – dafür wohl, wenn ich ihn recht verstanden habe, daß er mir schon morgen 150 Mark Informationshonorar anweisen werde, »wir bleiben 50, du kriegst 150 plus 50 von mir, dafür gibst du mir drei oder vier Klare aus, die 150 brauchst du nicht zu versteuern, das geht ohne weiteres klar«, beteuerte Kloßen mehrmals und gab vorbeugend sein elftes großes Bier in Bestellung.

Im gleichen Augenblick, zuvor hatte er vor sich hingemümmelt, schnaufte Kuddernatsch heftig ins Leere, und Bäck gab ihm einen Klaps auf den Rücken. Nein, auch Wurm hatte nichts mitgekriegt, er war völlig harmlos. Dann sah ich es: die Ähnlichkeit war groß, aber während Alwins Augen mehr langfristig um Gnade baten, flehten die Kloßens mehr brennend, direkt, ja akut.

War ich schon wieder nüchtern oder gibt einem der Schwips gelegentlich auch fruchtbare Gedanken ein? Ich übereignete Kloßen 50 Mark – unter der geflüsterten Voraussetzung, daß er die Brüder »absolut« in Ruhe lasse und ja keine Sozial-Reportage über sie schreibe! »Sonst zeig' ich Sie an!« hätte ich ums Haar gerufen, ich muß aber den neuen Mann ohnehin so durchdringend und beschwörend angeblitzt haben, daß der Gute die Augen hinter der Brille mehrfach zusammenkniff; sich dann aber schnell zusammenriß, meinen 50-Mark-Schein erraffte und ein letztes Mal seine reißwölfischen Reize vorführte.

»Eckhard, da mach dir mal nichts draus!« rief Kloßen fast schweinisch grunzend und ein gerüttelt Maß Jammer saugte durch die Brille hindurch, »Sozial-Stories mach ich sowieso nicht gern. Du blickst als Pressemann zu tief in soziales Getto. Wir machen dann das mit ›Dünklingen topaktuell‹. Und die Rendite schlagen wir dem Rösselmann um die Ohren! Der will mir das Geld erst geben, wenn ich ihm die Kalkulation vorlege. Die mach ich morgen, alles klar! Abends geh ich dann 'rüber ins Disco-Vitusheim, da spielt die Kapelle ›The Merry Moggers‹ – einsame Spitze!« Außerdem gründe er, Kloßen, jetzt ohnehin bald ein kombiniertes Vermögensanlageberatungs- und Lottoberatungsbüro, »dat Traumbusiness der Zukunft!« schwallte Kloßen verzückt, »dat läuft über meine geschiedene Frau steuerlich in Itzehoe! Wann soll ich dich morgen abholen? Jochen Kloßen lädt dich ein, ich zahle alles! Mit dem Geld, mit den 50 sind wir dann morgen wieder plusminus null! Ich laß mir einen Vorschuß geben von der Kiensch, laß nur, die gibt mir dat schon! Wir laden Weiber ein, füllen sie ab und dann reißen wir die Tanten auf! Laß Jochen dat nur machen! Dat ist voll geritzt!«

\*

An sich ist ja die wechselseitige Nacktheit zur Vermehrung keineswegs obligat, und insofern wäre meine weiße Ringel-Rollkragenanfälligkeit vielleicht gar keine so schwere Verfehlung... aber diese Nackigkeit, das sehe ich schon ein, ist halt mal so eingeführt, eine gewisse Zutraulichkeit zu suggerieren und sich etwas gehn zu lassen, in dieser straffen Zeit, das ist wahr... Aber andererseits will ich mich ja, sehe ich das richtig, eben gar nicht vermehren und Kinder erzielen, nein, das muß nun wirklich nicht sein – ich denke, wir leben in einer vaterlosen Zeit und man tut gut daran, das auch ernst zu nehmen und es – ja, bei der Position des dadurch aufgewerteten Onkels zu belassen. Die freie, von keinem Ödipusschaden behaftete Gesinnung gegenüber Neffen und Nichten ist doch wirklich etwas sehr Schönes, siehe Kreon-Antigone, siehe Onkel Bruchsal und Minna von Barnheim, siehe Onkel Toby, dem Sterne ja auch eine »hohe Züchtigkeit« nachrühmt, siehe das schöne Miteinander von Hero und Onkel Oberpriester, siehe Onkel Wanja, siehe Kafkas legendäre Onkeln in Roman und Wirklichkeit, siehe Onkel Peppi, siehe – mich. »Mein Vatter giebt ihnen«, schreibt Mozart 1780 warm an das Bäsle, »seinen Oncklischen Seegen«, und so ist es ja. Denn ist nicht der Onkel in seiner substantiell geistigen, ja tendenziell geistlichen Position fast ein Pendant, pardon: ein Pedant zum Brüderlichen, ja praktischfaktisch dessen Eskalation ins Menschheitliche? Richtig, und so bin ich denn zwar keineswegs Vater, wie denn auch, aber sehr wohl und mit Überzeugung Onkel, und die rustikal-kindlichen Rückenflügel Connys beim Bartok-Spiel zu beobachten, ist ja auch nicht das Übelste...

Onkel – und dabei soll es auch bleiben. Vaterschaft? Das war Alwins stummes Reich.

Apropos Klavier: Heute, vor Antritt meiner Niederschrift,

übersäumte mich allerdings ein äußerst windiges, ja hoffnungsfernes Gefühl. Erstmals meinte ich an mir festzustellen, daß ich schon überhaupt keine Musik mehr mochte, nicht einmal die weinende B-dur-Sonate von Schubert, keine Musik mehr, außer – von Knabenstimmen gesungene! War sie es endlich? Die Geburtsstunde des Todes! Oder waren's vielleicht doch nur die Nachwehen von Kloßens unheilvollem Gefurze?

Der reklameschwangere Zeitungshanswurst war übrigens schon eine Woche später wieder aus unserer Stadt verschwunden – Gott sei's gedankt. Übrigens soll, nach diesem Abgang, folgt man Wurms halb bitterem, halb lustigem Bericht, nicht nur Rösselmanns Raiffeisenbank, sondern auch die Itzehoer Bank für Gemeinwirtschaft mehrfach flehentlich bei der Zeitung angerufen haben. Irgendwie hieß es da sogar, dieser geniale Projektmacher sei gewissermaßen nur ein Strohmann für einen anderen gewesen – na bitte, die 50 Mark waren futsch, aber wenigstens waren die Brüder und er nicht aneinandergeraten, zu schweigen von Kloßen und Alwin – es hätte das letztlich doch gemütliche Miteinander in unserem Städtchen und Romänchen ganz unweigerlich gesprengt...

Brüder, ja, es neigt sich langsam, ohne daß ich damals auch nur die bleichen Vorboten erkannt hätte. Wahrscheinlich deshalb, weil in diesen Tagen, den ersten des August, Kummer von anderer Seite einbrach, schwerlich geahnter. Kummer mit Stefania. Es begann damit, daß sie plötzlich tagein, tagaus sogenannte »Arme Ritter« kochen wollte, eine zu Kriegszeiten geläufige, etwas eigenwillige Mahlzeit aus Semmeln, Milch und Eiern. Sehr weißlich schimmernd, fahlgelb war Schwiegermutter in den letzten Wochen geworden und unruhig zugleich – und immer und immer war ihr nach »Armen Rittern«, gab man ihr etwas anderes zu kochen auf, dann sagte sie recht unwirsch, ja beleidigt, sie könne nichts anderes machen, es sei kein Geld im Hause mehr da, ihr Mann schicke ihr keins, nächstens gehe sie aber zu den alten Soldaten, vielleicht liehen ihr die vorerst noch was.

Wo denn ihr Mann sei, fragte ich allzu getrost, fast noch heiter.

»Wer? Ach so, der! Wo er ist? Ja so, im Krieg halt!« antwortete Stefania fast zornig, »aber schreiben könnt' er mir schon! Man möchte ja doch allerhand wissen!« Und dann seufzte sie zornig, ja voll Ingrimm auf: »Der verfluchte Krieg!« Und sie mache jetzt zuerst »Arme Ritter«, und dann gehe sie zu den alten Soldaten!

Unruhig geworden, leise Panik im Herzen, verdrückte ich mich in diesen frühen Augusttagen nur gar zu gern weißgottwohin – und sah:

Meine Iberer! Leckerbissen eines hungrigen Herzens, einer geschundenen Seele! Sah sie ungeschädigt von Kloßen, vergessend kalt Stefanias Leid, sah sie wieder bei einem Wallfahrerfest in der Nähe von Weizentrudingen, auf schöner Waldeshöhe – ach, ich ahnte nicht, wie kurz der Sommer war, der mir noch blieb! Schwammerlhaft oxydierend reckte ich das Rancherhaupt. Es war das zweite Mal, daß ich sie außerhalb des Stadteis traf, ach, es hätte mich warnen müssen, tat es nicht, und auch dies nicht, daß schon wieder zwei frauenartige Wesen bei ihnen auf der Bierbank hockten, die nämlichen wie damals vor dem Schießsport-Center, die eine in einem dunkelgrünen Kleide, die andere mit einem grauen Kostüm, beide täuschend harmlos, alt und treukatholisch nur den Brüdern lauschend, den armen Rittern im nächtlich schönen Rund – und letztmals weideten die Augen sich gesund:

Schimmerwellen sanfter Freudenhügel! Mondlicht schummelte und klopfte auf den Busch, der die Bierbude umflorte, in seinem Silberscheine blendete Kodaks goldbrauner Nacken wie betörend zu hündisch wallendem Glücke, Fink aber trug einen fast feschen Jagdanzug, nein, eher einen Kegelanzug möcht' ich es heute nennen, dicker waren sie noch geworden, beide, die bratwurstgefüllten Kugelbäuche wölbten sich geradezu kanonisch dem geistlichen Gepränge der vor Andacht katholisch gewordenen Maßwürste und Bratkrüge mit Waldesrauschen zu, Kodaks rote und Finks braune Haare fächelten leis im nächtigen Zephir St. Annas, der Mutter süß, purpurnes Leuchtfeuer glühte von innen, Glimmkäferei machte sich verdient, das Käuzchen im Walde funkte auch mit drein, die Sterne unkten zurück, wie von sich selber bezaubert – heftiger, maßvoll gleichwohl, schwangen die steinernen Krüge gegen die Köpfe, glimmende Brüderglut! Lächelten trauter, lächelten Liebe – de aquel majo amante – il mio solo pensiero, Kodak, o Fink, sei tu! – Brüder, zur Sonne, zur

Schönheit! Halleluja! Das glückliche Herz möchte stehenbleiben wie bei Webers oder aber Schnellingers Ausgleichstor in letzter Minute und schnell ganz schnell eine Zigarette mit Schaschlik rauchen und abermals singen von Agnus und Dei und Tollis und –

    Selige versponnene
    Milchig geronnene
    Zweiheit, du!
    Kodak, mein Guru!
    Fink, mein Erlöser!
    Sweetheart! Lieb-böser!
    Brüderei
    Macht mich frei!
    Mich dünkt, ich sänk' in Schlummer
    Und säh' der Brüder Prunk
    Vergessen aller Kummer
    Traum durch die Dämmerung –
    Das Perlenaug' des Finken
    Und Kodaks Veilchenblick
    Sein rotgrau Haar, der Zinken
    Im Haupt, und das Genick!
    Prächtig gebuckelt
    Schwalbenumzuckelt
    Lächelnd genießen
    Gleiten und fließen
    Hitzblitzend himmelwärts
    Schneeschnüffelnd östlich gärt's –
    Alles Verschlingende
    Kreuchfleuchend wringende
    Jubelchor-Singende
    Cherubin-Klingende!
    Brüdergelalle, mündliche Zier!
    Wie's mir gefalle
    Gefall' ich auch mir
    Schwalbengrau tanzendes
    Traulich verranzendes
    – Leuchtend und licht: –
    Sternenumkränzetes Brüdergezücht!

Um Gotteswillen! Ich muß mich bei dieser letzten beschwörenden Niederschrift schon wieder hymnisch vergessen haben, so wie ich mich damals vergaß, als die großen Entscheidungen fielen – denn aufrichtig, war das nicht schon recht unchristliche Idolatrie, die ich da betrieb? Sind das nicht schon ganz heidnische Töne? Der reinste Schmuddel-Bigottismus! Und war es nicht andererseits äußerst schräg und gab dem Kapitalismuskritiker Streibl recht, daß ich mich um ein Haar hätte hinreißen lassen, bei der Kellnerin zwei Liter Bier für die Iberer-Gruppe in Auftrag zu geben? Geht man so mit – Erlösern um?

Mit der Gerechtigkeit Gottes kann ich heute weißgott nicht mehr rechnen. Vielleicht aber mit seiner Milde... wenn er aufmerksam mein Epos liest.

Bei der Rückkunft in Dünklingen neuer Übermut. Im Schauflertor kreuzte ich kurz nach Mitternacht einen mir flüchtig bekannten älteren Neger Leroy von unserem Dünklinger NATO-Radar-Magazin. Ohne zu zögern lud ich ihn zu mir nach Hause ein. Er, Leroy, kriege auch eine Flasche Bier.

Leroy, ein bereits ergrauter, pummeliger Gentleman, ließ sich fast wortlos locken. Wir schlichen ins Haus. Ich legte den Finger auf den Mund, aber als wir im Wohnungskorridor angelangt waren, trat uns Stefania entgegen, im Nachtgewand. Begrüßte uns äußerst aufgeräumt, ja freudig, reichte Leroy die Hand, tätschelte ihn sogar an der Brust und sagte zu mir, das sei schön, daß ich den Vater auch mitgebracht hätte. Ich wollte korrigieren, traute mich aber nicht. Wie überrumpelt von Glückseligkeit zog sich Monika wieder zurück.

Leroy nahm im Fauteuil Platz, ich auf dem Kanapee. Es gab allerlei nachzusinnen. Aber der Anblick des Negers machte mich so unerklärlich müde, daß ich sofort wegschlief. Vermutlich nach einer halben Stunde weckte mich der dunkle, sehr othelloartige Mann und erinnerte mich an sein versprochenes Bier. Ich wußte zuerst nicht, wo ich war und hielt den Neger für einen stillen, vornehmen Verbrecher, dann klaubte ich ein Bier aus dem Kühlschrank. Wenn jetzt der Russe käme, Leroy bei mir entdeckte und über ihn herfiele. Verwaist die NATO-Station, der Wärter

beim Biere schwelgend ... Schon wieder drohte ich einzuschlafen.
»Is it good?« fragte ich. Negerl, dachte ich, Negerl.
»Wow!« Der starke Leroy nickte ernst und sah mich Stöpsel mürrisch, ja fast überdrüssig an.

Um nicht abermals wegzunicken, trat ich ans Klavier und spielte Schumanns »In der Nacht«. Die vergeistigte Bratwurst schwärte rauchend auf und nieder. Was der Bimbo wohl zu diesem dunkelsten Akkordgewürge meinte? Daß der Bolschewismus schon im Anzug sei? Kriegsdienst! Alarmstufe eins!

Ich endete mein Spiel und sah mich um. Der Neger war verschwunden, und das Bier war leer. Ich sah im Schranke nach. Dort war er nicht. Recht heiter legte ich mich flach.

\*

Die Gourmandise meiner katholischen Bonvivanterie – jetzt war sie niet- und nagelfest. Die Strafe folgte auf dem Fuße, hochverdient. Was nun geschah, ist schnell erzählt und kurz erlitten, flott und rücksichtslos verdrängt. Der jämmerliche Rest der Chronik mag beginnen.

Am 5. August war Stefania den ganzen Nachmittag verschwunden. Am Abend schellte es an der Wohnungstür, die Schwiegermutter stand draußen. Ich ließ sie ein, sie begrüßte mich mit viel Ausdruck, folgte mir auf mein Zimmer und nahm im Leroy-Sessel Platz. Das sei schön, sagte Stefania und lächelte mich wieder glücklich an, daß sie mich jetzt auch einmal kennenlerne. Daß sie mich hier in Dünklingen besuchen habe können.

Ich zupfte dünkelhaft an meinem Schnauzer, genoß die schöne Situation jenseits von Lattern.

»Aber Mutter, du wohnst doch schon«, scherzte ich erbärmlich, »ewig hier bei uns oder ...?«

»Na ja«, sagte Stefania nachdenklich, »mir war auch gleich wieder alles bekannt, ich bin ja mit dem Zug von Eichstätt hergefahren. Das freut mich, daß du so groß und stark geworden bist. Was macht denn eigentlich der – Neff, mein Bruder?«

Ich zog die Stirne kraus, recht affig. Ich war vergnügt wie Espenlaub.

»Dem – könntest mich eigentlich auch mal vorstellen, Willibald, daß ich – den auch einmal kennenlern'!«

»Ich bin St. Neff«, sagte ich peinlich pompös. Stefania ging gar nicht darauf ein.

»Das wundert mich«, fuhr sie erschimmernd fort, »daß ich mich in meinem Alter allein hergetraut hab – von Gleißenberg über Eichstätt nach Dünklingen. Na ja«, sie nickte einsichtig mit dem Kopf, ich lächelte noch immer blöde, »ich bin ja hier einmal verheiratet gewesen, mit einem Brauer, Winterhalder, mein' ich, war's, das freut mich, daß ihr alle gesund seid! Und eine Frau – hast auch? Hier?«

Mir wurde sehr wolkig und kribbelig und ich schenkte also der Schwiegermutter einen Cognak ein, damit sie sich leichter tue, ihre Situation wiederzufinden. Und dann gleich noch einen.

»Nein, keinen mehr, Siegmund«, wehrte sich Stefania spitzbübisch lächelnd, »ich muß ja dann wieder heim, wartet ja wer auf mich.«

»Wer wartet denn?«

»Na ja, der Vater...«

»Welcher – Vater?«

»Na ja, mein Mann halt... meine Tochter!« Es war leise Entrüstung, die mich jetzt anfunkelte.

»Glaub' ich nicht!« sagte ich fest.

»Nein? Na ja, dann kann ich schon noch ein bißchen bleiben. Könntest mich eigentlich deiner Frau vorstellen. Ich muß nur noch schauen, wann der Postbus... wann der Zug geht. Gehst aufs Gymnasium, oder?«

»Bin ja schon 48 Jahre«, sagte ich beschämt.

»48?« Stefania bemitleidete mich nicht ohne Respekt. »Und ich?«

»Du bist 73!«

»Was? So ein altes Dach bin ich? Wie kannst dann du mein Bruder sein?«

Zwischen Lust und Nervosität flunschend, stellte ich Wasser zum Tee auf. Hatte sie sich in der Stadt einen angetrunken? Sie machte aber einen sogar besonders wachen Eindruck.

»So, und eine Frau hast auch, na ja, wird schon die rechte sein! Machen ja oft viel dummes Zeug, die Frauen. Aber das freut mich, daß ich jetzt nach Dünklingen gefahren bin, ein recht netter Mann war im Zug, der hat mich gar nicht gekannt. Und die Haustür hab ich auch gleich wieder gefunden!«

Jetzt hielt ich es für angezeigt, die Türkenwitwe aus dem Wohnzimmer zu holen. Sie stand und schaute ihre Mutter an. Stefania hatte nicht die geringsten Schwierigkeiten:

»Na ja, freilich, das ist meine Tochter – die ist auch hier. Und mit der bist du verheiratet?«

»Mit der bin ich verheiratet«, aus irgendeinem trüben Grund hob ich die Stimme, »und du, Mutter, wohnst schon seit sechs Jahren mit uns hier in dieser Wohnung am Schelmensgraben.«

»Und wie«, die Greisin schien verdutzt, »schreibt sich die Ortschaft, in der ich jetzt allerdings bin?« Eine Amsel segelte kurz aufs Fensterbrett und flog gelangweilt wieder weg.

»Dünklingen«, rief ich, hauchte eilig: »Iberer...«

»Siehst«, sagte Stefania und nahm sich eins der Nougat-Plätzchen, die ich gern während der Klavierstunde verdrücke, von meinem Tisch, »drum hab ich's auch gleich wiedererkannt. Na ja, das ist schön. Ja, wenn ich – in Dünklingen daheim bin – dann, dann hätt' ich eigentlich – – gar nicht herfahren brauchen – dann wär' ich ja sowieso in Dünklingen!«

»Genau«, sagte ich grob und mied immer ängstlicher Kathis Blick. Sie hatte sich neben ihre Mutter gesetzt und streichelte ruhig ihren weißen Schopf. Was sie damit beweisen wollte, weiß ich nicht.

»Na ja, das hätt' man mir ja früher auch sagen können! Weißt, Erwin, ich bin halt auch nimmer die Gescheiteste. Ich komm ja nicht viel in der Welt 'rum. Ich bin halt hergefahren, damit ich, solang' mein Mann im Krieg ist, von den alten Soldaten die armen Ritter zahlen kann, daß sie mir das Fahrgeld auslegen, daß ich die Städte an der Donau allerdings ordentlich lernen kann!«

»Aber die Städte kannst du doch!« Ich rief es aufatmend, abermals fast gemütlich.

»Das glaubst!« rief Stefania schwungvoll, »deswegen bin ich ja da!«

»Na?« Ich lockte zag und froh, »dann los!«

»Was los?« fragte Stefania mit Interesse und schob ein Plätzchen nach.

»Die Städte an der Donau!«

»Ach so, die Städte an der Donau, na ja, wenn's euch interessiert?« Sie sah uns um Erlaubnis bittend an, holte fünfmal tief Luft: »Ulm – Neu-Ulm – Leibheim – Günzburg – Gundelfingen – Lauingen – Dillingen – Höchstädt – Donauwörth – Neuburg – Ingolstadt – Kelheim – Regensburg – Stadtamhof – Straubing – Deggendorf – Osterhofen – Vilshofen – Passau.«

»Na also!« rief ich schwer verdüstert, als Stefania aufseufzend und mit Stolz vollendet hatte. »So, Mutter, und jetzt gehst du ins Bett, du hast heut' ein bißchen Grippe!«

»Jawohl! Das machen wir!« rief Stefania und ließ sich von Kathi in ihre Kammer führen. Zum Abschied preßte sie mir beide Hände. Das gelbe Gesichtchen freute sich vor Hinfälligkeit.

Am nächsten Tag sah alles schon wieder viel besser aus. Stefania wollte zwar wie immer »Arme Ritter« machen und zu den alten Soldaten gehen, gegen Mittag beschwerte sie sich erneut und sogar sehr zornig, daß ihr Mann von der Front nicht schreibe, aber sie benannte ihre Tochter als ihre Tochter und mich als deren Mann und ihren Schwiegersohn.

Dann lag sie sehr besinnlich auf der Wohnzimmer-Couch.

Am frühen Nachmittag kam ein Anruf Streibls. Es klagte todverlassen ins Gerät sehr heiter:

»Hör zu, Siegi, wegen damals, du bist mir nicht bös', daß ich nach dem Kartenspielen deiner Frau Angebote gemacht habe, daß ich ihr Avancen gemacht habe, um Gotteswillen, es war nicht ernst gemeint, ich kann's ja so gut leiden, deine Frau, ich hätt's auf der Stelle geheiratet, wenn ich's vor dir kennengelernt hätt', yeah, aber heut' nicht, heut' nicht mehr, du bist zu stark, ich hab keine Chance bei ihr, ich hab einen Blick dafür, sie hat nur Augen für dich – ach Gott, bist du stark bei ihr aah! Hör zu, shit, ich hab gehört, eurer Mutter geht's nicht so gut, wünsch ihr, wünsch ihr gute Besserung von mir, es ist ein vegetatives Alterssymptom. Du nimmst mir's nicht übel, daß ich mit deiner Frau Champagner trinken wollt', es war, aber wir könnten auch alle vier mal schön ausgehen, wünsch ihr gute Besserung, um Gotteswillen, die alten Leute haben das oft, ich kann dir einen Tip geben, was da hilft: ein schönes frisches

Weizen, um Gotteswillen, sie hat's verdient, es ist das beste gegen multibile Arteriosklerotik, es hilft ihr bestimmt, um Gottes...!«

Dann rief Albert Wurm an. Er könne leider nicht mit zur Teevorführung in unserer Verbraucherzentrale, er erwarte für heute nachmittag eine »sehr sehr gute Bekannte« von früher, vom Café Straps in Erlangen, die sei auf der Durchreise und wolle ihn aufsuchen, »sonst wär' ich effektiv gern hin, aber wir bräuchten für übermorgen einen vierten Mann zum Schafkopf, Dr. Brändel, der Busch Martin und an sich ich, ja? Von 8 bis 12 Uhr! Café Straps! Scharfer Schafkopf, mit Schieberrunden!«

Ich plauderte ein wenig mit Stefania, sie schlief dann ein. Ich begab mich zum Schulungsvortrag des Deutschen Teebüros, es gab eine Lehrvorführung mit Dias und Teeproben, außer mir waren nur noch zwanzig ältere Frauen versammelt, anschließend wollte ich meinen Lottoschein in unserer Lottozentrale vorbeibringen. In einer Ecke des Büros tranken drei Rentner Rosé-Wein und spielten stehend Karten, ein vierter mit Lodenumhang las in einem Porno-Magazin. Zwei junge Frauen unterhielten sich, daß vergangenes Wochenende die seltsamste Zahlenfolge aller Zeiten dran war, 4, 5, 6, 10, 11, 28 – da merkte ich, daß ich mein Geld vergessen hatte. Nicht weit von hier war Wienerls Fotoladen, Fred würde mir schnell eins leihen.

Im Schaufenster des Geschäfts lehnten etwa zehn Moped-Schilder. Im anderen Fenster hatte es aber ordentlich Fotoapparate, na also! Mondforsche Fröhlichkeit wickelte mich weißgottwarum ein, elanvoll schraubte ich mich ins Ladeninnere, mit Fred gegebenenfalls einen smarten Plausch über Alpha- und Beta-Typen anzukurbeln – doch Fred ließ mir keine Chance. »Siegmund!« rief er wie unter Überdruck leidend, »ich wollte dich gerade anrufen, du!« Dann hob Fred beschwörend die linke Hand, hielt sie oben, kramte mit der rechten in einem Schubfach, rief »Obacht!« und legte endlich eine Serie Farbfotos vor mich hin. Bricht ein Bruder den Bund! Ein Motiv sprang ins Hirn und heraus: f-c-a-f-g-a! Ab sofort gab es keine Hoffnung mehr.

Es war ein Brautpaar, und der eine Teil war Fink. Er trug einen sehr rehbraunen, wohlsitzenden und sogar den Schmerbauch gut verhüllenden Anzug – die Braut an seiner Seite trug ein jadegrünes Kostüm, nein, ein meeresgrünes, auf dem Kopf aber ein kleines, mehr angedeutetes Myrtenkränzchen. Es war eine ältere, fast alte Frau, jene, die ich erst vor vierzehn Tagen an seiner Seite beim Weizentrudinger Bergfest gesehen hatte und ein Jahr vorher in der Stadt. Ich hatte sie letztlich für eine Tante, Base, Stiefschwester oder Großmutter gehalten, wie beliebt.

Es war ein Brustfoto und man sah beide Hochzeiter ganz genau.

Tod dem Verräter.

»Letzten Samstag, du, im Kongregationssaal von der Sebastianskirche! Ganz toll!« Fred krähte es triumphal über seinen Affenstall hin. Nein, es war nicht Tücke, sondern spiegelglatte Einfalt, das Alpha-Beta-Närrchen wußte nicht, was er mir da antat. Daß er mich schlachtete.

»Aha«, grummelte ich, vergaß leider, einen Kaugummi nachzuschieben, schob aber wie gönnerhaft die Bildchen auseinander, »prima. Na also!« Das letzte war besonders miserablig.

»Fred!« rief die sehr üble Frau Wienerl hinter einem dunklen Vorhang hervor, »hast du den Flughafen angerufen?«

»Lufthansa fliegt bloß bis Zürich«, gaunerte Fred retour. »Ich hab fotografiert! Der Bruder, der große, auch. Der war Brautführer! Der hat auch gefilmt!«

Ob viele Leute dagewesen seien, fragte ich auf einmal entmachtet. Obwohl wir August schrieben, splitterte mir Caspar David Friedrichs Bild mit den riesigen Eisbrocken vors platte Hirn. »Top Service« stand gelb-blau darüber. Endlich brachte ich einen Kaugummi in den Mund.

»Unheimlich!« rief Fred bunt und wußte offenbar nicht mehr, wovon er redete, »ich habe in der Kirche fotografiert. Und dann hier im Atelier.«

Jetzt erst sah ich die Wärme und Lauterkeit in Finks bräutlichem Blick, den er aus nächster Nähe auf die wohl deshalb schmunzelnde Frau bohrte. Lascivus amor – et pudicitia. Es war die vorweggenommene Kopulation, obwohl es eine sehr sanfte Leidenschaft schien.

Es war der Staatsstreich.

»Tausend Leute!« rief Fred immer haltloser und fuhr fast reißend fort: »Ich frage natürlich den anderen, den älteren Bruder, warum er nicht auch heiratet, sondern nur der kleine. Da hat er ein bißchen überlegt, dann sagt er zu mir: ›Einer muß sich ja um die Mutter kümmern!‹ Netter Kerl, du! Jetzt spart er auf die neue Cosini CSM Super-Kompakt-Spiegelreflex, die ist noch besser. Die hat Leuchtdiodenanzeige. 748 Mark. Absolut idiotensicher, du!«

»Ich denk, du – verkaufst jetzt primär Mopedschilder?« In der Frechheit fand ich etwas Halt, blätterte aber immer sinnloser in dem Foto-Stapel. Manchmal sah Fink die Braut, manchmal mich an, immer mit unentrinnbaren Blauaugen. Warum gabst du uns die tiefen Blicke?

»Die Agentur geb ich jetzt wieder ab!« Fred plusterte sich ganz niederträchtig auf. »Der Vertrag paßt mir nicht.«

»Was?« rief ich laut. Seht ihn – wen? – den Bräutigam. Seht ihn – wie? – als wie ein Lamm.

»Ehrlich . . . Klasse . . . Hochzeit«, murmelte Fred jetzt wieder wie betäubt und blätterte selbst hingeschmolzen in seinen Fotos. Anscheinend war er auch nicht mehr ganz präsent. O core ingrato! Nein, nochmals fortissimo: O coooore ingrato! Jetzt fühlte ich, wie mein Gesicht verquollen wurde, sicher spielten die Wangen schon ins terrierhaft Terracottafarbene. Terra incognita perfida . . .

Ob ich eins der Fotos haben könne, fragte ich leis und ganz und steif verrannt. Anscheinend macht das Quellen auch strohdumm.

»Nie! Nie! Du Dummer! Wo denkst du hin!« Und jetzt pappelte Fred Wienerl etwas Geheimnisvolles vom Fotografen-Geheimnis, das irgendwie mindestens so ethisch sei wie das ärztliche oder das Beichtstuhlgeheimnis. »Ich kann dir keinen Abzug machen, da rückt mir der Verband ins Haus – ich kann dir aber eine Freude machen, wenn ich dir eine Freude machen kann, hänge ich die Fotos vierzehn Tage lang in die Auslage.«

»Neinnein, laß nur!« Ich quengelte stark. »Blödsinn!«

»Ehrlich, du!« rief Fred froh.

Ach, und übrigens könne ich ihm, Wienerl, einen großen Gefallen tun, fuhr er ganz harmlos fort und zog aus dem Ladentisch einen weißen Lappen hervor. Breitete ihn auseinander. Es war ein T-Shirt. Über einer schwarzen Kamera und einem gelben

Blitzzacken stand bogenförmig: »pluspreisgruppe bei Fred-Fantastic«. Ob ich, fragte Fred drängend, kein solches Hemdchen kaufen und damit durch Dünklingen laufen wolle. »Fünf Mark – ich will daran nichts verdienen!« Und Fred sah mich teuflisch, fortschrittsvergiert, aber auch sehr treuherzig an.

Hätte ich ihm eine stieren sollen? Als »öffentlicher Musiker«, hauchte ich zerknüllt und starrte aus dem Fenster, dürfe ich so was nicht tragen.

»Schmonzenz«, murmelte ich in mich hinein. Wo ich dies Wort herhatte, weiß ich nicht. Schlich mich davon, wie ein blau verdroschener – Seehund eben. Das alles hatte die RAF veranlaßt das war ihre Handschrift. Sie war an allem, allem schuld. Schon auf der Höhe unseres Nudelgeschäfts Oeppl gelangte ich zur Überzeugung, ich hätte das Iberer-Gesocks schon längst aus meinem Seelenleben streichen wollen. Wind pfiff durch die hohlen Zähne. Nun – hatten sie sich selber liquidiert. Um so besser. Anästhesie ist alles. Aufschauend mußte ich recht laut lachen. Das alte vertrocknete Nudel- und Backwarengeschäft hieß plötzlich »Teig in«. Jawohl, in einer Art Spaghetti-Zierschrift stand das Wunder über allen Auslagefenstern! Das Leben wurde ja doch immer heit'rer! Ich hielt mich bis nach Haus am Lachen, bis hin zu meiner Haustür. Ich machte überhaupt und fast genial das Beste aus dem Knockout-Schlag. Wie ohne Arg die Eheleute einander ins belämmerte Auge gespäht hatten! Wie schön und dumm, daß einer auf die Mutter aufpaßte! Sie vielleicht aufs Kreuz gar legte. Wie unverwüstlich, unvergleichlich doch trotz allem, daß er, der andere, dem jüngeren, noch sexualitätsnäheren Bruder den Vortritt gelassen hatte! Ach ja, ach mäh, es war schon alles wunderbar geordnet!

*

Das Verhängnis schritt dann dennoch rasch und rauschend. Auch die nächsten Tage über phantasierte Stefania vom Krieg und den alten Soldaten, Mitte August verlor sie alle Übersicht. Rastlos schwirrte sie durch alle Zimmer – mit großer Anmut. Sie hielt mich wieder häufiger für ihren Bruder, ihre Tochter wohl für eine Art Dienstkraft, sie drängte »heim«, ihren Mann zu erwarten, der ja jeden Moment aus dem Krieg zurückkommen müsse. Und ob sie mir jetzt »Arme Ritter« backen solle?

»Der verfluchte Krieg!« rief sie dann weinend.

»Monika«, salbte ich und irgendwie sehr glücklich, über diese neue Aufgabe die Iberer-Katastrophe zu übertölpeln, »du lebst seit sechs Jahren hier bei uns in Dünklingen, mit deiner Tochter und deren Mann, das bin ich. St. Neff!«

Ich probierte es mit allem möglichen.

»Schon«, sagte Monika nachdenklich, »aber ich muß ja wieder heim, zu meiner Mutter, und du mußt ja mit, du bist ja auch der Sohn, der Bruder!«

»Ich bin dein Schwiegersohn!« Als ob das eine ganz tolle Sache wäre, so pompös rief ich es. Der Brüder Auftritt beim Bergfest – es war der Junggesellenabschied gewesen.

»Na ja schon«, antwortete Stefania fast vergnügt und tätschelte mich kurz am Knie, »aber ich, ich muß ja in den Krieg, mein Mann ist ja im Krieg! Der kann ja jeden Augenblick zurück und arme Ritter . . .«

»Monika«, sagte ich wieder ganz haltlos, »dein Mann ist seit zehn Jahren tot. Der ist zu Hause gestorben, nicht im Krieg, sondern an Altersschwäche, 78 Jahre war er!«

»So alt?« wunderte Stefania sich diamanten.

»78 Jahre!« Mir wurde immer ganshafter.

»Aber weißt, 78 Jahre?« Monika rief es entrüstet, fast erbost, griff mich am Arm und dachte kurz nach. »Weißt, Willibald, in *dem* Alter, da sollten sie gar nimmer einrücken müssen! So was! Da sollten sie sie nimmer einrücken lassen!«

Was tun? Natürlich mußte ich auch lachen. Unverzüglich, unverzagt. Zwei Tage später erkrankte Schwiegermutter schwer. Sie lag im Wohnzimmer auf der Couch, sah starr zur Wand und seufzte laut. Ach, ich war so glücklich, sie zu haben, die da fraglos starb. Hielt ihre Hand und fragte, was denn sei?

Sie habe Angst vor dem Schulrat, sagte Stefania nach einigem Nachdenken, dem Schulrat, der da kommen würde morgen, die Städte an der Donau auszufragen. »Aber ich weiß sie nimmer . . .« Außerdem gingen ihr so dumme Sachen, so seltsames Zeug halt durch den Kopf.

»Probieren wir's noch einmal«, sagte ich. Die türkische Witwe war beim Einkaufen. Der Streicher Philipp brummte durch mein Hirn.

»Was?« fragte Stefania.

»Die Städte an der Donau.«

»Ach so, die Städte an der Donau, na ja schon«, sagte Stefania aufhorchend. Schon wieder mußte ich an die Hochzeitsfotos denken. Trügt den Treuen der ...

»Ulm«, begann ich.

»Ulm«, wiederholte die Kranke. Sie seufzte scheu.

»Ulm-Neu-Ulm«, lockte ich.

»Eichstätt ist nicht drunter, gell? Willibald?«

»Nein, Eichstätt nicht, und Dünklingen auch nicht.« Es war das erste Mal seit wohl 65 Jahren, daß sie sie nicht wie eine Perlenkette herunterrasselte. Es war die Stunde der Vernichtung.

»Aber Donauwörth!«

»Ah, Donauwörth!« Sie freute sich. »Jawohl!«

»Also?«

»Ulm«, begann Stefania, »Neu-Ulm – Leipheim – Günzburg«, sie hatte es wieder, »Gundelfingen – Lauingen – Dillingen.« Sie überlegte. »Höchstädt – Donauwörth – Neuburg – Ingolstadt«, lächelnd holte sie sich Zwischenbeifall ab. »Kelheim – Regensburg – Stadtamhof – Straubing – Deggendorf - Vilshofen – Passau!«

Sie freute sich sehr.

»Eine fehlt noch!« Ich kannte sie inzwischen auch auswendig.

Kathi kam zurück, sah wie mißtrauisch zu uns herüber. Hatte sie sich heimlich mit Kodak getroffen?

»Wer ist denn jetzt gekommen?« wollte Stefania wissen.

»Kathi«, sagte ich zornig, »eine fehlt noch!«

»Wer fehlt der Kathi?« sagte Stefania, »allerdings?«

»Deggendorf – Vilshofen –?«

Die Kranke dachte lange nach.

»Passau!« rief sie wieder froh, »jawohl!«

»Nein, vorher! Vorher!«

»Deggendorf – Vilshofen – Passau, jawohl!«

Sie kam nicht drauf mehr. Es war aus.

»Osterhofen«, sang ich melodiös und Alwins friedsam verhärmtes Kommunistenantlitz zwängte sich vor meine erstaunte

Netzhaut. Wie spät war es? Halb 14? Sollte man ihn herbeiholen, damit er Weizen verteilte, damit alles noch ein wenig blöder vor sich ginge?

»Osterhofen, jawohl!« rief Stefania und seufzte schwer und bange. Hinter meinem Rücken seufzte der Eisenbahnzug nach Aalen frech mit. Es war klar: wer Fink heißt, mußte eines nahen Tages auch – finken!

Am Abend setzte ich mich vors Abspülbecken in der Küche. Weinte zähneknirschend quengelnd fest. Endlich! Ein Katarakt an Unrat. Alle Tapeten dieses Narrenheims, sie waren jetzt schon ihres einzigen Gehaltes beraubt, Kleid Stefanias zu sein, ein warmes. Der ganze Plunder, Kästen, Schränke, es war ein bleicher, frecher Hohn. Es rieselte ein Schatten, übers Mauerwerk in mich. Es war der Pesthauch des Versinkens aller Dinge, die doch träge, wenn auch nicht ganz ohne Rührung weiterdösten. Es wimmerte die Kehle zur Kaffeemaschine.

Am andern Tag hielt die Vernichtung Einzug. Schwiegermutter lag gekrümmt in ihrem Bett, stöhnte sehr laut, lächelte, nein, grinste schon vor Qual und Grauen. Es war, als ob die Sanftheit mit der Bosheit ränge. Sogar den Schulrat hatte sie vergessen. Die Türkenwitwe und ich wechselten als Bettwache ab. Ich war nicht gut in Form, allerlei Musik, Dümmlichkeiten und Hochzeitsfotos leider krochen durch die Seele. Ich war nicht bei der Sache, sah schräg zum Fenster raus. Nicht einmal wütend auf mich war ich, sondern froh und schämte mich nicht. Sollte ich Stefania nicht wirklich ein schönes frisches Weizen darreichen?

Hitze schleuderte um das Haus. Zum zweiten Mal erschien Dr. Bock, unser Hausarzt. Er werkelte an der Kranken herum, verschrieb einige Medikamente und nuschelte etwas von Durchblutungsstörungen des Hirns und Dementia senilis. Verabreichte eine Spritze und verschwand. Stefania schlief sehr rasch ein.

Plötzlich richtete sich Schwiegermutter im Bett hoch. Es schien ihr augenblicklich besser zu gehen.

»Wer – du bist doch der Mann«, sagte sie wie überrascht, »du bist doch – der Bruder. Von mir.«

»Nein«, sagte ich. Korrupt.

»Siehst«, sagte Stefania, strich die Bettdecke glatt, überlegte und die hellen edlen Augen baten mich näher zu sich, »mir wär' jetzt halt viel gedient, wenn du mitfahren tätest. Als Bruder steh' ich halt anders da in Eichstätt. Als – Brüder müssen wir doch zusammenhalten!«

»Stefania Sandrelli!« Ich atmete schwärmerisch und mich überfielen die flattrigsten aller Unkeuschheiten, netzerischer hallte aus der Tiefe des Raums die ungetröstete Träne, hölzerner auf einem Bein wirbelte der tapfere Soldat, der Rancher hatte werden wollen. Dann endlich weinte ich laut:

»Stefania! Schmetterling!«

Sie verstand mich nicht, lächelte freudig verwundert. Jetzt war alles gleich. Stolprige Gefühle, prächtige Rasereien. »St. Neff ist hier«, zigeunerte ich in seelenvoller Schwärze. Der weißkrautige Dunst meiner kleinen, jetzt vollends erledigten Familie. »St. Neff«, wiederholte ich. Sie freute sich fast neugierig, ging nicht drauf ein. Sie hatte vergessen, daß ich »St. Neff« war, es stimmte ja auch nicht.

Am Spätnachmittag, leise phantasierend und schon dem Koma nahe, wollte Schwiegermutter nochmals arme Ritter machen, »damit der Krieg, daß der Krieg...« Dann keuchte die Kranke wieder unter unsinnigen Schmerzen. Taschenspielerhaft schluchzte ich wieder ein bißchen herum und schickte die türkische Witwe zu Pfarrer Durst. Ein Scharlatan wie ich mimt notfalls gar den Manager des Ganzen.

Der Todesengel saß schon da in meiner alten Wohnung, sie zeigte sich ihm würdig. Stefania lag bleich und gelb. Sie kriegte einen kleinen Hustenanfall, davon wurde sie noch weißer. Sollte ich mich schnell noch von der Gattin scheiden lassen, mich mit der Mutter zu vermählen? Sollte ich mich aufs Bett werfen, eine Szene machen? Würde mir dann aber der Todesengel nicht eine 'runterhauen?

»Muß ich wohl sterben?« fragte Stefania plötzlich klar und fest, doch sehr in Angst. Es drückte, würgte bis zur Atemnot.

Ich brabbelte Räudiges – ich weiß nicht mehr was.

»Ich – ich hab Angst vorm Zugfahren, da ist – so zugig.«

»Die alten Soldaten fahren auch mit«, quatschte ich recht lautlos, seufzte wieder kunstgewerblich. Dann schien sie einzunikken, ein vielleicht letzter schwerer leiser Traum. Im Krankenzimmer flatterte der sirrende Flimmer der surrenden Scharrerei der

Ewigkeit, ja, ich glaube, so schnuckelig-geschleckt und gescheckt kann man es wohl sagen, so kommt's der Wahrheit nahe. Gelinde rüttelte ein Unhold an den Jalousien – das war es also, nur hereinspaziert, die Kerzen leuchten.

Stefania schlug die Augen wieder auf und überlegte.

»Vögeln«, sagte sie leis, aber deutlich, »ich will wackeln und vögeln.« Sie rappelte sich mit dem rechten Arm etwas hoch, wandte sich mit dem Körper mir zu, nestelte ihr weißes Hemd zurecht und wollte mein Kind sehen. »Unser Kind!«

»Kathi?« fragte ich unsauber berührt. Ob sie wohl vor der Ehe schon miteinander das Fleisch versteckt hatten? Sie und ihr – Türke...

»Nein, das Kind halt – das Kinderl – das – Käferl!«

Ich sagte zu der Kranken, dies sei kein Kind von mir, sondern von Streibl.

»Und du schreibst dich?« Jetzt schien sie ganz schmerzlos, nur von einer wachen Neugier animiert. Wie schmal ihr Gesicht geworden war.

»Landsherr«, sagte ich kleinlaut, schwer entgleisend. Irgendwo im Zimmer mußte er sitzen, der Herr Engel.

»So? Ja was! Und das Käferl?«

»Ist eine Streibl!«

»Wer ist dann das?«

»Die Tochter von dem Mann von meiner Schwester oder vielmehr von der Ursula, die jetzt Streibl heißt und das Käferl – auch!«

»So? Soso. Und ich hab's immer für...«, sie mühte sich um das Wort, »ganz anständig gehalten. Das Käferl. Na ja, mit der Zeit wird's schon eine Landsherr werden, wie wir zwei...«

Semi-seria war halt mein Fach – bis zur Verdammnis. Verlegener strich der Tod im Zimmer herum und schien schon selber neugierig auf das, was Stefania Sandrelli noch mitzuteilen hatte. Der Toilettenspiegel ihres kleinen Schlafzimmers zeigte mir einen alten – Hottentotten? Hugenotten.

Dann traf, unangenehm schwungvoll, Pfarrer Durst ein, machte allerlei dümmlichen Vorbereitungskrimskrams und vollzog flott die letzte Ölung. Ich war jetzt wieder so beschwingt, daß ich den wie aufgezogen agierenden geistlichen Stöpsel zuerst nach dem Befinden Irmi Iberers fragen wollte, dann war mir danach, zwei alte Soldaten als Brandwache anzufordern – aber letzten Endes erwies ich mich als zu allem unfähig und stand nur rancherartig stramm im Raum herum und zupfte an der braunen Samtjacke, die ich eigens angezogen hatte. Mußte man geistlichen Herrn nicht nach den Vorschriften des Konkordats Likör anbieten? Oder seit dem letzten Vatikanum Brandwein? Wenn einer schon so hieß?

Rasselnder Quatsch, entfesselte Stille.

»So, Frau, jetzt ist Ihnen geholfen«, sagte Durst beschämt verloren nach dem offiziellen Teil, den Stefania sehr verwundert, aber willig über sich hatte ergehen lassen. Der schwarze Mann hatte die letzten Minuten über ihre Aufmerksamkeit gefangengehalten, sie hing richtig an seinen vergaunerten Aktivitäten.

»Wer hat mir geholfen?« fragte Stefania sehr neugierig. Ihre Marter schien für einen Augenblick wieder gemildert.

»Der Herr!« verteidigte Durst sich linkisch.

»Der Herr«, wunderte sich Monika immer mehr, »der Herr hat mir geholfen, jawohl! Ein so ein Blödsinn! Mir geht's so schlecht. O weh. Mir hilft kein Herr. Der Herr hat mir geholfen . . . so was!«

»So was – dürfen Sie nie sagen, Frau!« Durst schleuderte ziemlich und sah betreten zum Fenster, »sonst hilft die Ölung nichts!«

»Wer wohl da dran schuld ist«, überlegte die Kranke, »daß ich jetzt so dalieg' und so . . . so . . . ?«

»Der Herr«, versicherte Durst, »hilft auch Ihrer Not.«

»Herr Zwack«, sagte Stefania, »Herr Zwack, es handelt sich ja nicht darum, Herr Zwack«, fiel Schwiegermutter in nettem, abenteuerlustigem Parlando Durst in die Parade, »es handelt sich ja darum, daß ich jetzt krank bin, daß ich aber noch ein bißl bei euch bleiben möcht', bevor ich wieder heim muß.« Sie sah jetzt mich leutselig, aber auch verwundert vorwurfsvoll an, fast wie die Kellnerin Vroni: »Das ist doch der Standpunkt!«

Durst rettete sich in ein halbgemurmeltes Zusatzgebet. Es war ganz zum Verzagen. In meinem Bannkreis wurde selbst das Sterben noch zum Scherz. Herr Zwack, das konnte Durst nicht wissen, war vor vier Jahren noch Mieter in unserem Haus gewesen, der sich auf Kanarienvögel spezialisiert hatte und dann nach Australien ausgewandert war.

»So«, Durst raffte die schleichende Verwilderung zusammen, »und jetzt beten wir alle noch einmal das Vaterunser!«

»Jawohl!« rief Stefania rührig begeistert, »das tun wir!«

»Vater unser«, begann Durst schlimm und Kathi und ich fielen feig oder mutig ein, »der du bist in . . .«

»Ulm – Neu-Ulm –«, gewann Stefania rasch Anschluß. Kathi legte ihr, wie versonnen weiterbetend, doch sehr sanft, die Finger auf den Mund, wenn ich es recht erinnere, war aber zumindest »Günzburg« noch gut zu hören; bis Passau war der Weg zu weit. Durst schien alles in allem erleichtert, ich selber machte mich gewaltsam ein bißchen grimm, um nicht allzu fröhlich ins Zimmer hinein zu strahlen. Und das war wohl besser so. Der Tod ist halt ein Esel ohne Ahnung.

»Und erlöse uns von dem Übel, Amen«, schlossen wir.

»Jawohl!« rief Stefania, die während unserer geleierten Raserei ein bißchen schüchtern, aber vor allem gespannt zugehört hatte, »das machen wir!«

Am Abend begann die Agonie. Das edle Gesicht versteifte zur Maske, die Quälereien zersetzten sich in spitze kleine Schreie. Stefania wurde ins Kreiskrankenhaus gebracht. 7 Uhr früh erfuhr ich telefonisch, daß sie gestorben sei. Kathi und ich machten uns auf, die Leiche zu besichtigen.

»Schön sieht sie aus«, sagte eine gemütliche Schwester, »ganz schön!«

Das Kompliment machte mich ganz quirlig, fast edle Gefühlsblasen räucherten hoch. Die Leiche war tatsächlich bildschön und schien sehr zufrieden. Das Herz stand still, kam langsam wieder auf mich zu und schwelgte. Ich war von Stolz haubitzenvoll. Daß ich diese noch gekannt hatte. Ich wußte aus der Erinnerung, daß ich einst genau so starb. So geht's, wenn man – – doch still davon. Ich beschloß, mein dummes Leben zu ändern und fortan dem Wesen der Toten mehr Aufmerksamkeit zu schenken. Will uns das Leben nicht mehr wohl, klingt's doch von drüben herzig hohl; will uns das Denken nicht behagen, bleibt doch das linde Wellenschlagen.

# IV

»Ich bin kalt wie das Eis, und ich schäme mich«
(Tschechow)

»Ich bin so müde, daß ein Bein das andere nicht sieht« (Professor Galletti)

9. *September.* Hier sollte mein Bericht längst enden – hätte enden sollen. Verkommen, dubios, rücksichtslos und mit der Pointe einer vollständig gelungenen Leserenttäuschung. Denn die Iberer-Brüder lösen sich ja hier gewissermaßen ebenso ins Nichts auf wie »Stauber«, Alwin, die türkische Witwe und der Bischof sowieso, der ja sein Lebtag nicht viel Funktion ergab – und gerade insofern hätte mein Epos natürlich auch sehr fein die Wirklichkeit gespiegelt. Exzellente Kalkulation, verblüffende Dramaturgie, absurde Akrobatik in posttragischer Periode – so hörte ich schon die Chöre der Kritiker zum Trost meines Alters mir entgegenschallen, sehr rührend, sehr dankenswert – und doch, es hat nicht sollen sein. Das Leben selber in seiner ganz fatal geistlosen Springlebendigkeit hat mein schönes, ausgeklügeltes Konzept Lügen gestraft und widerlegt. Ich muß weitermachen. C'est la guerre.

Alois Freudenhammers Beerdigungsglosse konnte sich im übrigen sehen lassen:

> af. Im Zentralen Friedhof von Dünklingen wurde dieser Tage die aus Eichstätt stammende Brauerswitwe Monika W i n t e r h a l d e r, geborene Eisenreich, in die ewige Ruhe bestattet. Sie, einer der fleißigsten in ihrem Kreise, erreichte schöne 74 Jahre. Pfarrer Durst von hier legte dem Ganzen das Schriftwort zugrunde: »Der Mensch lebt und besteht nur eine kurze Zeit und alle Welt vergeht mit ihrer Herrlichkeit; nur einer steht am Ende und wir in seinen Händen, das ist der liebe Christ.« Die Verstorbene hat viel durchmachen müssen. Kränze wurden am offenen Grabe niedergelegt. Winterhal-

der war eine ungemein teilnehmende und sehr gute Frau gewesen. Requiescat in pace.

Die Schlußwendung soll Freudenhammer unvergessen sein. Eine sehr gute Frau. Jawohl. Ihre Tochter war übrigens auch am Grabe gestanden und hatte sogar leis geweint, und in der Aussegnungshalle vorher waren sie, Ursula und die ganze Streibl-Bagage auf der linken Frauenseite postiert gewesen – ich aber und Alwin auf der Herrenseite. Der Agent trug sein versöhnlichstes Koexistenz-Gesicht, vermutlich zur Unterstreichung seiner Werktätigennote hatte er sich in einen grauen funktionärsartigen Anzug geworfen, und mit einem Taschentuch fuhr er sich sehr schön und andauernd über die weizenschwitzende Stirn. Ich selber stand die ganze Zeit in einem nachtschwarzen Anzug mit kohlschwarzem Binder herum sowie einer cosa-nostra-artigen Sonnenbrille, die ich um so weniger vom weinroten Kopfe nahm, als Pfarrer Durst umgekehrt glaubte, im besten NS-Stil von »Heimaterde« und »Einsatzbereitschaft« lärmen zu dürfen. Wozu das Kirchdach – das hatte Freudenhammer vergessen – ausgesprochen töricht schimmerte.

Bei den Vorgängen am offenen Grab hatte dann Alwin so katholisch fromm und beseligend, ja requiemselig dreingeschaut, daß man das bei einem ausgebufften Kommunisten schon für unerträglich halten mußte. Und als wir alle zum Abschluß mit einem Wedel Weihwasser in die Grube spritzten, tat Alwin auch dies so großbürgerlich bonitätsdurchwachsen, daß, wäre ich nur sein Vorsitzender Mies, ich ihn sofort aus der Partei entfernt hätte.

Ursula hatte die türkische Witwe die meiste Zeit untergefaßt, so daß ein Zaungast wohl zu der Ansicht kommen mochte, hier fände eine richtige Beerdigung mit einem soliden Familienhintergrund statt.

Stefania Sandrelli war nicht mehr.

Am angenehmsten war mir bei all dem der Trauergast Kuddernatsch, der, selber noch Trauer tragend, mir silbrig haarlos zahnend, recht eigentlich vergnügt in die Beileidshand griff, – dabei dem Tod selber so ähnlich sah, daß er eben deshalb wie dessen quietschfidele Widerlegung herauskam.

Schon ein paar Tage später, Ende August, sah ich – Fink. Ohne Bruder, händchenhaltend mit seiner kleinen formlosen Frau durch die Hauptstraße watschelnd. Die alte Route aus Brüder-Tagen, nicht einmal diese kümmerlichste Pietät, den alten Weg zu meiden, kam dem Hochzeiter in den Sinn. Der Deserteur! Ah, Perfido! Und wie er sich in den Pfoten der Frau festkrallte! Es sah so lustig aus, daß ich nicht einmal lachen konnte. Fink war, offenbar durch das gute Essen, das die Unholdin ihm hinstellte, innerhalb der drei Ehewochen wohl um einen Meter in die Breite gegangen, hatte Kodak mit Sicherheit längst überholt. Und diese beiden Flitterwöchler, die zusammen ein gutes Jahrhundert zählen mochten, hielten sich ohne Unterlaß die Händchen, grad als ob sie das Vergnügen erst gestern für die Menschheit entdeckt hätten. Amor fatal. Na, mit mir konnten sie's ja machen.

Ja, und dann, nachdem alle begraben und beschlossen – kam die Erleuchtung! Erleuchtung dergestalt, meine klügsten Leser ahnen es schon, aus Erfahrung – Kunst zu meißeln! Meine gesammelten Erlebnisse über die letzten zwei Jahre hin aufzuschreiben, preiszugeben einer kritisch wägenden, hie und da wohl auch kopfschüttelnden Öffentlichkeit. Natürlich! Was denn sonst! Romane *gelesen* hatte ich mit 48 genug! Jetzt tat Analyse, tat Katharsis not! Die schmachvolle Leere gußeisern zu übertönen durch die eherne Kraft geprägter Form!

Was denn sonst!

Mit Feuereifer legte ich gleich los, schrieb Tag und Nacht, ein wahrer Sitzfleischbomber, in strenger Klausur in meinem Séparée, ließ weinend sogar einen Alten-Abend sausen; schrieb und schrieb, bis mir die Augen ihren Dienst versagten, die Finger sich verkrallten knackender als bei Liszts Rigoletto-Paraphrase, den Zehenkrebs wies ich in Zaum sogar – und dann, und dann, als gestern meine ganzen schillernden Abenteuer fertig vor mir lagen, rund, bizarr und kraus vollendet, kroch – erneut der große Katzenjammer auf mich zu. Zehn Tage hatte ich gebraucht, war fürs erste gerettet gewesen – wie aber sollte ich fürder überleben? Ohne die besinnungslose Kritzelei, ohne ihren finst'ren Halt?

Es war mein Seehundsnaturell, was mich vor dem Schlimmsten bewahrte. Weitermachen! Sturheil ins Unbekannte hinein! So lautet die Losung, die dieses kostbare Tier seit Jahrmillionen überdauern läßt – so laute auch die meine! Im Tschibo heute 11 Uhr schwirrte die Idee mir zu: Weitermachen – ad infinitum! Eine zweite Tasse Kaffee – und schon ward's lichter vor den Augen. Weitermachen – nun logisch nicht mehr in Form einer gemütlichen Runderzählung, sondern – in der noch pikanteren eines regelmäßig geführten klagenden, selbstquälerischen und vor allem rückhaltlos bekennerischen Tagebuchs! Das Leben selbst geht weiter in seiner ganzen schwer durchschaubaren hieroglyphischen Gestaltlosigkeit – das Tagebuch allein wird ihr gerecht! Die dritte Tasse Kaffee war die würzigste: Jawohl! Klar! Ich würde so lange Tagebuch führen, bis, über den schlechthinnigen literarischen Glanz hinaus, meine Midlife-Crisis (hähä!) so oder so, jedenfalls glücklich, beendet wäre! Oder so ähnlich. Und jetzt erzürnt mich allerdings bänglich sogar der Gedanke, daß, hätte ich, ahnungsreich, schon vor zwei Jahren brav Tagebuch geführt, die mörderischen Anstrengungen des abgeleisteten epischen Großbildes anderswo werweiß wertvoller investiert hätten werden können. Verflucht!

Doch Form und Fatum spielen ineinander mit sich selbst, wie Goethe sagt. Der Leser aber habe mich nicht umgekehrt im Verdacht, daß ab sofort reine Bequemlichkeit, ja Schludrigkeit mich leite. Denn zwar ist die Form des Tagebuchs tatsächlich entschieden weniger anstrengend als die rigide konservativer Epopöe, episkopaler zumal; man kann mit ihr, das wirbelte mir schon lustvoll bei der vierten Tasse Tschibo durch den Kopf, hübsch munter zwischen narratorischen und reflektorischen Partien changieren, zwischen Präsens und Präteritum, zwischen Hüh und Hott, man kann sich sogar stilistisch noch flotter gehen lassen! Schon; aber schließlich bin ich jetzt ein alter ausgelaugter Mann und habe mir nach 300 Seiten Kugelschreiber-Knochenwerk wohl etwas Schlendrian und Schlamperei verdient; andererseits aber möchte und werde ich mich ab sofort noch energischer, noch stechblickartiger der Wahrheit verpflichten als bisher, wo ich doch, jetzt, nachdem der Leser ohnehin fest in meinem Würgegriff seufzt, kann ich's ja eingestehen, hin und wieder schon schwer geschwindelt und rücksichtslos mystifiziert habe – ausschließlich allerdings zu dem Zweck, der höh'ren Wahrheit Genüge zu tun. Doch was ist Wahrheit...

Noch einmal – warum mache ich weiter? Was treibt mich, zwingt mich gar? Die fünfte Tasse Tschibo unterm Herzen? Was hält mich von der Lockung ab, zusammen mit Albert Wurm Billard zu spielen, Karten, alt und vollends dumm zu werden, aber letztlich glücklich? Unruhe ist es sicherlich, das alte Signum schöpferischer Auserwählter! Neugier ist es zweitens, Neugier auf die Erprobung einer neuen dichterischen Form – denn die Idee, daß einer vor sich hinsabbert, bis eines Tages etwas passierte, diese anspruchsvollste aller Formideen wagte bisher sicher noch keiner! Drittens sind aber natürlich auch diese meine Senilia und bevorstehenden Paralipomena auf Unsterblichkeit aus. Bzw. mir schwant, daß wenn einer posthum von der gebildeten Menschheit noch geliebt wird, dann könnte auch das allerdings unweigerliche Höllenfeuer vielleicht ein bißchen weniger brennen bzw. wehtun. Viertens neigen sich die Vorräte aus meinem Lottogewinn von 1974 immer angstvoller dem Ende zu, das Klavierspiel paßt mir schon lang nicht mehr – und mein fertiges Flohhüpfer-Tischfußball-Patent wurde leider vorletzte Woche von höchster behördlicher Stelle zurückgewiesen. Fünftens, und reziprok, sind, offen gestanden, zwischenzeitlich noch nicht allzuviele Verleger und Potentaten in Dünklingen aufgetaucht, meinen fertigen Roman zu erwerben – nur ein gewisser Herr Reinecke aus dem Hessischen zeigte auf meine ankündigende Empfehlungsschrift hin erst mal ein gewisses lauerndes Interesse – na, hoffentlich harmonisieren hier nomen und omen nicht gar zu stark! Und bevor mein Roman zu schmählicher Makulatur verdirbt, stehe ich vor mir selber immer noch seriöser da, wenn ich ihn ins Uferlose hinein perpetuiere. Sechstens kann ich ja mit Wurm trotzdem immer noch Billard und Karten spielen, so schlimm strapaziert so ein Tagebüchlein auch wieder nicht! Und siebentens und endlich halte ich einfach dafür, daß wenn einer viel erlebt hat, dann – soll er es auch erzählen dürfen!

Sicherlich, mit dieser letzten Kausalität beiße ich mir zwar gewissermaßen selber in den Schwanz (hehe!) – denn, wie erwähnt, ich warte ja gerade darauf, daß ich vielleicht noch irgendwas erlebe und – – aber das ist ja gerade der perniziös-maliziöse Integralreiz, der – ach ja, und eigentlich bin ich schon sicher, daß in spätestens einem knappen Jährchen –

Schweig still, mein Tschibo-Herz! Und ich eröffne also hiermit ein Tagebuch. Möge es vorwärtsschreiten mit Maß und Bedacht, der Leiden der Menschheit eingedenk, aber auch ihrer angenehmen Seiten! Denn siehe: »Die Erde flieht zurück – kurz ist der Schmerz und ewig ist die Freude!«

Schillers Motto leite mich! Von Herzen – möge es wieder – zu Herzen gehen.

*10. September.* Wie Vögel langsam ziehen ...

*11. September.* Auf falbem Laube ruhet der Kranz, den ich Stefania gestern ans Grab gebracht. Leicht aber fängt sich in den Ketten, die es abgerissen, das Kälblein.

*12. September.* Kaugummi und immer Kaugummi. Es reinigt die Gedanken, macht die Seele sattelfest. Abends allein mit Demuth.

*13. September.* Lange von unserem Altan aus auf die Stadt gestarrt. Zwielichte Gedanken im Salon: »Du hast mir mein Gerät verstellt und verschoben, ich such und bin wie blind und irre geworden.« Ich kann das Gedicht nicht wieder loswerden ... die Unordnung, die durch die Liebe in unser Leben gebracht wird ... es hat so was von ... aber wunderlich ist es, daß es sich nicht malen läßt ...

*14. September.* Wieder ein Jahr älter geworden. Wohin das wohl noch treibt? Heute morgen beim Wasserabschlagen fünf Sekunden lang nicht mehr gewußt, ob ich jetzt etwas einsaugen oder vielmehr abgeben solle – oder, richtiger, ich wartete wohl unbewußt darauf, daß etwas in mich hineinglitte, und erst dann leuchtete mir die andere Variante ein und ich ließ ohne viel Überzeugung mein Wasser, mein gilbes.

*15. September.* Woher rührt es wohl, daß mir der Gedanke an den Tod kaum, der Gedanke an den Sarg aber den allergrößten Kummer bereitet? Und warum werden die Sorgen beinahe unerträglich, wenn ich dabei an Franz Josef Strauß denke, verschwindend aber, wenn ich mir statt seiner Rainer Barzel vor Augen rufe?

Doch wie auch immer, freudig registriere ich schon jetzt, daß meinem aphoristischen Talent die oligografische Schreibweise entschieden freundlicher entgegenkommt als die letztlich doch reißerisch-effekthascherische dramatische Prosa. Nur weiter also!

Übrigens habe ich dauernd das Gefühl, daß ein Neger unter meinem Bette liegt . . .

*16. September.* Was aber Sarg, Tod, Strauß und Barzel anlangt – ich habe darüber weiter nachgedacht, heute nachmittag im »Aschenbrenner«. Den ersten Teil der Frage kann ich natürlich nicht beantworten – der zweite Vorgang aber erscheint mir jetzt durchaus transparent. Die Vorstellung, daß ein so bulliger und aufgeregter Mensch wie Strauß auch noch unter der Erde weiterlärmt, macht einfach doppelt speiübel – indessen das pastoral-dynamische Air Barzels mir doch eher wie ein lebendes Wiegenlied erscheint, das den Tod mittels der Identität von Ding an sich und der Objektität seiner Erscheinung nicht nur erträglich, sondern in all seinen Schrecken sogar unwahrscheinlich macht usw.

Im »Aschenbrenner« traf ich gestern auch Albert Wurm, der immer trächtiger ins Breite geht. Als er mir kondolierte und eine äußerst fahrige Ausrede formulierte, warum er nicht habe zur Beerdigung kommen können, lächelte der jetzt exakt 50jährige Stutzer simultan so bronzen auf einen mir noch unbekannten städtischen Teenager ein, daß ich mich fragte, was das Alter dann eigentlich für einen Sinn habe. Später überredete mich Wurm, mit ihm, dem Inspektor Gries und einem gewissen Hollederer, einem alten Spießer, in der Teestube etwas Karten zu spielen.

Diese Teestube fungiert seit Wochenbeginn als neue Lokalität für die elegante Welt der Stadt, offenbar wird sie auch von unserer Geistlichkeit schon stark besucht, jedenfalls saßen auch Pfarrer Durst und sein fetter Kaplan Felkl drin, und Durst grüßte mich wegen seines mißglückten Auftritts an Stefanias Totenbett sehr verdrückt. Wenn er wüßte, wie heikel ich seinen Bischof im Roman brüskiert mir habe!

Im Laufe des Abends stieß ich auf ein sehr eigentümliches Erlebnis. Ich hatte plötzlich acht Bauern in der Hand – das Optimum in diesem Spiel überhaupt, das mit einer Wahrscheinlichkeit von 1:1 000 000 in dieser Stadt, trotz großer Regsamkeit im Kartenspiel, vielleicht nur alle Jahre einmal eintrifft! In unserem

Landkreis wird ein solches Traumblatt sofort aus dem Spiel gezogen und mit Datum und Teilnehmerliste gerahmt an die Wand gehängt – ab und zu steht es sogar in der Zeitung. Ich aber rief nun, nach blitzschneller Überlegung, »weiter!«, und nachdem keiner der drei anderen Spieler auch nur einen lausigen Unter haben konnte, wurde das Blatt eingesammelt und neu ausgegeben – ohne daß irgend jemand bemerkt hätte, wie ich das beste Blatt, das seit Jahr und Tag in Dünklingen zustandegekommen war, verschenkt hatte.

Kartenfreunde unter meinen Lesern werden den Rang, die Wucht meiner Tat zu würdigen wissen. Es war wie die intellektuell ausgeklügelte, sinnlich erfahrene Sinnzerbröselung von allem und jedem. Es war – symbolischer Suicid. Aber wäre es nicht doch noch raffinierter gewesen, das Blatt nach dem Zusammenwerfen preiszugeben und auf diese Weise meine Partner zu schockieren, ja zu verängstigen? Als sei ich – der Leibhaftige! Vor allem Wurm hätte ich ja gern bei der Begegnung mit dem Übernatürlichen beobachtet! Die Unentschiedenheit zwischen zwei gleich rasanten Möglichkeiten, die Unentscheidbarkeit zweier gleichermaßen entnervender Tricks verwirrte mich den ganzen Abend über so, daß ich mit erheblichen Verlusten aus der Teestube schlich und zu Hause lange in mein Inneres starrte.

*17. September.* Nein, ich darf mein Tagebuch nicht mit dermaßen erlogenen Histörchen interessant machen. Denn natürlich hatte ich keine acht Bauern, sondern sie mir nur sehnlich gewünscht, Albert Wurm zu distanzieren – aber es hätte ja wirklich sein können, daß mir auf dieser Welt auch mal das Glück lächelt! Hätte ich dann aber wirklich die innere Erhabenheit besessen, das Blatt in besagter Weise über den Tisch zu werfen? Siegmund? Sei aufrichtig! Nein.

Aufrichtigkeit, schrecklose und unnachgiebige, leite denn allzeit mein Tagebuch auf seiner grausen Bahn.

*18. September.* Ich liege auf meiner Chaiselongue, lasse das Metronom ticken und braue im Geiste einen schönen Liebesbrief zusammen. Wenn ich fertig bin, werde ich überlegen, an wen ich ihn adressieren könnte. Barbara? Irene? Marlene? Margot? Karla Kopler, die unsterbliche? Vroni? Gar meinem Weibe? Hahaha!

Wer ist vom Namen her am liebesbriefträchtigsten? Das »Vr« erregt mich wieder sehr! Wer hat die meiste Substanz, die Brillanz meines Briefes zu ertragen?

*19. September.* Mein Zehenkrebs ist übrigens restlos wieder untergetaucht. Dr. Bock sagte mir vor zwei Wochen, es sei nur ordinäre Zerrung eines verschleppten Hühnerauges gewesen. Nicht einmal das klappt bei mir mehr. Wieder eine Hoffnung ärmer.

Die Brüder? Jetzt weiß ich es. Sie waren mir schon lange auf die Nerven gegangen.

*20. September.* Ziehe ich heute nochmals, im Angesicht des Greisentums, Bilanz zum Wesen der Sexualität, so könnte es ja z. B. auch so sein, daß die Heterogeschlechtlichen die Teile immer wieder einmal zusammenfügen, sich zu überzeugen, daß es noch funktioniert. Anderenfalls sie einen riesigen Schreck kriegten und die Gesamtübersicht verlören. Zusammenfügen – und dann nichts wie wieder raus! Und schön brav Karten oder Klavier gespielt oder ... Gedanken ... oder Zehennagel ...

*22. September.* Die Leidenschaften, die uns jetzt verbleiben: Den Frauen in der Teestube beim Teetrinken zuzuschauen und dabei lauthals und wie rasend zu rauchen. Kaffeebohnen im Keller verdrücken. Vielleicht sollte man überhaupt seine Tätigkeiten nach ausschließlich Stabreimgesetzen verrichten: Angeln im Abendrot, Gänsehüten im Gäuboden, Zocken im Zoo ...

Das Brüderliche sprachlich machen ...

Manche städtische Frauen sind so unverdient schön, daß man, sie betrachtend, einfach nur noch schnurgerade vor sich hinrauchen kann ...

*24. September.* Mein Klavierspiel klappt auch nicht mehr. Ich treffe keine Oktave mehr. Wer auch nur einen Schimmer vom Klavier hat, weiß, was das bedeutet. Nein, es ist mir auch einfach zu impertinent, fortwährend Oktaven zu greifen. Ich greife lieber ein bißchen kürzer, Septimen. Es klingt schauderhaft. Na bitte.

Alles fällt ab wie Renegatentum, wie Fink ... Das Heucheln des Mondes, das Grinsen der Venus, die Grimassen der Sterne – ist es das? Der Tümpel von intergalaktischer Schäbigkeit?

*25. September.* Zeitlose Dummheiten raunen um das hiesige Stadtei. Mit Albert Wurm einen Iglu bauen und mit ihm drin herumwohnen. Mit *dem* falschen Hund...?

*26. September.* Vor meinem Fenster heute morgen ein Lärm, als ob mobil gemacht wurde. Kriegsdienstzeit. War aber nur der Scherenschleifer, der so schrie. Und gleich – hast du nicht gesehen! – war auch der Steinalte von gegenüber da, mit blauer Arbeiterschürze und Käppi, sich mit dem Scherenschleifer zu verständigen! Von 9 Uhr bis 12 Uhr stand er dann wieder um so nutzloser vor sich hin.

Fortschreitend verwittere auch ich ins Herumstehende. Was könnte man jetzt noch machen, nun, da das vorletzte Spielzeug weg ist, das bisher raffinierteste? Frauen schwer kapable Briefe schreiben? Schwer verwirrten Menschen noch schwerer verwirrte Bücher schenken? Dem Hemingwayianer Streibl die Biografie Spinozas? »Aber wo, der schreibt zu schwülstig. Hemingway schreibt schlichtere Sätze... Kerzengerade...« Was ist eigentlich mit dem Kerzenhändler? Und seinem Bischof?

Besteht das Alter wirklich, wie die Alten es uns lehrten, nur noch aus Entsetzen, Kopfweh und Allotria? Um gewappnet zu sein für das letzte bittere Stündchen, stellte ich gestern die Bibel auf mein Klavier. Aber ich lese sie nicht, jetzt erst recht nicht. Ich möchte mich nicht von 99 Prozent aller Bücherkäufer unterscheiden, die das Gekaufte hernach nicht lesen. Die bare Angst stellt ihnen die Geisteswissenschaft in die Bücherschränke. So ist es doch...

Aber ich werde mir morgen vielleicht etwas Lackmuspapier kaufen, um nicht ganz zu vergessen, daß ich einst als Chemiker begann. Und ich werde es bis an mein Lebensende mit mir herumtragen, jederzeit bereit, die Säure zu scheiden von der Alge, pardon: der Lauge, die Not zu bannen, wo sie am verwegensten trommelt...

*28. September.* Meine Idee: ein Schachspiel zu erfinden, das, vergleichbar gewissen musikalischen Werken und ganz im Gegensatz zu den Motiven Robert Fischers, den ja die blanke Wut regierte, aus nichts als aus Wohlwollen, Nachsicht, Zuneigung, Zutraulichkeit – Liebe besteht. Wer die wohlwollendste Nachsicht an den Tag legt, gewinnt und kriegt die Prinzessin geschenkt. Eine göttliche Zutraulichkeitspartie. Ob sie die verschimmelnde Menschheit zu salvieren vermöchte? Wie aber war es bei dem Philosophen Moses Mendelssohn? Zuerst kam er mit Fromet Gugenheim gar nicht zurecht, stotterte arg und hatte einen Buckel. Er wollte ihr seinen Abschiedsbesuch machen, ging auf ihr Zimmer und setzte sich. Fromet nähte. Nach einiger Zeit fragte Moses: »Glauben Sie auch, daß es schon im Himmel entschieden wird, welche Menschen füreinander bestimmt sind?«

Fromet sagte: »Ja, das glaube ich auch.«

»Ich glaube es fest«, sagte Mendelssohn. »Als ich geboren wurde, wurde mir die Frau bestimmt, mit der ich mein Leben teilen soll. Sie war verwachsen und stotterte. Da bat ich den Herrgott: ›Laß sie schön sein und lebhaft und graziös, sie ist doch eine Frau! Gib lieber mir den Buckel und den Sprachfehler und alles, was sie sonst noch belastet. Ich will es gerne tragen.‹«

Da stand Fromet auf, ging zu ihm und umarmte ihn. Sie heirateten alsbald.

Ach. Kuddernatsch! Daß die gleiche Frau Fromet dann später freilich mit den Worten »Mir ist so mies vor diesem Universum« in die Geisteswissenschaft eingegangen ist, gibt es nicht abermals zu denken? Und Anlaß, kurzen Prozeß zu machen?

1. Oktober. Wie mochten sie jetzt leben? Zusammen alle vier am Pferdemarkt? Sahen sie zu viert mit Irmi den Hochzeits-Film an? Legte Fink seinen Arm um die Gattin, Kodak aber den seinen um Irmi, die –

Legte er, Fink, sie auch wirklich stramm brav ins Bett? Oder streichelte er sie nur? Strohdumm?

Nein, ich will es gar nicht wissen, es ist zu entnervend, und ich wechsle also rasch ins Episkopale: Unwahrscheinliches Pech hatte kürzlich Bischof Harry (»Amigo«) Funsel. Eigentlich wollte er ein levitiertes Hochamt lesen, mit allem Schnickschnack, aber dann holte er sich doch lieber einen 'runter. Der hohe Geistliche hatte Glück im Unglück. Es tat ihm so richtig sauwohl. Jetzt will der Mann demnächst vielleicht sogar Weiber aufreißen und – –

Ach! Ach, ganz allein voller Pein stets zu sein, bringt dem Herz nur Qual und Schmerz.

*2. Oktober.* Ich finde, man soll auch dann etwas in sein Tagebuch schreiben, wenn man partout nichts erlebt hat noch zusammengedacht. Wundern indessen kann ich mich heute nur über den erheblichen, ja erschreckenden Niveauverlust von gestern.

*4. Oktober.* Ich darf nicht dauernd doppel-trauern. Ich müßte wieder mal zu Alwin, dem Ärgsten an Not zu wehren, ihn zu piesacken, daß ich selber die allerhorrendesten Kopfschmerzen davon kriegte, ihn getreulich weiter zu malträtieren, daß es eine Art hatte, sicher wartete der Gute drauf, wahrscheinlich kam die Schwager-Brummel ohne diese meine schmucken Abgefeimtheiten gar nicht aus! Und stand nicht noch sein großer Beileids-Sermon offen? »Schwager, um Gotteswillen, ich weiß es, es ist der härteste Verlust, ein liebes Herz, Schwagerherz, zu verlieren, schlicht wie die Bibel, aber wo, ich kenn's, ein Mann, hör zu, braucht sich seiner Tränen nicht zu schämen, Ernie wär' nicht dagegen, er hat auch viel geweint aaah...«

*7. Oktober.* In Bad Mädgenheim Premiere eines »Götterdämmerung«-Potpourris, von Mayer-Grant selber verfaßt. Den schönen Brüder-Eid hat er vergessen. Gott sei Dank. Freundlicher Beifall.

*9. Oktober.* Wie gottsjämmerlich lau, haltlos und harmlos die Abendluft in dieser Stadt herumstreicht! Sommerauer, heißt es, trete bald zurück. Schade, jetzt gerade hätte ich ihn am notwendigsten gebraucht. Daß die Einfältigsten dieser Welt am Ende unser einziges Lebenselixier bleiben!

Die Busenproblematik scheint er vorübergehend wieder verschwitzt zu haben, aber trostspendend bleibt es, dieses Wackelhaupt. Und im Hinterkopf nisten, ja schwären weiter die Gedanken an Größe 7, 10, 4711 ... mmh ...

*10. Oktober.* Ja, ich sehe jetzt überhaupt viel fern, wahrscheinlich, um mich für die Sünden meiner Jugend zu bestrafen. Zwei Tage lang gelang es mir sogar, mich in eine Ansage-Frau namens Ursula Sluka zu verlieben, ja ich spielte sogar mit dem Gedanken, nach München zu rüsten und dort meine Cour zu machen. Doch gottseidank ist's heute wieder weg.

Meine Gattin? Neuerdings schmunzelt sie ihre Trauer um was

auch immer in den Kasten. Ja, trauerschmunzelnd sieht sie fern...

*16. Oktober.* Es darf nicht wahr sein! Jetzt, zehn Wochen vor Weihnachten, hängen in den Straßen plötzlich bogenförmige Lichtgirlanden mit dem Stern von Bethlehem! Ja sogar den kugelig strammen, eher heroisch sachlichen Wibblingerturm hat ein Übereifriger behängt! Als ob ihnen die vom Bischof zugestandenen vier Adventswochen zu gering erschienen, als ob sie den perfiden Zauber nicht mehr erwarten könnten, als ob dies Städtchen nächstens zu explodieren gedächte vor Neckischheit und Unguterei. Pfuiteufel! Na ja.

*20. Oktober.* Ich habe heute meine Migräne. D. h. ich habe sie mir einfach genommen. Und gedenke das demnächst regelmäßig zu tun. Ordnung muß sein, und so ein Migränchen macht allemal gute Gedanken, das Kommodeste in auswegloser Lage.

*21. Oktober.* Im Hintergarten schwankt das Laub, liederlich wie Alwins Leben, tief obszön verbiegen sich die Apfelbäume. Ich gedenke ein Experiment zu machen, das sogar die Wissenschaft interessieren könnte. Ich werde fünf Damen aus meiner Bekanntschaft gleichzeitig den gleichen Brief schreiben, die gleichen Parfüms, Bücher, Liköre schenken – um dann ganz wissenschaftlich die unterschiedlichen Reaktionen zu beobachten und auszuwerten. Die eine der Kühe wird sicherlich telefonisch über mich herfallen, die zweite zurückschreiben, um mir so ihre vollkommene Unwürdigkeit zu entschleiern, die dritte wird sich überhaupt nicht rühren, nicht etwa, weil sie meinen Trick durchschaute, sondern weil sie gar nicht auf den Gedanken käme – »an sich« (Wurm) würde sie stumm bleiben. Diese aber wäre mir die Liebste mein.

Ach nein, das ist es auch nicht. Ich kenne ja gar keine fünf Damen. Hoho!

*22. Oktober.* Im Westen hauset rötelnd das Entsetzen.

*23. Oktober.* Bei unseren Alten. Fred spendierte mir, was ich noch nie erlebt habe, einen Weinbrand. Will er auf diese Weise mein Ungemach, sein Ungeschick... meine Schmach...?

Später schaute auch noch unser neuer CSU-Kreisgeschäftsführer Schnupfer an unseren Tisch. Ein durchaus mediokrer, ja dürftiger Mann; er schmiß eine Runde, offenbar wollte er uns für die November-Landtagswahlen kaufen, dann erzählte er einen Witz, en passant trug er vor, seine Partei mache sich jetzt auch für »Senioren-Tagesstätten« stark. Dann erzählte er noch einen Witz und machte sich geradezu hurtig wieder davon, unserer Stimmen vermeintlich sicher. Ein kurzes ruhmloses Gastspiel. O sträfliches Verachten des würdenreichen Alters! »Senioren-Tagesstätte!« kritisierte sofort Freudenhammer, »erstens sind wir keine Senioren, sondern alt, und was heißt ›Tagesstätte‹? Und nachts? Wenn's erst losgeht?«

Aber immerhin, sie mußten noch antreten, uns zu hofieren!

Sein Fett aber bekam Bäck ab, dem von Wurm coram publico eine Liebschaft mit einer gewissen Frau Klingel angelastet wurde, einer verheirateten Bonbonverkäuferin von 42 Jahren, der Bäck sogar schon sieben rote Rosen geschickt haben soll, wie Frau Klingel, ihm, Wurm, gebeichtet habe, machte sich Wurm feist lustig. Schwer schnaufte Bäck vor semmelbröselhafter Verlegenheit, Kuddernatsch schien ihm etwas heimzahlen zu wollen, so stürmisch riß es ihm die Mundwinkel auseinander, so maßlos feixte er zu mir herüber – und auch Freudenhammer fixierte den Sünder genau! Ach, unsere lieben Grauköpfe, unsere leise greise Rhythmusgruppe! Sie würden auch diesen entsetzlichsten der Winter wieder tadellos ...

*25. Oktober.* In Amerika, lese ich in einer Illustrierten, soll eine neue Bewegung ausgebrochen sein, die sogenannte »asexuelle Revolution«. Die Anhänger haben es – einfach satt. Könnte ich da nicht als Chef, als ideologischer Vorreiter, als Gruppen-Kardinal für Mortifikation mein Salär ...?

*28. Oktober.* Seit wann schneit's im Oktober? Heute vormittag schwang ich mich, dem einbrechenden Winter und meinem Tagebuch-Geflenne zu trotzen, zu Alwin. Das Terrain sondieren. Im Supermarkt ging es fast reißend zu, sechs erwachsene Menschen, inklusive zweier Frauen, interessierten sich ausgerechnet an diesem Matschtag für gute Autos. Der Statthalter des Betrugs aber saß in seiner Hütte und las die Zeitung »UZ«. Er trug ein rüstig kamelfarbenes Tupfendessinhemd, der Ölofen flackerte lustig drein, im Fenster hing weiterhin der Wimpel »Inter Dünklingen«. Der Hund Jimmy war wieder nicht zu sehen, anscheinend hatte er doch Lokalverbot. Schade. Nicht zuletzt seinetwegen war ich gekommen.

Alwin legte seine Lektüre weg, stand auf, begrüßte mich mit Schmiß.

»Au fein!« rief er lässig, aber feurig, »Siegmund!«

Ich nahm im Sessel Platz und strahlte ihn an und in der Bude umher. »Au fein!« wurde immer beliebter innerhalb der besinnungslosen Unkenrufe des Schwagers. Es bedeutete wohl etwas ähnliches wie »um Gotteswillen!«, war aber doch vielleicht eine Idee lebenslustiger, aufschwunghafter – gerade auch angesichts des naturhaft drohenden Winters, gegen den selbst dialektisch versierte Kommunisten nicht ...

»Au fein!« wiederholte Alwin leiser, wie sich selber lauschend. Nein, diesmal klang es keineswegs mehr elanvoll, sondern bedeutete – wie immer – die baldige Ambivalenz von allem und jedem angesichts der, Auschwitz hin und Supermarkt her, früher oder später sicheren Beseligung durch zwei, drei frische Weizenbiere.

»Viele Leute!« sagte ich und deutete durchs Fenster nach draußen.

»Unqualifiziert«, sagte Alwin schwer verachtungsvoll, »ich sperr dann zu und geh in die Sauna, aah! Wenn die Leute, Schwager, kein Geld mehr haben, kommen sie zu uns. Sie wollen es praktisch geschenkt.« Lieblich spitzte er das Rüsselchen gegen mich, »ich soll's ihnen praktisch schenken. Wir sind konjunktur... konjunkturkontrovers. Man kann nicht von Verkauf und Kauf reden. Sie betteln praktisch, yeah. Sie betteln – aber wir bescheißen sie trotzdem, das ist das Gesetz!«

Vom Autogelände her ertönte gedämpftes Lachen und man hörte eine heitere Stimme: »Ausfahrt frei halten!«

»Wieso konjunkturkontrovers?« fragte ich bequem.

»Weil, hör zu«, Alwin blickte mich erschreckend lehrmeisterlich an, »zu guten, konjunkturguten Zeiten verkaufen wir keinen Wagen, aber wo, keinen Affen, kein Schwanz will uns, wir verfügen in dieser Stadt über keine Solvenz. Wer herkommt, shit, weiß, daß er beschissen wird, er will's nicht anders, er will betteln yeah!«

»Und darum gehst jetzt«, fragte ich frech, »in die Sauna!«

»Geh mit, geh mit, ich mach dir's billiger in der Sauna!« Der Schwager war aufgestanden und bohrte im Ohr. »Du läßt dir ein Attest geben, daß dein Kreislauf erheblich disfungibel ist – ich treff' mich dort immer mit dem Kräspel Theo, dem evangelischen Pfarrer, der ist integer, der hat uns zwei schon lang in seinen Keller eingeladen zum Tischtennisspielen, er schenkt uns, sagt er, auch einen guten Tropfen aus, aah! Da brauchst keine Angst haben, aaah! Er weiß, daß ich Kommunist bin, von der anderen Fraktion, er weiß auch, daß du linksphilosophisch angehaucht bist, rosarot, rosarot, stimmt's? Aber wo, das macht ihm nichts, der ist pluralistisch, das ist dem scheißegal, Tischtennis, aaah!«

»Prima«, sagte ich sehnsüchtig. Dann lasen wir beide ein wenig, Alwin in seinem politischen, ich im »Sportmagazin«, das auch auflag.

Plötzlich öffnete sich die Tür, und zwei Neger und ein weißer Stiftenkopf betraten die Hütte. Erwartungsvoll sahen Alwin und ich an ihnen empor. Sie kauten zuerst wie verschnaufend und die Lage prüfend herum, dann machten sie in ihrer Heimatsprache nochmals aus, wer ihr Begehr vorbringen solle.

»Gentlemen?« fragte Alwin reizend und legte den runden Kopf schief.

Der längere der Neger trug nun bedächtig, schnurgelnd und kaugummikauend vor, man wolle zu dritt den Opel Diplomat da draußen kaufen. Auf den grasgrünen Blusen der drei stand jeweils »U.S. Army«, auf der anderen Seite »Wallace« bzw. »Eldell« bzw. »Law«.

»Yeah!« griente Streibl verträumt, anscheinend war er jetzt doch etwas überfordert und aber gleichzeitig vor Hingerissenheit über diesen Besuch hin- und hergerissen, »that's okay. The price is – let me see ...« Alwin sah eindringlich auf eine vor ihm ausgebreitete Liste in Klarsichtfolie, »sixnine.«

»How much?« fragte Law, als ob er nicht zugehört hätte, und streckte ein wenig und tändlerisch die schwarze Zunge heraus. Ich rauchte heftig und spielte kurz mit dem Gedanken, quer durch meinen Salon ein Mäuerchen zu ziehen, etwa 60 Zentimeter hoch, damit man immer drübersteigen mußte und alles noch viel häßlicher würde.

»Six-nine!« Alwin lächelte verschämt. Seine linke Hand spielte mit zwei großen Schrauben, außerdem lag noch ein offener Leitzordner »Elba« auf seinem Schreibtisch, in dem aber nur ein Blatt eingelegt war, handschriftlich vollgeschrieben mit allerlei Zahlen.
»Six-nine, ah!«
Wind schwankte widers Hüttenfenster wie uns warnend.
»Six-nine«, wiederholte Law an Wallace gerichtet.
Mir war dieser Supermarkt seit nunmehr fünf Jahren vertraut. Aber ich hatte, sooft ich auch hier zur Kontrolle vorbeigekommen war, noch nie jemand definitiv ein Auto erwerben sehen, allenfalls waren Quasi-Interessenten herumgestreunt. Früher hatte ich Alwin noch gelegentlich danach fragen wollen – dann aber glaubte ich die Wahrheit ohnedies zu wissen: daß dieses Haus entweder eine Art Stiftung sei oder aber das Versuchskonzept eines amerikanischen Großkonzerns oder Multimilliardärs, sich selbst oder den Westdeutschen wissenschaftlich vorzuführen, wie die Supermarktstrategie – garantiert *nicht* funktioniert! Eine Ausstellung, ein Museum vielleicht! Möglicherweise auch eine Tarnfirma, um irgendwie Steuern günstig abzusetzen oder Spesen locker abzubuchen. Vielleicht gar der »Aachen-Dünklinger Versicherung«! Um Gotteswillen, hier war doch nach meiner festen Überzeugung kein Fünfmarkstück für die nächsten drei Weizenbiere zu holen – jetzt aber war es so weit, jetzt wurde es ernst. Drei Soldaten wollten hier partout ein Auto kaufen! For God's sake!

Ich bin des Englischen nicht durchaus mächtig, aber die drei Gäste schienen sich zu beraten. Waren ihnen am Ende doch auch Zweifel gekommen, ob dies ein richtiger Handelspartner sei?

»You know«, rief Alwin rasch internationaler, »that's a good offering . . . it's like a new model . . . ah!«

»Four-five!« stieß Eldell nach kurzem heftigem Entschluß hervor.

Alwin lächelte unbarmherzig scheu gerissen: »Six-nine! The tyres are excellent . . . aaah . . . excellently . . . are a leading product, top product!« Er fand sich immer besser zurecht.

Die Soldaten berieten erneut. Alwin summte »aaah« vor sich hin, ich blätterte wieder in meiner Sportzeitung. Ja, für eine Lottoannahmestelle würde sich dieses Häuschen vorzüglich eignen, da aber schellte das Telefon.

»Autosupermarkt Rolf Trinkler«, flötete Alwin, doch gleich darauf nahm seine Miene Härte und humorvolle Abwehrbereitschaft an. Dazu legte er den Kopf wieder diagonal zur natürlichen Schwerkraft.

»Wer fehlt? Was? Ein Reservereifen fehlt?« Gottseidank hörten die Neger nicht hin oder verstanden nicht deutsch, sondern tuschelten leise und abgehackt. Ich stand kurz auf und sah nach draußen. Es handelte sich offenbar um den roten Diplomat mit schwarzem Vinyldach. Neuwert 30 000. A like new model. Was die drei damit wohl . . . Seufzend nahm ich wieder Platz.

»Wer? Aha, ah, aha . . .« Streibl lächelte jetzt manichäisch, ja mit schon gar zu hochgemuter Miene – und ganz plötzlich warf er sich fast kunstreich eine weiße Tablette in den Mund. Aus der Hand heraus, wie ein Taschenspieler.

»Excuse me for a moment, um Gotteswillen!« Alwin wandte sich erneut an die drei Amerikaner und vollzog eine zum Sitzen einladende Handbewegung, obwohl nur noch ein Sessel da und frei war. Doch schon gewannen seine Züge wieder an Kampfgeist. Law indessen holte neuen Kaugummi heraus, legte einen vor Alwin auf den Tisch, einen aber hielt er mir hin. Ich lächelte wonnig, hob dankend ein wenig die linke Hand und nahm den Dreck in den Mund. Jetzt kauten wir zu viert, einer lutschte eine Überlebenstablette. Das war das Gesetz.

»Ja? Ah! Der Talisman? Der Talisman aaah!«

Eldell hatte sich jetzt doch gesetzt. Die zwei Negerbimbos tippten sich spielerisch auf die Bäuche und kicherten. Wenn jetzt der Hund Jimmy hereinkäme und sie bisse! Das Lachen würde ihnen schnell . . .

»Hören Sie . . . Ich verbitte mir . . .«

Hatte er eigentlich kein bißchen Angst, daß die Amerikaner vielleicht doch etwas Deutsch konnten und durch diesen telefonisch diskutierten, zwar schwer durchschaubaren, aber doch hoch offensichtlichen Betrug vorzeitig abgeschreckt würden?

»Reservereifen und Talisman . . . jawohl, aah . . . hören Sie . . . niemals, um Gottes . . .« Warum hing hier in der Bude eigentlich nicht wenigstens ein Breschnew-Bild, um ein bißchen dazuzulernen? Streibl lächelte gequält:

»Ein kupferner Talisman am Lenkrad, aaah!« Der andere war

offenbar auch ein härterer Bursche, denn in Alwins Schmunzeln mischte sich jetzt doch die Vorbereitung zum Endkampf. Unter dem Linoleum ächzte es plötzlich, als ob jemand stürbe.

»Hören Sie . . . hören Sie, ich weiß, Sie sind Südländer . . .« Er drang aber noch nicht ganz durch und zwinkerte deshalb den Amerikanern hurtig zu.

»Um Gotteswillen, Sie sind Südländer, ich weiß, yeah! Sie verfügen über ein feuriges Temperament. Natürlich! Perser sind Sie, Perser! Ich weiß es von einem Mittelsmann!«

Jetzt setzte er seine rücksichtsloseste Sozialistenmiene auf, ich aber mein geistreichstes Schafsgesicht und äugte damit aus dem Fenster in die wesenlose Ferne. Und hatte Glück. In 15 Meter Entfernung trabten fünf Frauen in Trainingsanzügen am Supermarkt vorbei bergaufwärts, fünf Frauen vielleicht zwischen 30 und 45, mitten durch den Schneematsch, es sah aus wie eine Art Schulungs-, oder Trainings- oder vielleicht sogar Sondereinsatzkommando – hinterher aber schnaufte und hechtete begeistert als der Absolut Allerdümmste eine Art gelbweißer zottig riesiger Spitz, meines Wissens ein ungarischer Hirtenhund, er hatte sich da offenbar in eine sehr kompakte Seelenmischverfassung aus natürlicher Geistesschwäche, Gutmütigkeit, Schneematschfreude und Einsatzbereitschaft, ja Einsatzvergnügen hineingesteigert – es war, trotz Fred, das Maßloseste, das Ärgste, das Erbarmungswürdigste, was ich je an Torheit gesehen und erlebt habe.

». . . ich bin, hören Sie, um Gotteswillen, Sie sind Südländer, aber . . . hören Sie, ich bin Normanne . . . ah . . .« –

»Normanne h-h-h-h!« Streibl schnaufte heftiger und wechselte den Telefonhörer gerissen ans andere Ohr.

»Wer? Wie bitte? Konsulat . . . ah!« Der Kaufmann schmunzelte siegessicher und blinzelte mir sogar zu, als ob er mir einen Lehrfall vorführen möchte, »hören Sie, wenn Sie ausfin . . . wenn Sie ausfällig werden, wenn Sie auf meine rassistische Vergangenheit als Deutscher anspielen . . . ich bin Arier . . . ich bin Normanne!« –

Yeah . . . !«

»Ich . . . ich lege sofort den Hörer auf . . . dann können Sie Ihren Reservereifen . . . dann können Sie sich . . .« – jetzt klopfte er mit einer der Schrauben gegen das Telefon – »ich lege den Hörer auf... gut, wir sehen uns vor dem Richter wieder... addios! Addios!... jawohl! Addios!«

Er sprach es korrekt »addiosch« aus, stand auf, sagte lässig »Schnallentreiber« und schritt im Stile eines etwas geckenhaften Lords auf die Wasserleitung zu, sich wie unkörperlich die Hände zu waschen.

»Four-five!« fuhr der Neger ungerührt fort.

»Aaah«, lächelte Alwin sehr verträumt und melancholisch nach Agentenart, schüttelte weich seinen dicken Kopf. Sah wieder seine wartenden Gäste an, dann setzte er sich und spielte ein wenig mit einem Kugelschreiber: »Five-nine – that's my last word, Gentlemen!«

Es erfolgte eine längere, abgerissene Beratung der Amerikaner. Vor allem die Bimbos schienen zu schwanken. Ich aber schwor mir, nie mehr in diesen teuflischen Supermarkt zu kommen. Es gab keine Auflösung der Rätsel, es rückte nur die Nervenheilanstalt näher. Yeah!

»Und du«, fragte mich Alwin, »hast keine Lust, mit mir in die Sauna, zum Tischtennis zu gehen? Wär' doch so nett, der Pfarrer kennt dich schon, der hat sogar mit dir studiert in Göttingen, sagt er...«

»Four-nine«, rief jetzt Law sehr entschlossen.

»Well, four-nine, okay!« rief Alwin strahlend aufseufzend und offenbar selber überrascht, 400 Mark gerettet zu haben. »You'll be the glory of the army«, scherzte er bereits lauthals, »it's a thunderbird! When do you come to pay?«

»Next week«, sagte Law. Ich hätte Alwin warnen sollen, aber es war zu spät. Wahrscheinlich waren die drei nur Agenten jenes US-Großkonzerns, der die Nichtverkäuflichkeit von Alwins und Trinklers Fahrzeugpark im Auge hatte.

»You'll have a good time with the car, I bet!« scherzte Streibl wohlig. Eldell nickte vorsichtig.

»Take along your licence!« rief Streibl den drei Abzockelnden gewieft nach, »and your assurance-papers, that's better! Yeah!«

»Nette Burschen«, sagte Alwin couragiert und sämig, »die kommen nicht wieder, das sieht ein Profi. A moment, please«, bat er mich, trat zur Tür und rief hinaus: »Gentlemen! Gentlemen! And don't forget your coins!«

»Und wenn sie doch wiederkommen?« antwortete ich noch tapferer. Geräusche des transzendentalen Unflats röhrten aus Dünklingens Altstadt herüber. Es war auch irgendwie eine Sirene dabei.

»Wenn sie die Toreinfahrt 'raus an die nächste Ecke kommen«, der Agent sprach angenehm und wie väterlich erklärend zu mir Wirtschaftsfremdem, die Stimme tremolierte hauchzart, »bin ich aus dem Schneider, ah! Hard-Selling ist heute alles«, fuhr er hoffnungsarm fort, »ich tät' dich dann anrufen, wenn's soweit ist mit der Sauna und dem evangelischen Pfarrer seinem Tischfußball, aber du bist so gut, du sagst noch nichts, du desavouierst mich nicht, seine Frau kennt meine Frau, ich möcht's nicht haben, au fein! Hör zu, ich möcht' mich jetzt wieder stärker in der Parteiarbeit engagieren«, fuhr Alwin deutlich beschwingend fort, »ich werd' mich wieder mehr um die Basisarbeit kümmern. Es gibt so viel zu tun, ach, es gibt ja so viel zu tun! Das Herbstprogramm ist jetzt erschienen, gestern haben sie mir's zugeschickt. Stehen nette Sachen drin, sie wollen jetzt auch wieder eine Schachabteilung aufmachen – und im Frühjahr steht der Kommunalwahlkampf an...«

Streibl vollzog hinter dem Schreibtisch ein paar nette symbolische Boxerhiebe.

»Viele Kunden«, ich deutete, den Agenten leis umschmeichelnd, nochmals und verquält zum Fenster hinaus.

»Ich arbeit' jetzt auf Provisionsbasis«, antwortete Alwin, »mir kann's gleich bleiben. Die Autobranche, um Gotteswillen, ist heute kriminell, es ist, wie's ist, es ist kriminell – ich tät' dich dann anrufen, wenn der evangelische Pfarrer – wirst dich glänzend mit ihm verstehen, er interessiert sich auch für alte Stiche und Parapsychologie, er ist aufgeschlossen, er ist liberal. Au fein!«

Es ist, wie es ist, und es ist kriminell. Streibls erster geistgeborener Satz dieses Jahres. Ich schlug mir vor dem Schmer-Tor gegens Auge. Dann also eben die lutherische Kirche! Nur zu!

*29. Oktober.* Die Probe aufs Exempel, sie wäre gemacht. Ich saß heute von 10 bis 13 Uhr und von 17 bis 20 Uhr im »Aschenbrenner«. Sie kamen nicht ein einziges Mal vorbei. Das Spiel war definitiv aus. Ich war erleichtert fast. Ein Lediger und ein Gemahl, wären sie in dieser Mischung vorbeigezogen, es hätte mich noch mehr geschmerzt, geekelt . . .

*30. Oktober.* Ich werde noch schreien! Dieser elende Fouqué hat nicht nur einen nichtsnutzigen »Alwin«, sondern doch tatsächlich auch ein (sic!) Trauerspiel »Die zwei Brüder« hinterlassen, das sogar im (sic!) Kreuzfahrer-Milieu spielt und das der Dichter als (sic!) »Lieblingskind meiner Muse« bezeichnet. »Lothar« und (sic!) »Amadeus« heißen die beiden – klingt's nicht tatsächlich insgeheim wie »Fink« und »Kodak«? Und – ich brauche sofort einen Chewing Gum extrascharf! – Amadeus beklagt sich bitter über die »schändliche Untreue des Bruders« – geheiratet zu haben!

Vielleicht bin ich wirklich gezeichnet, ja längst verdammt . . .

*1. November.* Seit drei Monaten hat mich niemand mehr ordentlich als »St. Neff« angesprochen. Es ist, als ob alle Kraft in mir erloschen wäre. Nicht einmal den dummen Fred konnte ich gestern parieren, als er was von »Entwicklungs-Essentials« in der Foto-Branche keifte. Wenn Alwins »Schwagerherz« noch entfiele, wäre es soweit . . .

*2. November.* Am Grabe Stefanias ein beherrschender Gedanke. »Geh heim zu der Mutter Geheimnis!« Immer nur dieser Satz. Ich sprach ihn bis tief in die Nacht vor mich hin, dann war auch seine Kraft erloschen. So ist's recht. Mein Tagebuch ist übrigens ein kleines Vokabelheft, blau angestrichen, handlich, ich berge es oft sogar an der Brust. Sonst liegt's im Sekretär, wo auch der Roman lagert. Ich habe ihn neulich nochmals durchgelesen, nicht schlecht, nicht schlecht, nur die Hymne auf die Brüder hätte es wahrlich nicht gebraucht. Oder ich hätte gleich richtig aus dem »Faust« abschreiben sollen.

*3. November.* Ich habe mir von Alwin eine Schrauben-Mutter geben lassen und trage sie in der Hosentasche herum. Sie klingt fast wie Schwiegermutter, und wenn man draufbeißt, tut es weh.

*4. November.* Mayer-Grants Gattin, eine ziemlich schmissige Lebefrau von meines Erachtens 42, hat mir schöne Augen gemacht. Aber ich will nicht, ich will nicht! Jetzt erst recht nicht.

*5. November.* Heute bin ich sicher, daß die Iberer das zerstörte Paradies der Kindheit waren, der unbekannten, mir entgangenen. Aber vielleicht kommen die künftigen Deuter meines Romanwerks auf noch bessere Exegesen. Bin gespannt, wie sie Kodaks rötelnde Haarpracht auslegen im Verhältnis zu Finks –
Ach, ich darf nicht schon wieder an die Elenden denken!

*8. November.* Gestern um zwei Uhr erwachte ich nach einer Stunde Schlaf und schaute sofort unters Bett, ob etwa gar der Teufel unten sei. Nein, es war nichts da. Für alle Fälle aber lege ich mir jetzt einen Hammer in den Nachttisch. Neben Kant.

*9. November.* Nebelschleierklumpen um und um. Um ganz sicher zu gehen, wartete ich gestern nochmals im »Aschenbrenner«. Nichts, die Straße war verhext, so voller Volk, so leer. Ja nun, das war's. Am Ende war es gar nicht – wahr gewesen. War die Iberei, das zweijährige Gebrüdere nur Schaum, wortwörtlich *nichts* gewesen? Nein, so kann man es nicht sagen! Es war etwas gewesen, aber es war – nichts, und es hieß Fink und Kodak und war doch ach so lieb, ach so gut gewesen ...

*10. November.* Ich trau're zu wenig um Stefania. Der Kopf schafft es nicht.

*11. November.* Beginn des Faschings – die Stadt noch immer im Festbeleuchtungswahne. Viel Geistlichkeit schwingt sich hindurch, als ob das Volk schon schwebte. In der neuen Familie Iberer aber werden allmählich die Bratäpfel eingelegt, der Gattin Werk, Irmi strickt der Katze ein Fräckchen, Kodak klebt die Fotos aneinander, Fink aber schließt die Fensterläden, die Wohnung dicht zu machen und ungebetene Forscher von außerhalb – –
Meine verdammte Apperzeptionsgabe! Aber es ist eine helle, freundliche, fast schöne Vision. Nur die Gattin stört, die dumme.

*12. November.* Ausgerechnet im düstersten November bahnt sich Rettung doch noch an! Im Heimatblatt erschien heute ein Foto, über das ich sofort zu lachen und zu kichern begann wie ein

Junger, ich produzierte wahre Glockentöne und Mozart'sche Kadenzen – ich mußte wegen des Fotos den ganzen Vormittag lachen, ich wußte gar nicht mehr, daß es so was Schönes noch gibt! Das riesige Foto zeigt, sieben Mann stark, die neue Führung unserer Raiffeisensparkasse unter der Ägide des Direktors Rösselmann, der im Verein mit seinen Mannen so drollig aus der verschwitzt-vergaunerten Wäsche schaut, daß man – gar nicht anders kann als sofort und selig loszuwiehern! Neben Rösselmann prunkt der gleichfalls sehr mollige »Präsident« Schreck, außerdem hat sich noch einer der jüngeren Sparkassen-Laffen nach vorne gedrängelt, der hat auch schon ganz kess eine Hornbrille auf, während die vier nachwachsenden Kassenkräfte in der zweiten Reihe vorerst nur ihre feingebügelten Kommunionanzüge und den physiognomisch durch festes Zusammenbeißen der Münder nachgewiesenen Willen zum verschärften Betrug in die Waagschale werfen können ...

Auf einem kleineren Foto daneben überreicht »Präsident« Schreck Rösselmann den »Landkreisteller«, es sieht aber aus, als ob er ihm Strickzeug oder einen alten Fahrtenhut in die Hand drückte. Wofür sich Rösselmann wiederum mit einem mit allen Wassern gewaschenen Lächeln hurtigster Gemütlichkeit bedankt. Wahrscheinlich hatten die beiden den Teller gerade vorher gemeinsam noch schnell in einem Selbstbedienungsladen geklaut.

Entflammt begann ich nun auch den Zeitungstext zu lesen, da hieß es denn schon in den ersten Zeilen sehr einleuchtend, die Entwicklung dieser sieben Hanswurste sei »entgegengesetzt proportional zur Wirtschaftslage« gelaufen – und tatsächlich hätten die sieben Verhauten im Rahmen ihrer prickelnden Katastrophalität 18,9 Prozent mehr Umsatz erwirtschaftet – kein Wunder bei der Artikelüberschrift, die da hieß »Als Bank für alle jedermann ein Partner« – und mein immer noch rasches Begriffsvermögen flüsterte mir sofort ein, daß »Als Bank für jedermann allen ein Partner« und »Als Partner für alle jedermann eine Bank« und »Als Bank für Partner allen ein Jedermann« wundersamerweise genauso sternhagelrichtig wäre!

Das Schönste aber ist doch Rösselmann selber, ich konnte mich den ganzen Vormittag nicht von ihm trennen, nicht satt an ihm sehen! Der Direktor sieht primär aus wie eine Kreuzung aus Heilbutt, Dachs und Sollnhofener Urvogel, wie Alwin als Fred Wienerl auch – nein, eher wie Gottvater als Conférencier eines Betriebsausflugs – – und daß er, Rösselmann, mir jeden Monat 200 Mark Erpressungsgelder berappt, dem unseligen Kloßen den Kredit aber nicht gewährt hatte – erhöht es den Spitzenvertreter unseres städtischen Sparkassengeschlamps mit seinem Strickzeug in der Hand und seinem Saukopf auf der Stirn nicht ins sternbekränzt Sockenartige?

Mit ihm – mit diesem Foto – in der Hand bin ich wahrscheinlich sakrosankt, bin ich seelisch aus dem Iberer-Schneider!

*13. November.* Der Rösselmann-Quietiv-Effekt hält an. Ich mußte heute früh schon wieder loslachen und verlängerte meine Lustigkeit mühelos ins abermals Stundenlange. Hah! Ja, Rösselmann selber schien es zu gefallen, daß jemand so über ihn lachen mußte – und er lachte also heute noch schmetternder, glutäugiger und wie freudig überrascht von seiner eigenen Lustausstrahlung!

*14. November.* Es tröpfelt heute. Ein Grund mehr, zu Hause zu bleiben und sturheil am Tagebuch zu schaffen. Und Rösselmann zu schauen.

*15. November.* Der Rösselmann-Effekt würde sicher bis Weihnachten vorhalten – aber war das nicht erneut Idolatrie, Hybris, Bildersucht? War ich nicht schon einmal damit fürchterlich auf die Fresse gefallen? Sollte ich nicht lieber doch zu Alwin, in die Sauna, dann zum Tischtennis und endlich in die evangelische Kirche gehen?

*20. November.* Großer Gala-Abend im »Paradies«. Bäcks angebliche Liebschaft, Frau Klingel, wurde von Albert Wurm enttarnt. Sie soll zwar wirklich hinter Bäck hergewesen sein, doch habe sie es nur auf Bäcks Rente abgesehen gehabt. Habe sie, Klingel, ihm, Wurm, gestanden. Lachte Wurm wie fast besessen, trommelte die Brust.

Verbittert schämte sich der Genasführte. Schmächtig grinste Kuddernatsch. Grimmig zürnte Freudenhammer. Meine lieben Alten! Pervitin und Sedativ zugleich!

Selt'ne Blume, Männertreu!

Und wie unbegreiflich rücksichtsvoll es Freudenhammer seit meiner Tragödie unterläßt, von Irmi zu berichten ...

*26. November.* Gestern nahm ich mir vor, einen Tag lang nicht mehr »Ich« zu sagen. Klug genug ging ich den ganzen Tag über Land, und zu Kathi am Abend nuschelte ich nur einmal und wie schmelzend »Die früh Geliebte«. Sie hörte gar nicht zu. So war der Plan überraschend gelungen, doch in der Nacht quälte mich ein Traum, der sich schrecklich für den Erfolg rächte. »Gehst du in ein Nachtlokal«, so lautete der Traumsatz, »sind bloß eine Tänzerin drin, zwölf Kriminaler und ein Amerikaner, und das bin ich selber.«

Keck erzählte ich heute morgen im Tschibo Albert Wurm den Traum, doch er zuckte nur die Schultern, sagte »Gott nei!« und wandte sich ab. Gab man mich schon auf?

*29. November.* »Die früh Geliebte«. Ausgerechnet Kathi, hähähähä!

*1. Dezember.* Zum Monatsanfang gleich ein Schreckgedanke, so ist's recht: »Wie weit kann man eigentlich mit Tieren Freundschaft schließen, Liebe probieren?« Mit einem Hund? Ja. Aber schon mit einem Karnickel? Hm? Und gar mit einer Fliege? Gehen wir davon aus, daß Freundschaft und Liebe auf wechselseitiger Achtung beruhen, dann wird das Unheil evident. Ein Karnickel achtet uns zur Not noch – aber Fliegen? Bremsen? Nie und niemals. Sie wissen uns hinten und vorne nicht zu schätzen noch zu würdigen gar ...

Was passiert, wenn ich mich in eine Fliege vergaffe? Nie kann ich zu einer Fliege »meine Fliege« sagen, nein, das geht nicht, das geht sicher schief. Sicher, ich kann sie unter einer Butterglocke einsperren, kann auf sie einreden, kann sie begaffen, kann sie zur Not auch streicheln, aber die rechte Liebe ist das nicht – nie kann ich mich mit ihr geschlechtlich vereinigen, die Kümmernis zu bannen – nein, in wahrhaft entmutigender Weise wird sie mich von sich weisen, nicht verstehen, kalt wird sie bleiben, tödlich kalt herumsurren – o Gott! Ist das die Wahrheit?

Ich erschrak so, daß ich gleich, Eid hin, Eid her, zu Alwin schwirrte.

»Wen sehen meine alten Augen?« sprach der Schwager schaurig, aber schelmisch. Gleich wurde mir ein bißchen besser und ich teilte Alwin mit, daß ich mich jetzt endgültig entschlossen hätte, sein Schwager zu werden.

»Mein Schwager?« wunderte sich Alwin traurig, »geh zu!«

»Ah ... dein Pfleger!« verbesserte ich mich hastig.

»Nett, Schwager, nett!« brüllte der Autohändler, schien aber momentan keine Kraft zu haben, gleich exaktere Strategien zu entwickeln. In der Hütte roch es angenehm nach Schmieröl, Schmalz und Schmeichelei.

»Aaaah!« Alwin lächelte, als ob er sein Glück noch nicht ganz fassen könne. Verruchterweise tummelten sich am Fenster Fliegen. Ich bat Alwin, ob er mir eine fangen könne.

»Aaaaha – aaah!« schnurrte Alwin konspirativ und mich immer versonnener an. Wie wunderbar er auf meine Capricen einging!

»Hör zu, ich wollt' dich sowieso anrufen«, hob er tapfer ab, »ich muß in 14 Tagen wegen der alten Gemeinheit, shit, mit dem Hund, dem Jimmy, vor Gericht aussagen, als Zeuge für den Hund, der Fred ist ein reaktionärer Lump, er will's hintertreiben – der Trinkler sagt, ich soll als Zeuge aussagen, was ich weiß ...«

»Hör zu, Alwin«, plapperte ich versträhnt des Wegs, »ich wollt' an sich wegen der Pflegschaft von der Fliege ...«

»Um Gotteswillen«, fuhr Alwin noch zwingender fort und rülpste achtlos, »pardon – diese Stadt ist ein Rattennest, ein Sündenbabel ...« Schöne Düsternis im Ohr, vermißte ich jetzt trotzdem meine Kaugummis.

»Yeah«, antwortete ich animiert und leise, »deine Tochter wird dann ...«

»Die Stadtbaugesellschaft GmbH? Völlig korrumpiert! Die Hintermänner vom Fred kenn ich. Ich kenn's gut. Einem altgedienten Agenten«, Alwin zwang sich zu feurigem Humor, »macht so ein Hausdepp nichts vor ...«

»Aber wo«, faßte ich zusammen, griff mich hastig ans Herz und sah auf meine Stiefelspitzen.

Es freue sich um Gotteswillen niemand über Streibls mentale

Schwächen. Die Differenz zwischen Spionage, Spionageabwehr und Verfolgungswahn bzw. Verfolgt-Werden-Sucht ist ja so winzig, daß sie zuweilen auch stärkere Denker als das Schwagerherz verführen und aus dem Bereich platter Rationalität hinwegchauffieren mag. Und war er nicht die Anmut selbst in diesem Sumpf aus Politik und Hund und Weizenauto? Strampelte er sich nicht immer wieder glänzend heraus? Oder jedenfalls tiefer hinein! Und strampelte ich nicht schon wieder so kraftvoll mit, daß selbst Streibl manchmal Mühe hatte, mir zu folgen?

Ich zwang mich aus der Andacht rücksichtslos zur Tat. Wo die Formulare seien, die ich als Pfleger zu unterschreiben hätte? Der Alwinismus hatte mich längst wieder.

»Pfleger?« Der Agent lächelte verständnislos.

»Ich soll doch deinen Pfleger machen!« rief ich fast drohend, »damit du vor Gericht Carte blanche...«

»Meinen Pfleger willst machen, ach, das ist nett, Schwager, nett!« Ein Espresso hätte jetzt die trauliche Verantwortungslosigkeit noch brisanter gemacht.

»Und dazu muß ich doch«, aus schierem Übermut faustete ich auf den Tisch, »ein Formular unterschreiben!«

»Es langt, Schwager, Siegmund«, Alwin lehnte sich gönnerhaft in seinem Stuhl zurück, »wenn du es handschriftlich machst, deine Absichtserklärung bis auf Widerruf, handschriftlich, ich geb's dann heut' abend mit der Geschäftspost zum Vormundschaftsgericht. Das geht dann schnell! Ah!«

»Also, schreib, Alwin!« rief ich und schob ihm seinen eigenen Notizblock zu:

»Hohes Gericht«, sagte ich, und tatsächlich, gutmütig begann der Schwager zu schreiben, »ich, Siegmund Landsherr, Dünklingen, erkläre hiermit mein Einverständnis, für Herrn Alwin Streibl, Dünklingen, den Pfleger zu machen und alle Konsequenzen auf mich zu nehmen. Hochachtungsvoll Siegmund Landsherr.« Wie gerne hätte ich »St. Neff« diktiert!

»Na also!« freute sich Alwin gleichgültig und reichte mir das Blatt halbschwergewichtig zur Unterschrift. »Les es nochmals durch, ist besser!«

Ich sei zu klein zum Lesen, sagte ich. Er, Alwin, solle es mir vorlesen, das sei immer besser, wenn der Größere liest.

»Aaah«, barmte sich Alwin und las vor. Ich war einverstanden, und Alwin legte das Blatt achtlos in sein Schubfach.
»Und Paßkontrolle – und so?« rief ich dummsattelfest.
»Da reicht dein Leumund, Siegmund, du hast doch blendende Referenzen, bist ja kein Kommunist, bist ja ein Schwarzer«, er lächelte generös, »es ist formaljuristisch sowieso legitimiert durch deine Stellung in der Gesellschaft. Bist ja – in Dünklingen sakrosakt!«
»Sankt«, kurvte ich rechthaberisch, »Sankt! Alwin!«
»Sankt?« Alwin schien zu fragen. »St. Alwin?«
»St. Neff«, rief ich selbstwegwerferisch.
»St. Neff«, wiederholte Alwin honighaft verblümt, und die Dezembersonne flüsterte ihm über Stirn und Nase. Hatte diese Streibl-Strudel nicht auch »Reverenzen« gesagt?
Wie aber ist es bei einer Hummel? Statt einer Fliege? Ob bei so etwas Gemütlich-Rundlichem nicht doch etwas ginge? Aber wenn sie mich dann gescheit ins Hirn stichte?
Stäche.

*6. Dezember.* Ist heute nicht mein Namenstag? St. Nikolaus? Neff? Ist's nicht eh dasselbe? Ich denke, ich werde mir eine Kartoffel kochen, an Alwin denken und dann der »früh Geliebten« beim Fernsehen zuschauen ...

*7. Dezember.* Oder sollte ich – gezuckerter Schnee auf meinem Seelenschlamm – nicht besser einen Brief an eine Unbekannte schreiben? Einen Brief, »in dem alles steht«, wie ich aus mir nicht bekannten Gründen immer wieder vor mich hin wispere? Einfach aus dem städtischen Adreßbuch heraus? Irgendeine Karin oder Helga irgendwohin einladen? Unter Vorspiegelung falscher Hunde, Diamanten und Dialektiken? Die Wahrscheinlichkeit, daß die betreffende Ursel antanzen würde, betrug ungefähr 1:99, bei der momentanen Top-Verwirrtheit unserer putzmunteren Frauenwelt vielleicht sogar 5:95. Und vielleicht würde die Große Unbekannte ja auch nur kommen, mich zu prügeln oder anzuzeigen! Auch recht! Aber dann bräuchte ich natürlich einen Pfleger, der mich für geistesschwach erklärte. Alwin? Sparte es dem Staat nicht massig Müh und Mäuse, wenn die Armen im Geiste wechselseitig füreinander gradestünden?

Was aber die Hohe Unbekannte anlangt: Na ja, meines Wissens ist es pfeifegal, ob man von einer Frau beehrt wird oder nicht – wichtig, ja Lebensquell sind die fünf oder 15 Minuten, in denen sich irgendwas entscheidet, irgendein Rotzdreck. Daß man sich dafür nolens volens strammster Peinlichkeit aussetzen mußte, was schadet's? Dafür hatte ich dann ja wieder meinen Pfleger, meinen unsterblichen . . .

Ich schmachte, das steht fest, schon gar zu sehr – nach Alwin.

*8. Dezember.* Mariä Empfängnis, hahaha! Aber wohlgemerkt, meine nichtkatholischen Leser, hier empfing nicht sie, vorwurfsvoll dreinschauend wie die Bedienung Vroni, – sondern Anna, die Alte. Maria aber empfing Ende März, genau neun Monate vor dem Hl. Abend. Drum heißt dies Fest auch »Mariä Verkündigung«, hehehe!

*9. Dezember.* Hehehe! Man braucht nur die Zeitung aufzuschlagen, schon erfährt man, was einem fehlt: Progoria! Vorzeitige Vergreisung! Mit anderen Worten: Weisheit.

Der Versuch mit der Unbekannten ließe sich übrigens erweitern, indem man die Dame mehrfach oder alternativ wohin befiehlt. Also man schreibt ihr z. B.: »Komme du entweder um 6 Uhr oder um 7 Uhr oder um 8.45 Uhr ins Café Straps« – ganz so, als ob man zwischen 7.15 Uhr und 8.40 Uhr die wahnwitzigsten Affairen zu erledigen hätte! Indessen man doch nur im Rechteck ein wenig auf seinem Teppich herumsteigt, ihn umzingelnd . . .

Was das Schlimme der Technik sein könnte: daß die Unbekannte – von soviel mathematischem Zauber verwirrt – dann wirklich anschwirrt! Und dann hieße es liebeln und schöntun, ach nein . . .

*10. Dezember.* Iberer. Gab es nicht doch eine Chance? Sollte ich den großen Bruder trösten? Aber der hatte ja Irmi, die treffliche Ibererin. Was es nicht alles gab.

Im Lande Indien, steht zu lesen, habe 1838 ein Mann namens Harris der Jagdleidenschaft gehorcht. Nachdem er seinen ersten Elefanten, welcher ein weiblicher war, erlegt hatte, suchte er am andern Morgen das gefallene Tier auf. Alle anderen Elefanten waren aus der Gegend entflohen, bloß das Junge des gefallenen hatte die Nacht bei der toten Mutter verbracht, kam jetzt, alle Furcht vergessend, den Jägern mit den lebhaftesten und deutlichsten Bezeugungen seines trostlosen Jammers entgegen, und umschlang sie mit dem kleinen Rüssel, um ihre Hilfe anzurufen...

*11. Dezember.* Hering? Hatte ich diese Möglichkeit nicht noch immer offengelassen? Oder gar die Kohl-Bagage? Ihre gesammelten Milch- und Molkereiprodukte wegputzen! Damit Friede würde auf Erden? Ach, nein, ach nein.

*12. Dezember.* Es ist, wie's ist, und es ist fürchterlich, meint Alwin Streibl sehr legitimiert. Ach, mein Tagebuch, wie wirst du mir täglich wert und theurer – jeden Tag ein bombiger Satz, eine Anekdote, eine Maxime, und schon hat man Sinn und Gehalt, na also, bravo.

*13. Dezember.* Die Augen schließen und blind durch die Nebelballen preschen. Nachher freust du dich der frischer glüh'nden Wangen. Wogen der Perfidie patschen über die infamste der Stadtmauern hinweg, jetzt können natürlich auch die lberer nichts mehr dagegen machen. Jeder Widerstand ist zwecklos, was wird hier eigentlich gespielt? Ach der Zeiten, da sie noch gemeinsam durch den Misthaufen schritten, den ganzen Krampf durchfurchten, Moses und Aaron gleich, ach du lieber Gott, jetzt auch noch gar das alte Testament – –

Eine Wolke, reumütig, als wäre sie dem Roman eines russischen Schmetterlingsfängers entschwebt, höhnte pelzig Tröstliches und verruderte sich geheuchelt in den albernen Fransen ihrer durchtränkten Nichtigkeit. Genau!

*14. Dezember.* Ich muß mal wieder eine richtige Geschichte erzählen – allein, ich weiß nichts, es geschieht nichts. Mitnichten nichts. Nichtendes Nichts. Ich bitte aber den nachmaligen Leser an dieser kriseligen Stelle, mir trotzdem weiter die Treue zu halten – ich bin trotzdem zuversichtlich, demnächst kommt es wieder zu einer Art Handlung.

Vielleicht daß Bäck Frau Klingel würgt und Kuddernatsch Frau Kathi türkt...

*15. Dezember.*

    af. Die Postwitwe Frau Philomena Z i n t l stammte aus Zielheim. Sie verstarb im stolzen Alter von 77 Jahren an Schwäche und wurde im Friedhof jetzt zu Grabe getragen. Kaplan Springinsfelder von Herz Jesu hielt die Trauerfeier für die Anwesenden, die in großer Zahl erschienen waren, und auch für die tote Frau.

Und:

    af. Im Zentralfriedhof wurde die Bundesbahn-Gleismeisterin Frau Frida Z u g e h b a u e r feierlich zu Trage getragen. Trotz unerwartet schöner Sonne hatten sich nur die besten Kameraden der alten Frau und die Vertreter der Bundesbahn eingefunden. Kränze und Blumen bewiesen die Wertschätzung aller. Zugehbauer stammte aus Wien.

Und – noch eine Frau! Aber – nicht Irmi. Kodak paßt ja auf sie auf...

    af. Erst 17 Jahre alt, mußte das Kind Irene P r u t z in die Ewigkeit. Es stammte aus der Apotheke und ging dort auch in die Handelsschule. Im unteren Friedhof fand sie jetzt ihre Ruhe. Kaplan Helmut Oswald, ein neues Gesicht, hielt die christliche Trauerfeier und tröstete alle Anwesenden über den Verlust. Er, sagte der Geistliche, habe Irene gut gekannt. Der Kriegerverein Lappersdorf, für den Irene immer die Zither gespielt hatte, mit seiner Fahne führte den langen Trauerzuge an, in dem die kleine Lina lag. So bewegte er sich vorwärts. Der Kriegerverein und Herr Giesiebl widmeten einen letzten Gruß. Die Verstorbene gehörte jahrelang der Protest-Song-Band Dünklingen und dem Tanzclub Blauweiß Enzian an und berechtigte einst zu den schönsten Hoffnungen. Diese sind nun zerstört nach Gottes undurchsichtigem Ratschluß. Er berief Irene P. durch einen Unfall zu sich.

Weil's so schön war, las ich in der Zeitung noch ein bißchen herum, und da geschah es, daß ich plötzlich statt »light show« »slight low« las. Gleich darauf war es schon wieder so weit und ich las statt »Affekthaushalt« seltsam genug »Affentheater«. Es war recht zum Lachen, und ich probierte es gleich noch einmal – mit Erfolg: »Nostalgie« las ich, in Wirklichkeit hieß es platt »Notsignale«. Hoh!

Beklommen gackert wo ein Huhn, mitten im Winter. Was war das? Progorie? Dementia partialis alwinentia? Aber mein Zehenkrebs ist doch längst verflogen, kein Gedanke an Ableben! Um Gotteswillen, jetzt wurde es doch erst schön! »Im erstklassigen Alter von 48 wurde dieser Tage Siegmund Landsherr wegen Podagra oder Progoria vom Protestantischen Protest-Pogrom Alwin Konfuselgnom heimgeholt . . .«

Nein, entweder ganz jung wie Arkoc – oder steinalt und rotzfrech! Prost!

*16. Dezember.* Und schon wieder läuft es heute: »Heringsfangquote« statt »Herzinfarkttote« und – als bisher überflüssigstes Preziosum: »Pomme de terre« statt »Terre des hommes« –

Fast mopsfidel beschaue ich mein Raiffeisen- und Rösselmann-Foto. Die Augen tun mir weh vor abermaligem Entzücken – wenn dies nicht ein seriöser Roman wäre, ich würde den Hersteller glatt bitten, das Bild mit zum Abdruck aufzunehmen! Vielleicht im Nachlaßband dann . . .

*17. Dezember.* Und weiter keine Spur von Handlung! Sollte ich schon wieder zu Alwin schleichen, mir von ihm vorlügen zu lassen, daß mein Pflegschafts-Einverständnisdekret inzwischen bei Gericht eingelaufen und sofort telefonisch sanktioniert worden sei? Wann begann denn nun endlich der Schäferhund-Prozeß? Ach so, ich war ja in einer ganz anderen Rechtssache sein Pfleger geworden! Wäre ich ein richtiger gelernter Romancier, würde ich spätestens jetzt Alwin und den »Paradies«-Wirt Demuth ein letztes Gefecht, ja ein Pistolenduell zwischen östlichem und westlichem System austragen lassen. Russisch-Saurierisch. Hier der dicke Automensch, dort der baumlange Bierpantscher – eine Schlägerei, die sich gewaschen hätte, und ich wäre sehr gespannt, wie sie endete, und würde auch den Sekundanten –

Aber nein, Wahrheit bleibe Wahrheit, auch wenn sie bitter schmeckt und Leser anwidert. Der Wahrheit zu dienen, werde ich mich ab sofort auch stilistisch noch mehr gehenlassen, vielleicht wird das die Rettung ...

*18. Dezember.* Ein Artikel in der Volkszeitung weckt meine Aufmerksamkeit. Erschöpft, heißt es da, habe ein kleiner Pudel mehrere Tage lang neben seiner toten Besitzerin, einer 76 Jahre alten Rentnerin, ausgeharrt. Die Frau hatte zu Verwandten nach Freising gehen wollen, nach 20 Kilometern hatte sie einen Schwächeanfall erlitten, war in den Straßengraben gefallen und dort wohl erfroren. Ein Radfahrer fand Frau und Pudel erst einige Tage später.

Ich überlege, was mich an diesem kleinen Schmerzenstraktat am meisten rötelt. Die wahrhaft heroische Haltung ausgerechnet eines Pudels, die sinnzerstäubende Nachricht, daß unsere Alten noch 20 Kilometer weit durch den Schnee rennen – oder die noch katastrophalere Vorstellung bzw. Unterstellung, daß der Radfahrer erst Tage später vorbeigekommen sei. Woher will das wer wissen? Und wen juckt das letzten Endes alles? Außer mich!

Die früh Geliebte zwinkert wie scherzando. Hat sie endlich einen Galan?

Am Nachmittag fuhr ich mit dem Zug nach Weizentrudingen, zu sehen, wie es dort so sei. Im Gasthaus »Fuchsbeck« sah ich es ganz deutlich: Die älteren und die ganz alten Männer fielen entweder durch unglaublich bleiche oder durch unglaublich scharlachrote Köpfe auf, selbst mein Purpurballon konnte da kaum mithalten! Zweitens aber durch eine fabelhafte, unergründliche, geheimnisdurchfächelte Ruhe, genauer: Ruhigkeit – ja sie wurden gewissermaßen jede Minute ruhiger, ob sie nun den Kopf in ihr Krüglein senkten oder einfach dasaßen und sich daran erlabten, daß sie noch der späten Erde mattes Wetterleuchten mitgenossen ...

Noch immer keine Handlung, keine Dramatik. Aber war denn im offiziellen Roman ... ob die klügsten meiner Leser ...? Weizentrudingen war sicher das Ziel der Weltgeschichte. Während in Dünklingen doch Alwin noch für eine gewisse Unruhe sorgt und einst sogar ausschreitende Brüder ...

*19. Dezember.* Heute: »Büstenhalter« statt »Baltenländer« – es läuft wie geschmiert!

Was ist das? Es ist ein Ritter, der heißt Spott, schmeckt wie der große Gott! Nun, es ist eine nicht sehr glückliche Reklame für Ritter-Sport-Schokolade, die ich gerade verdrücke, hihihi!

Es ist, es ist, als ob es ist ein Ros ent –

> Es ist ein Schnee gefallen
> Das tät mir grimmes Leid
> Mein Bier kann ich nicht zahlen
> 's ist ein gar arge Zeit.
> Mein Herz sticht. Weh, dem Müden!
> Mein Stüblein ist mir kalt.
> Wie flott wär's jetzt im Süden ...
> Niemand, der's Bier mir zahlt!
> Mein Lieb hat mich verschaukelt,
> Des barmt mich sonder Maß
> Ich hieß sie – – –

Ach nein, aber wo! So geht's doch nicht. Immerhin keins der geistlosen Pornogedichte wie vorne. Ein echter Fortschritt. Aber er hilft nichts mehr. Weinen, klagen, seufzen, zagen, Alwin fragen, Schwager plagen ...

»Darauf war«, steht heute in der Zeitung, »die Trauergesellschaft nicht vorbereitet, die den Farmer Winston Bell zu Grabe trug: Plötzlich trotteten sechs Kühe auf den Friedhof. Die anhänglichen Tiere waren fünf Kilometer weit querfeldein durch den tiefen Schnee zur Beerdigung ihres Besitzers gestapft.«

Passiert war's ausgerechnet in New York. Ausgerechnet Bananen ... Es wird immer härter.

*20. Dezember.* Na endlich! Heute, im Morgengrauen: der vollkommene Schrecken. Herz, was begehrst du mehr!

Es war sehr amüsant. Plötzlich, gegen 5 Uhr, wachte ich auf. Nahm sofort wahr, daß ich nicht mehr einer war, sondern – 321. Das heißt, ich stellte fest, daß meinem »Kopfe« jetzt die Aufgabe unterlag, gleichzeitig einer, aber, so »wörtlich«, auch »leider 321« zu sein.

Es war, als ob zum endgültigen Angriff geblasen würde auf

lautlosen Trompeten links und rechts, es war – es war, als ob ich verdammt sei, mit meiner bloßen Muskel- oder aber Geisteskraft den Eiffelturm auf meine 1.67 Meter herunterzudrücken. »Auf daß es«, wie mir irgend jemand immerfort zuraunte, »wieder einigermaßen paßt.«

Man stelle sich vor! Ein so heimatverwurzelter, heimatvernagelter Mensch wie ich plötzlich in internationale Verbrecheraffairen involviert! Bzw. diesen letzten Satz nehme ich zurück – das ist ein hörbares Nachäffen, pardon: Nachwehen meines »nächtigen Erlebnisses«. Ja, tatsächlich sind fast alle meine Worte dieses jetzigen Tagebucheintrags wie mit »Anführungszeichen« zu lesen: Es war wie – »negatives Kopfweh«, es war wie körperlos »wütender Schmerz«, es war, als ob »mein Reich zerberste« oder »bürstle«.

Ich »sprang sofort« aus dem Bett, »ratlos« »rannte« ich durch den Salon, »stellte mich« vor den großen Spiegel, – doch, der Kopf und der Körper »stimmten oberflächlich« noch, aber der »Rest« war »Schrott«, wie es die erwähnte Stimme nannte. Mit »geballten Fäusten« klopfte ich gegen meine Schläfen, verknotete die Ohren – es half nichts. Es war »Paralyse«, nein, die »reine Obskuranz«, es war »Hochverrat«. Ich »war nicht mehr« in »mir«.

Man vergegenwärtige sich nachfühlend mein »himmelschreiendes« »Debakel«! 1 und 321 »zur Deckung zu bringen«. So lautete die »Aufgabe« des Fürsten der Finsternis. Verblüffend, daß mein alter »Kopf« die »Aufgabe« »dennoch« schnell »begriff«. Wohl sind in dieser durchkriminalisierten Welt, sei's im Bundesetat, sei's im Atomkrieg, die Größen von sagen wir 17 und 26 zur Not und irgendwie zur Identität zu schmieden, aber nimmermehr so »hoffnungsverweigernde« Zahlen wie 1 und 321. Hier fliegt doch einfach »der ganze Schwindel« auf!

Es war das kosmisch Erhabene ohne sinnlichen Restgenuß. Es war, als ob meine existentielle Windbeutelei ex origine von einem noch begabteren Windbeutel »entblättert« würde und dabei lachend »zersplittere«!

Mir wurde, im nachhinein finde ich es wirklich hübsch, von Sekunde zu Sekunde so – o nein, nicht schlecht und schlechter, sondern »unbekannter«, ja ich ahnte sogar mit einer gewissen

»Freude«, daß es mir im Schlaf gelungen war, die ordinären Weltbarrieren von Raum und Zeit und Kausalität zu »zerstükkeln«, zu »zerdenken«. Gleichwohl wäre falsch, die entwürdigendste Angst zu leugnen – sie war der Rest an Lebensschein. In hoher Not segelte und brummte ich mehrfach mit dem »Kopf« gegen die Zimmerwand, lief sogar kurz Gefahr, Kathi zu wecken und die früh Geliebte ein letztes Mal lärmend zu umfangen und zu pressen –

– da »fiel mir«, wie ein »letzter Gruß vom Hirn«, der Hammer wieder ein, der Hammer, den ich einst, dem Neger zu wehren, in meinem Nachttisch aufgebahrt. Unter namenlosen, »anmeldungsfreien« »Schmerzen und Ängsten mein« klaubte ich ihn hervor, staubte ihn ab, beschloß, den mir jetzt »nutzlos gewordenen« Schädel zu zerschmettern – doch siehe, nach den ersten leichten versuchsweisen Schlägen begann der »Druck« zu weichen, wich die Leere – in rasender Fahrt auf der Donau von Ulm nach Passau wurde die Zahl 321 zu eins – oder vielleicht ist dies schlichtere Wort das richtigere: 1 war wiederum – wie immer – 1.

Ich stand und mußte selbstlos grinsen. Horchte noch ein wenig herum, ob es auch wahr war – alles klar! Nahm einen Kaugummi in mich auf, rollte mich in mein Bettchen und schlummerte ein paar traumlosschöne Stunden darin herum – nein, Lüge! Ich träumte, ich räume es ein, von niemand anderem als Kathi! Kaum zu glauben!

Dementia partialis? Totalis? Progoristica? War es, ist es wirklich schon so weit? Kann ich mich langsam rüsten?

Am Vormittag ging es mir ausgezeichnet. Ich spielte sogar freiwillig Klavier, um nicht durch Grübeln meiner Sache zu schaden. Gegen Mittag kam trotzdem eine gewisse Bangnis auf, der Unsinn möchte sich wiederholen. Der Nachmittag mußte auch verlebt noch werden. Wozu hatte ich für Zeiten der Not meinen Pflegling? Fast tänzerisch, treu wie nur einer krabbelte ich zu Alwin.

Im Supermarkt saß – gottseidank ohne Hund! – der Fettwanst Trinkler hinterm Schreibtisch, in der Art besonders fescher Unternehmer hatte er sogar seinen Tirolerhut auf dem Kopf belassen – und die Visage teilte mir mit, daß Alwin zum »Einkaufen« in »die Tankstelle« gefahren sei.

Trappelte ich also zur Tankstelle Waldvogel. Alwin stand tatsächlich im Kassenraum, den Bauch solide in den Raum schnellend, die Beine zierlich leicht gespreizt, in der Haltung ballettseliger Lebemenschen, in einer Hand hielt er einen offenbar neuen Scheibenwischer, in der anderen eine Flasche Weizenbier. Außerdem saßen noch zwei Tank-Angestellte und zwei ältere Zivilpersonen herum, ganz leger um einen kleinen Tisch, und vor jedermann stand ein Schnäpschen, zweimal »Underberg«, einmal »Lockstetter« und einmal »Saurer Fritz«.

»Schwager«, freute sich Streibl glatt und sehr, »eine Überraschung! Was . . . aaah . . . kann ich für dich tun? Eine solche . . .«, das lateinische oder französische Wort fiel ihm nicht ein, »Überraschung!«

Ich wußte es natürlich nicht, aber zunächst drängten mir Alwin und der Tankstellenmann einen Schnaps auf. Den müsse ich unbedingt trinken. Schutzsuchend trank ich ihn, es schmeckte wie der Ruin von allem und jedem. Über der Kasse schwebte ein Fernsehgerät.

»Ich wollt' nur mal schauen«, sagte ich wahrheitsgemäß und fast wieder glücklich.

»Aah«, lächelte Alwin alltagsselig, ja vielleicht sogar stolz, daß es jemand gebe, der ihm selbst in die Tankstelle nachlaufe, »aber nimm dich in acht!« Er schluckte und bereitete deutlich einen Scherz vor, »die Schlawiner von den freien Tankstellen sind nämlich Schlawiner, um Gotteswillen, die . . .«

»Slawen«, half ich ihm. Ich wurde blitzrasch frech: »Im Schlamassel . . .«

»Schlawiner«, beharrte Alwin rauhörig, »lauter Schlawiner . . .«

»Schlaumeier«, sprang ich nochmals bei. Jetzt hatte er's.

»Schlawiner und Schlaumeier!« Jetzt war Streibl um so vollkommener entzückt. »Schlawiner und Schlaumeier . . . pardon, Waldvogel, schlaue Schla . . .«

Er brauchte sich nicht weiter anzustrengen, denn auf einmal sprang Fred Wienerl in den Tankstellenraum, schrie zuerst begeistert »Freunde! Feierabend!« – dann erst nahm er wohl mich Wichtel wahr, grüßte mich deutlich geniert, wahrscheinlich wunderten wir uns beide wechselseitig, daß wir hier herumstanden. Dann aber verlangte Fred, der sogar wie die Tankstellenmänner einen aktiven blauen Overall trug, forsch »ein Paket Kohlen – 15 Prozent, du weißt ja!« Der ältere Tankstellenmann erteilte nun dem jüngeren einen Wink, und der holte aus einem Regal dann wirklich Kohlen, im gleichen Regal lagerten aber auch z. B. Feuerzeuge, Kassettenrekorder, Batterien, Krimsekt, Holzpäckchen, Lachsgläser, Sofakissen, Kinderspielzeug und sogar Fußbälle.

»Waldvogel«, rief Alwin fesch in den Kaufprozeß hinein, »gib ihm Kollegenrabatt, gib ihm Kollegenrabatt – er ist ja jetzt auch von der Branche! – von der – Schla – Branche! Zum Wohl, Fred! Ich darf doch ›Fred‹ sagen, pardon?«

Traten die beiden nicht demnächst vor Gericht gegeneinander an?

»Wieso? Was?« Tankstellenmann Waldvogel wunderte sich schwerfällig und betappte das geblümte Sparschwein auf seinem Ladentisch.

»Nur Zweit-Branche, du, nur Neben-Branche!« rief Fred sichtbar geschmeichelt, ja entzückt.

»Der Fred, hör zu, Waldvogel«, beeilte sich Alwin zu erklären und er zeichnete dabei mit den Armen spiralenförmige Figuren, »hat doch jetzt – seit drei Wochen – auch einen Moped-Schilder-Vertrieb!«

»Drei Wochen?« schrie Fred zweischneidig, aber wohl entrückt, »sechs Monate!«

»Ah, da schau her«, mümelte Alwin hingerissen, »pardon, war nicht bös gemeint, aber wo, nicht bös.«

Streibl legte, um nach Diplomatenart festliche Gesinnung zu mimen, die Unterlippe etwas seitlich von der Oberlippe, d. h.: er riß den ganzen Unterkiefer flott nach links, gleichzeitig drückte er wie lebenslustsatt ein Auge zu und rieb sich sogar wie in Erwartung neuer prickelnder Geselligkeiten die Patschhände.

Ohne daß er darum gebeten hätte, bekam nun auch Fred von dem Tankstellenlehrling seinen Tropfen, nämlich Dornkaat.

»Und dann noch zwei Klo-Rollen, du«, fuhr Fred schwungvoll fort, »eine für meinen Allerwertesten, eine für meine Allerwerteste!«

»Zwei Klo-Rollen, yeah«, echote Alwin, wie um seine Glückslast etwas abzuschütteln. Wie liebt' ich ihn dafür, den Schwager-Hammel! Erfreulicherweise hatte er Freds Wortspiel verschlafen. Nur die beiden Rentner-Tankstellengäste lachten dankbar.

Ob das mit der Pflegschaft »jetzt endlich« in Ordnung gehe, brummelte ich Streibl in einem kurzen unbewachten Augenblick zu.

»Hör zu«, antwortete Alwin, »du hast in letzter Zeit so viel, so viel für mich getan – darf ich dir einen Cognak spendieren, Schwagerherz?«

»So viel«, ich atmete hart durch, »du willst!«

»Einen Cognak, Karl, – für meinen Schwager! Für meinen Schwager einen Cognak. Es ist ein netter, ein guter Lapp, er geigt immer in der Kur-Combo in Mädgenheim mit 'rum, er hat ja auch nichts von seinem Leben...«

»Trommel!« sagte ich wuchtig. Aber es nutzte nichts.

»Fred, man hört, daß du für eine Versicherung machst?« Alwin, gravitätisch, war jetzt ganz interessierter Geschäftsmann.

»Versicherungsgruppe Göppingen!« Freds Ollenhauerkopf färbte zu froher Feierlichkeit hinüber. »Aber ich...«

»Auf Prozentbasis?«

»17«, sagte Fred knapp und fast geheimnisvoll.

Der ältere Tankmann, sichtlich ein schwerer Schnarchsack, winkte nun dem jüngeren, mal nach draußen zu gehen, da sei ein Kunde draußen, der wolle tanken, »siehst nicht?«

»Aber – he – da«, stotterte der junge. Aber da betrat der Kunde schon den Innenraum.

»Ah, der Hermann!« rief Waldvogel sehr gleichgültig, »alter Hühnermauser – ich denk', du bist in Algerien?«

»Hat nicht geklappt, hat nicht geklappt!« wiegelte Hermann, ein bulliger Mann im Winterpelz und mit Schnee auf dem Kopf, ab, »ist verschoben worden« – und schnell bekam Hermann einen Kräuterschnaps, dessen Namen ich mit »Beerwurz« entziffert habe. Wir waren jetzt acht Mann im Tankstellenrund.

»Du kannst ganz beruhigt sein, ich fahr' dich nachher heim«, flüsterte mir Alwin, mich väterlich am Arm greifend, zu, als ob die anderen meine Schutzlosigkeit inmitten dieser Prügel Män-

ner aus dem brisanten Treibstoffumfeld nicht zu wissen bräuchten. »Heim«, fuhr er skandalös fort und wisperte suckelhaft, »daß dein Frauerl auch was von dir hat, du bist doch . . .«
»Hör auf!« flüsterte ich still drohend. Wie duftete der Schimmelpilz des Lasterlebens!
»Hör zu, Schwager«, Alwin zeigte sich, immer noch im Geheimton, fast gekränkt, »du hast doch ein sauberes Frauerl, ich, mir wenn sie gehören tät', ich würd's jeden Tag . . .«, jetzt riß es ihn wieder hin und er suchte verzweifelt nach einem geistreich-obszönen Wortspiel, »von vorn und hinten . . .«
»1:321!« unterbrach ich sein Gekeuch. Wie tonlos.
»Dir, Schwager, steht doch das Hosentürl auch sperrangelweit offen!« Er wimmerte sich schnell wie nie ins Traumverlorene hinein, »Siegmund, um Gottes«, er hatte nicht gut durchgeatmet, »gib's doch zu!«
»1:321«, wiederholte ich verbissen.
»1:321«, wiederholte Alwin arglos und im leisen Sington, »Fred, ich darf dich doch, ich bin dir noch viel schuldig, zu einem Cognak, einem Korn, einem hör zu, Cognak einladen . . .?«
Fred strahlte allverzeihend, nickte quirlig, als ob ihm die Worte für so viel nachmittägliche Gemeinschaftslust fehlten – *diese* Psychologie des Handelslebens hatten sie offenbar in der Schweiz von Professor Denissen nicht gelernt. Und erfreulich ist es ja auch immer wieder, wie gut die Prozeßpartner in unserem Land es im Privatleben miteinander können. Dann sah ich es. Zuerst in Spiegelschrift, aber ich verlas mich nicht: »Heimwerker-Discount« stand über der Auslage des Tankstellenhäuschens. Und es standen oder lagen oder lehnten verschiedene offene Werkzeugkästen, Franzosen, Schraubenschlüssel und sogar ein Hobel darin. Und dazwischen waren Tannenzweigchen verstreut.
»Heimwerker-Discount«? »St. Neff«? Was das wohl bedeuten mochte?
»Robby, du vergißt eins«, Alwin wandte sich lehrhaft an den jungen Tankstellenmann, der das Trinken wohl noch nicht so gewohnt war und sein Fläschchen, das die anderen auf einmal wegkippten, noch mehrmals zum Mund führen mußte, bis es weg war, »Robby«, sagte Alwin, »die Wettbewerbsverzerrung wird von der Marktlücke diktiert!«

Der junge Mann wollte etwas antworten, tat sich aber offenbar wieder schwer – und so fuhr ich heimlich-kätzchenhaft dazwischen, ob denn das nicht auch eine Wettbewerbsverzerrung sei, wenn in den Tankstellen sogar Heimwerkergeräte zum Verkauf angeboten würden.

»Siegmund!« Alwin faßte mich fürsorglich am Unterarm. Wie das prickelte! Wie Krimsekt! »Hör zu, Siegmund, sag's bitte nicht laut, du tust ihm weh«, jetzt flüsterte der Agent, was aber gar nicht nötig gewesen wäre, weil der Hermann Genannte gerade besonders dreist dröhnte, »du tust dem Waldvogel weh, er muß es ja nebenbei machen, schau, was verdient er denn als Angestellter? Jetzt macht er halt den Heimarbeiter-Discount nebenbei noch mit, geh zu, du bist doch liberal«, malmte Alwin, »du tät'st mir und ihm weh, wenn du es zum Eklat kommen läßt. Ein Cognak noch? Ich lad' dich – wär' nett – ein, so nett...«

Ich mußte nachdenken. »Liberalität«! Ich weiß nicht, ob dem Bundeskanzler oder (falls der für solche Katastrophen verantwortlich ist) dem Bundespräsidenten bekannt ist, wie explosiv in diesem Lande das Mischgewerbe zunimmt und bald jede Übersicht verhindern wird! Alwin verkauft Autos und Versicherungen, Wienerl Fotos und Mopedschilder, Waldvogel Benzin und Hobel – nun, auch ich lebe ja quasi von drei unterschiedlichen Einnahmequellen, Kur-Combo, Klavierstunden und Erpressung und nächstens vielleicht sogar Buchhonorare – trotzdem – – nein, ich will lieber ganz still sein und den Bundespräsidenten nicht aus seiner Lebensfreude, seinen Banketten mit der Queen und seinem ganzen nationalen Optimismus wecken – – –

»Du mußt ja, Streibl«, wuchtete Hermann jetzt auf Alwin und Wienerl gleichzeitig ein, »immer eins bedenken. Freilich! Wenn du – hör mir doch auf, sind doch alles Bonner Lügen! – deinen Einkaufspreis vom Großhandel hast und die Handelsspanne und die Unkosten für den Laden zusammengerechnet hast, was will er denn, der Apel! – dann hast ja doch immer« – Hermann spreizte die fünf Wurstfinger vom Zählen – »Gewerbesteuer ad eins, Umsatzsteuer ad zwei, Licht ad drei und vier...«

»Licht aah!« Alwin seufzte wissend. Jetzt lief auch plötzlich der Fernsehapparat, allerdings ohne Ton. Niemand sah hin. Es war wohl grade Kinderstunde. Ein krötenartiges Tier machte Späße.

»Und Nebenkosten!« brüllte Hermann festlich und verzweifelt. Lichtstunde heimelte.

»Wem sagst du das?« antwortete Alwin gleichgültig und galant zugleich, »Handel ist heute, unter westlichen Vorzeichen, praktisch Bettelei... yeah!«

»Und die Gewerbeertragssteuer!« hinkte einer der unbekannten alten Männer nach und nahm eine Prise Schnupftabak.

»Du weißt es ja doch selber!« schrie Hermann verzückt und –zwickt. Und jetzt wußte ich, was fehlte. Ein dreifach flackernder Adventskranz! »Alles Beschiß!«

»Die Marktanteile! Um Gotteswillen!« Hermann zu gefallen, hob Alwin ein wenig leidenschaftlicher die Stimme. Plötzlich merkte ich, daß ich mit den Zähnen spielerisch in die Luft schnappte – wahrscheinlich hätte ich den Schwager-Bummel gern ins bleiche Näselchen gebissen.

»Seine Steuerreform«, eilte sich Fred, »kann sich Apel in die Harnröhre schieben, du!«

»Um Gotteswillen«, bestätigte Alwin noch kühner, »unter die Vorhaut jubeln, es ist Ausbeutung...«

»Der Markt ist übersättigt!« holte Hermann weiter aus...

In diesem Augenblick kam eine sehr heftigbusige junge Frau im weißen Bürokittel in die Tankstelle geschneit, wurde mehrfach mit »Petra« begrüßt und kaufte ganz brisant und hastig, ja unwiderstehlich eine Schachtel Pralinen, eine Flasche Calvados, eine Flasche Aprikosenlikör, eine Niveacreme, fünf Piccolo-Fläschchen Sekt, ein Netz Orangen, vier Radiobatterien und eine Packung Tempo-Taschentücher.

»Herr Waldvogel!« rief die junge Frau sodann wie süchtig, »Sie waren auf dem TV-Ball, gell! Der Otto hat Sie nämlich gesehen! Wir waren in Nürnberg bei meinem Bruder und haben Dias geschaut! Vorher in der Oper! Spitze! Sie, Herr Waldvogel, der Cognak von neulich, der war Spitze! Ihr Sohn, der geht doch jetzt nach Mexiko! Der hat's gut! Wenn Sie wieder mal ein Sonderangebot mit Makrelen haben, rufen Sie mich sofort an, gell! 28 15! Wir geh'n heut' italienisch essen ins ›Imperatore‹! *Solche* Canelloni! Ah, der Herr Streibl! Sie sind vom Autosupermarkt, gell! Und Ihre Tochter spielt bei Inter Fußball! Sie, Herr Waldvogel, wir fahren im Januar zum Langlauf, stellen Sie sich vor, wir fahren schon wieder nach Tirol und im März nach St. Ulrich Abfahrt! Oder Cavalese! Ah! Kinderstunde! Im Januar hat sie ja keine Zeit, weil sie Abitur in der Abendschule macht, aber im März wenn Ihre Bärbel mitfahren will – der Jochen und der Floh und der Otto vielleicht fahren auch mit, der hat jetzt seinen Führerschein wieder! Und die Margot! Die kriegt ihr Kind erst im Juni!«

Nun mußte jeder von uns Männern – ich auch – schnell von ihrem Likör nippen, und Petra schrie jedesmal ganz durcheinandergewirbelt »Iiiih« und »Uiiii!« Es war – sogar Hemingway wäre auf der Stelle zu Boden gegangen – wie ein Atompilz, nein, eine Neutronenbombe des blindgarstig seelenzerfleddernden Flügelrauschens in der Erwartung noch hinreißenderer Wunder im Zuge der achtziger Jahre. Es war wie ein nach-hemingwayisches Gebet. Und Stefania hatte sterben müssen. Dann war Petra wieder weg.

Waldvogel ruckelte am Zigarettenautomaten der Tankstellenstube. Ich ließ mir von ihm Kaugummi geben. Waldvogel schaltete wie resigniert den Fernseher wieder aus.

»Nett«, schwärmte Alwin Petra nach.

»Stopferl«, sagte Waldvogel kalt.

»Nettes Stopferl . . . yeah«, bestätigte Alwin und kriegte die sozialistischen Weizenbieraugen. »Ich hab's auch schon einmal im Bett . . .« Nein, diese allzu dicke Lüge ließ er sich doch lieber auf der Zunge zergehen, bis sie glanzlos wieder starb. Gerissen aber schnaubte das Näschen.

»Der Trinkler wartet«, raunte ich Streibl zu.

»Der Trinkler wartet aaah«, wiederholte Alwin nachdenklich, »du, Waldvogel«, schnellte er behend zu diesem herum, »bist so gut, wenn du wieder Ami-Zigaretten hast, bist so nett und läutest mich an, läutest mich an, meine Frau, meine Frau, ich rauch' ja nicht, holt sie dann. Siegmund?« Er tanzte auf mich zu: »Darf ich – darf ich dich in die Heimat fahren?«

»Ich geh noch ein bißchen durch – in – durch die Stadt.«

Verzärtelt, wie ich war, fiel mir das Denken schwer.

»Ich komm jetzt noch öfter in den Supermarkt«, fiel mir ein. Als meinen Pflegling mußte ich ihn jetzt ja noch schärfer unter Kuratel halten.

»Addios, Freunde!« rief Alwin mit großer Rudergeste, Tatarenmut in den kleinen Augen, ins trauliche Tankstellenrund. »Bleibt sauber! Ich erkundige mich!«

Hochelegant riß er mir den Wagenschlag auf. Der stiere Himmel. Der schmunzelnde Mond. Das Lichtergeblöke. Waren wir in Manhattan?

»1:321«, sagte ich vermummt, doch deutlich.

»Aaah – um Gotteswillen – aaah«, antwortete Alwin und ächzte pluralistisch, nein: sibyllinisch.

»Schwager, meld' dich wieder, meld' dich wieder, Schwager!« Er war sogar ausgestiegen, um mir die Autotüre aufzuhalten. »Ich hab Vertrauen zu dir, und du weißt es.«

Kaum war ich draußen, kamen sie des Wegs. Klar! War ja gerade die Zeit zum Rorate-Rosenkranz! Mit einer keuschen Grimasse nahm ich den Kaugummi aus den Zähnen und schleuderte ihn zu Boden. Voraus ging wieder die bischöfliche Großmutter, riesengroß und diesmal gleichfalls kohlschwarz dräuend, es folgten einen Kopf kleiner die Würdenträger Vater und Mutter, schließlich im Gänsemarsch der Sohn und die Tochter, die mir heute sogar noch etwas gequetschter erschien. Alles schwarz. Die ganze Straße, Stadt, Galaxe. Und schlagartig begriff ich es: Die Marschordnung der Kohl-Gruppe richtete sich nicht nach generationsmäßigen Gesichtspunkten, sondern wahrhaftig aus einer Art wortwörtlichen esprit de corps heraus zockelten sie der Größe nach vorwärts! Dem Rosenkranze zu, dem immerdaren! Die Größe selbst formte die Hierarchie!

Weihnachtlich mußte ich trotzdem kichern. Ach! Waren sie nicht letztlich seelenstärkender noch als die Iberer-Brühe?

Verkohlter Seele schlich ich mich nach Hause fein. Doch zum Nochmals-Vergaffen fehlt mir jede Kraft. 1:321. Die Kohls wären ein Bollwerk gegen dergleichen. Allein, ich will nicht. Die Angst dröhnt ferne nach, ich will sie rasch vergessen. 1:321. So was!

Wir müssen durch viel Trübsal in das Reich Gottes eingehen. Gott nei. Um Gotteswillen. Fürchte ich mich vorm nächsten Morgengrauen?

*21. Dezember.* Alles gutgegangen. Kein Erlebnis, keine Stimme, kein Hammer. Aber ist es nicht wie eine neue Beleidigung? Endlich ein bißchen Farbe – schon ist es wieder aus?

*22. Dezember.* Im Supermarkt. Nein, nicht im Auto-, sondern im richtigen, großen, universalen, fast schon veralteten. Erstaunlich, ja tröstlich, daß neben den aufstrebenden Hundehütten auch dergleichen sich noch halten kann und überdauert.

Die Warnung 1:321 blieb nicht ungehört: Mein Leben kriegt den Dreh ins Positive. Gegen 16 Uhr registrierte ich, daß mir etwas fehle. Nein, nicht Alwin noch gar die Brüder! Gegen 16 Uhr 30 wußte ich, was es war. Ich hatte heute noch kein Geld ausgegeben! Na also! Ich wurde ja langsam ein richtiger treuer Staatsbürger! Ich spürte keinerlei Bedürfnis nach irgend etwas. Aber im Supermarkt würde sich schon etwas finden.

Es war fast ein Abenteuer. »Supermarkt« prangte schon an der Pforte, darunter etwas kleiner »Discount-Top«. Im Innern hieß es plötzlich »Top-Discount«. Sie wußten nicht mehr, was sie wollten. Ich möchte jede Wette halten, daß auch der Geschäftsführer nicht weiß, was »Top« noch was »Discount« bedeutet. Wahrscheinlich hält er beides für eine handelsgerichtlich zugebilligte Legitimation zur Volksverwünschung, und so ist es auch am Ende.

Noch heiterer trieb es ein lachender Papp-Polizist in Übermenschengröße, aufgestellt hinter der Abkassier-Stelle. Er kam der Aufgabe nach, die Kundschaft mit schelmisch drohendem Finger zur Ehrlichkeit anzuhalten – was noch einzusehen gewesen wäre, hätte man dem Papp-Mann in blütenweißer Uniform nicht ausgerechnet ziegelrotes Haar aufgepinselt. Hilf, Alwin! Die Revolution muß kommen und sie wird auch kommen!

Ich ging zur erstbesten herumstehenden weiblichen Supermarktkraft und raunte, ich hätte gern »was«. Deutete hilflos nach vorne und hinten, links und rechts. Die Frau fragte, nur leicht sorglich, wieviel ich denn ausgeben wolle. Ich sah in meiner Hosentasche nach, fand 31 Mark. Dafür, erklärte die etwa 50jährige Kraft (Verkäuferin kann man ja nicht mehr sagen, diese Art vagabundierendes Personal hatte sicher nur die Funktion, Ungeschickten wie mir auf die Sprünge zu helfen) – dafür bekäme ich einen prima schwarzen Mini-Regenschirm Kobold-Selbstöffner. Ich sagte der Kraft, jawohl, den solle sie gleich einpacken, nein, sehen möchte ich ihn zuvor nicht, damit ich wieder weiterkäme. 31 Mark waren zu zahlen, dafür kriegte ich eine Tüte. Ich war recht stolz, daß ich den Supermarkt gemeistert hatte. »Technisch versierter Frührentner gesucht« stand an der Ausgangspforte. Na, gottseidank, technisch bin ich eine Mißgeburt, sonst hätten sie es vielleicht doch noch geschafft und mich geschnappt. In ihrem wölfisch wilden Wahne.

Meinen neuen Regenschirm konnte ich sofort gut brauchen, es hatte zu schneien begonnen. So schlägt doch alles noch zum Segen aus. Der Schirm besaß schöne, fast vornehme graue Streifen, und alles war super.

Auf dem Heimmarsch, es dunkelte schnell, sah ich auf einer Alleebank an unserem Stadtgraben einen etwa 14jährigen Buben sitzen, der ganz haltlos vor sich hinschluchzte, beide Patschhände vor den Kopf geschlagen. Es schneite heftiger, fast eisig kalt war's, der junge Mann konnte sich ja erfrieren! Von Edelmut gepackt ging ich zu ihm und fragte ihn, was ihm denn fehle, vielleicht hatte er ja nur fünf Mark verloren, und ich konnte mich helfend betätigen –, der Junge schluchzte aber zuerst nur ungerührt weiter, dann vertraute er mir schluchzend an, daß seine Schultasche in den Stadtgraben gefallen sei.

Aber die Schultasche stehe doch neben ihm auf der Bank, wandte ich ein – und da erst sah ich, daß der Schüler eine absolut verheerende Ähnlichkeit – mit mir hatte! Er schaute jetzt aufmerksam zur Seite, sah seine Schultasche, grinste mich breit und freundlich, aber nicht sehr verzeihungheischend an und sagte: »Ah, da ist sie ja, dann ist's ja gut!« Stand auf, fiel aber wieder auf die eisverkrustete Alleebank zurück und legte sich quer, offenbar um ein wenig zu schlafen, denn die Schultasche rückte er unter den machtvoll roten Kopf.

Die Ähnlichkeit mit mir war – wie eine Erscheinung! Ich rüttelte den Jüngling. Widerwillig setzte er sich wieder aufrecht, fragte wegwerferisch, ob ich Pralinen bei mir hätte, er möchte so gern welche, dann würde es ihm nämlich noch »crazier« – und dann heulte er wieder los: Zuerst ein richtiges Schluchzen, dann aber: »Blaue Nacht, o blaue Nacht am Hafen...!« seufzte der

Kleine verquollen und blinzelte entsetzlich gefühlvoll in den Schieferhimmel, dann fuhr er wieder hoch und mich ganz schneidend an: »Schau einer schönen Frau«, sang er laut, »nicht so tief in die Augen!« Das stentorhafte »Frau!« hätte mich beinahe umgeweht, aber schon lächelte der Junge wieder ganz kommod: »Jaja, Chef, *so* blöd wie *Sie* möcht' ich auch einmal sein, einmal! Aber ich – ich muß ja immer so viel denken, so viel denken!« Und stantepeh schluchzte er aufs neue auf.

Was ihm denn weh tue, fragte ich dringlicher, aber gleichzeitig vergnügt. »Na ja, alles – alles – wissen Sie, alles ist so – zwiebelig, so – verkautschukt!« sagte er und lächelte mich heulend an, »Sie verstehen schon – verstehen Sie mich? Können Sie sich eigentlich ausreichend legitimieren? Was mich interessierte«, sagte er nun schärfer, »was Sie eigentlich wollen? Von mir wollen – und welchem Gewerbe Sie eigentlich nachgehen? Sie müssen doch auch irgendwas gelernt haben? Außer Regenschirme kaufen! Ich unterhalt' mich doch nicht mit jedem dahergeschneigeltem Steften!« Er strahlte, dann heulte er wieder – es war klar, das Kind war sturzhagelbetrunken – und es weinte vor Seligkeit und Überrumpelung durch diese Seligkeit, die es noch nicht kannte. Und es war ebenso klar, daß dies mein Kind sei, mir zu Weihnachten geschenkt zur Freude und Erlösung – – –

Unsinn! Ich redete auf den Kleinen (ja, er war auch genauso klein wie ich) ein, jetzt nach Hause zu gehen. »Fahrschüler«, sagte mein neuer Freund, hörte zu weinen auf und deutete auf die Bushaltestelle. »Einstweilen«, jetzt lächelte er ganz wonnig und bezaubernd, »geh ich ein bißl zum Grosch Oskar bzw. Gradl Oskar, you understand, der Oskar ist der Schwipp-Sohn vom Ex-Dekan Grosch, der Oskar is my boyfriend – was wollen Sie überhaupt noch von mir? Der Grosch respektive Gradl Oskar und ich sind das überragende Team von Dünklingen« – »Diem«, sprach es der Kleine aus – »wir reißen alles nieder, wie wir's brauchen, auch Weiber, der Grosch respektive Gradl Oskar haut Sie umeinander, daß Ihnen Ihre blöde Ausfragerei ein für alle Mal über den Rucksack geschmissen wird! Das überragende Pressure-Team von Dünklingen oder Dungelfingen oder wie die fuck'n Stadt heißt!«

Der Kleine hatte sich erneut in Zorn geredet, ich wußte aber, daß er mir nicht eigentlich gram war. Nur deshalb traute ich mich nun doch noch zu fragen, wie er denn heiße.

»Mä«, sagte der junge Mann nach kurzer Überlegung wie nur halbwegs dessen sicher, dann aber grinste er mich breit, ja pastos und hochrotwonnig an, es war gerade so, als ob ich in den Spiegel schaute, aber statt der unerbittlichen Sorge in meinem Gesicht die strömende Zukunftsfreude der Jugend widerschiene, »Mä wie Mankind. Besonders gute und intime« – »indieme«, sagte der Knirps und die Flocken wirbelten ihm um die edle Nase – »indieme Freunde nennen mich Charly. Ich war zwanzig Jahre in den Tropen«, fuhr er schwärmerisch fort, »vous comprenez, mo Präsido? Ich bin alter, sehr alter Kolonialer. Wir haben 1904 den gefährlichen Hereros-Aufstand niedergeschlagen, Oskar und ich, niedergemacht! Zwei Tropenveteranen! Also«, er ergriff seinen Schulranzen, warf ihn auf das Kreuz und salutierte militärisch: »Besten Dank dann für alles. Schauen S', daß Sie heimkommen!«

Und leicht schaukelnd, aber doch auch äußerst kompakt schritt mein junger Freund stadtmittenwärts. Die Kordhose unterm laubfroschgrünen Mäntelchen schlug sehr locker nach hinten aus.

*23. Dezember.* Ich möchte nur wissen, warum aus meinem Polohemd immer Brusthaare spitzen. Es ist doch für diese verdammten kleinen Unwesen einfach unmöglich, hindurchzudringen – aber zwei, drei schaffen es jeden Tag, der mich, vous comprenez?, dem bösen bösen Ende näherbringt...

Seit inzwischen neun Wochen prangt Dünklingen als Lichtermeer, es ist dies alles eine ganz wundersame, mildtätige Frevelei, es ist, mit Mä zu reden, vollkommen – verkautschukt. Und mit dem Nahen der Weihnacht massiert sich logisch die Verrohung, die Verrottung. Hehe! »Minuspreise« steht jetzt tatsächlich an der Schnellwäscherei in meinem Hause, so wie wir es einst Fred ans Herz legten, der aber weiter im Rahmen der »Pluspreisgruppe« operiert. Nun, beides ist vollkommen sinnig. Und immerhin, diese Latinisierung nach und während der noch laufenden Amerikanisierung – ist sie nicht eine Sternschnuppe? Ja, ist nicht alles ein Zeichen von fortschreitender, verzwiebelter Unschuld, der Vergebung der Sünden, sogar der Fink-Kodak-Verknisplung in Reue und Leid?

24. *Dezember.* Ach, ich bin noch ganz benebelt, verräuchert von zartester Freude! Der Wintersonne niedre Stirn blinzelt auf mein Schreibgerät, vielwissend rieselt Schnee – nun, kurz und glückselig – die Unseren haben gestern abend etwas unsäglich Schönes zuwege gebracht, etwas unerhört Neues, etwas ganz Keckes, – kurz und crazy, eine – Tombola!

Natürlich, es war keine ganz richtige Tombola, gottseidank, aber immerhin – nun, ausgeheckt hatte den Zauber, soviel ich mitgekriegt habe, Wilhelm Kuddernatsch, angeblich unterstützt von Bäck, der sogar mit einer neuen beigen Schlägermütze aufgetaucht war und wie eine Sportskanone aussah – jedenfalls, gestern am frühen Abend war dann allen telefonisch als Überraschung mitgeteilt worden, wir sollten zum regulären Honoratiorenabend jeweils ein Präsent im Wert von »mindestens 8 Mark« mitbringen, welches dann wiederum »durch Los« weitergeleitet werden sollte . . .

Heiland, diese Aufregung! Als ich ins »Paradies« einschnaufte, waren Kuddernatsch' rosige Wangen, Bäck und sogar Fred Wienerl schon heftig am Geheimnissen, anwesend war heute auch ein gewisser Konrad Viktor Meerwald, den ich flüchtig kannte, ein sehr manierlicher, etwas verhohlener und seiner Knittel-Garderobe nach sogar sehr verkommener alter Mann, eine Art Kontaktmann zwischen unserer Lokalpresse, der Gewerkschaft und der österreichischen Handwerkskammer oder etwas ähnliches – dann kamen gemeinsam Albert Wurm und Alois Freudenhammer, sie brachten einen irgendwie zeitlosen, aber wohl 60jährigen Herrn mit, den Tanzlehrer Alfons Bartmann, einen, wie sich erweisen sollte, sinnigen Mann und schläfrigen Bonvivanten, angeblich führendes Mitglied unserer berüchtigten Tschibo-Bande, zu der wohl neuerdings auch Wurm Verbindungen unterhält, was er sich davon erhofft, weiß ich nicht – Bartmann jedenfalls erwies sich dann mit seiner fast pomphaft pomadigen Haarpracht und seinem ernsten gefestigten Antlitz als recht distinkte Erscheinung und sehr anschmiegsame, ja gewinnende Gestalt, obwohl er in fein dosiertem Lebensüberdruß den ganzen Abend lang kaum ein Wort sprach, sondern meist an der schönen altmeisterlichen Stirn herumkratzte. Zuletzt kam noch der pensionierte Pedell Festl, ein kleiner kaninchenhafter Buckliger, der sich uns die letzten rauhen Wintermonate über angeschlossen hatte.

Wie gesagt, es war sensu strictu keine Tombola, was die Unseren da ausgezirkelt hatten – aber das war es dann gerade! Denn entweder hatte Kuddernatsch keinen Schimmer – oder aber er hatte ein »System« besessen und es dann in seiner Erregung wieder vergessen – jedenfalls war es das Ziel, die zusammengetragenen Geschenke so auszutauschen, daß jeder Teilnehmer ein fremdes bekam. Schon der erste Versuch ging schief. Jedes der neun eingewickelten Geschenke bekam eine Nummer und wurde alsdann in einen Gemeinschaftssack getan. Dann zog jeder von uns Männern – und hier meldete zuerst Meerwald quengelnde Bedenken an, drang aber nicht durch – gleichfalls eine Nummer, in der Reihenfolge unserer Nummern sollten wir jetzt »blind« in den Sack fassen und je ein Geschenk herausholen – bald wurde aber klar, daß damit die Geschenknummer überflüssig sei.

Also machten wir es nochmals, diesmal – mein Vorschlag – ohne die Geschenknummer. Jetzt aber zeigte es sich, daß unsere Nr. 1, Bäck, natürlich das fühlbar wuchtigste Geschenk ergriff, nämlich eine unverkennbare Schnapsflasche, unsere Nr. 2, Festl, die nächstgrößte Flasche, die noch dazu seine eigene war, »da weiß ich, was ich hab«, sagte Festl glücklich, »Zinn!«

Wir brachen also nochmals ab. Das Ganze wurde um so kritischer, als jetzt drei Männer vom Lebensverweigerertisch herangelockt worden waren, dem schwirrenden Geschehen innerhalb der ihnen unbegreiflichen chevalieresken Geheimgesellschaft als Zaungäste beizuwohnen, sie standen und schauten unserem ungefügen Treiben zu, so wie man Kartenspielern über die Schulter äugt, sie sparten auch nicht mit albernen Kommentaren wie »He! Der kriegt alles, he!« – und bei all dem wurde wohl dem feinnervigen Kuddernatsch so überlastet im Kopf, daß er, beschwörend die Arme von sich streckend, uns fast weinend bedeutete, er gebe praktisch auf, das habe er nicht gewollt! Wir sollten es ihm nicht verargen!

Di meliora! Erbarmend übernahm ich das Kommando, lockte

zuerst die drei Infantilen mit einem Liter Pils-Bier zurück an ihren Tisch – dann versuchte ich mein »drittes System« zu erklären, da fiel mir Wurm stirnrunzelnd in die Parade, mit der These nämlich, wir seien neun Mann, »und bei einer ungeraden Zahl wie g'sagt – wie war's denn dortmals beim Dr. Sechser? Eben! – geht's überhaupt nicht!«

»Dann geh ich halt«, jammerte Kuddernatsch beleidigt los. »Meine Herren, ich bin . . .«

»Soll halt«, Bäck versuchte Haltung zu wahren, »der Karl den zehnten Mann machen!«

»Der hat, Gott 'nei«, natürlich Wurm, »kein Geschenk, hähä!« Deutlich versuchte er uns zu sabotieren.

»Soll er einfach ein Bier in den Sack tun«, murmelte Alfons Bartmann die ultima ratio.

»Oder drei!« Meerwald mit scheppernendem Tenor erwies sich als sehr eifrige Kraft.

O métaphysique! Mühevoll, etwas linkisch, vermochte ich mich in Positur zu bringen. Die ungerade Zahl, erläuterte ich, mache gar nichts, sondern . . . und nun versuchten wir es so: Jeder Teilnehmer und jedes Geschenk bekamen unabhängig voneinander per Los eine Nummer, gleiche Nummern sollten dann zueinanderkommen bzw. -finden (wahrhaftig, auch in der beschreibenden Chronik fällt das schwer!) – und das hätte dann auch um ein Haar geklappt, hätte nicht Bäck aufgrund dieses »Systems« sein eigenes Geschenk, eine alte Bismarck-Biografie, wie sich später zeigte, selber erhalten.

Misera humana! Ich schämte mich sehr, doch sicherlich die Scham war es, die mir nun sofort die Lösung eingab, ein »todsicheres System«: Jeder der Unseren sollte eine Nummer ziehen, in der Reihenfolge dieser Nummern sollten wir uns dann um den Tisch setzen – und jeder würde das Geschenk seines linken Nachbarn kriegen. So klappte es dann auch – freilich mit dem Schönheitsfehler, daß jeder nun seinen Bescherer kannte. Ich konnte immerhin zufrieden sein, ich kriegte von Bartmann einen illustrierten Prachtband »Unsterbliche Toscana«, mein Klavier-Poesie-Album »Sang und Klang« war an Meerwald gegangen, der mich auch gleich aufgewühlt drum ersuchte, es dem österreichischen Handwerkspräsidenten weitergeben zu dürfen, dessen

Tochter spiele Klavier, er, Meerwald, könne mich dafür auch bald bei einer Omnibus-Exkursion der hiesigen Schöffen nach Wels unterbringen – und Kuddernatsch, dem Festl einen schönen Batzen Speck verdankte, war so dankbar für meine Hilfe, daß er mir immer wieder von seinen erhaltenen Plätzchen zuschob und unbeirrbar einen Cognak daneben schaufelte.

»Und nächstes Jahr, meine Herren – machen wir's gleich von Anfang an so!« rief der Greis selig, die Ohren glühten ihm. Es war inzwischen 11 Uhr geworden.

»Nächstes Jahr – sitzt du nimmer da!« sagte Bäck, offenbar noch gram, schiefmäulig und recht patzig.

»Warum? Paul? Warum?« rief Kuddernatsch trollisch klagend. Im Hintergrund war der Wirt aufgetaucht.

»Kommt Zeit, kommt Rat«, resümierte Freudenhammer matschig. Er schien heute nicht seinen besten Tag zu haben.

»Ich darf doch um etwas mehr Zurückhaltung bitten!« rief Karl Demuth geheimnishaft und 2 Meter 03 hoch in unsere undeutlichen Weihnachtszärtlichkeiten hinein, und dann sonnig: »Männer! Auch der Gast hat seine polizeiliche Lärmschwelle!«

»Handbälle?« krähte ich, einer hinterfragenden Eingebung gehorchend. Die Bedienung Vroni schien mir heute eine besonders innige Person. Gern hätt' ich sie wohin gezwickt.

»Karl«, erwiderte Freudenhammer sanft sturmhöhenhaft, »Karl, du bist doch«, holzfuchsartig strich er über seine neugewonnene Portweinflasche, »Mitglied im Fremdenverkehrsverein. Lieg ich da richtig?« Es schien nicht eigentlich das zu sein, was Freudenhammer hatte fragen wollen. Halbentblößten Auges hockte Bartmann. Ob Kathi wohl bei unseren Soireen wirklich fremdging?

»Jedes Jahr«, nichtsdestoweniger gab Demuth aus acht Metern Abstand laut Bescheid, »zahl ich 118 Mark Beitrag. Jedes Jahr! Und was hab ich? Höh!«

»Uns!« lachte Wurm, der Finsterling. Meerwald sog am Weine. O heiliges Band! Bartmann Alfons gähnte unverschämt, die Mystik der Männerbünde genießend.

»Höh!« Demuth rieb sich die Wange, »euch!«

»Da wundert man sich immer«, wandte Freudenhammer sich an uns, »daß heut' der Fremdenverkehr stagniert. Ich hab neulich den Dr. Zipperer drauf angesprochen. ›Tschicko‹ sagt er zu mir, entweder du . . .«

»Seit wann heißt denn du – wie? – Tschibo?« Bäck, verschanzt zuletzt, war neugierig geworden.

»Tschicko!« Fred, der mir bis dahin gar nicht aufgefallen war, ging aufs Ganze. »Weil er«, hastete er, »in der Zeitung immer so einen t-schicken Stil schreibt . . .« – usw., der landläufige Fotografen-Stumpfsinn folgte, und so nützte ich denn die Gelegenheit, mit dem mir neuen Bartmann über die Krücke »Tschicko« einen Schwatz anzudrehen, das Nötigste über die Tschibo-Bande in Erfahrung zu kriegen – wie brünstig Fred nur wieder quakte! –, indessen Bartmann aber wenig geneigt schien, mich in die Innereien dieser Dunkelleute einzuweihen, so kam ich denn auf Bartmanns Tanzberuf zu sprechen, und da – obacht, Wurm, der Festl sagt jetzt was zum Meerwald! – strich denn Bartmann sacht die Brauen nieder: Platon schon, verwies der Tanzlehrer, habe sich vorteilhaft über den Tanz ausgelassen, desgleichen Paul Valéry, Goethe, – Marx? Streibl? – Thomas Mann, Brecht, – am liebsten aber – Kuddernatsch, Kuddernatsch, du wirst halt bald daheim sein! – halte er es mit Nietzsche.

»Aha!« näselte ich salzig, »und warum?«

»Mensch sein – sagt Nietzsche«, sagte Bartmann wohlverstaut, »heißt Tänzer sein.« Jetzt erkannte ich es: der Beau Bartmann ähnelte stark dem Grafen Almaviva!

»Tanz«, redete ich aber möglichst gescheit daher, »heißt Manifestation der Seele . . .« – da aber –

– öffnete sich die »Paradies«-Pforte, und herein sprang wer? Wer fiel mit einem – horribile dictu – wahren Panthersprung der satanischen Freude über unseren Herrenhaufen? Wer hatte jetzt und noch gefehlt?

»Abermals, meine lieben alten Wichser«, begrüßte uns noch im Nahen der böse strahlende Kerzenhändler Lattern im schwarzen Kapuzenanorak, »wollte ich den Bischof nicht eher heimtun oder suchen, bis ich nicht vorher – ich hab euch auch was mitgebracht!« kündete Lattern noch im erregten Stehen und gab einigen von uns aufgewühlt die Hand, »jedem ein, jedem ein«, die lockende Freude am Bösen schien ihn selbst zu übermannen, »jedem ein Fläscherl Sechsämter! Jedem! Mensch, war das eine

Anreise! Die Altmühl ist über ihre Ufer getreten vor schwerer Not! Ich aber«, Lattern schlug flügelartig mit den Ärmchen aus, »bin bei euch!«

Jetzt drückte er auch mir die Hand. Ich wußte vorher nicht, daß man die Falschheit, ja Verworfenheit eines Menschen schon von der ersten Berührung der Hände her geradezu osmotisch erfühlen kann. Ein schwärzlich-gelber Luftzug fuhr durchs »Paradies«. Dann überreichte Lattern jedem der Unseren ein niedliches Fläschchen. Wir sollten diesen »Doppelten« alle zusammen sofort wegtrinken, »das ist die Condit – – die Losung!«

»Prima«, lobte Alfons Bartmann bona fide. »Ganz prima!« schrie ich früh entflammt.

Er sei, berichtete Lattern, und wie Mehltau senkte weitere Schwärze sich auf unsere Ruh, erneut auf dem Wege zum Bischof, diesem »sein Zeug« zu bringen, nämlich Kerzen sowieso und »geweihte Körnlein viel der Zahl«, damit ihm die Beine nicht mehr so weh täten, die »alten und – ich möchte sagen – gilben, gilbknistrigen Knochen«, – doch »halt!« schrie Lattern, er müsse bloß noch schnell in seinen Kombi, was »Schönes« holen – er hupfte wieder hoch und behend aus dem »Paradies« und kam gleich drauf mit zwei riesigen Schmuckkerzen wieder, die seien »gut wider Pest und Höllenqual!« Lattern entzündete sie, ließ Wachs auf den Tisch tropfen, stellte die Kerzen ins Wachs und forderte uns nochmals eindringlich auf, den Sechsämter »ganz schnell wegzuträufeln, dann nützt er was« – dann begann er, vor allem an Albert Wurm und Konrad Viktor Meerwald gewandt:

»Ich sehe euch hier in eurer Gräuslichkeit wie ihr seid: greisig, griesig und doch wunderweh! Und natürlich verfickt bis dorthinaus! Ich gebe jederzeit falsches Zeugnis. Ich komme«, Lattern wies gegen die Eingangstür, »von dort herein. Ich kenne euch wohl von letztmals her! Prost, Flachwichser! Auf!«

»Prost!« rief Kuddernatsch jetzt allerliebst und semper fidelis.

»Jawohl, grad du!« Der Kerzenhändler toastete ihm schwarz fidel zu und schrie:

»Du bist der allergräuslichste Hund!« Die Lattern-Kreatur sprang wie bieder auf und setzte sich erneut. Ein Kälbchen wie Kuddernatsch mußte wohl erschrecken. Markerschütternd waberte er mit dem Unterkiefer.

»Und der Bischof?« frug ich räudig. Bartmann rauchte steil, hatte sich längst als sehr guter Gesellschaftsknaster erwiesen. Zermürbter schon sah Bäck jetzt auf.

»Der Bischof?« Lattern sah mich schmutzig an, sein erster Schwung war hin, er ließ sich ins Besinnlichere gleiten. »Der Bischof ist ein alter Hund, auch mahnt ihn unser Neid. Denn der Bischof, meine dürft'gen alten Wichser, verfüge über der Mägdlein und Kitzlein viel. Der Mesner«, Latterns glutvollschlüpfrige Gedanken hatten ihre heimische Bahn gefunden, »der Mesner aber kleide sich am Abend aus, am Morgen wieder an, und so geht's Tag um Tag mit uns – in der Nacht aber«, vollendete der Händler entschlossen, »rausche der Samen, in Ewigkeit amen!« Er strahlte Kuddernatsch verheerend an und kräuselte seinen boshaften Spitzbart.

»Prost!« rief Kuddernatsch geängstigt. Der Goldgrund seiner schüchtern-schönen Seele bebte. »Mein Herr...«

»Ich aber bin der Paladin des Westens«, fuhr der Händler bohrend fort, »wenn alle untreu werden, hilft nur noch der Sechsämter. In diesem Jammertal gedeihe eure Rentnermoral. Ihr tut gut daran. Ich aber verfüge über die Wahrheit – nein, halt! Der Mehrheit. Ich bin erkoren und meine Kür beginnt!«

Und er sprang auf. Und setzte sich erneut. Zwei Stühle weiter fest.

»Raucht er?« Etwas ehrenrührig hielt Alois Freudenhammer Lattern seine Zigarrenschachtel hin.

»Nein! Vater! Nein!« rief Lattern feil zurück, vergaß seine versprochene Kür, senkte die Stimme, starrte in sein eigen Kerzenlicht und sann erneut: »Der Bischof – nein, die Situation ist nicht danach. Der Bischof mit seinem sparsamen sattsamen Samen ist auch nicht mehr der Jüngste und der Alte! Aber wir! Aber wir da sind – ich möchte sagen – geradezu wunderbar alt. Wundersam alt!«

Lattern und ich lächelten uns an. Er, als ob er sich für seinen Seelenschmutz, ich, als ob ich mich für meine relative Reinheit entschuldigen wollte – und ihn um so mehr bewundere. Der Kerzenhändler schien verstanden zu haben, denn, obwohl Wurm und Meerwald jetzt geradezu obszön schwätzten, fuhr er opfernd fort:

»Ich komme von Engelhartszell donauaufwärts gebraust«, berichtete er fast müde, »ein reitender Bote ward mir vorausgepriesen, ein alter vergilbter Husar und Ladenschwengel und sogar Galgenvogel. Kein treuer Mann, er hat – mich versagt«, seufzte Lattern schwer, trank trostlos an seinem Bier und sann wieder.

Wo der Bote sei, wollte ich frech wissen. Ob Kathi gar des Bischofs Kitzlein war?

»Der Bischof«, entgegnete der aus dem Geschlecht der Kerzenhändler, und in seinem furchenlosen Lenin-Gesicht hauste der dunkel verblendete Schmerz, »hat viel Freude an mir. Ich verrate ihn nicht und seine Hinterleute. Sondern«, er sann dringlicher, »ich lege ihm lieber die Lichter und lieblichen Leiber maulfertig aufs Bett, damit er nur noch zustößeln muß und seinen Stopsel jederzeit mit der Stoppuhr kontrollieren kann – denn, denn in der heutigen Zeit, in dieser Situation muß er sich sehr arg schonen...«

Bäck schien ein bißchen zu schlafen, Konrad Viktor Meerwald quakte zäh. Schwarzer Anzug und weißes Hemd verdammten ihn zum Streifenskunk, eindeutig!

»Morgen ist Weihnachten«, grübelte Lattern und schien nun sehr erledigt, ja verzweifelt, »dann fahre ich zum Bischof seinen Saustall, jawohl«, ausgemergelt saugte er Bier, »anschließend aber immerhin besuche ich meine Frau, die auch eine Rechtsgrundlage hat, damit die Vermehrung gesichert ist und...«

In diesem Augenblick teilte Konrad Viktor Meerwald eifrig scheppernd mit, ab sofort könnten wir essen und trinken, was wir wollten: Ab 24 Uhr könne die Kosten des Abends die österreichische Handwerkskammer übernehmen, das habe er mit dem Geschäftsführer Badewitz vereinbart, dem könne er die Rechnung schicken, der könne sie absetzen.

»Absetzen?« Lattern horchte aus seinem Brüten heraus auf, »wer will sich absetzen? Ihr wollt euch absetzen? Ihr Schweine? Ihr Schweine!« schrie der schwarze Mann laut und sehr anzüglich, »ich – ich! – nämlich werde mich bald absetzen!«

Wohin es denn gehe, frage Albert Wurm matt gut gelaunt. Kuddernatsch schien jetzt recht gegenwärtig. Freudenhammers klares Jakob-Muffel-Auge senkte ernster sich in Lattern.

»Sowieso! Und zumindest finanziell!« rief Lattern so verwahrlost, daß selbst Demuth aufhorchte, »finanziell werde ich mich alsbald absetzen! 10 000 im Monat! Finanziell werde ich euch jetzt alle bald überflügeln! Ich werde euch enteilen! Ihr aber«, die Stimme sank ins Hoffnungslose, »folgt mir nicht nach...«

In Demuths fernem Auge malte sich erhöhte Sorge. Wohin, um Gotteswillen, fragte ich nochmals anmutig, er denn enteilen wolle? Nach seinem Heimatorte? Seelburg?

»Seelburg? Du Wichser! Jawohl, ich eile morgen nach Seelburg, damit die – Vermehrung seelenruhig geregelt wird, jawohl! Ich bin ein Staatsbürger – der niedlichen Denkungsart! Ich bin kein Wasserganserer wie mancher hier im Saale! Ich aber warne euch! Du kannst mich«, wandte er sich blitzschnell drohend an den schuldlosen Meerwald, »hier nicht in deiner Situation mit deiner miesen Situation verpflocken! Ich warne euch alle! Übermorgen – übermorgen aber werde ich im Paradiese herum... herum...«

»Zinteln«, half hier überraschend Alfons Bartmann, gähnte fest. Lattern griff ihn rauh am Arm:

»Zinteln! Jawohl! Das ist die Situation! Zinteln! Ich eile!«

Er sprang auf, es schien ihm etwas Ungefähres eingefallen zu sein, dann setzte er sich wieder und sah uns vorwurfsvoll verhaspelt an. Sexy und feliciter verschlafen stocherte Bäck in seinen Zähnen.

»Seelburg«, setzte Lattern ferociter kämpfend fort, »Seelburg? Das ist heute nicht die Situation! Denn die Situation befindet sich meines Wissens«, er sann sehr lange, »in meiner – Situation...«

Wahrscheinlich hatte er sagen wollen: Die Kerzen sind in meinem Kombi drin. Aber ist, nach dem Zeugnis des Zen, nicht alles mit jedem verschwistert? Demuth schien beruhigt. Höchlichst neugierig aber hatte Vroni, verschränkten Arms, sich ein paar lauschige Meter hinter dem Bischöflichen postiert, frei zur Vergewaltigung, Sommerauer zum Schmerz...

»Seelburg!« brüllte der Kerzenhändler noch einmal und wie verwest, und dann ganz leise seufzte er: »Das ist meine Situation...«

Beziehungsweise – Lattern lächelte auf einmal sanft und innig

– er müsse uns da »was Schönes und Wahres« erzählen. In Seelburg, er rückte die Köpfe von Bartmann und mir an den seinen heran, habe man vor ein paar Monaten »Schweres und Gutes bewirkt«. Dort habe es nämlich einen alten und seit kurzem beurlaubten oder pensionierten »oder jedenfalls aus dem Geschäft entfernten« Teppichhändler gehabt, einen gewissen (wenn ich recht gehört habe) Dutschke oder Doschke – der aber, schmunzelte Lattern vertraulich und schien nun fast nüchtern, habe seit Jahren, und vor allem nach seiner »vielleicht kann man sagen Freisetzung« so laut und unbeherrscht und ununterbrochen gebrüllt, daß nicht einmal seine, Latterns, geweihten Körnlein mehr gewirkt hätten zur Besserung bzw. Beschwörung – und nun habe man sich also im August dazu entschließen müssen, den Alten mit dem Versprechen eines »Höhlenfests« in die Sternsteinhöhle bei Seelburg zu »täuscheln« – man habe ihn hineingeschickt, schnell einen großen Felsbrocken vorgeschoben und sich seiner so ein für allemal entledigt. »Ehrlich wahr!« endete Lattern niedlich und fast unverlogen.

Von Hellhörigkeit geschlagen, war jetzt auch Kuddernatsch' amönes Haupt zu unseren lauschenden gerückt.

»Eine Zeitlang«, fuhr Lattern listig fort, »hat man ihn drin noch brüllen hören und Brüllaffen feilhalten – wie er gemerkt hat, daß jetzt alles anders wird im Leben und alsbald der Höllenschlund«, Lattern keuchte begeistert, »sich auftut! Aber dann ist es ruhiger geworden um den Felsen rund. Im Frühjahr wollen wir wiederum aufmachen und die Gebeine anständig und gebenedeit begradigen und bzw. begraben. Ein unwahrscheinlicher Schreiaff!« wandte der Händler laut sich an den Tanzlehrer. »Das glaubst du gar nicht, wie bei uns in Seelburg gebrüllt wird! Da bin *ich* gar nichts dagegen!«

Zwanzig Jahre in den Tropen, dachte ich sensu allegorico schaudernd, machen einen Menschen weich. Von seinem Rapport entzückt sah der Kerzenhändler um sich und gewahrte die aufmerksam lauschende Vroni. »Fräulein«, grinste er sogleich verkniffen, »kommen S' doch an unsern Tisch – auf einen Schnaps!«

Vroni schwankte graziös. Schwerer seufzte Bartmann harrend.

»Didderln! Didderln!« Erst jetzt hatte der Händler Vronis ganze Schmuckheit wahrgenommen und mit ihr das Einziehen der Brunst in seinen zwielichtigen Kopf: »So schöne glockenreine Didderln!« Schlagartig abscheulich verzog sich der zuletzt so zivile Lattern'sche Mund zu dunkler, ja pechschwarzer Freude; er griff sogar nach hinten: »Wissen S' was? Fräulein? Kommen S' her und trinken S' fest – dann pack ich Sie in meinen Kombi und bring Sie und Ihre Didderln dem Bischof zur Freude dar bzw. dem Domkapitular Brei!« Lattern schien von seinem Plan entflammt. »Zuerst ich – dann der Bischof – dann der Brei! Jawohl! Jetzt kommen S' halt her!«

Nun erst, neuerlich zurück sich stemmend, bemerkte Lattern, daß Vroni während seiner Rede verschwunden war. Ich hatte es genau gesehen: Wie in schmerzender Enttäuschung einer stillen Hoffnung, war sie in die Küche, weg. Lattern aber war verletzt:

»Dann fahrst halt nicht mit, Ami-Pritschen, hautige! Wer? Was?« schrie er plötzlich mächtig, »ich warne euch letztmals! Ihr Wichser! Ich bin ein ehrlicher, ich bin der grundehrlichste Typ der ganzen Situation! In meinem Kopfe hupft es auf und nieder, meine verliebten alten Wichser! Heute ist Weihnachten und der Bischof braucht noch eilig meinen Zuspruch, damit er in der Nacht die Mette 'runterzittern und zinteln kann, daß es paßt. Das – meine alten Deppen! – ist«, schrie er fuchsteufelswild, »die Situation!«

Es summte fromm die Christnacht. Muckerischer zwinkerte Bigotterie. Morpheus' Körner tanzten heiter. Freudenhammer hatte die letzten Minuten über ein Etui hervorgezogen und seine Brille aufgetan, um Lattern noch besser betrachten und begreifen zu können. Anheimelnder denn je zahnte Kuddernatsch vor sich hin – so schopenhauerisch, daß ich fast neidisch wurde. Bäcks Anmut quoll in sich zusammen, der Alte hatte einen Riesenrausch.

»Karl!« rief Fred ungezogen sonnig, »einen Schweinebraten – ein Tatarbrot a conto der österreichischen Handwerkskammer!« Ehrenwert nickte Meerwald mit dem Kopf.

»Und für mich«, er keuchte leis vor Keuschheit, »eine Strudel!« Kuddernatschens Wispern hatte Tropenqualität.

»Für mich«, schrie der Kerzenhändler auflauschend, »eine dreifache Sechsämter-Situation!«

»Den ersten für dich, den zweiten für den Bischof, den dritten für'n Brei!« rief ich mit ranzigem Humor, und Albert Wurm, gewandt, setzte seine gerissenste Miene auf und spielte heftigst mit den grauen Haaren. »Damit du heute«, riskierte ich eine ehrabschneiderische Lippe, »noch gut enteilst!«

»Finanziell«, rief Lattern ernst und sehr entschlossen, »pack und überwinde ich jetzt bald sogar den Bischof! Heute«, er dachte kurz nach, »ist schon fast Silvester. Das nächste Jahr aber diene, meine wundersamlichsten Samenwichser, der Wahrheit! Dem Bischof wird meinerseits enteilt. Und seine wunderlich wuchernden Flitscherln entreiß und enteil' ich ihm dann auch! Das ist die Situation!«

»Nur grammatikalisch«, wandte ich seicht ein, »hinkst halt ein bißl nach!« War der Bischof also wirklich ein so sexualer Mann? War ich trotzdem auf der rechten Spur? Freudenhammer, jugendbewegt, hatte, noch sitzend, seinen braunen Schlapphut auf und seinen erkiesten Schnaps im Arm.

»Was? Wer? Was?« wehrte sich Lattern nervöser, sprang auf und hoppelte ein paar Meter in Richtung Tresen und Küche, ballte die Faust und drohte wild: »Komm nur 'raus, Ami-Schicksen-Pritschen-Fotzen, hundsverreckte, dann gehörst mir!«

»Sprachlich«, wiederholte ich karg, »enteilst nicht besonders schicklich.«

»Wer? Was?« schrie mich Lattern sehr feindlich an, indem er sich wieder setzte, »ich bin Akademiker! Der Bischof mause mächtiger herum denn je zuvor! Ich bin Vollblutakademiker! Ich hab's Große Latinum!« rief er überzeugend, fuhr aber etwas zager fort: »Oder jedenfalls, du Hund, hätt' ich's fast, wenn ich das Kleine hätt', wenn das damals nicht dazwischengekommen wäre ...«

»Das große Lat-ternum«, spottete ich sacht beruhigend organisch, »wirst halt haben jure divino ... Der Alwin kann gut Latein ...«

»Aber ich krieg's noch, ich krieg's noch!« Lattern hatte mir nicht zugehört, »ich hab's praktisch schon durch meine abermalige Frequenz beim Ganz-Anderen, beim Bischof, jawohl!« schwoll die böse Stimme wieder mutvoller an, die falschen Augen drehten sich noch gemeiner im Kreis und ihre Angst

strafte die Kühnheit des schwarzgrauen Spitzbartes Lügen, »ich bin – Schlesier! Ich bin die Wahrheit und das Leben! Jawohl!«
Hingegossen lachte Wurm gefeit. Musik klang auf...
»Wenn der Karl zum Baß greift«, faßte Freudenhammer jetzt ex cathedra zusammen, »dann heißt das, daß alles gut gegangen ist!«
»Der schlechte Wichser...«, hinkte Lattern bitterlich und einsam nach und kurbelte brütend mit dem Finger in der Asche, »der Papst?« Er horchte in seine eigenen inneren Rauchschwaden hinein. »Ich habe schlechte Nachrichten aus dem Lateran. Über ein Kleines noch, so wird es heißen: Habemus Papam – gehabt! Und dann wird sein viel arg Bekümmernis.« Der Kerzenhändler sprach jetzt wie zu sich allein. »Ein neuer Papst aber wird sogleich auferstehen. Denn unter meiner Direktion trete erneut das Konklave zusammen, ich aber bringe die Körnlein, das Konklave zu mahnen und zum kleineren Teil aufzuschrecken, und auf meine Situation hin wähle und wichsle und schweißle es einen neuen Papst zusammen, auf daß der Kerzenhandel blühe immerfort! Ich aber«, Lattern ließ die Stimme wieder schnellen, »krieg's Große Latinum! Die Lateranverträge liegen bei mir unter Dach und Weh...«

Doch der Händler drang nicht mehr durch. Denn inzwischen hatte sich längst ein weiteres Mirakel angebahnt, das Zuckerwerk mit Zimt zu würzen treu. Karl Demuth hatte auf einmal einen Kontrabaß in den Armen, seine Frau aber blies die Mundharmonika – und ganz wie zwei bethlehemische Engel hatten sie sich vor die Unseren gruppiert, Musik zu entsenden – zuerst ein Weihnachtslied »Auf, auf, ihr Hirten!«, dann »Am Brunnen vor dem Tore«, sodann »Rote Rosen, rote Lippen, roter Wein«, zuletzt sogar »Sul mare lucica«, ganz verwegen, ganz unerhört, ganz unverzeihlich situationsbeflissen, und die dicken Finger Demuths hupften schrecklich-schräg-gemütvoll über die Saiten, und die Alte säbelte und säbelte taubenhalsfarbig das tollste Rotkehlchenzeug zusammen – es war ganz wundersamlich hehr und feiertümlich schwer verludert – – und schließlich kam alles noch viel purpurner:

Natura nihil facit frustra nec supervacaneum. Auf einmal saßen Meerwald, Kuddernatsch und ich in Latterns Kombi, Lattern und Meerwald vorne, der Greis und ich hinten zwischen den Kisten und Packen Kerzen und Geweihtem, wir rutschten zur Stadt hinaus, fast lieblich und aufgeregt plappernd verhieß Lattern, er müsse uns »jetzt noch schnell was ganz Schönes zeigen, einen hohen Ort«, nämlich, enthüllte er, einen kleinen gefrorenen Weiher, den er schon bei der Herkunft kurz vor Dünklingen gesehen und entdeckt habe, und wir alle würden staunen, was er, Lattern, da »bewirke«, und von dort aus würde er nämlich gleich zum Bischof weitermachen. Meerwald sagte mir aufmerksam, daß im Zuge der geplanten Fahrt nach Wels auch verschiedene Veranstaltungen und Maßnahmen mit dem österreichischen Kanzleramt und der Welser Weinkönigin zur Durchführung kämen, Lattern fuhr wie der Leibhaftige über das Glatteis dahin, dann nickten Kuddernatsch und ich ein bißchen ein, und plötzlich hielten wir.

O würde doch der Mensch nicht durch der Zeit, des Raumes Hinterlist betört! Bedauernswerter Einstein! Lattern hatte recht geweissagt: Es war ein hoher Ort, es war von sonderlicher, abseitiger, ja so abwegiger Schöne, daß ich sofort Kuddernatschens Hand ergriff. Der Himmel taute sternenklar, der Mond trug einen geistlichdünnen Hof. Lattern, bienenemsig, hatte sofort mit großem Schwung und Ehrgeiz aus einem Kanister Benzin über die kleine weißgefrorene Spiegeldecke des Sees gegossen, jetzt warf er schamanenhaft und ohne Scheu ein Streichholz drauf – und siehe, es begann zu flimmern und zu funzeln, ein Flächenbrand mit blasser lilablauer Flamme, gelben Zungen, weich und schmeichelnd, harmlos sengend, furchtbar furchtlos – selbst Lattern schien vor Freude zu erstarren. Ach! Nächt'ge Sanftheit hallte schauernd, wundersame Blasen tauchten in uns auf, holde Winke blauten, Tränensäcke schimmerten viel Hoffnung wider, so gilb, so fromm, so gut, daß ich, im Feuerschein der glühend sinkenden Schneeflocken, Kuddernatschen rauher in das Händchen griff und mir fast mein Chemiestudium und Kathi ihre unselige Ehe mit mir verzieh:

### Regina Coeli, Laetare! Laetare!

Ich fror wie ein Schullehrer. Der Mond strich voll und weißer durch die Wolkenscharten, die ausgeschnitt'nen Ränder brachen seinen Schein. Etwas fahler nesselte das Feuer jetzt, Lattern goß erneut Benzin hinzu, freudig gelber lohte rasch das Züngeln wieder. Meerwald schaute schläfernd vor sich hin, in den flackergelben Schnee. Kuddernatsch dagegen, der vielleicht sogar immer abenteuersüchtiger wurde, wischte sich die Augen und gedachte seiner Tochter, der der letzte Gruß wohl galt. Der große Jäger zitterte wie fürchtig, Beteigeuze schämte sich sogar. »Halt!« rief Lattern, lief zu seinem Kombi, brachte vier Fackeln an und drückte sie uns in die Hand. Kundig ward auch daraus Feuer. Es schauerte gleich noch einmal so schön. Selbst Lattern war wie ernst und wortkarg jetzt geworden – er murmelte nur noch kurz und fast lautlos die verzeihliche Lüge, daß der Weiher ihm gehöre. Fester drückte ich mein Toscana-Buch ans Herz. Ach, Kathi! Wenn jetzt noch Mozart dastünde und eine von Latterns Fackeln hielte, ich würde sofort maustot umsinken. Engelschwingen knackten leis und ferne. Obwohl es niemand sehen konnte, machte ich ein möglichst bleich Gesicht. Denn Mimikri ist alles. Nicht Mimesis? Die Nemesis – o Ewigkeit, du Donnerwort – würd' dann schon irgendwie gehemmt:

### Sancta Maria, Mater dei!

Gegen halb 4 Uhr fuhr uns Lattern nach Dünklingen zurück. Es war eiskalt geworden. Lattern schien an Schlaf nicht mehr zu denken, wußte vielleicht gar nicht, was das ist – er machte aber irgendwie den Eindruck, als sei er nicht ganz zufrieden mit seinem Werk. Mich drängte es trotzdem, mich bei ihm zu bedanken, zärtlich fragte ich also, ob er, Lattern, uns wirklich und endgültig enteilen oder doch später wiederkehren werde, zu feurigem Tun.

»Ich künde dir«, sagte Lattern, und der schwarze Himmel wurde wankelmütiger, »jetzt etwas mit Kümmernis, aber Hochaktuelles und sogar Intelligentes zur Situation. Was ich jetzt sage, ist gereift. Ich aber sage dir: Du bist der allerblödste Sausauhund von allen! Du! So. Der Rest ist Sache der Situation! Und jetzt hopp! Raus! Geh heim, alter Wichser!«

*25. Dezember.* Das erste Weihnachten im Ehestand. Aufgeregt, Herr Fink?

Am Vormittag rief Alwin an. Weinend, aber auch hörbar weizenbierbeschwingt. »Nationalsozialisten« hätten ihn heute nacht nach dem Heimgang von der Christmette zusammengeschlagen, zwei Zähne wackelten, »NPD-Leute, shit, ich hab es gewußt, ich weiß es, sie haben gehört, daß ich jetzt in der Partei wieder aktiv bin, ich kenn's alle von meinem früheren Stammlokal« – und ich, »Siegmund, hör zu, du bist doch mein Schwager«, solle jetzt gleich zu Albert Wurm gehen, über diesen das Verbrechen in unser Heimatblättchen zu lancieren.

Warum er, der Boxer Streibl, sich zusammenschlagen lasse, wunderte ich mich ein Sanftes.

»Es sind Faschisten«, antwortete qualvoll Alwin, »ich ... es sind Imperialisten, ich hab's nicht nötig, es war Verrat!«

Ob es vorher Streit gegeben habe?

»Im Lokal haben's mich schon vorher angepöbelt, wie immer yeah!«

Aber, er, Alwin, sei doch in der Christmette gewesen?

»Aber wo, aber wo! Ich war den ganzen Abend beim Friedl. Da ist's schon losgegangen. Ach wo ...«

Ob er denn dann die Täter erkannt habe?

»Was brauch ich die kennen? Ich kenn's seit 13 Jahren. Meine Tochter, die Caro, haben sie jetzt auch vom Platz gestellt. Gegen TuS Knittlingen. Es ist soziale Unterminierung, es ist Sippenhaftung. Ich kann's identifizieren, die Täter, ich – üpp! – weiß es ...« Er hatte den Schluckauf.

Identifizieren? Aber nicht kennen?

»Hör zu – du hilfst mir, ich – mach dir keine Schlappe ...«

Wieviele Weizen? Fünf? Sieben? Es war 11 Uhr 30, früher Iberer-Zeit, ach ...

»Außerdem, Alwin, ist der Wurm dafür nicht kompetent, der ist nur für den Vertrieb zuständig, nicht für den«, ich zögerte, »politischen Gehalt, nicht für die politisch Vertriebenen«, rutschte mir heraus, »der kann das nicht, sondern allenfalls der Freudenhammer.«

»Der grabt sie doch nur ein, nur ein«, jammerte Alwin heftiger los, »der alte Schmierfink, der will mich doch selber – üpp! – fertigmachen, der Beerdigungs-Depperl, der alte klerikale Hühner-Aff...!«

Ich hätte, lenkte ich Alwin schroff und unbarmherzig ab, übrigens gestern, nein – ich machte es spannend – vor drei Tagen, einen Schulbuben getroffen, der...

»Aaah«, stöhnte Alwin dankbar. Der Gänsebraten roch durchs Kabel samt dem Weizendunst.

... und dieser Schuljunge habe Charly-Mä geheißen und angegeben, er sei 20 Jahre in den Tropen gewesen, sagte ich recht neckisch, wußte nicht recht weiter...

»Aber geh, wer?« Alwin wunderte sich hilfsbereiter ins Gerät hinein.

»20 Jahre in den Tropen sind keine Kleinigkeit!« rief ich überraschend laut.

»Um Gotteswillen! Tropen sind hart!« rief Alwin geflissentlich, um sich gleich dringlicher an mich zu wenden: »Schwager, bist so gut, ich will dich nicht inkommodieren, aber... ich hab jetzt zuverlässige Indizien-Atteste...«

»Atteste? Ja?«

»... ich werde observiert...«

Usw. Als das ausgestanden war und von der NPD kein Wort mehr fiel, erzählte ich Streibl, glatt um ihn zu ärgern, von unserer gelungenen Tombola. Streibl wimmerte erwartungsmäßig auf:

»Der Kuddernatsch war der Veranstalter? Siegmund, hör zu, er hat's absichtlich im ›Paradies‹ gemacht, damit ich nicht hin kann! Eine alte Gemeinheit – üpp! – um Gotteswillen! Der Kuddernatsch! Weil ich einmal dem Kuddernatsch seine Tochter verführt, verräumt hab, verräumt... ach, eine herrliche Frau, ein herrliches Weib! Herrlich! Ich hab's dann laufen lassen, aber wo...«

»Warum?« fragte ich sanft belodert noch von Latterns Feuer.

»Wegen der... du weißt es doch... Russin!«

»Russin?« Was brauch ich Fink, ich hatte Alwin!

»Eine Russin aus Kiew aaah! Aus Kiew aaaaah! Tatjana! Aaaaaah!«

»Wer?« fragte ich entrückt, »wem?«

»Tatjana Petrowna aaah! Hättest du kennen müssen! Eine

großartige Schachspielerin. Die hat damals sogar den Botwinnik ...«
»Tatjana?« fragte ich pampfiger.
»Aaah! In der Französischen Verteidigung war sie praktisch – üpp! – unschlagbar. Wie der Kortschnow!«
»Kortschnoj«, verbesserte ich leise, herzlos, plempernd.
»Kortschnow aah! Aber im Bett, hör zu, um Gottes, sag's nicht weiter«, ächzte der Festliche breiig und widerstandsverwurstend ins Telefon, »sag's nicht deiner Schwester, es ist eine alte Jugendsünde, deine Frau, hör zu, meine Frau, sei fair, braucht's nicht wissen, es tät' ihr weh – im Bett, hör zu, im« – jetzt fiel ihm die längst befürchtete Spritzigkeit doch noch ein, er keuchte bereits – »im französischen Bett war sie noch französischer ... französischer ... französischer als ... am Brett aaah ... aaaaah!« lechzte Alwin Streibl, endlich hatte er das doppelte Wortspiel beieinander, jetzt wurde es schon ganz schweißig im Telefongerät, »französisch ... und unschlagbar ... am Brett, im Bett ... höhöhöwawa aaah höhöhöwawa aaah aaaaaah!«
Sonne leckte mich im Auge. Und die Hoden taten weh. Irgendwo zog es in dieser Wohnung.
»Tatjana«, flüsterte ich altrussisch, »ein Name wie ein Programm!«
»Du sagst es, Schwagerherz!« Er war dankbar und schnaufte noch immer systematisch, aber ruhiger, Nazi-Niederschlag und Tombola-Infamie schienen endgültig vergessen:
»Französisch- und klassenindifferent«, feixte er feiernder ins Blaue, »wir haben uns geliebt: ein wunderbar's Arscherl, ein wunderbar's Arscherl ... schön war's nicht, aber in der Nacht ...«
In der Nacht, in der Nacht? Robert Schumann wacht?
»... in der Nacht sind alle Katzen«, er wurde wieder fahriger, »in der Nacht sind alle Katzen mutatis muta –«
Die Schwager-Liesel schwitzte: »Mutatis mutati – –«
»Muttersprache!« Ich half ihm dubios.
»Muttersprache?« Das unsichtbare Lächeln der Erlösungshoffnung. Die unendliche Melodie Streibl-Landsherr'scher Duettkunst. War nicht Schwiegerei fast auch so schön, schöner noch als Brüderschaft!

»Muttersprache ist«, ich überlegte schneller, »Muttersprache ist auch nicht schlecht!« 1:321 war sicher ein Unglücks-, ein Ausnahmefall gewesen.

»Um Gotteswillen«, sagte eilend locker Alwin, »Muttersprache ist was Herrlich-Schönes! Man sollt's so – üpp! – so oft verwenden wie man, wenn man . . .«

»Hemingway?« Ich zog, nun selbst verwirrt, die Zügel straffer.

»Er hat's beherrscht ah! Ein schlichtes gutes schönes Englisch!« Jetzt sprach er schon so salbungsreich, als habe er seinen mit Weizenbier durchtränkten Entenbraten längst verzehrt. »Schlicht und schön, hör zu: wie die Bibel! Die Muttersprache aaah. Ich hab's im Original und synopisch gelesen – ein Hochgenuß! Ein Hochgenuß!«

»Opa Hemingway . . .«, schwärmte ich nicht sehr verschüchtert.

»Papa Hemingway!« verbesserte Alwin mich schwelgend.

»Daddy Ernie!« rief ich schlechthin überzeugt.

»Hemingway«, ergänzte Alwin, »aah!« Und wenig später: »Tschüssi, Siegi!«

Ein Name wie ein Programm: Ich hatte keine Ahnung, was ich da geredet hatte. Kein Schimmer, wofür »Tatjana« stand. Nach ein paar Stunden Dämmerns wurde es mir zu bunt und ich schaute im Opernführer unter »Tschaikowski« nach. Da stand es denn: Sie liebt und vernichtet irgendwie. Was für ein elendes Programm war das aber?

*26. Dezember.* Mitternacht. Und abermals beäuge ich Herrn Rösselmann, den Champion des Raiffeisens. Vor Geldlust scheint er mir heut' schier zu schnauben, vor wesender Dynamik . . . vor Spielwitz . . . Weiberdurst . . .

Nur Kloßen ließ er keine Chance. Das ist der Scharfblick wahrhaft großer Männer.

Die Nazischläger respektive seine eingeschlagenen Zähne hatte das Schwagerherz über unserem Sexualgeschwätz verschwitzt. Klar, war ja auch nicht wahr gewesen. Aber auch mir kam beides erst beim Überlesen des gestrigen Tagebucheintrags wieder in den Sinn. O Mensch, gib acht! Sollte ich mit Alwin doch mal Fraktur reden? Zuerst mit mir selber?

*27. Dezember.* Eine Idee: Ich werde durch Namenswechsel einen Persönlichkeitswechsel in die Wege leiten. Denn ich habe auch schon einen neuen Namen vorbereitet: Mike Ebner möchte ich heißen. Amerikanistisch dünklingerisch die Waage haltend, das Pendel schwingend, werde ich noch jahrzehntelang hochrot überdauern und allem, aber auch allem, wehrhaft trotzen trotzdem ...

Oder aber: Mike Ebner-Arbuthnot?

*28. Dezember.* In einem Buch das kostbare Wort »Kontingenz« gelesen. Gleich drauf steht es in der – Heimatzeitung. Was lernen wir daraus? Erstens: man soll nicht allzu viel hintereinander lesen. Zweitens: wenn solche kostbaren Worte jetzt schon in unserem Käsblatt stehen, braucht man ferner keine Bücher mehr zu lesen.

Ein so hübsches Mensch wie Kathi! Es konnte ja gar nicht ausbleiben, daß sie eines Tages ... Ob sie wirklich zum Bischof ging? Sollte ich sie von Alwin beschatten lassen, damit der Schwager wieder etwas in Form käme?

Ich möchte entführt werden. Von sechs Frauen. Oder einer. Oder meinetwegen auch von Alwin. Oder sonst einem Neger. Nachts aus dem Hause. Ohne daß jemand es merkt. Zu meiner eigenen Verblüffung. Es müßte doch auf dieser weiten Erde jemand geben, der Wert auf mich legt und ... wäre eigentlich alles wieder in Ordnung, wenn jetzt bald Kodak die andere kleine dicke Frau heiratete? Und Stefania in kühler Gruft ein Zeichen gäbe?

*29. Dezember.* »Mumie« statt »Muhme«. Oder umgekehrt. Ich weiß nicht mehr. Ich weiß nicht mehr ein und aus und esse also Drops und Kaugummi. Das Jahr neigt sich vor mir wie ein Nieselniesnutz ...

Gewißlich müßte man das Gebrüdere auch denn dann doch noch liebend unwürdigen, wenn sie dem irdenen Triebstreben nachgaben und ihrerseits das geringfügige Weib zuließen im Gesinde klein, oder doch der jüngere Bruder, unterstehend noch dem Gebot des nossackischen Vermehrungskaspers, nennen wir ihn Herbert? Ob ein Kindlein gar im Anzug ist? Und Kodak den Paten vorstellend diesen geflissentlich abstattet?

*30. Dezember.* Ich möchte in ein Krankenhaus, allein, ich verfüge nicht über die allergeringste Krankheit. Und wäre doch so schön . . . Die früh Geliebte schaut so . . . crazy?

*31. Dezember.* Ein Telegramm an alle Bekannten und Anverwandten? »Siegmund maustot – stop! Alles klar?« Nein, ich möchte in kein Krankenhaus, ich will zur Post. Ich glaube, kein Mensch auf dieser Welt hat soviel direkte und unglaubliche Macht, die Sozietät endgültig aus ihren Fugen zu zwingen, wie der lumpigste Postbote – indem er einfach alles wegschmeißt, was ihm ideologisch oder gefühlsmäßig nicht in den Kram paßt. Der Wintermond Lorenz über dem haselnußschwarzen Giebelgezwick und Gemäuerunartwesen sieht aus wie eine Riesenzitrone an Pestilenz und Firenze-Firlefanz. Vor Herzeleid kralle ich mich an meinen Fensterstangen fest. Wenn alle Menschen ihre Überflüssigkeit in ein rücksichtsloses Tagebuch kleideten, dann wäre bald eine große wildbrodelnde . . .

In der Zeitung steht, eine Jugendliche sei gestern aus dem Imbißladen gezerrt worden, sie habe angegeben, sie habe am Nachmittag »mit Amerikanern gefeiert«, jetzt auf das abschließende Limonadengetränk hin sei ihr schlechtgeworden. Was uns der Schöpfer wohl daraus zu lernen wieder auferlegt hat?

Den Imbißladen kenne ich. Er heißt »Tommy Snack«. Zu »Tommy« und »Snack« hat es noch gereicht, aber zum Genitiv nicht mehr noch zum Apostroph. »Mike Ebner's Pommesfrites-Trattoria?« Vielleicht würde ich als Mike Ebner doch noch eine Karriere als Rancher starten können. Mit Ernie Streibl als literarischem Agenten und Korrespondenten . . .

Je durchgeistigter ich werde, je schlaffer, desto röter und bombastischer gedeiht mein Medusenkopf.

*1. Januar.* In der Silvesternacht Reflexionen über Gottes Allmacht. Ja, warum eigentlich »allmächtig«? Könnte es nicht die alte Frage der Theodizee wieder aufwärmen – bzw. könnte es nicht vielmehr so sein, daß Gott zu allem zu dumm ist, daß er nicht einmal das kann, was ein Wickelkind schafft, nämlich den Schnuller in seinem Mund zu halten? Das sei Gott per definitionem eben (Ebner!) seiner Göttlichkeit unmöglich? Na? Na ja, ich bin da nicht sicher. Praktisch hat er's faktisch noch nie bewiesen, was er von Haus auf kann, Gott nei! Das ganze weltherrliche Getue (ach, posteriorischer Iberer-Schwall, laß nach!) könnte doch praktischeffektiv darauf beruhen, daß Gott irgendwann einmal und raffiniert wie nur Hölzenbein sich selber ausgetrickst hat ... und ... und jetzt, nachdem der Weltenbau in aller Pracht und Wichtigtuerei herumsteht, absolut nichts mehr zu bestellen hat – und alles döst und krebst jetzt nach flottem Spielbeginn vor sich hin, und ich muß bis zum schmachvollen Ende den seligen Brüdern nachweinen, indes der vielleicht rettende Kerzenhändler enteilt – – weh! Dieses ewige unendliche unheilsame Gequieke von Liebe, Liebe, Liebe und Kautschukbananen!

Hätte nicht wenigstens der Jahresabschluß guten Anlaß geboten, mein schnöselhaftes Tagebuch zu enden und den ganzen Teig-in wegzufeuern? Das Jahr der Wahrheit hatte Lattern kühn gefordert! Aber jetzt – jetzt ist es zu spät – der erste Tag des neuen Jahres ist allschon vollgeweint – jetzt wird auch weitergewinselt und -funzelt. Zwecklos, edel, zauberhaft! Nil inultum remanebit ...

*2. Januar.* Mir ist – das Jahr hebt doch gut an! – ein passabler Verdenker gelungen. Bzw. eine Art Auto-Verhörer. »Die Mätresse des Bischofs« flüsterte ich heute vormittag im Bade lustlos vor mich hin – plötzlich hörte es sich an wie »Die Mähdrescher des Bischofs«. Hm. Nicht schlecht. Sehr sehr interessant. Die Mähdrescher des Bischofs Charly-Mä ... Aber ich bin zu schwach, das Zeichen von oben zu begreifen. Nein, es bleibt schon bei der »Mätresse des Bischofs«. Ach, bin ich ein armer Mensch! Und war doch einst so glückhaft auch!

*4. Januar.* Eine Winterreise, hahaha! Einzelwanderer sind übel dran. Sie sehen gar zu hilflos alles. Der Kälteschwall der – wie heißt's? – Sonne? Verbissen windig graupelte der Himmel – und so geht's Tag um Tag, seit Lattern fehlt. Offen steh'n die Schleusen der Verblödung – die Kränkung beginnt schon damit, daß das ganze räudige Unwesen vorgibt, ein Tag zu sein. Warnungen aus Wolkenbüffeln. »Die Mähdrescher des Bischofs?«

Rücksichtslos quoll Nebeldunst, die Toten sangen laut ihr abgestanden Lied. Ein weißer Büstenhalter hing am schwarzen Zweig. Im Vordergrund ein feuerfreier starrer See. Träum' ich, wach' ich? Dreht nicht Freudenhammer seine Axel-Paulsen viel der Zahl auf hehrer Kufe?

Im Tale schlank und stille die Kapelle. Hinterm Gottesgärtlein ein grauer langgezog'ner Schuppen. Er hätte eine vergessene Scheune sein können, Unterschlupf für frierend Wild. Aber »Möbel-Discount« stand in schwarzen Lettern bleiern quer am Bau. Zwanzig-Meter-Wellen des Versackens rotteten um ihn. Alwin Candidus Parzival Streibl? Nichts wie weg!

In Knittlingen besuchte ich den Bauern Hermann. Er war gerade am Weinen. Vor zwei Wochen war ihm die Frau weggestorben. Am Abend war sie vergnügt ins Bett, um 2 Uhr früh schon drüben. Er war 80, sie war 81 gewesen. Jetzt war alles aus. De profundis goß der Alte Tränen der Unmöglichkeit.

Dem Schreckensjammer zu begegnen, floh ich in den Stall. 16 nagelneue Schweinchen. Die Mutter lag schwer und feierlich träumend in der Abteilung nebenan. Die neuen Tiere, schlank, behend und kaum größer als Katzen, schienen noch etwas wepsig und lebensunkundig nervös, sahen mir aber alle 16 Mann hoch so bannend ins Auge, daß – ich mich abermals völlig durchschaut wußte. Nun, das Iberer-Getriebe hatte mich eben lebenslang gezeichnet...

Im Dorf, entnahm ich einem Plakatanschlag, gastierten am Samstag der Discjockey Conny Moreno und The Merry Moggers. Es würde einen »Magischen Abend« mit »internationaler akrobatischer Show«, »flambierten Getränken«, »Hit-Reminiszenzen«, »Pfennigschöpfen« und »Personality-Show« geben; alles im »Tanzcafé Akropolis, Disco Any Way, Spitalstraße Sex«.

Über 50 Jahre hatten die beiden zusammengehaust. Jetzt war sie ffft. Gegen Gottvater konnte man ja offenbar nichts machen. Aber vielleicht konnte man dem Sohn ein wenig am Zeug herumflicken. Oder wenigstens Alwin noch maßloser zusammentäuschen. Ich möchte Liebe weinen, hahaha! Doch Kriegsdienst war der Name. Lau wälzte sich eine abgerissene Papierschlange des Wegs, seitwärts, schlingernd aus dem Wald kam Duft von Kohlenwasserstoff. Warum auch ausgerechnet sollte das Leben von solchen Kotzbrocken und Dreckspatzen, wie unser Geschlecht sie vorstellt, noch das Heil gebären? Bringen es doch selbst die Tiere nur zu Unfug und Kurzweil – bestenfalls! Und doch, der Bischof, von den Kohl-Maffiosi bei der Stange gehalten (Stange!), von Lattern mit Licht und wohlriechendem, die Penetration erleichterndem Oele versorgt ...

In Oedputzberg gab es nur ein einziges Verkehrsschild. Das war eine stolze schwarze Kuh. Trost für mich und du.

»Die Mähdrescher des Bischofs...«? Würde es mir, jetzt nach dieser Wanderung, noch ein bißchen schlechter, dann ließe ich einfach eine Sektflasche zischen und zwänge Kathi zum subalternen tête-à-tête, und wer weiß, was da alles passieren würde Hokuspokus.

»Mähender Bischof verdroschen«? Von Charly-Mä und seinem Compagnon Oskar Gradl-Grosch? Nein, die Mätresse kommt der Sache, die unser aller Schicksal ist, schon am nächsten ...

Das nächste Dorf hieß Oedgötzenried, na ja, sie geben's wenigstens selber zu. Das Herz verwaist, das Hirn wird wirr und dürr, das Glied so müd, so rüd – ich würde noch in diesem Jahr die Honneurs von der Kellnerin Vroni wieder aufblitzen lassen, ja, ich habe sogar eine Idee! Meine Idee: einfach statt »die« Vroni »das« Vroni zu sagen – das wäre sicherlich die Rettung:

Das Vroni stellte den Krug trutzartig vor meiner hin. »Vergelt's Gott!« sagte ich zu ihm.

»Ihr selber wäret mir theurer«, erwiderte es schelmisch und ward auf den Augenblick von warmer Röthe übergossen – –

Plötzlich aber warf die zwischen kuntergrauem Wolkengelümmel vergehende Jännersonne so friesenteeartiges Goldbraun in den schwarzen Schlamm, daß es abermals ganz unmöglich war, den Saustall von Planeten nicht letztlich doch – Klasse zu finden! Im gleichen Nu tauchte ein alter Mann auf, mit Menjou-Bärtchen und einer von Zeitungen überquellenden Aktentasche, auf dem Gipfel des Drecksgebirges des Schuttabladeplatzes Dünklingen-Nord. Es war unser Gerichtsassessor Saller, der seit 30 Jahren etwas sucht. »Grüß Gott!« rief ich furchtsam – er aber fletschte nur selbstvergessen die Zähne. Hatte der Mörder im unendlichen Gerümpel sein Opfer gesucht? Besucht?

Das Vroni aber weißgott was warum. Schneeig hauset über mir im Unterholz die blinde Schleiereule. Korruption!

*5. Januar.* Ob es der Kolpingpräses gewesen war, der ihnen einst die Liebe zu Film und Kamera eingebläut hatte, zu Fredls Nutz und wenig Frommen? Der Sexualität, der Sexualfurcht auch, Paroli zu bieten? Diese geistlichen Knacker, sie sind, seit das Bilderverbot aufgehoben ist, ja ganz wild auf die farbigen Idiotien aus dem Kasten – und kein Bischof schreitet ein und nimmt ihnen das Zeug weg, keine Zeit, keine Zeit, Weiber umhalsen, Mähdrescher segnen, Kerzenhändler empfangen zu schnuckeligem Tun, Weihrauch entzuckeln, Sechsämter in den Meßkelch schwindeln und auszutzeln zu Gottes höherer Ehr' . . .

Und Sommerauer? Könnte er den Buhuhusen-Überschätzern nicht auch die Dias empfehlen, beim freien Dialog im freien Sender Kautschuk der Bananenrepublik Uganda . . .

Mike Ebner-Eralp. Mike Ebner-Kriegsdienst?

Müßte ich mich nicht selber, um die Iberer wenigstens im nachhinein besser zu begreifen, dieser Kolping-Foto-Gruppe schleunigst assimilibitieren? Sonder Schreck? Dem »Präsido« des Raiffeisens!

6. *Januar.* Mit meinen drei Alten im »Paradies«. Die heiligen Drei Könige, hähähä, o weh o weh! Wir ließen, entflammt, die geglückte Tombola Revue passieren, Kuddernatsch und ich berichteten von der wunderbaren See-Entzündung.

»Für die Fische«, kritisierte Bäck heikel, »war's eine Belastung!«

»Die sind – froh«, verteidigte uns Freudenhammer ruhevoll, »wenn sich was rührt!«

»Wo ist denn eigentlich der – der – wer fehlt? – der Wurm?« frug Bäck gesellig.

»Der Wurm . . .« Kuddernatsch träumte ergötzlich.

»Der Wurm! Der Wurm!« rief Freudenhammer hart, »der Wurm ist kein Wurm, sondern eine – Anaconda!«

»Was?« fiel ich rege drein, »eine alte Honda kauft er sich? Alois? Alois! Eine Honda? Sag! Alois?«

Nach einer Weile verfielen wir auf den Einfall, die Zahl der Lokale in unserem kleinen Dünklingen zu schätzen resp. zu ermitteln. Ich tippte arglos auf 40, Freudenhammer klug auf mehr denn 50, Kuddernatsch brachte gefühlsmäßig 30 zusammen. Bäck indessen wies darauf hin, daß es vor dem Großen Krieg einmal nachweislich über 80 gewesen seien! Wir fingen zu schreiben an – und nach zwei Stunden hatten wir tatsächlich 76 beisammen, Kaffeehäuser nicht mitgerechnet.

»Für 12 000 Einwohner nicht schlecht!« rief Bäck sehr wach entzückt, fing sich aber einen scharfen Blick Freudenhammers ein:

»Fünfzig wär' vernünftiger!«

»Fünf!« rief Karl Demuth sehr humorvoll, doch nicht sehr geheuer. Er hatte uns belauscht. Hochkantig kühl schien Vroni heute. Es äugte gar zu schneckisch. Ich würde noch brav zuwarten müssen.

»Eines«, summte Kuddernatsch nach Bienenweise. Hoffart schwirrte auch mit munterst drein. Wenn ein Hemingway-Mann wie Alwin diesen epileptischen Epitheta-Salat läse!

Aber er darf ja hier nicht 'rein, ach nein, ach nein...

Wenn Alwin sich mit Demuth aussöhnte, dann... dann bräuchte er nicht dauernd privat Weizenbier zu trinken. Heilignüchtern der Männerbund sei. Aber unsere Kommunisten haben eben eigene Köpfe. Ein Rest von Makel haftet allem Irdischen, und so plumpst das Schwagerherz am Glück vorbei. O solitaire, o solidaire!

*8. Januar.* Aus den Schloten quoll Behutsamkeit, Kuddernatschens Leid zu lindern.

*12. Januar.* Kuddernatsch: Kug-el der Na-cht? Ku-rzweil der Nachbarin? St. Neff: N-achbarin e-u'r f-laches F-läschchen? N-immermehr e-in f-roher F-i...?

*20. Januar.* Im Heimatblättchen prangt erneut ein wissenschaftlicher Artikel über Altersforschung. Daraus ersehe ich, daß ich dem Werner-Syndrom verfallen bin. Was ein »rezessiv vererbter Defekt« ist. D.h. meine Desoxyribonukleinsäure-Kette ist verringert, haut nicht hin. Aha. Haha! Ich hätte eben zu Zeiten meiner Chemieherrlichkeit besser aufpassen müssen. Jetzt ist's zu spät.

*22. Januar.* Eisblumen traumlos, sonder Rosette. Dies tief, zutiefst obszöne Leben! Obskur? Eine Obstkur? Äh bäh. Dann lieber aufrecht untergehen!

*24. Januar.* »Der latente Konsumtionszwang, du, einer Kamera, muß von einem sozialen Über-Ich aus der Oberschicht gesteuert werden!« Sagte Fred, als ob er's kurz vor seinem Auftritt schnell auswendig gelernt hätte.

»Praktisch ja«, goutierte Wurm recht obsessiv, »aber faktisch ist es doch heut' von Haus auf so, daß sich jeder eine kaufen kann, Gott nei, 200 Mark, daß . . .«

»Von welchem Haus-auf oder Haus-aus?« Ich unterband hier flink und scharf. »Von welchem Haus-auf bist denn du, Wurm, eigentlich her? Adel? Bourgeoisie? Oder an sich«, scherzte ich matt, »Klerus? Wurm? Wurm! Sag!«

»Mittelstand«, sagte Wurm überraschend, »aber praktisch gehobenes Bürgertum . . .« Er kicherte, war doch erregt.

»Billardspielen! Ein Emporkömmling bist du!« hakte ich nach, »ein Parvenu, ein Levantiner!« Kuddernatsch lächelte gesittet.

»Der Wurm, du, Siegmund!« Fred hoffte wieder Anschluß zu bekommen, »hat noch immer, du, obwohl er sich so anstrengt, keine gesellschaftliche Position!«

»Warum sagst du eigentlich immer ›du‹ nach jedem dritten Wort? Fred!« Heute hielt ich Gerichtstag.

»Wurm«, sagte Freudenhammer kontrareflexiv, »ist an sich schon ein Stand!«

»Der Wurm«, fiel Fred, wie erhofft, endgültig aus der Rolle, »hat einen Ständer.« Fred hatte immerhin Bartmann als Lacher auf seiner Seite. Der kam jetzt immer öfter. Sah geölt aus wie ein Führer der Democrazia Cristiana. Italien!

Wir celebrierten einen vergnügten Abend; insgesamt; effektiv; praktisch. Noch hat das Vroni keine Chance.

*25. Januar.* Heute vormittag nahm ich an einer Vernissage teil. Bäcks Enkel stellte seine ersten Öl-Arbeiten aus – und wer treibt sich da ebenfalls herum? Der Raiffeisen-Urvogel Rösselmann! Und wie er das Sektgläslein gegen schöne Frauen prickeln, ja schmettern ließ! Pfuiteufel!

Er ist in Wirklichkeit auch gar nicht ganz zu schön.

*28. Januar.* »Ich bin Branchenleader in Dünklingen. Du!« (Fred)

*30. Januar.* Wieser! Jetzt weiß ich, was mir fehlt! Sein Rede-Rhythmus wohlbeschwingt! Sofort im März würde ich zu ihm laufen! Wahrscheinlich braucht der Mensch Menschen wie Wieser, die einem zuerst Angst machen und sie dann – wieder heiterndst nehmen. In diesem galaktischen Hirngespinst Erde.

*2. Februar.* Eigentlich gibt mir unser »Teig-in«-Geschäft Hoffnung. Es geht also doch wieder zurück, zur Eindimensionalität, zum Deutschen gar. Auf die Dauer, ahne ich, können sie das »Snack« und »Top« und »Discount« nicht ertragen, sie sind zu deutsch, zu dumm, sie sind zu zeitlos große Wackeln. Das wunde Gedunkel der Sehnsucht nach Stefania – oder wen ...

*3. Februar.* Ein brillanter Verleser: »Albtraum« für »Autobahn«! Demnächst wird mir sicher für »Kathi Landsherr-Eralp« »Katholischer Landesbischof Alpenraum« gelingen!

*4. Februar.* Dem Vroni werde ich zunächst zwei Büchlein zur Auswahl überantworten. Einen Krimi und eine Anthologie hochherziger Liebesgedichtchen. Wenn es zum Krimi griffe, wäre es selber dran schuldreich. Greifelte es hinwider zu meinem pornographischen Werklein, dann ...

Oder sollte ich nicht doch lieber gleich der kommunistischen Partei beitreten? Nachdem der neue Katholizismus mich verriet? Damit eine Ruhe würde!

*5. Februar.* Wie ist das nun mit meinem ersehnten 1-Millionen-Leser-Publikum? Nun, ich fürchte, tragisch trübe. Aber wenn jetzt noch zehn Personen am Lesen sind, ist's ja doch so übel nicht. Und wenn drei der zehn sich gar Seite für Seite auf die Schenkel patschen und jubeln »Recht hat er, der alte Sack!« – nun, dann wäre viel gewonnen, wäre ich zufrieden. Drei Mann nur, gewiß (Frauen, dumm wie sie sind, haben ohnedies längst aufgehört) – aber drei, die wissen, was sie wollen: Einfalt, das Werner-Syndrom und ein gewisses Maß an altkatholischer Verblödungstechnik. Drei Seelen, die mit mir fühlen und ...

*6. Februar.* Die Seele, die Seele, als Schutzraum, als Kriegsdienst-Bastion gegen ... ach, was weiß denn ich!

*7. Februar.* Besuch bei meiner Schwester. Sie erteilte gerade eine Nachhilfestunde in Latein und war froh, daß ich mit meinem dreijährigen Neffen Arthur-»Schnauferl«, Alwins jüngster Pracht, vor dem Mietblock Fußball spielte. Ach ja, vor 38 Jahren, glaubt man Albert Wurm, hatten auch sie noch gespielt, technisch hochklassig, mit dem berühmten Mauer-Banden-Trick im Rucksack! Die Tatsache, daß ich mit diesem jungen Mann, der gezeugt wurde im Weizenbiertaumel, zu der Zeit, als der Kaiser Augu... pardon: zu der Zeit, als ich das Geibere erkannte, alljetzt Fußball spielte, war eine so vehemente Sanktionierung von Unflätigkeit, eine so unwiderlich lustig Liquidation von Lebenssinn, Libido und Liberoproblematik in einem, daß ich – wie wild drauflosschoß und mit meinem Dr. Hammer den kugelrunden Kopf des Kommunistenkindes nur so knapp verfehlte, daß...daß...

»Der Mond, der Mond!« krähte Schnauferl im selben Augenblick mirakulös und deutete entrückt nach oben ins Gedunkel. Dann holte er entschlossen zum Schlag gegen den Ball aus, zog aber im letzten Moment wie magnetisch den Fuß zurück und deutete abermals auf das Naturschauspiel: »Der Mond, Onkel Simon, der Mond! Der Mond!« Jetzt wurde mir schon ziemlich käsig.

So daß ich die Angelegenheit wegen meines Parteibeitritts mit dem gleich darauf schwungvoll nach Hause kehrenden Vater Streibl zu besprechen mich nicht mehr in der Lage sah. »Aaah, Fußball!« Der Agent lächelte üppig, und große Eitelkeit hub an zu gleißen: »Wird einmal ein Fußballer par excellence, gell, Schnauferl? Aber jaaah!« Andacht umnebelte sein dickes Maul. Mit Sicherheit hatte er den ganzen Tag wieder kein Auto verkauft.

Unbeholfen unkte ich etwas, ich wünschte mich demnächst in einer »halbprivaten Sache« mit ihm zu besprechen. Wie man nur so dumm dahergatzen kann wie ich!

»Immer«, flötete Alwin bedenkenlos.

»Der Mond! Mond!« schrie Schnauferl und der Kleine, es war ein ganz niederträchtiges Bild, klammerte sich hinschauernd an seines unglaublichen Vaters Hosenbein fest. Abendrot lohte im Westen.

»Der Mond aah«, bestätigte Alwin todesbereit.

*8. Februar.* Im Heimatblatt ein langer und eigenwilliger Bericht über unseren Stadt- und Brigade-Faschingsball. Unser Bürgermeister Löblein muß sich da auf der Bühne in verschiedenen Posen und Kappen gezeigt haben, wie die Fotos beweisen, einmal sogar mit Barett. Der Menge soll Löblein dabei jeweils das zur Kappe Passende zugerufen haben, mit der Geistlichenkappe also »Prost vobiscum!«

Es rundet sich ...

*9. Februar.* »Nein«, sagte der alte Mann, »ich geh noch nicht heim.«

»Paul«, sagte der andere alte Mann zu ihm, »bleib bei uns. Da bist du gut aufgehoben.«

Alles an ihm war alt bis auf die Augen, und die hatten die Farbe des Rheinweins und waren heiter und unbesiegt.

»Ich kann mich jetzt gar nicht erinnern«, sagte der dritte alte Mann, »wie unser Lokal heißt.«

»›Paradies‹, Alois«, sagte der zweite alte Mann.

Der dritte alte Mann hatte dem zweiten das Trinken und Sitzen beigebracht, und der zweite liebte ihn darum – –

– nein, es geht nicht. Ich wollte Alwin mit einer karg schmissigen Hemingway-Passage eine kleine Freude und Aufmunterung verschaffen, aber in dieser Diktion spuren sie nicht, meine makartartig flittrig verknispelten Alten – – – ob ich mir Vroni nicht trotzdem schenken könnte?

Bäcks Kampfdress prangte bratwurstbraun verbrämt.

*10. Februar.*
>    af. Nicht schlecht staunten dieser Tage die Einwohner Dünklingens, als Pfarrer Durst im Zentralfriedhof die bereits mit 40 Jahren heimgegangene Frau Rat Emmy Spitta zur letzten Ruhe begleitete. Eingefunden hatte sich auch der Bruder Harald, eine größere Gruppe von Angehörigen und eine Abordnung verschiedener gesellschaftlicher Gruppen. Durst verwies am offenen Grabe auf das Bibelwort, das da lautet, derjenige habe das Leben, der an ihn glaube und dabei selig werde.

Wenn das nur gut ginge, wenn das nur gut ginge ...

*11. Februar.* Ausgerechnet! Ausgerechnet unser Umweltminister Streibl –!! – erkennt heute, glaubt man der Tagespresse, daß die Quellen des mörderischen Terrorismus im Kommunismus, im Marxismus-Leninismus und im »träumerischen Sozialismus« liegen. Nun, Karl Demuth hatte es schon zu spüren bekommen!

Aber ich werde wahrscheinlich trotzdem beitreten.

*12. Februar.* Der Mond, der Mond, am Himmel thront! Kaum neigt sich der Winter seinem Ende zu, wird er schon wieder frech. Und die Stadt: Gut erholt und zäh wie Kruppstahl! Kennt man dies nicht schon alles? Verschmitzte Erker, tuschelnde Zwinger, abgefeimte Batterien, schmunzelnde Torbögen, knusprige Bierwägen, kichernder Stuck, herzhafter Schluck, verschanztes Geranze, grillende Kröten und abermals der Duft von Zuckerwatte, Bratwurst und Kräuterbonbon – ah! Prostitution!!

Revolution!!!

Alwin, ich komme!

*13. Februar:* Allzumal
Im Jammerthal
Laue Luft
Dämmergr-

Nein, auch lyrisch bin ich ausgebrannt. Schon seit einem Dreivierteljahr Kodak nicht mehr gesehen, will ihn nicht sehen usw. Der lyrische Quell ist versiegt ...

Die Matratzen-Mätresse alias Mater Coeli ...? Man darf das 1:321-Erlebnis nicht mutwillig wieder hervorlocken.

*15. Februar.* Heute kommt die Bestätigung, die endgültige, wie kugelrichtig ich liege! Die Überweisung meines Sub-Erpressungsgeldes zu kontrollieren, war ich in der Raiffeisenkasse – da lag er, da stand er im »Informationskasten für unsere Kunden«, der Bischof Ratzinger – und warb mit seinem Antlitz für den Erwerb goldener Münzen anläßlich seiner Bestallung!

Heftig griff ich zu, zu Hause studierte ich den Prospekt genau: »Das Land«, heißt es da, »schätzt sich glücklich, durch seinen Erzbischof nach dessen Aufnahme ins Heilige Kollegium wieder in der Weltkirchenregierung vertreten zu sein.« Zu diesem Zwecke aber gebe es ab sofort Sammlersätze in Kassette, und zwar:

Reines Feingold: 999,9-24 Karat 495 Mark
Reines Feinsilber: 999,9 98 Mark
Unterschrieben: »Sparkassen und Banken«.

Was war das? Sicher, der Bischof wollte mir ein Signal geben. Aber für was? Klar, von dem Gewinn des Feingoldes und Feinsilbers zahlt er seine Mätresse aus, den Kerzenhändler und den Mähdrescher. Aber – was habe ich damit unmittelbar zu tun? Soll ich Münzen kaufen, so das gesamtkatholische Geldgehacke zu fördern? Die Situation wird allmählich zu vernuschelt und vermauschelt, ich verliere die Fäden, das Garn. Ich werde mich, mit oder ohne Partei, Alwin noch fester anschließen, das Gewürge zu kontrollieren, und notfalls mit klassenkämpferischen Maßnahmen den Bischof vom Sockel zu suckeln!

Wenn Kathi die bischöfliche Mätresse ist, kriegt sie also das Geld, von dem wir wieder neue Münzen kaufen können – vielleicht lebt unsere »Familie« schon jahrelang vom Bischof, indes sie sonst schon längst – – –?

*17. Februar.* Hähähä! Meine Vroni-Pläne sind gottseidank von selber zerstoben. Zerstiebt? Zerstoben. Albert Wurm – und in seinem brenzlig quellenden Auge unkte gleichzeitig die Erfahrung hoher Weibergenüsse und die des notorischen Entsagungszwangs – teilte mir heute in der Teestube mit, Vroni habe kurzfristig einen GI geheiratet und sei mit ihm auf und davon. Einsiedel, das war mißgetan! Und Lattern hatte recht geweissagt.

Mein galantes Unglück freut mich sehr!

*18. Februar.* »Stellage« statt »Stratege«.

*19. Februar.* Ich möchte nur wissen, was das ist, was mich beim Tagebuchführen immer so zwickt und kitzelt und . . .

*22. Februar*: Premiere! Ein Tripel-, ja Quadrupelverleser ist geglückt! Aus »Nachtbackverbot« wurde »Nacktbadeverbot«, als ich die beiden Wörter nebeneinander zum Vergleich schrieb, las ich hingerissen »Nachtbarvorhut«, als ich auch dies noch dazuschrieb, war »Nachbarvorhaut« draus geworden. Es muß etwas geschehen, und zwar schleunigst!

*24. Februar.* Fred ist jetzt sogar beim Altenabend, seine unwiderstehliche Dynamik zu unterstreichen, im blauen Overall erschienen. Auf dem Brustlatz aber stand: »Foto-Fred presents: Das optimale System!« Wurm, immer anakondischer feist, fand es »wie g'sagt attraktiv«. Kuddernatsch aber, was selten vorkommt, tadelte mit Eifer: »Was soll das, Fred! Du bist doch jetzt 74 Jahre!«

Es war ein feierlicher Augenblick. Er hatte sein Alter mit dem des Fotografen verwechselt. »Du Dummer!« wehrte Wienerl sich wirbelnd. »Gott 'nei!« log Wurm in schrägem Moll. Klaglos klagte Bäck sein Leid. Tat Freudenhammer mit dem Auge schön. »Du Knaller«, sagte Fred, »mein Kleiner!« Ich krallte fester mich an Kuddernatsch vertraulich. Etwas Erdmännchenhaftes sang jetzt auch an ihm. Immer ähnlicher wurde er Schopenhauer, nach der Fotografie von 1859. Nur der machtvolle Haarbusch fehlte und die Geistträger, die schlohweißen Koteletten. Eine Perücke stünde Wurm recht gut. Bäck trank edlen Wein. Liedhaft klappte Freudenhammers hängendes Lid herunter. Durch sein Erscheinen hinterm Zapfhahn machte Demuth auf sich aufmerksam. Vroni fehlte lautlos. Man beachte auch die Verschmitztheit, mit der Kuddernatsch den Overall im Auge behielt. Fragwürdig äugte Wurm bis zum Exzeß. Bäck sah wesenhaft. Ein Tropfen an seiner Nase winkte mir zu.

Der kalte Bauernmond des Heimwegs, des Heimwehs nach Stefania?

*25. Februar.* Ein Motorrad, eine 600er kaufen, die tollsten Reisen machen. Aber ich trau' mich nicht, ich trau' mich nicht. Die früh Geliebte hintendrauf – –

*26. Februar.* Wenn ich wenigstens ein Hündchen hätte! Aber ehrlich, ich will ja keins. Zu unpolitisch. Eskapismus.

*27. Februar.* »Termin« mit Alwin vereinbart. »Mein Sohn, der Alwin, hat jetzt so was Nettes! Er hat so ein Sprechfunkgerät. Aber wo! Er sitzt daheim auf dem Stuhl und funkt mit unserer Nachbarin, eine alte Balletteuse aus Heidelberg, die freut sich, die hat auch so ein Gerät. Freut mich, daß mein Sohn technisch so interessiert ist! Wohnt am selben Korridor, so nett!« Dann etliche sozialistische Marginalien. »Guilleaume hat recht gehabt. Brandt hat's verraten, unsere Klasse ...«

28. *Februar.* »Schattenkabinett« statt »Schabkunstblatt«. Mä-Tresen? Mä-Tresor? Mä-Tresse! Mä-Dress! Was hatte er am Leib gehabt, der Kleine? Mal nachsehen. Ein laubfroschgrünes Mäntelchen. Na und?

Abends »Paradies«. Unsere Altmeister des dreigestählt Hockerischen. Winterliches Ödgefunzle. Alte Nöckerei. Alter wie viel Äther sei. Morgen mittag wird's geschehen.

1. *März.* Blondblauer Himmel, strohig knospende Wolken, grünender Wald. Ach, die Palmkätzchen, Boten des Schmetterlings! Windbuschröschen glühten zart. Frei, aber einsam torkelte ein Spatz vor sich hin. Dunst von Veilchen. Schlehdornzweige tauchten zu Boden, und mir wurde schon jetzt ganz rauschig vor heimlicher Süße.

Vorbildlich konspirativ traf ich mich mit Alwin in der Wallfahrtskirche St. Maria-Grein bei Knittlingen, sechs Kilometer von Dünklingen.

Ich war etwas zu früh eingetroffen. Las in den Broschüren am Kircheneingang herum. Ein Lobgottes lag auch auf. Ich schlug nach, was heute die Liturgie bot. »Albinus« stand im Kalender. Es war kein Zufall. Es war der Heilige Geist der Revolution.

Punkt 14 Uhr ersah ich ihn, lauernd hinterm Hauptportal. Er rückte an sehr locker wiegend, ich schlich mich um die Ecke. Als Streibl am Portal angelangt war, betrat ich die Kirche von der kleinen Seitentüre aus, machte ihm mit dem gekrümmten Finger ein Zeichen. Im Barcarolerhythmus bewegte sich der Agent auf das Kirchgestühl zu, nahm Platz, schaute fromm zur Decke. Ich biß mich auf die Zunge. Schlurfte zu ihm, setzte mich zu ihm. Zuerst benommen, dann gefaßter starrte ich auf den Altar. Streibl tat bewegt desgleichen. Er hatte einen besonders festlichen, ja transpirierenden Schädel auf, die Haare waren straff nach hinten gebürstet. Um ihn wand sich ein mir noch unvertrautes, ja unerhörtes marineblaues Jackett. Er schien zu wissen, daß es jetzt aufs Ganze ging.

»Du wolltest mich konsultieren?« fragte er wie einsatzbereit.

Ich selber war in einem sehr kreativ großkarierten, expressartigen Kombinationsanzug erschienen. Bordürenhemd gestreift weißrot, betonte Knopfleiste, ausgezeichnet . . .

»Hör zu, Alwin«, ich machte es knapp und biß mir stärker auf die Zunge, »ich bin jetzt so weit. Ich möchte der Kommunistischen Partei beitreten. Aufnahmegrund«, unerwartet früh war ich nicht mehr ganz gescheit, »Iberer.«

Gottseidank hatte ich das letzte nur geraunt. Streibl schien es nicht gehört zu haben, er wirkte vom Anmarsch aus dem Dorf noch sehr strapaziert. »Aah«, seufzte er ins Kirchenschiff. Es saßen sonst nur noch ein alter Mann und eine alte Frau drin herum, drei Bänke voneinander entfernt, acht Meter vor uns. Die befürchteten Gegenspione?

»Ich möchte«, wiederholte ich sehr ernst, »in die Kommunistische Partei aufgenommen werden. Alwin! Sofort!«

»Aah!« Jetzt schien Alwin wirklich erfreut, lächelte beseligend, antwortete aber dann ganz purzelnd: »Siegmund, geh zu, geh'n wir in die Bergwirtschaft unterhalb – ein schönes frisches Weizen
 •
tät' mir jetzt gut, dir auch – und dazu einen Klosterkäs' pikant, der Käs', hör zu, ist das Höchste außer«, es ächzte früh und hoffnungsmindernd, »außer einem schönen frischen Beischlaf! Schönen frischen Beischlaf!« Er tippte mir beifallheischend gegen die Brust und deutete auf seine: »Hab meinen heut' schon gehabt! Göttlich schön!« Warf den Kopf erschöpft in den Nacken und öffnete begeistert leicht den runden Mund. »Bergwirtschaft, hör zu«, jetzt berührte er mich am Arm und schmatzte wie einladend, »war jahrelang meine Stammwirtschaft, der Wollack Walter war Stammwirt drauf! Der kennt dich auch!«

Etwas mühevoll versuchte ich, Streibl möglichst entgeistert anzustarren. Gelbe Sonne fiel spotlightartig auf seine mir zugewandte Halbkugel.

»Ich möchte«, sagte ich brüchig, doch um so entschlossener, »der Partei beitreten – deiner Partei!«

»Der Partei . . .«, widerhallte Alwin versonnen. Bräunliche Rokoko-Putten umschwärmten uns schon von allen Seiten. O Gott, o Gott!

»Deiner Partei! Jawohl!« Ich flüsterte es wie in sich ankündigender Seenot.

»Welcher – Partei?« Er rückte den Rumpf gegen mich. »Siegmund?«
Der Schwager schien nicht ganz anwesend.
»Na ja«, damit hatte ich wirklich nicht gerechnet, »der kommunistischen Partei halt!« In diesem Augenblick war mir so entsetzlich ernst damit, daß ich mich schon in einer Ausschußsitzung werkeln sah. Brütend über großen volkseigenen Stapeln.
»Der kommunistischen Partei ... der kommunistischen Partei!« Alwin sah sehr verdrießlich drein. »Was willst in Dünklingen mit der kommunistischen Partei ...?«
Ein Lichtblitz funkelte über beide Köpfe und fuhr die Wand hoch.
»Alwin«, holte ich beharrend aus, »du sagst doch, du bist jetzt wieder aktiv in der Parteiarbeit tätig. Dann kannst mich doch«, ich zupfte flehend am Bart, »mit in die nächste Parteiversammlung mitnehmen und – meine Aufnahme in die Wege leiten!«
»Geh allein hin«, sagte Alwin, »da brauchst doch mich nicht, Schwagerherz!« Selbstzufriedene Eitelkeit, nein, eitle Abwehrbereitschaft schwamm deutlich ruhlos in den Agentenaugen. »Du weißt doch, wo die hocken ... jeder weiß es!«
»Die DKP? Ich weiß es nicht!«
»DKP, DKP ...« Der Schwager schmollte ohne Hast, »was willst mit DKP ...«
»Aber du – bist doch in der DKP! Oder?«
»Aber wo, aber wo!«
Glanzlos sah ich an Streibl empor. Er lächelte entfernt, wie kaum von dieser Welt. Wenn uns Hemingway jetzt sähe!
»Du bist also, Alwin, nicht – bei der DKP?«
»DKP – mußt allein hingehen – geh allein hin, Schwager, bei der DKP kann ich dir nichts nützen, shit. Ich ... du weißt es doch, gegen mich läuft seit Jahren eine Denunziation«, Streibl jammerte sich rascher warm, »eine Diffamierung, eine – hör zu, nebenan in der Bergwirtschaft –«
»Was ist da mit der DKP?« Entschlossener denn je wollte ich dieser Partei beitreten. Gleichzeitig erwachte mein Ehrgeiz. Aber Streibls Blick gedieh betäubender.

»DKP, um Gottes willen! Sie haben eine – sie denunzieren mich laufend. Der Bleicher Sultan ist doch eine Sau – eine ganz lauwarme Sau, ah!«

»Bleicher Sultan?«

»Eine arme, ach so arme Sau! Er hat eine Denunziation beim Staatssicherheitsdienst gegen mich indiziert, induziert«, der Schwager wurde erregter, aber die beleibte Vision dieses Vorgangs machte mich vor Freude ganz schnell beben, »die haben ... der Stasi ist drauf reingefallen, sie haben mir erst gestern wieder eine Warnung zukommen lassen, aber ich negier's, ich negier's ... Ich bin für die DKP erle-, die DKP ist für mich erledigt ah!«

»Parteiausschlußverfahren?« Windelweiche Vorsicht lag in meiner Stimme. Ach was, Iberer, es ging auch so.

»Aber wo, yeah ... wir haben ein Agreement getroffen, ein Reglement – die Mitgliedschaft ruht bis zur vollständigen Rehabilitierung ... wahrscheinlich 1980! Ah! Um Gotteswillen!«

Die beiden Alten vor uns neigten sich jetzt ein wenig zu uns zurück, zeigten aber wie in schweigender Abmachung zuerst nur ihr Profil. Bigotterie und Wachsamkeit war drin zu lesen.

»In der Kirche sind Spione«, wisperte ich schmerzlichsüß. Linkerhand in einem Seitenaltargemälde stand ein Bruder Konrad und begrüßte mit erfreut ausgebreiteten Armen Jesus, der, obwohl ans Kreuz geheftet, gleichzeitig auf Flügeln zu ihm geschwebt kam. Vorne rechts, jetzt sah ich es erst, war an einem Seitenaltar ein Gerüst errichtet, in sechs Meter Höhe stand ein Mann im weißen Kittel und sah lang und schwer zur Freskendecke. Als ob er träume.

»Spione«, der erfahrenere Streibl blieb bewundernswert gelassen, »gibt's überall, gibt's überall ...« Jetzt griff der Weißkittel zur Bierflasche und saugte dran. Ich ließ eine kleine Stille einfächeln. Vogelpfeifen war gut hörbar.

»Ich will aber«, langsam hob ich wieder an und fest, »in die DKP eintreten!« Ich wollte wirklich immer heftiger.

»DKP?« Jetzt schien die Stimme ganz munter. Ich wurde plötzlich überglücklich. »Du willst in die DKP?«

»Jawohl! DKP!«

»DKP ... was willst mit DKP?« Ich ließ ihm etwas Zeit zum

Nachdenken. Streibl entschied sich für eine unendlich müde Schnute. »DKP gibt's in Dünklingen praktisch nimmer, die haben's damals ausgeräuchert, wie der Grabinger Stadtkommandant war, der Grabinger Benno . . . aaah . . . es ist damals viel Unsauberes im Parteibüro passiert . . . gibt's praktisch nimmer, sie haben«, und jetzt gewann die Stimme endlich die Entrücktheit einer Bach-Air, »sie haben nicht dem Proletariat gedient, sie haben auf der ganzen Linie versagt . . . aaaah!«

Der alte Mann erhob sich jetzt, trat zum Seitenaltar links, schlug ein Kreuz vor dem Gemälde mit Mariä Heimsuchung und rutschte in die Bank, in der die Alte saß. Ganz eng rückte er an sie.

»Aber ich denk'«, ich zögerte virtuos, »bei der DKP läuft gegen dich«, ich zögerte stärker, »ein politisches Stillstandsverfahren im Zuge der Relegationsindizierung wegen Rehabilitierungswiedergutmachung« – accelerando ging mir der Mund über und die Seele schwang empor zum Deckenfresko, das meines Erachtens die Scheidung der Guten und Bösen beim Jüngsten Gericht zeigte, und mit einem Male war mir sehr klar, wo immer man mich später hintäte, zu den Guten oder Bösen, ich möchte bei meinem Alwin sein, »so ein Rehabilitierungs-Gentlemen-Agreement kann doch«, jetzt bekam ich aber doch etwas Angst, »die Welt nicht sein!«

»Es hat«, hob Alwin traulich seufzend an, mein Gefasel hatte ihm offenbar doch wohlgetan, »es ist ein Parteiverfahren, ein außerordentliches Schiedsgericht wegen – für mich ist's eine Statussache. Drum kommt's auf meinen Druck vors Landgericht. Wahrscheinlich wird nächstes Jahr das Oberlandesgericht einschreiten . . . ich kann's abwarten! O ja!«

Über dem Hochaltar stand mannshoch Unsere Liebe Frau. Die Patrona trug ein chiantirotes Kleid und einen polarblauen Mantel. »Ave Maria, mundi spes«, hieß es auf einem geschwungenen Goldband über ihr. Die Rechte hielt das Kind, die Linke vollzog die blumenvolle Gebärde »C'est la vie«. Links und rechts stukkierter Marmor. Der rechte flankierende Gipskopf war sicher St. Josef, der linke mochte der Täufer sein. Über allem thronend, krönend den Altar, ein Relief des Weltenschöpfers groß und streng. Zwei Sibyllen links und rechts auf dem Gesims, aus ihrer

Haltung sprach viel Nachsicht. Noch mehr aus der Madonna Auge.

»Aber, Alwin, du sagst doch, du hast mir doch mehrmals erzählt, daß du jetzt wieder stärker in der Parteiarbeit tätig bist, in der Jugendarbeit, Bildungsarbeit und so weiter!« Noch immer wollte ich in die Partei! Jetzt erst recht!

»Freilich«, sagte Streibl sehr gemütlich, »in der KPD!«

»KPD?«

»KPD/ML«, sagte Streibl wach, »ist heute meine Plattform ah!«

»KPD/ML?« Ich glotzte wie verführt. »Ich denk', du . . .«

»KPD/ML«, sprach Streibl sehr ruhig, »ist heute die legitimierte Vertretung des Klassen-Proletariats.«

»Aber – soweit ich – so viel ich weiß – bist du doch Spartakist!« Meine Abgebrühtheit erschreckte mich ein wenig: »Du hast es doch – vor einem halben Jahr selber in der Tankstelle zum Waldvogel gesagt!«

»In der Tankstelle, in der Tankstelle, um Gotteswillen«, Alwin lächelte spöttisch und wie verzeihend zugleich und machte es sich in seiner Sitzbank bequemer, »in der Tankstelle wird viel geredet!«

Sollte ich ihm flugs meine Krallen ins wonnige Antlitz peitschen? Ich wankte keinen Zentimeter: »Und ich kann – auch dazu?«

»Für dich wär's, Schwager«, Alwin überlegte vier Sekunden, »pardon, nicht die richtige Partei. Als – Theoretiker tätest dich bei uns nicht recht wohlfühlen . . .«

»Ich möchte aber, Alwin!«

»Dann geh halt«, sagte Alwin, »hin. Ich kann dich nicht halten . . .«

»Und wo, falls ich also allein hingehen muß, ist dann das Parteibüro? Von dieser – KPD/ML?«

Mein Neuangriff war erbärmlich, reichte aber aus:

»Du weißt es doch!« Des Agenten Hände glitten unruhiger über die Oberschenkel mit schicker melierter Diagonalrippe. »Was brauchst da mich dazu?«

»Ich weiß nichts, gar nichts!« Ich rief es schon verzweifelt und fast laut, »mir sagt man ja nichts!« Bittend sah ich Streibl an.

»Ich weiß es wirklich nicht«, ich wagte mich sehr weit vor, »Schwagerherz!«

»Freilich weißt es!« Alwin säuselte jetzt wie enttäuscht, »im Ding, im Kreisverkehr ... in der Turner-Ding ... beim Depot ...« Er klopfte sich tatsächlich wider die Stirne. A la Caravaggio plumpste scharfes Licht auf des Agenten Schädel.

»Turner?« half ich. Sah er nicht stattlich aus wie ein Statthalter? Das Vogelzwitschern wurde ärger.

»Turnerfabrik!« Jetzt hatte er's. »Ich werd' so vergeßlich. Aah!«

Ich erinnerte mich keiner Turnerfabrik in Dünklingen.

»Und wer wohnt da?« Ich hatte mich etwas vorgebeugt, um ihn nicht ansehen zu müssen. Die beiden Alten flüsterten. Der Weißkittel auf dem Gerüst betrachtete die Maurerkelle.

»Ding ... die KPD, die KPD/ML! Wir sind nur«, er heulte leis betörend los wie Abendwind, »der arbeitenden Bevölkerung verpflichtet, wir lehnen alle Anbiederungsversuche des Großkapitals ab. Wir setzen uns für – Solidarität ein!«

Eine halbe Sekunde lang war mir zumute, wie jenem kleinen Elefanten, als er seine tote Mutter entdeckt hatte, eine ganze Nacht lang.

»Und gleichzeitig, wenn ich's richtig interpretiere, liegt deine Mitgliedschaft bei der DKP still?«

»Bis 1982«, sagte Streibl, »bis dahin ist der Sultan weg.«

Ich überlegte kurz und schmerzensreich. Dann war ich sicher. Ich wollte nicht zur DKP – ich wollte in Streibls Partei. Dann eben KPD/ML. Stur würde ich hinein mich pressen, gegen des Schwagers Widerstand. Und dann begänne hohes Glück ...

»Also«, ich mimte zarter den Hilflosen, »du kommst dann mit? Wenn ich zur KPD/ML geh? Zu meinem Parteibeitritt?«

»Du bist doch erwachsen«, tadelte Streibl sanft, »du kannst doch ... ich würd', Schwager, hör zu, an deiner Stelle noch zwei drei Jahre warten, du solltest nichts übereilen ...«

»Wann sind Aufnahmezeiten?« Ich ruckelte an meinen Ohren. »Ich mein', wann ist im Büro dafür wer da ... wann ist es garantiert besetzt?«

»Samstagvormittag sitzt meistens jemand drin. Es alterniert. Der Jour-Dienst«, sagte Alwin sehr sinnend, »alterniert.«

»Geh halt mit hin«, bat ich noch einmal windelweich. Die Patrona hielt ihr Kind ganz fest, Josef wirkte reichlich müde.

»Ich, schau, geh am Samstag zum Fußball, Punktspiel, gegen Harburg entscheidet sich das Schicksal«, funkte Alwin zurück, »von Inter. Der Bus fährt schon um 10 Uhr weg! Fahr doch mit! Es sind noch Plätze frei!«

»Aber . . .« Jetzt begann ich innerlich zu schwefeln.

»Gegen Harburg ah. Schwager, schau, das internationale Großkapital fürchtet heute die DKP nicht, aber sie fürchtet die . . . die Revolution. Die Revolution der Basis wie wir!«

»Das Kommunistische Manifest«, versetzte ich schäbig wie süchtig, »fordert die Zerschlagung des Kapitals . . .!«

»Kaputtmachen, kaputtmachen kann jeder«, verblüffte Alwin so gelassen wie schmerzlich und straffte den Oberkörper, »ich, Siegmund, bin heute, wie ich da bin, ein Schmarotzer des Systems – Marx, hör zu, war ein genialer Mann, er erkannte die Ausbeutung des Menschen, der Mensch, du weißt es ja selber, wird durch den Menschen ausgebeutet, Marx hat's erkannt, täglich ausgebeutet . . . die Ausbeutung – was willst denn mit dem Bleicher Sultan, ein Depp, ein Depperl, der von der Partei bezahlt wird, damit er's auswendig sagt, aber wo, wir alle sitzen im gleichen Boot, ausgebeutet, wie alle, wir alle, du doch auch, Siegmund, um Gotteswillen, gib's doch zu!«

Es war der artistischste, fintenreichste Satz, den ich je von Alwin gehört hatte. Er hatte jetzt, immer den Kopf zurückgelehnt, das linke Auge geschlossen, das rechte offen – gleich, als ob er sich teils für den bevorstehenden Klassenkampf schone, teils rechtzeitig dessen Herannahen erspähen wolle. Aber ich gab noch nicht auf, noch lang nicht!

»Siehe Lenins Aprilthesen«, sagte ich ambivalent. »Der Zar mußte weg!«

»Der Zar? Der Zar hat abgedankt«, wehklagte Streibl verfetteter, »und der Bleicher Sultan lernt's auswendig. Der Zar war den Bolschewisten nicht gewachsen«, verlängerte er etwas weinerlich, aber auch kampfstark.

»Ernie«, träumte ich den Faden aufgeregt und tollkühn weiter, »Ernie Hemingway war ein Agent der bürgerlichen . . . der . . .«

»Hemingway«, belehrte mich der Agent sofort, »hör zu, Hemingway ... ist bürgerlich, aber fortschrittlich. Hör zu, Schwagerherz, Hemingway, ich hab ein liederliches Leben geführt, die Freude an der schönen Literatur ist das einzige, was mir geblieben ist, die schöne Sprache ah! Hemingway ... ist schlicht wie die Bibel ...!«

»Die Bibel ist meines Erachtens – nicht schlicht.« Ich trotzte leis und fest und kniff die Augen auf und zu. »Höchstens in deiner Schulbuchausgabe – für deine Kinder!«

»Kinder«, freute sich der Spion wie huldreich überhörend, »nett. Die Bibel, hör zu, ist ein Meisterwerk ...«

Hatten wir dieses Gespräch nicht schon einmal? Zehntausendmillionenmal? Ich mußte etwas tun.

»Die Bibel, Alwin, ist kein Meisterwerk. Kann gar keins sein, weil kein Meister da war, der Begriff des Meisterwerks ...«

»Die Bibel«, Alwin unterbrach mich, als ob er meine Argumente zur Genüge kenne, »ist ein Meisterwerk, weil Christus selber der Meister ...«

»Was?« Ich mußte ihn angefunkelt haben. Streibl wirkte leicht verschüchtert.

»Die Bibel, hör zu, Siegmund, ich bin kein bekennender Christ, aber ich respektier's, die Bibel hat schon so vielen Leuten geholfen, durch ihre einfachen Wahrheiten, so einfach, so schlicht – die Bibel, hör zu, Schwager, ist schlicht – wie Hemingway!«

Wehende Stille. Aber ich hatte mich nicht verhört. Der Schwager schien sich wieder eingeträumt zu haben. Man mußte ihn schärfer angehen. Es war meine Pflicht als Schwager. Ich erschrak. Heute mußte ich den Vorhang zerreißen! Plötzlich wußte ich es.

»Hemingway! Hemingway! Sei mir nicht bös, Schwager! Aber ich möcht' bloß langsam wissen, ob du in deinem Leben schon mal was anderes gelesen hast als – Hemingway!«

»Er ist«, Streibl ächzte meliter in modo, fortiter in re, »der Größte. Nach Shakespeare, du weißt es ...«

»Hast du«, ich mußte etwas straffer sekkieren, »hast du zum Beispiel Gottfried Keller gelesen? Mondrian? James Gogol? Oder wenigstens Tolstoi?«

»Tolstoi?« Streibl lächelte abwinkend. »Ein alter Reaktionär.

Keller ›Segen der Erde‹?« Betörender ward sein Organ. »Sentimentale Schule ah! Aufklärungsfeindlich, ach Gott!«

»Ausgerechnet Keller – sentimental?« Es war meines Wissens das erste Mal, daß ich Streibl von den Fundamenten her anging. Der Schwager spürte es sogleich und wachte vollends auf. Schien leise überrascht.

»Ich kenn«, er muffelte beleidigt, »meinen Keller genau so gut wie du! Warum haben sie dich denn damals aus der Bibliothek geschmissen? Keller gilt nach der sozialistischen Literaturauffassung als sentimental!« Alwin klagte beengter. »Und subversiv!«

Jetzt war ich selber stranguliert. Es riß mich schneller in den Malstrom des Geschauders.

»Du bist subversiv, Alwin!« Ich strahlte ihn verschmitzt begeistert an, »subversiv sentimental wie – Kerenskij! Ja, genau! Wie Kerenskij!« Agent Streibl, hören Sie nicht, wie über unseren Köpfen das Benedictus aus KV 317 schwebt? Er hörte nichts:

»Ich kenn meinen Keller«, schnuffelte Alwin sehr behend, »meinen Maupassant. Hör zu, Schwager, ich versteh' dich nicht, warum willst mich in der Kirche, in der Kirche«, er mußte das Beleidigtsein zu Teilen auch von Helmut Schön im Fernsehen abgeschaut haben, »in einer Kirche fertigmachen? Maupassant, ich hab alles gelesen, Madame Pompary, alle 22 Bände! Hemingway! Was hast – gegen ihn? Er war im westlichen Lebensstil daheim, yeah, aber er war aufgeklärter Materialist. Warum läßt du ihn nicht gelten?« Vorwurfsvoll winkelte der Agent das Mündchen an, ruckartig begannen die Augen zu schwärmen, in schöne Weizenbierträume versunken, »Hemingway war Heide ah! Aber ... er schreibt wie ein – Gebet!«

Winnetou? Ob man in dieser Kirche Weiber kennenlernen konnte? Göttlich schön?

»Das sagst du?« Ich drohte neckend mit der welken Stimme. »Ein KPD/ML-Mann? Du – machst doch die Jugendarbeit!«

»Du tust mir weh!« wiederholte der Agent dringlicher bezwingend, geradezu brillant lächelte er in mich hinein, »warum hast mich in die Kirche herbestellt? Ich hab gedacht, wir plaudern nett miteinander – und du? Schwagerherz? Ich hätt's nicht von dir erwartet. Warum erwähnst du vorhin Kerwenski? Kerwenski! Shit! Wer hat denn den Trotzki damals im ... im ... Unklaren lassen? Damals!«

Ich wußte es nicht. »Der MAD«, sann ich flüsternd.

»Der Bleicher Sultan«, fuhr Alwin tödlich verachtungsvoll fort, die durch die Fenster blitzende Sonne schien wie von leisen Schatten durchsättigt, »der Sultan ist Revisionist, ein Handlanger des ... hör zu, Schwager«, der Schwager seufzte kernig, »ich hätt' eine Bitte, geh'n wir in die Wirtschaft unterhalb, da hätten wir Zeit, da könnt' ich dir's besser erklären, da könnt' ich dir gern einen Cognak spendie ... und ein Lachsbrot mit schönen Zwieberln drauf! Die Wirtin ist eine Verwandte von meiner Mutter ... der Taufpate vom Arthur ...«

Ich ging nicht darauf ein, kratzte mich glutvoll am Kopf und setzte mir eine schwere bedeutende Miene auf. Auch hätte ich mir gern eine Zigarre angezündet.

Bis hierher, dessen bin ich sicher, war ich noch immer entschlossen, der Kommunistenpartei beizutreten, welcher auch immer. Erst die Rückerinnerung an den Namen »Bleicher Sultan« schwächte mich entsetzlich. Aber ich kämpfte noch um meine Aufnahme:

»Alwin, hör zu, es geht jetzt für mich – ums Ganze! Ich möchte, ich bin jetzt 48, ich möchte in die kommunistische Sargzimme – pardon – –«

»Kommunismus, Kommunismus ...«, summte Streibl tröstlich, »Kommunismus heut' ist eine Weltbewegung ...«

Da fiel mir etwas ein:

»Und was machst *du* eigentlich bei der KPD/ML?«

»Ich bin«, antwortete Alwin, »heut' praktisch stellvertretender Vertrauensgruppenmann, so lang der Winkler Heinz im Urlaub ist. Ortsgruppenvertrauensmann.«

»Aber«, ich stockte erregt, jetzt wußte ich erst genauer, was ich eigentlich fragen wollte, »was ist dann das eigentlich, die – ich meine, was heißt, was *ist* das eigentlich – KPD/ML?«

Streibl sah mir recht verwundert in die Augen. Die Sonne schwand, kein Wunder, langsam aus dem Kirchenschiff. Aber die Patrona schien zufrieden, schien daran gewöhnt. Schon zu Toscas

Zeiten war ja in den Kirchen viel politisches Wesen gemacht worden, unheilstarkes. Die zwei Alten flüsterten sehr emsig.

»KPD/ML! Was ist das? Alwin! Ich meine, das muß doch irgendwas bedeuten? Ein Sinn!«

»Kommunisten«, sagte Alwin hilfreich. In diesem Augenblick, zehn Minuten nach 3 Uhr, wollte ich der Kommunistischen Partei *nicht* mehr beitreten.

»KBW?« schlug ich deshalb saugend vor.

Alwin lehnte sofort ab. »KWB, KWB! Das KWB ist heute in der BRD bedeutungslos, es sind Verräter, es sind häßliche Sektierer«, erklärte er mir recht beleidigt, »wir lehnen's strengstens ab!«

»Und ihr? KPD/ML? Was wollt ihr eigentlich?«

Hatte ihn schon. »KPD/ML? Um Gottes! Steht doch – in unserer Satzung!«

»Nichts steht in einer Satzung!« rief ich flüsternd, »was ist das KPD/ML? Alwin!«

»Du weißt es doch!« verteidigte Alwin sich wieder leicht in Nöten. Jetzt mußte etwas erfolgen. Ein schwerer Seelenruck:

»Nichts! Nichts weiß ich!« keuchte ich wie blöd. Um fast reißend fortzufahren: »Und ich werde dich bzw. euch jetzt im Angesicht des Tabernakels überführen! Jawohl!« Hier tauchten meine Gedanken plötzlich zu der kleinen Sommersprossen-Stupsi hinunter. Ich würde sie, jawohl, im Sommer wieder zum Eisessen einladen und Alois Freudenhammer entreißen und wir würden eine gute Zeit haben – oder sollten wir lieber eine Heilige Familie selbdritt formieren? Ich war doch sowieso eher weiblich-weicher Natur, genau! – »KPD/ML ist *nichts* – und du bist *nichts*. Jawohl! Im Angesicht des offenen Tabernakels werde ich«, ich ächzte stämmig und fast laut, »dich jetzt entfüh –, pardon: überführen. Jawohl! Das mache ich!«

Die alte schwarze Frau blickte schon wieder über ihre Schulter, sie wußte inzwischen alles, die Ermittlungen liefen wahrscheinlich schon. Alwin schien dagegen nicht recht zugehört zu haben zuletzt. Hemingways harmvollster Herold schürzte nur heiter die Augen und sah sonniger zur Decke. Ich meinerseits bohrte schon seit einiger Zeit in meiner Hosentasche herum, plötzlich hatte ich eine Packung – Kaugummi in der Hand. Öffnete sie vorsichtig und hielt ein Stück Alwin vor den Mund.

»Nicht hier«, beschied mich Streibl sacht, »keine Religion, seien wir tolerant, soll verarscht werden, Marx tät's nicht gern sehen, nicht gern sehen ...«
Der Kampf nahm seinen Fortgang.
»Das sagt abermals ein – Kommunist?« Zum ersten Male seit – meines Wissens – Jahren brüllte ich ihn, freilich hauchend, an.
»Nicht schön, nicht schön von dir«, sang der Agent nach einer kleinnachdenklichen Pause so elegisch, daß die Balken greinten, »daß du hier in der Kirche, hör zu, einer, in der Kirche, einer religiösen – religiösen Kultusgemeinde solche ...«
»Als Kommunist?« fragte ich leiser, denn ich mußte wieder an den kleinen Elefanten denken, »Religion ist«, fuhr ich ernst und fast wieder versöhnt fort, »wie du eigentlich wissen solltest, Opium fürs – «
»Sagt der Marx, sagt der Marx«, fing mich Streibl ruhig ab und richtete ein wenig an seinem wulstigen Oberkörper herum, »der Marx sagt's. Aber du mußt heute«, feiner Schweinebratenduft tremolierte jetzt im Schmerz der Stimme, »dialektisch denken, du darfst Marx nicht alles glauben, war auch, war auch ein alter Schmarrer, die Entwicklung ist über ihn«, Streibl saß nun sehr aufrecht, »hinweggeschritten, die Technisierung, die Rationalisierung ... die Dämmerung beginnt erst in der Stunde der Finsternis ihren Flug, wenn die Philosophie, aber wo, ihr Grau in Grau malt« – er wirkte jetzt sehr gefestigt und mir weitweit überlegen, war es nicht plötzlich wirklich der Weltgeist, der aus ihm sang? – »beginnen die Mühlen Minervas zu mahlen. Wir Kommunisten – können warten ... warten ... um Gotteswillen, der Eurokommunismus, um Gotteswillen, wird vergehen, wie er dahergeschneit ist, ich bin heut' Vertrauensmann von der Zulassungs-, pardon: du weißt es ja selber: von der DKP, wir tagen morgen abend beim Wollack Walter ... einen Dämmerschoppen ...«
»DKP!« Es riß mich hoch! Eigentlich hatte ich gerade fragen wollen, warum er Gott andauernd zum Kronzeugen anrief.
»DKP, jawohl yeah. Wir wollen, Siegmund, keine Volksfront, kommt nichts raus dabei, aber wo, wir haben's doch erlebt ...«
»Sultan?«
»Bleicher Sultan?« Streibl widerlegte mich rasch. »Ein Bandit aaah!«

Wieder omenreiche Stille. Ich durfte sie nicht entzaubern. Der Agent betrachtete verständig die Kreuzwegstationen. Die zwei Alten vor uns flüsterten oder beteten? Der Weißkittel auf dem Gerüst war verschwunden. Wie hehr dies Gotteshaus nach Kuhstall roch! Wenn jetzt Stupsi hereinritte! Mein Gott, wie lange redeten wir denn schon Unheil? Den ganzen Nachmittag? Die Ewigkeit? Wie unglaublich zäh der Agent meine Kanonade verdaut hatte! Er schien äußerst heiter und zufrieden . . .

»Warst du eigentlich schon – immer Kommunist?« fragte ich schließlich. Ich hatte ganz butterweich säuseln wollen, es kam ätzender heraus, als gewünscht.

»Ich war«, hub Alwin an, »46 in der . . . bei der Bayernpartei, wegen der Entnazifizierung, es war«, kam er möglichen Bedenken zuvor, »eine liberale Partei.«

»Liberal«, echote ich andächtig. Unterdrückte die natürliche Frage, was der Osten dazu gesagt habe. In meinem Bauch ging es zu wie auf einer Kirchweih – sic! Mein Kopf war wieder ausgeruht.

»Liberal, yeah. Sie war gegen die Obrigkeit und für den Liberalismus aaah! Aaah!« Er sang es mit Glamour, in schönen Erinnerungen versunken. »Es waren Aufklärer drunter . . . der alte Professor Britzelmeier . . .«

»Und dann? Kommunist?«

»Der Nennstil August«, sagte der Agent wie skeptisch, »hat mich dann 'rübergezogen. Ein guter Lapp!«

»Nennstil? Und übrigens, Alwin: Herzlichen Glückwunsch zum Namenstag!«

»Dank dir, Siegmund, nett«, hielt Streibl seidig stand, »nett, daß du drangedacht hast – Nennstil ja, deine Schwiegermutter müßt' ihn noch gekannt haben, er war zu seiner Zeit Playboy, Liebling von der Damenwelt, dann ist er nach Freising verzogen, erstklassige Wohngegend, sein Sohn ist jetzt in Nigeria Braumeister, bei den Papuas, jaah! Diplombraumeister – der Nennstil Gust war Vorsitzender und der Hammer Luck. Hammer Luck und der Szuj Heini, ein hochqualifizierter Immunologe, der Hammer Luck, der hat dann die McNamara Helga geheiratet, ein dummes, ach, ganz dummes Luder, eine Koryphäe als Orthopäde . . .«

Stürmisch türmten sich Akkorde, falsche Töne, aber wahr! Das süße sehnsuchtsvolle Harren auf den Tod. Er log jetzt, wenn er klagend den Mund aufmachte. Jetzt wußte ich's genau: Es war die materialistisch dialektische Synthese aus dem Lamentogeöde eines Gregorianischen Chorals und der hoffnungsfrohen Keuschheit der Missa de Angelis!
»Der Nennstil selber war integer, hochinteger ah! Seine Frau war eine Lebefrau, um Gotteswillen, ich war scharf auf sie, ach, wie war ich scharf auf sie! In der Zentrale! Wunderbares Weib, mitten im Parteibüro...«
Kyrie – ee – eeee – eeeeeee – eeeeee-leison. Ich schluchzte lautlos mit.
».... in der Redaktionsstube vom Parteibüro. August war auf der Delegiertenkonferenz in Bad Reichenhall, ein integrer Mann, ach Gott!«
Die Harmonien der Gemeinheit wogten himmlisch, silbrig zischte Gischt der nimmersatten Infamie darein. So soll's ewig sein –
».... eines Tags, sie hat sich lange gewehrt, war ein Charakterweib, um Gotteswillen, hat sie mich dann drüberlassen, die Drecksau, ach, war ich fertig dann im Anschluß! Wie ein Marathonläufer ah!«
Wieder Stille. Lüge hallte nach. Alwin war in Schwärmerei versunken. Der Mund stand hocherotisch offen. Kopf und Körper lagen schräg. Der Gipfel der Gemütlichkeit, er war erklommen. Beklommen nahm ich mir ein Herz. Erstmals, dreist und systematisch, kreuzfeuchtfröhlich log ich mit:
»Ich möcht' deshalb gern zu den Kommunisten, Alwin, weil mich meine Frau – bzw. ich bin an sich noch SPD-Mitglied...«
»Da schau an«, freute sich Alwin, »wußt' ich gar nicht!«
»Bzw. Renegat auf Widerruf. Sie haben mich vor drei Jahren um meine Kurobulusrentenanpassung geprellt, sie wollten es in die Parteikasse fließen lassen. Aliquid semper haeret. 30000 Mark ohne Zinsen. Der Dr. Dingworth-Nussek aus Würzburg-Süd ist mein Vertrauensanwalt. Er betrügt seine Frau seit 1971 zweimal wöchentlich. Die SPD ist keine Heimat mehr für mich!«
Es war wie eine Neugeburt. Ich hatte bisher nicht gewußt, wie freies Lügen tat, was schaler Unsinn in mir steckte. Der Schwager

nickte voll Verständnis, merkte nichts. Schmelzend hingegossen log ich weiter:

»Und CSU? Ich war bis vor sieben Jahren Stadtteilkassierer. Sie haben mich dann verraten. Der Strauß hat's selber betrieben, er hat den Woll Eberhard als Hintermann eingesetzt. Er hat mich indirekt erpreßt. Und mich dann der Erpressung bezichtigt!« Ich erschrak überhaupt nicht. »Ich hab dann die Konsequenzen gezogen und...«

»Sie haben«, seufzte Streibl voll Gefühl, »dolos an dir gehandelt. Es sind schmutzige Faschisten – und sie wollen christlich sein.« Er sah erlaucht zur kunterbunten Decke. »Es ist, hör zu, praktisch eine contradictio in adjecto, wie Marx sagt...«

»Ein Kontra im Affekt«, hauchte ich leis, und laut: »Da kann man halt nichts machen!«

»KPD/ML ist heute meine Basis«, Streibls fesche Korpulenz zwängte sich achtlos in die nächste Lügenkluft, »wir lehnen Kompromisse ab. Sie haben jetzt auch eine Jugendgruppe aufgebaut, mein kleiner Sohn soll demnächst auch dazu, der Alwin!«

»Wieviel«, ich zögerte geschlagen, längst nicht vernichtet, »Mitglieder hat dann die DKP/ML heut' eigentlich in Dünklingen? Falls ich dann auch noch beitreten will...«

»Mitglieder?« klang Alwin, »viele. Es werden immer mehr... Der Kampf ist nicht mehr aufzuhalten... ah!«

»Viele«, wiederholte ich. Jetzt hatte ich auf einmal die größte Lust, doch dem KBW beizulaufen, den Verrätern.

»Paß auf, Siegmund«, erbarmte sich der Schwager, »ich ruf', wenn du wirklich den ernsten Vorsatz hast, heut' nacht den Grün Edi an, er ist praktisch die rechte Hand vom Bleicher Sultan, der Sultan ist vorübergehend in Dortmund bei der Hauptverwaltung, Grün Edmund, das ist der Kreisdelegierte in Weizentrudingen und Nürnberg, unser... westdeutscher antifaschistischer Vertrauensmann... von der Kampffront Rote Erde... ich tät' ihn, Schwager, ist dir's recht?, gleich anrufen, aber – jetzt kann ich ihn nicht anrufen, weil ––«

»Weil? Was? Warum?« rief ich verschnörkelt, ziemlich laut verzückt.

»Weil der, weil der – um die Zeit, mußt Verständnis haben –

schläft. Aaah!« Und sofort, in Zehntelsekundenschnelle, fing Alwin Streibl vor Lügenhaftigkeit zu summen an.

Rechts das Standbild mochte König David sein. »Egredietur virga de radice Jesse«, lautete der Hinweis. Trotzdem: Es war ein rascher, traumhaft richtiger Beschluß. Noch war es nicht soweit, noch tat viel Härte not. Jetzt mußte ich ihn einfach füsilieren, tut mir leid:

»Jetzt? Um diese Zeit schläft er? Am Nachmittag? Seit wann – seit wann schlafen denn eure Kommunisten am Nachmittag?«

»Du weißt es doch selber.« Es kam klamm, hilflos, völlig automatisch, »er ist Bergmann, er ...«

»Wahrscheinlich weil er ...« Heftig fuhr ich los.

»Aber wo ...« Kahlenden Haupts, schnarchenden Auges, hatte sich der Holdgewaltige weiter zurückgelegt.

Es war etwas unfair, denn Alwin hatte meinen Schlag nicht mehr erwartet: »Wahrscheinlich weil er so geil ist wie du und dem Nennstil seine Drecksau-Lebefrau und weil er deshalb Tag und Nacht rammeln muß im Parteibüro!« rief ich konventionell und – jetzt wirklich lustig. Ich war froh drum. Allzu heftig war die Spannung zuletzt angeschwollen.

»Du tust«, Alwin Streibl ließ eine Pause eintreten, dachte wohl nach, fand aber nichts besseres, »mir weh. Weh!« Wiederholte er dringender, schon herzhaft jammernd, aber ich ließ jedes Mitleid sausen. In der Kirche war's recht finster schon geworden.

»Rammeln, Alwin!« – aus mir schrie fast heilige Wut – »rammeln ist nämlich das einzige, was ihr Kommunisten – sieben Kinder! – wirklich könnt ...!«

»Weh! Schwager! Weh!« wehklagte mezzopiano mit bärenstarker Lebensgleichgültigkeit der Schwager – es war einfach wunderbar, wie der Lackel wimmerte und sich dabei pudelwohl fühlte – der Kopf des Spions lagerte jetzt extrem schief über die Sitzbank hinaus, gleich als wolle er mit größtmöglicher Lässigkeit den Maschinengewehrsalven des Klassenfeinds ausweichen, und noch wundersamer, der Körper machte keinerlei Anstalten, sich zu erheben –

»Alwin! Ich aber sage dir jetzt angesichts des offenen Tabernakels, du bist, du bist, ich schwöre dir's, überhaupt kein Kommunist! Weder DKP noch KPD noch FDJ noch SED! Sondern LLL!

Lauter linke Lügen! Eine vollkommen verlogene – ein Lügner ohnegleichen im ganzen Erdenrund!!«

»Der Bleicher Sultan, der Bleicher Sultan ...« flehte Streibl scheinbar fahl und kaum beklemmend schwer umzingelt.

»Der Bleicher Sultan, der Bleicher Sultan! Den gibt's gar nicht, mein Herr Lügenbold! Es gibt keinen Bleicher Sultan! Hat ihn nie gegeben!«

»Weh!« Alwin hatte sich tapfer lächelnd die Ohren zugehalten und zwickte wie der Beichtvater Antonius die Augen zu: »Oh! Weh! Siegmund!« Er senkte die Stimme ins Beschaulich-Turmhoch-Überlegene: »Siegmund, schau, du bist, ich muß dir's sagen, es tut mir weh, du bist ...«

»Na was denn? Häh?«

»Du bist«, die Stimme schaukelte nur leicht und quasi leidend, »Paranoiker, der völlige, der klassische Paranoiker ... oh! Oh! Oh!« stieß er noch einmal wie in Erinnerung meiner Schmährede hervor, »Paranoiker, ich muß dir's sagen, shit!«

Ich sah ihn fünf Sekunden lang begeistert an. »Blödsinn!« hauchte ich dann schreiend, indes Alwin sich gelassen erhob und seinen Bauch gerade strich. Dabei wurden auch die beiden Spitzel vor uns wieder aufmerksam und spitzten rasch zurück.

»Paranoiker«, er sprach das Wort schon zum viertenmal richtig, »du kannst nichts dafür, ein Versager, du bist ein sexueller Versager und Paranoiker – die Partei wird deinen Aufnahmeantrag ablehnen, ich schreib's noch heute an den Nennstil August, ich schreib ihm ganz sachlich, was ich gesehen und gehört hab und wie die Diskriminierung ...«

»Hör doch auf! Aufhören!«

»Der klassische Schizophrene par excell –, pardon: par exemplum ...«

»Ex plemplum, jawohl!« Platt und amusisch keuchte ich zu ihm hoch, »Plempel trinken und sieben Kinder herflechten, das ist das einzige, was du ... was die Kommunisten in der ...«

Mein neuer Hieb traf Alwin kaum:

»Wenn ich mich nicht täusche«, sagte der Agent stehend mit Eleganzia und straffte so unangreifbar wie unwiderstehlich sein Doppelkinn, »ist der Höhepunkt dieser ...«

»Ein Lügner!« flüsterte ich brüllend.

».. . dieses Nachmittags überschritten, Adieu, Schwager!« sagte Alwin Streibl klagend und con anima und die geschmeidige Agentenhaut spannte sich, »die Konsequenzen wirst allein du zu tragen haben, ich muß leider die zuständigen Stellen von der Unterredung unterrichten ... ein Protokoll in der Kirche«, sein schieberhafter Mund legte sich erneut schief und verzettelte sich dabei ins Schneckische, »in der Kirche, um Gotteswillen, ich muß es sofort melden ...«

»Lügner und Selbstbelügner!« ächzte ich in zauberhafter Wut. Eindringlich warnte Alwin mich sofort und hob dazu sogar den Zeigefinger.

»Du hast Marx – du magst vielleicht eine Tonleiter spielen können, aber du hast Marx nie begriffen«, sagte der Agent weniger weizen- als champagnerartig, ja, er schien sich sogar wieder setzen zu wollen, blieb aber dann doch hochgerichtet, »Karl Marx, den genialen Führer des internationalen Proletariats. Der Kapitalistenführer Schleyer wurde zu Recht kaltgestellt. Er war ein Verräter. Du gestattest, Schwagerherz, daß ich heut' abend dem Grün Edi von deinem schweren Vertrauensbruch Meldung mache – ich muß es, ich bin dazu durch Statut verpflichtet!«

Da kam mir eine neue, schon fast mitleidshumane Idee. Daß ich partiell von Erpressung lebte, wollte ich ihm nicht sagen. Aber damit Alwin mehr Material gegen mich beieinander hatte, rief ich nun recht heiter:

»Und übrigens hab ich nur eine einzige Klavierschülerin, außerdem hab ich damals in der Bibliothek nach Feierabend auch die Abrechnungen gefälscht, momentan erfind' ich ein Tischfußballpatent – und voriges Jahr hab ich mich vergeblich bei den Nürnberger Sinfonikern beworben! Und?«

»Ich hab's erwartet«, sagte Streibl müde, »der Marx, der Grün wird's ahnden«, sprach er kalt. Ich stutzte, raffte aber schnell die letzten Kräfte.

»Was – meinst du eigentlich mit – Marx?« Tatsächlich, ich versuchte ein letztes Kehrausspiel, und der Spion, gnädig, fiel drauf 'rein:

»Was er meint? Du weißt es doch so gut wie ich!« Das Mündchen blieb ihm offen stehen. Jetzt kam auch die Sonne unverhofft wieder von links herein geflitzt.

»Ich hab's vergessen«, sagte ich unflätig, denn Alwin schien vorübergehend angeschlagen.

»Marx sagt, daß der Mensch ... daß der Mensch, aber wo, vom Menschen ... ausgebeutet wird!«

»Gebeutet wird, aha«, noch immer konnten wir zwei Deppen keine Ruhe geben, »gebeutelt und verprügelt! Wie du den Demuth Karl geprügelt hast! Und jetzt hast Lokalverbot! Jetzt bist du der Ausgebeutete!« Manchmal glaube ich ernsthaft, die historische Leistung von Marx war es, den Dümmsten des Landes nachsagbare Wörtlein angedient zu haben. Selbst ein mittlerer Geist wie ich kann so zum Wahnsinn hochgetrieben werden!

»Die historischen Beschlüsse des VII. Parteitags ...« hub es an, »was willst mit'm Karl ...«, es war zum Sterben ach so rein und schön ...

»Die historischen Beschlüsse hin und her«, so jammerte schlagartig sanft ich für ihn weiter, »in welchem System auch immer, Kapitalismus, Kommunismus oder Papsttum – die arbeitende Klasse wie du und ich sind der Dumme. Immer!«

»Kalter Krieg«, parierte Alwin somnambulisch, »alter Hut! Was willst mit der Konvergenztheorie? Aah! Es tut mir leid, Schwagerherz, doch ich muß Meldung machen ...« Er scharrte strafend mit den Füßen.

»Wegen der Beschlüsse des VII. Parteitags?« Eine Giftspritze wie ich gibt nicht leicht auf. Noch einmal kämpfte ich, obwohl ich ihn wegen des »Schwagerherzens« gern gestreichelt hätte. Vielleicht stand ich morgen wirklich im Gefängnis, auf der Abschußliste ...

»Die Statuten verpflichten mich«, sagte der Agent kummervoll und sanft, »keine Widerrede!«

Ich starrte ihn bewundernd an.

»Der Genosse Bleicher«, er korrigierte sich, »der Genosse Grün wird's wahrscheinlich an die Zentrale weitergeben, denn ab heute bist du für Dünklingen, für Dünklingens Linke nicht mehr tragbar. Adieu!«

Und überragend lächelnd, mit unbegreiflicher Hoheit die Hüften schwingend, schwebte der dicke Schwager in Richtung Kirchentür. Ich hatte mich umgedreht. Nein, Weihwasser nahm er nicht, aber mit einem ruckartigen Vorstoß des ganzen Körpers, als wolle er jemandem schnell und packend helfen, warf er einen scheinbaren Blick auf das sechste Kreuzweg-Bildchen, dann – nein, auch keine Kniebeuge, aber doch so etwas wie einen genossenhaften Gruß in Richtung Tabernakel.

Flink zog ich den Kopf ein. »Alwin«, dachte ich sehr richtig, »Alwin«. Und weg war er.

Eine Minute später standen die beiden Gegenspione auf und folgten Streibl. KGB! Oder der MAD? Stasi? Verfassungsschutz? Der kirchliche Abhördienst? Ich wußte es nicht. Wurde aber gleich belehrt. Gerade als auch ich das Gestühl verließ, noch ein wenig in der Kirche herumzuschauen, kam eine schwarze Katze aus dem Beichtstuhl links geklettert, spazierte wohlinformiert nach vorn und tauchte in der Sakristei unter. Es war glatte Tripelspionage.

Ich wanderte noch ein wenig im Gotteshaus herum. Herrlich strömte neues spätes Licht von links gegen das Altargold, aber der Tabernakel war geschlossen – und ich als Lügner überführt. Die Patrona nickte trauernd. Aber das machte gar nichts. Solange es Grün Edi nicht gab.

Seitwärts an einem der Kleinaltäre stand ein Gerät, das meine Aufmerksamkeit erregte. In einem Glaskasten, auf dem auch etwas Blütenstaub lag, hatten die Patres ein Jesuskind eingesperrt. Zehn Pfennige mußte man hineinwerfen. Ich warf, da kam das winzig wächserne Jesuskind aus einer schmucken, einen halben Meter hohen Kapelle getippelt, wahrscheinlich irgendeine Magnettechnik, gleichzeitig fing die Glocke des kleinen Kirchturms zu wackeln an, und seitlich ein Brünnlein ließ Wasser fließen. Das Jesuskind blieb schließlich vor mir stehen, sah mir wissendgnädig in die Augen und gab mir alsdann seinen Segen. Sechs ruckartige Bewegungen: Zuerst hoch, dann zweimal Seite, dann nach unten, dann wieder hoch! Zack! Ausgangsstellung wieder erreicht. Es war ein richtiges Kreuz und es galt auch. Rückwärtsfahrend schwand das Jesuskind in die Kapelle, alles, alles wieder still.

Oder aber waren die zwei Alten etwa nur zum Greisensex in die Kirche gekommen? Gläsern blinkten Primeln rings. Ein Ozean von Anemonen. Auf dem Heimweg, ich schwindle nicht, überraschte mich ein kleines Frühlingsgewitter. Prächtige Donner, charmante Blitze! Ich wurde patschnaß. Die Eichbäume aber sind wie Bärendreck an Wehrsinn. Das Jesuskind hatte ihn endgültig enttarnt. Wie harmreich harmlos diese Kommunisten waren! Ich mußte mooskraus lachen. Daß das Jesuskind dafür zehn Pfennige verlangt hatte – hm – ja, wahrscheinlich war es sein Obulus an den Bischof, der ja auch leben und seine Lebeweiber auszahlen mußte, ach ja, ach Wehmutstropfen auf den heißen Stein...

Welch großer, aberschöner Tag!

*4. März.* Conny kommt nicht mehr zur Klavierstunde. Aha. Jetzt wird's bitter. Grün Edi hat's verboten. Wieder eine Funktion weniger. Wie herbstlich dieser Frühling weint.

*7. März.* Von einer Geschäftsreise nach Brügge und Malmedy zurück. Keine konkreten Ergebnisse. Ich sei in den Ardennen gewesen, erzählte ich den Unseren.

»Gocart-Rennen?« Jetzt hatte es auch Wurm kapiert, nahm Abschied vom vulgären Leben. Bäck rauchte brezelhaft. Fred fieselte an Wurm herum. Kuddernatsch verhielt sich stumm.

*8. März.* In großer Not beschaue ich mein Rösselmann-Foto. Es überläuft mich zarter immer noch. Das Rettende ist allzeit nah.

*9. März.* Am Vormittag auf dem 98 Meter hohen »Nothaft«. Sah hinab ins helle, liebliche, noch eisigkalte holprige Gehopse. Das bald wieder fliedrige Geflunkere, das spätgotische Gepimpere. Nein, hinabzuhüpfen entlastete zwar, war aber zu gefährlich. Und wäre auch keine gute Methode, mein Tagebuch, dies tränenschwer getragene Largo aus Morbidezza und allerzweifelhaftester Empfindsamkeit zu endigen. *Hier* wird geblieben, Neff!

Hm, so rüd hätte ich mit Alwin auch nicht umzugehen brauchen. Aber was sein muß... was war das eigentlich für ein kennenlernenswerter Heiliger, Albinus? Wer schaut nach für mich im Kirchenführer?

*10. März.* Wenn man den Raiffeisen-Rösselmann gewinnen respektive zwingen oder aber übertölpeln könnte, unsere Alten-Abende zu antichambrieren, dort einige Schwänke aus der Lombardsatzgaunerei zu referieren, dann... wäre sicher beiden Seiten wieder ein wenig geholfen... wenn ich meine Gattin einfach »Vroni« nennen wurde, ob das vielleicht wieder ... was ... zusammen ... bäh.

*10. März.* Ein Rudel Rekruten zog vorhin vorbei und brüllte voll Rohr. Die früh Geliebte schmunzelt gar so sonderlich.

*12. März.* Man divergiert immer mehr, je röter der Kopf wird, zuletzt ist man ganz allein.

*14. März.* Laub raschelt bucklig schon im Lenz. Wo brennt's?

*16. März.* Raumnot zwingt mich dazu, heute auf einen Tagebucheintrag zu verzichten. 571 Seiten für Roman plus Tagebuch soll man nicht ohne Not überschreiten.

*18. März.* Das auch noch. Sehrendes, nein rasselndes Heimweh nach Stefanias Kindheitsdorf Gleißenberg. Wo ich nie im Leben war. Dieses lichtbestreifte Ährenfeld, diese aromatisch lauen Kirchglocken! Gleißenberg!
Folgen später Bruderschaft ...

*23. März.* Gewaltige Unfallmeldungen im Heimatblatt spielen mir den nicht üblen Gedanken zu, mich totfahren zu lassen. Ich kenne sogar schon eine besonders geeignete und schwungvolle Kurve, auf der Strecke nach (ach, Alwin, Honey!) Weizentrudingen, kurz vor Zwentlingen – hier waren die Chancen des Gelingens am besten: Daß vielleicht eine jugendliche Bauernpfeife, den Saukopf schon untertags voll des sauren Bieres, mit Glanz in die Kurve fegte und mich Kleinen rigoros hochnähme. Ich würde dabei nicht gerade in der Mitte der Straße, aber doch recht weit innen laufen und so dem Deppen sogar entgegenkommen ...

Das Gedankenspiel ist reizvoll wegen der Ungewißheit und meiner relativen Sicherheit einerseits – wegen meines wahrscheinlich schnellen und (ach, Stefania!) schmerzlosen Todes andererseits. Mal sehen ...

*24. März.* Mein bisher vielleicht doch gelungenster Verleser: »Kommodität« statt »Kriminalrat«. Es wird immer klarer, mir fehlen die Iberer-Vitamine, ich lese, ich gehe irr. Oder kommt die Wahrheit gerade von dorten? Progoristische Legasthenie! Solch einer Bombenkrankheit würde nicht einmal Alwin seinen Respekt versagen können!

*25. März.* Wie lang hatte eigentlich dieses Dünklingen schon keinen Selbstmord mehr zu beklagen? Hatten die Kandidaten glatt drauf vergessen? Muß ich es ihnen vormachen? Immer die Kleinen! Wie würde Alois Freudenhammer seine Hommage abfassen? Wenn ich nur Charly-Mä wieder träfe, ihn um Rat zu fragen! Das quälende Bild der kleinen sommersprossigen Stupsi. Könnte ich bei Freudenhammer nicht endlich um sie anhalten?

*26. März.* »Supermarkt plus Discount« steht jetzt an unserem alten Edeka-Laden in der Löpsiusstraße. Und die Fleischbank heißt heute »Grill-Center«! Warum ernennen sie nicht das Gefängnis zum »Brumm-Brumm-Center«, alle Gaststätten zu »Nam-Nam-Center« und St. Gangolf zu »Bim-Bam-Center«!

Ich wurde demnächst ein Gartenhaus anmieten, »Super-Center« drauf pinseln, und wenn die ersten Kunden anrückten, center-entflammt, würde ihnen, kaum berührten sie die Türe, ein sanfter elektrischer Schlag versetzt. Oder ich sollte mir eine Hundehütte kaufen, »Super-Discount-Hot-Dog-Grill« darüber schreiben – und sobald die Neugierigen vorsprächen und ihren Kopf hineinhielten, würden sie schon sehen, was passiert! Oder gleich einen großen mechanisch ausgelösten Vorschlaghammer über meiner Eingangstür im Schelmensgraben anbringen, ihn »Top-Intelligence-Discount« beschriften und so – den Verblendungszusammenhang des Kapitalismus wenigstens mit solchen Mitteln einigermaßen schmerzlich zerreißen, Alwins Lob einsacken und – –

Nicht daß ich es nicht mehr ausgehalten hätte. Aber es war eine große Erleichterung. Kurz vor Feierabend schlich ich mich am Supermarkt vorbei. Nahm hinter einer Hausecke Aufstellung und lauerte. Wie früher bei den anderen, sei's im »Aschenbrenner«, sei's hinter dem Sedansbrunnen...

Sollte ich ein großes Schild malen? »Hexenhäuschen« draufschreiben und das Schild auf dem Supermarkt-Dach installieren? Und vielleicht fiele es Trinkler wie Schuppen von den Augen, daß das ja wirklich wahr war, und er würde seinen Bau wieder mit Lebkuchen und Pfeffernüssen behängen und – – in den tiefsten Runzeln meines Wesens bin ich wohl Aufklärer der deutschen humanistischen Tradition, immer schön die Finger auf die Wunden der Zeit legen, Tagebuch schmieren, Alwin entlarven – –

Goldregen beugte sich über die Hütte. Um 18 Uhr 40 erschien er auf dem Vorbau. Schloß die Türe, wälzte sich auf seinen VW zu. Er trug einen Federballschläger – was war denn das? – und die Nase äußerst hoch. Noch pomadisierter als sonst schlenkerte er die Arme, noch wissender, noch aparter – seit er die Belastung durch meine Person aus dem Weg geräumt, noch freier trotz weiterer Denunziationen – wunderbar! Plumpste in sein Auto, hob sich weg. Ob eigentlich Ursula von dem ganzen Unheil zwischen ihrem Gatten und ihrem Bruder weiß? Soll ich mit ihr reden? Oder war es noch zu früh? Muß man solche Finessen nicht noch ein wenig aufblühen lassen?

*27. März.* Ein Kälblein streicheln, ihm in die schönen Augen sehen.

*28. März.* Heute probierte ich es vorsichtig, das Selbstmord-Risiko-Spiel – und es hätte leider beinahe auf Anhieb geklappt, als ein hutbewehrter Flachkopf mit der ganzen Verve seines Trotteltums in die Kurve wuchtete, den Wagen gerade noch herumriß und mir dann sogar den Vogel zeigte! Ich bin entsetzlich erschrocken, denn so nahe an der Ewigkeit war ich noch nie – und jetzt plagen mich sogar grundsätzliche moralische Bedenken. Erstens würde ich den Todespartner ja gleichfalls gefährden, gar in den Tod vielleicht ziehen – obwohl erfahrungsgemäß diese Leute ja immer wieder überdauern ... Zweitens würde der Mann sich ein Leben lang ein Gewissen draus machen, nicht ahnend, daß er mir in Wirklichkeit eine riesige Freude ... und dann brauchten mich drittens ja auch meine Alten noch ... ach ja, und schließlich will halt jeder gern noch ein wenig herumleben und –zinteln wie der Bischof ... so scheitern alle an sich vernünftigen Ideen schließlich an philosophischen Grenzwertsituationismen. Au fein!

*29. März.* Die Aufregungen massieren sich scheint's wieder. Heute, 18 Uhr, ging – Fink mutterseelenallein am »Aschenbrenner« vorbei. Spähte sogar wie neugierig in die märzfrisch geöffnete Tür, als ob er – sah mir direkt in die Augen, als ob er wüßte, wie ich litt, mir aber momentan nicht – noch nicht? – helfen könne – – Hm. Schön herausgemästet war er in seiner olivgrünen Hose und im rostbraunen Übergangsmantel. Aber warum allein? Wollte, mußte er sich aus Gründen der Empfindsamkeit ein wenig von der Frau absetzen? Aber warum war dann nicht gleich der Bruder zur Stelle? Schreckliche Ahnung! Kodak war in Schmerz und Zerrissenheit weg von der Stadt! Und Fink, der Frau längst überdrüssig – wollte büßen, in Einsamkeit sein Leben zuende schleichen – – gedenkend des Bruders – – – Brrr! Ich muß mich da sehr 'raushalten!

*30. März.* Ein Brief ist eingetroffen, ohne Absender. Der Durchschlag eines Briefes, an das Vormundschaftsgericht Dünklingen:
»Hochverehrtes Gericht, hiermit revidiere ich die Bestallung meines Pflegers Siegmund Landsherr (mein Schwager) zugunsten wahlweise des VdK-Sozialreferenten Heinz Tannhäuser oder des Caritasdirektors Hermann Fuß, beide Dünklingen. Begründung: Landsherr geht keinem geregelten Beruf nach, ist impotent und ist drittens Paranoiker. Er läuft seit Jahren zwei Brüdern nach und verbreitet diffamierende Gerüchte über mich und meine Firma. Mein Arbeitgeber Rolf Trinkler hat sich rechtliche Schritte vorbehalten. Fuß ist eine integre und stadtbekannte Persönlichkeit (Unterlagen werden nachgereicht). Alle Aussagen an Eides statt: Alwin Streibl, Dünklingen, Flaschenhüttenstraße 39. PS: Landsherrs Ehefrau Katharina hat nach sieben Jahren keine Kinder. Mir sind ärztliche Atteste bekannt, daß sie jederzeit Kinder gebären kann trotz eines Syndroms der Eileiterzufuhr. Die Gebärmutter ist keineswegs hypoplastisch, sondern jederzeit zum Kreißen (partus) geeignet.«
Unterschrieben: »Alwin S. Streibl«.
Ich bewies leidliche Geistesgegenwart. Im Telefonbuch stand lediglich ein Martin Fuß. Installateur. Und von der Oper Tannhäuser hatte ich Alwin zufällig vor vier Wochen erzählt. Von daher war nichts zu befürchten. Aber daß ich zwei Brüdern nachlief – war an unseren westdeutschen Spionen, ungeachtet ihres etwas eigenwilligen Paranoia-Begriffs, vielleicht doch was dran?
Aber eigentlich beschäftigt mich mehr das »S.« zwischen »Al-

win« und »Streibl«. Sozialismus? Sex? Spitzenagent? Sam? Scheißleben? Ach nein, ach nein. Ein Stil grad wie die Bibel.

Täusche ich mich nicht, so sehnt es mich gegenwärtig am widerlichsten nach – »Stauber«.

*31. März.* Zugegeben, ich hätte es ihm nicht zugetraut, zu wissen, daß ich zwei Brüdern »nachlief«. Und genau genommen, er wußte es auch nicht! Er schrieb es einfach – und es stimmte! Mir wird davon ganz höhenrauschig.

*1. April.* Wieder ein neues Erlebnis geschafft! Klavier gesehen – »Kaviar« gedacht! Fehlprojektionslegasthenie!

*2. April.* Nein, eine rationale Erklärung gibt es nicht, auch das Agentenauge ist natürlich Unfug. Es ist ordinäre – Telepathie. Und wenn er zufällig geschrieben hätte: »Mein Schwager geht mit Frau Wienerl fremd«, dann wäre ich eben vor zwei Jahren schon mit Frau Wienerl fremd . . . Man muß diese Dinge einfach vergessen. So wie mich mein 1:321-Erlebnis längst nicht mehr juckt.

*5. April.* Der Blick zum gestirnten Himmel, die vierfache Wurzel des Satzes vom – Stop! Ende des 5. April.

*6. April.* Im Radio Knabenstimmen, Knabenstimmen, die wie Botschaften sind der kleinen Stupsi, wenn sie singen könnte . . . ein Päderast also auch noch, das hatte noch gefehlt.

Gleichzeitig aber muß ich viel an Adolf Hitler denken, wahrhaftig, nein, gewiß nicht, um mein Tagebuch schillernder zu gestalten. Was mochte er, der alte Esel, gefühlt, gedacht, »gesehen« haben in jener kurzen Spanne zwischen der Einnahme des Gifts und dem Tode? Schäferhunde? 1:453 920? Den vorweggenommenen Alwin? Das großdeutsche Wunder der – Iberer-Heraufkunft? Oder nur einen kleinen vertrottelten Spatzen, der ihm ein wenig am Hirn herumpickte?

Es mag ja kindisch von mir sein, aber ich wünsche Hitler heute von Herzen – allerdings nach einer langen und harten Unterrichtung durch die erlesensten Geister der Weltgeschichte – das ewige Leben, die immerwährende Vergnügtheit im Herrn, und viele unendlich zarte und funkelnde Knabenstimmen, jawohl, das wünsche ich mir.

Denn endlich weiß ich es: »St. Neff«, das heißt nichts anderes als »N(eger) e(rnten) f(rohe) F(rauen)«.

*7. April.* Nein, Alwin muß den ersten Schritt tun. Er schreitet auch viel lieblicher. Ich bin selbst dazu zu impotent. Wie er weiß.

*8. April.*
> af. Das Dünklinger Umland, die gesunde Luft des Riedinger Forsts (jetzt als Naturschutzgebiet ausgewiesen) ist bekannt dafür, daß die Leute oft 94, ja 98 Jahre alt werden. Nicht ganz war dies vom Herrn dem Kanzleisekretär i. R. Hagen M ü l l e r (Titti) gegönnt, der dieser Tage im Alter von 91 Jahren im Herrn dahinschied. Der Friedhof leuchtete in den zartesten Farben, als Pfarrer . . .

Und Irmi Iberer war noch immer nicht hinweg gestorben . . . Kodak den Weg freizumachen . . .

Aber Freudenhammer hatte ganz recht, es hebt wieder an. Die Gräser staunen, die Birken zirpen, Wolken lupfen, etwas Würziges zappelt – bin ich denn Nabokov, daß ich alles gleich korrekt bekritzeln kann? Ich bin nur ein schlichter Heiliger, und ein unbekannter obendrein, die einzige Zeugin ist mundtot, und ich schäme mich, daß ich am offenen Grabe nicht wenigstens einen Nervenzusammenbruch erlitten und erstritten habe. Jetzt ist es zu spät.

*9. April.* Muckerisch rändert Efeu gelehrig. Na? Und?

*10. April.* Ich habe Kuddernatsch zu einem kleinen Frühlingsauslauf gewinnen können. Der Alte zog zwar furchtsam den Kopf ein und wollte dauernd zurück, sicher bangte ihm vor dem drohenden Hundegeblaffe – ich aber sah und hörte alles: Etwas Beseligendes wallte abermals, aufglimmte, aufschwellte mit einer gewissen Erhabenheit des Nichtniederzukriegenden der ganze Unrat des Landes: »Bürger! Schützt eure Umwelt. Zuwiderhandlungen werden strafrechtlich verfolgt. Die Gemeinde – Der Jagdpächter.« Stand auf einem 5 mal 7 Meter großen grasgrünen Schild, 4 Meter hoch an einen Baum geheftet. Komposthaufen der Niedlichkeit säumten den Weg, am Weidenzweig tuschelten schon Ostereier, das Veilchen Kuddernatsch lächelte vielliebend vielleicht, mein Farmerkopf ward warm und rosig fast wie seine Seele oder Stupsi. Wird nochmals alles gut? Nur Alwin schweigt. Doch Fink in guter Hoffnung geigt?

Am Abend sah man zwei alte Männer in kluger Betrachtung des Mondregenbogens.

*11. April.* Sogar der Tanzlehrer Bartmann salutierte heute dem Frühling. Eingezogenen Kopfs zwar, aber funkelnd in einem nagelneuen aktuellen, leicht taillierten, türkisgrün durchwirkten, kleingemusterten Woll-Polyester-Sakko, mit ihm schlich er in den Tschibo-Laden, äußerst lebenskundig geduckt, wie ein Altbau von St. Tropez, wie ein selten schönes Tier, wie ein – wie ein – wie ein? Junger Stier!

*18. April.* Apropos Geigen: Gestern eröffneten wir unsere Freiluftkonzerte – Staunen und wiederum Staunen! Schlägt es nicht immer wieder aufs Gemüt, ist es nicht wie eine Indizierung höchster Humanität auch in finsterster Zeit, wie musiksüchtig diese verrottete Menschheit nicht nur ihrem Oberpriester Karajan, sondern sogar uns Kur-Affen an den Hals sich wirft!

Wir begannen mit »Fra Diavolo«, tupften im Mittelteil einige schwerblütige Akzente hin wie »Toréador et Andalouse« von Rubinstein und endeten mit einem Strauß Frühlingsblüten. Zwischendurch aber, bei unserem erfolgreichen »Götterdämmerungs«-Potpourri, setzte Mayer-Grant wieder ein so schmerzzerstäubtes Gesicht auf, daß ich vor Lachen dauernd an Stefania denken mußte und deshalb einmal sogar aus dem Takt kam, ohne daß Mayer-Grant oder gar die Herrschaften zu unseren Füßen es irgend gemerkt hätten. Ich, Siegmund, komme ja in diesem merkwürdigen Werk auch vor, als Motiv der Wälsungenliebe, der verbotenen, na, bei mir hat es halt eine verbotene Ibererliebe sein müssen, aber zumindest bei diesem kantilenischen Weh-Motiv lag der alte Wagner-Wurstel so falsch gar nicht, und mir wurde ein wenig prüde nach Kathi, aber dann fetzten auch noch ein paar falsche Gickser unseres Posaunisten dazwischen, viel zu grobe Attacken der Trommel, es geht alles, alles, man glaubt gar nicht, was diese Kulturnation alles klaglos aushält! Und schon schwang der Frühlingsstimmen-Walzer das verkalkte Tanzbein.

»Alles einsteigen, die musikalische Post geht ab!« hatte

Mayer-Grant zu Beginn keck gekeift. Es war wie ein Hymnus an das Leben in ewiger Wiedergeburt. Und nach dem Konzert teilte unser Schönster, der Cellist, mit, er habe seinen ersten Heiratsantrag in diesem Jahr schon gekriegt. Von einer gar nicht so greisen Kurdame sei er für heute abend zum Solospielen vorgeladen, hundert Mark extra!

Nicht zu leugnen, die alte Leier geht wieder los. Das Leben hat uns wieder. Und mich?

*20. April.* Das stillverzagte Abendrot der Alwin-Abstinenz. War es Erholung nur zu größ'rem Tun? Systole – Diastole? Der Mond stand still und zappelte vor verwester Erotik. Kathi? Sommerauer hatte mir weder privat noch coram publico einen Rat gegeben, mein Problem hatte ihn überfordert, aber vielleicht könnte – ach was! Contenance, Siegmund!

*21. April.* Ein amüsanter Frühlingsregen schwefelte heute übers Dünklinger Distriktwesen. Sah recht verlogen, aber herzhaft drein. Doch der Bischof trampelt halt weiter auf seiner Grabennymphe und Diözesangespielin herum. Ich rubbelte ein wenig an meiner rotgrauzagen Backe. Kaugummi war drin.

*22. April.* Der Gang zum Wesentlichen, zu den Unseren, zum allerhöchst ritterlichen Tableau, zum Corps der Gerechten.

Bäcks sehr ehrwürdige Züge tranken Franzwein. In seinem Zwielicht Freudenhammer fichtennadelduftig. Kuddernatsch atmete fest. Huldreich leises Gebalge unserer Alten. Karyatiden elfenbeingräulicher Schatten. Kuddernatsch, der immer mehr tändelte, schmiegte enger sich an Freudenhammer. O Veilchenhauch, o Fliederweh!

»Prost!« sagte Bäck passabel.

»Paul«, entgegnete Freudenhammer herrlich-alt-reisighaft, »Prost!«

»Meine Herren!« rief Kuddernatsch irreparabel.

*24. April.* Es lispelt die Dumpfheit, es lungert ein Glitzern, zart sprüht die wehe Fontäne iberianischen Eingedenkens – die Alhambra! De aquel majo amante que fué mi gloria guardo anhelante dichosa memoria – –

Ich sterbe kummers wohlig.

*25. April.* Ein hübscher Knabe, als Gräfin, im Spessart, verkleidet, mit Rüschen und Kräutern, gibt's denn etwas Cherubinischeres? Aber wo? Doch! Die trockenen Blumen kuddernatschischen Kuhschellenhumors.

*26. April.* Mit dem heutigen Tage glaube ich immerhin zu wissen, wie es drüben aussieht. Aber es läßt sich, selbst für einen so wortscheckigen Schmarrer wie mich, kaum mit schneckeligen Worten quieken und quakeln, haha! Eine Andeutung vermag ich immerhin zu kräuseln: »Inter natos mulierum wackelt dem Pomm Fritz das Fressen beim Fernsehen dem Kartoffel aus dem 321-er-Maul. Laudate dominum! Alle!«

> af. Im 78. Jahr verstarb die aus Prag stammende Frau Maria Q u e i. Sie war eine geborene Benet. Dieser Geistliche entnahm den Trost aus den Worten der Präfation: »Nun, wohlan, du gute, getreue Magd, weil du über weniges getreu gewesen bist, will ich dich über vieles setzen.«

*27. April.* Nein, das gramzerzauste, gramzersengte Antlitz Mayer-Grants war keine Pose mehr – es war das Leiden Christi selber. Was aber war es, was ihn gar so fertig machte, gar so elend? Die Größe der Musik? Ihre unglaubliche Kläglichkeit? Wir Hausdeppen durch unser aufopferndes Gehacke? Die Waldhorngänge von Webers »Freischütz«-Ouvertüre, die unser Saxophonist schon gar zu zag verblies? Legte sich unser Spiel quasi schmerzbefeuernd über die an sich schon schmerzensreich verhauten Wolfsschlucht-Kruditäten? Abermals potenziert durch das Elendspack zu seinen Füßen, das sich von unserem Gewinsle das ewige Leben versprach? Oder war er viertens mit sich selbst zerfallen, daß er Mayer-Grant hieß und ergo ewig dastehen mußte und nicht umsinken durfte vor Scham und Verdammnis?

Wie wäre es, wenn ich mich verstärkt mit dem Kapellmeister verbündete? Mit ihm das überragende Sorrow-Team von Dünklingen-Bad Mädgenheim installierte? Das überragende Gram-Diem der zentralalpenländischen Tropenrepublik – und mit ihm alles niederrisse – auch Weiber!

Nein. Kultur, heißt es, sei Triebverzicht. Ich kann dies hier, und gereift noch durch meine ihrerseits jetzt vollkommen triebentäußerten Iberer-Erfahrungen, präzisieren. Das neue Christentum in Krach und Weh hebt an, wenn ein Teil der 40- bis 80jährigen Männer pizzicato zu zirpen und vibrato zu winseln beginnt, der andere Teil aber hört dem Schrecken furchtlos gottesfürchtig zu, gnadenreich vergessend des Drecks am Stecken beider Seiten. Der Bandleader aber sei wie ein kathartischer Hupfauf des terrestrisch immanenten Purgatorismus sui generis, die verhaspelten Geistseelen zu züchtigen und gleichzeitig durch flotte Weisen unvermerkt dem Orte zuzuführen, dem schönen – sein Name aber sei – Postkommunismus? Türkei? Postfräulein?

Niemand weiß genau Bescheid.

*28. April.* Die großen und die kleinen Unglücke: Fred hat sich einer neuen Fotohändler-Kette angeschlossen namens »PhotoPut«. Die Idee dieser Kette: den Verkauf von Kameras mit wunderbaren Auslandsreisen zu kombinieren, auf denen die Filme aber auch restlos verknipst werden. Die Mopedschilder waren offensichtlich ein Reinfall gewesen – aber eine erste Anzeige der neuen Machenschaft ist schon in der Zeitung aufgetaucht: »Fahr mit Fred ins Fotoland!« Nämlich: mit dem Dünklinger Omnibusunternehmen »Schäferin« nach Paris.

»Ins Puff!« tadelte Alois Freudenhammer vernichtend geharnischt. Mit dem Frühjahr schien er, vielleicht angeregt durch Bartmann, zu sehr hellen Kleidungsfarben umzurüsten.

»Notre Dame«, schmunzelte ich hypertroph und mußte – verflucht! – schon wieder an Kathi denken.

»Was versteht denn *der* von Notre Dame?« Bäck wurde ganz hysterisch, »der kann doch eine Notre Dame von einer...«

»Der kann doch«, fiel Kuddernatsch glühend vor Blumigkeit ein, und sein Goldzahn blitzte geistlich, »eine Notre Dame nicht von einer... von Nothaft...«, Kuddernatsch war ratlos.

»Nicht von einem Nostradamus unterscheiden«, half ich selbstlos und geringfügig gemütsüberlastet.

»Hähähä!« lachte der faule Wurm hoffährtig. Er schien in jüngster Zeit immer mehr zu resignieren.

»Aber – ein prima Kerl ist er!« Bäck kümmerte sich in die Eintracht zurück und sah trotz Hasenscharte äußerst zopfzeitig drein. Hier glaubte ich zu spüren, daß mir die Bedienung Vroni nicht eigentlich fehlte. Aber was anderes begann ...

»Guter Mann!« Freudenhammer nickte wuchtend langsichtig. »Obwohl ...«

»Jawohl!« rief Kuddernatsch treuselig, mit seinem Schicksal kaum hadernd. Um auch etwas zu tun, verschränkte ich überblicksweise die kurzen Arme. Bischof kam vom griechischen episcopos und hieß Aufseher.

»Ich tät' gern wieder mal ein Kino sehen«, sagte Wurm nach einer Weile kurblerisch, »oder was ... praktisch!«

»Kino, Kino«, eilte sich Bäck sehr angenehm. »Wir haben Fernsehen.«

»Kino ist nichts«, sagte Freudenhammer goetheklaren Auges und fast sakroman, »lauter Aufklärung! Taugt wenig!« Nein, wirklich, ich vermißte sie nicht, die schmucke Vroni, es ging auch so, indessen, wär' nicht schön, wenn Kathi, das Gemahl, unter uns Alten ... hahaha ...!

»Die Vroni kriegt jetzt ein Kind«, sagte Bäck telepathisch.

»Ein Kind«, lächelte Kuddernatsch delikat und kuschelte sich an Bäck, »Veronika ...«

»Ein Kind?« Albert Wurm fuhr gestochen hoch, nachrichtenlüstern brannten seine Lippen. Galante Abenteuer durchdünkelten den Sinn.

»Wenn sie ein Kind kriegt«, sagte nach einer Weile Alois Freudenhammer durchsorgt, doch sehr beherzt, »muß sie auch gemaust haben!«

»Ah«, zuckte Kuddernatsch erschrocken und sah den Freund bewundernd, doch auch flehend an.

»Oder Verona«, träumte ich verwackelt.

Sodann plauderten wir ein wenig über die Dritte Welt. Echter Rittersinn webte umeinander. Muckerstimmen schwebten kreisend. Wenig später beschwerte sich Albert Wurm schön fahrig, daß in Dünklingen immer mehr Kaffeehäuser schlössen. Ich machte ihn darauf aufmerksam, daß ja doch auch er in letzter Zeit immer mehr dem Weizenbier zuspreche – was da ein Kaffeehaus noch solle?

»Wurm!« rief ich vorwurfsvoll brisant. »Wurm!«

»Ich muß praktisch«, stotterte Wurm schwer übertölpelt, ja

pavianesk, »der Arzt hat's g'sagt, wie g'sagt, daß ich an sich Weizen ... de facto ...«

Besinnlich sah ich Wurm ins Auge. Mit beiden Händen rieb er, sich verteidigend, an der molligen Brust herum. »De facto« war sehr neu.

»D'accord!« rief ich vielsträhnig, »point d'honneur!« Kuddernatsch sah liebäugelnd in sein Seidelglas, sein säumiges. Freudenhammer schien über vielerlei nachzusinnen, Bäck hielt tiefe Einkehr. Meine Grand-Old-Hard-Rock-Band! Selbsteinlullung der Hermetik! Der Greise Efeuzüngigkeit verknittelte mich ganz. Waren wir nicht das allerputzigste, niedlichste Aufklärerpack! Herzweh erpreßte mich – sagt man tumor oder rumor cordalis, Alwin? Alwin! War ich mit dem alten Schwager-Grattel nicht gar zu streng gewesen? Meinen drei Alten ließ ich ja praktisch auch alles durchgehen ...

29. April. Was aber Alwin bzw. die Kurmusik bzw. das Weizenbier betrifft: Nach wie vor ist ja gänzlich ungeklärt, auch nach Schopenhauers Preisschrift, warum der Mensch sich meist zivil benimmt und nicht vielmehr tagein-tagaus alles Sicht- und Greifbare zusammenschlägt, die Wohnung zernichtet, die Sekretärin oder die Nichte überwältigt, unsere Kur-Combo, den eigenen Super-Autopark. Ungeklärt ist, warum es noch immer Dinge gibt wie Vertrauen, Kreditwürdigkeit, Rücksicht, formvolle Beerdigungen mit ehrenden Zeilen. Die Juristen schieben es – dumm! – auf das angeborene Rechtsempfinden, die Ärzte meines Wissens auf das Trägheitssyndrom – wir Chemiker ... oder besser ich persönlich neige doch immer mehr und allen früher geäußerten Reserven zum Trotz zur – Theorie der Sicherung durch Weizenbier! Die allgemeinen unordentlichen Zustände verlangen halt, zumal bei haltlosen Naturen, nach seinem kontinuierlichen Einsaugen, dadurch erhöht sich zwar in nächster Instanz vorübergehend die Unordnung, und es würde alles ganz verheerend, also muß schnell ein neues Weizenbier eingeführt werden – und die Zivilisation bleibt konstant und mit ihr die Vision ewiger Seligkeit. Daß Alwin trotzdem den 2-Meter-03-Wirt Demuth im Weizentaumel zusammenschlug, bleibt Ausnahme, die die Regel bestätigt.

Was aber die Türkenwitwe betrifft – hier versagen meine psychologischen Deutungen. Die Charakterologie des Türkischen, die Weisheit des Ostens bleiben uns verborgen, aber das mit dem Ringelreizpullover – war ziemliche Lüge, Notlüge, dem epischen Raffinement zu dienen. Dem Tagebuch aber könnte ich ja endlich die volle Wahrheit anvertrauen. Ich fürchte, ich vermute, daß ich seit 19 Jahren – ach was, der neue alte Sturm wird sich schon wieder legen. Nein, hic et hack bin ich schon mal dabei! Also, wie war das vor – wieviel? – 20, 50 Jahren, als sie aus der Türkei zurückkam? War's nicht, erinnere ich mich recht, eine Art Gelöbnis, daß sie mich nur dann heirate, wenn – eine Art – Zimmermanns-Ehe? Und warum, noch einmal, heiße ich wohl St. Neff? Ist's nicht, mein Bester, der hebräische Spitzname, die Koseform für –? Ach was!

*30. April.* Ja, ich vertraue auf das ewige Leben, auf den Lobgesang in Gott, dem Herrn, aber, soviel Kommunist bin ich doch auch: Ich möchte nur dann gerettet werden und allsingen, wenn auch alle andere Kreatur überdauert, und sei sie noch so gering. Also auch Maden, Milben, Algen, Amöben, Gottesanbeterinnen, Weberknechte und ähnliche Tölpel – und das scheint mir doch selbst bei Gottes Allmacht und beim besten Willen unmöglich, ja ausgemachter Blödsinn. Verflucht! Wenn es aber doch klappt, dann soll der kleine Elefant, der eine Nacht lang am Grab der Mutter vergeblich wachte, in der obersten Himmelshierarchie thronen, gleich zwischen Maria und Josef, ja, bzw. zwischen mir und Kathi oder wie oder was – aus dem Geschlechte Davids – –

Aber auch dies ist christliches Gebot: Primum vivere! Finaliter! Eventualiter – – –

*1. Mai.* Tag der Arbeit, Tag der Faulpelze! Alwin! Vorreiter des Dünklinger Endproletariats! Herrscher des Pferdemarkts! Prozeßbevollmächtigter des Schäferhunds Jimmy! Pflegling, gräuslicher! Honey, zuckerbäckereisargiger! Nein, zum Mich-Totfahrenlassen bin ich einfach zu gemütlich, mein Kopf zu purpurfarben. Ich würde mal im Supermarkt nachschauen gehen, ob sie was Mitraartiges dahätten für mein Center –

2. *Mai.* Wenn nur der schwarzgesinnte Kerzenhändler wieder mal käme zu buntpossierlichem Tanz und Tollerei... Aber im Sommer braucht der Bischof wohl nicht so arg zu zünden und zu funzeln und seine Leiberweiber anlichteln – oder gerade im Sommer? Wer sonst gibt dem Kerzenhändler sommers Lohn und Brot, dem Sechsämter warnend zu entsprechen?

3. *Mai.* Kaum fehlt einmal Freudenhammer – schon treiben wir's gar zu unverantwortlich. Als gestern Bäck im »Paradies« aufs Klo gegangen war, versteckten Kuddernatsch und ich uns in der Küche, mit Wissen und Einverständnis des Schankmanns »Bepp«. Wir lauerten hinter der Küchentüre und sahen alles genau. Bäck kam nichtsahnend zurück, sah den Tisch leer, blieb stehen, drückte gegen die Augen, sah nochmals auf den leeren Tisch – und glaubte wohl zu sterben vor Verlassenheit. Er raufte sich sogar im Stehen ein wenig die Haare, und seine Bäckchen wurden so aschfahl, daß wir ihn rasch erlösten.

»So was!« rief Bäck vorwurfsvoll stark atmend.

»Aha!« Ich lächelte sehr fahl romantisch.

»Mein Herr, suchten Sie uns?« Kuddernatsch wisperte zirpend wie das Erzherzogtrio Beethovens.

»Verstecken!« schnaufte Bäck gemacher, durchdösend auch die weiter'n Stunden, »so was, so was«, rief er schicklich.

4. *Mai.* Im »Aschenbrenner« ist eine neue, äußerst brunette Bedienung aufgetaucht. Sie hat das Schafsgeschau und hält das wohl für – Dünklingens dernier cri – einen Schlafzimmerblick. Chancenlos harrt sie meines Entgegenkommens.

Am Kleiderständer zwei schwere schwarze Motorradsturzhelme mit je drei weißen Sternchen. Einmal steht »Evi Grammel«, einmal »Ted Hierstetter« drauf. Sicher die Besitzernamen. Tatsächlich saßen zwei in einem Winkel, beide himmelblau gekleidet und sehr blond und langverstrählt, verschwindend darunter die beiden vielleicht sogar hübschen Gesichtchen. Beide tranken wortlos Weizenbier. Die Revolution zeugt ihre Kinder, eine sehr ruhige Rocker-Generation wächst in diesem Rokoko-Dünklingen da heran – aber ich frage mich abermals, warum diese Weizenbier-Oasen für unsere jungen harmlosen Hübschlinge mit Sturzhelm noch »Café« sich nennen. Hier im

»Aschenbrenner« wird ja auch schon fast nur mehr Weizenbier verzehrt, selbst der Geschäftsführer nuckelt an seinem Glase Tag und Nacht! Und allein ich zutzle an meinem christlichen Milchtee herum ...

Unsere Weltenstruktur ist antagonistisch wie unser Erkenntnisvermögen. Am 29. April habe ich das Weizenbier gewissermaßen gefeiert – jetzt möchte ich es um so furchtbarer tadeln, die Welt zu erretten! Nicht liegt mir an einer Perhorreszierung des Weizenbiers. Aber in durchaus kausalnektischer Dialektik der Hegelei Alwinischen Eingedenkens möchte ich hier via mein Tagebuch es schon lautstark austrompeten: *Deutsche Bürger, das Weizenbier macht furchtbar dumm!* Und süchtig sowieso! Völker, höret meine Warnung!

Im Falle der verfluchten Terroristen hat sich die Regierung seinerzeit beschwert, die Intellektuellen hätten nicht rechtzeitig und eindringlich genug gewarnt. Was die aktuelle nationale Weizenbierpest anlangt, wasche ich hiermit meine Hände in Unschuld. Als echter Patriot *habe ich* gewarnt! Habe die kostbaren Zeilen meines Tagebuchs zur Verfügung gestellt, obwohl die Warnung weder mit dem Brüder- noch mit dem Bischofswesen unmittelbar zu tun hat! Ich habe gewarnt, schriftlich, rechtzeitig, aus heißem Herzen und mit Unterschrift! Ist das klar! Komme mir keiner, wenn es zu spät ist!

Hm. Ob vielleicht gar auch die Brüder recht viel Weizen in sich gossen? Woher wären sie sonst so lieblichdick? Und daß der Bischof sich vielleicht auch hin und wieder ein schönes frisches hinter dem Altar –

Ach, Kathi!

*5. Mai.* Rätselhaft. Heute ist überhaupt kein Wetter mehr. Es ist nicht kalt, nicht warm, nicht hell, noch dunkel, es gibt nicht Regen, noch Sonne, nicht Wind, noch Wolke – nichts! Klar! Es geht abermals auf die Entscheidungsschlacht zu.

*6. Mai.* Und schon ist es passiert: »Auf der Autobahn zwischen Rastatt und Karlsruhe mußten rund 200 Menschen mit Schlauchbooten von den Dächern ihrer Autos geborgen werden, auf die sie geflüchtet waren, als ihre Fahrzeuge in den bis zu 80 Zentimeter hohen Wassermassen steckenblieben ...«

Na also! Aber dauerhaft hilft das auch nicht weiter. Ich würde mit Alwin, wenn wir erst wieder vereint wären, immer zum Kegeln und zum Fußball gegen Harburg gehen, mit Weizen, jawohl, und dann würden wir schön über Humanismus plaudern, Utopie, Klosterkäse, jawohl, das würden wir, das würde ihm einleuchten ... aber ja ...

*7. Mai.* Schon vormittags Besuch meiner Schwester. Ob ich es schon gelesen hätte, in der Heimatzeitung?

Da stand es halbseitig: Streibl hatte einen Reporter davon unterrichtet, daß in seinem Mietshaus Libanesen »schweinische Feste« veranstalteten, »ein Porno-Mekka«, hatte Alwin dem Reporter sogar gesagt, »daß es nur so donnert«, und auch dies, daß er keinen Anlaß sehe, weiter mit derart »sozial unqualifizierten Mietern« unter einem Dach zu leben. Ein Libanese, habe Streibl weiter berichtet, trete als »Exhibitionist« auf und habe seiner, Streibls, ältesten Tochter schöne Augen sowie »eindeutig unzüchtige Bewegungen« gemacht – zuletzt mußte freilich die Zeitung eingestehen, daß Streibls Angaben von keinem anderen Hausmieter beglaubigt worden waren.

So vertrieb er sich also neuerdings die Zeit. Es sei gar nichts gewesen, bestätigte Ursula, Alwin sei nur neidisch gewesen, weil er nicht eingeladen worden sei, da sei er eben zur Polizei, die habe dann wohl den Reporter verständigt. Ihr Mann, sagte Ursula, sei halt ein – »du weißt schon!«

»Um Gotteswillen!« rief ich automatisch.

»Gib halt du nach, er leidet doch drunter!«

Wie wohl das tat, wie wohl das tat! Sollte er nur noch ein bißchen. Bevor ich ihn wieder in meine Fänge schlösse, ihm die Bastonnade zu erteilen. Per saecula saeculorum!

»Wird schon wieder«, verabschiedete ich meine Schwester. Ja, selbstverständlich, die Klavierstunden würden wir später auch wieder fortführen ...

*8. Mai.* Die früh Geliebte, Kathi Eralp-Landsherr, wird von Tag zu Tag lieblicher. Wenn das so weitergeht ... das auch noch! Nein!!!

*10. Mai.* Bäck hat bei einer Rotkreuz-Tombola einen Opel Kadett gewonnen.

»Und jetzt«, schmollte er weh, »lassen sie mich, die Lumpen, keinen Führerschein mehr machen, weil ich angeblich! – schlecht seh.«

Am Infantilentisch brüllte ein Rudel Regressiver auf. Kuddernatsch lächelte wie ein Marienkäfer und nippte – seh ich recht? – am Portwein.

»Aber warum seh ich schlecht? Alois? Weil ich 45 Jahr lang im Ordnungsamt war. Das ist der Dank der Stadt! Da hast du es!«

Bitternis zog ihm den Mund auseinander, doch sein Freund Kuddernatsch sprang wohlbebrillt und somnambuhlend bei:

»Paul!« krähte er fast atemlos, »dafür . . . dafür schläfst du heute gut!« Die Weisheitslehre dieser Knaben –

»Wilhelm«, spann ich wässrigen Auges, »Wilhelm, Wilhelm . . .« Sei ewig mir ins Herz gegraben!

»Siehst, das freut mich«, ergriff Alois Freudenhammer das Ruder, »daß der Willy Brandt jetzt den Nord-Süd-Dialog übernommen hat. So ist's schon, auf alle Fälle, besser.«

»Willy Brandt«, maulte Bäck gefügig, flirtend um die Gunst Freudenhammers, »Willy Brandt . . . jawohl . . .«

»Der Jimmy Carter«, erwog ich biedermeierlich, »schaut schon auf Deutschland.«

»Die Frühlingsfeier im Frühlingsgarten von . . .«

Ältlich neigte der Abend sich über die Sterne. Heckenröschen blühten durchs offene Fenster des »Paradies«. Ach, meine Greislein, meine Jammergefährten, meine Dünklinger Gurus! Ein Schubert-Andante hätte das flüsternde Säuseln der murmelnden Welt nicht rieselnder hingeschneit! Diese drei Alten! Ausgeliefert nicht nur dem Tod, sondern auch dem Ungemach namens Wurm, Fred oder Landsherr, hatten sie auf dieser Welt keinen Stich mehr zu erwarten, aber wie – war es nicht zum Brüllen! – hielten sie die Stellung mit Bravour! Zu was auch immer . . . Es war schon so! Wenn überhaupt jemand die jugendvertrottelte Welt noch salvieren kann, dann die Alten, die erfahrenen Kämpen, geschlagen zwar, doch unbesiegt, mit Streibl-Hemingway zu weinen! Alwin! Nein, zusammen erst waren sie der lebende Schubert. Alwin sang das Cello, die Alten zirpten die Begleitung, murmelten das Gerinnsel durch alle Tonarten der Verzweiflung! Avanti Altenfront, Herr Bundeskanzler! Glauben Sie einem alten Radikaldemokraten, dem wenig mehr am Herzen liegt als die Einheit der Nation, die gedeihliche Generationenabfolge, der Wiedergewinn der Mitte –

Nein, in Wirklichkeit mußte ich nur kichern und versuchte dabei, wie ein Spitz auszusehen – der ich doch von Haus auf ein Seehund war – –

Später kam noch Wurm hinzu. Setzte sich mit Verve und beschwerte sich nach zwei Minuten, warum er seinen Cognak nicht kriege. Demuth, der selber bediente, verwies ihn darauf, er habe ja noch gar keinen bestellt. Wir bestätigten es. Nur mühsam stellte sich endlich die Wahrheit heraus: Wurm hatte in der »Hacker-Bar« Cognak bestellt, hatte es vergessen und war rasch aufgebrochen. Im »Paradies« erst hatte er sich seiner erinnert – – –

Sodann erörterten wir Probleme der Lohnsummensteuer.

Zum Abendausklang aber verführte ich Kuddernatsch schmeichelnd, mit mir in meinen Kohlenkeller zu gehen, un poco Privates zu plaudern. Warum kommen die besten Eingebungen immer erst am Ende des Lebens? Wir verzehrten Eingemachtes und putzten Champagner weg. Ich saß auf einem knistrigen Kohlenhaufen, der Greis auf dem Holzbock. Wir redeten über den spanischen Bürgerkrieg, nach einer Stunde merkte ich, daß der Knittel Kuddernatsch vom spanischen Erbfolgekrieg sprach. Er lächelte prickelnd come una Leuchtkäfer. Es war so polonaisenhaft elektrisierend, daß ich auf der Stelle unsterblich wurde. Tatjana? Titania ist herabgestiegen! Titania, fille de l'air! Ich hauchte einen Kuß auf Kuddernatsch' gelbfahle Wange. Drei Mäuse spielten miteinander Skat. Der Alte kicherte vergnügt und trank vom Sekte. Um 4 Uhr ging er heim.

*11. Mai.* Statt »Sommergenuß« »Samenerguß«. Hm ja. Ist doch so nett.

*12. Mai.* Der Alte von gegenüber, kaum ist das Frühjahr da, steht wieder vor dem Hoftor Posten. Im Arbeiterkittel wie immer, aber – jemand hat ihm jetzt zum Herumstehen eine Coca-Cola-Flasche, eine große Coca-Cola-Familienflasche in den Arm gedrückt. Damit es nicht so auffällt. Er hält sie wie ein kleines Kind. Außerdem hat er jetzt einen verwegenen Steirerhut auf dem Kopf. Mein Gott, mein Gott, warum hast du uns so am Wickel!

*13. Mai.* »Franz Josef Strauß«? Aber wo! »Flachs Jux Stuß«! Jetzt gelingt praktisch alles. Neue Freiheit bricht an.

*14. Mai.* Der Karfunkel Kuddernatsch saß kläglich karfreitagsmäßig in der Klause. Grund: Karies.

*15. Mai.* Fred über den in der Presse bereits gefeierten Erfolg der Paris-Reise etwas auszuhorchen, lief ich heute vormittag zu ihm – und prallte bereits an der Ecke Wurzelgasse zurück. Vor dem Schaufenster stand eine längstvergangen vertraute Kontur. Es war – Kodak.

Kodak. Die erste Wiederbegegnung seit fast einem Jahr. Winzige Lähmungen knackten im Hirn. Ich wußte nicht, ob ich mich für linde Trauer oder noch dünner verästelte Spionage, pardon: Sabotage, pardon: Spielfreude entscheiden sollte. Ich weiß es jetzt, da der Tag sich neigt, noch immer nicht. Etwas tröstlich Hohlweghaftes, nein, laugrün Kühlwärmendes –

Ich sah ihn nur im Profil. Das Leid über des Bruders Treuebruch hatte ihm das Doppel- zum Tripelkinn schwellen lassen. Er stand, die Arme katholisch an den Körpersack gelehnt, sah hinter Fredls Glas, sah und sah, zog einmal kurz die Schultern hoch, als ob ihn eine schöne Vision fast krampfhaft quäle, sah noch drei Minuten, dann wandte er sich und wackelte langsam weiter, keineswegs mehr der furchtlos entschlossene Schritt von einst, wackelte dem Wibblingertore zu, das heute, pervers genug, vor Freude sanft zu glühen schien. Der Natur fehlt jeder Nerv für Tragik. Oder würde doch noch irgendwie...?

Was hatte er studiert? Im linken Fenster mit dem neuen Glasschild »Foto-Werbe-Atelier Fred« hatte es mindestens 120 Bilder eines einzigen Backfisches in 120 verschiedenen Posen und Lächelarten und Strohhüten, dazwischen aber schwang eine ziegelrote Fahne, auf der in goldener Schrift »... Kindheitserinnerungen...« stand. Außerdem gab es in allen vier Fensterecken einen Aufkleber »Paris!« in gelbgrün.

Vor dem anderen Schaufenster, vor dem Kodak gegrübelt

hatte, prallte ich zurück – wenn ich es recht verstanden habe, wie narkotisiert. Es waren acht Großfotos von Brautpaaren zu sehen, die gleich Babies auf weißen Fellen herumlagen, sich schweinisch in die Augen glänzten, ja wie symbolisch betasteten – und einmal barg sogar ein vollbärtiger Bundeswehrsoldat seinen verblüffend gemästeten Kopf in ihrem weißbetuchten Schoße...

Kodak sei mein Zeuge. Die Welt ging baden. Waren Fink und seine graue Botin die letzten, die wenigstens anständig geheiratet hatten, wenn es schon sein mußte? Lag darin die eigentliche Botschaft, die hieroglyphische, die vermaledeite? Oder – der Gedanke fliegt mir schaukelnd jetzt erst zu – holte sich Kodak nur fotografische Anregungen für die eigene bevorstehende Vermählung? Mit der – Anderen? Tatjana? Stupsi?

Hirnlos tapfer trat ich ein zu Fred. Noch weniger als sonst ahnte ich, was ich von ihm wollte. Fred kam mir flott zu Hilfe. Jammerte laut, er habe fürs Heimatblatt aushilfsweise eine Umfrage über eine neue Ampelschaltung in Dünklingen machen sollen, Fotos und fünf »Schnell-Interviews«, er sei zu diesem Zweck naheliegenderweise in seine »Stammtankstelle« Waldvogel, da seien Tankstellen-Angestellte, Autofahrer und sogar Rentner herumgestanden, die seien aber gar nicht an seinen Ampel-Fragen interessiert gewesen, sondern hätten nur Schnaps trinken wollen und um 11 Uhr vormittag habe ihm schon keiner mehr was sagen wollen oder können, was irgendwie druckreif...

Eine Art Spruchband baumelte von der Decke. Es stand nur das Wort »Demonstration« drauf. Ich wollte schon, wehmütig aufgescheucht, Fred danach fragen, ob dies »Demonstration« deutsch oder amerikanisch auszusprechen sei, aber dann sah ich den Hund Jimmy, den richtigen, er schlief im Korbsessel, er raubte mir den letzten Mut: Und Fred hatte sicher »Kindheitserinnerungen« über den Teenager geschrieben, um seine Gier auf ihn zu verschleiern. Ich machte mich aus dem Staub. Lief St. Gangolf an und – traf wen? Wer segelte mir vors Bäuchlein? War das nicht Wilhelm Kuddernatsch, der im Tschibo-Laden stand und verhohlen eine mit Birnen gefüllte Rohrnudel verdrückte, daß sein Goldzahn fluoreszierte! Ich gesellte mich zu ihm, probierte die Nudel, horchte nach innen, und Kuddernatsch erzählte, er habe gerade »den Wolfram« in der Imkerei besucht und verbilligt Honig gekauft.

Weil mir so keusch war, schielte ich ein bißchen. Der verheerend katholische Schatten von St. Gangolf fiel bis in den Tschibo-Laden herein. Schmerzlicher als sonst verspürte ich, wie schwer es war, mit Kuddernatsch allein zu plaudern. Nur zu dritt waren sie stark. Wenn Fred jetzt drauf verfiele, sein Brautgezücht ganz nackt zu knipsen auf dem Freudenfell? Würde Freudenhammer ihn liquidieren? Lebendig begraben mit starker Hand?

Ich nickte ein wenig mit dem Kopf. Kuddernatsch zog lautlos mit. – Alwins Wohnviertel aber wird, laut Presse, zum »Problemgebiet« ernannt (div. Randaliererein). Hm.

*16. Mai.* Heiratet er nun, der – wie war der Name? – Kodak? Ja? Mir doch egal. Vielleicht heirate ich auch bald. Vorerst trinke ich mal drei Weizen. Ach, wie wunderdumm das macht!

*17. Mai.* Und schon in einem Monat wieder 17. Juni! Unbegreiflich! Je schöner Kathi wird, desto inniger gedenke ich Alwins. Mit ihm zusammen hätte ich vielleicht gern ein Kind gehabt, ein Kind wie Stupsi, im Fell geknipst von Freddy ...

*20. Mai.* Dunkle Giebel, sachte Fenster, Sommerfäden fein, aber wo, aber nein, und kein Blitz fährt drein, verworren rauscht der Hain, katholisch hauchend drein, ins Geträum hinein, in das linde Weizengären – ob er, der Andere, auch noch ab und an von den Iberern träumte, wie sie ihn als Sheriff des Pferdemarkts verehren – – –?

*22. Mai.* »Ja«, sagte Kuddernatsch blumenreich.
»Ewig«, parierte ich irrfürchtig.
Tolerabel schaute Bäck zur Deck.

*24. Mai.* Trauerpfiffig sieht sie fern. Soll ich?

*26. Mai.* Kathi

*27. Mai.* Kathi?

*29. Mai.* Una voce poco fà?

*1. Juni.* Manche Menschen treibt's in aller Herrgottsfrühe in der Stadt herum, sei's dem Gewerbe nachzugehen, sei's dem Offenbarungseid, sei's Abenteuer zu bestehen wie Albert Wurm, sei's Sportzeitungen zu kaufen – wieder andere sind froh, daß es sie überhaupt noch gibt. Dieser Eintrag tut's für heute.

*2. Juni.* Kathi!

*3. Juni.* Ich sehe dich, Alwin, vor mir in deiner leibhaftigen Leibesfülle und Lieblichkeit, glitzernd vor Unheil und Überdruß, lustig indessen und klassenkampfstark. Anlächelt mich itzt dein bleichschön Gesichte, das winz'ge, doch tapfere Auge, erspähend den Fisch für den Osten, des Libanon unzüchtig Treiben dazu. Weißt du noch, damals, im Lenze, als wir uns fanden auf Hemingways Spuren, zu trotzen gemeinsam dem Westen, dem Sterben, dem Durst, der Ausbeutung, dem Leben – gleichviel, wie war es nicht tausendschön wonnig! Du tratst aus des Supermarkts Küchlein hervor, dich stellend dem Autokauftollsinn sonder Erschrecken, du schautest dein Reich, gelassen, fürwahr, dienend nur scheinbar dem Blech und Betrug, immer der Marx'schen Lehre gehorsam, zu töten den Feind in den eig'nen Gefilden, des Siegs eingedenk, des endgült'gen – genießend mit Rülpsen vorläufigen Lohn, das prachtvoll schäumende Weizen! Damals, ja damals, war schwerlich zu ahnen Verrat, auch ich, Alwin, ehrlich, dacht' noch nicht daran, dem Westen einst vorzupfeifen unser Geheimnis in Buchform. Denn gar zu untauglich schienst du zu muffeln, nicht zu gedeihen zum Heros – doch nun ist's geschehen, nun ist's getan – ich aber erwarte gelassen die Anzeige dein, aus Gründen der Desavouierung, Verfemung, Preisgabe von Autogeheimnissen und Talismännern, Lüge und Hintertreibung, Schwagerherz, rundes! Und tätest du's nicht, mein Alwin, mein trauter, käm's nicht zum Prozesse, zur Strecke zu bringen den falschsinnigen Schwager – – wie wär' ich enttäuschet ins Grenzenlose, du Lieber! Betrübter, ach, Nebelgeschlag'ner! Was sollte mein Werk, o du Schwagerbrut, sonst? Wie? Ach, laß mich nicht vergebens harren, mein Lümmel, mein Lenin, mein libanonfressender, lieblich-liederlich Durstiger, glorienscheinumdudelter – trunken dämmert die Seele auch mir! – –

*4. Juni.* Oder aber sollte dieses Büchlein gar die Freundschaft stiften, die entsetzlichste? Ist nicht Versöhnung der Betrübten höchster Endzweck aller Kunst? Oder, um es mit Alwin etwas hemingwayischer zu sagen: Aut prodesse volunt aut delectare poetae. Sub specie aeternfernalis!
Mit dieser dummen WM in Argentinien kommt man kaum zum Tagebuch-Schreiben!

*5. Juni.* Ka-thi.

*6. Juni.* Graf »Stauber«! Wie lang hatte ich ihn schon nicht mehr gesehen! Gott, wie niedlich! Matten Augs zwar, aber sehr entschlossen, wand er sich durch die Schauflerstraße, eine gelblichbraune Aktentasche unterm Arm. Als ob er Finks Verlust durch erhöhten Einsatz . . .

Nein, es war ein sehr einfaches Gefühl, was »Stauber« mir bescherte: Ich mußte einfach anführungszeichenfidel pfiffig seufzen.

*7. Juni.* Was will sie eigentlich, die früh Geliebte? Mich äugelnd entnerven, haschend mich vernichten, während ich des Schwagers –

*8. Juni.* Im Herzen krank, im Kleinhirn schwach, charakterarm – heute vormittag fuhr ich zu ihm, mit dem Taxi sogar. Und wenn er sich mit Händen und Füßen wehrte, *der* wurde wieder einmal angeschaut und angezapft!

Ich sah ihn schon vom Auto aus. Er prangte. Mühelos wie je auf dem Treppenabsatz, mit Glorie überschauend sein Wahnwehreich, heit'ren Weltschmerz im Gesicht.

»Welch seltener Gast besucht meine, um Gotteswillen, meine armselige Hütte!« Es war, abgewonnen der freudigen Erregung mal äußersten Lebensunlust, eine moralische Höchstleistung.

»Alwin«, sagte ich scheu. »Ich hab mir gedacht . . .« Flauschigflaumige Waschmittelgefühle verpflaumten mich, aber es war auch würziger Bohnenkaffee darunter. Da schlich als Retter in höchster Not der andere Hund Jimmy grau wie die Sünde aus dem Bürostall von Bethlehem.

»Ah, der Prozeßschuldige«, zeterte ich reizmatt vor mich hin, doch der edle Schwager ließ lächelnde Gnade walten.

»Yeah«, sagte der Agent sehr hehr, »der Prozeß, der Trinkler Rolf gibt nicht nach, der Rolf zahlt mich jetzt wieder nach Gehalt, nicht mehr nach Provision, jetzt, hör zu, ist mir alles gleich! Ahh...«

Wenn nur das Wetter nicht immer die Angewohnheit hätte, psychische Prozesse ganz allein zu entscheiden – was ist denn der Wille des Menschen gegen die Macht eines morgendlich springinsfeldischen Sonnengeblinzels?

»Aber dein kaufmännischer Ehrgeiz?« unkte ich dankbar und traute mich noch immer nicht, ihm voll ins Gesicht zu sehen.

»Aaah«, quittierte Streibl lächelnd rasch geschmeichelt, ging tollkühn sofort medias in res, »Kaufmann ist nur ein anderes Wort für Korrumption, Korrumption, ich laß mich nicht, ich bin nicht mehr korrump... kor... der Sozialismus wird kommen, er muß kommen...«

Seit wann stand ihm auch noch der elfenhaft geschminkte Sopran zur Verfügung? »Na ja, das ist eben«, blümelnd-knautschig wehte ich mich ihm entgegen, »das ist eben die Frage sine qua...«

»Aber«, fuhr Streibl fort, »es ist noch zu früh, noch zu früh, um Gotteswillen«, er lächelte immer wesender, »aber ich kann warten, ich hab revolutionäre Geduld und Zeit, um Gotteswillen...«

Das friedliche Weben des öffentlich wirksamen Wahns. Neben der Hütte leuchtete scheu Löwenzahn. Es stand nun völlig pari, wen ich liebte. Kathi oder Alwin. Dabei quälte sich der Hund Jimmy die ganze Zeit, sommerlich aufgekratzt, an Alwins sauber gebügeltem Hosenbein hoch, endlich haute ihm der Schwager voll Wehmut eine Leichte gegen den Kopf. Er schien auch ein wenig abgenommen zu haben, vor Sehnsucht, nach mir.

»Ich hab Schwierigkeiten mit meinen Kon-Mietern gehabt«, fuhr der Agent ondulierter fort, »Araber. Nette Leute...«

»Ich hab's schon gelesen in der Zeitung«, säuselte ich zephirngnädig. »Hat mir eingeleuchtet...«

»Araber, aah! Ich mag's gern.« Die Schwagerstimme hob mich schon wieder aus den Grundfesten. »Nette Menschen. Unverderbt, unverdorben bis ins Mark. Denen gehört die Zukunft – die Gerechtigkeit, aaah...!«

Verschämt, nein unverschämt sah ich zu Boden. Alwin wirbelte wie schweres Parfüm herum:
»Auch als Kunden. Da schau, da draußen«, er wies mit dem Arm in den Autopark, »palästinensische Freischärler, Gastarbeiter, aber wo ... die zahlen pünktlich, die zahlen gern ...«
De facto trieben sich zu unseren Füßen sehr verdächtige, beklagenswerte Gestalten herum, vier Mann – einer kam jetzt sogar auf uns zu.
»Na, Kanaan!« rief Alwin putzmunter, »fündig geworden? You did find it?«
Der Orientale grinste breit und unentschlossen.
»Ein Libyer«, erklärte mir Alwin sonnendurchglüht, »heut' praktisch ein Stammkunde, hat eine bildschöne Frau, daheim im Libanon, bildschönes Weib ...«
»Kathi«, hauchte ich fast überglücklich.
»Libanese ah! Sie haben mit den Syrern heut' Probleme. Was heißt ›Friedenstruppe‹? Um Gottes willen!«
»Salemasimsala«, sagte ich. Es war nur ein Verdacht.
»Orientalen«, sang Alwin traurig und mondän.
»Dolle Gesellschaft«, wisperte ich, »vor allem in Nordorientalien, Türkei auch ...«
»Freut mich, freut mich, Schwager, daß du hergefunden hast«, verschärfte Streibl Tempo und Tonfall wieder merklich ins Gutturale, ganz hatte er mir noch nicht verziehen.
»Mit dem Taxi«, rief ich schämig aufgeregt.
»Taxi«, sprühte Alwin wie glückwünschend, »du entschuldigst mich, Siegmund, ich hab noch zu tun, im Innendienst ... im Büro die Abrechnungen ...« Er deutete eine versierte Körperwendung an.
»Ich wollt' nur ein bißl schauen«, raunte ich makellos und wahrheitsgemäß.
»Schauen«, seufzte Alwin ungewöhnlich, »Handel und Wandel«, er versuchte sich jetzt mit bitterer Ironie – »Handel und ...«
»Handel im Wandel«, flirtete ich achtsam und recht lustig.
»Du entschuldigst mich, Schwager ... komm wieder ...«
Als er sich in seine Hütte zurückzog, schien er ein wenig zu lahmen. Oder war es nur der übergroßen Apartheit zuliebe, die

er mir bieten wollte? Wenn die Versöhnung mit Alwin gelungen wäre, würde ich mein Tagebuch und mithin meinen Roman endgültig abschließen und unwiderruflich dem Urteil der Geschichte anheimstellen und ...

*9. Juni.* Kuddernatsch! Bei unserem Galaabend zu Ehren der Bad Mädgenheimer Jubiläums-Kurgäste saß er – erstmals! – vor dem Pavillon, – ich hackte wie wildzerklüftet ins Klavier! Es war sicher sein weitester Ausflug seit Jahrzehnten, er saß mit Melone auf dem Kopf zwischen zwei alten Gurken und winkte mir mehrfach zu, behut-, aber kaum furchtsam; bei Ivanovicis »Donauwellen-Walzer« lächelte er sogar wie kenntnisreich-gleitend und deutete ein feines Schunkeln an. Nach dem Konzert, in unserer Kabine, unterhielt er sich sehr angeregt mit Mayer-Grant, der ihn womöglich für meinen Agenten hielt und ihm deshalb eifrig, ja leidenschaftlich seine nächsten einzustudierenden Arrangements vorführte, und Kuddernatsch blinzelte tatsächlich sehr interessiert, ja kundig in diese Gauner-Partituren, obgleich er sicher keinen Violinschlüssel von einem Kreuzworträtsel unterscheiden kann, und zum Abschied sagte er sogar ganz unerwartet gerissen: »Na, Waidmannsheil, meine Herren!«

Aber es wäre natürlich auch möglich, daß Mayer-Grant in Kuddernatsch seine letzte Chance wähnte, nach Bayreuth ordiniert zu werden. Weiß man's denn, wer von uns wen schließlich noch in welchen Himmel treibt? Alwin? Kathi, mein Türke!

*10. Juni.* Vom Kriegsausbruch im Jemen überrascht, lief ich erneut zu Alwin.

Der Händler stand vor der Grundstücks-Toreinfahrt und spionierte dem schönen Sommer zu. Die Tür des Comptoirs stand weltumspannend offen.

»Hallo, Schwager«, stöhnte der Agent gut erhitzt und variabel. In einem Anfall von Verkautschuktheit gab ich ihm sofort Kaugummi. Glatt griff er zu, ein fleckenloser Ehrenmann. Mein Gott, my God, Dieu, o Dio!

Ich fragte einfach und schlicht, was mit dem Schäferhundprozeß sei.

»Culpa in contrahendo«, sagte mein Pflegling müde, »sie wollen sich drauf versteifen, daß ich als Halter nicht geeignet war.

Ein Depperl, sagen sie, kann keinen Hund überwachen, um Gotteswillen! Es ist die typische Prozeßverschleppung, ah!« Im Hintergrund sah man einen Mann zwischen den Vehikeln auf und abgehen, geduckt, als ob er etwas sehr genau studierte, ein Mann in kurzen Hosen. Ich machte Alwin auf den Interessenten aufmerksam.

»Der Stadtgärtner«, sagte Streibl lauschig, »er hilft uns mit seinem Rasenmäher aus, ein netter, ganz netter Bursch!«

»Mähdrescher?« rief ich leicht verhangen, »Italien?«

»Italien«, rief Alwin leicht und hielt das Kopfhaar schräg zur Sonne, als ob er selig schweife in Gedanken süß.

*11. Juni.* Ein Igel ist eingetroffen, heute morgen. Ein Schulkind gab ihn ab. Der Igel saß in einem Papp-Karton, der oben Luftlöcher hatte. Ich ließ ihn aus seinem Gefängnis und liebte ihn vom ersten vorsichtigen Krabbeln weg.

Eine Stunde später rief Streibl an und fragte, ob Conny wieder zur Klavierstunde kommen könne. Der Schwager würgte wie unter übergroßer Pfiffigkeit leidend. Frage mich niemand, warum, aber ich wußte sofort, daß niemand anderer als Alwin für den Igel-Handstreich verantwortlich sein konnte. Natürlich könne Conny wieder kommen, sagte ich. »Dank, Schwager, Dank!« hauchte Alwin.

Hier galt es klaren Sinn und äußerste Wachsamkeit. Was bedeutete der Igel? Bedeutete der Igel Freundschaft, die Vergebung aller Beleidigungen und wechselseitigen Gemeinheiten? Oder neue Niedertracht? Das Symbol der kommunistischen List, der Langsamkeit der Weltrevolution? Die aber doch den sich zu Tode rennenden blinden Kapitalismus mühelos aus dem Felde schlug! Oder was war das für ein Zeichen Alwins? Was war das für ein Übereinkommen? Was wollte er damit andeuten? Ahnte der Agent die Grauen unserer Einsamkeit im Schelmensgraben und wollte, wenn wir schon wegen hypoplastischer Impotenz keine Kinder hatten, über den Igel . . .?

Tiefsinnend schaute ich dem Igel beim Trippeln zu, machte dazu den Radio auf – und dann plötzlich rauschte es noch wüster durcheinander. Die Fatalität kam angesichts des Igels direttissima aus dem Gerät: Schumanns »Frauenliebe und Leben« in der

Interpretation von Kathleen Ferrier. Da war der Ofen vollends aus. Verflucht! Es tut mir leid, ich muß es pathetisch beschreiben: Hic et nunc erkannte und begriff ich erstmals das Gefühl, mit dem ich die junge Kathi und nachmalige Witwe Eralp einst geliebt hatte, nämlich akkurat mit dem Schumann'schen »Du Ring an meinem Finger« – was ich weder zur ersten Tatzeit der Liebe noch bei der späteren Eheschließung gewußt hatte und –

Hat es erst der Verlust der Brüder freigelegt, das alte Gefühl, das unerkannt verschollene? Die katholischen Hirnverwüstungen? Oder, verzwickter noch, die über den Igel wahrscheinlich sanktionierte Versöhnung mit Alwin? Oder doch ganz allein die Es-Dur-Tonfolge, die unerträglich trauliche? Wie auch immer, jetzt tut Entschlossenheit not. Ich werde diese der Proust'schen »Madeleine«-Erfahrung sicherlich gleichwertige Gefühlssensation, sollten Roman oder Tischfußball-Patent trotz aller Raffinesse nicht den verdienten Reichtum bringen, der wissenschaftlichen Welt mit Nachdruck als »Siegmund-Landsherr-Syndrom« zu verkaufen trachten, vielleicht sogar einen Lehrstuhl für Psychopathologie übernehmen, Alwin als Anschauungsobjekt antanzen lassen, den Nobelpreis empfangen – –

Unsinn! Ob Kathi es schon merkt? Wie innig, ja geradezu impertinent ich sie anschiele, um sie streichend, geröteten Kopfs? Indessen sie wie verzeihend fernsieht – und der Igel sieht jetzt auch fern! Nein, ich werde Alwin nicht darauf ansprechen, was in dem Igel steckt. Gelassen werde ich warten. Bis die Botschaft aus dem Igel vielleicht selber heraussickert.

*12. Juni.* Zum Lieben, glaube ich, ist es schon besser, wenn man sich so weit wie möglich auszieht. Schon um dringender gemahnt zu werden ... es hat ja auch so etwas Festliches, Demonstratives, ja sogar Wärmend-Affenstallartiges ... eins aber finde ich ungerecht: daß die Menschen drumherum noch rauchen, Sekt trinken, Schach spielen können, während die Tiere wieder in die finstere Nacht, ins feuchte Grasgekreuch davonhoppeln und stopseln müssen, aber vielleicht ist es auch besser so ...

Das Igelchen hat sich in unserer Wohnung scheint's schon eingelebt. Wie wollüstig die winzige Schnauze bibbert! Es muß ein ganz junger sein. Kathi drängt ihm dauernd Milch, Wurst und

Hackfleisch auf, und der Kleine läßt sich's gut gehen. Jetzt nimmt Kathi ihn wie selbstvergessen an die Wange, er flüstert ihr ins Ohr. Das Doppelagenten-Geheimnis. Was ist das für ein Geheimnis? Aber vielleicht ist der Igel doch kein Geheimnis, sondern . . . einfach nur ein Igel? Alwin?

Ich lächelte bibliophil. Und die früh Geliebte lächelte retour. O je, was ein Symbolsalat! Soll ich's dem Tagebuch anvertrauen, daß Kathi mich vor einer Stunde wie flüchtig gestreichelt hat? Da steht es schon. Igelig verkrümmt zwischen den Tagen.

*13. Juni.* Mit diesem Igel möchte ich begraben sein, ewig, bis zum jüngsten Tag. Schnauze zu Schnauze, Stachel zu Stachel. Aber da haben wir es ja wieder! Unsere Tiere wurden ja kaum gleichermaßen erlöst und gerettet werden! Das schaffte Er nicht, dazu waren es einfach zu viele – und die alte Ungerechtigkeit würde weiterwursteln. Und, na ja, einige der Tiere würden auch die Unsterblichkeit kaum verdienen. Zum Beispiel dieser kokonartige spinatgrüne Dreck, der mir da gerade über mein Tagebuch segelt –

Aber mein Igelchen möchte ich schon nach einigen Tagen in der Ewigkeit nicht missen, da pfeif' ich auf die gesamte versammelte und verwichste Heiligenbande, diese aureolisch schlaksigen Maulaffen! Und ich denke, es ist nicht Fetischismus, was mich bewegt, sondern stramme Religiosität, schon jenseits der Iberer-Ebene, und gleichzeitig wird die Sehnsucht nach Kathi immer schmählicher und

> Bischof, hab acht!
> Dein Krummstab wird sacht
> Aber sicher zum Ständer
> Hat rosige Ränder –

O Wollust, o Himmelsqual! – Ich werde den Igel Charly-Mä nennen.

*14. Juni.* Jetzt weiß ich es genau: Der Igel ist Alwins Hilfestellung, mich von der kommunistischen Partei abzuhalten, denn mit Charly-Mä habe ich ja jetzt so viel zu tun und nachzudenken, daß ich für eine richtige Basisarbeit in Dünklingen gar keine Zeit mehr hätte! Nein, Alwin hatte schon recht, das würde nichts, ich war ja viel zu ausgelastet für die großen hohen Dinge, im Rahmen meines sehr dummen Lebens und geliebten Flegelns und Flackens wäre für die Dritte Welt sicher kein Platz . . .

Ins Schreiben hinein hat gerade Alwin angerufen. Es war eine seiner erleuchtetsten, telepathischsten Taten. Ohne jede Anspielung auf den Igel drang er recht sachlich in mich, ob ich auf Freudenhammer einwirken könne, im jetzt unmittelbar bevorstehenden Schäferhundprozeß möglichst objektiv zu berichten: »Ich will keine Gnade, aber wo, nur Gerechtigkeit! Es geht um meine Existenz.«

Freudenhammer, murmelte ich sehr leise, berichte nicht über Prozesse, sondern wenn, dann der Gerichtsreporter Meixner.

»Weiß ich, weiß ich doch«, flehte Alwin etwas tränennaher, »ich kenn ihn gut, den Pamler Herbert, den Meixner Herbert, aber du weißt es doch so gut wie ich, ich bin mit dem Meixner Herbert schon vor zwölf Jahren in der selben Stammwirtschaft verkehrt, aber du weißt es doch, eine Hand wäscht die andere. Um Gotteswillen, der Fred übt Druck auf den alten Freudenhammer-Deppen aus, schau – ich will ja gar nicht, daß er bescheißt, daß er mir pro domo schreibt, bloß objektiv, objektiv soll er schreiben . . .«

»Er schreibt pro gromo.« Ich dämpfte meine Stimme ins Unermeßliche.

»Er soll schreiben wie sein Vorgänger, der Iglhaut Gerd, sachlich, nicht rot! Nur human!« Alwin weinte etwas rührender, »schau, es geht ja auch um deine Schwester . . .«

»Und«, murmelte ich flüchtig, »sieben Kinder!«

»Um deine sieben Kinder, du weißt es!« brüllte Alwin magna voce.

Gerührt versprach ich, alles zu bedenken und zu erledigen. Was? Nun, mein Charly-Mä wackelt jetzt im Vorgarten herum, erfreut sich saugend am Sonnenlichte. Ich werde ihm ein Schälchen Weizenbier vor die Nase pflanzen.

Jetzt stehe ich genau auf der Kippe. Ich könnte jetzt genauso legitimiert »Ich liebe dich« zu ihr sagen wie auch »Du bist mein Papperlapp!« – das, Leser, kondizierst du mir doch! Ich werde mich wahrscheinlich für das erste entscheiden, aus einer Art kreatürlichen, ja animalischen Humanität heraus. »Ich liebe dich«, das war zwar sicherlich der ordinärste aller Salvierungsversuche, aber sah Kathi nicht geradezu aus, als ob sie darauf warte? Damit sie noch verzweifelter würde! Ich betaste den Ring an meinem Finger. Gewisse Musikstücke gehörten staatlich verboten. Das Herz scheint sich jetzt irgendwo verkrochen zu haben. Im Rucksack. Oder in den Kniestrümpfen. Hab ja gar keine! Rancher laufen sommers barfuß.

Charly-Mä streckt sich jetzt satt und zufrieden, sein Stachelkittelchen rutscht über die Schenkel hoch. Die Rolle des Igels in der Weltliteratur ist ja bis auf den heutigen Tag unbegreiflich bescheiden geblieben. Goethe, der dem Weiblichen bekanntlich durchaus aufgeschlossen gegenüberstand und sich seinerzeit im Hessischen, Badischen und Weimarerischen beharrlich comme un petit idiot herumtummelte und ... mais passons, darum geht es ja gar nicht, sondern um Alwins Ideenlehre! Denn während Hund (Jimmy) und Katze, Ochs und Esel, Schwein und – im Vergleich dazu richtete der Igel bisher noch nicht viel aus. Eben. Seine Stunde kommt noch. Das Mystisch-Mysteriöse des Igelwesens, sein Irisierendes, Oszillierendes, der smarte Kern, der sich hinter rauher Schale – ja, hatten nicht, nach Wurms erster Vermutung, sogar die Iberer-Brüder Igel geheißen? War das das Geheimnis, das mir Alwin andeuten wollte?

Wolken zieh'n wie schwere Träume. Auf den Autobahnen lebhafter Verkehr. Im Grase aber lauert geduckt der Igel, Kathis und des Türken und mein Produkt im Einvernehmen mit Bleicher Sultan gezeugt und geschaffen, keines Wesens mit Grün Edi und Wollack Walter, was aber ist mit Stupsi? Sollte sie und Charly zusammen mit Jimmy?

Ich habe soeben mit Kathi etwas ausgemacht.

*15. Juni.* Wenn jemand vom Vollzug der Liebe mit einer türkischen Witwe ausgerechnet nach Knittlingen reist, dann hat er von vorneherein keine Chance, dann braucht er sich über nichts zu wundern.

Es war absolut lächerlich. Wir rückten an wie zwei Sittenstrolche, wie zwei besonders unbegabte Teenager. Zu fragen, ob in der Herberge Platz für uns sei. Und hatten dauernd Angst, daß der Igel in unserer Reisetasche quiekte. Wir waren mit dem Omnibus angereist, gestern abend, sehr plötzlich. Als wir im Gasthof »Sperber« zu Knittlingen einbrachen, ein Zimmer zu nehmen, fiel gerade ein betrunkener alter Landwirt heraus. Er hatte, sagte er, seinen Sohn beim Formel-1-Rennen verloren und weinte wie ein Iltis. Charly-Mä aber hielt sehr schön brav still.

Es war sehr lächerlich, war ganz dumm von Anbeginn. Ein hübsches Landgasthaus mit alten Betten, schön bestrichenen Bauernschränken, einer Waschschüssel, sogar ein Spinnrad stand im Flur. Der Igel krabbelte sofort im Zimmer herum, als ob er sich auf seine Inkarnation freue. Wir hatten ihn schlecht alleine zu Hause lassen können – nein, gar nicht wahr! Alwin wollte es so. Mit großer Geisteskraft hatte er die Fürchterlichkeit unseres Lebens erahnt. Der Igel gehörte schon dazu.

Es war etwas lächerlich – und doch war es was. Kathi gab ihre verzweifelte Seele so rücksichtslos preis, daß es notwendig liederlich wurde. Im Grunde hätte sie jetzt mit jedem ins Bett fallen können, nur mit mir nicht, wäre sie nicht gleichzeitig zu einem wilden – Martyrium entschlossen gewesen, das ich freilich nicht durchschaue. Auch dünkt mich, sie wußte selber nicht alles zu entschlüsseln. Vielleicht war sie sogar ein paar Augenblicke lang ganz froh, daß sich in ihrem Leib wieder was rührte.

In dieser hübschen dummen Landschlafstube liebte ich sie zwei arme Stunden lang so gottserheiternd eisig, glühend, ernst und stur, als gäbe es keine Psychologie. Es war, obgleich sie einverstanden war und sogar sehr bei der Sache, glatte Vergewaltigung, aber doch wie culpa in contrahendo. Nur du allein sollst mich betreten, sprach in größtmöglicher Desperation ihr Blick. Lieb hab ich dich schon allein nur du, antwortete ich und zupfte sie an der Nase. Münder schlugen aufeinander, Lippen wie fleischfressende Espen, Schmerz ihrer Augen lachte Hohn. Es war die Sanftmut ihrer Mutter muselmanisch. Ihr Antlitz, zuweilen schimmerte es fast von nimmersatter Hoffnungsferne, es war so rührend, daß es zum Verweilen lud. Es ist alles so verhaut, hauchte ihr geschlossnes Auge, es zog stärker in der unsterblichen Seele. Wenn's nur so schön, so schön nicht wär, antwortete mein Bauch. Wenn die Gesichter vor Lusterwartung fast seelenvoll zu werden beginnen, rückt der Bischof erst ins Abseits, aber dann sehr nahe. Unterm Bett hörte man den Igel freundlich scharren. Wie Alwin seine sieben Kinder hergemeuchelt hat, darüber befinde Breschnew allein. Ich stand wieder auf und ging wie ein lebhafter Rancher im Zimmer herum. Sofort kam Charly-Mä zu mir hervor, mir beizustehn.

Bläue schwelte kühl. Ein hoher Seelenadel fror in Kathis Auge, es zitterte der ruhig liegende Leib vor Anmut, Schwermut. War ihr das Leben nur verhaßt? Oder gefiel es ihr schon wieder? Ihre rötlich braunen Wimpern, ihre Iris. Machte ihr das unselige Warten auf Arkoc den einzigen und allergrößten Spaß? Ihr schlanker Rücken, braune Schatten, ihre Rippen. Prostituiert zu sein, ist bitter, aber der Lust an der Wehmut ist gar nicht zu widerstehen. Sogar spitzbübisch sah sie jetzt gegen die hübsch mit Kreuzchen gezierte Tapetenwand. Es sah drollig aus, so schön war sie und wußte es und biß sich deshalb auf die Lippen, mich christlich zu entlasten ein geringes. Ihr kaltes Händchen, ihr erstorb'nes Mündchen winkten mich zu sich. Die Kirchturmuhr schlug zehn. Wir starrten blinzelnd an die Decke.

»Bu iyi«, sagte Kathi, »Ben Bilmiyorum. Bunun hepsi cokiyi...«

Ich fragte, was das heiße. Schwer zu enträtseln, warum die Schönheit einer Frau über dreißig völlig gleichgestimmt ist mit ihrer Religion oder der des Beters.

»Konus Aynur!« bat sie leise, glühend wie besessen.

Aus der Dorfstraße klangen Sommerdüfte. Der Mond stand ehern, kugelrund und fiel auf Kathis Liderblau. Mir fiel das Herz ins Hodensäcklein. Es war völlig unklar, was sich hier begab. Wahrscheinlich war es und entsetzlich Liebe. Wie auch immer, immerhin. Kathis Kupfer-Köpfchen dachte nach. Der Tiefsinn ihrer Schönheit. Wilder fraß sich durch die Kammer Traurigkeit, der Igel saß zu unseren Füßen. Die Schönheit ihres Tiefsinns netzte Tränen um das schlanke Schlüsselbein.

»Aynur«, sagte ich und stand rasch auf. Der Igel sah mich ratlos an und schlupfte wieder unters Bett. Aus dem Wirtshaus unterhalb ein Todesseufzer, bang und tief. Ich trat ans Fenster wie gescheit. Lattern hatte abermals recht geweissagt. Wie erlösend wäre es, wenn dereinst eine aufgeklärte Theologie wieder darüber sich in die Haare kriegte, wieviele Engel auf einer Nadelspitze Platz finden. Den Igel hörte man jetzt wie entfernt.

Schwarzes Blau über den Linden. Lohend Gelb im Osten. Heuduft blies viel Schimmer wider. Schatten der Sterne!

Ich fuhr herum. Der rote Wuschelkopf lag jetzt wie listig. Sie kaute an den Fingernägeln, wie sehr stolz gelangweilt. Ein wenig Spott glitt in die Grübchen, die Augen schauten traurig selbst geschlossen. Erst wollte ich die Seele mir erstreicheln, die eigene aus dem Leibe, jetzt schritt ich auf dem Teppich auf und ab und las Brevier. Kathi linste amüsiert. Der Igel kratzte unterm Bett gemütlich. Was fand die Exzellenz? Nicht viel. Die Wollust ist das eine – doch Unkeuschheit macht unglücklich.

Jetzt sah mich Kathi lächelnd an, nicht verzeihend, nur betätschelnd. Sie war Jene, ich der taube Zimmermann St. Neff. Denn Korruption herrscht schwer im geistlichen Gewerbe. Konkubinat schafft minder Freude als erhofft. Die Hohe Geistlichkeit betreut die Frauen sattsam, doch nicht türkisch. Das Kapital verdarb den Klerus bis ins zehnte Glied, nach Osten fleht der Frauen Blick, das Abendland bleibt traun zurück. Und wimmert mit dem großen Zeh:

REGINA! TU PIA! MATER MISERICORDIAE!

Noch in der Nacht fuhren wir nach Dünklingen zurück. Der Omnibusfahrer fluchte leise vor sich hin, wir genierten uns nicht, aber Kathis Hand war kalt.

Am Vormittag kam ein Klavierstimmer ins Haus, ich erinnere mich nicht, ihn bestellt zu haben. Ein blinder Klavierstimmer, das Antlitz gefleckt, unser neuer Mann in Dünklingen. Er zauberte im Gehäuse herum, ich war so aufgewackt, daß ich ihm nach getaner Arbeit Cognak gab. Den trank er weg, dann fingerte er träumerisch am Tisch herum, angelte sich ein Feuerzeug und entzündete einen Stumpen. Es war gerade 9 Uhr. Hingerissen betastete der Mann das Feuerzeug und sagte, so eins würde er sich halt auch immer schon gern gewünscht haben. Ich steckte mir einen Kaugummi ins Maul und sagte, das Feuerzeug könne er gern behalten, mit meiner Exzellenz bei mir sei sowieso Sense. Das war ein Fehler, denn nun griff mich der Klavierstimmer bestimmend fest am Arm, richtete seine toten Augen gegen meine geröteten und sagte, wir würden »ab sofort Freunde fürs Leben« werden. Weil gerade Charly-Mä ins Zimmer spazierte, sagte ich brutal, ich hätte schon einen. Jetzt nahmen die toten Augen des Gasts das Gleißen des Erleuchteten an:

»Ich will mich«, es schleimte ekelhaft, »mit dir und deinem Freund verschmelzen.« Ob ich was dagegen hätte? Ich fragte, ob er meinen Igel oder meine Frau meine, ich wüßte nämlich oft selber nicht mehr genau, wo's bei mir hinausliefe.

»Das Klavier«, sagte der Blinde entrückt, ja fast verzückt, »ist die Königin der Instrumente. Ich stimme es, aber ich kann es nicht. Es ist wunderbar!«

Zähnequengelnd fragte ich, ob er eine Rechnung schreibe oder Bargeld begehre. Der Stimmer nahm seinen Schlapphut vom Tisch und lachte wie in schwerer Klemme. Was es da zu lachen gäbe, sagte ich. »Ein Feuerzeug«, sagte der Klavierstimmer, »jetzt hab ich ausgesorgt...«

Ich drückte ihm 20 Mark in die Hand, drängte ihn zur Wohnung hinaus. Charly-Mä geleitete uns zur Tür. Der Blinde war einmal nahe dran, auf ihn zu treten, es war klar, er war jetzt der Hauptfeind, der sich zwischen uns mischen wollte.

Der Igel bedeutete über seine Gotteskindschaft hinaus zweifellos Gnade, Vergebung der Sünden, neues entsprießendes Leben. Was aber bedeutet in diesem Klavierstimmerkonnex, daß ich Kathi gestern so – –?

*16. Juni.* Es ist wie es ist, und es ist fürchterlich. Ich gebe ja Kathi vollkommen recht. Auch mir sind die Türken die liebsten auf der Welt! Bzw. General Atatürk war an allem schuld! Hätte er sein Land in Ordnung gehalten, dann hätten keine Gastarbeiter-Schlosser nach Eichstätt kommen müssen! Bzw. die Türkei und Deutschland – *zusammen* konnten sie doch die Welt erretten! Denn wenn es schon, wie man hin und wieder hört, sechs Dimensionen gibt, dann müßte es doch auch, verflucht noch mal, theoretisch und sogar praktisch möglich sein, daß, so wie der Klavierstimmer seinerseits sich mit mir verschmelzen will, Kathi, der Türke und ich zur Einheit würden, zur unia mysticus, mit Streibl zu reden, zur vernagelten verigelten Harmonie, nun, dann eben notfalls auch noch mit Klavierstimmer, den ja vielleicht primär Arkoc übernehmen könnte, so daß ich Kathi die meiste Zeit für mich hatte, nur dürfte der Klavierstimmer natürlich nicht noch seinerseits Leute anschleppen, die er haben, die ihn haben wollten, so wie ich meinerseits Alwin draußen ließe, die Iberer sowieso, sogar die drei Superklasse-Alten – und allenfalls Stefania Stupsi – –

Es half nichts. Abermals warf ich meine Netze gegen Alwin aus. Er war der präsenteste, der realste. Bestellte ihn zum Feierabend ins »Aschenbrenner« und ließ die Blicke schwer romantisch kreisen.

»Hör zu«, fuhr ich ergriffen fort, »ich krieg demnächst vom Psychiatrischen Zentralinstitut für Aufklärungsarbeit einen Batzen Geld für eine Expertise über einen Liederzyklus von und mit Robert Schumann – hör zu, und da hab ich mir gedacht, daß wir drei nach Italien fahren und auf den Putz hauen und...«

»Wer?« Der Agent hatte aufgepaßt.

»Die Kathi«, sagte ich wie exkulpistisch, »möchte nämlich auch mit.«

»Italien!« Alwin schneckelte sich aus seinem Stuhl empor.

»Eben!« rief ich schwer euphemisch.

»Hör zu, Schwager, ich will mein Gottes ... um Gottes willen mein Leben lang nach Italien, aber, du weißt es am besten: sieben Kinder, ich will ja auch meinen Lebensstandard halten und abends einmal schön ausgehen und ein schönes frisches Weizen...«

»Macht nichts, macht nichts«, plapperte ich efeuisch, »das Psychiatrische Institut der zentralen Klavierstimmerkartei zahlt alles, ich brauch sowieso einen Fahrer...«

»Schön, daß du an deine Frau denkst«, sagte Alwin wie beschattet zärtlich.

»Wenn deine Frau einverstanden ist«, rief ich sieghaft, »Geld spielt keine Rolle, zahlen kann ich's dir...!«

»Italien«, sang Alwin ohne Spur von Begeisterung, »du kriegst es zurück, wenn ich meine Rente durchhab, wenn die Ratifizierung durch ist. Der neue Pfleger von mir, der... ich weiß gar nimmer, wie er sich schreibt...«

»Fuß!« sagte ich taumelsicher.

»Archivdirektor in Ruhe ist er in der Versuchsanstalt...«

»Klar!« tönte ich konvergenzpraktisch, »wir fahren zu den Opernfestspielen nach Verona, die heben in vier Wochen an, da tanzen wir hin, jawohl! Mit deinem Auto. Du fährst und ich erledige alles! Alles!«

»Schwager«, schwelgte Alwin sanft entfesselt, »so nett, so nett, darf ich dich – du erlaubst – zu einem Weizenbier einladen? Schau, ich hab ein liederliches Leben geführt, die Oper, die Literatur ist das einzige, was mir geblieben ist, ich hab nie Geld auf die hohe Kante gebracht, ich hab nichts gestohlen, aber auch nichts gespart, du kannst ja heut' nur noch sparen, wenn du bescheißt, ich hab alles für meine Kinder aufgegeben!«

»In einem Monat Verona!« befahl ich schärfer. Hochintelligibel winkte Alwin der Kellnerin. Er sah plötzlich aus, als ob er nie Berührung mit dem Igel gehabt hätte.

»Wenn meine Frau gesund ist, die hat Rückenmarkindikationen, fahr ich mit dir überallwohin! Überallwohin! Du weißt es genau so gut wie ich!«

»Freundschaft«, sagte ich verklärt und freute mich gebannt ermattet.

»Immer«, parierte Alwin, das mußte er sich während der Zeit unserer Feindschaft antrainiert haben. Schwellend wie Kummer und in hochqualifizierter HJ-Führer-Manier verließ er drei Stunden später süß das »Aschenbrenner«. Spähend schon gen Süden, gegens Transalpinische.

»Alles klar?« brüllte ich noch einmal wüst.

»Wunderbar!« kam quick ein Echo. »Schwager, halt die Ohren steif!«

Diese vor Schabernack schunkelnde, aber auch seltsam wundgescheuerte – und letztendlich nichtssagende Luft!

*17. Juni.* Die Frühgeliebte schmunzelt wie in schöner rotblondkrauser Ahnung. Sie will jetzt plötzlich das Kartenspielen erlernen. So ist es ja immer. Zuerst müssen sie in die Türkei, dann erkennen sie, wie schön 66 ist.

Wir spielen schon den halben Tag lang, sie kann's schon ziemlich gut. Der Ring an meinem Finger drückt, doch der Igel ist in Reichweite bei Gefahr. Früh nahm er sein Morgensonnenbad, dann knabberte er ein wenig an meinem Klavierhocker herum, jetzt, müde, stellt er sich auf seine Hinterbeine und will in seine Schlafkiste. Eleganter Linienschwung, drin ist er.

Um nichts zu verderben, habe ich es noch nicht gewagt, Kathi wegen Italien zu fragen. Aber sie macht mir einen ganz reisefertigen Eindruck.

Wer in die Fremde will wandern, der soll mit der Liebsten gehn und Alwin mitnehmen.

*18. Juni.* Kaum fährst du nach Italien, schon rauscht es in der Heimat. Am Morgen rief Bäck an, General Krakau habe ihn abermals aufgesucht, jawohl, sie beide kämen gerade aus der Sauna, wir sollten uns im Tschibo treffen: Der General wünsche mich sehr dringend zu sprechen.

Geistesgegenwärtig rief ich sofort Alwin an: ob er für eine Stunde sein Büro schließen und zu uns stoßen könne, im Tschibo erwarte man einen hohen Militär, »der dir vielleicht auch in deiner Sache Auskunft geben kann«.

»Immer«, sagte der Agent, als ob er darauf gewartet hätte und es vor lauter bolschewistischer Beschwingtheit heute morgen in seinem Bureau ohnedies nicht aushalte, »im Sommer ist bei uns ein Tief, da kommt niemand.«

»Italien geht in Ordnung?« fragte ich aufrüstend.

»Immer«, antwortete Alwin gelassen, das war wirklich sein derzeit brisantester, krisenfestester Beitrag, »meine Frau hat's mir schon erlaubt, nach einer, hör zu, gigantischen Liebesnacht, hat's mir . . .«

»Wir fahren«, stellte ich etwas kalt seine anrollenden Schweinigeleien ab, »über Tirol!«

»Hör zu!« rief Alwin, »hab ich mir auch gedacht: Aufs Gradewohl!«

»Nein, Tirol!« rief ich befehlender.

»Tirol?« antwortete Alwin sehr verlegen.

»Nein, jetzt Tschibo! Vieni, l'amici aspettano«, trällerte ich, italien- sowie alwindurstig.

»Ah«, säuselte Alwin dankbar, »ich komm ad hoc!«

Als ich im Tschibo eintraf, standen dort bereits an einem Tischchen Bäck, General Krakau und der Tanzlehrer Bartmann, der sich sogar Biskuits mitgebracht hatte und sie gierig in den edel geschweiften Mund schob. Der General trug elegantelegische graue Knickerbockers, einen todschicken Rippen-Skipullover und einen anthrazitsilbernen Sporthut. Er wirkte kerngesund.

»Werter!« rief er lauterfreut und streckte mir die durchtrainierte Pranke entgegen. Redete aber sofort, konvulsisch mit den dünnen Armen rudernd, weiter, er erzählte, wie ich bald merkte, eine Anekdote, die ihm bei seiner Fahrt im Eisenbahncoupé nach Dünklingen widerfahren sei. Er, der General, sei nämlich in einem Abteil mit zwei Damen gereist – und der General verlor sich eine Zeitlang in deren Beschreibung –, mit den Damen aber sei ein Bologneserhündchen gereist, das ihm von Anfang an nicht recht gefallen habe, andererseits aber habe er auch mit den Damen keine Unterhaltung gewünscht, sondern lieber die Tageszeitung lesen wollen, obgleich er an sich Gespräche im Eisenbahncoupé schätze. Doch diese beiden Damen hätten ihm von Anfang an den Eindruck gemacht, als seien sie »Blaustrümpfe« oder »Emanzipierte Lolitas«, und hätten auch . . .

In diesem Augenblick swingte Streibl voll Rohr Handels- wie Privatmann zur Tschibo-Pforte herein, ich stellte ihn dem General und etwas mutwillig auch Bäck vor, der deshalb und überhaupt noch viel grämlicher dreinsah als ich – als aber Alwin die ersten Kratzfüße zu machen und die ersten impertinenten Imbezillitäten und Indiskutabilitäten nein nicht zu inszenieren, sondern zu investieren begann, sagte, an seinem Tschibo nagend, ganz überraschend Alfons Bartmann rasch zu Alwin Streibl:

»Na, du alter Gauner, du windiger?«

Gottseidank fuhr der General im gleichen Augenblick mit seiner Anekdote fort, und Alwin konnte nur, als ob er es überhört hätte, bebend vor sich hinsummen. Er, Krakau, habe also plötzlich leidenschaftliche Lust auf eine Zigarre verspürt, andererseits sei dies ein Nichtraucher-Abteil gewesen. Jetzt habe er aber gar nicht eingesehen, daß er wegen der Frauen auf den Genuß verzichten solle, und sich ergo eine Virginia angesteckt. Die Damen hätten gleich ganz angewidert dreingeschaut, er, Krakau, habe aber bei offenem Fenster sehr ruhig weitergeraucht.

»Das Bologneserhündchen war so groß wie meine Faust. Und nun, passen Sie auf, meine Herren! Es hatte ein schwarzes Fell und weiße Pfötchen und lag auf dem Knie der hellblauen – himmelblauen! – Dame. Es trug auch ein Halsband mit einer Devise drauf!«

»Nett!« wagte sich hier Alwin zitternd schnuppernd nach vorne, »Reiseerlebnisse . . .«

»Ich bleibe«, der General achtete Alwins nicht, »weiter ruhig sitzen. Aber ich bemerke natürlich, daß die Damen sich über meine Zigarre ärgern. Die eine starrt mich sogar feindlich an. Ich rühre mich noch immer nicht, denn sie äußern sich ja auch nicht! Sie könnten doch etwas sagen, mich warnen oder bitten, wozu sonst haben die Menschen denn ihren Mund . . .?«

»Zum Alwinieren«, zischelte ich kehlig.

»Sie schweigen aber – bis plötzlich, plötzlich reißt mir die Blaue, ohne auch nur eine Silbe zu sagen, als wäre sie ganz von Sinnen, die Zigarre aus der Hand und wirft sie zum Fenster hinaus. Der Zug rast nur so dahin! Und ich schaue sie wie geistesabwesend an. Es war eine ganz wilde Frau, etwas, das sich gar nicht bändigen läßt. Sie war übrigens üppig, groß, blond . . .«

»Blond«, sang Alwin fernhin träumend mit, und Bäck sah ihn matt rügend an. Auf unserem runden Kaffeetischchen aber stand plötzlich eine winzige Stellage, in deren Fächern verschiedene Klarsichtpackungen Pfefferminzbonbons lagen, die Stellage aber trug das Schildchen »Frisch-Center«.

»Blond, jawohl! Und sogar etwas zu rotbackig, ihre Augen funkelten nur so! Ich aber nähere mich, ohne ein Wort zu sagen, mit der größten und selbst übertriebensten Höflichkeit dem Bologneserhündchen, nehme es mit zwei Fingern vorsichtig rückwärts beim Kopf und schleudere es der Zigarre nach zum Fenster hinaus! Es konnte nur noch aufquietschen! Der Zug raste weiter.«

»Nett! Nett!« schrie Alwin kaum gedämpft und klatschte wie andeutend in die Patschhände. »Nett aaah«, sang er dem General ins Antlitz, während Bäck irgendwie froh über das glückliche Ende der Geschichte und Bartmann sehr kampffreudig dreinsah.

»Und ich war im Recht, ich war tausendmal im Recht!« fuhr der triumphierende General eifrig fort, »denn wenn in der Bahn das Rauchen verboten ist, dann ist das Mitführen von Hunden noch viel verbotener!«

»Yeah!« sang Alwin kreuzbravheiter, »ich hätt's genau so gemacht!« Bartmann sah ihn immer unverschämter an. Ich aber nahm mir ein Herz, es klopfte wild wie die wilde Frau.

»Vor Jahren, General«, sagte ich blutarm, »habe ich eine ganz ähnliche, fast gleichlautende Geschichte in einem Roman von Dostojewski gelesen, die wiederum aber nicht stimmte, sondern merkwürdigerweise erzählte dort der General dieselbe Geschichte, die aber kurz zuvor in der Zeitung...«

»Dostojewski?« Der General war furchtbar rot geworden. »Sie behaupten, daß Dostojewski...« Er stotterte, und Alwins Hilfe kam in höchster Not:

»Was willst, Schwager, mit Dostojewski? Ein alter Ruß! Was will er denn? Der Literatur hat er nichts gegeben und der Revolution des Proletariats auch nichts, aber wo!«

»Aber die Geschichte vom Hündchen...« Ich mimte einen Dialog, um den General zu retten, nahm ein Frisch-Minz aufs Geradewohl...

»Die Geschichte«, Alwin lehnte sein ganzes Schwergewicht gegen den General, »geht über Dostojewski hinweg wie über Hitler und... der General weiß es so gut wie ich!«

»Hemingway?« fragte ich artistisch, biß darauf, es knackte Minze. »Ist Dostojewski überlegen?«

»Hemingway haut ihn«, fing Alwin den Faden auf, »in Grund und Boden und...«

»Hemingway?« Der General hatte sich fast erholt. »Ein schwerer – ein sehr schwärer! – Schriftsteller!«

»General!« sprang Streibl fast atemlos verschwörerisch ein, »ein so schlichter, ein pfennigguter Autor – praktisch heut' Shakespeare!«

»Du alter Gauner!« murmelte Bartmann schlüpfrig und zog seine Brieftasche hervor.

»Streibl!« Der General fuhr idealistisch zu ihm herum, »Sie nehmen mir das Wort aus dem Mund! Was Hemingway für Rußland geleistet hat, ist so viel als was Shakespeare für Deutschland geleistet hat!« Bäck sah stumm und dumm herum.

»Baudissin!« atmete ich zerstreuter selig.

»General«, wandte sich Streibl wie bittend an diesen, »darf ich von Offizier zu Offizier zu Ihnen sprechen?«

»Was?« entfuhr es mir kaum courtois. »Wer?«

»Du alter Gauner«, summte Bartmann schamlos und prüfte kurz den Inhalt seines Portefeuilles.

»Ich bin«, schnulzte Alwin etwas klagend der Reihe nach Bäck, Bartmann, mich und endlich den Militärstöpsel an, »ich bin heute noch Reserveoffizier der Nationalen Volksarmee! Ich war auf der volkseigenen Militärakademie mit Behelfsabitur!«

»Streibl«, beruhigte ihn Krakau mit imperialem Charme, »Sie haben mein Wort drauf!«

»Parole d'honneur«, murmelte ich und errötete. Bartmann grinste sehr ruhig.

»Meine Freunde«, rief jetzt der General empörend schnarrend, »lassen Sie mich auf mein Eisenbahnabenteuer zurückkommen! Ich hatte nicht nur mit den beiden Damen im Eisenbahncoupé ein Malheurchen. Recht eigentlich bin ich nach Dünklingen des Wegs gereist, mich mit einer dritten Dame zu vermählen – Vroni, Ihrer über die Maßen schmucken Kellnerin! Und was höre ich? Eh?«

»Ah?« sang Alwin desaströs.

»So sei doch ruhig!« schalt ihn Bäck.

»Ich höre«, fuhr der General hingerissen fort, »daß sie sich schon verheiratet hat! Hahahahaha! Hä! Was macht«, Krakau befahl mit einem scharfen Handkantenwink Streibl zu sich, »ein Mann in einer solchen Lage?«

»Hemingway«, sang Streibl löwenartig wehleidig, »ist ein Trost in allen Lebenslagen, General, ich hab auch ein liederliches Leben geführt, ach Gott, ein disqualifiziertes ... Laster ... Lotter ...«

»In meiner Lage!« schrie Krakau übermächtig in den grellen Sommer hinein, doch Streibl unterbrach ihn kühn.

»Ein Mann, General, ich rede zu Ihnen«, sagte Alwin zart und ergriff ergriffen Krakaus Krawatte, »von General zu General, ein Mann kann zwar vernichtet, aber nicht, pardon, vom Weibe geschlagen werden. Ich hab sieben Kinder, General, sie sollen einmal anders als ich ...«

»Du alter Gauner«, lachte Bartmann heiter realistisch und verabschiedete sich: Er müsse sofort zum Tarockspielen ins Schwimmbad.

»In meiner Lage«, rief Krakau glücklich gockelhaft blasiert, »fährt ein Mann ins Land des Lächelns – nach Italien!«

»Italien?« wunderte Alwin sich strömend, »wir fahren auch hin, mein Schwager, seine Frau und ich!«

»De facto?« fragte Krakau aufmerksam, »è vero?«

»Indeed!« rief Alwin hocherquickt, schneidig, lebenslustig bliesen sich die Bäckchen auf. »Wir können Sie jederzeit mitnehmen, Sie sind, pardon, ja nicht der Größte, wir haben noch Platz hinten im Auto! Aber wo! Der Siegmund hat nichts dagegen!« Streibl sah mich munternd an.

»Ecco la primavera«, rief ich lockend, die Vormittagssonne blitzte landsherrischer.

»Che bella cosa«, schwärmte der General spätpubertär los, »und Sie würden mich tatsächlich...?« Er schien sich in der Crème de l'horreur à la Tschibo immer besser zu divertieren. Siebenschläferhaft sah Bäck mit drein.

»Iwan Romanowitsch Tschebutykin!« rief ich verwahrlost, »möglicherweise kann ich Ihnen sogar als Surrogat für die entlaufene Vroni meine Gattin Katherinchen Atatürk kalt observieren und...«

»Eben!« rief Alwin anti-großbürgerlich, »der Siegmund ist nicht so, er schiebt sowieso keine große...«

»Italien si si si«, trillerte der General wie visionär.

»A very important person«, wisperte Alwin mir zu, »um Gotteswillen, wir packen ihn mit ein«, Streibl steckte sich geschloss'nen Augs zwei Zuckerstückchen in den Mund, »pardon, ich muß bloß noch der Triebfeder Maria Bescheid sagen!« Streibl deutete nach hinten zur Tschibo-Frau, »eine frühere Gewerkschaftskollegin, eine Tante von meiner Zucker-Tante, wir können gleich losfahren, ich, pardon, wir trinken dann bloß noch ein schnelles frisches schönes Weizen, dann starten wir...!«

»Dann, Bäck!« Krakau tröstete rasch den Betrübten, der dableiben mußte, »mein Guter, per sempre addio, wir sehen uns nie wieder! Mai più, mai più!«

»Italia«, rief ich schneidig festlich zähneknirschend, »et pereat mundus« – – –

Nein, fürwahr, ab sofort sind sehr leise Töne angezeigt. Denn abermals – nach der Titel-Mätresse und dem Ringelrollkragenpullover – muß ich eine Lüge, eine Notlüge eingestehen: Der General, und versierte Leser ahnten es vielleicht seit geraumer Zeit

– es gibt ihn nicht – und hat ihn nie gegeben; man stelle sich vor. Es gibt ihn weder hier im Tagebuch – noch auch vorne im Roman. Im Roman hatte ich ihn sozusagen im Überschwang eingeführt, um nach Katholizismus, Kapitalismus und der Veteranen-Bagage auch noch den Vierten Stand, das bis dahin fehlende militärische Element zu gewinnen – denn Romane mit Generälen und erzdummen Obersten sind ja doch letztlich die allerbesten. Ins laufende Tagebuch aber habe ich Krakau eingeschwindelt aus – drei gleich starken Gründen: Erstens wollte ich der Entdeckerfreude der Dostojewski-Freunde unter meinen Lesern entgegenkommen und schmeicheln; zweitens mußte ich wirklich die schon brandgefährlich züngelnde Italien-Vorfreude vor dem Hintergrund der überhaupt flackernden letzten Wochen dämpfen – und egodramaturgisch schüren zugleich; und drittens wollte ich einfach mal sehen, wie der General und Streibl miteinander zurechtkommen – und siehe, es hat doch bestens gefunkt! Ja, mit der Möglichkeit der Begleitung des Generals nach Italien hatte ich selber vor Beginn meiner Tagebuchschmiererei noch nicht einmal gerechnet! Und wäre diese neue Italien-Equipage nicht tatsächlich noch atemberaubender als die bereits feste Besetzung? Sollten wir ihn nicht wirklich in den Kofferraum pakken, den soldatesken Kasper! Würde der General nicht am Ende de facto Kathi – –?

Genug! Unsinn! Bei diesem letzten Ausrutscher soll's nun aber auch bleiben! Und ich verspreche hiermit dem Leser auf Ehr und Gewissen, parole et honneur, wie g'sagt, daß sonst alles steinerweichend wahr ist und daß ich mein Tagebuch ab sofort wieder ordnungsgemäß, ja noch rigoroser weiterführe – jawohl, das verspreche ich!

Charly-Mä schaut sehr satt und zufrieden. Und wissend. Ob er auch mitmöchte? Na ja, er ist durch Alwin schon optimal vertreten. Wie er werkelt! Wie er sich an Kathis Beine schmiegt und kuschelt!

*19. Juni.* Gewagt ist gewonnen! Kathi war mit der Dreier-Reise nach Verona sofort und sogar schelmisch blinzelnd einverstanden. Man muß doch seiner Mätresse etwas bieten! Sagte ihr Blick und nickte fröhlich.

*20. Juni.* Charly-Mä schaut heute fast finster drein, kratzt sich mit dem Hinterbein immer wieder am Ohr. Ich versetze ihm einen kleinen Liebesbiß unter Verwandten. Ins Ohr.

Eine Frage: Was will ich eigentlich in Italien? Das Unheil bannen? Fescher noch entfachen? Fackel der Welt!

*21. Juni.* Evviva! Alois Freudenhammer hat aus der Hand des Bürgermeisters Löblein das Große Bundesverdienstkreuz des Bundespräsidenten erhalten: »Für langjährige«, wie es in der Zeitung heißt, »Arbeit im Dienste der Heimat auf dem besonderen Gebiet des aufbauenden Journalismus«. Bäck rief mich gleich an: Nächste Woche wird gefeiert!

Unser Igel wandelt etwas wackelnd. Lauwarme Milch ins Mündlein. Unverdrossenheit scheint sein Hauptimpuls. Ist es nicht seltsam mit aller Kreatur? Während Hunde uns für Götter halten, nehmen uns Katzen allenfalls und mit merklicher Verachtung als riesig-dumme Brotzeitholer wahr. Und Igel? Gar zu wenig ist über die Religion der Igel bekannt. Etwa deshalb, weil von diesen Tieren selber etwas so Religionsstiftendes ausgeht, etwas so Göttlich-Gotterneuerndes und – ach, manche Gedanken darf man nicht zu Ende – – –

22. *Juni.* Alois Freudenhammer in Hochform. Mit zwei Feuilletons hat er sich heute für die Ehrung revanchiert:

> af. Aus Dünklingen stammte die ehemalige Hebamme Frau Fränzi M e i e r, die das Alter von rüstigen 80 Jahren erreichen durfte. Nun ging sie in das bessere Jenseits hinüber und hoffte dort, ihren Lohn zu empfangen. Bei gutem Wetter wurde die sehr tapfere Frau beerdigt. Der Friedhof ist ihr nun Wohnung.

Eine Fliege ritt über die Zeitung und ward nicht mehr gesehen.

> af. Im 84. Lebensjahr wurde die gebürtige Frau K r i e g s d i e n s t vom Herrn heimgeholt. Sie wurde im Zentralfriedhof von einem von der Fahne »Aurikel« entbotenen Trauerzuge zu Grabe geschickt. Stadtpfarrer Durst rief ihr das herzliche Beileid zu.

Er entbot der Schwester sehr herzliche Teilnahme und wünschte ihr einen gleich ruhigen Tod.

»O mio Alisio«, summe ich vorsichtig, um nichts zu verraten, auf eine bekannte Melodie. Des Igels lachend blankes Auge!

23. *Juni*. Hehe. Der spanische Erzbischof Clemente hat ab sofort auch die Zeichen der Zeit erkannt. Bei ihm kann jetzt jeder Gutwillige Bischof werden. Er weiht sie alle. Es geht eben alles. »That's Auswahl, Beratung & Service – Fred Fantastic!« Mein Igel steigt heute geradezu wonnig schunkelnd seines hohen Wegs. Ich spüre dies und jenes.

24. *Juni*. Die Wunder fegen über die Stadt hin, als sei sie wahrhaft eine auserkorne. In meiner ganzen vergilbten Musikerkarriere habe ich etwas derart Schönes, Inniges noch nie verspürt, ist mir noch nie so frommsüßlieblich, so erzmusikalisch sinnumflort über den blondgrauen Rücken gerieselt: Heute, 17 Uhr, zu einer Zeit, da Dünklingen gemeinhin in gemeinster Kaufwut, ja wahren Straßenkämpfen an törichtem Gehetze erliegt, schritt ein einsamer junger Mann quer durch die Stadt – und sang, mit kräftigem, doch geschmeidig-zartem Tenor »Am stillen Herd zur Winterzeit...« – mitten in die böse Sonnenglut hinein, sodann, immer weiter schreitend: »Es heißt der Gral, und selig reinster Glaube!«

Nach einer Viertelstunde kam der Jüngling zurück: »Huldreichster Tag!« sang der wohlleibige junge Mensch selbstvergessen, und dann mitten auf dem Marktplatz: »Nur eine Waffe taugt!« Erst dann verschwand er in einem mir bisher unbekannten Lokal, über dem in blütenweißen Lettern »Pub-Deckel« stand.

Es war so wehwutlüstern tapfer feierlich und schön, daß – ich sofort Hering sah. Hering, starrend strotzend in die Luft. Er war ein Scheusal. Nichts als Scheusal. Es war nicht länger zu verhehlen. Häßlich waren einst auch die gewesen, denen ich so lange und verblendet nachgelaufen war. Doch Hering war nur Monster. Sicher war er harmlos. Doch hätte ich mich nachts gefürchtet, ihn zu treffen. Es war, als ob die Scheußlichkeit ihr Messer gegen alle Menschen zücke. Wie gut, daß ich den Igel hatte.

*25. Juni.* 19 Uhr. Feierabend in der Tankstelle Waldvogel. Sechs Männer saßen auf sechs heimlichen Stühlchen vor dem Bürostübchen, nippten und wiegten an kleinen oder großen Flaschen und sahen behaglich auf die Zapfsäule. Es war ihr Lindenbaum.
Was das wohl sein mag? Hm. Mir egal. Mit mir kann man's ja machen. Warum wohl Kathi nach Italien fährt? Um näher ihrem Land zu sein? Aus Aberschmerz und Völlerei? Zum Konvertieren in ihr Heimatfach?

*26. Juni.* Noch eine Premiere: Jetzt haben sie, die Herrschaft der Niedlichkeit zu sichern, Laternenkolonnen sogar in den Stadtgraben gepflanzt. Und wie es funzelt, runzelt, brutzelt unkig!
Sommerauer, sagt man, sei zurückgetreten. Alles neigt sich nach Italien.

*27. Juni.*
   af. Nur vollkommene 53 Jahre waren dem Kaufherrn Max H o p p a zugemessen. Nun ging seine Hülle ein ins Reich. Seine Seele aber fand eine neue Heimat im Friedhof unterhalb der alten Gräber. Er stammte aus Bad Mädgenheim. Durst nahm in seiner Rede Bezug auf die Traurigkeit des Todes. Der Verstorbene hatte vier Kinder, die er nun hinterläßt. Herr Giesiebl bescherte einen Kranz. Durst gab etlichen Verwandten den Trost nach Brasilien mit, ein dereinstiges Wiedersehen liege im Bereich der Möglichkeiten. Es war auch eine Beat am Grabe.

Mein graulieblicher Altgesell, was machst du da? Nolite temere! »That's life, that's Fred!«

*28. Juni.* Morgen letzter Altenabend vor Italien, Alois zu ehren. Die Frau Gattin und Charly-Mä sind unzertrennlich fast geworden, listig träumend schnuppert er an ihrer Brust. Sollte man nicht doch Demuth überreden, auch Streibl wieder zuzulassen?
   Nein, zuviel Harmonie, Versöhnung wäre ungesund. Am Ende . . .

*29. Juni.* Also, wie ist das? Das Kind Stupsi reitet auf einem Igel übers Mittelmeer. Der Neger Leroy will es haschen, aber Freudenhammer winkt ab: »1:321«. Keine Chance für Oskar Tom

Geist. Kathis Käferl ist Katharsis. Kohl und Hering greifen an, aber Charly-Mä blockt alles nieder. 20 Jahre Tropenerfahrung lassen nicht mit sich handeln. Das Meer rauscht auf, der Vorhang reißt, doch alles, alles war umsonst: denn »Stauber« ist der Igel fein?

Wie aber konnte der Hagestolz Freudenhammer eine Stupsi-Enkelin haben? Na? Na? Klar, ist ja seine Schwipp-Enkelin!

Noch zwei Stunden bis zum Altenjubelfeste. Letzter Abend, letzte Karessen! Metastasen der Molligkeit veranstalten einen Rundlauf um das Stadtei. O voller Mond des Schmachtens! Genug der Qual des Knispelns. Vom Heuparfüm ist selbst die Innenstadt durchnistet, es riecht nach Unsinn, doch berauschend. Das Volk liebt die Gemütlichkeit. Noch eine schwüle Stunde! Come uno tramonto wölbt sich Kuddernatsch' bleichschöne Regenbogigkeit übers schauernde Land. Eisenhut, Rittersporn hainumschattet: linkerhand klagt schon ein Kätzchen von seinem schweren Liebesleid, von schwerer Windlosigkeit.

Ich breche schon mal auf: Ade, mein Igel, hüte Kathi fein!

*30. Juni.* »Ich bin«, rief ich, im »Paradies« einfallend, »ich bin«, rief ich, von Furien gehätschelt, »ich bin Veterinär, pardon: ich bin Veteran dreier Kolonialkriege!« Beinah – und hatte doch längst keinen Schwips – hätt' ich's nicht mehr herausgebracht: »Da war früher ein anderer Wind!«

»Du wirst«, parierte mich Bäck, gelinde verharscht, »gleich wieder daheim sein, Siegmund!«

»20 Jahre Tropen, Gentlemen, sind hart«, dozierte ich umsichtig, »gib's zu, Bäck!«

»Wir können schon trinken«, wies Kuddernatsch kreuzbrav und im Volkston den Weg, »wir sind ja . . .« Er wußte schon wieder nicht weiter.

Demuth zog den Vorhang zu.

»Autonom.« Klaren Augs half Freudenhammer, ritterlich und majorenn.

»Autonom«, wawelte Kuddernatsch anhänglich und lächelte mit großer sittlicher Schönheit immenhaft in immergrüner Dreierhaft. Er war in den letzten Wochen fast durchsichtig geworden.

»Der Wurm läßt sich entschuldigen!« – vorlaut wie immer Fred Wienerl – »er hat Blutvergiftung!«

»Brunnenvergiftung!« rief ich schäferartig, setzte mich ganz zahm.

»20 Jahre Tropen!« warnte ich Fred mit dem kleinen Finger: »That's fantastic!« Hüstelte wohlfeil. Und das Fest begann.

Als Gast, sehr steter, weilte erneut Bartmann bei den Unsrigen, schien schon jetzt zu stöhnen vor der Last des Abends – aber mit seinem neuen zitronengelb gesprenkelten Höschen sah er diesmal aus wie eine höschenartig gesprenkelte Zitrone.

»Gentlemen!« rief ich introduktisch, »Kriegsdienstzeit ist, that's my last word, um!«

Wir gratulierten noch einmal Freudenhammer, der auch seine neue Bundesnadel am Wamse stecken hatte, sodann teilte der Geehrte mit, die Stadt habe ihm jetzt in dankbarer Gesinnung angeboten, die Turmwärterstelle des »Nothaft« zu übernehmen, der jetzige Turmherr Killermann kriege in 98 Meter Höhe keine Luft mehr und mache deshalb dauernd fürchterliche Fehler beim Eintrittskartenverkauf. Beworben, berichtete Freudenhammer wachsam und bohrte in der schimmernden Wange, habe sich auch ein gewisser Wieser, Höhlenführer, der allerdings als schwerer Trinker gelte und deshalb im Ernstfall keine Chancen habe, faßte Freudenhammer hartmäulig zusammen und steckte spielerisch einen Bierdeckel zwischen die Zähne.

»Du machst das Rennen!« rief Kuddernatsch überzierlich hold, »Alois!«

»Oder«, machte uns Bäck – im rosa Hemd! – das Leben schwer, »der – andere!«

»Oder – beide!« ziselierte ich herzig, traulich jagenden Pulses, und seufzte im Stil von Bäck. Kuddernatsch glänzte durch feinsaub'res Sitzen.

»Ein Weizen«, forderte Freudenhammer buschig wie charakterhoch.

»Oder gar keiner!« Geistesarm wie immer Fred. Anscheinend wollte er für seine neuen Zeitungsanzeigen belobigt werden. Überschleiert von hamsterhafter Wirtschaftswut flehten die fantastischen Augen. Sonst noch was!

»Meine Herren!« sirrte Kuddernatsch sehr flackernd.

»Dorme, Firenze«, so sann ich philanthropisch.

Wir erörterten dann ein wenig den Radikalenerlaß, die Berufsverbote und den Numerus Clausus. Dabei stellte sich heraus, daß wir heute von einem Manne in Schlittschuhen bedient wurden, einem Aushilfskellner Erwin, einem alterslos pfiffig zusammengelebten Manne, aus Fürth, wie es hieß. Ich hatte ihn zuerst als neues Mitglied des Infantilentisches erachtet, denn dort saß er an sich dauernd – doch als er mit seinen Kufen hergeschlittert kam und unter dem Aberzählen manch krauser Fürther Witze die Bestellung entgegennahm, war auch das geklärt.

»Kein Personal, kein Personal«, zuckten uns Demuths dunkel trauernde Schultern entgegen. Zudem habe sich »Bepp« beim Skateboard verletzt.

»Aber Persönlichkeiten«, versicherte ich erträglich, »oder, Karl?« Karl schmollte sehr besonnen.

Jetzt plauderten wir ein wenig über Probleme des Bundesgrenzschutzes. Bäck wußte gut Bescheid. Seine Augensäcke tauchten tiefer. Schneeweh fiel ihm grau vom Kopf. An der Schläfe trug er heute ein Pflaster. War er gestürzt? Wollte er nur selbstlos seinen Reiz erhöhen? »Gentlemen!« rief ich zuweilen, doch mehr fiel mir auch nicht ein. Freudenhammer sann viel Zukunft, Bartmann nickte sacht. Des Kuddernatsch traun Elfengestalt bog sich im Sturm der Nacht. Hüt dich, fein's Blümelein! In dieser meilleur des mondes possibles! Wenn einer der drei Greise stürbe, der Verbleibenden Weh wäre so zwiefach unsagbar, daß die zwei sicherlich mit abträten, freiwillig. Dann war die Rede von allerlei Altstadtsanierung. Geschwinde trat ich aus.

»Max Schmeling gegen Joe Louis! Hat ihn gepackt! Niedergemacht!« Scharfe Töne am Verweigerertisch. Es saßen der Kellner Erwin und noch vier Mann. Drei der fünfe machten Krach:

»Ich interessier' mich nur für Walfisch!«

»Hat er ihn niedergemacht!«

»Kurz vor Kriegsanfang?«

»Im Winter, wenn ich mich nicht täusch'!«

Der vierte der Infantilen war ein alter stiller Jugoslawe, den ich gut kannte, der in einem unserer Dünklinger Kaufhäuser als Mr. Minit sein schmähliches Brot verdient und jetzt harrend trank. Laut schnaubte Erwin, der Kellner, vergaß vorübergehend die

Schlittschuhe an den eigenen Beinen. Arkadisch schlug ich mein Wasser ab. Auf dem Abort hing ein Plakat mit 16 Köpfen der meistgesuchten Schwerverbrecher Deutschlands.

»Da wett' ich hundertprozentig!« tönte es funkend im Resigniertensektor. Demuth sorgte sich achtlos.

»Der einzige – der einzige Boxweltmeister«, wie unschlüssig blieb ich ein wenig stehen und lauschte verschämt, »der ungeschlagen abgegangen ist, darf man sagen, war der . . .«

»Rocky Marciano!« Der jüngste der Infantilen sprang auf, er bebte leise. Erwin staunte offenmündig hoch zu ihm.

»Patterson! Floyd Patterson!«

»Was? Patterson?« Er setzte sich wieder.

»Patterson!«

»Patterson? Nie!« Zählebigkeit stieb aus der Stimme. Ich sah nicht länger hin.

»Patterson – war der erste Neger als Weltmeister!«

»Niemals!« Das war Erwins arge Stimme, »das war der erste . . . Archie Moore!«

»Patterson! Jawohl!«

»Der erste Weltmeister als – Neger!«

»Genau! Ich bin zwar nur ein Jahr älter als du, aber ich fühl' mich in Dünklingen wohl!«

»Wenn ich jetzt das Moped krieg', wird alles anders.«

Freudenhammer kaute herrisch und schien sich innerlich auf das neue Amt vorzubereiten. »Gentlemen!« rief ich paramilitärisch. Jetzt kam wieder Erwin auf Schlittschuhen angefahren. Kuddernatsch atmete anakreontisch. Bäck hatte aus lauter Gramversunkenheit wieder seinen Hut aufgesetzt, und niemand mahnte ihn. Ich seufzte treuhänderisch. Ach, Alwin! »Geldschranktransport«, sagte Fred. »Ich breche die Herzen der stolzesten Frauen«, summte Freudenhammer. Oder ich? Kuddernatsch' getrocknetes Gesichtchen bat um Frieden. Fred erwähnte, Inter Dünklingen habe jetzt einen neuen Präsidenten, Herrn Gnau. Da kam, trotz Blutvergiftung, Wurm herein, kaum obsolet. Sehr obstinat frug ich ihn sogleich, ob er vielleicht den jungen Mann kenne, der in unserer Stadt so obskur schön singe.

»Warum?« erkundigte sich sehr flink Albert Wurm.

»Warum?« echote ich eloquent.

»Warum?« fragte auch Kuddernatsch edelverzwickt.

»Der Wurm kennt alles und nichts«, erinnerte Freudenhammer sehr denkwürdig. Jetzt redete Demuth recht eindrucksvoll mit seinem Kellner; dort schien es zum Bruch zu kommen.

»Wurm, Gott nei«, sagte ich unversehrt, »an sich kennst du den sicher!«

»Im Herbst«, bat Bäck in süßer Ruh.

»Aber meine«, träumte Kuddernatsch unsterblichen Geistes, »Herren, Prost!«

Dieser junge Mann, berichtete ich Wurm orthodox, gehe jetzt immer durch die Stadt und singe so vor sich hin allein. »Warum? Wurm! Wurm! Warum?«

»Der Ding, der – na!« Hellhörig war Herr Wurm geworden, brach erregt Schwarzbrot entzwei, »der Habermas Herbert? Der Neffe vom Bundespräsident Scheel, Gott nei?« Schwersinnig lachte Bartmann auf.

»Wohin?« Ganz achtbar fragte ich zurück. »An sich?«

»Der singt«, Wurms salamanderhaftes Auge saugte, Salz und Maggi flogen übers Brot, »weil er – meines Wissens! – dem Beifuß Gerd die Verlobte, Frl. Münch, ausgespannt hat!« Und Wurm aß alles weg.

»Und ich hab gedacht«, Freudenhammer rückte sich zurecht, »der Beifuß ist schon 70 gestorben!« Bäck glich heute auch einem murmeltierartigen Präriehund. Blumenkohlheftig lächelte Kuddernatsch, mein Trauter, und summte Undeutbares vor sich hin. Amouretten umschmeichelten ihn.

»Und ich hab gedacht«, mutmaßte ich massierter, »der singt, weil er die Inspektorprüfung bestanden hat! Wurm! Beim Fundbüro!«

»Frl. Münch – ein Riesenweib – an sich!« rief Wurm vergnügt wohl sehr. Zart wehte Kuddernatschens Seele.

»Ach darum! Wurm!« sagte ich unverächtlich. Und separierte mich erneut.

Am Regressiventisch ergab sich schwärend rasch das Folgende im Nu:

»Zuerst der Max Schmeling! Dann hat der . . .«

»Wer? Wenn?«

»Dann hat der Joe Louis ihn niedergemacht!«

»Ich könnt' dir's jetzt nicht einmal genau sagen, aber in Nürnberg haben wir schon einmal drüber geredet.«
»Kurz vor Kriegsanfang!« Brillant kniff ich die Augen zu.
»100 Maß! Wetten!«
Die 16 Schwerverbrecher auf dem Abort, ob frei, ob gefangen, bekamen das alles natürlich nicht mit. Sie hatten einfach zu vorschnell gehandelt.
»Eine Maß! Wetten! 1000 Maß! Verlierst!«
»Wenn wir uns wieder bei dir treffen, Heinz«, eine neue, ganz behagliche Stimme, »dann mach ich, Heinz, mit dir Humbug. Gib mir deine rechte Hand, Heinz!«
»Klar! Das Geld kriegt alles dem Papst sein Sohn!«
Die Fieberkurve der Nacht stieg ins Odemlose. Ich ging ein wenig auf die Gasse, von draußen zu hören, was die Unseren so sprachen. Hinter dem Fenstervorhang sah man Kuddernatschens sehr seligen Scherenschnitt. Wie das Kinn ihm mäuslich bebte!
»Atlantische Gemeinschaft«, sagte Bäck vertraut. Das reichte gut. Ich trat ins »Paradies« zurück. A la Freudenhammer hockte ich mich nieder. »Gentlemen!« rief ich, mit Latterns Worten, schwer verwichst. Prinzessin Caroline hatte heute den Finanzmakler Junot geheiratet. Ob das gut ging? Die Unseren aber erörterten schon die Schwierigkeiten beim Grenzübertritt in die DDR. Aus Verlegenheit winkte ich zu Kuddernatsch hinüber, der zahnte gleich beglückt zurück. Von einer gewissen Reife ab genügt es den Menschen, überhaupt noch wahrgenommen zu werden. »Käthchen von Tharau«, summte ich achtlos und violent und fürchtete plötzlich, ich käme in die Pubertät. Und bleckte drum wie Kuddernatsch die Zähne. Meine vielvielieben, grauschleirig-wertguten Einkehr-Wichser! Stürben sie, stürbe einer, stürb' auch ich. Und war so furchtbar ungerüstet zum Verscheiden!
Karl Demuth trat an unseren Tisch und nahm zerfurcht Bestellung auf. Er müsse es jetzt selber machen, seinen Kellner habe er ins Bett schicken müssen, der habe sich in der Küche einfach mit den Schlittschuhen auf den Boden gelegt und mit den Beinen gestrampelt. Samt den Schlittschuhen habe er, Demuth, ihn hoch ins Bett gepackt.
»Vroni«, träumte Bäck voll hehrer Schlafbereitschaft.

»Vroni, ja – der Nachwuchs fehlt«, sann Karl äußerst schwer.
»Igel«, piepste ich leisleis verkümmert-tüchtig.
»Kein Nachwuchs! Oder praktisch keiner!« Neulich, erinnerte sich Demuth und ließ den Unterkiefer sacken, sei einer dagewesen, ein Steinalter und Grauer, der habe eine Sliwowitz-Fahne gehabt. »Ich hab ihn darauf angesprochen – sagt er mir, er kommt von auswärts und ist noch recht gut auf den Füßen.« Er, Demuth, hätte ihn in der Not trotzdem engagiert, hätte der Methusalem nicht nach jedem Wort »Gaha« gesagt. Und Demuth zog die sorgenstarke Stirn zu Falten ineinander.
»Kommt Zeit, kommt Rat«, bat Freudenhammer unvertraut. Es knackte, raschelte im Hirn wie einst bei Lattern. Noch immer rührte sich kein rosa Schimmer, was ich in Italien sollte. Wollte. Bäck grummelte. Erosionsartig las Wurm die Speisekarte. Wollüstig stöhnte fort der Hain ...
»Neutronenbombe?« fragte Freudenhammer, »nichts für unsere Wehrmacht!«
»Eine neue Tombola?« Spät eingenistet spähte ich sein Auge. »An Weihnachten? Wird gemacht!«
»Wasserstoff- oder Neutronenbombe«, klang's zäh aus unserm Bäck.
»Was sagst, Bäck?« flegelte ich unvermeidlich hinterknittelt, »Waterloo oder neutral willst bleiben?«
»Atom«, bat Bäckens Paul.
»Warum?« war ich nicht faul.
»Ich hoffe, ihr nehmt es mir nicht übel«, sagte in diesem Augenblick Kuddernatsch artig und weinerlich und stand sogar auf, »daß ich mich zurück ... daß ich jetzt heimgehe, weil meine Cousine nämlich morgen Groß ... Groß ...«
»Großgrundbesitzer wird«, half ich kulantkurrent.
»Groß ... Groß ...« Es war schreckschön, die Sprachkraft fiel ihm einfach aus. Der Kiefer mühte sich, der Hals pochte perlmuttglänzend, doch nichts ging mehr. Er lächelte so herzzerschmetternd wie das KV 388.
»Großartig gerammelt wird!« Sensationeller sprang Freudenhammer dem Freunde bei.
»In Nicaragua«, meinte Bäck, »geht's überhaupt so zu!« Wurm und ich zernierten Fred.

»-mutter wird!« Bukolisch schimmernd strahlte es aus Kuddernatsch heraus, es platzte und ging einfach weiter, »Mutter wird, und da ... und da ...«

»Und da?« Albert Wurm frug eiseskalt.

»Und da möchte ich«, Kuddernatsch zahnte kitzlig, es zog und fetzte an den städtischen Grundmauern, »mit ihr noch frühstükken, meine Herren!«

»Na also!« rief ich irrsüchtig. »Wer?«

»Komm gut heim«, bat Freudenhammer friedensreich. Sein Auge bestrich den Freund mit warmer Glut. »Wir sehen jetzt«, fuhr er naturschwärmerisch fort, »durch einen Spiegel ...« Sein Furchenantlitz warf viel Licht zurück.

»Effektiv ja«, unkte Wurm in Richtung Bartmann. Zephiretten hoben Kuddernatsch rasch fort.

»... in einem dunklen Worte«, erinnerte Freudenhammer erhaben. Navaho-Indianerhaft klappten Mund und Wange.

»Dunkles Weizen«, sann ich blühend, nickend über Bäck hinweg.

»Rocky Marciano! Nicht Archie Moore! He du!«

»Dann aber«, fuhr Freudenhammer unangetastet fort, »werd' ich erkennen ...«

»Erkennungsdienst, hehe, du!« Das war der ungezogene Fredl-Dumm und schämte sich im Stil von Fotografen nicht.

»... von Angesicht zu Angesicht.« Freudenhammers Worte tönten fast verzagt alljetzt.

»Männer!« rief Karl Demuth ichtyosaurierhaft, »Polizeistunde!«

»Gott nei«, sprach sehr ambiguisch Wurm. Kaum geringschätzig sah Bäck.

»Jetzt ist«, raunte Freudenhammer chtonisch, »mein Erkennen Stückwerk, dann aber«, selbst Wurm lauschte bang, Bartmann zahlte schnell, »werd' ich erkennen ...«

»Igel«, lächelte ich in mich stillst.

»... gleich wie ich selber«, vollendete Freudenhammer infallibel sehr diskret, »erkennet bin. Gut Nacht!«

»Genau!« rief ich landesherrlich.

»Männer!« grollte Demuth sehr autark, »hopp! Nach Hause! Jeden Tag muß's eins werden! Jeden Tag!«

Es hallte schaudernd fast im Saale wider.

Vor dem »Paradiese« fächelte, durchfurcht von Seligkeit über nichts, ein Hauch an Wirklichkeit, die Buschnacht aus Jasmin, Hollunder und Erkennungsdienst. Gemütlichkeit und Faselei tanzten Gavotte. Bäcks Schlohhaar schwang im Nachtwind schneidig. Staatswicken schwankten auch mit drein. Es flüsterte das Flöten, es gaukelte das Summen, dreist murmelte das Schläfern, es gähnte feist die Geistesschwäche. War es der ehrlos verabschiedete Bibliothekar, der da aus mir quakte? Jetzt noch eine Sternschnuppe – ja? Nein. Nur der Halbmond faselte sein Burschenständchen. Ach Gott, Italien! Ach Gott, wie schön! Ach Gott, wie sag ich's armer Bücherkasper meinen dummen Lesern?

Und dann erschienen sie nochmals. Es war die gleiche Katze, war der selbe Hund, ich weiß es hundertprozentig, Wetten! 10 000 Maß! Sie überquerte die Straße, verschwand durch das Pförtchen, er äugte hinunter vom offenen Fenster, tränenden Auges, die Pfoten bedachtsam gestreckt über die schmucke Brüstung. Sie waren der ewige Anarchismus in uns, der Stammheimer Unsinn – als wäre nichts gewesen, und war doch, ach, so schön! Eilig schwand ich in mein Kabinett, Milch in mich zu löffeln. Der Igel kam hervorspaziert und sah mir zu mit heller Freude.

*1. Juli.* Oder sollte ich doch besser schnell noch sterben? Zackzack? Vielleicht kommen einem gerade im Sarg die besten Einfälle! Der Ring an meinem Finger paßt dem Igel gut. Ich selber bin gescheitert zwar.

*2. Juli.* Alwins Volkswagen ist schon überholt. Charly-Mä wahrt jetzt Ursula. Ist er doch letztlich auch ihr Kind. Bzw. Brudermann. Er ist durch Alwin gut vertreten. Und dieser gut durch ihn. Der Schauflertorturm dampft vor Clownerie und Sommersonnenwende.

*3. Juli.* Morgen! Bella Italia! Wrm, wrm! Wäre die Reise erst glückhaft beendet, würde ich auch mein Diarium (hahaha!) beschließen. Und weiß Gott was sonst. Das dümmliche Gedunkel zum Beispiel. Und stünde, als reifer Bürger, dem Tod, dem Leben zur Verfügung! Yeah!

1. *August.* »Cheerio, children! Cheerio, teacher!«
Hinter mir liegen fast vier Wochen. Ein Monat kann den Menschen altern machen, kann ihn auch verjüngen; zur Reife zwingen oder zum Ruin. Das Weltall sei mein Zeuge! Ich bin ein Anderer geworden, ein Ich und doch Nicht-Ich. Ich lebe noch – und doch? Ist's Wahrheit oder Traum? Nein, mein gegenwärtiges Versteck möchte ich dem Leser lieber verschweigen, er denke mich, wohin er mag – nicht auch gebe ich Zukunftspläne preis. Vor mir liegt, ahnend Seelensturm, mein Tagebuch, sehr saugend, lauernd, torschlußpanisch – die Wolken zieh'n geschwind, in meinen blondbraunen Locken spielt leise der Abendwind, ein Wehen ächzt, das Allvergehen der Äonen, winkend und warnend, zum letzten bitt'ren Wege – ach was, mich juckt es einfach furchtbar in den Fingern – und, wer weiß, vielleicht, vielleicht bin ich sogar ein bißchen angezwitschert – – und es ist ja auch vielleicht mein letzter froher Schluck in Freiheit! Denn nicht mehr lange, so werden sich hinter mir die Kerkerpforten schließen, wegen eingestandener langjähriger Erpressung, die in diesen Zeilen ja nur allzu festgenagelt ist. Jawohl! Ich überantworte hiermit Roman samt Tagebuch der interessierten Öffentlichkeit und nehme, der Wahrheit zuliebe, die Schmach des Kerkers auf mich! Denn ich finde, für die Wahrheit kann man schon mal ein paar Jährchen schmachtend einsitzen! Vielleicht kann ich auch wegen des literarisch-religiösen Rangs dieser Zeilen auf einen gewissen Gnadenabzug hoffen oder doch spätere Genugtuung und Rehabilitation – – aber jedenfalls: Ich stelle mich den Hohen Herrn, den Richtern dieses Weltgebäudes sonder Furcht: Zeugnis zu geben von Minervas eulenhaftem Flug im Dämmer meiner Gräuslichkeit. Und ist's nicht wirklich wunderbar? Mein Tagebuch fand einen Schluß, so wie erhofft, erbangt, ersehnt! Es schwindet Seit' um Seit' – wie die Moral in diesem unserm Sternenzelt. Ich aber künde hier gleichwohl: Das Positive ist der Schmerz. Die Tiere sind die Brüder. Die Ichsucht scheinet grenzenlos. Der Drang zum Dasein und zum Wohlsein macht den Erdgeist lächeln. Die Pfaffenschaft wird einseh'n lernen. Es bleibe alles Leben frei von Schmerzen – – –
»Cheerio, children!« fuchtelte Alwin feurig, »cheerio, teacher!« – – –

Nein, ich merke schon, ich kann heute meinen Reisebericht noch nicht eröffnen, ich bin einfach zu durcheinander, zu aufgepeitscht vom jüngst Erlebten. Verfluchtes Weizenbier!
Doch morgen werde ich erfrischt noch mal beginnen.

2. *August.* »Cheerio, children! Cheerio, teacher!«
Laut und furchtlos schrie es Alwin aus dem Autofenster heraus seiner Familie zu, und sofort nahm sein Kopf die Form eines gebauschten Segels an. Und noch einmal »Cheerio!« keuchte er fast glückszerbläht. »Cheerio, teacher!«
Sieben Kinder Streibl hatten vor dem Miethaus Aufstellung genommen und winkten und lachten dem scheidenden Vater nach – und nach ein paar Sekunden wurde mir auch völlig klar, wer der »teacher« war: meine Schwester, die ehemalige Lateinlehrerin. Noch in den ersten Minuten nach diesem Abschied lächelte der Agent hoheitlich wie ein Truthahn vor sich hin und ruderte sogar souverän mit der Zunge, schwerste Lebensfreude schwang rund um den Führersitz und versuchte sich zu verteilen – es war so kribbelig wie das 1. Klavierkonzert Beethovens bzw. Bernd Hölzenbein in Bestform – um besser disponieren zu können, hatte ich mich in den hinteren Autosektor verdrückt, vorne saß die alte Kathi, und Alwin im zinngrauen Sportanzug und weißen Polohemd hatte – gefährlich, gefährlich! – jetzt sogar eine Sonnenbrille aufgesetzt, den Weg nach Süden schnell zu finden. Putzmunter wippte aus der rechten Sandale der gasgebende Zeh. Wenn das nur gutginge!
Bis Kufstein keine Kalamitäten. Streibls fesche Korpulenz am Steuer trug uns gewissermaßen doppelt umsonnt über die erste Grenze, den Zollposten schmeichelte unser Fahrer sogar gewandt mit einem »Hallo, Freunde?« Bei Innsbruck unterlief mir der erste Fehler. Ich erwähnte Alwin gegenüber Freudenhammers hohe Auszeichnung und daß der Alte jetzt auf den Turmwächter von St. Gangolf aspiriere.
»Der alte Fotzenschlecker!« rief Alwin klagend in Richtung Italien, und auf sein Festtagsgesicht fielen die ersten dunklen Schleier – »pardon«, wandte er sich aber geschmeidig an Kathi, »der alte Depp, der Hühnermauser! Ich werd's torpedieren – oh! – ich werd ihn stornieren ... er schafft es nicht ...!«

Ich war verblüfft. Es klang, als ob er sich selber Hoffnungen gemacht habe, seine Familie auf die Kirchturmspitze zu zerren. Ich fragte, was er, Alwin, neuerdings gegen Freudenhammer habe.

»Er hat eine – oh! – nationalsozialistische Vergangenheit – da, schau«, sagte Alwin und wies schläfrig auf die Olympia-Schanze, »er hat damals lieb Kind gemacht . . . ohne seiner Vergangenheit abzuschwören . . . ein alter Nazi . . . oh!«

Das war mir neu. Auch das gehäufte »oh!« Er hatte es sich anscheinend extra für Italien antrainiert. Vielleicht hielt er es für italienisch?

Woher er, Alwin, denn das wisse?

»Warum tust du mir weh?« fragte der Schwager traumhaft, kompakt und doch gigoloartig, »ich weiß es, und du weißt es so gut wie ich!« Kathi beugte sich zu mir zurück und lächelte mich muselmanisch arglos an. Das hieß wohl, ihr gefalle es immer besser. Tatsächlich hatten wir Bilderbuchwetter. Frisch nach Italien hinein!

Ich wußte es aufrichtig nicht. Wir passierten die Ausfahrt nach Igls. Ein letzter Gruß an Charly-Mä.

»1956«, Alwin wehrte sich wirbelnder, »bei einer Monatsversammlung vom deutschen Roten Kreuz, pardon: Reichspartei hat er – jeder weiß es – der Loy Egon war damals Wirt drauf – sich vorschlagen lassen in der Wirtschaft vom Pfund Harry in Weizentrudingen, hat er sich vorgeschlagen . . . in den Ausschuß«, Alwin log sich früh und kühn ins Bewußtlose hinein, »ich hab's doch selber gesehen und gehört!« Er fuhr schneller, und obendrein, als wolle sie ihn doppelt stressen, wurde die Autostraße kurviger.

Dann müsse er, Alwin, ja wohl auch, ich schnaufte recht betört, dieser – Reichspartei nahegestanden haben – oder wie?

»Warum willst mich schon wieder – vor deiner Frau! – fertigmachen?« Jetzt klagte er bereits wunderhübsch. Wir hätten doch den General mitnehmen sollen.

»Ja, du sagst doch selber – du warst auch bei der Ausschußsitzung beim Kilo Harry!« Die ersten italienischen Berge blinkten auf und schön ins Leere. Wie lange wollten wir eigentlich in Italien bleiben?

»Beim Harry – er hat sich – verraten«, Streibl lächelte wie in Erinnerung hoher Erfolge, »ich bin damals«, er überlegte, »ich bin damals hinterm Vorhang gestanden und hab alles gehört – ich könnt' ihn heute noch zur Rechenschaft... ich könnt' ihn denunzieren und... er hat mich hinters Licht geführt... oh...!«

»Hinterm Vorhang?« Ich war schon verzaubert.

»War ja mein Stammlokal damals, in Weizentrudingen, der Ebel Karl, der Wirsching Waldemar war immer drinnen, der... der Biermann Wolf...«

»Ach so«, seufzte ich gräßlich prohibitiv. Von Innsbruck herauf wurde es immer schöner, da hilft kein Beschreiben. Täuschte ich mich, oder sah Kathi den Schwager wirklich verliebt an? Der hatte bereits Blut gerochen – praktisch war die Fahrt zu Ende.

»Heut früh, hör zu, schreibt mir der Metz, der Metz Babist, daß er sich zur Verfügung stellt für mich... der Babist...ah!«

»Johann Baptist Metz? Der Theologe? Von Münster?«

»Der Babist – aaah! Eingeschriebener Brief. Ein kommunistischer Theologe. Ich kenn ihn vom Fußball her, er war Halblinks. Er wird jetzt exkommuniziert. Der macht meinen Pfleger, das ist das Gescheiteste.«

Er hatte die Sonnenbrille jetzt herunten, schwitzte schon vom Lügen. Quetschte den Daumen in jene Augenhöhle, in der treu die Weltrevolution döste. »Das hilft mir – und ihm, aaah!«

Die Selbsteinneblung der Vernunft ist wahrer Endzweck Karl Marx'. Dann aber trete die Lieblichkeit des Menschen hervor und nippe am Weizenbier. Ich schlug eine Kaffeepause vor. Am Brennerpaß hatten sie kein Weizenbier – das hatten wir vor Reiseantritt nicht bedacht. Alwin schnuffelte vergrämt. »Campari ist auch gut«, lockte ich. »Aaah!« lobte Alwin den roten Sud und klopfte Kathi sogar reiselustig auf den Rücken, »bello Italia!« Er deutete stramm in den jetzt fast rosigen Himmel. Ich steckte ihm rasch 200 Mark zu. Ob der Agent wußte, warum wir hier in Italien waren? Sollte ich ihn danach fragen? Nein.

Wir quartierten uns in einem Dolomitendorf namens Campill ein, bei einer Frau Pizei. Die Tiroler sind ein Volk, so gerade vor sich hin. Weil die Herberge schon voll war, wurden wir alle drei in ein Zimmer gesteckt, was Kathi seltsam recht und mir sogar sehr lieb war – und gleich darauf wurde es schon ziemlich lustig und wurzelig: in der Herbergsküche sah man zwei Männer, einen alten und einen jüngeren, die äußerst geradheraus Rotwein in sich versenkten, beide die Hüte bis weit über den Kopf – und auf einmal hörte man den einen fröhlich fauchen:

»Che asciutto è questo Campill!«

Ihm sei gar nicht gut, jammerte Alwin behutsam, als wir uns zum Tischkegeln niedergelassen hatten, nein, den Campari habe er nicht vertragen, er brauche halt sein Weizenbier, »wegen meiner Magensäure, ich hab eine hypertrophische Magensäure mit extrem hohem PH-Wert, ich brauch einen Puffer, ein Weizen . . .«

Auch hier hatten sie leider keins. Ich riet, noch schwankend zwischen Güte und Ranküne, zu Kalterer See. Der schien Alwin eingangs gut zu tun, schon wieder machte er Kathi schöne Augen, das heißt, er zwickte sie unwahrscheinlich schnell auf und zu und auf und zu – und nach dieser sozialistischen Kavalierstour wollte er, daß wir alle drei sofort Bruderschaft tränken. Wir tranken Bruderschaft, Alwins Äuglein hopsten noch schmalziger, und dann wurde es ihm noch schlechter:

»Wenn ich nur mein Weizen . . .«

Zum Trost setzte sich die alte Frau Pizei an unseren Tisch. Vor fünf Jahren, erzählte sie nissig, da seien einmal vier Männer dagewesen, vier Tage lang, die praktisch vier Tage lang ununterbrochen Karten gespielt und Schnaps und Sekt getrunken hätten.

»Sekt«, träumte Alwin, »ich trink am besten Sekt, was, Schatzerl?« Es knarzte, er drehte sich zu Kathi herum.

»Der ist«, flunkerte ich ihn optimistisch an, »dem Weizenbier am ähnlichsten.«

»Yeah! Pardon, Sie bringen uns Sekt«, bat er Frau Pizei, »daß Sie so gut Deutsch können in . . . ah . . . Italien!« Ängstlich anerkennend nickte er der Alten zu. Ich warf die Hand vors Gesicht, um beim Lachen nicht beim Weinen erwischt zu werden.

Frau Pizei schenkte Sekt ein. Von einem der vier träume sie heute noch, fuhr die Alte fort, der habe ausgesehen wie ein Berggeist und einmal um 5 Uhr früh habe er sogar ihre Tochter Agata verführen wollen – ein anderer aber, sie deutete fast verräterisch auf mich, habe die gleichen »schönen und grünen Augen gehabt wie Sie!« Ich zupfte mich wie konspirierend an der Wimper.

»Und auch die gleiche römische Nase!« sann die Greisin ahnungsvoll.

»Nett«, freute sich Alwin bekümmert und äugelte Kathi erneut ungeschlacht an, »aah! Urlaubsgäste ... pardon, ich hab so eine schwache Blase!« Wie ein Tambourmajor erhob er sich und ging, sein Wasser abzuschlagen.

»Hör zu, Alwin«, er war zurückgetapert, »wir haben da seit kurzem einen Igel – weißt du vielleicht ...?«

»Pardon, Schwager, ich hab ihn neulich unter einem alten Ford gefunden, der schon drei Jahre bei uns steht, so nett, so bittend hat er mich angeschaut! Ich hab ihn zu dir geschickt. Du hast Platz, du hast doch ein Klavier!«

Viola d'amore!

Verknittert las ich ein wenig in der herumliegenden »Dolomiten«-Zeitung herum und erfuhr, der Pfarrer Herbert Rosendorfer aus Bozen habe gestern bei Canazei einen Skilift eingeweiht und dabei gesprochen, Lifte seien »Fingerzeige zu Gott« und stellten »dessen Allmacht sinnbildlich und sinnenhaft« dar. »Ihr drängender Zug nach oben« sei nur noch »vergleichbar der Demut gotischer Dome«, und »so wie das Mittelalter seine metaphysische Sehnsucht im Dom bekundet habe, so baue der Mensch heute Lifte zu den großen erhabenen Bergen«, die ihrerseits »Mittler und Zwischenstationen zu Gott« seien und »das Andenken wachhalten«.

»Katherl, Katherl«, weinte, ja jaulte seitwärts mein Schwager, »ein Busserl, gib Bussi – schau, ich bin ein alter Gauner, aber – doch dein Schwager, aah! Jaah!« Ohnmächtig hielt der speckschwartige Seelenspermier seinen Rüssel in die Luft, und Kathi schien es sogar zu gefallen, sie tätschelte den alten Gauner sanft am Ohr. Sie wußte es wie ich: Alwin war der weltliche Bruder des Igels, der Doppelgänger. Die Alpen knisterten heiß und kalt.

»Pardon, ich muß schon wieder ... die schwache Blase, ich bräucht' einen Puffer ...« Das Urinieren gehörte momentan zu seinen liebsten Fisimatenten.

Kathi sah mich geheimnisvoll und oberflächlich tiefsinnig an. Gutmütiges Kälbchen, das ich bin, schenkte ich Alwin Rotwein und Sekt nach, auf daß er das Weizenbier bald vergäße. Streibl kam zurück mit Verve:

»Schau, Siegmund, ich hab eine Frau, die sitzt daheim und hat auch nichts Gutes von ihrem Leben gehabt und . . .«

»Und teacht!«

»Pardon?« Verführerische Stimme!

»Teacht!« Ich sprach es aus wie »ditschen«.

»Oooh! Ditschen!« Seine Opulenz, der Schwager, benzte geradezu opernhaft auf: »Warum, warum wirfst du mir meine Vergangenheit vor? Es war culpa in contrahendo! Das Gesetz selber ist unmenschlich gegen mich worden! Heut' bin ich sauber! Ich ditsch nicht, ich stehl nicht, ich bin heut' so sauber wie du . . .«

»Aber – du sagst doch selber, du bist ein – Gauner!« Vornehm stand Frau Pizei auf und verschwand. Wir waren die letzten, die einzigen Stubengäste und Zeugen.

»Oh! Du mir das? Schwager! Oooh! Du hast doch, Siegmund, selber Dreck am Stecken, massiv, massivst Dreck am Stecken, Schwager, oooh! Oooh!«

Viola pomposa!

»Da schau an«, konterte ich ausgefeilt, »und wo?«

»Oooh! Oooooh!« triumphierte der Agent ausziseliert, das »oh« machte mich ganz geistesmürb, aber ich biß auf die Dreckszunge, »wer hat denn«, keuchte Streibl neurasthenisch, »wer hat denn, gib's doch zu, versagt? In der Bücherei? Beim Tischfußball-Warenmusterpatentamt? Wer hat sich denn vergeblich im Wiener Musikobservatorium, bei den Wiener Philharmonikern beworben? Oh! Oh! Wer ist denn damals von seinem Chemiestudium ausgesperrt gewesen? Wer hat denn . . .?«

»Beim Chemieobservatorium, wenn schon!« korrigierte ich.

»Also, Prost, Alwin!« Kathi las jetzt schnell die Zeitung, lächelte verschmitzt.

»Prost, Schwager – oh! Beim Landesamt für – du weißt es doch!« Alwins Feuerwerk an elysäischer Gemeinheit war, dem schlaffen schiefen Mündchen nach, schon am Verglühen.

»Landesamt für Gewerbesteuerhinterrückung? Ich bitte dich! Die Affäre ist verjährt! Alwin!«

»Verjährt?« Ein Tanzbär wie Alwin ist selbst zur üblen Nachrede zu pummelig. »Da schau, freut mich für dich, Schwa . . .!«

»Prost, Alwin!« Gewinnender, wenig geheuer umschlich ich ihn nach Strich und Faden.

»A votre santé, Schwager!« Streibl lockte sein bezauberndstes, unwiderstehlichstes Tremolo hervor. »Schau«, sehrte er fort, »ich hab ja nur euch! Ich bin ja ganz auf euch angewiesen ah! Wie wir damals, Schwager, hör zu, uns damals wegen einem dritten in der Kirche gestritten haben – es war für mich ein Knockout! Um Gotteswillen! Ich bin aus der Kirche raus und sofort in den Wald gegangen und hab' geweint, geweint, Schwager, on a broken heart, wie's im Anglikanischen heißt, still vor mich hingeweint, Schwager ...«

»Wie die Bibel«, betete ich und ballte 17 Fäuste.

»... in die Büsche hinein geweint, Schwager, ich hab nachher sieben Weizen gebraucht, bis ich wieder war! Siegmund!«

»Ist schon – gut, Alwin.« Ich kämpfte circa sieben Sekunden lang mit den Tränen, »forget it, sei so nett ...«

»Es«, heulte der Agent, »war«, sang Streibl todeslilienrein, »wie ein Requiem«, vollendete Alwin leidlich.

»Wie ein«, verbesserte ich, »Gebet.«

»Ihr tragt, du tragst es mir nicht nach?« Streibl jubilierte zartest.

»Niemals«, sang ich, »niemalsnie ...«

»Um Gotteswillen, ich bin froh!« rief Streibl wie befreit, »ich bin, mich hat's bis heute gedrückt. Prost Siegmund! Hör zu, du nimmst es mir nicht übel, wenn ich ... daß ich vorhin mit deinem Schatzerl, mit deiner Frau Brüderschaft ...?«

»Aber wo!« Balsamisch lächelnd drängte ich zu Bett. Kathi runzelte wie fragerisch die Stirn.

»So froh, so froh!« sang Streibl straff.

In unserer Kammer stellte sich heraus, daß der Agent eine Sofortbildkamera bei sich führte und mit dieser jetzt plötzlich »Pornoaufnahmen« machen wollte, »geh zu, Siegmund, nach so einem netten Abend, sei kein Spielverderber!«

Ich pumpte.

»Ist doch, ist doch!« – die rotblonden Augen zwitscherten schon wieder vor Schweinerei und politisch-privater Verwegenheit – »ist doch eine nette Erinnerung, schau, wie oft komm ich schon ins Ausland? Zuerst«, er betappte mich, traulich, »du mit deiner Frau im Clinch, dann«, er schnaufte heftiger, »ich mit deinem Frauerl, bist so gut, passiert ja nichts – und zum Schluß«, jetzt zitterte er fast vor Gier, »wir zwei, wenn du willst, muß aber nicht sein, ist doch, sei halt kein Frosch, scheißegal! Yeah?«

Kathi lag schon gewinkelt in ihrem Bettchen, die Augen geschlossen, das schöne Profil atmete aber keineswegs Unwillen, sondern eher Neugier, die Erwartung riskanter, sinnfreier, aber letzten Endes prächtiger Abenteuer, ist doch scheißegal. Alwins andrängendes Gesicht war jetzt eine Grimasse aus stierer Geilheit und kommunistisch-utopischer Totalbefreiung. Ich starrte ein wenig an die Decke. Die klirrenden Wildnisse der Welt, sie stockerten und rüttelten an der Mansardenwand, ahoi! Ich legte Alwin die Hand auf die Schulter, warm fast feierlich: Morgen redeten wir noch einmal drüber. Dem Schwager schien jetzt wieder sehr schlecht zu sein, Mitleid wollte mich schon anzapfen. Doch plötzlich erkletterte der Agent einen Stuhl, rief »Aah!« und knipste die liegende Frau.

»So«, sagte ich freundlich, »brav.«

»Bravo«, verbesserte mich Alwin, zog sehr diszipliniert den Kopf ein, streifte die Kleider vom Kugelleib und rollte sich in einer orangefarbenen Badehose in sein Bett, ein Kinderbettchen, das die Pizei behelfsweise neben unserem Ehebett aufgestellt hatte. Ein sehr fleischiges Fragezeichen. Ich knipste das Licht aus.

Rastlose Stille. Das heimlich ernste Wogengerausche der Nacht, ist doch scheißegal. Hinter Vorhängen pflegte er also zu spionieren, hatte er sein Agentendiplom gemacht. Und die Alpen sangen ahnend. Im Halbschlaf sah ich einen Hühnerstall und wunderte mich, wer da so schnuffelte und quiekte. Dann hörte man Kathi freundlichärgerlich sich abschütteln.

»Nur das Zeherl, nur das Zeherl halten!« Das war Alwins Wimmern. Wind schwankte wie in großer Not.

Wieder hörte man Kathi, die sich wie kichernd wehrte.

»Zeherl! Ist doch nichts dabei ... jetzt, jetzt hab ich's gefunden!« Die Alpen schwiegen einen Herzschlag. »Nett! Aaah!«

Zornig knipste ich das Licht an. Alwin, in orangener Badehose, kniete vor Kathis Bett und hatte tatsächlich ihren großen Zeh in der Hand. Mich sah er gar nicht vor Leidenschaft.

Ich zwang mich zur Sanftheit.

»Alwin, geh in dein Bett zurück! Marsch!« Ich raunte ohne Hoffnung. »Und morgen – morgen wird alles gut! Italien«, setzte ich geistlich hauchend nach. Was ich damit sagen wollte, weiß bis heute nur der Türke.

»Ah, Siegmund!« Jetzt erkannte Streibl mich und lächelte wabernd, »es ist, hör zu, nicht wegen dem, sondern du nimmst mir's von vorhin nicht übel, ich bin kein Impo –, ich bin keine schwule Sau, ich bin koscher, ich bin kein Hämaphro – –«

»Homöopath«, träumte ich, flüsterte es von Westen. Ich hatte mich in mein Bett zurückgeigelt und die Augen geschlossen. Ich spürte, wie die Alpen wackelten und –

»Du weißt es, ich hab sieben Kinder, mit meiner Frau, ich hab ein liederliches, disqualifiziertes Leben geführt, ach Gott! A dirty old Man, aber ich bin kein Travestit, kein Transvestit . . .«

»Eine Travestie bist du!« Ich rief nun seltsam laut: »Eine einzige – pardon! – langgezogene Travestie!« Ich war aufgesprungen und starrte den Nächtigen an; seit zehn Stunden schämte ich mich vor Kathi mehr als je; das war jetzt eh egal; letztmals zwang ich mich zum Brüllen: »Ein einziges – shit! – lang und breit gewalktes Großgenie der internationalen Proletentravestie und -trivialität! Yeah!«

Aus Alwin drang stehend ein irgendwie blubbernder, sonorer, ja wohltätiger Laut, wahrscheinlich hin und her schwappendes Gepantsch, das der hypertrophische Magen ohne Hilfe des Weizenbiers nicht mehr packen konnte. »Baby«, sagte Streibl träg und über Kathi hinweg, aber durchaus nicht unfreundlich, »hör zu, ich mach dir jetzt einen Vorschlag. Du blamierst mich vor deiner Frau – drum ein Vorschlag zur Güte: Wir schlafen jetzt unseren Affen aus, und morgen«, er wechselte eine Nuance ins Rührende, »fahr ich, shit, wieder heim ah! Es hat sich gezeigt, pardon, daß die Fahrt unglücklich war.«

»Ja«, sagte ich bizarr.

»Yeah!« seufzte Alwin impresariohaft.

»Was ist . . .«, fragte ich gelblich, da fiel mir etwas ein: »Warum hast du denn damals eigentlich die Postkarte an Demuth geschrieben: ›Reaktionäre Schweine werden ausgerottet‹?«

»Ich mußt' es tun, Baby, die Parteidisziplin verlangt's. Kein Mitglied . . . kein Mitleid mit dem Klassenfeind! Ich hab mich so, ach Gott, hab ich mich auf die Reise gefreut! Aber ich fahr heim, fahr heim!«

»Du kannst nicht allein fahren«, flüsterte ich tonlos, »Häscher verfolgen dich!«

»Aber wo«, stöhnte Alwin gemütlich und legte sich offenbar wieder hin. Jetzt wurde auch mir schwer insuffizient, und pikarisch knipste ich wieder das Licht aus.

Die Minuten vergingen. Hypertrophisch? Supertropisch! Den Zeh schien er wahrhaftig vergessen zu haben. Ich an seiner Stelle hätte mich »son of a bitch« betitelt. Wo hatte er das »Baby« aufgeklaubt? Er verwechselte einfach schon Ernie mit Theo Kojak. Oder hatte er ohne mein Wissen und meine Kontrolle einen neuen US-Dichter aufgetan? Wo doch einer für so einen PH-Wert-Faulpelz leicht ein Leben lang gereicht hätte! –

Eine Sauna und schwerer Schabernack belästigten mein Sauhirn. Er war begnadet – der Igel bewies es jetzt endgültig. Swaz hie gat umbe? Nach zwanzig Minuten hörte man ein leises, glaubwürdiges Grunzen – er schlief! Ich wartete noch ein wenig. Pfeifendeckel! Wir würden morgen keineswegs heimfahren, weder einzeln noch zusammen. Hier galt es der Kunst. Ich versuchte, zu allem entschlossen, Kathis Hand zu haschen, wachend oder schlafend. Sie zog sie weg. Sacht streifte ich ein wenig an ihrer Schulter herum. »Arkoc«, seufzte sie und blies glücklich Atem von sich. Ich richtete mich etwas auf. Ein Mondschwarm fiel über ihr Gesicht. »Aynur . . .« Sie träumte etwas listig Sanftes. Die bleiche Wange war ein schönes Mahnen. Hm. Eine Wechselstube von fühligen Schmählichkeiten hopste mir vor der Netzhaut herum. Mir grauste jetzt ein wenig vor mir selber. Ich ahnte, daß die Erschütterungsfähigkeit meines Seelchens begrenzt, erschöpft bald war. Sah woandershin, erblickte etwas Haufenartiges. Es war Alwin. Da lagen wir, die igelgefestigte ménage à trois, kurz vor Italien. Nein, ich mußte einfach nochmals kichern. Dann war auch ich weg.

Erwachte wieder gegen 5 Uhr. Schönes weißes Licht fiel schon durchs Fenster. Im Fremdenzimmer stand ein alter Bücherschrank für stille Stunden. Alle Werke von Luis Trenker standen drin und alle von Mussolini. Ein Band hieß »L'amante del cardinale«. Ich blätterte ein wenig darin. Nein, den Sinn dessen vermochte nicht einmal ein so tapferer Hermeneutiker wie ich zu enträtseln. Streibl schlief deutlich entlastet, Kathi l'amantös. Legte ich mich also gleichfalls wieder hin.

Am Morgen sah es nicht gut aus. Alwin bot ein Bild des Jammers – wunderbar, wie schlecht es ihm schon wieder ging! Heftiger verlangte er nach Weizenbier, dem rettenden. In Verona gäbe es eins, versprach ich – und riet erst mal zu einem Schnaps mit Apfelstrudel zum Kaffee. Er trank das Zeug, verzog den Mund und wurde gleich ganz zutraulich.

»Wegen dem Brief ans Gericht damals, um Gottes, du mußt mich, du darfst mir«, noch arbeitete sein armer Kopf nicht recht, »du muß mich . . . exkulpieren, ich war . . . ich hab damals sieben Weizenbier gehabt . . . und der andere . . . der Böll hat mir auch abgeraten . . . abgesagt . . .«

»Der Böll?« Ein prächt'ger Morgen!

»Ich hab mich an ihn gewandt, solidarisch, er ist ja auch ein Roter, ein roter Teufel!« Alwin lächelte matt, doch zauberisch, »ein Roter, wenn er auch nicht schreiben kann, im Schreiben ist er ein Aff – ich war fix und fertig wegen meiner Hausbewohner . . .«

»Psychoterror?«

»Sie machen mich zur Sau«, er weinte quick, sein wippender Kopf vollführte eine formschöne Entsagungsgeste, »sieben Kinder! Man hat mich . . . man hat mir meinen Bücherschrank konfisziert, sieben Weizen aaah!« fuhr er fescher atmend fort.

»Wer? Deine Kinder?« Ich fragte es ernst und säuerlich, aber Kathi mußte hell auflachen und schleckte an ihrem Cappuccino herum.

»Meine Kinder aaah!« träumte schwärmend der pompöse Mann. Klagend flossen alle Brünnlein der Versagung, »sie sollen's einmal besser ah!«

Seine Rückreise war längst vergessen, der Schnaps tat vorerst seinen Dienst.

Als sein erster Effekt verflogen war, wurde Alwin wieder sehr weinerlich, entschuldigte sich – »unbesehen, ich möcht's in nuce gar nicht wissen« – für alle gestrigen Vorfälle und Ausfälle, »ich war noch nie im Ausland«, und drohte abzusacken. Ich riet zu einem Grog, der sei in Italien »ganz ganz gut!«

»Aaah!« strahlte der Buttermilch-Schwager, »Grog«, und dann fast pfiffig, »ich probier ihn, du gestattest?«

»Gotteswillen«, sagte ich bescheiden. Sollte ich ihn fragen, warum er Libyer so hasse? Nein, ich sagte lieber:

»Alles klar, Alwin?«

»Immer«, seufzte Alwin froh, »im Ausland werd ich ein anderer Mensch, aber wo, das tut mir so gut . . .«

Rasch hatte Streibl die Realität wieder hinter sich, genau im rechten Augenblick kamen auch die beiden Küchen-Haudegen von gestern abend ins Frühstückszimmer und setzten sich unwiderstehlich an unseren Tisch. Sie wollten gegen uns watten – das bereits erwähnte Kartenspiel.

»Immer!« rief Alwin, vom Grog erheitert, und er spürte wohl erstmals die praktische Schönheit dessen, was Marx als Internationale aufgebaut hatte – ich aber gab fahrig vor, das Spiel nicht recht zu können, griff nach der heutigen »Dolomiten«-Zeitung und beobachtete hinter ihr hervor nicht ohne Erregung unsere neuen Freunde, die auch schon wieder einen Rotweinhumpen vor sich lungern hatten. Vor dem Fenster lockerte sich ein flockiger Sommertag.

»Merci!« trällerte Alwin aufgemöbelt, als er seinen zweiten Grog empfing, versuchte sein dickes Gesicht zu Glanz, ja Raffinesse zurechtzubiegen und legte den rechten Arm wie symbolisch um die Stuhllehne Kathis. »Merci«, zwinkerte er noch einmal überfroh der alten Pizei zu.

Es stellte sich dann aber heraus, daß die beiden Fremden als ambulante Matratzenhändler durch die Alpenländer reisten, der Alte sozusagen als Chef, der Jüngere und irgendwie Zeitlose als Kompagnon, sie reisten mit einem sehr alten kleinen Lastwagen, den wir gestern abend schon vor der Türe hatten stehen sehen, mit etwas Pappdeckelartigem auf der Lade. Darunter mochten wohl Matratzen schlummern.

Der Jüngere, dem das Tiroler Käppi bei dieser ersten Einführung durch den Alten immer schiefer rutschte, war aber gleichzeitig der Lottokönig von Rosenheim, wie er selbst, wenn auch schwer verständlich, denn er redete deutsch und italienisch wie's kam durcheinander, immer wieder sagte – 184 000 Mark habe er als Gastarbeiter in Rosenheim im Lotto gewonnen, die seien jetzt weg, sagte er, aber eigentlich ohne Kummer, sondern eher mit dornenvoller Verwunderung, als ob hier ein Spuk gewaltet habe, den sein armer Kopf nicht mehr aufzuklären vermöge – und der alte Kompagnon lächelte dabei so wissend-sonnig-schräg und seelenruhig, daß sogar Alwin der Verbleib des schönen Geldes transparent zu werden schien – und dies, obgleich der Greis einen so charakterstark geschnitzten Bauernschädel auf dem Kopf hatte, daß er eigentlich auch in einem Touristenlokal in Bozen sein Glück hätte machen können.

Alwin, glücklich, daß in Italien weiterhin deutsch geredet wurde, stellte ein paar unförmige, sinnferne Zwischenfragen, dann sirrte er leise-wissend vor sich hin. Dem jüngeren Matratzenhändler war über seinem Bericht der Kopf etwas zur Tischplatte hin gesunken, Gelegenheit für den Alten, höchst abschätzig auf ihn hinzuschmunzeln. Die ganze Weltgeschichte lang, so sprach sein klar-zufried'nes Auge, seien die Alten von den Jungen ausgenommen worden – warum nicht einmal umgekehrt im Großraum von Tirol?

Urplötzlich, es ging auf halb elf, liftete der jüngere der Händler Rumpf und Kopf und wollte mit der Kathi tanzen. Er erhob sich, wackelte mit Händen und Hüften den Willen zum Frohsinn, stolperte zum Musikkasten, warf Geld hinein, und als die ersten Klänge herauswalzten, trat er wieder vor Kathi, brachte die Beine in O-förmige Positur und werkelte jetzt so einladend, ja selig mit den Hüften und auch mit dem Kopf, daß der Hut endgültig herunterplätschern mußte – mit beiden Händen machte der Kaufmann dann schunkelartig kaninchenhaft auffordernde Bewegungen in Richtung auf meine Frau – jetzt aber ging mit einem unverhofft scharfen Pfiff der ruhig hockende Alte dazwischen, er pfiff ganz kurz und betäubend durch beide Zeigefinger – – auf welches Signal hin der Jüngere geradezu märchenhaft parierte, stillstand, überlegte und dann wie vernichtet, aber brav nach draußen segelte, offenbar, um für den Alten das Tagewerk zu erledigen.

Matratzenhändler? Mätressenhändler? Kathis Gesicht war vollends fröhlich geworden, schrecklich fröhlich, und Alwin erzählte dem blitzblank nickenden Alten in langer Scharade, er sei Agent. Ich ergriff deshalb wieder die Zeitung und las:

> Gegendarstellung
> In der gestrigen Ausgabe der Dolomiten-Zeitung wurde berichtet, ich hätte bei der Einweihung des Skilifts in Canazei gesagt, Lifte seien Wegweiser zu Gott, sie stellten dessen Allmacht sinnenhaft dar, sie seien wie Dome des Mittelalters und Zwischenstationen zu Gott. Diese Behauptungen sind unwahr. Ich habe bei der Einweihung des Lifts lediglich gesagt: »Ich wünsche dem Lift viel Erfolg.«
> Rosendorfer, Stadtpfarrer von Bozen

Nein, dieser Alte mir gegenüber war zu versiert, als daß ihm das Geständnis herauszulocken gewesen wäre, wo die 184 000 Mark abgeblieben seien. Alwin? Sicher hätte er an Stelle des Alten etwas von Investitionen und Kreditsicherheitshinterziehungen geblödelt – dieser Alte würde nur lächeln. Ich drängte zum Aufbruch. Kathi kicherte erneut.

Vor der Haustür ruhte der Matratzenhändler-Lastwagen. Tatsächlich lag auf ihm jetzt allerhand Wäsche- und Lappenartiges herum. Vor dem Auto stand der jüngere Händler im Mittagslicht und drehte sich entzückt im Kreise, um ihn herum aber tanzten ihrerseits sechs oder acht Schulkinder, mit Ranzen auf den Rücken, und einige sangen gar ein Liedchen mit hinein. Nichts wie fort! Als wir davonstaubten, hörten wir noch einen scharfen Pfiff. Der Alte war unter der Herbergstür erschienen.

»Zwei nette Burschen«, sang Alwin wie ein kleiner Zeisig und lächelte. Von einem Vorfahrtsschild herunter antwortete quinquilierend ein Spatz.

»Zwei Agenten.« Es gefiel mir einfach, ihn abermals zu prellen.

»Hab's gleich gesehen, unverkennbar«, sagte Streibl wie in hoher Genußsucht, »um Gotteswillen!«

Momentan schien es ihm wieder erträglich zu gehen. Sieghaft strebte er der Autobahn entgegen. Durchpulst von frischer Neugier konnte ich die Frage wagen:

»Böll?«

»Er hat mir«, Alwin schien drauf vorbereitet, »geschrieben wegen meiner – aah – Verfolgung.«

»Im Dünklinger Programm«, fuhr ich fort, »pardon: Progom?« Durchzuckt von Bosheit lichterte ein Segelflieger über uns.

»Er hat mir geschrieben, ich soll's – melden . . .«

»Nett?« Die Eisackschluchten kurz vor Bozen verloren jegliche Gefährlichkeit.

»Getto aaah!« Er bohrte in den Ohren. »Als Schriftsteller ist er ein Aff, als Schriftsteller, shit, ist er achte Wahl, ah! Du kennst ja seinen Schmarren, keine Gliederung, er schreibt halt, wie er's kann, da, schau, nett«, Alwin deutete auf eine der Trutzburgen, »Böll kann nichts, zuviel Vergleiche, zuviel Schwulst, um Gotteswillen, er will sich, shit, an Hemingway 'ranhängen, ein . . .«

»Ein impotenter Schmierer?« Kathi las schmunzelnd in einem Führer: »Sicher auf europäischen Straßen«.

»Er will sich, hör zu, an Ernie 'ranhängen, aber . . .«

»Aber warum hast du dann grad – ihm geschrieben?« Über irgend etwas mußte auch Kathi glucksen.

»Er ist – er ist ein guter Lapp . . . ein Roter, ein Genosse . . . soll auch leben. Du kennst ihn ja! Eine rote Sau, wie wir. Wir drei.«

»Und Hemingway?« Es war schon tolldumm, was ich wagte. Der Schwager hätte mich nur zusammenhauen brauchen. Der Rosengarten winkte Härte der Gesinnung, aber blumenfroh Gepränge.

»Einfach wie Homer, einfach wie die Bibel, so nett, so schlicht. Wie die Bibel. Böll? Aber wo. Böll kann's nicht. Ernie kannst du, hör zu, heut' praktisch nur . . . mit – Hemingway vergleichen . . . ah!«

Ich überlegte lange und verludert. Nein, es war kein Witz, kein Wortspiel, sondern Schläfrigkeit. Der Silberblick der Lebensnegation, ich sah ihn scharf im Autospiegel. »Katherl«, drehte sich der Fahrer leicht nach rechts, »du bist mir nicht bös?« Er lächelte, sich selber tröstend.

Bei heiter'm Himmel erreichten wir Bozen – ein absichtliches Wohlbehagen drückt sich dort recht lebhaft aus. Die Etsch floß sanft und malte breite Kiese. Die milde, sanfte Luft! Adige!

Kurz vor Trient bekam ich einen Herzinfarkt. Hier war ich einst, im Brenner-Zug, der 17jährigen Kathi begegnet, hier hatten die Bischöfe die neue Kirchenmusik zugelassen. Es war die einzige sinnvolle Minute meines Lebens gewesen. Ich spähte in ihr Profil. Nein, sie merkte nichts, erinnerte sich nicht, gedachte starr des Türken.

Ich riet aber Alwin, doch mal an Augstein und Nannen zu schreiben, daß sie sich seines Falls annähmen, das seien beides Klassesozialisten. Der Agent winkte ab gelassen:

»Der Winkler Gerd«, antwortete Alwin dolce, »der Winkler Gerd steht grad für mich, er hat mich angerufen, er steht grad für mich.«

»Der Winkler Gerd.«

»Im Fernsehen sieht man ihn jetzt öfter. Ich hab ihm früher schon vertraut, er hat mir 1950 in Dünklingen schon einen Staubsauger abgekauft . . .«

»Der Winkler Gerd.«

»Steht grad für mich.«

Es säuselte mit unfaßbarer, fassungsloser Traurigkeit. Menschen, die im Kampf des Lebens unterliegen, überleben gern noch eine Weile. Bedroht von Metz und Böll und Winkler, wird selbst dem Tod das Leben schwer. Adigens Flügelschlag zur Rechten, ein Kämpferherz zum Fechten – –

In Verona wird das Volk sich selbst zur Zier. Grande e maestoso schlenzte Alwin seine dicken Beine vorwärts. Er hatte sich scheint's gut erholt, pfiff pfiffig vor sich hin, wir logierten uns ein und Alwin kriegte wieder sein Kinderbett im Doppelzimmer. Wir besorgten uns Karten für die nächtliche »Aida« und ließen uns in einem Café vor der Arena nieder. Es war stockheiß geworden. Alwin seufzte bitter. Es gab erneut kein Weizenbier. Ich überlegte – sollte ich ihm Espresso aufzwängen? Um keine Sperenzien zu kriegen, orderte ich für ihn Cognak. Schöne Liebesfantasien!

»Wie gefällt dir Italien, mio Alwino?« fragte ich warm und recht intravenös.

»Italien aaah!« greinte Alwin panisch und schuldig.

Der Bürgermeister von Verona sei übrigens Kommunist, berichtete ich gewiegt, ob wir dem nicht unsere Aufwartung machen sollten?

»Der Eurokommunismus, hör zu, shit!« antwortete Streibl recht behend, »um Gotteswillen, wir lassen ihn nicht zu!«

»Historischer Kompromiß? Der Bleicher Sultan lehnt ihn ab?«
»Der Bleicher hat's verraten, shit.«
»Und die Arena?«
»Wer?« Er schwitzte, südlich-heiß Mirakel, bleicher als ein Schweinchen.
»Die Arena! Das Amphi-Theater!« Apodiktisch deutete ich auf das rundlich bunte Mauerwerk. Kathi hatte ihre schönen Augen zu.

»Es ist«, sang Alwin schwebend gewogen und nahm alle seine Kräfte zur dicken Hand, »als wie das Tor zu einem anderen Jahrhundert, wie das Tor zu einem anderen . . . Tempora . . muta. . .«
»Und das Tor zum Süden!« hielt ich, obwohl urplötzlich von Schlafsucht gefangen, Paroli, kongenial.
»Kreuz des Südens . . . aaah . . . aaah!« Morendo monolithisch lächelnd seufzend ganz wie eine alte Sau. »Panis et circe . . .«
»Panik?«
»Aber wo«, begütigte mich Alwin sanft, »Circe! Ah!«
Griechenland?
»Noch einen Cognak. Lui!« Räudig frischlebendig deutete ich auf Alwin. Der unheilschöne Kellner, den Kathi anzublinzeln sich jetzt nicht genierte, spurte. Volk rührte sich lebhaft durcheinander. Übergefühl des Daseins!
»Du nimmt, du nimm – st, du ninnst«, er probierte es ein letztes Mal, und, ecco, es klappte, »du nimmst, pardon, es mir, pardon, nicht übel«, hub Alwin wieder kraftlos teiginnig an, »meinen Brief damals ans Gericht . . . nicht übel, es war im Affekt, der Affekt . . . ich hab wegen der Pflegschaft die Nachfolge . . .«
»Nie!« rief ich pejorativ und hörte fünf Sekunden lang die Engel singen. »Klar, contraflexio in affexo!« Kathi äugelte flott weiter. Wie betäubend süß der südliche Kaugummi schmeckte!
»Ich kann's gut brauchen, die Arena, Verona, ich hab ein Angebot in zwei Monaten . . . von einem Professor, einem . . . der ist Landeskonservator, Landesrestaurator für alte Muttergottes, Madonnen, der kann . . . ich . . .«
»Was kann der?« Hingegossen schmolz ich weiter hin.
Jetzt sah ich's erst: Am Himmel war ein einsam Schäferwölkchen aufgetaucht. Äh bä. Grüß meinen Igel!
»Vertrauensmann werden . . . aaah . . .«

Nein, keine Làgrimae! Ist es nicht schlicht und hinnig wunderbar, über einen Schwagerhammel zu verfügen, der, indem er einen nach Strich und Faden belog, mich Schwagerelend für so dumm hielt, wie es wünschbar wäre, wollte einst die Welt vom Übel, Unheil, Pest erlöset werden? Oder wie oder was? Sieh an! Der erste südliche Verleser – auf der Getränkekarte! »Alcólici« – »Altkatholische«! Che nett!

»Vertrauensmann werden . . . in Mittelfranken.« Er weinte jetzt quasi sachlich, schürzte die Lippen und dann summte er, ich täusche mich nicht, die amerikanische Nationalhymne vor sich hin. Ich überlegte und bestellte. Kaffee für Alwin. Es mußte sein.

»Wunderhübsch«, sang plötzlich jemand – es war Alwino der Götterfreund. Metz und Böll und Winkler würden ihn schon retten. Da war das Wölkchen wieder weg.

Alwin kriegte seinen Kaffee ab, peinvoll trank er ihn zuschanden. Wir brachen auf und besichtigten die Kirche S. Zeno. Kathi ging in dem Unsinn herum wie eine Studierte. Der Schwager aber blieb mitten im Kirchenschiff stehen, stand wie ein Marmorbild, dann mit nixischer Gebärde zog er mich an sich und teilte mir mit, er reise jetzt sofort heim, mit dem Zug, »ihr bringt das Auto zurück – ich merk's, ich bin euch im Weg, ich mach euch nicht glücklich!«

»Doch!« rief ich aufrichtig, mysteriös und tückeseliger – und dann versuchte ich mich selber zu umzingeln: »Du bist es nicht, Alwin«, mein Kopf wurde erdbeerrot wie Kirschen, »vermessend dich mit meiner Braut«, ich schielte zu Kathi hinüber, die, als wäre sie gar keine Heidin, die Heiligenbilder beschlich, »ragst du, hör zu, ledig der Logik, an Liebe mächtig . . .«

»War nett in Italien, nett«, flüsterte feierlich der prächtigste aller Schwager, »aber ich fahr jetzt. Bitte!«

Von mir selbst ausgetrickst, marterte mich schnell Heimweh nach Stefania. Na also, der Gedanke an sie, er gab auch gleich die Lösung ein. Kathi und ich hatten ja zusammen keinen Führerschein! Eine Minute lang hatte ich mich eindeutig für einen Führerscheinbesitzer gehalten.

»Du mußt bleiben«, sagte ich fast roh. Das hypertropische Alwin-Syndrom hatte mich stärker lieblich wirr im Griff.

»Und ich bin euch – nicht im Weg?« War es Innigkeit? War's

Schabernack? Schon wieder fegte ein Schwall todesmutiger Gemütlichkeit um meine Ohren. Sollte ich mich vor ihn hinknien und um Verzeihung bitten, um Exkulpa – pardon: Expuklation?

»Nie!« rief ich so seicht wie großartig, umleimte ihn mit warmem Auge. »Du bist koscher!«

»Aber ich kann«, es weinten alle Scheinheiligen, »die ›Aida‹ heut' abend nicht mehr machen, beim besten Willen nicht. Pardon!« seufzte er jagend exküsierend. Käsebleich war er, schien rasch zu sinken. Tag des Schreckens, Tag der Wonnen! Den Schwagerprügel unterhaken? In sein Bettchen schleppen? Auf den Abfallhaufen?

»Dann«, ich mußte einen schnellen, wenn auch glanzlosen Entschluß fassen, »geh'n wir allein – und du machst dir einen schönen Abend im – Hotel!«

»Im Hotel, jawohl!« rief Alwin froh und lachte weh.

»Oder aber – vorm Hotel!«

»Vorm Hotel ist ein nettes«, er sang schon wieder, sehr manierlich, schwerstens schluchzte Wehgram auf, »nettes Kaffee, da könnt' ich – ich müßt' mich einen Moment setzen, du erlaubst. Morgen muß ich sowieso heim, weil ich als Zeuge meine Urkunden . . .«

Circe?

Falsch und seicht bat ich den Schwager, mich kurz allein mit meiner Frau besprechen zu dürfen. Eine Super-Bomben-Top-Discount-Idee war mir zuteil geworden. Schwer ließ der Agent sich im Gestühle nieder. Ich ging zu Kathi, sprach mit ihr. Ganz frech sah sie mich netter an. Gleich darauf konnte ich dem Dritten den Beschluß eröffnen:

»Höre, Alwin, Schwager, ist's dir recht, wenn du morgen – morgen! – allein zurückfährst? Deine Schwägerin und ich reisen nach Griechenland!«

»Griechenland, nett«, freute sich Alwino d'amore.

»Für ein paar Tage. Wegen der – Türken-Krise. Natürlich nur, sofern du allein zurückfahren willst – und kannst?«

»Immer, immer, ich kann immer fahren, fahren kann ich immer, yeah!« Todeszag ein Klinglein schlug.

»Und natürlich zahl ich die Autorückfahrt!« Ich sah empor. Nackend Jesu ohne Trug!

»Brauchst nicht, brauchst nicht!« Der Schwager schien abstrakt zu träumen. »Und ihr kommt dann mit dem Zug nach, jawohl!«

»Nein! Nach Griechenland! Fahren wir!«

»Nach Griechenland, jawohl!« Es war die reine Heiterkeit, was aus ihm quoll. Wir tappten zum Hotel. Unendlich vorsichtig, im Slowfox-Schritt wiegte sich Alwinissimo vorwärts.

»Und dir, Alwin, macht's wirklich nichts aus . . . allein?« Mit einem Bernhardinerblick machte ich ihn abermals gefügig! Hauchend: »Als Kind?«

»Aber wo! Aber wo! Ich bin ja so froh! Ihr seid ja so gut zu mir, so nett! Weißt was? Ihr geht allein in die ›Aida‹ und habt eine nette Unterhaltung, soll eine recht nette Musik sein – und ich geh ins Kaffee und – schau mir alles an . . .«

»Goethe«, dachte ich mit heil'gem Schauer in Cupidos Zangengriff, »Puccini und Cartoffeln!« summte ich semiotisch.

». . . und morgen fahr ich heim, zu meinen Kindern, und ihr fahrt zur Artemis«, seine Bildung schien ihm wieder wohl zu tun, »hör zu . . . ihr seid mir nicht bös wegen meiner . . . Indispo . . . ich tät' bloß für meine Frau und die Kinder, Siegmund, sei so gut, noch eine Bagatelle, ein kleines Präsent gern kaufen. Geh, Schwager, sei so gut, du kannst perfekt italienisch – ich blamier mich nur, ich hab ja nicht deine Bildung, dein Abitur, pardon – kaufst für die Kinder eine Postkarte, kaufst sieben Postkarten, ist gleich, was drauf ist, schön bunt, und ein blauer Himmel, kaufst sieben Postkarten!«

»Und für deine Frau? Niveacreme kauft man in Verona sehr günstig!«

»Yeah!« rief Alwin fröhlich, »für meine Frau kaufst eine große Niveacreme, nett, die hat so eine Freud' damit – langt das Geld? Siegi, sag's, wenn's nicht langt . . .!«

Meine Schwester hatte schon die beste Wahl getroffen. Ich besorgte sieben Postkarten und eine große Niveacreme. Erschüttert vor Freude drückte mir Alwin die Hand und bestand darauf, daß ich 700 Lire als Trinkgeld behielte. Mit letzter, schon anstrengender Grausamkeit lud ich ihn zum Corretto mit Orvieto ein, schnappte Kathi und surrte in die Arena.

»O terra addio, addio, valle di pianti!«

Kathi war schon ins Hotel voraus. Als ich den Schwager nach der »Aida« im Café abholen wollte, hatte Alwin zwar überraschend zum Sportanzug ein weißes Hemd und einen rotgestrickten Binder an, ruderte aber sitzend im Vergehen. Visionär vergönnte ich ihm sein Glück. Zahlte drei Flaschen Bardolino und erkannte, daß Streibl während der Oper immerhin das Libretto der »Aida« durchgearbeitet hatte. Es fetzten da einige Ausrufezeichen, Fragezeichen und auch unwägbare Kugelschreiber-Fahrer quer über die Heftseiten, bei der Triumphszene stand in ziemlich fester Schrift »veraltete Dramaturgie«, am Ende des Nilaktes hatte Streibl schon äußerst mühvoll »KGB-Methoden!!!« hingefuhrwerkt – und dann sauste und rauschte eine Kurve das Heftchen hinab, da waren ihm wohl endgültig Schreiber und Hoffnung zu Schanden geflogen.

»So ein netter, netter Abend – wunderhübsch!« sang der Tip-Top-Hyper-Rekord-Schwager welkend das Nachtblauwarme vom Veroneser Himmel herunter. Es war so wetterleuchtend ultraschön, daß ich Alwin noch eine halbe Flasche Weißwein aufzwängte – vielleicht war das schon Nächstenliebe und Neid zugleich auf ihr Resultat, die selig vor sich hin summende und brummende Triumphkapitulation des Wesenden, jenseits der Liederlichkeit – ein Lied, das selbst Hemingway nicht ahnen konnte. Entsetzlich krumm seufzte das Mondlicht, der Binder flog flink in den Wein. »Porca misero!« rief Alwin elegant. Er hatte sich doch sehr gut vorbereitet. Da schleppte ich ihn ab. Wir kamen am Künstlerausgang der Arena vorbei, gerade schwirrte der Tenor Luciano Pavarotti, von Schlachtenbummlern umflattert, in seinen Mercedes. Ich teilte Alwin mit, dies sei der große Pavarotti, der habe heute abend den Radames gezischt.

»Radames, pardon, Ramades?« Alwin benzte freundlich piangendo. »Nett? Gut? Nett?« Heere von Hirnzellen rauschten von ihm ab. Caro Alwinetto!

»Pfenniggut«, wisperte ich sfumato, ein Fehler, denn Streibl hatte aufgepaßt. Unverhofft wackelte der dicke Schwager auf den noch dickeren und größeren Tenor zu, der aber von unzähligen Frauen umzingelt stand. Tadellos fiel der Spion in den Frauenhaufen hinein, rangelte sich geschickt an Pavarotti empor, patschte dreimal in die Hände und schrie laut: »Bravissimo, Maestro! Come zu Germany! We all shall wait for you! Aah!«

Jetzt sah man, wie eine Frau sich erregte, vielleicht hatte Alwin sie mit dem Ellbogen weggeräumt, vielleicht tropfte ihm auch allerhand Bardenhaftes aus dem Mund. »Pardon!« hörte man ihn noch mehrfach würgen – dann kam er strahlend zu mir zurück: »Ein exzellenter Mann, ich bin ja so dankbar, daß ich ihn noch seh'n hab dürfen, meine Kinder werden eine solche Freude haben, wenn ich's ihnen ...«

Hotel »Bologna«, Zimmer 28. Der Schwager rauschte auf sein Kinderbett und gleich drauf hart zu Boden.

Kathi schien fest zu schlummern. Ich half Alwin hoch, kleidete ihn aus und legte ihn vorsichtig wieder eben.

»Dank, Schwager«, träumte er, »pardon!«

Ich pflaumte mich in Halbschlaf. Da plumpste es erneut, dann eine große Stille. Wenn er tot wäre, würde ich mich der Polizei stellen, den Brigate rosse. Ich knipste Licht an. Streibl lag am Boden fest. Der Kopf verbarg sich hinter der Orange-Badehose, wie abgeschnitten lag der Rumpf, todesblinkend weich und schön wie's Ave Verum. Ich machte mich auf die Badehose zu. Ob er sich wehgetan habe, fragte ich egalweg.

»Aber wo«, antwortete Alwin pejorativ. Hatte die Augen offen, schien mancherlei zu sinnen. Ich rollte ihn hoch und aufs Bett zurück. Rollte mich in meins.

Plänkelte ich noch immer mit dem Schwagerherzen? Längst schon mit dem Todesengel? Auf die Zähne beißen, ja, das war es, mit den Zähnen sich am Bett festkrallen, Kathi nicht vernichten. War es wirklich Bosheit? Egoismus? Was mich nach Italien trieb? Selbstgerechtigkeit? Aber *er* nur allein war doch dran schuld, daß es so knüppeldick nun kam! *Er* allein begehrte es doch so! Hehr stieg Mitleid mit mir selber hoch, zehn Minuten später ähnelte es Mitleid mit dem Schwager. Das hatte noch gefehlt. Kannte man doch längst. Der hatte kein Mitleid nötig. Metz-Böll-Winkler standen für ihn ein!

Ich biß verbissener. Gegen 4 Uhr plumpste er abermals ins Namenlose.

»Was ist denn – eigentlich los?« Ich, der Hauptschuldige, fragte ganz unschuldig, möglichst unhörbar und überfordert.

»Aber wo«, antwortete Streibl vornehm aus dem Dunkel, »Pack schlägt sich, Pack verträgt sich, hör zu, mein Fehler war, daß ich das Valium in den Wein 'rein hab ... das war der Fehler ... ich hätt's wissen sollen ...«

Ich überlegte. »Similis«, ich fröstelte, »simili gaudet?«

»Simmel!« seufzte Alwin selbstlos, »kommt nicht 'ran an Ernie, keiner schafft es, ist doch nett ...«

Was aber erhoffte ich von diesem Mitleid? Den Zusammenbruch der Kasuistik? Die zweite ungeschlechtliche Vermehrung von Verona! Die Gnade vor dem Rächer aller Häscher Hemingways? Die Wiederaufrichtung des wahren Kreuzes ...?

Gleich drauf hörte ich, wie Kathi aufstand und nach draußen ging. Unser Kindlein schien zu schlafen. Eine Minute später stand es auf, ein Knarzen, Tappen, Grunzen, dann war auch der Schwager draußen. Jetzt zweimal, dreimal lautes Schlagen, jetzt zeugten sie den Enkel fein. Dann besuchten beide ein Bankett des Bischofs von Verona zur Feier der Abwehr des Eurokommunismus. Erschreckt fuhr Berlinguer zur Hölle, als er den Brummel-Deutschen sah.

Ich erwachte gegen 7 Uhr. Sah verdattert Kathi an, die über mich hinweg zum Fenster sah. Ich wandte mich herum. Vor dem Fenster stand Alwin in orangener Badehose. Ich sah ihn im Profil. Die Augen waren tief geschlossen. Ich weiß nicht, ob Kathi ihn ins Bett begehrte, ihm die Brust jetzt zu gewähren. Der Schwager stand sowohl kerzengerade als locker, die Beine etwas gespreizt. Gerissen schnaufte er die Morgenluft durch den kleinen Fensterspalt.

»Alwin!« rief ich schrill outriert, doch leise.

»Aber wo! Aber!« Eudämonisch rief er halblaut: »Wo!«

Kathi floh jetzt schnell ins Bad. Ich erhob mich, trat zu Alwin, tippte vorsichtig an ihm und murmelte, wir würden jetzt gleich aufbrechen. Der Spion erwachte.

»Per chi suona«, ich scherzte leise, wild und schrecksam, »la campana!«

»Ich muß«, hob Streibl synästhetisch lächelnd an, »um Gotteswillen geschlafen haben!« Er gähnte pandämonisch sorglos. Er kleidete sich an, schon um 8 Uhr saßen wir alle am Frühstückstisch von Verona.

Rosig sah er aus, der Schwager, pfenniggut, mitnichten krank. Hier ging Mitleid haushoch baden. Traumfest wußte ich Bescheid. Die Disziplin, im Stehen zu schlafen, er hatte sie als Offizier der Nationalen Volksarmee gelernt.

Caro mio figlio!

»Ich – ihr seid mir nicht bös, Kinder – ich freu' mich, daß ich wieder heimkomm' zu den Kindern. Ich wünsch' euch viel viel Spaß in Griechenland!«

Ornamentaler log ich mich zurecht. »Das Schiff geht heute abend in Ascona weg«, so weihte ich ihn aber ein, »21 Uhr!«

»21 Uhr? Au fein!« Alwin gratulierte mit viel Andacht. Zu Festesgröße blähte der Spionballon sich auf.

»Willst du dir's«, betonte ich erneut verhalten, und Kathi putzte schelmisch inspiriert die Semmel weg, »nicht doch noch überlegen, Alwin?« Mich überfiel die vielverliebte Lust zu neuem Tun. »Daß du eventuell – mitkommst nach Griechenland?« War das nun denn schon bestens Nächstenliebe?

»Griechenland«, träumte Alwin durchaus maritim, »ich ... tät' ja so gern hin und yeah ...!« Wonnig fielen seine Lider ab in Orkus' Heim, er blies den Kaffee warm ganz logisch.

»Und?« Ich spottete jeder Beschreibung. Kathi schaute freundlich wie Alwina.

»Es ist nur«, hub Streibl reichlich ab, »wegen meiner Aussage vor der Zivilkammer in Nürnberg morgen. Sonst käm' ich gern.«

»Schäferhund?« gackerte ich schnell brünett. Versiegt ließ ich im Herzen Griechenland fast sausen. »Prozeßbeginn?«

»Aber wo, aber wo! Der ist«, ließ Streibl rasch Raketen raspeln, »verschoben auf den Herbst. Da hat unsere Seite einen formellen Nachtrag gemacht, ein Formular an alle Stellen, da wird's Herbst, da wird's bald Winter! Da bin ich ... nicht mehr bei der Firma ...«

»Sondern?« Um mein Dasein zu ermessen, schluckte ich den Himbeerbonbon und zwei Gummi simultan. »Vielleicht wo?«

»Ich hab«, sang Streibl fernhinglänzend, »vom Ostblock einen Wink gekriegt. Der Trinkler Rolf, mein Chef, dreht dauernd an den Tachometern, kurbelt dauernd 'rum. Es geht«, er seufzte schneller ach und weh, »mir an mein Herz. Ich kann es nicht mehr tragen. An mein sozialistisches Herz!«

»An dein«, ich wandte allerdings den Blick, »reinliches Schwagerherz.«

»Übermorgen muß ich sowieso«, in der Denkhalbzeit mahlte es wie künftig kiefernd schwer mitteilungspflichtig hin und her, »einen ... polnischen Juden .. aaah ... vor Gericht verteidigen«, so sprach mein Herrlicher feudal, »um halb 10 ist Termin ...«

»Verteidigen, ja?« Begrüßte es sehr portofrei. »Und Aachen-Dünklinger Versicherungen? Zahlt?«

»Ich muß dolmetschen!« Wunderwonnen-Alwin schnaufte wohlig auf und wieder durch, »ich krieg 40 Mark von ihm, ich mach seinen Dolmetsch – praktisch geschenkt!«

Ach, che' sublimi cantici!

»Praktisch nur ein Liebesdienst ...«

»Aha!« Ich sagte es recht unverwogen, die Zähnlein stocherte mein Weib.

»Ein polnischer Jude, Jude aah!« Alwin schwärmte drangsalselig. »Er wohnt, er lebt in meinem Haus, die arme Sau, in dem Pogrom. Ich bin der einzige, Schwagerherz, der ihn versteht. Ich bin der einzige Mensch! Ich mach's für ihn umsonst, es ist ein Liebesdienst!«

Pietà! Pietà!

»Wieso, Alwin? Inwiesofern?«

»Was will ich machen?« klagte er utopisch. »Er ist taubstumm. Der Dr. Ibrahim ist erster Gutachter, der zweite ist der Wohlgemut. Er ist angeklagt, er ist angeklagt wegen –«

Taubstummheit? No! No! L'inferno non trionfi! Noch nicht! Noch nicht!

»–wegen ... aaah .... Konspiration!«

Ach so. Warum nicht gleich. Streibl strich die Decke fein. Ich lächelte agogisch. »Ich hab gedacht, wegen Rabbinertum.«

»Aber wo«, tröstete Alwin.

Munter unversehens fuhr er uns zum Bahnhof. Dort kaufte er adrettbehend die Bild-Zeitung und quetschte sie mir quietschend in die Hand kaum prominent.

»Sei so gut und bring's dem Genossen Wallraff mit nach Athen. Der schmachtet dort. Der freut sich auch, wenn er eine deutsche Zeitung kriegt. Er ist auch ein Genosse.«

»Eine arme Sau«, echote ich widerstandsverlustig, vielmehr aber recht bewandert.

Wir schauten aus dem Zugesfenster trotzdem sehr verwahrlost. Faschistenprügelgleich stand der Spion davor. Siamo in tre, dachte ich ohnedies. Weizenhoffnung, nahe, blühte in den Augen schwiegerlich.

»Nett! Ihr . . . schreibt mir dann sofort! Und du versprichst mir, daß wir dann nächstes Jahr wieder her nach Verona fahren!« Er schwang das Näselchen nach Art der Party-Püppchen.

»Ewig«, sann ich frierfest-ruinös, »Alwin!« Wenn nur der Zug endlich jetzt auf sich machte! Und schnell wohin!

»Ich nehm dann auch meine Frau und alle Kinder mit, einen ganzen Lastwagen«, lachte Streibl wertvoll stark gleichwohl, »in der Oper, hör zu, bin ich ja Greenhorn, shit, Katherl, guckguck«, klopfte er wie kaum ans Wagenfenster, »aber, Siegi, du führst mich glänzend ein. Bis dahin hab ich dann auch meinen Roman fertig! Ah!«

»Einen«, ich war kaum etwa überrascht, »Roman?«

»Einen psychologischen, materialistischen Roman yeah! Im wesentlichen«, Schultern zuckten Streibl lustig, »über dich und mich!«

»Im Stil von Hemingway? Hör zu!«

Heimatlich crazy top-verzwiebelt!

»In seinem Stil«, rief Streibl wie von nahe, »aber im Geist von Marx. Er hat die Menschen ausgebeutet. Ich werd' Schwierigkeiten kriegen beim Verfassungsschutz. Ich hab . . . aah . . . schon eine Warnung gekabelt bekommen. Ich geb dir ihn vorher zum Überarbeiten!«

»Was soll ich machen?« hauchte ich besonders.

»Du – humanisierst es«, hieß mich Alwin zwanglos bitten, »ein Volksverlag in Warschau ist sehr interessiert!« Alwin zappelte eine silberhübsche Grimasse, als ob er das Beißen selber mit Mühe verlachte, »tu's du, hör, Schwager, zu, tu's du mir humanisieren! Pardon! Ich bitt' dich recht! Guckguck!«

»Ich selbst«, rief ich selbander durcheinander, »humanisier's!«

»Dank, Schwager, Dank im voraus schon! Vergiß die Zeitung für den Wallraff nicht, es tät' mir weh. In die Oper führst mich

später ein, für einen Sozialisten ist's nicht leicht, vergiß den Wallraff nicht, tu's humanisieren, meine Kinder . . . !«
Er war ganz erschöpft vor Freude.
»Pack schlägt sich, jedoch regt sich«, betonte ich leis wiederholt und sommerwindig. Ein Pfiff. Streibl spuckte heiternd aus. Der Zug kroch ohnehin tagsüber an.
»Gute Reise! Bon Voyage!« Reißend riß er beide Arme hoch, mut'gen Auges lichter Schein!
»Cordiali saluti!« befahl ich hingesemmelt sehr begehrend.
»And, hör zu, much many pleasure, du auch, Katherl!« Die stand jetzt neben mir und winkte pfiffig. »Much many pleasure in Hellas! Ah! Hallo! Hellau!«
»Esperanto!« War das Streibl oder ich gewesen? Und »Ahoi!« Wir winkten sehr mitunter wütend wie verrückt. Dann saßen wir. Ich starrte Kathi an. Stand wieder auf und sah hinaus. Weg war er, ah! Ah! Ah!
»Cheerio, Car-Dealer! Cheerio Sweetheart . . . !«

\*

Zwanzig Jahre Tropen sind sehr hart. Die Griechenlandreise ist rasch erzählt. Sie war recht wertlos, heiß und dumm. Sie war Kriegsdienst ohne Sinn und Schatten. Goethe selber mußte scheitern.
Es war der Augenblick der Angst der Helle. Im Zeushain wird der Tod ganz unerträglich. Blasend, wehend, tosend Licht und Glück – Orplid als ewighelle Hölle. Kosmische Absurdität, kosmischer Pesthauch der Götter. Aber ich wollte noch nicht sterben. Ich wußte auch, warum. Die letzte Bosheit dieses Demiurgen – der Tod wird selber hell, die letzte Gaunerei. Der Tod ist Licht, ist Helle, Glück – ein letztes Mal Betrug. Licht ist Entsetzen ohne Rückkunft in den Dämmer, ist Stachel schleimig ohne Dialektik. Niemand weiß es so durchdacht wie Streibl. Licht selber ist der Teufel.
Kathi starrte lieb nach Osten, Land der Türken mit dem Näschen schnuppernd. Auf dem Sprung zur Heimat hatte sie ein geblümtes Tuch um den hartnäckigen Kopf geschwungen, sich im Feindesland zu tarnen, den Koran schöner flüstern zu können.

Und war ihr Name gar so päpstlich. Die arme Muselfrau Frau Aynur.

Auch Hemingway mied dieses Land. Das Leben auf der Anderen Seite war das Dritte, strahlend schlüpfrig ohne Witz noch Wunder. Standhalten doch ist alles. Noch war nicht Zeit zum Abschied. Dieser wundersamst korrupte Erdenstiefel! Schmutzig, lottrig, steif verwurstelt! Nein. Nicht waren wir auf die Welt gekommen, um uns an Helle zu verderben. Ich stand so katastrophenalarmiert, daß mein Kopf schwarzbeerblau anlief. Packte Kathi weg und schleppte sie zum Hafen. Anderentags setzten wir wieder über, zum Stiefel aller Stiefel hold.

Von Alwin zunächst keine Spur. Wir durchstreiften artig die Toscana. Die dunklen Flammen der Zypresse, lustiges Glitzern der Olive, im Widerschein sich ähnlich sein. Wir gingen etwas fremd, doch schön. Zu schauen das Erleuchtete, die Rettung vor dem Licht. Und kamen nach Florenz.

Am zweiten Tage schon geschah's. 20. Juli, 13.58 Uhr. Die Kraft des Segens zu betonen, sei hier ein neues Buch eröffnet. Konzentration, mein Romancier! Auch das Publikum darf ich um erhöhte Aufmerksamkeit bitten. Voilà – Mesdames et Messieurs! – le temps découvre la vérité:

# V

»Drei Jahre lang habe ich gesucht...«
(Dostojewski, Die Dämonen)

»Des Bischofs Angesicht glühte vor Freude...
und schon glänzten in den Augen des Bischofs
Freudentränen«
(Dittersdorf, Memoiren)

Lang ist die Zeit, es ereignet sich aber das Wahre. Es ereignete sich herzhaft, flimmernd, kaspernd. Und ich war so klar im Kopf, daß es mir leid tun mochte.

Im Straßencafé Manetto vor Santa Maria del Fiore saß ich, allein, biß einen Kaugummi und schleckte ein Eis. Da sah ich was, vom Eis hochäugend, mitten auf der Piazza S. Giovanni, unter wärmend blauem Himmel. Sie waren erschienen. Es war ein kurzes schönes Herzweh, so als hätte eine sehr hohe Macht mich dazu verdammt, das Mittelmeer in Sekundenschnelle vertrocknen und verschwinden zu lassen.

Ah, tu sol commandi, amor!

Sie mußten aus der Via Calzaioli herausgeferkelt sein. Fink kurbelte sogleich an der Filmkamera, die mir bekannt war, Kodak wies mit dem linken Arm aufs Battistero, das es nun zu filmen galt, mitten in der Zwei-Uhr-Sonne. Im gleichen Augenblick ein Dackel, der sich emsig, ja eilig zwischen den Brüdern hindurchzwängte, auf dem Weg weißgottwohin. Von einer Frau, von etwas Ehefrauähnlichem weit und breit war nichts zu sehen. Hier waren keine Frauen zu gebrauchen, hier galt's nur dem sehr Wahren.

O meraviglia! O sogno! O divina bellezza!

Ich war aufgestanden, hochgerissen auf eine diszipliniert betörte Art, aber nicht eigentlich überrascht, es kommt alles, wie es kommen muß. Setzte mich linkisch wieder hin und hängte mir die Sonnenbrille auf die Nase, um nicht erkannt und verhaftet zu werden. Eine Harfe strich sehr sittsam über meinen Rücken. Nein, ich hatte dies Bild noch nie in der Vorahnung gesehen und erspürt; aber ich wußte sofort, daß ich nur auf es gewartet hatte, das ganze letzte Jahr – Jahrzehnte über. Und ich wußte auch noch in der gleichen Sekunde, daß so oder ähnlich das Fegefeuer beschaffen sein mußte, für meine verzeihlichen Sünden. Jawohl.

Sie waren jetzt auf die falsche, auf die Südpforte zugeeilt und im Innern schnell verschwunden. Es verrannen zehn Minuten und mir wurde ziemlich bang. Gingen sie mir schon wieder ab? Sie mußten das Paradiso entdeckt haben. Wenn sie von dort aus...? Sollte ich ihnen, sollte man ihnen...?

Sie kamen wieder. Es war klar, daß sie jetzt den Dom packen wollten. Zuerst den Campanile. Srrrr. Klick! Jetzt gab Fink Kodak die Kamera in die Hand und schneuzte sich mit einem sehr weißen Tuch – Zeit für den älteren Bruder, fast festspielhaft sonnenbesproßt ins schwitzende Florenz hineinzuprangen. Sie trugen beide leichte, flott wehende, insgesamt wohl kälbchenfarbene, gelbliche Sommerkleidung. Eine beige Jacke Fink, Kodak eine ziemlich grauolivene gestaltlose Hose und Sandalen. Jetzt hatte, als ob er mir ein sehr zartes Zeichen winken wollte, auch Fink eine rundliche Sonnenbrille aufgesetzt, indessen Kodak mit der Kamera ein paar Meter nach hinten ausholte. Rückwärtstretend wälzten sie mir langsam näher, anscheinend hatten sie beschlossen, die Domfassade, Giottos Glockenturm, Brunelleschis Kuppel und den Azurhimmel in einem Streich wegzuschweinigeln, und Andreotti ließ es glatt durchgehn. Srrrr. Zack! Kodak machte mit der flachen Hand ein Zeichen, Fink verstand sofort und schmunzelte sehr rosa. Es entspann sich ein kleiner Disput, an dessen Ende Kodak den Bruder aus nächster Nähe und mit unentrinnbaren Blauaugen entwaffnete:

### Soli deo gloria

Und wie gut zu wissen, daß den scheint's allmächtigen Frauen natürliche Grenzen gesetzt sind. Und sei's durch Freds Verbrecherdreck. Ach, dieser Wurzeln Zauberblick!

Der Dom warf schwere lila Schatten, doch er traf die Brüder nicht. Zwei Minuten später schwand das Paar nach linkerhand. Fink voran, Kodak lehrhaft beschwörend, den Arm geknickt geschleudert, hintennach. Sie verstanden einander, sie lasen ihre Körperdünste, sie brauchten einander nicht zu sehen. Weg waren sie, gegrunzt in eine Seitenstraße, wahrscheinlich Via Dei Servi. Aus.

In der gleichen Sekunde kehrte der Dackel fast aufgepeitscht zurück ins Sonnenlicht.

Das Gewürge und Geflegle der internationalen Jugend vor dem Dom ist, wie bekannt, schwer zu ertragen. Am Platz der Republik gab es den Streifen »Facciamo amore con gran' allegria« von Alois Brummer mit Franz Muxeneder als Amerikaner. Die Handlung war leicht zu verstehen, es wurde kreuz und quer genagelt. Jetzt waren sie wahrscheinlich schon vor S. Maria degli Angioli angelangt. Das Engelchen am Kreuz. Das Angiulillo 'n croce. Und quer. Und dann, e poi? Sicher S. Maria degli Patate Grande Brillante. Ragazzi Bravi, Fratelli Fedeli. Il Vescovo c'era dando a tutti la sua be- la sua benedizion, holleri!

Ich ging in mein Hotel. Legte mich aufs Bett und glotzte in den stillen, aber lautdurchschwirrten Dämmer. Der Igel bzw. Alwin war mein Kind und der Türkin Kind Charly-Stupsi-Mä. Diese aber war auch Maria und ich St. Neff-Josef. Also ist der Igel Gottes Sohn. Bzw. der Romancier Alwin. Ich hatte es geahnt. Klar, und der Igel ist ergo und vice versa der Sheriff der Iberer. Was zu beweisen war. Und der Gottigel item ein Kommunist. Iberien und die Türkei. In Florenz zur Kreuzung. Bzw. Kreuzigung. Oder wie oder was.

Oder wem. Ich kaufte mir einen Florentinerhut, ließ es aber dann doch lieber. Ging lieber mit der himmlischen Türkenmätresse Kathi essen. Ein Lokal, so verschwiegen, daß die Brüder es unmöglich finden konnten. La Lotta Continua. Aß drei Portionen Spaghetti, um nicht dauernd so viel denken zu müssen, jetzt war Majas Schleier wieder dicht.

Treue Liebe dauert lange. Ich saß auf der Hotel-Veranda nahe Piazzale Michelangelo und beobachtete den Sternenhimmel von Firenze. Flittrige Gefühle, aus denen ich unter anderen Hochmuth, Espressosuchth und Geilheith herausdestillierte. Im benachbarten Pisa, war in der »Nazione« zu lesen, war kürzlich ein Elefant eingegangen, weil ihm sein Wärter nach zwanzig Jahren Zusammenarbeit davongelaufen war. Das mächtige Tier hatte einfach nicht länger mehr gewollt.

Aus Trotz gegen das Geknittel und Gedünkel bestellte ich

einen Liter Weizenbier. Una Birra Miracolosa. So was hatten sie natürlich nicht, trank ich also schnell vier Caffè lungos weg. Ach Gott! Ach Gott, wenn ich nur nicht sterben könnte! Oder es schon ... hinter mir hätte ... aufdaß ... ich den Himmelvater ... den Alten Igel ... zum Lob für seine stachlig-kitzligen ... Pikanterien gescheit am Sack packen und zwicken könnte ... hatte ich eigentlich alles bei mir? Geld? Liebe? Kaugummi?

PREGA, MARIA, PER ME!

Lichter alberten und unkten wonnegraus. Ich piepste einen Kuß in die noch heiße Luft. Der Silberflimmer aller Mondesschimmer. Die Milchstraße zuckelte schaukelnd, seidig schön wie seit meiner Geburt nicht mehr. Wann würde meine Beatifikation, meine Konsekration eingeläutet werden? Langte 1 Wunder? Der Advocatus Dei aber heiße Lattern. Er würge den Erpressungsvorwurf ab und reiche den Konsekrations-Espresso dem Konklave. Mit einem Male fing ich hemmungs- oder kinderlos zu flennen an, con gran' allegria tedesca. Das heulende Elend würgte wunderbar, und Kathi, die schlanke Milchstraße, jammerte sanft beredt zurück »Stefania«. Ich saß und lauschte Städten an der Donau: Beckenbauer, Seeler, Walter, Maier, Müller, Schäfer, Netzer, Haller, Wimmer, Nuber, Iberer I, Iberer II. Ein nächtigblaues Band kam rötlich von den nahen Alpen her geflattert, ach! Geweht? Gebrummt. Und alles, alles war am Hund. Grüß dich, Deutschland, aus Herzensgrund!

FINIS OPERIS – LAUS DEO